文
景
———
Horizon

UNTIL I FIND YOU

a novel by

JOHN IRVING

直到
找到你

[美] 约翰·欧文 ——————— 著

李同洲 ——————— 译

上海人民出版社

献给我的小儿子埃弗雷特，
他让我感觉自己重返青春。
我衷心地希望，
到了可以阅读这个故事的年龄时，
你拥有过（或者依然拥有着）完美的童年，
与这部小说中描绘的童年截然不同。

对我们来说，或至少就我自己而言，可以确信地说，回忆，比如一个时刻，一个场景，一种事实，它们被保存在脑海中，因此得以从遗忘的冲刷中留存。然而，回忆真的仅仅是讲故事的一种形式而已。故事一直在大脑中循环着，并且随着每次讲述发生变化。生活中相互冲突的情感得失多到我们难以全部将其接纳。讲故事的人可能会把其中的不同元素重新组合，以达到某种目的。总之，谈论过去的时候，我们的每一次呼吸都充满了谎言的味道。

——威廉·麦克斯韦尔[1]，《再见，明天见》

[1] William Maxwell（1908—2000），美国小说家和传奇编辑。他的小说《再见，明天见》（*So Long, See You Tomorrow*）获1982年的美国国家图书奖。——译注，下同

目 录 Contents

五
——
加西亚医生

一

北海

1 教徒和女校友的照顾

根据他母亲的说法，杰克·伯恩斯在成为演员之前就已经是演员了。但杰克最生动的童年回忆，是他迫不得已紧紧抓住他母亲手的那些瞬间。他当时可真的没在演戏。

当然，我们并不会记得多少四五岁之前的经历。我们记住的，要么是印象深刻的事情，要么是回忆的某些片段，我们的回忆甚至与现实截然相反。杰克回想自己第一次想要伸手去拉他妈妈的手的场景，那很可能已经是他第一百次或两百次那么做了。

学前测验表明，杰克·伯恩斯拥有超出他年龄的词汇量。就那些对成年人谈话习以为常的儿童而言，尤其是单亲父母的子女，这算不上多么罕见。但测验结果中更让人刮目相看的，是杰克连续记忆的能力。当时他年仅三岁，但连续记忆的能力已经相当于九岁儿童。四岁时，杰克对细节的记忆和对线性时间的理解不输给任何一个十一岁的学生。（这里的细节包括但不仅限于衣着和街道名称这样的琐事。）

杰克的母亲艾丽丝对测验的结果感到困惑。因为在她看来，自己的儿子只是一个心不在焉的孩子，而且经常开小差的习惯让杰克显得比同龄人幼稚不少。

1969 年秋天，杰克年满四岁，还没进幼儿园的他被母亲领着来到了位于多伦多森林山皮克索尔和哈钦斯山道的拐角处。他们在等待学校放学，艾丽丝解释道，这样杰克就能见到那些女生了。

圣西尔达学校当时被人称作"女子教会学校"，学生从幼儿园阶段入学，可以一直读到高中毕业。当时的加拿大依然存在这类学校。杰克的母亲已经下定决心，要让杰克从这里开始接受学校教育，尽管他是个男孩。直到学校的正门打开时，她才把这个决定告诉杰克。女生如同欢迎队伍般走了出来，她们有的情绪阴郁，有的兴高采烈，有的容貌美丽，有的无精打采。

艾丽丝宣布："明年开始，圣西尔达女校就要招收男生了。招生的数量很少，而且只能从幼儿园读到四年级。"

杰克被这个决定惊得无法动弹，几乎喘不过气来。他被放学的女生包围了，一些身材高大的女孩子在大声聒噪，她们都身穿制服。制服的颜色是灰色和栗色的，杰克·伯恩斯后来觉得自己会一直穿着这两种颜色的衣服躺进坟墓。女生们穿着白色水手服，外面套着灰色毛衫或者栗色的制服上衣。

"他们会招收你的，我正在安排。"杰克的母亲对他说。

"怎么安排？"他问道。

"我还在琢磨。"艾丽丝回答。

这些女生的下半身穿着百褶裙和灰色及膝中筒袜。这是杰克第一次见到这样裸露的双腿。他还无法理解这些女孩子的内心有多么不安分，非要把袜子褪到脚踝，最高的也不到小腿，虽然学校明令规定及膝袜必须穿得及膝高。

杰克·伯恩斯进一步观察发现，所有的女孩都没看到他站在那里，或是干脆对他视而不见。然而，有一个高年级女生，她有成年女性般的丰满臀部和胸部，嘴唇和艾丽丝的双唇同样饱满。她与杰克四目相视，好像没办法控制自己的眼睛。

当时年仅四岁的杰克不确定到底是自己还是她，深陷对方的注视无力把目光移开。不管那个人是谁，她脸上那种了然于心的表情着实让杰克害怕。也许，她从杰克身上看到了他长大一些甚至成年后的样子，看到了他身上某种让她极度渴求的东西而目不转睛。（突然，这个女孩将目光移开，可能是因为恐惧和自觉羞愧。杰克·伯恩斯将来有一天也许会得知具体原因吧。）

直到女学生的人潮退去，杰克和他妈妈依旧站在那里。有些人步行离开，她们的脚步声与吓人的刺耳笑声也跟着消失了。不过，初秋空气中的暖意足够留存住女孩子们身上的气息。杰克不情愿地呼吸着弥漫着女生气味的空气，他以为这是香水味。就圣西尔达的大多数女生而言，萦绕在空气中的并不是香水味，而是她们的体味。杰克·伯恩斯永远都不会习惯这种味道，也无法对这味道漠然处之，甚至当他念完四年级离开这里时都未能适应。

"可我为什么要到这里来上学呢？"等女孩子们都走光了，杰克问他妈妈。地上的落叶是这个街角唯一还在动的事物。

"因为这是所好学校，而且你和女孩子们在一起会很安全。"艾丽丝回答。

杰克当时肯定不是这样想的，因为他立刻就伸手拉住了妈妈的手。

在杰克进入圣西尔达学校的前一年秋天，妈妈让杰克的生活充满了意外。在带着杰克见过这群日后会主宰他生活的女孩子后，艾丽丝宣布准备去北欧，一边工作一边寻找杰克出走的爸爸。她知道几座位于北海沿岸的城市，那个男人很可能就躲在其中之一。他们要一起找到他，就他遗弃的责任与他当面对质。杰克·伯恩斯之前经常听见他母亲把他们母子二人比作他父亲"遗弃的责任"。虽然只有四岁，但杰克已得出结论，爸爸已经永远离开了他们。不过实际情况是，爸爸在他出生前就离开了。

当他妈妈说会在那几座外国城市工作时，杰克就知道她会从事何种工作。和她的父亲一样，艾丽丝是一位刺青师，刺青是她唯一会做的工作。

在行程计划上的那几座北海沿岸的城市，当地刺青师会雇佣艾丽丝的。他们知道艾丽丝做过她父亲的学徒。艾丽丝的父亲是一位知名刺青师，来自苏格兰的爱丁堡。具体说来，是爱丁堡的利斯港。杰克的妈妈在那里遭遇厄运——遇见了杰克的父亲。还是在那里，他让艾丽丝怀孕了，又离开了她。

根据艾丽丝的讲述，杰克的父亲登上了开往加拿大新斯科舍省哈利法克斯的"新苏格兰"号轮船。等找到工作赚到钱，他就让艾丽丝过去。他大概就是这样承诺的。但艾丽丝说自己再也没有得到他的任何消息，除了从别人口中听到一些有关他的事情。在离开哈利法克斯之前，杰克的父亲在爱丁堡可谓人尽皆知。

杰克的父亲原名卡勒姆·伯恩斯，他还在念大学时把自己的名字改成了威廉·伯恩斯。威廉的父亲叫阿拉尔斯代尔，威廉说光这个名字就够苏格兰了。因为把艾丽丝肚子搞大的事在爱丁堡闹得沸沸扬扬，他被迫前往加拿大。在此之前，威廉·伯恩斯已经是皇家管风琴学院的准学士了，也就是说，他除了有音乐方面的学士文凭，还拥有一张管风琴演奏的文凭。遇见杰克的母亲时，威廉正在南利斯教区教堂担任管风琴师，而艾丽丝是那里的唱诗班成员。

威廉·伯恩斯进入爱丁堡大学研读音乐之前，念的是有三百多年历史的赫里奥特独立学校。对一个有着中上阶级式自命不凡的爱丁堡男孩而言，第一份工作竟然是在中下阶层聚居的利斯演奏管风琴，无异于掉入了贫民窟。不过，杰克的爸爸喜欢开玩笑说，苏格兰长老会可比苏格兰圣公会付的薪水高多了。虽然身为圣公会新教徒，但威廉觉得在南利斯教区也不错。那座教堂的墓地只有三百多块墓碑，但据说埋葬了一万一千个灵魂。

穷人是没有资格葬在教堂墓地的。杰克的妈妈告诉杰克，人们会在深夜把亲人的骨灰通过栅栏撒到墓地里。一想到众多死者的骨灰在黑夜里随风而起，杰克就会做噩梦。但那座教堂恰恰因为这座墓地成了一个著名景点。艾丽丝相信，自己因为威廉开始在那里唱歌，她死后一定会进入天堂。

在南利斯教区教堂，唱诗班和管风琴位于教众座位的后方。留给唱诗班的座位只有二十个——女孩在前，男孩在后。布道时，威廉特意让坐在前排的艾丽丝身子前倾，这样他可以清楚地看到她。她穿了件蓝色的长袍（"是蓝色松鸦的那种蓝"，她这样告诉杰克），还戴了个白色的假领。1964 年 4 月的一天，当杰克的爸爸第一次弹奏管风琴时，杰克的妈妈就爱上了他。

艾丽丝是这么说的："我们唱着基督复活赞美诗，墓地里开满了番红花和黄水仙。"（毫无疑问，那些被偷偷撒在墓地里的骨灰滋养了这些花。）

这名年轻的管风琴师也担任唱诗班的指挥。艾丽丝带着这个年轻人见了她父亲。她父亲的刺青店叫"持之以恒"，这恰好也是利斯港的训言。刺青店可能位于曼德尔森街或珍妮街，那是威廉人生中见到的第一家刺青店。杰克的妈妈解释说，在那段日子里，有一座铁路桥横穿利斯步道，把曼德尔森街和珍妮街连在了一起。杰克记不起那家刺青店到底位于哪条街上了。他只知道妈妈一家人都住在店里，每天可以清楚地听见火车的隆隆声。

杰克的妈妈把这种生活称作"睡在针尖上"，这是一句源于两次世界大战期间的俗语。"睡在针尖上"的意思是说，时局艰难，你只能睡在刺青店里，因为你没有别的地方可住。不过有时候，这句话是用来描述一位刺青师死在了自己的店里，就像艾丽丝的父亲那样。反正无论是哪种意思，她爸爸总归是"睡在针尖上"了。

艾丽丝的母亲在分娩时去世了，艾丽丝是由父亲（杰克从未见过他的外祖父）在刺青圈里抚养大的。在杰克的眼中，他妈妈是一位独特的刺青师，因为她身上什么刺青都没有。艾丽丝的父亲对她说，在长大并对自身有基本认知之前，她不应该在身上刺青。他指的一定是所有做出后就无法改变的事情。

杰克的妈妈二十来岁时就常常对杰克说："就算我现在已经六七十岁了，你想刺青的话也得等我死了以后。"她这么说的意思是，在身上刺青这件事他想都别想。

艾丽丝的父亲打第一眼就不喜欢威廉·伯恩斯。这两个男人见面的第一天，威廉就有了他人生中的第一个刺青。刺青位于他的右大腿上，威廉坐在马桶上时就可以看到。刺青的内容是他与艾丽丝一起排练的复活

· 7 ·

节赞美诗的第一句——"基督我主今复活"。如果不看歌词，还可以从刺青里的乐谱认出这首赞美诗，但你必须要坐得离杰克的父亲非常近，可能得坐在相邻的马桶上才行。

给这位才华横溢的年轻管风琴师刺青之后，艾丽丝的爸爸告诉她，威廉肯定会成为"墨水瘾君子"，是个"收集癖"。他的意思是，威廉不是那种有了一个刺青就满足的人，可能有二十个刺青也不会满足。他会不停地在身上添加新的刺青，直到他全身变成一张乐谱，他的每一寸肌肤都刺满了音符——这是个极端的预言，却没有吓退艾丽丝。这位对刺青充满狂热的管风琴师早已偷走了她的心。

杰克·伯恩斯在四岁时就已经听过这个故事了。当他妈妈宣布即将到来的欧洲之行时，最让他吃惊的是她下面这段话："明年这个时候你要上学了，如果我们那会儿还是没找到你父亲，我们就彻底忘掉他，继续我们的生活。"

这段话令他震惊的原因是，自从杰克记事起，他的父亲便失踪了。（事实更悲惨，他的父亲"遗弃"了他们。）杰克和他妈妈为找到威廉·伯恩斯付出了很多。杰克以为他们最后总归会找到他的。"彻底忘掉他"这种想法对这个男孩来说，比去北欧还要陌生。杰克也没想到，在他妈妈的心目中，自己的入学竟然如此重要。

艾丽丝自己没有完成学业。威廉受过大学教育，她因此一直觉得自己低人一等。威廉的父母都是小学教师，还教授私人钢琴课程。他们都极为看重专业的艺术修养。在他们看来，在南利斯教区教堂演奏管风琴的工作着实配不上他们的儿子，这不仅仅是因为当时爱丁堡和利斯之间的阶级对立。（苏格兰圣公会和苏格兰长老会之间的差异也是个原因。）

艾丽丝的父亲从来都不是教徒。他之所以送艾丽丝去教堂参加唱诗班，是想让她拥有一种在刺青店之外的生活，但他未曾想到艾丽丝会在教堂唱诗班遇到她此生的厄运，或者说没想到她会把那个厚颜无耻的诱奸犯带到店里来做刺青！

尽管威廉是南利斯教区教堂的首席管风琴师，但他的父母坚持认为威廉应该接受老圣保罗教堂助理管风琴师的职位。在他们看来，最重要的原因是老圣保罗教堂属于苏格兰圣公会，而且在爱丁堡，不在利斯。

真正让威廉着迷的是管风琴。他六岁就开始学习钢琴，直到九岁才第一次触碰管风琴。七八岁时，威廉把碎纸贴到钢琴琴键的上方，把它们想象成管风琴的音栓。威廉早就梦想自己演奏管风琴了，而他梦寐以求的那架管风琴就是老圣保罗教堂的"威利斯老爹"。

按照他父母的想法，成为老圣保罗教堂的助理管风琴师比在南利斯教区教堂当首席管风琴师风光多了，但威廉只想演奏一次"威利斯老爹"。杰克的妈妈说，"威利斯老爹"之所以出名，老圣保罗教堂的声学效果是个重要原因。杰克后来不禁疑惑，既然混响时间（声音降低六十分贝所需的时间）比管风琴本身更重要，是不是任何一架管风琴在老圣保罗教堂都可以发出很好的声音？

艾丽丝还记得在老圣保罗参加过一次"管风琴马拉松"活动——一场持续二十四小时的管风琴音乐会，由不同的管风琴师分别演奏半小时到一小时。这种活动一定是为慈善筹款举办的吧。当然了，演奏的顺序是有等级的：最好的演奏者最先登场，这样可以让大部人听到。年轻的威廉·伯恩斯预计的上场时间在午夜前，不过就比午夜早了半小时。

威廉上场时，教堂里只剩下了一半的人，可能还没有那么多。杰克的妈妈是其中最专注的一个。接下来上场的那位略微差些的演奏者也在场，他等着在午夜时分上场。

能在传说中具有绝佳混响的老圣保罗教堂演奏，威廉可不想把这次机会浪费在演奏一首"舒缓"的作品上。艾丽丝这样讲述时，就杰克的理解，他父亲是要演奏一首特别"响亮"的作品。威廉选择了法国作曲家莱昂·波尔曼的一首托卡塔，艾丽丝形容其"热闹而聒噪"。

老圣保罗教堂外侧有一条狭窄的巷道。爱丁堡无家可归的人——其中大部分是醉鬼——会在教堂的外墙挤成一团躲避风雨。他们可能是途经这个巷道时昏睡过去了，也可能是专门来此过夜的。也许他们几乎每个夜晚都能安然入眠，可是没有人能在波尔曼的托卡塔声中睡个安稳觉，哪怕在教堂外面也没用。

一个无家可归的醉鬼突然蹦出来吵嚷的样子把艾丽丝逗乐了。"你能不能别再弄那个他妈的吵死人的玩意儿了？那个该死的他妈的管风琴搞出的声音能把他妈的死人吵醒，他妈的我还怎么睡个他妈的安稳觉？"

艾丽丝觉得，如果那个醉鬼在教堂里说出这种话一定会被雷劈死。在上帝采取措施之前，威廉继续演奏着，而且故意弹得更加起劲。他演奏的声音大到老圣保罗教堂里的每个人都跑了出来，包括艾丽丝。接下来要在午夜时上场的演奏者在雨中与她站在一起。杰克的妈妈告诉杰克，那个满嘴脏话的醉鬼早就不见了踪影。"他很可能在搜寻一个听不到波尔曼托卡塔的藏身之处吧！"

虽然演奏的混响效果很出色，但威廉·伯恩斯对这架管风琴很失望。"威利斯老爹"建造于 1888 年，如果能维持原样，这架管风琴会获得更好的评价。然而，按照威廉的评估，这架管风琴被"过度改动"了。他有机会弹奏它以前，这架管风琴被改造过，还通了电，这种改动在 1960 年代那种反维多利亚时代风格的潮流下非常典型。

艾丽丝在乎的才不是什么管风琴。让她沮丧的是威廉辞去了在南利斯教区教堂当管风琴师的工作，来到了老圣保罗教堂做助理管风琴师，她却没办法跟他一起。因为那个时候，老圣保罗教堂的唱诗班成员都是从教众中选拔的男性。因此，艾丽丝每次去那里只能看见威廉背对着自己演奏。

她简直嫉妒死那些唱诗班成员了！仪式进行前，唱诗班会跟随十字架走到教众的前面，他们可以看到在场的所有人，不像在利斯那样是留在教众后面，完全没有存在感。不过，让杰克的母亲更加痛苦的是，她发现自己并不是唱诗班中唯一一个爱上杰克父亲的女孩，却是唯一一个怀孕的。

作为老圣保罗教堂的助理管风琴师，威廉·伯恩斯需要听命于高级管风琴师和牧师。他那雄心勃勃的父母和苏格兰圣公会，可不会对他把一个利斯刺青师女儿的肚子搞大这件事善罢甘休。是谁最后做的决定，杰克永远不得而知，但圣公会和威廉的父母很可能插手了。杰克的妈妈愤愤地说他们竟然要"把他撵到加拿大新斯科舍省"。

老圣保罗教堂在加拿大圣公会的哈利法克斯对口教堂也叫圣保罗。不过，他们没有"威利斯老爹"。位于牛津街的第一浸礼会教堂拥有整个哈利法克斯最好的管风琴。威廉·伯恩斯一定被告知必须在短时间内下定决心，否则他不可能为了教派而放弃管风琴。因为他真正在意的是音乐，不是教会。当时圣保罗教堂的管风琴师快要退休了，时机真凑巧。

据说，哈利法克斯的居民之所以几乎都知道威廉，十之八九是因为他和一两个唱诗班女孩（还有一说是一位年长的女子）搞到了一起。他与圣公会的关系很快就恶化了。根据杰克母亲的说法，杰克的父亲不想和这些教徒多相处一天。

据传闻，威廉的父母告诉艾丽丝，他们没有给威廉一分钱，也没有向她隐瞒威廉的去向。关于第一点，可以相信是真的。威廉的父母的确没什么钱。但艾丽丝很难相信他们没有合谋向她隐瞒他的去向。就在艾丽丝到达前不久，威廉被迫离开了哈利法克斯。他当时一定非常需要钱。刚开始找威廉时，艾丽丝发现他又做了个刺青——是在哈利法克斯的查理·斯诺的店里做的，那里的电力靠的还是汽车蓄电池。威廉花了颇久才在多伦多找到工作，但很快就丢了。

在安排威廉前往新斯科舍省的问题上，艾丽丝从来没有责怪过老圣保罗教堂在其中推波助澜。倒是老圣保罗的教区居民（反而不是她所在的南利斯的教众），共同出资让艾丽丝去哈利法克斯找威廉。

另外，艾丽丝在哈利法克斯也得到了加拿大圣公会的照料，而且照料得很不错。不过，他们把她安置在圣保罗教区位于阿盖尔街和王子街街角的教区社交厅里等待分娩。这样安排的结果，更像是把她放到那里"展览"。

杰克·伯恩斯的出生过程很艰难。"是剖腹产。"他妈妈在抵达第一座北海港口时这样告诉他。这个四岁的男孩当时根本不明白"剖腹产"的意思。又过了一段时间——很可能就是在欧洲之行的途中——杰克才明白"剖腹产"的真正含义。也就是在那个时候，艾丽丝向杰克解释了为什么他不能和妈妈一起洗澡，或者说不能看到妈妈的裸体。杰克的妈妈告诉他，她不想让他看到剖腹产留下的伤疤。

杰克·伯恩斯就这样在圣保罗教堂教众的照料下，在哈利法克斯出生了。根据艾丽丝的回忆，他们大部分人都对她充满了怜爱，向这位苏格兰长老会唱诗班的任性女孩展现了相当的同情，同时表达了对同为圣公会新教徒的淫荡管风琴师的极端蔑视。苏格兰圣公会与加拿大圣公会同属新教教派，正是因为哈利法克斯圣保罗教区的新教徒起到的作用，威廉没办法长期藏在多伦多。

"教会盯上他了。"艾丽丝这样解释。

与此同时，杰克出生后，他的母亲开始给查理·斯诺工作。查理是英国人，曾于第一次世界大战期间在英国商船队做水手。他因为在加拿大蒙特利尔弃职离船而闻名。他在那里向弗雷迪·鲍德温学习了刺青。弗雷迪·鲍德温也是英国人，参加过南非布尔战争。

弗雷迪·鲍德温和查理·斯诺都认识那位刺青界闻名遐迩的"大欧米"[1]。当时人们争相买票，只为了一睹大欧米那张满是刺青的脸。他以前经常跟着马戏团来哈利法克斯。他走在街上会戴一副滑雪面具。"没人能不花钱就看到他的脸。"杰克的妈妈告诉杰克。（这件事给这个男孩带来了更多因噩梦而不眠的夜晚。杰克忍不住想象大欧米脸上的恐怖刺青。）

艾丽丝从查理·斯诺那里学会了用无水酒精冲洗刺青的器具。她用烟斗清洗器来清洁针管，并把针管浸泡在酒精里。每天夜里，她都要把针管和针头放在蒸锅里煮沸。"就是那种用来煮蛤蜊和龙虾的锅。"艾丽丝说。

查理·斯诺则用亚麻布来制作绷带。"那时候可没有那么多肝炎患者。"艾丽丝解释道。

她说，弗雷迪·鲍德温给查理·斯诺刻了他一生最伟大的刺青。在查理的心脏部位，印第安酋长"坐牛"与率领美国骑兵的卡斯特将军对面

---

[1] 即霍瑞斯·伦纳德·莱德勒（Horace Leonard Ridler，1892—1969），职业怪异秀表演者和杂耍师。全身遍布刺青，被称为"大欧米"或"斑马人"。

而坐。卡斯特将军刺在查理的右胸上，他茫然地直视前方。查理的胸骨正中刺了一艘全速行驶的帆船。一条横幅在查理的锁骨处展开，上面写着"返乡之旅"。

查理·斯诺直到1969年八十岁时，才落叶归根。（他死于出血性溃疡。）艾丽丝从查理那里学到了很多手艺，却是从杰里·斯沃鲁那里学会刺日本鲤鱼图案的。杰里·斯沃鲁在刺青圈里的名字叫"水手杰里"，他1962年时成了查理·斯诺的学徒。艾丽丝很喜欢说自己和杰里·斯沃鲁"师出同门"。当然，她之前在她父亲位于利斯港的刺青店里早就当过学徒了。

早在到达哈利法克斯之前，杰克的母亲就会刺青了。

杰克·伯恩斯并没有对自己出生的地方留下太多回忆。直到四岁时，多伦多是他唯一知道的城市。毕竟，当他妈妈获得了他父亲在多伦多的消息，带着他离开哈利法克斯时，他还只是个婴儿。又一次，在他们到达之前，杰克的爸爸就离开了。等到杰克渐渐意识到父亲的缺席，又有传言称威廉再次跨越大西洋回到了欧洲。

在青少年时代的大部分时间里，杰克不禁疑惑，会不会是他爸爸在多伦多圣西尔达女校的"丰功伟绩"让他妈妈把他送到了这里读书。难以想象，圣西尔达女校竟然雇了威廉·伯恩斯来训练高年级合唱队。合唱队的成员都是该校九至十三年级的女生。威廉同时私下教授钢琴和管风琴，学生几乎仅限于高年级女生。对于十几岁的杰克而言，他父亲在女校中会有怎样的冒险行为，就只能靠想象了。（威廉对该校女生音乐教育的卓越贡献，甚至使圣西尔达女校将他任命为学校小教堂的首席管风琴师。）

不出所料，威廉在圣西尔达女校的成功好景不长。一个上过他钢琴课的十一年级女生第一个臣服于他的魅力，不过被搞大肚子的却是一个十三年级的女生。威廉后来开车带着这个女孩去美国水牛城接受了一次非法的堕胎手术。当艾丽丝带着自己的私生子来到多伦多时，威廉已经逃跑了。杰克和他的母亲再次受到了当地教区教众的热情接待。

圣西尔达是一所属于圣公会的教会学校。校园里有一座小教堂，很多圣西尔达的毕业生都在这里举办婚礼。这座教堂也是加拿大圣公会在多伦多的一处重要教堂。1960年代，学校为数不多的几份奖学金均来自女校毕业生协会这个强大校友会的资助。神职人员的孩子会被优先考虑，其他获得资助的人选就比较随意了。除了圣公会新教徒、圣西尔达的教工人员和管理层，女校毕业生协会也很快得知了艾丽丝的情况。（当然杰克也包含在该情况之内。）所以，当艾丽丝告诉杰克，她会安排圣西尔达招收他为第一批男学生时，杰克以为他妈妈得到了女校毕业生协会的帮助。

事实上，艾丽丝和杰克一直都很幸运。圣西尔达的一位校友让他们住到了自己的家里。威克斯蒂德夫人是校友会里冲锋陷阵的人物。自从她的丈夫去世后，她就令人费解地成了未婚妈妈的捍卫者。她不仅为了她们奋斗，甚至还把她们领进自己家里。

威克斯蒂德夫人是一名寡妇，但她早就走出了哀伤。她住在一座气派但算不上堂皇的房子里，它位于司帕蒂纳街和劳瑟街的拐角处。杰克和他妈妈被安排在两个房间居住。房间不大，而且共用卫浴，但干净舒适，还有挑高的天花板。

威克斯蒂德夫人的管家叫洛蒂，以前住在爱德华王子岛，走路一瘸一拐。艾丽丝出门找工作时，洛蒂就成了孩子的保姆。

多伦多在1960年代实在算不上北美刺青圈的重要城市。艾丽丝跟着父亲学过刺青，再加上她在哈利法克斯从查理·斯诺和"水手杰里"那里学到的手艺，到多伦多的刺青店里做工简直是大材小用。她的技术可比"海滩拾荒者比尔"好多了，但比尔拒绝雇用她（出于某些杰克并不知晓的原因）。"中国佬"也不如艾丽丝，却给了她工作。"中国佬"的真名叫保罗·哈珀，他看起来不像中国人。他清楚艾丽丝是1965年时多伦多最棒的刺青师，所以录用她时没有片刻犹豫。

"中国佬"的店面位于邓达斯街和贾维斯街的西北角。老沃威克宾馆附近有一座维多利亚时代的房子，顺着阶梯可以走到地下室的门前。刺青店就在地下室里，你可以从邓达斯街的人行道上直接进到店里。地下室窗户的窗帘一直是放下来的。

杰克·伯恩斯记得自己在幼年时，偶尔会把保罗·哈珀这个名字加入自己的祈祷中。"中国佬"帮助艾丽丝在她选择的这座城市开始了自己的事业，虽然这座城市并不是杰克的选择。

可是，受制于人毕竟不是好事，受人恩惠也是有代价的。"中国佬"没有要求艾丽丝感恩戴德，但威克斯蒂德夫人就不同了。毋庸置疑，威克斯蒂德夫人是出于好意，可她离婚的女儿却说，杰克和艾丽丝是"不交租金的房客"。这种说法真是对"不交租金"的误用。

威克斯蒂德夫人草率地认为艾丽丝的苏格兰口音会拉低她的社会地位，比她那怪异还有些恶心的刺青手艺产生更加深远的损害。以杰克对事物的理解，威克斯蒂德夫人相信他妈妈口音中的小舌音既是对英语发音的亵渎——以威克斯蒂德夫人说的英语为准——也是一种诅咒，会让"可怜的艾丽丝"永远跌入比在利斯时还要低的阶层。

身为长期资助母校的富有女校友，威克斯蒂德夫人从圣西尔达雇了一位英语老师——卡罗琳·伍尔兹小姐，希望她可以改变艾丽丝那种让人不舒服的口音。在威克斯蒂德夫人看来，伍尔兹小姐不仅吐字清楚，措辞得体，而且似乎缺乏想象力，所以她不会觉得艾丽丝的小舌音很可爱。或者可能是伍尔兹小姐对艾丽丝更加看不顺眼，毕竟她的口音和刺青师的身份比起来已经不太让人感到厌恶了。

卡罗琳·伍尔兹来自德国，来多伦多之前在埃德蒙顿待了段时间。她是一位杰出的教师，能纠正任何人的外国口音。她强大的气场，让"外国"这个词无所遁形。无论伍尔兹小姐是听了谁的话而对艾丽丝看不顺眼，她却明显偏爱杰克。她甚至都没办法把目光从杰克身上移开。有时，她看着他的样子就像是在通过杰克脸庞的轮廓来预卜这个孩子的未来。

至于艾丽丝，她对苏格兰的依恋让伍尔兹小姐犯了难。她屈服于伍尔兹小姐对她吐字与用词的纠正，好像她的母语里没有任何让她感觉珍贵的东西。她父亲的去世——她到哈利法克斯之后，杰克出生之前——和威廉的逃避，让艾丽丝自觉低了伍尔兹小姐一等。

因此，艾丽丝在大西洋的一侧失去了自己的贞洁，在另一侧失去了自己的苏格兰口音。

"这算不上失去。"她后来这样对杰克倾诉道。（这个男孩假定母亲指的是口音。）艾丽丝好像无论对伍尔兹小姐还是威克斯蒂德夫人都没有心生怨恨。杰克的妈妈没有接受过良好的教育，但她言语得体、礼貌周全。威克斯蒂德夫人就数对她和杰克态度最和蔼。

至于跛脚的洛蒂，杰克很喜欢她。洛蒂总是拉着他的手，经常是在杰克伸出手够到她之前，她就主动握住他的手。每当洛蒂拥抱他时，杰克便感觉洛蒂是为了让他感受到被爱护，也是因为她由衷地爱着他。

"你憋住气，我也憋着。"她常常这样对他说。他们一起胸膛贴着胸膛屏住呼吸时，可以感受到对方的心跳。"你一定要活下去。"洛蒂总是这样说。

"你也一定要活下去，洛蒂。"男孩回答道，然后赶紧吸了口气缓解窒息的感觉。

杰克后来了解到，洛蒂之所以离开爱德华王子岛，是出于与他母亲前往哈利法克斯类似的原因。不同的是，洛蒂的孩子在她抵达多伦多时夭折了。威克斯蒂德夫人和圣西尔达女校友在多伦多给了她很大的帮助。不管称她们是新教徒还是英国圣公会的敬拜者，这些女校友都是一个整体。而像杰克和他母亲这种在新大陆独自漂泊的人，能得到女校友的照料真是太幸运了。

2 被最小的士兵救了一命

　　艾丽丝的父亲全名为比尔·斯特罗纳克。因为斯特罗纳克这个姓氏多见于苏格兰的阿伯丁郡，所以在刺青圈里，艾丽丝的父亲就以"阿伯丁比尔"的绰号为人熟知，虽然他是在利斯出生的，和阿伯丁几乎没有任何关系。根据他唯一的子嗣艾丽丝的说法，比尔·斯特罗纳克只在阿伯丁度过了一个酩酊大醉的周末，就是惯常的那种一切都不顺心的周末。他在余生都被叫作"阿伯丁比尔"。艾丽丝出生之前，年轻的"阿伯丁比尔"曾跟着马戏团游历各地。入夜，他常常就着一盏油灯的光在帐篷里给马戏团的成员刺青。他还学会了用油灯的烟垢混合糖浆制作他最好的墨汁。

　　1969 年秋天，在杰克和他妈妈动身前往欧洲前，艾丽丝给即将前往的几座城市的刺青师写了信，虽然她只是听说过他们而已。她在信里说，自己在苏格兰利斯港"持之以恒"刺青店里学会了刺青。实际上，她只要说自己是"阿伯丁比尔"的女儿就足够了。如果这些北海沿岸城市的刺青师没听过"阿伯丁比尔"的大名，那他还不如自己手里的针值钱呢。

　　杰克和艾丽丝最先去了丹麦的哥本哈根。奥勒·汉森在市中心新港17 号的店里，他收到了艾丽丝的信，并一直在等待她的到来。与"阿伯丁比尔"相似，"刺青奥勒"也是个海员。（他从来不称自己是刺青高手，而更喜欢说自己是一位刺青师。）另外一个与"阿伯丁比尔"的相似之处是，他也在身上刺了很多的心和美人鱼、毒蛇和船、旗帜和花朵，以及蝴蝶和裸女。

当时刚过四十岁的"刺青奥勒"给艾丽丝起了她在刺青圈的绰号。当时她和杰克走进奥勒位于新港的店铺，正值 11 月下旬，从波罗的海吹来的风带动着灰色运河上的船只拍打着波涛起伏的河水。工作中的奥勒抬起头来，他正在一个男人半裸的宽阔后背上刺一名裸女。

"你就是'女儿艾丽丝'吧。""刺青奥勒"说。从此，还没有自己开店的艾丽丝有了她的刺青绰号。

"刺青奥勒"当下就雇用了她。第一周，奥勒负责勾勒所有的轮廓图，然后让艾丽丝进行上色的工作。到第二周时，他便让艾丽丝独自负责轮廓图的刻画了。

在"刺青奥勒"的店里唯一需要注意的是，奥勒·汉森是位海员，"女儿艾丽丝"只要与他相处融洽就可以了。毕竟，她是在她父亲的调教下学习刺青的。在她父亲向她展示怎样使用刺青的电动器具之前，她人生中最初的几个刺青图案都是用手戳出来的。

因为有过在父亲店里当学徒的经历，艾丽丝对"刺青奥勒"用的乙酸模具并不陌生。她能刺出破碎的心、裂成两半的心或者被荆棘和玫瑰缠绕的滴血的心，能刺出非常骇人的海盗骷髅和喷火的巨龙，能刺出哥特风格的十字架上的基督，能精细地描绘脸上流淌着绿色泪水的圣母玛利亚，还能用刺青表现女神用剑斩落毒蛇的场景。她能刻画在大海上行驶的船只、各式各样的锚以及坐在海豚上的美人鱼。艾丽丝还刺了很多自创的裸女，并拒绝使用奥勒现成的模具。

"刺青奥勒"的裸女刺青总让艾丽丝感到心烦。比如女性的阴毛总是很稀少，弯曲的弧度像一条颠倒的眉毛，看上去像在微笑的嘴唇中间有一条竖线穿过。而且奥勒的裸女总是长着茂密的腋毛。但艾丽丝当着奥勒的面做出的唯一评论是她更喜欢裸女的"背面"。

拉尔斯·马德森也是奥勒的学徒，他的绰号是"万人迷拉尔斯"或"万人迷马德森"。他是个不太自信的年轻人，他对艾丽丝说，只要能让他一亲芳泽，不管什么裸女他都喜欢。"正面和背面都可以。"他说。

如果回应，艾丽丝一般只会说："别当着杰克的面说。"

杰克喜欢"万人迷拉尔斯"。他妈妈在多伦多时几乎没带他去过"中国佬"的店。杰克知道妈妈作为刺青高手的手艺，可艾丽丝对于让儿子看她工作似乎并不太热心。但是，哥本哈根没有洛蒂来照顾杰克了。直到"刺青奥勒"在英格兰酒店的女服务员居住区给他俩找到两间共用卫浴的房间之前，杰克和妈妈只能住在新港的店铺里。

"我又'睡在针尖上'了。""女儿艾丽丝"常常这么说，好像这让她百感交集。

在多伦多时，尽管不太情愿，艾丽丝还是允许杰克使用刺青用的电动器具。对这个男孩来说，那玩意儿像是一把手枪，不过它发出的声音更像是牙医的钻头，每分钟可以刺戳两千次以上。

杰克和艾丽丝来到哥本哈根后，杰克只能用电动器具在橙子或柚子上刺戳，在比目鱼（"阿伯丁比尔"告诉艾丽丝新鲜比目鱼的质感最接近人类皮肤）上练习的次数仅有一次，因为他妈妈说新鲜的鱼很贵。可"万人迷拉尔斯"让杰克直接在他身上练习。

拉尔斯·马德森比杰克的母亲稍微年轻些，他作为学徒的手艺就生疏多了，也许这就是他对杰克这么慷慨的原因吧。当"刺青奥勒"看过艾丽丝的手艺后，可怜的拉尔斯就只被允许做上色的工作了。除了偶尔的例外，奥勒和艾丽丝只让拉尔斯在他们画好的轮廓线内上色，但"万人迷拉尔斯"却让杰克在他身上刺轮廓线。

拉尔斯让一个四岁大的孩子这么做，是一个大胆甚至鲁莽的决定。但幸好杰克只能在马德森脚踝的区域练习。某个"刮痕师"（糟糕的刺青师）在那里刻了他两任前女友的名字，而现在这成了拉尔斯爱情生活的阻碍——至少他相信如此。杰克接受了把他两任前女友的名字遮住的任务。

事实上，有两成的刺青都是为了遮盖而做。世界上有一半要除去的刺青都和人名有关。"万人迷马德森"一头金发，有一双蓝色的眼睛，微笑时会露出很大的齿缝，还因为一次斗殴导致鼻子歪斜。他的一只脚踝处刺着一根绿色的荆棘枝，一颗颗红心在上面含苞待放，好像是一株玫瑰因为"私通"开出了红心而非花朵。他另外一只脚踝则被黑色链条的刺青环绕着。荆棘枝缠绕的名字是克斯滕（Kirsten），而和链条连在一起的名字是埃利丝（Elise）。

刺青器具在杰克的小手中震动着。第一次在真人皮肤上进行刺戳，小男孩一定用力过猛了。如果顾客没有喝醉，正常情况下是不会流血的，马德森只是多喝了几杯咖啡而已。针头不应该导致流血。考虑到其刺穿皮肤的深度只有约0.4毫米，最深也不超过0.8毫米。显然，杰克在可怜的拉尔斯身上用力过猛了。"万人迷"对此倒是颇显风度，但随着墨汁的喷洒和鲜血的喷溅，已经到了必须要清理一下的地步了。马德森不仅在流血，他涂抹着凡士林的皮肤在闪闪发光。

拉尔斯毫无怨言，不仅说明他年轻不怕疼痛。他一定对艾丽丝产生了迷恋，所以试图牺牲自己的脚踝来赢得她的垂青。

艾丽丝当时只有二十岁出头，而拉尔斯还未满二十。在他们这个年纪，几乎任何差别都会被不必要地放大。此外，马德森的胡须也没起到好的作用。他那一小撮山羊胡与其说是胡须，不如说是剃须时的失误，让他增加了一种不必要的傲慢。

马德森家以卖鱼为生。（是卖真的鱼，不是做鱼的刺青。）"万人迷拉尔斯"不愿意加入这个行当。也许他在刺青方面的才华有限，但通过从事刺青这个行业，拉尔斯·马德森找到了一种从他的家庭和卖鱼生意中独立出来的方法。他每次都用新鲜榨取的柠檬汁来洗头发。和克斯滕与埃利丝这两位前女友"死守"他脚踝的情况一样，拉尔斯相信他们家族生意的鱼腥味已经渗透到了自己的发根。

"刺青奥勒"仔细检查了杰克遮盖克斯滕（被长着红心的荆棘枝缠绕的那个名字）的完成情况后宣布，即使让德国汉堡著名的刺青大师赫伯特·霍夫曼来做，也不可能做得更好了。（虽然得到了如此高的赞誉，但杰克确实也让拉尔斯·马德森血流不止。）

艾丽丝用叶子和莓果的图案来遮盖字母。她告诉杰克，你可以根据每个字母的外形来构建一片叶子或是一颗莓果，偶尔也可能是一片花瓣。

某些字母的外形更加圆滑，可以利用圆滑的部分来构建莓果，而带尖角的字母更适合刺成叶子。花瓣在两种情况下都适用。

要遮住克斯滕（Kirsten）这个名字更需要的是叶子，也许还要用到花瓣，但可能性不大。这样处理后，新的刺青与原有的红心和荆棘在拉尔斯的左脚踝处构成了一把乱七八糟的花束。看上去像是许多小动物被宰杀后，它们的心脏散落在一座杂乱的园子里。

杰克对遮住埃利丝（Elise）有了更高的期许，但无论是叶子还是莓果，与原有的黑色链条都反差太大。此外，用任何植物图案来改造字母"E"都不容易。

四岁的杰克选择冬青树枝的图案来进行第二次在真人皮肤上的尝试。杰克一眼就看中了冬青那锋利的绿叶与亮红色莓果的搭配，认为这组反差强烈的组合是改造像埃利丝这种短小名字的理想之选。不过，最后的效果让人想到损毁的圣诞装饰，被人恶搞似的系在了链条篱笆上。

尽管如此，"刺青奥勒"评价说连英国布里斯托的刺青大师莱斯·斯丘思也会嫉妒杰克的作品的。这真的是非常高的评价了。奥勒做出的更高评价是类似"阿伯丁比尔"会从坟墓里坐起来这类话，但奥勒明白艾丽丝对于这种把父亲和坟墓联系在一起的措辞很敏感。

艾丽丝没有机会回去将父亲的骨灰通过栅栏撒在南利斯教区教堂的墓地里了。她父亲早已托付一个渔民把他的骨灰撒进了北海。奥勒只有一次提到了"阿伯丁比尔"的去世，说他是喝酒喝死的，这件悲剧整个北海地区的刺青师都知道。

是因为他女儿使他蒙羞——跑去哈利法克斯，又生下了私生子——让他开始酗酒的吗？还是说"阿伯丁比尔"以前就是个酒鬼？也许他又遇到了一个诸事不顺的周末，但这次他女儿的离开让问题更加严重了。

"女儿艾丽丝"从来不说这件事。"刺青奥勒"也不再提起这个话题。杰克·伯恩斯的成长过程中充满了有关这件事的各种传言和小道消息，而在新港17号的这段时间里，他接触到不少道听途说的消息。

四岁的杰克只能让他妈妈来给"万人迷"进行脚踝的清洗和包扎了。通常而言，刺青的伤口会自行愈合。只要包扎几个小时，然后用水和不带香味的肥皂洗净即可。千万别让伤口浸水，但可以涂抹润肤霜。奥勒告诉杰克，身上刚做好刺青后的感觉就像被晒伤了一样。

虽然从美学角度看，这个四岁男孩的作品是失败的，但那两个名字确实被成功地遮住了。至于"万人迷马德森"又在他的脚踝上刺了一圈像是人体器官模样的图案（"刺青奥勒"称之为"反圣诞的政治宣传"），那就是后话了。

可怜的拉尔斯。虽然奥勒给他起了绰号"万人迷"，但似乎事实恰好相反。杰克从未见过他和女孩在一起或是听他说起哪个女孩。杰克自然也没见过克斯滕或埃利丝（只见过她们的名字），虽然她们的名字是他亲手用刺青器具遮盖掉的。

与其他四岁的儿童一样，杰克·伯恩斯并不太在意成年人之间的交谈。虽然这个孩子对线性时间的理解也许相当于十一岁的儿童，但他对父亲那些事情的理解完全来自同母亲的私密谈话，而不是通过偶然听到艾丽丝与其他成年人的聊天得知的。即使听到了妈妈与别人的聊天，杰克也经常会走神。在倾听上，他完全没有达到十一岁儿童的水平。

"刺青奥勒"给威廉·伯恩斯做过刺青，虽然刺的音符不需要上色，但连"万人迷拉尔斯"都记住了他。威廉身上的刺青都是黑色的，显然，只需要勾勒轮廓这个步骤。

"有关他的一切都是'黑'的。"奥勒说道。

杰克对这句话的理解仅限于他父亲全身上下穿着黑衣服。当然，前提是这孩子听见了这句话。（考虑到奥勒对"女儿艾丽丝"的青睐，这里的"黑"可能是指威廉的不忠。）

至于奥勒给杰克爸爸起的绰号，这个孩子倒是无误地听见奥勒称威廉"音乐小子"。

奥勒在威廉的右肩上刺了巴赫圣诞音乐的曲谱，铺展开的刺青像是从旗子上撕下来的一块。艾丽丝猜测，不是巴赫的《圣诞清唱剧》就是《圣诞赞美诗的卡农变奏曲》。她知道不少威廉喜欢弹奏的曲目。而在他后腰（在那个部位刺青尤其痛苦），奥勒刺了一段亨德尔的复杂长乐句。

"还是圣诞音乐。"奥勒不屑地说。艾丽丝怀疑可能是亨德尔《弥赛亚》中圣诞部分的音乐。

"刺青奥勒"对威廉身上的两个刺青评价很差。当然，它们不会出自"阿伯丁比尔"之手。（实际上，奥勒高度评价了"音乐小子"右大腿上的复活节赞美诗。）威廉左小腿部位似乎也刺了一段赞美诗的曲谱，看上去就像是一只仅剩下袜筒的袜子。这块刺青图案的曲谱里有唱词。"万人迷马德森"见到这块刺青时非常惊奇，甚至记住了一句唱词，就是在圣公会里被广为诵唱的那句："愿主灵气吹我，赐我生命。"

艾丽丝知道这首赞美诗。与其说是赞美诗，不如说它更像一首圣咏，只不过简单地把祈祷文配上了旋律，但她还是称其为赞美诗。（她还给杰克唱过这首，威廉和她一起排练过。）因为奥勒和拉尔斯对那块刺青的高度赞美，艾丽丝推测其一定是出自查理·斯诺或"水手杰克"之手。她这两位老友曾经向她巨细靡遗地描述过他们在哈利法克斯给威廉做的刺青。

对于"刺青奥勒"批评的那两块差劲的刺青，拉尔斯倒是没有那么苛刻，但"万人迷"也承认其中的轮廓线手艺差了些。威廉的左髋部刺了很多曲谱，其刺青师没能预计到威廉弯腰时会把一些音符碾成一团。

从仅有的描述中，艾丽丝断定那是多伦多那位"海滩拾荒者比尔"的作品。不过艾丽丝后来也承认，那块刺青也可能是"中国佬"计算失误造成的。另一个失误之处在于，一些音符刺在了右臂下方靠近腋下的位置，影响了视觉完整度，他们两人中任何一个人都可能犯这种错误。

从"刺青奥勒"和"万人迷马德森"的描述中，杰克和他妈妈对"音乐小子"身上的刺青增加情况有了详细的认识。他是个"墨水瘾君子"，唉，是个刺青收集癖，真让"阿伯丁比尔"给说中了。

"那么有关他音乐方面的情况呢？"艾丽丝问道。

"什么音乐方面的情况？""刺青奥勒"反问。

"他一定是在什么地方演奏管风琴，我猜他找了个差事。"艾丽丝说。

杰克·伯恩斯非常清楚地记得这句话说完后无人回答的沉默。他之所以这么确信，是因为"刺青奥勒"的店里从来就没有安静的时候。调到流行音乐电台的收音机一直开着。虽然有三台刺青机器在工作，但当他妈妈提到他爸爸去向的话题时，即使是四岁的杰克也能意识到这是她人生中最重要的一件事。

"刺青奥勒"当时正在刺他最拿手的裸女——一条美人鱼，但这次没有让艾丽丝反感的颠倒的眉毛了。接受刺青的顾客是位老水手，睡得安稳极了，也可能是死了。当奥勒刺美人鱼尾巴上的鳞片时，他竟然躺在那里一动不动。（所谓美人鱼的尾巴就是在女人的丰臀上加了一条鱼尾巴，艾丽丝挺反感这种画法的。）

"万人迷马德森"也在忙碌。他正在一个瑞典人身上给奥勒的一条深海蛇怪上色。那条蛇怪应该是条海蟒，正紧紧地勒住一颗红心。

艾丽丝正在给自己的招牌图案"耶利哥玫瑰"进行收尾工作。这株美丽的"耶利哥玫瑰"占据了一个男孩心侧肋骨一半的区域。在艾丽丝看来，他太年轻了，不太可能知道"耶利哥玫瑰"是什么东西。四岁的杰克自然更不可能知道。向他解释何为耶利哥玫瑰的方法，就是告诉他，那是一种花中另有他物的玫瑰。

"那是一种藏有奥秘的玫瑰。"他妈妈这样告诉他。

隐藏在玫瑰花瓣之下的，是另外一种"花"的花瓣。你可以从"耶利哥玫瑰"中分辨出类似阴道口的叶鞘，但前提是你得知道阴道口什么样。正如杰克在未来某一天会明白，越难分辨出叶鞘，说明刺青的水准越高。（在高水准的"耶利哥玫瑰"刺青中，当你找到叶鞘时，你会发现那株"耶利哥玫瑰"朝你盛开了。）

三台刺青机器发出的噪声相当大，而且那个被刺着"耶利哥玫瑰"的男孩已经放声大哭了好久了。艾丽丝早就警告过他，连肩膀都会感受到在肋间上刺青造成的痛感。

然而，当艾丽丝说"我猜他找了个差事"时，杰克还以为电路出了问题，甚至连吵闹的收音机都安静下来。

没有一句口令或任何信号，这三位刺青师到底是怎样同时停下来的呢？不管是怎么做到的，三台机器都停止了工作。墨汁停止了流动，疼痛也暂时止住了。那位睡得昏死过去的水手睁开了眼，盯着发红的前臂上未完成的美人鱼。胸口上蛇怪图案的上色还未完成，瑞典人向拉尔斯投去了询问的目光。那个大哭的男孩屏住了呼吸。"耶利哥玫瑰"完成了？他受的罪总算到头了？

再次响起的收音机打破了沉默。（虽然都是丹麦语，但杰克还是能听出播放的是圣诞颂歌。）因为没人回答，于是艾丽丝重复了一遍自己的话："他一定是在什么地方演奏管风琴，我猜他找了个差事。"

"他确实有过一个差事。""刺青奥勒"说。

杰克注意到两人的话在时态上的差异，他怀疑他们这次又来晚了一步，不过也可能这个四岁的男孩误解了其中的意思。他感到很惊讶，因为他妈妈毫不掩饰自己的失望。她重新投入到刚才的工作中，将玫红色的阴道唇瓣隐藏在花瓣里。男孩又开始了呻吟，而那名耐心的老水手闭上了双眼。一直专注于上色的拉尔斯则小心翼翼，确保瑞典人心口上方那条勒紧红心的蛇怪的颜色呈现出应有的明暗变化。

"刺青奥勒"店里的墙上挂满了模具和手绘图纸，行话叫作"速绘"。正当杰克盯着一堵挂满速绘的墙入迷时，奥勒又说起了有关他那位不知所踪的父亲的事情。（这时杰克已经走神了。）

"他当时在星堡教堂演奏管风琴，不过请注意，他并不是首席。"奥勒说道。

"我想他该是助理管风琴师。"艾丽丝小心地说。

"更像是学生之类的。"拉尔斯解释道。

"没错，但他琴艺很不错。我承认自己没有听过他演奏，但我听说他是个水平很高的管风琴师。""刺青奥勒"说。

"还是个万人迷，我们听说……"拉尔斯也打开了话匣子。

"别当着杰克的面讲。"艾丽丝示意他。

吸引了杰克注意力的那些速绘被大人们叫作"男人的祸根"。速绘的图案都是让男人沉沦而把自己推向毁灭的祸端——赌博、酗酒还有女人。他最喜欢的一幅图案是一个盛着一只乳房的鸡尾酒杯，只有看起来像橄榄的乳头露出酒液；还有一幅也与之类似，不过乳房换成了女人的光屁股。在这两幅速绘中，一对骰子像冰块似的漂浮在酒杯中。

杰克的妈妈也设计了一幅有趣的"男人的祸根"，但与其他的略有不同。在她的速绘中，一个赤裸的女人（当然只是背影）正喝着手里的半瓶酒，她的另一只手里是一只骰子。

"所以他在星堡教堂遇到了麻烦？"艾丽丝问道。

"万人迷马德森"羡慕地点了点头。

"别当着杰克的面讲。""刺青奥勒"说。

"我知道是什么麻烦。"艾丽丝回答。

"这次不是和一个唱诗班女孩，是和一个教民。"奥勒主动开口道。

"是个军人的年轻妻子。""万人迷拉尔斯"说。杰克一定理解错了这句话，他张大嘴巴盯着鸡尾酒杯中的乳头，呆若木鸡，好像在看电视。他没注意到艾丽丝瞪了拉尔斯一眼，示意他"别当着杰克的面讲"。

"那么他离开这里了？"艾丽丝问道。

"你得问教堂。"奥勒回答。

"我猜你也没听说他去了哪里。"艾丽丝说。

"我听说他去了瑞典斯德哥尔摩。"奥勒回答。

拉尔斯总算完成了瑞典人身上那条蛇怪的上色。"他在斯德哥尔摩可没办法找人做出像样的刺青。瑞典人都到哥本哈根来刺青，"拉尔斯迅速地看了瑞典人一眼，"我说得不对吗？"

那个瑞典人立刻拉起了他左腿的裤筒。"这个刺青就是我在斯德哥尔摩做的。"他说。

他小腿上的刺青相当不错，好到让人以为是出自"刺青奥勒"或"女儿艾丽丝"之手。一把带有金绿色华丽手柄的匕首刺穿了一朵玫瑰，玫瑰的两片花瓣和匕首的刀柄边缘是橙色的，一条金绿相间的蛇缠绕着匕首和玫瑰。（显然，这个瑞典人很喜欢蛇。）

杰克可以从他妈妈的表情看出，她很欣赏这幅刺青轮廓线的工艺。甚至连"刺青奥勒"也觉得这个刺青很不错。"万人迷马德森"更是羡慕得无言以对，也许他正想着自己未来只能回到家中继承卖鱼的买卖了。

"是'森林医生'做的。"那个瑞典人说。

"他在哪家店？"奥勒问。

"我都不知道斯德哥尔摩还有家刺青店！"拉尔斯说。

"他在自己家里干活。"瑞典人如实回答。

杰克知道斯德哥尔摩并不在他们的行程中，他妈妈的城市名单中根本没有这座城市。

艾丽丝正小心翼翼地给男孩刺痛的肋部缠上绷带。男孩之所以想在肋骨部位刺一朵"耶利哥玫瑰"，是因为当他呼吸时，身上的花瓣会动起来。

"向我保证，不要让你妈妈看到你身上的刺青。如果让她看到，别告诉她这是什么。尽量别让她盯着看太久。"艾丽丝对男孩说。

"我保证。"男孩回答。

那位老水手正来回弯曲着自己的前臂，肌肉运动时的收缩搏动让还没有上色的美人鱼的尾巴看起来像是在蠕动。

那会儿已经快到圣诞节了，刺青店生意火爆。但威廉已经离开哥本哈根逃往斯德哥尔摩或其他地方的消息根本无助于提振艾丽丝和杰克的假日心情。

他们离开新港的刺青店时才下午四五点，但天早就黑了。不管当时是几点钟，新港所有的餐馆都已经开始准备晚餐。杰克和艾丽丝现在已经能通过气味辨别出食物了：兔肉、鹿腿、野鸭、烤多宝鱼、串烤三文鱼，还有细嫩的小牛排。他们能嗅出以野味酱汁调味的烩水果，而丹麦乳酪的浓烈气味足以穿透冬天紧闭的门窗飘散到大街上。

他们一直把停泊在运河边上的船只看作好运的兆头。也许是因为临近圣诞节了，他们居住的英格兰酒店旁边的广场上，一座雕塑上方的拱门被装饰得灯火通明。这座拱门似乎也在持久不渝地保护着他们。英格兰酒店则装饰着亮着彩灯的圣诞花环。

在前往住处的途中，杰克和他妈妈经常停下来喝一杯圣诞啤酒。啤酒颜色浓深，味道香甜，但酒精度数有些高，于是艾丽丝给杰克的那份中兑了水。

艾丽丝在"刺青奥勒"店里的一位顾客是个银行家，在自己的背部和胸前刺了各种面值的外国货币。他告诉她，圣诞啤酒对儿童有益，可以防止孩子做噩梦。杰克必须承认，自从他开始喝圣诞啤酒，就发现这位银行家给出的疗法还挺有效的。他这段时间以来一个噩梦都没做过，或者说他根本不记得自己做了什么梦。

杰克在梦里十分想念洛蒂，想念她毫无保留拥抱着自己，想念他们一起屏住呼吸、胸贴着胸感受着彼此的心跳。在英格兰酒店的一天夜里，杰克也想这样抱着他妈妈。艾丽丝对这个憋气的游戏一直很不耐烦。杰克感受着她的心跳，似乎比洛蒂的慢些，也更稳健。"你一定要活下去，妈妈。"他对艾丽丝说。

"呃，我不是活得好好的吗？你也一定要活下去，小杰克——至少我刚刚看到你时，你还活着。"艾丽丝说道，她口吻中的不耐烦已经比杰克要她做这个游戏时更加明显了。

还没等杰克明白她的话，艾丽丝已经挣脱了杰克的拥抱。

第二天，在太阳升起之前（哥本哈根每年的那个时节，太阳升起都是八点以后了），杰克的妈妈领着他来到了星堡。人们惯称的"卡斯特雷特城堡"，是一座历史上著名的军事要塞。里面除了有士兵的营房，还有指挥官的住宅以及教堂，威廉·伯恩斯就在星堡教堂演奏过。

世界上会有不喜欢军事要塞的男孩子吗？他妈妈竟然带着他来到了一座真正的军事要塞，这可让杰克兴奋至极！当艾丽丝让他自己一个人去玩时，杰克从来没有这么心甘情愿过。

"我有一些私事需要和管风琴师谈一谈。"她是这么说的。

杰克跑出了教堂。他最先发现的是监狱。一条监狱过道紧挨着教堂后面的墙壁，墙壁上凿有小孔，可以让犯人在不被看到的情况下听见教堂的礼拜仪式。杰克很失望，他并没有见到犯人，只看到空空的牢房。

管风琴师名叫安克尔·拉斯姆森，一个典型的丹麦名字。按照艾丽丝的说法，这位管风琴师彬彬有礼，很乐意把自己知道的告诉艾丽丝。杰克后来发现管风琴师身着军装，这让他感到奇怪。他妈妈解释说，在军事要塞的教堂里看到军人身份的管风琴师很正常。

威廉短暂地担任拉斯姆森的学徒期间，学习了巴赫的几首奏鸣曲、《b 小调前奏曲与赋格》和《键盘练习曲之三》的演奏，而且达到了精通的地步。（令杰克印象深刻的是，他妈妈竟然记得威廉学习的几首作品的德语名称。）威廉演奏法国作曲家库普兰的《修道院弥撒曲》也很得心应手。艾丽丝之前推测，威廉选择了亨德尔《弥赛亚》圣诞部分的音乐做刺青，事实证明她是正确的。

至于那名被勾引的教民——一位军人的年轻妻子的情况，杰克的母亲并没有对他提及多少，只够让杰克猜到他父亲并不是因为演奏出错而离开星堡教堂的。

厌倦了监狱，杰克走了出来。外面冷得滴水成冰，日光透着灰色，让天空更加暗淡了。杰克兴奋地看着士兵们列队行进，他并没有走近，反而走开去看护城河了。

要塞护城河又被称为"河沟"。在一个四岁男童眼中，护城河更像是一座池塘或小湖。让杰克大为惊奇的是，护城河的水面结冰了。"刺青奥勒"店里的大人告诉过他，新港运河很少结冰，而波罗的海几乎从不结冰。除了个别极端寒冷的日子，海水是不会结冰的。那么护城河里的冰又是怎么回事呢？因为护城河里的是淡水，但杰克不懂这些，他只知道护城河结冰了。

对一个四岁的孩子来说，没有什么比那深不见底的黑色冰面更具诱惑。而这个四岁孩童又是怎样知道河水都冻住了呢？因为他看到几只海鸥和鸭子在冰面上行走，而且看上去没有丝毫担心。保险起见，杰克找了块小石头扔向冰面。那块石头从冰面弹起后滑走了。那几只海鸥受到惊吓而飞走，鸭子奔向那块石头，以为是块面包，然后便大摇大摆地走开了。海鸥重新回到了冰面上。很快，那些鸭子坐了下来，像是围坐在一起开会，几只海鸥则轻蔑地绕着鸭子行走。

时而走远，时而走近，士兵们的行进声回荡在四周。结冰的护城河边有一个木制的城墙防御工事，外观上看是一条有坡道的狭窄木制栈道。杰克轻而易举地爬了上去。海鸥圆睁的双眼像是在嘲弄他，而鸭子根本无视了他。踏上黑色的冰面时，杰克感觉自己找到了比失踪的父亲更加神秘的东西。他行走在冰面上，甚至连鸭子也开始注意他了。

抵达护城河的中央时，杰克听到了一阵声响，他以为那是要塞教堂管风琴传来的声音——只是几声低音，在他听来并不是音乐。可能是那位和艾丽丝谈话的管风琴师命人弹奏几个音符来增强讲述的效果吧。可是杰克从来没有听过这么多密集的低音。那并不是管风琴的声音，而是"河沟"在对着他歌唱。结冰的池塘在抗议他的存在，环绕着古老堡垒的护城河侦测到了入侵者。

碎裂之前，冰面在呻吟。冰面碎裂的声响如枪击一般洪亮。杰克的脚下迅速结出一张蛛网。落入刺骨的河水时，杰克听见了士兵们呼喊口号的声音。

脑袋没入水中一两秒后，杰克两手向上伸出抓住了上方的冰架。他想把两肘支撑在冰架上，但没有足够的力气把自己拉出水面，而且冰架无法承托他的重量。杰克能做的就是待在原处，上半身挂在冰架上，另一半身子浸在冰冷的河水里。

士兵的靴子踩在木制工事上发出的巨大声响惊得海鸥和鸭子飞走了。他们用丹麦语向杰克喊着。营房的方向响起一阵铃声。巨大的骚动将艾丽丝和一个男人（杰克猜那人就是管风琴师）吸引了过来。在这种危急时刻，一个管风琴师能有什么用呢？杰克如此想到。但安克尔·拉斯姆森（如果杰克没记错的话）看起来更像是个军人而非管风琴师。

艾丽丝歇斯底里地尖叫着。杰克担心她会把一切都归咎于他父亲。不过从某种意义上说，确实如此，杰克心想。他忽然意识到自己还生死未卜呢。如果冰面连他都支撑不住，又怎么可能承受一个士兵的重量呢？

这时，杰克看到了那名最小的士兵。这名士兵并不在最先赶来的士兵中，也许是安克尔·拉斯姆森让人从营房叫来的。他并没有身着军装，只穿了条衬裤，似乎原本在睡觉或在养病。他越过冰面向杰克靠近，身体冷得发抖。他双肘撑地，趴在冰面上，一寸一寸地匍匐前进。杰克猜想，这个动作应该是所有士兵在训练中都熟练掌握的吧。这名士兵打战的牙齿咬着步枪的肩带，拖动着步枪缓缓移动。

当这名士兵爬近杰克所处的冰洞时，他从冰面上把步枪枪托朝前向杰克甩了过去。杰克双手抓住了步枪肩带，士兵握住枪管那端的刺刀把杰克从水中拖出，朝自己拽了过来。

杰克的眉毛早就冻住了，他可以感觉到自己的头发正在结冰。终于上到了冰面上，杰克试着想要四肢撑地爬行，可那名士兵朝他大声吼了起来。

"快趴下，别起来！"他喊道。士兵会说英语并没让杰克吃惊，他吃惊的是这名士兵的嗓音。在杰克听来，这名士兵的嗓音像是自己的同龄人。他还是个孩子，连青春期都没到。

杰克平趴在冰面上，像雪橇一样任由那名最小的士兵将他从护城河的冰面拉到工事旁边。艾丽丝正在那里等候着。她紧紧抱住杰克，吻着他。接着，她突然给了杰克一个耳光。这是杰克·伯恩斯记忆中妈妈唯一一次动手打了自己。打第二个耳光时，艾丽丝的眼泪一下子涌了出来。杰克毫不犹豫地伸手拉住妈妈的手。

人们用毛毯裹住杰克，把他送到了指挥官的住处，不过杰克并记不得自己是否见到了指挥官。那名最小的士兵给杰克找来了衣物。那些衣物杰克穿着太大了，他更为惊奇的是这些衣物竟然是普通便装，并非士兵的军服。

"士兵不当班的时候也会穿便服，杰克。"妈妈对他解释道，但对一个四岁的男孩来说这并不容易理解。

杰克和妈妈准备离开要塞时，艾丽丝亲吻了那名最小的士兵作为道别。亲吻时，她得弯下腰，而杰克看见那名士兵踮起脚才勉强让艾丽丝吻到自己。

就在那时，杰克突然想到，他妈妈应该给自己的救命恩人做一个免费的刺青。和水手一样，士兵一定也喜欢刺青。艾丽丝被这个主意逗乐了。她再次走近那名最小的士兵，弯下腰，这次不是去亲吻他，而是靠近他的耳边低声说了什么。显然，艾丽丝的话使他兴奋起来，她的提议让他心动了。

杰克和艾丽丝最终发现，即使不去找那位刺青高手"森林医生"，他们也应该去斯德哥尔摩。安克尔·拉斯姆森告诉艾丽丝，斯德哥尔摩赫德维格·埃利奥诺拉教堂的管风琴师埃里克·厄林三年前去世了。他的职位由年仅二十四岁、才华横溢的特瓦尔德·托伦取代。据说托伦最近正在给自己寻找助手。

艾丽丝对于威廉竟愿意给一个比自己年轻的管风琴师当助手感到惊奇。安克尔·拉斯姆森却有不同的看法：威廉很聪明，他的才华足以让他成为一名优秀的管风琴师。现在他需要游历，去感受不同管风琴的声音，去从其他管风琴师身上学习或偷师。在拉斯姆森看来，威廉持续奔波并非仅仅因为自己与女人之间的纠葛。

杰克的母亲告诉他，安克尔·拉斯姆森的理论让她心烦意乱。她爱上威廉·伯恩斯就是因为他演奏管风琴的样子，但她从未考虑到，诱惑着威廉四处奔波的原因竟然是管风琴这件乐器。难道威廉如此不知疲倦地跑来跑去，就是想要演奏一架更大更好的管风琴吗，或者就是为了体验不同的管风琴？

是不是一个女孩也可以以此方式爱上骏马？（无疑，更让艾丽丝心烦意乱的是，她意识到威廉对待自己导师的态度与对待女人的态度何其相似。）

杰克以为他们会立刻动身前往斯德哥尔摩，但他妈妈另有打算。圣诞节假期可是在"刺青奥勒"的店里赚钱的好机会。如果像"森林医生"这样的刺青大师是在自己的家中给人刺青，这说明刺青在斯德哥尔摩很可能不是一种合法的工作。艾丽丝判断自己在斯德哥尔摩通过刺青来赚钱并不容易。她认为，在和杰克继续他们的行程之前，她应该利用圣诞假期在"刺青奥勒"的店里好好赚上一笔。

在新港 17 号，道别进行了很长时间。杰克并不记得他在"刺青奥勒"的店门前摆拍过照片，也许是相机的快门声对杰克而言太过普通而未能让他记住吧。不过，他确实拍了几张照片。

艾丽丝很受顾客的欢迎，其中大多是正在享受圣诞节假期的水手，所以她经常要工作到深夜。"万人迷马德森"就没有那么吃香了。在艾丽丝忙于工作时，是他经常领着杰克回到英格兰酒店。

杰克刷牙时，拉尔斯常常坐在杰克的床上。然后，"万人迷"会给杰克讲一个故事伴他入睡。马德森的故事很快就能让杰克睡着。那些故事都是拉尔斯对童年的自怨自艾。（故事的内容大多是因鱼而遭受的厄运，杰克惊讶于这些厄运原本是可以轻易避免的。这些灾祸对拉尔斯而言有着难以估量的重要意义。）

杰克和艾丽丝住在两间女客房服务员的房间，杰克睡在小的那间。盥洗室将两个房间分隔开，两扇滑动门将之分别与两个房间相连。"万人迷马德森"总是坐在马桶上看杂志。有时，杰克夜里醒来会透过盥洗室的磨砂玻璃门看到拉尔斯的侧影。拉尔斯经常会坐在马桶上睡着，艾丽丝回家时常常要叫醒他。

在拉尔斯的请求之下，艾丽丝给他做了一个刺青。他想要在自己的心脏部位刺一颗破碎的心，而且他声称自己的心早已破碎。艾丽丝给他刺了一颗红彤彤的心，歪斜地从中间裂开，锯齿状撕裂的空隙足够盛下一个名字，但艾丽丝和"刺青奥勒"都强烈建议"万人迷马德森"不要在那里刺下任何名字。仅仅是这颗破碎的心就足够表达他的痛苦了。

不过，拉尔斯想要艾丽丝把她的名字刺到他身上。艾丽丝拒绝道："你的心碎可不是我造成的。"不过，也许真的是她造成的。

"我的意思是，我想要你留下自己的刺青绰号。""万人迷马德森"说道，似乎在召唤一种出乎意料的尊严。

"啊——是签名刺青！""刺青奥勒"喊道。

"呃，好吧——那就是另外一码事了。"艾丽丝说。

在那颗破碎的心中间的间隙，艾丽丝在那片白皙的皮肤上用圆体字刺下了自己的名字：

女儿艾丽丝

因为"万人迷"对杰克悉心的照料，艾丽丝很感激他。"是免费的。"她给拉尔斯包扎时对他说。

杰克不知道他妈妈给了奥勒什么礼物。也许什么都没送,尽管"刺青奥勒"甚是赞赏艾丽丝的"耶利哥玫瑰"。

他们在哥本哈根度过的最后那晚,奥勒早早关门打烊,把他们带到新港一家有开放式壁炉的豪华餐厅享用晚餐。杰克给自己点了兔肉。

"杰克,你怎么能吃彼得兔[1]呢?"他妈妈问他。

"就让他吃吧。"拉尔斯劝道。

"你知道吗,杰克,那根本不是彼得兔,因为丹麦的兔子才不穿衣服呢。""刺青奥勒"说。

"因为它们都有刺青了!""万人迷马德森"大声说道。

趁没人注意,杰克真的仔细检查了兔子全身,寻找刺青的踪迹,但一无所获。他接着吃晚餐,但这个插曲让他没什么心情喝圣诞啤酒。

那天深夜,杰克做了个噩梦。他赤裸着醒来,浑身发抖。他刚刚在梦中再次掉进了要塞护城河的冰洞内。更可怕的是,死亡降临了,杰克在护城河的河底看到了几个世纪以来溺死河中的士兵,尸体在冰冷的河水中保存完好。不合情理的是,那名最小的士兵也在死者之中。

同以往一样,盥洗室里的灯开着,作为留给杰克的夜灯。他打开盥洗室的两扇磨砂玻璃门进入妈妈的房间。无论何时,只要他做了噩梦,都可以爬到妈妈的床上与她共眠。

然而,杰克被人从床上踢了下来!杰克在妈妈那张狭窄的床上看到艾丽丝从被子里伸出来的两只脚,她的脚趾朝上。在她的两只脚之间多出了两只脚,而这双脚的趾头是朝下的。

起先,杰克因为某种无法理解的原因认为"万人迷马德森"也在床上,但仔细观察了那两只陌生的光脚板后,他发现两个脚踝处并没有刺青。另外,这两只脚不可能是拉尔斯的,因为实在太小了,甚至还没有艾丽丝的脚大,几乎和杰克的脚一样小!

---

[1] 彼得兔是英国女作家、插画家海伦·贝阿特丽丝·波特(Helen Beatrix Potter, 1866—1943)创作的拟人动物角色,相关童书最早于1902年出版,推出后畅销不衰。彼得兔也成为欧美童话故事的经典形象。

借着盥洗室的灯光，杰克注意到一些其他的东西。在艾丽丝放衣服的椅子上，搭着一件军装，杰克目测大概是他的尺码。不过穿上后，他发现这件军装比预想的大些。他必须挽起裤脚，把腰带扎进最里面的穿孔。衬衫与外套的肩部太宽了，肩章甚至垂到了他的上臂。他伸直胳膊后，双手依然藏在袖管里。

如果要他猜，杰克会说那名最小的士兵军装比他的便服（就是杰克被从护城河救起后借来穿的衣服。他妈妈说，那些是士兵不当班时穿的衣服）至少大了一码。

这桩无关紧要的衣物谜案并没有让杰克退却，他坚定地站在他妈妈的床边，全神贯注地观察着。等艾丽丝和最小的士兵醒来时，杰克打算朝他们行个军礼。（考虑到杰克的装束和目的，他妈妈后来把这段插曲称作杰克的第一份"工作"。）就在杰克聚精会神地站在那里时，他发现床上的人并没有在睡觉。他一开始并没有注意到单人床轻微的晃动。虽然他妈妈的眼睛并没有睁开，但她是醒着的。艾丽丝双唇微张，呼吸急促，颈部的肌肉紧绷着。

最小的士兵全身唯一可见的地方就是他的双脚。在被子下面，他一定趴在艾丽丝的胸口。他很可能也刚刚经历了一场噩梦吧，杰克推测。（这就能解释床的晃动了。）同时，杰克知道，那天夜里很容易有噩梦，他自己就刚刚经历过。在他看来，那名士兵显然与自己遭受了同样的痛苦，所以他爬上了艾丽丝的床寻求安慰。到这时，杰克仍然以为那名士兵只是和自己年纪相仿的孩子。

突然，士兵的噩梦卷土重来。他粗暴地将被子踢下了床（借着盥洗室的灯光，杰克看到了他赤裸的屁股）。艾丽丝一定是把他抱得太紧了，因为杰克可以听见他的呜咽和呻吟。这时，艾丽丝睁开了双眼，看到杰克站在房间里——另外一名小士兵，专心地站在一旁。一定是因为他穿着军装，艾丽丝起先都没有认出杰克。

艾丽丝的尖叫把杰克吓了一跳，小士兵也吓得不轻。看到这个穿着军装的四岁男孩时，他也尖叫起来。（他的嗓音听起来还真是很像小男孩！）杰克忽然对他们刚刚一起经历的噩梦感到了恐惧，于是他也跟着尖叫起来。他吓得把自己的裤子都尿湿了——准确地说，是最小的士兵的裤子。

"杰克宝贝！"他妈妈喊道，好不容易喘过气来。

杰克开口说："我梦见自己淹死在护城河里，河底只有以前死去的士兵和我在一起。你也在那儿。"他对着最小的士兵说了最后一句。

但小士兵现在看起来没有那么小了。杰克对他阴茎的尺寸感到惊讶，其长度足有士兵那把步枪刺刀的一半，它直挺挺地向前翘着，角度略微向上，如同一把刺刀。

"你还是走吧。"艾丽丝对最小的士兵说。

他忠实于自己士兵的身份，服从了艾丽丝的命令。没有一句不满，他直接走进了盥洗室。洗漱收拾干净后，回到艾丽丝的房间取自己的衣服。杰克已经把他的军装脱下来，整齐叠好，放在了椅子上，爬上了他妈妈的床。

杰克和妈妈看着小士兵穿上衣服。杰克对于自己尿了救命恩人的裤子感到很难为情。杰克注意到，他的小恩人发现裤子湿了时，表情有了明显的变化。一阵迟疑和窘迫扫过他的脸，与这个勇敢的小伙子穿着衬裤一寸一寸在冰面上挪动时，杰克从他脸上见到的焦急和不安截然不同。

不过，他毕竟是名军人。他给了杰克一个眼神，里面包含着理解与勉强的尊重，似乎这孩子在他的裤子里撒尿是当时情况下的合理行为。离开之前，最小的士兵对杰克和他妈妈做了一件原本是杰克想对他和艾丽丝做的事：敬了一个军礼。

虽然看过了小士兵一丝不挂的样子，但杰克没看到他身上有刺青，甚至连包扎的绷带都没有。杰克努力地思考着，竟忘记了睡觉。睡着后他十之八九会继续做在护城河里淹死的噩梦。

杰克向妈妈提出了这个令他不安的问题："你给他做了免费的刺青没有？我没看到啊。"

"我……确实给他做了个刺青，一定是你没看到。"她口气中有些犹豫。

"刺了什么？"杰克问。

“是个……小士兵，比他还要小。”艾丽丝回答，犹豫的口吻更明显了。

见过小士兵那半把刺刀长的阴茎后，杰克早已不认为他是最小的士兵了，但他只对妈妈说了一句："是在哪里刺的？"

"在他的脚踝上——左脚踝。"她回答。

杰克认为一定是盥洗室的灯光让他产生了错觉，因为他曾在床边仔细地察看过士兵的脚踝，并没有发现刺青。他觉得正如妈妈说的那样，一定是自己没看到。

和以往噩梦后的情形一样，杰克在妈妈的怀抱中睡着了，不过完全不是小士兵趴在艾丽丝身上时那种看起来有些不舒服的姿势。

这就是他们在哥本哈根的经历。直到三十年后，杰克·伯恩斯才再次踏足这里。他永远不会忘记"刺青奥勒"与"万人迷马德森"对他们母子的恩情，不会忘记那条差点儿要了他命的结冰的护城河，也不会忘记那名救了自己的小士兵——救了他，等于救了他母亲。

事实上，杰克对哥本哈根发生的事所知甚少。虽然他自己并不了解，但某种势头已经开始酝酿了。杰克需要了解的东西有很多，尤其是那些只有他妈妈自己明白的事情——不仅是免费刺青的含义，还有其他的一切。

至于那个溺死在护城河的噩梦，杰克一直记得很清楚，因为他差点儿淹死。在梦里，他没有任何挣扎，只感觉河水的冰冷在身上持久不散。杰克与几个世纪以来死去的士兵一起度过身后的永生。救过杰克的小英雄在死去的士兵中间非常显眼——不是因为他那根大到与身体比例不合的阴茎，而是他用冻僵的手行军礼时，那种面对苦难默然承受的表情。

3 一名瑞典会计施以援手

稍微长大些后，杰克会问他妈妈，为什么他父亲没有去英格兰，为什么他们没去英格兰找他。毕竟英格兰有女人也有管风琴，还有悠久的刺青历史。

艾丽丝回答说，威廉是个纯正的苏格兰人，这类苏格兰人都很讨厌英格兰人。他才不会为了女人去英格兰呢，更别说是为了管风琴，甚至连刺青也不会打动他。不过，威廉·伯恩斯还没纯正到保留自己原来的苏格兰教名，不是吗？

艾丽丝和杰克从哥本哈根乘坐渡轮穿越海峡，抵达瑞典城市马尔默，再转乘火车去斯德哥尔摩。1月的瑞典，日照时间很短。当时是1970年的新年，似乎威廉到达这里之后便立刻潜伏了起来。"森林医生"两年内都不会有自己的刺青店，寻找他并不比找到威廉容易多少。

艾丽丝和杰克先去了赫德维格·埃利奥诺拉教堂。它是一座有金色穹顶的建筑，被大雪掩盖的墓碑环绕着它。教堂的祭坛和祭坛围栏同样金光闪闪。管风琴的正面泛着绿色的金光，教堂里的长座椅也被漆成了灰绿色，而不是苔藓那种暗淡的颜色，还泛着微弱的银色光晕。教堂圆形大厅的几扇窗户玻璃不是染色的，却像冬日的阳光一样阴森暗沉。

赫德维格·埃利奥诺拉教堂是杰克见过的最美丽的教堂。这座教堂属于路德教派，传统上一直对唱诗班很重视。这一次，在穿帮之前，威廉与三名唱诗班的女孩建立了亲密的关系。威廉交往的第二个唱诗班女孩乌尔丽卡揭发了他，另外两名女孩阿斯特里德和芬德拉也感到很气愤。在那之前，威廉一直很顺利。他在赫德维格·埃利奥诺拉教堂协助特瓦尔德·托伦演奏管风琴，同时在斯德哥尔摩皇家音乐学院学习作曲。

可怜的阿斯特里德、乌尔丽卡和芬德拉，杰克后来希望自己能见到她们就好了。他还记得见到特瓦尔德·托伦时的情景。即使在杰克看来，托伦也很年轻。二十四岁的人本就年轻，而托伦又是个行动迅速、身材纤瘦的人，他的目光中闪耀着活力。杰克有种感觉，他的妈妈面对托伦讲述那三名唱诗班女孩的遭遇时完全卸下了自己的戒备和怒气。与杰克见过的其他管风琴师不同，特瓦尔德·托伦穿着十分讲究。他看到托伦的黑色公文包时，甚至吃惊于他的商务人士作风。

因为他的年轻、聪敏和光明的前途，艾丽丝可能从托伦身上看到了威廉身上闪现过的希望。托伦精心挑选自己的学生来教授管风琴。杰克当时认为，对他妈妈来说，与特瓦尔德·托伦告别一定不是一件轻松的事。当杰克和艾丽丝准备离开教堂时，杰克看到他妈妈转身看了看金色的祭坛，然后才走出教堂，来到室外雪的世界，进入斯德哥尔摩那令他们二人感到怪异的永恒黑暗中。艾丽丝不时地回过头注视着教堂明亮的穹顶。杰克没听到多少艾丽丝与托伦的谈话，因为教堂的建筑和那名年轻的管风琴师足以吸引他全部的注意力了。

现在，他们还没找到"森林医生"，而威廉已经不知所踪！但艾丽丝坚信，威廉不会白白路过一个地方而不在身上留下刺青的，而斯德哥尔摩至少有一位刺青高手。"森林医生"也许知道威廉的去向。因为要让一个人暂时忘却刺青的疼痛，谈话聊天是转移注意力最好的方法。

正当他们努力寻找"森林医生"时，艾丽丝也付出了不菲的花销。他们住在当地最好的酒店——斯德哥尔摩大饭店。他们的房间正对着老城与水景，还能看到往来于周边岛屿的船舶停靠的码头。杰克记得自己同其中一艘船合过影，他就像那艘船的船长似的从甲板威风凛凛地走上岸。他清楚他们住的饭店费用昂贵，因为他妈妈在一张寄给威克斯蒂德夫人的明信片中提到了这点，她还大声地读了出来。不过，艾丽丝心中有了一个计划。

大饭店位于歌剧院和剧场附近，人们经常在此见面喝酒吃饭。本地的商人在这里吃早餐和午餐。相比在哥本哈根时居住的英格兰酒店，斯德哥尔摩大饭店的大堂更加宽敞明亮。杰克身在其中感觉整个饭店好像是他的城堡，而自己是这座城堡的小王子。

艾丽丝的计划很简单，且在短时间内就能奏效。杰克和艾丽丝没有几件体面考究的衣服，不管白天晚上都穿一样的衣服出门。再说，大饭店的洗衣费也很昂贵。他们每天早上都会吃一顿丰盛的早餐，那狼吞虎咽的样子看起来完全不像是来寻亲的。房费中已经包含早餐的费用，于是这顿饭成为他们一天中唯一的整餐。在疯狂掠食的时候，他们也没忘记在周围用餐的富人中寻找身上有刺青的人。

为了省钱，他们省去了午餐。在大饭店，很少有人独自吃午餐，而艾丽丝知道想要刺青的人都喜欢独处。（有同事或朋友陪伴时，你不会想在身上留下一辈子都无法去掉的记号的。大多数情况下，你的朋友会力劝你别去刺青。）

傍晚，杰克会独自待在酒店房间里吃冷切肉和水果，而他妈妈在酒馆里寻找潜在的刺青顾客。深夜，等杰克睡觉之后，艾丽丝会在餐厅点一份最便宜的开胃菜。显然，大饭店的很多客人都会独自用晚餐。根据艾丽丝的判断，他们都是"商旅人士"。

她接近潜在顾客的方法都是一样的。"你身上有刺青吗？"（她甚至学会了用瑞典语说这句话。）

如果对方给出肯定的回答，她会接着问："是'森林医生'做的吗？"但没人听说过他，而且她问出第一个问题后大多只会得到否定的回答。

如果潜在顾客说自己没有刺青，艾丽丝下个问题会这样问——先用英语，必要的时候用瑞典语——"你想要一个吗？"

大多数人会拒绝，但有些人会说"也许吧"。这个答案对艾丽丝而言已经足够了。她需要的是成功地迈出第一步。

睡不着时，杰克会背诵艾丽丝与某位潜在顾客之间的这段瑞典语对话。这个方法比思念洛蒂或数羊更容易让他入眠。也许杰克成为演员就是因为他一直都记得这几句话。

"如果你有时间，我就有地方和东西。"

"需要多长时间？"

"那要看情况。"

"要花多少钱？"

"也要看情况。"

后来，杰克经常会想"如果你有时间，我就有地方和东西"这句话的意思。这些艾丽丝一对一招徕的商旅人士是否怀疑过她的企图呢？有一位说想要刺青的女士要的根本不是刺青。她在艾丽丝的房间里发现一个四岁的孩子时，不仅十分吃惊，还要求杰克离开房间。

艾丽丝拒绝把杰克赶走。那位不算年长也不年轻的女士似乎受到极大的冒犯。她一口流利纯正的英语（也许她就是英国人），很可能就是她向酒店经理举报了艾丽丝在酒店房间里给人刺青的事。

电动刺青器具、涂料、电池、脚踏控制器，小纸杯、酒精、创伤药和甘油，凡士林以及厚纸巾——刺青竟需要这么多杂七杂八的东西！但每样东西都被小心地藏好了，客房女服务员进来打扫时完全不会发现。因为在斯德哥尔摩，刺青生意只能在地下进行，艾丽丝清楚，如果大饭店的人发现她在房间里靠刺青赚钱肯定不会高兴的。

杰克后来怀疑很可能是那名说英语的女同性恋的缘故，酒店经理开始找他们麻烦，但他当时并没有意识到艾丽丝与经理之间的讨价还价。杰克只是发现他妈妈对大饭店的态度突然起了变化。她开始说"要是我今天还没找到'森林医生'，我们明天就离开这里"这种话，但他们并没有搬走。杰克在夜里醒来时经常发现艾丽丝不见了。虽然他年纪太小还不会从钟表上看时间，但他知道，那个时候去餐厅吃饭也太晚了。那么，艾丽丝在那几天深夜去哪里了呢？去给酒店经理免费刺青了？

他们幸而遇见了那名会计。杰克后来感到奇怪，是不是每到一座城市，他母亲都会遇见一个拯救他们的人。不过，被一名会计拯救听着令人有些扫兴，尤其之前还有像小士兵那样的英雄。当然了，杰克和他妈妈在早餐时间的大饭店餐厅里注意到这个人时，他们并不知道他是个会计。

他叫托斯滕·林德伯格，身材瘦得让人感觉他除了吃饭还应该吃药。和杰克与艾丽丝一样，早餐对林德伯格而言可是一件大事。他们注意到这个人，并不是因为他看起来像个潜在的刺青顾客，而是因为他在自己的餐盘里堆了整整一大盘的鲱鱼肉。杰克和艾丽丝都很讨厌吃鲱鱼，而林德伯格显然正津津有味地吞咽面前堆得像小山一样的鲱鱼肉。虽然根本不想问他有没有刺青这种问题，但杰克和妈妈像被施了法术一般，看这个身材瘦高、神情忧郁的男人那狼吞虎咽的样子看得入了迷。他们不禁疑惑，这顿自助早餐是不是也是他全天唯一的一顿整餐？如果不考虑他对鲱鱼的喜好，单就他的好胃口而言，他们三个真的算是志趣相投。

很可能正是因为他们一直盯着看，托斯滕·林德伯格也开始目不转睛地盯着杰克和艾丽丝。他后来说，杰克和艾丽丝二人的惊人食量（就是没有鲱鱼）实在很难让他不去注意。身为一名精明的会计，林德伯格也许猜到了他们这样做是为了省钱。

杰克仔细地将自己蛋饼中的蘑菇挑出来留给他妈妈吃。艾丽丝吃了自己的法式薄饼，把甜瓜球留给了杰克。林德伯格风卷残云般把自己周围的鲱鱼都吃光了。

所有声称会计都是守财奴和情感吝啬鬼的人，一定是没有见过托斯滕·林德伯格。他吃完自己的大餐时，杰克和艾丽丝还在早餐中奋战，因为他们还要在喝咖啡的客人中寻找潜在的刺青顾客。林德伯格路过他们的餐桌时停了下来，看着杰克面露慈爱的微笑。他说了一句瑞典语，杰克求助似的看着他妈妈。

"抱歉——他只会说英语。"艾丽丝说。

"棒极了！"林德伯格用英语喊道，似乎说英语的儿童特别需要鼓励，"你见过不在水里游的鱼吗？"他问杰克。

"没有。"杰克回答。

虽然林德伯格的着装很正式——一套深蓝色西装，还打着领带，但他的举止却像个小丑。林德伯格的样子就像是一个参加葬礼的人，可能更糟，像一具把棺材穿在身上的骷髅，而且那具棺材显然太长了。在向一个孩子介绍自己时，他又像是一位马戏团的魔术师。

林德伯格先生脱掉他的西服上衣递给艾丽丝，彬彬有礼的同时显得自作主张，如同把艾丽丝当作他的妻子。他讲究地解开白衬衫一只袖子上的纽扣，把袖口挽到肘部。刚才提到的那条不在水里的鱼，就在他的前臂上。那是个逼真的刺青。虽然没有水，那条鱼看上去依旧栩栩如生。鱼头绕着林德伯格的手腕，鱼尾一直延伸到他的肘部关节。这条鱼的刺青占据了他前臂的大部分皮肤。虽然不是鲤鱼，但几乎可以肯定这条鱼充满日本画风。鱼身上交替出现的紫蓝色和醒目黄共同呈现出一种斑斓闪耀的绿色，接着又渐变为夜空黑和中国红。当托斯滕绷紧前臂的肌肉并稍微转动手腕，那条鱼便游动起来，如同一条扇尾金鱼盘旋着潜入他的手掌里。

"好啦，你现在见到了。"林德伯格先生对杰克说道。杰克则盯着他的妈妈。

"这个刺青可真不赖，但我打赌那并非出自'森林医生'之手。"艾丽丝对林德伯格说。

他没有丝毫迟疑，语气平静地回答："在大庭广众之下给你看'森林医生'给我做的刺青有些不太合适。"

"你认识'森林医生'？"艾丽丝问道。

"当然了，我以为你也认识呢！"

"我只知道他的作品。"艾丽丝回答。

"显然，你也懂刺青！"林德伯格说，语气中的兴奋愈加明显。

"把你的鱼收好吧。如果你有时间，我就有地方和东西。"艾丽丝对他说。（回想起来，杰克和妈妈一直没学会用瑞典语说"把你的鱼收好吧"这句话，这让杰克颇感失望。）

他们带着托斯滕·林德伯格来到房间。在那里，艾丽丝向他展示了自己的速绘稿，并架好了刺青的机器。但事实证明艾丽丝架好机器的举动太过草率了。托斯滕·林德伯格可是个刺青方面的行家，他可不会在不知情的情况下贸然让别人在自己身上刺青。

首先，他坚持要给艾丽丝展示他身上的其他刺青，包括刺在屁股上的。“别当着杰克的面。”艾丽丝说，但林德伯格向她保证，自己身上的刺青绝对不含儿童不宜的内容。

毫无疑问，艾丽丝不想让杰克看到的是林德伯格的屁股，而不是刺青。但像林德伯格这种瘦子的屁股相对来说不是那么骇人。他的刺青也确实没什么儿童不宜的内容：左臀瓣上刺了一只眼球，右臀瓣上刺了两片噘起的嘴唇。那只眼球似乎在他瘦巴巴的屁股上斜睨着中间的臀缝；而那两片嘴唇看上去像是刚刚留下的吻痕，还是口红没干时亲上去的。

“非常漂亮。”艾丽丝说。从某种程度上这是为了让林德伯格先生明白自己对他此种展示行为的不满。他迅速地拉上了裤子。

他的刺青并不限于此，实际上还有很多。会计在公共生活中基本上都需要穿着正式。林德伯格先生的生意伙伴可能并不知道他的身上有刺青，肯定不知道他屁股上有只“眼球”！他还让“刺青奥勒”给自己做过一个刺青，艾丽丝一眼就认出来了，那是奥勒招牌式的裸女，有如同眉毛颠倒的怪异阴毛。但是，这个裸女刺青有些微的不同。（杰克也说不上到底有什么不同，因为他妈妈根本不让他靠近看个清楚。）除此之外，托斯滕·林德伯格身上还有荷兰阿姆斯特丹的“刺青彼得”与德国汉堡的赫伯特·霍夫曼等刺青大师留下的作品。但在众多刺青大师的作品中，“森林医生”的刺青让艾丽丝印象最为深刻。

在林德伯格先生窄小、凹陷的胸部，刺有一艘全速航行的快速帆船。那是一艘三桅船，有快艇的船体和高高的帆装。船艏之下翻腾的海浪中，有一条深海蛇怪。蛇怪的头部和船的主帆一般大，从船艏左侧升出海面，尾部在船艉右舷处搅得波涛汹涌。这艘被厄运笼罩的船显然不是这头怪兽的对手。

艾丽丝宣称，“森林医生”以前肯定当过水手。在她看来，托斯滕·林德伯格胸部的这艘大帆船明显比查理·斯诺胸上那艘返乡的大船高明许多。托斯滕·林德伯格知道“森林医生”的住处，他承诺会带杰克和艾丽丝去见他。第二天，林德伯格会最终决定到底让艾丽丝给自己做什么样的刺青。

"我倾向于你最擅长的'耶利哥玫瑰'，不过要更个性一些。"他坦言。

"我给每个人刺的'耶利哥玫瑰'都不一样。"艾丽丝对他说。

林德伯格先生似乎并不相信。他很容易担忧发愁，他之所以那么瘦，与其说是新陈代谢的问题，还不如说是过分担忧造成的。他担忧艾丽丝在大饭店的尴尬处境，尤其担忧杰克能否过得健康快乐。

"即使在瑞典的冬季，男孩子也必须要锻炼才行。杰克会滑冰吗？"林德伯格问艾丽丝。

艾丽丝告诉他，杰克虽然在加拿大生活过，但并没有学过滑冰。

托斯滕·林德伯格知道该如何补救。他的妻子每天上午都在梅拉伦湖滑冰，她可以教他！

艾丽丝对林德伯格先生主动提议由他妻子教杰克滑冰感到惊恐，她并没有将这种想法表达出来——这倒是有些不同寻常。杰克当时正在盥洗室，他肚子有点儿痛，因为早餐吃得太多了。他错过了整段有关滑冰的对话。等他从盥洗室出来时，他的冬季锻炼事宜已经安排妥当。

艾丽丝如同谈论朋友一般说起林德伯格的妻子，似乎并没有让四岁的杰克感到反常。"林德伯格精瘦，而他妻子很强健。整个啤酒馆的人都会在她持续不断的欢呼喝彩中一直引吭高歌。"

艾丽丝进一步向杰克解释了虽然林德伯格夫人很喜欢她丈夫身上的刺青，但她自己并不想要刺青。林德伯格夫人是个身材高大的宽肩女人，她穿的毛衣能装下两个艾丽丝。正如林德伯格许诺的那样，林德伯格夫人在梅拉伦湖教杰克滑冰。杰克注意到林德伯格夫人名叫昂内塔·林德伯格，但她似乎更喜欢用自己的娘家姓尼尔森。

"相比夫姓林德伯格，谁不觉得她的教名昂内塔与娘家姓尼尔森更般配呢？"艾丽丝对她儿子说，就此结束了这个话题。

最让杰克印象深刻的是，像昂内塔这样大块头的女人竟是个滑冰高手，不过她很快就累得气喘吁吁的样子让杰克有点担心。对于一个每天上午都滑冰的人来说，她的体力也太差了。

托斯滕·林德伯格选择刺的那朵颇具个性的"耶利哥玫瑰"大概要花费三天的时间，但他不是一直都有空。仅仅勾勒轮廓线就用去将近四个小时，可能给巧妙隐藏的阴唇上色还要额外多花一天时间。

很可惜，杰克的母亲不允许杰克近距离细看做好的刺青，如果杰克看到了林德伯格所说的更个性一些的"耶利哥玫瑰"，他应该会明白，有些东西并非看上去那么简单。

梅拉伦湖是一座很大的淡水湖，与波罗的海连通，位于老城旁边一个叫斯卢森的地方。冬季里下雪不多的日子，这里非常适合滑冰。虽然在哥本哈根要塞护城河的冰层上有过一段惊险的经历，但杰克并不害怕掉进梅拉伦湖。他知道如果冰层承受得了昂内塔这样的体重，承受自己便不在话下。滑冰时，昂内塔经常主动拉住杰克的手。她这种自作主张的风格让他想起洛蒂。就在杰克学会如何停下和转弯，甚至如何倒退时，艾丽丝在托斯滕·林德伯格右肩胛的部位完成了"耶利哥玫瑰"的刺青。艾丽丝告诉杰克，林德伯格背对着他妻子睡觉时，她的脸恰好能看到这只肩膀。昂内塔早上醒来会看到她丈夫身上有一朵藏着"阴道口"的玫瑰。等杰克稍微大些，他会琢磨为什么一个女人一早醒来想要看到这种东西，毕竟不是每个人都能接受刺青的。要不是托斯滕·林德伯格的出现，杰克的妈妈也不可能成为事业成功的"女儿艾丽丝"。

"耶利哥玫瑰"的刺青完成后，林德伯格先生领着杰克和艾丽丝去见"森林医生"。"森林医生"的住处并没有什么特别之处，只是他进行刺青的小房间四壁挂满了速绘稿。艾丽丝对"森林医生"非常敬佩。他短小精悍，有一双粗壮的手臂，这让他看起来像是大力水手；嘴唇上方的小胡子修剪整齐，面部两侧留着长长的鬓角，一头淡茶色的头发，双眼明亮有神。"森林医生"确实曾做过水手。他的第一个刺青是在阿姆斯特丹由"刺青彼得"操刀的。

"森林医生"很遗憾没办法雇用艾丽丝当学徒，因为他的生意少得连养活自己都不容易。实际上，他正在寻找一位赞助人，为他的第一家刺青店提供资金帮助。

至于"音乐小子"威廉·伯恩斯，他当然找过"森林医生"。这次他刺的是帕赫贝尔的一首四声部咏叹调或是一首托卡塔，艾丽丝如此告诉杰克。她提到了一部瑞典电影，帕赫贝尔的某首作品因为在这部电影里出现而家喻户晓。"也可能是莫扎特。"艾丽丝补了一句。杰克不知道他妈妈在说那部瑞典电影里的音乐还是他爸爸的刺青，因为他的注意力已经被速绘中的一条蛇吸引了。（有一整面墙的速绘都是蛇和蛇怪以及其他深海怪兽的图案。）

"我觉得你不知道威廉去了哪里。"艾丽丝直白地对"森林医生"说道。她对陌生人的友好态度已经在大饭店消耗光了，可能主要是大饭店经理造成的。

"他在挪威的奥斯陆，我猜。""森林医生"回答。

"奥斯陆！"艾丽丝喊道，声音中的绝望又增加了一分，"奥斯陆不可能有刺青师啊！"

"如果有的话，那人会和我一样在家里干活。""森林医生"说。

"奥斯陆。"艾丽丝又说了一次这个地名，但这次的语气平静多了。和斯德哥尔摩一样，奥斯陆原本并不在他们的行程计划中。

"那里有架管风琴，一架很古老的管风琴——他是这么说的。""森林医生"补充说。

奥斯陆有架管风琴，这就对了！要是那里有刺青师，无论手艺好坏，哪怕是在家里接活的，威廉也能找到那个人。

"他提到了是哪家教堂吗？"艾丽丝问。

"他只提到了管风琴——他说那架管风琴有 102 个音栓。""森林医生"告诉她。

"好吧，那应该不难找。"艾丽丝回答，但更像是在对自己说。

那面墙上的速绘有个统一的主题，杰克差点儿就要猜到了——与缠绕利剑的蛇有关。

"你在奥斯陆应该住布里斯托酒店，艾丽丝。虽然做刺青生意的机会不如斯德哥尔摩大饭店多，但至少那里的经理不会找你麻烦。"托斯滕·林德伯格对艾丽丝说。

几年之后，杰克会思考林德伯格所谓的"找你麻烦"到底意味着什么。当时艾丽丝并未回应，她只是感谢了这个瑞典会计。当然，她也感谢了"森林医生"。

"森林医生"用粗壮的手臂一把抱起了杰克，低声道："你长大后一定要回来见我。说不定到时候你也想要个刺青了。"

杰克一直很喜欢大饭店的大堂，喜欢每天早上在轮船的号角声中醒来。那些船是往来于斯德哥尔摩与周边岛屿的通勤工具。他也很喜欢在梅拉伦湖上和那位令人敬畏的林德伯格夫人昂内塔·尼尔森一起滑冰。除了觉得这里天色昏暗外，杰克在斯德哥尔摩生活得很满足。不过，他和妈妈现在再次踏上了旅途。

他们乘火车来到另一座瑞典城市哥德堡，然后坐船前往挪威奥斯陆。沿途大部分地区景色优美，但杰克唯一记住的是晦暗的天空和寒冷。毕竟，当时是 1 月份，而且他们在向北行进。

因为有刺青的全套设备，他们携带了很多行李。他们看上去完全不像是短期游客。奥斯陆布里斯托酒店的前台接待一定以为他们是来长住的。

"不需要你们最贵的房间，只要舒服的就好。别太狭窄拥挤了。"艾丽丝对前台接待说。

聪明的前台接待注意到了，他们需要个帮手来搬行李。他叫来了一名行李员，并同杰克友好地握了握手。可杰克因为这次握手弄伤了手指。他还从没和挪威人打过交道。

布里斯托酒店的大堂不如斯德哥尔摩大饭店那么富丽堂皇。杰克希望不会在这里住太久，这样自己就不需适应这样的落差了。他并不在意那架管风琴是否很旧，他真正关心的是那架无聊的管风琴竟然有 102 个音栓。

到现在为止，已经有三位刺青师、两位管风琴师、一名小士兵和一个身上有刺青的会计帮助了杰克和他妈妈。接下来会是谁来帮他们呢？他一边琢磨着，一边跟着行李员拎着行李来到灯光暗淡、铺着地毯的走廊。

布里斯托酒店的房间狭小且不通风。办理入住时，外面的天色已经黑了下来（向来如此），从房间窗户望出去，只能看到对面的一栋楼房。（对面的楼房有几间房间拉着窗帘，透出微弱的灯光，似乎在向艾丽丝诉说着里面无趣沉闷的生活，反正那绝对不是她幻想的与威廉在一起的生活。）

出发前在斯德哥尔摩大饭店吃了早餐以来，他们什么都没吃。行李员说，布里斯托酒店的餐厅还在营业，但强烈建议他们还是抓紧时间去用餐。杰克的母亲事先提醒过她儿子，这家酒店一定价格不菲，他们点餐时应该秉持节俭的原则。

杰克对行李员建议品尝的菜品并没有什么兴趣。"你们一定要尝尝野生黄莓，当然别忘了吃驯鹿舌头。"行李员说。

"杰克，点三文鱼吃吧，我和你分着吃。"等行李员离开后，他妈妈说。

就在此时，杰克哭了起来，不是因为与前台接待握手而肿胀的手指，不是因为他现在又饿又累，不是因为住在酒店让他感到厌倦，甚至不是因为斯堪的纳维亚昏暗的冬季。昏暗无光的日子一定是导致众多瑞典人和挪威人投海自杀的原因，但前提是得跳进一个没结冰的峡湾。不，不是因为旅行，而是旅行背后的原因让他哭了起来。

"我才不在乎能不能找到他！我希望永远不要找到他！"杰克对他母亲哭喊道。

"如果我们找到了他，你就会在乎了——我们这么做是有意义的。"艾丽丝说。

可是，如果他们是被杰克父亲"遗弃的责任"，那他的离开不是表达了自己对他们母子二人的失望吗？就算威廉当初并没有抛弃他们，找到他之后，艾丽丝和杰克难道不会被现在的他抛弃吗？（当然，一个四岁的男孩不知道如何把这些想法表达出来，但这确实是他心中的想法，这也是他哭泣的原因。）

在他母亲的固执要求下，杰克不哭了，这时他们才离开房间下去用餐。

"我们点一份三文鱼。"艾丽丝对侍者说。

"不吃驯鹿舌头，也不吃野生黄莓。"杰克说。

实际上，餐厅里只有他们二人在用餐。一对老年夫妇沉默不语地坐在餐厅里，他们相对无言，不见得有刺青的想法。一个男人坐在角落的餐桌边，一副生无可恋的沮丧神情，好像他最后的归宿就是跳进某个峡湾里了结一生。

"一个刺青就能拯救他。"艾丽丝说。

这时，一对年轻男女走入餐厅。杰克第一次见到他妈妈看到热恋情侣时的反应，她看起来似乎下一刻就要毫不犹豫地跳进峡湾自杀。

男方身材瘦削，很有运动员的气质，留着齐肩的长发，像个摇滚歌星，但穿着更讲究。他的妻子或女友简直无法把目光和双手从男方身上挪开。女方是个瘦高的年轻女性，脸上带着开心的笑容，胸部很迷人。（虽然只有四岁，杰克·伯恩斯对女人胸部的眼光很不错。）不管他们是住在酒店的客人还是奥斯陆当地人，他们和光顾"刺青奥勒"店铺的所有年轻情侣一样，看上去酷极了。他们很有可能身上就有刺青。

"问问他们。"杰克对艾丽丝说，但只是看着那对情侣就已经让她承受不了了。

"不，不要，我做不到。"她低声说。

杰克不明白艾丽丝到底怎么了。他们是一对恋爱中的情侣。恋爱不就是一种会让人下决心第一次刺青的朝圣般的经历吗？杰克曾经听见他妈妈和奥勒聊天时说到这种鼓励人刺青的转折点，几乎所有朝圣般的经历都会如此。显然，这对情侣正在体验这种朝圣般的经历。假如他们是住在酒店的客人，很可能早就上过床了——并不是说杰克知道他们上过床没有。（他们这么晚来吃饭，十有八九是要准备第二轮"激战"！）

准备为他们推荐特色菜的侍者站在一旁，连他的在场也无法阻止情侣二人彼此爱抚。侍者离开后，杰克轻轻推着他妈妈说："你想要我去问问他们吗？我知道怎么做。"

"别，求你了——好好吃你的三文鱼吧。"她仍旧低声回答。

即使天气这么寒冷，那位年轻女士仍穿了件性感暴露的裙装，裸露着双腿。杰克认定他们一定是住在酒店里的，因为没有人会在这种天气里穿着这样的衣服出门。他还觉得自己好像看见了一个刺青（也可能是个胎记），就在女方一条腿的膝盖内侧。事后证明，那只是一块淤青，但那可能是个刺青的想法给了杰克足够的勇气，让他离开座位走近这对情侣的餐桌。他妈妈并没有跟他一起过来。

杰克径直走到那位美丽的女士跟前，说出夜里躺在床上帮助自己入眠时念的对话。

"你身上有刺青吗？"（他先用英语提问。如果他直接说瑞典语，大部分挪威人也能听懂。）

那位女士似乎觉得杰克在对自己说笑话，而男士则看了看四周，好像感觉自己走错了地方。这男孩是现场娱乐表演的演员吗？杰克也说不准到底是自己让这位男士坐立不安还是他有什么不舒服，反正看着杰克好像让他感觉很痛苦。

"没有。"女士也用英语回答。男士则摇了摇头，可能他身上也没有刺青。

"想要个吗？"杰克问那位女士，只问了那位女士。

男士又摇了摇头，他用一种怪异的眼光看着杰克，好像他从来没见过孩子似的。可只要杰克回看他，他就立刻把目光移开。

"也许吧。"他美丽的妻子或女友回答。

"如果你有时间，我就有地方和东西。"杰克对她说。这时有什么东西吸引了她的注意。这对情侣不再看着杰克，他们盯着他的妈妈。艾丽丝没有离开餐桌，她现在哭了起来。杰克站在那里不知所措。

相比艾丽丝，那位女士似乎更加关心杰克，她俯下身来，低到杰克可以闻到她身上的香水味。"要花多久？"她问这个小男孩。

"看情况。"杰克会这么回答，是因为那是他背过的对话。看到妈妈哭了，他害怕起来，因为他一直盯着那位女士的胸部，无法把目光移开看看自己妈妈情况如何。当那胸部让他无法听见妈妈的哭声时，杰克变得更加惊恐。

"要花多少钱？"男士问道，他似乎不是真的想做刺青，更像是尽量避免伤害杰克的感情。

"那也要看情况。"这次是艾丽丝在回答。她站在儿子的身后，并没有停止哭泣。

"改天吧。"男士说，语气中透出的某种苦涩让杰克忍不住又看了看他。他的妻子或女友只是点了点头，似乎受到了某种惊吓。

"跟我走吧，我的小演员。"杰克的妈妈在他耳边低声说。那位男士不知为何闭上了眼睛，看样子他不想再见到杰克了。

杰克没有转身走开，他把手伸向背后，就是那只与前台接待握手时伤到的手。那只手本能地抓住了他妈妈的手。当杰克需要拉住他妈妈的手时，他的手指就如同自己长了眼睛。

4 在挪威不走运

艾丽丝在奥斯陆没找到几个刺青顾客。在布里斯托酒店的外国宾客和餐厅常客中，所有勇敢接受了艾丽丝刺青提议的人以前都有过刺青的经验。

早餐的费用已经包含在房费中，于是杰克和艾丽丝继续他们在斯德哥尔摩的过度饱食进餐模式。他们在一次暴饮暴食时认识了一个德国商人，他是和妻子一同来旅行的。这个德国人的胸口有一个"水手之墓"的刺青（一艘正在下沉的船，船上的德国旗帜还在飘扬），右前臂上刺了汉堡圣保利灯塔的图案，一看就是赫伯特·霍夫曼式的硬朗水手刺青。他的店就在汉堡绳索大街红灯区。

这个德国人想让艾丽丝给他的妻子刺青，而她的后背已经刺了一条长度将近四十六厘米的蜥蜴。早餐过后，商人的妻子从艾丽丝的速绘中选了一个蓝绿色蜘蛛的图案。艾丽丝在这个德国女人的耳垂上刺了一个黑色的螺旋，而那只蜘蛛悬在一根红色的蛛丝上，挂在她喉咙与锁骨之间的凹陷处。

"在奥斯陆，这可算是个非常复杂的刺青了。"艾丽丝这样告诉那对德国夫妇。

艾丽丝很期待见到赫伯特·霍夫曼，她也一直想要去看看圣保利灯塔。艾丽丝在父亲的店里第一次看到北海地区刺青师的作品，霍夫曼与

"刺青奥勒"和"刺青彼得"是其中的代表人物。她知道"刺青奥勒"把自己的第一台刺青机器了赫伯特·霍夫曼,而霍夫曼的身上有奥勒和彼得留下的刺青。

杰克见到赫伯特·霍夫曼的渴望就没有专业人士的成分了。奥勒告诉过他,霍夫曼的屁股上有一只大鸟——他的左臀瓣上刺了一只完全开屏的孔雀!而杰克对"刺青彼得"的好奇并非因为其刺青大师的名气,而是因为他只有一条腿。

如果说看到德国商人身上霍夫曼的刺青作品,艾丽丝希望自己身在汉堡而不是奥斯陆,那么更令她感到失望的是,她来到奥斯陆整整一周才遇到了一位首次刺青的顾客,艾丽丝称这类人为"处女"。也许挪威没有人想要追寻一种朝圣般的经历吧,反正布里斯托酒店的客人没有。

早餐的过饱进食模式与午餐和晚餐时实行的半饥饿策略形成了鲜明对比。杰克在早餐的暴饮暴食期间对腌三文鱼的喜欢逐渐多过了烟熏三文鱼。侍者不遗余力推荐的野生黄莓也确实很美味。虽然免不了会食用驯鹿肉,但杰克仍坚持不吃这一可怜生灵的舌头。然而,就算午餐和晚餐只吃开胃菜和甜点,他们在食物上的花销依然远远多于艾丽丝赚到的钱。另外,奥斯陆也没人想要和他们聊聊威廉的事。据称,威廉在挪威的欲望对象(随后也给他带来了恶果)是一个女孩子,因为她年纪太小,成年人讨论这件事时都难以启齿。

从布里斯托酒店的前门看奥斯陆大教堂稍微有些费力。到达后第一个阴沉的上午,杰克和艾丽丝就是在那里看到奥斯陆大教堂的。电车顺着一条长长的街道行驶,大教堂好像是从街道尽头的路中间冒出来似的。他们没有搭电车,因为大教堂在步行可达的范围内。

"我打赌就是这里。"艾丽丝说。

"为什么?"杰克问。

"我只是打赌。"

奥斯陆大教堂看上去还算壮观,如果有一架带 102 个音栓的管风琴也说得过去。那架琴是德国管风琴制造商瓦克于 1883 年安装,随后又在

1930 年翻新的。琴的外观最早可以追溯至 1720 年。1950 年时，这架管风琴被漆成了灰色（原本是绿色），而瓦克古老巴洛克式风格的琴身被灰色衬托得更加庄重。

奥斯陆大教堂是一座砖石建筑，穹顶是铜绿色的，钟楼高大雄伟。与传统的路德教派教堂不同，大教堂高耸的表盘宣示了一种高高在上的自视甚高之感，好像这座教堂不是用来进行礼拜仪式的，而是一处供奉圣骸之所。

杰克和艾丽丝进到大教堂内部，发现大教堂内外的风格很统一。教堂内部没有蜡烛，是用电灯来照明的。天花板上悬挂着几盏巨大的水晶吊灯，老式的壁灯在墙壁上营造出烛光的效果。不出所料，祭坛展示的是耶稣最后的晚餐与十字架受难的景象，装饰有各种廉价的小摆设，看上去像个古玩店。通往布道台的宽矮阶梯非常华丽，饰以涂着金粉的木雕花环。在布道台上方悬挂着天使群雕，其中几个天使在弹奏竖琴，宛若即将崩塌的苍穹。

没有人在弹奏管风琴，也没有人在长椅上祈祷。只有一位清洁女工小心翼翼地朝他们打招呼，她拄着拖把好像那是她的拐杖。后来，艾丽丝对杰克解释说，与奥斯陆大教堂哪怕有一丁点儿关系的人都不愿意想起威廉，而杰克就是让他们想起威廉的那个人。

当清洁女工看到杰克时，她一下子僵住了。她深吸了一口气，用力伸直双臂，双手在身前握住拖把。她紧紧抓着它，好像拖把是能庇护她的十字架，她希望借此驱散杰克带来的灾祸。

"管风琴师在吗？"艾丽丝问。

"哪个管风琴师？"清洁女工喊道。

"这里有多少管风琴师啊？"艾丽丝反问。

清洁女工的目光几乎从未离开杰克。她告诉艾丽丝，罗尔夫·卡尔森先生是大教堂的管风琴师，但他"走了"。"走了"这个说法让杰克走了神，这座教堂瞬间显得阴沉起来。

"卡尔森先生很大。"清洁女工用英语不熟练地说着，不清楚这里的"大"是指他的身材还是重要性——也许两者皆有。

教堂的牧师也都不在，清洁女工继续说道。现在，她挥动着手中的拖把，像是在挥动一根魔杖，不过因为一直目不转睛地盯着杰克，她并没有意识到自己的动作。杰克看了看四周，寻找清洁女工的水桶，但一无所获。（你拿着根拖把干活，怎么没有水桶？这个男孩觉得奇怪。）

"实际上，我在找一位年轻的管风琴师，一个叫威廉·伯恩斯的外国人。"艾丽丝再次开口道。

清洁女工听后闭上了眼睛，似乎在祈祷，好像绝望地相信手中的拖把会变成十字架拯救自己。她庄严地举起拖把，指着杰克。

"这是他儿子！我除非眼瞎了才会认不出他的睫毛！"她大声喊道。

这是第一次有人说杰克长得像他父亲。艾丽丝盯着杰克看了好一会儿，第一次意识到杰克与威廉之间的相似之处。她一下子惊讶起来，程度丝毫不亚于清洁女工。

"你这个可怜人，一定是他妻子！"清洁女工对艾丽丝说。

"我以前真想成为他妻子。"艾丽丝回答，她向清洁女工伸出一只手，"我是艾丽丝·斯特罗纳克。这是我儿子，杰克。"

清洁女工先是在屁股上蹭了蹭手，然后用力地和艾丽丝握了握手。杰克清楚这次握手的力度，因为他看到了他妈妈脸上龇牙咧嘴的表情。

"我是埃尔西-玛丽·洛特。愿上帝保佑你，杰克。"清洁女工说。杰克想起布里斯托酒店的前台接待，没有理会她朝自己伸出的手。

埃尔西-玛丽不想谈论过去发生之事的细节，只说全体教众无法忘记"这一事件"。她让艾丽丝和她儿子回家去。

"这次受害的女人是谁？"艾丽丝问道。

"英格丽德·莫不是女人，她还是个孩子！"埃尔西-玛丽哭了起来。

"别当着杰克的面说。"艾丽丝说道。

清洁女工用她那双干燥强壮的双手捂住杰克的两耳。杰克听不见她的话，也听不见他妈妈的回应。他倒是听见了埃尔西-玛丽的最后一句话，她没有叫艾丽丝"可怜人"。"没人会和你谈论这件事的！"杰克和艾丽丝离开奥斯陆大教堂时，埃尔西-玛丽在他们身后喊道，声音在空荡荡的教堂里回荡着。

"我会找那个女人——我是说那个女孩——英格丽德·莫谈一谈。"艾丽丝说。

但是，当他们第二次来到奥斯陆大教堂时，杰克感觉所有人都在躲着他们。之前那名清洁女工不在。一个男人站在折叠梯凳上给壁灯更换灯泡。他衣着讲究，看起来实在不像修理工。（可能是一位勤恳认真的教民，也可能是教堂里某个吹毛求疵的人在亲自动手。）无论他是谁，他显然知道杰克和艾丽丝的身份，他始终没说一句话。

"你认识威廉·伯恩斯吗？他是个苏格兰人。"艾丽丝问他，但那个人走开了，"英格丽德·莫！你认识她吗？"艾丽丝追着问他。那个换灯泡的男人继续走着，但杰克看到他顿了一下。（当杰克拉着他母亲的手站在奥斯陆大教堂门外，他又听见了那种无比熟悉的照相机快门的声音——有人趁他们准备离开拍了照片。）

一个周六的上午，他们来到奥斯陆大教堂时终于听到有人在演奏管风琴。杰克伸手拉住母亲的手，艾丽丝领着杰克向管风琴走去。他后来才想起来，他妈妈是怎么知道管风琴师的位置的。

管风琴师坐在教堂正厅上方。走到那里需要绕到正厅后面，然后再爬上一段台阶。管风琴师专注于演奏，没注意到有人来了。直到杰克和艾丽丝站到了身边，他才看到他们两人。

"你是罗尔夫·卡尔森先生？"艾丽丝有些不确信。坐在凳子上的是个年轻男子，准确来说是个十几岁的少年——他肯定不是罗尔夫·卡尔森。

"不，我只是他的学生。"少年立刻停止了演奏，回答道。

"你演奏得很不错。"艾丽丝对他说。她松开了杰克的手，坐在那名管风琴学生的身旁。

少年看起来有点像"万人迷拉尔斯"——一头金发，蓝色的双眼，皮肤白皙，但比拉尔斯更年轻，身上也没有刺青，没人打断他那女孩般小巧的鼻子，也没有拉尔斯那种难看的山羊胡子。他的双手停在管风琴的音栓上，艾丽丝握住他的一只手，拉过来放在自己的大腿上。

"看着我。"她低声说，（少年没有看艾丽丝。）"听我说，"艾丽丝开始讲述自己的故事，"我以前认识一个像你这样的年轻人，他叫威廉·伯恩斯。这是他儿子。"她向杰克的方向点了下头，"看看他。"（少年也没有看杰克。）

"我不应该和你说话！"少年突然说道。

艾丽丝一只手握着少年的手，另一只手抚摸着他的脸。少年转过脸来。儿子会以一种特有的方式看自己母亲，尤其在他还是个孩子的时候。杰克·伯恩斯认为他的妈妈美丽极了。当艾丽丝把脸靠近他时，杰克感觉妈妈美得让他无法直视。所以，他非常理解那名管风琴学生为何紧闭着双眼不敢看艾丽丝。

"要是你不和我说话，我就去找英格丽德·莫。"艾丽丝对他说。杰克也闭上了自己的眼睛，也许是出于对少年的同情。紧闭双眼时，杰克总是听不清楚声音，因为在一片漆黑中太容易分心了。

"英格丽德有言语障碍，她不喜欢说话。"少年开口道。

"我猜，她不是唱诗班成员吧。"艾丽丝说，杰克和少年听到这句话后同时睁开了眼睛。

"不是，当然不是。她和我一样，是管风琴学生。"少年回答。

"你叫什么？"艾丽丝问他。

"安德里亚斯·布列维克。"少年回答。

"你身上有刺青吗，安德里亚斯？"被问到这个意料之外的问题，他似乎惊得不知如何回答，"想要一个吗？不会很疼的，而且我不收你钱，但你得告诉我一些事情。"艾丽丝低声对他说。

一个周日的早上，在出发去教堂之前，杰克坐在布里斯托酒店的餐厅里，早餐吃得比往常还要多。他妈妈之前告诉他，如果在她给安德里亚斯刺青时，他能老老实实地留在酒店吃早餐，那么他想吃多少就能吃多少。（她根本不在场，所以不会阻止他。）杰克已经在自助餐台取了两次餐，他现在怀疑自己第二次拿的香肠味道有点怪，但为时已晚，他一边琢磨着，一边把香肠吞进了肚子。

虽然他妈妈要他在餐厅等她一起吃早餐（她说完成安德里亚斯的刺青后，会来餐厅与他会合），但杰克很清楚自己现在急需去盥洗室。布里斯托酒店的一层肯定有盥洗室，但杰克不知道具体的位置。相比浪费时间寻找，他直接跑上楼沿着铺有地毯的走廊来到他们住的房间门前。他用力砸着房门。

"马上就好！"她在房间里喊道。

"香肠有问题！"杰克大声回答。等艾丽丝终于打开房门时，他已经直不起身子了。

杰克冲进盥洗室后，立刻关上了门，速度太快，他甚至差点儿没看到床上凌乱的景象和他妈妈赤裸的双脚，还有安德里亚斯·布列维克正忙着拉上牛仔裤的拉链。他的衬衫没有系扣，也没有掖在裤子里，杰克没发现任何刺青的痕迹。安德里亚斯的脸看上去有些肿，好像他一直在揉自己的脸，尤其是嘴唇的部位。

可能他一直在哭吧，杰克猜想。"不会很疼的。"艾丽丝曾经保证过，但杰克知道刺青真的很疼。（有些刺青格外疼，取决于你刺青的部位和使用的颜料种类。个别颜色的颜料对皮肤的毒性更大。）

杰克走出盥洗室时，他妈妈和安德里亚斯都已经穿戴整齐，床也收拾好了。刺青器具、纸巾、凡士林、颜料、酒精、创伤药、甘油、电池、脚踏控制器，甚至连小纸杯也被放好了。事实上，杰克不记得自己冲进盥洗室时是否看到过这些东西。

"疼吗？"杰克问安德里亚斯。

要么是这位年轻的管风琴学生没有听到杰克的问题，要么是他刚刚从首次刺青的痛苦中恢复，仍处于一种惊奇的状态，他目瞪口呆地盯着杰克。艾丽丝对儿子笑了笑，摸了下他的头发。"真的不疼，疼吗？"她问安德里亚斯。

"不疼！"他喊道，但声音太大了。杰克猜想，很可能他还在犹豫，反正没在他身上见到"耶利哥玫瑰"。不过，时间确实不够，估计只是在后腰部刺了小图案吧。

"你在他身上哪里刺青的？"杰克问他妈妈。

"一个他永远忘不了的地方。"她轻声说，并且微笑地看着安德里亚斯。可能是胸骨附近，杰克想，要不然怎么艾丽丝一碰那里，少年就抖了起来。艾丽丝轻轻地推着安德里亚斯向门口走去，看样子他走路都会疼。

"包扎一天就好了，感觉像是晒伤，最好抹点儿润肤露。"杰克对安德里亚斯说。

安德里亚斯·布列维克呆若木鸡地站在酒店走廊里，好像连这些话都听不懂了。艾丽丝一边关上门，一边向他挥手道别。

杰克的母亲回头坐到了床上。杰克知道她很劳累。艾丽丝枕着双手躺了下去，随即大笑起来。杰克认得那种笑声，艾丽丝每次这样大笑后就会立刻毫无缘由地哭起来。她哭起来后，杰克（像他经常做的那样）问她遇到了什么问题。

"安德里亚斯什么都不知道。"艾丽丝抽泣道。控制住自己的哭声后，她说，"要是他知道什么，会告诉我的。"

如果艾丽丝现在下去吃早餐，他们一定来不及去大教堂了。而且她说，杰克一个人吃下去的食物足够他们两个人吃了。

每次他们使用酒店的洗衣服务后，洗好的衣服中都会有一张硬纸板，这样衣服叠起来就像切好的三明治一样整齐。杰克看着妈妈拿出其中一张硬纸板，用一支常常用来给刺青颜料瓶编号的毛毡墨水笔在上面用大写字母写道：**英格丽德·莫**。

艾丽丝把这张硬纸板塞进外套里，和杰克一起步行前往奥斯陆大教堂。到达时，礼拜仪式已经开始了。在管风琴的伴奏下，唱诗班唱着第一首赞美诗。假如有唱诗班入场的仪式，他们肯定已经错过了。杰克想着那位伟大的（至少是"大"的）罗尔夫·卡尔森一定在演奏管风琴，因为管风琴的声音听上去效果格外好。

大教堂里几乎坐满了人。除了长椅上，连中间的过道里都坐了人。布道的牧师就是那个换灯泡的人。他一定说了有关杰克和艾丽丝的事，因为在他布道过程中，很多张焦虑的面庞朝向他们，脸上显出痛苦与同情兼有的表情。

杰克除了盯着天花板外无事可做，上面有幅画把他吓得不轻。一名死者走出了坟墓。杰克确信自己看到耶稣握住那名死者的手。尽管如此，那具会行走的尸体仍让杰克感到恐惧。

突然，牧师手指着天花板，用挪威语大声朗读起《圣经》。所有教众抬头看着那幅让杰克恐惧的画作，杰克竟然感到一丝莫名的宽慰。（多年之后，杰克才明白那幅画的内容。他读了英文版的《圣经·约翰福音》第11章43和44节描绘的场景：耶稣使拉撒路起死回生。）

　　　说了这话，他大声喊："拉撒路，出来！"
　　　那死了的人就出来，手脚裹着布条，脸上包着手巾。耶稣吩咐他们说："解开他，让他走！"

当牧师大喊"拉撒路"这句时，杰克吓得跳了起来。他只能听懂拉撒路和耶稣这两个名字，但至少他知道了那个死人叫什么。这也带给他一丝莫名的宽慰。

礼拜仪式结束后，艾丽丝站在中间的过道，双手捧着那张硬纸板。离开教堂之前，每个人都需要经过她，看到硬纸板上的**英格丽德·莫**。辅祭是一个和杰克差不多年龄的男孩，他抱着一根十字架引领教众走出教堂。经过艾丽丝身边时，他故意看着地面。那位被杰克错认成修理工人的牧师走在最后。正常来说，牧师应该紧跟着辅祭离开，但显然他故意落在后面。

他走到艾丽丝身边停了下来，叹了口气。这位更换灯泡的牧师说话时声音很柔和："请回去吧，伯恩斯夫人。"

就算艾丽丝听见了"伯恩斯夫人"这个称呼，她也没去纠正牧师。也许，牧师这样称呼她，是出于善意，并非出于误解。

牧师把手放在她的手腕上，摇了摇头，说："愿上帝保佑你和你的儿子。"然后，他离开了。

杰克的结论是，连清洁女工都祈祷上帝保佑自己，看来挪威人很喜欢对人说"愿上帝保佑你"。这样看来，拉撒路之所以走出了自己的坟墓，也是为了向他人献出自己的"愿上帝保佑你"。

回到布里斯托酒店后，艾丽丝小口喝着汤。（那是他们的午餐——是的，午餐只有汤。）艾丽丝失去了寻找潜在刺青顾客的热情，但杰克认为自己找到了一个。一个年轻女孩进入餐厅后就一直盯着他们。她有一张孩童般的面孔，身体修长。这个女孩拒绝了侍者领班为她安排的座位。杰克在想他妈妈会不会给这个女孩刺青。艾丽丝有自己的原则，那就是接受刺青的人必须达到一定的年龄，而这个长着娃娃脸的女孩看上去太小了。

艾丽丝一看到她，立刻知道她就是英格丽德·莫。艾丽丝让侍者再搬一把椅子来。这个身材高挑、面露尴尬之色的女孩有些勉强地加入了他们。她坐在椅子的边缘，两手扶着餐桌，那样子好像餐桌成了一架管风琴，桌上的银器则是音栓，她准备开始演奏了。就她的年纪而言，她的胳膊和手指长得不可思议。

"我很抱歉他伤害了你。我也很抱歉你遇到了他。"艾丽丝对这个年轻的女孩说。（杰克认为他妈妈指的是他爸爸。还能是谁呢？）

英格丽德·莫咬着嘴唇，眼睛盯着自己长长的手指。一条粗长的金色发辫从她笔直的后背垂下来，长度几乎及腰。开口说话时，她那精致的美丽因为某种显而易见的痛苦而黯然失色。她牙齿紧咬，好像害怕让人看到自己的舌头。

杰克想到，她亲吻别人或被人亲吻时会多么痛苦啊！多年以后，他想到父亲在第一次见到英格丽德·莫时也有同样的想法，因而感到羞愧。

"我想要个刺青，他说你知道怎么做。"英格丽德·莫对艾丽丝说。她的言语障碍使她的话很难听清，至少她说英语时是如此。

"你还太小了。"艾丽丝说。

"他不觉得我小。"英格丽德回答。

她说到"他"时，正好露出了紧咬的牙齿。颈部紧绷的肌肉向下牵拉着她的下巴，使她看起来像是要吐痰。如此美丽的女孩一开口，竟瞬间变成了这副样子，真是令人唏嘘。讲话困难使她不再美丽。

"你不做，特朗德·哈勒沃森会做。他手艺不太好——他让威廉感染了。所有找他刺青的人都感染了。"英格丽德挣扎着说。

听到女孩说威廉的名字，艾丽丝的身子颤动了一下，但不是因为他被一个糟糕的刺青师用不干净的针头弄感染了。而英格丽德·莫误解了艾丽丝的反应。

"他后来康复了，服用抗生素后就好了。"她突然解释道。

"我不想给你刺青。"艾丽丝对她说。

"我知道自己想要刺什么，刺在哪里。那是一个我不想让特朗德·哈勒沃森看到的地方。"英格丽德回答。她扭曲着嘴念出"特朗德·哈勒沃森"这个名字时，像在说一种不能食用的鱼类。她松开握着餐桌的右手，指着靠近心脏的左侧胸部。"这里。"她把右手放在瘦平的乳房上，指尖按着肋骨。

"在那里刺青非常痛。"艾丽丝告诉她。

"我想要'个亲'。"英格丽德说。

"你是说你想要颗心？"艾丽丝问。

可能是颗破碎的心吧，杰克想，他玩着手里的银器——又走神了。

艾丽丝耸了一下肩。破碎的心是再普通不过的水手刺青了，她闭着眼都能做。"我不会刺他的名字的。"她对英格丽德说。

"我不想刺他的名字。"女孩回答。只要一颗心，撕裂成两半，杰克想。（"万人迷马德森"常常这么说。）

"以后你喜欢上别人，就需要把一切解释清楚。"艾丽丝警告说。

"如果我喜欢上别人，他迟早会知道一切的。"女孩回答。

"你拿什么来支付呢？"艾丽丝问她。

"我会告诉你到哪里能找到他。"女孩说。杰克没在听，英格丽德的言语障碍总让他分心。她可能想说："我会告诉你他想去哪里。"

原则到此为止。英格丽德·莫的年龄没有小到不能刺青。她已经不是孩子了，只是看起来像而已。虽然她有一张娃娃脸，但杰克知道她不是孩子。如果非要猜测一下，杰克会说她在十六至三十岁之间。他还不知道，自己将会遇到众多比他年长的女人。

正午，琥珀色的日光弥漫在房间里，让英格丽德·莫苍白的皮肤披上了一层金色。她上身赤裸躺在床上，艾丽丝在她旁边。杰克坐在房间里的另外一张床上，盯着女孩的胸部看。

"他还是个孩子，我不介意他看。"英格丽德说。

"可能我会介意的。"艾丽丝说。

"求你了，我想刺青时让杰克在场。他长得太像威廉了，你明白这点，不是吗？"英格丽德对她说。

"是，我明白。"艾丽丝回答。

可能英格丽德不介意杰克看自己，是因为她的平胸实在不值一提。即便如此，杰克还是没办法把目光移开。她双手抓着膝盖笔直地坐着，前臂上的蓝色血管在金色的皮肤上分外显眼。她喉咙处的另外一根蓝色血管向下从两个乳房中间穿过，那根血管搏动着，好像有一只动物栖息在她的皮肤之下。

艾丽丝已经完成了整颗心的轮廓线。刺青位于英格丽德·莫的左侧乳房边缘和肋骨附近。但杰克发现，那并不是一颗破碎的心——不是按照英格丽德要求的那样碎成两半——而是一颗完整的心。（因为没有镜子，英格丽德无法实时看到刺青的进展。另外，她一直盯着杰克，而杰克把注意力放在了她的胸部。）

当艾丽丝在她的肋骨处完成轮廓线时，英格丽德仍旧笔直地坐着，没有发出任何声响，但眼泪在她脸上止不住地流着。直到眼泪滴落到了左胸上，艾丽丝才注意到英格丽德哭了。她像抹除飞溅的墨点般随便地把眼泪擦掉（用的是一团沾有凡士林的纸巾）。

直到艾丽丝开始给这颗心涂红，杰克才发现这个刺青的奇特之处。虽然英格丽德的乳房很小，但那颗胖嘟嘟的心似乎真的会跳动。她呼吸时胸部的起伏让这颗心产生了一种在跳动的效果，看上去逼真得好像下一秒就会有血流出来。杰克曾经见过妈妈刺花丛簇拥的心或是被玫瑰环绕的心，但这颗心同之前的那些完全不同。它个头更小，但不止如此。这个刺青紧挨着英格丽德左侧乳房和心脏边缘——如果未来有一天她给婴儿哺乳，婴儿的手触碰的就是那颗心的位置。

艾丽丝做好刺青后，走进盥洗室洗手。英格丽德俯身向前，把她修长的手放在杰克的双腿上。

"你有你父亲的眼睛和嘴。"她悄声对他说，但杰克几乎听不清她在说什么。（她说"嘴"时让人错听成"水"。）趁艾丽丝还没有从盥洗室出来，英格丽德甚至把身子继续向前探过去，吻上了杰克的嘴。杰克浑身颤抖，好像要昏过去似的。英格丽德张开了双唇，两人牙齿碰到了一起。杰克当时想到的是，她的言语障碍会不会传染给自己。

艾丽丝从盥洗室出来时拿着自己的手镜。她坐到杰克身旁，两人一起观察着英格丽德·莫看到自己第一个刺青时的反应。英格丽德仔细地看了很久，没说一句话。反正杰克也听不清她说了什么，因为他跑进盥洗室，在嘴里挤了些牙膏，然后用水冲干净。

可能英格丽德说："这颗心是完整的。我说了要颗碎成两半的心。"

"你的心没有问题。"艾丽丝好像是这样回答的。

"我的心碎成了两半！"英格丽德大声说。杰克清楚地听见了这句，然后从盥洗室里跑了出来。

"只是你自己那么认为。"他妈妈说。

"你没有按照我想要的来做！"英格丽德突然说。

"我是按照你真正拥有的来做的，你有一颗完整心，就是有点小。"艾丽丝说。

"去你妈的！"英格丽德·莫骂道。

"别当着杰克的面说脏话。"艾丽丝对她说。

"我什么都不会告诉你的。"女孩说。她用手镜靠近身上的刺青。虽然那并不是她原本想要的刺青，但她还是忍不住盯着它看。

艾丽丝站起身，走进了盥洗室。"等你喜欢上别人，英格丽德——你肯定会的——那个人会想把你的心捧在手上。你的孩子也想触碰那颗心。"艾丽丝说完便关上了盥洗室的门。

她打开洗手池的水龙头，不想让英格丽德和杰克听见她在哭。"你还没有给她包扎呢。"杰克对盥洗室紧闭的门说。

"好孩子，你给她包扎吧。我不想碰她。"杰克妈妈的声音从流水声中突破而出。

杰克在一块有英格丽德手掌大小的纱布上涂了些凡士林，然后用那块纱布把她胸部的那颗心完全盖住。接着他用纱布条把那块抹了凡士林的纱布缠绕固定在她的皮肤上，小心地避免碰到她的乳头。英格丽德有点儿出汗，这让杰克固定纱布时遇到了些麻烦。

"你以前做过包扎吗？"女孩问他。

"当然了。"杰克说。

"不对，你没做过。至少不是包扎这个部位。"她说。

杰克开始重复惯常的叮嘱。毕竟，他对这些话已经很熟悉了。

"包扎一天就好了，感觉像是晒伤。"他告诉英格丽德。她正在穿衬衣。她没有多此一举地佩戴小号胸罩。

"你怎么知道是什么感觉？"女孩问他。这个高挑的女孩站起来时，杰克的身高还不到她的腰。

"最好抹点儿润肤露。"他嘱咐说。

英格丽德又俯下身来，好像又要吻他。杰克屏住呼吸，紧闭嘴唇。他当时一定在发抖，因为英格丽德双手放在他的肩膀上说："别害怕——我不会伤害你的。"英格丽德没有亲吻他，她靠近他的耳朵低声说，"西贝柳斯。"

"什么？"

"告诉你妈妈，他说的是'西贝柳斯'，这就是他想的。我是说去那里。"她补充说。

她把房门打开一条缝，谨慎地朝外看了看，好像是在酒店里有过某种令她后怕的经历后养成了这个习惯。

"西贝柳斯？"杰克说道，他尝试着把这个词说得流利。（他以为这是挪威语。）

"我之所以说出来，是因为你的缘故，不是她。记得告诉你妈妈。"英格丽德·莫说。

杰克看着她顺着走廊离开了。从背后看过去，她并不像孩子，英格丽德走起路来像个成年女人。

回到房间，杰克把盛颜料的小纸杯清理干净。他确认甘油、酒精和创伤药瓶子的瓶盖都拧紧了，并把绷带收好。他把针头从刺青器具上卸下来，放在一张纸巾上。（他妈妈把勾勒轮廓线的机器称为"琼西圆背吉他"，称上色的机器叫"罗杰斯一家"。）杰克知道，他妈妈等下会清洗这些针头。

等艾丽丝终于从盥洗室出来，她根本无法掩盖自己刚刚哭过的事实。在杰克看来，他妈妈是个美丽的女人，虽然大多数男人对此并不认同，但无法改变杰克的看法。在为英格丽德·莫——那个年轻漂亮而且皮肤闪着金色光泽的娃娃脸女孩刺青后，他妈妈似乎遭受了极大的挫败。

"那个女孩可真让人揪心，杰克。"艾丽丝只说了这么一句话。

"她刚刚说'西贝柳斯'。"杰克对妈妈说。

"什么？"

"西贝柳斯。"

起先，这个词让艾丽丝很困惑，就和杰克的反应一样，她思索了一会儿。"也许他去了那儿，可以在那儿找到他。"杰克猜测道。

艾丽丝摇了摇头。杰克把他妈妈的反应解读为，那又是一个没在他们行程上的城市。他甚至都不知道这座城市在哪个国家。

"这地方在哪里？"杰克问他妈妈。

艾丽丝又摇了摇头。"这不是个地方，西贝柳斯是个作曲家。他是芬兰人。"她对杰克说。

杰克想了想。"他完蛋[1]了。"——这位作曲家死了。

"他来自芬兰。这说明你父亲去了芬兰首都赫尔辛基，杰克。"艾丽丝解释道。

赫尔辛基（Helsinki）也没在他们的行程上。杰克有点儿不喜欢这座城市的发音，名字里竟然有地狱（Hell）！

前往芬兰之前，艾丽丝想见一下特朗德·哈勒沃森，就是那个让威廉感染的蹩脚刺青师。哈勒沃森就是被"刺青奥勒"称为"刮痕师"的糟糕刺青师。他在奥斯陆东部旧市街的一栋公寓的底楼给人刺青。那个所谓的刺青店实际上是他的厨房。

---

[1] 英语中，"芬兰人"（Finnish）的发音与俚语"完蛋了，死了"（finished）的发音非常接近。

特朗德·哈勒沃森以前也是个水手。他曾经在婆罗洲和日本接受过"纯手工"刺青。他的右前臂有一个"刺青杰克"("刺青奥勒"的老师)的作品，而左前臂上是奥勒招牌式的裸女刺青。他的身上还有一些很差劲的刺青，主要在他的大腿和腹部，都是他自己刺的。"这是我学习刺青时留下的。"他边说边向艾丽丝和杰克展示自己犯过的错误。

"和我说说那个'音乐小子'。"艾丽丝开口道。

"我只是按照他的要求给他刺了一些音符，我不知道那些音符演奏出来是什么。"哈勒沃森说。

"我知道你也让他感染了。"艾丽丝说。

特朗德·哈勒沃森笑了起来，他上下各有一颗犬齿缺失了。"感染的情况经常发生的。"

"你清洗针头吗？"艾丽丝问。

"谁有那个工夫啊。"哈勒沃森回答。

炉子上的锅正嘟嘟作响，里面正煮着一个鱼头。厨房里，烟味与鱼的味道不相上下。

艾丽丝难以掩饰自己的厌恶，甚至连哈勒沃森的速绘也是脏兮兮的，他的模板上沾有食物的油渍，还有烟熏过的痕迹。厨房的桌子上放着盛有颜料的纸杯，上面没有盖子，颜料都开始变硬了，让人看不出原本的颜色。

"我是'阿伯丁比尔'的女儿，艾丽丝。我曾经和'刺青奥勒'共事过。"艾丽丝的语气显示出对自己经历的漠不关心，她声音越来越弱。

"我听说过你爸爸，所有人都知道奥勒。"哈勒沃森说道，他似乎被艾丽丝那显而易见的厌恶弄得有些尴尬。

杰克还在琢磨他们为什么来这里。

"那个'音乐小子'，他没对你说他要去哪里吧？"艾丽丝回到正题。

"他对感染很生气。他第二次来时，心情不太好，不适合谈论旅行。"特朗德·哈勒沃森承认道。

"他去了赫尔辛基。"艾丽丝说。哈勒沃森只是听着。要是她已经知道威廉去了哪里，干吗还来这里打搅哈勒沃森？"你知道赫尔辛基有哪些刺青大师吗？"艾丽丝问。

"那里没什么人手艺好。"他回答。

"这里没什么人手艺好。"艾丽丝说。

特朗德·哈勒沃森朝杰克眨了下眼，似乎在向杰克说他妈妈可真难相处。他搅拌了下炉子上的锅，捞起鱼头给杰克看了看。"在赫尔辛基，你可以找一位像我这样的老水手刺青。"他好像在对那条鱼说话。

"你是说，也是个'刮痕师'？"艾丽丝问。

"和我一样，是在家里干活的。"哈勒沃森说。他现在似乎在为自己辩解，甚至透着些恼怒。

"在芬兰找这样的人容易吗？"艾丽丝问他。

"赫尔辛基有家水手经常光顾的饭店。你到码头，找一家名叫萨勒韦的餐厅，那里生意很好。"特朗德·哈勒沃森说。

"然后呢？"

"问服务员在哪儿能刺青，年纪稍微大些的都知道。"哈勒沃森对她说。

"非常感谢，哈勒沃森先生。"艾丽丝说着，伸出了手，但哈勒沃森没有与她握手道别。毕竟"刮痕师"也有自己的尊严。

"你找了个男朋友？"哈勒沃森问她。他笑了起来，又露出了那两颗犬齿缺失的地方。

杰克的妈妈揉了揉杰克的头发，把他拉到自己身边。"你觉得杰克是谁？"她对哈勒沃森说。

"我认为杰克和他非常像。"这名"刮痕师"说。特朗德·哈勒沃森从未与艾丽丝握过手。

回到布里斯托酒店后，他们在沉默中打好包。前台接待很高兴他们总算离开了。酒店大堂里挤满了体育记者和滑冰爱好者。世界速滑锦标赛将于2月中旬在奥斯陆市中心的比斯莱特体育场举行，但记者和滑冰迷提前来到了奥斯陆。杰克对他们即将离开很遗憾，他一直想见见滑冰运动员。

那年 2 月，奥斯陆的气温比往年平均值低了八摄氏度。寒冷的天气意味着更快结冰，前台接待说。杰克问妈妈，速滑运动员要在黑暗中比赛吗，还是说体育场里会有灯光？艾丽丝也不知道。

杰克没有问艾丽丝赫尔辛基什么样，他担心妈妈说："天色更暗。"在午间惨淡的阳光下，他们的房间再次呈现出琥珀色的光晕，但这次没有了英格丽德·莫的皮肤反射出的金光。奥斯陆似乎奔入了永恒的黑暗中。

在梦里，杰克依旧能看到英格丽德那红肿的皮肤和左胸上那颗跳动的心。拿着纱布抵在她的皮肤上，他能够感受到她身上刺青的热度。那颗心的热度透过绷带让他的手感觉发烫。

杰克和艾丽丝顺着铺有地毯的走廊离开房间。他曾看着英格丽德·莫从同样的走廊走开——她走路时像个成年女人。杰克想的是，他们对威廉的寻找也是一个梦，只是这个梦永无止境。

未来的某一天或某个夜晚，他们会走进一家饭店——赫尔辛基那家水手经常光顾的萨勒韦饭店。他们会在那里遇见一个曾经见过威廉·伯恩斯的女侍者。她会告诉他们，自己对威廉说过的话，也就是去哪里可以刺青。等他们找到那里时，威廉的皮肤上将会再增加一个音乐刺青。根据杰克母亲的说法，他父亲在一座教堂内又勾引了某个他初次见面的女人或女孩。再多的圣乐也无法让那座教堂的教众帮助杰克和艾丽丝找到威廉。

威廉会再次消失得无影无踪，就如同最宏伟的大教堂中最好的管风琴演奏的最伟大的音乐可以湮没任何唱诗班，可以取代任何人声——哪怕是笑声，哪怕是悲泣，哪怕是艾丽丝以为杰克睡着时向痛苦屈服的哭声。

"再见了，奥斯陆。"杰克在走廊里低语。他相信英格丽德·莫从走廊走开时有一颗完整的心，并没有裂成两半。

他妈妈弯下腰，亲吻了他的后颈。"你好，赫尔辛基！"她在杰克的耳边低声说。

又一次，杰克伸手去够她的手。他知道怎么去够他妈妈的手。正如后来的事证明的那样，这是他唯一真正知道该怎么做的事。

5 在芬兰遭遇挫折

他们按照原路长途奔波回到斯德哥尔摩，接着从那里乘夜班轮船穿越芬兰湾抵达赫尔辛基。天气非常寒冷，杰克只要留在室外超过一分钟，带着海水咸味的雾气就开始在他脸上结冰。一些芬兰人和瑞典人无惧恶劣的天气，在结冰的甲板上喝酒唱歌直到午夜。艾丽丝发现他们也在呕吐，但在船的背风面，这已经算是最好的结果了。第二天早上，杰克注意到那些不幸遭受呕吐之苦的芬兰人和瑞典人移到了轮船的迎风侧。

喝得酩酊大醉的大多是年轻人。艾丽丝从他们口中得知赫尔辛基最适合刺青师居住和干活的地方是托尔尼酒店，家境富裕的学生经常光顾那里的美国酒吧。其中一个在甲板上的芬兰人或瑞典人说在美国酒吧可以遇到很多大胆的女孩。"大胆的女孩"正对"女儿艾丽丝"的胃口，因为她将"大胆"理解为那里的女孩（以及去找这些女孩的男孩）对于刺青抱有开放的态度。

托尔尼酒店显然有过一段黄金岁月，老式的铁栅电梯上一直挂着"暂时无法使用"的牌子。杰克和艾丽丝每次都要手牵手从楼梯爬到四楼，他们也因此对酒店的楼梯特别熟悉。他们的房间没有盥洗室，只有一个洗手池，还被告知不要直接饮用水龙头流出的水。从房间望出去，可以看到一所中学。杰克坐在床边艳羡地看着学校里的学生，他们好像有很多朋友。

杰克和妈妈需要与同楼层的客人共用盥洗室，要顺着迷宫般的走廊跋涉很长一段路才能到达。这家酒店有一百个房间。一天，杰克感到无聊，就让艾丽丝和他一起数酒店里的房间，发现只有不到半数的房间有独立的盥洗室。

不过对艾丽丝而言，住到托尔尼酒店是个正确的决定。他们入住后不久，艾丽丝就在美国酒吧的常客中做成了一笔刺青生意。虽然杰克在那里见到的女孩漂亮的不多，也无从知晓她们是不是真的很大胆，但其中很多人和更多的男孩，确实在刺青时表现得非常大胆。了解刺青的人知道，醉酒后刺青非常容易出血。在赫尔辛基期间，杰克看到他妈妈用掉了大量纸巾。

随后的一周里，艾丽丝赚到的钱相当于在"刺青奥勒"店里圣诞期间的收入。杰克常常在刺青机器的轰鸣中入睡。这一次，你可以说他们又"睡在针尖上"了。

在那家名为萨勒韦的饭店，杰克和艾丽丝接受了一个固执女侍者的建议，放弃了炸白鲑鱼、梭子鱼与鲈鱼，而点了炖北极红点鲑鱼。他们礼貌地选择驯鹿舌头作为头盘，因为那个女侍者的极力推荐实在让人盛情难却。杰克吃惊地发现，驯鹿舌头吃起来不像橡胶那样充满弹性，味道还不赖。他们点了野生黄莓作为甜点。野生黄莓呈暗黄色，其中微微的酸味与香草冰淇淋搭配得恰到好处。

直到他们吃完甜点，艾丽丝才去问那名女侍者哪里能做刺青，得到的回答出乎她的意料。

"我听说托尔尼酒店有个女的。她是酒店的住客，一个外国人——长得很好看，就是愁容满面的。"女侍者开口道。

"愁容满面？"艾丽丝问，看上去备感意外。杰克都不忍心看她，因为连他都知道这个形容没错。

"别人都这么说，"女侍者回答，"她还带了个小男孩，和你一样。"她又补了一句，看着杰克。

"我知道了。"艾丽丝说。

"她经常在美国酒吧晃荡，但只在酒店房间里刺青——有时候趁那个小男孩睡觉时干活。"女侍者接着说。

"可真有趣。但我想找的不是她，是另外一个刺青师，很可能是个男人。"艾丽丝说。

"哦，那就是萨米·萨罗了，但托尔尼酒店那个女的手艺更好。"

"和我讲讲这个萨米·萨罗吧。"艾丽丝说。

女侍者叹了口气。她身材矮胖，尺寸偏瘦的衣服穿在身上有些紧绷。她的脚似乎不太舒服，每走一步都会让她难受得眯起眼睛，同时晃动着自己肥胖的手臂。不过，她并没有比杰克的母亲年长多少。女侍者从围裙下拿出一块抹布开始清理餐桌。

"听我说，乖乖，你还是别去让萨米心烦了，他知道怎么找到你。"女侍者低声对艾丽丝说。

艾丽丝再一次感到意外，也许她根本没意识到女侍者认出了她就是那名住在托尔尼酒店的刺青师。其实他们并不难认。在赫尔辛基，带着小孩的年轻女人同时还说一口美式英语，这样的人还有谁呢？

"我想见见萨米·萨罗。我想问问他有没有给一个我认识的人做过刺青。"艾丽丝对女侍者说。

"萨米·萨罗不想见你。你把他的生意抢了，他对此很不开心。我听说的消息就是这样。"女侍者告诉她。

"非常感谢你告诉我这些消息。"艾丽丝说。

女侍者将注意力转到杰克身上。"你看上去很疲倦。你的睡眠充足吗？是不是别人在一边刺青让你睡不着？"她粗声粗气地问杰克。

杰克的妈妈从餐桌旁站了起来，向她儿子伸出了手。饭店里嘈杂而拥挤。芬兰人即使吃喝时也会大声说话。杰克没太听清他妈妈与女侍者的对话。他以为大概是"谢谢你的关心"之类的客套话，更可能是"要是你哪天晚上路过托尔尼酒店，我很高兴给你做刺青，不过挺疼的"这类招徕生意的话。艾丽丝也可能让女侍者给萨米·萨罗捎个话。因为连杰克都看得出，那个女侍者和萨米肯定相识。

后来，他们没再去萨勒韦饭店。他们在托尔尼酒店的餐厅用餐，还把美国酒吧称作自己的家。

教堂在哪里呢？每次入睡前，杰克都会思考这个问题。他们干吗不找个人打听下赫尔辛基哪里有他父亲可能想去弹奏的管风琴呢？还有，那种不走运遇见威廉进而心碎的女人在哪儿呢？那个西贝柳斯又是怎么回事？

杰克猜测，也许他妈妈已经对寻找他爸爸感到厌倦，或者更糟的是，她突然开始害怕找到威廉了。可能她突然想到自己最终面对威廉时会十分难堪，但不管多么难堪，威廉可能只会不以为意地走开。威廉当然知道他们在找他。毕竟宗教音乐和刺青的圈子太小了。要是他决定出来直面他们怎么办？他们会对他说些什么呢？他们难道真的想让他放弃流浪与他们一起生活吗？要在哪里生活呢？

赫尔辛基是一个容易令人产生自我怀疑的地方。艾丽丝似乎对自己产生了不确信。起夜时，她会叫醒杰克，逼迫他陪着自己沿着长长的走廊去盥洗室。她不允许杰克独自离开房间。（有几天夜里，杰克只好在洗手池里小便。）艾丽丝在美国酒吧闲逛寻找顾客的那些晚上，杰克经常待在酒吧所在楼层上方的铁栅电梯里俯视着她。那架年久失修的电梯似乎会永远停在那里。

每当艾丽丝招徕到一个愿意刺青的顾客，她就抬起头看着那架无法运行的电梯，朝杰克点点头。杰克悬在半空中，像一个被关在鸟笼里的孩子。

杰克常常看着艾丽丝领着顾客走上楼梯，然后自己也从电梯里出来，跑上楼梯赶在前面到达四层。艾丽丝领着刺青的顾客沿着走廊来到房间时，杰克通常会守在房间的门口等待。

"嗨——很高兴见到你，杰克！你来是找我刺青的吗？"他妈妈会这样说。

"不需要，谢谢。我太小了，还不能刺青。我只是来看你刺青的。"杰克会这样回答。

这个仪式似乎有点儿愚蠢，但的确是他们的常规程序，而且他们乐此不疲。顾客会看出来他们是一伙的。

到达赫尔辛基三周之后，杰克已经把西贝柳斯忘记得一干二净了。一天晚上，两个年轻女子（看上去像很有胆量的女孩）在美国酒吧里走近艾丽丝。她们向她打听是否可以两人合刺一个刺青。杰克身在酒吧上面一层的电梯里，听不太清她们的对话。

"刺青不能由两人的身体分担。"他猜他妈妈是这样回答的。

"当然可以。"高个子的女孩回答。

另外那个矮个子的女孩可能说："样样东西我们都能分担，一个刺青也没问题。"

从那架有故障的电梯里，杰克看见他妈妈摇了摇头——不是她做成生意的那种信号。他曾见过艾丽丝拒绝一个想刺青的醉醺醺的年轻男人，还拒绝过两个或更多的男人。她每次只带一名男性到房间去。而这两位女子，一高一矮，和其他人都不一样。她们让艾丽丝看上去颇为尴尬。杰克以为他妈妈认识这两个人。

艾丽丝突然转身走开了，但那两个大胆的女孩紧跟着她，一直在对她说话。杰克看见他妈妈走上了楼梯，他也从电梯里钻了出来。那两个女孩跟着艾丽丝上了楼梯。

"我们年纪没有小到不能刺青吧？"高个子女孩问道。

艾丽丝再次摇了摇头。她头也不回地继续上楼梯，两个女孩在后面紧跟着。

"你一定是杰克。"矮个子的女孩抬起头盯着他。杰克觉得她好像知道会在这里看到自己似的，"我们俩都是学音乐的。我学的是宗教音乐，包括赞美诗合唱和管风琴。"她对杰克说。

艾丽丝在楼梯上停下脚步，好像有些喘不过来气。两个女孩在一层与二层之间的楼梯平台赶上了她。杰克站在二楼等着妈妈上来。他低着头看着下面的三个人。

"你好，杰克。我是拉大提琴的。"高个子的女孩对他说。

这个女孩没有英格丽德·莫那么高，也没有英格丽德那样美得令人窒息，但她也有一双修长的手。她卷曲的金色头发剪得和男孩子一样短，身上穿了一件高领内衣，外面套了一件邋遢的滑雪毛衣，毛衣上的驯鹿已经开始褪色了。

另外那个矮个子女孩，有一张丰满可爱的脸庞，深色长发一直垂到胸前。她穿了一条黑色短裙，下面是黑色紧身裤，脚上穿了一双及膝高的黑色长靴，上身穿了件过于宽大的黑色 V 领毛衣。毛衣看上去很柔软，上面没有驯鹿的图案。

"学音乐的。"艾丽丝重复她们的话。

"在西贝柳斯学院，杰克。你听说过吗？"高个子说。杰克没有回答，只是一直看着他妈妈。

"西贝柳斯……"艾丽丝说，好像这名字让她的喉咙感到疼痛。

那个矮胖的可爱女孩脸朝上微笑地看着杰克。"你一定是杰克。"她说。

高个子一步两个台阶地走了上来。她跪在杰克的脚边，用自己有些黏腻的长手捧着他的脸。"你看看啊，杰克。你简直太像你爸爸了。"她的口中有股水果口香糖的味道。

杰克的妈妈从楼梯走了上来，身旁跟着矮个子女孩。"把你的手从他身上拿开。"艾丽丝对高个子女孩说。高个子站了起来，向后退了几步。

"对不起，杰克。"高个子说。

"你们想要什么？"艾丽丝问这两个音乐系学生。

"我们说了——一个刺青。"矮个子回答。

"我们也想看看杰克长什么样。"高个子坦白道。

"我希望你不会介意，杰克。"矮个子说。

可是，杰克只是个四岁的孩子。他怎么可能准确地记得这一高一矮两个女人到底说了什么呢？也许见过这两个女孩几天、几周，甚至几个月之后，他会问起妈妈在托尔尼酒店楼梯上的这次对话到底是什么意思，而他妈妈会说出她想让杰克听到的话，这种情况的可能性不是更大吗？也许他"记得"的并非一高一矮两个人真正说的话，而是艾丽丝对她们的话做出的一种无法改变的解读——威廉抛弃了她们。

杰克·伯恩斯后来很多次感觉自己仍站在那段楼梯上。不仅因为那架电梯不止"暂时"发生故障，还因为杰克多年来一直试图区分母亲口中的父亲与父亲本人之间的差异。

杰克清楚地记得：当他妈妈从二层沿着楼梯继续向上走时，他一直没有松开拉着妈妈的手。两个音乐系的学生跟着他们的脚步，一直跟到他们住的楼层。杰克看得出来，他妈妈有些焦虑不安，因为她停在房门前一直在钱包里摸索着寻找钥匙。她忘记了，钥匙放在杰克那里——这属于他们的常规程序。

"在这里。"他把钥匙递给艾丽丝。

"你差点儿把钥匙丢了。"她对杰克说。杰克不知道该如何回答，他从未见过妈妈这样失魂落魄。

"听我说，我们只是想看看杰克。"高个子又开口道。

"刺青的主意是后来才想到的。"矮个子说。

艾丽丝让她们进了房间。杰克又一次感觉他妈妈好像认识这二人。进入房间后，艾丽丝打开了灯。高个子女孩再次跪在杰克的脚边。她也许还想用手去捧他的脸，但克制住了。她就那样看着杰克。

"杰克，等你长大了，你会认识好多好多女孩的。"她说道。

"为什么？"杰克问。

"别对他胡说八道。"艾丽丝说。

那个留着长发的矮个子可爱女生也在杰克的身边跪了下来。

"我们感到很抱歉。"两人异口同声地说。杰克也不知道这句话是对他还是对他妈妈说的。

艾丽丝坐在床边，叹了口气。"跟我说说你们想要分担的那个刺青吧。"她盯着两人中间的空隙，故意不去看其中的任何一人。艾丽丝一定感觉到这两个大胆的女孩身上有种肆意行乐的气息，而且这种气息感染了杰克。

这一高一矮两个人想要分担的刺青也是一颗破碎的心——这颗心是垂直裂开的。心的左半部分会刺在高个子的左胸，矮个子的左胸会刺上剩下的半颗心。这算不上是个特别不同凡响的要求，杰克知道，想要刺青的冲动本来就不少见。破碎的心这种图案太过普遍，刻画的手法十分有限，就连这种刺青通常位于身体何种部位都是显而易见的。

在过去那些日子里，刺青只是一种纪念——纪念一段旅程，纪念对生活的热爱，纪念一段悲伤的过往，纪念曾经停靠的港口。人的身体就像一本相簿，刺青并不一定是完美的照片。确实，它们也许没那么艺术，或在视觉上并没有多么赏心悦目，但它们绝不丑陋，至少不是故意显得丑陋。你已有的刺青难免会让你唏嘘感伤，如果不是多愁善感的人，你才不会纪念自己逝去的时光呢。

如果刺青的意义平淡无奇，刺青又怎么会不同凡响呢？你对母亲的情感，你曾经的恋人，你第一次见到大海。接受刺青的人大多是水手，图案也主要与航行有关。所以说，水手都是多愁善感的。

这两个音乐系的学生也一样。她们可能举止粗野，但艾丽丝好像并不讨厌她们。她们的年龄也满足了艾丽丝的要求。连杰克都看得出来，她们明显比英格丽德·莫年纪大。

高个子的女孩叫汉内莱。在略微褪色的驯鹿毛衣和高领内衣下面，她连胸罩都没戴。虽然杰克的早熟让他对女人胸部的兴趣大，但最让他吃惊的是汉内莱的腋毛竟然没有刮。她肩膀很宽，乳房并没有比英格丽德·莫大多少。她腋窝处的那团毛发比她头发的颜色还要深。在她肚脐上方，有一处酒红色的斑块，像是一顶被揉得皱巴巴的高礼帽——那是她的胎记。

当艾丽丝拿起她的"琼西圆背吉他"开始勾勒轮廓线时，汉内莱噘起嘴唇吹起了口哨。在刺青机器的轰鸣中，杰克很难听出口哨的旋律。汉内莱坐在窗边的座位，双腿大开。以淑女的标准看，这个姿势非常不优雅端庄，但她穿着一条牛仔裤，而且她是大提琴手，不是淑女。显然，她演奏大提琴时就是这样坐的。

多年之后，当一个裸体女人为杰克演奏大提琴时，他会记起汉内莱，并猜测她是否也赤裸地为威廉演奏过。杰克会再一次因为自己与父亲的相像而感到羞愧。他也会理解汉内莱引起威廉好感的原因。无疑，她是一个大胆的女孩。她还在吹口哨，哪怕艾丽丝正在她的肋骨处刺着轮廓线。

艾丽丝用"罗杰斯一家"给汉内莱的那半颗心上色时，杰克和那个矮胖的女孩坐在床上。她的名字叫里特娃，胸部可比汉内莱大多了。杰克虽然很困，但还是等着轮到里特娃刺青。

他看上去一定困得不行，因为他妈妈说："杰克，你怎么不刷牙，换上睡衣睡觉呢？"

杰克从床上站起来，在洗手池边刷了牙。艾丽丝叮嘱了杰克很多次，别喝洗手池水龙头流出的水。她在洗漱台上放了一大罐饮用水，告诉杰克刷完牙后，要用饮用水漱口。

杰克打开衣柜，在衣柜门的遮掩下换好了睡衣，无论是里特娃还是汉内莱都无法看到他光着身子。然后，他回到刚才那张床，里特娃已经为他把被子铺好了。杰克躺下来，头枕在枕头上，里特娃帮他把被子盖好。房间里只剩下刺青机器的声音和汉内莱虚弱但坚强的哨声。

"做个好梦，杰克。"里特娃说着吻了他一下，"是不是你们用英语祝晚安都说'做个好梦'？"她问艾丽丝。

"有时候会。"杰克在他妈妈的回答中发现一丝好战的意味，这让他颇感陌生。

也许"做个好梦"正好是威廉爱说的，他说不定对艾丽丝，对里特娃，对汉内莱都说过这句话，因为汉内莱面对疼痛不屈服的哨音竟然停顿了几秒，好像在她身上上色的针头瞬间造成了无法承受的痛苦。杰克觉得，让她痛苦的不是针头，而是那句"做个好梦"。

杰克挣扎着不让自己睡着，但他总是不由自主地闭上眼睛。他伸出手，碰到了里特娃柔软的毛衣，感受到她手上的体温。

杰克好像在半睡半醒中听到他妈妈说："我猜你们不知道他去了哪儿。"

"他没告诉我们。"汉内莱停下口哨回答。说完，她又继续吹起口哨来。

"你和杰克纠缠着他。我觉得，这可够他受的。"杰克清楚地听见里特娃说道。

"他说我们'纠缠着他',是吗？"艾丽丝问。

"是我说的。"里特娃对她说。

"我们一直这么说。"汉内莱也加入进来。

"你们不认为杰克是他的责任吗？"艾丽丝问她们俩。

她们二人都同意，杰克是他父亲无可逃避的责任。但这只是杰克在赫尔辛基期间半梦半醒或心不在焉时听到的众多谈话中的一段。杰克有一次醒来时，看见里特娃微笑着看着自己。从她的表情看来，他知道里特娃一定是把自己想象成了他父亲。（甚至在长大后，杰克在梦中或是即将睡着时，偶尔还会看见那张可爱的脸。）

他还是没能看到里特娃那丰满的胸部，也不知道她是否和汉内莱一样没有刮腋毛。当他再次醒来，看到的是枕在自己身边的汉内莱熟睡的脸。她只穿了高领内衣，一定是在艾丽丝为里特娃刺青的过程中睡去的。杰克仍能听到刺青机器的声音，但他妈妈正好挡住了他的视线，让他看不到里特娃的胸部和腋窝。杰克只能看见里特娃的脸，她双目紧闭，一副忍受疼痛的怪异表情。

汉内莱的脸与杰克的脸挨得很近。她双唇微张，呼出的口气早已没有了水果味口香糖的气息，甚至还隐约有些难闻。她的头发散发出一种甜酸的味道，就像一杯热巧克力放久之后变苦时那样。虽然如此，杰克还是想亲吻她。他让自己的脸一点一点地靠近她的脸，屏住了呼吸。

"快睡觉，杰克。"他妈妈说道。艾丽丝背对着自己，杰克也不知道她是怎么知道自己醒了的。

汉内莱也跟着醒来，她双目大睁，盯着杰克。"你的睫毛美到让我愿意为之付出生命。"她说，"英语里是不是这么说的？'愿意为之付出生命'？"汉内莱问艾丽丝。

"有时候会。"艾丽丝回答。

里特娃压抑着自己的抽噎。

在被子下面，汉内莱长长的手指拉开杰克身上的睡衣，轻轻挠着他的肚皮。（长大后，杰克在梦中或是即将睡着时，偶尔还会感觉那几根手指在自己身上跳动着。）

突然，有人用力敲起房门，声音大到把杰克从梦中吵醒。屋子里一片漆黑。艾丽丝还在他身边打着鼾，丝毫没有受到影响。杰克听出打鼾的是妈妈，他知道自己屁股上的那只手是他妈妈的。

"妈妈，有人在敲门。"杰克低声说道，但艾丽丝完全听不见。

敲门声再次传来，声音比刚才还要大。

偶尔，一些美国酒吧的常客等待艾丽丝做完刺青回酒吧时会变得不耐烦。有些想刺青的醉鬼会直接来用力砸房门。艾丽丝会把这些人赶走。

杰克坐了起来，尖声叫道："现在太晚了，不能刺青了！"

"我不要刺青！"从走廊传来一个男人愤怒的声音。

自从在艾丽丝床上撞见小士兵之后，杰克没见过他妈妈这样惊惶失措。她僵直地坐起，一把将杰克拉进怀里。"你想要什么？"她喊道。

"你想知道'音乐小子'的情况，不是吗？我给他做了刺青，我知道全部。"那个男人再次回答。

"你是萨米·萨罗？"艾丽丝问。

"咱们做个交易吧，但你先把门打开。"萨罗说。

"请稍等，萨罗先生。"

艾丽丝下了床，在睡衣外面披了一件长袍。她拿出自己的速绘稿，她最好的作品，把它们散开放在床上。穿着睡衣的杰克，像是漂泊在一个航海世界中——床上满是红心与花朵、全速航行的帆船，以及穿着草裙的半裸女孩。四岁的杰克四周环绕着蛇与船锚、"水手之墓"与"耶利哥玫瑰"，以及艾丽丝自己绘制的"男人的祸根"。除此之外，还有她画的"打开心房的钥匙"与"长着蝴蝶翅膀的裸女背影"（是从一朵郁金香中飞出来的）。

杰克躺在艾丽丝的速绘稿中间，好像刚刚从一场刺青的梦中惊醒。艾丽丝给萨米·萨罗开了门，站到一边让他走进她的领地。正如艾丽丝猜测的那样，萨罗是个"刮痕师"。她知道他根本没办法把目光从她技高一筹的作品上移开。

"交易是……"萨罗刚开口就停住了。床上的速绘完全吸引了他的注意，他根本就没注意到杰克。

萨米·萨罗是个面容憔悴的老人，消瘦的脸上有一种内省式的表情。他戴了一顶能遮住耳朵的海军蓝冬季水手帽，身穿一件同样颜色的双排扣大衣。穿着厚实的冬装走上四层楼，他热得直冒汗，呼吸也变得急促。他不发一语，盯着艾丽丝最好的作品。

萨罗最喜欢的一幅可能是"耶利哥玫瑰"与"打开心房的钥匙"的结合体——一把钥匙横着插入一名裸女的胸部，锁眼是哪里你可以猜出来。（这个刺青图案在艾丽丝的众多裸女图案中很特别，因为这名裸女是正面全裸的。）

从他脸上那受挫的表情可以看出，萨米·萨罗遇到了自己的"男人的祸根"。"交易是？"艾丽丝提醒道。

萨罗脱下自己的帽子，好像要低下头开始祈祷。他接着解开了大衣的扣子，然后站在原地。萨罗里面穿了一件脏兮兮的白色毛衫，毛衫领口上的脖颈处刺了一只张开的骷髅手掌，看上去好像扼住了他的喉咙。刺青的灰色已经有些褪色了。这个刺青非常糟糕——杰克从他母亲的表情中得出了这个结论。幸亏骷髅的其余部分被衣物遮盖住了。

杰克和艾丽丝没见到萨罗的其他刺青，他也没那个心情来展示。

"交易是，我告诉你'音乐小子'的事，然后你从这里离开。我不管你去哪儿。"他开口道。

"影响了你的生意，我很抱歉。"艾丽丝对他说。

萨罗点了点头，接受了她的道歉。这个可怜的男人让杰克难堪得把脑袋埋在了枕头下面。"如果我妻子在饭店对你出言不逊，我向你道歉。她非常不喜欢在晚上上班。"萨罗可能是这样说的。

杰克猜测，萨罗的妻子可能就是萨勒韦饭店那名固执的女侍者。虽然脑袋藏在了枕头下，但杰克发现大人的世界似乎很有趣。连他都能看出，萨罗先生比他那位工作过度的妻子年长不少，他妻子年轻得都可以做他女儿了。

向彼此表示了歉意之后，艾丽丝和萨米·萨罗之间无话可说了。

"阿姆斯特丹，我给他背上的巴赫作品上色时，他说要去阿姆斯特丹。"这名"刮痕师"说。

"只要行程安排妥当，杰克和我会马上离开赫尔辛基。"艾丽丝对他说。

"你是一位非常有才华的女人。"杰克听见萨罗说。他听上去好像已经从房间走到了走廊。

"谢谢你，萨罗先生。"艾丽丝回答并关上了门。

他们原来的行程中起码还有阿姆斯特丹。杰克已经等不及见到一条腿的"刺青彼得"了。

"我们应该去圣约翰教堂看看，杰克。你父亲在那里演奏了管风琴。我们至少应该去看看才对。"艾丽丝说。杰克之前还以为他们是要去买船票呢，他想错了。

他们在离海边不远的地方。昨天夜里下了雪，树枝因为厚厚的积雪微微下垂。

艾丽丝用芬兰语对出租车司机说："圣约翰教堂。"（她竟然知道怎样用芬兰语说那座教堂的名字！）

圣约翰教堂是一座宏伟的哥特式红砖建筑，两座尖顶在阳光的照射下闪耀着淡绿色的光。教堂里暗金色的长椅让杰克想起了汉内莱的腋毛。教堂钟声响起，似乎预示着他们的到来。根据艾丽丝的说法，三座大钟演奏的是亨德尔《感恩赞美诗》的前三个音符。

"升 C，E，升 F。"这位前唱诗班成员低声说。

教堂祭坛上方装饰有一幅画作，内容是使徒保罗前往大马士革途中归信耶稣的故事。管风琴是由德国制造商瓦克于 1891 年在符腾堡制造的，1956 年重新修复。这架管风琴有七十四个变音器。杰克知道变音器的作用与音栓相同，但他不知道变音器的数量影响了管风琴的声音丰满度。（自从威廉·伯恩斯的坏名声在杰克心中根深蒂固，他便对他父亲喜爱的这种乐器失去了兴趣。）

赫尔辛基今天阳光明媚。阳光透过教堂的彩绘玻璃照射在管风琴上，好像没有管风琴师的弹奏，管风琴也会自己发出声响。不过，管风琴师早就在等他们了，艾丽丝一定是来之前进行了预约。管风琴师名叫卡里·瓦拉。他虽然一头乱糟糟的头发，却是个热心肠的人。他头发蓬乱，好像几秒钟之前刚从高速行驶的列车中把头探出车窗。瓦拉当时很紧张，不由得紧握双手，仿佛下一刻就会进行一段改变自己人生的忏悔，或是因突然见证了奇迹而跪倒在地。

"你父亲是一位非常有才华的音乐家。"瓦拉近乎崇拜地对杰克说，不过杰克并不习惯听到别人赞美父亲，所以惊讶得说不出话。"但才华需要悉心培育，否则会凋零。"他的声音听上去很像管风琴的低音。

"我们知道他去了阿姆斯特丹。"艾丽丝赶忙打断他的话，似乎担心卡里·瓦拉接下来会说出一些可怕的真相——一些不能当着杰克说的内容。

"不仅仅是阿姆斯特丹这么简单，他还要在阿姆斯特丹老教堂里演奏。"管风琴师缓慢而庄重地说。杰克看着那架管风琴，有点期待它能自己奏出一段副歌。

瓦拉那种崇敬的语气并没有引起杰克的注意，但他妈妈很高兴知道了那座教堂的名字。

"我猜，那里的管风琴很特别。"艾丽丝说。

卡里·瓦拉深吸了一口气，好像准备再次把头探出列车的窗外。"老教堂的管风琴庞大无比。"他说。

杰克一定是脚底发出了声响，或是清了一下喉咙，因为瓦拉把注意力转到了他的身上。"我对你父亲说过，大的不一定是最好的，但他是个一定要亲眼看过才罢休的年轻人。"

"是的，他一直都是亲自见过后才肯罢休。"艾丽丝随声附和。

"不一定是件坏事。"瓦拉说。

"不一定是件好事。"艾丽丝反驳。

卡里·瓦拉侧过身看着杰克，杰克甚至可以闻到他紧握的双手上的肥皂味。"也许你也有演奏管风琴的天赋。"瓦拉说着松开手张开双臂，像是要拥抱管风琴，"你想弹弹看吗？"

"除非我死了，才会让他弹管风琴。"艾丽丝说着拉起杰克的手。

他们一起顺着过道走出了圣约翰教堂。地上新落的雪在阳光下闪着微光。"伯恩斯夫人！"瓦拉在艾丽丝和杰克身后喊道。（艾丽丝告诉他自己是伯恩斯夫人了吗？）"他们说，老教堂的管风琴既为游客演奏，也为妓女演奏！"

"别当着杰克的面说。"艾丽丝回应道。出租车司机在等他们，下一站他们要去买船票。

"我的意思是，那座教堂在红灯区。"瓦拉解释道。

听到这话，艾丽丝脚底绊了一下，但她很快又站稳了。她握紧了杰克的手。

他们想过乘船从赫尔辛基前往汉堡，然后换乘火车去阿姆斯特丹。这可是一段很长的旅途，艾丽丝对在汉堡停留有些担心，因为她想与赫伯特·霍夫曼一同工作的愿望是那么强烈。（那样的话他们可能不会回加拿大了，杰克也许不会上圣西尔达女校，也不会发生后来的事了。）艾丽丝给霍夫曼寄了很多明信片，连杰克都背下了霍夫曼的地址——汉堡山8号。如果他们真的去了汉堡，看到圣保利灯塔和绳索大街，去了赫伯特·霍夫曼位于汉堡山8号的刺青室的话，他们一定会留下的。

但是，他们发现从赫尔辛基到荷兰鹿特丹有一条货轮航线。（那个年代，货轮也为乘客提供食宿。）于是，到达鹿特丹后，他们乘坐火车很快到达了阿姆斯特丹。杰克对那次火车之行记忆犹新。那天下着雨，有些地区还爆发了洪水。当时还是冬季，却丝毫不见雪的踪影。从车内向外望去，春天似乎永远都不会到来。艾丽丝的额头抵在车窗玻璃上。

"玻璃不凉吗？"杰克问。

"感觉不错，可能是我发烧了。"艾丽丝回答。

杰克摸了摸她的额头，并没有感觉温度很高。她闭上双眼，打起了瞌睡。车厢过道对面，一个像是商人的乘客不住地打量着艾丽丝。杰克瞪着他，直到对方向别处看去。虽然只有四岁，但杰克已经可以只凭瞪视让别人屈服了。

即将见到"刺青彼得"的独腿让杰克非常兴奋,他还不住地想象着老教堂的管风琴到底有多么庞大。但一个奇怪的问题突然出现在他的脑中。

"妈妈?"他低声说,为了叫醒艾丽丝,他不得不提高了一些音量,"妈妈?"

"怎么了,我的小演员?"她低声回答,依然闭着眼睛。

"什么是红灯区啊?"

艾丽丝睁开眼凝视着窗外,却对车窗外飞逝而过的风景视而不见。等她再次闭上眼睛时,那个商人模样的乘客偷偷瞟了她一眼。"呃,我觉得我们会知道的。"艾丽丝闭着双眼说。

6 上帝的神圣噪声

　　来到阿姆斯特丹之后，艾丽丝变成了与从前截然不同的人——她仅存不多的自信与道德观被摧毁殆尽。杰克一定注意到了他母亲的变化，但他不会知道其中的原因。

　　在红灯区东北角的海堤街上，有家名叫"红龙"的刺青店。店里的刺青师叫提奥·拉德马克，绰号"刺青提奥"。这个绰号实际上是对拉德马克的嘲笑，因为在阿姆斯特丹，他永远活在"刺青彼得"的阴影之下。
　　拉德马克的二流名气并没有阻止威廉·伯恩斯找他刺青。威廉请"刺青提奥"将德国作曲家萨缪尔·沙伊特的《我们都信唯一的上帝》的一个小片段刺在了自己的尾骨上，刺青中的部分曲谱被歌词遮住了。这是威廉在阿姆斯特丹做的第一个刺青。
　　后来，威廉又找到了"刺青彼得"。彼得告诉他，提奥的刺青非常业余。他为"音乐小子"刺了巴赫的经文歌《耶稣，我的喜乐》。"刺青彼得"并没有说要刺在哪个部位，只是说就这个刺青而言，首先要考虑的是不能让曲谱和歌词挤在一起。
　　"刺青彼得"的真名叫彼得·德汉。虽然有争议，但他被看作他那个时代最著名的刺青大师。"刺青彼得"如何失去了一条腿，一直是杰克童年时代最心驰神往的谜团之一，但艾丽丝拒绝告诉他背后的故事，这也使这个谜团大大激发了杰克的想象力。最让艾丽丝印象深刻的是彼得·德汉曾经为赫伯特·霍夫曼做过刺青，而且两人是好朋友。

"刺青彼得"的刺青店位于圣奥洛夫巷一栋房子的地下室。威廉在红灯区做了两次刺青，"刺青彼得"说，威廉·伯恩斯是个以音乐为生命的人。从这个角度来说，艾丽丝的生命就是威廉。

圣奥洛夫巷地下室里的刺青店非常暖和。为顾客刺青时，彼得经常会脱下衬衫，赤裸上身。他告诉艾丽丝，这么做会让顾客对自己更有信心。杰克明白这句话的意思，因为顾客会忍不住赞叹"刺青彼得"身上的刺青。

"即使在这种情况下，我也不会脱的。"艾丽丝对彼得说。杰克这样理解其中的逻辑：因为他妈妈身上一个刺青都没有，所以脱掉上衣的后果是顾客会对她失去信心。

彼得·德汉肤色白皙，上身健壮，脸上的胡子刮得很干净，让人看了很舒服。他的头发柔软光亮，梳着背头。他通常穿着深色长裤，将仅剩的一条腿对着店门，另外那条残腿半隐半露地放在一把木凳上。他坐下时后背笔直，而且一直保持这一姿态。杰克从来没见他站起来过。

他站立时是用拐还是挂着两根拐杖，或者是像海盗那样绑一个假肢？他坐轮椅来四处移动吗？杰克无从知晓，他从来没见过彼得进出自己的店铺。

杰克后来听说，彼得的儿子也是他的学徒。但他清楚地记得，在彼得的店里，除了他妈妈，只有一个学徒，是个看起来很吓人的男人，名叫雅各布·布里尔。（很可能是布里尔给杰克造成了深刻的印象，让他完全忘记了彼得儿子的存在。）

雅各布·布里尔在鹿特丹有自己的刺青店。他在周末时关店来到阿姆斯特丹，每周六在"刺青彼得"的店里从中午工作到午夜。他忠诚的常客会排着队来见他，他们每个人都是虔诚的基督徒。

雅各布·布里尔身材矮小精瘦，简直是个骷髅人。他只做宗教题材的刺青，最喜欢的是耶稣升天的主题。他瘦骨嶙峋的后背上描绘了基督在天使的陪伴下离开人间的画面。不过在布里尔的描绘中，天堂是一个乌云密布的地方，而天使有着华丽的翅膀。

雅各布·布里尔建议他的顾客在胸前刺"基督的苦痛"——我们的救世主戴着荆棘冠冕，鲜血顺着脸庞流淌下来；他的双手双脚与身侧也有血液在渗出。布里尔说，血在这幅刺青中是必不可少的。在他自己的胸膛上，布里尔在耶稣血淋淋的脑袋旁边刺了一段主祷文。他的手臂上刺着童贞女玛利亚、童年基督和两个抹大拉，其中一个抹大拉头上还有光环。布里尔腹部刺的是拉撒路从坟墓中走出的骇人场景。（艾丽丝喜欢调侃说，布里尔的消化不良就是这个拉撒路的刺青造成的。）

身上刺了两个抹大拉，很容易让人想到布里尔可能想借此让自己显得更加宽容，尤其考虑到红灯区有很多妓女在窗口和门廊招徕客人。但是，布里尔对这些妓女抱持一种不以为然的绝对态度。在中央车站下火车后，雅各布·布里尔本可在不遇见一个妓女的情况下步行至"刺青彼得"位于圣奥洛夫巷的店。因为从火车站前往刺青店最快捷的路线不经过红灯区。布里尔住在水坝广场的克拉斯纳波斯基酒店。（克拉斯纳波斯基酒店在那个年代算是家相当豪华的酒店，其豪华程度似乎和布里尔不太相配。）每次往返于酒店和彼得的店面时，布里尔都要把红灯区里大大小小每条街道都走上一遍。

雅各布·布里尔的步行如他匆忙下判断时一般迅速。红灯区有两条运河流经，布里尔每次途经这里时不仅会走遍两条运河两岸的干道，还穿梭于红灯区的各种窄巷。有些妓女站在窄巷的门廊下揽客，行人几乎触手可及。布里尔以近乎狂暴的速度步行穿过这些巷子，所有的妓女看到他走近时都会不由自主地后退让路。（杰克之前常常认为，妓女这样做的原因，是布里尔走过时会引起一阵强劲的穿堂风。）有一天，杰克和艾丽丝同布里尔一起从克拉斯纳波斯基酒店前往彼得的店。他们根本追不上这个小个子男人的步伐，杰克必须跑起来才能不让布里尔离开自己的视线。

不仅仅是雅各布·布里尔与克拉斯纳波斯基酒店格格不入，对杰克和艾丽丝来说，这里也过于豪华了。他们之前在一家便宜的酒店里有过一段糟糕的经历。红狮酒店位于水坝大道，对面是一家百货大楼。杰克曾在那家百货大楼里与他妈妈失散，迷路了大概五或十分钟的时间。

红狮酒店有一间台球室。杰克对台球室里球杆筐后面的一只老鼠着了迷。他发现把一根球杆插入球杆筐中使劲摇晃，老鼠就会从里面跑出来。

推销员都喜欢住在红狮酒店。前一位房客把一把大麻叶落在了衣柜抽屉中。杰克找内裤时发现了这些大麻叶，还用它们替换了他的耶稣降生场景玩具中被水打湿的干草。这件玩具是艾丽丝在哥本哈根过圣诞节时送给他的。于是，当艾丽丝循着大麻的味道找到杰克的那件玩具时，她发现刚刚降生的耶稣躺在一张小床上，玛利亚与丈夫约瑟、三位国王和几个牧羊人（以及其他耶稣降生时在场的人物）站在齐膝深的大麻叶中。

艾丽丝说，这家红狮酒店不适合他们住，但杰克并没看到妈妈把那些大麻叶扔掉。于是，他们搬到了克拉斯纳波斯基酒店。住在豪华酒店对杰克和艾丽丝而言算不上什么新鲜事，不过和雅各布·布里尔住在同一家酒店绝对不是他们的最佳选择。红狮酒店里的那只老鼠都比布里尔友好。

至于试图跟上雅各布·布里尔穿行红灯区的脚步，杰克和艾丽丝做过一次后便放弃了。布里尔不仅走得太快了，而且对杰克和艾丽丝的陪同未表达丝毫的感谢。穿过红灯区往返于"刺青彼得"的店面与酒店时，杰克和艾丽丝喜欢玩一个游戏。他们尽量让每次走的路线都略有不同。通过这个游戏，他们认识了所有的妓女，其中大部分人都很友好。很快，这些妓女知道了杰克的名字。她们用艾丽丝的刺青绰号"女儿艾丽丝"来称呼杰克的母亲。

相比大部分妓女的友好态度，少数妓女的不友好尤为显眼。她们主要是年纪偏大的女人。杰克觉得有些人看上去都能当自己的外婆了，也有个别年轻的妓女对他们怀有敌意。

有一次，其中一个年轻妓女大胆地对艾丽丝说道："这可不是一个带着孩子的人来的地方。"

"我也要工作啊。"艾丽丝回答。

那个年代，红灯区的大部分妓女都是荷兰人，其中很多都不是阿姆斯特丹当地人。如果一名阿姆斯特丹女性想当妓女，她会跑去海牙。同样的道理，海牙或荷兰其他城市的女孩做妓女时，会来到阿姆斯特丹。（这样做可以避免家族丑闻，自己也不会觉得太丢人。）

那个时期，很多苏里南人从南美洲的故土举家来到荷兰，所以 1970年代在红灯区见到褐色皮肤的妓女越来越普遍。在苏里南人涌入之前，红灯区里的非白种人主要是黄皮肤的印度尼西亚女孩。印度尼西亚曾经是荷兰的殖民地。

一个深色皮肤的苏里南妓女送给杰克一份礼物。令人意外的是，杰克从来没见过这个妓女，但她竟然知道他的名字。

她是一个在窗口揽客的妓女，不是在红灯区，而是在科尔斯耶斯码头巷或贝格街。杰克和艾丽丝曾到过那里打听威廉。杰克一开始以为那个苏里南女人是个模特儿。她坐在那里一动不动，像个雕塑。见到杰克后，她立刻走了出来，送给他一块和她肤色近乎一样的巧克力。

"我一直留着这块巧克力，就是为了送给你，杰克。"她说。杰克早已惊讶得说不出话了。艾丽丝则在一旁责怪儿子没有向这名女子道谢。

几乎每个工作日的早晨，杰克和艾丽丝前往"刺青彼得"的店面途中都会经过红灯区，那个时段没有多少妓女出来站街，她们只有周末才会在早上出工。当然，红灯区每到夜里便会熙熙攘攘。有时候，认识杰克和艾丽丝的妓女忙于揽客没空打招呼，只能朝他们点头示意。

春天来临之前，天气依旧寒冷，但这些妓女大多不愿在窗口拉客，宁可待在门廊边挨冻边聊天。她们脚穿高跟鞋，下身着短裙，上身穿着低领口的衬衣或毛衫——至少她们还穿着衣服。虽然这些妓女对艾丽丝的态度有些忽冷忽热，但她们对杰克的态度一直很友好，这也导致杰克对妓女的认识产生了偏差。

那个时候，人们只能见到男人去找妓女。杰克发现，男人找妓女时被别人看到会非常不悦，他们完事后总是匆忙离开，这与他们之前在红灯区里的闲逛形成鲜明对比（他们会在某位妓女揽客的窗口和门廊处徘徊多次）。费了一番功夫后，他们才决定要选择哪个妓女。

艾丽丝解释说，那些男人本来就是闷闷不乐、优柔寡断的人。她告诉杰克，有的男人不懂女人。他可能不懂所有女人，也可能不懂某个女人，比如他的妻子。妓女是为他们提供建议的人。他们之所以看上去有些心虚，是因为他们本应从妻子或女友那里得到建议，但不知出于何种原因，他们没办法或不愿意向妻子或女友敞开心扉。艾丽丝说他们"郁闷难疏"。在他们看来，女人是个谜。他们只能把心里话倾诉给陌生人，并愿意为此付费。

直到艾丽丝解释了这一点，杰克才明白到底是谁付钱给谁。他妈妈说，听这些可怜的男人唠叨实在是一份非常糟糕的工作。显然，她很同情这些妓女，杰克也有同感。她看不起那些男人，杰克也看不起他们。

不过，杰克与艾丽丝对这些男人的鄙夷永远不及雅各布·布里尔。布里尔对妓女和嫖客的轻蔑不屑简直溢于言表。当然，他对杰克和艾丽丝也嗤之以鼻。艾丽丝告诉儿子，原因是她是个未婚妈妈，而杰克是个私生子。

布里尔对艾丽丝看不顺眼，另一个原因在于她是个刺青高手。他说，一个体面的女人不应该触摸一个半裸男人的身体。除非在手上、胳膊上、脚上或踝部刺青，布里尔从不给女人刺青。女人高于裤腿的所有部位对他而言都"太高了"，而手臂之外的上身其他部位都"太过隐私"。

如果有女性顾客想在"太高"或"太过隐私"的部位做宗教内容的刺青，布里尔会让她们找"女儿艾丽丝"，虽然他对艾丽丝做的宗教刺青也不屑一顾。他说，艾丽丝做不好宗教刺青，因为她不够虔诚。

艾丽丝设计了一款可爱的小十字架图案，上面饰有玫瑰。女性顾客很喜欢把这个图案刺在自己的乳沟处，看上去好像一个挂在隐形项链上的吊坠。十字架上的基督只有肩胛骨那么大。（不像布里尔的垂死的耶稣，血流满面，痛苦万分。）艾丽丝还设计了一款戴着荆棘冠冕的基督头颅的刺青，通常刺在上臂或大腿上。布里尔批评这款刺青说，基督的表情"太喜悦了"。

"可能是我的耶稣已经进入天堂了吧。"艾丽丝解释。

雅各布·布里尔摆出一个挑衅的手势来表达自己的不满。他把前臂挡在胸前，好像接下来要用自己骨瘦如柴的手给艾丽丝一拳。

"布里尔，别在我的店里这样。""刺青彼得"对他说。

"别当着杰克的面。"（艾丽丝还是这句话。）

布里尔以看待妓女的怨恨目光看着他们二人。

按理说，雅各布·布里尔要在每周六的午夜离开彼得的店，但杰克和艾丽丝从没见他走出过店门。周六的夜里是红灯区生意最红火的时段，每个妓女都在忙碌。杰克后来会疑惑，布里尔要花费多久才能回到克拉斯纳波斯基酒店，因为他要路经红灯区的每个窗口和每个门廊里的每一个妓女。

布里尔走路一直都这么快吗？就没有一个妓女能让他停下脚步？是不是只有睡觉的时候，他眼里才不会露出炼狱里惩戒灵魂的目光？还是说，地狱之火在他的梦中依然熊熊燃烧？

因为艾丽丝不喜欢周六和雅各布·布里尔一起在"刺青彼得"的店里工作，彼得建议她不妨周六去海堤街的红龙刺青店，看看能不能教给提奥·拉德马克一些有用的东西。

"可怜的'刺青提奥'。我敢打赌，他今天会闭门休息一天，为了专心跟'女儿艾丽丝'学手艺。"彼得总是这样说。

总是被人嘲讽的"刺青提奥"实际上并没有糟糕到进入"刮痕师"的行列。他只是实在不走运，谁能料到"刺青彼得"这样的刺青大师竟然会在红灯区开店。拉德马克比萨米·萨罗和特朗德·哈勒沃森这两名"刮痕师"高明不少。他缺少的不是能力，而是判断力，艾丽丝这样评价。艾丽丝倒是对"刺青提奥"年轻的学生罗比·德维特印象颇佳。而那附近人人都知道罗比对艾丽丝也很倾慕。

杰克和艾丽丝会抓住一切机会避免和雅各布·布里尔在一起。（布里尔并不想念他们，他巴不得他们赶紧离开。）对杰克和艾丽丝来说，红龙刺青店带来了一种令人愉快的环境改变。尤其在周六，很多游客光顾这里。个别周六，如果顾客多到"刺青彼得"和雅各布·布里尔无法应付，彼得会慷慨地打发一些顾客去红龙，但会提醒他们找"女儿艾丽丝"。

虽然拉德马克听到顾客来店里点名找艾丽丝时心里不好受，但他很感谢这带来了更多生意。"刺青提奥"和艾丽丝共事愉快。杰克和他妈妈的生活也进入了一种相对固定的模式。他们在红灯区最初的几周过得不亚于在哥本哈根同"刺青奥勒"和"万人迷马德森"一起度过的美好时光。

像拉尔斯一样，罗比·德维特很照顾杰克，想借此赢得艾丽丝的芳心。艾丽丝虽然对罗比印象不错，但仅此而已。她和罗比都很喜欢鲍勃·迪伦，两人都喜欢在红龙店里嘈杂的刺青机器声中哼唱迪伦的歌。拉德马克也喜欢迪伦，他喜欢用迪伦的本名齐默曼称呼这位歌手。但他总是按照德语的发音规则来念，所以每次都念不对。

"咱们要不要听几首'骑马慢'的歌？""刺青提奥"经常这样说，同时朝负责播放唱片的杰克眨眨眼睛。

杰克很喜欢罗比·德维特下巴上的那撮胡须，那会让他想起"万人迷马德森"一直努力想在自己的下巴上蓄出一撮像样的山羊胡。杰克那件耶稣降生场景的玩具闻起来还有大麻的味道，所以他立刻从罗比的手卷香烟中辨别出大麻的香气。不过，他没有仔细计算艾丽丝吸了几口。他妈妈说，吸一口大麻能让她哼唱迪伦的歌时找准曲调。

拉德马克有年夏天曾跟随一艘渔船在美国阿拉斯加附近的海域工作。一位"爱斯基摩刺青师"在他胸前刺了一头海豹，背后刺了一头科迪亚克棕熊。

相对来说，杰克和艾丽丝过得还算开心，至少杰克是这么觉得的。

艾丽丝又给威克斯蒂德夫人寄了一张明信片。杰克那时还不知道威克斯蒂德夫人给他们寄过钱，而且他们住在远超他们经济能力的酒店，也是威克斯蒂德夫人的主意。好吧，她是一位善良的圣西尔达女校友。（也许威克斯蒂德夫人相信，住在一家高级酒店对艾丽丝大有益处，比如可以让她改掉难听的苏格兰口音。）

那张明信片上的景色是阿姆斯特丹的一条运河。当然了，从照片中看不到站在窗口和门廊的妓女。"杰克问候他心爱的洛蒂。"艾丽丝写道。

杰克记不得有没有写其他的内容。他在洛蒂的名字边画了一张笑脸，但剩下的空间只够他写下自己教名的大写首字母 J。

"洛蒂会知道这个字母代表谁的。"他妈妈向他保证。

于是，这张明信片带着杰克的笑脸飞向多伦多。

等等，不是说杰克三岁时的连续记忆能力堪比九岁大的儿童吗？不是说杰克四岁时对细节的记忆和对线性时间的理解不输给任何十一岁的学生吗？后来发生了什么呢？

事情不像杰克之前设想的那样，他们不是在阿姆斯特丹愉快地住了两个月后才踏足老教堂，听那架庞大的管风琴发出的声音。事实上，抵达阿姆斯特丹不到一周，艾丽丝就去了老教堂。

老教堂位于红灯区中心，很可能于 1306 年由乌特勒支主教祝圣，是阿姆斯特丹现存最古老的建筑。这座教堂经历了 1421 年和 1452 年的两场大火。1566 年，阿姆斯特丹成了一座新教徒的城市，在随后的"圣像破坏运动"中，老教堂的祭坛被严重毁坏。1578 年，老教堂的罗马天主教装饰被全部去除，以新教风格翻新后成为新教徒举行宗教仪式的场所。老教堂的布道台建于 1643 年，唱诗班背后的屏风则安置于 1681 年。荷兰画家伦勃朗的第一任妻子就埋葬于此，这里还有五座墓碑用于纪念 17 世纪时的航海英雄。

卡里·瓦拉称老教堂的那架年代久远的管风琴"庞大无比"并不夸张。这架琴是由德国汉堡的管风琴制作师克里斯蒂安·乏特于 1726 年制作的。制作这架拥有 43 个音栓的巨型管风琴花费了乏特两年的时间，只要同时拉动多个变音器，这架琴会立刻走音。与自身的尺寸一样，这架管风琴的失败也是庞大的——整整十一年的时间里，这架琴都不在调上。终于，一个名叫穆勒的人受命拆开了这架管风琴，寻找走音的原因。他又花了五年才把这架琴修好。

即便如此，老教堂的这座管风琴还是经常发生走音的问题。老教堂的取暖条件有限，因为古建筑中的温度原因，这架管风琴每次演奏前都要进行调音。

杰克和艾丽丝去老教堂那天非常寒冷，他们坐在演奏者坐的皮凳上。与他们坐在一起的是一个圆脸男孩，还没到长胡子的年纪。他是教堂的初级管风琴师。显然，这孩子是个天才。艾丽丝说，教堂的高级管风琴师雅各布·范德博斯对她说了很多这个孩子如何有才华的话。（除了老教堂，范德博斯还在阿姆斯特丹的西教堂，以及荷兰哈勒姆和代尔夫特的几座教堂演奏管风琴。）范德博斯是个大忙人，于是艾丽丝只能和他十五岁的学生聊聊了。

这位年轻的天才名叫弗兰斯·唐克尔，与很多同龄男孩一样，他有些惧怕艾丽丝。就像奥斯陆的那位安德里亚斯·布列维克一样，他说话时不敢直视艾丽丝的眼睛。根据杰克听到的内容，他妈妈从这位受到惊吓的天才儿童那里了解到，卡里·瓦拉错以为老教堂雇用威廉做管风琴师，实际上教堂雇他来给琴调音。进行这项艰巨的任务时，威廉可以趁机演奏这架庞大的乐器。弗兰斯·唐克尔告诉杰克和艾丽丝，这架管风琴的确非常特殊——"既伟大又麻烦"——威廉的调音工作不仅让之前所有的调音师相形见绌，而且，他的演奏既赫赫有名又可谓臭名昭著。（到这时为止，杰克因为闻到婴儿粉的味道分了心，被对话完全搞糊涂了。）

"作为一名管风琴师的威廉，是我最尊敬的人。"年轻的唐克尔说。

"我还以为他在这里只是个管风琴调音师呢。"艾丽丝回答。

弗兰斯·唐克尔没有在意艾丽丝的这句话。他严肃地解释说，从清晨到夜晚，老教堂都是一座热闹的教堂。宗教仪式在这里进行，唱诗班在这里练习，这里还举办各种文化活动。老教堂在午夜时还对公众开放，不仅举办音乐会，还有讲座和诗歌朗诵会。所以说，在老教堂漫长的开放时间内是不可能给管风琴进行调音的。

"那他什么时候能调音？"艾丽丝问道。

"呃……"年轻的唐克尔有些犹豫，他好像是这样回答的，"威廉要到午夜以后才能开始调音。大多数时候，他要到凌晨两三点才开始演奏。"

"所以说他在空教堂里演奏？"艾丽丝问。

"呃……"弗兰斯·唐克尔再次犹豫了。杰克感觉无聊极了，早已神游到了别处，但他听到唐克尔说：“老教堂是座很大的教堂，混响效果很好。混响时间是五秒钟。”这位天才儿童看了一眼杰克，解释道，“混响时间就是演奏的回声传回来所需的时间。”

“哦。”杰克回答，他都要睡着了。

年轻的唐克尔忍不住继续解释：“你父亲最喜欢巴赫的托卡塔，因为巴赫在创作时脑中有一种巨大的空间感。空间能让音乐放大——”

“别管音乐了，”艾丽丝打断他，“他是在空的教堂里演奏吗？”

“呃……”

如果接下来的话让艾丽丝难以理解，就更不要说一个四岁的孩子了。老教堂的混响时间是五秒钟，那么在管风琴上演奏巴赫最具戏剧性的作品《d小调托卡塔与赋格》，管风琴的混响要花多久才能传到老教堂广场以及周边街道的妓女耳中呢？（可能要六七秒钟？还是说妓女同样在五秒钟之后就能听到？）

通常来说，在教堂外面嘈杂的环境下是听不到管风琴的声音的，但是在凌晨两三点钟，红灯区的喧嚣已经逐渐消退，冬季的寒风将琴声传到了老教堂广场之外的区域。在阿姆斯特丹最狭窄肮脏的特姆佩特巷里揽客的妓女，一定能听到威廉·伯恩斯演奏他心爱的亨德尔和最爱的巴赫。甚至在运河对岸，站在门廊里的妓女也能听到他演奏的琴声。

“夜里的那个时候，很多年纪大的妓女准备回家——她们收工了。”弗兰斯·唐克尔惊恐颤抖地把话说完，好像这些话的内容也属于“别当着杰克的面说”的范围。（唐克尔不知道的是，杰克一直相信妓女是一群孜孜不倦给人提供建议的人，她们告诉最可悲的男人如何了解女人。）

那段日子里，有很多年纪很大的妓女（有些甚至已经六十多岁了）在红灯区里揽客，其中很多人居住在老教堂周围的底层房间里。这些老妓女比年轻的同行更容易被宗教音乐感动，不过唐克尔也承认，有不少年轻妓女一夜之间也成了巴赫与亨德尔的乐迷。

“你是说妓女来到教堂听他演奏？”艾丽丝问。

弗兰斯在皮凳上如坐针毡，他从凳子一端挪到另一端，然后又挪了回来。（又是那种婴儿粉的味道，杰克想着。）

多年之后，婴儿粉的味道会让杰克想到妓女，他几乎能看到疲惫的妓女卸掉脸上的妆，脱掉揽客时穿的衣物，挂在小小的衣橱里。她们收工回家时没有穿高跟鞋和短裙——上午或下午上街时也是。这些妓女平时出门穿的便服是蓝色牛仔裤或老式的宽松裤，她们穿的靴子或笨重的鞋子根本没有什么鞋跟可言，一般搭配毫不花哨却保暖的外套和羊毛帽子。她们看起来完全不像妓女，但除了妓女谁会在凌晨两三点钟独自出门呢？

为什么威廉演奏的管风琴作品会吸引这些妓女，让她们收工之后依旧在红灯区多待上一两个小时呢？弗兰斯·唐克尔解释说，通常会有至少十几名妓女来到老教堂，大部分会留到威廉演奏结束。演奏结束时已经是清晨四五点钟了，那时的老教堂里温度极低。

威廉·伯恩斯这时才发现自己竟然有听众——他原来在为妓女演奏！

"她们当然很感激他，"弗兰斯继续说道，身上带有一种天才儿童和精神病才会有的威信，"我有时候也会半夜起床听他演奏。我每次来都发现来老教堂听管风琴的妓女又多了。他演奏得真的太棒了——威廉对巴赫与亨德尔的作品理解得非常透彻。"

"别管音乐了，告诉我发生了什么。"艾丽丝再次说。

"好像有个老妓女把他领回了家——准确说，不止一个老妓女把他领回了家。"

但是，这并非后来发生的事，至少不是全部。（这次，幸亏有婴儿粉让杰克无法集中精力。）

老教堂的管理者很可能对发生的事情感到厌恶——威廉不仅为妓女演奏，还和她们厮混在一起。毕竟，这可是一座教堂。他们必须把他解雇，或是对他做出一些惩罚。而妓女，尤其是一些老妓女，把这件事情搞大了——她们进行了一次抗议。阿姆斯特丹一直有各种各样的抗议发生。住在克拉斯纳波斯基酒店时，杰克和艾丽丝在水坝广场见过不少抗议。那时是嬉皮士的时代。艾丽丝给很多年轻男女刺过反战刺青（经常刺在外阴部位），还有当时那句乏味的口号"要做爱，不要战争"。显然，杰克和艾丽丝肯定也见证了至少一场反对越南战争的抗议。

红灯区的妓女站在威廉的一边，还把他看作自己的一员。"她们把他看作一位受到迫害的艺术家。其中有些人也是这样看待她们自己的。"弗兰斯·唐克尔说。

至于威廉现在身在何处，弗兰斯看着杰克（不是艾丽丝）说："你得问问那些妓女。换作我，我会从年纪大的人问起。"

艾丽丝明白了自己需要问哪些妓女。她们主要是那些年纪大的女人，就是那些对她态度明显不友善的妓女。

"谢谢你花时间接待我们。"艾丽丝对初级管风琴师说着站起身，朝杰克伸出手。

"你们难道不想让我演奏点儿什么吗？"弗兰斯·唐克尔问。杰克的母亲已经拉着儿子走到狭窄的楼梯了。他们位于老教堂大厅后部的高处，下方的教众看不到他们。高耸的管风琴风管在他们上方约六米的位置。

"如果你乐意，就给我们演奏些威廉弹过的作品吧。"艾丽丝对这位年轻的管风琴师说，但她并不打算留在这里听完。

离开时，杰克看见唐克尔在皮凳上撒了一些婴儿粉。就是那些婴儿粉！琴师的裤子也沾满了婴儿粉。这些婴儿粉可以让他顺畅地从皮凳的一边滑到另一边。管风琴的键盘有三层，他没办法一动不动地坐在皮凳上够到所有的按键。演奏时，他总是在用婴儿粉润滑过的皮凳上来回滑动。

在管风琴的键盘上方有一块类似山墙的木质三角楣饰，上面布满了螺孔，但孔中的很多黄铜螺钮已经脱落或被剥走了。管风琴师演奏时除了管风琴，只能看到一小方彩绘玻璃。唐克尔的四周是那么古老破旧，但当音乐奏响时，一切都不重要了。

艾丽丝已经来不及逃出老教堂了。走下楼梯时，管风琴那洪亮的声响、精准的音阶、规整的对位和共鸣式的混响——巴赫的《d小调托卡塔与赋格》——重重地击中了他们。杰克许久之后会记起，那段螺旋楼梯一侧的扶手是木质的，另一侧是涂有蜡层的焦糖色粗绳，足有男人手腕一般粗。

杰克和艾丽丝蹒跚地走下楼梯，似乎管风琴的声响让他们喝醉了似的。艾丽丝急于找到一个最近的出口离开教堂，但她走错了方向。他们发现自己来到了教堂的中间过道，正对着祭坛，被巨大的噪声包围着。

在原本教众就座的位置有一群困惑的游客。导游似乎说到一半时被音乐打断了。他的嘴巴张着，好像巴赫的音乐正从他口中源源不断地流出。无论他原本在讲些什么，现在只能等待这部托卡塔和赋格结束才行。在外面的老教堂广场，黄昏的阳光无力地照射着，窗口与门廊处的妓女也能听见乐声。她们显然知道唐克尔正在演奏的作品是什么。毫无疑问，她们已经在凌晨时分听过很多次《d小调托卡塔与赋格》了。从妓女那嫌弃的表情中，杰克和他妈妈明白，这首作品威廉比弗兰斯演奏得更出色。

杰克和艾丽丝快步走着。没有时间去询问那些老妓女了，至少在音乐演奏时不可能。洪亮的声音一直跟随他们走到了华尔姆斯街。上帝的神圣噪声跟着他们经过了警察局。等到这架庞大管风琴的声音淡出耳畔，他们去往"刺青彼得"在圣奥洛夫巷的刺青店的路程已过大半。

威廉作为管风琴师的职业生涯开始走下坡路了吗？他愿意仅仅给管风琴调音而不演奏，或是在凌晨时分给一群粗俗的观众演奏？还是说仅仅听到老教堂这架庞大管风琴的声音就已经是无上的荣耀了？

那是一种洪亮而神圣的声音，甚至可以俘获妓女的心。没有人付她们钱，她们就这样全神贯注、心甘情愿地倾听着。

7 还是行程中没有的城市

1939 年 11 月 9 日，利斯第一次遭受德军空袭。空袭并没有给港口造成损失，但艾丽丝的母亲在拥挤的防空洞里流产了。"我本来应该在那时候出生的。"艾丽丝一直这么说。

如果艾丽丝真的"在那时候出生"，她的母亲就不会在后来的难产中去世，艾丽丝也不会遇见威廉·伯恩斯——即使遇见了，那么她和威廉该是同样的年纪。"在那种情况下，"艾丽丝声称，"我会对他的魅力无动于衷的。"（虽然还是个孩子，但杰克对此十分怀疑。）

杰克没记住那个送他巧克力的有着巧克力肤色的苏里南妓女的名字，但他清楚地记得当时所处的位置——科尔斯耶斯码头巷或贝格街，位于辛格尔运河与贵族渠之间，距离红灯区有十到十五分钟的步行路程。相比乌烟瘴气的红灯区，这里更像是住宅区。

至于艾丽丝为何会到那里打听威廉的消息，可能是"金发奈尔"或"黑发罗拉"让她去问问"单车人"格里特叔叔。"黑发罗拉"是一名上了年纪的白人女性，她把自己的头发染得乌黑。格里特叔叔是一个爱发牢骚的老头，他骑着自行车帮妓女买东西。他拿着一个本子，上面记着妓女想吃的午饭和零食。如果妓女要的东西太多太贵，他会拒绝帮忙。他也不帮买卫生棉条和安全套。（可能有个"卫生棉条人"或"安全套人"专门跑腿给妓女买这些商品吧，但杰克和他妈妈没见到这个人。）

妓女总是调戏格里特叔叔，这时他会拒绝给调戏自己的人买东西，以此作为惩罚。有一个骨瘦如柴的妓女名叫萨斯基亚，她总是让艾丽丝和杰克帮她买三明治。萨斯基亚是个胃口很大的年轻女子，格里特叔叔经常对她发火。萨斯基亚几乎每次见到杰克和艾丽丝都会给他们钱，请他们帮买火腿芝士牛角包三明治。等杰克和艾丽丝下次经过时，他们会把三明治给萨斯基亚，前提是她没在接客。

因为萨斯基亚生意兴隆，杰克顺便吃了很多火腿芝士牛角包。艾丽丝不介意花自己的钱给萨斯基亚买三明治。与红灯区的很多女人一样，萨斯基亚也有自己的故事，而艾丽丝很善于倾听——女人都是善于倾听的。（有过悲惨故事的女人似乎都很理解艾丽丝，很可能她们把她看作一个悲惨的故事吧。）

萨斯基亚经历过两个男人。第一个伤害她的男人是她的顾客，他放火点燃了萨斯基亚在血街的房间。他还试图将点火液喷洒到她的脸上，但萨斯基亚用自己的右前臂护住了自己的眼睛和鼻子。最后，她虽然被严重烧伤，但范围仅限于右臂的手腕至肘部。伤愈后，萨斯基亚用各式手镯来遮挡伤疤。在血街住处的门廊里，她朝街道伸出胳膊，上面的手镯叮当作响。这样做自然能吸引人们的注意，人人都会看着她。萨斯基亚用这种方法拉到了很多顾客。

她太瘦了，实在算不上漂亮。如果遇到潜在顾客，她只是对他闭口微笑，因为她的牙齿很难看。"做妓女有个好处，就是你不用亲吻自己的顾客，因为没人想要吻你。"她告诉杰克，并且露齿微笑，给他看自己残缺不全的牙齿。

"这好像不适合当着杰克的面说。"艾丽丝提醒她。

萨斯基亚身上有种十分诱人的特质，她烧伤的手臂戴着叮叮当当的手镯，而另外那条完好的手臂什么都没戴。也许男人看到她这副打扮会以为她是个难以自控的女人，可能吸引他们的不是她烧伤的手臂，而是她内心的伤痕。你甚至可以在她的眼神中看到一团火焰。

萨斯基亚的第二个男人也是她的顾客，他把她毒打了一顿，因为萨斯基亚不愿听从他的要求，拒绝摘下手镯。那个男人听说了她之前烧伤的事情，想看看她手臂上的伤疤。（当时，杰克以为萨斯基亚的这位顾客比其他的顾客更迫切地需要建议。）

萨斯基亚大声呼喊，血街的四个妓女和在堡垒墙后方老区街角站街的三个姑娘听见后赶来救援。她们把那个"急需建议"的男人拖到街上，用衣架抽打他，还有一个水管工加入帮忙。最后，其中一个妓女用一个浴盆金属塞给了他最后一击，打得他血流满面。那人立刻不省人事，说着胡话。警察赶来把他带走，这次他真的急需建议了。

"所以你的牙齿是因为他才变成这样的？"杰克问她。

"很正确，杰克。我只把伤疤给我喜欢的人看。你和你妈妈想要看看吗？"她说

"当然想看。"杰克回答。

"真的不用勉强。"艾丽丝回答。

"没有勉强，我很乐意给你们看。"萨斯基亚说。

她把他们领进自己的小房间，关上房门，拉上窗帘，好像杰克和他妈妈是她的顾客。杰克惊奇于房间里的家具如此之少——只有一张单人床和一个床头柜。屋里的灯光很暗，因为只有一盏灯，外面还有红色的玻璃灯罩。衣柜上的门没有了，可以看到衣柜里挂着内衣，还有一根驯兽师使用的鞭子。

房间里还有一个洗手池，放在一个通常会在医院或诊所里见到的白瓷台子上。台子上高高地摞着毛巾，有些毛巾甚至都摆到了床上。杰克想，这一定是为了应对那些寻求建议的男人衣服湿掉的情况。屋子里除了床，没有地方可坐。这个获取建议的地方可真是怪异，杰克想。但这里的一切对萨斯基亚而言似乎再正常不过了。她坐在床边，让杰克和艾丽丝坐到自己身旁。

萨斯基亚把手臂上的手镯一只一只地摘下来递给杰克。借着屋内红色的灯光，杰克和他妈妈仔细地看着萨斯基亚那皮开肉绽般的褶皱伤疤，那看上去像是被开水烫过的鸡脖子。"别怕，杰克。摸摸看。"她说。杰克勉强地伸出手。

"疼吗？"他问。

"已经不疼了。"萨斯基亚回答。

"你的牙还疼吗？"杰克继续问道。

"反正缺失的牙不会痛，杰克。"她让杰克将手镯一只一只地戴回去。他仔细地按照从大到小的顺序把手镯套回萨斯基亚的手臂。

谁会忍心拒绝帮这个瘦弱饥饿的女孩买一份三明治呢？杰克有些看不起"单车人"格里特叔叔了，因为他总是对萨斯基亚发火，还拒绝帮她买东西。但这个脾气暴躁的老人有自己的理由。他经常在凌晨时把自行车停在老教堂外面，不止一次溜进去聆听那发人深思的音乐。格里特叔叔是威廉·伯恩斯的拥趸，但萨斯基亚不是。

"你应该去找芬克谈谈。就是我告诉威廉去找她的！芬克知道那年轻人最想要什么！""单车人"对艾丽丝说。

虽然不知道原因，但杰克能感觉到格里特叔叔对他妈妈也很生气。当"单车人"从杰克和艾丽丝面前路过时，他们正坐在火炉巷。格里特叔叔拐过街角，从红屋剧院前驶过。红屋剧院专门放映色情影片，还有现场色情表演。杰克对其中的具体内容一无所知。（就他的理解，那可能是另外一些提供建议的服务。）

在火炉巷尽头的门廊里站街的妓女叫埃尔斯。杰克觉得她和自己的妈妈几乎同龄，至多稍微年长些。她一直对他们很友好。埃尔斯在一个农场长大。她告诉杰克和他妈妈，自己希望有一天能在红灯区见到她父亲和兄弟。他们见到埃尔斯在红灯区里做妓女难道不会大吃一惊吗？她说自己不会招呼他们进屋的。（杰克猜想，可能给自己的亲人提供建议太难了。）

"芬克是谁？"杰克问妈妈。

埃尔斯说："我给你们讲讲芬克的故事吧。"

"也许别当着杰克的面。"艾丽丝说。

"进来吧，咱们看看我能不能把故事讲得不让杰克感到不适。"埃尔斯说。结果证明，无论是埃尔斯还是艾丽丝都没办法把芬克的故事向杰克解释清楚。

埃尔斯总是戴着一副亮金色的假发。杰克从来没见过她原本的发色。当埃尔斯用自己的粗大的胳膊勾着杰克的肩膀，让他的头往自己身上靠时，杰克能感觉到她有多么强壮——毕竟她是在农场里长大的。埃尔斯有傲人的胸部，有一件歌剧女演员穿的低胸露肩礼服。走路时，她的胸脯像是船艏一般威风凛凛地抢先吸引众人的注意。所以当一个这样的女人说，她要给你讲一个故事时，你最好别不当回事。

　　但是，杰克不久就走神了。令他惊奇的是，埃尔斯的房间与萨斯基亚的房间非常相似。同样除了床无处可坐，而且床上也摆着毛巾。他们三人就挤坐在一张床上。艾丽丝根本不需要担心芬克的故事会有"不能当着杰克的面讲"的内容。杰克早已被埃尔斯的房间和她庞大的胸部迷住了，他根本无法理解埃尔斯讲述的有关芬克的故事。他以为芬克只是一个新手，给男人建议的时间还不久。让人糊涂的是，芬克原本是一个阿姆斯特丹律师的妻子，生活富裕，好像他们夫妻二人是同一间律师事务所的合伙人——反正杰克听说他们都是法律执业者。接下来，故事变得复杂了：芬克发现她的丈夫经常光顾位于科尔斯耶斯码头巷和贝格街的高档妓院。她一直是位忠贞的妻子，但她改变了荷兰的离婚史，不仅仅因为拿到了一笔高额的赡养费。

　　芬克在贝格街买下了一个房间，就在贵族渠边的街角。作为妓女的住所，这个房间很不同寻常：它位于一段楼梯底部的地下室，门廊和窗口都在人行道以下，所以街上的行人和路过的汽车上的乘客低下头就可以毫不费力地看到里面的妓女。

　　难道芬克愤怒到买下一处用来卖淫的房间租给妓女，利用破坏自己婚姻的肮脏生意赚钱？令人震惊的是，芬克自己住进这个房间当起了妓女。她最初的顾客是她前夫的业务伙伴，包括他们夫妇之前认识的一些正人君子。（显然芬克自己并不吃惊，因为她知道自己对大多数男人有吸引力，虽然她前夫并不这么觉得。）

　　科尔斯耶斯码头巷和贝格街的妓女对芬克评价不一。她因以此种公开的方式对前夫进行报复而备受赞美。人们称赞芬克成了一名妓女权益活动家，但又认为她毕竟只是一个女人，一个敢于公开展示自己信念的女人，不能算作真正的妓女，包括埃尔斯在内的一些妓女就是这样认为的。

芬克当然不缺钱，她甚至可以挑选自己喜欢的顾客来服务，当然她确实是这么做的。芬克拒绝了很多顾客。对于在红灯区、科尔斯耶斯码头巷和贝格街的妓女而言，这简直是一种奢望。此外，被她拒绝的嫖客会感到很丢脸。第一次找妓女的人会以为所有的妓女都这样。一些贝格街的同行指责她的做法直接影响了她们的生意。芬克不仅成了贝格街上最受顾客追捧的妓女，而且她当着整条贝格街妓女的面拒绝某位顾客时，那个受辱的男人肯定不会继续在贝格街寻找下一个目标了。（他可不想找个目睹自己被芬克拒绝的妓女。）

不过，芬克也有自己的盟友，尤其是那些上了年纪的妓女。她在凌晨时分的老教堂遇到很多赶来聆听音乐的同行后，与她们建立了深厚的友谊。（杰克认为唱诗班女孩和妓女只有一线之隔，她们都因爱上管风琴师演奏的音乐而爱上了管风琴师本人。他的看法有错吗？）

从她对前夫的报复来判断，人们可能会觉得芬克在与威廉·伯恩斯的关系中应该是更具占有欲的人。但实际上，芬克陶醉于音乐和威廉的陪伴。从以前的婚姻里解脱后，她发现了另一种爱，那是一种卖淫为生的女性之间的归属感与亲密感。芬克可以自己挑选这种感情的对象。如果说，威廉在老教堂的听众里，有许多人都把他领回了"家"，那么其中有多少人免费为他"提供建议"呢？

过了很久之后，杰克会疑惑，那些红灯区的妓女是否是他父亲最伟大的战利品？或者这些以"提供建议"为生的女人，是否会对她们给予免费待遇的男人出手吝啬呢？

对一个四岁的男孩来说，这个故事令他费解。要想明白这一点，你得自己成为一个四岁大的孩子才行。

不管是否令人费解，这就是芬克的故事，至少埃尔斯是这么讲述的——它经历了时间的涂改（一切都如此），经历了艾丽丝在后面几年里的转述和修改。杰克和他妈妈来到贝格街见芬克的时候，她显然正等着他们。

芬克的装束并不像妓女，更像是某个优雅晚宴上的女主人。她的皮肤和头发一样闪着金光，一样完美无瑕。她的胸部恰到好处地隆起，线条凹凸有致。从任何方面来看，芬克都是一个尤物——杰克在阿姆斯特丹没见过任何一个妓女如芬克这般美丽——她有一种轻视一切的气质，人们很容易相信她拒绝了无数男人，很难相信她竟然会接纳哪个男人。

芬克的举止中有一种对艾丽丝的蔑视：这个女人竟然仍旧不知疲倦地寻找着很久以前拒绝了自己的男人。芬克对孩子那种显而易见的不屑也给杰克带来了难以估量的打击。（他可能误解了芬克对艾丽丝的态度，也很有可能以为芬克讨厌自己。）他想立刻离开她的房间。芬克的房间与萨斯基亚和埃尔斯的房间同样小，但室内的装饰奢华多了。

屋子里没有床，只有一张很大的皮沙发，没有毛巾，连张桌子都没有。一把看起来很舒适的真皮扶手椅摆放在窗边的角落，旁边是一盏阅读灯和一个书柜。也许芬克经常坐在窗下阅读，懒得搭理一直在窗外徘徊的顾客。为了能引起她的主意，那些男人得走下那段楼梯敲她的门或窗户。她会有什么反应呢，抬起头来，对阅读被打断感到生气？

房间的墙上挂着绘画作品，几乎都是风景画，其中一幅画了一头牛。地毯的花纹颇有东方风情，看起来和她本人一样贵。实际上，芬克让杰克第一次接触到金钱那无法摧毁的威力——那种目空一切的傲慢。

"你们怎么才来？"芬克对艾丽丝说。

"咱们能走吗？"杰克问妈妈。他伸出手，但艾丽丝没有理睬。

"我知道你和他有联系。"艾丽丝对这个妓女说。

"'……和他有联系。'"芬克重复道。她挪动了一下身子，伸出舌头湿润一下双唇。她就如同一夜好梦之后的女人，躺在床上放任自己享受慵懒惬意的时光，成熟中带有任性。她身上的衣服看上去非常服帖舒适。当她站着或坐在直背椅子上，她好像是懒洋洋地躺着；她熟睡时，看起来像一只等待爱抚的猫。

没人提到芬克选择顾客时只选择处男的安全策略吗？她偏爱年轻的男孩子。警察坚持让芬克要求顾客出示证明自己成年的证据。杰克永远都不会忘记芬克，不会忘记她让自己感到多么害怕。

艾丽丝对杰克解释说，处男就是没有经验的年轻男子——他们没有从女人那里得到过建议。那个在芬克位于贝格街的房间里度过的黄昏，让杰克第一次感受到自己需要得到某个女人的建议，但他当时因为害怕而难以开口。

"如果你现在和他还有联系，也许可以劳驾你给他带个话。"艾丽丝继续说。

"我看起来有这么好说话吗？"芬克反问道。

"咱们能走吗？"杰克再次问道。他妈妈仍然无动于衷。杰克看向窗外一辆驶过的汽车，并没有人向屋内看。

艾丽丝说话时听上去很生气："一个父亲至少该知道自己的儿子长什么样！"

"威廉当然知道他儿子长什么样。"芬克回答。她的口气好像是在说，"我觉得威廉已经看够杰克了。"这句话传递的信息（或错误信息）可以改变人的一生，显然杰克的一生因此改变了。从那天之后，他时常想象父亲偷偷看着自己的场景。

威廉看到杰克在哥本哈根从冰层上掉入护城河的情景了吗？如果那名小士兵没有出现，"音乐小子"会来救他吗？威廉看到杰克在斯德哥尔摩大饭店里吃早餐的样子了吗？他父亲看到杰克在奥斯陆布里斯托酒店的周日自助早餐上埋头大吃的样子了吗？他看到杰克待在赫尔辛基托尔尼酒店美国酒吧上方那架弃置不用的电梯中，悬在半空的景象了吗？

在阿姆斯特丹度过的那些周六时光，当杰克在海堤街的红龙刺青店看着外面涌动的无数男人的身影时，他父亲曾经身在其中吗？如果如芬克所说，威廉知道自己儿子的长相，那么有多少次杰克在不知情的情况下见到了自己的父亲呢？

为什么他没有认出威廉呢？虽然威廉没有大胆地脱下自己的上衣让杰克看到他身上的音乐刺青，但是杰克和他父亲之间难道没有任何相像之处吗？（也许是眼睫毛吧，一些女人看见杰克时这么说。）

来到芬克位于贝格街的房间那天起，杰克也开始寻找威廉·伯恩斯了。从某种意义上说（多么牵强的理由啊！），杰克就是从芬克——一个可能在说谎的妓女，毫无疑问非常残忍——对他说威廉见过他之后，开始寻找父亲的。

艾丽丝立刻反驳说："杰克，她在说谎。"

"你才在说谎呢，对你自己说谎。认为威廉仍然爱着你就是一个谎言——以为他爱过你才真是个笑话！"芬克回答。

"我知道他爱过我。"艾丽丝说。

"如果威廉爱过你，他才不忍心看着你成为妓女呢。如果他真的在乎你，看见你在门廊或窗口揽客简直会让他生不如死，不是吗？"芬克说。

"他当然在乎我了！"艾丽丝哭喊道。

想象你是一个四岁的孩子，你的母亲正在和一个陌生人大声地争论着，你真的能听清她们的观点吗？你不会因为理解（并解读）自己刚刚听见的话，错过接下来的内容吗？无论这个四岁的孩子听没听清，这些不都是大人的观点吗？

"想想威廉看见你站在门廊下，唱着那首赞美诗还是祷文什么的，我确信你一定知道，《愿主灵气吹我，赐我生命》——我说得对吗？"芬克哼起了旋律，"是首苏格兰歌曲，不是吗？"她问。

"实际上，是圣公会的。他教你唱的？"艾丽丝说。

芬克耸了耸肩。"他教老教堂里所有的妓女唱了。他弹奏管风琴，我们跟着唱。我敢肯定，他也对你做过同样的事。"

"我不需要证明威廉爱我，不需要向你证明。"艾丽丝说。

"向我？我很在乎吗？"芬克反问，"你需要向你自己证明！假如你也接那么一两次客，或者三四次，威廉会不会心烦意乱呢？如果他在乎你，他会的。"

"别当着杰克的面说。"艾丽丝说。

"给杰克找个保姆吧。你在红灯区有挺多朋友，不是吗？"芬克对她说。

"多谢你抽空见我们。"艾丽丝说。这时，她才拉起杰克的手。

离开贝格街后，他们又从老教堂广场进入了红灯区。当时是黄昏，天色开始暗下来。老教堂的管风琴没在演奏，但所有妓女都站在各自的门廊里，好像他们知道杰克和艾丽丝会出现。安雅是一个年纪较大的妓女，她对他们的态度冷热不定。不过，她今天的态度很冷淡，因为她哼着《愿主灵气吹我，赐我生命》，这使她看上去有些残忍。

这算不上是歌曲，只是圣餐祷文，但要唱出来而不是念出来，祷文比旋律更重要。如同许多简单的事物，杰克觉得这首祷文很美。这也是他妈妈最喜欢的一段。

接下来，他们遇见了玛格丽特，一个年轻的妓女，她经常叫杰克"小杰克"。这次，她什么都没说。他们接着遇见了安娜莉丝、"淘气南达"、卡佳、"愤怒的阿努克"、"情妇密斯"和"红头鲁斯"。她们都哼着同样的旋律，艾丽丝似乎完全视而不见。这些人中只有老尤兰达知道歌词。

"愿主灵气吹我，赐我生命……"她唱着。

"你不会真的要那么干吧？"杰克问他妈妈，"我才不在乎会不会见到他呢。"他撒谎道。

艾丽丝可能说的是："杰克，是我想见到他。"她也可能说了，"他想见到你，杰克。"

艾丽丝对"刺青彼得"谈起芬克的话时，彼得竭力劝阻她。他在自己右臂的肱二头肌上刺了只啄木鸟伍迪[1]。杰克当时觉得连那只啄木鸟都反对艾丽丝在窗口或门廊下唱赞美诗。

多年以后，杰克问起母亲，她给自己拍的那张和"刺青彼得"那只啄木鸟伍迪的合影哪儿去了。"可能是底片见光了。"她只说了这一句。

与彼得的那只啄木鸟合影后，杰克和艾丽丝又来到了红龙刺青店。罗比·德维特给艾丽丝卷了几根大麻烟，艾丽丝把它们放进了钱包里。可能是罗比给杰克和"刺青提奥"拍了张合照。（杰克后来常常想，可能这张照片也见光了。）

他们给萨斯基亚买了份三明治，而她正忙着在血街招待顾客，杰克

---

[1] 环球公司于1941年推出的动画片《啄木鸟伍迪》的主角。

就把三明治吃掉了。当时，他们正路过火炉巷的拐角，杰克间或听见他妈妈和埃尔斯的谈话。"我不建议这么做，"埃尔斯对艾丽丝说，"不过你可以用我的房间，我会照顾杰克的。"

从埃尔斯房间的门廊看出去，杰克和他妈妈无法看清萨斯基亚在血街的窗口和门廊。他们只好穿过运河去看萨斯基亚是否已经忙完了。她还在忙。等他们回到埃尔斯的房间，埃尔斯也在招待自己的客人。杰克和艾丽丝再次回到血街，和萨斯基亚的邻居雅内克聊了起来。

"赞美诗是什么？"雅内克问艾丽丝，"是某种祷告吗？"艾丽丝只是摇了摇头，他们三人站在街上，等着萨斯基亚的客人几分钟之后偷偷摸摸地走出房门。"如果他有条尾巴，肯定被他夹在了两条腿之间。"雅内克观察后说道。

"我猜也是这样。"艾丽丝说。

终于，萨斯基亚拉开了窗帘，看到了他们。她挥了挥手，张开嘴朝他们笑着。她可从来不对客人这样笑。萨斯基亚说，艾丽丝也可以用她的房间，她和埃尔斯会轮流把杰克照顾得很好。

"我真的非常感谢你。"艾丽丝对这个经历过烧伤和殴打的女孩说，"如果你想刺青……"她的声音越来越小。萨斯基亚不忍心再看着她。

"这还不是最糟的。"萨斯基亚不知道这句话是在对谁说，艾丽丝又摇了摇头，"你知道吗，杰克？"她问道，似乎急于改变话题，"你好像刚刚吃了份火腿芝士牛角包三明治，你这个走运的小坏蛋！"

在阿姆斯特丹，所有妓女都需要在警局注册。她们要拍照，让警察记录下她们大多数的个人信息，有些信息似乎毫无必要，但如果有妓女找了男友，这些个人信息就变得重要起来了。因为如果这名妓女被殴打或谋杀，十有八九是她男友干的——通常并不是嫖客所为。那个时候，妓女中还没有未成年人，警察对红灯区的妓女也表现得尽可能友善。他们对这里发生的事情了如指掌。

一个暖如春日的早上，杰克和艾丽丝在埃尔斯和萨斯基亚的陪伴下来到了华尔姆斯街的警察局。一位名叫尼可·伍德延斯的警察和善地接待了他们。尼可曾经帮助过萨斯基亚，无论是她烧伤还是被殴打时，尼可都是第一个赶到血街现场的警察。尼可穿的不是制服而是便衣，这让杰克有些失望。尼可是红灯区最有声望的警官，年纪三十上下。他尽职尽责，而且赢得了妓女对他的信任。

尼可问艾丽丝有没有男友，艾丽丝回答没有——她确实没有——但尼可对她的回答有些怀疑。"那么你要唱歌给谁听呢，艾丽丝？"

"他是我的前男友，"艾丽丝说着把手放到了杰克的颈后，"他是杰克的父亲。"

"那我们可以把他看作你的男友。"警察礼貌地对她说。

可能是埃尔斯说道："尼可，只是一下午和半个晚上的时间而已。"

"我不会接客的，"艾丽丝也对这位和蔼的警察说，"我只想坐在窗边或门廊下唱歌。"

"如果你拒绝了所有嫖客，可能会激怒其中一些人，艾丽丝。"尼可说。

这时一定是萨斯基亚说："我们中的一个会守在附近。她借用我的房间时，我会看着她；她用埃尔斯的房间时，埃尔斯会在附近。"

"杰克，那你会在哪里呢？"尼可问。

"他会跟着我或埃尔斯。"萨斯基亚回答。

尼可·伍德延斯摇了摇头。"我不太喜欢这个主意，艾丽丝。毕竟这不是你的工作。"

"我曾经参加过唱诗班，我知道怎么唱歌。"艾丽丝对他说。

"这不是唱赞美诗和唱祷文的地方。"警察接着说。

"你可以时不时地过来看看，以防有人群聚集。"萨斯基亚建议道。

"她肯定会吸引不少人聚集的。"尼可说。

"那又怎样？新来的女孩总会吸引很多人的注意。"埃尔斯说。

"如果这个新来的女孩接了客，进了屋拉上窗帘，人群就会散去。"尼可·伍德延斯说。

"我不会接客的。"艾丽丝重复道。

"如果你接客，情况反倒容易些。比如，对方是处男的话——他们态度比较好。"萨斯基亚说。

"他们很快就能完事。"埃尔斯对艾丽丝说。

"别当着杰克的面说。"

"不过可别接太小的处男的生意,艾丽丝。"尼可·伍德延斯说。

"我真的很感谢你,"艾丽丝对警察说,"如果你想做刺青——"她突然停了下来。可能是她想到,如果她免费给尼可做一个刺青,警察会将其看作一种贿赂。尼可·伍德延斯是个好人。他的眼睛蓝得让人想起知更鸟的蛋,一侧的颧骨上有个 L 形的疤痕。

来到华尔姆斯街上,艾丽丝感谢埃尔斯和萨斯基亚帮助自己从警察那里获得许可,可以做一下午和半个晚上的妓女。"我想了半天,觉得劝尼可同意比劝你放弃要容易些。"萨斯基亚说。

"萨斯基亚总是挑容易的事做。"埃尔斯解释说。三个女人听到这句话大笑起来。她们聊天时就像几个普通的荷兰女孩,肩并肩互相挽着胳膊。艾丽丝站在中间,埃尔斯拉着杰克的手。

华尔姆斯街处于红灯区的边缘。杰克和艾丽丝打算回克拉斯纳波斯基酒店。埃尔斯和萨斯基亚会帮她选几件衣服,艾丽丝说她要穿自己的衣服,但她没有萨斯基亚穿的那种短裙,也没有埃尔斯那种领口非常低的上衣。

他们来到圣安娜街的街角时,差不多是上午十一点。只有一名妓女在街道尽头揽客,即使隔了这么远,她还是认出了他们。妓女和他们互相挥了挥手。他们朝着圣安娜街的方向看向红灯区,并没有注意到雅各布·布里尔从华尔姆斯街向他们走来。他们四人并排走着,所以布里尔没办法绕过他们。他用荷兰语严厉地说了什么——一句咒骂,或是某种指责。萨斯基亚怒气冲冲地回了他一句。虽然埃尔斯和萨斯基亚并没有穿着揽客时的装束,但布里尔一定认出了她们。毕竟,他对红灯区的所有妓女做过相当全面的研究。

三个女人只好松开了胳膊,让雅各布·布里尔走过去。这可能是布里尔第一次在迅速穿过红灯区时被迫停下来。布里尔当然认识艾丽丝——她站在两个妓女中间。至于杰克,布里尔的目光总是瞬间穿过他,好像他完全没看到这个男孩。

"在上帝看来，你和你的朋友是一类人！"雅各布·布里尔对艾丽丝说。

"我很喜欢我的朋友。"艾丽丝回答。

"你怎么知道上帝怎么看？"埃尔斯问布里尔。

"没人知道上帝怎么看。"萨斯基亚说。

"他能看到最渺小的罪恶！他知道所有的淫乱罪行！"布里尔喊道。

"大多数男人都淫乱。"埃尔斯对他说。

萨斯基亚耸了耸肩。"我发现自己大多数时候都不记得这是淫乱的罪行。"

他们看着雅各布·布里尔沿着圣安娜街疾速走开，好像他故意像只老鼠那样窜走了。街道尽头的那个妓女不见了，她一定是看到了布里尔走来。

"只为雅各布·布里尔，我也愿意在街上待到午夜，"艾丽丝说，"我真的难以想象，如果他看到我在窗口或门廊下唱歌会说出什么。"她尖声笑着，杰克知道泪水会紧随这种笑声而来。

不知是埃尔斯还是萨斯基亚说："有比雅各布·布里尔更重要的原因让你在街上待到午夜。"

他们从华尔姆斯街来到水坝广场，走进了酒店。"淫乱是什么？"杰克问。

"就是提供建议。"艾丽丝回答。

"大部分是好建议。"萨斯基亚说。

"反正都是必要的建议。"埃尔斯补充道。

"罪恶是什么？"杰克又问。

"一切。"艾丽丝回答。

"罪恶有好坏之分。"埃尔斯告诉杰克。

"有吗？"萨斯基亚说，她看上去和杰克一样疑惑。

"我是说，好的建议和坏的建议。"埃尔斯解释道。在杰克看来，似乎罪恶是个比淫乱更加复杂的概念。

进入酒店房间后，艾丽丝说："杰克，关于罪恶，有的人认为它关系重大，有的人甚至不认为有罪恶存在。"

"你怎样觉得呢？"杰克问。艾丽丝好像绊了一下，不过杰克并没有看到地上有什么东西。艾丽丝开始朝前倒下，幸亏埃尔斯抓住了她。

"该死的鞋跟。"艾丽丝说，但她的鞋并没有鞋跟。

"杰克，听我说，"萨斯基亚开口道，"我们现在有事要做——确保你妈妈穿上合适的衣服很重要。我们不能因为谈论罪恶这么难的问题而让自己分心。"

"咱们以后再继续聊这个问题。"埃尔斯向杰克保证。

"从开口唱歌起，我就有了罪恶。即使我没有——"艾丽丝说着，但立即被埃尔斯拉到了衣柜前。

萨斯基亚早已把艾丽丝的抽屉翻看了一遍。她举起一副胸罩，那胸罩对萨斯基亚显然太大了，但对埃尔斯来说又太小。萨斯基亚用荷兰语说了什么，让埃尔斯笑了起来。"你们会对我的衣服感到失望的。"艾丽丝对两名妓女说。

根据杰克的记忆，他妈妈试遍了衣柜里的所有衣物。艾丽丝在杰克面前的穿着从来都很朴素。他从没见过妈妈赤裸或半裸的样子，而在克拉斯纳波斯基酒店的这一个多小时的时间里，他第一次集中看到这么多艾丽丝只穿胸罩和内裤的景象。这时，艾丽丝依然紧紧地用胳膊和肘部夹住胸部两侧，双手交叉捂住胸部。实际上，杰克看到的更多是萨斯基亚和埃尔斯的身影，因为她们在艾丽丝穿脱衣物时围在她身边，给出各种各样的建议。

最后，总算选定了一条裙装。在杰克看来，这条裙装很漂亮，但也很平庸，就像他妈妈一样——她很漂亮，但很平庸，至少和红灯区妓女的打扮相比是如此。那是条无袖黑色连衣裙，领口很高，正好显出她的身材，又不会太紧身。

艾丽丝没有一双鞋算得上是真正的高跟鞋，她选了一双中跟的鞋子——至少她觉得这双鞋的鞋跟不低——她还戴上了自己的珍珠项链。这条项链曾经属于她的母亲。她离开苏格兰前往加拿大那天，她父亲把项链给了她。艾丽丝觉得这条项链上的珍珠都是养殖珠，但她不知道是否果真如此。无论是养殖珠还是天然珠，这条项链对她而言意义非凡。

"穿无袖裙装会不会冷？"艾丽丝问萨斯基亚和埃尔斯。于是，她们又从衣柜里找出一件黑色羊毛开衫。

"那件衣服太小了，我没法把扣子系上。"艾丽丝抱怨道。

"不需要系上扣子，让你胳膊暖和就行了。"埃尔斯说。

"就这样敞开扣子，然后抱紧双臂，"萨斯基亚说着，一边向她示范，"如果你看上去有点冷，会让人觉得性感。"

"我不想让人觉得性感。"艾丽丝回答。

"性感是什么？"杰克问。

"如果你看上去性感，男人就会认为你可以给他们提供良好的建议。"埃尔斯解释说。两个妓女开始担心起艾丽丝的发型，然后还有口红与化妆的问题要解决。

"我不想抹口红，我也不想化妆。"艾丽丝对她们说，但她们不听她的。

"相信我，你会想要抹口红的。"埃尔斯说。

"最好颜色深一些。还有眼影。"萨斯基亚说。

"我讨厌眼影！"艾丽丝喊道。

"你不想让威廉一眼就认出你吧？"埃尔斯问她，"我是说，假如他真的出现了。"这句话让艾丽丝沉默了，她任凭两个妓女给自己化妆。

杰克注视着她妈妈的变化。艾丽丝的脸部轮廓清晰起来，嘴也更加突出，变化最大的是她眼睛周围的黑影，看上去好像她因为某个亲近的人去世而把眼圈哭黑了。总之，杰克的妈妈看上去老了许多。

"我看上去怎样？"艾丽丝问。

"你看上去好极了！"萨斯基亚说。（红灯区里向来少不了英国男人的身影。萨斯基亚很可能觉得"好极了"这句英语听起来很不错。）

"你引起的不是人群的聚集——你简直会引起一场暴动。"埃尔斯对艾丽丝说，但艾丽丝似乎并不喜欢这种形容。

"你觉得我看上去怎么样，宝贝？"艾丽丝问。

"你看上去很美，"杰克回答，"但真的不像我妈妈。"这句话似乎让艾丽丝一惊。

"我觉得你看上去就是艾丽丝。"萨斯基亚安慰她道。

"当然了！杰克，我们要做的就是让她变得更加神秘。"埃尔斯说。

"神秘？"艾丽丝问。

"埃尔斯的意思是，我们得把你稍微隐藏一下。"萨斯基亚说。

"我们隐藏的是她身上作为母亲的那种风格，杰克。"埃尔斯补充道。

"因为那种风格是给你看的。"萨斯基亚说着，摸了摸杰克的头发。

"我不会有事的。"艾丽丝宣称。她从镜子前转身离开，没有回头再看一眼。

阿姆斯特丹的红灯区比很多游客亲身体验到的要小很多。这里杂乱地汇聚了几条小街道，每到高峰时段，街上行人稠密拥挤。首次到来的游客在迷宫般的街巷内失去了方向，他们觉得窗口和门廊下的妓女简直多到数不清。而事实上，用不了十分钟就可以从红灯区的一端散步到另一端——从水坝街到海堤街。从老教堂到萨斯基亚居住的血街或埃尔斯居住的火炉巷，步行连五分钟都不到。

一个周六的下午，来了一个新妓女的消息迅速传开了。那个女人看上去完全不像个妓女，她唱着歌，听上去像赞美诗，轮流出现在火炉巷和血街揽客。这个消息经过添油加醋后如同火灾一般席卷了红灯区。天黑之前，在老教堂广场揽客的老妓女互相挽着胳膊前来，要听听"女儿艾丽丝"唱歌。安雅、安娜莉丝和"淘气南达"一同前往。卡佳、"愤怒的阿努克"和"情妇密斯"搭伴前去。晚餐时间前后，"红头鲁斯"和老尤兰达也来了。这些上了年纪的妓女什么也没说，也没有久留。她们来之前以为艾丽丝会出丑，但如果一个漂亮女人还有一副漂亮的嗓子，她无论外表还是声音都不能用丑来形容。

对于在红灯区四处寻觅猎物的男人来说，艾丽丝的歌声和萨斯基亚烧伤手臂上叮当作响的手镯一样充满了诱惑，他们听得如痴如醉。但是，艾丽丝拒绝了所有主动搭讪的男人。她是个女人，还出现在妓女揽客的门廊或窗口，但有潜在顾客对她表现出兴趣时，艾丽丝只是摇摇头，偶尔中断自己的歌唱，更加坚决地说不。有一次，在埃尔斯的房间外唱歌时，艾丽丝无奈地告诉一位格外执着的绅士，她正在等自己的男友，不想因为接客而错过男友。（萨斯基亚帮她把这句话翻译成荷兰语后，那人总算离开了。）在萨斯基亚那边时，一群年轻男人故意起哄刁难艾丽丝。她一定是拒绝了其中一人，或是拒绝了他们所有人。于是，他们聚在她的门廊外大声唱着自己的歌，作为被她藐视的报复。

艾丽丝走进萨斯基亚的房间，关上了房门。她坐在床边，继续唱着《愿主灵气吹我，赐我生命》，但没人能听到。埃尔斯让那群年轻人走开，他们却和她吵了起来，直到尼可·伍德延斯突然出现在血街才作罢。这些人故意慢吞吞地走着，尼可大吼，他们立刻跑开了。其中那个没和埃尔斯吵架的男孩跑在最后——他完全无法把目光从艾丽丝身上移开。

尼可对杰克笑了笑。杰克朝窗里的艾丽丝挥了挥手，她还在唱。"我会留心她的，当然也会留心你，杰克。"这位警察说。

同意接客的话会容易不少。那些被拒绝的失望男人的态度很快从不解变成了愤怒。有些人面露尴尬之色，然后偷偷地离开，有些人百思不解，还会动粗。艾丽丝继续唱着。萨斯基亚和杰克给她买来三明治，她甚至为了不耽误时间，仓促地几口吃完接着唱。天黑后不久，"刺青提奥"也来看她了。他提着一个篮子，里面塞了一瓶酒、一些水果和芝士，但艾丽丝并没收下这些东西，她拥吻拉德马克表示感谢。然后，她招手叫来埃尔斯和杰克，把篮子给了他们。这些食物和酒自然被他们拿给了萨斯基亚，她永远都是饥饿的。

罗比·德维特也来了。看到艾丽丝坐在窗口歌唱，他心都碎了。罗比带来了两支大麻手卷香烟，艾丽丝收下了。她走出房间来到门廊，点上一支，清醒一下，然后继续唱。

多年以后，杰克想，如果鲍勃·迪伦那天晚上在场，他一定能写出一首特别棒的歌。

夜里十点左右，红灯区人潮汹涌。埃尔斯、萨斯基亚和杰克陪着艾丽丝从血街走到了火炉巷。埃尔斯抱着杰克，他半睡半醒，头靠在埃尔斯的肩膀上。来到埃尔斯的房间后，艾丽丝并没有立刻唱起来。"你们觉得威廉会出现吗？"她问。

"我从来就不认为他会出现。"萨斯基亚说。

"你应该到此为止了，艾丽丝。"埃尔斯对她说。她打开自己房间的门，而艾丽丝坐在门廊里。她正要开口唱歌时，看到芬克正朝自己走来。

"你没在唱歌。"芬克说。

"他也没出现，不是吗？"艾丽丝反问她。

萨斯基亚和埃尔斯对芬克就没那么客气了，她俩就怕她不知道她们的态度呢。杰克醒了，完全听不懂这些女人在用荷兰语说些什么。芬克面对萨斯基亚和埃尔斯毫不退让，而萨斯基亚和埃尔斯步步紧逼。杰克以为埃尔斯会在下一秒把芬克举起来扔到卵石路面上，但当艾丽丝开始唱歌，她们停止了争吵。杰克从来没听艾丽丝把《愿主灵气吹我，赐我生命》唱得这么好。芬克也因她的歌声卸下了敌对的态度，她好像说："我以为你不会这么做呢。"艾丽丝依旧唱着，但声音更大了。杰克又走神了，就他所知，芬克也许说道："我以为他会受不了呢。"

后来杰克了解到，威廉可能在一艘游轮上弹钢琴。弹钢琴这个职业似乎让艾丽丝很吃惊，但大多数管风琴师都是先学习钢琴的——威廉也不例外。也许真正让人吃惊的是，威廉想去澳大利亚找女刺青师辛迪·雷给自己刺青。

艾丽丝换了首赞美诗唱起来。她依然那样唱着，不在意某些停顿上的小差错，也不在意威廉可能已经在前往澳大利亚的路上了。"万爱之王乃我善牧。"她唱道。（艾丽丝重复唱着这一句。）

难道威廉认为澳大利亚遥远到会让艾丽丝和杰克望而却步吗？杰克靠在埃尔斯庞大柔软的胸上睡着了。艾丽丝又换了一首赞美诗，似乎不打算停下来。她重复唱着"甜蜜的圣礼"这句。艾丽丝纯净的音色回荡在街道上，芬克转身走开。等芬克走出了火炉巷，艾丽丝又唱回了《愿主灵气吹我，赐我生命》。

"你现在可以结束了，艾丽丝。"萨斯基亚说，但艾丽丝没有停止歌唱。

"澳大利亚在哪里？"杰克问埃尔斯。（他只知道澳大利亚不在他们的行程上。）

"别担心，杰克。你们不会去澳大利亚的。"萨斯基亚说。

"澳大利亚在世界的另一边。"埃尔斯告诉他。杰克想到他父亲在世界的另一边时感觉好些了，但这无法阻止他想象威廉站在人群中偷偷看着自己。

"行了，艾丽丝。该结束了。"萨斯基亚说。

"万爱之王乃我善牧。"艾丽丝又唱了起来，声音显出疲惫。

他们对芬克的离去太过专注，竟没注意到雅各布·布里尔的到来。现在还没到午夜，但布里尔来到了火炉巷，他没有疾速走过，而是呆呆地站在那里，陷入了一种宗教狂热式的暴怒之中。"你唱的是赞美诗——这是祷告文啊！"布里尔冲艾丽丝大吼。

艾丽丝直视着布里尔，又唱起了《甜蜜的圣礼》。（以她当时的心境，恐怕她只能想起这三首赞美诗的第一句了。）

"亵渎上帝！亵渎神明！"布里尔喊道。

萨斯基亚朝他说了一句荷兰语，听上去似乎并不是宗教内容。埃尔斯踏出一步，猛推了布里尔一把。布里尔没站稳，单膝跪地，两手扶住了卵石地面才没有跌倒。他再次直起身子时，埃尔斯又推了他一下。他向后跳了一步，才勉强站住。"别当着杰克的面。"埃尔斯平静地对他说。她又向前迈出一步，想要再次推倒他，但布里尔远远地躲开了。

"尼可呢？正需要他呢，他人呢？"萨斯基亚幽默地说，但埃尔斯显然不需要尼可的帮忙。

艾丽丝又唱起了《愿主灵气吹我，赐我生命》。这时，他们所有人又看到了他——那个没和埃尔斯争吵的男孩，那个故意在血街上跑在最后的男孩。他跟到了火炉巷，因为他想再看艾丽丝一眼。这一次，只有他一个人。埃尔斯用荷兰语对他说了什么，似乎想用对待布里尔的方式来对付他。

"别碰他，他是那群人中唯一的好人。"艾丽丝对埃尔斯说。她终于停止了歌唱，微笑地看着他。那个男孩无助地站在她面前，"他似乎很需要我的建议，不是吗？"艾丽丝问。

"艾丽丝，你别勉强。"萨斯基亚说。

"但他看上去真的迫切需要建议。"艾丽丝说。

"他可以找萨斯基亚或找我。"埃尔斯对她说。

"我认为，他想要的是我的建议。"艾丽丝说。

"你应该回去休息了，艾丽丝。"埃尔斯再次劝她。

"你想和我一起进去吗？"艾丽丝问那个男孩。他似乎听不懂英语。埃尔斯用荷兰语翻译给他，那个男孩点了点头。

"来吧，杰克。"萨斯基亚说，她拉起了他的手，"我能吃下一个火腿芝士牛角包三明治，你呢？"

那个急需建议的男孩有着橄榄色的皮肤，深色的头发剪得很短。他身材单薄，有一双像女孩一样秀气的大眼睛。艾丽丝邀请他一起进入房间，但他还是一动不动地站在那里。他只想再看艾丽丝一眼，并不奢望自己有胆量问她愿不愿意，甚至不认为自己有机会把话问出口——毕竟，他上次就没有勇气这么做。（看样子，他一直很害怕，因为他那些同伴和别的人早就被拒绝过了。）

埃尔斯走到他身后，把他向艾丽丝推了推。艾丽丝牵起他的手，拉着他走进了房间。男孩的个头还不到艾丽丝的下巴。艾丽丝关上房门，拉上窗帘后，埃尔斯朝萨斯基亚和杰克走了过来。"他是个处男吗？"杰克问她们。

"绝对是。"埃尔斯说。

杰克记起尼可·伍德延斯在警察局对他妈妈说过的话，又问："他会不会年龄太小呢？"

"这种事情不存在年龄太小的问题。"萨斯基亚说。

从下午到午夜，杰克一直处于半睡半醒之中。他先是在埃尔斯的房间睡了大概一个小时，接着又在萨斯基亚的房间里睡了一段时间。埃尔斯抱着他到处走时，他还在她怀里睡着了。但杰克现在感到非常疲惫。他们回到萨斯基亚的房间，萨斯基亚拉上了窗帘，这样杰克又可以睡觉了。她站在屋外的门廊下，守护着他。每隔十五或二十分钟，埃尔斯都会回火炉巷自己的房间，去查看艾丽丝是不是还在给那个处男提供建议。

到埃尔斯第二次回去时，杰克还能保持清醒。"我以为会像埃尔斯说的那样，处男会很快完事呢。"

"睡觉去吧，杰克。要花很长时间的，因为他的英语不太好。你妈妈可能得把话说得非常慢。"萨斯基亚说。

"这样啊。"

"睡觉去吧，杰克。"

过了很久，杰克被一阵声响吵醒。借着屋内红色的灯光，可以看到三个女人坐在床边。单人床上几乎没有挪动空间了，但杰克不想让她们知道自己醒了。他妈妈的珍珠项链断掉了。埃尔斯和萨斯基亚正在帮她把项链重新穿起来。"这个笨蛋白痴，和处男就是会遇到这种麻烦。"萨斯基亚说。

"他不是故意的——只是他以前从来没有帮别人脱过项链。我认为这些是养殖珠，养殖珠到底好不好呢？"艾丽丝低声说。

"你应该一直戴着项链，艾丽丝。"埃尔斯对她说。

"他真的很温柔——他以前从来没做过。"艾丽丝低声说。

"他一定很有钱，竟然做了那么久。"萨斯基亚说。

"啊，我没收他钱！那样我就真成妓女了！"三个女人大笑起来，"嘘！咱们会把杰克吵醒的。"艾丽丝低声说。

"我已经醒了。"他开口说，"你给那个处男提了好建议吗？"他问艾丽丝。她抱住杰克，吻了他。萨斯基亚和埃尔斯还在穿那条项链。

"是的，我觉得那是个很棒的建议。"艾丽丝回答。

"那是他得到过的最好的建议。"萨斯基亚说。

"至少是免费的。"埃尔斯补充道。三个女人再次大笑起来。

"你得把这玩意儿拿去珠宝店修理。"萨斯基亚说着，把那条受损的项链和一把未能穿起的珍珠递给了艾丽丝。艾丽丝把它们放进自己的钱包。

萨斯基亚和埃尔斯主动提出陪他们走回克拉斯纳波斯基酒店,艾丽丝建议走一条稍微绕行的路线。她想经过老教堂广场,想让那些老妓女看看她并没有倒下。"现在太晚了——她们大部分人已经收工了。"埃尔斯告诉她。

　　"这么做很值得。就算只有一个老妓女在,其他人也会知道的。"萨斯基亚说。

　　当时已经是凌晨两三点了,他们刚刚走出老教堂广场,便传来一阵乐声,让他们停下了脚步。走过老运河上的桥时,乐声变得更大了。老教堂里的那架管风琴真是个神圣的怪物。"巴赫?"杰克问他妈妈。

　　"正确,是巴赫。但不是你父亲弹的。"艾丽丝说。

　　"你怎么知道?"埃尔斯问,"芬克是个婊子,别信她的话。你至少应该亲眼去看看。"

　　"是巴赫的《G大调幻想曲》,"艾丽丝说,"人们经常在婚礼上演奏。"很明显,婚礼不是威廉喜欢的场合。但萨斯基亚和埃尔斯仍旧坚持要艾丽丝亲眼去看看演奏的人。

　　艾丽丝想在进入老教堂前绕广场走一圈,于是他们这样做了。只有一个妓女还站在门廊下听着音乐,是玛格丽特,一个年轻的妓女。"这么晚了你还没睡,小杰克。"玛格丽特说。

　　"我们都没睡呢。"埃尔斯对她说。

　　他们走进老教堂。有两个妓女坐在长椅上,其中一个是"淘气南达",似乎已经睡着了。另一个是"愤怒的阿努克",她并没有看艾丽丝。

　　他们走向位于教堂后部的楼梯,只有萨斯基亚、埃尔斯和杰克走上了那段狭窄的楼梯。艾丽丝在下面等着他们。"他在澳大利亚,或者正在路上,"她执拗地说,"想想看他会在游轮上遇到多少女人吧!"

　　他们还没看见初级管风琴师弗兰斯·唐克尔,就先闻到了那股微弱的婴儿爽身粉味。萨斯基亚和埃尔斯的突然出现让这个天才少年吓了一跳,他停止了演奏。这时,唐克尔看见杰克站在两名妓女中间。

　　"哦,我猜你以为是你父亲在演奏吧。"弗兰斯对杰克说。

　　"真的没有。"萨斯基亚说。

"别说话——接着弹吧。"埃尔斯对他说。他们顺着楼梯往下走，唐克尔继续演奏起来。

"是那个叫唐克尔的孩子吧，对吗？"艾丽丝问。他们点了点头，"他演奏起来更像是个管风琴调音师。"艾丽丝说。

巴赫的《G大调幻想曲》一直伴随他们走过特姆佩特巷，那里还有几个年轻的妓女在站街。差不多走到圣安娜街的尽头，音乐声才渐渐离他们而去。

"你不会去澳大利亚，是吧？"埃尔斯可能是这样问艾丽丝的。

"不会的。澳大利亚太远了，杰克受不了那么长的路途。"艾丽丝可能是这么回答的。

"路途太遥远了，任何人都会受不了的，艾丽丝。"萨斯基亚说。

"我也这样觉得。"艾丽丝只回答了这一句。一反常态，她说话变得含混起来，而她的表情——从杰克在她们的低语中醒来开始——则是难得的轻松和无忧无虑。杰克后来认为，一定是艾丽丝抽了不少大麻香烟造成的，因为来到阿姆斯特丹之前，他妈妈几乎没抽过大麻，到这里后，艾丽丝从周六夜里到周日早晨都会抽很多大麻烟。

萨斯基亚和埃尔斯陪着他们走回了酒店，不是因为她们觉得红灯区不安全，而是因为她们不想让艾丽丝撞见雅各布·布里尔。她们知道布里尔也住在克拉斯纳波斯基酒店。

与萨斯基亚和埃尔斯拥吻道晚安后，杰克和他妈妈准备上床睡觉了。这是杰克记忆中第一次发现艾丽丝比他先洗澡。似乎有什么东西逗乐了她，因为艾丽丝竟然大笑起来。

"什么这么好笑？"

"我想自己可能把内衣落在埃尔斯的房间里了！"

提供建议的生意显然让她有些失魂落魄。杰克刷完牙时，艾丽丝已经睡着了。杰克关掉卧室里的灯，只开着盥洗室的灯，让盥洗室的门半开着，作为夜灯。他发现这是艾丽丝第一次比自己先入睡。他爬上床，睡到妈妈身边。即使熟睡，他妈妈仍在唱着。杰克很庆幸她唱的不是赞美诗。也许是大麻唤起了艾丽丝的苏格兰乡音。杰克在以后的日子里会发现，每当艾丽丝酩酊大醉或大麻抽得过多时，她的苏格兰口音就会出现。

至于艾丽丝梦里唱的那首歌，杰克不知道那是她童年就会唱的民谣，还（更有可能）是她在梦中自己即兴作词作曲的作品。（有什么不可能的？她已经唱了整整半个白天和一个晚上了。）

以下便是艾丽丝在睡梦中唱的歌：

啊，我不会变成一只小猫

或是一块饼干

或是一条尾巴。

比码头那里还要糟糕的地方

就是港口或利斯监狱。

不，我不会变成一只小猫，

我很确信一件事——

我不会死在码头

我也不会变成婊子。

杰克猜这应该是首童谣，可能是艾丽丝童年时她妈妈哄她睡觉时唱的。

杰克按照习惯，闭上双眼祷告。他祷告时的声音比往常要大些。因为他妈妈已经睡着了，所以他需要为他们两个人祈祷。"主赐此日已结束。感谢上帝。"

他们一直睡到周日中午。醒来后，杰克问艾丽丝："婊子是什么？"

"这是我在睡觉时说的吗？"她说。

"是的，你睡觉时在唱歌。"

"婊子就像是妓女——给人提供建议的人，宝贝。"

"人怎么会变成小猫、饼干或尾巴呢？"杰克问。

"这些都是提供建议的人说的话，杰克。"

"哦。"

他们手拉手穿过红灯区走向彼得的刺青店。这时，杰克问："你唱到的那个码头在哪里？"

"我没去过什么码头。"艾丽丝只说了这么一句话。

"'刺青彼得'怎么失去那条腿的？"这个问题杰克问了快有一百遍了。

"我说过了——你自己去问他。"

"可能是骑自行车撞的。"杰克说。

时间是下午三点，大多数妓女已经开始为人提供建议了，她们见到杰克和艾丽丝都停下来和他们打招呼，甚至老教堂那些上了年纪的妓女也不例外。看来艾丽丝选择从老教堂广场绕行还是很有意义的。他们以雅各布·布里尔一半的速度走过窗口和门廊。没有一个妓女朝他们哼唱着《愿主灵气吹我，赐我生命》。

他们要去圣奥洛夫巷和"刺青彼得"告别。"艾丽丝，你任何时候来与我一起工作，我都非常欢迎。"这个只剩下一条腿的人对她说，"杰克，别把你自己的腿弄丢了，你会发现保住两条腿还是挺容易的。"

然后，他们又来到海堤街和"刺青提奥"与罗比·德维特告别。罗比想让艾丽丝给他做个刺青。"只要别是破碎的心就行，"她说，"我刺的心已经够多了，碎成两半的，各种各样的。"罗比说只要在他的右前臂刺上她的签名就让他十分满足了。

女儿艾丽丝

艾丽丝完美娴熟的签名刺青让拉德马克印象深刻，于是他也想要一个。拉德马克让她把签名刺在了他的左前臂。他说自己的左前臂一直没有刺青，就是要留给特别的东西。签名刺青从他的肘弯旋转延伸至靠近手背的腕处，这样他每次看手表时就会想起"女儿艾丽丝"。

"杰克，咱们再听一次'骑马慢'的歌吧，你觉得怎么样？"提奥问杰克。

杰克挑出一张鲍勃·迪伦的唱片，放在唱机上。罗比·德维特很快就跟着唱了起来，这首歌不是艾丽丝最喜欢的那首，她没有加入歌唱，只是继续手里的刺青工作。

"天色破晓，公鸡开始啼鸣，你看向窗外，而我已远走。"罗比和鲍勃齐声唱着。艾丽丝此时刚刚开始刺大写字母，"因为你，我踏上旅途。别想太多，这样就好。"罗比和鲍勃低吟着。

好吧，这样不好——一点也不好——艾丽丝依然在刺青。

埃尔斯领着他们来到海运处。那里可真是个让人头晕的地方。幸亏有埃尔斯的帮忙，他们才把行程办好。杰克和艾丽丝会先坐火车去鹿特丹，然后乘船去加拿大蒙特利尔，最后回到多伦多。

"为什么是回多伦多？你又不是加拿大人。"萨斯基亚问艾丽丝。

"现在，那里是我的家。我再也不会回到阳光灿烂的利斯了，但我并不怀念苏格兰威士忌。"艾丽丝没有再解释什么（也许那里有太多的幽灵吧），"另外，我给杰克找了所学校。那所学校很不错。"杰克听见他妈妈这样告诉萨斯基亚和埃尔斯。艾丽丝俯身在他耳边低声说，"你和那些女孩子在一起会很安全。"

想到自己要和圣西尔达的女生（尤其是那些比他大的）待在一起，杰克一阵战栗。他又一次——也是在欧洲的最后一次——伸手去拉他妈妈的手。

二

被女生包围

8 和女孩子一起很安全

杰克有种感觉，圣西尔达的高年级女生自始至终都非常不喜欢招收男生这项决定。虽然男生只能读到四年级，但他们（哪怕是年龄很小的男孩）的存在被视为一种不良的影响。按照艾玛·欧斯特勒的原话："尤其会对高年级女生造成不良的影响。"

艾玛是一个咄咄逼人的高年级女生。六年级是小学组的最高年级，六年级女生会在罗塞特路的校门口为乘车来上学的低年级学生开关车门。作为圣西尔达招收的第一批男生，杰克于1970年秋天进入这里的幼儿园。那年他五岁，艾玛十二岁。（因为某些家庭原因，她上学晚了一年。）杰克第一天去圣西尔达上学就是艾玛为他开的车门。这次经历对后面的故事有着重要的影响。

杰克意识到自己乘坐的交通工具有些不同寻常——一辆黑色林肯城市款豪华轿车。这辆车是威克斯蒂德夫人租来满足自己的出行需要的。（司机不是她本人，也不是洛蒂，更不是艾丽丝，她连驾照都没有。）这辆豪车的司机是一个友善的牙买加人，名叫皮韦，身材高大，肤色几乎和这辆轿车一样黑。皮韦是威克斯蒂德夫人最喜欢的司机。

什么样的孩子第一天来学校就乘坐有专职司机驾驶的豪华轿车呢？艾丽丝虽然不认同这种安排，但她还是屈从了威克斯蒂德夫人。因为这位圣西尔达的女校友不仅支付了杰克的学费，连这辆车子都是她花钱租的。

因为艾丽丝经常在"中国佬"的刺青店工作到深夜，所以是洛蒂来叫杰克起床，并为他准备早餐。威克斯蒂德夫人也尽量早起，好给杰克系好领带，不过她似乎心不在焉。洛蒂在前一天睡觉前就把杰克需要穿的衣服准备好了，她早上要帮杰克穿好。

在上学的日子里，杰克会走进艾丽丝依然拉着窗帘的房间亲吻她，和她告别。然后，洛蒂会领着杰克穿过人行道来到街角，皮韦已经在林肯轿车里等着了。杰克第一天上学时，艾丽丝曾主动提出要陪同儿子去学校。

"艾丽丝，如果你带杰克去学校，可能会把他弄哭的。"威克斯蒂德夫人说。

威克斯蒂德夫人坚决反对一切可能会把杰克弄哭的事情发生。一天早上给杰克系领带时，她对杰克说："杰克，你在学校会被人欺负，但千万别哭。只在身体受伤时才可以哭——这种情况下，哭的声音越大越好。"

"那么我被欺负时该怎么做呢？"杰克问她。

威克斯蒂德夫人穿着她已故丈夫的螺旋条纹睡衣，外面披着一件紫红色的浴袍。她经常坐在厨房餐桌旁给杰克系领带，顺便用当天的第一杯热茶来温暖她僵硬的手指。她的白发上还插着卷发器，涂有鳄梨油的脸庞闪闪发亮。

"要有风度。"她建议道。

"在我被欺负时？"

"要态度友善。"洛蒂建议。

"第二次被欺负时也要态度友善。"威克斯蒂德夫人说。

"那第三次呢？"杰克问她。

"要有风度。"她重复道。

系好领带后，威克斯蒂德夫人在杰克的额头和鼻梁上各吻了一下。接着，洛蒂会擦掉他脸上的鳄梨油。洛蒂会在前厅吻杰克，打开家门，领他出门，把他交给皮韦。

洛蒂的跛脚，如同"刺青彼得"那条失去的腿，总会让杰克感到不安又好奇，这也成了他和艾丽丝之间经常提及的一个话题。"洛蒂为什么会跛脚？"杰克已经问了他妈妈这个问题不下一百次。

"自己问洛蒂去。"

可当杰克第一天上学时，他仍然没有足够的勇气询问洛蒂，她的脚是怎样跛的。

"那位女士的跛脚怎么了，伙计？"皮韦在车上问杰克。

"我也不知道。你怎么不问问她，皮韦？"

"应该你问她，伙计。你是住在那房子里的体面人，我只是个开车的。"

杰克·伯恩斯后来觉得自己可能死后去墓地都绕不过皮克索尔和哈钦斯山道的岔路口。每次皮韦行驶到这里时都会放慢车速，高年级女生会半信半疑地以为，车里是一位富家子弟。那个温暖 9 月的清晨，杰克又一次见了穿着水手服上衣的女生。她们没有把衣服掖进裙子，领口处松散地系着灰色和栗色相间的条纹领带。（两年后，她们会穿上带领扣的衬衫，但最上面的纽扣是解开的。）可杰克记得最清楚的，是她们那桀骜不驯的臀部姿态。

这些女生根本不能安稳地站着——她们有时抱在一起，有时一只脚离地，另一只脚踮在地上。坐下后，她们立刻把一条腿架在另一条腿的膝盖上。即使坐着时，她们交叉的双腿也一直在动。女生下身穿着灰色百褶短裙，这立刻让杰克注意到她们的小腿和极富肉感的大腿。女生们摆弄着手指，修剪了指甲。她们的眉毛也修过了，发型也是精心打理的。她们仔细地检查指甲缝，好像里面会有秘密似的——她们似乎有很多秘密。在朋友之间，她们会用手势交流，只有自己和朋友才明白的手势暗语。

皮韦在罗塞特路校门口停下林肯车，充满秘密、无拘无束的六年级女生把杰克迷住了。这些十一二岁的女生觉得自己看上去有些别扭。她们已经不是小孩子了，至少她们自己这样认为，但她们还没有发育成年轻女性。在这个年龄段，女孩和女孩之间也存在着巨大的差异。有些已经带有年轻女性的外貌特点了，相应地，她们会不由自主地像女人般行事。而其他的女孩身体还未发育，与同龄男孩差别不大，看上去像是害羞的年轻男子。

艾玛·欧斯特勒不属于以上任何一类，她虽然只有十二岁，但看上去和十八岁相差不大。当她为杰克打开车门时，杰克误把她胡须般的唇髭当成了汗水。她那副强壮的棕色手臂上，汗毛在夏日阳光下显出金色。她那条深棕色的粗发辫从算得上漂亮的脸庞一侧落在肩头，发辫长及她的肚脐处，从胸前经过时恰好衬托出正在发育的乳房。大概有四分之一的六年级女生胸部已经发育得很明显了。

杰克走下轿车，站在艾玛身旁，他的身高只到她的腰部。"别让领带把自己绊倒了，甜心。"艾玛说。杰克的领带已经散开，垂到了膝盖。但直到艾玛提醒他，杰克一直没有想到被领带绊倒的危险。他下身穿的百慕大短裤显然太小了，很难称得上合身——威克斯蒂德夫人也注意到了。（与女生要穿及膝长袜不同，男生穿的是短袜。）

艾玛粗鲁地用手抬起杰克的下巴。"咱们来看看他的眼睫毛吧，小宝贝——我的上帝！"她叫了起来。

"怎么了？"

"我看以后会有麻烦了。"艾玛·欧斯特勒说。杰克打量了一下艾玛的脸，也觉得以后会有麻烦的。他同时意识到自己刚刚犯下的错误——那不是汗水，是唇髭。抬头靠近观察后，你不会把艾玛上嘴唇那看上去软软的茸毛错认成汗珠。五岁的杰克当然不知道女孩子对唇髭的敏感程度。那整齐的唇髭勾起了杰克想要摸摸的冲动。

你第一天上学，就像你的第一个刺青，都属于你朝圣般的经历——好吧，是属于杰克的。触摸艾玛·欧斯特勒的唇髭注定成为一种塑造性格的经历。"你叫什么名字？"艾玛弯下腰问杰克。

"杰克。"

"姓什么呢？"

在这个令人痛苦的时刻，艾玛那长有唇髭的嘴唇让杰克忘记了自己的姓。但让他感到犹豫的不仅于此。他接受洗礼时的名字是杰克·斯特罗纳克。他的父亲没有与他母亲成婚就弃他而去，于是艾丽丝找不出给自己冠夫姓和让杰克姓伯恩斯的理由。但威克斯蒂德夫人不同意。艾丽丝指出自己并不是伯恩斯夫人，但威克斯蒂德夫人相信不应该让孩子承担未婚生育的后果。在她的怂恿下，杰克的姓氏被更改了，名义上改变了"私生子"的身份。另外，威克斯蒂德夫人秉持着同化社会边缘人群的主张。在这位女校友眼中，伯恩斯比典型的苏格兰姓氏斯特罗纳克更容易融入加拿大社会。毫无疑问，她觉得自己帮了这孩子一个大忙。

艾玛·欧斯特勒问他姓氏时，杰克的犹豫引起了一位老师的注意。这位老师被学生称作"灰色幽灵"。麦夸特夫人如同幽灵一般，精通突然现身的艺术。没人看到她是怎么来的。也许，她前世是个死人。否则还有什么能解释与她同时出现的阵阵寒意呢？甚至连她的呼吸都是冷冰冰的。

"看看这是谁来了啊？"麦夸特夫人说道。

"杰克什么的。他忘了自己姓什么。"艾玛·欧斯特勒回答。

"我敢肯定，你能激发他想起来的，艾玛。"麦夸特夫人说。

虽然这位"灰色幽灵"并不是亚裔，却有一双向上斜挑的眼睛。这可不是天生的，是她的灰色头发在脑后紧紧扎起发髻时牵拉眼睛造成的。她紧闭的薄唇与艾玛时常张开的双唇形成了鲜明的反差。艾玛的嘴像盛开的花朵般张开着，而细密的唇髭像掉落在花瓣上的花粉。

杰克努力不把手伸出去，尤其是不安分的右手食指。麦夸特夫人的离开也如她的到来一样迅速——也可能是杰克闭上了眼睛，试图阻止自己去触摸艾玛的唇髭，结果没有看到"灰色幽灵"的离开。

"再想想，杰克。你的全名是什么——你能记起来的。"麦夸特夫人的气息有多么冰冷，艾玛·欧斯特勒的气息就有多么温暖。

"杰克·伯恩斯。"杰克总算记了起来，他小声地回答。

不知道是他的名字还是食指让艾玛吓了一跳，也许两者皆有。说出自己名字的同时，杰克把食指放到了艾玛那毛茸茸的上唇。这个动作着实令人始料未及。触到她那柔软的嘴唇，杰克不由自主地低声问道："你叫什么名字？"

艾玛抓住他的食指，朝他的手背扳去。他疼得跪倒在地，大声哭了起来。"灰色幽灵"再一次突然降临。"艾玛，我说的是'激发'他，不是'弄疼'他。"麦夸特夫人训斥道。

"你叫艾玛什么？"杰克问这个差点儿把他指头掰断的高大女生。

"艾玛·欧斯特勒。"她回答道，放开杰克的食指前故意用力掰了一下，"你可千万别忘了。"

忘记艾玛，无论是她本人还是她的名字都是不可能的。甚至她给杰克造成的疼痛都是理所当然的，似乎杰克生来就是服侍她的人，而她生来就是引领他的人。麦夸特夫人也许是从杰克痛苦的表情中认出了他。杰克后来才想到，他父亲在圣西尔达睡了一个十一年级女生，又把一个十三年级女生肚子搞大时，"灰色幽灵"一定也在学校里。否则，她怎么会问出这个问题："你不会是威廉·伯恩斯的儿子吧？"

这个问题立刻燃起了艾玛·欧斯特勒对杰克眼睫毛的兴趣。"这么说，你就是那个女刺青师的儿子了！"艾玛惊叫道。

"是的。"杰克说。（他之前还担心自己在学校里太孤单呢，完全是瞎操心！）

还有一位老师注意到了这个新学生，而杰克光凭声音就知道她是谁了，因为他每天睡觉时都会在梦里听到她的声音——卡罗琳·伍尔兹小姐。伍尔兹小姐成功地"治愈"了他妈妈的苏格兰口音。她不仅吐字清楚、措辞得体，而且声音很有辨识度，尤其在杰克的梦里。在她的家乡埃德蒙顿，伍尔兹小姐是公认的美女，毫不夸张。但身处多伦多这样更加国际化的都市，她那脆弱的美貌似乎过早地枯萎了。（更可能的是，她的情感生活遭遇了某种不如意——一段虚幻的爱情，或是一场过早结束的美妙邂逅。）

"请代我向你妈妈问好，杰克。"伍尔兹小姐说。

"哦，谢谢你——我是说我会转达的。"杰克回答。

"这辆豪华轿车是那个女刺青师的？"艾玛问。

"车和司机都是威克斯蒂德夫人的，艾玛。"伍尔兹小姐说。

"灰色幽灵"再次没了踪影，麦夸特夫人就这么消失了。杰克感觉到艾玛用手抓住他的肩膀为他领路。他走路时，脸经常蹭到艾玛的臀部。

她俯下身，为了不让伍尔兹小姐听见，就在他耳边小声说："看来你妈妈和你过得很不错啊，小宝贝。"杰克以为她在说林肯轿车和司机。早在杰克被圣西尔达招收之前，威克斯蒂德夫人资助女刺青师和私生子的故事就传遍了校园。杰克同样误解了艾玛接下来的这句话："加油了，杰克。不是所有人都可以幸运地成为不交租金的房客。"

"谢谢你。"杰克回答，然后伸手去够艾玛的手。他很高兴自己第一天来学校就交到了朋友。因为威克斯蒂德夫人离婚的女儿把杰克和他妈妈称为"不交租金的房客"，所以杰克在想艾玛的妈妈是不是也离婚了。也许离了婚的女人格外能理解威克斯蒂德夫人帮助杰克和艾丽丝的这种举动吧。

"你妈妈离婚了？"杰克问艾玛·欧斯特勒。很不幸，艾玛的母亲几年前经历了一次痛苦的离婚。这次离婚对她造成了可怕的影响，她甚至还相信自己是"欧斯特勒夫人"。对艾玛而言，这个话题是她不愿意碰触的伤疤。

艾玛听到后，用力地捏紧了他的手，杰克错把这个反应当成一种亲密无间和默契。他确信，艾玛弄疼自己不是故意的，虽然她握紧手的力度让他想起了奥斯陆布里斯托酒店那个前台接待。"你是挪威人？"杰克问她，但艾玛在努力平复自己的呼吸，没有听见他的问题。不管她是想奋力捏碎杰克的手，还是竭力控制自己想到母亲因为离婚成为一个怨恨男人的怪物时的愤恨，艾玛发育不久的胸脯剧烈起伏着。一滴眼泪顺着她的脸颊流了下来（杰克以为那是汗水），挂在她的唇髭上，如同苔藓上的一滴露珠。杰克早前对进入圣西尔达的顾虑瞬间消失了。六年级女生竟然作为向导来帮助幼儿园学生，这样的学校可真不错！

杰克在进入教学楼底层入口的楼梯上绊倒了，艾玛不仅没有停下把他扶起来，反倒拖着他继续向前走。杰克就以这种方式开始了在圣西尔达的第一天。杰克亲昵地用双手抱着艾玛来表达自己的感谢。她则以一种残忍的方式回应他的拥抱，杰克甚至担心自己会窒息而死，因为艾玛把他的脑袋死死地抵在她温暖的喉咙处。人们说，人在昏厥时会看到鬼魂，这也许能解释杰克那时把"灰色幽灵"当成了真的鬼魂。麦夸特夫人又现身了——就在十二岁的艾玛·欧斯特勒差点儿用她刚刚发育的胸部把杰克闷死的时候出现了。

"放开他，艾玛。""灰色幽灵"说。杰克的衬衫从短裤里跑了出来，下摆几乎垂到他赤裸的膝盖上，但没有垂下的领带位置低。他有些头晕目眩，大口喘着气。"帮他把衬衫掖好，艾玛。""灰色幽灵"似乎刚刚开口就不见了，又回到属于她的幽灵国度。

艾玛跪下来，正好与杰克一样高。他那条百慕大短裤不仅偏短，也太紧了。艾玛只好解开最上面的扣子，拉下裤裆拉链，这样才能把衬衫塞进去。她把手伸进短裤把衬衫掖好，双手恰好抱住他的臀部。她在杰克的耳边低声说："很不错的屁股哦，杰克。"

杰克已经透过气来了，便赶紧还上一句恭维："很漂亮的胡子。"他们在圣西尔达期间以及之后岁月中的友谊就这样稳固下来。杰克觉得圣西尔达一定如同他妈妈说的那样是所好学校，而他第一次见到艾玛·欧斯特勒的经历似乎也印证了（至少杰克如此认为），他和女孩子在一起会很安全。

"啊，杰克，我们会在一起度过非常美好的时光。"艾玛在他耳边低声说——她那柔软的双唇轻擦着杰克的脖颈。

小学部走廊的拱形大门让杰克·伯恩斯想到了天堂。（杰克常常想，如果真有能通到天堂的走廊，肯定会有那样的拱门。）而布满黑灰两色三角形的油毡地板则让他感觉，学校以及之后的成年生活只是一个等待开始的游戏——也许他对这个游戏毫不知情，但这也只是个游戏。

另外一个游戏，是从二楼盥洗室破碎的小窗口看操场。这间盥洗室是圣西尔达唯一的男生盥洗室。黑铁窗棂中间镶有一块块小磨砂玻璃。其中一块玻璃碎了，直到杰克读完四年级都没有修好。盥洗室里的小便池对上幼儿园的杰克来说有点儿高，他每次撒尿时都需要踮着脚，还要朝上方瞄准才行。

二楼的走廊很少会见到那些令人生畏的高年级寄宿女生。从小学部可以进入她们的宿舍，但只有七年级及以上年级的女生才可以进入。初高中总共五百名女生中，只有一百人是寄宿生。（圣西尔达位于市区，大部分学生住在家里。）

寄宿的高年级女生可比杰克以为的年龄大多了。来自外地的她们郁郁寡欢的样子并非只摆给父母是外交官的女生和外国学生看的——一对绰号为"新斯科舍荡妇"的表姐妹和一个来自不列颠哥伦比亚省的女孩（艾玛·欧斯特勒叫她"不列颠哥伦比亚婊子"）看上去永远都是一副沮丧的样子。这些寄宿生身上有一种被放逐的气质，甚至连寄宿生组成的唱诗班演唱的也是全校最哀伤的音乐。

在小学部不容易见到寄宿生。但在读三年级时，杰克某次从男生盥洗室出来（边走边拉裤裆拉链）时，他看到两名十三年级的女生大步朝自己走来——指甲油反射的光、撸到脚踝的中筒袜、长腿圆臀，还有丰满的胸部。杰克感到惊慌失措。匆忙中，他的阴茎卡在了拉链中。自然，他疼得尖叫起来。

"天啊，是个男生！"其中一个高年级女生说道。

"你说得没错，而且他那个可怜的小东西卡在了拉链里。"另一个女生回答。

"他们男生是多大开始玩弄那玩意儿的来着？"第一个女生问道，"别叫了！你没把它弄断吧，是吗？"她尖声对杰克说。

"交给我吧。我有个小弟弟——我知道该怎样处理。"第二个女生说着跪到杰克身边。

"难道你经常处理这种情况？"第一个女生问道，她也在杰克身边跪了下来。

"让我看看——把你的手拿开！"有弟弟的那个女生对杰克说。

"疼！"杰克喊道。

"只是夹到了皮，都没流血呢。"那女生至少有十七八岁——十九岁也说不准。

"这东西什么时候会变大？"第一个女生问。

"反正卡在拉链里时不会变大的，梅丽狄斯。"

"这玩意儿真的能变大？"梅丽狄斯问。

这个十三年级的女生用一只手托住杰克的阴茎，用另一只手的拇指和食指轻轻地拽着拉链。

"哎哟！"

"嘿，你指望我能怎么办？"帮他的女生问，"难道等你长大了自己解决？"

"你的睫毛简直让所有女人着迷。等你年龄足够大了，你就会把自己的阴茎卡在各种各样的地方。"梅丽狄斯对杰克说。

"哎哟！"

"流血了。"第二个女生说。杰克的阴茎总算从拉链里挣脱出来，但她仍然用手托着他的阴茎。

"你在干什么，阿曼达？"梅丽狄斯问。

"看看。"阿曼达说。她当然不是让杰克去看。虽然他并没有看自己的阴茎，但杰克能感觉到它在变大——多少还是大了一点的。

"你叫什么？"梅丽狄斯问他。

"杰克。"

"感觉好些了，杰克？"阿曼达问他。

"我的天啊，看那玩意儿！"梅丽狄斯说。

"这没什么，"阿曼达说，"你能让它变得更大，不是吗，杰克？"他从来没见过自己的阴茎这样变大。他害怕起来，怕它越来越大，最后会爆炸。

"又开始疼了。"他说。

"那是不一样的疼痛，杰克。"阿曼达松开他的阴茎前温柔地捏了一下。

"最好别把那玩意儿卡在拉链里了。"梅丽狄斯提醒道。她站了起来，摸了摸杰克的头。

"说不定你会梦见我们的，杰克。"阿曼达说。

杰克阴茎上的伤口两天后就愈合了，但他做的那些梦却没有离他而去。

杰克在幼儿园的老师是辛克莱小姐。在杰克看来，她印证了艾丽丝所说的杰克与女孩子在一起会很安全这一观点。六年级女生到幼儿园做午睡时间志愿者也进一步坚定了杰克的这种错觉。艾玛·欧斯特勒和两个朋友——同样六年级的夏洛特·巴福德和温迪·霍尔顿，一同来给辛克莱小姐当午睡时间的帮手。这些高年级女生原本应该帮助五岁的幼儿园儿童入睡。但实际上，她们的到来起到了完全相反的效果。

杰克对辛克莱小姐一直记得很清楚，因为她和那三个六年级女生一起逼迫他午睡。杰克对辛克莱小姐最清楚的记忆就是她在午睡时间开溜出去，不见踪影。

午睡时间从艾玛·欧斯特勒的"入睡故事"开始。艾玛是那个讲故事的人，由此可以早早预见到她未来的职业。温迪和夏洛特在孩子们中间来回走着，确保垫子都铺好了，毯子温暖地包裹住他们的身体，鞋子都脱了下来。艾玛在这间半黑的房间里开始了她的故事。

"你们度过了可怕的一天，现在一定很疲倦。"艾玛总是这样开场。这些故事本来是帮助入眠的，结果起到了完全相反的效果——幼儿园的孩子们吓得不敢入睡。艾玛·欧斯特勒经常讲的一个入睡故事，内容是辛克莱小姐在皇家安大略省博物馆的蝙蝠洞展区与幼儿园的学生走散了。实际上，杰克第一次参加学校组织的旅行去皇家安大略省博物馆是由他三年级时的老师卡罗琳·伍尔兹小姐带领的。

伍尔兹小姐是杰克记忆中最讨人喜欢的老师，不仅在于她脆弱易逝的美貌，而且在于她为杰克如何掌握舞台表演风格给予了重要的指导，因为她在这方面是个专家。伍尔兹小姐是一位戏剧艺术方面的行家。杰克在圣西尔达演过的无数剧作大多由她来导演。相比戏剧方面的天赋，伍尔兹小姐在教学上实在是能力堪忧。对三年级学生进行管理这项工作就把她难倒了。在舞台之外，无论是在她缺乏纪律的课堂，还是在学校之外那个有些无法无天的世界，卡罗琳·伍尔兹小姐都是个容易犯糊涂的人，缺乏自信，不具备一点管理能力。

在学校组织的旅行中，伍尔兹才是艾玛·欧斯特勒入睡故事中的那位主角——她的表现可以用无能来形容。当她在皇家安大略省博物馆的蝙蝠洞展区情绪失控的时候，大多数三年级学生因回想起艾玛的恐怖故事而提心吊胆。（虽然他们那时已经是八岁的三年级学生了，不是五岁的幼儿园儿童，但这个差别并不重要。切身经历带给他们的恐惧，绝不亚于幼儿园时听到的艾玛的讲述。）

博物馆内的广播通知说，个别哺乳动物陈列品暂时中断供电，学生们知道灾难才刚刚开始。"不要惊慌。"广播里的声音说道，但伍尔兹小姐早就泣不成声了，"电力供应马上就会恢复。"蝙蝠栖息处的紫外线灯还亮着。事实上，那是仅有的光源。这个情况和艾玛的故事一模一样。

不过令人费解的是，在艾玛的讲述中，毫无防备的孩子们不得已只好爬进了蝙蝠洞里和蝙蝠睡在一起。艾玛建议学生们一定要了解吸血蝙蝠和巨型狐蝠之间的关键差别。孩子们要时刻紧闭双眼，否则紫外线灯光会导致失明。艾玛告诉他们，在他们睡觉或只是假装睡觉时，会出现一种温暖而湿润的气息，一定要密切注意这种气息出现的具体部位。

要是他们感觉那股气息正对着自己的喉咙，说明那是一只吸血蝙蝠。艾玛告诉他们要出手猛击赶走蝙蝠，并用双手保护好自己的喉咙。（艾玛的原话是："要像发疯一样紧紧扣住。"）但如果那股温暖湿润的气息是在肚脐处感觉到的——嗯，那是可恶的巨型狐蝠感兴趣的部位。它会先用自己的气息加热小孩的腹部，然后用带刺的舌头从肚脐眼吸出盐分。虽然这种感觉肯定不好受，但受伤程度会很轻。如果遇到的是狐蝠，孩子们应该一动不动地躺着，因为狐蝠的体型太大了，不可能用手赶走——根据艾玛的说法，如果把狐蝠惹恼了，它们会变得很危险。

"狐蝠生气后会干什么呢？"杰克记得吉米·贝肯问道。

"你最好别告诉他，艾玛。"夏洛特·巴福德说。

艾玛讲述的那个幼儿园学生被遗弃在蝙蝠洞的故事让孩子们心惊胆战。恐惧得难以入眠的孩子可以感觉到一股温暖湿润的气息，但并非来自蝙蝠，那是艾玛·欧斯特勒、温迪·霍尔顿和夏洛特·巴福德在对着他们吹气呢。不过，孩子们严格遵照刚才艾玛的指示。他们一动不动地躺着，任由自己的肚脐被吹着气。在艾玛的多次讲述中，杰克逐渐学会区分夏洛特、温迪和艾玛三人舌头之间较为明显的差别。她们的舌头都不带刺，这一点倒是减少了孩子们的痛苦，也不会造成伤口。孩子们以同样的热忱进行了抵抗吸血蝙蝠的演练——他们都像发疯一样紧紧捂住自己的咽喉，同时尖叫着用手驱赶蝙蝠。

"该起床了，杰克。"艾玛（也可能是夏洛特或温迪）经常这样说，但他根本就没睡着。

夏洛特·巴福德是个身材高大的女孩，和艾玛·欧斯特勒一样，虽然只有六年级，但看上去已经是个成年女性了。而温迪·霍尔顿完全相反，像个面黄肌瘦的流浪儿童。如果忽略掉某些青春期烦恼在她身上造成的诸如黑眼圈等问题，温迪用牙咬着嘴唇的样子让人觉得她刚满九岁。她娇小的身形和孩子一样的体格并没有影响到她舔舐肚脐的能力。她模仿狐蝠时比艾玛还要咄咄逼人，比夏洛特更具侵略性。（夏洛特·巴福德的膝盖有甜瓜大小，所以舌头的尺寸也可想而知，根本没办法伸进杰克的肚脐，连舌尖都进不去。）

难道辛克莱小姐每次午睡结束回来时，没发现她的学生一个个神清气爽吗？她是不是以为他们刚刚睡了个好觉？当然，孩子们如释重负，无疑他们看起来也是如此。因为他们又熬过了艾玛·欧斯特勒的入睡故事时间——他们要确保自己不要真的睡过去，还要经历艾玛她们极富想象力的唤醒方式——所以他们那感恩庆幸的表情也是情有可原的。

艾玛的另一则经典入睡故事叫《被挤扁的孩子》，其惊悚程度堪比博物馆蝙蝠洞的历险。这个故事有三个不同的结局，但仍然以艾玛的那句话开始："你们度过了可怕的一天，现在一定很疲倦。"

杰克睡在弗兰奇兄妹戈登与卡罗琳之间。这对双胞胎兄妹之所以要分开睡，是因为他们彼此看不起对方。辛克莱小姐的幼儿班上还有一对双胞胎，是布斯姐妹希瑟和派西。她们是两个一模一样的女孩，而且无法忍受与对方分开。如果其中一人生病了，另外那个也会悲伤地留在家里——可能是为了等待对方病情好转吧。布斯姐妹午睡时会把垫子拼到一起，二人拥抱着睡在一条毯子下面——也许是为了模仿她们之前在子宫里的状态。

听这个故事时，这两对双胞胎都变得异常焦虑不安，但表现的方式大不相同。布斯姐妹吓得紧紧咬住毯子，发出一种湿乎乎的嗡嗡声。这声音又影响到了吉米·贝肯，他也呜咽起来。而分别睡在杰克两侧的戈登和卡罗琳的反应要大得多，他们不仅肢体动作更加剧烈，而且会出乎意料地采取某种疯狂无意义的举动。弗兰奇兄妹在各自的毯子下面用脚跟用力地击打着垫子，而且节奏惊人地一致。同样惊人的是，他们会突然同时停下来，好像死于某种相同的疾病，虽然他们根本不愿意这样合拍。

艾玛·欧斯特勒这个故事的三种结局，让幼儿班上的所有学生都无法忘怀。"你们三个，你们可怕的一天变得更可怕了。"艾玛经常这么说。弗兰奇兄妹脚跟的击打声突然响起，同样突然的，还有他们如同猝死般的结束。布斯姐妹吮吸毯子时混杂着低声的嗡鸣，还有吉米·贝肯悲惨的呜咽。"你们其中一个今天夜里会与离婚的爸爸一起睡，"艾玛继续说道，"他刚刚因为沉迷性事而昏了过去。"（杰克讨厌这个部分。）

莫琳·雅是一个紧张兮兮的女孩，她父亲是个华人。有一次，她打断了艾玛："什么是'沉迷性事'？"

"反正你是永远不会有机会体验的。"艾玛不屑地回答。

还有一次，杰克也问了艾玛同样的问题，艾玛回答："你很快就会明白的，杰克。"

杰克虽然盖着毯子，却感到不寒而栗。他对性的认知来自在阿姆斯特丹时对他妈妈与萨斯基亚和埃尔斯之间谈话的错误理解。埃尔斯说过，如果你看上去很性感，男人就觉得你可以给他提供很好的建议。所以，性是与提供建议有关的。杰克猜想，就如同建议有好坏之分，性也一样。如果艾玛·欧斯特勒故事里的离婚父亲因为过度沉迷性事而晕倒，杰克怀疑那一定是最差劲的性。

"你爸爸交过不少糟糕的女朋友，但这次这个还只是个小孩子，一个骨瘦如柴的不良少女。"艾玛继续讲道，"她对你的态度很差劲，她的拳头和石头一样硬，她讨厌你。你碍了她的事。如果没有你，她可以和你爸爸更加沉迷在性事中了。你爸爸晕倒后，她用两只拳头狠狠地抵在你的太阳穴两边——你觉得她要把你的脑袋挤碎了！"

弗兰奇兄妹此时双腿振动的频率快得都要飞起来了。同时，伴随着吮吸毯子的嗡鸣声和呜咽声也更加明显。"另外，"艾玛继续说着，"你们其中一个人有个单亲妈妈，她也昏了过去。"（杰克真的非常讨厌这个部分。）

"又是因为沉迷性事！"莫琳·雅一般会这样喊道。

"差劲的性？"杰克有时会这样问。

"一个糟糕的男朋友，"艾玛对孩子们说，"可能是世界上最糟糕的男朋友。你妈妈昏过去之后，他出现了，躺在了你身上——他光着的肚子盖住了你的脸。"

"你怎么喘气呢？"格兰特·波特经常这样问。他是个摩门教徒。

"那倒是个问题，"艾玛通常会这样回答，"也许你没法喘气了。"弗兰奇兄妹竟然前所未有地没有保持击打的同步，而布斯姐妹也只剩下咬着毯子的湿乎乎的声音，吉米·贝肯的呜咽听起来更像是窒息。

"假如你妈妈有了一个女朋友呢？"艾玛问道（杰克最讨厌这个部分了），"那个女的比你们所有人的妈妈胸部都要大，而且比你们爸爸的小女友的胸部更加坚挺。她的胸部简直是非人类，好像里面有骨头似的——特别大，特别坚挺。"乳房里长骨头的想法多年之后依旧会让杰克从睡梦中惊醒，倒不是因为这个故事曾让他无法入睡，"你们这些小可怜之中谁的妈妈会找这样的女朋友呢？"艾玛每次都会这样问。

"反正我不要是那个人！"莫琳·雅颇有预见性地喊道。

"我坚决不想喘气时闻到那个糟糕男友大肚子的气味。"格兰特·波特经常会如此总结。

"反正不是那个胸部长骨头的就好！"另外一个摩门教徒詹姆斯·特纳会这样喊道。

杰克有时会鼓起勇气说："我觉得我最不喜欢那个拳头和石头一样硬的不良少女。"但艾玛·欧斯特勒、温迪·霍尔顿和夏洛特·巴福德早就做出了她们的选择。虽然双眼紧闭，但杰克还是可以感觉到她们选择了谁。

有着石头一样坚硬拳头的骨瘦如柴的不良少女——呃，就是温迪·霍尔顿扮演的。她用双腿膝盖夹住被选中的人的太阳穴。她的膝盖很小，却像棒球一样坚硬。不出一分钟，她就让杰克头疼不已。从下面向上看她的裙下风光的话，很遗憾，太暗了什么都看不清。

而那个令人难以想象的乳房里长了骨头的女孩，由夏洛特·巴福德来扮演。她会用甜瓜大小的膝盖挤压你的太阳穴。当然了，她的胸部肯定不会像膝盖那么硬——前提是没放入填充物。至于夏洛特的裙下风光，杰克从来没看过。因为他无法想象自己被她抓到偷瞄裙底的可怕后果。

把他肚子压在你脸上让你喘不过来气的那个糟糕男友，当然就是艾玛·欧斯特勒来扮演了。杰克通过自己鼻子的触感确定了她肚脐眼的位置，他发现还是能喘气的。有一次，他用舌头去舔艾玛的肚脐眼，艾玛对他说："小子，你不知道这么做的后果吧？"

置身于真正的蝙蝠洞展区就没有那么吓人了。虽然卡罗琳·伍尔兹小姐的情绪已然失控，但三年级学生们至少可以放心，他们只需要担心吸血蝙蝠和利齿狐蝠就够了。这里没有离婚爸爸的可怕女友，没有单亲妈妈的糟糕男友或女友，他们没在蝙蝠洞里出没！相比这些，学生们还有什么可怕的呢？

而对于那些没有就读于圣西尔达幼儿园的三年级学生，他们一开始就对博物馆里发生的停电毫无惧怕感。他们没有聆听过艾玛的故事，当然也不会对蝙蝠洞展区感到害怕。但是，就读过圣西尔达幼儿园的三年级学生竟然把自己的恐惧传染给了他们。

伍尔兹小姐竟然也会害怕。这并不意外，毕竟她经常在三年级的课堂上被吓到失控。但在蝙蝠洞展区，她没法向"灰色幽灵"寻求帮助。在学校里，伍尔兹小姐每次身处困境都会被违背自然规律突然现身的麦夸特夫人拯救。可在皇家安大略省博物馆情况就不同了，杰克和其他学生在她周围大哭起来已经够糟了，而他们立刻紧闭双眼更是让伍尔兹小姐不知所措。

"睁开眼睛，孩子们！别睡觉！不能在这里睡着！"伍尔兹小姐喊道。

双眼紧闭的卡罗琳·弗兰奇向这位歇斯底里的老师提了一个非常好的

建议："别把狐蝠惹恼了，伍尔兹小姐——如果没被惹恼，它们不会产生危险的。"

"睁开眼睛，卡罗琳！"伍尔兹小姐尖叫道。

"如果你在喉咙那里感觉到一种温暖湿润的气息的话。"卡罗琳·弗兰奇继续建议道。

"什么，我的喉咙？"伍尔兹小姐用手捂住脖子问。

杰克对伍尔兹小姐的感情从未如此矛盾过。她在现实生活的危机中竟然毫无掌控力，但他又认为她是个美女。他偷偷地爱着伍尔兹小姐。"她说的是吸血蝙蝠。"杰克试图向伍尔兹小姐解释，但卡罗琳·弗兰奇不喜欢自己说话时被打断。（她哥哥经常打断她的话。）

"你会吓到伍尔兹小姐的，杰克。"卡罗琳生气地说，"伍尔兹小姐，如果你在喉咙那里感觉到一种温暖湿润的气息，要发疯一样用力把它赶走。"

"把什么赶走？"伍尔兹小姐哭喊着。

"但如果你在肚脐眼上感觉到那种气息，就保持镇定。"戈登·弗兰奇说。他似乎就是要与他的死对头妹妹说得不一样。

"反正别动就对了。"杰克补充道。

"没有东西在我肚脐眼上喘气啊！"伍尔兹小姐尖叫了起来。

"你看，杰克，你把事情搞砸了，不是吗？"卡罗琳·弗兰奇说。

"请不要惊慌。电力供应马上就会恢复。"博物馆的广播说。

"我忘记了咱们干吗非要爬进蝙蝠洞里啊。"吉米·贝肯说。（他们现在没人能想起艾玛·欧斯特勒的故事讲了什么。）

"没人要爬进蝙蝠洞！"伍尔兹小姐吼道，"你们所有人，都给我睁开眼睛！"杰克想到应该告知她，紫外线灯光会使她失明。不过，似乎还有更多的坏消息使她担惊受怕。

"我感觉到一只狐蝠。"杰克一动不动地小声说。但实际上，他感觉到的是莫琳·雅。她跪在地上剧烈地喘息着，正好对着他的肚脐部位。

"都停下！"伍尔兹小姐喊道。吉米·贝肯又呜咽起来，同时用头蹭着伍尔兹小姐的大腿。伍尔兹小姐并不是故意去抓吉米的喉咙的，但吉米却以遭遇吸血蝙蝠的方式来应对。他像发疯了一样用手猛力击打着，伍尔兹小姐也尖叫起来。（亏她那样执着地主张在舞台上要"精确地克制"呢！）

这是杰克在圣西尔达第一次参加学校旅行。与他小学期间的诸多经历一样，如果不是艾玛·欧斯特勒在幼儿园里埋下伏笔，这次的博物馆事件实在不值一提。而艾玛这个讲述入睡故事的人，已然把自己当成他的私人女生向导了。

啊，杰克真是个幸运的男孩！毫无疑问，他和女孩子在一起很安全。

9 年纪太小

杰克上一年级时，艾玛·欧斯特勒和她的同伴已经升入初中，就读七年级了。新的六年级女生成了小学的指导员，但她们没有艾玛和她的同伴那么令人生畏，所以她们并没有给杰克留下多少印象。有时候，杰克整整一天（极少数时连续两天）都见不到艾玛，她明明拼命保证会一直与他保持联系的。杰克偶尔会见到温迪·霍尔顿和夏洛特·巴福德，但都与她们保持着一段安全距离。（他一看到温迪·霍尔顿就会想到"拳头如石头般坚硬"的不良少女，看到夏洛特·巴福德就会想起"乳房里长骨头"的可怕女孩，更别说夏洛特那甜瓜大小的膝盖了。）

杰克的一年级老师是王小姐。她在一次飓风期间出生于加勒比岛国巴哈马。虽然王小姐习惯事事道歉，但她带给人的冲击似乎不亚于一股热带风暴。她一直无法确认她出生时那次飓风的代号，这让一年级学生怀疑那次飓风是不是还在她的潜意识中肆虐着。不过，从她倦怠无力的躯体和从容不迫的声音中很难看出一丝飓风的迹象。"孩子们，我很抱歉地通知你们，幼儿园与一年级之间最显著的差别就是，我们没有午睡。"开学第一天，王小姐如此宣布。

她的道歉顺理成章地让所有学生松了口气，有人还自发地流露出感激的反应，比如弗兰奇兄妹用脚跟敲击着地面，布斯姐妹那湿漉漉的嗡鸣声，以及吉米·贝肯真挚的呜咽。一年级学生对没有午睡的反常反应，完全没有引起"巴哈马小姐"(学生们都在背后这样称呼王小姐,似乎更加印证了他们的新老师是个了无生气的人)的丝毫好奇。

小学的教堂礼拜活动每周举办一次,地点在每天进行晨会的大礼堂。一次礼拜时,莫琳·雅小声对杰克说:"你不怀念艾玛·欧斯特勒和她讲的入睡故事吗?"杰克听到这个问题后,喉咙里好像瞬间长出了一个肿块,让他唱不出礼拜仪式上的歌曲,也不能和"话痨"(学生们给莫琳起的绰号)交谈。"我知道你的感觉,"话痨接着说,"但最让你想念的是哪个故事呢?"

"所有的故事。"杰克总算开口了。

"我们都很怀念,杰克。"卡罗琳·弗兰奇说。

"是我们都很怀念所有的故事。"她哥哥戈登纠正她。

"滚开,戈登。"卡罗琳说。

"我有点想哭了。"吉米·贝肯承认道。虽然布斯姐妹现在并没有盖着毯子,但也发出了那种吮吸毯子的湿漉漉的声响。

难道这些一年级学生这么渴望听到离婚父亲因为沉迷性事而晕倒的故事吗?他们这么想要再次体验在皇家安大略省博物馆的蝙蝠洞展区时的弱小无助吗?他们这么想念那些单亲妈妈的故事,想念故事中出现的身材庞大、纵欲无度的男友和女友吗?或者,他们怀念的是艾玛·欧斯特勒?艾玛和她的朋友们即将进入青春期,或已经开始经历青春期的挣扎了,就像温迪·石拳·霍尔顿和夏洛特·骨头乳房·巴福德。

一年级有个新学生,名叫露辛达·弗莱明。王小姐称,露辛达饱受"无声愤怒"的折磨,其表现就是自残。当王小姐向全班介绍露辛达的不幸时,她直白的口吻好像露辛达不在场似的。

"我们必须密切留意露辛达。"王小姐对全班说。露辛达淡定地面对所有人的注视,"如果你见到她带着尖锐或看上去危险的物品,应该毫不犹豫地告诉我。如果她看起来好像要独自前往某个地方——呃,她说不定即将面临危险。如果我说错了请你原谅,但这难道不是我们应该做的吗,露辛达?"王小姐问这个安静的女孩。

"我没问题。"露辛达回答，脸上露出安详的微笑。她长得高高瘦瘦，有一双浅蓝色的眼睛。露辛达有一头像幽灵般金得发白的头发，扎成了一个大马尾辫。她经常把一缕头发放在牙齿间摩擦，似乎头发就是她的牙线。

卡罗琳·弗兰奇询问这种习惯是否会对露辛达的头发或牙齿造成伤害。她真正的意思是，这种行为是否可能是无声愤怒的一种前兆，是否会导致更加令人不安的行为发生。

"很抱歉，我不认为如此，卡罗琳。"王小姐回答，"你没想用头发或牙齿来自残吧，露辛达？"她问道。

"现在不会。"露辛达含糊不清地说，她说话时，嘴里正咬着一缕头发。

"在我看来，这并不危险。"莫琳·雅说。（"话痨"偶尔也会咬自己的头发。）

"就算不危险，也有点儿恶心。"希瑟·布斯说。

"没错。"希瑟的双胞胎妹妹派西说。

杰克觉得，露辛达·弗莱明没有在圣西尔达读幼儿园对她来说很可能是件好事。谁知道艾玛·欧斯特勒做的那些事会导致露辛达的无声愤怒做出什么事呢？露辛达嘴里咬着头发告诉杰克说，她妈妈怀上了外星人的孩子，她爸爸来自外太空。虽然只有六岁，但杰克估计露辛达的妈妈离婚了。艾玛·欧斯特勒讲的那个孩子被挤扁的故事，无论最后是哪种结局，都会把露辛达的无声愤怒刺激到前所未有的地步。

杰克·伯恩斯总是避免进入教学楼中间的天井，甚至在春天樱花盛开时也是如此。教学楼底层的音乐教室正对着天井，你可以在天井清楚地听见钢琴课的动静。杰克有时候会想象他父亲也许仍在其中某间教室里教学生弹琴。他讨厌听见那些音乐。

学校餐厅里圆形的白色吊灯会让杰克想到白色的地球仪——没有标注陆地和海洋，所有国家和边界统统消失后的奇怪样子。似乎他父亲就去到了这样的一个世界，威廉·伯恩斯可能是个外星人。

在很长一段时间里，杰克密切留意着露辛达·弗莱明的举止行为，但从未发现无声愤怒的任何迹象。他不清楚自己是否真的能够辩认出那些症状——也许他自己也或多或少存在这种愤怒，他也不知道这种愤怒具体是什么。谁是愤怒方面的权威呢？（肯定不是王小姐，她显然已经与内心的那股飓风失去了联系。）

杰克现在很少见到他妈妈，这让他很不习惯。艾丽丝起床之前，他就出门上学了。等她回来时，他已经睡着了。而她的愤怒，如果有的话，可能已经通过她手里给很多人（主要是男人）造成痛苦的刺青针头发泄出去了。

威克斯蒂德夫人呢？她每天都耐心却心不在焉地给杰克系领带，依然坚持前两次被欺负时要态度友善的原则，却没告诉杰克第三次受欺负时该怎么做。"要有风度"，这个抽象的建议让杰克十分迷惑。不过，显然不能怀有无声的愤怒，任何愤怒都不行。洛蒂呢？她虽然失去了自己的孩子，但她把自己能称之为愤怒的东西永远地遗留在了爱德华王子岛——她是这样暗示杰克的。

"我不再是个会愤怒的人了，杰克，"当杰克问她如何理解愤怒，尤其是无声的愤怒时，她这样说道，"我能告诉你的是，不要向它屈服。"洛蒂说。

杰克后来想到，洛蒂是这样的女人——她们无论年老还是年轻，性欲稍纵即逝。你只能从她们身上看到欲望残留的蛛丝马迹，比如，当她看着镜中的自己时。只有在洛蒂放下警觉的时候，杰克才能瞥见她过往曾拥有过的魅力——当她因噩梦从熟睡中惊醒时，还有当她每天早上未来得及打扮自己就叫醒杰克的时候。

不知道如何让露辛达·弗莱明向他讲述自己的无声愤怒，对杰克这样的六岁儿童来说，能想到的最简单最直接的解决方法，就是去问艾玛·欧斯特勒。（如果艾玛不是愤怒方面的权威，谁还能是呢？）但杰克有些害怕艾玛，所以先问她的朋友也许会容易些。于是，他鼓起勇气去问温迪·霍尔顿和夏洛特·巴福德。他第一个选了温迪，因为她是两人中体型较小的。

圣西尔达的小学部会提前半小时吃午餐。在餐厅的白色吊灯（未知的世界）之下，杰克向温迪询问这个问题实在是太应景了。他会（长久！）记得温迪那忧虑的眼神、紧咬的双唇、未经梳理的脏兮兮的金色头发——当然也不会忘记她伤痕累累的膝盖，和石头一样硬。

"那是什么愤怒，杰克？"

"无声的。"

"那是什么，你这个小讨厌鬼？"

"呃，就是——无声的愤怒？"他问。

"你没吃什么可疑的肉，是吧？"温迪问他，嫌弃地看着他的盘子。

"没有，我不会吃那种肉的。"杰克回答。他用叉子把灰色的肉从马铃薯中挑出来。

"你想见识一点愤怒吗，杰克？"

"嗯，我想是的。"他谨慎地答道，同时一直盯着她。温迪有个让人难受的习惯，她总是把手指抵在她的平胸前，把指关节压得吱吱作响。

"你能在盥洗室见我吗？"温迪问他。

"女生盥洗室？"

"我可不想被抓到进入男生盥洗室，你这个呆瓜。"杰克本来还想再考虑考虑，但温迪高高在上地站在他身边他很难清楚地思考。"呆瓜"这个词让杰克有些别扭，在一所大部分学生是女生的学校里，这个词似乎有些格格不入。[1]

"抱歉打断了你们，但你怎么没吃午餐啊，温迪？"王小姐问道。

"我宁可死也不想吃。"温迪对她说。

"呃，我真的很抱歉听到你这么讲！"王小姐说。

"你要跟我来吗？否则你就是胆小鬼。"温迪在杰克的耳边低声说。他能够感觉到她坚硬的膝盖正顶着自己的肋骨。

"好的。"他回答。

杰克按理需要王小姐的允许才能离开餐厅，但王小姐正处在一种歉

---

[1] 英文dork除了有"呆瓜、无聊之人"之意，还是对男性生殖器的蔑称。

意过甚的情绪之中（她一直责怪自己强迫温迪·霍尔顿吃她宁可死也不想吃的午餐）。"王小姐——"他开口说。

"当然，没问题，杰克。"她脱口说道，"我很抱歉让你感到有些不自在，很抱歉我可能耽搁了你，你因为某种明显而充分的理由需要离开。天啊！别让我再耽搁你了！"

"我很快就会回来的。"他只能这样回答。

"你当然会的，杰克。"王小姐说。也许她体内那虚弱的飓风再一次被她的愧疚击退了。

在距离餐厅最近的女生盥洗室，温迪·霍尔顿把杰克领进一个隔间，让他站到马桶上。她抓住杰克的两侧腋下把他抬了起来。杰克站在马桶上，正好与温迪一样高。她抓住他的髋部，这样他就不会滑下来。

"你想体验一下愤怒的感觉吗，杰克？"

"我说了是无声，无声的愤怒。"

"都是一个鸡巴味，没什么差别。"温迪说。

"鸡巴味"这个概念会让杰克铭记许多年！真是一个让人深感不安的概念啊！

"摸摸。"温迪说道，同时将杰克的双手放到自己的双乳上面——确切地说是平乳上面。

"摸什么？"他问。

"别犯傻了，杰克——你知道是什么。"

"这就是愤怒？"杰克问。如果不发挥想象，他可说不出自己摸的是"乳房"。

"我是七年级唯一没有胸的女生！"温迪大声说，话语中郁积着愤怒之情。好吧，这确实是愤怒。

"哦。"

"你就这个反应？"她问道。

"我很抱歉。"杰克赶紧说。（他从王小姐那里唯一学会的就是如何道歉。）

"杰克，你只是年纪太小。"温迪断言道。她从隔间走了出去，只留下杰克颤颤巍巍地站在马桶上，"当我在外面敲门三次，你就可以安全地从盥洗室走出来了。"她对杰克说，"愤怒。"温迪后知后觉地说了一句。

"是无声的愤怒。"杰克重申了一遍。他意识到问夏洛特·巴福德这个问题时，需要有所改变。但是什么改变呢？

听到温迪在盥洗室门上敲了三下后，杰克从里面走了出来，恰好遇到卡罗琳·伍尔兹小姐吃惊地看着自己。走廊里只有他们二人。"杰克·伯恩斯，"伍尔兹小姐依旧用她完美的发音说道，"看到你进入女生盥洗室，我很失望。"杰克显然也很失望。看到他这样，似乎让伍尔兹小姐也心生宽恕。如果有人能理解伍尔兹小姐的想法会让她很高兴，但要扭转她对你的失望就没有那么迅速了。

杰克对夏洛特·巴福德的答案怀有更高的期待。因为他发现，至少，夏洛特是有胸的。无论她的愤怒因何而起，反正肯定不是发育不全的乳房。但不幸的是，他还没有完全准备好去找夏洛特·巴福德时，夏洛特就来找他了。

一次午餐后，杰克参加小学合唱团的排练。他们主要在加拿大感恩节、圣诞节和阵亡将士纪念日这样特殊的日子演唱。复活节时，他们出色地演唱了一首《何不纵情欢乐》。

忠心圣徒当高声，
欢然唱出凯歌！

杰克避免与管风琴师产生任何的眼神接触。他从小到现在已经见了很多管风琴师了，虽然圣西尔达的管风琴师是个女人，但她仍会让他想起自己才华横溢的父亲。

那天，杰克在走廊里遇到夏洛特·巴福德时，正哼唱着合唱的曲目，不是《美哉主耶稣》就是《快乐欢欣向主敬拜》，反正都是敬拜上帝的。他正路过上次被温迪·霍尔顿逼迫摸胸想象她的愤怒的那间盥洗室（杰克到死都会记得这里的），夏洛特·巴福德打开门，用湿漉漉的双手把他拉进了盥洗室。她的手上还残留着皂液，散发着一股消毒液的恶心气味。

"什么愤怒啊，杰克？"夏洛特问道，用她粗大赤裸的膝盖把他抵在洗手池上。就是这里，杰克的肚子翻腾了一下，这就是那对"长骨头的乳房"！

"无声的愤怒，内在的那种，但愤怒并没有消失。"杰克猜测道。

"这玩意儿你不懂，别人也不会告诉你，只能等你自己去发现。"夏洛特的双腿又夹得紧些，"让你感到愤怒的一切，杰克。"

"但我也不知道自己现在是不是愤怒。"杰克说。

"你现在当然愤怒了。你爸爸是个人渣。他让你和你妈妈成了别人施舍的对象。所有人都在你身上打赌，杰克。"

"我？赌我什么？"

"赌你是否会像你父亲那样是个花花公子。"

"'花花公子'是什么？"杰克问。

"你很快就会知道的，你这个可爱的小混蛋。"她说，"对了，你别想摸我的胸。"夏洛特说，"还没到时候。"她咬着杰克的耳垂补充道。

杰克早就知道走出盥洗室的程序了。他在里面等着夏洛特在外面敲三次门。但这一次，他吃惊地发现自己走出盥洗室时，伍尔兹小姐并没有恰好经过，只有正在走远的夏洛特·巴福德。看着她走路时臀部不受控制地一抖一抖，杰克想起了英格丽德·莫在布里斯托酒店的走廊里大步离开的背影，不过夏洛特的短裙显然不适合奥斯陆的冬季穿着。

有太多东西让他不明白——不止是"花花公子"，还有什么是"施舍的对象"？现在，除了"鸡巴味"，还得琢磨"人渣"和"可爱的小混蛋"这种似是而非的词。

杰克无法想象威克斯蒂德夫人下次给他系领带时，他可以用这些词来和她聊天。至少在她戴着发卷，脸上抹着鳄梨油，只靠当天第一杯茶提神的时候不行。杰克想到这些话题也不适合与洛蒂谈论。她早年的困境，她一直讳莫如深的跛脚，还有她遗落在爱德华王子岛上的那段人生，洛蒂是不会同别人谈论这些的。杰克自然知道同艾丽丝谈论这些时她会有什么反应。他妈妈一定会说："等你年纪大一点了，我们再讨论这些。"某些话题就像决心做人生第一个刺青一样，（按照艾丽丝的说法）你的年纪必须要够大才行。

好吧，杰克认识年纪足够大的人。当一年级的他在充满歉意、没有喜怒变化的王小姐的监督下每天浑浑噩噩之时，艾玛·欧斯特勒进入了七年级，虽然只有十三岁，但见识堪比二十出头的年轻女人。同艾玛聊天时，话题没有任何禁忌。唯一需要顾忌的是她的脾气。（杰克明白，如果让她知道自己先和温迪和夏洛特聊过了，艾玛会气疯的。）

千万不要因为高年级女生在教室以外——在走廊和盥洗室里做的那些无法无天的事而对圣西尔达学校产生误会。圣西尔达是一所相当好的学校，尤以教学严谨著称。也许教室里的严格要求导致了这些高年级女生课下的叛逆行为。她们不想用得体的措辞和完美的吐字（伍尔兹小姐这方面可是圣西尔达教师中的翘楚）来表达自我。女生们需要她们自己的语言——走廊话语，或是盥洗室语法。所以她们之间交谈或对杰克说话时充满各种单词之间自由缩合省略发音的胡话。如果她们在教室里上课时用这种方式交谈，会招致所有教师（不仅是伍尔兹小姐）严厉的训斥。

但威克斯蒂德夫人的牙买加司机皮韦不会批评她们。当艾玛·欧斯特勒坐在林肯轿车的后座上同杰克交谈时，皮韦可没有任何资格来批评她说话的方式。当某个寒冷的雨天下午，艾玛第一次钻进轿车的后座时，皮韦和杰克起先都吃了一惊。艾玛住在森林山，她一般步行上下学。念初中和高中时，艾玛放学后会和她的同学好友在司帕蒂纳街和伦斯达街街角处的餐厅和咖啡店晃悠。但今天既不寒冷，也没下雨，艾玛竟然坐上了车。

"你的家庭作业需要我的帮助，杰克。"艾玛宣布。（杰克还在上一年级。二年级之前，他几乎没有家庭作业。即使上了二年级，那些家庭作业杰克不用别人帮忙也能完成。）

"伙计，咱们送她去哪里？"皮韦问杰克。

"送我们回家，"艾玛对司机说，"有他妈的一大堆作业等着做呢，不是吗，杰克？"

"她听上去像是老板，伙计。"皮韦说。杰克也承认这点。艾玛一下子跌坐在后座上，把杰克拉到她身旁。

"我打算教给你一个很有价值的窍门，杰克。我敢发誓，你以后总有一天会发现这个窍门用处很大。"她低声说。

"记住什么？"杰克低声问她。

"如果你无法在后视镜中看到司机的眼睛，那么司机也就没法看到你。"艾玛低声回答。

"哦。"杰克现在刚好看不到皮韦的双眼。

"我们有很多事情要谈，"艾玛继续说，"对你来说，一定要记住：如果你遇到了什么不懂的事，应该来问我。温迪·霍尔顿是个心理扭曲的小婊子——永远别问温迪！夏洛特·巴福德对你这样的小男生格外垂涎。你每次和夏洛特说话都是把自己的人生置于她的操纵之下！记住，要是遇到了什么新鲜事，最先告诉我。"

"比如？"杰克问。

"你会明白的，比如你第一次想要抚摸女生。如果那种感觉他妈的无法阻止，告诉我。"艾玛对他说。

"摸女生？摸哪里？"

"你以后就知道了。"艾玛说。

"哦。"杰克在疑惑是否应该向艾玛坦白自己想要摸她的唇髭，不过他已经摸过了。

"你想要摸摸我吗，杰克？"艾玛问，"说吧——你可以对我说。"

他坐在后座上，头还不及艾玛的肩膀高。但他突然想把头枕到她胸部——尤其是颈部与隆起的乳房之间。不过，杰克最想摸的还是她的唇髭，但他知道艾玛对此很敏感。

"好，就这么说定了，"艾玛说，"那么看来你不想摸我了。"杰克对自己错失这次机会有些沮丧，他的心情一定在脸上表现出来了，"别伤心，杰克。早晚会发生的。"艾玛低声说。

"什么会发生？"

"你会像你的父亲那样，我们都是这么看的。你早晚会有自己的欢场传奇，杰克。"

"什么场？"

艾玛没有回答。杰克以为自己又遇到了"年纪太小"的话题。"'花花公子'是什么？"他问，以为这样可以改变话题。

"就是拥有了很多女人但依然不满足的男人，小可爱——就是有了一个女人还想找下一个女人，永远乐此不疲。"

我才不会这样呢，杰克心里想。他现在就是被女生包围的处境，他可不想有更多的女生出现了。在圣西尔达小教堂，祭坛后方的彩绘玻璃上有四个女人围绕着耶稣，杰克以为她们都是圣徒。连耶稣在圣西尔达都会被女人包围。那里到处都是女人！

"什么叫'施舍的对象'？"他问艾玛。

"现在，施舍的对象就是你和你妈妈，杰克。"

"但那是什么意思呢？"

"你们得依靠威克斯蒂德夫人才能生活，杰克。仅凭刺青师的收入可没法把孩子送进圣西尔达上学。"

"我们到了，女士。"皮韦说，好像艾玛是他车里唯一的乘客。他把轿车停在司帕蒂纳街和劳瑟街拐角的路边，洛蒂正站在那里，明显一只脚承担了她更多的体重。

"看来那个瘸子在等你，小可爱。"艾玛小声在杰克耳边说。

"怎么，你好，艾玛——天哪，你都长这么大了！"洛蒂好不容易说出一句完整的话。

"我没空和你闲聊，洛蒂。杰克遇到了一些他无法理解的重要事情，我是来帮他的。"艾玛说。

"我的天啊。"洛蒂说着一瘸一拐地跟在他们后面。艾玛大步流星拉着杰克走到了门前。

"我相信那个威克斯蒂德正在睡觉呢，"艾玛小声说，"我们必须要安静——没必要把她吵醒。"

杰克从来没听过威克斯蒂德夫人被这么称呼，但艾玛·欧斯特勒有一种不容置疑的权威。她甚至知道在厨房后面有段楼梯直通杰克与艾丽丝的房间。

后来，杰克轻易理解了这背后的原因：艾玛·欧斯特勒离婚的母亲是威克斯蒂德夫人离婚女儿的朋友——所以艾玛才会把杰克和他妈妈称为威克斯蒂德夫人"不交租金的房客"。艾玛的妈妈与威克斯蒂德夫人的女儿也是圣西尔达的女校友，她们在学校里是同班同学。（但她们并没有比艾丽丝的年龄大多少。）

洛蒂在厨房里漫无目的地蹒跚着，艾玛站在楼梯上朝下喊道："如果我们需要茶之类的东西，我们会自己下来拿的。你别折腾自己爬楼梯了，洛蒂。让你那条跛腿好好休息一下吧！"

在杰克的房间里，艾玛掀开了杰克的被子开始检查他的床单。她看上去似乎有些失望，于是胡乱地把被子叠起来放回原位。"听我说，杰克——这事会发生的，但可能还要等一等。某天早上，你醒来后会在床单上发现一团恶心的东西。"

"什么恶心的东西？"

"你以后会知道的。"

"哦。"

艾玛接着穿过盥洗室进了他妈妈的房间，只留下杰克一个人思考那团恶心的东西到底是什么。

艾丽丝的房间里有一股大麻的味道，但杰克从没见他妈妈在房间里抽手卷大麻烟。最有可能的情况是，这味道是艾丽丝身上的衣服带来的。他知道他妈妈在"中国佬"的店里会抽上一两支，因为他偶尔会从艾丽丝的头发里闻到那种气味。

艾玛·欧斯特勒如获至宝般大口吸着气，颇有深意地看了杰克一眼。她好像在他妈妈的衣柜里翻找了一会儿，找出一件毛衣，举到自己身前仔细地打量着镜子里的自己，仿佛在看这件毛衣合不合适。她又在腰间比量了艾丽丝的一条短裙。

"她好像是个嬉皮士，你妈妈——是吗，杰克？"

杰克之前从来不觉得他妈妈是个嬉皮士，但事实上艾丽丝确实算是某种嬉皮士。那时候，对圣西尔达穿制服的女生以及数量不断增加的她们的离婚妈妈而言，艾丽丝绝对是个嬉皮士。（对一个当刺青师的未婚妈妈来说，嬉皮士的身份可能最恰当不过了。）

杰克·伯恩斯后来会懂得这算不上什么要紧的——一个女人第一次看到另一个女人的衣柜，就能知道里面哪个抽屉是用来放内衣的。虽然艾玛只有十三岁，但她也是女人。她第一次尝试便找到了艾丽丝存放内衣的抽屉。艾玛拿出一个胸罩放在自己仍在发育的胸部，胸罩太大了，但连杰克都能看出来，早晚有一天艾玛可以合适地戴上那个胸罩。出于某种他不知道的原因，杰克的阴茎变得和铅笔一样硬，但尺寸只有他妈妈的小拇指那么大，况且艾丽丝的手本来就偏小。

"把你的勃起给我看看，小可爱。"艾玛说，她仍拿着艾丽丝的胸罩。

"我的什么？"

"你下面硬了，杰克——行啦，让我看看。"

他明白"硬了"是什么意思。作为一名老嬉皮士，他妈妈把勃起叫"支帐篷"。不管用什么称呼，杰克在他妈妈的卧室给艾玛·欧斯特勒看了自己勃起的阴茎。更糟糕的是，洛蒂正在他们下方的厨房里，当时威克斯蒂德夫人刚好午睡醒来。艾玛靠近后仔细观察了杰克的阴茎，有些失望。"杰克，我觉得你现在这年龄还不能射出什么来。"

"不能什么？"

"你以后会明白的。"她再次说道。

"水开了！"洛蒂在厨房里喊道。

"那就把火关掉！"艾玛朝楼下喊叫，然后继续对杰克说，"你最好留意一下，如果精液流出来了记得告诉我。"

"是在我撒尿的时候吗？"

"你以后会明白的，不是在你撒尿的时候，杰克。"

"哦。"

"关键是，你要把一切都告诉我。"艾玛说着用手抓起杰克的阴茎。他有些担心，因为记起上次艾玛掰他手指时的痛苦，"别告诉你妈妈——你会把她吓坏的。也别告诉洛蒂——你会让她跛得更厉害。"

"洛蒂为什么会跛脚？"杰克问。艾玛·欧斯特勒竟然无所不知，他认为她一定知道其中的原因。唉，她真的知道。

"她无痛分娩的时候出了问题，反正婴儿死了。可真倒霉。"艾玛解释说。

原来生孩子时出了岔子会让你变瘸！杰克当然不懂什么是无痛分娩，他以为那是女性某个身体器官的名字，就像他一直以为剖腹产是指医院里的某个区域。所以，他相信洛蒂是在生孩子时失去了"无痛分娩"导致自己跛脚，"无痛分娩"这个器官对女性一定特别重要，很可能会预防跛脚的发生。杰克多年之后看电视剧《实习医生格蕾》时发现了"无痛分娩"的真正含义，这才意识到自己对剖腹产的理解也错了。（后来更让他吃惊的是艾丽丝从来没有做过剖腹产。）

"茶泡好了！"杰克听见洛蒂在厨房喊他们下去喝茶，但直到杰克长大些后才想到，洛蒂一定知道艾玛是个什么样的女孩。

"记得要为我梦遗哦，'小弟弟'。"艾玛对杰克的阴茎说。她可真是个贴心的好朋友，还帮杰克把他的阴茎塞回内裤中，替他拉上裤裆拉链的时候还格外小心。

"阴茎还能做梦？"杰克问。

"如果你的'小弟弟'做梦了，记得告诉我。"艾玛说。

10 他唯一的观众

　　圣西尔达当时有两位男教师，杰克二年级的老师马尔科姆先生是其中之一。马尔科姆先生不能把妻子一个人扔在家里，所以只好每天把她带到学校。马尔科姆夫人是盲人，而且只能依靠轮椅活动，听到丈夫的声音似乎会给她带来莫大的安慰。马尔科姆先生是一位出色的教师，待人和善、有耐心。大家都喜欢他，但整个二年级班为他感到可惜，因为他那位坐轮椅的盲人妻子着实让人恐惧。圣西尔达很多高年级女生表面对人冷酷，内里却有种自毁倾向，这大多是她们父母动荡的婚姻造成的。二年级的孩子们每天都在祈祷马尔科姆先生赶快与妻子离婚。就算他动手杀了她，全班学生也会原谅他。要是他能当着全班学生的面杀了他妻子，他们说不定会欢呼喝彩。

　　可惜，马尔科姆先生一直都是一位和平主义者，不过他打理头发和胡须的风格似乎和这个身份不太吻合。秃顶之后，他把头发剃光了，光头在 70 年代并不很常见。更不常见的是，马尔科姆先生还喜欢留长度不等的短胡须，有时是连腮胡，有时干脆剃光。像马尔科姆先生这样满脸胡楂的光头男能来到圣西尔达当老师，是因为那时学校管理层和二年级学生都对马尔科姆先生感到同情。看到他那位坐着轮椅的盲人妻子，没有人不同情他。

　　二年级的学生学习很勤奋，因为他们想让马尔科姆先生高兴。他从来没有处罚过这些学生，但他们会处罚自己。他们不会做任何让他生气的事。生活对待马尔科姆先生已经如此不公了。

艾玛·欧斯特勒对这一悲剧的评价明显带有与她个人经历有关的冷酷色彩，但她对马尔科姆夫妇的看法很可能并没有错。马尔科姆夫人的教名是简，她在一次教会游行时从屋顶上摔了下来。当时，她正在读高中，是个人见人爱的可爱女生——一夜之间，她就成了个下半身瘫痪的病人。根据艾玛的说法，马尔科姆先生比简的年龄小一些，一直是她的仰慕者。简瘫痪后，他爱上了她，主要是因为他觉得自己被接受的可能性增加了。

"瘫痪以前，简肯定不会和他这种无聊的男生约会的，"艾玛说，"但从屋顶摔下来之后，坐着轮椅的她没有什么选择了。"马尔科姆先生是她唯一的选择，但也是简·马尔科姆最幸运的选择。

她变成盲人是因为另外一件事，那是在他们结婚许多年之后发生的。简·马尔科姆一直患有早发性黄斑变性。马尔科姆先生对二年级学生解释说，他妻子失去的是中央视觉。她可以感觉到光，可以借助光来活动，仍保有一定的周围视觉。但即使用上她最好的周围视觉，马尔科姆夫人也没有任何色觉能力。

她变成疯子又是另一回事了。马尔科姆先生无法用任何语言来为学生以及他自己淡化这一事实。对于刚刚上二年级的学生们来说，"周围视觉"已经超出了他们掌握的词汇范围——除了这个，还有两个挑战他们词汇量的单词会每天出现。无论"癫狂""妄想"还是"偏执"，都没有出现在二年级的词汇表里。坐轮椅的简把这三个词占尽了，她早已脱离了理智。

当马尔科姆夫人磨起牙齿，或是突然用轮椅正面撞向派西·布斯的书桌时，杰克经常会去看露辛达·弗莱明——他有点儿企盼简·马尔科姆那种明显的愤怒可以引发露辛达心中的无声愤怒。袭击布斯姐妹其中任何一个人都是愚蠢的行为。每次马尔科姆夫人用轮椅撞向派西的书桌，派西的双胞胎姐姐希瑟都会跟着尖叫起来。

马尔科姆夫人有时会用力摇晃着头，似乎想要摆脱自己的周围视觉。也许她认为完全瞎掉反而会更好。如果一个二年级学生举起一只手想要回答马尔科姆先生提出的问题，看不见的简会在轮椅上把头靠在膝盖上——好像有个人正在她面前挥动着一把刀，如果她不弯腰躲闪，就会被砍断脖子。马尔科姆夫人突然精神错乱的戏剧性场面让二年级学生变得非常专注。他们上课时一边仔细聆听马尔科姆先生的每句话，同时双目紧盯他的妻子。

每周大概有两次，马尔科姆先生会面露疲惫，有那么三四秒钟时间茫然无语。这时，简会开始反复撞击的行为。她坐着轮椅从教室后面顺着过道向前冲，中间会撞上学生的书桌，她的指节也会被擦破。

马尔科姆先生会跑去医务室，找来护士或是（伤口较多时）拿来急救箱，把他妻子置于学生们毫无把握的照料之下。有人会从后面拉着轮椅，防止她因失控倾倒。其他学生像石像般一动不动地围着她站立，但都在她够不到的地方。马尔科姆先生嘱咐他们一定不要让简从轮椅上掉下来，但这些七岁的孩子是否有能力阻止她却是个疑问。幸好，她从来没有试图逃走。她双手胡乱挥舞着，喊着这些学生的名字。她来学校的第一周就记住了全班学生的名字。

"莫琳·雅！"马尔科姆夫人叫喊。

"我在这儿，夫人！"莫琳会大声喊回去，然后马尔科姆夫人会用那双盲眼看向莫琳的方向。

"吉米·贝肯！"马尔科姆夫人尖叫。

吉米一般会低声哼叫起来，但简的听力没有丝毫问题，她似乎不用看也知道吉米站着的方向。

"杰克·伯恩斯！"一天，她喊道。

"我就在这儿，马尔科姆夫人。"杰克说。虽然只有二年级，但他的措辞和吐字远超同龄人。

"你父亲也是这样言语文雅得体。"马尔科姆夫人宣布，"你父亲是个罪人，别让撒旦诅咒你成为他那样的人。"她补充道。

"不，马尔科姆夫人，我不会的。"杰克本可以用绝对自信的口吻回答她，但他心里清楚，在圣西尔达这种几乎都是女生的环境中，自己的抵抗无济于事。艾玛·欧斯特勒谈起那个赌注时充满敬意，一般她只在说起最喜欢的小说和电影时才会带有同样的崇敬。而这个赌注似乎非常看好威廉基因的潜力。如果沉溺女色会遗传，杰克当然会继承。在圣西尔达几乎所有人的眼里，甚至在马尔科姆夫人那视觉缺损严重的眼里，杰克·伯恩斯也一定会像他父亲一样，反正以后会的。

"你不能怪别人这么感兴趣，杰克。"艾玛充满哲思地说，"这件事让人兴奋——大家想要看看你到底会变成什么样。"显然，马尔科姆夫人也对杰克未来的发展抱有遗传学方面的兴趣。

不过，最可怕的是她丈夫（领着护士或带着急救箱）返回教室时她的表现。"我在这里，我回来了，简！"他总是这么说。

"你们听见了吗，孩子们？"马尔科姆夫人开口说道，"他回来了！他从不离开很久，他总是回到我身边！"

"行了，简。"马尔科姆先生会这样说。

"马尔科姆先生喜欢照顾我。他为我做任何事情——所有我自己做不了的事情。"简对全班学生说。

"现在别说了，求你了，简。"马尔科姆先生说，但她却不让他拿起她受伤的手。然后，她慢慢向他伸出手，突然打了他一个耳光。

"马尔科姆先生喜欢为我做任何事！他喂我，他给我穿衣服，他给我洗澡——"她喊着。

"简，亲爱的——"马尔科姆先生竭力对她喊道。

"他给我擦身体！"马尔科姆夫人尖叫道。这句总是最后喊出来，然后她便呜咽起来。

吉米·贝肯会跟着她低声哭泣，然后大家很快就会听到只有布斯姐妹才能发出的那种紧咬毯子的湿漉漉的声响，即使没有毯子也不碍事。而弗兰奇兄妹用脚跟击打地面的声音也从不落后太久。杰克会偷偷瞄露辛达·弗莱明一眼，而她通常在盯着他看。她脸上恬静的微笑让人完全看不出她心中蕴藏的神秘愤怒。"你想看看吗？"她的笑容好像在说，"好吧，我会给你看的，"她的笑容似乎在承诺，"但还没到时候。"

从幼儿园到二年级，杰克似乎一直活在一个"还没到时候"的世界中。对马尔科姆先生的同情本身就是一种教育，但并不仅限于此。从马尔科姆先生那里懂得的东西与从艾玛·欧斯特勒那里学到的一切，都对杰克形成了深远的影响。

每到雨雪天，艾玛就会钻进林肯轿车的后座，命令皮韦："拉着我们到处转转，皮韦。别朝后座看，好好看着路。"

"这样没问题吧，伙计？"皮韦总是这样问杰克。

"没事的，皮韦。感谢你还问我一下。"杰克回答他。

"你才是我老板啊，小姐。"皮韦经常这样说。

杰克和艾玛瘫坐在后座上，不停地嚼着口香糖——根据口香糖味道的不同，他们的呼吸带着薄荷或水果的气息。艾玛会让杰克把她的辫子松开，但她从不让杰克重新把辫子编起来。把辫子松开后，散开的头发足够遮挡住他们二人的脸。"要是你敢把口香糖粘在我的头发上，你就死定了，小可爱。"她经常这样说。有一次杰克正在大笑时，艾玛突然像他妈妈似的说："嚼口香糖的时候不准笑——你会噎住的。"

他们一起查看艾玛的胸罩（她轻蔑地称其为"训练胸罩"[1]）时，杰克总会有些费解。在杰克看来，胸罩对艾玛胸部的"训练"还是有作用的。至少，她的胸部变大了。这难道不是重点吗？

说到变大，杰克的阴茎没有什么明显的变化。"'小弟弟'怎么样了？"艾玛一直这样问他，杰克每次都会尽职尽责地把阴茎给她看。"你到底在想什么呢，'小弟弟'？"艾玛有一次还问了他的阴茎这个问题。

如果阴茎也能做梦，杰克想，那么它们能够思考似乎也没什么大不了的。不过，他的"小弟弟"还没有展现出一点点思考的迹象——还没到时候。

读完二年级后，杰克只能在男生盥洗室见到马尔科姆先生了——他偶尔会去那里哭泣。但杰克见到马尔科姆先生时，他最常见的动作是检查自己脸上胡须的情况，似乎脸上那尚未成型的连腮胡或小胡子才是他最在乎（也可能是唯一在乎）的地方。

---

[1] 英文中 training bra 字面意思为"训练胸罩"，但实为"少女胸罩"之义。

见到马尔科姆先生的情况并不经常发生。通常一天不会超过两次，其中一次是他在外面挂着"正在维修"牌子的女生盥洗室里照顾他妻子。女生们被要求尊重他们的隐私。

一旦杰克听见马尔科姆夫人掌掴她丈夫的熟悉声音，他会立刻跑开，试图躲避那些声响，但他总能听见马尔科姆先生那句可怜的"现在别说了，求你了，简"。很快，就会听见他再次开口："简，亲爱的——"此后发生的剧情便被淹没在走廊的喧嚣之中了。（几名六年级女生走了过去，但听上去好像是几十个女生路过。）

在圣西尔达剩余的两年，杰克会多次怀念马尔科姆先生，但他丝毫不怀念他被妻子打骂的场面。从那以后，杰克没有减少对坐轮椅的人的同情，他的同情与见到马尔科姆夫人之前相比丝毫不少。不过，他对照料者的同情增加了许多。

读三年级时，杰克和他的"小弟弟"八岁。在他的阴茎展现出独立思考和做梦的能力之前，"小弟弟"和杰克已经开始拥有各自的（虽然没有完全分离）生活了。

卡罗琳·伍尔兹小姐那种"脆弱易逝"的美貌被她娇小的身材进一步强化。她看上去比任何一个三年级学生的妈妈都要弱小。伍尔兹小姐总是喷涂香水，这怂恿了众多三年级男生在数学学科上制造疑问。伍尔兹小姐会弯下身靠在男生的书桌上，纠正他的错误。此时，他会大口吸着她身上的香水味，以一种极为渴望的眼神更仔细地靠近观察位于她锁骨上的迷人胎记，还有她喉咙处同样大小的鱼钩形疤痕。

每次伍尔兹小姐激动的时候，她的胎记和疤痕似乎也跟着燃烧起来。在博物馆蝙蝠洞展区的紫外线灯照射下，杰克清楚地记得她颈部的那块疤痕，像根霓虹灯管一样搏动闪烁着。这块伤疤是如何形成的，这个问题在杰克心中的地位堪比"刺青彼得"失去的腿和洛蒂的跛脚了。不过，洛蒂跛脚的问题因为他对无痛分娩的错误理解而更加复杂了。

小学里的所有人都知道，伍尔兹小姐最喜欢英国女作家夏洛特·勃朗蒂，她写的《简·爱》就是她的"《圣经》"。对这部小说一年一度的戏剧呈现，是小学组为初中组和高中组献上的重要文艺演出。按理说，高年级女生更有能力演好这部戏——不仅是简那不屈不挠的毅力，还有罗切斯特先生失明后的行为举止和他在信仰上的变化——但伍尔兹小姐坚称《简·爱》应由小学组来演出。在读三四年级时，杰克两次扮演了罗切斯特先生这一角色。

小学组还有哪个男生能记下这段台词呢？"在受到引诱犯下错误的时候，要畏惧悔恨，简·爱小姐，悔恨是生活的毒药。"杰克能记下这段话，好像他完全理解其中的意义一样。

杰克三年级第一次扮演罗切斯特先生时，扮演简·爱的是一个名叫康妮·特恩布尔的六年级女生。她那种拒人于千里之外的幽怨气质非常适合扮演简·爱这个孤儿出身的角色。当她念出"说人们应该对平静的生活感到满足，这是徒然的"，你真的会相信她也是这样想的。（康妮·特恩布尔可不是个会甘于平静生活的人。）

当然了，当杰克扮演的罗切斯特双手抱住康妮扮演的简哭喊着"从来，从来没有任何东西如此脆弱又如此顽强"时，那场面有点滑稽可笑，因为杰克的个子才到康妮的胸口。"我可以用手指把她捏弯！"杰克的这句台词引发了观众的怀疑和笑声。

康妮·特恩布尔看着他，好像在说："有种你试试，看你那鸡巴样！"然而，杰克成为一名让人神魂颠倒的演员，靠的不仅是他的记忆力和清晰的发音吐字，还有伍尔兹小姐教给他的征服舞台的表演技巧。

"怎么做呢？"杰克问她。

"你只有一位观众，杰克。你的任务就是打动那个人的心。"伍尔兹小姐告诉他。

"谁的心？"

"你最想打动谁的心？"伍尔兹小姐问道。

"我妈妈。"

"我觉得你任何时候都能打动她的心，杰克。"

老罗切斯特能打动谁的心呢？难道打动观众的内心不是简这个角色的任务吗？但这并不是伍尔兹小姐要表达的意思。她想说的是，谁想看杰克表演却不想被杰克发现，谁是观众中最可能出现的陌生人（不在乎角色和剧情，那个人关注的只是杰克），谁想在不被杰克认出的情况下看到他精湛的表演。

毫无疑问，杰克"唯一的观众"就是他的父亲。从想象他父亲在场的那一刻起，杰克征服了舞台的每个角落。他的一生就是在镜头前度过的。杰克后来会明白，一个演员的任务并不复杂，包含了两个部分。无论你是谁，你要先让观众爱上你，然后，你要让观众心碎。

一旦杰克可以想象他父亲坐在任何一位观众的背后，就没有他无法表演的角色了。"好好想想，杰克，"伍尔兹小姐鼓励道，"只打动一个人的心，那会是谁呢？"

"我爸爸"。

"真是个不错的开头！"她对杰克说，她的胎记和疤痕燃烧了起来，"我们来看看效果如何。"真的起效了，没问题——即使杰克是个迷你版罗切斯特先生，面对比自己高大强壮许多的康妮·特恩布尔扮演的简时，效果也丝毫不受影响。

当罗切斯特说："简！我敢说，你一定以为我是一条不敬上帝的狗吧——"杰克抓住了所有观众的心。虽然有些荒谬，但他也打动了康妮·特恩布尔的心。她拉起他的手，亲吻了一下。她双唇张开地吻着，杰克可以感觉到她的牙齿和舌头。

"演得很好，杰克！"她在杰克的耳边低声说。在观众鼓掌喝彩的时间里，康妮一直握着他的手。杰克可以感觉到艾玛·欧斯特勒一定恨死康妮·特恩布尔了。艾玛的妒意从观众席中未知的某处像一阵风席卷了整个舞台。

杰克最喜欢罗切斯特这个角色的一点，是有机会成为盲人。毫无疑问，他时常想到失明的马尔科姆夫人用轮椅乱撞的疯狂场面，但扮演盲人让杰克有机会亲身体验。当他在排练时绊倒，伍尔兹小姐赶紧冲上去照看他。（他是假装绊倒的，目的就是为了让伍尔兹小姐关心他一下。）

杰克的阴茎第一次若有所思的反应并不是因为康妮·特恩布尔舌吻他——天哪，绝对不是。"小弟弟"的第一个独立想法的缘起是卡罗琳·伍尔兹小姐。这种对年长女性的迷恋从在奥斯陆见到英格丽德·莫就开始了，杰克一生都没有办法摆脱。

伍尔兹小姐的双手并不比三年级女生大很多。当她安慰学生时——有时，当她进行言语安慰时——会把一只手放在学生的肩膀上。那个学生会感觉到她的手指在轻轻颤动，就像一只受惊的小鸟。伍尔兹小姐的那只手，甚至她整个人都似乎马上要飞起来。假如伍尔兹小姐有一天飞走了，没有一个三年级学生会对此感到吃惊。她是那样娇小，那样脆弱，像是一个用羽毛做成的女人。（也算是另一种"脆弱易逝"。）

伍尔兹小姐做不到对三年级进行有效管教。虽然圣西尔达的三年级学生并不比其他学校的三年级学生调皮捣蛋，但罗兰·辛普森后来还是被送进了少年感化院，最终锒铛入狱。而吉米·贝肯哭哭啼啼的嗜好仅仅是他不幸命运的一小部分而已——他总是那么不走运。吉米曾经在三年级的万圣节派对上扮成一个幽灵。他披着一张床单，只给眼睛留出两个洞，下面则赤身裸体，连内裤都没穿。当"灰色幽灵"麦夸特夫人（她是四年级生的老师）突然现身时，吉米在床单下面被吓尿了。

伍尔兹小姐柔弱的性格可能连幼儿园，甚至她自己的孩子都没法管好。她的力量只能在舞台上施展吗？艾丽丝凭直觉对伍尔兹小姐的这种性格给出了一个有些不近人情的解释："卡罗琳看上去似乎一直放不下某个人。真可怜。"

杰克·伯恩斯从伍尔兹小姐身上懂得了一个让他受益终生的道理：生活不是舞台，生活是一种即兴表演。伍尔兹小姐不能容忍即兴的发生，学生必须要记住台词，而且念出来时要和剧本一字不差。杰克天生的卓越记忆力在戏剧界是一项巨大的先天优势，而学会想象自己唯一的观众这种方法是伍尔兹小姐和他父亲送给他的一个礼物。虽然伍尔兹小姐在教室里的工作只能用失败来形容，但杰克像听从她在舞台上的指导那样用心地听从教室里的她。在他看来，很明显的是，如果没有即兴能力，人是不可能赢得生活这场游戏的。是的，你得记住你的台词，但有些时候，你也得会临时编台词。伍尔兹小姐之所以会引起杰克的注意，是因为她能教给杰克的东西，更因为她无法掌控自己的生活。毫不意外，她在杰克的记忆中留下了深刻的印记（而且占据了他的一部分人生），留存得比他三年级同班的任何女生都要久。

杰克经常梦见自己亲吻卡罗琳·伍尔兹。在他的梦里，她不再打扮得像个老师，而是穿着杰克第一次在洛蒂的邮购目录里看到的那种老式内衣。因为某些他不得而知的可怕原因，这类老式内衣的广告面向的人群是青少年女孩和未婚女性。（为什么女人结婚之后就会穿不同的内裤？杰克一直没有找到这个问题的答案。）

伍尔兹小姐在教室里有时会穿一件奶油色的衬衫。那件衬衫薄得几乎可算透明，不过因为三年级的教室里比较冷，所以她总是在衬衫外面穿一件合身的毛衣。杰克的妈妈说，那几件毛衣是羊绒的，这些衣物以圣西尔达教师的工资是负担不起的。

"那个伍尔兹有个男朋友，还很有钱，至少品位不错——这只是我的猜测。"艾玛说。

艾玛说，每次康妮·特恩布尔舌吻他的手，或是他扮演的罗切斯特把康妮扮演的简抱进怀里时（他的脸会埋进康妮的胸部），他的阴茎都会勃起，但杰克一直否认她的指责，实际上，当时他的"小弟弟"没有任何反应。艾玛没有想到的是，杰克每次靠近卡罗琳·伍尔兹，无论在现实中还是在梦境里，阴茎都会立刻勃起。

"那个伍尔兹"（艾玛对她的称呼）无论是有个有钱男友还是有个好品位的男友，哪怕是前男友，杰克都不能接受，因为他无法忍受梦境中穿着邮购目录上的胸衣、紧身褡和胸罩的伍尔兹小姐身边出现另外一个男人。

杰克从来没有梦见过三年级同班女生，连露辛达·弗莱明都没有。（露辛达·弗莱明已经把自己无声的愤怒成功地隐藏了两年多了。）但有时，梦里的伍尔兹小姐那片薄薄的上唇之上会显出一层淡淡的唇髭——呃，那明明是艾玛·欧斯特勒才有的啊。他无法控制对艾玛上唇的渴望，在梦中尤其如此。随着"小弟弟"逐渐苏醒，它在杰克没有任何指示的情况下自行其是，这种情况发生得越来越频繁。

"有什么消息吗，杰克？"艾玛经常在林肯轿车的后座这样低声问杰克，而皮韦则开着车在森林山附近转悠。

"还没有。"杰克回答。（他猜得没错，这是最安全的答案。）

夜里，等洛蒂把他安顿到床上后，杰克经常跑到他妈妈的房间，爬上艾丽丝的床睡觉。因为他们二人作息的差别，杰克经常会独自躺在那张床上。等艾丽丝回到家爬上床时，他已经睡着了。有时，艾丽丝半睡半醒间会把一条腿搭到杰克身上，这个动作总会让杰克惊醒。她的头发上带有香烟和大麻的味道，呼吸里混杂着白葡萄酒刺鼻的汽油般的气味。偶尔，两人都会醒来。于是，他们躺在昏暗的房间里小声聊天。杰克也不知道他们为什么要小声说话，洛蒂或威克斯蒂德夫人根本不会听见。

"你过得怎么样，杰克？"

"我挺好，你呢？"

"我们都快变成陌生人了。"有一次，艾丽丝小声说道。杰克对他妈妈没看过他演戏有些失望，他把这种失望表达了出来。"啊，我已经看过了啊！"艾丽丝说。

杰克指的是《简·爱》和其他几部伍尔兹小姐改编的戏。"那个伍尔兹"热爱舞台，也很喜欢把小说改编成戏剧。杰克后来才想到，伍尔兹小姐选择要改编的小说，这样她就控制了每场表演的方方面面，不会有另外的编剧给孩子们进行错误的指导。伍尔兹小姐以自己的方式把她最喜欢的小说改编成戏剧。演员需要做的就是在舞台上表演，而"那个伍尔兹"对他们的每一个动作，甚至每一句台词拥有绝对的掌控。

杰克后来发现，伍尔兹小姐的改编竟如此精彩。她也负责剧本的审查。改编《德伯家的苔丝》时，她对第一部分"处女"进行了很多改动。令人有些难以接受的是，伍尔兹小姐让杰克来扮演苔丝。

"没有人像苔丝那样自责。"剧本的第一句话这样写道。（措辞讲究的伍尔兹小姐很喜欢运用旁白这种叙述手法。）无疑，杰克是扮演这位"只是一团感情，没有丝毫人生经验"的苔丝的上佳人选。

虽然从来没有穿过裙装（一件白色连衣裙而已），而且还是扮演一个挤奶女工，但这丝毫不妨碍杰克用这个角色征服观众。"她的容貌依稀还留有童年的样子。"伍尔兹小姐向观众念出旁白，而安吉尔·克莱尔未能选中杰克扮演的苔丝作为舞伴。安吉尔可真没用啊！扮演安杰尔的就是那个哭哭啼啼、还在床单下面被吓尿了的吉米·贝肯，没人比他更适合这个角色了。

"……就她一个漂亮健壮的妇女的全部丰韵而言，"伍尔兹小姐以宿命般的语气读道，"有时候，你能在她的双颊上看到她十二岁时的影子，或者从她的眼睛里捕捉到她九岁时的神情，在她嘴角的曲线上，甚至偶尔还能瞥见她五岁时的模样。"

在伍尔兹小姐读旁白的时候，杰克扮演的苔丝什么都没做。他站在台上，散发出一种与性无关的纯真。虽然杰克更为自己演过的罗切斯特感到自豪，但他扮演苔丝时也不乏令人难忘的瞬间——这种与性无关的纯真，即使算不上最佳，也绝对不会让人轻易忘记。比如，当苔丝对德伯维尔（德伯维尔这个令人厌恶的角色是残暴的夏洛特·巴福德扮演的。伍尔兹小姐明智地把她从初中组借调了过来）说："你心里从来没有想过，有些女人嘴里说的，也正是有些女人感受到的吗？"（夏洛特·巴福德也是反串出演，看上去她很享受勾引杰克反串的苔丝。）

苔丝在墓地埋葬她夭折的婴儿时，杰克甚至可以听到观众里的高年级女生哭了起来。可苔丝走向毁灭的故事才刚刚开始啊！杰克念着作者托马斯·哈代的旁白，如同一段有关孩子坟墓的对话："……把他埋葬在上帝分配的那个破乱的角落里，上帝任由荨麻在那里疯长。"杰克念着，台下的高年级女生似乎把苔丝的遭遇当作自己的苦难。就算这不是哈代的目的，至少伍尔兹小姐是这样希望的。"所有没有受洗的婴儿、臭名昭著的酒鬼、自杀的懦夫和其他一些要下地狱的人，都被胡乱地埋在了一起。"杰克继续念着，似乎被高年级女生的哭声感染到了。（作为即兴演出的坚定反对者，伍尔兹小姐一直不允许杰克省略"胡乱地"这个词，虽然他在排练时总是说错。）

杰克对吉米扮演的安吉尔·克莱尔说："不过，那次你没有和我跳舞，啊，我真希望那不是我们的不祥之兆！"高年级女生的心再次被刺到痛处，她们又哭了起来——哈代笔下还有什么不会是不祥之兆呢？女生们知道苔丝将会走向命中注定的毁灭，这也是伍尔兹小姐想要她们了解的。

这是"那个伍尔兹"要对女生说的话。一定要当心！谁都可能会怀孕的！男人不是安吉尔那种懦夫，就是德伯维尔那种贪得无厌的人。伍尔兹小姐的信息是通过苔丝来传递的。卡罗琳·伍尔兹指导的小学生戏剧表演竟然成了给初中及高中女生的道德指导。

杰克还只是三年级的学生，还无法理解《德伯家的苔丝》这部改编戏剧，而且这部剧要传达的信息也不是针对他的。这些重要信息针对的是圣西尔达的高年级女生。杰克不仅是一名演员，伍尔兹小姐知道他能够记住并念好台词，即使他并不明白这些台词的意义。为了防止（高年级女生中的）某个白痴没有明白她的苦心，伍尔兹小姐选择改编的所有小说中，都有各种面对考验的女性角色。

"那个伍尔兹"还改编了小说《红字》，杰克在其中扮演女主角海斯特·白兰。但他没办法说动艾丽丝来观看八岁的他扮演一个女通奸犯，胸口还被刺了一个字母 A。"我讨厌那个故事。太不公平了。我会让卡罗琳拍几张照片。我会看那些照片的，杰克，但我不想看那个故事改编的戏剧。"艾丽丝在昏暗的房间里对儿子小声说。

伍尔兹小姐机智地发现温迪·霍尔顿的身体异常瘦削——她那粗糙的膝盖，如石头般坚硬的拳头——这些特点非常像《红字》中那个痴迷复仇的罗杰·奇林渥斯。再一次，"那个伍尔兹"从初中组找来了曾经折磨过杰克的人参演。

可惜的是，丁梅斯代尔牧师这个角色演员人选不当。虽然露辛达·弗莱明比杰克要高出一头，但伍尔兹小姐还是选择了她，可能是希望她那无声的愤怒能够让丁梅斯代尔的愧疚感在关键时刻爆发出来，震撼到所有人。也许那个关键时刻，就是丁梅斯代尔向海斯特喊道："愿上帝饶恕我们俩吧！海丝特，我们并不是世上最坏的罪人。还有一个人，他的罪孽比这个亵渎神圣的教士还要深重！"如果露辛达那时能放开对自己的控制，如果她当时能用头狠狠撞击脚灯，或是突然发狂用幕布勒死自己，说不定会成功的。

但露辛达默默地独自承受那种愤怒。她也许和丁梅斯代尔牧师同样遭受了内心的折磨，但她似乎要把这种压抑已久的愤怒留到舞台之下的某个时刻爆发出来。杰克相信，露辛达是留着为他爆发的。不过，与露辛达饰演的丁梅斯代尔在台上总好过和温迪饰演的奇林渥斯留在后台，因为——只要她脱离了伍尔兹小姐的视线——温迪一直认为自己被选择出演奇林渥斯是杰克搞的鬼。（说真的，真是吃力不讨好啊。）因此，《红字》这部戏让杰克留下了很多的瘀青。温迪趁伍尔兹小姐不注意，就用拳头捶打或用膝盖撞击他的肋骨。

"我的天啊！"艾丽丝在昏暗的房间里对她儿子小声说。（她一碰他就知道他一定感觉疼痛难忍。）打开灯后，她对杰克说："那些清教徒到底对你做了什么，杰克？你身上现在有字母 A 了，还是他们想通过揍你来留下字母 A？"

他妈妈也不会来看他在伍尔兹小姐制作的《安娜·卡列尼娜》中撞向火车自尽。（"我会让卡罗多拍些照片的，杰克。"）卡罗琳·伍尔兹那充满教育意义的剧目中永远不缺少遭受苦难的女人。"那个伍尔兹"选择艾玛·欧斯特勒来扮演渥伦斯基伯爵有多棒呢？艾玛的唇髭刚好派上了用场！

放学之后——要么在杰克的房间，或是在林肯轿车的后座上（皮韦不时偷偷看一眼艾玛的双腿）——艾玛和往常一样始终掌控着他们谈话的主题。杰克这时难以征服这片狭小的舞台。在这座舞台上，他和艾玛专注于某种即兴的表演，而杰克对这种表演知之甚少。

"太完美了，杰克——我们有绯闻了！"

"你和我？"

"我是说，在台上。"

"那我们现在是干吗呢？"杰克问。如果是在林肯轿车后座，艾玛的一条腿会搭在他身上，就像艾丽丝半梦半醒时偶尔把腿甩在杰克身上那样，他只能一动不动地躺在后座上。如果是在杰克的卧室，艾玛会对洛蒂说自己正帮助杰克完成功课，叫她别来打扰他们。

"他的成绩落在了后面，洛蒂。我能帮他把成绩赶上去，但我得让他听我的话。"

杰克怎么可能不听她的话呢？首先，无论在轿车后座还是在他的床上，艾玛的力气具有压倒性的优势。另外，艾玛知道自己的唇髭对杰克有难以抵挡的诱惑。她经常模仿康妮·特恩布尔对杰克手背的舌吻，用她丝滑的唇髭来回蹭着他的手背，不得不说她的吻技比康妮好多了。有时，艾玛也会用唇髭蹭他的脸颊，甚至（把杰克的衬衫从裤子里拉出来后）蹭他赤裸的肚子。经过肚脐的时候，她会停下仔细地观察。"你洗过这玩意儿吗，杰克？里面都有脏东西了，你知道吗？"

这只是一切的前奏曲——无论她假装自己是渥伦斯基伯爵、杰克是安娜，或者她就是她自己，那个在杰克的生活中从来都是主角的艾玛·欧斯特勒。一切都是为那"最后一句台词"做准备的，伍尔兹小姐经常说这句。"成功地说出最后一句台词，这样你唯一的观众才会记住，杰克。说出你的最后一句台词，这样没人会把它忘记，行吗？"

"'小弟弟'最近如何？他在忙什么呢，杰克？"艾玛总忘不了问这个。

现在可是关键时刻——他们正在排练《安娜·卡列尼娜》，还没受到伍尔兹小姐计划改编《理智与情感》的影响。艾玛和杰克在床上做着"家庭作业"，可以听见洛蒂在他们下方的厨房里发出叮当作响的声音。面对他的阴茎最近在忙什么的问题，杰克经常回答："没什么。"

"我们一起看看吧，小可爱。"杰克给她看了。他能听出艾玛的叹息是那么悲伤，可能是他总想着安娜和火车。他不想一直让艾玛失望。

"有时候，它会做梦。"杰克开口说。

"梦见什么？谁在梦中出现了，杰克？"

"是你。"他回答。（这么回答似乎比承认是伍尔兹小姐要安全。）

"我在梦里做什么呢，杰克？"

"出现的主要是你的唇髭。"他承认道。

"你这个小变态，小混蛋杰克——"

"伍尔兹小姐只穿了内衣。"他突然说漏了嘴。

"我和'那个伍尔兹'？天啊，杰克！"

"应该是只有伍尔兹小姐一个人，但她长了你的唇髭，还穿着内衣。"杰克坦白道。

"谁的内衣？"艾玛问。

杰克偷偷溜进楼上洛蒂的房间，给艾玛拿来了最新一期的邮购目录。"你这个蠢蛋，杰克——我死也不要穿这种东西。我给你看看什么才是真正的内衣！"

杰克以前看过艾玛的"训练胸罩"了——她现在戴的胸罩只是稍微大了一点儿。但当艾玛脱下胸罩时，可以看到她的乳房形状和大小有了显而易见的变化。艾玛又脱下自己的内裤，放在制服裙子上。无论对杰克还是对"小弟弟"而言，裤腰上的蕾丝边花纹都是一种全新的体验。

"它动了。"艾玛说。

"什么动了？"

"你明白我的意思，杰克。"他们同时看着"小弟弟"，它已经不再那么小了。艾玛俯下身，看着他的阴茎。"伍尔兹小姐，"她说，"闭上眼睛，杰克。"他当然会照做的，"卡罗琳·伍尔兹，"艾玛对他的阴茎低声说道，"我要给你看看什么才是真正的内衣，'小弟弟'。"虽然他紧闭双眼，但杰克知道"小弟弟"喜欢这个主意。

"我认为我们总算有所进步了，杰克。"

"我能解开你的辫子吗，艾玛？"

"现在？"

"是的。"

她同意了。杰克给她解开辫子的时候，艾玛的眼睛一直看着他的阴茎。她的头发落在了杰克的大腿上。"管用了，小可爱。你是对的。"艾玛说。

"水烧开了！"洛蒂在厨房里大喊。

"让我确定一下，我明白了你的意思。基本上是，'那个伍尔兹'长了我的唇髭，穿着洛蒂的内衣。"艾玛无视洛蒂的声音。

"不是洛蒂的——是她的目录上的。"（伍尔兹小姐穿着洛蒂的内衣这种想法一点儿吸引力都没有。）

"头发是谁的？"艾玛问。

"我觉得是你的。反正是长发。"

"这还不错。"艾玛说。杰克看不到她的脸。她的头发散开，完全把脸挡住了，"看来有几个问题需要我们优先解决。"

"解决什么？"

"显然，发型对你有影响，小可爱。还有你经常迷恋比你大很多的女人。"

"哦。"（相比杰克对唇髭和发辫的执着，迷恋比自己年长的女人根本算不上惯常嘛。）

"啊，天啊！现在我们总算看到进步了！"艾玛宣布，把头发甩到脑后。杰克现在的勃起他之前没遇到过。要是"小弟弟"再长高一些，投下的影子都能够到杰克的肚脐了，还有里面的脏东西。

"天哪，杰克——你接下来要对它做什么？"

杰克有些不知所措。"我必须要对它做什么吗？"他问。

艾玛把杰克抱进怀里，把他的脸埋进她裸露的乳房间。她的羊毛裙扫过杰克胀大的阴茎，让他有些发痒。杰克在她怀里稍微调整了一下姿态，好让"小弟弟"更舒适地触碰到艾玛赤裸的大腿。"啊，杰克。说到这个简直太美妙了——你的可爱是无法用语言形容的。当然，你需要对它做什么！总有一天你会知道自己想要对它做什么的！会有那一天的。"

杰克用手抚摸着她其中一个乳房。艾玛抱得更紧了些，他的脸紧紧地贴着她的胸部。接下来发生的事完全是"小弟弟"的主意。艾玛和杰克并排紧靠着坐在床上，抱在一起。但不知为何，他的阴茎碰不到她的大腿了。如果杰克的阴茎能碰到她的大腿，艾玛一定能感觉到他的阴茎。他八岁，她十五岁。杰克把一条腿搭在艾玛的大腿上时，他发现自己趴在了艾玛身上，阴茎顶在她两条大腿中间，同时触碰到她的两条大腿。

"你知道自己现在在干什么吗，杰克？"艾玛问。（他当然不知道。）她嘴里的口香糖是薄荷味的，杰克可以从艾玛在自己上方呼出的气息中闻到那股清凉的味道。"也许'小弟弟'知道。"她说，更像是自问自答。杰克的双臂无法环抱起艾玛的臀部，他的右手只能够到艾玛制服裙子上内裤的裤腰。"给我看看'小弟弟'都知道什么，小可爱。"她的语气明显是在调戏杰克——"小可爱"是个亲昵的称谓，但也带有艾玛惯常的嘲讽意味。

"我不知道'小弟弟'在想什么。"杰克承认道。就在这时，他和"小弟弟"发现了一个难以置信的秘密：艾玛·欧斯特勒两条大腿之间竟然有毛发！

杰克的阴茎顶端刚刚触到那个毛发虬结的地方时，他以为艾玛要杀了他呢。她把双腿缠在他腰上，翻身把他压在身下。"小弟弟"被制服裙子盖住了，艾玛好不容易才用手找到它。杰克很害怕她会把他的阴茎拽下来——还好没有。她只是动作有些粗暴。

"那是什么？"杰克问。相比艾玛握住他的阴茎，他更害怕阴茎触到的那个毛发虬结的地方。

"我不会给你看的，小可爱。那样就成猥亵儿童了。"

"就成什么了？"

"会把你吓坏的。"艾玛说。杰克相信她的话，因为他完全不想看那个长着毛发的恶心地方。奇怪的是，杰克或"小弟弟"只想停在那里而已。（杰克真的有些害怕那地方的样子。）

"我可不想看。"他赶紧说道。

艾玛放松了缠在杰克腰间的双腿，她握着他阴茎的手也轻柔了一些。"你对毛发的反应还挺大，没关系。"她对他说。

"茶泡得太久了！"洛蒂在厨房里叫着。

"那就把茶包或滤茶器拿出来！"艾玛喊了回去。

"茶要凉了！"洛蒂接着喊道。

艾玛穿回内裤时，她背对着杰克，但她戴上胸罩，穿好衬衫时，却正面对着他。很明显，"小弟弟"碰到了一个私密的领地，但那里为什么会有毛发呢？

"作业做得怎么样了？"洛蒂喊道。她已经快要情绪失控了，杰克以为她的"无痛分娩"可能又出问题了。

"洛蒂过的是种什么样的生活啊？"艾玛问杰克，却看着他的阴茎。

在这双眼睛的注视下，"小弟弟"又缩回了原来的大小。"你得把这个小家伙看牢了，杰克——好像会发生一个小小的奇迹，可能不止那么小呢。"艾玛接着说道，"啊，好可爱！看啊，好像它会自己走出去似的！"

"也许它有点伤心。"杰克说。

"记住那句台词，杰克。你有一天会用到的。"杰克实在难以想象在什么情况下，他阴茎的悲伤会有任何可能的用处。伍尔兹小姐对台词很在行，不过杰克感觉她一定不喜欢这句——可能太过即兴了吧。

一周后，艾玛给他带来了一副她妈妈的胸罩——是黑色的。杰克发现，这副胸罩看上去似乎不太完整，内侧有金属圈，罩杯虽然小了些，但看起来有种咄咄逼人的架势。艾玛解释说，这就是所谓的"提升胸罩"。（胸罩还能这么任性霸道，杰克想。）"它干吗要提升你的胸部呢？"他问。

"我妈妈的胸很小，她想让胸部看起来更鼓一些。"艾玛说。不过，这副胸罩真正奇特的地方是闻起来有股浓烈的香水味，还有一股淡淡的汗味。艾玛是从要洗的衣物中偷偷拿出来的，所以这副胸罩是要洗的。"但这样更好，不是吗？"她问。

"为什么呢？"

"因为你可以闻到她的气味啊！"艾玛大声说。

"但我不认识你妈妈啊，我干吗要闻她的气味？"

"试试看，小可爱。你也不知道'小弟弟'会有什么反应。"孩子，这句话绝对是真理！（真可惜杰克许多年之后才懂。）

同样也是过了很久后才有人告诉他，"中国佬"在邓达斯街和贾维斯街西北角的刺青店夜里并不开门。那间刺青店位于地下室，可以从邓达斯街的人行道进入，一般傍晚的时候就会打烊。杰克忘记是谁告诉他这些的。也许是某个资深的"墨水瘾君子"在艾丽丝于女王街开了自己的刺青店时告诉他的。

20 世纪 70 年代时，在女王街开一家刺青店是个不切实际的想法。在那里出入的都是些油头粉面的人物，是喝威士忌的白领阶层，他们都讨厌嬉皮士。告诉杰克的人也是其中之一，听上去可信度很高。"中国佬"那间没有名字的刺青店夜里不营业，也许周末时营业时间会延长，但也不会超过晚上八九点。

那么杰克在圣西尔达上学期间，艾丽丝几乎每天夜里很晚才回来，她是去哪里了呢？他一点儿头绪都没有。不过，杰克以他总是不太可信的后见之明推断，他妈妈可能是想切断自己对儿子的占有欲和依恋。他越来越大，样子越来越像他父亲。也许杰克长得越像威廉，艾丽丝越想疏远杰克。

艾玛·欧斯特勒把她妈妈的胸罩拿给杰克这件事似乎印证了这种推断。不可避免地，艾丽丝发现了。杰克每天夜里睡觉都傻乎乎地抱着那副胸罩——他到艾丽丝床上睡觉的夜里也要带着它。就在某天夜里，她习惯性地把腿架到杰克身上，他醒了过来。那天夜里，艾丽丝因为某种异样的感觉也醒了。那副神秘的胸罩被夹在他们两人之间。艾丽丝一定感觉到了罩杯里的金属圈，她坐起身，打开电灯。

"这是什么，杰克？"她举着那副难闻的胸罩问杰克。艾丽丝看着杰克的眼神——他一辈子都不会忘记，好像她在床上看到了艾玛母亲本人，好像杰克用"小弟弟"触碰那个毛发虬结的私密领地时被她抓了个现行。

"是提升胸罩。"他解释说。

"我知道这是什么——我是说这是谁的。"艾丽丝闻了闻那副胸罩，做出一个痛苦的表情。她拉开被子，盯着"小弟弟"，看见它从杰克的睡衣里凸了出来，"说话，杰克。"

"是艾玛·欧斯特勒的妈妈的——艾玛偷来给了我。我也不知道为什么。"

"我知道为什么。"艾丽丝说。杰克哭了起来。他妈妈脸上的厌恶消失了，"小弟弟"也萎靡了。

"别一把鼻涕一把泪的——不准哭！"艾丽丝说。杰克得擤一擤鼻涕，他妈妈把胸罩递给他，但杰克犹豫起来。"拿着——擤啊！"她命令道，"反正还给她之前，我也得洗一洗。"

"哦。"

"杰克，你随时都可以开始讲。全部的经过。你和艾玛在搞什么鬼？你最好从那里讲起。"

　　杰克告诉艾丽丝所有的事情——好吧，也许不是所有的事情。很可能不包括艾玛对他袒露自己的胸部，更不可能包括艾玛每次都要看看他的"小弟弟"，肯定不包括他的阴茎碰到了艾玛那长有毛发的私密领地。不过，他妈妈一定对发生了什么事情心知肚明。"她十五岁了——而你才八岁！我会和欧斯特勒夫人谈一谈的。"

　　"艾玛要惹上麻烦了吗？"

　　"我真诚地这样希望。"艾丽丝说。

　　"我也有麻烦了吗？"杰克问。

　　看看艾丽丝回答杰克的那个眼神啊！她之前说他们"变成陌生人"时，杰克还不明白那是什么意思。现在他懂了。他妈妈看着他，就像在看一个陌生人。"你很快就会惹上麻烦的。"她只说了这一句。

11 父亲就活在他身上

　　与杰克和艾玛之间即将发生的戏剧性故事，以及艾丽丝和欧斯特勒夫人之间的纠葛相比，伍尔兹小姐对三年级的无能管理实在是微不足道。不过，这其中也有戏剧性事件发生，都是即兴的。

　　露辛达·弗莱明就坐在杰克的前面，总是挡住他的视线。她的马尾辫垂在后背，有扫帚杆那么粗。露辛达每天像例行公事般故意用马尾辫扫过杰克的脸庞。恼怒之下，杰克会用双手抓住辫子向后拽作为报复。他费了好大力气才把她的头拽到自己的书桌上，杰克发现可以用下巴抵住她的额头把她的脑袋压在书桌上，但那样做他的下巴会疼。杰克渐渐开始怀疑，除了露辛达传闻中的自残倾向，没有什么能伤害到她。也许她对在《红字》中与杰克演对手戏有些不屑，也许她讨厌自己比他高出一头，也可能是她相信用马尾辫抽打杰克可以让他加速长高。

　　卡罗琳·伍尔兹从来没见过露辛达用扫帚杆粗的辫子抽打杰克。她看到杰克把露辛达的头压在书桌上后才注意到这个问题。"行了，杰克。别让我失望。"伍尔兹小姐经常这样说。

　　在梦境中，当"那个伍尔兹"说出"别让我失望"时，语气中带有一种让他难以自拔的诱惑。不过，三年级教室里的她可不是这样说的。事实上，让伍尔兹小姐失望并不明智，因为她的处置并不令人满意。即便如此，三年级学生还是经常有意让她失望。作为戏剧老师，伍尔兹小姐在她擅长的方面是一个很有组织才能的暴君，甚至有些招学生怨恨。于是，她在维护课堂秩序上的无能，就成了他们用来报复她的弱点。

有一次戈登·弗兰奇把他的宠物仓鼠放到同自己作对的双胞胎妹妹的头发上。他妹妹卡罗琳的反应，会让人以为那只仓鼠一定有狂躁症，咬伤了她。但那只傻仓鼠只是在她头上绕圈跑而已，仿佛把她的脑袋当成了跑轮。伍尔兹小姐可能是担心仓鼠会受伤，竟然哭了起来。哭泣是她表达失望的终极手段，而这种手段用得频繁到让人厌烦的程度。"啊，我从未想到你会让我这么失望！"她常常这样痛哭哀号，"啊，我无法用语言表达心中的痛苦了！"伍尔兹小姐哭起来后，学生们就更不关心她说的话了，他们聚精会神地关注着接下来会发生的事（虽然他们已经料到了，但还是会措手不及）——就在大家盘算之时，"灰色幽灵"突然现身，让所有人都吓了一跳。

三年级的教室只有一个出入口。虽然拥有"超自然能力"，但麦夸特夫人没办法穿墙而入。即使学生们看到门把手转动了一下，麦夸特夫人的"超能力"还是让他们吓得够呛。有时候，教室门会突然打开，门后一个人都没有。但在下一刻，学生们会听见"灰色幽灵"站在教室里费力地喘着气。这时，会响起吉米·贝肯的呜咽和那两对双胞胎恐惧时发出的声响。其他时候，麦夸特夫人似乎是直接跳进教室的，因为门把手根本就没有转动的迹象。甚至连罗兰·辛普森这个未来的罪犯也不得不闭上眼睛，平复一下心情。（罗兰喜欢被吓到。）

根据威克斯蒂德夫人的回忆，"灰色幽灵"在战争期间失去了一片肺叶。具体是哪场战争和哪一侧的肺叶，杰克就不清楚了。麦夸特夫人做过战地护士，曾经吸入过有毒气体。所以她呼吸时有点费力。"灰色幽灵"总是一副气喘吁吁的样子。至于她在何处吸入了毒气，其间的经过，对杰克来说也是一个谜。

三年级学生对麦夸特夫人的话熟悉得几乎可以默写下来。当"灰色幽灵"无可阻挡地突然现身，她对着全班讲话的模样就像是卡罗琳·伍尔兹改编剧本里的一个角色。麦夸特夫人气喘吁吁，声音阴冷得让人想起墓地："你们中是谁……把伍尔兹小姐……弄哭了？"

学生们会毫不犹豫地指认作案人员。被问到这个令他们心惊胆战的问题时，他们不在乎背叛任何人。在那一刻，没有友谊与忠诚可言。因为他们想，如果麦夸特夫人以前吸入过毒气并失去了一侧肺叶，会不会她已经死去了？谁敢自信地说她不是一个幽灵呢？她的皮肤，她的头发，她的衣服——是灰色，灰色和灰色的。而且为什么她的手那么冷？为什么从来没有人见过她来到或离开学校？为什么她总是会突然出现？

杰克一直记着"灰色幽灵"质问戈登·弗兰奇的话："你把……一只什么东西……放进了你妹妹的……头发里了？"

"只是一只仓鼠，很可爱的。"戈登回答。

"感觉像是一只小狗，戈登。"他妹妹卡罗琳说。戈登知道在这种危急情形下要怎么做。他像一名士兵似的站在他书桌旁边的过道，因为预先知晓将要面对的考验而有些僵硬。

"我希望……你没有……伤害仓鼠……卡罗琳。"麦夸特夫人说，同时让戈登暂时放松些。

"把仓鼠放在头发里并不好玩。"卡罗琳回答。

"那只仓鼠呢？"伍尔兹小姐突然喊道。（她的教名也是卡罗琳，千万别搞混。）

"请找到……那只仓鼠……卡罗琳。""灰色幽灵"说。但在卡罗琳·弗兰奇着手寻找之前，伍尔兹小姐吓得爬到了卡罗琳的书桌下面。"没说你……亲爱的。"麦夸特夫人责备地说。所有学生和伍尔兹小姐一样跪在地上，不过他们是在找仓鼠。

"仓鼠叫什么，戈登？"莫琳·雅问。

"灰色幽灵"不会那么轻易地放过戈登。"你跟我过来……戈登。祈祷你的仓鼠没跑丢吧……因为找不回来的话，它就死定了。"

学生们看着戈登跟着"灰色幽灵"离开了教室。每个人都清楚，麦夸特夫人领着戈登去了校园里的小教堂。小教堂经常空无一人。即使有唱诗班在排练，麦夸特夫人也会领着犯错的学生进入教堂，让学生跪在里面。学生得背对祭坛跪在中间过道。"你……背离了上帝，你最好希望……上帝没有看着你。""灰色幽灵"说完便离开了。

根据戈登的回忆，背离上帝而且还不知道他是否看着自己的滋味糟透了。几分钟后，戈登很肯定地感觉到有人站在他身后，就在祭坛和布道台附近。也许是祭坛后方彩绘玻璃上那四个围着耶稣的女人中的一个——圣徒，不过现在也已经是幽灵了——也许她走下了彩绘玻璃，想要用冰冷的手碰他。

三年级的课经常这样被打断，学生们也记不清到底是谁又被带去小教堂背对上帝罚跪了。麦夸特夫人从来不会把你从小教堂带回来，她只是把你领到那儿。（至于罗兰·辛普森，说他背对上帝住在小教堂都不为过。）经常是过了很久之后，有人（一般是"话痨"）会问起："伍尔兹小姐，是不是应该派个人去看看在小教堂的戈登啊？"

"啊，我的天啊！"伍尔兹小姐会这样大喊，"我怎么给忘了！"然后，某个学生会被派去小教堂把戈登（或罗兰）从背离上帝的孤独恐惧中解救出来。因为在教堂里背对祭坛总有些不对劲，好像你是来找麻烦的。

不过，三年级学生也因此做好了上四年级的准备，因为麦夸特夫人是四年级的老师。四年级学生中会被送去小教堂处罚的，都是未曾见证过"那个伍尔兹"情感崩溃时的那种快感的新生。"灰色幽灵"在管理班级方面可谓轻松自如。前伍尔兹小姐班上的学生称其为麦夸特夫人的幽灵技能。

但是，这些三年级学生还是会接着惹麻烦，而且他们经常会在小教堂被罚跪，虽然他们惧怕"灰色幽灵"，但看到"那个伍尔兹"崩溃总是有种让人难以抗拒的愉悦。学生们既喜欢她哭的样子，又因而讨厌她，他们是因为伍尔兹小姐的这个弱点才受到麦夸特夫人的惩罚。（在杰克的梦境中，伍尔兹小姐穿着艾玛母亲的提升胸罩——虽然艾丽丝已经把它还给欧斯特勒夫人了——也会经常展现她的这个弱点。）

谢天谢地，杰克从来都没有梦到过"灰色幽灵"。这个事实在他年幼的头脑中进一步印证了麦夸特夫人实际已经死了的观点。然而，她在三年级教室中还好端端地活着，而且她的突然现身也变得和"那个伍尔兹"突然哭起来一样稀松平常了。所以，当吉米·贝肯把自己赤裸的身体暴露给莫琳·雅时——就是万圣节他披上床单装成幽灵那次，他在床单下面真的什么都没穿，连内裤都没穿——伍尔兹小姐再次无法用语言表达心中的痛苦。（她伤心愤怒地说，没想到自己竟然会感到如此大失所望。）"灰色幽灵"把吉米单独留在小教堂罚跪后，吉米害怕极了，竟然把屎屙在了床单上，这下他可真的成了一个被吓出了屎尿的幽灵了。如果说麦夸特夫人突然现身把吉米吓尿了，那么他难以抑制地坚信耶稣从祭坛后面的彩绘玻璃上消失这件事，则让自己吓出屎了。

"你选择的万圣节服装太糟了，吉米。"伍尔兹小姐见到沾了屎尿的床单后只说了这么一句。

无论露辛达·弗莱明多少次用马尾辫惹恼杰克，无论杰克多少次把她的头压在书桌上，他们的争执从未把伍尔兹小姐逼得哭起来。每次，露辛达和杰克都会在不触发伍尔兹小姐泪水的情况下结束争斗。他们还没有蠢到以为自己能逃脱"灰色幽灵"的惩罚。

露辛达被揪着耳朵领到小教堂是因为另外一件事：她趁罗兰·辛普森被送去小教堂罚跪的工夫，擦去了罗兰数学试卷上的答案。（大家都很惊讶露辛达竟然会自找没趣，因为罗兰数学试卷上的答案几乎都是错的。）

杰克只有一次被麦夸特夫人送去了小教堂，那一次经历让他记忆深刻。伍尔兹小姐被弄哭，不是因为他把露辛达·弗莱明的头压在书桌上，而是因为他吻了她。杰克只吻了她的脖子，他自然是把露辛达想象成了伍尔兹小姐。

只有一个人能促使杰克做出这种肮脏的事——艾玛·欧斯特勒。艾玛对杰克被艾丽丝逼问时把她供了出来感到非常恼火，虽然她没有因为胸罩事件受到什么严重的惩罚。艾玛的母亲对艾丽丝指控艾玛"猥亵"杰克不以为然。在欧斯特勒夫人的眼中，女人或女孩怎么可能猥亵男人或男孩。欧斯特勒夫人坚持认为，无论艾玛和杰克在玩什么游戏，杰克都很喜欢。但艾玛还是被轻微地惩处了。她告诉杰克，自己被"禁足"了，为期一个月的时间里，她放学后必须立刻回家。

"再也不能在轿车后座搂搂抱抱了，小可爱。再也不能让'小弟弟'

精力十足地勃起了。"

"只是一个月的时间而已。"杰克提醒她。

"我猜，三年级班上有人会让你兴奋吧，我是说除了'那个伍尔兹'。"艾玛询问道。

杰克犯了个错误，他对艾玛抱怨了露辛达·弗莱明，抱怨她如何用马尾辫折磨他，但受到伍尔兹小姐批评的总是他。以艾玛当时的心情，她一定很想给杰克找点麻烦。

"露辛达想让你吻她，杰克。"

"真的？"

"她自己不知道，但她内心是这么想的。"

"她比我高呢。"杰克指出。

"吻她就对了，杰克——一个吻就会让她成为你的奴隶。"

"我不想要奴隶！"

"你自己不知道而已，但你的内心是这么想的。就想象你是在吻'那个伍尔兹'。"艾玛对他说。

那一周，杰克在粉笔盒里发现了戈登的仓鼠尸体，就是对杰克的一种预示。这不就是常说的不祥之兆嘛！但他并没有当回事。很长时间里，杰克不敢去吻露辛达·弗莱明，但他也无法将这个想法从脑中驱散。他每天坐在她后面，看着她粗粗的马尾辫来回摇摆——呃，更不用说她的后颈还常常裸露。一天，伍尔兹小姐正在黑板上写要学的新词语，杰克踮着脚站起身，俯身向前，拽起了露辛达的马尾辫，亲吻了她的颈后。

可是，"小弟弟"没有任何反应——又是一个不祥之兆，这次杰克注意到了。学生被告知说要警惕露辛达的什么无声愤怒，简直是一派胡言！杰克从后面拉拽她的马尾辫或是把她的头压在书桌上时，露辛达一声都不吭。但当杰克吻了她，她的反应让人以为是戈登那只死去仓鼠的鬼魂回来复仇时把她咬了。（哪怕在杰克最狂野的梦境中，被捆绑着的伍尔兹小姐戴着各种胸罩被杰克亲吻时的反应都不及露辛达半分疯狂。）

露辛达·弗莱明嘶喊得脸都发红了。她躺在书桌旁边的过道上，双腿乱踢，双臂挥舞，马尾辫随着她的脑袋前后甩动，那样子好像她正在被老鼠大口吞噬。这种情形绝对超出了伍尔兹小姐的承受力极限。她一定以为这是露辛达自杀前的热身活动呢。"啊，露辛达，是谁让你这么失望？"伍尔兹小姐哭喊——还有其他类似的蠢话，伍尔兹小姐总是会说出各种不合时宜的话。也许学生们忍不住调皮捣蛋，就是想看看她能说出些什么。

在对最喜欢的小说进行戏剧改编时，伍尔兹小姐总能挑出最棒的台词，其中很多被她加入自己朗读的旁白中。在《理智与情感》这部剧中，伍尔兹小姐在介绍杰克扮演的埃莉诺的完美旁白中这样说："她心地善良，性格温柔，感情强烈，然而她会克制自己——对于这一手，她母亲还有待学习，不过她有个妹妹决计一辈子也不要学。"

在四年级重排这部剧时，伍尔兹小姐安排杰克出演感情没有节制的妹妹玛丽安。杰克讨厌这个角色，他想扮演的是爱管闲事的母亲达什伍德太太。但是伍尔兹小姐无视了她曾经让杰克演过失明的罗切斯特、不再是处女的苔丝、胸口刺了 A 的海斯特，以及撞向火车自尽的安娜，说他看上去太年轻了，演不了一位育有三个女儿的母亲。

事情突然发生时，伍尔兹小姐似乎不知该说些什么才好。哪怕说的话暴露了她完全误解了当时的情况，她说话时也不乏权威，措辞得当，吐字清晰。这经常让学生十分困惑。

所以，当露辛达·弗莱明突然僵直地挺起身子，然后使劲用后脑击打地板时，伍尔兹小姐竟然对全班说："你们这些自私轻率的孩子，是谁给露辛达带来了这样的痛楚？"

"什么？"莫琳·雅问道。

"露辛达在尿尿！"卡罗琳·弗兰奇观察道。

没错，露辛达身下的那片小水洼越来越大——她的裙子染上了一大片深灰色。弗兰奇兄妹开始了他们那招牌式的击打地面的动作，好像在试着与露辛达脑袋撞地的频率保持一致，但总也不成功。他们三个就像一个缺乏练习的乐队。接下来本应该出现布斯姐妹吮吸毯子的声音，却不祥地被她们类似抑制呕吐的声音代替，听上去更像是被毯子憋死的声响。然而，倒在尿泊中的露辛达·弗莱明极具节奏感地用脑袋撞地面时，布斯姐妹发出的声音听起来比伍尔兹小姐说的话中听多了。

"露辛达在经历她最艰难的时刻。"三年级学生似乎并不需要伍尔兹小姐告知他们这点。"我们做点什么能让她好受些呢？"吉米·贝肯说，当然了，他呜咽着。

杰克也想帮忙，但怎么帮呢？"我刚刚吻了她。"他想解释一下。

"你——什么？"伍尔兹小姐说。

"吻了她的脖子。"

杰克看见露辛达·弗莱明的眼球翻起，露出眼白，好像她准备前往另一个世界了。她发出一阵像是窒息般的声音——似乎在向布斯姐妹致意。连无法无天最终入狱的罗兰·辛普森也立刻害怕起来，（暂时）变得老老实实的。如果吉米·贝肯当时披了他那条床单——好吧，最后的结果不用说出来你们也知道。

卡罗琳·弗兰奇突然哭叫起来，好像有一百只仓鼠在她的头上乱跑。像格兰特·波特、詹姆斯·特纳和戈登·弗兰奇这些脑子笨的孩子——事实上，包括罗兰·辛普森和吉米·本肯在内的全体男生都为杰克的举动感到恶心。他竟然吻了露辛达·弗莱明，吻了那个智力迟钝的女生。（简直就是人生的污点！）也许是担心自己永远也不会被人亲吻，"话痨"莫琳突然哭了起来。不过和"那个伍尔兹"比，这都算不上什么。

露辛达·弗莱明把自己的舌头吞下去了吗？所以才会发出这种窒息般的声音？"她流血了！"卡罗琳·弗兰奇喊道。真的，露辛达唇部流血了，不是她的舌头——她把自己的下唇咬破了。

"她要把自己吃了！"莫琳·雅尖叫道。

"杰克，我无法表达心中的失望和痛苦。"伍尔兹小姐抽噎着说。看到这场乱象，你会以为杰克把露辛达搞怀孕了呢。毫无疑问，他肯定得去小教堂了。失禁、流血、像是僵直尸体演的哑剧，这都是那个吻惹的祸——而且还只是了吻了脖子！

当"灰色幽灵"华丽地突然现身时，吉米·贝肯晕了过去。他一定是被吓得尿不出来了。没有人见到她进来。麦夸特夫人立刻跪到露辛达身旁，用力把她紧咬的牙齿撬开，救出了被咬得血肉模糊的下嘴唇。麦夸特夫人接着把一本书塞进露辛达的嘴里。"咬这个……露辛达，你的嘴唇已经……不能再咬了。""灰色幽灵"说。

杰克记住了那本书。遗憾的是，他的记忆无法区分琐碎与重要之间的差别。虽然他经常在露辛达的书桌上看到作曲家埃德娜·梅·伯纳姆的《钢琴教程：第二册》，但这对他而言不是一件毫无意义的琐事。杰克·伯恩斯以为他父亲也用过那本教材，他甚至确信威廉就是用那本教材授课的——威廉在圣西尔达周旋于两个女生之间时，说不定就是用这本教材给别人上课的。也许这两个女生之一（或者全部）就读过伯纳姆的教材呢！

从得知杰克吻了露辛达开始，事情已经超出了"话痨"莫琳的理解力。她也晕了过去，但不像吉米那么夸张。"灰色幽灵"突然现身并跪在露辛达身旁，让莫琳觉得麦夸特夫人就是死神。当然了，"灰色幽灵"一定知道如何照顾像露辛达这样咬穿嘴唇的人。（如果她真的在什么战争中做过战地护士，她肯定见过比这更血腥的场面。）

伍尔兹小姐自然还是忍不住哭了起来——这也引发了接下来的事。"你们当中谁把伍尔兹小姐……惹哭了？"麦夸特夫人气喘吁吁地说道。

"是我。"杰克回答。所有人对他自己站出来感到吃惊——事情可不会这么轻易结束。"灰色幽灵"是唯一在他说出这话时不感到吃惊的人。"我很抱歉。"他又补充道，但麦夸特夫人已经把注意力转到了别处。

虽然有些不稳，露辛达·弗莱明还是站了起来。鲜血从她伤痕累累的嘴唇滴下来，她的衬衫和领带沾满了血迹，还有她的尿液——但露辛达似乎并没有注意到。她的脸上依旧洋溢着那种不自然的安详微笑。

"你的伤口需要……缝针……露辛达。带她去……医务室……卡罗琳。""灰色幽灵"说。伍尔兹小姐再一次以为麦夸特夫人说的是她，但卡罗琳·弗兰奇知道谁是被指定的人。"不是你……亲爱的。这是你的班级，你留下……""灰色幽灵"对伍尔兹小姐说。

布斯姐妹被指定陪着莫琳·雅前往医务室。没有完全从昏迷中恢复的莫琳看上去似乎有些睡不醒。吉米·贝肯也没有完全从昏迷中苏醒过来。他趴在地上，好像还在寻找戈登那只死去的仓鼠。格兰特·波特和詹姆斯·特纳接受了带着吉米去医务室的任务。（可是这两个人太笨了，吉米怀疑他们是否知道去医务室的路。）

至于杰克，他惊讶于麦夸特夫人拽着他耳朵时是那样温柔。她冰冷的拇指和食指捏住他的耳垂把他拉出教室，但杰克一点也没感觉到疼痛。麦夸特夫人在走廊里就松开了手，不过她冰冷的手依旧放在他的颈后。鉴于发生的事件，他们进行了一次诚恳的谈话。

"这次……伍尔兹小姐……又是怎么回事？"麦夸特夫人低声问道。

杰克本来有些担心他吻别人这个话题，不过他只犹豫了一秒钟。对"灰色幽灵"说谎的后果无法想象。"我吻了露辛达·弗莱明。"杰克坦白。

麦夸特夫人点点头，似乎并不吃惊。"吻了哪里？"她继续低声问。

"她脖子后面。"

"那还……不算糟。我预想的……要更糟。""灰色幽灵"说。

小教堂里空无一人，杰克一想到自己将要背离上帝就惊恐不安。但麦夸特夫人把他领到最前排的长椅上。他们坐在一起，面对着祭坛。"你不想让我背过身去吗？"

"你不用，杰克。"

"为什么？"

"我认为你需要正面看着……上帝。你难道想背离上帝吗，杰克？……就你而言，我很肯定……上帝能看见。"

"真的？"

"绝对。"

"哦。"

"你……只有八岁，杰克。你……在八岁吻了女生！"

"只是吻了脖子。"

"你做的也没什么大不了……但你看到了……后果。"（失禁、流血、僵直的身体，以及要缝针的伤口！）

"我该怎么做，麦夸特夫人？"

"祈祷。你应该……对着上帝祈祷。"她说。

"祈祷什么呢？"

"祈祷你可以……控制你的冲动。""灰色幽灵"说。

"控制我的什么？"

"祈祷你能拥有力量……节制你自己，杰克。"

"从亲吻开始？"

"从……比亲吻还要过分的那件事开始，杰克。"

麦夸特夫人也可以说，从父亲活在他身上开始。"祈祷拥有……克制自己的力量。"她说这句话时没有看着杰克的眼睛——而是盯着他的裆部！麦夸特夫人说的是他的"小弟弟"，以及他即将面对的考验。无论是什么比亲吻还要过分，杰克都祈祷能拥有抵抗它的力量。他不停地祈祷着。

"容我……打断你的祈祷，杰克，我有……个问题。"

"问吧。"他说。

"你做过……比吻女生更过分的事情吗？"

"什么是比那个更过分的事呢？"

"比如……不仅仅是亲吻……可能吧。"

"我曾经抱着欧斯特勒夫人的胸罩睡觉。"杰克祈祷"灰色幽灵"能原谅他。

"艾玛·欧斯特勒？她给了你……她的胸罩？"

"不是艾玛的——是她妈妈的胸罩。"

"但艾玛……把它给了你。"

"是的。我妈妈给送回去了。"

"感谢上帝！"麦夸特夫人说。

"那是个提升胸罩。"他进一步解释道。

"接着……祈祷吧，杰克。"

麦夸特夫人以幽灵特有的方式悄无声息地离开了——她在过道上单膝下跪，在胸前画着十字。感受到来自麦夸特夫人的好意后，杰克不禁感觉她比之前更像个活人了。不过，她最后留给自己的告诫充满了来自坟墓的寒意。

上帝正注视着杰克·伯恩斯。如果杰克背离上帝，他会看见的。假如上帝真在仔细地注意杰克，那是因为他确信杰克会犯错。（"灰色幽灵"似乎对此非常确定。）无论错误是活在他身上的父亲犯下的，还是那个能够独立思考和想象的"小弟弟"犯下的，杰克似乎注定要像艾玛·欧斯特勒预言的那样，会成为一个寻求床笫欢愉的花花公子。

他不停地祈祷着，膝盖和后背酸痛无比。片刻之后，从他后面的那排长椅上传来一阵熟悉的口香糖气息——这次是水果味的。"你在干什么，小可爱？"艾玛低声问。

杰克不敢转过身去。"祈祷。"他回答，"我看起来像在干什么呢？"

"我听说你吻了她，杰克。她嘴唇上的伤口缝了四针！小伙子，我们的家庭作业都白做了！你不能吻女生时把她当牛排啃！"

"她自己咬的。"他解释说，但没用。

"片刻的激情，哈？"艾玛问。

"我在祈祷呢。"杰克说，还是没有转过身去。

"祷告也帮不了你，甜心。只有家庭作业才行。"

艾玛·欧斯特勒成功转移了杰克的注意力。如果艾玛没来小教堂找他，杰克也许会严格按照"灰色幽灵"的指示做。如果他真的通过祈祷获得了节制自我（当然也包括节制"小弟弟"）的力量，那么谁知道杰克·伯恩斯会躲过什么灾祸，而他又会让别人免于遭受什么样的痛苦呢？

12 不仅仅是另一朵"耶利哥玫瑰"

多年之后，和许多人一样，杰克仍然可以收到露辛达·弗莱明写的无聊圣诞贺信。他也不知道是为什么。杰克后来再也没有吻过她，甚至与她失去了联系。

艾玛·欧斯特勒称，杰克三年级时在露辛达后颈上的那个吻，是她人生中获得的第一次也是最棒的一次亲吻——可能也是最后一次。不过考虑到露辛达·弗莱明后来养育的子女数量——她在每年的圣诞贺信中都会把自己子女的名字和年龄乐此不疲地唠叨一遍——杰克一定会强烈批判艾玛的观点。杰克被露辛达宏伟的生儿育女工程所震撼，竟然推断出她丈夫一直在吻她，而且吻得很开心。那个丈夫十有八九把自己一生中大部分时间都用来吻露辛达了，但并没有造成她咬穿下唇和尿满全身的下场。

回首过去，杰克并不怀念露辛达，更不用说她似乎专门为他爆发出的愤怒。他真正怀念的是"灰色幽灵"。麦夸特夫人尽己所能帮他避免成为他父亲。杰克没有努力地祈祷，缺乏控制"冲动"的力量，但这并不是她的过错。杰克背离上帝，并不是麦夸特夫人或他父亲的失败，而是他个人的失败。

四年级时，杰克的作业负担变得繁重起来，艾玛真的帮了他不少忙。至于杰克其他的家庭作业，比如他的性教育，依然由艾玛负责。她这位自封的传道解惑者可谓兢兢业业，孜孜不倦。

作为杰克四年级的老师，麦夸特夫人每周有两天会在放学后留下来辅导杰克的数学。他非常专注于数学的学习。"灰色幽灵"辅导他时，杰克没有走神分心，没有一口气把"幽灵"吸进肚子里的矛盾想法。麦夸特夫人也没有穿着别人的内衣出现在他的梦境里。事实上，杰克反而应该为她展现的同情感谢她——不仅为她在小教堂里说的话，还为她一直试图淡化伍尔兹小姐为让杰克释放自我而在舞台上对他进行的指挥和影响。（不过就"那个伍尔兹"严格的指导而言，通常情况下，杰克在舞台上表演时只要稍微"释放"一下自我就可以了。）

在伍尔兹小姐改编的那版令人倒胃口的《亚当·比德》中，杰克饰演亚当。"他们怀着深深的喜悦亲吻着对方。"剧本上的舞台说明如是写道。杰克亲吻露辛达·弗莱明造成的灾难性后果毫无喜悦可言，杰克无视了这段可怕的历史再次投入演出中。考虑到"那个伍尔兹"让希瑟·布斯来扮演黛娜，这个吻足够令人生畏了。杰克亲吻希瑟时，不仅她发出了吮吸毯子的声音，连她的双胞胎妹妹派西也在后台发出了同样的响声。

伍尔兹小姐安排派西饰演背叛了亚当的女人赫蒂，这样做的结果是这部剧变成了对《亚当·比德》原著的可怕歪曲！杰克饰演的亚当竟然娶了和当初背叛自己的女人长得一模一样的双胞胎姐妹！（原著作者乔治·艾略特一定会被这擅作主张的改编气得从坟墓里坐起来！）

"那个伍尔兹"对第54章结尾一段太过偏爱，于是，她依据自己的喜好把这段不属于作者乔治·艾略特的叙述改成了杰克的台词。望着希瑟·布斯那双痴情的眼睛，对杰克说出这大段台词没有什么帮助。"两个人活在世上，感觉彼此结合度过一生——在劳作中互相支持，在不幸中互相安慰，在痛苦中互相照料，在最后分离的那个瞬间，彼此在难以言说的无言回忆中成为一体，还有什么比这更加伟大呢？"当杰克饰演的亚当这样问希瑟饰演的黛娜时，她一直在发出吮吸毯子的声音，虽然声很小但依然可以听见，好像亚当刚刚的吻让她难受不堪，下一秒钟她就会开始呕吐。

"杰克，伍尔兹小姐对你说的一切你都要留个心眼儿。"麦夸特夫人看到杰克的表演时对他说。

"留个什么？"

"这是个常用表达——'留个心眼'意思是说不能完全相信别人的话。"

"哦。"

"我并不同意相互结合度过一生是两个人在世上做的最伟大的事。坦白说，我想不出比这个更恐怖的事情了。"

杰克推断麦夸特夫人一定有一段不美满的婚姻，或是她丈夫已经去世了，守寡的她依然保留着夫姓。"灰色幽灵"和已故的麦夸特先生在他们最后分离的瞬间，并没有体会到多少难以言说的无言回忆。

杰克当着高年级女生的面"怀着深深的喜悦"亲吻了希瑟·布斯，也不会被艾玛·欧斯特勒轻易放过的。"你用舌头了吗？好像你舌吻了她。"艾玛问他。

"用舌头吻？怎么办到？"

"咱们会学到的，小甜心——等着做的家庭作业越来越多了。你做的那些数学题都让你进度落后了。"

"哪方面进度落后了？"

"听她的声音好像你把她噎住了似的，你这个呆瓜。"

从幼儿园以来，布斯姐妹经常发出那种吮吸毯子的恶心声音——艾玛应该有印象的。（艾玛的入睡故事才是姐妹俩这种恶心声音的真正起源吧！）

"等到演出《米德尔马契》就好了，杰克。艾略特的这部小说比《亚当·比德》好太多了，但伍尔兹小姐还没找到改编的好方法。""灰色幽灵"安慰他说。

于是，杰克在四年级时从麦夸特夫人身上第一次见识到一种权衡轻重的判断力。在后来的校园岁月中，她不再给予杰克指引，让他感到十分遗憾。不过，非常幸运的是，杰克在圣西尔达的最后一年遇到了麦夸特夫人这样的老师。

判断力可不是唾手可得的。有些读者阅读一部小说时会仔细翻找可供萃取的真相、道德教化和精炼的妙语，却很少关注小说中其他的内容。卡罗琳·伍尔兹就是这样的读者。如果不是"灰色幽灵"让他留个心眼儿，谁知道要过多久，杰克才会明白自己并没有真正读过《简·爱》《德伯家的苔丝》《红字》《安娜·卡列尼娜》《理智与情感》《亚当·比德》以及《米德尔马契》。四年级的杰克还没有读过这些伟大的著作——他只是在伍尔兹小姐充满个人意图的改编剧作中饰演过角色而已。

杰克对圣西尔达的布告栏再熟悉不过了，上面的内容充斥着对女性的溢美之词。夹杂在某些日常通告中间的是美国超验主义思想家爱默生的一些枯燥无趣的观察。（"衡量文明的一个足够好的方法，就是看优秀妇女带来的影响。"）杰克在伍尔兹小姐改编的《米德尔马契》中饰演女主角多萝西娅之前，就在布告板上的通告里见到过出自乔治·艾略特的名言。不出所料，杰克当时把乔治·艾略特当成了一个男人。至少从布告板上各种"艾略特先生"颇受欢迎的主张看来，杰克相信"他"对男人充满了怨恨之情。（"一个男人的想法，不论怎样，既然是男人的想法，它就占尽了优势。正如一棵最弱小的白桦也要比最挺拔的棕榈树高——甚至连他的愚昧无知都充满了睿智的力量。"）这到底说了些什么啊？他常常感到疑惑。

杰克饰演的多萝西娅"满腔热情，希望能理解生活的真谛"（在伍尔兹小姐的指导之下），流露出"对婚姻幼稚可笑的观念"。没开玩笑——他还是个孩子，当然幼稚了！

"骄傲促使我们隐藏自己的创伤，阻止我们伤害他人，这种骄傲不算坏事。"杰克饰演的多萝西娅颠三倒四地念着。（这段话在小说中并不是多萝西娅的话，也不属于任何角色。）

伍尔兹小姐对杰克的舞台才华给予了高度评价，称他表演时展现了无限的"可能性"。而麦夸特夫人则用自己在《米德尔马契》中发现的一句有关真实性的话反驳了她："事实上，世界上到处是充满希望的类比和美丽却可疑的蛋。这些蛋中蕴含着各种可能性。"

"乔治·艾略特？《米德尔马契》？"杰克问。

"完全正确。那部小说的内容比这部说教剧丰富多了。"麦夸特夫人回答说。

伍尔兹小姐预测杰克终有一天会成为一位伟大的演员，当他只遵从她的严格告诫，全身心精准地呈现她口中的角色时。"灰色幽灵"则用《米德尔马契》中另一句毫不夸张的话来回应："在一切错误中，预言是最没有必要的。"

"什么意思呢？"

"我的意思是，决定你未来的是你自己，不是伍尔兹小姐，杰克。"

"哦。"

"你难道没发现'那个伍尔兹'有什么不对吗，小可爱？"艾玛·欧斯特勒问。

"她哪里不对了？"

"显而易见，'那个伍尔兹'欲求不满，杰克。"艾玛说，"我之前说她有男朋友一定是搞错了。也许是她家里的什么人给她买了那些漂亮衣服。很难想象她有性生活，可能一次都没有呢，不是吗？"杰克心想，最好只在他的梦里有过。他不得不承认，伍尔兹小姐太让他困惑了——他越是了解伍尔兹小姐，越是发现她的外表与她的缺点竟然如此割裂。

如同卡罗琳·伍尔兹畅游在小说中，杰克也寻遍了圣西尔达的布告板，只为找到一点让他心情振奋的建议。但与在小说中游刃有余的伍尔兹小姐不同，杰克并没有发现什么有用的建议。那个时候，诗人纪伯伦是圣西尔达高年级女生非常喜爱的一位作家。杰克请"灰色幽灵"帮他解释一下纪伯伦奇怪的建议。

请于你们的耳鬓厮磨中留出些微罅隙，
让天堂之风旋舞其中。

"这说的是什么意思呢？"杰克问麦夸特夫人。

"胡说八道，胡言乱语，骗人的废话。""灰色幽灵"说。

"什么？"

"什么意义都没有，杰克。"

"哦。"麦夸特夫人从杰克手里拿走那张写着纪伯伦诗句的纸条。他看着那张纸条被她冰冷的手揉成了一团。"我不是应该把这张纸条贴回布告板上吗？"

"咱们看看纪伯伦先生能不能自己找到回布告板的路吧。""灰色幽灵"说。

杰克非常信任麦夸特夫人，他敢问她一些不敢对别人说的问题。杰克不敢对他妈妈说的事情越来越多。艾丽丝对他愈加疏远，但杰克对此并不十分确信。无论她出于何种原因这么做，他都不想再听到"等你长大就知道了"这种回答了。

洛蒂还是洛蒂，还是让杰克那样无法割舍。他和艾丽丝在北海沿岸港口停留期间，可能是杰克最想念洛蒂的时候。现在他长大了不少，洛蒂已不再胸口贴着胸口地抱着他，感觉彼此的心跳了。在他这个年纪，杰克更想和艾玛玩这个游戏。（按艾玛的原话："你可以说，洛蒂一生中最有趣的阶段已经结束了。"）

威克斯蒂德夫人本来就年纪不小了，现在日渐衰老。当她把自己不听使唤的手指放到热茶上方取暖时，手指经常会不受控制地蘸进茶水里，结果杰克的衬衫和领带也偶尔会溅上茶渍。已故的威克斯蒂德先生患有关节炎，所以她练就了一手系领带的高超技能。"现在也轮到我开始受罪了，杰克。我问你，这样看起来公平吗？"威克斯蒂德夫人对杰克说。

杰克在其他的场合也会遇到这种有关公平的问题。"只因为我是我父亲的儿子，我以后就会成为他那样的人，这种说法不公平。"他对麦夸特夫人坦承。（在这个问题上，杰克对艾玛就不那么坦诚了。）"你觉得这样公平吗？"杰克问"灰色幽灵"。他能看出来，麦夸特夫人真的在战场上做过护士——不过她是否只剩下一侧的肺叶还无法证实，"你觉得我会变成他那样的人吗，麦夸特夫人？"

"咱们出去走走吧，杰克。"

他猜到他们会去小教堂。"我会被罚跪吗？"

"当然不会！我们只是去个能思考的地方。"

他们一起坐在前排的长椅上，面对着祭坛。一位三年级的男生背对祭坛跪在中间过道上，让杰克稍微有些分心。虽然是"灰色幽灵"把他领到那里跪着的——无论那是多久前发生的——但见到这个男生时，她也面露惊奇之色，接着她很快忽略了他的存在。

"如果你真的成了你父亲那样的人，杰克，那不能怪你父亲。"

"为什么不能？"

"除非是上帝的安排，如果你无辜遭受了苦难，一定是你咎由自取。""灰色幽灵"说。跪在过道的那个三年级男生一副惊恐的神情，他一定以为麦夸特夫人在说他。

幸亏杰克没有问艾玛·欧斯特勒他接下来问麦夸特夫人的问题："我脑子里每时每刻都想着性，这也是上帝的安排吗？"

"请上帝宽恕！""灰色幽灵"把目光从祭坛移到了杰克身上，"你说的是真的吗？"

"每时每刻都会想，我做梦时也会梦见。"杰克回答。

"杰克，你和你妈妈谈过这个吗？"麦夸特夫人问。

"她只会说，等我长大了才能明白。"

"不过，好像你已经长得足够大了，能整天想着和梦见这种事了！"

"也许我去了男校读书就不会这样了。"杰克说。他知道艾丽丝下一步打算把他送进一所男校。那所男校叫上加拿大学院，就在离圣西尔达女校不远的地方——实际上，走过去都很近。（上加拿大学院的男生总是围着圣西尔达的高年级女生转。）就算威克斯蒂德夫人在上加拿大学院"有关系"也不奇怪。即使没有，仅凭杰克在圣西尔达的任课老师的推荐信也足够了——至少他成绩还不错。他已经去那里进行了一次面试。看惯了圣西尔达灰色和栗色的制服，杰克觉得这所男校的制服太蓝了——学生的军团斜纹领带是海军蓝和白色相间的。如果你是代表校队打比赛的运动员，主力队员领带（那里的男生就是这么叫的）是带有方形图案的海军蓝纯色款。上加拿大学院里体育方面出色的学生都戴着这种领带，在众多男生中格外显眼，如同偶像般被其他人崇拜。艾丽丝发现这有些不妙。在杰克面试的过程中，他妈妈毫不隐瞒地说自己的儿子并不擅长运动。

"你怎么知道？"杰克问她。（他从来没有机会尝试！）

"相信我，杰克。你不是那类人。"但杰克越来越不信任他妈妈了。

"你在考虑那所男校？""灰色幽灵"问他。

"上加拿大学院，我妈妈说的。"

"我会和你妈妈谈一谈的，杰克。那里的男生会把你生吞活剥了。"

鉴于杰克对麦夸特夫人的敬重，这听上去可不是什么振奋人心的好消息。他甚至对艾玛表达了自己的担忧。"把我生吞？为什么？怎么把我生吞呢？"

"很难想象你会是个在运动方面出色的人，杰克。"

"所以说呢？"

"所以说他们会把你生吞活剥，但那又怎样？你擅长的运动是和人生摔跤，小可爱。"

"我擅长的运动——"

"别说了，快吻我，甜心。"艾玛说。他们躺在林肯轿车的后座上。艾玛只需几秒钟就能让杰克成功勃起，这可是个非常可观的进步——如果没成功，就要看"小弟弟"那难以预测的反应了。艾玛上十年级了，年满十六岁，但俨然三四十岁的成熟女人，不过让她气愤的是，最近她开始戴矫正牙套了。杰克有点害怕亲吻她。"不是这样！"艾玛指挥道，"我是只小鸟吗？你在喂我吃虫子吗？"

"是我的舌头。"他说。

"我知道那是你的舌头，杰克。我要说的是更重要的问题——你亲吻我的感觉。"

"感觉就像是条虫子？"

"感觉你想要憋死我。"

艾玛轻轻抱着枕在自己大腿上的杰克的头，低头热切地看着他的眼睛。一年又一年，艾玛长得越来越高，变得越来越壮。同时，杰克感觉自己几乎没有变化。不过，他可以勃起，而且每次勃起时，艾玛都会知道。"以后肯定有'小弟弟'的好戏看，甜心。"

"什么？"

"就像电影开始前放的预告片——"

"哦。"

"你很快就会处处留情，杰克。我说的就是这个意思。"

"这姑娘在教你干坏事，伙计。"皮韦说。

"闭嘴，好好开你的车，伙计。"艾玛对皮韦说。和杰克一样，他也成了艾玛的奴隶。

艾丽丝把那副提升胸罩还给欧斯特勒夫人后，杰克常常会有些奇怪，这两位母亲怎么还会允许他和艾玛单独待在一起。杰克和艾玛还是经常单独在一起，确切地说，单独在一起的时间更久了。他们每次会在艾玛的家里一起待上至少一个小时。无论艾玛的妈妈是否在家，都没人打搅他们——没有洛蒂在他们下方的厨房里叮当作响，嚷嚷着什么茶水的胡话。

欧斯特勒位于森林山的住宅是一栋三层宅邸，是欧斯特勒夫人从前夫那里得来的。艾玛的妈妈离婚得来的赡养费让母女俩成了富人。离婚时获得一大笔赡养费的女人总会被多伦多当地的小报骂得体无完肤，但欧斯特勒夫人会说，这和其他致富的方法没什么两样。

艾玛的妈妈是个身材娇小的女人，从她的提升胸罩就能看出这一点。而艾玛的唇髭表明，她妈妈的毛发异常浓密。至少就一个女性，一个矮小的女性而言，情况确实如此。艾玛妈妈的唇髭原本比艾玛的还要明显，但（据艾玛说）欧斯特勒夫人经常使用除毛蜡。她还没轻率到用除毛蜡把胳膊上的汗毛除去。除了唇髭外，她针对毛发唯一外在可见的措施是把自己乌黑的头发剪得极短，那发型会让人想起童话里的小精灵男孩。虽然她身形纤弱娇小，但杰克总觉得欧斯特勒夫人看起来有点像男人。

"没错，而且是个很有魅力的男人。"艾丽丝对她儿子说。她觉得艾玛的妈妈"很好看"，而艾玛的长相随了她父亲，真可惜。

杰克从来没见过艾玛的父亲。每次寒假结束开学时，艾玛总是晒得皮肤发黑，因为她父亲带她去了西印度群岛或墨西哥。一年中只有寒假时，父女才能待在一起。每年夏天，艾玛都会去安大略省西南部乔治湾的一座小别墅住上一个月，大多数时候由保姆或管家照顾，她父亲只能在周末来到别墅。艾玛从不说起他。

欧斯特勒夫人觉得艾玛年纪还太小，没必要用除毛蜡去掉唇髭。这成了母女之间争执的一大起因。"几乎看不到，"艾玛的妈妈经常这样对她说，"另外，在你这个年龄，这有什么关系吗？"一个离异的女人"艰难"养大自己的独生女，尤其是这个还在长身体的十六岁女儿已经比她妈妈还要高大健壮了——不用说，母女之间自然会爆发许多争吵。

欧斯特勒夫人觉得艾玛还没到能刺青的年龄——在艾玛看来，这种观点虚伪至极，因为她妈妈最近刚找"女儿艾丽丝"做了刺青。杰克倒是第一次听说这件事，不过艾玛对他说的每件事他几乎都是第一次听说。"刺了什么？刺在了哪里？"他问。

好吧，真没想到！艾玛的妈妈专门用刺青来遮盖身上的疤痕。"因为她做过剖腹产。"艾玛说。又是这玩意儿，杰克想。"是剖腹产留下的伤疤。"艾玛接着说道。杰克以前还以为"剖腹产"是哈利法克斯专门收留分娩困难的产妇的病房呢！"她剖腹产时做的是'比基尼切法'。"艾玛解释说。

"那是什么？"

"切口是水平的，不是竖直的。"

"我还是不懂。"杰克说。

为了让杰克明白，有必要去一趟欧斯特勒夫人的卧室了。（艾玛的妈妈出门了。）艾玛给杰克看了她妈妈的一条内裤——是一条黑色三角内裤，毫无疑问和那副提升胸罩是一套。欧斯特勒夫人的疤痕之所以被称为比基尼切法，是因为切口正好位于内裤的腰线以下。

"哦。那刺了什么图案呢？"

"一朵傻透顶的玫瑰。"

杰克可不这么认为。他很确定那是什么玫瑰，不过就欧斯特勒夫人的情况而言，那朵玫瑰似乎太大了，根本不能被三角内裤完全遮盖住。"一朵'耶利哥玫瑰'？"他问艾玛。

第一次，轮到艾玛成了那个无知的人。"一朵什么玫瑰？"

让一个九岁的孩子解释这个实在有些困难。杰克把手握成拳头："大概这么大，可能再稍微大些。"

"没错，接着说，杰克。"艾玛说。

"是一朵花，里面藏着另外一朵花的花瓣。"

"另外一朵什么花？"

杰克虽然记住了很多单词，但他并不理解它们的意思。其中就包括"阴唇"和"阴道"——它们看着就像花朵，不是吗？隐藏在"耶利哥玫瑰"中的另外那朵花，看上去像是女人的阴唇，那是藏在玫瑰中的阴道。杰克不知道自己向艾玛解释这些时胡乱地说了些什么，但艾玛能明白他要表达的意思。

"你一定在开玩笑，杰克。"

"你看见了就会明白。"杰克回答。

"别告诉我你知道阴道长什么样，甜心。"

"我没见过真的阴道。"杰克承认道。但他见过"耶利哥玫瑰"，而且见过很多。他曾经仔细观察过藏着的那朵花的花瓣。他辨认出玫瑰里的那对"嘴唇"（"万人迷马德森"是这么叫它们的）。那东西虽然难认，但十分特别，使"耶利哥玫瑰"不同于其他任何一种玫瑰。"也许你看得不够近。"他对艾玛说。艾玛难以置信得好像要晕倒了，"我说的是离那个刺青不够近。"

艾玛一只手拉着杰克回到了自己的房间，另一只手里仍然攥着她妈妈的三角内裤。似乎杰克·伯恩斯直到死，这辈子都别想和欧斯特勒夫人的内衣裤撇清关系了。

从艾玛的卧室可以看出她从童年到青春期再到性成熟的演进脉络。被冷落的泰迪熊和其他动物玩偶被扔在特大号双人床上一个不起眼的位置。墙上有一张披头士演唱会的海报，还有一张好莱坞男星罗伯特·雷德福的电影海报。（应该是电影《猛虎过山》，因为雷德福还留着络腮胡。）地板上，床上，艾玛的胸罩和内裤明目张胆地扔得到处都是。有一副胸罩还挂在了一只泰迪熊身上，看起来好像是那副胸罩把泰迪熊勒死了。这些内衣属于一个像艾玛这样成长中的女人，清楚地表明（虽然杰克没看出来）艾玛比大多数同龄女孩发育得更像个成熟女性。

与之形成鲜明对比的是，杰克发育得很缓慢，似乎并不急于成长为男人。他恰好遇到了艾玛·欧斯特勒，而艾玛清楚他父亲的事迹。虽然二人相差七岁，但艾玛急不可耐地想看到杰克快点儿长大，甚至赶上自己。"那么说，你知道阴道是什么样的了？"艾玛边说边躺在她四处丢弃的内衣裤和泰迪熊中间。

　　"我知道'耶利哥玫瑰'里面那个长什么样。"杰克回答。艾玛还握着他的手。除了和她一起躺在床上外，他别无选择。

　　"看来你很熟悉阴道啊、阴唇这种事嘛。"艾玛说着，掀起了自己的制服短裙，开始慢慢脱下自己的内裤。她妈妈那条三角内裤对她来说太小了。艾玛并没有把内裤完全脱下来，内裤依然挂在一条腿的脚踝上，展现了圣西尔达高年级女生穿衣（以及脱衣）时邋遢慵懒的风格。挂在脚踝上的白色内裤与她的灰色及膝长袜形成了鲜明的色差。艾玛总是把长袜拉低到小腿的高度，似乎也印证了艾玛对半脱不脱的偏爱。

　　"你的脚真大。"杰克观察道。

　　"别管脚了，杰克。你将要见到你一生中的第一个阴道，你会说你不吃惊吗？"虬结的毛发再次震惊了杰克——虽然远不及他第一次见到艾玛的唇髭时那么惊讶。而接下来——呃，其中错综复杂的结构对杰克而言算不上陌生了。那褶皱（按照"万人迷马德森"的叫法是"嘴唇"）呈现出健康的粉色，没有任何一种刺青颜料能够仿效。而那扇"华丽的门"显然就是阴道口，和他妈妈刺的"耶利哥玫瑰"里的一样，杰克已经看过上百次了。见过艾玛的阴道后，杰克（以后）再次看到"耶利哥玫瑰"刺青时，会毫无障碍地分辨出藏在其中的那朵花。不过，有多少九岁的男孩见到他人生中的第一个阴道时会如此镇定呢？"你舌头打结了吗，杰克？"艾玛问。

　　"不同的是毛发——刺青上没有毛发。"杰克说。

　　"你的意思是，除了毛发，其余的部分你都见过了？"

　　"这是朵'耶利哥玫瑰'，在哪里我都能认出来。"杰克回答。

　　"这是阴道，甜心！"

　　"但这也是'耶利哥玫瑰'，"他坚持道，"你仔细看看你妈妈的就清楚了——我说的是刺青。"

"说不定'小弟弟'比你对真实的阴道更感兴趣,杰克。"哎呀,看来"小弟弟"也不是那么感兴趣,愧对了艾玛的夸奖,"老天啊,杰克,我觉得你出了点问题。"即将十岁的杰克只是年纪太小罢了。那根脾性无法预测的阴茎,这一秒兴致勃勃,下一分钟就变得兴味索然,但杰克并没有像艾玛那般失望。"吻我。那样可能会有效果。"艾玛要求道。

不过,这次没有。艾玛抱怨他亲吻时把舌头伸进她嘴里像条虫子似的动来动去,杰克也承认艾玛在这次亲吻时更加咄咄逼人,甚至她伸出的舌头都开始引起"小弟弟"的注意。可就在他的阴茎兴致渐浓时(艾玛也许会对其做出"大有可为"的评价),杰克的下嘴唇被艾玛牙套上的铁丝钩住了,那副牙套是她最近才戴上的。就在他们二人发觉之前,他们身上沾满了杰克的血——她的床、几只动物玩偶,还有上面提到的那副胸罩(就是像要勒死泰迪熊的那副)。

到处都是鲜血。更可怕的是,艾玛和杰克还黏在一起。当艾玛伸手在乱糟糟的房间里摸索着寻找手镜时,他们仍然笨拙地(从杰克的角度来说,则是痛苦地)连在一起。他的下唇卡在了她的牙套上。等艾玛终于拿到了手镜,他们从镜面上看到了一幅颠倒的奇怪画面。当艾玛的妈妈走进房间时,他们正徒劳地想把杰克的嘴唇从艾玛的牙套上摘下来。只用了几秒钟的工夫,欧斯特勒夫人便娴熟地将他们分开。"艾玛,也许你应该用除毛蜡淡化一下唇髭。"欧斯特勒夫人说道。

伤口需要缝针吗?杰克很想知道。他流的血和露辛达·弗莱明想要吃掉自己时流得一样多。杰克·伯恩斯可不是第一次体验到危险的吻了!

"只是刺伤了而已。"艾玛的妈妈用手指捏着杰克的下唇观察后说道。她好像完全不惧怕流血的场面。杰克嗅出了她身上的香水气息,因为他已经和她的提升胸罩睡过很多个夜晚了。就在杰克记起那副胸罩时,欧斯特勒夫人发现了她那条被扔在艾玛血迹斑斑的床上的三角内裤。"我希望你能用自己的内衣来玩这种游戏,艾玛。"欧斯特勒夫人说。她看见艾玛穿的那条蕾丝边的内裤正挂在她的左脚脚踝上,显然艾玛和杰克玩游戏时也用到了艾玛的内裤。但欧斯特勒夫人只想拿回她自己的黑色三角内裤，对他们玩了什么并不在意。"你可真是个早熟的孩子，杰克。"艾玛的妈妈说。

"杰克知道所有关于刺青的事，而且他对你的那个也很了解。"艾玛对她妈妈说。

"真的？是真的吗，杰克？"欧斯特勒夫人问道。

"如果真的是朵'耶利哥玫瑰'，我还是知道一些的。"他回答。

"快啊——给他看看。"艾玛催促她妈妈。

"我肯定不需要让杰克看'耶利哥玫瑰'了，我打赌他已经看得够多了。"欧斯特勒夫人说。

"好吧，我倒要仔细看看，因为我知道那里面有什么了。"艾玛对她妈妈说。

"还是等会儿再看吧，艾玛。我们不能让杰克这么全身是血地回家。"欧斯特勒夫人说。

"你在你的阴道上方刺了一个阴道，却不让我在脚踝上刺一只蝴蝶！"艾玛尖叫道。

"在脚踝刺青非常疼。在那种只有骨头的部位刺青非常疼。"杰克说。

"看来杰克确实知道所有关于刺青的事，艾玛。你应该听他的。"

"我只想刺一只蝴蝶！"艾玛大喊。

"我们现在打算这样做，杰克，"欧斯特勒夫人无视了她的女儿，"我要领你去我的浴室，你可以在那里洗洗。艾玛会在她自己的浴室里洗。"艾玛的妈妈拉着杰克的手，领着他经过刚刚走过的路来到她的卧室。从卧室可以进入一间四壁都是镜子的大浴室。欧斯特勒夫人把那条黑色三角内裤挂在食指上不停转动着。旋转的内裤刮起一阵微弱的轻风，杰克感觉她的香水味更浓了。

她脱下了杰克身上沾有血渍的衬衫和领带，在浴缸里放满温水。她用沾湿的浴巾擦洗着他的脸和脖子，小心地轻擦着他还在渗血的下唇。杰克在浴缸里清洗手上的血渍时，欧斯特勒夫人则用她冰凉丝滑的双手擦洗着他的肩膀，可肩膀根本就没有沾上血迹。艾玛的妈妈触摸着杰克的身体，像摸自己女儿的身体一样自然。"你会成为一个强壮的男孩的，杰克——不是高大，而是强壮。"

"你这样觉得？"他问。

"我清楚，因为我看得出来。"欧斯特勒夫人说。

"哦。"他明白了她的双手为何那样冰凉丝滑——她在用那条黑色三角内裤擦洗他的后背和肩膀。

"就你的年龄来看，你显然很早熟。可是艾玛，虽然她长得很高，但在其他方面却很幼稚。比如说，她和同龄男孩在一起时总是不自在。"艾玛的妈妈接着说道。

"哦。"杰克继续这样回答。他用毛巾把手擦干，而欧斯特勒夫人仍然在用那条内裤擦洗他的后背和肩膀。从镜子里，杰克可以看到在小精灵发型之下，她的表情紧张而严肃。

"至于你嘛，杰克，你和比你大的女孩及成年女性在一起时似乎很愉快。"不过，当艾玛的妈妈沿着他的后背和脖子把那条丝绸内裤放到他头顶时，杰克就没有那么愉快了——他像是戴着一项扭曲变形的贝雷帽。他的两只耳朵从内裤的两只裤腿处冒了出来。"我们到底该怎么对你妈妈解释你嘴唇的伤口呢？"她问道。杰克还没有想好答案时，欧斯特勒夫人说："我有种感觉，艾丽丝还没办法接受你和一个十六岁女孩亲吻的事实。"

原来，欧斯特勒夫人亲昵地称他妈妈为"艾丽丝"，这让杰克稍微惊奇了一下。他早就该知道的。因为"耶利哥玫瑰"是个相当费时的活，最快的情况也要花掉几个钟头——而欧斯特勒夫人刺在那么私密的部位，花费的时间肯定更多。杰克很容易想象出他妈妈和欧斯特勒夫人大聊特聊的场景。面朝上躺在床上或桌子上，在阴道上方几厘米的地方刺一朵"耶利哥玫瑰"——两人之间还有什么话题不能聊呢？不需要完成"耶利哥玫瑰"所需时间的一半，两人就能成为熟人。艾丽丝集中注意力盯着欧斯特勒夫人耻毛处的时间加起来得要几个钟头了。在这种情形下，她们怎么可能不会互相熟悉呢？虽然艾丽丝和欧斯特勒夫人已经就杰克和艾玛的问题达成了妥协，但这次亲吻事故可能会把她们的友谊扼杀在萌芽状态。无论如何，杰克都不应该告诉他妈妈自己是如何在亲吻艾玛时弄伤了自己。

"你可以说是订书钉，杰克。我本来想要分开两页被订到一起的纸，你想帮忙，就用牙咬开了订书钉。"

"我干吗非得用牙咬呢？"

"因为你是个孩子。"欧斯特勒夫人说。她轻轻拍打着那条依然被杰克像帽子一样戴在头上的内裤，然后突然从他头上拿起内裤扔向浴室另一边的洗衣筐，内裤准确地被扔了进去。她的动作有一种运动员式的从容，充满了男性气概。"我会给你找一件 T 恤穿回家的。跟你妈妈说，我把你的衬衫和领带送到干洗店了。"

"好的。"他回答。

艾玛的妈妈走进卧室，打开一个抽屉。杰克一直盯着浴室镜中的自己，盯着浴缸上方他赤裸的上半身，好像他想看看自己的身体到底有了什么可见的变化。欧斯特勒夫人拿着一件 T 恤回到浴室。和那条黑色三角内裤一样，那是一件纯黑的 T 恤，两只袖子短而紧，是很流行的女款设计。艾玛的妈妈身材娇小，她的衣服穿在杰克身上也没显得过大。"当然了，这是我的衣服。艾玛的衣服你穿起来就太大了。"她不以为意地说道。

杰克的下唇终于不再流血了，但肿了起来，可以看到艾玛牙套的铁丝在上面留下的针孔。欧斯特勒夫人为伤口小心地涂抹唇蜜时，艾玛走了进来。"你穿那件衣服像个女孩子，杰克。"艾玛说。

"杰克这么漂亮，扮女孩子也没有问题，不是吗？"欧斯特勒夫人说道。从艾玛愤恨的表情和萎靡的举止中可以觉察到一丝羞愧，好像她妈妈一句话戳中了她的软肋。（杰克漂亮得完全可以当女孩子了，而在她妈妈的眼中，艾玛显然不具备女孩子应有的美丽。）"我们正商量告诉杰克的妈妈说，杰克被订书钉划伤了。他想要用牙咬开订书钉，傻孩子。"

"我想看看那朵该死的'耶利哥玫瑰'。我也想让杰克看一看。"艾玛说。

欧斯特勒夫人穿着一条黑色紧身牛仔裤，腰间系着银色的腰带。她二话不说就从牛仔裤里揪出了掖在里面的高领棉毛衣（也是黑色的），扭动着身体脱下牛仔裤，露出她苗条的大腿。杰克看到有半朵"耶利哥玫瑰"从黑色三角内裤上方露出来。欧斯特勒夫人用拇指钩住内裤，完全脱下之前，说："这件事，杰克，没必要告诉你妈妈让她心烦——这可能比你亲吻一个十六岁女生还要严重，你明白我的意思吧。"

"哦。"他回答。同时，她把内裤完全脱了下来。

就在那儿了。（说的不是"耶利哥玫瑰"。杰克不需要浪费时间看玫瑰第二眼。他妈妈可是个专业刺青师，他觉得"女儿艾丽丝"每次刺的"耶利哥玫瑰"都是一个样。）艾玛看到玫瑰里隐藏的那朵花时深吸了一口气。杰克则仔细地盯着真实的"花"看了起来——这是他一天中第二次看到真正的阴道。艾玛的阴毛和她本人一样乱蓬蓬一丛，而欧斯特勒夫人的阴部被精心地修剪过了。如果说杰克怀疑过艾玛的权威——她说他迷恋比自己年龄大的女人——现在，他毫不怀疑这种权威。如果说艾玛的阴道让"小弟弟"兴趣寥寥，那么杰克看到艾玛妈妈的阴道会让"小弟弟"产生截然不同的反应吗？"好恶心！"艾玛说。（她说的是刺青。）

"是一朵'耶利哥玫瑰'，和别的没有两样。我妈妈做这个很在行。"杰克坚定地说道。

就在杰克继续盯着她的阴道看时，欧斯特勒夫人摸了摸他的头发，说道："你说得太对了，杰克——你说得没错。"

艾玛突然狠狠地打了杰克一下，力道大得让他飞起撞到了浴室另一边的瓷砖上，然后摔在洗衣筐附近。杰克本能地用手摸了摸自己的下唇，确信没有再次流血。"你根本没在看那个刺青，小可爱。"

"男孩子终归是男孩子，艾玛。对杰克好一点儿，别让他再流血了。"欧斯特勒夫人对她女儿说。

艾玛揪着他身上穿着的自己妈妈的T恤，一把将他拽了起来。在一间装有多面镜子的浴室里，杰克用余光瞥见欧斯特勒夫人穿上了内裤，又扭动着身体重新穿上那条紧身牛仔裤。"'小弟弟'喜欢我妈妈的那朵'耶利哥玫瑰'吗？"艾玛问杰克的语气带有一丝威胁。

欧斯特勒夫人当然不知道艾玛说的是杰克的阴茎。她很可能以为女儿在以大欺小呢。"别欺负他了，艾玛。太不像话了。"欧斯特勒夫人说。

杰克离开时，他惊讶地发现艾玛和她妈妈都吻了自己作为告别——欧斯特勒夫人吻了他的脸，艾玛则吻了他没有受伤的上嘴唇。这件事也属于没必要让他妈妈知道后心烦的范畴，杰克打定主意不向妈妈说起自己的这种疑惑，他也不会说出自己在欧斯特勒家度过的这忙碌的一天。

虽然洛蒂觉得杰克最好还是穿上他自己的睡衣，但杰克仍然穿着欧斯特勒夫人的 T 恤睡觉了。洛蒂一边用毛巾包着冰块放到他的下唇，一边念着祷文。"愿上帝保佑你，杰克。愿上帝不让你伤害别人。"洛蒂总是这样开始她的祈祷。杰克觉得第二句话实在有些好笑。他为什么要伤害别人呢？"愿上帝保佑威克斯蒂德夫人长命百岁。"洛蒂接着祈祷，"愿我能死在多伦多，再也不用回到爱德华王子岛了。"

"阿门。"杰克通常都会在洛蒂说完这句时这么说，希望洛蒂结束祷告。

但洛蒂并没有结束祈祷。"请上帝把艾丽丝从她那些不良嗜好中拯救出来——"

"她的什么？"

"你知道是什么，杰克——她的不良嗜好，"洛蒂对他说，"还有她的那些狐朋狗友。"

"哦。"

"坦白说吧，愿上帝不再让你妈妈伤害她自己。"洛蒂继续祈祷着，"愿上帝保佑你走过的地方，杰克·伯恩斯，这样你就能时刻铭记要抵挡诱惑。愿你成为男人的楷模，杰克——而不是像大多数男人那样。"

"阿门。"他再次说道。

"应该是我先说，然后你跟着我说。"洛蒂总是这样告诉他。

"哦，好的。"

"感谢你，威克斯蒂德夫人。"洛蒂最后低声说道——听着好像威克斯蒂德夫人就是上帝，洛蒂一开始就是对着她祈祷似的，"阿门。"

"阿门。"

洛蒂把包着冰块的毛巾从他被冻僵的嘴唇上拿开。杰克完全没有睡意，等洛蒂一离开，他就跑到艾丽丝的房间。爬上妈妈的床后，杰克过了很久才睡着。（一天之内见识了两个女人的阴道，不可能立刻睡着的。）

艾丽丝睡觉时习惯性把腿搭到杰克的身上，他被惊醒了。艾丽丝也惊醒了，因为杰克穿的那件 T 恤。她打开灯，仔细察看起来。"你怎么穿着莱斯利的衣服，杰克？艾玛这次把她妈妈的 T 恤也偷来了？"

原来，欧斯特勒夫人叫莱斯利——又是一个小小的意外。杰克没想到他妈妈竟然对莱斯利的这件衣服这么熟悉。他谨慎地按照欧斯特勒夫人教给他的说辞解释说，他的衣服沾上血渍，已经被送去干洗了，而艾玛的衣服对他而言太大了。杰克还向艾丽丝展示了自己肿胀的下嘴唇，说是他要用牙咬开订书钉时伤到的。

"我还以为你挺聪明呢。"艾丽丝说。

杰克接下来用很慢的语速更加谨慎地说，他知道艾丽丝给欧斯特勒夫人做了刺青。杰克毫无说服力地解释说，根据艾玛的描述，听上去像是一朵"耶利哥玫瑰"。不过那个刺青的位置太过私密，所以艾玛的妈妈不能给他看。

"她竟然没给你看，我可真惊讶。"艾丽丝说。

"我也没必要再看'耶利哥玫瑰'了。"杰克继续说道（自觉有风度得过了头），"她的那朵有什么特别吗？"

"就是位置比较特别，杰克——非常特别。"

"哦。"他把目光从艾丽丝的眼睛上移开。他妈妈可是个说谎能手，想对她说谎非常困难。

"不是每个女人都会像她那样把阴毛刮掉的。"他妈妈说。

"什么毛？"

"那个部位的毛发叫阴毛，杰克。"

"哦。"

"你还没有，但以后会长的。"

"你也像她那样刮阴毛吗？"杰克问他妈妈。

"不关你的事，年轻人。"她说。杰克看到艾丽丝在哭，但他没有说话。"莱斯利——你应该叫她欧斯特勒夫人——是个非常……独立的女性。"艾丽丝说道，好像在念一部长篇故事，"她经历过一次离婚，那是一段艰难的时光，但她……非常富有。她打定主意要掌控自己的生活。她是个……坚强的女人。"

"她长得有点儿小——反正比艾玛小。"杰克突然插了一句。（他不知道他妈妈这样纠结是要表达什么。）

"你和欧斯特勒夫人一起时得小心些，杰克。"

"和艾玛一起时，我很小心。"他大胆地说道。

"是的，你和艾玛一起时也得小心。但你和艾玛妈妈一起时要更加小心。"艾丽丝说。

"好的。"

"她把刺青给你看也没关系。我敢肯定，你没有主动要求看。"他妈妈说。

"艾玛让她给我看的。"他说。

"现在，跟我说说你的嘴唇是怎么回事。"

杰克发现，成年人比孩子更善于隐瞒。他日渐意识到，他妈妈知道很多事情，但并没有告诉他。其中之一，就是威克斯蒂德夫人的健康状况。杰克知道她患有关节炎，因为那很明显，而且是威克斯蒂德夫人亲口告诉他的。但是没人跟他说她患上了癌症，直到有一天威克斯蒂德夫人再也不能早给杰克系领带了，不是艾丽丝，是洛蒂告诉了他真相。（也许是因为他妈妈太忙了，因为这件事就发生在她给欧斯特勒夫人刺青的那一周。）

一夜之间，除了奄奄一息的威克斯蒂德夫人，这座房子没有一个人知道怎样打领带。"她要死于关节炎了吗？"杰克问洛蒂。

"不，亲爱的。她患了癌症。"

"哦。"怪不得洛蒂每天夜里都要祈祷上帝保佑威克斯蒂德夫人长命百岁。

那天早晨，是皮韦给杰克打了领带。他是个轿车司机，每天早晨都要自己打领带。皮韦不动声色地给杰克打好领带，不像威克斯蒂德夫人那样搞得一团糟（在患上关节炎之前也是）。"威克斯蒂德夫人要死了，皮韦。"

"那可太糟了，伙计。到时候那位腿脚不好使的女士要去哪儿呢？"所以洛蒂每天夜里都祈祷能死在多伦多。包括皮韦在内的所有人都清楚，洛蒂不想回到爱德华王子岛。

也许每个人在某个隐秘的部位都有一朵"耶利哥玫瑰"，杰克想。那个刺青也许并不是惯常见到的那种，是另一种，比如免费的那种。它依旧是个可以相伴终生的印记，但在皮肤上是看不到的。

13 并不是普通的"邮购新娘"^[1]

出于对威克斯蒂德夫人的关心，杰克向伍尔兹小姐提出退出《简·爱》在那一周剩下的排练。毕竟，他已经扮演过罗切斯特先生了。（可以这么说，他闭着眼睛都能把这个角色演下来。）代替康妮·特恩布尔饰演简的是卡罗琳·弗兰奇。杰克还是第一次拥抱和自己一样高的女生，让杰克十分厌恶的是，卡罗琳的头发每次都会飘进他的嘴里。当罗切斯特做最后一次痛苦挣扎，对简说他自己是"一条不敬上帝的狗"时，卡罗琳·弗兰奇开始紧张兮兮地用脚跟击打着舞台。杰克可以想象，她那个愚蠢的双胞胎哥哥戈登一定也在后台做着同样的动作。当卡罗琳饰演的简第一次拉起杰克饰演的罗切斯特的手摸着自己的嘴唇时，杰克简直恶心到了极点——卡罗琳的手和嘴唇都是黏糊糊的。

杰克缺席一周的排练并不只是因为威克斯蒂德夫人生命将尽，伍尔兹小姐那段时间也哭成了泪人。杰克的妈妈告诉他，威克斯蒂德夫人曾经在伍尔兹小姐"手头紧"的时候帮过她。不知道这会不会是"那个伍尔兹"买得起昂贵衣服的原因（艾玛一直以为她有个有钱的男友），但杰克永远都不得而知。他的请假被准许了。卡罗琳·弗兰奇只好想象自己把

---

[1] 指通过婚姻中介，由男性挑选结婚的女性。"邮购新娘"主要是来自偏远乡村和外国的妇女，其中很多人成了暴力的受害者或者沦为娼妓。

杰克拥进黏糊糊的怀里。

威克斯蒂德夫人住院接受了一系列的化验检查和治疗，而杰克的陪伴不会给她的病情带来多少缓解。洛蒂向杰克保证说，他肯定不想看到威克斯蒂德夫人身患重病的模样。虽然艾丽丝并没有和杰克说过自己的感受，但她明显也心急如焚。只要老夫人一去世，洛蒂就得坐船回爱德华王子岛。艾丽丝在深夜黑暗的房间里向杰克透露了自己忧心的原因，威克斯蒂德夫人不在了，他们可能要流落街头。杰克问，如果被迫流落街头，"中国佬"的店里有没有地方给他们睡。但艾丽丝只回答了一句："我们可不能又'睡在针尖上'。"

是威克斯蒂德夫人那个离过婚的女儿要和他们作对吗？她可从来都不在乎她母亲那些不交租金的租客的死活。不过，不是说她是欧斯特勒夫人的朋友？她不是还和莱斯利·欧斯特勒一起在圣西尔达上过学？既然莱斯利和艾丽丝也是朋友，杰克建议，不妨让欧斯特勒夫人帮他们劝劝威克斯蒂德夫人的女儿。而艾丽丝回答说，莱斯利·欧斯特勒和威克斯蒂德夫人的女儿早就不是好朋友了。

在这种令人苦恼的情况下，杰克自然会寻求"灰色幽灵"的指导。麦夸特夫人了解一些内情，但并没有告诉他。她只是强烈建议他们一起去小教堂祷告，这一建议的结果也只是他们更频繁地一起祷告而已。当杰克问"灰色幽灵"是否成功劝说了他妈妈不要选择那所会把他"生吞活剥"的上加拿大学院时，麦夸特夫人的回答一反常态。曾经做过战地护士的她竟然开始闪烁其词："也许上加拿大学院……并没有……那么差，杰克。"

"并没有"是什么意思？"抱歉，麦夸特夫人——"杰克开口道。

"寄宿的话……你确实太小……杰克……但在美国，大多数学校……寄宿是……常态。"

"是什么？"

他们坐在中间过道左侧第二排的长椅上——祭坛沐浴在金色的阳光中，彩绘玻璃上的圣徒正照料着耶稣。真是个幸运的家伙，竟然有四个女人为他担惊受怕！麦夸特夫人那双冰凉的手搭在了杰克的肩上，把他向自己拉得更近了些。她用自己干燥的双唇亲了亲他的太阳穴，并轻轻吻了他的嘴，几乎难以察觉。（"她轻吻了他，如同一页纸拂过。"杰克多年后在剧本中读到这样一句，想起了小教堂中的这个瞬间。）

"对于一个……像你这种处境的孩子，杰克……也许有一点……独立性是最好的。"

"一点什么？"

"和你妈妈聊聊，杰克。"

但杰克与艾丽丝沟通的尝试以失败告终，他只好求助于艾玛·欧斯特勒。艾玛领着他参观了一下她妈妈位于森林山的宅邸。他们看了客房（欧斯特勒夫人称之为"侧房"）。三间客房都有独立的浴室，位于宅邸的同一侧，好像叫"侧房"也有道理。"说实话，我不明白你和你妈妈干吗不搬到这里住。把你打发走的做法太傻了。"艾玛说。

"打发去哪儿？"

"问你妈妈吧，那是她的主意。她觉得你和我在一起不合适。她不想让你经历青春期的时候和我住在一座房子里。"

"经历什么？"

"我们又不会睡在一间卧室里。"艾玛说着把杰克推倒在客房最大的那张床上，"你妈妈和我妈妈都还守着圣西尔达那一套。女孩子不能接触超过九岁的男孩子——因为男孩九岁之后就不是男孩了！"

"为什么不是了？"

艾玛专注于定期检查他阴茎的发育情况，但检查的结果似乎让她忧郁起来。她拉下他的外裤和内裤，躺下来枕着他赤裸的大腿。"我有了一个新的见解，"艾玛说，好像她只在对着"小弟弟"说话，"可能是你已经长大了，而我还不够大——我是说我的年纪还配不上你。"

"为什么九岁后就不是男孩了？"杰克还在纠结刚刚那个问题，"我要被打发到哪里去？"

"是一所在美国缅因州的男校，小可爱。我听说还挺偏僻的。"

"挺什么？"

"可能'小弟弟'喜欢的女人比我当初预计的还要老。"艾玛说着，用手掌托着他的阴茎。杰克要被送去缅因上学了，但"小弟弟"似乎并不在意。"我和两个女生聊过了。一个是十三年级的，一个是十二年级。她们了解有关阴茎的一切，说不定她们能帮上忙。"艾玛接着说道。

"帮什么忙？"

"问题是，她们是寄宿生。除非你是个女生，否则我们根本没法进入她们住的地方，甜心。"

杰克早就应该预料到了。让他成为一个女孩能有多难呢？正如欧斯特勒夫人指出的那样，他足够可爱，而且他在圣西尔达的众多演出经历中，扮演女人的次数远远多于扮演男人。

与伍尔兹小姐的意愿相违，杰克最近在高中组排演的一部19世纪加拿大通俗剧《西北地区的一个邮购新娘》（"那个伍尔兹"非常鄙视这部剧）中扮演了一个女性角色——一个可悲的孩童新娘。这部剧每年都会上演，是高中组的保留剧目。因题材的缘故，杰克需要获得他妈妈的准许才能出演。而艾丽丝对此给予了默许。她从来没读过这部剧的剧本。因为不是在加拿大长大的，她童年时根本没看过《西北地区的一个邮购新娘》，而与她同龄的加拿大女性几乎都看过这部剧。（艾玛这一辈的女生基本也都看过。）

那个时候，尤其是在圣西尔达，高中女生被要求阅读很多加拿大文学著作。伍尔兹小姐对很多外国文学名著（只是她仰慕的那些经典作品）被加拿大文学取代感到怒不可遏。加拿大确实有不少好作家，不谈论文学名著时，伍尔兹小姐会这么说。（罗伯逊·戴维斯、艾丽丝·门罗以及玛格丽特·阿特伍德这些加拿大作家都是她的最爱。）几年之后伍尔兹小姐仍在和杰克就《西北地区的一个邮购新娘》进行争论，她写信让他读一读艾丽丝·门罗的短篇小说《荒野小站》。那是一个有关邮购新娘的精彩故事。"那个伍尔兹"不想让杰克认为是邮购新娘这个题材导致她对这部高中组年度保留剧目怀有偏见。

剧作家阿比盖尔·库克是一名婚姻不幸的加拿大西北地区女性，她显然不在加拿大最好的作家之列。（她可不及艾丽丝·门罗。）阿比盖尔·库克的《西北地区的一个邮购新娘》竟然是圣西尔达高中组的必读书目，让伍尔兹小姐简直"深恶痛绝"。每年上演的同名剧目被措辞得体的她形容为"一部戏剧性的拙劣表演"。这部剧的剧本是由一家名不见经传的小型学术出版社出版的。（伍尔兹小姐有一次竟然一反常态地称那家出版社为"海狸鸡巴出版社"。她立刻因为说了"鸡巴"而向杰克道歉。）伍尔兹小姐向他保证说，参演那部剧是他身为演员的耻辱，简直就是当着高年级女生观众的面受辱。

但让杰克感到些许宽慰的是，"灰色幽灵"再次提醒他对伍尔兹小姐的话要留个心眼儿。麦夸特夫人也同意那部剧很糟糕——"一个半吊子作家和精神病患者的幻想"。1882年，阿比盖尔·库克杀死了据称对她进行家暴的丈夫，然后开枪自杀。这部剧的剧本是在她的阁楼里找到的，于她死后的1950年代出版。包括威克斯蒂德夫人在内的众多圣西尔达女校友认为阿比盖尔·库克是一位超越时代的女权主义者。

麦夸特夫人对杰克说，那部剧里面唯一一个有趣的角色就是由他扮演的那个邮购新娘。"灰色幽灵"相信这个角色有机会让杰克"更加自由地表现"，而不是完全被伍尔兹小姐的观念主宰。高中组教师中的戏剧专家，是除马尔科姆先生之外圣西尔达的另一名男性教师——拉姆西先生。他是那个年代所谓的"坚定的单身汉"——同性恋。拉姆西先生身高还不到一米六八，蓄着金色络腮胡，留着金色的长发，看上去像个维京少年。他比许多高中女生要矮一头，体重比个别女生还要轻五公斤左右。声音像女孩子一样尖细的他，在为女生的权益发声时可谓充满热忱，不屈不挠。拉姆西先生毫不掩饰自己对年轻女性权益的拥护，所以深受圣西尔达高年级女生的喜爱。

如果身在一所男校，甚至一所男女混合校，拉姆西先生都会成为嘲弄和虐待的对象。他显而易见的同性恋身份在圣西尔达却不是个问题。如果有哪个学生敢粗鲁地骂他是"仙女""臭基佬"或使用其他侮辱性的字眼，高中女生一定会把那个人揍成一摊肉泥——的确如此。

虽然拉姆西先生对《西北地区的一个邮购新娘》的喜爱让人有些尴尬，但他的出现让杰克耳目一新——他是杰克遇到的第一位能激发他创造力（而不是让他感到拘束）的导演。

"你是杰克·伯恩斯吧？我们实在是承担不起这份幸运啊！"第一次排练时，拉姆西先生张开双臂大喊道，"快看啊！"他对高年级女生命令道，实际这么做纯属多余，因为她们早就盯着他看了，"这个孩童新娘生来不就是让人伤心的吗？在黑暗的岁月中，难道不是这种天真无邪的稀世美貌导致了众多邮购新娘的残酷命运吗？"

因为演过苔丝，杰克很熟悉"命运"这个词。但《西北地区的一个邮购新娘》的故事实在难以达到那种文学成就。不过，拉姆西先生敏锐地指出，这部剧的女主角肯定会让青春期（经常情绪激动）的女孩子伤心欲绝。

在加拿大西北的山区，女人是一种稀有的存在，一些毛皮猎人和冰上渔夫一起凑了一大笔钱作为"差旅费用"，请一个名为"东部新娘"的中介服务机构为他们物色新娘。这些可怜的新娘都是从加拿大东部魁北克省没人领养的孤儿中选出来的，其中很多人连英语都不会讲。当时，前往加拿大西部地区与"邮购丈夫"见面的一些新娘还只是刚刚进入青春期的孩子。故事发生在 19 世纪 60 年代，讲述的是新娘从魁北克前往西部地区的艰难旅程。剧本假定大部分女孩在到达西北地区时已经达到或超过了结婚年龄。另外，那些毛皮猎人和渔夫要的并不是年纪大的女人。剧中的一个主角——毛皮猎人哈利德先生（杰克扮演的新娘的丈夫）对中介说："我想要个年轻的老婆。你们明白吗？"

剧中，四名女孩在奥伯夫人这个冷酷的年长女伴的带领下向西北地区行进。奥伯夫人把其中一个女孩卖给加拿大中部曼尼托巴省的一个铁匠，把另一个女孩卖给阿尔伯塔省的一个牧民。这两个不幸的新娘都只会说法语。身为法国人的奥伯夫人对这两个女孩充满了蔑视。继续前往西北的两个女孩中，一个名叫萨拉，她会说英语和法语，却有口吃的毛病。萨拉在狗拉雪橇上被自己的丈夫夺去童贞后，走进冰天雪地冻死于暴风雪里。

杰克扮演的是剩下的那个女孩"亲爱的詹尼"。她一直不停地祈祷第一次来月经的时间能延后，最终如愿以偿。她很清楚自己流出经血的时候，就是成为哈利德先生新娘之时——至少哈利德先生是这样粗鲁地认为的。于是，仅仅凭借祈祷，詹尼成功地延宕了月经的发生。就是因为情节中的这一设置，杰克需要艾丽丝的允许才能饰演这个角色。为了演好詹尼，杰克一遍又一遍不辞辛劳地来到校医务室，让年轻的校医贝尔小姐讲解所谓的"生活常识"，这些常识仅仅适用于女孩子，其中最主要的内容就是月经初潮。

第一次见到阴道就在一天之内见到了两个，所以当杰克了解到那个神秘的部位竟然还会定期流血时并不感到惊讶。不过，他错误地以为这就是艾玛·欧斯特勒长期以来迫切在他的床单上寻找的证据，这让他感到一种恐慌。就他所知，自己的阴茎没有"射出"过什么东西来。杰克以为艾玛说的是"射血"，这让他感到惊恐不安。

杰克的困惑理所当然地让校医有些不高兴。贝尔小姐为很多女生讲解过初潮，但同一个九岁的男孩谈论这个话题，还是让她感到有些难堪。她似乎也预见到了这一点。可是，男孩夜间的梦遗完全超出了贝尔小姐的预想。杰克把梦遗和月经混为一谈着实吓到了她，导致她解释其中的差别时一时语塞。"多半情况下，杰克，你睡梦中第一次射精时自己是不会知道的。"

"我第一次什么？"

贝尔小姐年轻又热心，所以当杰克离开医务室时，他了解了比月经更多的知识。第一次梦遗的历险让杰克处在惊恐之中。夜间梦遗听上去是在皇家安大略省博物馆的蝙蝠洞里会碰到的东西。如果真如贝尔小姐所说，杰克第一次梦遗时十有八九自己是不知道的，那意味着他可能会在睡梦中失血而死！

在剧中，扮演詹尼的丈夫哈利德先生的，是十三年级中最高大的金妮·贾维斯。贾维斯不用演就像个毛皮猎人。虽然身材高大，但她并不缺女人味——就像艾玛·欧斯特勒和夏洛特·巴福德那样，不过贾维斯的年龄要大一些。她的唇髭比艾玛的还要明显，而欧斯特勒夫人的提升胸罩根本就包不住她的胸。第一次排练之前，艾玛告诉杰克，贾维斯是十三年级中最了解阴茎的两名女生之一，另外那个女生是贾维斯最好的朋友潘妮·汉密尔顿，那个邪恶的奥伯夫人就是由她扮演的。（潘妮曾经在魁北克首府蒙特利尔住过一段时间，能讲一口带有完美法语口音的英语。所有多伦多人听到她说话都感觉很滑稽。)

根据艾玛的说法，还有一个对阴茎无所不知的女生也是个寄宿生。她是潘妮正在读十二年级的妹妹邦妮。潘妮·汉密尔顿是个漂亮的女孩，她自己也很清楚这一点。邦妮·汉密尔顿曾经遭遇过一场车祸，无数次的手术也未能治愈她的瘸腿（比洛蒂还要严重）。她的骨盆受到了永久性损伤，导致她走路时只能左脚迈步，而右腿像个麻袋一样拖在后面。杰克并没有觉得她那条跛腿有任何难看之处，但邦妮不这样认为。

邦妮·汉密尔顿没有参演《西北地区的一个邮购新娘》，她拒绝出演任何剧目，只因为自己的腿。但在杰克看来，邦妮比潘妮更漂亮。排练时，他只看到邦妮坐着的样子，她负责给演员提词。邦妮坐在一把金属折叠椅上，大腿上摊着剧本，手里握着一支铅笔，随时记录演员的台词错误。当然，她坐着的时候可一点儿都不跛。

第一次排练时，贾维斯饰演的哈利德先生问杰克扮演的詹尼"开始出血了没有"，这句粗鄙的台词让所有人都陷入了尴尬的沉默。"我知道，我知道——这个问题不可原谅，但这就是我想要的效果。"拉姆西先生说。

杰克恰如其分地回答了哈利德先生，他已经把台词都背熟了，完全不需要邦妮·汉密尔顿给他提词。"你什么意思？"詹尼对他尖叫着，"我凭什么就要出血？"但詹尼完全明白哈利德话中之意。

哈利德变得不耐烦了。他不知道自己的孩童新娘要花多久才能成为一个女人。一天晚上，詹尼正在门廊的秋千上哼唱着童年的歌谣，哈利德突然要强奸她。聪明的詹尼之前从奥伯夫人那里偷来了一把手枪。那把道具枪是拉姆西先生从上加拿大学院的男子田径队借来的发令枪，里面根本没有子弹。在第二幕的结尾，詹尼用这把枪打死了哈利德。杰克对着贾维斯的胸口开了两发空枪，而身为圣西尔达曲棍球队明星队员的贾维斯在两声响亮的枪声后，颇有运动员风范地重重摔倒在地。

第三幕，詹尼被控谋杀哈利德而接受法庭审判。她辩护称自己嫁给那个毛皮猎人时只是个孩子，而她现在也还是处女。她身上的"奇迹"——初潮一直没有到来——成了争议的焦点。詹尼拒绝让当地唯一的医生对她进行检查，因为医生是个男人。当地的女人很少，陪审团中也只有两个，她们都同意詹尼拒绝检查。（她们自己也很讨厌那个男医生。）

于是，詹尼的命运将完全掌握在从黄刀市赶来的一名女医生的手上。在这名女医生到达之前，詹尼又一次被自己创造的奇迹拯救了——这次还是因为祈祷的力量。詹尼在法庭上突然站了起来，开始大声尖叫，然后她的初潮来了。这里用的道具比上加拿大学院田径队的那支发令枪还要有创意。杰克的裙子下面有一个装满了水和红色食用色素的塑料袋。他的两只手紧紧地贴在腹部。站起来时，他用力按住自己的小腹，那样子看上去好像肚子痛似的，塑料袋破裂后，红色液体浸透了他的衣服，甚至把他的双手都染红了。

陪审团从"亲爱的詹尼"那刺穿耳膜的尖叫中意识到，这一定是她的第一次月经。她没有说谎，她是无辜的。审判结束！但是，杰克在正式演出前只有一次机会练习弄碎装满液体的塑料袋（排练时装的是清水）。他觉得还要多练习几次才行。

第一次带妆彩排后，艾玛·欧斯特勒、汉密尔顿姐妹潘妮和邦妮，以及金妮·贾维斯偷偷给杰克换上了一套借来的六年级女生制服，包括上衣、灰色短裙和及膝长袜。因为杰克已经画好了妆——抹了腮红，涂了口红（比在舞台上时还要红）——所以只要再戴上饰演詹尼时的假发就可以了。潘妮和艾玛走在他两侧，贾维斯在前面领路，邦妮像保镖一样跟在后面（当然是跛着脚），扮成女生的杰克径直走进了高年级女生的宿舍。放学后，没人看到他们从初中组的二层进入了宿舍区。

汉密尔顿姐妹同住一个房间，贾维斯的房间在走廊对面。宿舍的房门上没有门锁，但舍监在晚餐之前不会来检查，因为女生应该在晚餐后自习。她们盛情邀请杰克躺在床上。他看起来一定很紧张，艾玛俯下身在他耳边说："别担心，甜心。我不会让任何人碰你的。"但实际上他紧张是因为有比艾玛还要年长的女生在场，他感到非常害怕。

"你最喜欢看我们之中的哪一个，杰克？"贾维斯问他。她提问时一副事不关己的表情，贾维斯似乎已经知晓杰克肯定不会选她。潘妮·汉密尔顿盯着他，自信得有些吓人。而邦妮站在远处，左脚立在身前。

"我觉得邦妮最漂亮。"杰克回答。

"看到了吧？"贾维斯对其余的女生说，"不管是男人还是男生，他们的答案都不用猜。"杰克能感觉到潘妮因为自己没有选她很生气，这让他更加紧张了。"邦妮，走近些。让他好好看看你。"贾维斯说。

邦妮左脚迈步，蹒跚着走上前来。杰克有些担心她会跌倒在自己身上，但她双手扶住他的胸保持平衡，跪在了床边。邦妮还是没有看杰克，她跪在那里，双手放在大腿上，眼睛盯着大腿。身为提词员，她看上去似乎在等着别人念错台词呢。因为邦妮没有看他，杰克突然变得害羞起来。他能感觉到贾维斯掀起了他的裙子，拉下了他的内裤。至少他猜是贾维斯干的，因为潘妮对他恼火极了，不太可能想要碰他。"看上去真小，唉。"潘妮说道。

"等着瞧。"贾维斯回答

"怎么了？"杰克问艾玛。

"没什么，小可爱。别害怕。"

"和没有没什么区别。"潘妮·汉密尔顿说。

"他太害怕了。这样可不行，"邦妮·汉密尔顿说，"他太小了，还只是个孩子！"她朝杰克俯下身。邦妮看着他的样子就像是在从剧本里查找台词，好像杰克的脸只是一堆等待被念出的台词，而她对这张脸下面的想法拥有绝对的权威。

邦妮一瘸一拐的样子，让杰克忍不住想象她到底遇到了什么样的事故。这是他第一次明白，能引起身体兴趣甚至性欲的，不仅仅是完整无瑕的躯体或美丽的脸庞。他被邦妮的过往，被她之前经历过的一切痛苦吸引了。那场导致她残疾的事故吸引了杰克。这比他被艾玛说中的对年长女性的迷恋更加可怕。邦妮受伤的经过让他着迷，身体上的损伤让她更具吸引力。这个想法让杰克不安得哭了起来。

"我受够了。"贾维斯说。

"也许是那玩意儿睡着了还是怎么了。"潘妮猜测道。

"别让她们吓到你，杰克。"邦妮说。

杰克吃惊地发现，真正感到恐惧的人是邦妮，她好像又回到了那辆汽车的后座，眼睁睁地看着碰撞发生，而司机根本没有时间做出反应。邦妮紧咬下唇，目不转睛地盯着杰克，好像他就是那场在她眼前即将发生的事故，虽然她看到他靠近了，却无能为力。"怎么了？"杰克问她，"你看到了什么？"邦妮的双眼噙满泪水。

"别当着那孩子的面哭，邦妮——是你把他吓到了。"潘妮说。

"起作用了，可能是因为她哭的原因。"贾维斯观察到。

"我不管你了，接着哭，邦妮。"潘妮对她妹妹说。

"如果杰克害怕了，我们还是停手吧。"艾玛说。

"我觉得是邦妮害怕了。"潘妮笑着说。

"如果邦妮害怕了，我们应该停手。"杰克说，虽然他并不知道他们到底在干什么。邦妮看上去眼里充满了恐惧。无论是什么让她害怕，杰克感到越来越担心。

"这孩子被吓坏了！"邦妮·汉密尔顿哭喊着。

"我在这儿，小可爱。"艾玛说着，俯下身吻起他的嘴。他不记得艾玛吻他时有没有用舌头，他的注意力都在她的唇髭上了。一定是唇髭的原因，杰克兴奋地屏住了呼吸。

"接着吻他，艾玛。"贾维斯说。

"真的起作用了。"潘妮靠得更近了。

杰克不是喘不过气了，他只是屏住了呼吸。他看到一群流星闪过，在北方天空中闪烁的点点极光，那是所有加拿大人都热爱的自然景色。"最好让他喘口气，艾玛。"他听见邦妮说道。

"哇哦！看哪！"贾维斯叫了起来。杰克射精了，正好射在靠在他身边仔细观察的潘妮脸上——她离得太近了。（想想看，没人碰他他就射精了！）

"你直接射中了她的两眼中间，甜心。"艾玛后来告诉他，"我为你骄傲！你感到害怕，我负有责任。我再也不会让这些女生接近你了，杰克。

从现在开始，我要更周到地照顾你。"

　　就在他射精时，邦妮·汉密尔顿第一次与杰克四目相对。她忍不住看着他。"你看见了什么？杰克，是什么？"她问道。

　　"你是最美丽的女生。"杰克告诉她，并大口地喘着气。

　　"他犯花痴了——都不知道自己在说些什么。"艾玛冷酷地说，但邦妮似乎没有听见她的话。她继续看着杰克。她姐姐潘妮用一团纸巾愤怒地擦着自己的额头。理所应当地，杰克要看看他喷出来的血。

　　"看什么，小可爱？"

　　"他一定是把自己当成了詹尼！男生可真恶心。"贾维斯说。

　　艾玛·欧斯特勒拉住他的手。他们又一起顺着进入宿舍的路线从初中组走了出来。二人先去了排练的剧场，杰克在后台换回了自己的衣服。他还想再练习一下挤破血色液体塑料袋的过程，可是拉姆西先生已经下班回家了。

　　杰克和艾玛找到皮韦时，他已经坐在轿车里睡着了。他们一起回到了威克斯蒂德夫人的房子，洛蒂大部分时间都在医院度过，她说威克斯蒂德夫人"生命危在旦夕"。艾丽丝不在"中国佬"的店里，也没有和欧斯特勒夫人在一起。杰克对艾玛那么维护自己很感动，而且她保证不让高年级女生接近他，但能维持多久呢？他不是要去缅因读五年级了吗？（谁能帮他挡住那里的高年级男生呢？）

　　艾玛也有自己的烦恼，她发现从十一年级起，自己也要寄宿了。为什么？杰克纳闷。艾玛住得很近啊，完全可以走着去学校！"我妈妈不想让我在她眼前晃悠。"艾玛就回答了这一句。一想到自己竟然成了寄宿生，她比平时更加闷闷不乐了。

　　他们待在杰克的卧室里，艾玛仔细地检查着"小弟弟"。"没有任何损伤的迹象，我觉得你不会记得当时自己在想些什么吧。"杰克好不容易记起自己当时屏住了呼吸，但经历了那次濒死般射精体验的他忍不住琢磨，威克斯蒂德夫人去世时会不会看到绚丽的极光呢？他努力地向艾玛表达自己被邦妮·汉密尔顿吸引的原因——不是因为她瘸腿，而是她周身有一种光环，那种光环让人想到她遭受的伤害。杰克没办法准确地表达他的想法，他也无法向艾玛形容邦妮看着他的眼神——他看出邦妮被他迷得神魂颠倒，但邦妮自己肯定没有意识到这一点。

杰克甚至还对"灰色幽灵"说到了这件事，当然不会告诉她自己当着高年级女生的面经历了一次濒死般的射精。"她是个高年级女生吧？她是怎样看着你的？"麦夸特夫人问道。

"好像她无法把目光移开，无法控制自己。"他说。

"告诉我她是谁，杰克。"

"邦妮·汉密尔顿。"

"她可是十二年级的女生！"

"我说过她是高年级的。"

"杰克，如果有高年级女生那样看你，你别看她就好。"

"可要是我也无法把目光移开或是不能控制自己呢？"

"请上帝宽恕！"麦夸特夫人大声说，想要改变一下话题，她问道，《邮购新娘》那部戏怎样了？"

"流血那个环节有点儿难办。"杰克说。

"今年竟然还有流血的场面，真的流血吗？"

"是用红色食用色素和水兑出来的——只是道具而已。"

"道具！我被迫想了一下之后，还是觉得用真的血更好些。可能我应该和拉姆西先生谈一谈。"不过，无论"灰色幽灵"有没有和拉姆西先生谈过，谈话的结果都没有影响到《西北地区的一个邮购新娘》的首演。周六夜里，圣西尔达的剧场里坐满了人。令杰克惊讶的是，不仅"那个伍尔兹"到场观看，连"灰色幽灵"也和她一起坐在了第一排。也许麦夸特夫人相信自己鼓励性的态度能够缓解伍尔兹小姐对这部剧的苛责。

更令杰克惊讶的是，艾丽丝、欧斯特勒夫人和艾玛一起出现在第一排。（杰克清楚，如果不是要照顾临终的威克斯蒂德夫人，洛蒂也会到场的。）而最令他惊讶的是，皮韦也来了！他一定是开车时听到了艾玛和杰克在后座讨论这部剧。皮韦身边坐着一位非常美丽的黑人女性。他竟然有妻子或女朋友！不管她是谁，在一群由离婚父母组成的观众中，皮韦的女伴打扮得太过讲究了。她穿了一件花卉图案的低胸裙装。杰克从后台望过去，她的帽子看上去就像是一只鹦鹉的标本。

从过往伍尔兹小姐导演的剧作上演的情况来判断，当晚到场的观众绝对是最让人难忘的。有些演员因此怯场。饰演奥伯夫人的潘妮·汉密尔顿（她那口法语口音的英语一定会在多伦多观众中大受欢迎的）穿上戏服时竟然紧张得抽搐起来。（回想起来，杰克认为潘妮穿戏服时一定是想到自己被杰克的精液击中额头而分心了。）

扮演其中一名邮购新娘的，是九年级女生桑德拉·斯图尔特。她比实际年龄显得小很多。她演的是结巴的萨拉，在狗拉雪橇上失去童贞后冻死了。桑德拉在后台呕吐了，惹得拉姆西先生说："你太紧张了。"

饰演哈利德先生的贾维斯，穿着戏服全身冒汗，她看着桑德拉说："看起来可不像是紧张这么简单。"（杰克以为他们仅从呕吐物就能判断出呕吐的原因。）

前两幕戏期间，杰克一直偷偷地看邦妮·汉密尔顿，可一次都没有对上她的眼神。杰克在后台时有机会观察了观众的反应。皮韦似乎看得很入迷，而他的女伴把那个"鹦鹉标本"从头上摘了下来。"那个伍尔兹"一直愁眉紧锁，对着麦夸特夫人嘀嘀咕咕。"灰色幽灵"大部分时间还是一副让人摸不透的表情。欧斯特勒夫人看上去感到无聊，当然，和她的人生相比，这部剧确实算不上什么。艾玛心不在焉，她已经看过大部分排练了，只对流血的那部分感兴趣。

当杰克饰演的詹尼用发令枪对着贾维斯饰演的哈利德开了两枪时，皮韦跳了起来，挥舞着拳头。（伍尔兹小姐早知道会有枪击声，提前捂上了耳朵。）艾丽丝从来没读过原作，只知道这部剧有一些暴力的内容，她看上去愈加惊恐。枪声响起后，她畏缩的样子好像是自己遭到了枪击。

第二幕结束，幕布落下，舞台上的脚灯亮起，杰克可以更清楚地看到观众的反应。不过，后台的杰克只关注第一排的观众。皮韦仍然处在枪响后的兴奋中。艾玛嚼着口香糖。伍尔兹小姐似乎在对这部剧进行长篇大论的批评，毫无疑问是对面无表情的麦夸特夫人说着有关初潮的情节设置。艾丽丝和欧斯特勒夫人手拉着手。

她们为什么要手拉着手？杰克疑惑不解。他知道这种情况在两个荷兰女人或其他欧洲女人之间没什么大不了，但他从来没见过两个加拿大女人手拉着手——圣西尔达的个别女生除外。年轻女性或女孩子偶尔也会手拉手，但像艾丽丝和莱斯利·欧斯特勒这种年纪的女人可不会。另外，艾玛的妈妈脱掉了鞋。她用自己比艾玛还小的脚，轻抚着艾丽丝光滑的小腿。杰克对这种奇怪的行为实在难以理解。他还没想明白，艾玛会在他之前搞明白为什么艾丽丝和欧斯特勒夫人会想单独住在那座大房子里。艾玛和杰克"不应该黏在一起"，只是其中一个原因。

拉姆西先生打断了杰克对观众的注意，他该换上下一幕的戏服，并把装有红色液体的塑料袋绑到腰上了。杰克就像圣女贞德，他需要在台上经历他的"初潮"，但总比可怜的圣女贞德好多了。那件裙装是麻布做的，是和马铃薯一样的米褐色。拉姆西先生向他保证，这件衣服的颜色到时候会和血液的红色形成鲜明的反差效果。那个袋子湿湿黏黏的，垂在杰克的腹部，刚开始在裙装下面显得很突兀。虽然不大，但让杰克看起来像怀孕了似的。拉姆西先生松了松袋子口的结，把袋子里多余的空气挤了出去。但这导致液体缓慢渗漏，杰克坐到法庭被告席时才发现。他以为是自己出汗了，但顺着他的腿流下来的涓涓细流是红色的液体，并不是汗水。因为经历过濒死的射精，杰克起先害怕是阴茎又喷血了。等他意识到是装着红色液体的塑料袋渗漏时，他担心袋子里的剩余液体能否撑到最重要的场面。

演出之后，拉姆西先生会称赞杰克对这场戏的"精心准备"——当他从被告席上站起身，大声尖叫着，夸张地流出初潮经血时，杰克痛苦地在位子上扭动着，那样子似乎并不知道自己的第一次月经已经来临了。但实际上确实已经开始了！

詹尼作证时变得口齿不清，偶尔还会犹豫（拉姆西先生后来称赞杰克的这种处理"极为出色"），但这让尽忠职守的提词员邦妮·汉密尔顿紧张起来，她赶紧低头查看大腿上的剧本。（杰克甚至能从她的唇语读出自己下面的台词。）杰克可以感觉到，台下的观众越来越紧张，他希望观众没发现他腿上的红色痕迹。可皮韦看到了，他并不经常去剧院看戏，但他对杰克非常关爱。皮韦对道具一无所知——第二幕的那把发令枪已经让他大吃一惊了。现在他看到杰克在流血——衣服上的血渍。是他有痔疮，还是他在后台被高年级女生捅了一刀？这时离那个高潮场面只剩下两句台词了，皮韦从座位上站起来指着杰克："杰克，你流血了，伙计！"他喊道。

下面发生的一切恰恰是"那个伍尔兹"最担心的——即兴表演。杰克心血来潮地决定对下面的表演做出改变，这一决定让邦妮·汉密尔顿不知所措。流出的血和杰克的临场反应不就是杰克表演才华的最佳证明吗？他立刻站起来，双手握拳猛击塑料袋。袋子里留存的液体比他预计的还要少，甚至没办法形成爆裂的效果。"亲爱的詹尼"一次又一次地猛击自己的小腹。最后一次击打时，因为用力过猛，他甚至弯下了腰。塑料袋裂开了，那声音像是肌腱断裂的声响，血液从他马铃薯色的衣服下涌了出来。

"杰克，你的情况更严重了，伙计！"皮韦大喊。

但是，杰克当时专注于表演，台下的观众也被他的表演完全吸引住了。他拼命尖声叫喊。他把自己被捆绑住的双手举过头顶，手掌上面的血滴到了他的脸上。这次延宕许久的初潮经血顿时像是大出血一般。一名陪审团成员（两名女性之一）此时应该指出，这显然是詹尼第一次来月经，但杰克没有听见这句台词，观众也不可能听见这句台词。甚至连提词员邦妮也停下了自己的工作。杰克像是神话传说中的报丧女妖般悲号着。

他要被送去缅因了！他经历了一次射精，不仅因为被邦妮·汉密尔顿的痛苦吸引，还因为他长期以来对艾玛·欧斯特勒唇髭的迷恋——屏住呼吸亲吻艾玛差点儿要了他的命！威克斯蒂德夫人快要死了。洛蒂会乘船回到爱德华王子岛。杰克的生活又一次要大变样了。他没办法不尖叫。杰克饰演的詹尼流出的血足够一个年轻女性来五次月经了！

伍尔兹小姐欣喜万分的脸上似乎可以读出一种因受到震慑而获得的启迪。因为对剧本文学价值的鄙视，她低估了杰克即兴表演的能力和《西北地区的一个邮购新娘》的戏剧潜能。所有的演职人员都惊呆了。在后台，桑德拉·斯图尔特再次呕吐了。（饰演被谋杀的哈利德先生的贾维斯说，这次呕吐是杰克的表演引起的。）

艾玛不再咀嚼口香糖，大张着嘴巴。欧斯特勒夫人似乎也被杰克浑身是血的尖叫吸引了。皮韦的女伴紧紧抓着她的帽子，好像要把那只鹦鹉勒死了。杰克几乎没有注意到皮韦冲上了舞台。他继续尖叫着，还在流血。只是看到他妈妈时，杰克才略微有些分神。

艾丽丝最近过得并不轻松。有一天夜里睡觉时，她抓到杰克想要偷看她剖腹产留下的伤疤。卧室里太暗了，杰克看不清楚。他解释自己那么做的原因时说，他想看看艾丽丝的疤痕是和莱斯利·欧斯特勒一样横切的，还是竖切的。

"这是我的隐私，杰克——不关你的事！"他妈妈喊道。但她为什么这么生气呢？

坐在圣西尔达剧场的第一排，艾丽丝想起了那个尴尬的时刻，想起了威克斯蒂德夫人即将离世，想起了即将同洛蒂道别。（或者想到了未来，与欧斯特勒夫人住到一起等其他的事情。）

当杰克继续在台上流血尖叫时，他想到艾丽丝和皮韦一样，并不经常看戏。虽然她之前看过杰克表演，但对现在这种场面，没有任何的心理准备。艾丽丝和艾玛一样嘴巴大张，双手抱着头，蜷起身体，好像她才是那个大出血的人。因为自己在尖叫，杰克听不到艾丽丝的哭声，但他能看到眼泪顺着她的脸颊流了下来。艾丽丝肆无忌惮地哭着，甚至有些歇斯底里。杰克看见莱斯利·欧斯特勒试着安慰她。艾玛的目光也从舞台转向了身旁的艾丽丝。

"我没事，"杰克对皮韦说。皮韦正把他扶起，大声喊着医生。"这是演戏，皮韦！"

"伙计，你把咱俩的血都流光了！"皮韦说，但杰克的注意力被他妈妈吸引了。

"杰克，我的宝贝！"艾丽丝哭喊着，"都是我的错，杰克——是我不好！"

"我很好，妈妈。"他大声地对她说，但她没有听到，因为除了艾丽丝的哭声，观众的喝彩声越来越响，他们全体起立鼓掌。（连"那个伍尔兹"也在鼓掌。）杰克、皮韦和全体演员站在台上。轮到演员谢幕鞠躬了，但皮韦还抱着杰克。

"皮韦，只是红色食用色素兑水，是道具。我没有出血。"杰克在高大的皮韦耳边低声说。

"真该死，伙计。我现在该怎么做？"皮韦说。

"鞠躬。"杰克告诉他。皮韦抱着杰克，深深鞠了一躬。

周一时，拉姆西先生会问杰克能不能让皮韦在接下来几场演出时也在场，但皮韦不想重复自己的错误了。（多年以后，皮韦告诉杰克他每次想到这次演出都会羞愧。）

杰克发现"灰色幽灵"不知什么时候也出现在他妈妈身边。曾经在战场上做过护士的她尽力让艾丽丝镇静下来，但似乎麦夸特夫人亲自出手也没有什么用。艾丽丝的哭声淹没在现场的欢呼声和"灰色幽灵"的劝慰声里，杰克仍然可以看到她脸上的痛苦表情。他能从嘴形看出，她一遍又一遍叫着他的名字，她不停地说着抱歉的话。

杰克本来打算问妈妈，他们是不是要成为欧斯特勒夫人的免费房客了——这里的"免费"是指艾丽丝给艾玛的妈妈做一次免费的刺青吗？但看到他妈妈因为他扮演詹尼哭得泣不成声，杰克觉得最好还是别问了。虽然他完全无法理解艾丽丝和莱斯利·欧斯特勒的关系，但他能猜到这个世界上没有什么（要紧的东西）是免费的。

掌声响起，杰克继续尖叫着表演下去——幸亏幕布放了下来，皮韦把他抱去了后台。有那么短暂的一瞬间，皮韦把幕布的落下当作一次意外事故。直到女生包围了他，皮韦才镇静下来，并对杰克表示祝贺。他总算把杰克放了下来。

"杰克·伯恩斯！"拉姆西先生喊道，"世界上每一个邮购新娘都会感谢你的！"杰克看到拉姆西先生手里拿着一台照相机，他正给装扮成詹尼的自己拍照呢。

"杰克，你想什么时候'射'我都可以。"贾维斯大声地在他耳边说。

潘妮·汉密尔顿听到了贾维斯的话，她曾在杰克第一次射精时被正中额头。"对的，杰克，但可能你不会'放空枪'了。"

"什么？"

"别碰他！"艾玛·欧斯特勒说。她竟然来到了后台，并立刻保护性地抱住杰克。

同样出现在后台的，还有在杰克今后的日子里一直困扰着他的那张脸——邦妮·汉密尔顿，她站在远处盯着他，好像她的心脏承受不了走近的后果。虽然提词的工作已经结束了，但杰克仍然能从她颤抖的嘴唇上读出什么。

"你看见了吗？"杰克在艾玛耳边低声说，"你看到邦妮在看着我吗？那就是我之前说的。"

艾玛在当时喧嚣吵嚷的环境里没有听清他的话，也可能是她正一门心思挡开高年级女生。"你知道吗，小可爱，"艾玛说，"也许你去缅因读男校并不是个坏主意。"

"为什么？"

他的脸上还化着妆，嘴上还抹了口红，更不用提他全身是血了。导演拉姆西先生像个维京少年一般，止不住兴奋地跳着。"我之前还觉得阿比盖尔·库克的这部作品是不是有些过时了。"他对前来祝贺的伍尔兹小姐（激动得热泪盈眶）说道。

艾玛的老朋友温迪·霍尔顿和夏洛特·巴福德也来到了后台。"要是我像你那样来一次月经，我觉得自己会死的。"温迪对杰克说。而夏洛特·巴福德盯着他的样子好像杰克是她错过的一道冷盘小菜。

皮韦在这部剧的最后一刻做出了一份不算小的贡献，但他还是趁着无人发觉溜走了。首演成功结束后，紧随而来的是一场充满喜悦的混乱狂欢，杰克逐渐把他妈妈的痛苦抛在了脑后。如果圣西尔达还有良知人士，那人一定是麦夸特夫人。她没有被杰克的成功冲昏头脑，"灰色幽灵"依旧突然现身，吓得杰克差点儿没喘过来气。如果他身上的袋子里还有液体，一定会被吓得再次流出来。要不是他的喉咙在演戏时叫哑了，他一定会被吓得尖叫起来，而且这次会叫得更大声。

杰克要跟着艾玛一起回家了。"这可是咱们的第一次彻夜狂欢呢，甜心！"艾玛兴奋地说。她离开后台去找她妈妈，欧斯特勒夫人正和艾丽丝在一起。虽然只有那么一小会儿，后台竟然只有杰克一个人。连他深爱的那个提词员也不声不响地离开了，他甚至都没注意到她很难让人忽视的走路姿势。

就在这时，"灰色幽灵"出现在他身边。她冰冷的双手拉住杰克的两只手腕，就是刚才演戏时被捆住的部位。"演出很精彩，杰克，"麦夸特夫人的呼吸吹到了他的脸上，"但你还有事要做。我说的……不是舞台上的工作。"她低声说。

"要做什么事？"杰克问。

"照看好你妈妈，杰克。如果你没有照看好她……你会后悔的。"

"哦。"（怎么照看她呢？他想问。为什么照看她呢？）这时"灰色幽灵"已经消失得无影无踪了。

在未来的日子里，杰克会再次发现，后台是个黑暗孤寂的场所，尤其当工作人员和观众都离开后。杰克·伯恩斯当然不会成为邮购新娘，在拉姆西先生制作的那场舞台演出中，他穿着浸满血渍的衣服的表演，开启了他未来的人生道路。

14 马查多夫人

通常来说，男生不参加圣西尔达的校友聚会。因为男生不是从圣西尔达毕业的，他们只读到四年级，而且离开时不举办任何典礼。

露辛达·弗莱明总是乐此不疲地组织班级同学聚会，就是杰克所在的那个班级。如果他是个女生，那就是他的毕业班了。莫琳·雅几乎每次都参加班级同学会，但没人知道她婚后的夫姓是什么。毕业前的每次班级聚会她也都准时参加。布斯姐妹也是班级同学会的常客，她们总是一起出席。但露辛达·弗莱明在圣诞贺信里从来没提过她们那种吮吸毯子的恶心声音。（杰克不由得猜测布斯姐妹现在是不是还会发出那种声音。）

卡罗琳·弗兰奇从来没参加过班级同学会。如果她还有用脚跟敲击地面的习惯，那么现在没人能配合她了。总是与她作对的双胞胎哥哥戈登，在一次船只失事事故中丧生——这件惨剧发生于他离开圣西尔达后不久，当时杰克在另一所学校读书。杰克发觉，自己竟然如此怀念自己几乎不认识的人，以及那些自己并不特别喜欢的人。

1975 年春天，杰克在圣西尔达的最后一天有些不同寻常，因为艾玛·欧斯特勒和麦夸特夫人一起陪着他走到了林肯轿车旁。司机皮韦忠实地把车停在罗塞特路的圣西尔达女校入口处。按照威克斯蒂德夫人的遗愿，皮韦会一直开车接送杰克上学，直到他离开圣西尔达为止。

艾玛和杰克坐进林肯轿车的后座，仿佛他们的生活不会改变。皮韦流着眼泪，他的生活即将发生改变。事实上，威克斯蒂德夫人刚刚去世，洛蒂就启程回了爱德华王子岛，他生活中的改变已经发生。"灰色幽灵"靠在敞开的车窗边，用她冰凉的手摩挲着杰克的脸庞，如同初春时偶有的一丝寒意。"你可以……给我写信，杰克，"麦夸特夫人说，"实际上，我……建议你那么做。"

"好的，麦夸特夫人。"杰克回答。林肯轿车开走时，皮韦还在呜咽着。

"你最好也给我写信，小可爱。"艾玛说。

"你要保重，伙计，"皮韦边哭边说，"你一定要事事小心，保重！"

杰克坐在后座，不发一语，就像他参加威克斯蒂德夫人的葬礼时一样。一直以来，艾丽丝总是念叨着即将到来的夏天"没有假期"。她说，她要全身心地准备杰克到外地读书的事宜。"你必须得学会和男生相处，杰克。"

虽然艾丽丝对她儿子缺乏运动才能的估计有些夸张，但总体上是对的。她从自己的刺青顾客中找了四名男性，教杰克自卫防身的技巧。至于具体是哪些技巧，就由杰克自己决定了，他妈妈说。

四名男性顾客中，有三人是苏联人——一名来自乌克兰，其余两名来自白俄罗斯。他们都是摔跤手。第四个人是一名泰拳拳手，还有过冠军殊荣——前任曼谷先生。他的泰拳名字叫克荣。来自乌克兰的那名摔跤手叫舍甫琴科，但艾丽丝叫他琴科。曼谷先生和琴科都是秃头老人。克荣在两侧的脸颊上各刺了一个刀刃的图案，而琴科则在自己光秃秃的头顶刺了一条咆哮的狼。（当琴科向对手鞠躬时，会露出那头不太友好的狼。）

"一个乌克兰风格的刺青吧，我猜。"艾丽丝对杰克说，语气中带有明显的反感。克荣脸上刺的刀刃则"很泰国"，艾丽丝说。两个人都在胸前刺了一颗破碎的心，都是出自"女儿艾丽丝"之手——杰克一眼就能看出来。

巴瑟斯特街有家脏乱失修的健身馆，主要的顾客就是自由搏击手和摔跤手，不过自由搏击手的数量略胜一筹。黑人和亚裔是这里的常客，也有不少葡萄牙人和意大利人。另外两名来自白俄罗斯的年轻摔跤手都是出租车司机，他们都出生在明斯克——琴科叫他们"明斯克佬"。鲍里斯·琴克维奇和帕维尔·马克维奇身上的刺青不多，但他们是认真的摔跤手。琴科就是他们的教练和陪练。

鲍里斯和帕维尔的刺青部位，是很多摔跤手喜欢刺青的地方——背部两侧肩胛骨之间，穿上运动背心后正好可以看到。鲍里斯刺了一个代表好运的汉字，杰克发现这个刺青是他妈妈的新作品。帕维尔则在自己的两侧肩胛骨中间刺了一把外科手术用的持钩——一种带有把手的细长尖钩。帕维尔对杰克解释说，持钩主要用来夹住动脉血管。

那家老旧健身馆的墙上因为挂了一些"女儿艾丽丝"和"中国佬"的速绘稿而显得没那么难看。这里也是多伦多为数不多的"中国佬"为自己的刺青店做广告宣传的地方。连举重运动员的镜子上，都画了艾丽丝的"破碎的心"，她那些"男人的祸根"的速绘则挂在更衣室里。不过，这家健身馆主要还是装饰着汉字和中式风格的图案。杰克认出了代表长命百岁的汉字"寿"，以及由五只蝙蝠组成的"五福"图案。当然，还少不了"中国佬"的招牌刺青——一把寓意"万事如意"的短剑。

杰克告诉他妈妈说，这把短剑是他最喜欢的"中国佬"刺青，但她却回答："你要是想刺那个，还是趁早忘了吧。"杰克也很喜欢克荣在大腿上刺的佛手图案，但它是出自艾丽丝还是"中国佬"之手他已经记不清了。

健身馆里的装饰还包括汉字"鹿"和幸运数字"陆"，牡丹、中国花瓶以及鲤鱼跳龙门等图案。所谓的"龙门"就是一座瀑布，鲤鱼从瀑布下面跃到上游之后，就变成了一条龙。这个刺青要占据整个后背，通常要花掉数天甚至几周的时间才能完成。艾丽丝以前说，有些刺了这种图案的人非常怕冷，但"刺青奥勒"不同意她的说法，还同她争论过。奥勒说只有刺了全身图案的人才会怕冷，但也有例外。（艾丽丝说，大部分刺了全身图案的人都很怕冷。）

巴瑟斯特街健身馆里还有一个叫作"西王母"的图案。在道教传说中，西王母可以让人长生不老。另外，装饰里还有汉字"囍"，艾丽丝拒绝给任何人刺这个字。这个汉字代表的是婚姻，而她早就不相信婚姻了。

健身馆所在地之前是家地毯商店，所以有几扇大型橱窗对着巴瑟斯特街的人行道，吸引了很多行人好奇的目光。前任曼谷先生在邻近街区的自由搏击班非常出名。虽然他脸上刺了刀刃，大腿上刺了佛手，但这并不妨碍克荣成为一位颇受欢迎的老师。自由搏击课程分为不同层次。自然，杰克报名的是入门班。考虑到他的年龄和个头，唯一合适的陪练就是女学员了。

艾丽丝把儿子交到了曼谷先生的手里（更确切地说，是他的脚下），这样杰克就能学到一些防身技能来对付可能遇到的欺负。男孩子长到一定的年纪总会遇到这类麻烦的，尤其是在一所男校。不过，杰克再次发现自己这次最危险的对手是年长的女性。当他问一位长着大屁股的牙买加女士是否认识他的朋友皮韦时，对方回答："我对你的小鸡鸡[1]没兴趣，伙计。"当杰克发现他们因为身材差异太大做不了练习搭档时，欣慰地舒了一口气。

与他搭档的是四十多岁的葡萄牙女人马查多夫人。她告诉杰克，自己的孩子长大后都搬走了，只留下她独自面对前夫的暴力。马查多夫人说，她经常要给公寓的门换锁。虽然早就离婚了，但她的前夫认为她仍应尽妻子的义务，所以经常来她居住的公寓强奸她，或是毒打她一顿。所以，马查多夫人决定学习搏击。

虽然入门班上的女学员来向克荣学习搏击的动机不尽相同，但她们学习踢打裆部的动作格外努力。（就杰克的情况来说，马查多夫人练习这个动作时，踢到的是他胸部和喉咙。）在曼谷先生看来，这个进攻裆部的动作是"不道德"的，不过杰克和入门班上的女学员掌握这个动作有着非常道德的理由。如果高年级男生欺负自己，那么杰克不反对踢对方裆部。

马查多夫人是一个难对付的练习搭档。她身材矮小却十分结实，长着一头粗硬油亮的黑发，一对乳房低垂在胸前。面对杰克的进攻，她有时直接用大腿应对，或是侧身抵挡，或干脆背过身去任杰克踢打自己的

---

[1] 皮韦的英文 Peewee，在英语的儿童用语中指男性的性器官。

大屁股。马查多夫人不高，但杰克比她还矮。杰克身高只有一米四二，大约三十四公斤重，而马查多夫人将近一米七三，体重有两个杰克那么重，她踢打的力量也比杰克强多了。

"你最好还是和她摔跤吧，"琴科建议杰克，"只要不被她压在身下就行。"

琴科非常敬重克荣和健身馆里的那些技巧高超的搏击手，但他瞧不起克荣入门班上的女学员，其中当然包括马查多夫人。她踢打的力度很大，但不是很灵活。在琴科看来，马查多夫人仅凭踢打肯定没办法制服她的前夫。除非第一次攻击就能把对方放倒，如果她没有击中目标，接下来她只有被打的分了。他觉得马查多夫人还是学习摔跤更实用些。

至于杰克最后的学习成果，琴科相信无论他学搏击还是摔跤，都很难打得过欺负他的高年级男生。除非他再长高十几厘米，再增加二三十公斤的体重。"我认为你妈妈是在浪费金钱。"琴科这样告诉杰克时，杰克和马查多夫人已经互相踢打差不多一周了。

可这不是欧斯特勒夫人花的钱吗？（杰克认为她的钱花得物有所值。）每天早晨，艾丽丝还没起床，莱斯利·欧斯特勒就开车把杰克送到巴瑟斯特街的健身馆。他会在那里待上一整天。他要先和马查多夫人练习搏击，练习时每次单脚跳上五分钟，另一只脚努力地伸长踢打——目标是练习单脚持续踢打对方肩膀，同时保证不失去平衡。

练完搏击后，杰克和琴科在垫子上练习摔跤。他还要负责给垫子消毒，然后把它们擦干。每天，杰克会为搏击手和摔跤手准备干净的毛巾、饮用水和切好的橙子。两个明斯克佬大概下午三点到健身馆，杰克会和琴科坐在垫子旁观看鲍里斯和帕维尔痛扁对方。这两个强壮的出租车司机年龄大约三十上下。他们二人的体重和马查多夫人差不多，但要精瘦不少。因为长期摔跤，琴科长了一对难看的菜花耳，而鲍里斯和帕维尔二人都几乎没有脖子，眉毛淡得像是一条疤痕。明斯克佬的耳朵像是两团大小不一的面团，难看程度和琴科相当。

杰克学习的摔跤动作都很基础，大多是自卫性质的，比如俄式交叉撑和跪撑反夹头、后抱躯干腋下扼颈翻和颜面十字固摇篮式压制。压在帕维尔身上的鲍里斯使出了一招熟练的缠腿钩臂骑，下面的帕维尔一个臂下前钻摆脱了鲍里斯，然后一记托臂摔把对方放倒，漂亮地抓住鲍里斯的脚踝扣住他的腿。琴科喜欢使用穿腿前冲，而鲍里斯和帕维尔更喜欢外侧单腿桥式。琴科喜欢单边侧摔，前提是对手高度相当。可在巴瑟斯特街的健身馆里，没人像杰克那么矮。他只能一遍一遍地跟着琴科、鲍里斯和帕维尔练习出招的动作。

有时候，如果马查多夫人在杰克的胸口至喉咙部位踢出一个漂亮的裆部踢打——尤其是她踢得杰克有些泄气时——他会说服马查多夫人跟自己在垫子上来一次摔跤。虽然杰克错误地把她作为单边侧摔的对象，不过他总能抓住她的脚踝扣住腿，这让马查多夫人很沮丧。当杰克成功地把她放倒在垫子上时，他总能用飞身压制的招式让她动弹不得。

为了公平起见，琴科教了马查多夫人一招快速猛摔。她每次用这招把杰克摔得四脚朝天时，杰克也奈何她不得。（她会让自己重达六十八公斤的身体压在杰克身上，大口大口地喘着气。）"哈！"每次马查多夫人把杰克放倒都会这样大喊，和她踢出一记完美的裆部踢打时一样。

即使杰克真的学到了什么自卫的技能，他也没办法检验它们是否有用。每天回到欧斯特勒家的住处，艾玛总是会对杰克发起连续的无情攻击——从客厅的沙发或地毯上、她的卧室到杰克和他妈妈在夏天居住的客房。十七岁的艾玛比马查多夫人还要高大壮实，她可以轻易地打倒杰克。杰克学到的所有自卫方法对她都没有效果，这对他的自信心造成了相当大的打击。

6月中旬，欧斯特勒夫人把艾玛送到美国加利福尼亚一个她称为体重管理营的地方。"就是一家减肥中心。"艾玛说。杰克从来没觉得艾玛肥胖，但欧斯特勒夫人这样认为。另外，虽然艾丽丝不像莱斯利·欧斯特勒那般娇小，但她苗条的身材和美丽的外表进一步瓦解了艾玛的自尊。

那个减肥营持续两周的时间——可怜的艾玛！——这段时间，马查多夫人受雇给杰克做晚餐，在欧斯特勒夫人和艾丽丝回来之前负责照料他（通常马查多夫人把杰克安顿上床很久后她们才会回来）。于是，杰克的搏击陪练和偶尔的摔跤对手成了他的保姆——马查多夫人难以置信地代替了洛蒂。

在名义上的睡觉时间，马查多夫人和杰克会练上那么一会儿——不需要用尽全力，按照琴科的说法是"意思到了就行"。把杰克安顿上床后，马查多夫人会把门敞开，打开走廊尽头的灯。入睡之前，杰克经常听见她打电话，她说的是葡萄牙语。他猜测她交谈的对象是她某个长大后搬走的孩子。她的孩子应该也住在多伦多，考虑到谈话持续的时间，肯定是本地电话。电话最后经常以马查多夫人的哭泣结束。

在哭声的陪伴下，杰克进入梦乡。马查多夫人此时会赤着脚在欧斯特勒宅邸到处走动。偶尔能听到她的脚跟踩在硬木地板上的吱呀声，因为她正奋力地用一只脚向上踢打着。这时，杰克知道马查多夫人一定假想自己把前夫或别的欺负她的人踢得屁滚尿流。毕竟他对这些练习非常熟悉，甚至记得进行这些动作时地板的声响。

6月末一个温热的夜晚，哭泣的马查多夫人拼命练习着搏击的踢打动作，弄出的声音连楼上开着吊扇睡觉的杰克都能听见。（欧斯特勒家装有空调，但客房还在使用吊扇。）因为天气炎热，艾丽丝给杰克买了几条她称为"夏季睡衣"的平脚内裤。不过，这些内裤对杰克来说有点大。

杰克下了床，穿着方格图案的平脚内裤，内裤下摆垂到了他的膝盖。内裤的方格是灰色和栗色的，正好是圣西尔达制服的颜色。他顺着走廊尽头的灯光走下楼，想要尽己所能安慰马查多夫人。杰克看见她在前厅里，围着老爷钟绕圈，好像那座钟就是她的对手。当马查多夫人抬起一只脚进攻时，她完美的姿态让杰克惊讶不已。她抬起的脚绷得紧紧的，像是一条发怒的眼镜蛇的头部。

杰克本想说点什么，或至少清清喉咙。但马查多夫人是那么全神贯注，他担心自己开口说话会吓到她。她大口大口地用力喘着气，根本听不到杰克下楼的脚步声。她的呼吸还伴着短促压抑的抽噎。眼泪混杂着汗水流过她的脸庞，她上身的圆领背心已经因为激烈的动作从她深蓝色的运动短裤中挣脱出来。她那对肥硕低垂的乳房随着右脚前后踢打而左右摇晃着。同时，她正费力地用左脚（克荣称之为"轴心脚"）维持着全身的平衡。

马查多夫人一定是从老爷钟的玻璃门上看到了杰克不完整的映像——一个大概比自己略高些的半裸男人偷偷摸摸地走到她的身后。被发现时，杰克离地面还有两三级台阶，这也是马查多夫人误以为她瞥到的人比自己高的原因。（可能她前夫每次强奸她之前都会脱掉自己身上的大部分衣物，所以看到一个半裸的男人让她立刻燃起了怒火。）她的"轴心脚"下发出一声短促的声响，紧接着杰克站在楼梯上一动不动了。马查多夫人的裆部踢打一定会让曼谷先生感到骄傲的，虽然克荣对这种进攻动作完全持否定态度。因为杰克站在楼梯上，马查多夫人进攻的部位比往常略微低了些。她用尽全力正好踢中他的睾丸。"哈！"马查多夫人喊道。

杰克痛苦地蜷起身子，他那条大平脚内裤好像把他整个人都包了进去。他像子宫中的胎儿一样卧倒在前厅。杰克感觉自己的睾丸一定肿得和柚子一般大了，好像蹿到了自己的喉咙后面。"啊！啊！啊！"马查多夫人单腿跳着叫喊。

杰克想死的心都有了，疼痛缓和后，随之而来的是一种呕吐欲，但这两种选项显然都不是消除疼痛的正确方式。"我很快就拿冰过去，很多很多冰！"马查多夫人在厨房里喊道。

然后，她扶着杰克慢慢站起，沿着楼梯往上爬。她嘴上叼着一包冰块。"杰克，杰克——我可怜的亲爱的杰克！"马查多夫人咬着牙挤出了这句话。

她先在床上铺了浴巾，然后脱下他的内裤。因为艾玛和她的朋友们见过他的"小弟弟"，所以杰克并没有感到害羞，而是有些担心冰块。不过，马查多夫人似乎被杰克阴茎的袖珍程度搞得有些焦虑不安。可能是她只有女儿的原因。（也许她也有儿子，不过那也可能是很久之前的事情了，马查多夫人早就忘记小男孩的阴茎和睾丸到底有多么袖珍了。）"它变小了？"她紧张地问。

"变小？"

"比我踢你之前变小了！"

杰克迅速地察看了一番,一切似乎没什么变化。他的睾丸很疼,阴茎有些肿。可能是想到与冰块的接触,"小弟弟"缩成了一团。杰克躺在浴巾上,马查多夫人把冰块堆到杰克的睾丸和阴茎上。"好凉,更疼了。"他说。

"只要坚持几分钟就好了,杰克。"

"哦。要冰多久呢?"

"十五分钟。"

十五分钟足够把阴茎冻僵了,杰克想。"你之前冰过这东西吗?"他问马查多夫人。

"没像这样冰过。"她回答。

冰块带来的刺痛让杰克哭了起来。马查多夫人躺在他身边抱住他,轻轻摇晃着。她唱了一首葡萄牙语歌曲。十分钟后,杰克虽然还在发抖,但他的牙齿已经不再打战了。为了给杰克取暖,马查多夫人趴在他身上,她的乳房好像卡在他们之间的一块沙发垫子。"我也能感觉到冰块了,你知道吗?"过了一两分钟,马查多夫人对他说,"情况也不是那么严重。"疼痛已经减轻,但睾丸依然没有知觉,杰克完全感觉不到"小弟弟"的存在。

十五分钟后,马查多夫人取下了冰袋。杰克担忧地看着,生怕"小弟弟"就此消失。他听见马查多夫人把袋子里的冰水和剩余的冰块倒进了洗手池。她回到床边,坐在他身旁。"看上去非常红。"她观察道。

"我什么感觉都没有。我觉得它死了。"杰克对她说。

她温柔地用毛巾轻轻擦着"小弟弟"。"我认为它会活过来的。"马查多夫人手握毛巾按压着阴茎。杰克能隔着毛巾感受到她手掌的热度。她坐在他身旁,侧身对着他,粗硬油亮的黑发在脑后汇成一条散乱的马尾辫——马查多夫人称其为自己的"格斗发型"。杰克可以看到,她下巴和喉咙上的皮肤松弛而下垂,她的乳房几乎垂到了她厚实的腰上。马查多夫人根本算不上好看,但如果你只有十岁,而且这个女人正握着你的阴茎,这些都无关紧要。

"哈!"马查多夫人叫道,拿开了毛巾,"鸡巴先生已经活过来了,

· 245 ·

还有个宏伟的计划！""小弟弟"似乎对这种尊敬有些不习惯。(鸡巴先生听上去更像是用来表达失望的——还有点蔑视和责骂的意思。)因为获得了马查多夫人的注意，"小弟弟"有些受宠若惊，它迅速地从裆部踢打中恢复了元气。不仅如此，杰克的阴茎立刻挺身而出，像战场上的英雄般坚挺。"我的天，鸡巴先生！"马查多夫人惊呼，"你是在炫耀，还是想要什么呢？"

鸡巴还能想要什么呢？但十岁的杰克不能准确地表达他的阴茎想要什么。马查多夫人一定看透了他的心思。"这位鸡巴先生在想什么呢？"她问"小弟弟"。

"我不知道，马查多夫人。"杰克诚实地回答。

杰克的手背刷蹭了一下她的臀部，虽然这个动作是无心之举，但马查多夫人故意把臀部靠向他，杰克的手被抵在了身侧。她把手伸向脑后，迅速解开了马尾辫。当马查多夫人对着杰克的阴茎俯下身时，垂下的头发挡住了她的脸。"小弟弟"可以感受到她的呼吸。"我认为，我知道鸡巴先生想要什么。"马查多夫人说。

她把阴茎含入口中，杰克的腹部感觉到她乳房的重量。回想起来，杰克会承认鸡巴先生被含入口中后表现得有些鲁莽。杰克不由自主地上下动起了自己的臀部，但他的兴奋并不全是愉悦。(杰克害怕马查多夫人可能会把他吃了！)"怎么了？"他问。

也许琴科之前认为马查多夫人不够灵活是错的，因为她突然转移了重心，换了个姿势，速度快到杰克没来得及做出任何反应。马查多夫人当然不是魔术师，杰克不知道她什么时候脱去了背心和胸罩——她何时脱掉了深蓝色运动短裤和内裤也成了一个谜。他瞥了一眼马查多夫人两腿之间那个毛发虬结的巨大部位——与之前见过的欧斯特勒夫人和艾玛的那里相比，"巨大"并不夸张。如果说他妈妈的"耶利哥玫瑰"刺青一直维持着稳定的水准(也就是说，藏在"耶利哥玫瑰"里面的那朵花都是一样的)，此时杰克意识到(就在马查多夫人骑上他的身体时)，那个真的东西在每个女人身上都不一样。这些无可辩驳的证据让杰克·伯恩斯相信，每个阴道都是独一无二的。

马查多夫人岔开两腿骑坐在杰克身上，把他的胯部固定在她的两条大腿中间。"怎么了？"杰克再次问道，这次的口吻显得更加急迫。如果不是见过"耶利哥玫瑰"中那朵隐秘之花，（马查多夫人引导着"小弟弟"进入她体内时）杰克一定会更加害怕的。至少，他知道自己将要进到何地。除此之外，他还担心马查多夫人会把他整个身体吸进去。他感觉自己是那样渺小。

杰克还是有种无法抑制的冲动想要抬起自己的臀部，可马查多夫人坐在上面，他根本动不了。她的乳房簇拥着杰克的脸，汗水汇集成一条细流从她乳房中间流下。"怎么了？我亲爱的杰克，鸡巴先生要哭了。"

"哭，怎么哭？"他好不容易才说出来，但声音被她的乳房闷住了。

"开心的泪水，小家伙。"马查多夫人说。

杰克倒是能听懂这句回答，但想到流下开心泪水的是自己的阴茎，他惊慌不已。"我不想让鸡巴先生哭。"他说。

"它马上就要哭了，亲爱的。别害怕——不会痛的。"

可是，杰克真的很害怕。（琴科不是告诉他别被马查多夫人压在身下吗？）"我害怕，马查多夫人。"他哭喊道。

"就快好了，杰克。"

他感到有什么东西从他的体内抽离了。如果他有机会向"灰色幽灵"形容这种感觉，她一定会说，他失去了自己的灵魂。某种极为重要的东西消失了，消失得几乎无声无息，如同童年一样。虽然不是故意而为，但杰克之后几年中一直将其看作自己背离上帝的一刻。也许趁杰克没注意的时候，上帝已经悄悄溜走了。

"那是什么？"他问马查多夫人，她已经停止了对他碾磨的动作。

"开心的泪水。是你第一次吧，我猜。"

事实上，这并不是他的第一次。（杰克第一次的"开心泪水"刚好击中了潘妮·汉密尔顿的额头。）"是第二次，"他告诉马查多夫人，"但第一次的时候我都忘记喘气了。这次好多了。"

"哈！"马查多夫人叫道，"你骗不了我，亲爱的。"

杰克并没有试图说服她相信。一个重达六十八公斤的女人坐在你身上，你只有她一半的重量，这时最好不要和她争论。另外，马查多夫人穿衣服时的样子吸引了杰克。她是那么慢条斯理，你难以想象她脱衣服时竟然那么迅速。她坐在杰克身上穿着胸罩和背心，直到穿下装时才从他身上下来。

床单上有一块湿迹，马查多夫人用毛巾擦拭了一下，然后就把那条毛巾扔进了洗衣筐。接着，她在浴缸里放了水，让杰克进去洗洗，尤其是鸡巴先生得到了重点照顾。他嗅到一股陌生的浓烈气味，在洗澡过程中逐渐消失。奇怪的是，杰克竟然说不出是喜欢还是讨厌这股味道。

等杰克回到床上睡觉时，之前那块湿迹摸上去仍然很潮湿。马查多夫人拿来一条干净的平脚内裤让他穿上。杰克躺在床上，那块湿迹在他身旁，他可以用手摸着那里。那块湿迹凉凉的，让杰克感到一阵寒意——好像他正跪在小教堂的石板地上背对着上帝，也可能是祭坛上方彩绘玻璃上一个照料耶稣的女人悄悄溜上了他的床。

杰克知道那个从彩绘玻璃上走来的女人是个圣徒，因为凡人看不见她。马查多夫人也看不见，但他可以感觉到圣徒看不见的躯体上散发的寒意。那具躯体如同小教堂的石板地般坚硬，和祭坛上方的彩绘玻璃一样圣洁不可触碰。

"别走。"他低声对马查多夫人说。

"该睡觉了，我的宝贝。"

"求你别走！"杰克恳求道。

不知何故，杰克确信那位圣徒正等着马查多夫人离开。他不知道这位圣徒要对自己做什么。杰克又摸了摸床单上那块湿冷的痕迹，但不敢把手再向旁边摸去了，因为他不知道自己会摸到什么。

"明天，咱们得努力地摔跤。不再练踢打了，只练摔跤。"马查多夫人说。

"我害怕。"杰克对她说。

"还痛吗，亲爱的？"

"什么还痛？"

"鸡巴先生啊。"

"不痛，但感觉有点不一样了。"他说。

"当然不一样了！鸡巴先生有个秘密。"

"什么秘密？"

"有关鸡巴先生的事，是我们的秘密，亲爱的。"

"哦。"

他这是同意保守马查多夫人的秘密了吗？杰克感觉那位圣徒悄无声息地溜走了，也许悄无声息溜走的是他自己。那位圣徒回到彩绘玻璃上了吗？（难道溜走的是杰克的童年？）

"*Boa noite.*"马查多夫人用葡萄牙语小声说。

"什么？"

"晚安，小家伙。"

"晚安。"

马查多夫人走出卧室，在走廊尽头灯光的映衬下，她那矮壮敦实的背影让杰克想起了琴科对马查多夫人摔跤的评价——她站在摔跤垫子上活像一头站立的熊，似乎只有四肢着地时才是她最自如的时候。

马查多夫人站在走廊里，似乎又想起了他们的秘密，于是又一次低声说："Boa noite，鸡巴先生。"

杰克睡得并不香，做了很多梦。他担心那位彩绘玻璃上的圣徒会趁他睡着时再次溜回他床上吗，还是更担心圣徒不再理会他了，就像他害怕自己已经背离了上帝那样？

杰克知道他妈妈和欧斯特勒夫人回来了，不是因为艾丽丝走进卧室亲吻他时，杰克醒了过来——至少他妈妈自己说她进卧室吻了他，每夜如此——而是因为走廊里的灯光起了变化。走廊里不再只有尽头的那盏灯，他妈妈卧室的门半开着，从浴室发出的灯光暗淡地洒在走廊里。杰克房间浴室的灯也亮着，从门下面射出一道明亮窄细的光。

杰克发现自己梦遗，因为之前那块湿迹已经干了，在它附近又出现了一块更加潮湿的区域，还是温热的，那是"小弟弟"又一次流出的"开心的泪水"。也许因为他梦见了马查多夫人。他想着要不要告诉艾玛自己梦遗的事，艾玛很久之前就预计到了。（杰克·伯恩斯疑惑自己会不会对别人说起和马查多夫人的那个秘密。）

他下了床，穿过走廊进了艾丽丝的房间。但是，他妈妈并不在里面，她的床甚至都还是铺好的。杰克在黑洞洞的屋子里寻找着妈妈。马查多夫人一定已经回家了，因为楼下的灯都关了。他顺着连接客房与艾玛卧室的走廊走着。突然，他看到一阵忽闪忽现的光，从莱斯利·欧斯特勒的房门下面发出。

也许是欧斯特勒夫人和他妈妈正在里面看电视，杰克想。他敲了敲门，但里面没人应答。也可能是他根本就忘记敲门了，而是直接打开了房门。电视机并没有打开，忽闪忽现的光原来是一支蜡烛发出的。

杰克起先以为欧斯特勒夫人死了。她弓着背，好像脊椎断掉了似的。她的头倒挂在床边，脸正好对着杰克，不过是倒着的。他能看出欧斯特勒夫人并没有看到自己。她一丝不挂，双眼圆睁，无神地盯着前方，她似乎无法在昏暗的灯光下发现杰克——也可能杰克才是那个已经死了的人，所以欧斯特勒夫人根本看不到他。杰克想，他可能死于梦遗。（如果说他是死于和马查多夫人一起时的经历，杰克也不会感到吃惊——当然了，不仅是那记裆部踢打，还有接下来发生的那些事。）

艾丽丝突然坐了起来，用双手遮住胸部。她也同样一丝不挂，直到她坐起来，杰克才看到她。艾丽丝僵直地坐在床上，而莱斯利·欧斯特勒的双腿缠在她的身上。欧斯特勒夫人还是一动不动，但杰克知道她能看到自己了。这对他是个莫大的安慰。

"我没死，但我做了个梦。"杰克对她们说。

"回你房间去，杰克——我等会儿就过去。"他妈妈对他说。

艾丽丝四下寻找着浴袍，最后总算在床脚的一团床单中找到了。莱斯利·欧斯特勒仍然一丝不挂地躺在那里，盯着杰克。借着烛光，她身上那朵耶利哥玫瑰的粉色花瓣看上去像是两团黑影——一团很黑，另一团更黑。

杰克在走廊里朝自己的房间走着，听见欧斯特勒夫人说道："你不能和他在一张床上睡了，艾丽丝——他已经很大了。"

"我只在他做噩梦的时候才和他睡。"艾丽丝对她说。

"每次杰克求你，你都会和他睡。"欧斯特勒夫人说。

"我很抱歉，莱斯利。"杰克听见他妈妈说。

杰克躺在自己的床上，不知道该怎么向艾丽丝解释那块湿迹。也许干脆什么都不说吧。但他妈妈上床躺下后，很快就发现了异样。"啊，原来是做了那种梦。"她说道，好像那根本就算不上噩梦。

"不是血，也不是尿。"杰克解释说。

"当然不是，杰克——是精液。"

杰克完全被搞糊涂了。（他实在搞不懂梦遗和海员会有什么关系！[1]）"我不是故意的，我甚至都记不得了。"他解释说。

"不是你的错，宝贝——梦遗对男孩子来说很正常。"

"哦。"

他想让妈妈抱着他，像小时候做噩梦之后那样依偎在她怀里。但当他想靠近艾丽丝的时候，她下意识地用手遮住自己的胸部，并把他推开。"我觉得你已经够大了，不应该和我一起睡了。"她说。

"我已经够大了！"杰克难以置信地说道。他怎么一夜之间就从"你还太小"变成了"你已经够大了"？他想哭，但并没有哭出来。不过，艾丽丝一定感觉到了。

"别哭，杰克——你都这么大了，不能再哭了。如果你去别处上学，绝对不可以哭。要是你哭了，别的男生会欺负你的。"艾丽丝说。

"我为什么要去别处上学？"他问。

"每个人都要上学。在现在的情况下，你去那里上学更好。"他妈妈回答。

"现在是什么情况？"

"反正你去那里上学更好。"她重复着。

"反正对我不好！"杰克哭了起来。艾丽丝抱住他，让他紧紧依偎在她身上。在欧洲时，甚至在去欧洲之前，杰克经常这样靠在她身上入睡。

杰克本应该告诉艾丽丝马查多夫人的事。（如果他告诉了他妈妈，也

---

[1] 英语中，"精液"（semen）与"海员"（seamen）的发音相同。

许艾丽丝会意识到杰克真的还太小——他还远未长大。）但是，杰克没有对她说。他在艾丽丝的怀里睡着了，像以前一样——准确地说，像以前大部分时候那样。艾丽丝身上的味道与以往有些不同，她的脸上有一种有趣的气味。杰克想起来，这是他在浴缸里闻到的浓烈味道。也许这味道是马查多夫人留下的。和上次一样，杰克还是不清楚自己对这种气味是喜欢还是讨厌。他睡着时甚至依然可以闻到。

莱斯利·欧斯特勒坐在杰克的床上，靠在艾丽丝的身边，她已经进来多久了？杰克醒来时看到了她，刚开始他没认出欧斯特勒夫人。他以为她是那位彩绘玻璃上的圣徒，再次回来要把他带走！（也许女圣徒就是通过把衣服全部脱光来掌控你的。）

莱斯利·欧斯特勒赤身裸体，用手摩挲着艾丽丝的两侧肩胛骨中间的部位，就是鲍里斯刺有代表好运的汉字和帕维尔刺有持钩的地方。

杰克一定比他妈妈早醒了几秒钟。"你应该穿上衣服，莱斯利。"艾丽丝说。

"我做了个梦。一个噩梦。"欧斯特勒夫人回答。

"回到你的房间，莱斯利——我等会儿就过去。"艾丽丝说。杰克看着欧斯特勒夫人离开了他的房间。她一定对自己的身体很骄傲，杰克想。他妈妈吻了吻他的额头。他又闻到了那股味道。杰克闭上眼睛，仍然在努力判断自己是否喜欢这味道。艾丽丝又吻了吻他的眼睑。这味道真的让人很难喜欢，不过，杰克觉得自己还是挺喜欢的。

"很抱歉，杰克。"他妈妈说。他依然闭着眼睛，听见艾丽丝光着脚跟着莱斯利·欧斯特勒沿着走廊离开了。

杰克迫不及待地想要艾玛赶紧从加州的减肥中心回来。她肯定能帮助自己理解这些他从未遇到过又令他如此不安的"情况"——他用艾丽丝的原话来形容她和欧斯特勒夫人的关系。

自从有了马查多夫人这个固定的训练搭档，杰克的摔跤技能得到了显著的提升，虽然提升得没有马查多夫人显著。她是一个好斗的对手，连琴科都对她刮目相看，而且她的体重是杰克的两倍，这是他无法逾越的障碍。尽管杰克可以通过侧摔把马查多夫人放倒，但放倒后麻烦就来了，她会用脚死死地扣住两人的身体，让杰克没办法抓住她的脚踝。托臂摔连接外侧单腿桥式放倒对手，是杰克唯一能偶尔对马查多夫人使出的进攻动作。只有杰克对她进行颜面十字固摇篮式压制时，马查多夫人才没办法用脚扣住他。对杰克来说，她太强壮了，尤其是手劲。但是，杰克知道自己正在进步。

马查多夫人也知道这一点，她给予杰克很大的支持。二人摔跤时，有三分之二的分数都由马查多夫人获得，但她经常停下来休息，而杰克从来不会感到疲惫。

体重在摔跤这项运动中起着决定性作用，琴科常常这样提醒杰克。如果有机会和自己个头相近的孩子摔跤，鲍里斯和帕维尔都认为杰克毫无疑问会把对方痛扁一顿。但杰克在生活中根本见不到和他个头相近的人，至少在他去缅因上学前是没机会遇到了。

艾玛从减肥中心回到了家，体重减轻了将近五公斤，但她的气质和吃东西的习惯并没有什么改观。"他们就是让我挨饿。"艾玛这样形容在减肥中心的生活。

减肥后的艾玛，体重仍然比马查多夫人重。她代替马查多夫人担起照顾杰克的责任。艾玛在多伦多只待了不到一周的时间，随后要去她父亲在乔治湾的别墅度过整个 7 月。在与艾玛单独度过的为数不多的夜里，杰克本有机会告诉她马查多夫人的事，但他没有说。他对艾玛讲述了艾丽丝和欧斯特勒夫人两人光着身子在床上的事情，因为这已经够让他心烦的了。更让他不安的是，艾玛看上去毫不惊奇。"好吧，除了互舔之外，我已经见过她们把每样事都做了，"她恶心地说，"怪不得她们会把你送到那个破缅因，还让我当他妈的寄宿生！"

"互舔什么？"

"别管这个了，杰克。她们是情人，懂吗？她们彼此喜欢，就像女孩喜欢男孩，男孩喜欢女孩。"

"哦。"

"我不管她们到底做了什么！"艾玛喊道，"真正让我生气的，小可爱，是她们根本没想跟我们讲，反而想把我们赶走！"

杰克也认定就那件不能谈论的事，他也有权感到生气。他们感觉自己受到不公正待遇的另外一点证据，是艾玛和杰克在欧斯特勒家的房子各处拍了很多照片，其中大部分是他们一起出镜的。这些照片当然证明了他们是一家人，说明这里是艾玛和杰克的家——但他们就要从这里被赶走了！

如果艾丽丝不想对他讲起她的情人，那么杰克为什么要告诉妈妈有关马查多夫人的事呢？有权知道这件事的人应该是艾玛。不过，在杰克意识到这一点之前，艾玛已经在乔治湾了。马查多夫人又成了他的陪练兼保姆。

15 一辈子的朋友

　　如果说，马查多夫人对杰克的所作所为够得上"性侵"的话，那么为何杰克当时没有感到自己被侵害呢？不久之后，杰克会在完全知情的情况下和其他人发生性关系。他对别人做的和别人对他做的，在杰克看来，与他和马查多夫人一起经历的没什么区别。当时他不具备任何认知与经验，无法明白马查多夫人的所作所为是多么不正当。

　　有时候，马查多夫人会弄疼杰克，但她不是有意的。杰克会对她感到厌恶——有时，那是一种出于本能的厌恶——但很多时候，他也会被马查多夫人吸引。杰克也经常感到害怕。即使没感到害怕，他也不明白马查多夫人在对他做什么，到底是出于何种目的，或者说马查多夫人想让他做什么，他又应该怎么做。

　　但有一点是确定的，马查多夫人很关心杰克。他能感觉到这点。后来杰克回想这段经历时——他的回忆是那么容易被各种因素左右而扭曲——他依然相信马查多夫人对他的喜爱。事实上，无论她的做法让杰克感到多么困惑，却依然让他感觉到被爱——尤其是他自己的妈妈要把他赶去缅因了！

　　有趣的是，只有杰克问起她的孩子，马查多夫人才会对他发脾气，但只持续很短的一阵。他推测她的孩子都已经是成年人了——这也是他们离开她"搬走"的原因——但孩子一直是马查多夫人的一个痛点。

马查多夫人最大的希望——至少她是这么说的——就是鸡巴先生不要被人占了便宜。但被谁占便宜呢？是别有用心的女孩还是唯利是图的女人？

杰克第一次见心理医生时已经成人了，心理医生告诉他，很多对儿童进行性侵犯的女性相信自己是在保护儿童，在我们看来的性侵，对这些女性而言代表了某种母性。（"太不可思议了。"某个杰克目前还没遇到的女孩说。）

不过在当时，杰克最重要的发现是自己从与妈妈无话不谈到一夜之间下定决心对她隐瞒一切。他勉强屈从于马查多夫人的性侵行为，但又自作主张地决定向妈妈隐瞒这件事。

艾丽丝几乎把所有的精力都放在了莱斯利·欧斯特勒身上，这是她与杰克愈加疏远的一大原因。因此，杰克几乎毫不费力地向艾丽丝隐瞒了所有秘密。艾丽丝和莱斯利似乎完全没有注意到，马查多夫人痴迷于洗衣服的工作——不仅是杰克的床单、内衣裤和运动衣，还包括艾丽丝与欧斯特勒夫人的衣物。（如果杰克让马查多夫人怀孕了——确实有这种可能——她们恐怕也不会注意到的！）

8月，艾玛从乔治湾回到了家。她全身晒成了古铜色，连胳膊上的汗毛也在暴晒下变成了金色。艾玛发觉杰克有些变了，不仅因为他们的母亲成了情人。"你怎么了，小可爱？"艾玛问他，"摔跤又是怎么一回事？所有人都以为你在舔马查多夫人呢！"

回头想想，杰克也会感到奇怪，为什么琴科、鲍里斯或帕维尔就没有丝毫的怀疑。他们肯定注意到了，克荣搏击班上的很多女学员会不同寻常地关注起杰克与马查多夫人的摔跤练习。艾玛从乔治湾回来后代替了马查多夫人夜间保姆的角色。琴科、鲍里斯和帕维尔一定意识到了，杰克几乎每天都会在马查多夫人的陪伴下，离开健身馆大约一两个小时，时间都在午饭前后。

"这个孩子正在长身体，现在可是8月份！他得呼吸呼吸新鲜空气。"马查多夫人如此解释。

他们一起去了她的公寓，就在圣克莱尔一座肮脏的深褐色楼房里，从健身馆步行即可到达。马查多夫人住在三楼一间几乎没有任何装修的老式公寓房间，从那里可以看见温斯顿·丘吉尔爵士公园和圣克莱尔水库后面的一段溪谷，还能看见公寓楼中间的院落，里面的草已经枯死了。院落里有一些废弃的儿童游乐设施，攀爬架、秋千和滑梯——好像这栋公寓楼里所有的儿童都已经长达成人"搬走"了，但又没有新的孩子出生接替他们。

马查多夫人房间里的空气和巴瑟斯特街健身馆里的一样污浊。杰克对屋子里竟然没有摆放家庭成员的照片感到十分惊奇。当然了，见不到她前夫的照片一点都不奇怪，据说他定期跑来对她进行殴打和强奸。既然如此，她怎么会摆放他的照片呢？不过，她孩子的照片也只有两张而已——每张照片里都有一个男孩。照片中的男孩年龄和杰克相近，不过马查多夫人说这两个男孩相差四岁，他们现在"都已经长大了"。（她没有告诉杰克他们现在的年龄——好像那些数字不吉利，或是他们已经不再是孩子了，这一点让她难以接受。）

她住的套间里只有一间卧室。卧室里只有一个衣橱，地板上有一张大号双人床垫。厨房也被用作饭厅，没有客厅，甚至连放餐具的厨柜或架子都没有。厨房用具少得可怜，杰克猜测马查多夫人吃饭的话，一定是外出就餐。至于她是如何解决家人餐食的（当她还有家人的时候），杰克就不得而知了。没有餐桌，没有椅子，只有一把矮凳，放在异常整洁的料理台旁边。

马查多夫人住的地方完全不像她养大两个儿子的家，她更像是刚刚搬进这里的房客。他们来到这里的唯一目的就是性，然后迅速地冲个澡。杰克并没有想到去问，她的孩子之前睡在哪儿，为什么她还自称马查多夫人，为什么门铃旁边的名牌上还写着"马查多夫人"——似乎"夫人"已经永远成了她名字的一部分。（既然她的前夫对她那么残忍，她为什么还要叫自己马查多夫人呢？）

不是摔跤，而是窒闷8月里的这些幽会，对杰克造成了很大的影响。他感到疲惫不已，体重减轻了两公斤多，连琴科都担忧起来。艾丽丝对此的反应是，杰克应该多喝些牛奶——还有梦遗，从那年夏天第一次出现后就戛然而止了。(如果他几乎每天都有性行为，怎么可能还会梦遗呢？)

没有了梦遗，杰克还是会做梦，是噩梦，就像莱斯利·欧斯特勒说的那样。另外，他一直牢记艾丽丝之前说的话，他已经够大了，不能再和她一起睡了。他明白，他妈妈不欢迎他爬到她和欧斯特勒夫人的床上。有时候，即使杰克说服了妈妈陪他一起睡，她也不会留很久。他知道，莱斯利会过来把艾丽丝带回她们的房间。

他们的"家庭晚餐"(艾玛说到这个时口气越来越轻蔑)简直成了忍耐尴尬的训练。艾丽丝不会做饭，而欧斯特勒夫人不喜欢吃东西，但艾玛在加州减掉的体重又涨了回来。

"你指望我在乔治湾怎样呢？"艾玛问她妈妈，"有人会吃烤肉减肥吗？"他们通常会去一家泰国餐厅或点外卖来解决晚餐。按照艾玛的说法："只要一提到晚餐，我脑子里想到的不是泰国菜就是比萨。"

"求你了，艾玛，你只吃沙拉就好。"欧斯特勒夫人经常这样说。

一次美食盛宴(外卖比萨和沙拉)之后，艾丽丝和莱斯利讨论起送杰克去缅因的两难困境。那所学校既不容易前往，也没有确切的路线。杰克需要先乘飞机到波士顿，然后换乘一架小飞机到波特兰，接下来需要从波特兰租一辆车，开车去目的地。可是，艾丽丝不会开车，虽然欧斯特勒夫人能开车，但她对前往缅因的想法没有半点好感。

"如果学校靠近海边，我倒是会考虑一下。"莱斯利说。那所男校所在的雷丁位于缅因西南部，属于内陆，远离缅因的沿海地区。(杰克会逐渐明白其中的差异。)

"拜托，我已经拿到驾照了——我可以送他。"艾玛说。但她只有十七岁，不能在波特兰租车。就算直接从多伦多开车出发去雷丁，艾玛也不得不承认整个路程太远了。

艾玛把正在吃的沙拉扔到一边，专心研究起缅因公路图。"雷丁在韦尔奇维尔的北部，在拉姆福德南部，在贝瑟尔东部，利弗莫尔瀑布的西部。上帝，这地方到底在哪里！"艾玛说道。

"我们花钱让皮韦和杰克一起出发，到了波特兰皮韦可以当他的司机。"欧斯特勒夫人建议道。

"皮韦是加拿大公民，但他出生在牙买加。"艾丽丝说。（美国人会在入境时对出生在境外的加拿大公民看不顺眼吗？）

"鲍里斯和帕维尔可以开车送我。"杰克建议，"他们都是出租车司机。"他们也是摔跤手，他想。他清楚，和他们在一起会很安全。但鲍里斯和帕维尔不是加拿大公民，他们刚刚申请了难民资格。

琴科不会开车，克荣倒是会，但开起车来太疯狂了。他还是个外表骇人的泰国人，两侧的脸颊上有刀刃的刺青。考虑到越南战争结束没几年，莱斯利·欧斯特勒和艾丽丝认为美国海关官员不太可能欢迎曼谷先生。

"也许麦夸特夫人能送我。"杰克继续建议。他妈妈听到这个名字突然僵住了，好像被人扇了一记耳光。

"不应该在暑假时麻烦老师。"欧斯特勒夫人说。她说话的口吻让杰克感觉很神秘。他能感觉到，艾丽丝不考虑"灰色幽灵"一定有其他的原因。也许是因为麦夸特夫人明确反对把杰克送去缅因上学。

杰克知道，伍尔兹小姐会在埃德蒙顿度过部分暑假——他当然没奢望"那个伍尔兹"会开车把他送到雷丁。（那段旅程会被改编成剧本的，他一点儿也不怀疑。）

"马查多夫人怎么样？"艾丽丝问。只有艾玛注意到这个建议让杰克瞬间没了胃口。

"我怀疑她是不是会开车。那个女人太蠢了——每次都把洗好的衣服放错抽屉。"莱斯利·欧斯特勒不屑地说。

"你不喜欢比萨吗，甜心？"

"杰克，求你把牛奶喝了——就算你已经吃饱了。你不能再这么瘦下去了。"艾丽丝说。

"要是你不吃比萨，就给我吃吧。"艾玛说。

"那个臭基佬呢，你的戏剧老师？"欧斯特勒夫人问杰克，"他叫什么来着？"

"拉姆西先生。"艾玛回答，"他人不错——是个好人！别叫他臭基佬！"

"他本来就是啊，亲爱的。"艾玛的妈妈说，"我敢肯定，他不会伤害杰克的。"她接着对艾丽丝说，"他在圣西尔达如果敢碰男生一下，早就被人告发了。"

"不是说暑假时别打扰老师吗？"杰克问。

"拉姆西先生不会介意的。他会膜拜你走过的地方，杰克。"欧斯特勒夫人说。

"呃，我不知道——"艾丽丝开口。

"你不知道什么，艾丽丝？"莱斯利·欧斯特勒问。

"可他是个同性恋啊。"艾丽丝回答。

"杰克不太可能和男人搅到一起的。"艾玛深思熟虑地说。

"我喜欢拉姆西先生——他挺好的。"杰克说。

"只要他能老老实实开车就行，小可爱。"

"我猜问问他没什么害处，说不定拉姆西先生想要个刺青。"艾丽丝说。

"他是个老师，艾丽丝——他没有钱。拉姆西先生不想要免费刺青，他要的是钱。"莱斯利对她说。

"好吧。"艾丽丝回答。

艾丽丝和欧斯特勒夫人出门看电影了，艾玛留在家里洗碗，并照顾杰克睡觉。她把每个人盘子里剩下的比萨都吃了。杰克知道艾玛为什么那么饥饿，因为她根本没碰她的沙拉。

"放点儿音乐吧，甜心。"

艾玛吃东西的时候喜欢唱歌。她嘴里塞满食物时，模仿鲍勃·迪伦模仿得最像了。杰克播放了唱片《鲍勃·迪伦的另一面》。音量调得很大，艾玛就喜欢这样。然后，他就上楼准备睡觉了。他在浴室里开着洗手池的水龙头刷牙时，都能听见艾玛跟着《摩托狂人的噩梦》唱着。这首歌一定让杰克也感染了其中的情绪。

杰克脱下衣服时，看了看自己的阴茎，那玩意儿有些泛红，还有些肿。他想到抹些润肤乳，但害怕会让阴茎刺痛。杰克穿上一条干净的"夏季睡衣"（他的平脚内裤），然后躺在床上，等着艾玛进来吻他道晚安。

杰克很想念和洛蒂一同祷告的日子。他有时会诵念以前经常和妈妈一起念的祷文，不过现在艾丽丝不再和他一起祈祷了——显然，又是"他已经够大了"带来的结果。另外，之前的祷文现在有些不合适了，尤其考虑到最近他和马查多夫人度过的日子。"主赐此日已结束。感谢上帝。"（大多数夜里，杰克想到自己度过的一天时，谁都不想感谢。）

洛蒂从爱德华王子岛给杰克寄来了一张明信片，上面有冷杉树、灰色岩石和深蓝色的海洋，看上去好像没什么不顺利的。

"不，不，不，不是我，宝贝。"艾玛还在唱着，"你找的不是我，宝贝。"

杰克有些期待拉姆西先生开车送他去缅因，这个想法也影响到他的情绪。他为自己没完没了的噩梦感到难过。睡着时，那张鲍勃·迪伦的唱片还在放着。杰克想象他妈妈和欧斯特勒夫人在艾玛上来道晚安之前就回来了，他躺在那里猜测他妈妈和艾玛到底谁会先上来道晚安。当然了，他是在做梦，他梦见自己躺在床上，醒着。

鲍勃·迪伦的声音仍旧在哀号，也可能是在他的梦里唱着。"也许被削平的太阳放出的光彩／洒满了我踌躇的十字路口，"艾玛跟着唱片大声唱着，"差不多是因为这种天气吧，／妈妈，你一直在我脑海。"（相比杰克的思绪，这句歌词太轻描淡写了！）

有人走进了杰克的卧室。他睁开眼想看看那人是艾玛还是艾丽丝，结果却是莱斯利·欧斯特勒一丝不挂地走了进来。她拉开盖在杰克身上的被子，躺倒在他的身旁。杰克的个头很小，欧斯特勒夫人躺上床后——相比马查多夫人——床上仍有很大的空间，而且她身上的气味更好闻。她从喉咙里发出一阵声响，像是一声低吼——她似乎变身为野兽，正准备张口撕咬。她涂着指甲油的细长指甲划破了杰克的胸脯，轻捷地掠过他的腹部。她那只小手迅速伸进了他的内裤。他的阴茎被指甲戳破了，刚好是"小弟弟"肿起的地方。杰克疼得畏缩了一下。

"怎么了——你不喜欢我吗？"莱斯利在他的耳边低语。她的小手紧紧握住了他的阴茎，杰克一动都不敢动。

"喜欢，我喜欢你——只是我那里疼。"杰克用力地说着，但就是说不出来。（在梦境里，他说话时舌头像是打结了似的，说不出话来。）

杰克感觉到"小弟弟"在莱斯利的手里被攥得越来越紧。欧斯特勒夫人的手和我的手一样大小，他想。音乐还在播放。"你明天要去哪里对我来说无所谓，妈妈，你一直在我脑海。"艾玛还在唱着。

"鸡巴先生要去的那个地方不会痛的。"欧斯特勒夫人在杰克的耳边低声说。

莱斯利是怎么认识鸡巴先生的？杰克疑惑，而且她怎么知道"小弟弟"感到痛的，他根本说不出话啊？"你说什么？"杰克努力地问，但发出的声音连他自己都听不清——只有欧斯特勒夫人在不停地重复刚才的话。

她的声音变了。紧紧抵靠着杰克的确实是莱斯利·欧斯特勒那硬实瘦削的身体，但她的声音变成了马查多夫人——或是对马查多夫人那口葡萄牙语口音的完美模仿。"鸡巴先生要去的那个地方不会痛的。"（杰克对她竟然没有像马查多夫人那样叫自己"亲爱的"感到吃惊。）

"求你停下。我真的很疼。快停下。"杰克继续努力地说着。他听不见自己的话，欧斯特勒夫人是怎么听到的呢？（他清楚，他妈妈也许会听见并赶来救他的想法是多么荒唐。）

假如那首鲍勃·迪伦的歌放完了，也许艾玛会听见并赶过来的，杰克想着。他听不到音乐声了，但这并不意味着鲍勃·迪伦唱完了歌。莱斯利·欧斯特勒在他耳边用力地喘着气，就算鲍勃·迪伦在他的卧室里竭尽全力大声唱着，杰克也听不到。

"你又忘记喘气了，小可爱。"杰克清楚地听到艾玛在说话。他以为是欧斯特勒夫人在吻他，实际上是艾玛！"你可以一直吻我，但你也得喘气啊。"

"我刚刚在做梦。"杰克对她说。

"说的是！你一直在拽着你的鸡巴，甜心——你不觉得痛我才奇怪呢。"

"哦。"

"最好给我看看你的'小弟弟'怎样了，杰克。咱们看看发生了什么。"艾玛说。

"没什么大不了的。"他回答。（被艾玛看到"小弟弟"红肿的样子让杰克感到害羞。）

"杰克，是我，不是别人，有没有搞错！我不会伤害你的。"浴室里的灯和床头柜的灯都亮着。艾玛仔细地察看了一番鸡巴先生，"看上去有些肿——都蹭破皮了！"她说。

"怎么了？"

"我的天，杰克，你撸得太用力了！你最好这一两天别碰它。是从什么时候开始的？"

"我没有撸过。"杰克说。

"别对我撒谎，小可爱。你手淫得太频繁了，'小弟弟'看上去像被虐待了似的！"

"什么是手淫？"

"你肯定知道那是什么，杰克。你刚刚就在自慰。"

"在什么？"

"你在撸自己的阴茎，杰克！"

"我没做过。"

"杰克，你是在梦里做的！"这时，杰克哭了出来。他想要艾玛相信他，却不知道怎样告诉她自己刚才的梦，"别哭了，甜心。我们会把它治好的。"

"怎么做呢？"

"我们会给它抹点儿润肤乳什么的。别怕，杰克。男生都这么做——他们叫'打枪'。我之前以为你还小不会手淫，看来我想错了。"

"我没做过！"杰克坚持说。他必须要喊才能让艾玛听见，因为她穿过走廊走进了艾丽丝的浴室。艾玛拿着润肤乳回到杰克的卧室。"会疼吗？"杰克问。

"这种不会——只有含有某些成分的才会让你觉得疼。"

"什么成分？"

"化学成分，"艾玛说，"香精、人工合成的什么，还有其他乱七八糟的成分。"她把乳液抹到杰克的阴茎上。他没有感觉到疼，但他忍不住哭了起来，"你得控制一下你自己，甜心。打枪也没什么大不了的。"

"我没有打枪，是马查多夫人。"杰克对她说。

艾玛突然松开了握着"小弟弟"的手。"马查多夫人摸了你，杰克？"

"她干了好多事。她还把鸡巴先生放进她的身体。"杰克说。

"鸡巴先生？"

"是马查多夫人那么叫的。"他告诉艾玛。

"她把你的阴茎放进身体的什么部位了，小可爱？嘴里吗？"艾玛问，还没等杰克回答，她就给出了一个答案。

"也放到了她的嘴里。"杰克说。

"杰克，马查多夫人做的事是犯罪！"

"是什么？"

"是错事，甜心。我说的不是你——你没有做错任何事。但是她做错事了。"

"求你别告诉我妈妈。"杰克说。

艾玛双手环抱住杰克。"甜心，我们必须得阻止马查多夫人。我们必须要阻止她。"艾玛低声说。

"你能阻止她。我敢打赌你能阻止她。"杰克说。

"没错，我敢肯定我能做到。"艾玛的口气中有种危险的意味。

"别走！"杰克哀求着。他尽己所能紧紧地抱住艾玛。杰克知道艾玛可以把他抱得更紧，但她还是像刚才那样抱着他，用手摩挲着他的脊背，亲吻了他的眼睑，上面还挂着泪水。她又吻了杰克的耳朵。

"我抱着你呢，小可爱。你安心睡觉吧，杰克。我哪儿都不去。"

他很快坠入了无梦的睡眠中，睡得非常沉，连吵架的声音都差点儿没让他醒来。"他做了噩梦，你别搞错了！"杰克听见艾玛说，"我只是抱着他，一直等到他睡着。我自己也睡着了。你以为我在干什么呢？穿着这些衣服和他上床？"

"你不应该和杰克一起睡觉，艾玛。"欧斯特勒夫人说，"不客气地说，你们还盖着一张被子。"

"我觉得没关系。我看杰克挺好的。"艾丽丝开口道。

"啊，你看他挺好的。好吧，听你这么说，我真他妈的欣慰！"艾玛喊道。

"不要对艾丽丝用这种语气说话，艾玛。"欧斯特勒夫人说。

"杰克，你醒了？"艾玛问。

"是的。"他说。

"如果你再做噩梦，就来找我吧。你知道我在哪里。"艾玛对他说。

"谢谢你！"艾玛离开时，杰克对着她的身影喊道。

"艾玛——"欧斯特勒夫人刚要对她开口。

"让她走吧，莱斯利。我能看出来，什么都没发生。"艾丽丝说。

"你确定你没事吗，杰克？"莱斯利问。

"确定，我很确定。我很好。"他回答。杰克看着他妈妈，好像她只是一个旁观者，但他知道她不是。"根本什么都没发生。"他对艾丽丝说。如果伍尔兹小姐在场，一定会夸奖杰克的发音吐字。杰克吃惊地发现，说谎就像他念台词一样简单。这是第一次，对妈妈说谎显得如此容易。

杰克听到欧斯特勒夫人顺着走廊离开了。他听见欧斯特勒夫人还没走到艾玛的卧室，艾玛就把门砰的一声关上了。他清楚艾丽丝和莱斯利让艾玛很生气。总体来说，虽然他自己也很生气，但艾玛更生气。

当艾丽丝吻他道晚安时，杰克微笑着。知道他妈妈最喜欢什么样的笑容，杰克故意那样笑着。他感到疲惫又沮丧，但不管怎样，他知道自己今晚会睡个好觉。马查多夫人很快就要尝到艾玛·欧斯特勒的厉害了——杰克对此毫不怀疑。

第二天清晨，艾玛在艾丽丝起床之前叫醒了杰克。（杰克的妈妈一上午都不会醒的，都是欧斯特勒夫人开车送他去巴瑟斯特街的健身馆。）起床后，杰克通常会吃一碗麦片加一片吐司，然后再喝一杯牛奶和一杯橙汁。这时，莱斯利会下楼给自己冲些咖啡。

欧斯特勒夫人每天早上都对杰克很友好，只是不太爱说话。她抚平杰克的头发，或用手轻轻拍打他的颈后。然后，她会给杰克做一份三明治当午餐。午餐还包括一个苹果和一些饼干——尤其是莱斯利不想让艾玛吃饼干的时候。

但在这个 8 月中旬的早上，杰克醒来时，头顶的吊扇已经全速开启了。他看见艾玛正把自己的短裤、袜子和 T 恤塞进他携带摔跤装备的袋子里。"我们今天得早点儿去健身馆，小可爱。从现在开始，我就是你的新陪练。但在我们开始练习之前，我得先和那个脑袋上有头狼的学几招。"

"和琴科？"杰克问她。

"对，就是那个'狼头'。"艾玛说。

"但我们干吗非得去那么早？"杰克问。

"因为我是个大块头的女孩，甜心。大块头的女孩需要先热身。"

"哦。"

他们赤脚走下楼（因为他们想尽量不发出声响），厨房餐桌上已经放有一张便条，一定是艾玛在前一天夜里写好的。（"我带杰克去健身馆了。"或是类似的什么话。）

艾玛和杰克步行到森林山，在司帕蒂纳街的一家咖啡店里吃了早餐。杰克吃了一份葡萄干松饼，搭配惯常的一杯牛奶加一杯橙汁。艾玛只喝了杯咖啡，不过咬了一大口杰克的松饼。

他们先到了圣克莱尔，杰克给艾玛指认了马查多夫人住的那栋脏兮兮的深褐色公寓楼。艾玛一直走着，没有停下来，这让杰克有些担心。她什么都没说，这实在不像艾玛的风格。杰克讲到马查多夫人时充满了同情，这似乎让她很生气。让他羞愧的是，他基本上还挺喜欢马查多夫人的。（他后来才渐渐意识到，这也是造成他困扰的部分原因。）

"马查多夫人经常更换公寓套房的门锁，因为她的前夫会定期闯进去。"杰克告诉艾玛。

"那你见过那些用来更换的新锁吗？"艾玛问。

这时，杰克才想到，他没见过。"我一把新锁都没看到过。"他说。

"也许根本就没有什么新锁，小可爱。"

这段交谈和杰克之前预想的完全不同。

他们很早就到了巴瑟斯特街健身馆，连克荣都还没到呢。两名水平颇高的搏击手已经互相操练起来了。琴科坐在卷起的摔跤垫子上，喝着咖啡。"杰克小子！"然后，他看到了艾玛，"你把你女朋友带来了？"

"我是杰克的新陪练。杰克还很小，没有女朋友。"艾玛对他说。

琴科站起身，与艾玛握了握手。这个乌克兰人虽然已经六十多岁了，但除了腰有些粗，胸部和臂膀上都是线条清晰的肌肉块。琴科身高大约一米七八，体重将近八十五公斤。不过，他脚下的动作十分灵活。

"她是艾玛。"杰克说。琴科与艾玛握手时，向她点了下头。艾玛像在看一只家养宠物似的盯着他头顶刺的那头咆哮的狼。（杰克早就和她说过了。）

"你肯定有一米八高吧，艾玛。"琴科说。

"一米八一，而且还在长高。"艾玛对他说。

艾玛和杰克帮助琴科把垫子展开铺好，然后进入各自的更衣室换上训练穿的衣服。艾玛没有摔跤鞋，所以只穿了袜子。"我去给你找双摔跤鞋来，艾玛。你穿着袜子会在垫子上滑倒的。"琴科说。

"我不会滑倒的。"艾玛对他说。

"她有多重，你觉得？"琴科小声地问杰克。他给艾玛找来一双摔跤鞋，艾玛听见了他的话。

"我体重 75 公斤，状态好的时候。"她回答。

"状态好的时候？"琴科重复道，看着她穿上鞋。

"今天可能有 79 公斤。"艾玛说。

"你的体重显然和杰克不在一个级别，艾玛。"琴科说。

"我先和你比试比试，你看上去个头可不小。"艾玛对琴科说。

"呃——"琴科刚开口，艾玛已经走上了垫子，对着他绕起了圈子。

"我觉得你应该先告诉我规则。如果有规则的话，我认为得先知道规则。"艾玛说。

"是有规则，但不多。你不能戳对手的眼睛。"琴科说。

"那可太糟了。"艾玛表示。

琴科开始时只用手来应付——他抓住艾玛的手腕控制住她的双手。但她很快明白了其中的伎俩，于是把手腕挣脱，反过来用手去握住琴科的手腕。"就是那样。你似乎对控制对方的手很有心得。不过，你得记住，抓对方的手指时一定要一次全部握住，至少也要抓住三四根手指。不要只抓住大拇指或小拇指就开始扳扭。"琴科说。

"为什么不行？"艾玛问。

"那样会把对方的手指掰断的。这违反了规则。你必须抓住对方三根以上的手指。"

"我猜，咬人也不行吧。"艾玛说。（她听上去很失望。）

"不行，当然不行！"琴科说，"也不能拽头发，不能撕扯衣服。对了，还不能锁喉。"琴科又补充道。

"给我示范一下什么是锁喉。"艾玛说。

琴科从后面用双手控制住她的头，把她的头猛地向下拉，同时用一条前臂勒住她的喉咙，并用胸部死死地抵住她的颈后。"这是一个犯规的头部固定动作，"琴科解释，"因为我并没有控制你的手臂。"说着，他把勒住艾玛喉咙的前臂松开，用双臂扣住了艾玛的两条胳膊，"你如果要对对手使出头部固定这个招式，你必须控制住对方的双臂。不能只用胳膊勒住别人的脖子把他憋死。"

"那可太糟了。"艾玛又说了一遍。

琴科向她示范了正确的站姿和基本的钩住膝盖的动作。接着，又向她展示了反摔和双臂反摔，以及怎样抓住颈后控制住对方，做出一个跪撑反夹头。"只用一条胳膊。"琴科强调。他还示范了一个侧摔，甚至让艾玛把他侧摔了一次。（杰克感觉琴科摔倒时的力道比自己预计的还要大，毕竟艾玛全身的重量都压在了他身上。）"你有个不错的——"琴科刚开口就顿住了，他指着艾玛的身体中段。

"屁股？"艾玛说。

"对，不错的屁股。你的屁股是你全身最强壮的部位。"琴科说。

"我也一直这样想。"艾玛回答。

他们躺在垫子上，琴科向艾玛示范肘关节固定。这时，杰克发现马查多夫人穿着运动衣走了出来。她还在拉伸，但他知道她一直盯着艾玛。"那个大块头女孩是谁，亲爱的？"马查多夫人问他。

就像在梦里时那样，杰克的舌头打了结，说不出话。艾玛还在垫子上和琴科翻滚着。"马查多夫人对杰克进行了性骚扰。她把他的阴茎都弄肿了。"艾玛告诉琴科。琴科翻了个跟头坐了起来，吃惊地盯着杰克和马查多夫人。艾玛早就站了起来，向他们二人走去。

"杰克，你把我们的秘密告诉这个大块头女孩了吗？"马查多夫人问。

琴科后来告诉鲍里斯和帕维尔，那根本不是一场比试。艾玛用手戳了马查多夫人的眼睛，而且是两只眼睛。马查多夫人疼得喊了起来，用双手捂住脸。艾玛突然抓住她的右手小拇指，用力朝后扳。那根小拇指被掰断了，怪异地竖在右手背上。马查多夫人尖叫着，好像别人用刀捅了她。

艾玛从颈后控制住马查多夫人，然后把她的脖子向前猛地一拉，使出一个犯规（没有控制对方的双臂）的跪撑反夹头动作。艾玛全部的体重都压在了马查多夫人的脑后，同时用前臂十字交叉紧紧勒住她的喉咙。马查多夫人被勒得无法呼吸了。

杰克这时才注意到克荣也来了。这位前任曼谷先生一定看见了艾玛和马查多夫人的摔跤，因为她们俩在垫子上翻滚着。艾玛始终不肯松开她犯规的锁喉动作。无法呼吸的马查多夫人双腿胡乱地踢打着。

"那个新来的女孩是谁？"克荣问琴科。

"她学得很快，不是吗？"琴科回答。在不到十秒钟的时间里，艾玛已经使出了三个犯规动作，很难找出比她"学得更快"的人了。怪不得她一开始就要知道规则呢！

"你不打算插手吗？"克荣问琴科。

"等一会儿。"琴科回答。马查多夫人这时平趴在垫子上，双腿几乎已经停止了踢打，只剩下一只脚还在虚弱地踢着。她没办法使出裆部踢打的绝活了。

"我觉得不能再袖手旁观了。"琴科对杰克说。他跪在艾玛和马查多夫人旁边，对艾玛使出后抱躯干腋下扣颈翻才把她从马查多夫人身上拉开。"你们无法相信我用了多大的力气才让她松开夹头的动作！"那天下午，琴科向鲍里斯和帕维尔介绍杰克的新陪练时说道。

马查多夫人一句话都没说。她好不容易从垫子上站起来后，立刻离开了巴瑟斯特街的健身馆。她的喉咙都肿得说不出话了。不过，艾玛倒是说了不少。她说马查多夫人"不是做邮购新娘的那块料"。马查多夫人一定没听明白这句话的意思，但她肯定能明白艾玛称自己是"杰克唯一的练习搭档"这句话。不知马查多夫人听到这话是什么感受，但克荣和琴科都觉得此言不虚，也都为杰克捏把冷汗。

曼谷先生想激发艾玛对自由搏击课的兴趣，但艾玛坚持练摔跤。"我对地面上的东西才有踢打的欲望。"她对克荣说。听到艾玛要专注于摔跤，克荣似乎松了一口气，脸上甚至浮出感激的表情。

那天下午，艾玛还与帕维尔和鲍里斯各自进行了比试。当时，杰克正好需要休息。他肩膀酸痛，脸摔在垫子上火辣辣地疼。琴科之前教了艾玛背负式肩摔，艾玛学得得心应手，后果就是杰克正揉着他被摔后肿起的耳朵。

艾玛看到帕维尔和鲍里斯长期惨遭摔跤蹂躏的耳朵，难看程度和琴科的那双菜花耳不相上下。她坚持不让杰克把自己的耳朵也搞成那个样子。琴科和明斯克佬不赞成矫正菜花耳的提议，杰克倒是第一次听说菜花耳可以矫正。

"对不起，小可爱——治疗时可能会很疼，但如果让你长大后长着一双像这些可怜家伙一样的耳朵，那才是犯罪呢。你会成为一名美男子，可不能让这种狗屎一样的耳朵毁了你的未来。"

杰克能感觉到，琴科、鲍里斯和帕维尔听到这话时感觉被冒犯了。菜花耳是他们的荣誉奖章，可不是什么狗屎！但艾玛·欧斯特勒认为，确保杰克的未来是自己的责任，谁都别想阻止她！

所谓的"菜花耳"是血液过度流入耳朵导致的。当耳朵在垫子上或是在对手脸上被用力摩擦时，会流血肿胀。情况严重时，耳廓边缘的凹陷处会形成一个肿块。为了不让情况恶化，可以用针或针管帮助肿块里的瘀血排出。然后，把浸过湿石膏的纱布紧紧地裹在耳廓上。石膏干燥变硬后，耳朵就不会肿胀了——原理是阻止血液的流入。这样，耳朵就能恢复原来的外形。

"会有些不舒服。"琴科提醒杰克。

"那也比肿了的鸡巴强，甜心。"（连明斯克佬都同意艾玛这句话。）于是，杰克耳朵上缠着浸过湿石膏的纱布回到家，另一侧的脸颊因为与垫子摩擦还留有火辣辣的刺痛感。

"看看你的小杰克吧，艾丽丝。"吃外卖晚餐时，莱斯利·欧斯特勒说，"巴瑟斯特街健身馆的那些流氓差点儿把他杀了。"

"那也比肿了的鸡巴强。"杰克说。

"更别提那些苏联佬教他说的这些脏话。"欧斯特勒夫人说。

"杰克，你说话时注意点儿。"艾丽丝说。

第二天晚上，艾玛的耳朵也成了菜花耳。杰克和艾玛对他们都包着石膏纱布感到很骄傲。他那天甚至用颜面十字固摇篮式压制控制住了艾玛。当时，杰克的右侧太阳穴紧紧地碾磨着艾玛的左耳。艾玛挣脱出来，用反身单臂扼颈压住了他。

"以你这样的个头不能对她这种块头的对手用摇篮式。"琴科对杰克说。

琴科说得对极了，但杰克知道有个像艾玛·欧斯特勒这样难对付的练习搭档是有益处的。同时，摔跤也给艾玛带来了收获。她一周之内就减掉了 3.6 公斤的体重。杰克清楚，鲍里斯和帕维尔让艾玛印象深刻——不是因为他们的耳朵，而是他们的低热量饮食。明斯克佬不仅训练时严格自律，对于食物也是如此。"要是你送我去的不是他妈的减肥中心，而是巴瑟斯特街健身馆的话，说不定能省下不少钱。"艾玛对她妈妈说。

"女士，也请你说话时注意些。"欧斯特勒夫人说。

"鸡巴，鸡巴，鸡巴——"杰克吟诵般唱了起来。

"也包括你。"莱斯利·欧斯特勒说。

"回你的房间去，杰克。"艾丽丝对他说。

但杰克不在乎。他想说：你们把艾玛逼成了可怜的寄宿生，把我送到他妈的缅因。你们还让我们说话时注意。不过，他没把心里话说出来，而是继续唱着"鸡巴，鸡巴，鸡巴"一路上了楼。

"你以为自己已经是成年人了吗，杰克！"艾丽丝对他喊道。

"别对他发火，艾丽丝——他只是对去美国上学有些烦躁。"杰克听见莱斯利·欧斯特勒夫人说。

"别胡扯了——他说得他妈的棒极了！"艾玛说。

"回到你的房间去，艾玛。"欧斯特勒夫人对她说。

"好好享受刷碗吧！"艾玛说着，迈着重重的步子走上楼。（通常都是艾玛负责刷碗。）

艾玛与杰克已经不只是摔跤练习搭档了。他们终于成了真正的朋友，部分是因为妈妈们想把他们俩分开。拜对方所赐，他们身上遍布垫子剐擦的伤痕，嘴唇撕裂，更别提他们各自的菜花耳了。艾玛和杰克借此让艾丽丝和欧斯特勒夫人完全相信他们之间的接触——无论哪种接触——都不是性接触。杰克会夜里起床跑到艾玛的房间，爬上她的床——有时艾玛也会来杰克的房间与他同睡。两个妈妈不再说什么了。

无论如何，夏天总要过去的。艾玛和杰克一整天都待在巴瑟斯特街健身馆里痛扁对方，艾丽丝和莱斯利又有什么可在乎的呢？（杰克从来没有"痛扁"过艾玛，只偶尔有一两招占到优势。）

"就艾玛的情况来看，都是荷尔蒙的原因。"欧斯特勒夫人说。在艾丽丝看来，杰克那么努力是因为面对男生欺负时，他必须要保护自己。

两周之后，艾玛的体重减少了 5.4 公斤，而且她会继续瘦下去。不仅是摔跤训练的原因，她的饮食习惯也有了改变。她很喜欢琴科。"除了他的耳朵。"艾玛也很喜欢鲍里斯和帕维尔，当然也不包括他们的耳朵。

当杰克与艾玛躺在她的床上，或是艾玛在他的床上抱着杰克时，问艾玛在他去缅因后会和谁做练习搭档让杰克感到十分痛苦。

"啊，我敢说，我一定会找到另外一个被我揍得屁滚尿流的人，小可爱。"

　　杰克已经学会在和艾玛亲吻时呼吸了，虽然想要屏住呼吸直到昏迷的诱惑依然很强烈。艾玛对"小弟弟"的关注一直未曾减弱。就像她保证的那样，杰克的阴茎不再肿了。其中有润肤乳的效果——艾玛一直坚持给"小弟弟"抹润肤乳，哪怕在杰克看来已经没有必要再涂了——还因为马查多夫人对"小弟弟"的关心停止了，显然她的关心实在是太多了。

　　"你还想她吗，杰克？"一天夜里，艾玛问他。杰克确实会想起马查多夫人做过的某些事，但他并不怀念马查多夫人。告诉艾玛自己想到的那些事让他感到尴尬，他不想让艾玛觉得自己对她的出手解救忘恩负义。他们是真正的朋友，还是练习搭档。艾玛明白他的心情。"听上去你虽然害怕，但还挺兴奋的。"艾玛说。

　　"是的。"

　　"一想到'小弟弟'到缅因后将要遭遇的麻烦我就发抖。"艾玛说。

　　"你的话是什么意思，艾玛？"

　　他们躺在艾玛的房间里。如果忽略那些动物玩偶，艾玛的床非常大。杰克只穿了条平脚内裤，而艾玛穿了件鲍里斯或帕维尔送她的T恤。这件衣服来自格鲁吉亚首都第比利斯举办的一次摔跤锦标赛，只有懂格鲁吉亚文的人才会读懂这件衣服上的文字，知道它的来历。更让艾玛喜欢的是，这件T恤已经褪色破旧，上面还有血渍。

　　"脱掉内裤，甜心。"艾玛在被子下脱掉了T恤，她的动作在动物玩偶中引起了骚动。"我打算让你知道怎样避免陷入麻烦，杰克。"她拉着杰克的手，放在他的阴茎上，"你也可以用另外那只手。怎么舒服怎么来吧。"艾玛对他说。

　　"舒服？"

　　"打枪啊，杰克！你知道怎么弄，不是吗？"

　　"打什么？"

　　"别告诉我这是你第一次，甜心。"

　　"这确实是我第一次。"他承认道。

"好吧，你慢慢来——会摸清门路的。你可以吻我，或者用另外那只手摸我。你倒是快动手啊，杰克！"艾玛对他说。

杰克试着动了起来，至少他现在不再感到害怕了。"我觉得用左手更舒服些，虽然我不是左撇子。"他对艾玛说。

"这又不像俄式交叉撑那么难，咱们用不着讨论。"艾玛说。

他必须尽量用力地单手抱着艾玛，因为她太壮实了。艾玛吻他时，杰克想起要保持呼吸，而且是从刚开始就想起了。"我觉得有效果了。"他说。

"最好不要射得到处都是，小可爱。"艾玛说，"开玩笑的。"她又很快加了一句。

亲吻时保持呼吸变得越来越难，更别提说话了。"我们到底在干什么？这到底是什么？"杰克问艾玛。

"只有这样，你才能在缅因活下来。"艾玛回答。

"但你又不会跟我去！"他喊道。

"那就要靠你的想象了，小可爱。我会给你寄照片的。"啊，那些极光，北方夜空的极光出现了！"呃，如果那还不算'到处都是'的话，我不知道怎样才算。"杰克试着找回呼吸的节奏。"看看这儿乱的。我再也不想听你说我不爱你了。"

"我爱你，艾玛。"杰克赶紧说。

"你不需要做出承诺什么的。你是我最好的朋友就足够了。"艾玛说。

"我会想你的！"杰克哭了起来。

"嘘，别哭——她们会听见的。别让她们太得意了。"

"太什么？"

"我也会想你的，甜心。"艾玛低声说。她已经穿上了她的 T 恤——这个工作导致更多的动物玩偶从床上掉了下来。这时，杰克听见他妈妈在走廊里说话的声音。艾玛卧室的门半开着。

"你在吗，杰克？"艾丽丝喊着。（毫无疑问，他刚刚发出了些不太寻常的声音。）

艾玛和杰克都知道，他还没来得及穿上自己的内裤呢。杰克甚至不知道他把内裤扔到了哪里，只希望还在被子下面。他的头靠在艾玛的肩上，艾玛的一只胳膊松弛地搂着他的脖子。"松弛"的意思是说艾玛并没有使出夹头的动作，但毫无疑问的是，当艾丽丝走进卧室时，他们正依偎在一起。

"我做了个梦。"杰克对他妈妈说。

"我知道。"她说。

"做噩梦时，我的床上有更多的空间可以安慰他。"艾玛对她说。

"是的，我看到了。"艾丽丝回答。

"是那个护城河的梦。你记得那个小士兵吧。"杰克说。

"是的，当然。"艾丽丝说。

"就是那个梦。"他说。

"我不知道你竟然还在做那个梦。"他妈妈说。

"一直都做，但最近做得更多。"他说了谎。

"我懂了。好吧，我很遗憾。"艾丽丝说。

动物玩偶掉得到处都是，好像刚刚经历了一场宰杀。杰克希望他的内裤没有被那些玩偶带到地上。艾丽丝开始向艾玛卧室外走去，但走到门口时她停了下来，转过身看着他们。

"谢谢你成为杰克的好朋友，艾玛。"艾丽丝说。

"我们会成为一辈子的朋友的，艾丽丝。"艾玛对她说。

"好吧，希望如此。晚安，你们两个。"她温柔地说着，沿着走廊离开了。

"晚安，妈妈！"杰克在她身后喊道。

"晚安！"艾玛喊道。她的手在被子下面摸索着找到了"小弟弟"，她握住了它，但它似乎已经睡着了。

"你忘得倒挺快。"艾玛对杰克的阴茎小声说。

就和以前一样，杰克入睡时这样想，但他自己也说不明白所谓的"以前"到底哪里让他留恋。他甚至觉得听着艾玛打鼾都是一种享受。

艾玛给杰克和琴科在巴瑟斯特街健身馆拍了整整一胶卷的照片：琴科头顶那头狼的各种角度，杰克盘着腿与琴科坐在垫子上，琴科一只胳膊搂着杰克的肩膀，在杰克看来这个动作颇有父爱的味道。

杰克躺在床上听着艾玛的鼾声，想象着照片里的画面。很快，他就要去缅因了，但他并不感到恐惧。逐渐坠入梦乡时，杰克相信缅因没有什么能让他畏惧。

杰克·伯恩斯会想念那些女孩的，还有那些年长的女人，甚至包括性侵过他的人。（这类人让杰克印象格外深刻！）他会想念马查多夫人的——不过他从未向艾玛·欧斯特勒承认这点。

杰克还会想念那些从来没有欺负过他的女生——其中有桑德拉·斯图尔特，她在《西北地区的一个邮购新娘》中扮演那个说话结巴的邮购新娘，在狗拉雪橇上失去童贞后在一次史上罕见的暴风雪中被冻死了！还有她首演时的呕吐反应，真恶心！杰克怎么会记得她呢？

他会想念他遇见过的每一个女生，无论她在他的生活中是主角还是配角。那些女生（现在已经是女人了）让他变得坚强。她们让杰克做好面对未来稳定（也不是那么稳定）生活的准备，包括他和各种男生、男人度过的时光。经历过被女生包围的岁月，男生们根本算不上对手！而经历过年长女性后，和男人打交道显得多么容易啊！

三

好运

16 冻胀

在杰克启程前往缅因前那段乱哄哄的日子里，他妈妈把大部分时间花在给杰克的新衣服缝名牌上，欧斯特勒夫人则带着杰克四处采购。雷丁男校没有制服，没有特殊的颜色要求，但男生需要上身穿西服佩领带，下身穿卡其布或羊毛灯芯绒长裤——不准穿牛仔裤。穿着莱斯利·欧斯特勒给他挑选的衣服，杰克会成为雷丁男校着装品位最佳的男生之一。

艾丽丝原本应该和杰克谈一谈，告诉他一切。但相反，她把所有时间都花在了缝名牌上。

杰克完全无法理解：四岁时，他们花了大半年的时间在北海沿岸城市寻找他那个出走的父亲。可在圣西尔达女校上学的五年里，艾丽丝很少提及威廉。十岁时，杰克对他的父亲越来越感到好奇，而周围人口中如魔鬼般的威廉，让杰克越来越害怕自己，担心自己以后会成为什么样的人。他妈妈绝不允许杰克问起有关他父亲的任何问题。艾丽丝很少对杰克表现得冷酷，但她会变得冷漠。每当杰克问起有关父亲的问题，艾丽丝一定会变得极为冷漠，而且没有什么能让她褪去这种疏远感。

艾丽丝已经无数次打断对这一话题的谈论。"等你长大了吧。"她总是这样回答。对杰克来说，这就像是一句专门用来结束谈话的台词。

他曾向麦夸特夫人说过这件事。"不要抱怨一个知道如何保守秘密的女人。""灰色幽灵"如此回答。

因为艾玛对她妈妈也有一肚子的不满，杰克向她倾吐心中的牢骚时会感觉轻松一些。"我只想知道那家伙他妈的是个什么样的人！"

"你说话时注意点儿，小可爱。"

艾玛和杰克都读了雷丁寄送给新生及其家人的《学校理念手册》。语言得体在学生守则中的地位举足轻重。拉姆西先生同意送杰克去缅因，他也急切地读了《学校理念手册》。他觉得学生守则"相当富有挑战性"。

杰克和拉姆西先生启程前一天，艾玛和杰克在森林山的一家理发馆里剪了头发。虽然比 1975 年时大多数男生留的拖把头稍微短了些，但杰克的发型看上去还不算难看。而艾玛剪短发可能是个错误的决定。虽然不是寸头，但那看起来非常像男生的发型。短发把艾玛的脖子完全暴露了出来。尽管艾玛的体重一直在减少，她的脖子却变得越来越粗——每周大概有三四次，当她进行 25 磅（约 11.34 千克）卧推的时候，脖颈会青筋暴突。只看脖子，人们会以为艾玛是一名男子橄榄球底线后卫，而她的短发恰好突出了这一点，让人第一次见到艾玛时会以为她根本没有脖子。从背影看，艾玛就是一个男人。

杰克先剪好了头发，站在一旁看理发师给艾玛理发。"你妈妈会因为这个发型杀了你的。"杰克对她说。

"她怎么把我杀死？"艾玛问。

艾玛说得没错——她可以像折断一根冰棒木棍一样轻易地对付欧斯特勒夫人。连琴科都会很快发现，艾玛十分不好对付。杰克去缅因后，琴科成了艾玛的练习搭档。就琴科的年纪来说，他的身体非常健康，他比艾玛大约重十二公斤。除了体重优势，他还有多年来的丰富经验。但杰克知道，摔跤时很难不伤到对手，毕竟你不可能总是防守而不进攻。

艾玛靠在琴科身上时正好被他控制住。他正好可以对艾玛使出一记侧摔，但他担心艾玛受伤犹豫了一下。就在这几秒钟内，艾玛反过来对他使出一记完美的侧摔。她重重地压在琴科胸口，导致他的胸骨脱臼。这种损伤需要很久来恢复，尤其对一位六十多岁的老人来说。

艾玛的陪练替代人选是鲍里斯和帕维尔，至少他们还年轻，身体承受损伤的能力更强。

从理发馆的镜子里看着他和艾玛剪好的发型，杰克已经预感到圣西尔达女校对于同意艾玛的寄宿要求一定会追悔莫及。她本来待人就不和善，更别提她那四十三厘米宽的壮实肩膀了。

"正好约合十七英寸，和你的年龄一样。"琴科对艾玛说。

将来杰克会得知艾玛在圣西尔达的寄宿生活仅仅维持了一年，他丝毫不感到吃惊。他反倒惊奇艾玛竟然可以忍受那么久的时间。让校方大为欣慰的是，欧斯特勒夫人勉强同意让艾玛回到家里居住，并作为走读生读完十二和十三年级。她住进了艾丽丝原来的卧室，就在杰克的房间对面，占据了整个客房区。不过随后几年，杰克也不大会在自己的房间住了。

艾丽丝当然也抛弃了所有的借口，直接搬进了莱斯利·欧斯特勒的卧室。（艾玛说，杰克离开后还不到一周，她们就住到一起了。）艾玛搬进客房区，并不是担心她妈妈和杰克的妈妈会影响她的睡眠，而是对她们闭口不谈二人的关系感到生气。艾丽丝不喜欢敞开心扉，而欧斯特勒夫人早就不太与女儿说话了，也不指望艾玛会对自己再次畅所欲言。艾丽丝也基本停止了与杰克的交流。当她准备好对杰克吐露全部时，不管那是多久之后，杰克已经决定，他一个字都不要听。

杰克在缅因时与艾玛的通信比与他妈妈的更频繁。他从艾玛那里听到了马查多夫人的消息，她因诱奸一个十岁大的男孩被温斯顿·丘吉尔爵士公园警局逮捕。原来她的两个儿子并没有长大成人后"搬走"。他们一个十一岁，一个十五岁，和他们幸福再婚的父亲住在多伦多某处。她大儿子十岁时，马查多夫人曾性侵过他，法院因此发布限制令，禁止她靠近自己的儿子。

自然，根本不存在马查多夫人的前夫殴打强奸她这回事，她也不需要频繁更换住处的门锁。很有可能，她住处门铃旁名牌上的"夫人"早就失去原本的意思了。无论她本名叫什么，她来学习自由搏击和摔跤的原因可能永远都不得而知。

艾丽丝没打算把这个消息告诉杰克，虽然她可能已经知道发生了什么事。艾玛说，马查多夫人的事闹得满城风雨，所有的报纸都报道了，

"刊发了照片和详细经过"。也许艾丽丝从没想过马查多夫人会性侵杰克。更可能的是，她根本不愿这样想，或者她一厢情愿地相信杰克一定会告诉她什么都没有发生。哪怕那根本是谎话。

艾玛嘲讽地说："是啊，如果她真的把这个消息告诉你，她脑子一定是出了问题！"

相比"灰色幽灵"定期给他写信，杰克的回信就不那么固定了。麦夸特夫人是个明智的女人，但现在给杰克提供各种建议的是艾玛。杰克曾经错以为妓女就是提供建议的人，但这种误解竟然没有很离谱。艾玛当然不是妓女，但对她来说，性与提供建议似乎是可以互换的。

杰克与伍尔兹小姐的通信也是断断续续的。他因出演《邮购新娘》而与拉姆西先生建立的联系因为第一次前往缅因的旅程而得到了加强。在那次旅程中，拉姆西先生取代了"那个伍尔兹"成了杰克在戏剧艺术方面的导师，并对他起到了深远的影响。

杰克还会梦见穿着内衣的伍尔兹小姐，但他已经来到人生的十字路口。听从拉姆西先生的指导最为重要，也最为有用，尽管拉姆西先生的表达经常夸张得效果大于实质。（作为演员，杰克就是因为这一点才喜欢拉姆西先生的。）

飞机降落在波特兰时，拉姆西先生紧紧握住杰克的双手。"杰克·伯恩斯！"他突然喊道，声音大得让杰克以为飞机要爆炸了，"不管怎么说，你到缅因了！"杰克焦虑不安地看着飞机缓缓驶过停机坪，"记住，杰克。如果一所学校能有像雷丁那样的校训，那绝对不会是所差学校。让我听你读一遍！"

"读什么？"

"你学校的校训啊！"

杰克早就把校训忘了。与拉姆西先生不同，杰克阅读《学校理念手册》时注意到某种近乎好斗的热情，几乎每页都会多次提到"品格"这个词。"时刻注重礼节。"那本册子上有这句话，可能这就是校训吧。

"时刻注重礼节？"杰克问拉姆西先生。

"呃，你背得很准确！"他有点儿不耐烦地回答，"但那句不是校训。杰克·伯恩斯，我相信你那惊人的记忆力一定会让我惊喜的！"

杰克记得那本册子上写着要与周围同学"相互协作"，而且还建议"不要说脏话"。虽然他记住了这些奇怪的要求，但他知道这些肯定不是校训，虽然拿来当校训也足够了。手册教导他们不能轻视或贬损学校里的同学。学生守则实际上是一部需要每个学生签署的"品格合约"，里面说只有坚持不懈地尊重他人才能拥有自尊。杰克签下了自己的名字，但这听上去也不像是校训。

"一个提示，杰克。是拉丁文写的。"好像这个提示真的很有用似的！

波特兰还是夏天，天空晴朗，空气清新，似乎不像杰克之前料想得那么吓人——不过很快就会了。整座机场几乎就是个停机坪而已。

"*Labor omnia vincit!*"拉姆西先生对走过的两名飞行员喊道。他们一定以为他是个疯子，"只有杰克·伯恩斯把它念出来才叫校训。"他对一名惊讶的空姐说。那名空姐大概三十几岁，非常漂亮。

"*Labor omnia vincit.*"杰克威严地说，把重音放在最后一个词上。

"告诉她这句话是什么意思，杰克。"拉姆西先生说，但那名空姐像没看到他似的，一直盯着杰克看。现在，杰克身处异国，虽然他记不住校训也不知道校训的意思，但他能读懂这名空姐的想法。她就是那种让杰克迷恋的成熟女性。其他男孩只会对她微笑，但杰克知道她在想些什么。

"这位小朋友坐飞机时有人陪同真是太好了。"空姐对拉姆西先生说，目光依旧在杰克身上。

"他是杰克·伯恩斯。他的记忆力能装下一头大象，但今天不在状态。"拉姆西先生对她说。

"*Labor omnia vincit.*"杰克重复道，试着想起正确的翻译。

"努力——"拉姆西先生刚开口，杰克就打断了他，他想起来了。

"努力战胜一切。"十岁的杰克对空姐说。

"我可真傻——我以为是爱情战胜一切呢。"她说。

"不，是努力。"杰克坚定地告诉她。

空姐叹了口气，摸了摸杰克的头。她对拉姆西先生说话时，仍然看着杰克："我猜你肯定数不清他以后会让多少女人心碎的。"

坐着租来的汽车向西北偏北方向行驶时，他们把波特兰和大海甩在了身后。天空依然很亮。迈诺特让人过目即忘，萨姆纳也一样。"缅因州看来不是个特别会给城镇起名字的州，杰克。"

接近日落时分，四周的荒野看上去有几分凄凉。拉姆西先生刚刚和杰克聊起一个振奋人心的话题，有关面对雷丁不怀好意的男生时，如何有效运用威克斯蒂德夫人的"风度"策略。但周围凄凉的景色，甚至让拉姆西先生这样兴高采烈的同伴也不得不说起了那些不便提及的事情。"杰克，我想说，这里看上去像是《邮购新娘》里的场景。"杰克心里一沉。拉姆西先生努力地想要改变话题，"我想——你不会这样想吗，杰克？——雷丁的大部分学生都是寄宿生。"

"我也觉得。"杰克说。

雷丁是一所私立学校（也叫独立学校），只招收五到八年级的学生。虽然是欧斯特勒夫人负担杰克的学费——"她眼睛都没眨一下。"艾丽丝形容——不过一路上经过的大小城镇，以及那些勉强可以称为村落之处，都在向拉姆西先生和杰克表明，没有几个当地家庭负担得起雷丁的学费。雷丁也提供助学金，但获得任何资金资助的学生比例不超过两成。在资助方面，雷丁算不上慷慨。

拉姆西先生也与杰克分享了他对《学校理念手册》的解读，告诉他那些没有明确写出来的内容。他敏锐地发现小册子开篇句中的过度敏感和防卫心理："首先，并非所有在雷丁的学生都会遇到一些问题。"

这句话顺理成章地向拉姆西先生暗示，雷丁大部分或至少有许多学生确实遇到了一些问题。他大声地给杰克分析这些问题可能是什么。"这些学生来自有问题的家庭，我猜，或者被其他学校赶出来了。"

"因为什么被赶了出来？"

"这么说吧，美国东北部新英格兰地区的学校，学生五年级就开始寄宿的非常之少。但我觉得像杰克·伯恩斯这样的男孩一定会在这种地方茁壮成长的！"拉姆西先生宣布说。

"这种地方是什么地方？"

"这么说吧，雷丁这所学校相比天资更看重的是态度，杰克。而你两者兼具，这可是个优势。"杰克·伯恩斯态度严谨，而不是天资出众，拉姆西先生很清楚这一点——不过他并没有在这一点上赘言。他明白，从杰克的角度来说，把话说得越明确越直接越好。"让我震惊的是，这种所谓的品格教育需要减少各种干扰，在只有一种性别的学校里才能达成——我是说，对于杰克·伯恩斯这样的帅小伙儿，确实得减少让他分心的事情。"

"你是说没有女生。"

"说得对，杰克。对女生想都别想。你的目标，是要做小伙子中的英雄——如果没当成英雄，至少也要看起来像个英雄。"

"为什么要当英雄？"杰克问。

"在一所男校里，杰克，只有英雄与小兵。做个英雄当然更开心啊。"

艾玛说得对，只要拉姆西先生能老老实实开车就行。他和马查多夫人一样矮，但比她体重轻十公斤左右。在杰克看来，拉姆西先生在女校里成了英雄，并没有掩盖他之前可能只是个小兵的可能。他修剪整齐的络腮胡，看上去只有儿童玩具沙铲大小。他的一双小脚，杰克猜他可能穿的是成年男性最小号的鞋，刚刚能踩到刹车和油门。"你会在哪里过夜呢？"杰克问他。想到拉姆西先生要在夜里一个人开车回到波特兰，杰克不免感到有些担心。但拉姆西先生是个勇敢的人，他感到害怕只是因为杰克。

"如果遇到了麻烦，杰克，那就聚起一群人。如果不止一个人欺负你，先对付最厉害的那个。一定要保证让别人看见。"

"为什么要让别人看见？"

"如果那人想要杀了你，也许会有人阻止他。"

"哦。"

"千万别害怕打架，杰克。至少，打架是个表演的好机会。"

"我懂了。"

随后他们穿过了缅因西南部，这片土地孤寂得令人心惊。快要到学校时，拉姆西先生把车开进一家加油站。杰克想到他会把油箱加满开回波特兰时，略微感到欣慰。这家加油站是典型的乡村加油站，兼营食品杂货，主要是薯片、苏打水、香烟和啤酒。收银台附近有一条盲狗在用力喘着气，一个高大笨重的女人坐在收银台后面的矮凳上。即便坐着，她也比拉姆西先生高。因为练过摔跤，杰克在猜测别人体重方面很在行。这个女人肯定超过九十公斤了。

"不管怎样，我们总算要到雷丁了。"拉姆西先生对她说。

"我看出来了。"那个大块头女人说。

"我们一看就不是本地人吗？"拉姆西先生猜测道。那个女人并没有笑。

"真可怜，这孩子还没长胡子呢，就要被送到这么远的地方上学。"她说话时朝杰克的方向点了下头。

"呃，他家里人最近遇到了一些困难，有时候也是没有办法。"拉姆西先生回答。

"总会有办法的。"那个女人固执地说。她把手伸到收银台下面，拿出了一把手枪。她把手枪放在收银台上。"比如说，我可以一枪把自己脑袋打开花，真希望有人第二天早上会发现那条狗——不是说希望那人照顾好那条狗。也许应该先把那条狗一枪打死，然后再把我的脑袋打开花。我想说的是，凡事并不复杂，总会有办法的。"她说。

"我懂了。"拉姆西先生说。

那个大块头女人看到杰克盯着那把枪，赶忙把枪收了起来。"现在天色还早，不能开枪打人。"她说着，对杰克眨了眨眼睛。

"谢谢。"拉姆西先生说。回到车里后，他评论道："我忘记了，在这个国家，每个人都可以持有武器。如果大家都吃安眠药的话，事情就简单不少，成本也更低。但前提是，你得有买到安眠药的处方。"

"但买枪就不需要处方？"杰克问。

"显然不需要，杰克。我觉得更糟的是，拥有一把枪在一定程度上会

· 286 ·

刺激你想要用它，哪怕是打死一条瞎狗！"

"可怜的狗。"杰克说。

"听我说。"拉姆西说道，这时雷丁的校园逐渐从河边的雾气中显现出来——一栋栋朴素的红砖楼，让人感觉那里是一座监狱。杰克猜，这里成为学校之前一定是监狱。事实上，雷丁曾经是缅因州最大的精神病院。1940年代时，因为资金问题，这家州立机构关门了。（宿舍窗户上还装有铁条，让这里像是一座感化院。）

"杰克·伯恩斯，"拉姆西先生缓慢庄重地说，"如果你想逃离这个地方，一定要仔细考虑好了。你从学校逃出后，周围的环境比校内还要恶劣。而且，这里的居民都带着武器。"

"我会像那条瞎狗一样被打死。你是这个意思吗？"杰克问。

"说得对，杰克·伯恩斯！"拉姆西先生喊道，"非常有先见之明，而且说起话来像个英雄！"

当杰克泪流满面地站在宿舍走廊向拉姆西先生道别时，他可一点儿英雄风范都没有。向杰克告别时，拉姆西先生也哭了出来。

杰克的室友是一个面色苍白、留着长发的波士顿犹太男生，诺亚·罗森。他和善的样子让杰克忍住了想哭的冲动，因为他看到他们的宿舍没有门，只有一块帘子保护着他们的隐私。杰克立刻与诺亚握了握手，表达了对这块帘子的义愤之情。当那块帘子（毫无预警）突然被拉开时，杰克和诺亚正过分礼貌地让对方选择床边的书桌以及远离帘子和走廊的床位。一个看上去咄咄逼人的高年级男生走了进来——可能是七年级或八年级学生，杰克猜——这个人粗鲁地大声问出一个非常无礼和充满敌意的问题，让杰克差点儿把威克斯蒂德夫人有关"风度"的教诲抛在脑后。"那个小基佬是你们这两个臭基佬中谁的爸爸？"

"他叫汤姆·阿伯特。我半小时前在盥洗室遇到了他，他骂我'犹太佬'。"诺亚对杰克说。

"你好，汤姆。"杰克说着伸出了手，"我叫杰克·伯恩斯。我来自多伦多。"这算是第一次有风度，杰克想着，但他预见到匆忙之中计数一定会出错。（当他成人之后，数学依然是他的弱项。）

"那个留着金色络腮胡的小基佬是你老爸吗？"汤姆·阿伯特问杰克。

"实际上不是。他是我家的朋友。"杰克回答，"他以前做过我的老师，是我的戏剧指导——是个很出色的家伙。"杰克转过身对诺亚说，"请帮我计下数。我已经两次表现得有风度了，足够了。"他从汤姆·阿伯特身边走过，拉开帘子走到走廊里。

"你说什么，臭基佬？"阿伯特问。他跟着杰克走到走廊里，"你以为外面会有人帮你吗？"

"我不需要任何帮手，我只需要观众。"杰克对他说。

走廊里有个看上去也像五年级的男生，坐在大皮箱上。他的室友站在他们宿舍门口，手里拉着帘子。"你好，我是杰克·伯恩斯，从多伦多来的。"他对他们说，"如果你们有兴趣的话，这里很可能发生一起打斗。"杰克对走廊另一边的两名男生喊道，仍然背对着汤姆·阿伯特，"说到不能贬损同学！叫别人'犹太佬'算什么？叫别人'臭基佬'呢？你们觉得这算不算贬损呢？"

杰克感觉有人把手搭在了他的肩膀上。他知道那人不是诺亚。如果有人从后方触碰你，那人一般希望你顺着其手拉动的方向转身。琴科之前告诉过杰克，要反其道而行之，那样会让对手措手不及。杰克从相反的方向转过身，与汤姆·阿伯特胸口对着胸口，杰克的头顶甚至都没够到阿伯特的下巴。汤姆·阿伯特比杰克高出近十二厘米，体重比他重大约十五公斤，但他没练过摔跤。阿伯特向杰克压了过来。

杰克抓住他，使出一记托臂摔。阿伯特立刻倒在地上。杰克随即搂起他的头抵住自己的膝盖，用颜面十字固摇篮式压住了阿伯特。就强壮程度而言，汤姆·阿伯特还不及艾玛·欧斯特勒的三分之一，至多是马查多夫人的三分之二。这是杰克对别人使出的最有力的一次摇篮式压制。汤姆·阿伯特的鼻子紧紧地抵在杰克的膝盖上，像是有鼻窦炎似的喘气困难。这时，杰克听到有人说："这个颜面十字固摇篮式还算凑合。"

"问题出在哪儿？"杰克问。他没看到说话的人，但可以听出是个高年级男生的声音。

"我可以示范一下，怎样把这个动作做得更有力度。"那名高年级男生对杰克说。在边上围观的男生看上去都是五年级生。杰克感觉那名高年级男生站在他的正后方。他知道汤姆·阿伯特说不出话来——他连喘气都困难。杰克继续竭尽所能用力维持着摇篮式，同时等待着。"你可以让他起来了。"那名高年级男生的声音再次响起。

"你不应该叫别人犹太佬或是臭基佬，那是贬损。"杰克说。

"让他起来吧。"那名高年级男生说。杰克放开了汤姆·阿伯特，让他站了起来。"你跑到五年级的宿舍来做什么，汤姆？"

杰克看了看正在说话的那个高年级男生。他不知道那个人就是这层楼的学监，但很明显，他是个摔跤手。他身高不超过一米七五，但他的体重至少和艾玛差不多，甚至还要重一点。和琴科相比，他的菜花耳实在不值一提，甚至不及鲍里斯和帕维尔。但能看出，他对自己的那对菜花耳很是自豪。

汤姆·阿伯特没有开口说话。他似乎已经听天由命了——那位学监要用他向杰克示范如何做出更完美的颜面十字固摇篮式。"你要看看更有力度的摇篮式吗？"学监问杰克。

"是的，麻烦你了。"杰克回答。

学监对汤姆·阿伯特使出颜面十字固摇篮式。他把一边的膝盖抵在阿伯特的肋骨上，这样做的后果是，迫使阿伯特大腿朝着头和脖子蜷曲，身体向前弯折起来。"这样不仅力度更大，而且会让对手更难受。"学监解释说。

他叫卢米斯——每个人都恭恭敬敬地这样称呼他。他读八年级，来自宾夕法尼亚。他已经摔跤十年了。卢米斯患有学习障碍，他复读了二年级和四年级，所以他只比艾玛小两岁。

杰克还不知道雷丁有个摔跤队。不过既然这所学校看重的是品格的锻炼，那么摔跤队的存在就再正常不过了。因为摔跤这项运动，努力比天赋要更重要。

根据雷丁的计分制度，轻视或贬损同学扣一分，比如说了渎神性质的字眼或做出任何不友善的行为。汤姆·阿伯特刚刚被扣了三分——一分因为骂诺亚是犹太佬，一分因为骂杰克和诺亚是臭基佬，还有一分是因为与杰克寻衅斗殴。（"他先碰我的。"杰克对卢米斯说，卢米斯似乎并不意外。）

汤姆·阿伯特还被扣去一分，因为身为高年级生擅自来到五年级学生的宿舍。如果到宿舍找某个低年级男生，必须获得该楼层学监的允许。每人每个月有四分的扣分额度。被扣超过四分就会被开除，没有任何商量余地。上学第一天，汤姆·阿伯特就被扣了四分。他在雷丁熬不过第二周的。

直接来雷丁读高年级会遇到很多困难。阿伯特就是从另外一所学校转过来的。如果是从五年级就开始就读雷丁，那么坚持读到八年级的可能性要大很多。卢米斯就是其中之一，他已经在雷丁四年了。雷丁八年级男生中大部分都是从五年级开始就读雷丁的。

只要你完成任务——包括作业和劳动，雷丁每个学生都要劳动——就没有问题。你必须恭敬地对待同学，而且从一开始就要待人和善。这可比威克斯蒂德夫人那个可以"有风度"两次的想法难多了，她一定会对雷丁充满敬意的。

说脏话会被扣半分——每个脏字扣半分。所以相比"他妈的放屁！"，还是只说"他妈的！"或"放屁！"更划算一些。（艾玛在雷丁的话，肯定不会好过。）

不是所有的男生都会"遇到问题"，但这里的男生都是因为他们的家人不想让他们住在家里才被送到雷丁的。卢米斯的父母和姐姐在一次车祸中丧生，他的祖父母希望他进入青春期惹出麻烦之前，从他们家搬出来。

"有道理。"卢米斯经常这么说。这句话也可以拿来作为雷丁的校训，虽然听上去不如"努力战胜一切"那么庄重洪亮。

杰克在摔跤房里发现了另外一句箴言。那句话写在天花板上，只有被压在垫子上不能动弹的时候才能看到。

不要抱怨

雷丁对学生成绩的要求也不太高。与家庭作业的数量相比，难度并不大。作业里经常有记忆性的内容，这对杰克并不是难事。这些作业就像琴科教他的那些动作——臂下前钻、托臂摔、扣脚踝、外侧单腿桥式——本质上看并不难，但需要不断重复练习。杰克在雷丁有种熟悉的轻松感。

无论是伍尔兹小姐还是拉姆西先生，都不会质疑死记硬背的意义。在雷丁，没有什么需要灵感的启发，一切都是练习。少数聪明男生表现得十分低调，因为最被推崇的是努力。你克服的困难越多，你的付出就越被赏识。

雷丁校长的主要职责是筹集资金，他经常不在学校。他的妻子会在晨会上告知学生们校长去了哪里。"阿德金斯先生在克利夫兰，上帝保佑他。我们在那儿有几位成功的校友。另外，阿德金斯先生还见了一两个缺乏精神支柱的男生。"

所以说，雷丁的学生都是"缺乏精神支柱的"。不过，学生们并不介意。"雷丁的首要任务，就是让你们在读到比雷丁更好的学校之前做好一切准备。"阿德金斯先生某次罕见在校时对他们说。

这背后的意思是，雷丁能让学生明白如何努力，至于如何思考，那就由比雷丁更好的学校来负责吧。杰克渐渐发现，雷丁最不实用的，就是宿舍窗口的那些铁条。没有人想从这里逃走——他们都渴望能从雷丁进入一所更好的学校。

克朗姆先生来自科罗拉多，是雷丁的摔跤教练。他参加过美国十大公立大学联盟摔跤赛，但对摔跤队成员讲述这段经历时，他指出自己从来都是替补。"我做了四年替补，首发选手都比我强。四年里，每年的首发选手都不一样，但都比我强。"克朗姆教练说。

低人一等恰恰是他们的优势。因为他们自认为低人一等，所以练习时投入了更多的努力和热情，这让他们变得强大又顽强。

克朗姆教练拟定了一套摔跤比赛日程，队员与对手的差距悬殊。雷丁摔跤队一个赛季都没有赢过，不过队员们并不惧怕失败——偶尔赢得一场比赛，他们会非常开心。后来，当杰克进入一所更好的学校后发现，所有人都讨厌和雷丁比赛。雷丁的队员们非常享受被重创的滋味。他们经常被打败，但很少束手就擒——他们真的很棒。

"就算你输了，也要让对手知道你有多厉害。"卢米斯教导年轻队员说，"如果你赢了，要告诉对方你很遗憾，说你也经历过他的处境，即使你并没经历过。"

杰克赢得的第一场比赛是雷丁对阵缅因州内一所位于巴斯的学校。他的对手是个强壮但笨拙的男生，甚至都没见过颜面十字固摇篮式。杰克紧紧地用摇篮式压制住他，就像卢米斯示范的那样。这时，那个男生咬了杰克。他的牙齿深深地埋进杰克的手臂，血流了出来。杰克可以看到他的脸，那个摔跤手的眼神中没有任何恶意，只有恐惧。也许这名巴斯的摔跤手害怕失败，尤其是被对手压制得动弹不得时——更可能的是，他害怕对方伤到自己。他在为求生而战，就像一只被捕获的动物。

杰克放开了他。咬伤的伤口非常明显，两方的队员严肃地看着杰克的伤口。那名巴斯的队员因不符合体育道德的行为被取消参赛资格。判给杰克的得分，与杰克摔倒对手时获得的一样多。

"我很遗憾，"杰克对那个咬他的人说，"我也经历过你的处境。"那名巴斯的男生好像被羞辱了一般，一副痛不欲生的表情。

卢米斯摇了摇头。"怎么了？"杰克问他。

"你不能对咬你的人说，你经历过他的处境，杰克。"

所以，在雷丁读书意味着学习并遵守规则，这让杰克感到熟悉而轻松。

每当校长阿德金斯先生外出为学校筹措资金，阿德金斯夫人就和寡妇无异。她在雷丁教授英文，并在学校每周的"戏剧之夜"担任选角导演。阿德金斯夫人五十多岁，是个严重抑郁的女性——闷闷不乐的表情，一头褪色的金发。她苍白的皮肤逐渐发灰，原本白皙的肤色变成和青石板一样的颜色。她的衣服总是偏大，仿佛她患上了一种使身体皱缩的疾病。

因为要选角，不知疲倦的阿德金斯夫人经常未打招呼就走进不同科目的课堂。她走进教室，在学生中间穿行，同时尽力不影响上课的进行。

"就当我不在。"她常常对五年级学生这样说。（阿德金斯夫人自认为高年级学生已经学会无视她了。）

她出现在课堂后，你的学生信箱里可能会有一张纸条：

来见我。——阿夫人

读五年级和六年级时，杰克经常反串出演女性角色。他是雷丁目前为止最漂亮的男生，而且从伍尔兹小姐和拉姆西先生热情洋溢的推荐信里，阿德金斯夫人知道，杰克扮演女性角色的经验非常丰富。

等到杰克读七年级和八年级时，他开始更多地饰演男性角色。阿德金斯夫人甚至省去了往他的信箱里留纸条，每当她把手放在杰克的肩上，杰克就明白，这个动作是让他课后去找她。

没错，杰克和她上床了，但这是他上八年级后才发生的事。当时，他快要十四岁了，而男校里单调的性别，甚至让他怀念以前被性侵的岁月。那时阿德金斯夫人已经连续三年挑选杰克饰演最好的角色了，而他也到了被她那种永恒的悲伤气质吸引的年龄。

"你不会因为这个被扣分的。"第一次时，阿德金斯夫人这样对杰克说。但他预见到，离开雷丁之后，世界还有另外一套计分制度等着他去遵守。杰克·伯恩斯会把阿德金斯夫人看作自己被扣去的一分。

内辛斯科特河流经雷丁，在一年中的大部分时间里，人们要花费巨大（甚至荒唐）的努力才能溺死在河里。杰克离开雷丁几年后，阿德金斯夫人跳河自杀了。要做到这一点，只能在春天——缅因的春天与这种行为同样十分罕见。

阿德金斯夫人隐隐带有伍尔兹小姐那种易逝的美貌。作为"戏剧之夜"的选角导演，她和"那个伍尔兹"一样，对戏剧改编有一些奇怪的执拗。男生不需要演出整部剧作或由小说改编的作品。作为一个正经严肃的学校，排练会浪费太多时间，影响到学生的正事。但为了体现雷丁对死记硬背的推崇，阿德金斯夫人恨不得把所有的学生都变成演员。

他们穿着角色的服装，在阿德金斯夫人的监督下化好妆。杰克逐渐发现，女性角色的服装都是阿德金斯夫人不穿的衣服，或者是教工妻子们寒酸单调的捐赠。（阿德金斯夫人是雷丁仅有的两名女教师之一。）

雷丁每周的"戏剧之夜"包括演说和幽默小品、短篇小说的戏剧改编或剧作的节选演出、诗歌背诵（全诗背诵的情况很少见）等依靠记忆力完成的壮举，堪比伟大政治家的演说。

五年级时，杰克背诵了英国17世纪清教徒诗人安妮·布拉兹特里特的《致我亲爱的丈夫》。穿着阿德金斯夫人褪色的古板衣服，杰克的背诵成功地展现了北美殖民地初期生活的艰难，传达了诗人坚忍地承受着清教徒家庭主妇责任的心情。

杰克还扮演过美国作家华盛顿·欧文的哥特小说《德国学生的奇遇》中那个美丽迷人的女鬼（死于断头台的年轻女子）。他穿着的黑色裙装曾经是阿德金斯夫人的睡袍——很可能是在阿德金斯先生不太出远门的时候穿的。

在改编自霍桑同名短篇小说的《拉帕帕齐尼医生的女儿》中，杰克扮演有毒的贝阿特丽丝。表演贝阿特丽丝最后死于花园时，杰克穿了一件夏装，那是阿德金斯夫人在某位老友的婚礼上穿过的衣服。六年级时，杰克背诵表演了莎士比亚喜剧《无事生非》中的小曲《别叹气，姑娘》。莎士比亚是阿德金斯夫人最喜欢的作家之一。他还穿着她的百褶裙演唱了《皆大欢喜》中的小曲《绿荫树下》。

他还记得阿德金斯夫人说："哈，那条裙子在你身上可真漂亮，杰克。我都想再拿来穿了！"

第一次在"戏剧之夜"饰演男性角色时，让杰克略感意外的是，（那种情况下）阿德金斯夫人依然用自己的衣服打扮他。（黑色宽松长裤和白色荷叶领女式衬衫。）杰克演唱了《第十二夜》中小丑的那首《噢，我的情人》。阿德金斯夫人责骂了他，因为杰克是对着她说的最后那句台词，而没有对着观众：

青春短暂，如流星闪光。

实际上，杰克并没有对着她说这句，只是阿德金斯夫人对这句台词格外敏感。她还让杰克唱了《一报还一报》里的那首《拿开，哦，把那两片嘴唇拿开》。（当时他还在变声期，还不完全是小伙子的声音。）

七年级时，杰克变得愈加健壮，不再适合穿阿德金斯夫人的衣服了。八年级时，雷丁仍没有一个男生反串女角能像杰克那么合适。他很早就开始长阴毛，但他脸部的毛发很晚才开始生长，长出的胡子也不重。他很想念艾玛，手淫的时候一直想着她。杰克没能习惯和男生们一起洗澡，他不喜欢看其他男生的阴茎。他向阿德金斯夫人承认了这一点，她让杰克洗澡时默念一首诗。

如果周末时阿德金斯先生不在，杰克会去校长家里与阿德金斯夫人见面。她会让杰克穿上自己的衣服——那些她不舍得捐给"戏剧之夜"的衣服：带内置胸罩的象牙白吊带背心、珠毛呢蕾丝高领上衣、丝绒羊毛开衫、条纹丝绸上衣和无扣毛衫。虽然身材娇小，但阿德金斯夫人有一双大脚，大到杰克能穿下她的玉珠拖鞋。

她从不主动触摸杰克，也不需要让他去触摸自己。她为杰克穿的衣服就是她身上的衣服，也就是说阿德金斯夫人会先脱掉她的衣服。她站得离他非常近，她身上的味道也很好闻，让杰克难以忍住不去碰她的身体。他第一次触摸她时，阿德金斯夫人闭上眼睛，屏住呼吸，这反倒迫使杰克更加主动。与马查多夫人那种主动武断的做法相比，这是一种截然相反的诱惑。不过，杰克意识到触摸阿德金斯夫人时自己并不缺少自信，因为马查多夫人曾经指导过他怎样做。但阿德金斯夫人从来没问过他，十三岁的他怎么知道应该摸哪里。

也许她有一个女儿，杰克有次这样想。那时阿德金斯夫人正在给他穿自己最喜欢的天鹅绒上衣。（为了好玩，她还在上衣的钢圈胸罩里放了几个柠檬。不过她本人的胸也很小。）后来过了很久，杰克才了解到，阿德金斯夫妇有过一个儿子，但夭折了。儿子的死，是造成她身上永恒的悲伤气质的根本原因。杰克就是被这种悲伤吸引，虽然他当时并不清楚。

"我真喜欢你穿着我的衣服。"她只是这样对他说。

七年级时，杰克在美国剧作家尤金·奥尼尔的作品《毛猿》中饰演羞辱了男主角的名媛米尔德丽德·道格拉斯。阿德金斯夫人实在是太偏爱杰克了，又让他在八年级时饰演米尔德丽德那位脾气古怪、抱怨不休的姨妈。在雷丁的最后一年，杰克躺在阿德金斯夫人的怀里时，她喜欢在黑暗中测验他记忆台词的功力。她模仿《毛猿》中的轮船二副那深沉沙哑的嗓音说："你很可能会蹭到油渍和污垢。这是无法避免的。"

杰克一边蹭着她的身体，一边用米尔德丽德的语气回答："没关系，我有很多白色长裙。"都是阿德金斯夫人的衣服。杰克在"戏剧之夜"穿过的每一件服装，阿德金斯夫人以前都穿过。穿着她的衣服，杰克感到特别自在和舒适。

除了摔跤比赛，杰克很少离开雷丁。因为多伦多太远了，他一般会和室友诺亚在波士顿（实际是在坎布里奇附近）度过美国感恩节。除了圣诞节，杰克还会在3、4月的春假回多伦多。"春假"这个词太不恰当了，多伦多只比缅因略微有一点儿春天的感觉。（缅因根本就没有春天。）

杰克作为摔跤手外出比赛时走遍了美国新英格兰的大部分地区。克朗姆教练带领摔跤队最远去纽约州参加了一场比赛，连卢米斯都输给了对手。虽然卢米斯早已遭遇过诸如失去父母和姐姐等种种不幸，但那是杰克唯一一次见到卢米斯失利。因为把裁判未成年的女儿的肚子搞大了，卢米斯后来被美国知名的私立中学布莱尔学院开除。因此，他不得不放弃申请一所大学的摔跤奖学金，而成了一名美国海军海豹突击队的战士。卢米斯最后在菲律宾的某处被人用刀刺死。一种说法是他当时正在执行某个危险的秘密任务，还有一种说法是他在一家酒馆里醉酒惹事，因而丧命。无论真相是哪一个，杀死他的凶手都是那个颇有名气的异装癖妓女。

不过，在雷丁摔跤队，卢米斯是杰克心目中的楷模。在雷丁的最后两年，杰克赢得比赛的场数超过了他失利的场数，但他的摔跤实力一直都不如卢米斯。

如果有人在"戏剧之夜"拍照，杰克会知道，因为他可以听见相机的快门声。但在摔跤时如果有人拍照，杰克就无法从人群发出的嘈杂声中分辨出快门响了。他摔跤时甚至看不到自己"唯一的观众"。摔跤比赛中，你需要全神贯注，无论是占得先机还是落了下风，对杰克而言，比赛都像是在没有观众的空旷场地里进行一般。卢米斯离开雷丁后，杰克接过了团队领袖的职责——第一次，他感觉到自己身上担负的责任。

在外出比赛的汽车上，杰克是一位领袖级的人物。他的队员们在车上要么放着响屁睡觉，要么放着响屁借着手电的灯光做作业。（他们被告知要把对司机的干扰降到最低限度。）

杰克有时会在返回雷丁的途中给队员讲故事。他讲到那个把他从护城河救出来的小士兵，讲到他给刺青后的英格丽德·莫包扎绷带，讲到萨斯基亚佩戴的那些手镯，还有烧伤她的可怕顾客。不过，杰克没有讲到他妈妈在阿姆斯特丹为一名少年"提供建议"时弄断了自己的珍珠项链，当然也没提到马查多夫人的事。

杰克还吹嘘说，他的"继姐"艾玛可以打败雷丁摔跤队中除卢米斯以外的任何人。卢米斯那会儿还没被布莱尔学院开除。（除了诺亚和阿德金斯夫人，雷丁男校的所有人都以为杰克的妈妈是一位著名的刺青高手，与欧斯特勒"先生"共同生活，那人是艾玛的父亲。）

杰克把这些当成故事讲述出来，也许是因为他不仅想念艾玛，还想念他妈妈和欧斯特勒夫人——甚至想念马查多夫人，至少会想念她的粗暴，这一点在阿德金斯夫人那温柔的劝诱中无处寻觅。也许，杰克还怀念马查多夫人的鲁莽。

杰克还讲述了他迄今为止在舞台上取得的最伟大的成功——主演《西北地区的一个邮购新娘》。不过，在车上讲这个故事有点危险，因为克朗姆教练不同意杰克说"月经"这个词。有一次，杰克用到这个词，被克朗姆教练扣去了半分。

杰克八年级担任摔跤队副队长时，队里有一名轻量级选手，名叫兰布雷希特。他是来自亚利桑那的六年级新生。兰布雷希特在沙漠地区长大，从未见过雪，更不要说写着**小心冻胀**的路牌了。

兰布雷希特一定在黑暗中视力不佳，再加上车窗外的路牌一闪而过，否则他不会问："什么叫小心冻张？"昏暗的车厢里无人回答，睡着的人好像从未被打搅般继续放着响屁。杰克正在背诵英国诗人马修·阿诺德的诗。他关掉手电，等着看是否有人回答兰布雷希特的问题。"在我们亚利桑那没有冻张。"兰布雷希特继续说道。

"夜里很难看到冻张。它们都在路面上，眼睛不会反射车灯的光。不过，它们的颜色和路面一样。"杰克告诉兰布雷希特。

"可那些是什么玩意儿？"他问。

坐车竟然成了完全的即兴表演！"听我说，夜里千万别出宿舍，兰布雷希特——尤其是每年这个时候。冻张是夜行动物。"

"不过为什么要小心它们呢？"兰布雷希特继续问。他开始变得激动不安，以轻量级摔跤手特有的方式表达起担忧。他的声音即使在正常情况下也非常刺耳。这一定刺激到了队里的重量级选手迈克·海勒，他决定结束杰克的恶作剧。海勒非常缺乏幽默感，脾气暴躁。他身上有太多的婴儿肥，实在算不上合格的重量级摔跤手。海勒一场比赛都没赢过，至少杰克没看到他赢过。

"你有病吧，兰布雷希特，你不识字吗？"海勒问他，"路牌写的是冻胀，不是冻张。你明白冻胀吧，就是路面被冻后的隆起，还有他妈的那些坑，你这个白痴！"

"扣你一分半，迈克——说错了，是扣掉两分。半分因为'有病'，半分因为'他妈的'，一分因为'白痴'。你确实是个白痴，兰布雷希特——但你要知道，白痴属于贬损性词语。"克朗姆教练说。（他一直没有睡着。）

"真倒霉！"海勒说。

"两分半。"克朗姆教练说。

"所以说冻胀就是路面的隆起？"兰布雷希特问。

"我可真惊讶，亚利桑那竟然没有冻胀。"杰克说。

"亚利桑那的个别地方有。但我们没有提醒冻胀的路牌，或者说路面没有被冻到隆起的地步，我想。"

"有完没完，兰布雷希特！"海勒大喊。

"三分了，海勒。你这一路可不太顺啊。"克朗姆教练说。

"海勒哪一次顺过？"杰克问。这个月还没被扣过分，杰克知道被扣一分自己也担得起。

出乎他的意料，克朗姆教练说："扣你两分，伯恩斯。让我们注意到海勒过往的错误是一种贬损性的行为。另外，误导兰布雷希特认为冻张是一种趴在路面上的动物是对他智力的轻视——"

"还说什么和他妈的路面颜色一样！"兰布雷希特插嘴道。

"扣半分，兰布雷希特。"克朗姆教练说。

他们当时正在罗德岛或是马萨诸塞境内。杰克知道，他们距离缅因很遥远。他是如此喜爱这些在车上度过的夜晚！他打开手电，把注意力重新转回背诵阿诺德的《多佛海滩》上面。那首诗的篇幅可不短，第一段诗节格外长。

"今夜大海平静。"杰克大声朗读起来，他想到自己很快就能转移话题是多么大度的行为。

"留着'戏剧之夜'念吧，伯恩斯。你不介意的话，默背就好。"克朗姆教练说。

克朗姆教练不坏，但他认为杰克矫正自己的菜花耳是一种虚荣的表现，对此感到十分不屑。因为不想长着一副菜花耳过完一生，杰克被海勒嘲笑是个娘娘腔。因为这个，克朗姆教练不仅扣了海勒一分（这显然是个贬损性词语），还把海勒随后长的菜花耳矫正了。"疼吗，迈克？"克朗姆教练看着瘀血从这个重量级摔跤手菜花耳里流出时问道。

"是的，疼。"海勒回答。

"那么，正确形容伯恩斯的词就不是娘娘腔了，对吗？也许，应该是虚荣。"克朗姆教练说。

"好吧，伯恩斯很虚荣。"海勒强忍着疼痛说。

"说对了，迈克。但要因此再扣你一分。"克朗姆教练说。

一天夜里，车上只有克朗姆教练和杰克还醒着。他们进行了一次颇有哲学内涵的谈话。"我想成为一位演员。我想说，演员不想长菜花耳不是一种虚荣的表现，是为了实际的目的。"杰克对教练说。

"嗯。"克朗姆教练回答。杰克想，他可能并不清醒。但克朗姆教练在仔细思考，"我这么对你说吧，杰克。如果你以后成了个电影明星，我会对所有人说，你是我见过的最实际的一位摔跤手，我很荣幸执教过你。"他说。

"我知道了。如果我没有成为一名成功的演员——"杰克说。

"呃，成功才是关键，不是吗，杰克？如果你没有成为电影明星，我会对所有人说，我从来没教过像杰克·伯恩斯那么虚荣的摔跤手。"

"我敢打赌，这个决定非常实际。"杰克对他说。

"什么意思，杰克？"

"我敢和你赌一美元，我可以成功。"杰克说。

"因为只有我们两个醒着，我假装没听见你的话，杰克。"克朗姆教练说。又是雷丁的那套理念。拉姆西先生（他比杰克更为仔细地阅读了手册）本可以告诉杰克，雷丁禁止赌博。杰克闭上眼睛，祈祷着赶快入睡，不过克朗姆教练在黑漆漆的车厢里接着对他低声说："记住这个，杰克。如果非让我猜——我说的是猜，不是赌——你会成为一名首发摔跤手的。"

"你不会失望的。"杰克对他说。

这就是雷丁男校。杰克喜欢这里，这让杰克吃惊，也让艾玛诧异，更别提艾丽丝和欧斯特勒夫人的反应了。对某些男生来说，有些学校就是有这样的魅力。你来到异国他乡，你的苦恼也随你同往，但你融入了那里。杰克·伯恩斯从来没有这种融入其中的经历。

17 包括米歇尔·马厄在内的女性

离开雷丁后，杰克进入堪称美国最好的高中——菲利普斯·埃克塞特学院（简称"埃克塞特"）。除了得益于雷丁男校在品格历练方面的声望，埃克塞特的摔跤教练也帮上了忙。他正好知道克朗姆教练手下的男生都是难缠的对手，杰克也不例外（如果再多形容一些，他是个顽强不屈的摔跤手）。杰克的实力足以令他进入埃克塞特的摔跤队，这使他对自己将要在菲利普斯·埃克塞特学院遭遇的困难没有任何准备。他无法融入其中。

杰克在雷丁的室友诺亚·罗森也被埃克塞特录取了（他当之无愧）。他成了杰克在埃克塞特的救星。埃克塞特的摔跤教练赫德森先生再次替杰克出面，将诺亚安排为他的室友。在作业方面，诺亚帮了杰克的大忙。埃克塞特的作业难度极高，虽然杰克的记忆力出众，但面对智力的严酷考验，他那套记忆模仿的小把戏就不够用了。记忆力在摔跤和成为演员上确实起到了很大帮助，但诺亚·罗森保证了他的成绩不致被埃克塞特开除。

作为对诺亚的报答，杰克和他姐姐上了床。诺亚的姐姐莉雅·罗森当时是拉德克里夫女子学院的大学生。杰克和诺亚一家在坎布里奇一起过感恩节时见过她。莉雅比诺亚和杰克大四岁。他们在雷丁读书时，她在美国另一所知名私立学校菲利普斯安多佛中学上高中。等他们进了埃克塞特，她成了拉德克里夫学院的大学新生。莉雅长得不算特别好看，但她有一头美丽的秀发，还有一对吉布森女郎[1]式的胸部。而真正吸引杰克的，是她身上那种成熟女性的气质。

诺亚是杰克最好的朋友，虽然他不是运动员，但比杰克在摔跤队里的朋友还要亲近。只上了一个学期，莉雅就从拉德克里夫退学了——不仅因为堕胎，还因为校方过分担心这个事件的影响。诺亚并不知道，杰克就是被打掉的胎儿的父亲。

不再与莉雅上床后，杰克又和一名在埃克塞特当洗碗工的已婚妇女有染。斯塔克波尔夫人身材矮胖结实，身上有几处褪色的刺青。杰克后来从诺亚那里了解到，莉雅患上了抑郁症，还去看了精神科医生。但他仍没有告诉诺亚实情。

与雷丁所有学生都要劳动不同，埃克塞特的劳动是由获得奖学金的学生完成的。诺亚就是其中一个。有一次，杰克顶替生病的诺亚在学校食堂干活，收拾用过的餐盘并搬到厨房。他就是这样遇见斯塔克波尔夫人的。

杰克在上午课间十点左右去见斯塔克波尔夫人。她住在煤气厂附近一座狭小简陋的房子里。杰克来去都很匆忙，因为斯塔克波尔夫人的丈夫就在煤气厂工作，每天中午会回家吃午餐。所谓的午餐，不过是把前一天晚上的残羹剩饭放到烤箱里加热。趁着热饭的工夫，斯塔克波尔夫人会给起居室的长条沙发铺上一条毛巾。她和杰克就是在那上面进行颇具对抗性的性交的，有点儿像他最初和马查多夫人那样。斯塔克波尔夫人粗重的喘息伴随着一种类似口哨的声响，杰克起先以为是正在加热的她丈夫的午餐发出的声音，也许那些神秘的食物要在烤箱里爆炸了。实际上，斯塔克波尔夫人患有鼻中隔偏曲，是一次被丈夫打碎鼻子后留下的后遗症。（至于她丈夫为什么打她，斯塔克波尔夫人从来都没向杰克解释过。也许是午餐太难吃的原因吧。）

---

[1] 指由美国插画师查尔斯·达纳·吉布森（Charles Dana Gibson，1867—1944）绘制的女性形象：身材高挑，满是贵族风度，头发上梳，代表着上层的审美趣味。经由《时代》杂志等媒体的传播，成了20世纪最初几年风靡美国的女性形象。

杰克实在难以想象斯塔克波尔夫人曾是个迷人的女性。她那张愁苦呆板的脸，她那张嘴角耷拉的愠怒的嘴，她油乎乎的皮肤，她那些围绕在粗腰上的糟糕刺青（她称之为"爱之把手"）。杰克也说不清的自己被她吸引的（部分）原因，竟是斯塔克波尔夫人热衷于某些性交姿势，之前阿德金斯夫人和他上床时只是叹气或像是忍受着疼痛。在斯塔克波尔夫人热衷的姿势当中，她最喜欢她在上面。这样的姿势可以让她骑在杰克身上看着他。

"你简直好看得不像男人。"她有一次骑在杰克身上时这样对他说。

她丈夫的午餐散发出一种花菜、香芹籽和熏香肠（可能是波兰熏肠）的味道。那种味道太强烈了，连烤箱都无法承受。味重的食物，就像斯塔克波尔夫人本身，杰克闻到这气味时想到。

"我在琢磨，是不是年纪大的女人只要看看年轻的男孩，就知道他们中哪些人会被自己迷住，而其他人根本看不上这个女人。"杰克在埃克塞特最后一年时，有一次对诺亚说。

"你怎么会想到这个？"诺亚问。

杰克那时几乎把一切都告诉了诺亚，包括马查多夫人的事。不过，他从妈妈那里学会了选择性地吐露实情。杰克并没有告诉诺亚他和莉雅上床的事，也没说和阿德金斯夫人的经历。（杰克知道诺亚非常喜欢姐姐，而且对阿德金斯夫人格外有好感。）

杰克的错误在于，他不知道诺亚不会像他那样选择性地说真话。诺亚对莉雅说，杰克对年纪大的女人有种反常的迷恋。他还说了杰克和斯塔克波尔夫人以及马查多夫人的事。

当埃克塞特的其他学生正在以最高的学习热情汲取各种必要的知识时，杰克只学到如何通过选择性地说真话来搞砸友情。选择性说真话和不说真话效果无异。告诉诺亚真相的，是莉雅，不是杰克。诺亚知道了莉雅当初怀上的是杰克的孩子，莉雅还告诉弟弟自己甚至为杰克堕胎了。所以当莉雅第二次从拉德克里夫退学时——这一次是永久退学——杰克清楚地知道，失去诺亚·罗森这个朋友是自己活该。

杰克的童年漫长得让他感觉好像过完了一生，而他的青春期却像他外出比赛时车窗外的路牌一闪而过一样短暂。如何理解女人，如何与她们正确相处，杰克·伯恩斯这方面的领悟并不比兰布雷希特对冻胀的理解好多少——或者说，虽然她们清楚杰克只是一个发情的少年，但驱使阿德金斯夫人、斯塔克波尔夫人以及莉雅·罗森和杰克上床的，是忧伤和厌倦。

杰克1983年从埃克塞特毕业时，诺亚·罗森不愿意和他握手。多年以来，杰克甚至不敢想起诺亚。事实上，杰克已经在记忆中擦除了诺亚这个人，虽然他曾经是杰克心中最温暖的存在。

诺亚的父母都是早期幼儿教育方面的专家。仅仅从他们的装束以及在坎布里奇的房子——更不用说诺亚拿到了埃克塞特的奖学金，莉雅在菲利普斯学院和拉德克里夫学院都拿到了奖学金——杰克就能猜到，早期幼儿教育赚不到什么钱。（真可惜，不过这件事对杰克后来有着重要的影响。）

罗森夫妇对各个年龄段的教育都极为看重。莉雅从拉德克里夫退学一定让他们伤心死了。她后来去了威斯康星州的麦迪逊，又在那里遇到了一堆麻烦。不是嗑药，是政治方面的麻烦——交错了朋友，诺亚含混地说。"一连串的坏男友，都是你开的头。"他对杰克说。

莉雅·罗森最后死于智利。杰克知道的只有这些。至少，这次和水无关——不像那条内辛斯科特河荒唐地要了阿德金斯夫人的命。

杰克不想伤害别人！他没想害死斯塔克波尔夫人，但人们在埃克塞特河的瀑布下游发现了她的尸体。瀑布上游的埃克塞特河是一条并不深的淡水河，但瀑布下游受海洋影响变成了咸水河，还有潮汐变化。斯塔克波尔夫人的尸体是在落潮时的泥滩里被发现的。水位落得非常低，足够让一个高尔夫球手或划桨手注意到尸体。因为当时毕业迫在眉睫，杰克不记得这个事件。无论是高尔夫球手还是划桨手发现了尸体，尸体都无法辨认了——斯塔克波尔夫人在水里泡得太久了。

当地的报纸说，她不是淹死的，是被扼死后扔进河里的。是斯塔克波尔夫人对她丈夫坦白了与杰克的事，还是她丈夫自己发现了？还是除了杰克，她还同别人维持着私通的关系？正如当地经常发生的绯闻那样，每个人都怀疑是那个在煤气厂上班、中午回家吃饭的丈夫杀了她。但她丈夫从未被起诉。

杰克也没有被起诉，可诺亚·罗森对他有所怀疑。即使如此，诺亚并没有指控他真的犯下了这桩谋杀案。"这么说吧，你很可能促成了她的死。"诺亚说。

如果莉雅死在智利发生于这件事之前，诺亚可能会把话说得更难听。但莉雅当时还在麦迪逊，只是无疑，她的心已经提前到达了智利。

那些年，杰克与妈妈的关系变得愈加疏远了，而这种疏远恰恰是艾丽丝自杰克到圣西尔达读书起主动造成的。不过，他与艾玛之间的关系变得越来越紧密，虽然他们见面的机会少得可怜，但他们对彼此的喜爱与日俱增。杰克还是太年轻了，女性仍然让他感到新奇，这让他无法认识到自己爱上了艾玛。

只有艾玛清楚，为什么杰克在埃克塞特（男女混校）读书的四年期间没有一个女朋友。艾玛知道，杰克喜欢熟女，而埃克塞特的女生还只是女孩。杰克上九年级时，已经快十五岁了，一些十七八岁的高年级女生会让他着迷。但杰克已经不再是个可爱的小男孩了，而是个腼腆的少年。在埃克塞特的最初两年，高年级的女生们根本无视杰克的存在。

自然，杰克那段时间经常和艾玛见面——并不限于圣诞假期和暑假。从圣西尔达毕业后，艾玛去了蒙特利尔的麦吉尔大学。这一举动被欧斯特勒夫人这个激进、忠诚的多伦多人视为大逆不道。

艾玛很快就感到厌倦了，不仅是麦吉尔大学，还有魁北克人。虽然法语并不是她最喜欢的科目，但她的成绩一直很优秀。艾玛发现自己喜欢上了法国电影，但最好是带字幕的。让她着迷的并非哪位演员，而是电影本身。

后来，艾玛进了纽约大学，就读她喜爱的电影专业。她在麦吉尔大学的成绩一直很好，于是她也把自己的学分一并转移到纽约大学。另外，艾玛喜欢上了纽约的生活。1979年秋天，杰克进入埃克塞特就读时，艾玛开始了大学第二年、纽约大学第一年的学习。在她的邀请下，杰克那年秋天到纽约过周末。严格说来，过周末这个说法并不准确。因为埃克塞特周六上午有半天的课，而从新罕布什尔到纽约要花掉余下的半天时间。根据学校的要求，杰克必须在周日晚上八点之前返校。

尽管这样仓促，他还是与艾玛以及她电影专业的朋友们度过了激动人心的周六夜晚和周日上午。他们去了一家放映电影大师比利·怀尔德作品的通宵影院。虽然杰克和妈妈在多伦多看过《热情似火》，但他并不熟悉比利·怀尔德。那时他大概八九岁，当玛丽莲·梦露在影片中穿着亮片礼服唱起《渴望你的爱》时，杰克勃起了，他错误地把这件事告诉了妈妈。（艾丽丝对他儿子阴茎的嘲讽非常直截了当。虽然她没有说"和你那父亲一样"，但她看着杰克的眼神准确无误地传达了这句话。）

在纽约时，艾玛与朋友们同杰克看的第一部影片是《开罗谍报战》，他只能记起影片的开头——那辆在沙漠中运送阵亡士兵尸体的幽灵坦克。在坦克出场之后，影星法兰奇·汤恩饰演的角色经历的情节都被杰克抛在了脑后，因为开场不久艾玛就把手放在他的大腿上，并在电影接下来的时间里握着他的阴茎。很多年后，杰克才发现扮演"沙漠之狐"隆美尔的竟然是默片时代的电影明星埃里克·冯·施特罗海姆。

放映《失去的周末》时，艾玛几乎一直用手握着他的阴茎，甚至让杰克觉得男演员雷·米兰德长得像他父亲，或者说像他想象中父亲喝醉的样子。

杰克倒在艾玛的肩膀上睡过了整部《日落大道》。他醒来后，忍着尿意一分钟没落地看完了《倒扣的王牌》。周日早餐时，艾玛那些电影系的朋友都说，杰克应该睡过《倒扣的王牌》，看完《日落大道》。

"别听他们的。我就是喜欢你这一点，甜心。"艾玛说。杰克非常不喜欢艾玛的那些朋友，但只要与艾玛一起，路途多远都值得。

真正引起杰克兴趣的，是欧洲的电影导演。通过艾玛·欧斯特勒，杰克了解到这些欧洲电影导演。因为比利·怀尔德出生在维也纳，所以在他最具美国风格的电影中，杰克也可以发现一些欧洲元素，但他从来都不是怀尔德的影迷。无论是和艾玛一起在纽约过周末，还是和诺亚在坎布里奇（他们看了哈佛广场上放映的所有外国电影），杰克喜欢上了配英文字幕的外国电影。除了西部片，美国电影让他完全提不起兴趣。

说到杰克并不像他的父亲，他常常想，如果威廉年轻时遇到了艾玛，一定会和她上床的——根据有关杰克父亲的各种道听途说，艾玛认为自己也无法抵抗威廉的诱惑。

"我们没上床，这一点可以让你高兴了。"艾玛对杰克说。至于她自己对此有何感想，她倒没有说。

每个冬季学期，杰克周末时都要摔跤。艾玛经常租车来看他的比赛。她早就停止了摔跤训练，因此体重再次成为她的烦恼。艾玛喜欢暴饮暴食，但她负重训练时也很疯狂。她常常先抽烟，然后戒烟，开始暴饮暴食，接着跑到健身房里狂练一气。每当这一循环开始，艾玛就似乎对打破循环无能为力。

她真正需要的是琴科——她最喜欢的练习搭档，但琴科在多伦多，正等着做髋关节置换手术。鲍里斯回到了白俄罗斯。"因为家庭问题。"帕维尔只解释了这么一句。他后来搬去了温哥华，同一个不列颠哥伦比亚省的女人结婚了——两人是在帕维尔的出租车上相识的。

杰克在埃克塞特第二年时，他还不到十六岁，艾玛已经二十二岁了。摔跤比赛结束后的周六，艾玛经常会带着杰克去邻近的达勒姆看电影。达勒姆是新罕布什尔大学的所在地，开车从埃克塞特去那里很方便。当地有一家艺术影院放映外国电影，既有老片，也有新片。在埃克塞特，只有老电影可看。

杰克非常喜欢意大利导演费德里科·费里尼的《大路》。他和艾玛看了很多遍，每次艾玛都会握着杰克的阴茎。他们两人都相信，琴科一定可以揍死那个由墨西哥裔美国演员安东尼·奎恩饰演的角色，不过得在琴科的髋部还没生病的时候。杰克对费里尼的另一部电影《甜蜜的生活》倒不是那么热衷。意大利演员马塞洛·马斯楚安尼饰演的那个花花公子，恰好就是杰克心目中父亲的形象，他担心自己会成为那样沉迷于肉欲的浪荡子。杰克一点儿也不喜欢费里尼的《八部半》，也是马斯楚安尼演的。

费里尼以电影《阿玛柯德》再次赢得了杰克·伯恩斯的青睐。艾玛已经在纽约看过这部电影，但她特地带杰克去达勒姆看《阿玛柯德》。她想亲眼看看杰克见到影片中那个长了一对巨乳的烟草店老板的反应。艾玛手放在杰克的大腿上，比杰克要先知道"小弟弟"的状况。"这个老女人怎么样，小可爱？"

他们决心记下那名扮演大胸烟草店老板的无名女演员的名字。艾玛打电话到杰克的宿舍时，有时会模仿意大利语口音对任何接电话的人说："请转告杰克·伯恩斯——玛利亚·安东涅塔·贝卢齐打电话找他！"

更多时候，艾玛打来电话时自称是杰克的姐姐。杰克谈到艾玛时也不再使用"继姐"这个称呼，而是叫她姐姐。

埃克塞特的学生都十分善解人意地不讲破杰克和他"姐姐"并不相像的事实——除了杰克摔跤队的队友埃德·麦卡锡。他对细节的注意总是马马虎虎。练习摔跤时，麦卡锡有一次忘记穿护裆了。他的阴茎从短裤里滑了出来，像条虫子似的软塌塌地落在垫子上。而他那个重达八十公斤的练习搭档，正好一脚踩在上面。

麦卡锡对艾玛出言不逊那天，杰克气得想一脚踩在他的阴茎上。"伯恩斯，你把你家的好相貌都占光了，你姐姐比你更像个摔跤手。"

他们当时在更衣室里（木制长凳、金属衣帽柜、水泥地面）更换训练时穿的衣服。杰克钩锁住麦卡锡的一条胳膊，用右手掐住他的脖子，用力向前一拽。个头更大的麦卡锡被杰克拽住向前倒去，他赶紧将重心转移至右脚，但杰克一记扫腿，麦卡锡结结实实地光着屁股坐到了水泥地上——他摔倒的时候，后背碰到了开着的柜门，肘部也重重地撞到了长凳上。

杰克以为麦卡锡会立刻跳起来把自己痛扁一顿，但麦卡锡只是一动不动地坐在那里。"我只用腿就能把你踢死，伯恩斯。"

"那就来啊。"杰克对他说。

即使在埃克塞特的最后一年，杰克也没和体重超过65公斤的对手摔过跤。停止发育后，他踮起脚身高才勉强够一米七三——杰克在61公斤级的成绩明显好于他63.5公斤级的成绩。

在埃克塞特的最后两年里，杰克是摔跤队中最好的摔跤手之一，而埃德·麦卡锡至多算是平庸。杰克也许可以在摔跤比赛中打败他,但在打架时没有丝毫的胜算。即使是资质平庸的80公斤级摔跤手,也能够轻松击败一个水平像样的61公斤级选手,麦卡锡很清楚这一点。他站起身,揉了揉后背和酸痛的肘部。

按照拉姆西先生的建议,虽然这次并非杰克有意为之,但除了他和麦卡锡,周围有一群观众。"你不能说别人的姐姐丑,埃德。"一个轻量级选手说。

"杰克的姐姐很丑。"麦卡锡回答说。

救了杰克的,不是麦卡锡的好斗,而是他对"丑"这个词的执着。在埃克塞特,没有任何针对善意表现的规定,你不会因为说了什么贬损或轻视别人的话被扣分。事实上,埃克塞特对智力和成绩的推崇,恰恰导致它偏爱一切负面和嘲弄性的语言。当然,对一些敏感的男生来说,他们的姐妹有神圣的地位,尤其当她们不够好看时更甚。而说到艾玛,她不仅算不上漂亮,还有体重的问题。

"那你家里又是谁把好相貌都占光了呢,麦卡锡?"摔跤队的重量级选手问道。他叫艾尔曼·卡斯特罗,来自得克萨斯州埃尔帕索,是一名拿到了奖学金的学生。作为一名还算说过得去的摔跤手,他有几场比赛可能是因为对手的惊恐而获胜的。他的相貌太可怕了,在他周围谈起"丑"这个字眼实在不是个明智之举。

"我没对你说话,艾尔曼。"埃德·麦卡锡说。

"但你现在正对我说呢。"艾尔曼·卡斯特罗对他说。事情就这样了结了。假如这件事是由杰克来了结的话,他对艾玛的忠诚可真够壮烈的。

埃德·麦卡锡并不丑(虽然他的阴茎很难看,尤其被人踩过后更加不堪了),但也绝对算不上英俊。直到最后一年,他才交到一个女朋友。那个女生是个一头红发、满脸雀斑、一惊一乍的十年级女生。她刚满十六岁,而麦卡锡也只有十八岁。显然,他们之间并不是单纯的肉体关系,很可能他们是彼此的初恋。

杰克幸灾乐祸地想,不妨去勾引一下麦卡锡的女友——当然不是和她上床,因为在杰克看来她太年轻了,而且那副一惊一乍的样子实在倒胃口。他只想让她讨厌自己的男友，让对艾玛出言不逊的麦卡锡吃些苦头。

杰克在餐厅里找到了埃德·麦卡锡的女朋友，她正坐在沙拉台旁边。参加摔跤比赛期间，杰克只能吃沙拉。他的体重正好61公斤，不能再增重了。（他早餐时吃一碗燕麦片，有时会加一根香蕉，午餐吃沙拉，晚餐也吃沙拉，偶尔会加一根香蕉。）

杰克对她说话时，这个一头红发、满脸雀斑的女生似乎比平时更一惊一乍了。"他对你好吗？"杰克问她。

她叫莫利，杰克不知道她姓什么。莫利目不转睛地盯着他，好像下一刻她的身体会做出某种不可名状且难以控制的反应，好像杰克刚刚往她的血管里注射了一剂致幻药。

杰克抚摸着她的手，那只手好像突然不再受她控制，滑进装着生蘑菇的不锈钢桶里，好像被从她身上切下来似的。"我是说麦卡锡。他对待女性非常无情，而且肤浅。我希望他对你不会那样。"杰克说。

"你知道他伤害过谁吗？"莫利问道，似乎真的惧怕起麦卡锡。

"我想他只是伤害过我的感情，因为我姐姐。"杰克说。

按照杰克事先计划好的，他的双眼突然涌出了泪水。艾玛握着他的阴茎与他一起看的所有那些电影，都让他惯于想象这一特写镜头。当时，安东尼·奎恩热泪盈眶的画面他大概看过五六次了。假如《大路》中那个强壮的流浪艺人赞帕诺会哭的话，他也能够做到。

杰克在埃克塞特参加演出并不多。他忙于应付课后作业，没办法参加学校戏剧协会制作的大部分演出。

九年级时，秋季剧目是美国剧作家阿瑟·米勒的《推销员之死》。杰克对这部剧算不上喜爱，也不厌恶。他知道自己的长相太孩子气了，没办法饰演主角威利·洛曼，也不够高大，饰演不了威利的儿子哈皮和比夫。杰克勇敢地参加了威利的妻子琳达的演员面试，并一路打败众多女性竞争者，甚至包括两名身为戏剧协会成员的高年级女生。不过，杰克第一次被剧评人评论的经历不是很成功。《菲利普斯·埃克塞特学院年鉴》描述这场演出时称，杰克的表演"过于忧虑绝望"。校报《埃克塞特人》

则声称琳达这个角色选角不当——"导致观众被迫在一种拙劣的性别模仿中忍受煎熬，上次发生这种情况还是在埃克塞特只招收男生的古老时代。"他们懂什么？凭什么告诉琳达说，她"过于忧虑绝望"了！杰克愤愤地想。

自那之后，每当杰克感到作业的重压，便假装鄙视戏剧协会挑选的演员来聊以安慰。大多数情况下，这么做并不难。很多被选中的演员反映了戏剧协会指导教师的品位，那名教师是个陈腐的嬉皮士。更重要的是，杰克想要为偶尔上演的莎士比亚剧目做好准备。即使戏剧协会选择了一些不入流的演员，也不会对这些剧目造成多少折损。

杰克在戏剧协会里的演员同僚也对他在《推销员之死》中反串琳达感到不满。他们试图强迫杰克尝试男性角色，督促他去面试由电影《罗伯茨先生》改编的舞台剧——好像这部电影还不够难看似的。说到陈腐！杰克想起了温迪·霍尔顿。"我宁可死。"他说。

这种专门选择出演紧俏角色的策略很奏效，它极好地提高了他作为演员的声誉。（但风险是什么呢？）

在由弗恩·施耐德的小说《秋月茶室》改编的剧作中，杰克主动出演一个不起眼的小角色的决定，让所有人惊讶不已。杰克知道，演好那个名叫莲花的艺伎有助于未来更好地饰演其他女性角色。杰克真正渴望的角色，是他在埃克塞特倒数第二年春季演的麦克白夫人。而谁又会对他说三道四呢？另一名摔跤手？（戏剧协会里的一个高年级女生是这样自圆其说的：麦克白夫人是一个"盛气凌人"的女人，所以选择"男性气概"的演员也许会有助于角色的演绎。）

等戏剧协会终于想通了，以为杰克·伯恩斯喜欢莎士比亚，喜欢所有反串角色时，他再次让他们大吃一惊。杰克参加了莎士比亚历史剧《理查三世》的面试，一门心思只想出演国王理查三世。他想把足球队的球拿来塞在脖子后面扮演驼背的理查。让其他所有想演这个角色的人一边待着去吧，杰克心中盘算着。

当时是杰克在埃克塞特最后一年的冬季学期，恰好也是摔跤比赛的时候，他格外瘦削。杰克会让观众前所未有地体验一次"宿怨的严冬"，他说出"用我的王国换一匹马"时要让观众信以为真，他也确实做到了。

杰克的眼泪滴到了莫利的手上和蘑菇上，也滴到了西蓝花和黄瓜片上。一根樱桃萝卜从他的盘子里滚了下来，他甚至都没去接。

莫利领着杰克走到一张餐桌旁，别的学生给他们让出了位置。"把一切都告诉我。"莫利说，紧紧握住他的手。她的眼眸带有一种被水稀释过的褪色的蓝，喉咙上的一颗雀斑似乎会传染碰到它的人。

"又不是我让自己长得这么好看，"杰克对她说，"我姐姐就没有这么幸运了。她比我大六岁。"他又补充道，好像说出艾玛的年龄能强调她从没交过男朋友。（实际上，艾玛占了很多男生的便宜——主要是杰克那个年龄的男孩，甚至还要更小一些。她声称自己从来没和他们发生过性关系——"说说而已。"）

"你姐姐长得不像你？"莫利问杰克。

"麦卡锡说，我姐姐长得丑。可我并没有那样觉得——我爱她！"杰克对她说。

"当然！"莫利喊道，她握着杰克的手更加用力了。

莫利不仅长得不漂亮，十六岁的她甚至会让人同情。她一直讨厌照镜子——随着年龄增长，这种厌恶一定会越来越严重，杰克猜想。自己的男友说另外一个女孩长得丑，这句话对莫利的打击很大。

杰克已经哭够了，他夸张的表演甚至让他的沙拉都有点儿湿了。他的脑海中又浮现出一个特写镜头：一片正轻微颤抖却有些僵硬的上嘴唇。"我很抱歉向你提起这件事。没人能拿他怎么样。我不会再打搅你了。"杰克说。

"不！"莫利说道。当杰克端着自己的餐盘想要走开时，她紧紧地抓住了他的手腕。一根胡萝卜从杰克的盘子里掉下来，他杯子里的冰茶也溅了出来。杰克在摔跤比赛季喝了太多冰茶，冷得他哆哆嗦嗦，连走路时都有种跳动的错觉。他的手指总是发抖，好像他正坐在一辆疾驰的火车上。

"我最好还是走吧，莫利。"杰克说着，头也不回地走开了。他清楚，莫利和埃德·麦卡锡之间结束了。（他也清楚地知道，埃德马上要来吃午餐了。）

杰克又晃悠回沙拉台，他当时真的饿坏了。学校里最漂亮的女生米歇尔·马厄也在那儿，她是个高年级女生。米歇尔身材苗条，有一头深金色的头发，皮肤如同模特儿般晶莹透亮——按照麦卡锡粗俗的赞美，"胸前的那对又高又挺"。

米歇尔的身高超过了一米七八，比杰克高出五厘米多。她也加入了戏剧协会。杰克打败她赢得了麦克白夫人的角色，不过她也是个好演员——为数不多的好演员之一。虽然相貌漂亮得令人嫉妒，但大家都喜欢她。她很聪明，对待他人也非常和善。米歇尔已经被纽约的哥伦比亚大学提前录取了，她是纽约人，想要回到纽约读书。与大多数高年级学生不同，她不需要费心思考自己会上哪所大学，因为她早就知道了。

"杰克·伯恩斯，看着清瘦，但可厉害着呢。"米歇尔说。

"没错，我就是这样，一个饿坏了的黑暗心灵。"杰克对她说。

"你背上长的包呢，伙计？"她问道——这是一个源自《理查三世》的玩笑，戏剧协会的每个人一直这么逗弄杰克。

"在服装柜里，就是个足球而已。"杰克回答，可能已经说了一百遍了。

"你怎么没找个女朋友，杰克？"米歇尔问。她只是在开玩笑，至少杰克是这样认为的。

"因为我觉得你不会接受我的表白的。"杰克对她说。

对杰克来说，这只是一句台词，和演戏没差别——他有口无心。杰克立刻意识到自己犯了个错误，但他的脑子转得不够快，想不出该如何纠正。他挨饿的肚子里灌满了冰茶，让他有些不太清醒。

米歇尔·马厄垂下了双眼，似乎沙拉台耗光了她的全部精力。她仍旧保持着美好的姿态，但明显有些瘫软了。有那么片刻，她甚至和杰克一般高。

嘿，只是一句台词而已。他差点脱口而出——他真应该把这句话讲出来。但米歇尔先开口了。"我不知道你会对我有兴趣，杰克。我以为你对任何人都没有兴趣。"

可问题是，杰克确实喜欢她，他不想伤害她的感情。难以说出的事实是，如果杰克告诉米歇尔·马厄，他当时正在和斯塔克波尔夫人上床，米歇尔肯定不会相信他的话。用麦卡锡的话讲，斯塔克波尔夫人长得很丑——即使与更老的女性相比，她的相貌也实在是令人惋惜——甚至在与杰克·伯恩斯上床的时候，这名洗碗工自己也向他表达了不解。

"你为什么会选我？"斯塔克波尔夫人问杰克。当时她全身重量压在他身上，让他有些喘不过来气。杰克说不出话，而且他自己也不知道答案。与斯塔克波尔夫人搞到一起是出于一种生理上的迫切需求，而与杰克·伯恩斯同龄的男孩根本不会看她一眼。杰克如何向米歇尔·马厄这样的美人解释自己那么做的原因呢？

"怎么会有人对你没兴趣呢，米歇尔？"杰克反问。

也许他真的应该用这句台词结束谈话，然后走开，这样就没事了。但杰克饿坏了，不舍得从沙拉台离开。这时，有人猛地抓住了他。杰克起先以为那人是米歇尔。他真希望是米歇尔。

"你他妈的对莫利说了什么，混蛋？"麦卡锡问杰克。

"说了真话而已。你说我姐姐长得丑——你不就是那么说的吗？"杰克回答。

杰克并没打算让米歇尔·马厄喜欢上自己，但她现在站在了自己身旁。埃德·麦卡锡又能怎么做呢？杰克可是从雷丁摔跤队出来的。麦卡锡清楚自己打败杰克不在话下。但现在正值摔跤比赛的收官阶段，如果麦卡锡把埃克塞特摔跤队最棒的轻量级选手打伤，赫德森教练会放过他吗？

另外，如果埃德·麦卡锡敢对杰克下手，埃尔曼·卡斯特罗一定会把他打死的。仅仅由于为长相丑辩护，杰克和埃尔曼·卡斯特罗成了一辈子的朋友。

"埃德觉得，我姐姐艾玛长得丑。"杰克对米歇尔·马厄解释道。他发现自己的戏有些过了，显然米歇尔已经信以为真。"当然，我并不觉得艾玛丑，因为我爱她。"

埃德·麦卡锡最明智的选择——在这个情况下，也是唯一的选择——

就是走开。他确实这样做了，杰克有些惊奇。麦卡锡刚刚被他可怜的女朋友甩了，而现在，他余生都会怀有这样一种可怕的认识：如果他站在杰克·伯恩斯这样的帅哥身旁，肯定会看到像米歇尔·马厄这样的美女。最后抱得美人归的，永远是杰克·伯恩斯这样英俊的男性——从杰克的角度看，的确如此，他都没出手就让米歇尔迷上了自己。

在埃克塞特的最后一年，米歇尔在一个春天的周末领着杰克回到她在纽约的家。杰克第一次感觉自己背叛了艾玛，不是因为他和米歇尔在一起，而是因为他没告诉艾玛他会去纽约。米歇尔太漂亮了，杰克甚至担心同她一起去见艾玛，会让艾玛伤心。更糟的是，艾玛会对米歇尔态度恶劣。（马厄全家都长得非常好看，连他们的狗也不例外。）

于是，杰克只好自我安慰，自己没事先通知艾玛就到纽约没什么大不了的。艾玛已经从纽约大学毕业，在一个纽约电视晚间节目里担任新人喜剧作家。她讨厌这份工作并得出结论，至少对她而言，写电影剧本那套在电视行业行不通。不过，她不确定自己是否想写电影剧本。

"我要当个作家，甜心——我的意思是写小说，不是剧本，写的是文学，不是新闻报道。"

"你会在什么时候写作呢？"杰克问。

"周末。"

因此，杰克更认为，如果他贸然在周末去找她，会打扰她的写作。

米歇尔的父母在奢华的派克大街有一套公寓，公寓占了整幢大楼的一半，比雷丁的五年级男生宿舍还要大。杰克之前完全不知道，有的人会在自己的公寓里摆放属于他们的"艺术品"。他甚至不知道，艺术品可以私人持有。作为一个在加拿大长大的人，杰克对私营经济的力量估计不足，也有可能他在缅因和新罕布什尔这种乡下地方待得太久了，已经忘记了都市里的纸醉金迷。

客房的盥洗室里有一幅毕加索的小型画作，低矮地挂在马桶旁边的墙上。坐在马桶上时，你正好可以仔细地欣赏这幅画。杰克看得入了迷，当他站起身来，差点儿把尿撒到画上。不知为何，他的阴茎不受控制地流出些许液体。

杰克猜测自己的阴茎一定出了问题，也许是淋病。他明白，自己在与斯塔克波尔夫人上床时很可能会被传染上淋病。（谁知道她有没有和别人搞过，谁知道她丈夫有没有和别人搞过？）现在，自己差点儿尿在毕加索那幅画作上，这更让杰克相信自己患上了性病——他可能会传染给米歇尔·马厄。不过，他并没有惦记着和米歇尔发生性关系。这是他们第一次一起离开埃克塞特。没错，杰克吻过她了——但他还没摸过埃德·麦卡锡粗俗形容的那对"又高又挺"的乳房。

杰克的运气真好——米歇尔好看的父母盛装出门参加社交聚会了。派克大街偌大的公寓中，只有杰克和米歇尔二人，还有米歇尔家那条好看的狗。马厄夫妇离开后，他们起初在米歇尔的卧室里看电视。"他们今天晚上不会回来了。"米歇尔说。

杰克琢磨着米歇尔这句话的意思，因为他从来不认为米歇尔·马厄是那种"开放"的女生——"开放"是艾丽丝几句不那么嬉皮士的表达之一。"我只希望你别认识'开放'的女生，杰克。"最后一年"春假"时，杰克冒着大雪回到多伦多，他妈妈这样对他说。

米歇尔·马厄并不是"开放"的女生，她倒是想和杰克"开放"一次。也许她之前根本不应该那么矜持。

"不，你做得对。"杰克毫不迟疑地对她说。

杰克不能说自己和埃克塞特的洗碗工上床可能染上了淋病，他除了坚定地声明自己拒绝"开放"，也不知道还能做什么。

这天晚上电视正在播映美国影星约翰·韦恩的作品，最先播出的是1949年的电影《边城侠血》。约翰·韦恩在片中饰演的角色领导着一个肯塔基步兵团，头上戴着一个像浣熊似的玩意儿。杰克很喜欢约翰·韦恩，但艾玛不认同他对韦恩那种英雄主义角色的热忱。她给杰克看了欧洲导演弗朗索瓦·特吕弗和英格玛·伯格曼的很多电影。杰克喜欢特吕弗，爱戴伯格曼。

杰克看特吕弗的《四百击》时感觉无聊透了，他如实告知了艾玛。艾玛很失望，气得松开了握着他阴茎的手。不过，当杰克说很喜欢特吕弗的《射杀钢琴师》时，艾玛又握了回去，而且一直没松开。在看《朱尔与吉姆》时，杰克想象握着自己阴茎的是电影中的法国女演员让娜·莫罗，而不是艾玛。

至于英格玛·伯格曼，杰克看多少遍都不会腻。《第七封印》《处女泉》《冬日之光》《沉默》——它们让杰克彻底爱上了电影，并使他暗下决心要出演电影，而不是在舞台上表演。《婚姻生活》《面对面》《秋日奏鸣曲》——这些电影带给他很多启发。杰克忍不住想象自己与伯格曼电影中的女演员一起在特写镜头中的面部表情。他说每一句台词时，都不会忽视手势动作，他想象着摄影机一直拍摄着自己，他的脸庞充满了巨大的银幕。有时是他的手指，握着拳头，或是他的食指进入画面按响了门铃。

伯格曼电影中的性内容更无须赘言了——天啊，都是成熟的女人！杰克看着她们的时候，艾玛正用手握着他的阴茎呢！（毕比·安德森、古内尔·林德布洛姆、英格丽·图林，还有丽芙·乌曼。）艾丽丝还指望杰克不要认识"开放"的女生！她脑子没出问题吧？

"你怎么了，伙计？把背上长的包丢了？"米歇尔·马厄问他。还是一个有关杰克出演《理查三世》的玩笑。

"没有，只是那东西漏气了。"杰克经常这样回答。

他没法归咎于看《边城侠血》看得太入迷，实际上他根本没看进去。电视上播放《一将功成万骨枯》时，米歇尔和杰克又不安分起来。约翰·韦恩又陷入战争中，这次的对手是美国西南部的阿帕切族印第安人。他的对手还包括那个与自己疏远的脾气暴躁的妻子——是长着大胸的莫琳·奥哈拉饰演的。但杰克根本没办法把眼睛从米歇尔·马厄身上移开，她真的太美了！漂亮，聪明，风趣。他太想要她了。

米歇尔·马厄对杰克的欲望也毫不逊色，但杰克拒绝和她发生性关系，尽管他无法把目光从她身上挪开。他控制不住地亲吻她，抚摸她，抱着她，嘴里一直念着她的名字。这之后的几年间，杰克经常在夜里醒来时发现自己正念着："米歇尔·马厄，米歇尔·马厄，米歇尔·马厄。"

"杰克·伯恩斯，"她说道，语气中半是嘲笑的口吻，"是'驼背理查'，也叫理查三世，"她说着，"还是麦克白夫人。"她这样调侃道。米歇尔是杰克遇到的最会接吻的人，毫无争议——要知道艾玛·欧斯特勒也不赖，每次都吻得热情十足。但在接吻这一领域，没有人能与米歇尔·马厄媲美。

那么，杰克为何不把真相告诉她呢？告诉她，自己担心得了淋病，可能是和一个洗碗工通奸时被传染的，那个洗碗工老得都可以当他妈妈了！（这听上去像是埃克塞特戏剧协会一部剧目的情节，更像是《西北地区的一个邮购新娘》的续作。）

杰克不告诉米歇尔自己爱上了她，而且不想让她看到他的缺点，无论这些缺点确实存在还是他凭空想象出来的。他应该编一个故事——确实应该这样做，毕竟他会演戏啊。杰克本可以对米歇尔·马厄说，他摔跤时被练习搭档踩到了阴茎，对摔跤运动员而言这是个微不足道的小伤。因此，他此时与她发生性关系会让自己疼痛不堪——或者类似的理由。

但他并没有，杰克可真是个傻瓜。他竟然建议米歇尔·马厄和他一起手淫来代替做爱！"这是最安全的性行为。"杰克告诉她，此时电视里激战正酣，印第安人正痛苦呻吟着死去。约翰·韦恩正为了活命而拼死战斗，而杰克却在自取灭亡。"你懂的，我们脱光衣服，但我只碰我自己，你也只摸你自己，"他的话简直就是自掘坟墓，"我们看着对方，亲吻——我们可以想象正在做爱，就像演员一样。"

米歇尔·马厄眼里噙满泪水的样子如果出现在屏幕上，肯定会让观众心碎的。她的美貌经得起最长时间的近景特写的考验。"杰克，一直以来，我都替你说好话。每当别人说：'杰克·伯恩斯真是个怪人。'我总是回答：'他才不是呢！'"

"米歇尔——"杰克刚一开口，他就从她的双眼中读懂了一切。他曾经目睹米歇尔为自己倾倒，现在他又看到自己如何无法挽回地失去了她。电视上正在播放的约翰·韦恩的西部片中充斥着倒下的战马和战死的印第安人，正好为此刻奉上了一杯埋葬的尘土。

杰克把米歇尔·马厄独自留在了她的卧室中。敏感的他清楚，米歇尔想要一个人待着。那条好看的狗陪伴着她。他回到了客房，陪伴他的只有盥洗室里那幅与膝盖同高的毕加索画作和电视机。杰克一个人看完了《蓬门今始为君开》。

在片中，约翰·韦恩是一名爱尔兰裔的美国职业拳击手。在一次比赛中，他无意中打死了对手，随后便放弃了自己的职业生涯。他来到爱尔兰，（又一次）爱上了莫琳·奥哈拉和她那对大胸。而维克多·麦克拉格伦饰演的莫琳的兄弟则是个混蛋。在一场被认为是爱尔兰历史上耗时最久、最难以置信的拳击比赛中，韦恩不得不再次举起自己的拳头。

在自我哀怨的痛苦挣扎中，杰克断定维克多·麦克拉格伦会把约翰·韦恩打得屁滚尿流。（麦克拉格伦可是个专业选手。他曾经与黑人拳王杰克·约翰逊比试过，丝毫不落下风。不出一局，韦恩就会败给麦克拉格伦的。）

在回到埃克塞特的漫长旅途中，两人一句话都没说。更糟的是，杰克宣称自己爱米歇尔，说提出二人共同手淫的建议是对她的尊重。

"我来告诉你吧，你这人古怪在哪里，杰克——"米歇尔开口道，但她突然放声大哭，所以最后也没有说出杰克到底古怪在哪里，杰克只好凭想象来猜测她后面的话。后来将近二十年的时间里，杰克·伯恩斯一直希望能有机会挽回。

"如果让我猜的话，你和米歇尔·马厄之间没有成功的原因，在于你们总是忍不住盯着对方看。"诺亚·罗森小心地猜测道。

只过了大概一两周，杰克就告诉了诺亚有关斯塔塔克波尔夫人的事，诺亚又把这件事转述给他的姐姐——杰克和诺亚的友谊因此告终。失去这段友情令杰克痛苦万分，当时这甚至比失去米歇尔·马厄对他的打击更大。不过，诺亚终究会在杰克的记忆中消逝，而米歇尔则会永存。

米歇尔没做错什么。她和杰克一样大，已经年满十七岁了，她因为自尊和克制，没有对自己最亲密的朋友说，杰克是个讨厌鬼，哪怕杰克确实如他们中的一些人认为的那样古怪。事实上，米歇尔在他人指责杰克古怪时，依然会为他辩解。埃尔曼·卡斯特罗后来告诉杰克，他们"分手"后，米歇尔也一直说杰克的好话。埃尔曼说："我一想到你们两个在一起——呃，我完全想象不出来。你们俩就像是两个杂志封面模特儿。"

埃尔曼·卡斯特罗后来进了哈佛大学，就读医学院。他成了一名传染科医生，并回到了埃尔帕索，在那里主要负责诊治艾滋病患者。他娶了一个非常迷人的墨西哥裔美国女人，两个人生了好多孩子。收到埃尔曼寄来的圣诞贺卡，杰克很欣慰地发现那些孩子都长得更像他们的母亲。虽然很喜欢埃尔曼，但杰克不得不承认，他长得很难看。埃尔曼的双肩耷拉着，一副上下一般粗的身材，鼻子扁平，那双又黑又小的眼睛间距极小，额头凸出，像一块烤马铃薯。

埃尔曼·卡斯特罗是摔跤队的摄影师。那时候，重量级选手的比赛总在最后进行。于是，埃尔曼在一旁休息或热身时，便担负起给队友拍照的职责。杰克曾经觉得，埃尔曼喜欢把脸隐藏在照相机后面，好像照相机是他的盾牌。

"嗨，朋友，我每次想到你的恋爱经历时——呃，我真的想不出来。"埃尔曼·卡斯特罗寄来的圣诞贺卡上总是这样写。

埃尔曼不知道的是，长久以来，杰克·伯恩斯认定自己在失去米歇尔·马厄的那天夜里失去他一生的挚爱。想到父亲在自己这么大时，（不管有没有染上淋病）说不定已经和她上床了，杰克感到小小的安慰。

他并没有染上淋病！杰克从纽约回来后，前往埃克塞特的校医院进行了检查。医生说，杰克的阴茎只是受到了些刺激，很可能是摔跤赛季结束后，他改变了饮食造成的。

"不是淋病？"杰克怀疑地问道。

"什么病都没有，杰克。"

毕竟，他几个月来经常和那个重达77公斤的洗碗工发生性关系。有时候，一周多达四五次。这种程度的刺激，导致他差点儿尿在马厄家那幅毕加索画作上毫不意外——更不用说，还毁掉了他与"美人米歇尔"（诺亚·罗森这么叫她）做爱的机会。

米歇尔和杰克只有德语课在一起上。很多在埃克塞特选修德语的学生，都想以后成为医生。据说学医时，德语是一种非常有用的第二语言。

杰克没有这种希望，因为他的理科成绩不算强。他喜欢的是德语的语序——所有的动词都老老实实地等到句子结束时才出现，就像是剧目结束时的台词！在德语中，所有的动作都发生在句子结尾。德语简直就是演员的语言。

杰克喜欢歌德，但他更爱诗人里尔克。德语课上，他最喜欢阅读德文版的莎士比亚作品，尤其是十四行爱情诗。他们的德语老师里希特先生甚至声称，这些十四行诗用德文写出来比英文原版还要美。

但善良的米歇尔·马厄不同意他的观点。"里希特先生，你肯定不会认为'风流的妩媚，连你的恶行都成了美德'这句诗的德文版'*Mutwillige Anmut, reizend noch im Schlimmen*'更高明吧！"

"啊，米歇尔，"里希特先生缓慢庄重地说，"你肯定同意'*Sonst prüft die kluge Welt der Tränen Sinn, Und höhnt dich um mich, wenn ich nicht mehr bin*'这句诗比原版进步了不少。杰克，能为我们背诵一下原版吗？你读得特别好。"

"'免得这聪明世界猜透你的心，在我死去后把你也当作笑柄。'"杰克对米歇尔·马厄背诵道。

"你们发现了吗？"里希特先生问全班学生，"用'笑柄'来和'心'押韵太牵强了。不是吗？而德文版的 bin 和 Sinn 是一样的韵脚——好啦，我就说这么多。"

杰克不敢看米歇尔，米歇尔也不敢看杰克。想想看，他对米歇尔说的最后一句话竟然是用"笑柄"来与"心"牵强押韵。这也太残忍了。

最后一节德语课结束后，米歇尔递给杰克一张纸条。"请你等下再看。"她只说了这样一句。

上面写的是一句歌德的话，米歇尔比杰克更喜欢歌德。"请用宽容怜悯对待女人。"杰克知道这句话。

如果杰克有勇气给米歇尔写一封回信，他会选择里尔克的一句话："她微笑了一下，几乎让我痛苦万分。"不过，米歇尔可能会觉得这句话有些平庸。

杰克在埃克塞特期间唯一在学习上略感自豪的是，他没有借助诺亚·罗森的任何帮助，四年都通过了德语课考试。德语也是杰克唯一一门不用诺亚帮忙，诺亚也帮不上忙的科目。（非常理所当然，作为一名犹太人，诺亚认为德语是屠戮自己民族的刽子手的语言，他一个词都不想学。）

在高中学生学业能力测试中，诺亚也帮不上杰克什么忙。杰克只能孤军奋战。学业能力测试看重的是能力资质而非态度，尽管杰克非常努力，但他的才能仍然落后于自己的同学。在1983年，杰克的学业能力测试分数是班里最低的。

"演员从来不做选择题。"杰克这样对埃尔曼·卡斯特罗解释。

"为什么？"埃尔曼问。

"演员从不无端猜测。演员当然也会面对选择，但他们对自己清楚得很。如果你不知道答案，你还是别去瞎猜了。"

"如果你不介意我这么说的话，杰克，这种应对选择题的方法实在是太蠢了。"

因为可怜的学业能力测试成绩，杰克不能和埃尔曼·卡斯特罗以及诺亚·罗森去哈佛了。他去不了任何一所好大学。妈妈求杰克回多伦多，在那里读大学。但他不想回去。

是艾丽丝先疏远他的，现在她又突然想让杰克和她亲密起来。杰克不想与艾丽丝再有任何联系。他并不在意艾玛说的"女同性恋那种事"——艾玛对此也不在意。他们早已无视艾丽丝与欧斯特勒夫人的存在。事实上，艾玛和杰克对于她们二人的关系很高兴，甚至有些自豪，因为他们的母亲仍然在一起。很多情侣早就分道扬镳了，包括他们的朋友以及他们朋友的父母。

杰克永远都忘不了自己被从多伦多赶了出来，被迫离开自己长大的加拿大。八年来，他一直生活在美国。他周围的同学也大多是美国人。而使他立志成为演员的，是欧洲电影。

杰克申请了新罕布什尔大学，并成功被录取。艾玛对于他的选择非常不满。"拜托，小可爱，你不能仅仅因为喜欢那里的电影院就选择新罕布什尔大学！"但是杰克心意已定。他喜欢达勒姆，喜欢那里的影院。

不过，他也承认，没有艾玛握着他的阴茎，坐在达勒姆的电影院里有种陌生的感觉。

与妈妈前往北海沿岸城市的经历，对杰克·伯恩斯的成长起到了重要的作用。圣西尔达女校则造就了杰克对成熟女性的迷恋（艾玛说得没错），而且他在圣西尔达读书期间学会了基础的表演技巧，获得了自信，即使反串女孩也一样令人信服。在雷丁的经历让杰克懂得了如何勤奋努力。阿德金斯夫人让他得以感受哀伤。埃克塞特则让杰克发现自己不是读书的料，但他还是学会了如何阅读和写作。（杰克当时还不知道这些技能是多么稀有和有用，仅仅被他用来描述斯塔克波尔夫人在他面前展现出的脆弱。）

埃克塞特的女教师让杰克感觉难以接近。无论杰克的论断是对是错，她们都不像斯塔克波尔夫人那么容易得手。她那种粗糙却极具挑逗性的迫切俘获了杰克。雷丁好似一处荒原，女人在那里变得疲惫不堪，至少是一副疲惫的样子。而埃克塞特则是另一个极端，某些教工的妻子魅力十足，让男生们浮想联翩——但也仅限于想象的层面。（杰克从来不奢望能在她们身上得手，因为她们看上去都太满足了。）

其中最难接近的，是德拉寇特夫人，她是一个在图书馆工作的法国妞，她丈夫是罗曼语言部的教师。不过，德拉寇特夫人没有让人感受到任何法式浪漫。埃克塞特没有一个男生敢于直视她的双眼，但所有来到图书馆的男生都迫切地搜寻着她的身影。

德拉寇特夫人总是一副精力充沛、咄咄逼人的模样。（但不知怎的，即便工作忙碌，她的头发也一丝不乱。）德拉寇特夫人如同电影《朱尔与吉姆》中的让娜·莫罗那样给人居高临下之感，甚至她那个来自巴黎的丈夫面对她时，也不免要战战兢兢。

一个春天的夜晚，杰克正在图书馆里为了应对历史课的期末考试死记硬背。他坐在图书馆二楼自己最喜欢的阅览桌边，周围堆满了书。杰克那时已经断送了与诺亚·罗森的友谊，失去了米歇尔·马厄的垂青，他打算接下来在新罕布什尔大学听天由命地过完四年。

艾玛·欧斯特勒搬去了艾奥瓦城。她给那里的作家工作室寄去了自己的写作作品，并被工作室录取了。杰克从来没听说过这座城市。他只知道艾奥瓦州位于美国中西部。杰克非常想念艾玛。

"你可以过来看我，甜心。我敢肯定，虽然这里到处都是作家，但也有电影院。这里的电影院很可能就是为了把作家逼疯而建的。"

在这个背景下，杰克并不担心自己的历史课期末考试，他只是有些沮丧。德拉寇特夫人来到他的阅览桌边时，杰克正在奋力翻阅一堆他本应读完的书。他把读完的书堆成一摞，其中有一本有关罗马法的大部头，上面积满了灰尘。德拉寇特夫人说有人正在找这本书。她让杰克把书还到三层的书架上。所有希腊文和拉丁文经典著作都放在那里。

"好的。"杰克对德拉寇特夫人说。他从来不敢看她那苗条腰身以上的部位，那具婀娜的细腰就已经让他很难自持了。他拿着那本罗马法的书向三层走去。

"还好后赶紧回来，杰克。"德拉寇特夫人在他身后喊道，"我可不想因为这个打搅了你的学习。"这种事好像她或杰克真控制得了似的！

和往常一样，三层的书架附近似乎空无一人。杰克很快就找到了那本书摆放的位置，不过——在旁边一排发霉的书脊之上，似乎有一双眼睛正在看着他。"米歇尔·马厄不适合你，"从那双眼睛的方向传来一个声音，"你长得够好看了，干吗还要找个好看的女孩呢？你需要一个不一样的女孩，需要一个更加真实的女孩。"

再找另一个洗碗工？杰克琢磨着。他听出了这个声音，认出了那双眼中被水稀释过的褪色的蓝。是莫利，埃德·麦卡锡的前女友。（鸡巴麦卡锡，埃尔曼·卡斯特罗经常这么叫他，绝对不是好友间的亲切调侃。）

"你好，莫利。"杰克说，他绕过书架，来到她身边。

"我才是你女朋友的合适人选。我知道你喜欢你姐姐，而你姐姐长得丑，我也长得丑。"莫利对他说。

"你并不丑，莫利。"

"我当然丑了。"莫利明显有些精神不正常，而且还在感冒。她的鼻头发红，鼻孔还淌着鼻涕。莫利（杰克也不知道她姓什么）靠后倚在书架上，闭上了眼睛。"快来呀。"她低声说道。

杰克有些哭笑不得，不过他既没有哭也没有笑。在毫无恶意的冲动之下，他跪了下来，掀起了她的裙子，把脸抵在莫利的内裤上，双手抱住她的双臀，用手指把内裤拉了下来。

杰克·伯恩斯，竟然在埃克塞特图书馆的三层，舔着一个十六岁的十年级女生的身体！从马查多夫人到斯塔克波尔夫人，杰克对此已然熟稔于心。这次唯一的不同在于，他是主动的。他可以感觉到莫利的手指伸进了他的头发，按着他的脑袋，让它抵着自己的身体。莫利直接到达了高潮——一种非常罕见的图书馆经历——他可以感觉到她的身体正顺着书架滑落下来。但最糟糕的是，杰克不知道莫利到底姓什么，他都没法给她写信解释自己的所作所为。

杰克走开了，只留下莫利站在——准确说是勉强站在书架中间。与高挑的米歇尔·马厄不同，莫利比杰克矮，杰克可以轻易地在她的额头上轻吻一下，仿佛她是一个小女孩似的。离开时，他只说自己要接着背诵历史考试的内容。杰克感觉莫利似乎双腿发软，有些站不住。

杰克找到一处饮水喷头，洗了把脸。等回到位于二层的那张阅览桌时，他意识到，在德拉寇特夫人看来，他离开的时间有些太久了，更不用说他刚刚还经历了一场"意外"。也许是他的双眼有些充血，或者是他刚刚即兴舔舐女生下体的痕迹引起了德拉寇特夫人的注意。

"哎呀，杰克·伯恩斯。你到底在看什么书啊？肯定不是罗马法。"她说。

她声音中透出的轻快腔调有些淘气，不再如往日那般严肃。德拉寇特夫人是在和他调情吗？杰克终于鼓起勇气，看了看她的脸。但德拉寇特夫人的表情就和杰克的未来一样，让他捉摸不透。他只知道，自己的余生已经开启，但是米歇尔·马厄不会陪伴他走下去。她是杰克第一个，可能也是最后一个真正深爱的人。

18 克劳迪娅上场，麦夸特夫人下场

　　杰克·伯恩斯像是从望远镜里来观察自己的大学时光似的，只有在没有任何欲望对象时，你才能如此无动于衷，好像在等待时机。新罕布什尔大学恰如机场里的中转区，是杰克前往别处的旅途中的一处逗留之地。他在大学里的成绩很不错，这是在埃克塞特时不曾发生过的。杰克甚至以优异的成绩从大学毕业，但整个大学期间，他都处于一种超然物外的状态。

　　在学生剧院，杰克参加面试的角色都没有旁落他人，但能让他动心的角色不多。那几年里，杰克看遍了在达勒姆放映的所有外国影片，但他很少独自观看。如果他带着一个女生一同去看电影，那个女生必须得在看电影时握住他的阴茎。只有两个女生喜欢这么做。

　　最常和杰克去看电影的女生是克劳迪娅，她就读的是戏剧专业。另一个是日本女生，名叫美岛莉，是杰克在写生绘画课上认识的。他是写生绘画班所有人体模特儿中唯一一名男性。正如拉姆西先生说过的，就当它是一次表演的机会，而且杰克还有报酬可赚。在给写生绘画班做人体模特儿的时候，他并没有按照伍尔兹小姐以前教的那样全神贯注地想着自己那位"唯一的观众"，反而把它当成自己为将来拍摄特写镜头而进行的练习。杰克希望今后能有很多机会拍摄属于他的近景特写。

　　做人体模特儿也是一种对精神毅力的锻炼，因为杰克希望自己在那期间不要勃起。诡异的是，杰克非常擅长控制自己的勃起，他可以放任阴茎硬起来，再让它软下去。（很可能就是这种锻炼让美岛莉愿意和他一起去看电影。）

"上帝啊，将我们从罪恶的束缚中释放出来吧。"以前洛蒂祈祷时经常这样说。但杰克已经很久没有收到洛蒂寄来的信件了，连明信片都没有。他不知道她在爱德华王子岛上过得怎么样，也许没什么要紧的事情吧。

艾玛教会了杰克如何开车，不过是私下教的，倒也符合她的行事风格，但杰克一有机会还是拿到了驾照。他没有车，因此逐渐对克劳迪娅那辆沃尔沃汽车产生了一种近乎占有欲般的喜爱。他喜欢克劳迪娅，但更爱那辆车。

克劳迪娅是一个雄心勃勃的女演员，她和杰克一起演过几部学生剧院的戏。她心甘情愿地在看电影时握着杰克的阴茎。没错，他们已经上过床了，这让克劳迪娅握住阴茎的举动看上去不那么奇怪（虽然也因此少了些刺激）。克劳迪娅还开车载着杰克到他想去的地方。杰克拿到驾照后，她很慷慨地把自己的沃尔沃借给他开。

杰克每周都会开车去埃克塞特几次，只为了与摔跤队一起训练，并在室内的木制斜坡跑道上跑步。杰克没有兴趣参加大学的摔跤队，比赛和竞技对他而言从来都不重要。他只想保持自己还算过得去的身材，维持自卫的能力。摔跤带来了很多机会和好处，他不介意以此来偿还或报答。在埃克塞特的训练室，他担当起类似教练的角色，示范难度动作，帮入门选手托住身体等，就像琴科、鲍里斯和帕维尔在他小时候做的那样，像克朗姆教练和赫德森教练在他长大后做的那样。

与克朗姆教练不同，赫德森教练并不觉得杰克在训练室里矫正菜花耳是一种可耻的行为。与克朗姆教练不同，赫德森教练是个英俊的男子，他能理解杰克不想一辈子都带着摔跤手的伤痕，尤其能理解他想要当演员的决心。

"因为我想从事理想中的职业，你不觉得我矫正菜花耳的行为很有必要吗？"杰克问他。

"非常有必要。"赫德森教练回答。

那段时间，埃克塞特还有一位摔跤教练——夏皮罗先生。他在学校里教授俄语，后来还成了埃克塞特的学生事务处主任。

有一次，杰克把克劳迪娅带到了摔跤房。她靠着墙，气呼呼地坐在垫子上，盯着摔跤手，眼神充满了敌意与女性特有的疑心，好像她随时都会掏出枪，毙掉一个摔跤手。克劳迪娅身上透出一种难以名状的危险，至于原因，只有她自己才清楚。也许是她对未来已经有了计划，但她拒绝透露。或者，和杰克一样，她也一直在表演？

夏皮罗教练说，杰克的这位朋友"美得让人无法忽视"，而且"长得有些像斯拉夫人"。杰克知道克劳迪娅非常迷人，但同无与伦比的米歇尔·马厄相比，所有美丽的女人都逊色不少。他从来没觉得克劳迪娅有斯拉夫式的长相。但夏皮罗教练是一位俄语学者，他的话肯定不是无中生有的。杰克也了解他的摔跤风格。夏皮罗教练和杰克一样，都熟悉琴科以前常用的那些技巧。

这些就是杰克在达勒姆期间的男性友人，包括埃克塞特的摔跤教练和刚刚入门的摔跤手。

杰克读大二时，被迫在斯拉夫长相的美女克劳迪娅和他在写生绘画课上征服的"东方明珠"美岛莉（他们看的第一部电影是黑泽明的《用心棒》。让一个日本女孩握着你的阴茎看这部电影太令人兴奋了！）之间做出选择。杰克一定是在美国住得太久了，他屈服于物质的享受。他最后选择了克劳迪娅，不仅因为她有自己的车，还因为她有自己的住所。那座公寓在校外的纽马克，大概位于埃克塞特和达勒姆之间。克劳迪娅也是演员，她和杰克都热衷在夏日巡回剧团打工。人们把这些剧目叫作"夏天存货"。

（克劳迪娅经常说，这个叫法总让她想起仓库。）

新英格兰地区的夏日巡回剧团数不胜数，有好有坏。剧团经常雇用艺术专业的硕士研究生，优秀的本科生也可以获得实习的职位，像克劳迪娅和杰克这种颇具天赋的本科生甚至可以拿到薪水。

克劳迪娅对剧院的工作比杰克更热衷。她知道杰克想做的是电影演员，但电影不能打动她。她曾经对杰克说，要不是看电影时她要一直用手握着他的阴茎，她早就离场了。

　　克劳迪娅有一对大胸，她知道自己的屁股也很显眼，她那奶油般光滑的皮肤、出挑的下巴和颧骨，使她的脸庞非常适合近景特写。她的相貌实在太上镜了，尤其是她的双眼，透着黄棕色，如同木材抛光后的色泽。不过，克劳迪娅相信自己不到三十岁就会"胖到无可救药"。"到那时，剧院只会因为我会演戏而收留我。"

　　大二那年的三月份，克劳迪娅和杰克开着那辆沃尔沃跨越半个美国去和艾玛一起过春假。杰克已经决定在那年秋天带着克劳迪娅去多伦多。艾玛认为，她和杰克应该先做好准备，不要让"可怜的克劳迪娅"见到艾丽丝和欧斯特勒夫人时太过惊讶。虽然见面无法避免，但杰克带着克劳迪娅回多伦多并不是为了专门去见他妈妈。艾丽丝已经知道他们同居了。自然，艾丽丝和莱斯利·欧斯特勒也很想与克劳迪娅见面。

　　杰克之所以带克劳迪娅去多伦多，最主要的原因是参加多伦多电影节，并让克劳迪娅冒充一个完全不会说英语的苏联女演员。杰克把这次行程看作拉姆西先生所谓的"表演机会"。另外，克劳迪娅和杰克也有些渴望城市生活。在新罕布什尔这种乡下地方久了，人们都开始向往都市了。

　　出乎杰克的意料，艾玛对克劳迪娅的印象很好，也许因为克劳迪娅和她一样都有控制体重方面的问题吧。虽然克劳迪娅很漂亮，但真正让艾玛喜欢上她的，是克劳迪娅不仅没有自我炫耀，反倒对自己充满了自我贬低。（还有一个可能的原因，艾玛知道克劳迪娅和杰克不可能长久。）

　　相比艾玛，杰克不大相信克劳迪娅的自我贬低。她对自己身体的负面评价也许只是一种表演，因为克劳迪娅在面对异性时并不缺乏自信，而且她意识到杰克对她丰满身材的欣赏。克劳迪娅无意中听见杰克和艾玛打电话说，春天开车前往艾奥瓦的路途是一次重要的"汽车旅馆之旅"。

　　"你刚刚那么说是什么意思？"杰克挂掉电话后，克劳迪娅问他。

"一看到你这样的女孩，我就想赶快找一家汽车旅馆。"杰克对她说，他并没有演戏。

但克劳迪娅回答时也许在演戏——这也是她让人有些捉摸不透和害怕的地方。"我不需要汽车旅馆，杰克。我站着也能和你做。"

他们已经试过站着做爱了。刚开始，他们都还保持着清醒，好像正在面对观众表演，但最后他们还是投入到当下的愉悦中。至少，杰克是这样做的。至于克劳迪娅，他说不清。

开车来回中西部的路上，他们确实住了不少汽车旅馆。杰克高兴地发现，与新英格兰那近乎没有的春天不同，艾奥瓦春意盎然，农田里一派繁茂的景象。艾玛和另外三名作家工作室的研究生同学一起在艾奥瓦城外租了一间农舍。那三个同学都回家过春假了，所以艾玛、克劳迪娅和杰克可以独享农舍和农场。他们几乎每天夜里都开车到艾奥瓦城里吃饭，毕竟艾玛根本不会做饭。

艾玛想让克劳迪娅明白，杰克的妈妈和她自己的妈妈两人搞"女同性恋那种事"。但艾玛说，她们之间实际上并不太像女同性恋。

"不像？"杰克吃惊地问。

"她们不是普通的女同性恋，小可爱。她们完全不像女同性恋，除了一起睡觉和一起生活。"

"听上去有点像女同性恋。"克劳迪娅谨慎地说道。

"你得明白她们关系的背景。杰克的妈妈觉得自己喜欢男人的岁月都在杰克爸爸身上耗光了。我妈妈就是单纯地讨厌我爸爸，顺带也讨厌别的男人。在我妈妈见到杰克妈妈之前，她们各自都交过很多糟糕的男友，就是那种不需要考验就能证明自己很差劲的男人，你明白我的意思吧？"

"我懂。你觉得男人都是混蛋，所以你就选了一个混蛋当男友。我知道那种男人。"克劳迪娅说。

"没错。就是当你男友把你甩了，或是你把他甩了，你丝毫都不会改变他是混蛋的看法。"艾玛接着说道。

"完全正确。"克劳迪娅同意道。

杰克什么都没说。他第一次听说他妈妈在遇到欧斯特勒夫人之前

"交过很多糟糕的男友"。更让他吃惊的是，艾玛和克劳迪娅的谈话竟然透露了艾玛过往的恋爱经历，他对此知之甚少。杰克知道艾玛交往过不少男人，其中大部分只是一夜情。按照艾玛的看法，他们都是些混蛋，忘掉他们没有任何困难。（杰克猜测，其中大部分年纪都不大，至少他见过的几个都很年轻。）

尽管有些力不从心，但杰克还是想努力改变话题。他问了艾玛一个困扰了自己好多年的问题，是有关她妈妈的。有其他人在场时，问这个问题要容易一些。出于对克劳迪娅的尊重，杰克希望艾玛回答得不要太过直白。

"我不了解你妈妈，艾玛。"他开口说道，"说我妈妈竟然不再对男人感兴趣了，我很惊讶。偶尔，她还是喜欢年轻男人的。"

"我也不相信我妈妈对男人完全没兴趣了，甜心。但我知道你妈妈还是喜欢男人，尤其是年轻男人。"

杰克并不吃惊，但这是他第一次对此感到确信。回想起艾玛的入睡故事，杰克猜想，说不定出现在《被挤扁的孩子》中的可怕男友，就是欧斯特勒夫人的某任前男友吧。就是因为他，艾玛才会反感年龄比她大甚至与她同龄的男性。

至于艾丽丝，她已经离开了"中国佬"的店，在女王街开了家自己的刺青店。那家店名为"女儿艾丽丝"，位于一栋颇为豪华的建筑底层。（肯定是莱斯利·欧斯特勒出钱帮她买的地方，杰克想。）

后来几年，女王街变得越来越时髦，开满各种有可爱名字的商店和小酒馆，刺青店变得难以立足。"女儿艾丽丝"刺青店位于女王街西边，环境从那里开始变得肮脏杂乱起来。

用艾玛的话来说，艾丽丝的店开张以来，光顾的人都"很年轻"。杰克不知道那些年轻男人去光顾是因为他妈妈的手艺，还是因为女王街大部分时候都挤满了年轻男人。艾玛说，光顾"女儿艾丽丝"的主要是年轻男性。个别人会带着女友一起前去刺青，但杰克心里清楚，那些年轻男性喜欢艾丽丝，而艾丽丝也被他们吸引。

艾玛还说，莱斯利·欧斯特勒"不常光顾女王街"。欧斯特勒不在乎艾丽丝店里都是些什么人。给别人当了那么多年的学徒，艾丽丝很高兴能为自己工作。刺青店里总是挤满了人，但人们乐于排队等候，仅仅看着艾丽丝工作也能让他们感到满足。墙上挂着的速绘稿全部出自艾丽丝之手。她的笔记本里画满了各种刺青图案，顾客等候时可以翻阅挑选。艾丽丝还煮了茶和咖啡，店里一直播放音乐。她还在店里放置了一个带照明的水族箱，里面养了热带鱼。艾丽丝甚至还把几张速绘放在水族箱里，热带鱼看上去像是生活在一个刺青的世界里。

"那家店简直是个杂耍表演场。"艾玛告诉克劳迪娅。

杰克知道那家店，但他不记得那里的顾客主要是年轻男性，也许他之前不想仔细考虑这个事实。一想到自己的母亲和他的同龄人甚至更小的男人在一起，杰克会感到一阵不安。他更乐意想象艾丽丝在莱斯利·欧斯特勒怀抱里的样子，虽然她看上去并不快乐，但至少很安全。

"你妈妈怎么看待我妈妈身边的年轻男人呢？"杰克问艾玛。

"大部分情况下——"艾玛说道，但又停了下来。她再次开口时，更像是在对克劳迪娅说话，"大部分情况下，我认为我妈妈对杰克的妈妈不是男人感到高兴。"

杰克很难质疑艾玛的权威，尤其是有关他妈妈和欧斯特勒夫人的问题。自从他1975年离开多伦多去雷丁读书，艾玛与她们在一起的时间比他长多了。多伦多不是他的城市了，再也不是了。

对于多伦多，杰克熟悉的只有威克斯蒂德夫人在司帕蒂纳街和劳瑟街的老房子，和圣西尔达女校周边的森林山区域。对了，还有巴瑟斯特街的健身馆，还有从马查多夫人位于圣克莱尔水库的住处看到的温斯顿·丘吉尔爵士公园以及附近的溪谷。杰克对多伦多的中心区感觉很陌生，尤其是"中国佬"的刺青店所在的贾维斯街和邓达斯街。至于艾丽丝在女王街西侧的那家"女儿艾丽丝"（艾玛称其为艾丽丝"表演手艺的地方"），他一次都没去过。

与杰克相比，艾玛才是真正的多伦多人，虽然她当时身在艾奥瓦城，后来又搬到了洛杉矶。

艾丽丝最后还是给艾玛做了刺青。杰克难以想象艾玛为了达到这一目的进行的各种讨价还价，她不仅要对付艾丽丝，还要对付欧斯特勒夫人。艾玛原本想要刺蝴蝶，后来被她新的欲望取代了——她想要一个缩减版的"耶利哥玫瑰"。

"别他妈对我说三道四。如果之前我想在脚踝上刺蝴蝶的时候你就痛快答应，你现在也不至于看到我也想在身上刺一个阴道口了。"艾玛告诉杰克，她就是这样对欧斯特勒夫人说的。

问题在于，艾玛不想把阴道口的刺青隐藏起来。也就是说，不存在什么隐藏在玫瑰里的花了，一切都是那么一目了然。无论大小，可以轻易辨认出那是阴道口。（天哪，自己差点儿成了母女吵架时的旁观者，杰克想。）

艾丽丝对艾玛的想法倒没有什么反对。"唯一的问题是，你想刺在哪里，艾玛。我不会在你脚踝上刺阴道口的。"艾丽丝说。

自然，艾玛想要刺青的部位可比脚踝"高多了"（她的原话），而艾丽丝再也不在女人的尾椎骨刺青了。因为她在一本杂志里读到，如果女性在尾椎部位有刺青，会导致麻醉医生无法进行麻醉注射。（可能是因为这样会导致墨汁进入脊椎，不过发生的概率很低。）

"如果你以后生孩子需要剖腹产怎么办？"艾丽丝问艾玛。

"我不会生孩子的，艾丽丝。"艾玛对她说。

"你说了不算。"艾丽丝回答。

"我当然可以说了算，艾丽丝。"

"反正我是不会在你的尾椎上刺青的，艾玛。"

艾玛自己也承认，在尾椎骨上刺一个阴道口有些怪异。艾丽丝最后同意在艾玛的髋部刺青，位于正好可以被内裤挡住的部位。这样的话，艾玛不照镜子也能看到刺青，当然，照镜子时肯定会看到。"哪一边？"艾丽丝问她。

艾玛思考了一会儿，并没有花费多久便回答道："右边。"

根据艾玛的回忆，艾丽丝给她刺青时问："为什么要刺在右边？"

"我睡觉时一般身子朝左面。如果我和男人睡觉，我想让他正好看见那个刺青。"艾玛告诉她。

艾玛说，她很欣赏艾丽丝谈话时那种若有所思的回答，虽然等的时间有些久。杰克完全可以想象当时的场景：他妈妈一直脚踩着脚踏开关，机器一刻不停地运行着，墨汁与疼痛如暴雨般倾泻而下。艾玛刚开始没有意识到正在播放歌曲。"可能是鲍勃·迪伦的《铃鼓先生》。"她说。

> 虽知黄昏的帝国已经归于尘土，
> 从我的指缝间流逝，
> 只留我茫然伫立，了无睡意。
> 疲惫令我惊奇，双脚烙印于地，
> 无人可见
> 空荡的老街一片死寂，无梦可依。

"刺青店里和往常一样晃荡着一些男人，看上去怪吓人的。"艾玛回忆着自己的经历。杰克很确定，这些家伙的兴趣绝不仅限于艾玛赤裸的屁股，还有她身上正在进行的刺青。

"我想起来了，是鲍勃·迪伦的歌，不过是《就像一个女人》。"艾玛突然想了起来。这也不出杰克所料。

> 啊，你假模假样，是的，就像一个女人
> 你在床上娇喘放浪，没错，就像一个女人
> 痛苦时，你哀声号叫，就像一个女人
> 但你崩溃时，却像个小姑娘。

"你看我是不是明白了你的意思，艾玛，"很长的一段沉默后，艾丽丝说，"你和男人睡觉时，你想让他看到你的刺青，甚至在你睡着的时候？"

"他也许会忘记我，但他会记住我的刺青。"艾玛说。

"他可真是个幸运的家伙。"艾丽丝说。艾玛觉得，艾丽丝刺青时在合着鲍勃·迪伦歌曲的节奏踩脚踏开关。

"我妈妈是个婊子，但你会喜欢艾丽丝的。所有人都喜欢艾丽丝。"艾玛对克劳迪娅说。

"我以前也这样想。"杰克说。

他走到屋外，看了看艾奥瓦的农田。平整的田地向远方铺开，一望无垠，与缅因和新罕布什尔树木茂密的山丘截然不同。艾玛跟着他走了出来。

"好吧，我说谎了。不是所有人都喜欢你母亲。"艾玛说。

"我以前也这样想。"杰克重复道。

"咱们去看电影吧，小可爱。咱们带着克劳迪娅去电影院吧。"

"当然。"杰克说。

如果他回答之前动动脑子，就会意识到与艾玛和克劳迪娅一起去看电影会遇到什么样的麻烦。杰克从来不会忘记看过的电影，哪怕是糟糕的烂片。但那天，杰克在电影院坐下后，克劳迪娅坐在他左边，艾玛坐在他右边，他突然意识到麻烦来了——她们二人中到底由谁来握着他的阴茎？想到这个，杰克看电影的心思消失得一干二净。

艾玛是个左撇子，她首先把手放在杰克的大腿上。而右撇子的克劳迪娅几乎和她在同一时刻拉开了杰克的裤裆拉链，但艾玛先人一步，把杰克的阴茎抓在了手里。三人谁都没有转头，眼睛一眨不眨地盯着前方的银幕。克劳迪娅礼貌地把手收了回来，但也只是退到了杰克的左大腿内侧。艾玛则颇为大度地把杰克的阴茎拽向克劳迪娅那边，直到阴茎的顶端碰到克劳迪娅的手背。克劳迪娅把手伸了过来，同时握着杰克的阴茎和艾玛的手。在观看电影的两个小时内，杰克的阴茎一直处于勃起的状态。

看完电影，他们一起出去吃了饭，还喝了啤酒。杰克并不喜欢喝酒。艾玛买了啤酒，因为杰克和克劳迪娅还未满买酒的年龄。不过，没有人要克劳迪娅出示自己的身份证件。她虽然只有十九岁，但看上去成熟多了，完全不像个大学生。杰克看过电影《用心棒》之后，也没再被人要求出示证件。他不到二十岁，却学起《用心棒》主演三船敏郎那副怒目皱眉的样子，而且每天都用好多发胶来打理发型。艾玛对他的新形象称赞有加，尤其是他皱眉的样子，但克劳迪娅偶尔会抱怨他每三天才刮一次胡子。

杰克想要模仿的，就是三船敏郎的愤怒——尤其是《用心棒》开头，当他饰演的武士来到一座小镇，看到一条狗嘴里叼着人手从他面前经过时的那种愤怒。杰克爱死了三船敏郎看着那条狗的愤怒表情。

艾玛喝多了，于是杰克开车回农舍。艾玛和克劳迪娅手拉着手，在后座上卿卿我我。"如果你坐到后面，甜心，我们就带着你一起亲热。"艾玛说。

杰克早就习惯了艾玛的无法无天，她随自己的喜好肆意破坏规则。可是，克劳迪娅毫无拘束地配合艾玛胡闹让杰克有些不安。虽然艾玛不是个心地单纯的人，有时候甚至会让他捉摸不透，但真正让杰克搞不懂的是克劳迪娅。和他自己一样，克劳迪娅似乎也在等待时机。她从来都不会全情投入，看上去总是那么超然，那么难懂。难道说克劳迪娅只是杰克的镜像化身，明明是他自己的举动，到头来却让他困惑不已？

回到农舍后，艾玛很快便昏睡了过去。克劳迪娅帮着杰克把艾玛搬到她的卧室，脱掉她的外衣，把她放到了床上。艾玛甚至打起了呼噜，但这丝毫没有让克劳迪娅和杰克分心，他们忍不住仔细观察着她右髋上那个完美的阴道刺青。

"说真的，你和艾玛到底是什么关系？"克劳迪娅问。

"我也不知道。"杰克诚实地回答道。

"小伙子，要我说，你确实不知道。"克劳迪娅大笑着说。

他们躺在床上时，克劳迪娅问他："握着阴茎看电影是从什么时候开始的？我说的是艾玛。我当然知道自己是什么时候开始和你这样的。"

杰克假装记不清了。"是我只有八九岁大时，艾玛那时候已经十五六岁了。也许还要早些，在我七岁时。艾玛当时大概十四岁。"他说。

克劳迪娅伸手握着他的阴茎，没再说什么。就在杰克快要睡着时，她问道："你知道这听上去有多古怪吗，杰克？"

因为米歇尔·马厄，杰克对别人说他古怪变得敏感起来。杰克从来没有心存幻想，认为克劳迪娅把他当成此生真爱。克劳迪娅肯定也没笨到认为杰克把她当成了此生的真爱。但是，克劳迪娅认为他有些古怪真的伤到了杰克。

"很古怪吗？"杰克问她。

"看具体情况，杰克。"

他不喜欢这种文字游戏。看什么具体情况呢？杰克清楚克劳迪娅正等着自己问她这个问题呢。但他才不会问呢，因为他早就知道答案了。杰克捧着她的乳房，用鼻子爱抚着她的颈部。正当他的阴茎在她的手中苏醒过来，克劳迪娅却松开了手。"为什么艾玛不想要孩子？"她问道。

呃，杰克可是个演员，也就是说，他能听出别人提出的问题别有用心。"也许她觉得自己不会是个好母亲。"杰克猜测道，同时仍然捧着克劳迪娅的胸部。当然了，这个问题指向他。他为什么不想要孩子？杰克告诉过克劳迪娅一次，因为如果他最后和他父亲一样，他的孩子会被遗弃。杰克不想当一个一走了之的父亲。

但这个回答没有让克劳迪娅满意。她想要孩子，杰克对此心知肚明。作为一名演员，克劳迪娅憎恨自己的身体。"这副身体就是用来生孩子的。"这是她对自己身体说过的唯一一句褒奖的话。她是认真的，在杰克看来，克劳迪娅不像是在演戏。显然，在克劳迪娅看来，杰克是否会成为他父亲那样的人是他自己的问题。

"这取决于你自己想不想要孩子，杰克。"克劳迪娅说。

杰克松开了捧着克劳迪娅乳房的手，翻了个身，不再面对她。克劳迪娅则侧身躺下，伸手环抱着杰克的腰，再次握住了他的阴茎。

"我们两年内都不可能毕业的。"杰克告诉她。

"我又没说现在就要孩子，杰克。"

杰克早就对克劳迪娅说过他从来没想过要孩子。"除非我发现，我爸爸是个对子女无比慈爱的父亲，他从未离开自己的孩子。"杰克这样对她说。

所以，克劳迪娅离开杰克有什么好奇怪的？

不过，他们确实度过了一段愉快的时光，尤其是参演夏日巡回剧团的演出时。前一年夏天，他们在伯克郡的一家剧院里参演了《罗密欧与朱丽叶》。所有的主角都是年长的老演员饰演的。克劳迪娅是朱丽叶的替补演员。扮演朱丽叶的演员是个无聊的平胸女人，表演时非常机械呆板，但她一场演出都没落下，甚至连日场演出也悉数上场。杰克打算饰演罗密欧——如果行不通的话，罗密欧的好友茂丘西奥也行。但因为他曾经当过摔跤手，看上去有些好斗，于是杰克最终饰演的是被罗密欧杀死的提伯特，一个自负的混蛋。

克劳迪娅一直在给他们两人拍摄照片。也许，她认为两人一起拍的照片足够多，他们最后真的会在一起。她有一架具备延时拍照功能的相机，她会先设定好计时器，然后跑到镜头前与杰克合影。（克劳迪娅对拍照近乎强迫症式的热情，有时会让杰克奇怪她是不是真把他当成此生真爱了。）

从艾玛那里回来后，克劳迪娅和杰克在康涅狄格州的一座夏日剧院里参演了西班牙诗人加西亚·洛尔卡的最后一部剧作《笼中的女儿》。这部剧的背景是 1936 年的西班牙。克劳迪娅和杰克饰演的都是女性。有一天晚上演出前，杰克吃了坏掉的蚌肉而食物中毒，但演出又没有中场休息。导演是个女人，她告诉杰克"不要抱怨，穿上长裙"。他的替演得了真菌感染，但导演对她患病的态度比对杰克缓和多了。（这部剧的演员不算杰克的话，总共有九个女演员。）

杰克忍受着严重的腹部疼痛和腹泻。在一场极具爆发力的戏中，他因为腹部的突发剧痛，身体动作过大导致假胸从胸罩里滑落。杰克只好用肘部和肋部紧紧夹住假胸。克劳迪娅后来告诉他，当时他的样子好像在嘲笑剧作家洛尔卡在西班牙内战时被暗杀的遭遇。杰克很庆幸加西亚·洛尔卡没有活到现在，无须忍受这场演出的折磨。

"多么难得的学习经历啊！"杰克后来在信中讲述了这个因坏掉的蚌肉而起的痛苦长夜，拉姆西先生这样回答。

伍尔兹小姐如果知道，也一定会为他骄傲。杰克演出时从来没有这样全神贯注地想着他"唯一的观众"。他几乎就要在观众中看到他父亲了。（杰克想，这部剧一定是威廉最喜欢看的，因为里面的角色全是女人！）

那年夏天，克劳迪娅和杰克以替演的身份参演了他们的第一部音乐剧《歌厅》。杰克是歌厅主持人的替补，扮演这个角色的是个英国人，他在首演那天夜里直言不讳地告诉杰克别指望能上台，他这辈子还没生过病。不过，杰克对这个角色也不感兴趣。他觊觎的角色是当红歌手萨莉·鲍尔斯，他觉得自己比这个角色的主力演员强多了，更不用说替演克劳迪娅了。

但是，如果杰克真的面试萨莉·鲍尔斯这个角色并挤走克劳迪娅，会让两人的关系陷入一种尴尬的境地。他们那个月在化妆间里互相唱着剧中的歌曲《明天属于我》和《也许是这次》。每个替演在化妆间都可以变得星光熠熠。

杰克和克劳迪娅被安排在《歌厅》中出演群舞女孩，所以他们得把自己的大部分身体暴露给观众。故事发生在 1930 年左右的德国，舞女的穿着极为暴露，杰克穿上服装后简直就是个什么都没穿的异装癖，但观众非常喜欢他。甚至克劳迪娅都开始嫉妒杰克了，因为他看上去比自己还要性感。

"你可得小心点儿，杰克。"克劳迪娅提醒他。那年夏天，他们都年满二十了，"如果你因为反串受到欢迎，以后没人会让你演男人了。"（在这种情况下，杰克认为还是不要告诉克劳迪娅自己多想扮演萨莉·鲍尔斯为好。）

杰克还清楚地记得他在康涅狄格州度过的那个夏天。当萨莉·鲍尔斯和群舞女孩在台上演唱《别告诉妈妈》和《我的好先生》时，杰克正好面对着观众，他能看到观众的表情。他们盯着他，盯着这个异装癖舞女，而不是在看萨莉·鲍尔斯。他们目不转睛，看得入了神。观众席中每个男人的目光都让杰克感到有些不舒服。

克劳迪娅和杰克的成绩都足够优秀，他们获得许可在 9 月逃课来多伦多参加电影节。虽然不用写作业，但老师要求他们给看过的影片写评论。不考虑个别宴会场合的话，这是杰克第一次也是最后一次涉足电影评论领域。

杰克领着克劳迪娅去女王街第一次见他妈妈时，克劳迪娅说她看到演员劳尔·胡里亚从丽亭酒店的男士盥洗室走了出来，杰克对此表示质疑。艾丽丝竟不假思索地帮着克劳迪娅说话。杰克明白，在电影节期间，人们经常以为自己见到了某位明星，但他想让妈妈和克劳迪娅互有好感，于是他选择保持沉默。

艾丽丝当时正在一个年轻女人的肚子上刺一只小蝎子。蝎子分节的窄细尾巴在身子上方蜷缩起来，尾巴尖端的那根毒刺正好位于肚脐的下方，蝎子的两只螯位于阴毛以上。那个女人显然有些心神不宁。在这种私处暴露于他人面前的情况下，她的反应已经很克制了，杰克心里这样想着，但他依然选择沉默。他能看出来，刺青店的氛围令克劳迪娅着迷。杰克不想在这时表达质疑，不想质疑克劳迪娅是否看到了劳尔·胡里亚，也不想质疑那个女人选择刺青的位置。

因为电影节的原因，"女儿艾丽丝"的生意也火爆起来。艾丽丝告诉他们，她在给一个铁杆影迷刺青时，看到美国女演员格伦·克洛斯从女王街的人行道上经过。杰克对此非常怀疑。他认为，格伦·克洛斯根本不会出现在女王街或帕默斯顿大道这种靠近居民住宅区的地方，但杰克只说了一句："格伦·克洛斯竟然没进来刺一个'耶利哥玫瑰'，我可真惊讶。"

克劳迪娅一见到艾丽丝就喜欢上了她（和艾玛预料的一样）。她对杰克说话时（在她看来）透出的无礼非常生气。这让克劳迪娅与杰克之间的关系变得有些紧张。他们与艾丽丝和欧斯特勒夫人一起去看了电影《我美丽的洗衣店》，三位女性非常喜欢这部影片，而杰克极为厌恶，但他只说了句："我还以为洗衣店里会有个漂亮的女人呢。"

"那样的话，这电影就应该叫《我美丽的洗衣女工》了，亲爱的。"他妈妈说。

"而且片名里'洗衣店'的单词拼写不规范。"杰克说。

"天啊，你可真爱挑刺。"克劳迪娅对她说。

"注意，你的语气很'无礼'！"他说。

他们还一起去看了《爱的甘露》，杰克的反应也没有她们三人那样兴奋激动。《爱的甘露》讲述的是一个女同性恋的爱情故事，莱斯利·欧斯特勒一直渴望能看到这类电影。（艾丽丝显然没有那么渴望。）这场电影吸引了很多女人手牵着手前来观看。同艾丽丝与欧斯特勒夫人一起看电影时，克劳迪娅当然不能握着杰克的阴茎，但在看《爱的甘露》时，她连杰克的手都不愿意牵。克劳迪娅似乎想甩掉杰克，像电影中海伦·谢费饰演的角色一样只身前往内华达州的雷诺市，也许克劳迪娅想象自己会在途中偶遇海伦·谢费吧。

杰克对这部影片的评价是："电影里的角色塑造太粗糙了。"这一句话就足以使他成为众矢之的：他是个恐同者。杰克甚至被女同性恋观众威胁。"我喜欢海伦·谢费。"他一直重复道，但这也救不了他。

在一次电影放映派对上，有个家伙对克劳迪娅展开了爱情攻势，他说，这届电影节上涌现了很多优秀的亚洲电影。杰克为了扮酷故意不说话，他把手放在克劳迪娅的臀部，做着带有明显色情意味的动作。克劳迪娅上卫生间时，他朝那个聊亚洲电影的家伙摆出三船敏郎那种怒目皱眉的样子，那个家伙立刻溜走了。

艾丽丝和莱斯利责备杰克对待克劳迪娅"占有欲太强了"。她们告诉他，克劳迪娅很讨她们喜欢。没有一个女人喜欢在公共场合被触摸，更别说像杰克那么露骨的行为了。（在观看杰克表现杰出的那场《西北地区的一个邮购新娘》时，她们二人手拉着手，下面还不忘碰脚调情呢，她们竟然会向他提出这种建议！）

和妈妈及欧斯特勒夫人一起去看电影和参加聚会，实在让杰克无法忍受。那天夜里，他躺在床上对克劳迪娅抱怨起来。他们住在艾玛的房间里。（"艾玛的床更宽敞，你懂的，亲爱的。"他妈妈这样提醒杰克。）

克劳迪娅觉得艾丽丝和莱斯利非常般配。"很明显，她们对你有些溺爱。"克劳迪娅说。不过，杰克真的没看出来这一点。

杰克决定带着克劳迪娅去看看圣西尔达女校。圣西尔达不仅是他曾经就读的学校，还在他形成对熟女的迷恋中起到重要的作用，杰克想让克劳迪娅见见他最喜欢的老师。真是个错误的决定！因为圣西尔达的女生看上去是那样反常的年轻。（当然了，毕竟克劳迪娅和杰克已经二十岁了！）

杰克领着克劳迪娅先见了马尔科姆先生，他下班离开学校时总是一副急匆匆的样子——当然，他前面推着的轮椅里坐着马尔科姆夫人。坐在轮椅里的简看不见克劳迪娅，她只能伸出手乱摸，先是大腿，然后是腰部，甚至还摸了克劳迪娅的胸部。（也许一个瞎了眼的女人厚脸皮的程度与常人有所不同吧。）"果然和他父亲一个德性，不是吗？"马尔科姆夫人问她的丈夫。

当拉姆西先生从男生盥洗室走出来时，杰克还在向克劳迪娅解释马尔科姆夫人那句话的由来。"杰克·伯恩斯！"拉姆西先生喊道，一边拉上了自己的裤裆拉链，"所有邮购新娘的保护神！"至于这句话的来由，杰克需要解释更多。一个矮小的男人在她身边一刻不停地跳来跳去，似乎让克劳迪娅感到有些恐惧。

拉姆西先生坚持要领他们去看放学后的戏剧排练。高中部女生正在排演描写"二战"期间犹太人悲惨遭遇的《安妮日记》。杰克知道这部作品曾给克劳迪娅带来痛苦的回忆。上初中时，她曾经面试过这个可怜女孩的角色，但因为她长得过于成熟而被淘汰。（初中时，她的胸部就已经很大了。）

拉姆西先生向女生们介绍杰克时，称他是自己记忆中圣西尔达最棒的男演员，虽然他是靠饰演女性角色成名的。克劳迪娅被介绍为杰克的一位演员朋友。"他们是来参加电影节的！"拉姆西先生兴奋地说道，这让疯狂追星的女生们以为克劳迪娅和杰克是来宣传新电影的。以拉姆西先生的那副语气，他们好像是电影界冉冉升起的新星。

杰克原本想让克劳迪娅冒充完全不会说英语的苏联女演员，克劳迪娅的拒绝让他颇为恼火。她虽然很有胆量，却不善于即兴表演。不知道该念什么台词，她会不知所措。克劳迪娅不仅样貌比实际年龄显得成熟，还经常谎报年龄。"我刚三十出头，我就解释这么多。"她经常这样讲。虽然是句好台词，却是胡说八道，竟然把年龄夸大了十岁。

圣西尔达的女生看上去有些绝望。因为杰克·伯恩斯是她们心目中最完美的欲望对象，而他竟然和这样一个肉感的老女人在一起，这让她们有些难以接受。更糟糕的是，拉姆西先生竟然让克劳迪娅和杰克进行一段表演。（杰克曾经在信里提到过，他和克劳迪娅一起出演过几部剧。）

杰克一时昏了头，听任克劳迪娅提议一起表演音乐剧《歌厅》中群舞女孩唱的那首《我的好先生》。这首歌是克劳迪娅选的，杰克并没打算唱。后来，他告诉克劳迪娅，这首歌对圣西尔达的女生而言有点儿下流。（回想起来，那些女生正在排练一部展现"二战"时犹太人悲惨命运的剧，而克劳迪娅和杰克竟然傻乎乎地表演了一首有关纳粹时期柏林下流夜总会的歌曲。一想到这个，杰克就懊悔不已。）让局面更复杂的是，杰克和克劳迪娅演唱《我的好先生》时都把自己当成了主角萨莉·鲍尔斯，这使得克劳迪娅意识到，原来杰克这么觊觎她的角色。

他们唱完这首有些下流意味的歌曲后，拉姆西先生兴奋得像是踩上了蹦蹦跷。女生们要么被迷得神魂颠倒，要么嫉妒得要死，要么因为这首歌的内容感到尴尬不已。克劳迪娅说，还是让学生们继续排练《安妮日记》吧。

可拉姆西先生不舍得放杰克和克劳迪娅离开。他想知道他们对电影节上的电影评价如何。"你们看了那部戈达尔的电影了吗？叫《万福玛利亚》什么的，教皇甚至谴责了这部影片。"拉姆西先生说。

"杰克还没看就已经谴责上了。他讨厌戈达尔。"克劳迪娅回答。杰克努力让三船敏郎式的愤怒表情看起来显得友好些，否则对在场那些压抑许久的女生太不仁慈了。

那个饰演安妮的女生被大家推到了前面。克劳迪娅似乎一直注意着她平坦的胸部。杰克发现这个可怜的女生被他们二人吓坏了，好像他们公然厚颜无耻地成了安妮那段最令人难忘的台词的反面典型。克劳迪娅一直记得那段台词，她当场背诵了出来（没有任何嘲讽的意味）："我还没有放弃所有的理想，这真是个奇迹，因为实现这些理想听上去是那么荒唐，没有任何可能。不过，我仍然怀揣着这些理想，因为我依然相信，人的心地是善良的。"

"了不起！"拉姆西先生喊道，"如果再有些面部表情的配合就好了，但仍然是非常了不起的表演！"

"我们得走了。"克劳迪娅大度地对拉姆西先生说。

女生们全都注视着杰克，好像刚才克劳迪娅一直在她们面前握着他的阴茎。克劳迪娅也看着他，似乎连戈达尔的《万福玛利亚》也没有杰克重访故地的旅程这般无聊得令人痛苦。

杰克实际上很想去看《万福玛利亚》，因为天主教徒满腔怒火，甚至威胁要抗议这部电影在多伦多上映。克劳迪娅对戈达尔没比杰克热衷多少。（《万福玛利亚》是一个现代版的基督诞生故事，玛利亚是个在加油站工作的处女，而她的男朋友约瑟是个出租车司机。）

克劳迪娅很反感杰克带她来重游他以前的学校，而杰克则希望他们没有来圣西尔达（或只是他一个人来）。就在这样一种烦乱的心绪中，"灰色幽灵"突然出现，让他们吓了一大跳。当时，杰克正要领着克劳迪娅去看小教堂。麦夸特夫人立刻就给克劳迪娅留下了深刻的印象。担任过杰克四年级老师的麦夸特夫人领着他们进入小教堂，沿着中间过道来到最前面的一排长椅。她坚持要他们坐在长椅上，反正没要求他们跪下来。

克劳迪娅并不信上帝。她后来告诉杰克，当她看到彩绘玻璃上"那些照顾耶稣的恭顺女性"时，有种被冒犯的感觉。麦夸特夫人握着克劳迪娅和杰克的手，问他们打算何时结婚。"灰色幽灵"忘了克劳迪娅和杰克还是学生，她之前听到一个席卷圣西尔达的传言，说有人在电影节上看见杰克和一个美国电影明星在一起，显然那个所谓的美国女星就是克劳迪娅。杰克领着克劳迪娅来圣西尔达，传言立刻变成杰克要在圣西尔达的小教堂里举办婚礼。当然，小教堂在杰克的成长过程中起到了重要的作用。

"我们什么打算都没有。"杰克说，他不知道还能怎样回答麦夸特夫人的问题。

"我不会和杰克结婚的。我不想和任何不想要孩子的人结婚。"克劳迪娅对"灰色幽灵"说。

"上帝保佑！为什么……你不想要……孩子……杰克？"麦夸特夫人抗议道。

"你知道原因。"他回答。

"他说是因为他的父亲。"克劳迪娅对她说。

"你不会……还在担心……你会像他那样吧……杰克？""灰色幽灵"问他。

"这种怀疑非常合理。"他说。

"胡说！"麦夸特夫人喊道，"你知道……我怎么想吗？"她拍着克劳迪娅的手问她，"我认为那只是借口……为了不结婚！"

"我也这么认为。"克劳迪娅说。

杰克感觉自己就像彩绘玻璃上的婴儿耶稣，无论他去多伦多的什么地方，都会有成群的女人和他作对。他的表情一定出卖了他，因为"灰色幽灵"以她特有的方式，紧紧地握住了他的手腕。

"你不会没去看看……伍尔兹小姐……就走吧？"她问道，"上帝保佑，要是她知道你来过……却没去看她……她一定会崩溃的！"

"哦。"

"你应该带着卡罗琳……去电影节，杰克。她太腼腆了，不敢……自己……去电影院。"麦夸特夫人继续说道。

"灰色幽灵"总能唤醒杰克的良知。后来，杰克非常后悔没亲口对她说，她对他多么重要，她是一位多么优秀的老师。

麦夸特夫人最后死于圣西尔达的小教堂。她当时刚刚处罚了伍尔兹小姐班上一个行为不端的学生，她要求那个男生背对祭坛跪在过道上。麦夸特夫人在中间过道向外走时倒地而死。她背对着上帝倒了下去，只有上帝与那名受罚的学生目睹了她的死亡。（这个可怜的学生啊，他这辈子都很难忘记这一幕了！）

伍尔兹小姐听到消息后，一定是一路哭着跑来的。

杰克没有参加"灰色幽灵"的葬礼。葬礼举行后，他才从妈妈口中得知麦夸特夫人过世。艾丽丝原本只是告诉他一些有关麦夸特夫人的事，杰克惊讶自己以前怎么没有想到。"灰色幽灵"不是任何人的夫人，她一生未婚。和伍尔兹小姐一样，她本该被称作"麦夸特小姐"。但当过战地护士的她，拒绝承认自己未婚的事实，因为在那个年代未婚不可避免地意味着没人喜欢你。

杰克常常疑惑，为什么"灰色幽灵"会那么信任他妈妈，把自己的秘密告诉她。她们连朋友都算不上。后来，他想起麦夸特夫人让他不要抱怨保守秘密的女人。她说的就是艾丽丝。（也在说她自己。）

　　不过，发现"灰色幽灵"终生未婚并没有让人太过震惊。回想起来，杰克觉得就算麦夸特夫人（还是按她喜欢的方式称呼吧）是个男人，他也不会太吃惊。

　　艾丽丝和欧斯特勒夫人参加了"灰色幽灵"在圣西尔达小教堂举行的葬礼。欧斯特勒夫人作为圣西尔达校友，学校里发生的一切她都会知晓。至于艾丽丝，她告诉杰克，自己去参加葬礼完全出于一种"对旧日时光的怀念"，杰克觉得这实在不像他妈妈会使用的字眼，更别提他妈妈根本不是怀旧的那类人。

　　艾丽丝对其他出席葬礼的人印象模糊。"当然有卡罗琳了。"她说的不是卡罗琳·弗兰奇，而是伍尔兹小姐。卡罗琳·弗兰奇没有参加葬礼，杰克知道她的双胞胎兄弟戈登也没出席。（戈登死了，前文已经提到他在这次葬礼前死于船只失事。）

　　杰克问妈妈是否在葬礼期间听到某种吮吸毯子似的呻吟声，从艾丽丝困惑的反应中，他得知布斯姐妹和吉米·贝肯也没有参加葬礼，他们可能早就离开多伦多了。

　　露辛达·弗莱明，无论她是否隐藏着神秘的愤怒，都没有在她的圣诞贺信中谈及"灰色幽灵"的葬礼。如果露辛达出席的话，杰克可以肯定她会把这件事告诉所有人。他知道罗兰·辛普森也没有出席葬礼，因为他早就进监狱了。

　　参加葬礼的教师比较容易猜到。王小姐，哭得撕心裂肺，她出生时的那场飓风在她的号哭声或在葬礼时得以真正显现。马尔科姆先生，推着坐轮椅的妻子出席了葬礼。这个可怜的男人永远都在他妻子随时会发疯的阴影中努力地推着轮椅。拉姆西先生当然也在场，他不安分地坐在座位上，不然的话一定会在小教堂里蹦蹦跳跳起来。而伍尔兹小姐，我的天啊，她一定哭了很久！

　　"卡罗琳已经被悲伤击溃了。"艾丽丝告诉杰克。

杰克可以清晰地想象出伍尔兹小姐悲痛欲绝的样子，如同她俯下身子纠正他做错的数学题那般历历在目，他还能想起她身上的气味。（在杰克的梦境中，伍尔兹小姐总是整整齐齐地穿戴着邮购目录款的胸罩和内裤，无论她当时处于何种境地。）

没有了麦夸特夫人，伍尔兹小姐还怎么在圣西尔达继续带三年级呢？没有麦夸特夫人的帮助，她怎么能维持教室里的秩序呢？

莱斯利·欧斯特勒告诉杰克，麦夸特夫人去世后，伍尔兹小姐竟然变成了一个称职的教师。她终于学会了如何维持教室秩序。但在"灰色幽灵"的葬礼上，伍尔兹小姐一直不停地哭，似乎世界上没有什么能让她停止哭泣。她哭得那般绝望和无助。伍尔兹小姐一定是在那时把这一生的泪水都哭干了。后来三年级教室里某个转折性事件之后，她再也没有哭过。

杰克猜想，卡罗琳·伍尔兹每天夜里祈祷时一定会说："上帝保佑你，麦夸特夫人。"

就像杰克也会在夜里祈祷，不过这并不常见，也没有那么热诚。他常常在祈祷时不停地念着："米歇尔·马厄，米歇尔·马厄，米歇尔·马厄。"

19 缠着他不放的克劳迪娅

杰克·伯恩斯永远不会原谅"灰色幽灵",因为她建议杰克和克劳迪娅带着伍尔兹小姐去电影节看看。那时是 1985 年的秋天,伍尔兹小姐四十多岁,她并不比艾丽丝年长多少,但无论外貌还是体力都要显老。也许她之前一直太过瘦弱,现在这个年龄的伍尔兹小姐瘦骨嶙峋的样子,不禁让杰克以为她身染重病。即使如此,伍尔兹小姐看上去仍很美丽,但她不仅显得有些不健康,似乎还有些羞愧,杰克实在想不出她能做出什么让她感到羞愧的事。也许是很久之前的一桩丑事吧,事情很快平息,没有多少人记得,但伍尔兹小姐对这件事的记忆仍然十分清晰。

伍尔兹小姐的容貌与她那拘束矜持的性格形成一种剧烈的反差,因为她长得很像上一个时代的女演员,曾经知名但如今默默无闻。至少卡罗琳·伍尔兹出现在电影节时给人留下了这样的印象。当时,杰克和克劳迪娅带着她参加美国导演保罗·施拉德的电影《三岛由纪夫传》的首映。"提醒我一下,这个三岛由纪夫是谁啊?"当他们靠近剧院时,伍尔兹小姐说。

电影节上一刻不停地拍照的摄影记者们经常给克劳迪娅照相,因为她是那样充满魅力,摄影师坚信她一定是个大人物。但这次,他们把注意力转到了伍尔兹小姐身上。伍尔兹小姐稍显浮夸的穿着打扮让她与电影节的普通观众明显区别开来,如同一位女士打扮得华丽优雅,好像是出门去看歌剧，却出现在摇滚音乐会上。杰克下身穿了一条黑色牛仔裤，上身是白色 T 恤外加一件黑色亚麻夹克。（"典型的洛杉矶式着装风格。"克劳迪娅评价道，不过她没去过洛杉矶。）

年轻的摄影记者们都猜测卡罗琳·伍尔兹一定曾是个大明星，很可能在他们还没出生时就拍完了自己的最后一部电影。"你一定会以为她是 30 年代的大明星琼·克劳馥呢。"克劳迪娅后来说。她穿着一套闪闪发光的吊带裙装，她面对摄影记者时可比伍尔兹小姐从容多了。

"老天，"伍尔兹小姐低语道，"他们一定认为你已经很有名了，杰克。"她竟体贴地认为眼前这片混乱的情形是因杰克而起，"我完全相信你很快就会成名的。"伍尔兹小姐捏紧了他的手，"还有你也是，亲爱的。"她对克劳迪亚说，克劳迪娅礼貌地捏了捏伍尔兹小姐的手。

"我还以为她已经死了！"一个老人惊呼。杰克当时实在想不起伍尔兹小姐到底像哪位旧时代的女明星。

"三岛由纪夫是跳舞的？"卡罗琳问道。

"不，是个作家——"杰克刚开口，克劳迪娅便打断了他。

"他生前是个作家。"克劳迪娅纠正道。

他还做过演员、导演，还是个军国主义疯子，但杰克没来得及说出这些，他们就被人群簇拥着进了剧院。甚至有工作人员把他们领到预留的专属座位，因为所有人都认定卡罗琳·伍尔兹是个电影明星，而不是一个平凡的三年级老师。

杰克听见人们议论时说到"欧式风格"，可能是在形容伍尔兹小姐的裙装。她穿的是一件蜜桃色的裙装，也许很适合年轻时的她，适合穿着参加毕业舞会，而不是电影首映。现在伍尔兹小姐在这件衣服的反衬下显得尤为枯萎。如果换成阿德金斯夫人，她一定会把这件裙装捐献给雷丁的"戏剧之夜"。另外，这件衣服是内衣那种薄纱材质的，这让杰克想起，在他的梦境中（也仅仅在这种情形下），伍尔兹小姐穿着邮购目录款内衣的模样。

"三岛由纪夫是日本人。"杰克试图向伍尔兹小姐解释。

"他生前是——"克劳迪娅打断了他。

"他死后就不是日本人了吗？"卡罗琳问。

直到电影开场，他们都没办法回答她的这个问题。《三岛由纪夫传》是一部颇为新潮的作品，三岛由纪夫的生活场景是通过黑白画面来展现的，其中穿插着用彩色画面呈现的他笔下小说的内容。杰克对于三岛由纪夫的作家身份并不感兴趣，但他对三岛由纪夫的疯癫很着迷。这部电影最终以三岛由纪夫在1970年那极具仪式性的自杀结束。

观看电影期间，伍尔兹小姐一直握着杰克的手，这让他勃起了，克劳迪娅注意到了这一点。克劳迪娅不敢去握杰克的阴茎，甚至把手放在他的大腿旁边都不敢。她坐在位子上，双臂交叠在那对大胸前，对三岛由纪夫自杀时开膛破肚的场景无动于衷。而卡罗琳吓得指甲都深陷进杰克的手腕里。在电影银幕闪烁不定的光线下，杰克仔细地注视着伍尔兹小姐喉咙处那迷人胎记上方的小小的鱼钩状疤痕。从她那不寻常的瘦削身体上，可以看到脖颈处的血管剧烈地搏动着，紧挨着的那块伤疤也跟着跳动起来。只需一个吻就能让这种搏动平息下来，杰克想到。但即使克劳迪娅不在场，他也不敢去吻伍尔兹小姐。

"老天！"当他们走出剧院时，卡罗琳惊叫道（她大声喘息的样子就像麦夸特夫人，却像阿德金斯夫人一样性感撩人），"这部电影可真是……野心勃勃！"

大概是下午四点钟，他们走出剧院遇到一群天主教抗议者的围攻。他们是来抗议《万福玛利亚》的，但走错了地方。这些天主教徒跪在地上，在一台手提卡带录音机重复大声播放着的"万福玛利亚"的口号声中，嘴里念念有词。杰克立刻明白了，这些跪着的天主教徒是来抗议戈达尔的电影《万福玛利亚》的，但他们错误地来到了放映《三岛由纪夫传》的剧院。

伍尔兹小姐不仅对突然身陷这一声势浩大的抗议毫无准备，她也不知道这些抗议者来错了地方。"电影中的自杀让他们不安，很自然，我一点儿都不吃惊。"她对杰克和克劳迪娅说，"我以前读过为什么天主教徒对自杀这么小题大做，但内容我已经不记得了。我记得是在英国小说家格雷厄姆·格林的小说《问题的核心》里读到的，但好像他的《权力与荣耀》和《恋情的终结》里也涉及了。"

克劳迪娅和杰克面面相觑。现在对伍尔兹小姐解释戈达尔的电影还有什么意义吗?

一个电视记者想采访伍尔兹小姐,她觉得这再正常不过了。"你怎么看待这一切?"记者向杰克的三年级老师提问,"有关电影,以及争议——"

"我觉得那部电影非常……令人激动。"伍尔兹小姐侃侃而谈,"但有些冗长,个别地方难以理解。虽然一直吸引着你看下去,但这部电影并不那么让人满意。电影的画面非常漂亮,还有音乐。呃,无论喜欢与否,绝对会让你感到难以抗拒。"

这显然不是电视记者想听到的答案。相比《三岛由纪夫传》,他明显对现场跪着的天主教徒和录音机喇叭不断播放的"万福玛利亚"更感兴趣。"但是造成了争议——"他开口说道,试图引导伍尔兹小姐回到抗议现场的嘈杂声中(记者们就爱这么干)。

"啊,谁在乎啊?"卡罗琳·伍尔兹轻蔑地说,"如果天主教徒对自杀小题大做就能感到愉悦,那随他们去吧!我记得他们还对周五吃鱼大发雷霆呢!"

这段采访届时会在六点新闻中播出。艾丽丝和莱斯利·欧斯特勒当时正好在看电视,她们看到伍尔兹小姐穿着蜜桃色的裙装大发议论,而克劳迪娅和杰克分别站在她的两边。这个场景的有趣程度可以媲美让克劳迪娅冒充苏联电影明星了。虽然卡罗琳·伍尔兹不知道事情的真相,但她显然享受其中。

那些看了《三岛由纪夫传》的观众,完全没料到会遭遇跪着抗议的天主教徒和高声播放的"万福玛利亚",更不用说三岛由纪夫开膛破肚的场景在他们的记忆中依然鲜活。(三岛由纪夫本人看见这个场景也不会高兴的,杰克想,至少自杀时,他看上去很严肃。)

克劳迪娅和杰克随后领着伍尔兹小姐参加了一个派对。他们进入派对场所时根本没遇到什么阻碍。如果克劳迪娅想进男士盥洗室,俱乐部门卫也不会把她挡在门外。克劳迪娅之前经常说,他们之所以能进去是因为杰克长得像电影明星，但实际上克劳迪娅的美貌才是真正原因。这次有伍尔兹小姐在，他们被允许进入派对显然是由于她。事实上，当他们准备离开时，一个年轻男子谄媚地向卡罗琳套近乎。他从花瓶里抓起一枝花塞到了她的手里。"您的职业成就太让我敬佩了！"他对伍尔兹小姐说，然后消失在人群中。

"坦白说，我完全不记得他是谁。"伍尔兹小姐对杰克说，"我没办法记住每一个我教过的三年级男生啊，"她对克劳迪娅说，"他们可不像杰克这样令我难忘！"

克劳迪娅和杰克非常确定，那个年轻人说的并不是卡罗琳的教师生涯。但怎么向她解释这一切呢？唉，克劳迪娅和杰克可能会为此费心吗？

一排豪华轿车等候在饭店外面，杰克在那些司机中认出了他的一位老朋友。"皮韦！"他喊道。

那个高大的牙买加人下了车，在人行道上拥抱了杰克。被皮韦抱起时，杰克的双脚都离了地。这时，那些抗议《万福玛利亚》的天主教徒一定把杰克错认成在电影中饰演约瑟的演员了。这些疯狂的教徒顺便也把克劳迪娅当成了那个饰演现代版童贞玛利亚的演员。（上帝知道他们把伍尔兹小姐当成了谁。）

"杰克·伯恩斯，你已经是个明星了，伙计！"皮韦兴奋地喊道，紧紧地抱住他，差点儿让杰克喘不上气。

那些跪在地上的天主教徒爬着围了过来。克劳迪娅害怕起来，卡罗琳也受够了他们的狂热。"嘿，你怎么就不能回家好好读读他的书？"伍尔兹小姐对一名跪在地上的教徒说道。那个教徒是一位年轻女性，脸上满是灰尘和泪水交织留下的条纹。杰克可以看到她在疑惑：基督是个作家？

其他的教徒不停地喊着让人恼怒的"万福玛利亚"。

"快，上车，杰克！"皮韦说。他已经为克劳迪娅和卡罗琳扶好打开的车门。

"他是威克斯蒂德夫人的司机，亲爱的。别害怕。"伍尔兹小姐对克劳迪娅说。（好像威克斯蒂德夫人现在还需要司机似的！）但有一名教徒拽住了克劳迪娅的两条大腿。"放开她，你这个懦弱的蠢货！"卡罗琳对那名教徒喊道，"你难道没明白吗？他自杀了，因为他想让自己的生命与他的艺术融为一体。"

当然，伍尔兹小姐说的是三岛由纪夫，但那名不情愿地放开克劳迪娅的教徒以为她在说基督。那是个满面怒容的中年秃头男人，穿了一件白色长袖正装衬衫，面料薄得甚至有些透明。他胸前别着的钢笔漏墨了，浸染了整个胸袋。他那样子就像个精神错乱的所得税审计员。

皮韦总算把克劳迪娅拉上了车，但伍尔兹小姐还在苦口婆心地对一群跪在地上的狂热教徒说话。"他是个日本人，他想自杀，别没完没了的！"她怒气冲冲地对他们说。

如果有旁人在场，会发现那些天主教徒脸上有一种绝望的神情，似乎无论重复多少次"万福玛利亚"都无法洗刷这种对基督的诋毁。耶稣是日本人？

杰克伸出一条胳膊挽住卡罗琳那苗条的腰身，好像他们两人是舞伴一般。"伍尔兹小姐，他们都是些疯子。快上车吧。"他在她耳边低声说。

"我的老天！你已经这么世故了，杰克。"她说道，弯下身进入轿车后座。克劳迪娅抓住她的手把她拉进车内。皮韦也把杰克推进了车，关上车门。

一个抗议者双臂抱住皮韦的腿，但他从容淡定地拖着她朝驾驶座那边的车门走去。她想了想，还是放开了手。杰克不知道皮韦那天晚上到底开车送了哪一位电影明星，他说自己记不清了。不过，显然伍尔兹小姐也得到了电影明星的待遇，皮韦先开车送伍尔兹小姐回家，然后才轮到克劳迪娅和杰克。

杰克之前并不知道伍尔兹小姐住在哪里，但当皮韦把轿车停在拉塞尔山道的一处大房子前，杰克并没有感到惊讶。那里距圣西尔达只有几步路的距离。伍尔兹小姐让皮韦把车开到房子的后门，那里有楼梯直通她租住的公寓。杰克此时反倒有些惊讶了。

卡罗琳·伍尔兹那些曾经时髦的衣服都是从哪儿来的呢？假如是用她

从埃德蒙顿带来的钱，那钱现在肯定已经花光了。她有裁缝，还是有品位很好的秘密情人？假如她有过一个富有的前男友或前夫（实在难以置信），他显然早就离开了。

伍尔兹小姐不让杰克陪她上楼梯进到她朴素的住所内。可能她觉得让一个年轻男子进到她的住所不太合适吧。不过，她倒是同意克劳迪娅和她一起上去。杰克和皮韦坐在轿车里，看着她们走进公寓，打开了电灯。

后来，杰克一直催克劳迪娅描述伍尔兹小姐住所内部的样子，克劳迪娅被他催得恼怒起来。"我可没有到处打探。她是个上了年纪的女人，屋里堆了很多应该扔掉的东西，还有过期的杂志等没用的东西。"她说。

"有电视机吗？"

"我没看到，但我也没仔细找。"

"照片呢？有男人的照片吗？"

"老天啊，杰克！你是对她着迷了还是怎么了？"克劳迪娅问道。

他们躺在艾玛的床上。之前床上堆满的动物玩偶没有了，可能是艾玛或欧斯特勒夫人把它们处理掉了。杰克发现自己竟然不记得那些动物玩偶的样子了，他始终无法忘记的是在这张床上，他躺在艾玛的怀里，艾玛教他如何手淫。

考虑到今晚克劳迪娅暴躁的情绪，杰克决定还是不要追问她那些细节了。

虽然电影节的氛围和各种聚会令克劳迪娅和杰克着迷，但他们还是在女王街的"女儿艾丽丝"刺青店度过了大部分时光，至少克劳迪娅是这样的。相比他妈妈那些忠诚信徒，杰克更喜欢跑到附近的廉价商店里待着。

"阿伯丁比尔"曾经当过海员，查理·斯诺、"水手杰里"、"刺青奥勒"、"刺青彼得"以及"森林医生"都当过海员。他们都是艾丽丝的良师益友。如今刺青的世界早已改变，虽然"女儿艾丽丝"还在做"男人的祸根"以及破碎之心这类支撑水手在海上度过数月时光的刺青，但现在的年轻人开始追捧新的刺青，是一种不同于以往的狂野图案。

在北海沿岸港口发生的那些奇妙曲折的故事早已远去，一同远去的还有艾丽丝刺青机器的轰鸣声，那声音经常伴着童年的杰克入眠。他们在赫尔辛基托尔尼酒店遇到的那两个勇敢的女孩也一去不复返了。杰克一直没看到里特娃的胸部，他还记得汉内莱未刮的腋毛和她不同寻常的胎记——在她肚脐上方，有一处红酒色的斑块，像是一顶被揉得皱巴巴的高礼帽。

杰克曾经那样莽撞大胆，直接走到别人面前，问："你身上有刺青吗？"在奥斯陆布里斯托酒店的餐厅，他还对那个美丽的女人说："如果你有时间，我就有地方和东西。"（竟然是杰克自己提议让妈妈给那个最小的士兵做免费刺青的！）

睡梦中，杰克总能听到阿姆斯特丹老教堂中那架巨大的管风琴在夜里为妓女演奏。哪怕醒着时，只要闭上眼，他就感觉自己正抚摸着老教堂那段螺旋形阶梯一侧的木质扶手，和另一侧涂有蜡层的焦糖色粗绳。

但是（尤其在克劳迪娅在场时），"女儿艾丽丝"店里展示的刺青文化让杰克对他妈妈的"艺术"感到羞愧。艾丽丝的大部分顾客，看上去都是女王街的下层人士，这更让他有种不祥的预感。有些水手喜欢在身体上收藏回忆与纪念，那些蕴涵了他们情绪的刺青，现在已被各种充斥着敌意、暴力和邪恶的图案取代。那些光头党和摩托党，身上刺的是溅血的骷髅头，骷髅头的眼窝处还闪动着几丛火苗。

那些扭动翻滚的裸女图案，连"刺青奥勒"看了都会脸红，"万人迷马德森"都会别过脸去。（她们的阴毛不再是一条颠倒的眉毛就能敷衍过去的了。）还有流行的土著人部落图案。有一个来自安大略省基奇纳的孩子，满脸都是青春痘，他刺了一个毛利人的面部刺青。而他那憔悴的女朋友则骄傲地把屁股上的刺青展示给克劳迪娅看，是毛利族的银蕨图腾——像是一棵弯曲的嫩芽。

杰克把克劳迪娅拉到一边，对她说："一般来说，有魅力的人不会去刺青。"这句话不完全准确，尤其是"一般来说"这个词用得太夸张了。杰克对在艾丽丝店里的所见感到厌恶，导致了他夸大其词。

他刚刚说完，一个身材健美的男同性恋就出现了，他一定是个时装模特儿。他随便打量了一下克劳迪娅，然后开始厚颜无耻地挑逗杰克。"我只是路过，想做一个小改动，艾丽丝。"这个男子说话时微笑地看着杰克，"如果我事先知道你的帅气儿子也在，我会每天都来做点小改动的。"

他叫埃德加。艾丽丝和克劳迪娅认为他有趣又迷人，但杰克不屑地转过脸看向别处。埃德加一侧肩胛骨上刺了一个美国牛仔手里拿着一根细雪茄，像极了美国男星克林特·伊斯特伍德。需要改动的刺青位于他另一侧的肩胛骨上：基督受难图，但带有明显的邪恶崇拜风格。耶稣被锁链捆在一个摩托车轮子上，一只脚搭在另一条腿的膝盖上。埃德加想要的改动是添加一些能体现基督被人"收拾"过的元素，比如一侧脸颊上的剐痕或血渍，或是肋骨上的一处伤口。

"说不定可以两个都要。"艾丽丝说。

"你不觉得那样会有些粗俗吗？"埃德加问。

"你自己的刺青，管别人怎么想，埃德加。"艾丽丝回答。

可能是克劳迪娅对一切略带夸张的事物的热爱，使她迷恋上了"女儿艾丽丝"刺青店的世界。在杰克看来，就算埃德加长得不难看，他的刺青也绝对很难看，更不用说他本人很粗俗。在杰克看来，"女儿艾丽丝"店里的一切甚至用丑陋都不足以形容，而且一切都那么刻意——你的皮肤上不仅留下伴随你一生的痕迹，而且被永久毁坏了。

"你可真是自命清高。"克劳迪娅对杰克说。

好吧，这句话说得对又不对。不曾让四岁的杰克恐惧的刺青世界，竟然让二十岁的他害怕起来。杰克·伯恩斯站在店里，摆出三船敏郎那种双眉紧锁的怒容——武士看到一条狗嘴里叼着人手从他面前经过时那种满是谴责的目光——看待着"女儿艾丽丝"店里的一切，这些比那条狗还要糟糕。

曾经，航海内容的刺青代表了刺青中一切外来和新奇的事物。如今，刺青的内容都是人们吸食毒品后才能见到的景象——迷幻式的胡言乱语和恐怖的幻象。这些刺青充斥着混乱的性关系，甚至还有死亡崇拜。

"愿你永远青春不老。"鲍勃·迪伦在歌中唱道。艾丽丝不只是跟着鲍勃·迪伦哼唱，她还拥抱了这一哲理，却没有意识到，她周围的年轻人已经不再是当年那些嬉皮士和纯真孩童了。

当然，如今依然有"收集癖"或"墨水瘾君子"，大都是威廉·伯恩斯那个年纪的老疯子，苦苦挣扎在把全身刺满刺青的路途上。杰克憎恶的是他自己这代人，也就是现今二十岁上下的这代人。他讨厌那些在嘴唇、眼皮甚至舌头上穿孔的家伙，他憎恨在乳头、肚脐甚至阴唇上穿孔的女孩。在"女儿艾丽丝"店里晃悠的同龄人，在杰克看来都是真正的怪胎和窝囊废。

然而，艾丽丝却为他们准备好茶和咖啡，还为他们播放她最喜欢的音乐。有些人甚至带来了他们自己的音乐，满是粗糙刺耳的声音。"女儿艾丽丝"刺青店成了他们经常晃悠的地方。虽然去那里的人并不都是为了刺青，但只有刺青之后，你才能在那里晃悠时感到惬意。

杰克有一次还见到了克荣，他路过进来喝杯茶。巴瑟斯特街健身馆早就没了，那里后来成了一家健康食品专卖店。

"健身馆的老鼠总能找到新的食物，小杰克。"克荣说。他上下打量了克劳迪娅很久，他告诉杰克，克劳迪娅拥有成为一名优秀搏击手所应具备的臀部和大腿。

琴科有一天也来了，他走路时拄了根拐杖。杰克很开心能见到他，希望琴科能留得久些。虽然拄着拐杖，琴科看上去比艾丽丝更能让杰克有安全感。

琴科对待克劳迪娅的态度很恭敬，他没有告诉杰克，克劳迪娅有成为摔跤手的潜质。他一直忘不了艾玛，琴科悲伤地说。他对艾玛念念不忘，并不仅仅因为艾玛用单边侧摔让他胸骨脱臼了。

迷茫的孩子身无分文地来到"女儿艾丽丝"刺青店，看着艾丽丝给别人刺青。他们正努力地攒钱，仔细地挑选下一个想刺的图案。那些"墨水瘾君子"老疯子也偶尔会来到店里炫耀身上的刺青，其中一些人似乎在给身上的空白处做仔细规划，以分配给未来的刺青，因为他们身上能进行刺青的皮肤越来越少了。（克劳迪娅将其称为"浪漫主义者"，杰克听后气得半死。)

"最不可挽回的情况是，那些几乎全身都是刺青的人。"艾丽丝说。

他们难道对刺青时的痛感毫无感觉吗？杰克感到疑惑。他看到他们时不可避免地想到了自己的爸爸。威廉·伯恩斯身上还有位置留给乐谱和音符吗？

杰克之前就预料到，克劳迪娅也要刺青。但她宣布这个决定时，杰克假装很惊讶。"不要刺在上台表演时会被观众看到的部位就行。"他说。

店里有一个带滚轮装置的移动帘，就像医院的康复室那样，即将接受刺青的顾客会被帘子围起来。克劳迪娅想在她右大腿的内侧刺青。她最后选择的是"中国佬"的招牌图案——如意。克劳迪娅清楚，这也是杰克最喜欢的图案，代表着万事如意。

杰克说，这个刺青是艾丽丝从"中国佬"那里学来的刺青中最棒的。他妈妈则回了一句："别说了。"不过，她倒是不反对给克劳迪娅做这个刺青。

在雷丁读书时，杰克因为有一位著名的刺青师母亲，而给他的同学们留下了一种异乎寻常的印象，这让他受益不少。（这种印象似乎完全来自艾丽丝的名气，而非她的职业。）如今，虽然囿于女王街狭小的店面，他妈妈依然很出名，不过"女儿艾丽丝"与各种新潮刺青呈现的乌烟瘴气和堕落，却让杰克感到尴尬。

但艾丽丝还有什么能做的呢？她之前一直试图不让年幼的杰克受到刺青圈文化的影响。她之前甚至明令不准杰克去"中国佬"的刺青店。当艾丽丝为了寻找威廉，带着杰克一边奔波在北海沿岸一边靠刺青赚钱时，杰克喜欢刺青，几乎成了她的学生。（除了在哥本哈根的那些夜晚，那时是"万人迷拉尔斯"照顾杰克上床睡觉。）

现在，艾丽丝依然对自己的工作感到自豪，她甚至有了自己的店，成了自己的老板。但杰克开始为她感到羞愧。克劳迪娅完全有理由批评杰克的这种态度，但她不知道，是艾丽丝在多年前主动开始疏远杰克的。

杰克反对艾丽丝的学生在一旁观察艾丽丝给克劳迪娅刺青，这让情况变得更加复杂。如果可以允许那个男人观看，那这个帘子还有什么用呢？那根如意几乎紧挨着克劳迪娅的阴毛。

艾丽丝的学生是个年轻的新西兰人。"艾丽丝的'奇异果'。"欧斯特勒夫人这样称呼他。莱斯利不喜欢他，杰克对他也没有好印象。他来自新西兰首都惠灵顿，教了艾丽丝一些毛利人的图案。和艾丽丝其他的年轻学生一样，他不会在多伦多待很久，至多两个月。他离开后，会有另一个学生接替他。虽然艾丽丝可以教给他的东西更多，但他总能教给艾丽丝一两招。（刺青的手艺就是这样流传下来的，这种情况没有改变。）

80年代结束之前，因为艾滋病的缘故，加拿大和美国每一位有见识的刺青师工作时都会戴上橡胶手套。杰克一直没有习惯妈妈戴着手套工作。艾丽丝的店不算是个干净卫生的地方，但她戴着手套的样子就像是个医生或护士。如果一切顺利，刺青不见得就是个血腥的工作。

不过，在"女儿艾丽丝"，有些东西还是老样子：装在小纸杯里的颜料、多种用途的凡士林、刺青机器的针头发出的类似于齿音的奇怪声响，还有各种气味，流血的伤口、咖啡、茶以及装在黏乎乎的罐子里的蜂蜜。而贯穿这一切的，是鲍勃·迪伦号叫的歌声，他还在抱怨这抱怨那，预言着末日或新的事物。

"鲍勃·迪伦的歌声和颜料一起进入了你的皮肤之下。"艾丽丝说。

艾丽丝在给克劳迪娅刺青时播放的是鲍勃·迪伦的《一切都结束了，忧郁宝贝》。克劳迪娅当时紧咬着牙忍受着疼痛，很可能并没有注意到。在杰克看来，克劳迪娅让人看不透的一点是，她不会允许鲍勃·迪伦（以及任何人）进入她的皮肤之下。

有个瘾君子正把蜂蜜加到咖啡里，他把咖啡错当成了茶。他的脑袋上下晃动，像个玩具摇头娃娃。他告诉杰克，自己来自"加拿大东部沿海某地"，似乎确切的城镇已经与他断绝了关系，或是他已经把家乡的确切名字从浸润了毒品的回忆中删除了。他的一条前臂上刺着一只龙虾，一半是绿色，一半是红色。那龙虾看上去好像半生不熟的，似乎不宜食用。

鲍勃·迪伦那带着哭腔的歌声逐渐远去。

> 远处，你的孤儿拿着枪站立，
> 像烈日中的火焰那样哭泣。

"女儿艾丽丝"朝着女王街的橱窗里，有一块刷着油漆的木制牌匾。"就和从来没有太阳的利斯一样阳光明媚，让人愉悦。"艾丽丝这样形容那块木牌。那块木牌有种海滨的感觉，好像上面的"女儿艾丽丝"是一艘船或停靠港的名字。"'女儿艾丽丝'是个与航行有关的名字。"艾丽丝总是这样讲。这个名字是哥本哈根的"刺青奥勒"起的。

"你所有晕船的水手，都在奋力向家的方向航行。"鲍勃·迪伦唱道。

可能他们正在朝这里航行吧，杰克想。他走回店里，看了看帘子后的克劳迪娅的情况。她对杰克笑了笑，双手在身体两侧紧握成拳头。"如意是一种佛教法器。"艾丽丝轻柔地说。刺青针头在克劳迪娅的大腿上跳跃着，她疼得五官缩成一团。（杰克知道，在腿部内侧刺青的痛感比外侧更加强烈。）"如意的形状类似一种拥有长生不老魔力的菌类——灵芝。"艾丽丝继续说道。

一种能让人长生不老的蘑菇！接下来还有什么？杰克转过身去。艾丽丝手上戴的橡胶手套让他心烦。他宁可去看那个从沿海省份来的瘾君子，那人喝着加了蜂蜜的咖啡似乎很过瘾。这次多伦多之旅让杰克相信，这里根本不是他真正的家乡。

"忘记你遇见过的死者，他们不会跟随着你。"鲍勃·迪伦唱道，一如既往地带有一种至高的权威。迪伦说对了很多事，但这件事他说错了。因为杰克发现，你遇到的一切都会跟随着你。

在多伦多余下的日子里，因为大腿内侧的如意刺青，克劳迪娅每次做爱时都会不舒服。杰克逐渐感觉到，克劳迪娅越来越冷淡。即使没有刺青，她也不想和他做爱。（就算他们睡在同一张床上也没用。）电影节闭幕夜之前，他们就离开了多伦多。

杰克可以感觉到，克劳迪娅有些心灰意冷。二人之间因为鸡毛蒜皮而起的争吵让他们疲惫不堪。因为新近刺青的缘故，克劳迪娅走路时，刺青处因摩擦而肿痛不已。在欧斯特勒夫人的允许下，克劳迪娅借来一条艾玛的裙子。虽然艾玛的裙子对她而言太大了，但穿上裙子后，克劳迪娅走路时可以在裙子下面分开双腿，就像穿着尿布走路一样。

回想起来，杰克发现电影节回顾单元放映的影片比竞赛单元的影片有趣多了。克劳迪娅和杰克单独观看的唯一一场电影，是西德导演法斯宾德的《玛丽娅·布劳恩的婚姻》。杰克非常喜欢这部影片。

汉娜·许古拉饰演的玛丽娅·布劳恩是一名士兵的妻子，在战后德国成了一名成功人士。看着银幕上的汉娜·许古拉，旁边还有个女人握着你的阴茎，情况似乎不算太糟。虽然这是电影节期间第一次也是唯一一次克劳迪娅握着他的阴茎看电影，但杰克十四岁时就和艾玛看过《玛丽娅·布劳恩的婚姻》了。（他是在埃克塞特读书的第一年和艾玛在达勒姆的电影院里看的。）

杰克意识到，相比其他，自己最喜欢艾玛握住他阴茎。（当然了，他还是希望有一天能体验米歇尔·马厄。）这种对比令人不安，也预示了他人生的改变。

"是因为我还是汉娜？"克劳迪娅注意到了"小弟弟"热情的反应，于是在杰克的耳边低声问。杰克明白，激发"小弟弟"这种兴奋劲头的，既不是克劳迪娅，也不是许古拉小姐，是十四岁的自己被艾玛握住阴茎的回忆。

从这次观看《玛丽娅·布劳恩的婚姻》的那一刻起，杰克明白了，他和克劳迪娅在一起只是为了消磨时间。他们只是在原地踏步，如同一对等待离婚的夫妇。

杰克与克劳迪娅之间的嫌隙，早在他们春天开车去艾奥瓦时就开始了。"就是那次有关要不要孩子的谈话。"克劳迪娅这样形容。他们来参加多伦多电影节时加重了分歧，在他们开车离开多伦多的回程中，情况更严重了。

他们回程的路线与来时不同，这不是最佳路线，但无论怎样都是一段无聊的旅途。他们先开车来到安大略的金斯敦，然后在加纳诺克跨过了圣劳伦斯河，来到纽约州的亚历山大湾。通过美国海关时，杰克拿出学生签证和加拿大护照，克劳迪娅则把美国护照递给了海关官员。杰克负责驾驶沃尔沃汽车，因为刺青的伤口，克劳迪娅不想开车。

她还穿着艾玛那条过大的裙子。欧斯特勒夫人坚持要她穿着上路。"反正等艾玛下次回来，她肯定已经胖得穿不下了。"莱斯利悲观地说，"你穿着比艾玛好看多了，克劳迪娅，虽然有些太大了。"

旅程中的大部分时间，克劳迪娅都把那条裙子掀到腰部，好让她涂抹了润肤乳的刺青伤口透透气。刺青边缘的皮肤略微发红，而克劳迪娅已经厌倦了别人一直对她解释，大腿内侧的皮肤更加柔嫩。

杰克把车停在边境检查站时，克劳迪娅把裙子放了下来。海关官员看着他们。"我们去看我母亲，她住在多伦多。我们还在电影节上看了几场电影。"虽然没有被提问，但杰克主动说道。

"你们从加拿大带了什么东西回来吗？"海关官员问道。

"没有。"克劳迪娅说。

"连加拿大啤酒都没带？"那人问克劳迪娅，还微笑地看着她。她真的很好看。

"我不喝啤酒，而且杰克也很注意控制体重。"克劳迪娅回答。

"所以，你们没有什么需要申报的了？"海关官员问杰克，语气严肃了不少。

杰克不知道自己当时怎么了。（"我当时只想胡闹一下。"他后来这样告诉克劳迪娅，但原因并非如此。）

这是个练习特写镜头的好机会。杰克故意露出一副鬼鬼祟祟的样子，他很擅长表演鬼鬼祟祟的样子。他是通过观察胆小的狗学会的。"呃——"杰克刚开口，但又停了下来，偷偷地看了克劳迪娅一眼，"我们不用申报那根中国如意吧？"杰克问她。啊，看看克劳迪娅的那副表情！

"什么？"海关官员说。

"类似于权杖，有时候是一根像短剑的东西。是仪式用的，代表了权威。"杰克继续说道。

"是中国的？非常古老？"那人问道。

"是的，没错——实际上，与佛教有关。"杰克对他说。

"我最好还是看一下吧。"海关官员说。

"只是个刺青。我没必要申报身上的刺青吧，对吗？"克劳迪娅对他说。

杰克为什么要这样对她？他爱克劳迪娅——等等，他喜欢她。自她看了艾玛的裸照以来，杰克还没见到克劳迪娅那么失望过。他在雷丁读书时经常会"打枪"，于是艾玛寄给他她十七岁时拍摄的裸照。照片是夏洛特·巴福德拍的。克劳迪娅让杰克把照片都扔了，但他还是偷偷留了一张。

"我来确定一下是否仅仅是个刺青。我从来没见过中国如意。"那人对克劳迪娅说。

"你有女性同事吗？"克劳迪娅问他，"她可以来检查一下。"

"刺青的部位非常私密。"杰克指出。

"等一下。"海关官员说。他走开去找女同事了，只剩下克劳迪娅和杰克两人坐在车里。那人走进了一座像办公楼的建筑。

"你太幼稚了，杰克。"克劳迪娅说。杰克想起在多伦多的一个晚上，他妈妈也发表过类似的评论。

"鸡巴，鸡巴鸡巴——"杰克开口念道，但突然停了下来，因为那个海关官员和一名粗壮的黑人妇女走了回来。克劳迪娅走下车，和那名黑人妇女一起进入了办公楼。杰克在车里等着。

"你为什么要这么做？"海关官员问他。

"我们最近关系不太好。"杰克承认。

"好吧，这么做确实能改善你们的关系。"那人说。

克劳迪娅回来时，轻蔑地看了杰克一眼，然后他们便上路了。进入美国后行驶的最初几公里路程中，杰克不知何故感到十分兴奋。

加拿大是杰克的故乡，是他出生的国度，但是回到美国让他欣欣鼓舞，让他有种回家的感觉。怎么会这样，他不是加拿大人吗？难道杰克对他母亲与刺青圈的拒绝影响到他对故土的看法？

他们已经行驶了将近五百公里，克劳迪娅仍然一句话都没说。她再次把艾玛的裙子撩起到腰，露出右大腿内侧的如意刺青，杰克只要稍微低头侧瞥就能看到。这是少有的几个杰克也想拥有的刺青之一，但他不会把它刺在大腿内侧。他想着，如果有一天自己也想要个如意刺青，应该刺在什么部位合适，就在这时，克劳迪娅终于开口说话了。

他们已经进入了佛蒙特州，距离目的地新罕布什尔州还有大约一百六十公里的路程。克劳迪娅看到杰克偷偷瞥向自己的裆部，看着她崭新的中国如意刺青。"我是为了你才做了这个该死的刺青，你知道的。"她说。

"我知道，"杰克说，"我喜欢它。"克劳迪娅清楚杰克对这个刺青和刺青所在部位的喜爱。"对边境的事，我很抱歉，我真的很抱歉。"杰克对她说。

"我已经不记恨了，杰克。虽然花了好一会儿，但我已经原谅你了。我更感到遗憾的是其他一些事。"

"哦。"

"你就这么回答？"

"我很抱歉。"杰克重复道。

"你不仅不会想要孩子，你还不会只和一个女人安稳地度过一生，而且你会一直将其归咎于你父亲的影响。"她对杰克说。

这次轮到杰克在接下来那一百多公里的路途中沉默不语了，他把不理睬别人也变成了一个绝佳的表演机会。

很快，杰克也不理睬"灰色幽灵"了。他和克劳迪娅回到新罕布什尔后，收到了来自麦夸特夫人的一封信。"灰色幽灵"在信里仅仅随口提到了克劳迪娅"出众的美貌"，还把她称为杰克"勉强接受的新娘"。那封信的主要内容无关克劳迪娅也无关他拒绝养育子女，麦夸特夫人写信是为了提醒杰克，他必须多关注一下他妈妈，因为麦夸特夫人很确定杰克忽视了自己的母亲。

"不要忽视你的母亲，杰克。""灰色幽灵"说。

好吧，她之前不是已经说过这种话了吗？杰克把信扔了，更别说回信了。后来，当他知道麦夸特夫人去世时，他甚至有些怀疑自己预感到了她的死亡。他不仅不再关心他妈妈，也没有回复"灰色幽灵"的来信，好像是他感觉到麦夸特夫人即将死去，而随着她的死去，他的良知也离他而去了。

当克劳迪娅打破车内的沉默时，他们恰好距离达勒姆几公里，就在克劳迪娅位于纽马克的公寓不远的地方。"该死的杰克。等我死后，我的鬼魂一定缠着你。我发誓，甚至在死之前我就要缠着你不放。"克劳迪娅说。

好吧，杰克·伯恩是个演员，听到这句话时，他本应该意识到这是角色退场的台词。他应该更加严肃地对待克劳迪娅的警告才对。

20 两个加拿大人在"天使之城"

　　虽然杰克和克劳迪娅之间的隔阂越来越多，但他们在新罕布什尔大学的最后两年还是住在一起。让他们留在一起的不仅仅是惰性，也因为他们是成长中的演员，可以在这个过程中不露声色地隐瞒自己的真实想法。隐藏自己的同时，他们更迫切地想要了解对方。他们带着怒气，敏锐地观察着对方心中最隐秘的秘密和被隐藏起来的性情。

　　多伦多之旅归来后的夏天，他们再次参加了夏日巡回剧团的演出。演出的地点位于马萨诸塞州的科德角。剧团的艺术总监是布鲁诺·利特金斯，杰克对他印象颇好。他是一名同性恋，身材高挑，举止优雅，在舞台上可以抢走人们所有的注意力。他经常挥动着那两条修长的手臂，看上去像一只苍鹭在夸张却徒劳地试图让幼鸟学会飞翔。

　　在布鲁诺·利特金斯看来，要将一部剧本或小说改编成音乐剧，意味着要进行大幅改动，重新改造，在每个新版制作中以完全不同的面貌呈现它。布鲁诺很尊重原著，但他认为如果要将其改编为音乐剧，就可以对情节或角色进行不设限的改动。

　　进行《巴黎圣母院》的选角面试前（克劳迪娅最想得到的角色是美丽的吉卜赛女孩埃斯梅拉达），布鲁诺·利特金斯说，他心目中的埃斯梅拉达是一个迷人的异装癖，点燃了菲比斯队长心中的欲火，让他接受自己一直不愿意承认的同性恋身份。埃斯梅拉达这个巴黎"扮装皇后"奋力将菲比斯队长拖出了他藏匿的"柜子"。她是菲比斯唤醒自己同性恋身份的契机!

邪恶的神父弗罗洛,起先也爱上了埃斯梅拉达,最后却想将她置于死地,不仅因为埃斯梅拉达拒绝了他的爱,更因为埃斯梅拉达是个男人。(弗罗洛神父是个恐同的法国人!)卡西莫多也爱上了埃斯梅拉达,但他最后看到埃斯梅拉达与菲比斯队长相爱时,感到释怀和欣慰。

"这个故事更棒,"布鲁诺·利特金斯对一脸震惊的全体人员说,"因为卡西莫多对把埃斯梅拉达让给菲比斯并不感到伤心。"(需要说明的是,驼背的卡西莫多并不是同性恋。)

"小说作者维克多·雨果会怎么说?"克劳迪娅问。可怜的克劳迪娅眼睁睁地看着她最珍视的角色离她而去了。至少在舞台上,杰克·伯恩斯天生就是来饰演异装癖埃斯梅拉达的。

"要让观众不停地猜测!"布鲁诺·利特金斯又张开了他修长的双臂,"埃斯梅拉达是女人还是男人?要让他们一直猜!"

当然,剧中还有一名美丽的吉卜赛女性——卡西莫多被杀害的母亲,虽然戏份不多,但非常感人。科德角的夏季还上演了很多其他的剧目,当然不全是全新改编、充满同性恋式诠释的音乐剧。克劳迪娅没有成为埃斯梅拉达,却得到了一些更好更重要的角色。她成为布鲁诺·利特金斯制作的奥斯卡·王尔德的《莎乐美》中的同名女主角。布鲁诺对王尔德极为崇敬,因此原著里的每一个字都不会改动。克劳迪娅扮演的莎乐美非常性感。那段荒唐的七纱舞不是她的错,要归咎于王尔德。不过,为了遮挡住她右大腿内侧的如意刺青,可耗费了不少的粉底。(要是不用粉底的话,那个如意也许会让观众疑惑,把它当成胎记或是伤口。)

杰克只在《莎乐美》中出演了一个小角色——施洗者约翰。莎乐美后来亲吻了他被斩下的头颅。那个吻可真是大费周章。(杰克跪在一张桌子下面,桌面有个洞,正好容他把头伸出来。铺展开的桌布遮住了他头部以下的身体,包括他勃起的阴茎。)他与克劳迪娅的关系已然受损了,不是一个吻就能让渐行渐远的两人和好如初的。

而那版同性恋色彩浓重的《巴黎圣母院》则让他们之间更加疏远。

克劳迪娅与饰演菲比斯队长的帅气男演员发生了一夜情。现在回想起来，杰克不想责怪克劳迪娅，但当时他愤怒地指责了她。（杰克当然知道，自己那年春天与一名探戈教师出轨，克劳迪娅完全有资格以此来报复他。）

克劳迪娅的运气可真背。那名饰演菲比斯队长的演员把淋病传染给了她和杰克。如果不是克劳迪娅最后说出了实情，杰克永远都不会发现这桩绯闻。考虑到克劳迪娅对自己年龄惯常的谎报，杰克没有理由认为她会让他知道自己的小秘密。但是，来自那个男演员的淋病出卖了她。

杰克自然要装出一副无比痛苦的样子，每次撒尿时都跪在地上痛苦地尖叫。这时，克劳迪娅会在卧室里朝他大喊："对不起，对不起，对不起！"

在异装癖埃斯梅拉达向菲比斯坦露自己真实性别的那场戏中，布鲁诺设计了一个出色的舞蹈场景。杰克在歌声中把自己的秘密告诉了菲比斯队长，而菲比斯惊讶得沉默不语，并畏缩起来。（埃斯梅拉达让队长着迷，但这个傻瓜仍然相信埃斯梅拉达是个女孩。他十分不情愿地接受了真相。）

杰克抓住队长的一只手，紧紧地贴在他的假胸上，菲比斯一副无动于衷的表情。接着，杰克拉起他的另一只手，摸向自己的裆部。菲比斯吃惊地望向观众，同时杰克做出在他的耳边低语的样子。然后，他们一同唱起布鲁诺·利特金斯专门为这个同性恋版《巴黎圣母院》创作的歌曲《和我一样，宝贝》，曲调借用鲍勃·迪伦的那首《那不是我，宝贝》。（杰克太熟悉这首歌了，所以他的演唱很出色。）

杰克得知自己患上淋病那天晚上（克劳迪娅坦白了与谁有染）的演出中，杰克拉住菲比斯队长的手摸着自己的鸡巴时，真的在他耳边说话了。"多谢你让我染上了淋病，宝贝。"杰克小声说道。

每天夜里演出，当菲比斯吃惊地面对观众时，他出色的表演总能博得全场喝彩。那个表情自带台词：埃斯梅拉达竟然长了根鸡巴！观众当然早就知道真相了，因为埃斯梅拉达为了阻止弗罗洛神父的追求，已经给他看过下面了，没想到弗罗洛神父反应过度，竟然一直坚持要将埃斯梅拉达处以绞刑。

在那个令人难忘的夜晚，菲比斯队长摸着埃斯梅拉达的鸡巴时，埃斯梅拉达的扮演者杰克感谢菲比斯让他得了淋病，这名英俊士兵脸上的表情获得的喝彩声，甚至让演出不得不中断了整整一分钟。在场观众自发地为饰演菲比斯队长的演员起立鼓掌。

"也许因为你的表演不露痕迹，菲比斯。"布鲁诺·利特金斯演出后对饰演菲比斯的演员说。

杰克以埃斯梅拉达的方式对饰演菲比斯的演员嫣然一笑。但那人清楚，只要杰克想，他的身手可以让自己"彻底忘却"淋病的困扰。

事实上，杰克很感激他，因为克劳迪娅对于害杰克染上淋病十分愧疚。他与克劳迪娅的关系日渐冷淡，杰克对此总是感到有些内疚，而饰演菲比斯的演员与克劳迪娅偷情减少了杰克的内疚感。

他们从新罕布什尔大学毕业的那个夏天，克劳迪娅和杰克彻底分道扬镳了。她继续攻读研究生，被美国排名前十的一所大学的艺术硕士专业录取了。（杰克决心忘记具体是哪一所大学。）在此情况下，他们分别申请不同的夏日巡回剧团的工作才是明智之举。克劳迪娅去了新泽西州的一个莎士比亚戏剧节，而杰克则在马萨诸塞州坎布里奇的一个儿童戏剧工作室参演了《美女与野兽》和《小飞侠彼得·潘与温蒂》。

杰克也许怀念起曾经的朋友诺亚·罗森了，也可能是想起诺亚那位走上不归路的姐姐莉雅了。杰克还开心地想起了他在哈佛广场附近的电影院里观看外国电影的时光。除了在小孩子和他们的年轻母亲面前表演，看一夏天带英文字幕的外国电影也不错。

克劳迪娅说："你为什么要给小孩子表演？你又不想要孩子。"（如果这不是克劳迪娅对他说的最后几句话，那么就是杰克能想起来的克劳迪娅对他说的最后的话。）

杰克在《美女与野兽》中扮演野兽，而饰演美女的是个上了年纪的女人。她是这个儿童戏剧工作室的创始人之一，就是她决定雇用杰克的。没错，杰克和她睡过了，还不止一夜，他们的关系持续了整个夏天。杰克还扮演了彼得·潘，但她因年龄过大，无法扮演暗恋彼得·潘的女孩温蒂，不过她很适合出演温蒂的妈妈达林夫人。（想象一下，彼得·潘竟然和温蒂的妈妈上了床，而且持续了一个夏天。）

如果杰克不想回加拿大，他要么读研究生，继续当个学生，要么找个工作，拿到绿卡。他确实不想回加拿大。这一次，又是艾玛救了他。她已经离开艾奥瓦两年了，住在洛杉矶创作她的第一部小说。这听上去完全自相矛盾，谁会跑到洛杉矶这样的大都市专心写小说呢？但艾玛一直善于扮演局外人的角色。

她在一家电影公司找了个剧本审读的工作。和杰克一样，她仍然是加拿大公民，仅持有加拿大护照，但她拿到了绿卡。虽然她在艾奥瓦专门参加了作家工作室项目，但让她得到这份审读剧本工作的，却是她在纽约的电视节目中担任喜剧作家的经历。同时，艾玛在写自己的小说，她将其看作对浪费时间的电影专业的复仇。如艾玛所言，她在电影公司里审读剧本是"为敌人工作，还能拿到报酬"。

他为何不到洛杉矶和她住在一起？艾玛问杰克。她还在电影圈里为他找到了一份工作。"这里长得好看的男人不少，小可爱，竞争可比你在多伦多时激烈多了，但像你这么会演戏的好看男人就不多了。"

所以这就是杰克的计划，如果他真的制订过计划的话。他已经快受够剧团了，当然了，鉴于剧团的大多数剧目是音乐剧，这也不足为奇。杰克以无所谓的态度完成了自己最后的舞台角色——小飞侠彼得·潘，他带领着温蒂·达林和她的兄弟们飞往了梦幻岛。演出结束后几个小时的凌晨时分，杰克正在床上肏着温蒂的妈妈达林夫人。

"彼得·潘的作者 J. M. 巴里会怎么想？"假如克劳迪娅知道，她一定会这么问。一想到她，杰克就有些难过。

杰克会发现，无论你是谁，洛杉矶都不会被你打动。最终，这座城市会告诉你，你的报应迟早会来，你的光环早晚会褪色。杰克第一次来洛杉矶的时候还没有出名，并没有出入名流圈。1987 年秋天，杰克搬到洛杉矶与艾玛同住。距离他们最近的著名景点是圣莫尼卡码头，那里有各式各样的娱乐设施，斑斓的场地里充满了各种可能性，在未来等待着他们。

杰克和艾玛真正在乎的，是他们能沐浴在太平洋温暖的海风里，他们不在乎吸入的海洋气息掺杂着洛杉矶的雾霾。他们又住在一起了，这次不在多伦多，不是和他们的母亲同住。

当时二十九岁的艾玛看上去已经非常成熟了。认识她的每个人都能看出来，艾玛在努力地控制自己的体重。除此之外，更让艾玛疲惫的是存在于她内心的另一场冲突——她多变的雄心与她执拗的决心之间的矛盾。虽然人人都知道艾玛是个不安分的人，但连杰克（甚至连艾玛自己）都没有意识到，她犯了一个严重的错误。

数学从来都不是杰克的强项。和艾玛一同住在洛杉矶时，他一直记不住他们的房租是多少，也不记得每月几号交房租。

"你的数学烂透了，甜心。但你会数学有什么用呢？你要当演员啊！"

在圣西尔达上学时，杰克一直需要伍尔兹小姐俯身指导，似乎闻到她身上的气息能缓解他学习数学的痛苦。虽然麦夸特夫人比伍尔兹小姐还要尽心尽责地辅导他，但杰克的数学成绩一直没有起色。

在雷丁时，阿德金斯夫人还帮过他学代数。她给他穿上自己的旧衣物，和他做爱时总是透出一股逆来顺受的屈弱之感。（好像她脱光了衣服是要跳河自杀，至少像是在为自己未来那孤独的时刻进行练习。）

"你千万别单独进行十以上的数学运算。"诺亚·罗森曾经这样提醒杰克。

杰克在埃克塞特时的指导老师沃伦先生表达得更为委婉，但依然十分悲观："我建议你，杰克，不要相信自己数值运算的结果。"

杰克·伯恩斯会在洛杉矶居住十六年。他喜欢开车的感觉。他和艾玛住在威尼斯海滩附近一处快被老鼠啃光的复式住宅的一边，另一边住着另外一家人。住宅位于迎风大道上，离迎风大道与主街的路口不远。路口处有一家寿司店，名叫滨水寿司。这家店正好位于他们的上风处——准确说来，寿司店的大垃圾桶位于他们的上风处。滨水寿司店的食物很美味，艾玛和杰克经常在那里用餐，那里的鱼肉非常新鲜。但是，从寿司店的大垃圾桶顺风飘来的味道可就不那么新鲜了。

杰克在洛杉矶交的第一个女朋友是他在滨水寿司遇见的女侍者。她和其他一些女孩合住在海岸步道附近小街边一座拥挤的房子里。那座房子到底是在十八大道、十九大道还是二十大道，杰克从来都记不住具体的数字。有天夜里，他走错了地方，很可能是把街道的数字搞错了。当杰克按响门铃后，竟然有一大堆女孩把他迎进了屋子，其中并没有那个女侍者。等杰克意识到自己可能搞错了，他遇到了一个比那名寿司店女侍者更让他感兴趣的女孩。数字再一次误导了他。

"你应该随身带个计算器，或者至少把所有的事情记下来。"艾玛对他说。

杰克喜欢威尼斯海滩，沙滩、健身房以及光鲜表面之下的肮脏邂逅。艾玛在金吉姆健身房被一个健美的男性痛打一顿后，她给自己和杰克在世界健身俱乐部办了会员。她解释说，她喜欢世界健身俱乐部的T恤和背心上的大猩猩图案。那只大猩猩站在一个沙滩排球大小的地球上，毛茸茸的手里举着一根杠铃，那根杠铃上的金属片肯定有一百多公斤重，要不然杠铃怎么会朝上弯曲呢。

世界健身俱乐部背心的圆领开口很低，手臂及腋下的部位也会露出不少，不适合女性穿着，至少艾玛购买的那几件不适合，背心是灰色面料，上面的橙色字母泛着荧光。背心的领口太低了，乳沟完全露了出来，艾玛的乳房偶尔也会滑出。不过，她只在睡觉或写作的时候穿这种背心。

艾玛和杰克有各自的卧室，可如果他们没有"约会"，大多数夜里会在一起睡，但二人之间并没有发生什么。艾玛会握着杰克的阴茎直到他们中的一个人睡着，但前提是他们同时上床，这种情况并不常发生。杰克偶尔会双手抱着艾玛的乳房，但也仅此而已。他甚至都没在和艾玛一起睡觉时自慰过。

艾玛和杰克对彼此的身体熟悉得不能再熟悉了，他们对此心知肚明。艾玛曾经教过他怎样自慰，甚至让他在自慰时把她作为性幻想的对象。不过，杰克只在上大学之前（主要是在雷丁期间）自慰时幻想过艾玛。

尽管艾玛寄给过他一些自己的裸照（艾玛不知道的是，杰克还保存着一张），但他们在洛杉矶时彼此心照不宣，他们不止是朋友，与普通的姐弟也肯定不一样，但他们绝对不是情人关系。（艾玛握着杰克阴茎的这种行为显然与这种表述有些矛盾。但是，无论他们多少次赤裸相见，都丝毫没有怀疑过彼此的关系。）

艾玛在世界健身俱乐部遇见了另外一个健身者，这次他没有把她痛打一顿。他在玫瑰大道与主街路口的斯坦餐厅当侍者。

斯坦餐厅一看就不是能在威尼斯海滩附近长期经营下去的餐馆。这里的侍者可不像纽约的牛排餐厅侍者那般趾高气扬。斯坦餐厅只供应牛排、猪排和缅因龙虾，餐桌上的纯白桌布与整个餐厅的气氛格格不入。侍者穿着无领结的白色正装衬衫，袖子挽起，他们身前浆得笔挺的白色围裙让他们看起来像是没有宰过牲口的屠夫。在牛排餐厅工作很难让人有优越感，但斯坦餐厅的男侍者（这里没有女侍者）散发着一种优越感，好像他们出生时就穿着浆得笔挺的白色围裙，而且活到现在上面一点污渍都没有。

艾玛认识的那个斯坦餐厅的侍者好像叫乔吉欧或吉多，他能卧推起三百磅（约136公斤）的重量。艾玛成功地让他相信，杰克是一名经验丰富的侍者。那个乔吉欧还是吉多十分不情愿地把杰克介绍给斯坦餐厅脾气暴躁的侍者领班唐纳德。

实际上，杰克根本就没做过侍者，但艾玛巧妙地把拉姆西先生褒奖杰克表演才能的推荐信（其中多次强调杰克"巨大的潜力"）改成了一封侍者推荐。艾玛工作的电影公司在西好莱坞。每天早上，她都要上交前一天审读剧本的报告，然后再拿一摞新剧本。艾玛每天要审读三到四部剧本。电影公司里有各种高级复印设备，艾玛利用这些设备把拉姆西先生的推荐信修改成一封全新的侍者推荐。

其中，"演员"全部被替换成了"侍者"，而杰克参演剧作的名称则让不知情的美国人以为是多伦多的时髦餐厅。在原来的推荐信中，拉姆西先生多次赞美杰克在"表演"（performance）上的长处，多亏了这个英文名词还有"工作表现"之意，艾玛无须对这个词进行更换（除了个别动词之外）。

于是，杰克曾经在一家名为"邮购新娘"的法式酒馆（还有一家叫"西北地区"的饭店）"工作表现"出色。他"工作"过的地方还包括一家名为"德伯维尔"的法国餐厅以及美国东北部的"圣母院饭店"和"彼得与温蒂餐厅"，当然其中也少不了"笼中女儿"这家西班牙餐厅。

拉姆西先生的信上（信头是圣西尔达）称，他是圣西尔达英文与戏剧方面的负责人。艾玛将其改成了圣西尔达——这个略有宗教色彩的地名——旅馆与餐饮方面的负责人。拉姆西先生在推荐信的开头盛赞圣西尔达（他说的当然是那所学校）"堪称多伦多最佳"。

唐纳德是个傲慢的混蛋，是一个来自地狱的侍者领班。"如果要我推荐多伦多的一家好餐厅，我总会推荐'四季'。"他对杰克说。然后，他还故意要杰克在一两分钟内记下菜单上的特色菜。

"如果你给我十分钟，我可以把整个菜单背下来。"杰克对他说。

可唐纳德没有给他机会。这名侍者领班后来对那个乔吉欧还是吉多说，杰克的态度冒犯了他。他说杰克是个"从新罕布什尔来的多伦多乡巴佬"，唐纳德就是这样告诉那个乔吉欧或吉多的。杰克早就想好了，他才不要给人端盘子，尤其不要在这家自以为是的餐厅里端盘子。不过唐纳德提供给他一个代客停车的职位，杰克接受了。他的开车技术可不赖。

艾玛不赞成杰克做这份工作，倒不是觉得这份工作太过卑微，而是出于政治上的原因。"你不可以代客停车，小可爱。英语是你的母语。只有英语不好的非法移民才会做这种工作，你不能抢了他们的饭碗。"

但那个乔吉欧或吉多倒是舒了一口气。他不想让杰克和自己一样在斯坦餐厅当侍者。无论艾玛说了多少次她和杰克之间什么都没发生，他还是花了很久才接受杰克是艾玛室友的事实。（杰克很奇怪这个乔吉欧还是吉多到底是怎么回事。他能卧推起三百磅的重量，竟然还这么缺乏安全感。）

杰克代客停车的工作没干多久。他上班的第一天晚上就被辞退了，实际上他还没停好第一辆车呢。

那是一辆银色的奥迪，座椅泛着青灰色。开车的家伙把车钥匙扔给了杰克。他是个年轻的艺术家，似乎刚刚和他那个同为艺术家的妻子或女朋友吵了一架，杰克猜想。还没开出一个街区，一个小女孩从汽车后座上坐了起来。她满是泪痕的脸庞，完美地映照在后视镜中。小女孩看上去大概四岁，至多五岁。她没有坐在专门的儿童安全座椅中。显然，她一晚上都躺在后座上，因为她穿着睡衣，胸前紧紧抓着毯子和泰迪熊。杰克看见一只枕头靠在自己斜后方的后座上，儿童座椅被踢了下来。

　　"你要把车停在车库还是外面？"小女孩问杰克，然后用睡衣袖子擦了一下鼻子。

　　"你不能留在车里。"杰克对她说。他把奥迪停了下来，打开了车上的危险警示灯。小女孩刚刚把他吓坏了，他的心脏仍然狂跳不止。

　　"我表现不好，不能到大人的餐厅吃饭。"小女孩说。

　　杰克不知道该怎么办。也许之前那对艺术家情侣一直在争吵是否应该把小女孩留在后座上，杰克不认为把孩子留在后座很明智。小女孩似乎在代客停车方面经验很丰富。"我更喜欢让车停在车库里，而不是街上，"她解释说，"天快要黑了。"她观察道。

　　杰克开着车沿着主街进入了迎风大道。当时夜幕还未降临，一群小流氓已经在街头播放吵闹的单曲唱片了。滨水寿司门口挤满了等候座位的人。杰克下了奥迪车，沿着马路狂奔到自己和艾玛居住的那半边老旧的复式住宅，按响了门铃。然后，他又马上跑回奥迪车边，那个小女孩一直没有离开他的视线。

　　"你要把车停在这里吗？"她问。

　　"我不能把你一个人留在这儿，留在哪里都不行。"他对她说。

　　艾玛开了门，走到人行道上。她只穿了一件世界健身俱乐部的背心。因为艾玛一副气呼呼的样子，杰克猜测她刚刚一直在写小说。

　　"车很棒，甜心。和那个小孩一起的？"杰克向她解释了原因，那个小女孩就坐在后座上观察着他们。她可能从来没见过一个像艾玛这样穿着奇怪背心的人。"我早就告诉过你了，你不应该去做这份工作，"艾玛对杰克说，她一直看着车里的小女孩，"我可不会看孩子，杰克。"

"我经常睡在后座下面，因为睡在后座上很容易被人发现。"小女孩说。

正是"经常"这个词让杰克下定了决心。"这份破工作带来的没一件是好事，小可爱。"艾玛说着走回了房内，继续创作可能是她小说中火气最大的一个章节。她的口气和举动坚定了杰克的选择。

杰克让小女孩在后座上坐好，给她系好了安全带，因为他不确定那个儿童安全座椅会不会出问题。"你没有孩子，可能很难明白为什么要用安全座椅。"那个小女孩大度地对他说。她的名字叫露西。"我快五岁了。"她说。

回到斯坦餐厅后，杰克把车停在餐厅正门前。其他代客停车的同事惊讶地看着他。"发生了什么？"当杰克把车钥匙递给罗贝托时，他用西班牙语问道。

"最好别把车停在这儿。"杰克对他说，同时领着露西进了餐厅。露西示意他停一下，她要回到车上取毯子和泰迪熊，杰克同意了。

那个混蛋领班唐纳德站在桌子旁，那张桌子像个布道坛，而桌上的预订名册则像一本《圣经》。露西看着餐厅里所有的人，要杰克把她抱起来，杰克照做了。"现在我们要有麻烦了。"小女孩低声在杰克耳边说道。

"你不会有事的，露西。我才是那个要有麻烦的人。"杰克对她说。

"你已经有麻烦了，伯恩斯。"唐纳德说，但杰克直接从他面前经过进入了餐厅。露西在杰克之前看到了自己的父母。现在天色还不算晚，室外的光线十分柔和。餐厅里还没有坐满。（也许斯坦餐厅从来就没有坐满过。）

露西的母亲从座位上站了起来，朝他们走去。"有什么问题吗？"她问杰克。这问题可真让他头痛。以往每当杰克说他还没准备好养育子女时，女性（不仅仅是克劳迪娅）的反应总是让他很不舒服。

"你们忘了什么东西，"杰克对那位年轻的艺术家母亲说，"你们把露西落在了车里。"那个女人死盯着他，但露西这时伸出了双手，她妈妈连同毯子和泰迪熊一起把她从杰克怀里抱了过去。

杰克希望这件事就这么结束了，但唐纳德这个地狱领班可不会这么轻易地放过他。"多伦多根本没有叫圣西尔达的旅馆或餐厅，没有什么邮购新娘——"他气鼓鼓地说道。

"所以你也是多伦多来的。"杰克打断了他，他注意到唐纳德说"多伦多"时和多伦多本地人一样会把第一个元音省略。杰克之前竟然没有发现。原来唐纳德也是一个在洛杉矶不为人所知的加拿大侍者。

那个糟糕的年轻艺术家父亲当然不会一言不发地眼睁睁看着杰克离开斯坦餐厅。"我会让你被炒掉的，漂亮小子。"他说。

"失去这份工作非常值得。"杰克回答，并记下了这句台词。

那个乔吉欧还是吉多在不远处晃悠着，你可以想象能卧推起三百磅的他是怎样晃悠的。"你最好离开这儿，杰克。"他说道。

"我正要离开这儿呢。"杰克说。

他走到门口放预订名册的桌子边时，看到了桌上的电话。他突然想到应该呼叫 911 报告一宗对儿童照顾不当的案子。但杰克又仔细想了想，他不知道那辆银色奥迪车的车牌号。他必须得把号码写下来才能记住——又是该死的数字！

那个糟糕的父亲气急败坏，他不会让杰克就这样轻松地离开。他一步跨到杰克前面，挡住了他的路。他个头中高，但杰克的眼睛只够到他的下巴。杰克等着他动手。他双手抓住了杰克的肩膀，杰克退后一步，他便更用力地双手向前拽。杰克顺势用头撞到了他的嘴唇。杰克撞击的力度并不大，但那个家伙流了很多血。

"我一回到家就会拨打 911 的。"杰克对那个乔吉欧还是吉多说，"告诉唐纳德一声。"

"唐纳德说你被解雇了，杰克。"那个乔吉欧还是吉多说。

"失去这份工作非常值得。"杰克重复道。（他知道这句台词能用到很多地方。）

走出斯坦餐厅，罗贝托手里还握着那辆银色奥迪的车钥匙站在原地。这时，杰克才想起停车单据还在他的衬衫口袋里。他已经把车牌号记在上面了。"你得写一张新的停车单据了。"他对罗贝托说。

"没问题。"罗贝托回答。

杰克沿着主街走到了迎风大道。那是一个美丽的夜晚，天色才开始黑下来。（如果你是在多伦多、缅因和新罕布什尔这样的地方长大，就会发现洛杉矶没有哪个夜晚不美丽。）

杰克到家时，艾玛还在写她的小说，但她听到了杰克拨打911电话。"你怎么处理那个孩子的？"杰克挂掉电话后，她问道。

"交给了她的父母。"

"你额头上的是什么？"艾玛问。

"可能是一点番茄酱吧。我刚刚打了一架。"

"是血，小可爱。我还能看到牙印。"

"你应该看看那个混蛋的嘴唇。"他对艾玛说。

"哈！"艾玛叫道。（马查多夫人的阴影。这种叫声总会让杰克发抖。）

他们去了滨水寿司店吃饭。在那里，你可以随心所欲地聊任何事情，因为店里非常嘈杂。杰克非常喜欢这家寿司店，不过正是寿司店后门大垃圾桶的味道（艾玛用她那蒙特利尔口音的法语称其为"垃圾桶味香水"）让他们最后决定离开迎风大道的复式住宅。

"所以你从这段简短的代客停车工作中获得了什么呢，甜心？"

"我找到了一句好台词。"杰克说。

让艾玛坚信杰克应该到美国太平洋餐厅（位于圣莫尼卡，距离海滩不远）当侍者的，不是餐厅的位置也不是那里的菜单。一天夜里与别人在那里约会时，她喜欢上了那里侍者的服装——蓝色牛津纺领尖带扣衬衫配酒红色领结，卡其布长裤配深棕色皮带和深棕色平底便鞋。"很像埃克塞特的制服，小可爱。一定很适合你。我还为你偷出来了一份正餐菜单。就像拉姆西先生说的，就把这个当成一次表演机会。"

艾玛说的表演机会指的是记下菜单。杰克花了大半个上午的时间才记下来。算上沙拉、前菜和主菜，总共有差不多二十道菜。

杰克还给远在多伦多的拉姆西先生打了个电话，提醒他艾玛为了给自己找工作，把他写的推荐信改动过了。万一有人给拉姆西先生打电话求证杰克过往的侍者经历，杰克希望自己最爱戴的导师记住，"邮购新娘"应该是一家著名的法式酒馆。

"而且你得提前一个月预订！"拉姆西先生以他惯常的热情回答道，"杰克·伯恩斯，我就知道你会走得更远！"（杰克心想，可能是在侍者的道路上走得更远吧。）

那天下午，杰克出现在美国太平洋餐厅，"美国太平洋"这名字在他看来更像是一家铁路公司，不过帅气的领班卡洛斯热情地欢迎了杰克。杰克一眼就能看出，卡洛斯不是加拿大人。当卡洛斯读着杰克的推荐信时，他不住地点头，好像他之前光顾过很多次"邮购新娘"。

今天的特色菜写在远处的一块黑板上。"我敢打赌，你一下子就能把那些都记下来。"卡洛斯说。

"我已经把菜单都记下来了，"杰克对他说，"你想听听看吗？"这句话引起了其他侍应生的注意。那时是下午五点半，还没有客人来用餐，但杰克的观众已经到场了。他故意漏掉了小牛排配干酪马铃薯泥，好让他们以为他忘记了，然后在最后再提及这道菜，让他们大吃一惊：他什么都没忘。杰克穿得好像他已经得到这份工作了，而且他知道这场面试自己势在必得。卡洛斯并没有让他背出特色菜。

在一长串面试中，这场面试被杰克排在了最重要的位置（不算那次唐纳德的面试的话），但他其余的面试都是角色试镜。杰克在美国太平洋餐厅的工作一直干到他不再需要当侍者养活自己为止。

艾玛让她认识的一位摄影师给杰克拍了大头照，费用贵到离谱。艾玛无论去哪儿都会带一张他的大头照。在她工作的电影公司，艾玛偶尔会遇见经纪人或选角导演，但她多半遇见的是某个可以约会的重要人物，约会的地点是西好莱坞和贝弗利山的某家高级餐厅。

一些美国创新艺人经纪公司的要人只是想和艾玛上床而已。创新艺人公司里的经纪人才不会代理杰克·伯恩斯这样的无名小卒，但有个家伙告诉艾玛，他可以替杰克谈一份合约，前提是杰克能找到一份表演工作。（可在没有经纪人的情况下，杰克要怎样才能找到这种工作还不得而知。）

艾玛利用了那个年轻经纪人的好色，一天晚上把他领到了美国太平洋餐厅。他叫劳伦斯。"我不叫拉里。"他眉头紧皱着对杰克说。

那次会面并没有带来多大效果，但劳伦斯还是替杰克打了几通电话，都是打给创新艺人公司以外的经纪人，都是劳伦斯的二线名单，甚至可能是三线名单里的经纪人。

有个经纪人（杰克一直把他的名字错记成罗威纳——一种狗的名字）告诉杰克，他的推荐信和在大学里的表演经验基本上一文不值。"夏日巡回剧团的参演经历也没什么用，"罗威纳说，"除了布鲁诺·利特金斯制作的剧目。"布鲁诺和好莱坞有来往，一些选角导演偶尔会就异装癖角色的选角咨询他。"异装癖或装扮异性癖，随你他妈的怎么叫。"罗威纳说。

杰克和罗威纳的见面虽然有些怪异，但他发现自己在布鲁诺·利特金斯制作的同性恋版《巴黎圣母院》中出演异装癖埃斯梅拉达的经历让罗威纳很感兴趣。"不过这种类型的角色不可能大卖的。"罗威纳告诉杰克。（杰克自己也不确定，他是不是要作为专门出演异装癖或装扮异性癖角色的演员出道。）

还有一个劳伦斯二线或三线名单上的经纪人给杰克发出了一份试镜邀请，地点在电影拍摄地——洛杉矶的范纽斯。那个地方看上去只是一处私宅，被布置成电影场景后，装下的人和东西足足多出了一倍。当负责发型和化妆的女人告诉杰克，正在拍摄的影片名为《吸血鬼妓女莫菲3》时，杰克还以为她在开玩笑呢。直到影片制作人自我介绍并要求看一下他的阴茎后，杰克才明白到底是怎么回事。

"鸡鸡太小的就别试镜了。"她说。她名叫米丽，穿一套青灰色细条纹的衣裤，很有商界女强人的风范，但她佩戴的那条老式珍珠项链（就是经常出入桥牌俱乐部的老太太戴的款式）和她的衣着似乎很不般配。她的头发浓密极了，那团泛着金色的银发就像是一顶没有贴徽章的摩托车头盔。

杰克说这其中一定有误会，然后便想离开。"既然来了，就给我看下你的鸡鸡嘛，"米丽说，"这可是个让你知道自己的尺寸是否达标的免费机会。"这句话引起了一个梳着马尾辫的健壮男人和一个大胸年轻女子的注意，她打扮得像个吸血鬼。他们坐在长沙发上，看着录像机播放的影片，就是他们自己演的，很可能就是电影《吸血鬼妓女莫菲2》。屏幕上出现了一段冗长的口交镜头，那个女吸血鬼莫菲偶尔痛苦地展示着自己的獠牙，看得人真希望她赶紧咬那个男人一口，然后吸干他的血，不过那样的话，她就得咬他的喉咙了。杰克看见那个饰演莫菲的女演员并没有佩戴吸血鬼的獠牙，她坐在沙发上天真无邪地嚼着口香糖。

那个留着马尾辫的男人将正在播放的影片暂停，他们三人一起看着杰克的阴茎。虽然这并非杰克想要追求的那种电影生涯，但大多数男人都比较想知道自己的阴茎尺寸是否达标，毕竟现在有一组权威专家在场呢。

"还行，伙计。"那个健壮的男人对杰克说。

"别说废话，汉克。"米丽说。

"就是，汉克。"那个吸血鬼妓女莫菲说。

汉克走回了沙发，继续播放录像机里的口交影片。"我觉得他的那根看上去还可以。"汉克说。

"很可爱，"莫菲对杰克说，"但在这行，可爱一般成不了事。"

"把'一般'去掉就对了。"米丽说。她五十多岁，也可能快六十了。一名摄影师告诉杰克，曾经，她是一个色情片明星，但摄影师一定在开玩笑吧。不考虑她那团头发，米丽的相貌让杰克想起了诺亚·罗森的妈妈。

"很可爱，尺寸多大真的无所谓。"莫菲小声地在杰克耳边说。她走回沙发，扑通一声坐在了汉克身旁。

"不行，成不了事的，到此为止。尺寸真的很重要，可爱与否却无所谓。"米丽说。

"谢谢。"杰克说着，拉起了拉链。

汉克，就是那个在影片中一直在被吸血鬼莫菲口交的健壮男人，跟着杰克来到了车边。汉克那根巨大的阴茎一点儿都不可爱，杰克刚刚在影片中注意到了。"别泄气。坚持健康饮食就好。如果我是你，我会坚持食用低脂肪、低盐和低碳水化合物的食物。"汉克说。

"汉克，你准备好了吗？"米丽从屋子里朝外面尖叫道。

"这份工作不是什么人都能做的。压力非常大。"汉克向杰克坦承道。他说话声音很尖，还有一股很重的鼻音，和他那巨型身躯形成一种强烈的反差。

"汉克！"莫菲站在大开的门前喊道，同时咧嘴笑着，露出了牙齿。她已经戴上了吸血鬼的那副獠牙，准备好拍摄下一个镜头了。

"就来！"汉克朝她喊道，"要是我之前遇见的是米丽的妹妹，说不定现在就是不同的结果了，但我先遇见了米丽。"他说。

"她有妹妹？"杰克问。

"迈拉·阿斯海姆做的可是正经工作，而米尔德丽德，也就是米丽，却做起了色情片制片人，是阿斯海姆家族中离经叛道的成员。"汉克说。

杰克看见米尔德丽德·阿斯海姆也来到了门口。"别磨蹭了，汉克！"米丽大喊。

"迈拉·阿斯海姆是做什么的？"杰克问。

"她是个经纪人，"汉克对杰克说，"她以前给瓦尔·基尔默还是迈克尔·J.福克斯这种大牌演员当过经纪人。关键就看你能不能遇见赏识你的经纪人。"汉克走了回去，准备与一个吸血鬼妓女进行不间断的性爱，他是那样的大义凛然，既不兴奋也不害怕。

"祝你好运！"杰克对他喊道。

"我会在电影院的大银幕上留意你的。"汉克说着朝天空指着，似乎在他们两人的心目中，大银幕在天堂的方向。

"祝你好运，小鸡鸡！"米丽对杰克喊道。

汉克停了下来，又返回杰克身边。"如果你真的见到了迈拉，千万别告诉她你见过米尔德丽德，否则结果非常致命。"他警告道。

"好像我已经和她安排好面试了一样。"杰克说。

"今天就是一场面试，小子。我会留意你的。"汉克又说了一遍。

杰克也会留意他的，虽然他当时并没有这样告诉汉克。汉克在色情影片界的绰号叫"大鸟汉克"。他是一个健壮帅气的男人，肯定经常出入健身房，但在影片中台词极少，无疑是他声音尖锐同时鼻音过重的缘故。

初次见面后，杰克大概在十几二十部"成人电影"里看到了他，这些影片无论名字还是情节都很难给人留下什么印象。

杰克倒是一下子就能认出汉克的阴茎，艾玛也能。自从范纽斯那次算不上正式的面试后，他们经常一起观看"大鸟汉克"的电影。

"千万别去范纽斯，那里有很多长着大鸡鸡的男人。"回到家后，杰克对艾玛说。

"这难道会成为阻止我去那里的理由吗？"艾玛暧昧地说。

杰克把全部经过告诉了艾玛，甚至包括米尔德丽德对杰克阴茎的评价（"办不成事"）以及吸血鬼妓女莫菲说，他的阴茎"很可爱"，但无法与"大鸟汉克"相提并论。

"我觉得你的不算小，但我确实见识过更大的。"艾玛的直白比米丽刻薄的评价更让杰克丧气，"行了，你又不会成为色情片明星！"艾玛试着安慰杰克。

艾玛立刻打电话给创新艺人公司的劳伦斯，但先告诉他说自己和杰克之间很清白。"这个就不用讨论了。"艾玛就这样把这个话题结束了，"你觉得杰克还应该见见哪位经纪人？"艾玛捂住话筒，对杰克说，"他说没有了。"

"问问他认不认识迈拉·阿斯海姆。"杰克说。

艾玛很快就得到了答案。"劳伦斯说她已经过气了，甜心。大家早就不把她当回事了。她现在甚至连助理都没有。"

"听上去，她不失为一个不错的开端。问问劳伦斯能不能给她打个电话，就一个。"杰克说。

艾玛问了那个混蛋。"劳伦斯说，迈拉连个办公室都没有。"

"看来她非常适合我。"杰克说。

艾玛通过话筒把杰克的想法转达给了劳伦斯。"他说不要提迈拉的妹妹。"艾玛对杰克说。

"我知道，是迈拉，不是米尔德丽德。我明白。"杰克回答。

那天夜里，杰克从美国太平洋餐厅下班回来后在自动答录机上发现了三条留言。他很担心最近与他有染的一名住在本尼迪克特峡谷的家庭主妇又发来了语音留言。那女人是个疯子，她声称自己可以看到演员莎朗·塔特被谋杀[1]时位于天堂大道的宅邸，可杰克什么都没看见。每当狂风从圣安娜山方向刮来时，她都会说自己能听见塔特和其他受害者的尖叫与呻吟，好像谋杀正在进行一般。

她频繁地给杰克打电话，大多是为了更改他们约会的时间。更改时间的原因主要与她丈夫或孩子有关，最近一次是因为她的狗。那只可怜的动物吃了些不该吃的东西，并发症十分严重，兽医要专程上门诊治。

艾玛说杰克应该学会听懂言外之意，显然这个家庭主妇和兽医有一腿。艾玛喜欢听那个家庭主妇为了拒绝或推迟和杰克上床而想出的各种理由。因为艾玛一直忙于写作，她那天夜里没有接电话，于是杰克回家后，他们一起听了答录机上的留言。

劳伦斯和罗威纳都说他们给迈拉·阿斯海姆打了电话，告诉她应该见见杰克。他们还给了她杰克的电话。第三条留言是迈拉的。她的声音与米尔德丽德惊人地相似，杰克还以为米丽又打来电话嘲讽他的尺寸了呢。

"有两个人，都是人渣，对我说应该见见你，所以你他妈的到底在哪儿呢，杰克·伯恩斯？"迈拉·阿斯海姆说。

这就是她的留言，算不上优雅，甚至连名字都没留。杰克知道她是迈拉，因为他见过米尔德丽德，这个声音让他很熟悉。（他们姐妹俩有纽约布鲁克林的口音，和洛杉矶的口音完全不同。）

艾玛一定注意到杰克一遍又一遍播放留言时的那种沮丧。让他难过的不是那个住在本尼迪克特峡谷的家庭主妇，只有艾玛清楚地知道，虽然杰克对那个疯女人的逐渐疏远感到释然，但她的疯癫仍然对他具有吸引力。

艾玛·欧斯特勒的第一本小说名为《废稿读者》，灵感几乎完全来源

---

[1] 即著名的"曼森杀人案"。1969年7—8月间，美国邪教领袖查尔斯·曼森及其追随者犯下了多起谋杀案。死者包括著名导演罗曼·波兰斯基怀有身孕的妻子莎朗·塔特。

于她的工作，不过她的职位并不叫"废稿读者"。（艾玛难得地以勤奋的态度对待这项工作，好像这工作代表着她职业的巅峰，甚至连电影公司都称她为"首席"读者，她的工作美其名曰"剧本开发"。）

艾玛不仅会读写手自己寄来的剧本，也会读不知名经纪人送来的剧本。有时，如果某个大牌编剧的经纪人把电影公司骗得团团转，她也可能读到大牌编剧的剧本。最终能拍成电影的剧本少之又少，而且负责审读这类剧本的人比艾玛重要得多，但艾玛最后也会读到这些剧本的。

工作中让艾玛烦恼的，不是她要审读多少剧本，也不是其中大部分剧本写得多么烂。真正让她不满的是电影公司的经理，他们只读艾玛写下的评语和笔记，从不去读剧本。艾玛发现，就审读过的大多数剧本而言，自己是唯一一个读过的人。这使得艾玛在给非常糟糕的剧本撰写评语时都过于仁慈。她不想成为剧本被毙掉的唯一原因，尽管艾玛看完很多电影后最大的抱怨，就是这些电影根本不应该被拍出来。

"如果电影公司的经理要亲自审读剧本，尤其是其中还有很多废稿，他们何必再雇用一个剧本审读员呢？"杰克问道。在他看来，大多数情况下，第一个读者就是唯一的读者，这是顺理成章的事。

但艾玛不这么想，她在这个问题上义愤填膺，蛮不讲理。"即使剧本很烂，经理也得读一读。"她坚持道。

"但他们已经雇用了你，艾玛，所以他们不需要亲自读那些垃圾！"

"就算是垃圾也是人写的，小可爱，而且是花了很多时间写好的。"

显然，艾玛说自己浪费时间读了电影专业有些夸张了。学会欣赏好电影的意义何在？艾玛经常这么问。电影工业制作的电影与作为一种艺术的电影毫无关系。杰克觉得，艾玛的抱怨完全搞错了对象。真正浪费了她的时间的，不是读了电影专业，而是电影工业内的各种明争暗斗和阴谋诡计。

艾玛坚称，电影公司经理应该为那些不应该被拍出来的烂片负责。因此，作为对他们犯下罪行的小小救赎，他们应该读一读这些糟糕的剧本。

杰克反驳道，艾玛真正应该担心的，是少数无名的编剧写出了值得电影公司经理阅读和喜爱的剧本，但这些剧本最后无疾而终。艾玛读了那么多自荐的剧本，她真正喜欢的只有两部。她每次都成功说服经理读了剧本。经理每次都立刻买下剧本的版权，还支付了作者写出第二稿剧本的费用，接着他们枪毙了作者发来的第二稿，花钱把作者打发走后又雇了一个有名气的作家，把故事以常规的方式重写一遍。无论原作中吸引艾玛的特质是什么，在重写的剧本中都消失不见了。但电影公司拥有剧本的版权，他们可以随心所欲地开发他们的"财产"。

这样的结果并没有让艾玛生气。"都是作者的错，作者太爱钱了。这些蠢作者就是这个德性。你要维持对自己剧本的掌控，就别想一开始就赚到钱。记住，甚至别让那群笨蛋请你吃午饭，甜心。"

"但是，假如作者真的很需要钱呢？他们也要吃午饭啊！"杰克问。

"那么就找一份白天的全职工作。"艾玛回答。

和艾玛的争论快把杰克逼疯了。让他担忧的还有艾玛的小说会不会因此堕落成个人生活的牢骚，成为乏善可陈到令人难以置信的无聊故事。尤其是《废稿读者》里有个角色是个加拿大女性，她在美国东部毕业后来到了洛杉矶，还做着和艾玛一样的工作，杰克觉得这不是个好兆头。不过，艾玛还创作了一个完全不像自己的角色。她早已把情节想好了，比她自己的经历有趣多了。艾玛一句一句精雕细刻地写完了小说，又忍痛进行了必要的删减和修改。

此外，艾玛还设想了一个能做出无私之举的英雄角色，虽然她本人那么愤世嫉俗，和英雄气概根本不搭界。《废稿读者》的主角，就是标题里提到的那个读者，可不是愤世嫉俗的人。恰恰相反，米歇尔·马厄（那么多名字，艾玛干吗非要用这个！）是一个心地纯洁的乐天派，有种难以摧毁的乐观性格。米歇尔·马厄（指的是艾玛笔下的角色）就是这样一位好姑娘，纯真的心灵在经历堕落后依然矢志不渝，而且不止一次。

与艾玛截然不同，米歇尔异常瘦削，她不得不强迫自己吃东西。她经常流连于健身房和健康食品专卖店。蛋白粉及各种健身人士服用的膳食补充剂吃到吐，体重也没增加。虽然进行了很多力量训练，她看上去还是和钢丝一样瘦。米歇尔·马厄的身体和新陈代谢水平仅相当于一个十二岁的男孩。

另一个不同于艾玛的地方是，米歇尔读到糟糕剧本时会善心大发，哪怕一个无比糟糕、自欺欺人到极致的蹩脚作者也能让她同情心泛滥。米歇尔想要帮助他们进步，她甚至徒劳地用电影公司信头的信纸给他们写信，鼓励他们再接再厉。与米歇尔上交给电影公司经理的审读评语相比，这些信件的内容和语气很不一样。在审读评语里，她极尽挑剔苛责的口吻。总之，米歇尔很好地完成了自己的工作，她告诉老板为什么不应该浪费时间看这些垃圾。

对最蹩脚的作者，米歇尔·马厄化身为带来希望之光的天使。她总是能从他们写的那堆可恶的废话当中找出值得赞许的地方。在《废稿读者》的第一章里，米歇尔给一个名叫米盖尔·圣地亚哥的色情片明星写了一封热情洋溢的信。圣地亚哥是个健身爱好者，身上有很多刺青，他在出演色情片时的艺名叫吉米。

在圣地亚哥写的那部可悲的剧本中，他讲述了自己的人生经历。他将自己描绘为一个讨厌自己工作的色情片明星。唯一能让他听到导演的指令后立刻兴起的方式，就是把自己想象成年轻的好莱坞男星詹姆斯·斯图尔特，在电影《过气天使》中爱上了女星玛格丽特·苏利文，或者是想象着自己与女星唐娜·里德在《生活多美好》中共同体验着令人动容的幸福。圣地亚哥通过把自己想象成演出过众多黑白肥皂电影杰作的詹姆斯·斯图尔特，成功地完成了色情片巨制《无聊主妇》和《持久不泄》的拍摄。

他的剧本中没什么故事可言。我们看到米盖尔·圣地亚哥练习举重，接受刺青，我们看到他背诵着《过气天使》和《生活多美好》中的台词，我们看到他把自己想象成饰演各种角色的詹姆斯·斯图尔特。在写给电影公司经理的评语中，米歇尔·马厄认定这样的电影"无法拍摄"——简单来说，这部电影有三分之一的内容是色情片！但在写给米盖尔·圣地亚哥的信中，米歇尔称他的剧本是"充满了甜蜜与心酸的回忆录"。她还在信中提了一个私人问题：她想知道米盖尔是在哪里进行健身训练的。

当然，圣地亚哥根本不会知道米歇尔·马厄只是一个废稿读者，而以为她是电影公司里的某个掌权人物。他更不知道米歇尔跑去录像店，把他主演的四部《无聊主妇》系列电影租回去看了一遍。她最为堕落的一次自渎行为，是一边看着《持久不泄》一边手淫。压抑着自己的欲望，米歇尔去了米盖尔·圣地亚哥（别名吉米）训练的地方，只为了看他练习。米歇尔·马厄在这方面倒是和艾玛很像，她也很迷恋身材健美的男性。但与艾玛不同的是，米歇尔一般不会让强烈的渴望驱使自己的行为。再说有哪个健身的男性会喜欢上米歇尔呢？她瘦得像根棍子。

《废稿读者》最感人之处，在于米盖尔·圣地亚哥虽然愚笨，但心地善良。米歇尔·马厄终于鼓起勇气，向他坦白自己并非电影公司的上层，只是一个为他感到遗憾的剧本审读。他们就是从这时开始交往的。某个书评人称这段关系"是一段洛杉矶畸恋"，这篇评论总体上是赞美《废稿读者》的，但这部小说更多得到的是如潮的恶评。"让经典的黑色电影相形见绌。"《纽约时报》这样写道。

米盖尔和米歇尔最后住到了一起，从他们的住处"可以嗅到威尼斯海滩寿司店大垃圾桶飘来的气味"。（杰克知道它的出处。）他们不做爱，因为他的鸡鸡太大，超出了米歇尔的承受能力，让她疼痛不已。她只是用手握住那根阴茎。（杰克也知道这里的出处，但不包括"鸡鸡太大"的部分。）

随着时间的流逝，米盖尔对米歇尔的爱愈发成熟和持久，他把她介绍给他在健身房里一起健身的朋友认识。他在淋浴时见过他们赤裸身体的样子，知道他们之中谁的鸡鸡尺寸偏小。米歇尔会与他们上床，将其形容为"一种模糊的快感"。手里握着米盖尔那根叱咤色情片界的阴茎，米歇尔百感交集，她告诉他自己很幸福。

至于"天赋异禀"的米盖尔·圣地亚哥，他已经在白天的工作中清心寡欲地解决了所有性需求。他坦然接受了与米歇尔·马厄的这种关系。虽然米歇尔偶尔会和小鸡鸡的男人上床，但她最终还是会回到家里和米盖尔一起躺在床上（她手里握着他那根令自己无法承受的阴茎），安静地看着由费雯·丽和罗伯特·泰勒主演的 1940 年影片《魂断蓝桥》的录像带。米盖尔很喜欢看这类催泪煽情的影片。

在艾玛小说的最后，米歇尔·马厄和米盖尔·圣地亚哥仍然住在一起。但米歇尔不再给蹩脚的编剧写鼓励信了，她写给电影公司经理的审读评语不再那么尖刻，而经理还是不去读剧本。最糟糕的剧本仍然会让她为作者感到难过，但她下班回家后从不和米盖尔提起工作。自然地，米盖尔对他自己的剧本也只字不提。他们一起服用蛋白粉和膳食补充剂，一起去健身房训练。米盖尔说他喜欢她穿着世界健身俱乐部的背心睡觉，因为很容易从那件暴露的背心伸进手去抚摸她那对瘦小到几乎不存在的乳房。

"洛杉矶还有很多比米歇尔和米盖尔更加让人不齿的恋人。"艾玛写道。这句话被很多《废稿读者》的书评引用，而且很好地呼应了小说的最后一句话："如果你或你的恋人正在参与或参与过一部甚至多部烂片，哪怕你永远都在为同一部烂片忙碌，与此相比，还有更糟的事情让你为之羞愧。"

杰克反倒更喜欢小说的第一句话："要么这座城市里没有巧合，要么这座城市的一切都是巧合。"

例如，迈拉·阿斯海姆在自动答录机上的那条留言。杰克不知道的是，艾玛知道米尔德丽德·阿斯海姆是谁。杰克到《吸血鬼妓女莫菲3》片场偶然遇到"大鸟汉克"，后来和艾玛一起看了汉克出演的所有影片。在此之前，艾玛已经没日没夜地看了好多色情片了，按照她的说法，这是在为《废稿读者》进行"研究"。

杰克告诉艾玛，他每次读到米盖尔·圣地亚哥都会不由自主地想到"大鸟汉克"，但艾玛否定了他过早得出的结论——《废稿读者》有一天会被拍成电影。"饶了我吧，别再提拍电影的事了，小可爱。你开始想入非非了。"她以此来回应他的想法。

杰克最初读到《废稿读者》时，小说的初稿还在纽约的文学经纪人圈子里传阅。艾玛认定自己身上的美国特质远远多于加拿大，所以她想先卖掉美国的版权，再把这部作品拿给多伦多的出版商，尽管艾玛的圣西尔达校友，"乳房里长骨头"的夏洛特·巴福德是加拿大出版界里一颗冉冉升起的新星。

"你非得叫主角米歇尔·马厄吗？"杰克问艾玛，"我爱慕米歇尔·马厄，我崇拜她，而且会永远崇拜她。可你甚至都没见过她，艾玛。"

"你别和我提她，杰克。再说，米歇尔是一个非常正面的角色，我是说在小说里。"

"米歇尔在现实中也非常正面！"杰克抗议道，"你给了她一副十二岁男孩的身体！你把她变成了一个被健壮男人奴役的可怜女孩！"

"只是个名字而已，你反应过度了。"艾玛说。

当然了，杰克对"鸡鸡太小"那件事也很敏感，而小说把米歇尔与小鸡鸡男人上床称为"模糊的快感"。

"这是小说，甜心，是虚构的。你不知道该怎样读小说吗？"

"你握着我的阴茎已经好多年了，艾玛。我还不知道你对尺寸做过评估呢。"

"这是小说，"艾玛重复道，"你不要把它看得过于与己相关了。有关鸡鸡尺寸，你搞错了重点，杰克。"

"重点是什么？"

"重点是如果尺寸太大，小可爱，女人承受不了会很痛苦。"

杰克想了想，他还不知道女人会承受不了。（也许有时候尺寸是偏大了些，但也不至于承受不了。）艾玛的意思是说，"模糊的快感"要好过痛苦？这就是重点？这时，杰克看到艾玛哭了起来。"我很喜欢这部小说，我并没有说不喜欢它。"他对艾玛说。

"你还是没明白。"艾玛说。

杰克以为艾玛在说《废稿读者》，他确信自己完全看明白了。"我看明白了，艾玛，"他说，"虽然不是我最喜欢的类型，我是说不是我喜欢的那种情节复杂、人物众多的老派小说。对我而言，它有些过于当代风格了，对一段关系双方的心理探究多于叙事，而且这还是一种不太正常的关系。但我确实喜欢这部小说，我真的喜欢。我认为，小说的叙述口吻很连贯，有种讽刺意味的轻描淡写，我猜你会这么评论吧。而在描写感情时，则会用一种不带感情色彩的语气，这点让我格外喜欢。这对恋人虽然不太完美，但总比没有强。我的理解是，他们从不做爱是因为他们办不到，但是（出于各种不同的原因）无法做爱对他们而言也是一种解脱。"

"行了，你他妈的给我闭嘴！"艾玛说道，她还在哭着。

"还有我没看明白的地方吗？"杰克问。

"你不明白的不是小说，而是我！"她哭喊道，"是我，我就是承受不了大尺寸的女人，杰克，"艾玛轻柔地说，"甚至不算太大的都会让我痛苦。"

杰克震惊了。艾玛，这样一个高大强壮的年轻女性，经常要为减肥而挣扎，甚至比杰克更高更重。她怎么可能无法承受大尺寸的男人？"你看过医生了吗？"他问。

"你是说妇科医生？见了，还见了好几个。他们说，我的阴道没有任何问题。显然，是因为精神原因。"

"那种痛苦是你想象出来的？"杰克问艾玛。

"不是，痛苦是确实存在的。"她回答。

艾玛的症状有一个让人读起来很不舒服的名字——阴道痉挛症。她解释说，这是一种条件反射，会阴肌肉在受到任何刺激时都会发生抽搐。有些有这种症状的女人，只要一想到阴道插入就会肌肉痉挛。

"你想要避免插入？"杰克问。

"这是不由自主的反应，甜心。我无法控制，而且难以治愈。"

"没办法治好？"

艾玛大笑起来。她甚至还尝试过催眠，让肌肉放松下来，而不是不受控制地收缩。心理医生事先警告过艾玛，这种疗法仅仅在很小一部分患者身上见效，而最后果然对艾玛没有用处。

在一名多伦多妇科医生的建议下，艾玛还尝试了一种所谓的系统脱敏疗法，而她在洛杉矶的妇科医生则轻蔑地称其为棉签疗法。就是先插入像棉签那么细的物体，等肌肉习惯后，再逐渐插入尺寸越来越大的物体……

"别说了，"杰克说，他不想知道她到底都试了哪些疗法，"有没有哪个疗法见效的？"他问艾玛。

唯一有点效果的（还不是每次都有效）是来自性交对象的绝对配合。"我必须要在上面，小可爱，而男人必须一动不动。哪怕他动一下，我都会立刻痉挛。"艾玛必须拥有完全的控制，所有的动作都由她做出，只有这样才有效。不用说，很难找到这样心甘情愿的性伴侣。

杰克想了很多事情，其中大部分是难以说出口的。艾玛对健壮男性的迷恋不是她一时心血来潮，她长期以来偏爱比自己年轻许多的男孩也得到了合理的解释。杰克记得，艾玛不生孩子的态度是那么坚决。无疑，阴道痉挛症是一大原因，这个原因比艾玛担心自己像她妈妈那样不能成为一名合格的母亲更有说服力。

如果再去问艾玛有没有手术治疗的可能，那就太残忍了。艾玛每次见医生都会心烦意乱。她惧怕手术等一切与医疗相关的事物。而且，如果阴道痉挛症真的与心理问题有关，手术也不能完全解决问题。

杰克不忍心对艾玛说，她应该考虑修改一下《废稿读者》。他认为阴道痉挛症这一点更适合用于创作一个好故事，比什么小鸡鸡、大鸡鸡好多了，更不用说米歇尔·马厄的阴道过于窄小这种靠不住的设定。但他能理解，艾玛的小说代表了一种纯粹的选择，是一个接受现实的寓言，就像艾玛尽己所能最大程度地面对自己的问题。她做爱时只能在上面的位置，她一辈子都要寻找那个能为她在下面一动不动的伴侣。这太残忍了。这个方法最后真的能让她的会阴肌肉学会放松吗？

"造成阴道痉挛的原因是什么？"杰克问道。但艾玛似乎没有听见，她在想别的事情。也许她也不知道原因是什么，可能什么原因都没有，或许她根本不想和他讨论这个问题。

他们脱了衣服，躺在床上，艾玛握着杰克的阴茎。他觉得今天自己的阴茎硬得有些反常，艾玛却只是说："你的没有那么小，杰克。我会说，略微有点儿小。但如果我是你，甜心，我不会为这事担心的。"

艾玛并没有说她见过比他更小的，杰克记得她说的是她见过比他更大的，但他并没有纠结于这个差别。她握着自己的阴茎就够了，他真的太喜欢她握着自己阴茎的手法了。

"我们应该搬走。"艾玛带着困意说。

"也许室友并不等于最好的读者。"杰克小心地说，手摸着她的乳房。

"我的意思不是要我们分开住，杰克。我是说，我已经厌倦了威尼斯海滩。"

这句话让杰克震惊极了，但他一句话也没说。他会想念威尼斯海滩的，甚至包括滨水寿司的垃圾桶味香水。杰克算不上健身爱好者，但他越来越喜欢世界健身俱乐部了。虽然艾玛在金吉姆有过糟糕的经历，他偶尔也会去那里。每当他想要进行自由重量的练习时，就会到那两家健身房的女性训练区去训练。

"你会成为一个强壮的男孩的，杰克——不是高大，而是强壮。"莱斯利·欧斯特勒曾经这样对他说。

"你这样觉得？"他问。

"我清楚，因为我看得出来。"欧斯特勒夫人说。

杰克躺在床上回想起这段往事，他那根"有点儿小"的阴茎硬得像金刚石一样，被艾玛强壮有力的大手握住。和他妈妈一样，杰克的手很小。他躺在那里，惊奇自己已经好几个月没有想过妈妈了。也许杰克不喜欢想起她，因为他相信艾丽丝越来越多地让他想起自己的父亲。虽然让杰克烦恼的并不是与父亲容貌上的相似，但对艾丽丝而言，杰克与威廉任何方面的相似无疑都会令她心神难安。杰克就是有种感觉，他妈妈不喜欢他。

杰克也在琢磨他和艾玛能搬到哪里。他以前对艾玛提到过帕利塞德。那里像是个小村庄，步行就可以逛遍。但艾玛说，帕利塞德"挤满了孩子"。在她看来，帕利塞德是"一个神智正常的无聊人群生儿育女的地方"。杰克据此猜测他们不会搬到那里。

显然，贝弗利山这种富豪和明星云集的地方，他们是住不起的，而且距离海滩太远了。艾玛说，她喜欢每天都能看到大海，但这并不意味着她去过海滩。杰克想，也许马利布或圣莫尼卡适合吧。但考虑到艾玛透露性行为让她痛苦（更可能的是，大部分情况下让她痛苦），杰克现在就和她讨论应该搬去哪里实在太不近人情了。他想，还是以后再说吧。

"用拉丁语把那句话念给我听。"杰克对艾玛说。

艾玛知道杰克说的是什么，那句话是她小说开头的引语。她每天像祈祷似的念个不停，但直到现在，杰克才明白她是认真的。

"*Nihil facimus sed id bene facimus.*"艾玛低声说道，以别人无法取代的手法握着他的阴茎。

"我们一事无成，但我们精于此道。"杰克用英语翻译道，双手捧着她的乳房。

当时是1988年秋天，《雨人》成了当年票房最高的影片，并横扫了奥斯卡奖。但那一年，杰克最喜欢的电影是《一条叫旺达的鱼》。他愿意付出一切饰演美国演员凯文·克莱恩的那个角色，克莱恩因为那个角色赢得了奥斯卡最佳男配角奖项。

杰克·伯恩斯那年23岁，艾玛·欧斯特勒30岁。孩子，他们的人生就要改变了！

和艾玛搬去圣莫妮卡后，杰克和迈拉·阿斯海姆在蒙大拿大道边一个吃早餐的地方见了面。为了准备这次会面，艾玛给杰克买来了全套的衣服。一件咖啡色长袖衬衫（下摆不要掖进裤子里，最上面两颗扣子也不用系上）、一条古铜色卡其裤和他做侍者时穿的深棕色的平底便鞋。他的头发故意留长了，也抹了比平时更多的发胶，胡须两天没有刮。这都是艾玛的决定。她说杰克把胡子刮光的时候"长得像个女人"，但胡子三天不刮就让他"太像三船敏郎了"。衬衫是亚麻材质的，艾玛很喜欢亚麻布形成的褶皱。

杰克想起欧斯特勒夫人给他买雷丁（以及后来埃克塞特）的制服。他对艾玛说，自己太粗心了，竟然没有感谢她妈妈的付出。艾玛当时正用双手在他头发上抹发胶，动作有些粗暴。"而且她还支付了两所学校的学费。你妈妈一定觉得我忘恩负义。"杰克说。

"千万别去谢她，甜心。"

"为什么？"他问。

"别谢就对了。"艾玛用力抓着他的头发。

显而易见，并没有人像莱斯利·欧斯特勒和艾玛打理杰克那样精心地打扮迈拉·阿斯海姆。杰克起先把迈拉错认成一个无家可归的流浪者。她当时正从海洋大道的公园带方向沿着蒙大拿大道向东走，在橘子酱咖啡馆前抽着烟。迈拉看上去快要七十岁了，说不定已经七十了，她穿着一双脏兮兮的跑鞋，一条宽松的灰色运动裤，一件没熨的褪了色的粉色长袖运动衫。她那一头脏兮兮的白发稀疏无光，马尾辫从洛杉矶阿纳海姆天使队的棒球帽后面伸了出来。棒球帽上绣着阿纳海姆天使队的队标，但大写字母 A 上面的天使光环已经脱落了。迈拉完全不像她那位年轻时尚的妹妹米尔德丽德。

她甚至背了一个塞得过满的购物袋，里面装了一件旧式雨衣。杰克从她面前走过，但直到迈拉对他说话，他才认出她，因为她的声音和色情电影制片人米尔德丽德一样。"你不应该留胡楂，也不用抹那么多发胶。你的样子像是在车底下睡了一夜似的。"她说道。

"阿斯海姆女士？"杰克问。

"你可真是个聪明的孩子，杰克·伯恩斯。千万别听劳伦斯的鬼话，你长得根本没有太奶油啊。"

"劳伦斯说我长得太奶油了？"杰克问道，为迈拉打开门。

"劳伦斯是个小人，是个骗子。在洛杉矶，就没有长得太奶油或是事业太成功这种说法！"迈拉·阿斯海姆说。

迈拉·阿斯海姆曾经有多么成功或失败，杰克不得而知，或者说无人知晓。好莱坞昔日那些与她有关的传奇故事，既没有人证实也没有人否认。她身在知名经纪公司 ICM 时，到底是被威廉·莫里斯经纪公司还是被创新艺人经纪公司挖走的？到底是她被这三家著名公司解雇了，还是她出于自愿离开了？她真的做过女星朱莉娅·罗伯茨的经纪人？她"发掘"了莎朗·斯通还是黛米·摩尔？黛米·摩尔的绰号真的是迈拉起的？

杰克后来在贝弗利山莱佛士总督酒店的酒吧见到了劳伦斯，那里并不是杰克最喜欢的贝弗利山酒店，但确实是劳伦斯最爱的酒吧。劳伦斯说，黛米·摩尔的绰号是他的主意，不是迈拉起的。不过迈拉说得对，劳伦斯是个小人和骗子。无论迈拉·阿斯海姆是否真的做过朱莉娅·罗伯茨的经纪人，她一直和好莱坞的选角导演们维持着联系，他们几乎都很喜欢她。尽管迈拉已经不给任何演员做经纪人了，但选角导演们还是会回她的电话。

创新艺人公司的经纪人鲍勃·布克曼是艾玛的经纪人，后来又成了杰克的经纪人。他告诉杰克迈拉那顶标志性的棒球帽的故事。她根本不是阿纳海姆天使队的球迷，她甚至都不喜欢棒球。迈拉只是喜欢帽子上的大写字母 A，但她讨厌 A 上方的天使光环。"这是一顶'一线名单'棒球帽，但我可不是什么天使。"她喜欢这么说。

按照鲍勃·布克曼的说法，迈拉每年都会买一顶阿纳海姆天使队的帽子，然后用指甲刀去掉队标中的天使光环。"我在午餐时见过她那么做，"鲍勃说，"在等待自己的科布沙拉上桌时，迈拉会用指甲刀剪掉帽子上的天使光环。"科布沙拉让这个故事听上去像是真的，因为除了早餐，杰克唯一见过迈拉吃的东西就是科布沙拉。

后来成为杰克律师的艾伦·赫尔戈特说，迈拉总是在他的自动答录机上留下同样的语音信息："给我回电，否则我就把你告到裤子输光。"这听起来很像她说出的话。

"在洛杉矶，你会厌倦总有人告诉你你已经知道的东西，你应该表现得很有兴趣，可事实上，你知道的比说话的家伙还要多呢。迈拉不一样。她总能知道些你不知道的东西，是真是假倒无所谓。"艾伦告诉杰克。

在好莱坞，有关迈拉·阿斯海姆的故事和有关男演员米尔顿·伯利生殖器尺寸的谣传一样多。想想看，杰克·伯恩斯见到她是因为他的鸡鸡偏小或者说"略微有点儿小"，而这又是因为杰克之前见了迈拉那个做色情片制片人的妹妹米丽！事实上，要不是因为劳伦斯，杰克根本不可能遇到阿斯海姆姐妹，而他能遇到劳伦斯仅仅因为劳伦斯想和艾玛上床。（杰克了解艾玛的苦衷，很可能她的直觉告诉她离劳伦斯远远的，因为劳伦斯的阴茎尺寸也许不适合她，或是艾玛清楚劳伦斯不会老老实实地待在她身下一动不动。）

"实际上，我已经不再做经纪人了。"迈拉同杰克在橘子酱咖啡馆吃早餐时说。他们坐在一张类似于圣莫尼卡社区聚餐时用的野餐桌旁。"我妹妹和我创建了一家经纪公司。"鉴于对另外那个阿斯海姆有限（但具体）的了解，这句话让杰克有些糊涂。但他早就决定，还是不要试图理解电影行业的运作了。从一开始，杰克·伯恩斯就明白，他的工作就是找到一份工作。他早就知道怎样做演员了。

在野餐桌一端，一个男人在读铺开的报纸，他坐在杰克身边，低声念叨着，似乎一辈子都在埋怨看到的各种新闻。餐桌另一端是靠近迈拉的一家四口——一对互相折磨的年轻夫妇和两个在争吵的孩子。

和罗威纳一样，迈拉·阿斯海姆在杰克的履历中敏锐地发现了布鲁诺·利特金斯。"那个像苍鹭的男同性恋。"杰克之前就是这么叫他的。迈拉说，这是杰克之前遇见过的人中唯一一个有些知名度的。"我觉得你并不是异装癖，你只是知道怎么把异装癖演得像。"迈拉说道。

"我是知道怎么把异装癖演得像。"杰克表示同意。

"如果我感觉你这种变性角色演得过多了，我会告诉你的，杰克。"

靠近迈拉的那两个孩子让她心烦不已。那个小男孩，大概只有六七岁，之前点了一份加香蕉切片的燕麦粥，但他把所有的香蕉都挑了出来。他想要他姐姐的熏肉，但她一片都不给。"要是你想吃熏肉，刚刚应该点熏肉。"孩子的母亲苦口婆心地对他说。

"你可以吃我的香蕉啊。"男孩对他姐姐说。不过，想用香蕉换熏肉，没门儿。

"听我说，你该懂这样的道理。你想要她的熏肉，但你没有她想要的东西。这可做不成交易。"迈拉生气地对小男孩说。

杰克逐渐发现，在电影圈中，与人见面就是一场面试。你甚至不清楚自己是来面试哪个角色的，你只要随便找个角色开始扮演就行了，任何角色。杰克看着那个小女孩，大概九到十岁的她有三片熏肉。现在，她就是杰克这次试镜的唯一观众。迈拉·阿斯海姆是面试官，她也知道杰克在表演。

在电影《银翼杀手》中，演员鲁特格尔·哈尔饰演了最后一个死去的复制人。将死的他救了哈里森·福特饰演的角色。他宁可找人说说话，也不愿意孤独地死去。"我见过很多你们人类不会相信的事情。"鲁特格尔·哈尔说。杰克当时心中想到的就是这个场景。

于是，杰克用电影中鲁特格尔·哈尔的那种口吻对小女孩说道："我有个弟弟，"杰克 / 鲁特格尔·哈尔开口道，"他以前也总是要我的东西，比如要我的熏肉，就像你弟弟那样。当时我也许真的应该把熏肉给他，哪怕只给一片。"

"为什么？"女孩问。

"我遭遇过一场摩托车事故。"杰克说。他用手摸了一下身侧，脸上露出痛苦的表情。杰克好像疼得突然深吸了一口气，吓得那个小男孩弄碎了他挑出来的一片香蕉，"车把手刺进了这里，直接刺穿了。"

"我们还在吃东西呢。"迈拉·阿斯海姆说，但那两个孩子和杰克 / 鲁特格尔·哈尔完全无视了她的话。

"我失去了一个肾脏，我以为自己会没事的，"杰克解释道，"我们每个人都有两个肾脏，"他对小男孩说，"人有一个肾也能活下去。"

"你剩下的那个肾怎么了？"小女孩问。

杰克耸了耸肩，再次露出那种痛苦的表情。除了车把手，显然耸肩也让他感到痛苦。（他想起了鲁特格尔·哈尔的那句台词："所有这些瞬间都将消失在时间的洪流里，如同眼泪融进了雨中。"）杰克以同样的语气说："我那个剩下的肾脏快要衰竭了。"

"'死期将至。'"迈拉说，耸了耸肩。（这是鲁特格尔·哈尔在《银翼杀手》中的最后一句台词。显然，迈拉也知道那部电影。）

"当然，我可以让我弟弟把他的一个肾脏移植给我。我们是兄弟，他的肾脏不会被我的身体排斥，只有像兄弟姐妹这样血缘亲近的人才行。可我没有姐妹，只有一个弟弟。"杰克继续说着。

"那就对你弟弟说啊！"小女孩激动地说。

"我觉得他的确是最合适的人。"杰克表示同意，"不过，你也发现了问题所在。我从来没给过他我的熏肉，一片都没给过。"

"肾脏是什么？"小男孩问。

他姐姐小心翼翼地把一片熏肉放到了他挑出香蕉后的燕麦粥里。"给你，吃吧。你现在不需别人给你肾脏。"她说。

"如果我感觉你鲁特格尔·哈尔式的角色演得过多了，我会告诉你的，杰克。"迈拉·阿斯海姆只说了这一句，杰克明白他已经通过了面试。

那个女孩看着她弟弟吃掉了熏肉。杰克能够猜出，她脑子里正琢磨着杰克刚刚提到的那场事故。"能让我看看伤疤吗，就是车把手留下的？"她问。

"我们还在吃东西呢。"迈拉又一次说道。

杰克刚才太专注于自己唯一的观众，没有注意到身旁那个看报纸的男人离开了。在任何演出中，哪怕是精彩的演出，也会有人中途离场。吃过早饭后，他们走在蒙大拿大道上，迈拉批评了杰克刚刚的表演。"你让那个看报纸的家伙离场了。他根本没买账，一开始就不信。"

"那个女孩才是我的观众。那个女孩和你。"杰克说。

"那个女孩很容易唬住。但你提到车把手让我有点想退场了。"迈拉对他说。

"哦。"

"别再说'哦'了。那是个毫无意义的感叹词，杰克。"

杰克发现自己并不确定经纪公司是做什么的，他也不知道迈拉与其他经纪人到底有什么不一样。"难道我不得找个经纪人吗？"他问。

"我先给你找部电影吧。一部电影和一个导演。寻找经纪人的最佳时机，就是你不需要经纪人的时候。"迈拉说。

杰克后来常常想，假如当初迈拉·阿斯海姆给他找的是一部完全不同的电影，哪怕仅仅是一个不同的导演，他的事业和人生将会是怎样一番模样。但杰克心里清楚，你无力改变你第一次的突破之举，你无法估量这一举动会给你以后带去怎样的影响。

每个年轻演员都幻想，会存在某个特殊角色，能够让自己发挥特长。呃，杰克给年轻演员的建议是，但愿你能找到那个完美的角色。迈拉·阿斯海姆给杰克（在他的第一部电影中）找的角色简直是量身定制。

"*Principiis obsta!*"拉姆西先生后来在写给杰克的信中引用了古罗马诗人奥维德的原话，"好的开始是成功的一半！"

21 两根蜡烛两头烧

　　归根结底，杰克·伯恩斯的成功，应该有"狂人比尔"——导演威廉·范弗列克的功劳。范弗列克的绰号还包括"疯狂的荷兰人"和"翻拍狂魔"。得名"翻拍狂魔"的原因，是他经常无耻地盗用经典欧洲电影的故事情节，粗糙改动以适应美国电影观众的口味。

　　波兰导演罗曼·波兰斯基在1962年拍摄的第一部剧情长片《水中刀》在1989年时被范弗列克翻拍成《最后一个搭我便车的人》。影片讲述一对关系陷入困境的情侣，周末开车去滑雪（不是乘帆船），遇到了一名异装癖的搭车客。杰克·伯恩斯饰演的就是这名搭车客，还有比这个更合适他的角色吗？

　　威廉·范弗列克既是编剧又是导演。《综艺》杂志的一篇文章说，无论难度有多大，"翻拍狂魔"总能够让一部影片或某个性别的角色比原作差劲许多。虽然"狂人比尔"是个抄袭艺术家，但他有着丰富的电影从业常识，而且他只抄袭好的东西。范弗列克把欧洲电影中出现的性别错乱与美国电影中的性与暴力元素融合到一起。他本人和很多观众就是喜欢这种充满欺骗和表里不一的设定。

　　经过科罗拉多州帝国镇和温特帕克之间的那段40号美国国道，蜿蜒穿行于陡峭的山坡上，翻过贝索德山口。冬季发生雪崩时，这段公路会被关闭。这时，你会在荒山野地里看到滑雪爱好者和滑雪运动员在路边搭便车，前往他们之前停车的地方。

《最后一个搭我便车的人》的开场镜头中，我们看到一个漂亮的女性滑雪爱好者，背着双肩包，肩上扛着雪橇，正站在 40 号国道旁伸手求搭便车。大家会发现，那人并不是女的。没错，这个角色就是杰克·伯恩斯演的，他看上去美极了。

杰克获得了这个角色，不仅仅因为他曾在布鲁诺·利特金斯的男同性恋版《巴黎圣母院》中饰演了异装癖的埃斯梅拉达，而且因为"疯狂的荷兰人"觉得应该找一个没名气的演员来饰演搭车客的角色。

车里的情侣仔细地打量了装扮成女性的杰克。（换成谁都会这么做。）"继续开车，别停下。"女人说。

但男人刹了车，停了下来。"这是最后一个搭我便车的人，我保证。"他说。

"你以前就保证过，伊森。上次也是一个漂亮女孩。"她对男人说。

杰克把雪橇固定在车顶行李架上时，情侣二人更加仔细地看了看他。伊森目不转睛地看着那个漂亮女孩的胸部，而女人对杰克及肩的深色长发更有兴致。杰克坐进汽车后座后，伊森调整了一下后视镜，以便更清楚地看到搭车客。女人注意到这一点，怒气冲天。

"嗨，我叫杰克。"他对二人说着摘掉了假发，用滑雪手套抹掉了嘴唇上淡紫色的唇彩，"你们很可能以为我是个女孩，对吧？"

女人回过头去，看到杰克把假发放在背包上。他解开紧紧裹着身体的风雪外套，（在伊森惊恐的注视下）脱掉了假胸，连同假发一起塞进背包里。没错，这是一部 B 级片，会有一群狂热的拥趸，不可否认，这个开场棒极了。

"嗨，我叫妮可。"坐在前排的女人对杰克说，脸上瞬间露出了微笑。

扮演妮可的是演员贾丝汀·邓恩，这是她因车祸毁容前出演的最后一部电影。那场车祸发生在洛杉矶威尔夏大道与 405 号州际公路的路口，因为五辆车相撞而名噪一时。

电影中，当伊森发现杰克是个男人，他立刻要他滚下车。

"是你同意他搭便车的，伊森。送他一程吧。"妮可说。

"我从不让男人搭车。"伊森对她说。

杰克回过头，目光望向后窗外，看着离他们远去的蜿蜒公路。"这里停车可不太安全。"他说。

"滚下车！"伊森喊道。

镜头快速切换到一辆行驶在弯道上的黑色货车内，几个晕晕乎乎的滑雪运动员轮流抽着一根大麻烟卷。（妮可说："如果他下车，伊森，我就和他一起下去。"这句台词是画外音。）

镜头又回到伊森和妮可那辆停下的车里：伊森正阻止妮可解下身上的安全带。搭车客早就把放在车顶行李架上的雪橇拿下来了。他敲了敲副驾驶的车窗，妮可听到后把车窗放了下来。杰克对她说："很抱歉给你们造成了麻烦。不过扮成女孩，我更容易搭到车。"然后，他从车边走开了。这时，那辆黑色货车过来了！

因为公路弯道的关系，货车司机才看到停下的汽车。他赶忙刹车，货车从汽车边上滑过。车上一名晕乎乎的滑雪运动员狂暴地对着伊森、妮可和杰克比着中指。两车差点儿相撞，伊森和妮可显然被吓到了，但杰克甚至动都没动一下。

从这之后，整部电影的水准急转直下。每当播放《最后一个搭我便车的人》的片段时，人们总是会选择杰克在电影这部分的前两个近景特写镜头。

这部电影上映时，杰克二十四岁。贾丝汀比他大十二岁。在杰克这个异装癖搭车客看来，她是一位颇具吸引力的成熟女性。

后来在电影中，两人有一场非常火爆的戏。扮成女孩的杰克在滑雪度假村餐厅的女盥洗室里，正对着镜子手忙脚乱地化妆。这时，妮可从隔间里走了出来，理了理身上的礼服。他们长得都很好看，但贾丝汀已经三十六岁了，他们当中谁更漂亮是显而易见的。

"现在，你这是要搭什么便车了？"她问杰克。

"现在搭的便车是晚餐。"杰克回答。

"你的滑雪缆车票是自己花钱买的吗？"她问。

"滑雪是一项昂贵的运动。我尽量不自己花钱吃晚餐。"杰克说，耸了耸肩。

妮可回头看着杰克："你晚餐后有安排吗？"

"我把他支开。你晚餐后有安排吗？"杰克问她。

妮可这时还没有和伊森分手，虽然她和他在一起并不快乐。"我试试看去支开他。"她回答，略微有些伤心。

就在这时，杰克吻了她的嘴唇。让观众十分不安的是，你不知道吻着妮可的是男人还是女人。但这又有什么关系呢？《最后一个搭我便车的人》成了贾丝汀·邓恩的影迷最喜欢的一部电影。在她因车祸严重毁容而退出电影圈后，贾丝汀的影迷聚集起来组成了一个团体。其中大部分成员都是疯狂的电影观众，他们把因各种愚蠢事故致死或致残的人视为英雄。

至于杰克，这可真不是他能掌控的。作为一名曾经的摔跤手，他可以轻松地减轻自己的体重，因为他必须要让自己轻一些。他曾是个60公斤级的轻量级选手。按照（现实中的那个）米歇尔·马厄的观察，杰克有一副精干的身材。

"中性路线很适合你，杰克。"当范弗列克将杰克打造成一个不同凡响的性感偶像后，迈拉·阿斯海姆经常这样对他说。杰克虽然是个性感的男人，但装扮成女性后更加性感，尽管并不是所有人都喜欢他。

杰克扮演的这个异装癖搭车客角色，比杰伊·戴维森在《哭泣游戏》中饰演的异装癖迪尔早了三年。虽然《哭泣游戏》的导演尼尔·乔丹是一流的作家和导演，而大家都知道"狂人比尔"范弗列克十分拙劣，但杰克·伯恩斯仍然比杰伊·戴维森更早出演异装癖角色。

没错，杰克不可能把异装癖的角色演到自己变老为止。（像《窈窕奶爸》这种有性感的老年异装癖角色的电影，在好莱坞并不多见。）尽管如此，开头还不错。《最后一个搭我便车的人》仅在"部分影院"上映，此前杰克并不像艾玛那么出名。她的第一部小说已经连续十五周登上《纽约时报》的畅销书排行榜。而艾玛在家乡多伦多更是家喻户晓，因为那里没有一个土生土长的加拿大人在美国走红。杰克妈妈的描述（更不用提拉姆西先生了）会让你以为杰克·伯恩斯的风头已然盖过了美国老牌男演员杰夫·布里吉斯（当然，是从异装癖角色的角度来说），甚至比哈里森·福特还要有票房号召力。

《最后一个搭我便车的人》是一部糟糕的电影，但人们记住了杰克的那两个特写镜头，即使《周六夜现场》恶搞了这两个镜头，也丝毫没有影响杰克的人气。贾丝汀·邓恩遭遇车祸后因昏迷躺在了加州大学洛杉矶分校医学中心，在外面举办的烛光守夜活动上，"狂人比尔"摇身变成一个脱口秀名人，他对杰克大加赞赏。

他当然会这么做。迈拉·阿斯海姆保证杰克会与"疯狂的荷兰人"再合作一部电影。为杰克这个连配角都算不上的小角色唱赞歌，"狂人比尔"正好借此机会为下一部电影宣传造势。但他的下一部电影没有像《最后一个搭我便车的人》那样再次成为邪典电影的经典之作。虽然杰克在这部电影中饰演了男/女主角，但他为"翻拍狂魔"出演的第二部B级片中没有贾丝汀·邓恩，没有哪个演员恰好在电影上映前因车祸毁容结束电影生涯。（简而言之，没有横空飞来的宣传热点了。）

同时，在下一部范弗列克的电影上映之前，杰克因为艾玛的小说《废稿读者》的宣传而获得了极大的关注。在《人物》杂志的一篇文章中，艾玛称杰克是她的室友，里面还有几张二人亲昵的照片。杰克要在下一部电影中扮演和搭车客类似的异装癖角色，脱掉假发和假体，从女人变成男人。在杂志刊登的照片中，现实中的杰克嘴角还留有唇彩，脸上挂着一副刚刚被人狂吻过的放纵表情。

"那是一种柏拉图式的爱情。我们只是室友。"艾玛在那篇文章中说道。在另外一篇采访中，艾玛说："我喜欢给杰克拍照片。他特别上镜。"（这篇采访刊登了一张杰克睡觉时的照片。）

也许只有艾丽丝和欧斯特勒夫人才相信艾玛和杰克不是恋人。实际上，杰克知道莱斯利对他们的关系有些怀疑。卑鄙小人劳伦斯也不相信。艾玛告诉杰克，她在莫尔顿牛排餐厅吃午餐时遇见了劳伦斯。劳伦斯丢掉了在创新艺人公司的工作，但他没有告诉艾玛。他对艾玛吹嘘说要成立自己的经纪公司，"没有累赘"地工作。（就像迈拉·阿斯海姆那样，就是他口中的过气经纪人。）

据艾玛的观察，劳伦斯确实"没有累赘"。他只是一个失业的骗子。莫尔顿牛排餐厅是位于西好莱坞梅尔罗斯大道上的一家历史悠久的昂贵餐厅，经常有名人光顾。一个人不太可能单独来此吃午餐。艾玛推断，劳伦斯还没找到生意呢。也许这就是他对她那么粗暴的原因。"你还声称没和你那个小男友上床吗？"他问道，小男友指的是杰克，"杰克还是扮成女孩子和人约会吗？"

艾玛知道自己完全有能力把劳伦斯揍扁，但她没有反驳他。她只是对他说："你可真是个窝囊废，劳伦斯。"劳伦斯如此落魄却不自知，这已经让她心满意足了。

在《废稿读者》出版的两个月前，艾玛辞掉了电影公司剧本审读的工作。"剧本开发不适合我。"她对电影公司上层说，但其中一名经理握有她的把柄。在好莱坞有一项准则，因内容太过含糊且充满恶意而成了一条不成文的规定：你不应该用人渣来称呼人渣，尤其在书面材料中。这名电影公司经理隐约觉得艾玛触犯了这项准则。为了惩罚艾玛，这名经理把她写下的剧本审读评语复印后，分发给当初被拒的剧本作者的经纪人。但这一举动产生了适得其反的结果：所有人都看到了那些剧本审读评语。其他电影公司的人也看到了艾玛的评语。毕竟，相关的那几部剧本还在被其他电影公司审读。

其中几部剧本正在被拍摄成电影，有两部已经在进行后期制作了。这意味着，这些被拒的剧本竟然奇迹般地被别的电影公司拍成了电影。还有一部剧本拍成的电影最近刚刚上映，反响平平。这些反响自然没有艾玛当初审读剧本初稿时的评语那般写作上乘且极具深度。连那些收到了复印件的经纪人也喜欢艾玛的评语，其中两位甚至向她发出了工作邀约。

洛杉矶电台的一档名人脱口秀节目的主持人向艾玛征求在广播节目中朗读某些评语片段的许可。"没问题，反正所有人都看过了。"艾玛说。（这反倒让《废稿读者》备受关注，虽然艾玛本意并非如此。）

这一事件没有为艾玛赢得很多编剧的友谊，真正让整个电影业颜面尽失的，是艾玛说她对创作一部剧本，也就是把《废稿读者》改编成剧本毫无兴趣。在小说中，她已经讲明了，这个故事有三分之一的内容都是色情片，没人会试图把这部小说拍成一部严肃的影片。为了确保小说不会被拍成电影，艾玛甚至要求在售出小说电影版权时，给予她一些从未给予原著作者的权利。虽然她一再重申对《废稿读者》改编成剧本毫无兴趣，但真要有哪个傻瓜改写出了一部剧本，她坚持拥有改编剧本的定稿权。而且，艾玛还要求拥有对电影选角、导演人选甚至最终拷贝的批准权。有了这些蛮横无理的要求，《废稿读者》根本不可能被拍成电影。

艾玛出现在寻常光顾的地方时，越来越频繁地把杰克带在身边。人们普遍认为，艾玛正在为创作第二部以好莱坞为背景的小说做准备，但（当时）杰克并不知道这些。他只是以为艾玛喜欢到处吃吃喝喝。不过，艾玛把自己看作一个幽灵，时常出没在好莱坞，提醒着那里的电影公司经理们，剧本审读员还会写书。

在电影圈，《废稿读者》早已获得交口称赞，人们称这部小说"没办法拍成电影"，如果不是客套话，这可是一个非常高的评价了。

杰克为艾玛感到担心。在理由毫不充分的情况下，她买下了他们在圣莫尼卡租住的房子。从威尼斯海滩到圣莫尼卡的搬家折腾让艾玛极为厌烦，她说再也不想搬家了。原本租住圣莫尼卡的那座房子是权宜之计，花钱买下它简直是愚蠢之举。

那座房子有两层，总共三间卧房，位于恩特拉达路下坡方向的尽头处，靠近恩特拉达路与太平洋海岸高速公路的交汇处。你甚至能从空调管道里听见太平洋海岸高速上隆隆的汽车声。另外，艾玛和杰克好像被餐厅垃圾桶的气味缠住了一样，房子门前的车道正好穿过一家意大利餐馆背后的巷子。这次，他们闻到的不是寿司，而是一股帕尔玛干酪烤老茄子的味道。

艾玛的第一部小说出版时，他们就住在这里。按照她的话说（没有一丁点儿的自夸成分），她成了"一个经济独立的小说家"。艾玛完成了对自己浪费时间就读电影专业的复仇。她在电影工业的中心依靠写作小说成功复仇。住在恩特拉达路边的房子里，甚至花钱买下那里，代表了她对电影工业的另一种不屑。作为一名局外人，艾玛来到了洛杉矶。保持自己局外人的身份，对于她来说意义重大。

"我不会搬到贝弗利山住的，小可爱。"

"好，呃——但我们肯定得经常去那里吃饭。"杰克提醒她。

大部分时候，他们会在深夜去贝弗利山吃东西。杰克不喝酒，所以都是由他来开车。艾玛在吃完之前能自己喝掉一瓶红葡萄酒。她格外喜欢贝弗利山的凯特·曼提利尼餐厅。

"就为了吃牛排三明治和马铃薯泥，竟然跑到凯特·曼提利尼餐厅这么远的地方来。"杰克抱怨道。他不吃面包，更别说马铃薯泥了。但艾玛喜欢坐在餐厅的长吧台上吃东西。来此的电影界人士都认识她，经常问她新小说的进展。

"就要完成了。"艾玛总是这样回应，"你见过我室友杰克·伯恩斯了吗？他就是电影《最后一个搭我便车的人》中的小妞，我说的是性感火辣的那个。"

"我是那个搭车客。"杰克会再解释一句。虽然迈拉·阿斯海姆让他刮掉胡楂，但他总会在脸上多少留下点儿胡须的痕迹，反正只要能淡化他给人的中性印象就行。

每个周一的夜里，艾玛和杰克会光顾位于西好莱坞的丹·塔纳餐厅。你可以通过吧台的电视机观看《周一橄榄球之夜》，但这里的侍者都穿着燕尾服。光顾这里的大多是好莱坞的时髦人士——业内人士以及努力想进入电影圈的人，还混杂着各式各样的黑帮分子和妓女。餐厅里装饰有红色电话亭，桌布也是红白方格图案的。菜单上的菜品则用电影圈里的名人来命名。

"总有一天，会有一道羔羊里脊用你的名字命名的，甜心。"艾玛经常这样对杰克说。她经常点一道以传奇经纪人卢·瓦瑟曼命名的小牛排。瓦瑟曼死后，杰克对在那里用餐感觉十分滑稽，好像那道小牛排就是瓦瑟曼身上的一块肉似的。艾玛还喜欢一道迪勒[1]牛排，但杰克吃得很清淡，通常只吃沙拉。他又像在埃克塞特摔跤队时那样靠喝冰茶节食了。空腹灌下两升半的冰茶后，杰克兴奋得可以跳舞跳上一整夜。

艾玛还喜欢深夜听音乐。她非常痴迷位于西好莱坞日落大道上的一家乌烟瘴气的夜总会，里面演奏着激烈的摇滚乐，汗流浃背的人们不知疲倦地舞动着。很多青少年喜欢去那里。艾玛偶尔会看上其中某个男孩，并把他带回家。杰克开车时，努力不去注意他们在后座上亲热的样子。"听我说，"艾玛总是这样对男孩说，"你必须得完全按照我说的做。"杰克尽量不去听他们的对话。

他也尽量不去想象艾玛和那个孩子亲热时压在他身上的情景。他不愿想到她的阴道痉挛症，但总会记起，有天夜里他发现艾玛在浴室里流泪的样子，她因为疼痛把身子蜷成一团。"他说他不会动的。他保证不会动的。这个小混蛋！"艾玛哭喊道。

只有艾玛前一天夜里从夜总会带回男孩，她第二天早上才不会早起写作第二部小说。（"二号作品"，她经常以此指代自己的第二部小说，好像这就是书名。）艾玛非常严于律己，甚至可以说极为努力，但她没有感到什么压力，因为她已经出版了第一部小说，似乎对于别人愿意出版她的第二部小说感到非常自信。

杰克也轻松了不少，但没有艾玛那么洒脱。他与威廉·范弗列克合作了自己的第一部电影，糟糕的是，他还答应与他再合作一部电影。这并没有打动创新艺人公司（以及 ICM 和威廉·莫里斯经纪公司）。也许只有当杰克将来结束与"狂人比尔"的合作，这些知名经纪公司才会考虑与他签约。现在迈拉·阿斯海姆在替杰克打理一切。他被告知要称迈拉是自己的"才华经管人"。

杰克辞掉美国太平洋餐厅的工作时，并没有感到不舍。他只和那里的两个女侍应生上了床，其中一个甚至还主动提出分手。哪怕给"翻拍狂魔"干活也好过端盘子。

---

[1] 菲莉丝·迪勒（Phyllis Diller, 1917—2012），美国喜剧演员。

艾玛让杰克把读者来信拿给她看之前先读给她听。她对任何负面的评论都毫不容忍。杰克按照她的指令，把有批评内容的信件统统扔掉。"死亡威胁信就别给我看了，杰克。直接寄给联邦调查局。"但并没有死亡威胁信，大部分读者来信都是褒扬小说的。在杰克看来，这些来信中最让他难以忍受的是，竟然有那么多读者坚持要把自己的生活经历告诉艾玛。有这么多不正常的人想要艾玛把他们的故事写出来，太不可思议了。

艾玛也会在杰克读到自己的影迷来信之前替他读信，但杰克最后还是会把所有的信看一遍，无论内容是正面还是负面。他的信不像艾玛的那么多，大部分来信都或含混或直白地充满了奉承之辞。其中很多信是现实中的变性者（艾玛称其为"长鸡巴的小姐"）写来的，信中经常附有照片。还有一些是男同性恋写来的，在信中询问杰克是否也喜欢男人。偶尔会有年轻女孩给他写信，她们通常（并非一直如此）在信里希望杰克是个异性恋。

相比之下，杰克对艾玛收到的信更感兴趣，因为他一直觉得米歇尔·马厄会写信给艾玛，询问女主角为何与自己同名。但所有来信的读者中，并没有一个叫米歇尔·马厄。

杰克对米歇尔现在的生活一无所知，一想到这个他就感到痛心不已。更糟的是，他还想象米歇尔看了《最后一个搭我便车的人》，并将他扮演的异装癖角色看作他"古怪"的确证。

"还是等米歇尔看了你的下一部电影再说吧，小可爱。"他们一起读了范弗列克的剧本后，甚至连艾玛都说，"说到'古怪'，我不知道该如何用语言来表达。"

这次，"狂人比尔"抄袭来的是一部神奇但不出名的电影。他是从荷兰同胞彼得·范恩根那里"借鉴"的。范恩根刚刚拍完自己的第一部也是唯一一部剧情长片的一年后，死于艾滋病。这部被"翻拍狂魔"改编的影片名为《亲爱的安妮》（就是《安妮日记》中那个可怜的犹太小女孩），在荷兰某个电影节赢得了一个奖项，又被翻译配音后在德国发行，仅此而已。在荷兰以外，几乎没人看过这部影片，但威廉·范弗列克看了，他把《亲爱的安妮》改编得面目全非，可怜的彼得·范恩根根本认不出自己的电影（要知道，彼得已经死了，他在坟墓里可拥有凡人不具备的全能视角）。

"亲爱的安妮。"画外音响起。这是一个现在住在阿姆斯特丹的年轻犹太女孩的声音。她的年龄与安妮被纳粹抓住送去集中营时相同。

艾玛和杰克在范弗列克家的放映室看了原版的电影。"翻拍狂魔"那栋丑陋的住宅位于贝弗利山的山景路。他喜欢的小灵犬在他的房子里四处乱跑，时不时地滑倒在硬木地板上。范弗列克有自己的厨师与园丁，他们是一对来自苏里南的夫妇，二人身材矮小，像两个袖珍的成年人。

"亲爱的安妮，""狂人比尔"为艾玛和杰克担任翻译，他像个烟鬼一样时不时咳嗽，"我相信你就活在我的身体里，而我活着就是为了你。"

她名叫拉赫尔。放学后和周末时，她会在阿姆斯特丹王子运河263号的安妮故居纪念馆做导游。除了犹太教赎罪日，这座纪念馆全年开放。

"安妮的故居有一种悲伤的美。"拉赫尔对着镜头说，好像我们（观众）就是游客，拉赫尔是我们的导游。我们看到了安妮的笔迹、她日记的复印件，以及很多照片。拉赫尔把头发剪得和照片中的安妮一样短。她鄙视一切当代的时尚潮流，尽可能地像安妮那样打扮。

我们看到拉赫尔光顾跳蚤市场和二手衣服店，我们看到她夜里躲在自己的卧室里，模仿着照片中安妮的姿势和表情。

"他们原本可以逃走的，"拉赫尔不停重复着，"她父亲奥托可以偷一艘小船。他可以沿着王子运河划进阿姆斯特尔河，那里比运河宽阔许多。当然不需要逃到海里，只要逃到一个安全的地方就行。我知道，他们本可以逃走的。"

电影演到这里，还没有任何情节，但艾玛已经看哭了。"你们看，很不错，是吧？"范弗列克不停问道，"难道不伟大吗？"

拉赫尔痴迷于自己就是安妮转世的想法，她相信自己可以改写历史。犹太教赎罪日那天，安妮故居闭馆，但拉赫尔却打开锁着的门，一个人走了进去。她打扮成安妮的模样——她真的把自己变成了安妮，而且几乎到了乱真的程度。第二天一早，当游客在故居外面等待参观时，装扮成安妮的拉赫尔从安妮的故居中堂而皇之地走了出来，好像她就是安妮，这里就是她的家。一些游客吓得尖叫起来，他们以为她是一个鬼魂。其他游客则跟着她，不停地拍着照。

她走到王子运河岸边，她的父亲奥托已经坐在船上等着她了。荒唐的是，那艘船是一条常见于威尼斯的贡多拉，出现在阿姆斯特丹的河道里十分怪异，而且奥托的相貌完全不像意大利人。安妮上了船，向簇拥着她的人群挥手道别。

当小船沿着王子运河前行时，镜头中出现了阿姆斯特丹西教堂钟楼的金色圆顶。成群的善良人士聚集到桥上向她挥手。当小船从运河进入阿姆斯特尔河的宽阔水域时，镜头中的人越来越多，照相机的快门声也越来越密集。

声音打破了这个美好的幻想：士兵的靴子踩在卵石路上的声音，踩在安妮住所的楼梯上的声音。他们踢翻了家具，安妮的稿纸被撕碎后扔得到处都是。她并没有逃走。

艾玛都快把眼珠子哭出来了。杰克坐在"疯狂的荷兰人"那栋毫无品位的住宅中，小灵犬横冲直撞的声响与杰克脑中德国士兵的靴子声混在了一起。他实在无法想象"狂人比尔"会把《亲爱的安妮》改拍成一部什么样的糟糕电影。

最后，"翻拍狂魔"的剧本让艾玛和杰克郁闷了好多天。

"我觉得我得去趟健身房。"杰克第一次读完剧本后对艾玛说。

说完那句"我不知道该如何用语言来表达"后，艾玛深吸了一口气，宣布她要回去接着写作了。"我们看那部电影时，我就知道你演的不是安妮。"艾玛后来对杰克说。

读到翻拍剧本那天，他们意识到《亲爱的安妮》这部影片将要面临什么样的翻拍下场。杰克能做的，就是去健身房里惩罚自己的身体。艾玛能做的，就是回去继续写她的第二部小说。"疯狂的荷兰人"的剧本简直一塌糊涂。

事业上的成功让艾玛变得越来越工作狂了。她每天伴着太平洋海岸高速公路交通高峰期的噪声起床，喝上几杯浓咖啡，有时候还会闭着眼睛放着音乐。那些吵闹的金属音乐很难让杰克喜欢，但总好过高速公路上传来的无聊声响。

艾玛会写作整整一上午，浓咖啡就是她口中的"食欲抑制剂"。等她饿到不行时，会开车出去吃午餐。虽然艾玛食量大得惊人（午餐和深夜的晚餐都会吃得很多），但她午餐时不会喝酒。

艾玛很喜欢西好莱坞日落大道上的圆顶法式餐厅。那里有种老派的好莱坞氛围，但仍然有很多电影公司高层、经纪人和律师聚集于此。贝弗利山的斯帕戈餐厅也很对艾玛的胃口，斯帕戈餐厅最初开在日落大道。棕榈餐厅位于圣莫尼卡大道，哪怕是艾玛这样处女作取得极大成功的作家也觉得那里的价格太过昂贵，但她还是每周光顾一次。她说，棕榈餐厅的经纪人比里面的牛排和龙虾还要多。

艾玛是根"两头烧的蜡烛"——她过分地消耗着自己的精力，几乎每天午饭后都会去健身房进行力量练习。训练结束后，也就是她所谓的"完成消化"后，她会做上一百多个仰卧起坐，但她从来不做有氧运动。（在夜总会跳舞或进行女上位的性生活就是艾玛的有氧运动。）

像艾玛这样高大又过重的女性，运动起来并不轻松。杰克不愿想到她还要自己开车。虽然白天艾玛不会喝酒，但她喜欢开快车。即使如此，艾玛开车的速度还不足以让杰克担心。

艾玛很喜欢日落大道，当她还是个在圣西尔达读书的多伦多女孩时，就常常梦想着驾车行驶在日落大道上。艾玛想开车逛遍日落大道的每个角落，贝弗利山、西好莱坞以及好莱坞，日落大道途经的一切地点。

最让杰克揪心的，是艾玛开车回到圣莫尼卡的路程。他知道艾玛午饭时饱餐了一顿，然后又跑去健身房疯狂地训练了一通。

他担心的是日落大道的弯道。到达帕利塞德前，艾玛需要左拐进入肖托夸大道，从那儿进入太平洋沿岸高速路之前的路是一段陡峭蜿蜒的下山路。你得开上最左边的车道，这意味着驶上西部通道时不亚于一百八十度大转弯。

那会儿是黄昏，正好是交通高峰。艾玛之前在健身房里已经把力气都用光了，其间她只喝了两三瓶一升装的依云矿泉水。随着车流沿着肖托夸大道盘山而下，进入最后一个漫长的弯道，艾玛看到大海时已经行驶过弯道的四分之三。杰克太了解艾玛了，甚至连她开车的样子都一清二楚。看到闪着耀眼蓝色光芒的太平洋时，艾玛是不会注意道路上的汽车的。毕竟，她是一个在内陆长大的多伦多女孩。洛杉矶对你的影响，很大程度上取决于洛杉矶与你家乡的差别，而在多伦多根本见不到太平洋。

杰克总是会在恩特拉达的房子里等着艾玛回家。她接着写作，而杰克这时会去健身房。（他从没告诉艾玛，自己偶尔也会回到金吉姆健身房去训练。）

那个时段很适合锻炼，因为那时在健身房里锻炼的几乎都是不饮酒的人，还有一些不吃东西的人。杰克看到一些很胖的女人在做自由力量练习，但在心肺功能训练区都是瘦得皮包骨的女孩。晚餐时间，很多瘦削的女孩甚至毫无食欲。其中一个女孩每天夜里都会在踏步机上训练一个小时，她告诉杰克，自己只吃"水果与乳制品"。

"那你怎样获取能量呢？"他问。

"浆果、一茶匙蜂蜜和脱脂酸奶。每隔三天可以吃一根香蕉。把所有的材料都放到搅拌机里。你的身体完全不需要其他的任何食物了。"她对杰克说。

一天夜里，她从跑步机上摔下来后，便躺在地上一动不动了。一位瑜伽教练估计，她的肠道已经收缩塌陷了。杰克还记得一群健身者站在健身房外面，挥动着手里的毛巾示意赶来的救护车开过来。

杰克还在进行日常的节食，主要进食蛋白质，外加少量碳水化合物以便进行有氧训练。他并不特别严格地进行自由力量训练，他选择的不是大重量，而是多次重复动作。他不想让自己练得肌肉膨胀。他得到工作，也就是获得一个又一个的电影角色，更大程度上是因为自己精干的身材。

杰克每天夜里从健身房出来，都会饿得头重脚轻。然后，他开车回家接艾玛一起出去吃东西。第二天早上醒来时，他的肚子又会饿得前胸贴后背了。你可以说，杰克也是根"两头烧的蜡烛"，但他和艾玛不一样。

一天夜里，当艾玛在凯特·曼提利尼餐厅狼吞虎咽地吃着盘里的马铃薯泥时，她发现杰克连沙拉都没吃完。他停下正在吃的东西，看着艾玛吃东西。他的表情透出一股关心，而非嫌恶，但杰克应该知道，艾玛宁可他露出嫌恶的神情。

"你以为我这么年轻就会死吗？"艾玛问他。

"不！"他回答，但说得太快了。

"好吧，我会在年轻时死去的。如果我的食欲没杀死我，阴道痉挛症也会杀死我的。"她说。

"阴道痉挛症不会致死的，不是吗？"杰克问她，但艾玛的嘴里塞满了食物，她只是耸了耸肩，继续吃着东西。

22 高潮场面

1989 年，电影《蝙蝠侠》和《致命武器 2》是当年最卖座的影片，但奥斯卡最佳影片奖颁给了《为黛西小姐开车》。杰克与威廉·范弗列克合作的第二部电影名叫《向导》，没有获得任何奖项。

故事的背景从阿姆斯特丹搬到了拉斯维加斯，从安妮故居变成了一名死去的摇滚歌星俗气的凭吊圣地。这名摇滚歌星显然是以因吸毒致死的美国女歌手詹尼丝·乔普林为原型，当然是由杰克饰演的。在电影中，这名歌手在一次酗酒狂欢中被呕吐物呛死了。性感女神的突然离世，招致了歌迷病态的纪念行为。电影中，这名死去的歌手名叫美乐蒂，她的组合"无瑕纯真"在 60 年代初从洛杉矶威尼斯海滩和北海滩逐渐走红，那里当时是嬉皮士的聚居区。但"无瑕纯真"抛弃了他们原本的民谣、爵士和蓝调风格，转向迷幻摇滚的曲风。1966 年，他们受到旧金山"佩花嬉皮士"[1] 的热烈追捧。

威廉·范弗列克翻拍的电影中的一切都是从别处抄袭的。"无瑕纯真"与美乐蒂的一夜爆红取材于詹尼丝·乔普林同迷幻摇滚乐队"老大哥与控股公司"一起表演后的经历。美乐蒂的第一支主打单曲《你不能如此

---

[1] 佩花嬉皮士（flower children）指的是1965年后聚集在旧金山的一群理想主义嬉皮士，他们佩戴鲜花，宣扬爱与和平。后来，媒体用该词泛指嬉皮士人群。

轻视我的心》，曲调听上去特别像美国 R&B 歌手"胖妈妈桑顿"的那首《家有糟妻》。杰克这首单曲唱得还算过得去。

杰克饰演的美乐蒂很快便甩掉了"无瑕纯真"开始独立发展。到 1969 年时，美乐蒂的专辑已经达到了金唱片、白金唱片和三白金级别的销量。她的最后一支主打单曲《坏比尔走了》又重回蓝调曲风。这首歌写的是对她拳脚相向的前男友——"无瑕纯真"乐队中的首席吉他手。路边小报还声称，美乐蒂曾经试图在他最喜欢的大麻千层面里放老鼠药，想要毒死他。（《坏比尔走了》听上去非常像詹尼丝·乔普林的《我和鲍比·麦克吉》，这绝对不是巧合。）

一场音乐会后，杰克饰演的美乐蒂在拉斯维加斯的一家酒店房间里酩酊大醉时，被呕吐物呛死了。为了纪念美乐蒂短暂而华丽的一生，拉斯维加斯的曼德勒海湾酒店里设立了一家摇滚博物馆。博物馆里粗俗地展览着美乐蒂远非纯真的内衣，与周围的氛围格格不入，在赌场和豪华酒店中间没有什么存在感。"疯狂的荷兰人"之前一直想在拉斯维加斯拍一部电影，《向导》完成了他的心愿。

"狂人比尔"当然可以找一个演唱技巧更好的演员出演美乐蒂这个角色，但那个人可能不够性感火辣。（"你在电影里很性感，小可爱。你的演唱有点儿不到火候，但你真的很性感——这就是我的评价。"艾玛对杰克说。）即使以男人的标准看，杰克演的男向导扮相也不赖，对，就是片名里的那个向导。

"咱们让问题简单些，就把那个向导叫杰克吧。"范弗列克对杰克说。

在美乐蒂身为"无瑕纯真"成员的短暂岁月中，杰克饰演的杰克是这个组合的忠实歌迷。美乐蒂单飞时，杰克还在读大学。美乐蒂突然死去时，他刚刚毕业。他对美乐蒂的倾慕并非她突然离世造成的心血来潮。（在电影中，杰克走路时，脑袋伴着脑中《坏比尔走了》/《你不能如此轻视我的心》的旋律摆动着，让旁人以为他在跳舞。）

那处粗糙不堪的圣地名叫美乐蒂展览馆，展览馆的经理是个卑鄙小人，他雇用杰克作为展览馆的向导。但杰克对其中的某些展品非常不满，他认为这是对美乐蒂名气的压榨。当然，美乐蒂自己也不是没干过这种事。不过，她收集的乐器、她巡演时的照片，以及音乐本身是无辜的。问题是一些不宜公开的照片也被展览了出来，比如她和殴打自己的前男友交往的照片，还有她喝醉后晕倒在各地酒店房间里的照片。除此之外，展品还有美乐蒂的衣物，尤其是她的"贴身内衣"。杰克相信，不应该让人趴在橱窗前看她的内衣。杰克对展品中的空酒瓶也大为不满，其中有些酒瓶上面的灌装日期甚至是在美乐蒂死后。

那个经理倒可以看作十年后的电影《圣烟》中哈威·凯特尔那个角色的前身。他告诉杰克，那些空酒瓶都是"营造气氛"用的；至于展出的内衣，尤其是那条粉色丁字裤，是整个展览的"精华"。

如同拉赫尔想着安妮本可以逃走，杰克相信美乐蒂原本不会死。假如当时他与美乐蒂相识，待在她的身边，美乐蒂一定会被救活的。杰克认为，这家展览馆是对美乐蒂的背叛，这里低级粗俗的展品是对她的侮辱。

一天夜里，杰克在展览馆闭馆后溜了进去，因为他有钥匙。他带着两个空行李箱，将他认为过于隐私或有损美乐蒂声誉的展品（在他看来，这些东西是神圣不可侵犯的）统统装进箱子里。两名坐在巡逻车里的警察发现已经关门的展览馆里有灯光，于是前来调查。这时，杰克饰演的杰克已经把自己装扮为杰克饰演的美乐蒂了。他穿着死去的美乐蒂的衣服，从一脸震惊的警察面前径直走过，走进了拉斯维加斯的夜色中。（可不是随便哪个男人穿着黑色弹性材料的衣服，身上挂着亮晶晶的翡翠绿装饰物，都可以平安无事地从警察身边经过的。）这是"疯狂的荷兰人"导演生涯中唯一一次天才的点睛之笔：当杰克装扮的美乐蒂拖着两个行李箱走出展览馆时，观众第一次在影片中注意到拉斯维加斯夜色中那辉煌耀眼的霓虹灯。

难以置信的是，警察就那么让扮成美乐蒂的杰克走了。他们把他当作美乐蒂的鬼魂了吗？（可他们看上去并不害怕。）他们知道他男扮女装吗？（好像他们也不在乎。）还是说警察和杰克以及观众一样，意识到这座美乐蒂纪念馆是个骗人的地方？他们是不是觉得这个歌迷参观的"圣地"应该被洗劫一空？

范弗列克没在电影中解释。"翻拍狂魔"在意的仅仅是杰克装扮成美乐蒂，穿着翡翠绿的高跟鞋和性感裙装，拖着那两个看上去很重的箱子离开的画面。他越走越远，融入了拉斯维加斯的夜色，也许他重生成了美乐蒂，也许他只是去找一家负担得起的旅馆。杰克的样子太完美了，那个经理看着他／她离开时甚至都没有上前阻止。他只是喊了一句："你被解雇了，杰克。你这个贱货！"

杰克随即用美乐蒂的声音回答："失去这个工作非常值得。"（杰克为范弗列克这部面目可憎的剧本贡献了这句台词。他说得没错，这句台词可以用在很多地方。）

《向导》无疑是那一年度最烂的电影。（放到下一年也可以这么讲，那一年让人印象深刻的电影包括《忍者神龟》和《虎胆龙威2》。）但所有人都记住了杰克穿着女装说："失去这个工作非常值得。"这部电影也许很快就会被人遗忘，但这个镜头（不是这句台词）会被人记住。

1991年的奥斯卡颁奖礼上，演员比利·克里斯托担任主持人。他的表现很不错，但也许在说一个笑话的时候语速太快了。现场的观众能听懂克里斯托的其他笑话，但大多数人没听出这个笑话。可杰克听懂了，虽然他只是坐在电视机前看直播。他听懂是因为那是他的台词。

比利·克里斯托当时在谈论可能会有人顶替他做这届奥斯卡颁奖礼的主持人。现场观众对这种可能呻吟着发出抗议，其中很多人都没听出比利接下来的笑话。他尖着嗓子用女性化的声音说："失去这个工作非常值得。"

就在这时，艾玛和杰克知道他成功了。"他妈的，你听到他说的了吗，小可爱？"当时他们回多伦多看望莱斯利和艾丽丝，在欧斯特勒夫人的房子里看着电视。而艾丽丝和莱斯利正在厨房里窃窃私语，恰好错过了比利·克里斯托引用《向导》的那句台词向杰克致敬。在宣布《与狼共舞》获得奥斯卡最佳影片之前，她们便早早地上床睡觉了。

杰克不仅听懂了比利·克里斯托的笑话，比利对杰克／美乐蒂的模仿更让他印象深刻。"天哪。"他感叹。

"别再拍那个荷兰疯子的电影了，甜心。我已经等不及看你的下一部电影了。"艾玛说。杰克和艾玛坐在大客厅的长沙发上。见到贝弗利山的那些豪华宅邸之前，他们曾把这座房子称作"欧斯特勒宅邸"。如果杰克回头，能看到主楼梯旁的前厅。马查多夫人就在那里一脚踢在杰克的裆部，导致了后续很多灾难性的后果。

艾玛的第二部小说卖了个大价钱。把书稿交给出版社前，她先把它拿给了创新艺人公司的鲍勃·布克曼。这一次，艾玛不打算把想翻拍这部小说的人拒之门外。小说还没出版，布克曼就如艾玛所愿地把小说的电影版权售出了。

艾玛的第二部以好莱坞为背景的小说名叫《正常又正派》，讲述的是一对梦想成为电影明星的年轻夫妇的故事。他们从艾奥瓦州来到好莱坞，为梦想努力地奋斗着，但丈夫约翰尼在妻子卡罗尔放弃之前便早早停止了无谓的努力。约翰尼脸皮太薄，根本当不了演员，经历了两场残酷的面试后，他认命了。另外，约翰尼是个行为非常正派的人，他从不喝酒，做事完全循规蹈矩，老实正直。依靠自己男孩般的纯真魅力和完美的驾驶记录，约翰尼得到了一份豪华轿车司机的工作。很快，他就开上了加长型轿车。

按照艾玛喜好讽刺的习惯，约翰尼最后做上了给电影明星开车的工作。他想成为演员的欲望，只在他留的马尾辫上残存着。与其他豪华轿车司机相比，这是约翰尼唯一的叛逆之处。他的马尾辫干净整齐，长度也不夸张。（艾玛在小说中描绘约翰尼有一种"近乎女性般细腻的吸引力"。）长发很适合他。约翰尼对于公司不干涉他留马尾辫感到非常幸运。

他的妻子卡罗尔就没有那么幸运了。她找了一个卖淫的工作。这让约翰尼感到耻辱，但他不得已还是同意了。卡罗尔一家接一家地更换雇主，最初是"绝对漂亮"，然后是"美丽超乎想象"等。

当她换到"你做过坏孩子吗？"时，约翰尼觉得这个名字超出了他容忍的限度。但这也无所谓，因为卡罗尔发现所有的雇主几乎都一样。无论接下来去"即时陪伴"还是"难以抵挡的诱惑"，她要付出的都一样，那就是付出自己的一切。

卡罗尔在每个雇主手下工作的时间长则一周，短则不到一天。时间完全取决于她多快遇到艾玛笔下那种"不正常"的客人。一旦卡罗尔拒绝客人的要求，她在当前雇主手下的日子就屈指可数了。

与《废稿读者》类似，艾玛在《正常又正派》中再次描写了一段彼此妥协的不和谐关系，这种关系仍然被小心地维持着。艾玛通过文字对这种关系表达了关怀与同情。卡罗尔和约翰尼一直爱着对方，让他们的关系得以维系的，是他们对正常与正派行为那不可动摇、绝对一致的定义。

卡罗尔只提供上门服务。她总是打电话告知约翰尼自己要去哪里，不仅有酒店的名字，还包括客人的姓名和房间号。卡罗尔到达房间和安全离开时，也会给他打电话。遇到"不正常"的客人犹如家常便饭，所以卡罗尔频繁地更换着雇主。

最终，约翰尼提出了一个建议：卡罗尔应该在电话黄页中登记自己的服务。卡罗尔对客户的最高评价，就是那个人很"正派"。于是，她给自己的卖淫服务起名为"正常又正派"。

艾玛在小说中写道："如果她起的名字叫'怀孕娇妻'可能会招揽到更多的客人。谁会给一个名叫'正常又正派'的应召服务打电话呢？"

约翰尼开始给卡罗尔拉皮条。他开车时有一些老主顾，其中有一些电影明星，他觉得和他们还算认识。"你很可能没什么兴趣，但如果你喜欢叫应召服务，我倒是知道一个很棒的女人，叫'正常又正派'，如果你喜欢那种的话。绝对不会让你反感，你懂的。"约翰尼开着加长型轿车时，对一位外表和善的绅士说道。

约翰尼第一次对一位著名演员说这些的时候，心里难过极了。读者当然知道，梦想成为明星的约翰尼成了给明星开车的司机。现在，他的妻子卡罗尔就要和明星上床了！

似乎只有上了年纪的男人才有兴趣，他们大多不是电影明星，而是扮演特殊性格角色的男演员。他们曾在伟大的西部片中扮演恶棍，如今容颜饱经沧桑，步履蹒跚，成了饱受腰痛之苦的老牛仔。卡罗尔和约翰尼儿时曾经看过不少经典的西部片，就是这些电影让他们萌生了离开艾奥瓦去好莱坞的想法。

他们与别人合住在马里那德雷的一座寒酸复式公寓里，那里紧挨着洛杉矶机场，可以听见机场的噪声，连气味都能闻到。卡罗尔和约翰尼在家里玩起装扮游戏，不过他们的角色颠倒了。她把自己的金发系成马尾，穿上他的白衬衫，戴上黑领带。约翰尼还专门为此买了一套适合卡罗尔尺寸的黑色西装。她把自己装扮成轿车司机，然后为约翰尼宽衣解带。

约翰尼任凭卡罗尔给自己穿上她的衣服。她后来还专门给他买了一副胸罩、一对假胸和一条适合他尺寸的裙装。卡罗尔松开了约翰尼的马尾辫，让他的长发散开，给他涂抹口红和眼影等。乔装后的约翰尼按响门铃，卡罗尔让他 / 她进了门。他扮演一名上门的应召妓女，来到一个陌生客人的旅馆房间。"这是他们唯一的表演机会——他们好像一起出演了一部电影。"艾玛写道。

一名经验丰富的牛仔演员正在洛杉矶宣传新片，艾玛在小说中称其是一部"新派西部片"。莱斯特·比林斯原名莱斯特·马格鲁德，出生在蒙大拿州的比林斯。他真的是个牛仔，而"新派西部片"的叫法激怒了他。每当想到西部片式微，年轻男演员甚至都不知道怎么骑马和打枪时，莱斯特就感到心痛不已。莱斯特宣传的这部所谓的西部片中，没有好人，没有坏人，所有的角色都是反英雄式的平凡角色。"一部法国式的西部片。"莱斯特这么评价这部电影。

莱斯特向约翰尼吐露自己非常喜欢正常又正派的女人后，约翰尼把卡罗尔送到了莱斯特居住的酒店房间。莱斯特可真是个牛仔，他一下子就扑倒了卡罗尔。（"刚开始，真没什么不正常的。"她向约翰尼保证说。）接着，就在他们按照正常的方式继续时，莱斯特掏出一把手枪，指着自己的脑袋。那是一把柯尔特点 45 左轮手枪，弹膛里只放了一颗子弹。莱斯特把这个游戏叫作牛仔轮盘赌。

"要么我死在马鞍上，要么我骑着再活一天！"他大声叫喊着。当莱斯特扣动扳机时，卡罗尔心想莱斯特既然骑着活过了好多天，那么洛杉矶到底有多少应召女听过放空枪的声音呢？这次，莱斯特死在了"马鞍"上。

当时是下午三点左右，贝弗利山半岛酒店里没有多少客人听见枪响。另外，年轻人不太光顾半岛酒店。可能临近房间里的客人正在午睡，或是有听力障碍。艾玛在小说中形容半岛酒店"和四季酒店差不多，但那里有更多的妓女和商人"。

半岛酒店紧邻创新艺人公司，也许有个经纪人听见莱斯特·比林斯打爆了自己的脑袋，但也仅此而已。一个经纪人会在乎听见一声枪响吗？

卡罗尔打电话给约翰尼。她知道没人看到自己进酒店时穿过走廊，走进电梯，但要是有人看到她离开酒店呢？理所当然地，她心急如焚，她相信自己一定看上去像个妓女。但说实话，她看上去完全不像妓女。卡罗尔总是穿得像个出来吃午餐的电影公司高层，一副正常又正派的样子，根本不像个应召女郎。

约翰尼救了她。他带着自己和卡罗尔变装的衣服来到莱斯特的酒店房间。那套给卡罗尔的司机西装制服，还有卡罗尔给他买的裙装、胸罩和假胸。卡罗尔帮约翰尼化好了妆，解开了他的马尾辫，此时的约翰尼比卡罗尔更像一个妓女。

约翰尼告诉卡罗尔自己的轿车停在哪儿。不太远，但从半岛酒店的入口处看不到。他说自己等一下会去找她。

当约翰尼装扮成妓女离开半岛酒店时，他要确定自己被注意到。他从莱斯特房间的小吧台里拿了一瓶威士忌漱了漱口，昂首阔步地走到酒店前台。他／她双手抓住一名前台男办事员的衣领，对着他的脸吐着气。"有件事你应该知道，"装扮成妓女的约翰尼用深沉的嗓音说，"莱斯特·比林斯'走了'。我担心他把酒店房间搞得一团糟。"然后，约翰尼放开了那个年轻男人，摇摇晃晃地穿过酒店大堂，走出了半岛酒店。他和卡罗尔开车回到马里那德雷的住处，换回了他们平时穿的衣服。

小说结尾，他们在美国中西部 80 号州际公路旁的一家汽车旅馆过夜。他们正在回艾奥瓦州的路上，二人打算回去找正常工作，过上正派的日子。卡罗尔怀孕了。（如果她回去在黄页上登记一个名为"怀孕娇妻"的应召服务，说不定真的大有可为，但卡罗尔不想，再也不想卖淫了。约翰尼也结束了给电影明星开车的生涯。）

在公路边的汽车旅馆内，电视上正在播放一部莱斯特·比林斯主演的经典西部片。莱斯特扮演了一个偷牛贼，最后被人用枪射中，死在了马鞍上。

《正常又正派》的电影比原著小说获得了更高的评价，艾玛对此毫不意外。当小说还在《纽约时报》畅销书榜单上，电影已经进入了拍摄制作阶段。很多书评人抱怨说，这部小说似乎是按照脑中已有的剧本写就的。当然，电影剧本也出自艾玛之手。而影评圈内，甚至有人推测艾玛写完小说前就写好了剧本。但艾玛不会说出实情的。

杰克不知道艾玛与创新艺人公司的鲍勃·布克曼到底做了什么交易，很少代理演员的布克曼竟然同意当杰克的经纪人。无论最后是落实在书面上，还是仅凭午餐时的口头约定，或是一通电话，最后的结果是，艾玛和杰克同时参与到由小说《正常又正派》改编的电影中。艾玛是编剧，杰克扮演约翰尼。毋庸置疑，艾玛一开始创作约翰尼这个让人同情的异装癖角色时，心里想的就是杰克。而且这次，杰克那及肩的长发是真的，他不需要戴假发。

扮演卡罗尔的是玛丽·肯德尔，她肯定是你见过的最纯真的妓女。有"草原犬鼠"绰号的吉克·罗林斯扮演莱斯特·比林斯，这是很长一段时间以来他的第一个角色，也是他唯一一个非西部片角色。

电影的最后，玛丽·肯德尔和杰克在汽车旅馆的房间里手拉手看电视，没有任何对话。而在小说中，看到莱斯特在电影中被枪打死时，卡罗尔说："我想知道，他在演员生涯中到底死了多少次。"

"多到他都不怕死了。"约翰尼回答。

不过，艾玛觉得电影结尾还是不加入任何对话更好。这样处理更适合电影的表达。他们只是看着电视上的老牛仔死去，他们成为电影明星的梦想也死去了。这一点，从卡罗尔和约翰尼那顺从的表情上就能看出些微。电视屏幕闪动着的绿色和蓝灰色的光映在他们的脸上。

可杰克很想说那句台词。（"多到他都不怕死了。"）

"也许你以后有机会说的，但这次不行。这次，我是作者。"艾玛对他说。

艾玛不仅是作者，她还成了杰克电影事业的缔造者，让他从只能出演"狂人比尔"的粗俗翻拍影片一跃进入相对主流的电影圈。当然，杰克·伯恩斯仍然以男扮女装而闻名，但突然之间，他成了一个正经的演员。

令人意外的是，杰克竟因此被提名奥斯卡最佳男主角。他从来没想过一个异装癖轿车司机的角色竟会引起如此多的共鸣。他没有赢得那年的最佳男主角奖，这倒并不让人意外。玛丽·肯德尔也获得了自己第一个奥斯卡提名，但她也没有赢得最后的奖项。不过，两人同时被提名，大大超出了原本的期望。

《沉默的羔羊》赢得了最佳影片奖，朱迪·福斯特和安东尼·霍普金斯分别赢得了最佳女主角和最佳男主角奖。《沉默的羔羊》是那年的大赢家。

艾玛没有获得提名。最佳编剧提名人选是由电影圈的编剧决定的，而艾玛上次的剧本审读评语事件还未完全平息。艾玛作为杰克的女伴参加奥斯卡颁奖礼，他们玩得很开心。他们一起确定遇见的哪个人是人渣，在这种场合下辨别人渣是一项重要的内容。

比利·克里斯托再次担任了那年奥斯卡颁奖礼的主持人，他开玩笑称颁奖礼之所以推迟开场是"因为杰克·伯恩斯还在换胸罩"。

艾玛的喉咙处有一个很明显的吻痕，是杰克应她的要求留下的。在这次颁奖礼之前，她已经很久没有和人出门约会了，她觉得自己太丑，连出席奥斯卡颁奖礼的礼服都让她看不顺眼。"至少可以让人觉得有人吻了我，甜心。"

欧斯特勒夫人在多伦多看电视直播时注意到了艾玛的吻痕。"你就不能涂点粉底遮盖一下？"她后来问艾玛。

那天是 1992 年 3 月 30 日，欧斯特勒夫人和艾丽丝第一次熬夜观看整场奥斯卡颁奖礼，虽然杰克告诉她们不必如此麻烦。因为他知道安东尼·霍普金斯会赢得最佳男主角奖，但莱斯利和艾丽丝还是熬夜看着杰克最后落败。

宣布提名演员时，会播放每个演员的电影片段。杰克最想播放的片段，是他扮演的约翰尼瞥了一眼轿车后视镜中的妻子卡罗尔，她一个人坐在加长型轿车长长的后座上。卡罗尔正在努力把头发梳理整齐，把脸上的口红弄干净，她刚刚在贝弗利山威尔夏酒店的房间里，被一名过于激动的游客蹂躏了一番。杰克的双眼短暂地扫过后视镜，又继续看着前方的路面。他那清心寡欲的眼神中有一种难以捉摸的神秘。杰克为这个镜头感到骄傲。

　　但为了宣传，人们总会选择更吸引人的场景。在颁奖礼上播放的片段，是约翰尼装扮成妓女朝贝弗利山半岛酒店的前台职员吐着气。"有件事你应该知道，"装扮成妓女的约翰尼用深沉的嗓音说，"莱斯特·比林斯'走了'。我担心他把酒店房间搞得一团糟。"

　　艾玛和杰克参加在莫尔顿牛排餐厅举办的奥斯卡晚宴时，遇到了迈拉·阿斯海姆。她把这个片段称为"高潮场景"。他们等了很久才进场。莫尔顿外面的轿车甚至都排到了罗伯森大道上。

　　杰克不太明白这个词的意思。"高潮场景？"他重复道。

　　"他是加拿大人。"迈拉解释说。杰克看到她身边坐着她妹妹米尔德丽德。

　　"两个难对付的老婆娘在看热闹。"艾玛后来这样形容阿斯海姆姐妹。

　　"在色情电影里，高潮场景就是男性射精的场景。如果你射不出，就什么都没有。男演员要么把'货'交出来，要么就是他有性功能障碍。"

　　"如果交不出'货'或是有功能障碍的话，那个镜头叫什么呢？"艾玛问这位色情片制作人。

　　"一钱不值。你必须拍出高潮场景才行。"米丽说。

　　"就是你在电影里装扮成妓女离开酒店的那个镜头，杰克。"迈拉屈尊说，似乎她因为杰克刚才没有认出她而有些心怀不满。（她居然没戴那顶棒球帽。）

　　"我懂了。"杰克对阿斯海姆姐妹说。他急着想离开。艾玛拉着他的手，杰克心里明白她也想赶紧离开。那两个难对付的老婆娘正审视着她，显然不是出于什么友好的动机。

"你没有拿奖并不重要，杰克。"迈拉继续说道，同时盯着艾玛。

"只有你拿奖了才重要。"米丽纠正说。

"呃，我们得走了。还有个聚会要参加，是个年轻人的聚会。"艾玛说。

"吻痕很漂亮。"米尔德丽德·阿斯海姆对艾玛说。

"谢谢。是杰克吻的，真的很抢眼。"艾玛说。

米尔德丽德把她审视的目光又转向了杰克。"他真可爱，不是吗？"迈拉问她妹妹，"你现在知道所有的麻烦都是怎么来的了。"

杰克可以猜出米丽正在揣摩"可爱"这个词的意思。杰克知道，在她的世界里，可爱成不了事。"我觉得他可爱得像个女孩子。"米尔德丽德·阿斯海姆说。她再次用眼神仔细地打量着艾玛，无视杰克的存在。杰克觉得她一定在考虑要不要把实情说出来。

这时，迈拉说话了。"你就是嫉妒，米丽。因为我比你先见到杰克。"

哎呦，麻烦来了，杰克想。但米尔德丽德·阿斯海姆让他吃了一惊。她看着杰克的眼神让他感到无地自容，她没有把实情说出来。那个眼神并没有让他宽慰，正相反，米丽想让杰克明白，她并没有忘记杰克在范纽斯那次令人失望的面试，只是这次她并不想让他难堪。

"老天，迈拉，今晚是奥斯卡之夜，咱们还是让这些孩子去好好玩吧。"米丽对她姐姐说。

"是啊，我们得走了。"艾玛再次说道。

"谢谢你。"杰克对米尔德丽德·阿斯海姆说。

米丽再次看着艾玛，转过身背朝杰克挥了挥手。他预计米丽趁着自己和艾玛走开时，一定会说一句让他措手不及的话。（"好久不见，小鸡鸡。"类似这种效果的话。）但米丽什么都没说。

"记住我的话，米丽。还有数不清的高潮场景等着杰克·伯恩斯拍摄呢。"杰克听见迈拉·阿斯海姆说。

"也许吧。不过，我还是要说他可爱得像个女孩子。"米丽回答。

"别让这些老婊子让你心烦，小可爱。"他们回到轿车上时，艾玛对杰克说。

他们漂泊在一片轿车的海洋中。杰克不知道也不在乎他们接下来要去什么聚会。他一直让艾玛说了算。

经历这样不凡的一夜后，杰克本该预料到，自己虽然没有得奖，但会收到他所有熟识的人发来的祝贺。（可能正因为他没得奖，大家才觉得更应该安慰他一下。）但他真正熟识的人并不多。卡罗琳·伍尔兹直接把电话打给了艾丽丝。"请转告杰克，我认为他才是最佳男主角。他们竟然把那个奖给了一个吃人的角色！"伍尔兹小姐说。

杰克和艾玛回到圣莫尼卡的住处后，自动答录机上的第一条留言是来自拉姆西先生的。"杰克·伯恩斯！"他喊道。只有这一句，但已经足够了。

杰克那些摔跤队的朋友联系他的速度就没有这么迅速了。雷丁的克朗姆教练在信中写道："你做出了正确的决定，杰克。菜花耳确实不适合女孩子。"

赫德森教练和夏皮罗教练也寄来了他们的祝贺。赫德森说，他希望杰克没有注射雌性激素，希望杰克的那对乳房只是假体，不是手术移植的。夏皮罗则想知道之前杰克身边的那位斯拉夫美女怎样了，虽然他已经忘记了她的名字，但他一直希望能在奥斯卡颁奖礼现场看到她。

当然，夏皮罗教练说的是克劳迪娅。杰克没有收到她的任何消息，也没有收到诺亚·罗森的消息，不过，杰克本来也没指望诺亚会联系他。米歇尔·马厄也没消息，她就这么一声不响地从他的人生中消失了。埃尔曼·卡斯特罗认为她去读医学院了，那是杰克与她失去联系后的事了。杰克自然收到了埃尔曼的来信，但只是一封短信。"加油，朋友。你已经进决赛了。"

是的，这就像是他进了决赛并输掉比赛的感觉，而且没有任何争议。不知道他何时还能再次被提名。这次提名是他的最后一次也说不定。

《终结者 2：审判日》和《白头神探 2½：恐怖的气味》的票房收入都要远远高于《正常又正派》，但这部小制作电影获得了奥斯卡提名，让杰克·伯恩斯成了家喻户晓的人物。毫无疑问，人们记住的是他的男性外表，但也有可能是他装扮成女人的样子。（除了拍电影，杰克平时还没有打扮成女人出过门。）他现在成了名人。

艾玛打定主意要让杰克利用他的名气获得最大的优势。为了达到这一目的，她说服杰克对别人说自己正在写作，当然实际他什么都没写。"故意把话说得含糊，小可爱。就说你一直都在写作。"许多次接受采访时，写作的话题都成为杰克的禁忌，听上去有些不祥，好像他一直宣称在写的东西会揭露什么令人震惊的真相。那么他到底在写些什么呢？"这样可以让你变得更加神秘，强化你身上那种难以捉摸的特质。"艾玛告诉他。她的意思是说，写作会让他表演时性别不明的特点进一步增强吗？

有些采访者就是想知道杰克在写什么，他的拒绝回答让他们抓狂。因为这个，这个话题被反复提及。"安顿下来、成家、生孩子，我对这些没有兴趣，至少现在没有。"杰克总是这样说，"我现在只想专注于我的工作。"

"你是说你的表演？"

"呃，没错。还有我的写作。"

"你在写什么呢？"

"随便写写。我一直都在写作。"

甚至连妈妈也想知道杰克在写什么。"不是回忆录吧，我希望！"艾丽丝紧张地笑着说。

莱斯利·欧斯特勒总是以一种后悔的心态看待杰克，仿佛她要是早知道杰克打算成为一名作家，才不会给他看自己的"耶利哥玫瑰"刺青。

艾玛说她妈妈一直在问她，杰克到底在写些什么。艾玛觉得她让杰克编的谎话非常有趣，但杰克不这么觉得，他完全没有看到这么做的意义。

迈拉·阿斯海姆去世时，没有人打电话通知杰克。他是从《综艺》杂志上读到讣告的。鲍勃·布克曼说，反正杰克也不需要什么才华经管人，有一个创新艺人公司的经纪人就足够了。那时，杰克已经有了自己的经纪人和律师。他的律师艾伦·赫戈特对他说："你需要的是财产经管人，不是才华经管人。"

杰克想要资助艾丽丝，于是他在纽约州的布法罗找到资金管理人威拉德·萨波斯顿。虽然威拉德是布法罗人，但他在多伦多也有关系。杰克已经支付了高昂的加拿大税金。威拉德让杰克先成为美国公民，杰克照做了。然后，他成了"女儿艾丽丝"刺青店的"投资人"。通过这种方式，他妈妈就不需要为杰克给她的美元支付"多到肉疼"的税金了。

杰克想到，他妈妈不妨卖掉刺青店，别再做刺青的生意了。他也想到，假如按他之前猜测的那样，艾丽丝与欧斯特勒夫人在一起完全是因为莱斯利对她的资助，那么艾丽丝拿到杰克的钱后说不定会离开莱斯利。

可是，刺青的工作让艾丽丝感到无比亲切，这是她擅长的领域。无论杰克认为他妈妈与欧斯特勒夫人住到一起是什么原因，艾丽丝与莱斯利在一起没有任何勉强的成分。她们是一对可以相伴到老的伴侣。"刺青奥勒"一开始就说了，杰克的妈妈是"女儿艾丽丝"。她是一个老嬉皮士，一个朴实的加拿大人，她完全不负自己"女儿艾丽丝"的刺青绰号。

如果杰克当初认清了这一点，并接受他与艾丽丝之间不再提及他失踪的父亲的话，杰克就不会那么早离开多伦多了。

杰克·伯恩斯是个刺青师的儿子，而且从没见过自己的父亲。好啦，任何人都能意识到，这个事实在各种与这名成功的年轻演员有关的采访和介绍里出现后，会有什么样的后果。奇特的童年从来都不会让电影媒体厌倦，而娱乐记者们也绝不会对名人生活中的不幸心慈手软地视而不见。用一个记者的话来说，杰克有一段"刺青般的过往"。（但杰克和他妈妈身上都没有刺青的事实，让这个描述变得让人更加看不懂了。）

加拿大的电视台总是想在"女儿艾丽丝"的店里采访杰克和他妈妈。但美国媒体曝光了杰克和不同约会对象（当然不是艾玛）的照片，那些女性都不是加拿大人（不过艾玛也因为避税的原因加入了美国国籍）。从这之后，就经常会有加拿大广播公司的电视记者跑到店里问艾丽丝，她是否"认识"杰克正在约会的人，问她是否知道杰克的这段恋情是不是"认真的"。

"哦，我从来不干涉杰克的私人生活，"艾丽丝总是以一副吸食大麻后漫不经心的口吻说道，（鲍勃·迪伦的歌声在店内号叫着。）"杰克也不干涉我的生活。"

杰克在纽约遇见了一个富婆。萨曼莎是个上了年纪的女人，她喜欢让杰克穿上她的衣服。（但不会这样出门，杰克从来不会打扮成女人出门，而且他与萨曼莎在一起的时间也不长。）

他和伦敦的一个老女人也有一腿。她是艾玛在英国的出版商。科琳娜对杰克正在写的东西充满了兴趣。当然了，杰克从来都没告诉过她，自己写了些什么。就一位出版商而言，科琳娜的装束已经非常性感了，但杰克也没有与她相处太久。

这两个老女人都非常嫉妒杰克与艾玛之间的持久关系。乘飞机往来于纽约和洛杉矶与伦敦之间，杰克感觉自己浪费了太多的时间。艾玛一直拒绝从圣莫尼卡那栋寒酸的房子搬走，而一离开洛杉矶，杰克总会不由自主地想念艾玛。

另外，因为无须花钱搬家，艾玛和杰克正好有足够的钱买一辆相当不错的轿车。他们买了一辆银色的奥迪，座椅是青灰色的，与杰克在斯坦餐厅当代驾时开过的那辆车相同。艾玛明白杰克此举的意味。"只要轿车后座别再有个小孩子就行，小可爱。"

有了这样一辆车，杰克很庆幸自己不喝酒，并不是说他喜欢开快车。在艾玛看来，杰克开车时过分谨慎，慢得让人烦躁。那是因为艾玛开车时一点儿都不谨慎，速度极快。"要是能在贝弗利山买座房子的话，就安全多了。"杰克经常这样对她说。他的意思是说，那样的话，艾玛开车的机会就可以大为减少。

于是，他们开车出门，开车回家（或不回家）。当然，他们也在和不同的人约会。杰克与约会对象"在一起"的时间几乎从未超过一个月，至多两个月。而艾玛与人"在一起"的时间则不超过一夜，比如她在夜总会跳舞时遇见的那些男孩。

杰克把头发留到肩膀的长度，这让他偶尔在女性卧室里穿上异性服饰时看上去更加自然。作为男人，杰克还是偏爱留少许胡楂。他依然保持着精干的身材，因为这是他的工作。

杰克并非一直饰演把自己装扮成女人的角色，但这种潜质似乎顽固地成了他性格的一部分。正如艾玛形容的那样，是他身上的一种难以捉摸的特质。

在银幕上，杰克几乎与所有的当红女星都演过情侣：伊丽莎白·苏还没出演《离开拉斯维加斯》就与他合作了，卡梅隆·迪亚兹和他一起演了一部愚蠢的女性言情片，德鲁·巴里莫尔和他演了一部史蒂芬·金的恐怖片。杰克在同妮可·基德曼合作的影片中饰演她奄奄一息的丈夫。电影演了四分之三他才总算死去。妮可·基德曼比杰克·伯恩斯高出不少，但在电影里二人的差距并不明显，毕竟杰克演那部电影时都躺在床上。

杰克还扮演了朱莉娅·罗伯茨的男友，朱莉娅很明智地最后没有嫁给他。他因为骗了梅格·瑞恩而永远失去了她。他还扮演了一个为情所困的侍者，把法国维希奶油浓汤洒到了格温妮丝·帕尔特洛的背上。

硬汉男星布鲁斯·威利斯曾经在影片中把杰克揍得屁滚尿流。丹泽尔·华盛顿曾经逮捕过他。杰克还短暂地出演过一位"邦德女郎"，但007看出他是个男人，于是用打火机射出的毒镖杀死了他。

迈拉·阿斯海姆说得没错：还有数不清的高潮场景等着杰克·伯恩斯拍摄呢。如果要让杰克从中挑选他最喜欢的场景，那一定是他和杰西卡·李拍摄的那个。"没有异装的场面，但胜似任何异装场景。"《纽约客》杂志上的某篇影评写道。

杰西卡扮演一位美丽的女继承人。杰克是个贼，刚刚与杰西卡上了床。她去淋浴时，把杰克一个人留在她的卧室里。他穿着内裤在房间四处摸索翻找，而杰西卡则在浴室里唱着歌。

杰克来到杰西卡的衣橱前，看到她的衣服欣喜万分。这个情节设置可以让了解杰克饰演角色经历的观众会心一笑。杰克·伯恩斯在挂满了衣服的橱柜里仔细地翻找，吸引这个穿着内裤的窃贼的并不是珠宝首饰。显然，让杰克倾心的是杰西卡的衣服。他如此沉醉其中，甚至没有听到浴室里的水声已经停止，杰西卡也停止了哼唱。

浴室门打开时，杰西卡穿着毛巾浴袍站在门口，头上裹着一条毛巾。衣橱门上的镜子正好可以映出她的样子。这是一个伟大的镜头：杰克手里拿着杰西卡的裙装在自己近乎赤裸的身体上比量，他看到了镜子里的自己和杰西卡，二人的映像并排站在镜子里。

他倒是一个很冷静的窃贼。"伙计，我敢打赌，你穿这件一定美极了。"杰克对杰西卡·李说道。在电影中，杰西卡完全投入到角色当中。（按照情节安排，她爱上了这个窃贼。）但这个镜头，他们拍摄了十次才完成。

实际上，杰西卡并没有进入角色里。她第一次看见杰克拿着裙装在自己身上比量时，脸上毫无血色。剧本里不是这样写的。她看到杰克身上有某种让自己不快的东西。她用了十次才克服了这种东西，完成了拍摄。当然，杰克也用了几次才演到位。

"是什么？你看到了什么？"他问杰西卡。

"我不知道，杰克。你就是让我心里发毛。"杰西卡回答。

虽然杰西卡·李心里发毛，但最后一次的拍摄是极具水准的。杰克·伯恩斯每次回想，他与杰西卡在镜子里的那个镜头都是他最得意的演出场景之一。他当时拿着那件裙装，说："伙计，我敢打赌，你穿这件一定美极了。"杰西卡站在浴室门口，微笑着。杰西卡微笑时，嘴张得大到可以把人吞进去。杰克每次看这个镜头，都忘不了杰西卡第一次拍摄时看着他的表情。杰西卡当时并没有笑，准确地说，她当时并没有在演戏。

这样的经历让杰克越发成为一个局外人。当你知道自己会让别人心里发毛时，你就会变得谨慎起来。杰克身上那种艾玛称之为难以捉摸的特质确实让人有些害怕。会有票房号召力，没错，但会让人喜欢吗？

杰克·伯恩斯拍摄近景特写时会有一种眼神，比三船敏郎的那种怒目而视更让人不安。杰克看不到自己的样子，但他可以看到别人的反应。那是一种令人感觉性别颠倒的眼神吗？绝对是。比他身上那种难以捉摸的东西还要危险吗？呃，反正绝对超出恶作剧的范畴了。

"甜心，简直变化莫测，我说的是你的眼神。"

"只是演戏而已。"他回答。（这样才能吸引住我唯一的观众，杰克想。)

"不，是你这个人，小可爱。你这个人变化莫测。你这一点让人很害怕，杰克。"

"我没有那么吓人！"杰克反驳道。杰克觉得艾玛才让人害怕。

他一直记得艾玛说出这些话时他们在哪儿。他们坐着那辆银色奥迪行驶在日落大道上。他们在好莱坞，靠近马蒙特城堡酒店（喜剧演员约翰·贝鲁西就死在那儿）。杰克正努力想着到底是什么让杰西卡·李那么害怕。"也许那件裙装完全不适合我。我真希望能把这事忘掉。"他对艾玛说。

"伙计，你觉得我会对马蒙特酒吧感到厌烦吗？"艾玛只是这样回答。

因为杰克太有名了，他总能畅通无阻地进入位于马蒙特城堡酒店旁边的酒吧。马蒙特酒吧里可真是一幅难得一见的景象，里面又大又吵闹。挤满了戴着假胸的女孩和雄心勃勃的经纪人，那里是时髦年轻人的世界。酒吧入口处总有大约三十个人被拒绝入内。那天夜里，劳伦斯就在其中。艾玛故意没朝那个方向看，但劳伦斯抓住了杰克的手腕。

"你今晚又不是女孩子了？你只当男人？你的影迷多么失望啊！"劳伦斯喊道。

艾玛用膝盖狠狠地踢了一下他的裆部，然后和杰克走进了酒吧。劳伦斯像子宫里的胎儿似的蜷缩着躺在地上，但艾玛不必担心后果。杰克记得自己想过，要是他那样踢劳伦斯一下，肯定会有法律诉讼等着他，但艾玛这样做就不会有事。（这也是他觉得艾玛让人害怕的原因。）

杰克对马蒙特城堡酒店就没有那么热衷了。酒店的大堂里总是挤满了人，他从不去那儿。他经常看到很多演员到马蒙特城堡酒店与人见面。杰克今后会在马蒙特城堡酒店的大堂里与很多人见面的。与其说是酒店大堂，不如说是个酒吧更准确。

如果能选择，他更愿意在贝弗利山的四季酒店与人见面。在杰克看来，四季酒店是最高级的会面地点。他甚至相信，那些著名的演员在这里同别人见面时出了岔子，他们死后的鬼魂一定会出没于此。不过，对杰克来说，这是唯一一个让他不觉得自己是个局外人的地方。

大部分情况下，杰克和艾玛完全像是局外人。众所周知，他们的言谈举止一点儿都不时髦。美国不是他们的故国，洛杉矶也不是他们的家乡。倒不是说他们对加拿大有归属感，他们在多伦多时也没有回家的感觉。

雷丁是第一个也是最后一个让杰克融入其中的地方。他和艾玛不知为何就是清楚他们永远都不会融入洛杉矶。这不是名气的问题，只有别人会在意你的名气。他们赚到的钱足以让他们从圣莫尼卡搬到更好的地方，但杰克逐渐认同了艾玛执意留在那里做局外人的选择。对他们而言，洛杉矶只是个工作的地方。如果他们没有从事现在这份职业，他们会找到别的工作。洛杉矶只是他们工作的地方。

被别人看到，甚至被认出，也是工作内容的一部分。（准确地说是杰克工作的一部分，艾玛才不在乎谁看到了她呢。）

他们以自己的方式成了自己的上帝。艾玛和杰克，这两个不时髦的加拿大人在"天使之城"成了上帝。和上帝一样，他们那样遥不可及。他们甚至都看不清自己。尤其身在电影圈，他们只能以别人的评价来判断自己的表现。但杰克·伯恩斯内心清楚，斯坦餐厅的那个混蛋领班唐纳德一直是对的。唐纳德一开始就把他看穿了：杰克是个从新罕布什尔来的多伦多乡巴佬。是的，他现在是个合法居住在加州圣莫尼卡的美国公民，但杰克从来都不会长久地留在一个地方，他一直在等待时机。（至少他对此已经不陌生了。在遇到克劳迪娅之前，他还没这么做过。）

当然，杰克赚到了很多钱。可他知道自己的目的不是赚钱，或者不仅限于此。

与以往一样，杰克回多伦多时总有些不情不愿。这次，艾玛没跟他一起回来，她经常会在多伦多待更久，在加拿大成为一名作家可是件不得了的事。

"生活就像是一张日程表。你必须在需要出现的时候出现，因为这是唯一的规则。"艾玛在《废稿读者》中这样写道。

和他妈妈一起在"女儿艾丽丝"刺青店时，杰克与艾丽丝就刺青大会的事情争吵起来。以前根本就没有什么刺青大会，但艾丽丝最近每个月都要参加一场刺青大会。她为了参加这个，已经去了东京和马德里。不过大部分时候，刺青大会是在美国举办，美国各地都有可能。

艾丽丝秋天时去了几次洛杉矶，但她不是专门去看杰克的。算不上特别巧合，洛杉矶年度刺青与穿体装饰大会（也叫"刺青业者舞会"）都在那个时间举行。据称，这是全世界规模最大的刺青大会，举办的地点在日落大道的好莱坞帕拉丁音乐厅，那里在摇摆舞音乐鼎盛的 1930 年代曾是一家摇摆舞厅。

艾丽丝是纽约刺青大会的常客，大会在每年春季举办，地点位于西五十二大街的玫瑰岛舞厅。亚特兰大的刺青大会也在春季，甚至连缅因的刺青大会也在春季的 2 月举行！虽然艾丽丝许诺过，但杰克在雷丁读书时，她从来没有去缅因看过他一次，现今艾丽丝竟然每次都不会错过在波特兰举办的"疯帽子"茶聚。

艾丽丝还去俄亥俄州哥伦布参加了"地狱之城"刺青节，是在当地的凯悦酒店举办的。（如果杰克没记错的话，这个活动是在 6 月举办的。）他以为艾丽丝最喜欢的城市是费城，因为她曾与费城著名的刺青大师"疯子费城埃迪"拍过照。埃迪总是穿一件运动外套，抹了发胶的头发硬挺挺的，看着像是公鸡的鸡冠。

无论刺青大会在何地举行，不管是达拉斯、都柏林、匹兹堡（在那儿叫"身体印记者大会"）还是伊利诺伊的迪凯特（在那儿叫"男人的祸根"年会），艾丽丝从不缺席。

艾丽丝除了去波士顿，还去了德国汉堡，令她十分失望的是，赫伯特·霍夫曼已经退休了，不过她见到了罗伯特·戈尔特。"他已经六十九岁了，还在加拿大打篮球。"艾丽丝告诉杰克。

全世界的刺青师都赶来参加形形色色的刺青大会：塔西提、塞浦路斯、萨摩阿、泰国、墨西哥、巴黎、柏林和迈阿密，甚至还有从俄克拉何马州来的刺青师——刺青在那里属于非法行为。（艾丽丝为了与这些同僚见面什么地方都能去，哪怕人烟稀少的地方也没问题。）去参加大会的是同一批人。

"如果总是同一群怪人参加，干吗每次都要去呢？"杰克问他妈妈，"干吗没完没了地去了又去？"

"因为我们是一群怪人，杰克。因为我以此为乐，我们就是这样。"

"得了吧，妈妈，你知不知道你一个人跑到俄亥俄州的哥伦布，跑到新泽西州荒无人烟的地方可能会发生他妈的不测？"

"要是伍尔兹小姐听见你说的话，杰克，要是可怜的洛蒂和威克斯蒂德夫人——愿她安息——听见你的话，她们一定会惊讶你到底是怎么了。加州和好莱坞到底把你怎么了？"

"什么把我怎么了？"

"可能是因为艾玛，你和那个满嘴脏话的女孩住在一起。我就知道会这样。他妈的这个，他妈的那个。听听你说的话，你把这个词当万金油了！你以前谈吐得体，知道怎样说话，吐字完美。"

艾丽丝说得有道理，但听上去像是她想改变一下话题。杰克一直试图说服他已入中年的妈妈，所有这些刺青大会根本就是怪物秀，而他妈妈却把矛头指向了他的谈吐和措辞。那些刺青大会确实让人毛骨悚然。有全身上下都布满刺青的疯子，他们竟然还互相攀比！有刺青的前科犯，因为监狱刺青和自行车手刺青都是风格独特的刺青类别。还有刺青的脱衣舞者，更不用说色情片明星了。（杰克知道这个，自然是从无数部"大鸟汉克"的影片中了解到的。）

那么"女儿艾丽丝"认为谁会来参加这些刺青大会呢？杰克曾经在刺青大师赖利·巴克斯特位于西洛杉矶的"禁忌刺青店"里，见过各种表情狰狞的巫毒娃娃以及插着匕首的心脏的图案。尤其是淌着血的心脏上还刻有"无悔"的字样。（赖利·巴克斯特的名片上就有一个巫毒娃娃的图案，下面有一行字：均使用一次性针头。）

艾丽丝的腰身已经不像年轻时那么苗条了，她的笑容也不再那么魅力十足。她那琥珀色的头发，现在变得灰发苍苍。不过，她的皮肤还是那样光滑，竟然看不到任何皱纹。而她选择的衣装显然凸显了她丰满的胸部。艾丽丝喜欢身着大圆领口或方形领口的高腰款裙装。她这把年纪了还喜欢穿钢圈胸罩，而且是红色或桃红色的。那天在店里，艾丽丝穿了一条乡村风格的裙装，领口宽大得仅仅遮住了肩顶，连胸罩的肩带都露了出来，她经常这样穿。杰克以为她喜欢露出胸罩肩带，可艾丽丝从来不穿低胸露肩款的礼服或罩衫。"别人休想来评判我的乳沟。"艾丽丝喜欢这样讲。（真奇怪，杰克常常想，为什么他妈妈喜欢让别人知道自己有丰满的胸部，却一丁点儿都不肯露出来。）

一个不肯裸露胸部的女人为什么要去刺青大会呢？"妈——"杰克刚要开口，艾丽丝要泡茶了，她背过身去。

"还有那些女人，杰克。你就不能认识一些漂亮的女孩子吗？还是我根本就没见到？"

"漂亮的？"

"就像克劳迪娅那样，她很漂亮。她怎么样了？"

"我不知道，妈妈。"

"那么，那个在威廉·莫里斯经纪公司做着初级工作的可怜女孩呢？她咬舌头的声音可真怪异，不是吗？"

"叫格温什么的。"杰克回答。（他对格温唯一的印象就是她咬舌头发出的声响。也许她还在为威廉·莫里斯工作吧，说不定已经离开了。）

"格温已经是很久之前的事情了，不是吗？你喝茶还放蜂蜜吗，亲爱的？"艾丽丝问道。

"对，格温是很久之前的事了。不，我不要蜂蜜，我从来都不加蜂蜜。"

"女演员、女侍者、办公室女职员、富婆，更不用说那些攀附你的人了。"他妈妈继续说道。

"那些什么？"

"你们的叫法是追星族？"

"我不认识任何追星族，妈妈。可能你的追星族比我还要多吧。"

"你这话什么意思，亲爱的？"

"在刺青大会上，一定是的。"他回答。

"你应该到刺青大会现场看看，杰克。那样你就不会这么担心了。"

"是我带你去的刺青业者舞会。"杰克提醒道。

"没错，但你没有进到帕拉丁音乐厅里面啊。"她说。

"帕拉丁外面到处都是摩托党！"

"你当时说，在夜里看到一群戴着假胸的人就够糟的了，你不想大白天的也和一群戴着假胸的人厮混。你就是这么说的。说实话，你的语言太——"

"妈——"

"还有你去伦敦见的那个英国人，她几乎和我一样老！"艾丽丝喊道。杰克看着她把蜂蜜加到了他的茶里。

朝向女王街的店门打开了，一只小铃铛丁零零地响了起来，好像"女儿艾丽丝"一下子变成了出售蕾丝布巾或生日贺卡的小店。进来的那个女孩似乎因为最近一次做的穿体装饰有些发炎了。她下唇上凸出了一个像是袖扣一样的东西，一边的眼眉处（眉毛已经刮光了）挂着一条链子，链子上有一颗金属球。不过，发炎的只是她的下嘴唇。

"我能为你做什么，亲爱的？"艾丽丝问她，"我刚刚泡了茶。你想来一杯吗？"

"好啊。我一般不喝茶，但只有茶也没关系。"那个女孩回答。

"杰克，请帮这位年轻女士倒杯茶。"艾丽丝说。

那个女孩大概十八岁，至多二十，深色的头发脏兮兮的，她下身穿着牛仔裤，上身穿了一件"感恩而死"乐队的T恤。"妈的，你长得可真像杰克·伯恩斯，不过你看着正常多了。"她对杰克说。

艾丽丝打开了音乐——是鲍勃·迪伦，毫无疑问。"杰克是我儿子。他就是杰克·伯恩斯。"艾丽丝对那个做了穿体的女孩说。

"老天！我敢打赌，你身边的女人一定数不清吧？"那个女孩说。

"没有那么多。你茶里要加蜂蜜吗？"杰克问。

"行，加吧。"她说话时一直用舌头舔着肿胀的下嘴唇。

"你喜欢什么类型的刺青，亲爱的？"艾丽丝问她。（刺青店的橱窗里有块牌子，上面写着：**不做穿体**。所以这个女孩只能是来刺青的。）

那个女孩拉下了她的牛仔裤拉链，用大拇指钩住内裤裤腰，露出了一小撮阴毛。阴毛以上的位置刺了一只蜜蜂。那只蜜蜂几乎和杰克小指头的指尖一样大，透明的翅膀泛着黄色，蜜蜂的身体则偏深金色。

"金黄色是一种很复杂的颜料。"艾丽丝说，语气中似乎带着赞许。杰克无法确定，"我在黄色里混合了砖红色，也可以混合英国朱砂，也叫硫化汞。然后，我会加一些糖蜜。"杰克确信，这些仅仅是金黄颜料成分的四分之三。艾丽丝从来不告诉别人她是怎样调制颜料的，尤其是对非专业人士。

"糖蜜？"女孩问。

"我还加了些金缕梅提取液。很难调出完美的金黄色。"杰克相信艾丽丝真的添加了金缕梅提取液。

听了艾丽丝的话，那个女孩的眼神像是第一次看见那个蜜蜂的刺青似的。"我是在温尼伯做的这个蜜蜂的刺青。"她对艾丽丝和杰克说。

"我猜是在'个性刺青店'做的吧。"艾丽丝说。

"没错，你认识那些人？"女孩问。

"当然了，我认识他们。温尼伯那么小的地方，你很难迷路的。那么，你想要为这只蜜蜂加一朵花吗？"

"对，但我还没想好选哪种花。"女孩说。

杰克朝店门方向小心地移动着。他想自己可以碰碰运气走到女王街上，也许一个影迷（或疯子）会认出他来，即使如此，杰克·伯恩斯也不想看着别人刺青。

"你要出门去哪儿，杰克？"艾丽丝问他时并没有朝他的方向看。她正在给那个女孩看可以选择的花朵图案。

"你不用回避。无论她把花刺在什么部位，你都可以看。"那个女孩对杰克说。

"这可不一定。"艾丽丝对她说。

"家里见。我晚上会带你和莱斯利去吃晚餐。"杰克对他妈妈说。

对于杰克的离开，艾丽丝和那个女孩都是一副失望的表情。鲍勃·迪伦的歌声在店里号叫着。(《糊涂风》，杰克会一直记得当时播放的这首歌。)杰克并没有太在意那个女孩，他在努力地试图解读他妈妈脸上的那种失望。我到底怎么让她心烦了？杰克真想问问艾丽丝，但并不想在那个有蜜蜂刺青的女孩在场时问。

"有人在找我麻烦。"鲍勃·迪伦在歌曲中抱怨着。杰克每次回到多伦多，都会有这种感觉。"他们说我枪杀了一个叫格雷的男人，把他的老婆拐到了意大利。她继承了一百万美元，等她死了，钱就归我了。"

伴着鲍勃·迪伦的声音，杰克大声地唱出了下一句，目光始终没有从他妈妈身上移开。"我真他妈的好运气。"他唱道。因为这句歌词恰好表达了艾丽丝看着他的眼神中最主要、最核心的意思。她觉得杰克的运气一直很好！

"到现在为止是这样，杰克——到现在为止！"杰克从"女儿艾丽丝"走到女王街上，关上店门时，艾丽丝在他身后喊道。

四

睡在针尖上

23 比利·彩虹

　　杰克在纽约接受了一次媒体专访。("米拉麦克斯公司吹响了媒体宣传战的号角。"艾玛如此形容。)对于这次专访,杰克唯一记住的并不是开场的第一个问题,而是那位记者无比笨拙的表达。除了这个,在杰克多次重复自己答案的过程中,艾玛打来了电话。这是杰克最不想听到她声音的时候。

　　采访者是一个家庭主妇模样的肥胖女人,说话口齿不清,带有意大利语口音。上一次专访时,代表好莱坞外国记者协会的也是这个人,她当时问杰克是否在以《现代启示录》中的马丁·辛为榜样塑造自己的形象。她当时喝着健怡可乐,抽着薄荷香烟,呼出的气息带有一股人工合成的甜味。那味道从他脸庞飘过,薄荷糖工厂起火的烟雾一定就是这种味道。

　　"威拉德上尉是短发。"杰克上次是这样回答她的。

　　"什么上尉?"

　　"《现代启示录》里马丁·辛饰演的角色,威拉德上尉。我百分百确定他的军衔。"杰克说。

　　"我说的不是他的发型。"那位记者说。

　　"我没有故意以他为榜样塑造自己。我也没打算杀死马龙·白兰度。"杰克回答她。

"你是说，你的榜样是年轻的马龙·白兰度？"这个来自好莱坞外国记者协会的女士问杰克。

"在你提到的电影中，年轻的马丁·辛饰演的角色被派去杀死马龙·白兰度那个角色，你还记得吗？我没说年轻的马龙·白兰度。"杰克对她用极慢的语速解释着。

"别管这个问题了，咱们继续吧。"她说。

而她这一次提出的问题，令人尴尬的程度又达到了新的高度，但是她总算没再纠结马丁·辛的问题了。"虽然你不是同性恋，但你是否在心理上认为自己是异性？我是说像女人那样。"

"你的意思是说，我是个异装癖吗？"

"对！"

"不是。"

"但你总是扮成女人，而且似乎你现在就想着，我是说，要装扮成一个女人，虽然你现在是男人的装扮。"

"我现在根本没想装扮成女人。我只不过偶尔在电影里扮成女人。你懂的，我是在演戏。"杰克对她说。

"你的写作就是关于这个方面的吗？"

"关于装扮成女人？"

"对！"

"不是。"

这时，杰克的手机响了。一般情况下，他从来不在采访中途接听电话，但杰克看到电话是艾玛打来的，她最近一直很消沉。艾玛正在被自己的体重击垮。自从他离开洛杉矶，艾玛每天早上都会打来电话，告诉杰克自己的体重又增加了。洛杉矶还是早上时分，而纽约则快要吃午饭了，杰克知道艾玛在洛杉矶刚刚起床。

他告诉艾玛，自己正在接受专访——艾玛当然非常清楚这次专访的来由。杰克带着些微怒气把手机递给那个好莱坞外国记者协会的女士。"这个女人就不能让我一个人静静。告诉她我正在接受专访，看看你能做到什么程度。"

撇开其他不谈，杰克希望这样可以打断一下这名外国记者奇怪的思路。他早就知道这名记者根本不可能用她自己的逻辑打断艾玛的思路。

"你好？"这位认为杰克长得像马丁·辛的女士对着电话说。

突然间，艾玛学着记者的意大利语口音说起话来。"请转告杰克·伯恩斯——玛利亚·安东涅塔·贝卢齐打电话找他！"杰克当然能听出她的把戏。

"很抱歉，杰克·伯恩斯正在接受专访。"那位外国记者女士说。

"告诉他，我需要握着他的鸡巴！"艾玛说。

"是贝卢齐女士打来的，听上去很着急。"外国记者女士说着把手机还给了杰克。

"所以你今天早上体重多少？"杰克问艾玛。

"他妈的93公斤！"艾玛号啕大哭地说，声音大到连记者都能听见。

"你必须得控制饮食，艾玛。"杰克对她说，他已经这样告诫她一百遍了。

1997年，杰克·伯恩斯三十二岁，艾玛三十九岁。杰克的新陈代谢比艾玛更活跃，而且他一直很注意自己的饮食。毕竟已经三十多岁了，杰克的饮食控制变得更加严格了。

艾玛不明白控制饮食的意义。她原本每天夜里要喝掉一瓶红酒，现在增加到两瓶。原本她不吃午饭，现在她把意大利面作为午饭。年近四十的艾玛，最喜欢的食物依然是干酪马铃薯泥。杰克一直提醒她：虽然她可以在贝弗利山四季酒店的腹部训练器上锻炼一整天，虽然她可以卧推起自己体重的重量，但这些练习无法燃烧掉她摄入的碳水化合物。

杰克可以看到那个外国记者把她听见的一切都写了下来，他后来读到这篇采访时发现甚至连"他妈的93公斤"都没落下。她甚至把"玛利亚·安东涅塔·贝卢齐"这个名字都拼对了，显然这名记者是个意大利人。

"艾玛——"杰克开口道。

"他称呼那个女人为艾玛，并残忍地让她控制饮食。"那位外国记者女士会在专访稿中这样写。

"让你和你的控制饮食滚蛋吧，杰克！"艾玛尖刻地在电话中说，"我想让你知道，我在遗嘱中把你照顾得很好。"然后，她挂断了电话。

"你的女朋友？我是说，女朋友之一。"记者女士问道。

"算是吧。"杰克回答。

"这位贝卢齐女士是演员吗？"

"她是一个体态丰满的烟草店老板。"他说。虽然那名记者并没有把这句话记下来，但"体态丰满"不知怎的成为她在采访稿中形容艾玛的词。

"我猜你有，或者说有过很多女朋友。"她对杰克说。

"但我们都不是认真的。"他这样回答一定足有一百次了，他心中充满了对米歇尔·马厄的愧疚。

杰克感到疲惫不堪。他要面对太多的采访，要应付各种爱好打听隐私和曲意奉承的记者。但这不能成为他任由采访失控的借口。杰克不应该如此鲁莽，甚至故意让这位来自好莱坞外国记者协会的女士随意发挥想象力进行无端的揣测。可他就是这么做的。

当然，让杰克心烦的并不是这次专访，这种事情不会对他造成多久的损害。是艾玛最后那句话，那句有关她遗嘱的话，让杰克久久不能忘怀，让他一直感到心痛。

这篇专访刊登时，艾玛已经死了。那个好莱坞外国记者协会的意大利记者推断出，杰克的这位"女友"不可能是玛利亚·安东涅塔·贝卢齐，这个费里尼电影《阿玛柯德》中的大胸烟草店老板。（贝卢齐女士都能当杰克的祖母了！）

这名记者写道，同杰克通电话的人一定是艾玛·欧斯特勒。外界早已知晓杰克和艾玛住在一起，但"仅仅是室友关系"。最近见过这位著名作家的人，虽然不知道艾玛的体重达到了93公斤，但都知道艾玛因肥胖超重而苦恼。（就此而言，杰克用"体态丰满"来形容艾玛，似乎是对她的嘲讽。）

除此之外，那位意大利女士断定，艾玛因为无法写完自己的第三部小说而陷入了抑郁。距离上一部小说出版已经过了很多年，艾玛的第三部小说一直没有写完。

"那部作品到底有多长？"艾玛死后，所有的记者都这样问杰克。但那时，杰克在付出惨痛的代价后已经懂得了应该如何谨慎地面对媒体。

这次去纽约，杰克住在马克酒店。他入住登记的姓名是比利·彩虹，这是他在即将上映的影片中饰演的角色。他来纽约就是为这部电影的宣传而接受专访的。杰克总是用自己最近拍摄的尚未公映的影片中角色的名字来登记入住。这样，杰克·伯恩斯的追星族就找不到他了。

他们其实算不上严格意义上的追星族。其中一些"长鸡巴的小妞"对杰克一直否认自己是异性癖或异装癖感到非常气愤。几乎每次采访，杰克都要强调自己只是偶尔装扮成女人，而且仅仅在电影中。真正的异装癖和异性癖对他的回应感到气愤。他们说杰克"只是在演戏"。呃，杰克确实只是在演戏。

于是，杰克以比利·彩虹的名字入住了马克酒店，前台为他挡住了所有的电话。杰克每次都会告诉艾丽丝他住在哪里，用的什么名字。艾玛当然也知道，知情人还包括他的经纪人鲍勃·布克曼、律师艾伦·赫戈特以及电影公司负责电影相关宣传的公关人员，比如负责这部影片的米拉麦克斯公司的艾丽卡·斯坦伯格。理所当然地，米拉麦克斯的老板哈维·韦恩斯坦也知道。如果你拍摄的是米拉麦克斯公司的电影，哈维肯定知道你用什么名字住在了哪里。

与此同时，杰克正和大提琴手咪咪·莱德勒上床，所以她也知道杰克住在哪里。事实上，当艾玛死去的时候，杰克和咪咪·莱德勒在床上睡觉呢。

那天夜里，吃过晚餐后，咪咪把她的大提琴带到了杰克的酒店房间。她赤身裸体地为杰克演奏了两首独奏曲。晚餐时的情景可真令人尴尬，因为大提琴装在一个巨大的箱子里，占据了餐桌三分之一的位置，而咪咪时不时地看着自己的乐器，似乎在期盼大提琴说几句话。

杰克并没有告诉咪咪，自己还是个小男孩时遇见过一位女大提琴手。她叫汉内莱，是芬兰赫尔辛基西贝柳斯音乐学院的一名学生，也是他父

亲威廉的女朋友（之一）。汉内莱和她的朋友里特娃分享了一个刺青。那
是一颗撕裂的心，汉内莱的左胸口刺了那颗心的左半边，而且她的腋毛
没有刮，杰克一直记得这个细节。

当咪咪·莱德勒在马克酒店的房间里为杰克演奏时，杰克战栗地想起
汉内莱接受刺青时的姿势。和咪咪乃至所有女性大提琴手一样，她当时
双腿大开。杰克此时想到，汉内莱是否也赤裸着为他父亲演奏过呢？这
进而又让他怀疑自己与威廉的相似。（尤其是威廉与女人的关系。）

杰克后来经常记起咪咪·莱德勒那天夜里在马克酒店的房间里为他演
奏的曲目，当时艾玛还活着。有一首大提琴独奏，是莫扎特三重奏的一
部分。（杰克觉得学一点有关古典音乐的知识还是有用的，因为这会让他
想起管风琴或宗教音乐，进而想到遗弃了自己的父亲。）

"莫扎特《降 E 大调嬉游曲》。"咪咪·莱德勒演奏前低声对杰克说。
咪咪与汉内莱一样，也许所有的女大提琴手都是这样，身材高挑，四肢
修长，胸部平坦。因此，杰克猜测胸部过大会给演奏大提琴造成障碍。

一丝不挂的咪咪为他演奏的第二首乐曲是贝多芬的弦乐四重奏。"贝
多芬作品 59 号，《拉祖莫夫斯基弦乐四重奏》第一部分。"咪咪对杰克低
语。仅仅是这些古典音乐的标题就让杰克牙疼。这些作曲家就不能给自
己的作品起个好点的标题吗？不过，看着咪咪·莱德勒自信地跨坐在那里
掌控着那件巨大的乐器，真是太美好了。

他们睡着的时候，电话响了起来。时间太早了，不可能是艾玛打来
的，这是杰克首先想到的。多伦多和纽约都是东部时区，这是他第二个
想到的。他看了看时间，刚刚早上六点，他妈妈不可能这么早打来电话
的，杰克想。

艾丽卡·斯坦伯格那么机智圆滑，也不可能这么早给他打电话的，而
且艾丽卡知道杰克和咪咪·莱德勒的关系，她什么都知道。杰克猜测可能
是米拉麦克斯的老板哈维·韦恩斯坦打来的电话。他想什么时候给你打电
话就什么时候打，他以前就在凌晨时打过电话给杰克。可能杰克在某次
采访中又说了什么不该说的吧。

咪咪·莱德勒和杰克本来就要早起，但也没必要起得这么早。杰克接

下来的一天还是排满了媒体采访的日程，而咪咪要在茱莉亚音乐学院授课，然后她还要赶一班飞机。咪咪是某个三重奏还是四重奏组合的成员，他们在明尼阿波利斯还是克利夫兰有演出，杰克记不清了。

"肯定是客房服务，"咪咪说，"很可能是因为你的早餐。我昨天晚上告诉过你了，杰克，你应该点一份普通的早餐。"

咪咪就杰克的早餐问题说了许久，她称其为杰克的"早餐宣言"。马克酒店（以及纽约大部分酒店）的客房服务人员并不是美国人，他们吃力地理解着客人用英语提出的要求。咪咪说，杰克应该检查一下他的早餐菜单，他不应该把自己的早餐写成一篇"论文"，然后就那样挂在房门外面。

可是，你总得对溏心蛋煮到多熟有个具体描述吧，杰克争辩道，而且"脱脂酸奶和不要酸奶"的差别就这么难理解吗？

"一定是哈维·韦恩斯坦打来的。"杰克对咪咪说着拿起了电话，"喂？"

"是您母亲打来的，彩虹先生。"酒店前台的年轻男职员说。

在电影中，比利·彩虹没有母亲，不过杰克还是回答："请接进来吧。"她现在在哪儿？杰克不禁疑惑。（按照咪咪·莱德勒的描述，他当时正处于半睡半醒之间。）

当时在加州圣罗莎正举办一场刺青大会。他妈妈是在途径洛杉矶前往大会的途中还是已经在回家的路上了？她一定已经开始返程了，杰克模模糊糊地想起来，艾丽丝已经对他说过这次刺青大会的见闻了。

艾丽丝住的酒店是叫弗拉明戈还是粉色弗拉明戈的，她还提到了一个布鲁斯乐队，好像叫"喝酒的公鸡"。她把在刺青大会遇到的所有人和所有事都告诉了杰克。

他妈妈自己也承认，那场为期三天的刺青大会像是未成年饮酒者的聚会。从圣罗莎回来时，艾丽丝有些惊魂未定。杰克怎么可能忘记他妈妈告诉他，在刺青大会上有个什么船长表演了吞剑的特技？还有个叫苏西·明的柔术演员身体扭曲翻滚，就算称不上艺术，也成了让艾丽丝难以抹除的可怕记忆。（这也是他妈妈没有从圣罗莎给他打电话的原因。）

也许她去了巴黎，要不然她也不会这么早来电话。现在这会儿正是巴黎的中午呢，说不定艾丽丝算错了时差。不过，她不是已经从巴黎回来了吗？

是的，杰克想起来了，她已经从巴黎回来了。艾丽丝告诉他，她见到了"宝利叔叔"和"小温妮·迈尔斯"等刺青师。严格来说，那算不上一次刺青大会，他们这次见面是打算在巴黎建立一个名为"刺青世界"的组织。这个主意很可能是一个叫"丁丁"的刺青师想出来的。在艾丽丝看来，他是巴黎最棒的刺青师。法国阿维尼翁的知名刺青师斯特凡纳·肖特赛格和瑞士洛桑的刺青师菲利普·路也来到了巴黎。据说，连法属玻利尼西亚的刺青大师荣内也从西太平洋的小岛赶来了。

他们住在位于红灯区的某家旅馆。"从红磨坊沿街走就能找到。"艾丽丝告诉杰克。一个名叫"部落行为"的穿体装饰组织，一天晚上还为与会者奉上了一场令人难忘的表演：他们用自己的乳头、阴茎以及其他穿了孔的身体部位，吊起各种尺寸相当可观的家居用品。

可是这也是几周（也许是几个月）前的事了！艾丽丝是从多伦多打来的电话，那里和纽约一样都是大清早。杰克当时真的还没睡醒呢。

"啊，杰克，我很难过——我非常难过！"他妈妈在电话中哭着说。

"妈，你在多伦多？"

"我当然是在多伦多了，亲爱的。"她因为杰克的问题而突然有些生气，"啊，杰克，太可怕了！"

可能是她在店里因为喝酒或吸大麻昏过去了，在店里睡了一夜（"睡在针尖上"）后刚刚醒来，杰克猜想。或者是她哪位刺青圈的同僚去世了，永远地"睡在针尖上"了。很可能是艾丽丝在哈利法克斯的老朋友、与她一同为查理·斯诺当学徒的"水手杰里"。

"把这件事告诉你让我感到难受，亲爱的。"艾丽丝说。

杰克的第一反应是，莱斯利·欧斯特勒与她分手了，爱上了另一个女人！"妈，你快告诉我吧，求你啦。"

"是艾玛，艾玛走了，杰克。她走了。"

"妈，她去哪儿了？"

杰克刚刚问完就知道了答案，贴着他耳朵的话筒倏然变得冰冷。他眼前是闪着耀眼蓝色光芒的太平洋，如同沿着洛杉矶肖托夸大道盘山而下时看到的景象。在下方，是太平洋沿岸高速，依时间不同，高速上可能是堵得水泄不通的车队，也可能是快如闪电的车流。挡在你与伟大太平洋之间的，有时是车流，有时则是混凝土构筑的桥体。

"她怎么走的？"杰克问他妈妈。

直到咪咪·莱德勒像抱住大提琴那样从背后抱住他时，杰克才意识到自己坐在床上发抖。她修长的手臂环抱着杰克，修长的双腿大开，缠住了他的大腿。

"莱斯利已经去机场了，"艾丽丝接着说，好像根本没听见杰克的问话，"我应该和她一起去的，但你也了解莱斯利。她甚至都没掉眼泪！"

"妈，艾玛怎么了？"

"天哪，又是艾玛！"咪咪·莱德勒喊道。她像块裹尸布似的搂抱着杰克，他感觉到她的嘴唇擦过自己的后颈。

"杰克，有人和你在一起！"他妈妈说。

"当然有人和我在一起！妈，艾玛到底怎么了？"

"你似乎该留在她的身边才对，杰克。"

"妈——"

"艾玛晚上去跳舞，"艾丽丝开口道，"她跳舞时遇到了一个男孩。莱斯利告诉了我那个夜总会的名字，但我没记住。"

"妈，名字不重要，接着讲。"

"艾玛领着那个男孩一起回家了。"艾丽丝说。

杰克明白，如果艾玛从夜总会领着一个男孩回了他们的住处，就说明她不是跳舞时死的。"妈，艾玛怎么死的？"

"啊，太可怕了！他们说是由于心脏病，但她还那么年轻。"

"谁说的？他们是谁？"杰克问。

"警察，是他们打电话来通知的。但艾玛怎么会得心脏病呢，杰克？"

杰克可以想象，艾玛虽然仅有三十九岁，但考虑到她的饮食习惯、酗酒和重量练习，以及偶尔从夜总会带男孩回家，她患上心脏病并不令人意外。不过艾玛从不嗑药。最近一段时间，她带着男孩回家过夜变得频繁起来。（艾玛和杰克一致同意，男孩比健身的男人更加"安全"。）

"很可能会进行尸检的。"杰克对他妈妈说。

"尸检？不就是心脏病吗？"艾丽丝问。

"妈，三十九岁可不是一个容易因心脏病死亡的年纪。"

"那个男孩……未成年，警察不肯说出他的名字。"艾丽丝声音小了下来。

"谁关心他叫什么。"杰克说。艾玛领回家过夜的未成年男孩可太多了。可怜的艾玛，竟然在同夜总会邂逅的未成年人上床时死了！

至于那个男孩，杰克想这一事件一定给他造成了精神创伤。他清楚艾玛喜欢做爱时位于上面的体位，她会告诉那个男孩不要动。（也许他还是动了。）艾玛之所以会选中他，只是因为他看上去年纪不大。如果这个孩子还是个处男，他第一次与人做爱时，让一个体重93公斤的女人压在身上会是什么样的感受呢？

"那个男孩报了警。"他妈妈继续说道，声音仍旧很小，"天啊，杰克。难道艾玛经常——"

"有时候。"杰克简短地回答。

"你一定要回洛杉矶见莱斯利，杰克。她不应该一个人处理这些。我了解莱斯利。她会崩溃的，迟早会的。"

杰克难以想象莱斯利崩溃的样子，但他一想到欧斯特勒夫人独自待在他和艾玛的住处就会有些不舒服。艾玛的个人物品还在那座房子里。相比莱斯利发现艾玛收集的色情电影，杰克更担心她会读到艾玛没有完成或不愿意出版的作品。杰克一个字都没看过艾玛正在写的第三部小说，外界传言这部小说篇幅过长。

"妈，我会立刻离开纽约。如果莱斯利打来电话，告诉她我天黑前会抵达洛杉矶。"

杰克知道艾丽卡·斯坦伯格是个好人。他猜想她应该可以帮他推掉接下来的几场专访。

每个认识杰克的人都知道，艾玛是他的亲人。事后证明，米拉麦克斯公司为他安排好了一切，包括前往机场的车辆。艾丽卡帮他买好了机票，甚至主动要求陪他一起飞回洛杉矶。杰克告诉她真的没必要这么做，但他很感激她的建议。

那天早晨，除了艾丽丝，还有一通电话打到了杰克在马克酒店的房间。咪咪·莱德勒说对了，客房服务果然被他的早餐要求搞糊涂了。虽然杰克已经不再发抖，但咪咪还是像抱着大提琴那样抱着他，直到第二通电话响起。

"随便什么酸奶都可以，只要是酸奶就行。"咪咪听见杰克对着电话说。

"你还好吗，杰克？"咪咪问道。

"艾玛死了。我觉得我今天没什么时间来计较酸奶。"他怒气冲冲地对她说。

"你在演戏吗？我是说现在，你在演戏吗？"她问。

杰克不明白她的意思，但她用床单盖住自己的身体，好像杰克对她而言完全是个陌生人。"怎么了？"他问。

"是你怎么了，杰克？"

他们坐在床上，杰克可以从梳妆台的镜子里看到自己。他平静得像什么都没发生似的，这就是问题所在。杰克的样子一点也不像是他最好的朋友去世了，似乎一切如常。他的脸好像一张白纸，没有任何情感。"神秘得让人难以捉摸。"如果《纽约时报》的影评人看到这一幕很可能会这样写。

杰克忍不住看着镜中的自己，这也是问题所在。咪咪·莱德勒后来说她无法忍受杰克当时的样子。"你不是在拍电影，杰克。"咪咪说，但杰克看着她时似乎真的把自己当成了比利·彩虹，"你为什么没有哭？"咪咪·莱德勒问他。

杰克不知道怎么回答她，他很擅长表演哭戏。当角色需要哭时，从助理导演说"请保持安静"起，杰克就开始酝酿了。

"开始录影。"摄影师说这句时，杰克双眼已经饱含热泪了。

"开始收音。"当录音师说话时，杰克已经泪流满面了。

当导演（包括"狂人比尔"范弗列克在内）说"开拍！"时，杰克早就旁若无人地哭了起来。哪怕朗读剧本，他都会涌出泪水来！

但在马克酒店的那个清晨，杰克表现出前所未有的硬汉特质，又那么让人看不透。他和艾玛写作时一样面无表情。"生活就像是一张日程表。你必须在需要出现的时候出现，因为这是唯一的规则。"

需要杰克·伯恩斯做的，就是前往洛杉矶露个面。他很可能会握着欧斯特勒夫人的手，因为他应该这么做，这就是规则。

"老天，杰克——"咪咪·莱德勒刚要开口说什么却停了下来。杰克发现她开始穿衣服了，好像她刚刚说了什么但自己完全没听到。"如果你不爱艾玛，你不会爱上任何人的。"咪咪说，"她是和你最亲近的人，杰克。你会爱上别人吗？如果你不爱她，我觉得你谁都不会爱。"

这是杰克最后一次见到咪咪·莱德勒。他喜欢咪咪，他真的喜欢她。但这天早上之后，咪咪不再喜欢杰克了。咪咪离开时说，杰克让她看不懂。最可怕的是，杰克也看不懂自己。

作为一名演员，杰克可以成为任何人。在银幕上，全世界都已经看过杰克·伯恩斯扮演男人或女人哭泣的样子。他好几次哭得睫毛膏把脸都弄花了——他可以为拍电影做任何事！但杰克无法为了艾玛哭泣，那天早上他在马克酒店没有流一滴眼泪。

当杰克离开酒店前往机场时，天色还很早。前台招待是一个杰克从未见过的年轻男人，很可能就是他把艾丽丝的电话接进来的。这个工作人员当然知道他是杰克·伯恩斯，每个人都能认出来。当杰克离开时，他就像年轻人由衷地想要取悦你时那样，用真诚的声音喊道："祝你今天过得愉快，彩虹先生！"

事实证明，艾玛死于心脏病的猜测是错误的。虽然她死亡之前出现的流汗、气短、头晕及胸痛等症状很像心脏病，但实际上艾玛死于一种叫作 QT 间期延长综合征的遗传疾病。这种疾病会使心室内的钠和钾两种离子流受阻。（进而造成心脏电解质失调，导致心室动作电位紊乱。）艾玛的直接死因是一种突发性心律失常——心室纤维性颤动，她的医生这样告诉杰克。艾玛当时心脏突然停止了跳动，她还没有感到身体不适就死亡了。

患有 QT 间期延长综合征的人，很多时候是因为突然死亡才被诊断出患了这种疾病。有六成患者的静态心电图会显示出异常，从而引起医生的警觉。但剩下四成患者的静态心电图完全正常，除非进行动态心电图的测试。（艾玛的医生告诉杰克，她从未做过动态心电图。）

这位医生进一步告诉杰克，过大的声响、极端情绪、运动或电解质不平衡很可能引发猝死，而饮酒和性行为恰恰是这些因素的主要原因。

艾玛从夜总会带回来的那名男孩（警方一直没有公布他的名字）之前从未与人发生过性关系，他说艾玛就那么自然地瘫倒在他的身上，他还以为那是她喜欢的做爱姿势呢。他完全按照艾玛嘱咐的那样一动不动地躺着。（他当时可能害怕得不敢动。）最后他终于从艾玛的怀抱中挣脱出来，打电话报了警。

考虑到这种疾病的遗传性，艾玛在世的亲属要进行相应的疾病筛查。莱斯利·欧斯特勒是艾玛唯一一个还活着的亲人，检查结果表明她一切正常。她的前夫，也就是艾玛的父亲几年前就去世了，是在睡梦中毫无征兆地死去的。

"真是个丧气鬼！"说到他的死时，莱斯利经常这样讲。

杰克还没准备好如何面对欧斯特勒夫人就到家了。坐在飞机上时，他一直想着艾玛，所以没时间想莱斯利。（他当时在思考自己的情感缺失，如果这个词可以正确形容他的状况的话。）

莱斯利·欧斯特勒像一阵风暴似的压了下来。"我了解莱斯利，"艾丽丝之前说，"她会崩溃的，迟早会的。"但欧斯特勒夫人的崩溃并没有降临，倒是她的怒气十分明显。

莱斯利在门口等着杰克。"他妈的艾玛的小说在哪儿，杰克？我是说最新的那部。"

"我不知道艾玛的小说在哪儿，莱斯利。"

"那你的小说呢，杰克？反正是他妈的你正在写的东西，你竟然连一台电脑都没有！"

"我不在家工作。"他回答。这倒不是假话，因为"写作"是他生命的一部分，杰克四处工作时——什么都没写过。

"你连打字机都没有！难道你用手写吗？"欧斯特勒夫人说。

"是的，我偶尔喜欢手写，莱斯利。"这也不是假话。他写的东西——购物清单、剧本笔记、签名——都是手写的。

欧斯特勒夫人翻遍了艾玛的个人电脑。她搜索了所有能想到的艾玛会给稿件起的文件名，但搜索出的结果没有一个是小说。她甚至试过了数字3或"第三"这样的名字，但搜索到的文件也根本不是写作中的小说。

看来艾玛从夜总会带回来的那个男孩非常可信，因为警察从未以罪案现场的方式对待艾玛的房子。而且因为艾玛是一位知名的作家（那个男孩甚至都不知道她是个作家），无论警察还是艾玛的医生都迅速完成了各自的工作，没有把房子搞得一团乱。

然而，欧斯特勒夫人差点儿把这座房子洗劫一空。不管艾玛死在那个男孩身上后，警方对这座房子造成了什么样的损害，与莱斯利那狂暴的翻找相比都不值一提。所有的抽屉和柜子四敞大开，衣服散落得到处都是，那场面像是毒瘾发作后无目的盗窃的现场。她在艾玛的卧室里找到了两条杰克的内裤，在杰克的床底下找了两条艾玛的内裤和两副胸罩。她还发现了艾玛私藏的色情片。"你们一起看的？"欧斯特勒夫人问。

"有时候，为了研究。"杰克回答。

"一派胡言！"

"咱们出去吧，莱斯利。我领你去吃晚餐。"杰克想，欧斯特勒夫人不知道还会翻出其他什么。

"你们上过床吗？"她问杰克。

"绝对没有，一次都没有。"他回答。

"为什么呢？"欧斯特勒夫人问。杰克不知道如何回答这个问题，于是什么都没说。"你们一起睡觉，但没干那事。是这样吗，杰克？"他点了点头，"就像艾玛那部看了让人郁闷的小说里的剧本审读员和色情片明星那样？"莱斯利接着问道。

"差不多吧。"他只是这样回答。杰克不想让欧斯特勒夫人以为他的阴茎大到令艾玛无法承受，这暗示着他们曾经尝试过。艾玛因为阴道痉挛症而不得已采取女上位的性交姿势，而莱斯利对此种姿势的解读是，艾玛借此获得了一种控制年轻男孩的快感。

杰克曾经问过艾玛，她的阴道痉挛症是否有致病原因。当然有了，只是艾玛一直没有告诉他。她十岁左右曾被她妈妈的一个坏男友性侵过。那人是欧斯特勒夫人的最后一任男友。艾玛因此遭受了严重的心理创伤，不得不休学一年。"某些家庭原因"是杰克听到的对她休学的全部解释。他一直以为艾玛休学与她父母离婚有关。

欧斯特勒夫人的最后一任男友赋予艾玛的《被挤扁的孩子》这个故事新的含义。也许，艾玛十二岁时第一次试图把她个人的苦难编成故事。"当然，随后有去诊所的痛苦经历，那是艾玛第一次进行妇科检查。她讨厌她父亲，因为他是个医生。"莱斯利告诉杰克。

杰克并不知道艾玛的父亲曾做过医生。每次艾玛或她妈妈提到他时，用到最多的是"混蛋"这个词。即使杰克听她们提起艾玛的父亲时说了"医生"，这个词也早就被"混蛋"这个词从他记忆里赶出去了。

"我带你去吃晚餐吧，莱斯利，"杰克又说了一遍，"咱们可以去艾玛喜欢的地方。"

"我讨厌吃东西。"欧斯特勒夫人提醒他。

"呃，我一般也只吃沙拉。咱们就去吃顿沙拉吧。"杰克说。

"你们两个谁喜欢日本产的安全套？"莱斯利问。（她甚至找到了杰克买的日本超薄安全套！）

"是我的。"杰克告诉她，"皮科街1号餐厅的沙拉很不错。"他之前在美国太平洋餐厅的上司卡洛斯现在在那里上班。杰克给他打了个电话，订了一个能看到海景和滨海步行道的二人餐桌。

自动答录机上有很多留言，欧斯特勒夫人向杰克保证那些留言完全不值得听，因为她已经听过了。都是来自朋友的慰问和吊唁，连范弗列克也来过电话了。("疯狂的荷兰人"已经好多年没有拍电影了，杰克之前还担心他是不是已经死了。)

莱斯利说，唯一一条有趣的留言是艾伦·赫戈特留下的。他通知杰克，艾玛在遗嘱中指定他为遗稿保管人。(艾伦也是艾玛的律师。)他们共同的经纪人鲍勃·布克曼也打来了电话。布克曼说，杰克需要与他和艾伦见面讨论艾玛的遗嘱，这非常重要。(杰克从与艾玛最后一次不太愉快的谈话中了解到，她立好了遗嘱，而且在遗嘱中对他十分照顾。)

"我敢打赌，她把一切都留给了你。"欧斯特勒夫人说，同时张开她细瘦的双臂，示意那座被她洗劫的房子，"你可真走运。"

莱斯利冲澡换衣服时，杰克小声播放了自动答录机上的留言。鲍勃·布克曼和艾伦·赫戈特让他觉得"遗稿保管人"这一角色比他预想得更加举足轻重。他们声音中透出一种意外的紧迫感，欧斯特勒夫人要么是没察觉要么是选择无视了。

莱斯利换上了一件性感的露背吊带礼服。欧斯特勒夫人比艾丽丝年长九岁，已经年过六旬，可她风采依旧，也没有什么皱纹，比实际年龄看上去年轻了十岁。她自己对此心知肚明。她把自己男孩式的短发染成了深色，平坦的胸部没有丝毫下垂，连她窄小的臀部看上去也十分紧致。只有她手背上的血管暴露了她已上了年纪的事实，但她的双手几乎从不闲着，似乎就是不给你任何仔细观察她双手的机会。

莱斯利宣称艾玛的卧室有一种罪案现场的氛围，所以她不想在那里过夜。杰克主动提出让她在他的卧室和客房里选一间，但欧斯特勒夫人说她早就在百叶窗海滩酒店为他们二人预订了一个房间。反正他们也要去那边的餐厅吃东西。"我们干脆就在那里过夜吧。"她说。

"我们?"他问道。

"你不能把我一个人扔在那儿。如果你可以和艾玛一起睡觉又不做那档子事，我觉得你也可以和我一起睡同时又不发生什么，杰克。"她对杰克说。

杰克把她的随身行李袋放到奥迪车的后座，载着她来到百叶窗海滩酒店。太阳已经落下了，但天空浅粉色的微光如同圣莫尼卡码头的背景灯光。摩天轮上的灯点亮了。在皮科街 1 号餐厅下面的滨海步行道上，穿着旱冰鞋的人们不间断地疾驰而过。莱斯利只吃了一份沙拉，但喝了整整一瓶红酒。杰克往肚子里灌了不少冰茶。

"我在纳闷你这个遗稿保管人到底保管的是什么。"欧斯特勒夫人说道。（莱斯利离开去酒店登记入住时，卡洛斯对杰克说，自从他认识杰克以来，她是他所有约会对象中最好看的。）

"她的小说，可能。"杰克说。

"那样的话，你会怎么做呢，杰克？"

"也许艾玛想要我来决定是否将其出版。"他回答。

"小说根本就不存在，杰克。没有第三部小说。并不是说她的小说因为篇幅过长无法完成，而是这么长时间以来，她什么都没写。"莱斯利说。

"艾玛告诉你的？"杰克问，因为这话听上去突然间那么真实。

欧斯特勒夫人耸了耸肩。"艾玛什么都不会告诉我，杰克。她对你说过吗？"

"从不说她第三部小说的事。"他承认道。

"因为根本就没有第三部小说。"莱斯利再次强调。

原来欧斯特勒夫人给艾伦·赫戈特打过电话了。艾伦在电话里含糊其词，说相关的处理会遵循"遗嘱的精神"。实际上，艾玛特别指出，把她母亲排除在相关程序以外。只有鲍勃·布克曼和杰克被允许知晓艾玛在遗嘱中对其资产的处置。

"这是你猜的，还是你确实知道没有第三部小说，甚至连未完成的稿件都没有？"杰克问莱斯利。

"我只是猜测。对于艾玛，我向来都只能猜测。"欧斯特勒夫人承认道。

"我也是。"杰克说。

出乎意料地，欧斯特勒夫人拉起了杰克的手。看着她那张可爱娇小的脸庞，她那双明亮的深色眼睛，她那挂着诱人微笑的薄唇，她那完美挺直的鼻子，杰克不禁疑惑，这样一具精干紧致的身体怎么会生出艾玛那么大个头的人呢？

而欧斯特勒说的话更让他吃惊不已。"艾玛的死不是你的错，杰克。你是她唯一在乎的人。她告诉过我，照顾好你是她最重要的事。"

"她从来没对我说过。"杰克承认道。似乎现在的氛围很适合哭出来，但他还是办不到。根据艾丽丝的估计，莱斯利·欧斯特勒迟早会崩溃的，但现在显然也不是她崩溃的时候。

"咱们结账吧。我已经等不及想要知道和你同床睡觉但又什么都不发生是怎样的体验。"莱斯利说。

杰克觉得他们应该告诉艾丽丝他们过夜的地点。艾丽丝会担心莱斯利的，当然也会担心杰克，但担心的程度要少很多。如果她给艾玛的家打电话却被转到答录机上，艾丽丝一定会把杰克的手机打爆的。

"你去洗澡的时候，我会给她打电话的。"欧斯特勒夫人说。

杰克忘记带牙刷了。由于种种历史原因，杰克不想用莱斯利的牙刷，不过他挤了一点她的牙膏，用食指抹在了牙齿上。

"尽管用我的牙刷吧，杰克。"欧斯特勒夫人隔着紧闭的浴室门说，"实际上，如果你还想亲吻我，尽管吻我吧。"

在她提起这事之前，杰克从没想过亲吻莱斯利·欧斯特勒。他竟然不顾自己的理性判断，用起了莱斯利的牙刷。

杰克从浴室出来时，欧斯特勒夫人已脱去了衣服。她身上除了一条黑色三角内裤外一丝不挂，加上她剖腹产留下的疤痕与艾丽丝的"耶利哥玫瑰"刺青，让人有种不祥的预感。莱斯利双臂抱在她平坦完美的胸前，从杰克身边走进了浴室。她身上的那种庄重与几分钟之后亲吻杰克一样令人意外。

莱斯利的吻冲动又富有野性，让人胆怯，而且她亲吻时一直睁着那双警惕的深色眼睛。杰克有种感觉，对莱斯利来说，一切都是一场实验，她的人生只是在进行实验而已。

他们吻到筋疲力尽，接下来他们要么停下来，要么进入性交前戏的阶段。欧斯特勒夫人镇定地问杰克："你和艾玛做过这个，对吧？我是说亲吻。"

"是的，我们吻过。"

"你们爱抚过彼此吗？"

"有时候会。"

"怎么爱抚的？"杰克双手捧着欧斯特勒夫人的胸部，"就这样吗？"她问。

"我只这样抚摸艾玛。"他回答。

"那么，她摸你哪里呢，杰克？"

虽然他这辈子经常被女人握着自己的阴茎，却说不出口"阴茎"这个词，上帝也不知道原因。杰克松开了莱斯利的胸部，翻了个身，背对着她。欧斯特勒夫人毫不犹豫地用她细瘦的手臂环绕住杰克的腰，她那只小手握住了他早已勃起的阴茎。"就像这样。"杰克仅仅如此回答。

"好吧，并不是很大啊。我认为艾玛与你上床也不会发生不受控制的痉挛的。你觉得呢，杰克？"莱斯利说。

"可能不会吧。"他回答。

欧斯特勒夫人仍然握着他的阴茎。杰克试图用意念让自己勃起的阴茎软下来，但没什么效果。杰克想到，莱斯利·欧斯特勒总能对他形成一种支配。她在杰克最无力抵抗的时候进入了他的童年，先是她的提升胸罩（当时他还没见过她），然后是她身上的"耶利哥玫瑰"刺青。杰克那时年纪还小，莱斯利修剪过的阴毛甚至成了他对女性认知的一种标准。

这样看来，我们的童年就是这样以可或不可衡量的方式被偷走的——并不总是因一个重大事件一蹴而就，更常见的情形是经过一连串少量的劫掠，积累到难以挽回的地步。可以肯定的是，欧斯特勒夫人是偷走了杰克童年的窃贼之一，并不是说她故意以此伤害他，或是她就这件事有过任何的思考。莱斯利·欧斯特勒只是一个讨厌天真的人，她鄙视天真的原因连她自己都不清楚。

莱斯利那位做医生的前夫让她的幻想破灭了。她前夫的巨额家族财富成了他们婚后的共同财产，所以他们不太看重这些财富。（那些钱不全是欧斯特勒医生赚来的，在加拿大这不可能发生。）作为一个不再有任何幻想和期望的人，欧斯特勒夫人献身于打破他人的幻想。因为莱斯利遇见了艾丽丝，杰克恰好被她的魔咒迷住了。

以前艾玛每次握着杰克的阴茎，他的勃起总会慢慢消退。但这次不一样，杰克可以肯定，只要欧斯特勒夫人握着它，他的勃起就会持续下去，而莱斯利似乎没有放手的打算。杰克试图改变话题来转移她的注意，但这一举动只让莱斯利调整了她握把的方式——时而紧握住，时而用一种冷漠得让人恼怒的手法撸动着。

"我感觉自己还没有好好谢过你。"杰克开口说。艾玛曾强烈反对杰克向莱斯利表达感谢之情。现在他违背了对艾玛的承诺，加上他在欧斯特勒夫人握住他阴茎时持续勃起，杰克感觉自己背叛了那位刚刚过世的亲密朋友。

"谢我什么？"欧斯特勒夫人问。

"为我在雷丁和埃克塞特读书买了衣服，还付了两所学校的学费。你照顾我们，我说我妈妈和我。还有威克斯蒂德夫人去世后，你为我们做的一切——"

"别说了，杰克。"实际上不用她说，杰克也会停下的，因为她突然收紧了握着他阴茎的手，这让杰克感到一阵痛楚。莱斯利·欧斯特勒张开嘴，把双唇紧紧抵在他的后背，那样子好像准备咬他一口，又好像她在努力地忍住一声尖叫。最后她只说了一句话："不要感谢我。"

"可为什么呢，莱斯利？你一直都非常慷慨。"

"我，慷慨？"欧斯特勒夫人反问。杰克感觉到她握着自己阴茎的手总算放松下来。她放松的手指正好勾勒出杰克仍然勃起着的阴茎的轮廓。

杰克记起在"女儿艾丽丝"刺青店里，趁着顾客较少的间隙，他妈妈曾经对他说："答应我一件事，杰克。千万不要和莱斯利上床。"这话听起来像是一段正在进行着的谈话中的一句，但实际上他们当时并没有交谈，艾丽丝出人意料地突然说了这句话。"妈，我绝对做不出这种事！"他立即回答。

杰克还想起在西好莱坞日落侯爵酒店的那个夜晚。他当时正与一个模特儿在那儿约会。那个模特儿在酒店里租住了一座独栋别墅。隔壁别墅内有一群吵闹的摇滚乐手和他们的歌迷正在举办派对。杰克的模特儿想溜进他们的派对，但杰克只想回家睡觉。为了阻止杰克离开，模特儿把他的车钥匙扔进马桶冲走了。

杰克本可以去酒店前台，找人帮他叫一辆出租车，但他不想把自己的奥迪车放在酒店过夜，那里不太安全。此外，那个模特儿穿着胸罩和杰克的衣服去隔壁的音乐家聚会了。他只能穿着模特儿的衣服离开，但她的衣服尺寸不合他的身。（她的胸罩只有 A 罩杯。）

于是，杰克打电话给正在写作的艾玛。他恳求她坐出租车把备用的车钥匙送过来。杰克在电话里解释说，备用钥匙放在厨房抽屉里。艾玛突然打断了他："答应我一件事，杰克。千万不要和我妈妈上床。"

"艾玛，我绝对做不出这种事！"

"我不确定，小可爱。我知道她能做出这种事。"

"我保证。求你来接我吧。"他对艾玛说。

模特儿还带走了杰克的钱包，因为钱包放在他西裤的左前口袋里。杰克不得已只好溜进隔壁别墅的摇滚派对找她。他给自己化的妆非常漂亮，涂了口红，上了眼影。她的胸罩太小了，杰克起先还以为那是一条丁字裤。他把一个网球分成两半，分别塞进两边的罩杯中。

那个模特儿的手指经常会抽搐，很可能是长期饮食不足造成的。她的私人教练建议她用手紧握网球来治疗。于是，在她住的别墅里随处可见网球的影子。杰克用指甲剪把一个网球分成了两半。

他好不容易穿上了一件露腰款的柠檬绿吊带背心，正好露出他肚脐以下的深色毛发。杰克用模特儿的剃毛刀把露出来的毛发刮掉，顺便把自己的腿毛也刮光了，但不小心在小腿上留下了伤口。他撕下一片手纸粘在伤口上。杰克还给脚趾甲涂上了血红的指甲油，倒是和他的伤口很般配。

杰克还找到一条桃红色的蕾丝边内裤，但内裤太小了，如果不用指甲刀剪几个口，穿上后一定会导致腿部血液循环不畅。他外面穿的是一条海军蓝短裙，也没办法把拉链拉到底，只好让拉链半开着，露出里面的蕾丝边内裤，但这并不影响整体装束效果。他的样子看上去很差劲，不过在日落侯爵酒店附近晃悠的追星族和混吃混喝的骗子中有一半都是这种打扮。

杰克从全身镜里发现自己涂指甲油的时候太匆忙了，他的双脚看上去就像是刚被割草机碾过一样。短裙从一边的大腿上滑落下来，吊带背心的一根肩带也断了，露出了象牙白色胸罩的肩带。肩带拧着紧紧地勒在他身上。杰克那对塞了网球的胸部还没有他的二头肌大。他就像是个怀孕三四个月、身材开始走形的曲棍球运动员。

要是能穿他自己的鞋子，杰克才不会给脚趾甲涂指甲油呢。那个模特儿为了阻止他离开，还把他的西装外套裹着他的鞋子，沉进放了水的浴缸里。

这只是个摇滚派对，杰克心想这个派对的着装要求会很宽松。他觉得用模特儿的超弹力护发素洗一下头，然后再用电吹风吹干就足够了。杰克现在看上去像个被闪电击中的怀孕不久的前曲棍球运动员。不过，与在日落侯爵酒店附近出没的追星族少女相比，杰克绝对算得上鹤立鸡群了。

但还是比不过那个模特儿，她太性感了。她已经脱掉了杰克的西裤和白衬衫，正穿着他的内裤和自己的胸罩狂野地跳着舞。派对上的音乐家和他们的随从喝得酩酊大醉，就算杰克打扮成穿着女装的三船敏郎也没人会注意到。只有一个吹口琴的家伙（他看上去更像是在给口琴做人工呼吸）停止了演奏，盯着杰克，嗯，盯着他那一对用网球撑起来的胸部。

"你是和她一起来的？"他问杰克，用头指了指正在热舞的模特儿。

"我能认出她穿的胸罩和男式内裤。"杰克回答。这句话说得太像杰克·伯恩斯在念台词了，差点儿出卖了他。

"你可以去假扮杰克·伯恩斯了。我说正经的。"那个吹口琴的人说。

"真的？你知道那个穿着男式内裤的美人把她其余的衣服扔在哪儿了？"杰克问他。

他指了指一张长沙发，上面躺了一个年轻女人，不知道是睡着了、晕过去了还是死了。（无论是哪种情况，她都没有注意到周遭的嘈杂。）

她身上盖着杰克的白衬衫，可能是她或者那个模特儿拿来擦了擦嘴上的口红。杰克找到了自己的西裤，从左前口袋里拿出了他的钱包。既然西服上衣已经被扔在模特儿别墅的浴缸里，也就没必要再留着裤子了，而且他有好多件白衬衫。遇到那夜的情况，最好痛快认栽并赶紧离开。

模特儿还在跳舞。“告诉她留着那条男式内裤吧，但我要拿回我的胸罩。”杰克对刚刚那个吹口琴的人说。那人正吹着口琴，发出的声音活像一只猫被车碾过时的惨叫。他朝杰克的方向微微点了点头。

有个俱乐部门卫模样的人不记得见过杰克入场，于是跟着杰克走了出来，来到别墅外面昏暗的空地。周围其他的别墅，有的里面亮着灯，有的屋内漆黑。野草尖已经挂上了露珠。“嘿，有人说你就是那个怪人杰克·伯恩斯。”那个门卫对他说。

他穿着一件夏威夷衬衫，杰克的头只够到他宽阔的胸部。他正好挡住了杰克的路。换作平时，杰克可以横跨一步避开他，或者迅速跑到排队等着进入聚会的人群中，轻易地把他甩在后面。门卫为了避免惹出乱子，不会追着杰克跑到人群里。但杰克穿的短裙太紧了，走路时膝盖都会撞到一起，他哪儿都去不了。

“是你吗，甜心？”杰克听见艾玛的声音。门卫站到一边，让他走了过去。“看看你的样子——你竟然连拉链都没拉到底！”艾玛对杰克说。她一把抱住杰克的屁股，把他拉入怀中。她开始亲吻杰克，口红在他脸上抹得到处都是。“你的鞋呢，小可爱？”她问。

“在水里。”杰克解释道。

“不会被当成定情信物送出去了吧，你这个坏女孩。”艾玛说着，用她的大手拍打着杰克的臀部。

“一对臭拉拉！”那个门卫在他们身后喊道。

“我有根假鸡巴，可以把你肏得哭成小宝宝！”艾玛对着那个门卫大喊，他的脸在暗淡的灯光下突然变得毫无血色。

在排队等候入场的队伍中，有个像乌鸦的高个子男人，松松垮垮地倒在维持队形的天鹅绒绳索上，就像一件大衣挂在晾衣绳上。

“我想在加州光着脚开车是违法的。”艾玛对杰克说。

"我保证不会和你妈妈上床。"他小声地回答。

杰克几乎睡着时，他硬挺的阴茎仍然被欧斯特勒夫人握在手里。这时，莱斯利对他说："我被迫向你妈妈保证绝不会和你上床，杰克。当然，我们这也不算上床，反正不是她指的'上床'，对吧？"

"当然不算。"杰克回答。

欧斯特勒夫人用一根手指的指甲扣弄着他的龟头，让杰克疼得向后退了一下。"对不起，我已经很久没有玩弄过别人的阴茎了。"她说。

"没关系。"杰克说。

"你得和你妈妈谈谈，杰克。"莱斯利说道，口气像是艾玛在严肃地讲话。

"怎么说到这个了？"他问。

"趁还来得及，去和她谈谈，杰克。"

"什么叫还来得及？"

"艾玛就和我谈得太少，现在已经来不及了。"欧斯特勒夫人说。

"和我妈妈谈什么呢？"

"你一定有很多想要弄明白的事情，杰克。"

"但她从来都不回答我的问题！"他说。

"唉，也许现在是时候了，再去问问她。"欧斯特勒夫人说。

"你知道什么我不知道的事情吗，莱斯利？"

"没错。但我不能告诉你，去问你妈妈。"

有人在外面大声尖叫，好像就在酒店附近的停车场里，身在百叶窗海滩酒店连圣莫尼卡码头上的尖叫声都能听得一清二楚。也许是这声尖叫的缘故，杰克的勃起总算消退了。

"啊，真可爱！"欧斯特勒夫人说。（她努力想让他的阴茎恢复生机。）"就好像它突然不见了似的！"

"可能是它太悲伤了。"杰克猜测道。

"记住那句台词，杰克。你以后用得到。"艾玛曾经这样对他说。不过，杰克还没想过在什么情况下能用到这句承认他的阴茎太悲伤的台词。

令杰克始料不及的是，"悲伤"这个词让莱斯利受到了感染。她松开了手，翻过身，背对着他。直到床开始抖动，杰克才意识到她哭了。莱斯利流着泪，不吭一声。杰克心想，这就是他妈妈说的那"迟早"会发生的崩溃。即使在崩溃时，欧斯特勒夫人仍然克制而从容。她娇小的身体抖动着，脸上挂满了泪水。杰克伸出胳膊环抱着她，触到了她冰凉的胸部。莱斯利始终一句话都没说。

杰克醒来时，听见欧斯特勒夫人在淋浴。客房服务人员已经来过了，但他什么都不记得。莱斯利只点了一壶咖啡，现在已经半温不热了。她的随身旅行袋已经打包完毕，要在飞机上穿的衣服也平铺在床上——黑色衣裤套装、黑色三角内裤还有一副小尺码的提升胸罩。在她的枕头上，欧斯特勒夫人给杰克留了一个惊喜：是那张他一直保存的艾玛的裸照。莱斯利一定是在他们的住处找到的，她要杰克知道她见过这张照片了。

照片中的艾玛挑剔地看着杰克。当时她只有十七岁，而杰克才十岁，正准备远赴雷丁读书。艾玛此后再也没有这么苗条过。她的脸上还留有被摔跤垫子擦伤的痕迹，说不定是琴科或那两个白俄罗斯人中的某个造成的。

莱斯利·欧斯特勒走出浴室时，身穿酒店的浴袍，头发湿漉漉的。"很可爱的照片，对吧？"欧斯特勒夫人问。

"夏洛特·巴福德拍的。"杰克说。

"她当时应该拍了不止一张吧，是吗，杰克？"

"一个前女友逼我把照片都扔了。"他回答说。

"她肯定以为你把照片都扔了，杰克。"

"没错。"他说。

"像你这么出名的人不应该把这样的照片四处乱放，"欧斯特勒夫人对他说，"我是你的话会把它扔掉的。但我不大可能扔掉任何艾玛的照片，至少现在不会。"

"对，不应该乱放。"杰克回答。

杰克下了床，光着身子站在窗边，俯视着酒店外面的停车场。从房间的窗户能看到静止的摩天轮，活像一具沐浴在白灰色阳光下的恐龙骨架。清晨的圣莫尼卡没有丝毫忙碌的景象。

欧斯特勒夫人走了过来，站在他身后，双手环到他身前握着他的阴茎。几秒钟工夫，他的阴茎就硬了起来。这简直是对艾玛的背叛，想到这个，杰克哭了起来。他能感觉到莱斯利也光着身体，因为她正在用自己赤裸的躯体蹭着他的后背。如果此时她想要和杰克发生关系，他是不会拒绝的。这很可能是杰克哭泣的原因。他对艾玛和他妈妈的许诺失去了全部的意义。

"可怜的杰克。"莱斯利·欧斯特勒讽刺地说。她放开他，穿上了衣服。她的头发很短，只用一条毛巾就可以擦干。"我敢肯定，你今天会很忙，因为要履行遗稿保管人的各种职责。"莱斯利对杰克说。杰克很想哭上一整天，但不想当着她的面哭。他停止了哭泣，找到自己的衣服，开始穿起来。他把艾玛的照片装进他的右前口袋。"我回到多伦多之前，你妈妈肯定会给你打电话的。她想知道我们一起过夜的全部情况，比如我们是怎样避免发生关系的。"欧斯特勒夫人对他说。

"我知道怎么回答她。"杰克说。

"但一定要和她谈谈，杰克。搞清楚所有的事情，趁还来得及。"

杰克一言不发地穿好衣服。他走进浴室，关上了门。他理了理自己的头发，洗了洗脸。他很感激欧斯特勒夫人把那管牙膏留给他，她已经把牙刷装进了旅行袋。杰克又把牙膏挤在一根食指上，然后把那根食指伸进嘴里清洁牙齿，最后用水漱了漱口。还没等他走出浴室，他便听到酒店房门关上的声音。等他回到房间里，莱斯利已经走了。

他离开酒店的时候遇到了麻烦。欧斯特勒夫人已经付好了钱，但狗仔队也已经等着他了。幸好，他们没有认出欧斯特勒夫人。有人昨晚看到杰克·伯恩斯和一个上了年纪的漂亮女人在皮科街1号吃饭，便推测他们可能会在邻近的百叶窗海滩酒店过夜。

"那个女人是谁，杰克？"其中一名摄影记者一直问杰克。

还有更多的狗仔队在他和艾玛的住处等候他，这并不意外。杰克奇怪这些狗仔怎么前一天夜里不出现，那样他们就能跟踪他和莱斯利去酒店了。他扒下了艾玛的床单，把她的亚麻床单和枕套、毛巾一起扔进了洗衣机。他把房子稍微整理了一下，还没来得及给自己做一顿早餐，艾丽丝就打来了电话。杰克告诉她，莱斯利已经上了飞机，他们昨晚互相安慰了一夜。

"互相安慰？你们没有上床吧，杰克？"

"当然没有！"他有些生气地回答。

"好吧，莱斯利有时候会有些任性。"艾丽丝说。

杰克应该想象得出欧斯特勒夫人听到这句话会做出什么样的反应。他也会想到，在她们二人的关系中，他妈妈是那个更加任性的人。但杰克什么都没说，他知道应该和他妈妈谈一谈，但不知道怎样开口。

"莱斯利说，我应该和你谈一谈，妈妈。她说，我应该向你问清楚一切，趁还来得及。"

"老天，你们俩一起度过了多么可怕的一夜啊！"艾丽丝说。

"妈，全部告诉我吧。"

24 纽扣戏法

　　像莱斯利·欧斯特勒这样的圣西尔达女校友，会选择在圣西尔达小教堂举行葬礼或追思会。因为那里充满她们年轻时的回忆，有的令她们欣喜，有的令她们抱憾终生。这些回忆没有受到男生的玷污，除了一些不起眼的低年级小男生，而他们完全无法对高年级的女生构成任何威胁或诱惑。（杰克·伯恩斯除外。）

　　不过，艾玛不太可能选择圣西尔达小教堂给自己举行追思会，可她没有事先告诉她妈妈自己想要怎样"被追思"。选择圣西尔达小教堂是欧斯特勒夫人最理所当然的选择。毕竟，圣西尔达位于莱斯利家的附近，而且她自己的追思会也会在那儿举行。

　　艾丽丝打电话给杰克转达莱斯利的请求：欧斯特勒夫人想让杰克在艾玛的追思会上"说点什么"。"你是那么善于言辞，亲爱的。而且这么多年以来，你一直在写作。"杰克的妈妈说。

　　呃，他怎么能拒绝这个请求呢？再说，杰克的妈妈和欧斯特勒夫人根本不清楚他"坚持写作"的真相。这原本是艾玛的主意，现在却成了现实，她可真有先见之明。

　　在遗嘱中，艾玛真的把一切都留给了杰克。（"你可真走运。"莱斯利曾经如此评论，但她对杰克将会多么走运知之甚少。）杰克是艾玛的"遗稿保管人"，这个角色的任务并不像字面上那么简单。如果说艾玛写这份

· 470 ·

遗嘱时没有丝毫迟疑，那么恰如其分地说，她早已为杰克筹划好一切。遗嘱的具体条款只有鲍勃·布克曼、艾伦·赫戈特和杰克·伯恩斯知道。

艾玛死后，《废稿读者》的电影版权（艾玛争取到之前从未给予过原著作者的权利，包含电影选角、导演人选以及最终拷贝的批准权）也一并交由杰克来支配。只要他认为合适，就可以将这部小说拍成电影，前提是必须由他来撰写剧本。只有鲍勃·布克曼、艾伦·赫戈特和杰克知道，艾玛早已写好了《废稿读者》改编剧本的初稿。虽然只是剧本初稿，但其中包括了她专门写给杰克的提示，为他可能做出的增改或删减提供建议。剧本的情节存在很多不一致和不连贯的地方，等待着杰克来填补和修改。或者，正如艾玛在剧本里说的那样："写下你自己的对话吧，小可爱。"她自始至终都想要杰克在电影中扮演小说里那个色情片明星。

如果他拒绝这种明目张胆的抄袭行径，假如杰克不接受成为《废稿读者》唯一编剧的谎言，那么艾玛的这部小说（在现行的著作权法规定下）直到经过必要的年限后进入公版领域时，才能被拍成电影。

至于艾玛的第三部小说，欧斯特勒夫人说对了，它根本就不存在。但艾玛并非遭遇了作家的创作瓶颈，她只是把所有的时间都花在将《废稿读者》改编成一部由杰克·伯恩斯撰写的剧本上了。

杰克从鲍勃·布克曼那里获悉，原本布克曼代理的客户只有导演和作家，没有演员，但艾玛说服他成了杰克的经纪人。她的原话是："杰克·伯恩斯是一个作家，不是演员。只是他自己还不知道罢了。"

艾玛的小说《废稿读者》和《正常又正派》的平装本销售版税也被杰克继承了，其数额远远超出了杰克因"完成"艾玛的剧本而蒙受的损失。简而言之，艾玛生前让杰克对媒体宣称自己是个作家，而她死后真的给了他一个成为作家的机会。

《废稿读者》未完成的剧本和艾玛写给杰克的提示都从她的电脑中删除了。她没有在磁盘中存储任何文件副本，她把文件直接删除了。唯一存留的文件是一份打印出来的剧本初稿，由艾伦·赫戈特安全地保管在他的办公室。他和鲍勃·布克曼就在这间办公室向杰克解释了艾玛的遗嘱条款。杰克需要手写誊抄这部打印出来的剧本。根据他在历次采访中说过的话（其中大部分都是胡说八道），所有人都知道杰克·伯恩斯的写作是手写完成的，莱斯利·欧斯特勒都知道他连电脑和打印机都没有，而且据说他本人喜欢手写这种方式。

鲍勃和艾伦认为，杰克应该尽快把剧本誊抄下来，这样他才有足够的时间进行所需的"修改"。

"可是我真的要这么做吗？我的意思是，这么做对吗？"杰克问他们二人。

"这是艾玛要求的，但你可以拒绝。"艾伦回答。

"是的，完全由你来决定。但这个剧本真的很棒。"布克曼对杰克说。

杰克读过剧本后，也同意这个看法：如果说艾玛生前就已经接管了他的人生，杰克没有理由抗拒艾玛在死后想要继续控制他的努力。

麦夸特夫人曾经在小教堂警告杰克背离上帝的危险。而欧斯特勒夫人想要杰克在这里举行的艾玛追思会上"说点什么"，这似乎很符合他未来的作家身份。

外界原本认为艾玛·欧斯特勒遭遇了长达数年的创作瓶颈期，因此变得严重肥胖。好莱坞外国记者协会的那个意大利记者的报道，起到了火上浇油的效果。按照这个采访了杰克的记者的说法，艾玛与演员杰克·伯恩斯维持着柏拉图式的同居爱情关系，这位畅销作家最后在遗嘱中对他格外慷慨，但这段关系出现了紧张的迹象。几年来，众所周知，杰克是一位"未发表任何作品的作家"（套用《娱乐周刊》刊登艾玛讣告中的原话）。现在，据说他正在将《废稿读者》"改写"成一部剧本。（艾玛生前一直"神秘地"拒绝将这部作品拍成电影。）

把艾玛的心血归到自己名下，这也许让杰克感到有些愧疚，但真相纾解了他的愧疚。艾玛处心积虑想要掩盖的真相是，她确实打算把《废稿读者》拍成电影，而且情节与原著出入不大。如果按照这部作品电影版权的相关条款，一切都需由原著作者艾玛首肯，那么这部电影肯定无法拍摄。可艾玛知道，杰克·伯恩斯是一名电影明星，如果剧本是他撰写的，意味着他可以掌控一切。

因此，在艾伦·赫戈特位于贝弗利山的律师事务所办公室里，杰克把艾玛的《废稿读者》剧本初稿全部手写誊抄了下来，甚至连她的提示也忠实地抄录下来。起初，杰克的微小修改仅仅是用单词之间的缩合来代替完整的拼写，但他渐渐发现，这些修改恰恰是他这位未来的作家逐步将原作者的作品据为己有的第一步。（于是，他在后面的誊抄过程中，删减和添加等修改越来越多，这些行为都出于他作为"作者"的判断。）

杰克不应该对此感到吃惊。毕竟，他也是电影界的一员，见过太多的剧本被无数外行改得面目全非。只需再修改一两稿，《废稿读者》的剧本，在杰克看来就像是他自己写的一样了。但剧本的整体架构和叙述的基调，则完全是艾玛创造的。作为一个演员，杰克懂得如何模仿她的口吻。

虽然并非所有的艺术都源自模仿，但模仿显然是杰克·伯恩斯最擅长的。只要稍加指导（不过，艾玛给他的建议非常多），创作（或者说"改写"）《废稿读者》的剧本只不过是另外一种表演。杰克完成得非常好。

让米歇尔·马厄（小说角色）成为电影的旁白者是艾玛的决定。但将小说的倒数第二句话用作电影的开篇旁白则是杰克的决定。（"洛杉矶还有比我们更加畸形的情侣关系。"）我们看到剧本审读员米歇尔·马厄与那个色情片明星躺在床上。她在被窝里手握着他的阴茎，当然这是我们的猜测。这个场景设计得独具匠心。他们如何相遇（米歇尔读到色情片明星那骇人的剧本）是通过闪回的方式呈现的。自然，我们不可能在电影中看到他的（也就是杰克的）阴茎。

杰克也以同样自由的方式来处理他最喜欢的小说开篇句。他将其作为米歇尔旁白的最后一句台词，他觉得把那句话放在最后更有分量。（"要么这座城市里没有巧合，要么这座城市的一切都是巧合。"）这句话放在片头太浪费了。

大多数情况下，杰克都会遵循艾玛的建议。米歇尔·马厄依旧是毫无天资的编剧的希望天使。因为良心的驱使，她会坚持读完那些令人作呕的剧本。在吹毛求疵的剧本审读圈里，她是一个近乎绝迹的乐观主义者。

艾玛强烈建议杰克给原著里的色情片明星米盖尔·圣地亚哥起一个更

像欧洲白人后裔的名字。("你看起来一点儿也不像拉美裔，甜心。")杰克决定给他起名叫詹姆斯·斯特罗纳克。这个姓氏会让他妈妈高兴的。而詹姆斯的昵称是"吉米"，正好是那个郁郁寡欢的色情片明星在《无聊主妇》(第一部至第四部)、《持久不泄》等让他出名的色情片中饰演的角色的名字。

詹姆斯(吉米)·斯特罗纳克这个名字，是对好莱坞男星詹姆斯·斯图尔特的致敬，这正好代表了这个角色的一个关键方面。在电影最感染人的场景中，杰克·伯恩斯饰演的詹姆斯·斯特罗纳克背诵着詹姆斯·斯图尔特在《过气天使》和《生活多美好》中的台词。

拍摄《废稿读者》之前，杰克的身材看上去不像健壮的健身男士，不过他还来得及改变饮食，并逐步增加力量训练。其实，他永远都不会拥有健美的身材，至多只是自由力量训练区中更接近大重量训练的健身者的身材。(在电影中，他身上的刺青也是假的。)

艾玛从原著中挑选了最棒的几句台词给米歇尔·马厄作为旁白。"我居住的地方正好可以闻到威尼斯海滩一家寿司店后门的垃圾箱散发出的味道。"她还专门嘱咐杰克删减掉小说中他们一起自慰的场景，"就电影来说，已经有太多的自慰以及暗示性的自慰场景。"

艾玛的这种处理是正确的，不过在《废稿读者》上映那年，另外一部充斥着自慰情节的电影《美国丽人》横扫了当年的奥斯卡奖。(之前因为安东尼·霍普金斯饰演吃人角色获得奥斯卡最佳男主角奖而感到沮丧的伍尔兹小姐，对于赢得该年度奥斯卡最佳男主角奖的凯文·斯派西没有任何怨言。电影中，他饰演的角色有一幕在淋浴时自慰的戏，让人印象深刻。)

杰克还决定把米歇尔·马厄与瑞典举重手"驱逐舰佩尔"的不幸相遇删掉。(佩尔这个角色非常像在金吉姆健身房痛揍了艾玛一顿的那个健身者。)为了取代这个场景，杰克决定增加一场戏，詹姆斯·斯特罗纳克在世界健身房的更衣室里搜寻着鸡鸡尺寸小的男人。他的估计出了错。詹姆斯给米歇尔引荐的人尺寸不如他之前预想的那么小。米歇尔吃了很多苦头。

"他比你想的大多了。"米歇尔对此仅仅这样回答。("鸡鸡"和"鸡巴"这两个词未在这部电影的台词里出现。)

"你就不能告诉他你很疼？你怎么没让他停下来？"杰克饰演的詹姆斯问。

"我说了，但他不听。"米歇尔回答他。

当然，詹姆斯还会在健身房遇见那个家伙。(这场戏也是杰克加的。)鸡鸡不是那么小的家伙卧推 300 磅（约 136 千克）重量时，请杰克帮他做保护。

"我懂了！"詹姆斯回答他，好像会万无一失地为他抓住那 300 磅的重量。但詹姆斯让杠铃脱手了，它砸到了那个人的胸膛，导致他锁骨骨折。

艾玛亲自删掉了米歇尔同小鸡鸡男人上床有"一种模糊的快感"的评价，而且整部电影中没有任何正面全裸镜头和真正的色情片场景。大多数时候，我们只会看到电影中出现的色情片明星在拍摄间隙以及日常生活中的场景。(在汽车旅馆的房间里，男人淫欲勃发的脸上映着电视荧屏射出的微弱光线——呃，这是艾玛在她的提示里提到的一个暗示性的自慰场景。)尽管如此，这部电影还是被定为了 R 级（限制级，13 至 17 岁的观众要求有父母或成人陪同观看）。

电影的结尾，詹姆斯和米歇尔无言地握着手。"呼吸着寿司店垃圾桶味的香水气息。"米歇尔的画外音如此描述道。杰克觉得自己已经尽了最大的努力，以忠实的态度将艾玛的小说原著和她的剧本初稿拍成了电影。

艾玛认为，很多编剧之所以失去对自己创作的剧本的掌控，是因为他们太贪财了。杰克一直没有认同这个想法，尽管他听艾玛这么抱怨了有一百遍。不过，艾玛在《废稿读者》这部小说中，依然创造出了米歇尔·马厄这个对编剧极富同情心的剧本审读员角色。

这部电影成了一种对艾玛秘密写就的剧本的致敬。而且艾玛和杰克都特意对色情片明星表现出善意。为了达到目的之一，杰克坚持让"大鸟汉克"出演一个角色。詹姆斯（"吉米"）·斯特罗纳克需要一个好朋友，不是吗？此外，杰克还借鉴了"大鸟汉克"那种不自然的尖细嗓音来塑造他扮演的那个说话结巴的色情片明星。（结巴是艾玛的主意，这样詹姆斯只能出演色情片就更有说服力了。）

拍摄《废稿读者》时，之前扮演"吸血鬼"的演员莫菲已经退出色情片行当了，但杰克仍然设法让她扮演了一个单亲母亲，她也是一名色情片明星。在电影中，她有两个难以管束的年幼儿子。她经常在周末举行烧烤聚会，像汉克以及詹姆斯这样的男性色情片演员，会负责安装拆卸户外烤架，和莫菲的儿子们玩传球的游戏。

艾玛还建议杰克把米尔德丽德·阿斯海姆也放进电影里，哪怕担任影片顾问也行。连鲍勃·布克曼和艾伦·赫戈特也不知道这一建议的原因。米丽（还有汉克和莫菲）曾经见过杰克那尺寸不大的小鸡鸡。如果不让他们这些专业的色情片从业者监督这部电影的拍摄，由杰克来扮演色情片明星可能会引起一些不堪入耳的传言。

还有什么是艾玛·欧斯特勒没有为杰克·伯恩斯提前设想好的吗？在圣西尔达小教堂举行的追思会上，要为艾玛"说点什么"会很难吗？毕竟，杰克欠艾玛太多了。

在小教堂长椅的第一排，王小姐像个全熟的水煮蛋似的硬挺挺地坐在靠近过道的位子上。她正好面朝着布道台，杰克就站在那里。王小姐双膝紧紧并拢，好像好莱坞传言中杰克身上的那种怪异会让她不由自主地双腿大开。

艾玛是第一个用"巴哈马小姐"来称呼她的人。那么她为什么还要出席这场追思会呢？可能是艾玛小说中那些极端但又能让人接受的畸形角色，稍稍缓解了王小姐对自己人生的失望吧。出生于一场飓风之中，最后只能波澜不惊地围于一所女子学校——呃，可以想象这个现实让她多么失落。

在职的圣西尔达教职人员会出席以往老校友的追思会吗？杰克不记得威克斯蒂德夫人的追思会有这种待遇，但她比艾玛年长很多。坐在前排的教职人员不止王小姐。马尔科姆先生也坐在那里，他把眼瞎的马尔科姆夫人安置在过道上。马尔科姆先生坐在他那个疯癫的妻子身边，把一只手放在她轮椅的扶手上，以防杰克的话令她冲动得不顾一切地冲向布道台，或是直接冲向坐在过道对面的艾丽丝和欧斯特勒夫人。

卡罗琳·伍尔兹小姐坐在距离布道台稍远的一个靠着侧道的座位上，她以自己那"唯一观众"的视角评判着杰克的表现。

小教堂并没有坐满。靠着两边侧道还有一些空位。靠近教堂入口处有很多空着的站立位置，拉姆西先生在那里蹦跳着来回走着，虽然他几乎不认识艾玛，但仍悲痛得坐立不安。

艾玛在学校时竟然这么受欢迎吗？温迪·石拳·霍尔顿当然会来，她坐在靠前的一个靠着中间过道的位子上，身材瘦削，脸色白灰，神情慵懒，一头泛白的金发。温迪最近刚刚同一个耳鼻喉科医师离婚，因为他面对把自己护士肚子搞大的指控，宣称自己是同性恋。（在追思会开始前，温迪和杰克聊了几句。她说，如果杰克有空，不妨一起喝杯咖啡，"诸如此类的事"。）

在王小姐后面坐着的，是那场差点儿将巴哈马吞噬的飓风的真人版——体重超过九十公斤的夏洛特·骨头乳房·巴福德。她也是艾玛在加拿大的出版商。夏洛特之前主动提出可以在文字编辑上给杰克提供协助，她这么做只是为了有机会提前读到杰克宣称在写的东西——可能是小说，也可能是回忆录，说不定名字就叫《圣西尔达的一根鸡巴》（夏洛特说不定真的想过这种标题）。追思会开始前，她向杰克暗示道，为了让他完成《废稿读者》的剧本而粗暴打断他自己的写作，这种行为只有"婊子才干得出"。

"确实。"他好不容易才说出口，声音像"大鸟汉克"似的有些尖得不自然。杰克记得自己还是个小男孩时，这些比他年长的女性便围绕在他身边，现在他感觉自己又变成了孩子。

汉密尔顿姐妹也到场了，她们十分惹眼地没有坐在一起。潘妮（就是之前被杰克射精射中额头的那个）像一位尽职尽责的中产阶级母亲那样，以纯真和热切的目光注视着杰克，早就忘了当初杰克射精时自己的狼狈不堪了。她还带来了自己两个举止得体、着装讲究的女儿。至于她的丈夫，潘妮告诉杰克，"像男校毕业的人那样度周末去了"。（打高尔夫球，杰克猜测，但他并没有问出口。）

潘妮的妹妹邦妮上十二年级时，杰克才念四年级。她走进小教堂时，杰克没有注意到她走路时一瘸一拐的样子（他相信邦妮的跛脚应该没有治好。）邦妮坐的位置靠近教堂入口，拉姆西先生在那里不安分地来回踱步。杰克很难忘记她的骨盆受到了永久性损伤，导致她走路时只能左脚迈步，而右腿拖在后面。

他们之间八岁的年龄差现在看来无足轻重。邦妮一直未婚，杰克的妈妈之前告诉他。邦妮·汉密尔顿是多伦多最吃香的房地产经纪人，欧斯特勒夫人说，"因为她是个跛脚，所以肯定不会给你推荐有很多台阶的房子。"

作为一名曾经的提词员，坐在后排的邦妮在杰克还未说话时就张开了嘴唇，好像她早已知晓他将会在艾玛的追思会上说些什么似的，好像杰克之前已经写好了讲稿，而邦妮奇迹般地预先读过并将内容背诵了下来。她已经四十岁了，杰克九岁时感觉到的他们之间的那股宿命般的吸引力，现在依然发挥着作用。邦妮·汉密尔顿是那种一看到他就无法把目光从他身上挪开的熟女。杰克曾经试图把这一点告诉艾玛，最后却只告诉了麦夸特夫人。

有那么一瞬间，杰克甚至以为所有在他童年出现过的女性都到场了。

康妮·特恩布尔停好车，把自己的一条大狗锁在车里，便匆匆忙忙地跑到欧斯特勒夫人、艾丽丝和杰克跟前，念出自己精心练习的一句多年前排练《简·爱》时的台词："说人们应该对平静的生活感到满足，这是徒然的。"康妮上气不接下气地说，双手搭在杰克的肩膀上打量着他，好像在为他计算需要多大的棺材或衣服。

"在受到引诱犯下错误的时候，要畏惧悔恨。"杰克开口念起了他记得最清楚的那句《简·爱》里的台词，当他感觉到康妮·特恩布尔对于平静的生活是那么心怀不满后，便停了下来。

他们俩上次进行这段对话时，三年级的杰克个头才到六年级的康妮的胸部。现在，康妮穿着大约五厘米高的高跟鞋，仅仅比杰克高出半个头。"简！我敢说，你一定以为我是一条不敬上帝的狗吧——"杰克接着念了下去。

这时，康妮像在剧中那样拉起杰克的手，吻了一下。她双唇微张，和之前演戏时一样用牙齿和舌头触碰他的手背，但这次没有观众喝彩。艾丽丝和欧斯特勒夫人目瞪口呆地看着他们，她们显然不知道这是《简·爱》中的段落。她们会想到什么呢？杰克竟然在艾玛的追思会上安排了与康妮·特恩布尔的约会，说不定他们俩之前就已经睡过了？

"干得漂亮，杰克。"康妮在他耳边低语。她头发的味道让杰克想起狗的口臭，他一眼看见那条狗正在她的车里，车窗玻璃上已经布满了雾蒙蒙的水汽。

谢天谢地，金妮·贾维斯没有来，就好像他们在参演《西北地区的一个邮购新娘》时，杰克对贾维斯放的不是空枪，而是真的把她打死了。其他来参加追思会的女校友让杰克有些措手不及，但至于如此吗？其中很多人，他甚至都不认识。

"是因为你，小可爱，"杰克能想象到艾玛那沙哑的耳语，"这些老女人来这里都是为了看你。"也许是这样吧。要不然该怎么解释杰克同班同学的到场呢？来了四个同学，而且都是女生。

布斯姐妹希瑟和派西到场了。她们上幼儿园的时候，艾玛已经六年级了。每当艾玛讲述恐怖的入睡故事时，她们俩总会发出一种湿漉漉的吮吸毯子的声音。显然，布斯姐妹来参加追思会肯定不是为了对昔日折磨她们的人表达尊敬。同样，到场的莫琳·雅（杰克总是记不住她的夫姓）永远不会忘记，艾玛当初是怎样嘲讽她的。

莫琳像一只警戒的松鼠，选择了一个靠近入口的中间过道座位，好像她感觉情况不妙时可以立刻逃走。杰克猜测，也许这种反应源自安大略省皇家博物馆蝙蝠洞展览的那次经历，更无须说他在追思会上提到艾玛，会让她想起那个有关离异父亲的故事。（"他刚刚因为沉迷性事而昏了过去。"）

当时，莫琳·雅问艾玛："什么是沉迷性事？"

"反正你是永远都不会有机会体验到的。"艾玛不屑地回答她。

追思会后，人们在圣西尔达大礼堂举办了一场答谢会（欧斯特勒夫人称之为"另一种守灵")。莫琳·雅来到杰克面前，她的一缕头发垂到了嘴角，而嘴角上还残留着一些奶酪的残渣。答谢会上只提供插着牙签的切达奶酪块这一种食物，饮品则有白葡萄酒（艾丽丝说酒温偏高了）和气泡水（要杰克来描述的话，气泡水的温度"至多和室温一样低"。）

无论是她嘴角上的奶酪残渣还是她的那缕乱发，抑或她痛苦地认定艾玛有关她无法沉迷性事的预言已经无可辩驳地成了现实，莫琳都让人难以理解。

"我从'没头花'一路赶来。"杰克听到她说。莫琳说话时紧张得把手里的酒都洒了出来。

杰克呷了一口微温的气泡水，考虑着莫琳的话到底是什么意思。所有参加艾玛追思会的女校友（包括杰克认出的和没认出的），穿圣西尔达制服时的样子都要比现在好看不少。说不定杰克也是如此。"我一定把你的话听岔了，莫琳。"杰克回答道，这让她眼泪一下子流了下来。

"我从温哥华一路赶来。我住在四季酒店，登记的是我的娘家姓。"莫琳·雅重复了一遍。

杰克也住在四季酒店。这个决定让他与艾丽丝发生了一点不愉快。杰克不太确定莱斯利·欧斯特勒怎么看待他不回家而住进酒店这个决定。他妈妈不理解，说不定欧斯特勒夫人会明白，他不想睡在艾玛的床上，也不想睡在他自己的房间里。他在自己的床上曾不止一次地在艾玛的怀抱中睡去，马查多夫人也曾经在那张床上给他留下了难以磨灭的记忆。

虽然杰克和莫琳都住在四季酒店，但并不意味着他们注定要睡到一起。她肯定找不出他住的房间，杰克想。他这次用了一个新的名字来登记入住，因为上次那部比利·彩虹的电影已经上映了，所以这次他用的名字是詹姆斯·斯特罗纳克。这是他给《废稿读者》剧本里那个色情片明星创造的名字，连鲍勃·布克曼和艾伦·赫戈特都没有读过他改写的剧本，所以没有人知道杰克这次用的是什么名字。

来圣西尔达小教堂出席追思会的女人都是来看他——电影明星杰克·伯恩斯的。她们都已经三四十岁了，大部分人杰克都认不出。即使她们在杰克小时候不认识他，也很可能在校园里见过他，更别说所有人都看过他的电影。她们的丈夫（如果有的话）没有一同前来，偶尔有几个人把自己的子女领来了。当然，她们穿着黑色或海军蓝的深色衣服，但她们的装束让杰克觉得这像是一场晚宴，而不是一场葬礼性质的追思会。也许因为艾玛追思会举办的时间与周日晚间鸡尾酒会的时间重合，杰克才有这种印象吧。

剩下那个出席艾玛追思会的同学，是中途进入圣西尔达的。露辛达·弗莱明是一年级时来的，她没有听过艾玛的入睡故事。露辛达（王小姐曾经称她为"无声愤怒"）完全不认识艾玛·欧斯特勒。

是什么促使露辛达把杰克放进了她邮寄圣诞贺卡的收件人名单呢？尽管大家对她被杰克强吻后的过激反应记忆犹新（她当时躺在三年级教室的地板上，小便失禁，用力地咬着自己的下唇，需要缝线才能修补伤口！），但露辛达为何乐此不疲地组织圣西尔达班级聚会呢？

要是露辛达·弗莱明知道艾玛多么讨厌圣诞贺卡和写贺卡的人，她才不会来参加艾玛追思会呢。要是她了解艾玛鄙视她不断告知友人自己又有子女出生的消息，知道艾玛将她的圣诞贺卡贬称作"育种统计"的话，露辛达·弗莱明（如果她认识艾玛的话）甚至都不会为艾玛的灵魂祷告。

包括露辛达在内的很多人是为了杰克而来的。在她们眼中，杰克是一位电影明星，有她们在场的情况下，他立刻丧失了与自己"唯一观众"的联系。在圣西尔达小教堂，连耶稣都是被女人环绕的，有些是圣徒，但全都是女人。耶稣没有演员杰克·伯恩斯的感受，他和小男孩杰克·伯恩斯的感受一样——再一次迷失在女生的海洋里。不过，这些女生现在已经长成了女人。进入她们的世界，杰克好像又回到了自己的童年和恐惧中。他像童年时那样惧怕起来，对自己失去了信心。

面对这些在杰克成长过程中留下重要印迹的圣西尔达女校友和年长女性，杰克怎样才能做到在艾玛的追思会上"说点什么"呢？他怎样才能在这个神圣的场所感到踏实呢？在他还是个小男孩时，他可是在这里背离了上帝啊。

杰克双手紧紧抓着布道台，说不出一句话。他怎么也想不出该说些什么。会众在等着他开口，小教堂和艾玛此刻的心脏一样平静。

当你恐惧的时候，连你的大脑都可以欺骗你，真可恶，杰克想。所有的女人都看着杰克，他甚至可以发誓自己看见斯塔克波尔夫人（就是那个早已死去多年的埃克塞特洗碗工）也身在其中。要是他敢仔细搜索一番，可能还会看到多年前溺死在内辛斯科特河里的阿德金斯夫人，看到曾经威胁死后要缠着他的克劳迪娅，看到死在智利的莉雅·罗森，甚至还能看到艾玛。她显然会对杰克现在这种说不出话的样子十分失望。

杰克尽量不去看任何人的脸，但拉姆西先生除外，因为他总是一副给人鼓舞的样子。可拉姆西先生从杰克的视野里消失了。事实上，他是被晚到的人群淹没了。这些人是圣西尔达的在读女生，全都穿着制服，好像这场在周日晚间举行的追思会和平日没有区别。

杰克在当时的心境下，以为这些女生是鬼魂。她们实际上是圣西尔达的寄宿生，也只有寄宿生才会在周日留在学校里。她们一定是鼓起勇气一起从宿舍来到了小教堂。她们大多是十七八岁的女生，是艾玛·欧斯特勒的书迷中最忠实的拥趸（年轻女性一直是艾玛的书迷中最主要的群体。），但没人邀请她们参加追思会。

杰克震惊地看到她们出现在小教堂后排座位靠近入口的站立位置，摆出一副让他无比熟悉的样子——阴郁中伴有喜悦，美丽的外表下透出一股邋里邋遢的混乱，同杰克四岁时第一次来到圣西尔达时的感受一样，这种感觉迫使他有生以来第一次主动抓住他妈妈的手。这些女生让杰克想起自己对她们裸露的双腿的惧怕——中筒袜被撸到脚踝，似乎显露出她们内心的骚动。她们滚圆的臀部，她们没有掖进裙子里的衬衫，她们衬衫上松开的衣扣，她们被牙齿咬过的下唇，还有她们故意散开的头发——这就是她们，一群无人知晓的女生，其中有些人还带着艾玛的两部小说，都是被翻到破旧的平装本。在杰克看来，她们代表着一种即将发育成熟的性别特质与气质，他作为一名演员可以轻而易举地模仿出来。（虽然他是个男人！）

她们的出现令杰克震惊，但她们也让他想起了手头的任务。他发现自己的声音有些微弱，仅仅比耳语稍稍大声一些。杰克好像只对着她们，对着那些寄宿生说话。她们大概在念十二或十三年级。

"我记得，她是如何握着我的……手的。"杰克开口道。

要不是欧斯特勒夫人松了一口气，杰克都不知道她听到这句话时屏住了呼吸。王小姐的肩膀不由自主地抖动了一下，她的双膝放松下来，双腿无力地分开了。

"艾玛·欧斯特勒一直照顾着我，"杰克继续说，"我没有父亲，"他说，几乎没人不知道这一点，"艾玛成了我的守护者。"

"守护者"这个词像一股强电流让莫琳·雅激动起来。她将双手从腿上抬起，手掌朝上，像是捧着一本祈祷书或赞美诗集。（杰克差点儿以为她要唱出来了。）露辛达·弗莱明用牙齿咬住了自己的下唇。这时，传来一阵像是新书书脊裂开的声响——温迪·石拳·霍尔顿的双手紧紧地握在她的平胸前，指关节咔咔作响。

出乎意料地，杰克的眼泪此时一下涌了出来——他没在演戏。毫无预兆地，杰克一下子哭了出来，他甚至无法控制自己。他还有更多想说的话，但有什么意义呢？这不就是几乎所有到场的人期待的表演吗？"杰克·伯恩斯崩溃了，他在演戏吗？"明天某家花边小报的标题说不定就会这样写。但他没在演戏。

让他情绪如此释放的，是那些心碎的年轻女生（她们是被家庭遗弃的寄宿生，身上都带有一种孤独感）散漫站立的样子。她们晃动着长发，耸着肩膀，重心从一条腿换到另一条腿。她们有人翘起臀部，有人叉着腰。她们抓挠着裸露的膝盖，察看指甲缝里有没有藏污纳垢，舌尖舔着上唇。那样子好像杰克参演的一部电影正在放映，而她们正在暗处自以为不被注意地看着银幕。

杰克不再说话，任眼泪掉落。他没有意识到，这一举动也解开了束缚在场会众的情感锁链。杰克从没想过要让现场的人落泪，但这个结果已经无法避免了。

马尔科姆夫人坐在轮椅里失控地前后晃动着身体，好像除了瘫痪和失明，又有一件不幸降临到她的身上，而身处悲痛中的马尔科姆先生却无力抵挡。艾丽丝那张看不出年纪的脸也满是泪水，她把脸歪向杰克。他能读懂她的唇语。（"我很遗憾，杰克！"）

"杰克·伯恩斯！"拉姆西先生好不容易忍住了哭泣喊道。

伍尔兹小姐用白手帕捂住了脸，似乎现在让她面对行刑队的话，她也不会像以往那么清心寡欲了。

卡罗琳·弗兰奇从不参加同学聚会，同样没有参加艾玛的追思会。杰克反倒开始怀念起她用脚跟敲击地面的声音了，卡罗琳一定很怀念与她一起发出这种声音的搭档——她那个葬身水底的双胞胎哥哥戈登。吉米·贝肯那悲惨的呜咽也很适合当时的场合，但吉米也没有到场。幸好，布斯姐妹没有让杰克失望。希瑟和派西那湿漉漉的吮吸毯子的声音，与其他人自发的哀伤混在了一起。

温迪·霍尔顿号啕大哭，她双手握拳抵在自己两边的太阳穴上。夏洛特·巴福德也爆发出一声咆哮般的哭声，她双手抓住自己那对"里面有石头"的乳房，好像不这么做，她那颗狂跳的心脏会从身体里跳出来。

如果杰克没开口的话，所有人会继续傻里傻气地哭下去。如果不是杰克突然想到要说什么，他们会哭个没完。"让我们祈祷。"杰克说，那架势好像他对自己正在做的事了如指掌似的。（他们在教堂里，祈祷肯定没错啊！）

"你们度过了可怕的一天，现在一定很疲倦。"杰克读幼儿园时，艾玛讲入睡故事总是这样开场。这句话听上去实在不适合作为祈祷的开始。"你们三个，你们可怕的一天变得更可怕了。"艾玛讲完故事前总会这样说。这句话不像是结尾，而且听上去有些威胁的意思，完全不像祈祷文鼓舞人心的调调。

于是，杰克念起他当时唯一记得的一段祈祷文。他和妈妈早就不在一起念这段祈祷文了，想到这段祈祷文他总是很伤心，因为这意味着杰克和艾丽丝变得形同陌路。这段祈祷文的优点是简短。

眼前的人全都对着他低下了头，可真是个壮观的场景，直到这时，杰克才注意到琴科就坐在他妈妈的身后。他的秃顶上是那个杰克熟悉的刺青——一头咆哮的狼，无论杰克看多少次，都会感到胆怯。

"主赐此日已结束。感谢上帝。"杰克对着唯一一个看着他的脸（那头狼）说，"谢谢。"现在做什么呢？他疑惑。不过，一直未曾露面的管风琴师替杰克解了围。（他或她就在杰克身后。）管风琴师这个职业，知道在没人说话时怎样填补沉默，而圣西尔达的管风琴师知道用什么来填补沉默。随即响起的是一首在场众人无比熟悉的颂歌。连那些只在圣西尔达读完四年级便离开的男生都忘不了，更别说在座的女校友了。她们的年龄段不同，但这首颂歌的歌词已经深深地烙印在她们的记忆深处，她们甚至睡觉时都在咕哝着由英国诗人威廉·布莱克写就的歌词。

而那些散漫地站在后面的寄宿生呢？那些对未来脱掉圣西尔达制服的生活既渴望又忐忑的年轻花季女生呢？拉姆西先生瞬间成了她们的合唱指挥。伙计，你在怀疑她们是否会唱这首颂歌吗？在圣西尔达那似乎永无尽头的日子里，这些寄宿生每周都会唱，有时甚至一周两次。

《耶路撒冷》，是圣西尔达那本快被翻烂的赞美诗集里的第157首赞美诗，耀武扬威般在每一个女校友的心中回响着。这首颂歌是威廉·布莱克的诗谱上曲子写成的。布莱克在那首诗中表达了一种奇怪的信仰，他将英格兰想象成另外一个以色列，祈求耶稣降临到这片土地上。

"圣哲古时的步履，/是否踏足过英格兰葱绿的群山？"在场的教众一齐唱道。

杰克走下祭坛的台阶，被坐在轮椅上的马尔科姆夫人挡住了去路。她号啕大哭得像是神话故事中的报丧女妖。马尔科姆先生没有丝毫耽搁，他冲进过道，把他惊魂未定的妻子的轮椅一百八十度大掉头，在杰克前面推着向前走。杰克跟着马尔科姆夫妇沿着过道前行。他在悲伤的欧斯特勒夫人面前停下来，让她倚在自己怀里，护送着她走出教堂。琴科也许是在场教众中唯一一个没唱颂歌的人，这个乌克兰摔跤手并不熟悉威廉·布莱克。当艾丽丝引领他起身从过道离开时，他依然在哭。（琴科拄着拐杖蹒跚而行。）杰克和艾玛的母亲从前往后，走过一排又一排的长椅，人们在他们身后跟随着。

"给我燃烧的黄金之弓！/给我渴望之箭！/给我矛枪！啊，卷云，退去！/给我火之战车！"众人唱道。

连潘妮·汉密尔顿的女儿们也唱了起来。（当然了，她们很可能也在圣西尔达上学！）

就在杰克快要走出教堂时，一个皮肤苍白、金发碧眼的金发寄宿生忽然晕倒，被其他寄宿生及时扶住。她大概有十七八岁，身材瘦得像个模特儿。从她的样子来判断，她突然不省人事可能是因为过度节食，而不是因为电影明星杰克·伯恩斯走到她几乎伸手可及的位置，也可能是颂歌的音量过大刺激的。杰克以前就经历过女孩在自己身边晕倒。

那个晕倒的女孩让杰克未能立刻注意到他心仪的人。邦妮·汉密尔顿不知什么时候挪到了最后一排，依旧没让杰克发觉她走路时一瘸一拐的模样。她原本想趁着唱赞美诗，在最前面的马尔科姆夫妇来到之前溜走，但邦妮怎么可能逃脱杰克的注意呢？（有那样明显的跛脚，她一定知道什么时候离开最合适。）

走出教堂，走向大礼堂的路上，众人的吟唱声一直伴随着他们。等他们稍微走远后，管风琴的声音不再那么轰鸣了，颂歌在浑厚有力的最后两句中结束。

"直到我们在葱绿美丽的英格兰土地上，/ 建造起耶路撒冷。"众人唱道。

"我必须祝贺你，杰克，"莱斯利·欧斯特勒在杰克耳边低语，很像是艾玛说话的语气，"教堂里所有人都哭了，哭得连内裤都湿了。"

杰克不确定接下来的"守灵"是不是个好主意。可能问题出在用酒和奶酪招待悼念的来宾上，而除了酒和奶酪，还有那些女人——也许这根本就与悼念毫无关系吧。

露辛达·弗莱明最先告诉杰克，圣西尔达的校友鸡尾酒会是在体育馆举行，不在大礼堂。大礼堂都装不下来参加艾玛追思会（或者说来围观或搭讪杰克·伯恩斯）的校友。

大多数女人都穿着高跟鞋，各式各样的高跟鞋。她们上次见到杰克的时候，要么他是在银幕上，要么他还是个小男孩。她们没想到杰克竟然这么矮。这些（穿着高跟鞋）比杰克还要高的女人脱下了高跟鞋。于是，她们要么赤脚，要么穿着长筒袜一手拎着鞋，另一只手拿着装有白葡萄酒的塑料杯，魅惑地站在杰克面前。（她们都没有空余的手去拿插着牙签的奶酪了。)

参加了很多次好莱坞的聚会（一些演员将其视为面试的机会），杰克养成了参加聚会时不吃不喝的习惯。他可不想让各种乱七八糟的食物粘在他的牙上，他也不想自己的口气有一股尿骚味。（对于不饮酒的人来说，喝过白葡萄酒的人呼出的口气有股煤油或其他燃料的气味。不过，圣西尔达校友艾玛的"守灵会"上，人们呼出的气息中弥漫着一股大爆炸的味道。）

其中有不少一副苦相的三四十岁女人。她们中离过婚的不在少数，她们的子女会和父亲一起过周末。杰克不知道进行了多少次这种内容的谈话。这些女人态度几乎主动到了厚颜无耻的程度，至少在守灵会这样的场合，她们的主动太不合时宜了。

杰克之前和康妮·特恩布尔参演《简·爱》时，曾经把她抱在怀里哭喊："从来，从来没有任何东西如此脆弱又如此顽强。"但这次，康妮竟然在杰克的耳边说自己可以被他"随意摆布"。这与她饰演的简的形象大相径庭。

杰克上次见到伍尔兹小姐，差不多是十年前他和克劳迪娅带着她去参加多伦多电影节的时候。她今天夸张地在头上戴了一块黑头巾，看上去像戴着面纱。伍尔兹小姐的样子就像一位穿越到 20 世纪的虔诚朝圣者，她来自一个以鞭子抽打自己来赎罪的禁欲教派。她现在比以前更瘦了，她那脆弱易逝的美貌没有消失，但在一种宗教迫害的气场下，变得大不如前了——好像她在忍受着圣伤[1]或某种无法言明的失血之苦。

"我不会扔下你不管的，杰克。""那个伍尔兹"在他耳边低声说，就是刚刚康妮·特恩布尔对他耳语的那只耳朵，"我毫不怀疑，你在加州见过不少淫荡的女人，但有些圣西尔达校友在这方面的能力可以超出天际，只有平常从不表现淫荡的女人才会这样。"

"太感谢你了。"杰克回答。不过，在所有已经或尚未开始淫荡表现的女校友中，杰克只对一个人感兴趣，她就是邦妮·汉密尔顿。尽管她走路

---

[1] 也作"圣痕"。据信出现在某些圣徒身上，是与耶稣身上钉子留下的伤痕相似的印记。

时的样子太过显眼，但她似乎已经在没被杰克发觉的情况下成功溜走了。

至于那些寄宿生，马尔科姆夫人坐在轮椅上像牧羊人赶羊一样把她们逼到了大礼堂的一个角落里，马尔科姆先生正试图将这些受惊的女生从他疯癫的妻子手里营救出来。杰克想，马尔科姆夫人这样做，是她决心要保护那些女生不被杰克所害。在她的头脑中（如果她还有的话），杰克·伯恩斯是他父亲的罪恶化身。在她看来，杰克重返圣西尔达，目的纯粹而下流，那就是夺取这些女孩的贞操。即使制服也遮挡不住她们身上正在觉醒的性别特征。

杰克注意到那个刚刚晕倒的女生，她在马尔科姆夫人造成的慌乱中把一只鞋子弄丢了。她穿着一只平底鞋，摇摇晃晃地兜着圈子躲马尔科姆夫人。杰克故意朝这些女生走去，因为只有她们带着艾玛的小说，也许想要杰克给她们签名。

这些女生没有展现出对杰克的"性趣"，因为她们的举止没有丝毫的轻浮卖弄。当杰克看着她们，其中很多女孩甚至不敢直视他的双眼，而那些敢于看着他的女孩一句话都说不出。她们还是孩子，窘迫而害羞。马尔科姆夫人竟然认为杰克会伤害她们，真是疯了！一个女孩把手里的小说递给杰克，请他签名。

"我本想让艾玛给我签名的，但也许你不会介意的。"她说。其他女生礼貌有序地排队等着轮到自己。

莫琳·雅对那个只穿了一只鞋站不太稳的瘦削女生说了什么，听上去似乎不太友好，而且莫名其妙。那句话听着像"你戴了假牙托吗？"，杰克知道莫琳说话语速过快，她说的应该是："你的家庭作业多吗？"

这个可怜的女孩没来得及回答莫琳，在她又一次晕倒之前，杰克抓住了她那只冰冷湿黏的手说："咱们出去吧。我帮你找那只丢了的鞋。"

"好，咱们出去，一起去找艾莉的鞋。"另一个寄宿生响亮地回应说。

"我正要走出小教堂时，有人踩了我的脚。我不想看那人是谁，我只想把这事忘掉。"艾莉说。

"这种事总会让我很烦躁。"杰克对那些女生说。

"太粗鲁了。"其中一人回答。

"他妈的太讨厌了。"他说。（也许就是"他妈的"这个词让莫琳转身离开了。）

杰克和女生们一起走下台阶，回到小教堂，寻找那只遗失的平底鞋。他在路上还不忘给学生带来的小说签名。"自从在这里上学时被几个女生偷偷带进宿舍，我还从没和这么多寄宿生在一起过。"他说。

"当时你多大？"一个女孩问，她让杰克想起了金妮·贾维斯。

"我猜大概十岁吧。"杰克说。

"那些寄宿生有多大呢？"艾莉问。

"她们就像你们这么大。"杰克回答她。

"太恶心了！"艾莉说。

"什么都没发生，对吧？"一个寄宿生问杰克。

"对，当然什么都没发生——我只记得当时自己很害怕。"他回答。

"可不是嘛，你当时还是个小男孩，你当然会害怕了。"另一个女生指出。

"看，我的那只蠢鞋在那儿。"艾莉说。那只平底鞋被踢翻在路边，靠在过道的墙上。

"你会怎么拍摄《废稿读者》的电影？"一个女生问杰克。

"这部小说可能会令人不快。"另一个女生说。

"电影不会像小说那么直白。比如，'鸡巴'是不会出现在电影台词里的。"杰克解释说。

"那么'阴道'呢？"一个女生问。

"也没有。"他回答。

"为什么她不把自己阴道的问题给搞定呢？"艾莉问。杰克明白，她说的是女主角米歇尔·马厄，但他想的是艾玛。

"我不知道。"杰克回答。

"一定是由于某些心理问题。我的意思是，这可不像膝盖手术那么简单，是吧？"一个女生说道。

包括艾莉在内的这些年轻女孩严肃地点了点头。她们很聪明，虽然内心仍然是孩子，但在很多方面，比十七八岁的艾玛还要成熟，更不要说那时的金妮·贾维斯和潘妮·汉密尔顿了（或夏洛特·巴福德及温迪·霍尔顿）。杰克奇怪自己到底有什么与众不同，竟然让这些女孩子认为他被高年级女生欺负是再正常不过的事情。

这些女孩当然不会伤害一个小男孩。和她们在一起时，杰克感觉自己又成了十岁的男孩，这让他有种安全感。沉浸在这种安全感之中，他突然像个小孩子那样无所顾忌地宣布："我要尿尿。"（只有十岁大的男孩子才这么说话。）

这些女生并没有表现出吃惊，她们以一种极为务实的方式回应了他的需求。"你还记得男生盥洗室在哪儿吗？"艾莉问他。

"只有一个男生盥洗室。"另一个女生说。

"我领你去。"艾莉对杰克说着拉起了他的手。（她就像对待一个十岁大的男孩那样拉起杰克的手。因为某种原因，这让杰克十分伤心。）

都是他自己的错，杰克想，他在圣西尔达读书时，高年级女生总是对他有一种不同寻常的兴趣。现在这些女生一定觉察到了他身上的这种特质。杰克相信自己一定有些不正常。

杰克把手从艾莉手里抽走。他不想让她和她的朋友们，让这些完全健康、无比正常的女孩看到他哭的样子。杰克感觉自己马上就要像个十岁男童那样没羞没臊地大哭起来。他突然想起现实中的米歇尔·马厄曾说过他很古怪，这让杰克感到十分羞愧。

"我自己能找到男生盥洗室。"杰克笑着对她们说，那种笑是演出来的，"我相信我即使死过一次也能找到男生盥洗室。"他说，这句话让前往男生盥洗室的行为带上一抹英雄色彩——他将孤身一人前往，在路上独自面对所有可能遇见的危险。

杰克很快就迷失在陌生的走廊里。可能是校舍被重新粉刷过的缘故吧，杰克想着。他相信鬼魂一定在楼梯井中出没，比如麦夸特夫人——他曾经的良知，或者艾玛，她一定对他太过简短的祈祷有些失望。他已经听不见寄宿生说话的声音了。杰克猜，她们没有跟着他。

他前方不远的走廊拐角处是圣西尔达的餐厅。餐厅窗户紧闭，一片晦暗。好像有个苍老驼背的人影从暗处走了过来？是个老妇人，虽然杰克没认出来，但肯定不是鬼魂。她看上去太壮实了，完全不像鬼魂。从外表判断，她是个清洁女工。为什么她会在周日来工作呢？她的拖把和水桶呢？

"杰克，我亲爱的宝贝！"马查多夫人哭喊道。

见到她，知道那人真的是她，让杰克想起多年前被马查多夫人踢中裆部的疼痛。他无法挪动身体，也说不出一句话，他甚至无法呼吸。

杰克以前就发现，莱斯利·欧斯特勒身上有一种威力让他难以招架，现在依然如此。虽然他通过各种有意识或无意识的努力，试图淡化马查多夫人给他留下的记忆，但他发现自己低估了她那股令他难以化解的力量。他从未打败过马查多夫人，只有艾玛打败过她。

马查多夫人的腰身已经看不出来了，虽然她之前的腰也并不明显。从她没有掖进裤子的上衣可以清楚地看到，她的乳房垂到了凸起的腹部。那件上衣极不合身，显然，她从超市匆忙偷走时没有注意尺码。但马查多夫人从杰克身上偷走的东西是显而易见的：她夺走了杰克对她说不的能力。（对任何人说不的能力！）

"这孩子被吓坏了！"邦妮·汉密尔顿曾经这样对她姐姐和金妮·贾维斯说过。当时，那些高年级女生正试图让杰克的阴茎起反应。

面对马查多夫人时，杰克同样是个被吓坏了的孩子。她在走廊里围着他转，似乎在寻找时机使出她惯常的单腿踢打。然后，她把双手从杰克双臂下伸到他的背后，左手的粗壮手指紧紧地抓住他的腰部右侧。杰克知道，这是摔跤中准备放倒对方的动作，但他无法克服自己的无力感，他没有使出任何抵挡的招式。

马查多夫人用额头抵住他的胸部。她盘着灰白卷发的头顶触到了他的喉咙。杰克惊讶地发现她竟然这么矮，当然，他们上次摔跤的时候，杰克还没有马查多夫人高呢。那一次，琴科在一边不停重复他的口令，听着就像一连串的祈祷文。"手部控制！环抱，环抱住！别靠在她身上，杰克！"

马查多夫人不是想和杰克摔跤。她一只手抓住杰克的右腰，另一只手拉着他的手伸向她的上衣里。她用自己的大鼻子推开了杰克的领带，用牙齿解开了他衬衫上数第二颗扣子。杰克闻到了她头发上那股凤尾鱼罐头的味道。他感觉到右手碰到了她下垂的乳房，马查多夫人的舌头舔上了他的胸膛。他心中对此充满了厌恶，这让他重拾力气，一把将她推开。

在此之前，杰克从来都不相信什么记忆复原。童年时那些被侵害和骚扰的场景被大脑仁慈地抹除了，但多年以后，这些记忆又气势汹汹地重现。在这所他就读过的学校周日晚间昏暗的走廊里，杰克将马查多夫人从身上推开时，他想起了她的纽扣戏法。她和多年前一样，仅用牙齿便解开了他衣服上的扣子和拉链。这个戏法也被他从记忆中抹除了。

"别这么绝情，鸡巴先生。"当杰克脱身时，马查多夫人低声说。她笨拙地跟着他，脚上那双跑鞋连鞋带都没有。突然，她停了下来，阻止她的并非杰克无力的抵抗。她的视线游移不定，她朝杰克四周不停张望。当杰克转身想知道她在寻找什么时，马查多夫人消失不见了。

马查多夫人差不多有七十岁了。她怎么可能身手这么敏捷，脚步如此迅速？因为走廊的拐弯处就在距离他们很近的地方？更可能是马查多夫人根本就没有出现。

无论何种情况，杰克都没有听见身后传来的轮椅行进的声音。轮椅在光滑的油毡地板上没有发出很大的声响。（毕竟，他可是身处鬼魂出没的地方。）"杰克，你看起来像是刚见到鬼了。"坐在轮椅上的女人说。

他以为自己撞见了马尔科姆夫人。她自诩寄宿生的守护者，臆想着杰克想要亵渎那些女生。然而，坐在轮椅上的是一名四十岁的房地产经纪人，她身穿黑色套装，楚楚动人。

邦妮·汉密尔顿刚刚在小教堂时，把轮椅停在某个不容易被人看到的地方，然后悄悄地瘸着腿走到长椅那里，再神不知鬼不觉地离开。她在房地产中介领域的事业非常成功，邦妮后来告诉杰克，因为她总是把轮椅停在房子的前门入口处，然后一瘸一拐地陪着客户看遍房子里的每个房间，正像莱斯利·欧斯特勒冷言冷语指出的那样，她甚至不辞辛劳地上下楼梯。"我的客户总感觉太对不住我了，没人想让一个瘸子失望。他们说，那是对残障人士的羞辱。"邦妮后来开玩笑说。

但在公共场合，无论有多少人在场，邦妮·汉密尔顿总能成功地不让人注意到她走路的姿势。她有一个独门绝技，能在不让人察觉的情况下离开或坐上轮椅。即使坐在轮椅上，她也那样端庄优雅。对杰克而言，她还和读书时一样美丽。

无论是真是假，杰克仍然处于撞见马查多夫人的震惊和失语中。他竟然荒诞地回忆起早已遗忘的记忆，再次想起马查多夫人对他所作所为的细枝末节。这些回忆与细节让他难以承受，就在这时，邦妮·汉密尔顿拯救了他。就像杰克十岁时，她尽自己的最大努力保护他，不让她姐姐和金妮·贾维斯伤害他。

杰克一下子跪倒在地，放声大哭起来。邦妮把轮椅推得近了些，让杰克的头向前靠在自己的大腿上。邦妮一定错以为是自己把杰克弄哭了，她以为杰克当初被迫射精，并射到她姐姐潘妮的额头上这段经历造成的创伤犹在！（他当初在一群高年级女生的宿舍里受惊失去了自己的童贞，如今他又失去了艾玛。毫无疑问，他一定崩溃了。）

"杰克，我想过了，我们对你做的那件事太骇人了。我生命中的每一天都想着你！"邦妮哭着说。杰克本来想摇头否认邦妮的误解，但她很可能以为杰克想要挣脱她，于是她把杰克的头抱得更紧了。

"不，不，别害怕！"她急切地说，"你看到我就哭了起来，我毫不怀疑是因为那件事，要不然你也不会穿得像个女人，做那些古怪的事情。我们对你做了那种事，你怎么可能还是个正常的男孩呢？是的，你就这样成了个怪人！"邦妮哭了起来。

她已经完全疯了，杰克心想，同时他挣扎着在邦妮紧紧的搂抱中呼吸。她双手用力地抓着他的头发，死死地让他的脸抵住她的大腿。从力气上看，邦妮·汉密尔顿似乎很强壮，她一定经常锻炼。即使这样，你也不能和一个坐轮椅的女人摔跤。于是，杰克放任邦妮用力地抱住自己。

邦妮俯下身，在他耳边低声说："我们可以把所有问题一并解决，杰克。我和一个心理医生聊过了，找出了最好的办法。我们可以开始新的人生。"

邦妮没有听见杰克脸埋在她的大腿间瓮声瓮气地问："怎么做？"她

的手指梳理着他的头发，轻轻抚摸着他的脖颈。

"做个正常的男人，杰克。这才是让你摆脱不快回忆的最好办法。"邦妮·汉密尔顿对他说。

杰克真希望艾玛现在能听到这句话啊！她会不会觉得"做个正常男人"的说法实在太好笑了？

这难道不是一种命中注定吗？邦妮和杰克不是见过之后就再也忘不了彼此了吗？那时，杰克上四年级，而邦妮已经读十二年级了！

再说，他可是大明星杰克·伯恩斯。他不是应该见一个女人睡一个女人吗？邦妮·汉密尔顿为什么认为他不会和自己这个跛脚女人上床呢？

杰克忍住没把心里话说出口：她可真是个傻瓜。邦妮一定注意到了杰克脸上疑惑的表情。她的信心开始动摇了。她羞愧得连被别人看着都会感到不好意思。"不要觉得我在逼你，杰克。你这个可怜的孩子！你已经被逼得够苦了！"她哭了起来。

邦妮坐了起来，靠回轮椅的椅背。这让杰克感到有些恐慌，像是一部电影在倒放，时间在倒流。似乎马查多夫人随时都会出现，他甚至感觉到她已经逼近走廊的拐角处了，会再次从阴影里走出。

在这种情况下，杰克决定和邦妮一起离开。

在四季酒店的那天夜里，邦妮·汉密尔顿依旧没有让杰克发现她跛脚的样子，因为她躺在床上不需要一瘸一拐地走路。一次，她半夜起床去盥洗室，还有一次她早上起床穿衣服，邦妮都让杰克别过脸去不要看她。

杰克一夜未睡。他害怕会做有关马查多夫人的噩梦。黑暗中，尽管他处于绝对清醒之中，但仍能感觉到噩梦正在临近。杰克问邦妮在学校走廊里有没有见到他和一个矮壮的女人说话。也许是杰克的身体挡住了邦妮的视线，也可能是她坐在轮椅里视线太低，她一直觉得杰克当时在那里自言自语。"我以为你在演戏。"她说。

这也无法证明马查多夫人只是个他想象出来的鬼魂。杰克的领带上有一根毛发，他是脱衣服上床的时候发现的。（是一根比邦妮和杰克的头发都要灰一些的卷发，除了她还有谁曾把脑袋抵在他的胸口呢。）还有他衬衫的上数第二颗纽扣，杰克夜里脱衣服时，那颗扣子已经被解开了。这让杰克不住地发抖。

纽扣把戏是令杰克恐惧的噩梦的根源，他烦恼不已并不是因为这个把戏，他已经无忧无虑地把它忘记多年了，他烦恼是因为这个把戏将会导致的后果——他记起了所有马查多夫人对他做过的事！

邦妮·汉密尔顿颇富同情心地和杰克一同保持着清醒。不过，她把这个他们共同度过的夜晚看作一种疗愈，也许确实如此。那天夜里，要不是接下来发生的事情，邦妮原本真的可以治愈纽扣把戏的后遗症。

25 "女儿艾丽丝"回家

艾丽丝和莱斯利·欧斯特勒对于杰克从艾玛的守灵会上不辞而别有些担心。一群难应付的圣西尔达校友（实际上都是欧斯特勒夫人之前的同班同学）邀请莱斯利和艾丽丝共进晚餐。杰克也应该一起去的，至少他不应该和一个坐着轮椅的女人跑掉了。（考虑到杰克那众所周知的对成熟女性的迷恋，艾丽丝和欧斯特勒夫人最先想到的是，杰克和马尔科姆夫人一起溜走了！）

无疑，杰克与邦妮·汉密尔顿的逃遁在几位目击者的描述下被夸大了不少，这些目击者中有曾经咬破自己嘴唇的露辛达·弗莱明。露辛达可能恰好是在"无声愤怒"发作时，看到司机皮韦把邦妮的轮椅折叠后放进了轿车的后备厢。就在艾丽丝和莱斯利·欧斯特勒四处大声地打听马尔科姆夫人和杰克到底做了什么对不起马尔科姆先生的事时，潘妮·汉密尔顿在她那几个可爱的女儿面前暴跳如雷。"我就知道！"潘妮喊道，双手抓着她精心打理的头发，"杰克·伯恩斯上了我的瘸腿妹妹，这个骚货！"

伍尔兹小姐如同她曾经给《德伯家的苔丝》注入了一丝振奋人心的光芒一样，为潘妮·汉密尔顿刚刚道出的事实给出了一个颇正面的解读："感谢老天，已经弄清楚了！"她对艾丽丝和欧斯特勒夫人说。

"杰克·伯恩斯！"拉姆西先生偷听到她们的窃窃私语后，用极为赞赏的口吻说道。

所有的圣西尔达校友都陷入震惊的沉默中。只有那些寄宿生，那些劲头十足的十七八岁女生还在以一种只有她们自己才能听懂的方式聊着天。

"那个伍尔兹"努力想让艾丽丝和欧斯特勒夫人开心起来，她说："唉，杰克和一个女人一起离开，而不是扮成一个女人离开。这样的结果早就应该预料到了，可惜不太有趣。"

杰克第二天一早就离开了四季酒店，邦妮·汉密尔顿比他离开得更早，因为她七点钟要在玫瑰谷和人见面。前台的工作人员告诉杰克，大概有五十通电话打来要找杰克·伯恩斯，还有极小一部分的电话要找比利·彩虹，但没有人打电话来找詹姆斯·斯特罗纳克。所以，他和邦妮没有被打扰。

杰克搭了辆出租车回到森林山。他满心指望妈妈还在睡懒觉，欧斯特勒夫人早就起床几个小时了，她一定还泡好了咖啡。杰克只猜对了咖啡。

欧斯特勒夫人告诉他，他妈妈七点不到就出门了。从没听说艾丽丝这么早起床，而且还穿戴整齐地出门了。（没人一大早就想要刺青。）

莱斯利看起来似乎刚起床。她穿着艾玛的旧 T 恤，那穿在她身上更像是一件罩袍，显然这是她的睡衣。T 恤的下摆几乎都要够到她的膝盖了，袖口的位置超过了手肘。杰克跟着她走进厨房，咖啡闻起来刚刚冲好。洗碗池里没有待洗的盘子，餐桌上干净得连面包渣都没有，看样子艾丽丝出门前没有吃早餐。

欧斯特勒夫人在整洁的餐桌边坐下，喝咖啡时，她拿着杯子的手有些颤抖。杰克给自己倒了一杯咖啡后，坐在了她的身边。

"我和你妈妈打了个赌，杰克。我说你会把那些寄宿生中的一个搞上床，而艾丽丝说你会和那个带了条大狗的热情过头的女人回家。我们都没想到赌那个瘸子。"

"我妈妈去哪儿了，莱斯利？"

"又要做一次核磁共振。他们把这个叫'成像'。"欧斯特勒夫人说。

"给什么成像？"

"行了，杰克。你最近和她谈过吗？我觉得你根本就没和她聊过。"

"我努力了，但她什么都不告诉我。"

"你问的问题不对，杰克。"

餐桌上放着一个白色信封，正好立在盛放盐和胡椒粉的佐料瓶中间，无辜得像一封婚礼请柬。假如这是艾丽丝留给杰克的，信封上会显眼地写着他的名字，还会画上一颗充满母爱的可怕红心，有时还会夸张地描绘着某种不朽的情感。但这个信封既没有写字或绘画，也没有封口。

"我妈妈生病了，莱斯利？"

"信封？什么信封？我没看到信封。"欧斯特勒夫人看着那个信封说道。

"信封里有什么？"杰克问。

"不是你应该看的东西，杰克。我肯定不会给你看的。"

杰克打开了信封，显然莱斯利心里希望他这么做。他把里面的四张照片摆在整洁的餐桌上，好像在进行某种规则严苛的单人纸牌游戏。

这几张照片呈现的是同一个年轻女性的躯体，但每张照片的角度有轻微的差别，可以看到她可爱的肚脐和肩膀。这个女人上身赤裸，一对乳房发育完整，而且丝毫没有下垂。从她丰满的乳房和光滑的皮肤，杰克可以猜出这个女人拍照时非常年轻。不过，他的注意力被她身上的刺青吸引了。那个刺青手艺很不错，但他妈妈一定会觉得太老派。那是个传统的水手刺青图案——一颗心从中间竖着裂成了两半。整个刺青是蓝色的，而且只有轮廓线，没有上色。这颗心被刺在左侧乳房上部靠近乳沟的位置，正好同时占据了两侧的乳房。

以艾丽丝的专业眼光看来，佩戴胸罩时，这颗破碎的心恰好可以被完全隐藏到乳沟里。此外，一行字像缎带一样把两半破碎的心捆到了一起：直到找到你。这句话是用圆体字写在一根卷轴上的。

这个刺青的手艺非常好，如果出自艾丽丝之手也并不让杰克意外。不过，杰克熟悉他妈妈的笔迹，那句话不是艾丽丝写的。更传统的做法是写下那个离开你、欺骗你并让你心碎的人的姓名，而不是什么"直到找到你"。

杰克很容易想到，这个刺青是出自"刺青奥勒""森林医生"或"刺青彼得"其中一人之手，也有可能是多年前"水手杰里"在哈利法克斯时留下的作品。这几张照片看上去很旧了，但杰克应该考虑的不是刺青，而是那个年轻的女人。

"你看错地方了，杰克。我不知道艾丽丝干吗这么多年来把这个刺青藏得严严实实，不让你知道。这个刺青又不会让她死。"莱斯利·欧斯特勒说。

这时，杰克才意识到，照片中的人是他妈妈。实际上，这些照片是二十年前拍摄的。一直以来，外界熟知艾丽丝身为一名刺青师但身上没有刺青，她还一直告诉杰克不要刺青，但真实的情况是，艾丽丝的身上很早就有刺青了，很可能是被威廉抛弃后不久做的，当时杰克还是个孩子，或者他可能还没出生。

艾丽丝长期以来不让杰克知道她身上有刺青的种种行为，都被杰克误以为是由于她的矜持，哪怕他妈妈大部分时候和矜持毫不搭界。她不让杰克和自己一同洗澡，从来不让他见到裸体的自己，这么做并非由于矜持。（当然也不是因为她宣称的剖腹产时留下的疤痕。）真正的原因是这个刺青，艾丽丝不想让杰克看到它，不是因为她身上有刺青与她一直以来作为一名特立独行的刺青师的名声不符，而是因为这个刺青本身。"直到找到你"中的"你"显然指的是杰克失踪的父亲。从一开始，她守护的秘密就是威廉！艾丽丝表面上无动于衷，放弃了寻找威廉，并拒绝同杰克谈论有关他父亲的一切，实际因为威廉给身体刻上了伴随自己一生的印记。

在艾丽丝的右侧乳房上部外侧，则有手术留下的一条细细的疤痕，长约五厘米，缝线的痕迹隐藏得很完美。

"她31岁那年进行了乳房肿块切除术。你那时12岁，上七年级，如果我没记错的话。"欧斯特勒夫人告诉杰克。

"我当时在雷丁上学，就是那个时候，妈妈说要来看我，但始终没有来。"他大声地回忆道。

"她进行了化疗，杰克。每四周就要化疗一次，总共要进行六次。每次化疗都会让她病上好几天，你知道，会呕吐什么的，同时她的头发也掉光了。她不想让你看见她光头戴假发的样子。你从照片上看不到她右侧腋窝里的疤痕，就算你盯着看也很难看清楚。她的淋巴结也被摘除了，极为标准的治疗流程。"莱斯利解释说。

"是 X 光检测发现的，还是她自己感觉到了肿块？"杰克问。

"是我感觉到的。她的乳房一直很紧致，很难摸到肿块。"欧斯特勒夫人说。

"癌症复发了吗，莱斯利？"

"癌症在另一侧乳房复发的情况非常普遍，但她的癌症并没有在她的左侧乳房复发。癌细胞本可以扩散到肺部或肝部，可这次进入了她的大脑。这还不是最糟糕的部位，要是进了骨头才可怕呢。"欧斯特勒夫人说。

"脑癌要怎么治疗呢？"杰克问。

"这不能算是脑癌，杰克。乳腺癌细胞转移到了她的大脑，但还是乳腺癌细胞。我猜测，医生对于扩散到别处的乳腺癌细胞没什么办法。"

"所以说，我妈妈的脑部有肿瘤？"杰克问。

"我记得医生说那玩意儿叫'占位性病变'，不过对你我而言，就当是肿瘤好了。"莱斯利耸了耸肩，"任何干预都没有用，他们说。甚至连化疗也只是治标而已，只能缓解症状，不能治愈。没治了。"她补充道。这个有趣的"没治了"（和莱斯利经常在口语中能省则省一样），成为这位悲伤母亲有意无意地对她已故女儿语言的再现。艾玛长期以来对语言的妄用恰好是她作品畅销的一大原因。

欧斯特勒夫人捡起照片，把它们放进厨房抽屉中。那里本来是存放各种家电说明书的，但现在塞满了各种没用的东西。艾玛和杰克小时候经常在那里找透明胶带、图钉、别针或橡皮筋。

拍摄这些照片是艾丽丝的主意，她想让莱斯利在自己死后把照片给杰克看。

"她现在有哪些症状，莱斯利？"

"虽然在服用抗癫痫药物，但她的癫痫还是发作了几次。有一次发作时，我见到了。我摸到了她的肿块，现在又看到她癫痫发作，这可不是什么值得怀念的事情。"欧斯特勒夫人说。

"会抽搐或晕过去吗？"杰克问。

"我想是的。"莱斯利回答，又耸了耸肩，"同时我还注意到她情绪上的细小变化，甚至她的性格也变了。"

"莱斯利，我妈妈的情绪一直很多变，她的性格就没有不变的时候！"

"她现在不一样了，杰克。你会发现的，如果你能和她好好谈一谈。"

杰克打电话叫了一辆出租车去女王街。他觉得应该在"女儿艾丽丝"刺青店等着他妈妈出现。欧斯特勒夫人双臂环抱住杰克，额头抵着他的胸膛。"她很快就要死了，杰克。他们说没什么痛苦，但她很快就会死的。"杰克抱着莱斯利，站在厨房里。她没有勾引他，只是想让杰克抱抱她，"你得和莫琳·雅谈谈，杰克。她从四季酒店打电话找你找了一整夜。"

"我现在不想和莫琳聊天。"他回答。

"我说了，你得和她聊聊，杰克。莫琳·雅是个医生。她是个他妈的肿瘤科医生。"

"哦。"

四季酒店的前台人员惊讶地发现，杰克·伯恩斯竟然再次登记入住了。他原本计划飞回洛杉矶前在纽约逗留两天，但当他用詹姆斯·斯特罗纳克这个名字再次登记入住时，他告诉前台的工作人员，除非另行通知，否则他会无限期地留在多伦多。然后，他假装毫不在意地询问莫琳·雅有没有退房。（事实上，雅医生刚刚打电话叫了客房服务和早餐。）

杰克又住回刚刚退掉的房间，因为他忘记把"请勿打扰"的标牌从门把手上移走了，也没人通知酒店女服务员该房间已经退房了。杰克走进未被打扫的房间，就好像他从未离开一样，好像他根本没去森林山，唯一的不同是他得知了他妈妈即将离世的消息。

杰克忽然想到打电话给莫琳。"客房服务，雅医生。请问您愿意与早餐一同服用杰克·伯恩斯吗？"他可能会在电话里这样说。

杰克想莫琳会一本正经地回答说："好的，谢谢。"不过，杰克现在没心情开这种玩笑。莫琳之前告诉他自己用娘家姓登记住在四季酒店，看来她没在开玩笑。

杰克迅速地冲了个澡，穿上房间里的浴袍和丑陋的白色拖鞋，就像刚刚从酒店游泳池回来似的。他知道莫琳·雅的房间号，是前台那几个仰慕他的工作人员违反规定告诉他的。他毕竟是杰克·伯恩斯。假如他打电话到前台点一份意式辣肠比萨加两个妓女，他们会在大约三刻钟内把比萨和妓女送上门。

拍摄电影的经历让杰克学会了不用说话就能交流的能力，莫琳·雅房门上的窥孔正好让莫琳意外欣赏到她最喜欢的男演员的近距离特写。她点的早餐送到后几分钟，杰克·伯恩斯便穿着浴袍送上门了。

"我'没头花'的航班延迟了。"杰克进门时，莫琳不清不楚地说。她也穿着酒店的浴袍，但没穿那双傻了吧唧的白拖鞋。（杰克一进门就把拖鞋踢掉了。）

"你为什么大老远地从温哥华赶过来？"杰克一边问她一边解开了她的浴袍。

"为了和你沉迷性事。"莫琳回答，然后动手解开他的浴袍。虽然听起来像是"为了和你澄清丑事"，但杰克知道她要说什么。

莫琳是个身材小巧的女人，她的骨盆几乎和十三岁女生一样大小。她的乳房有着孩童般的透明皮肤，泛着淡蓝的色调，似乎是下面血管的颜色透过皮肤映了出来。杰克用一只手就可以环绕她的大腿。

"我的股骨还没有你的肱骨大。"莫琳对他说。虽然杰克不太知道她说到的这两个词到底是什么意思，但还是能理解她要表达的。

上午9点45分时（温哥华时间早上6点45分），莫琳的丈夫和儿子打来电话，她丈夫准备送儿子出门上学了。莫琳用她的小手捂住杰克的一只耳朵，让他的头和另一只耳朵抵在她平坦的肚子上。即使如此，杰克还是能听见她和丈夫的亲热爱语。莫琳的丈夫也是一名医生，他们的儿子年纪还很小。不过，杰克没办法听清楚莫琳所有的话。她说话时含着泪，杰克能够感觉到她小腹的肌肉在绷紧。

她告诉家人，自己还没有从艾玛追思会的悲痛中解脱出来，一想到艾玛就会忍不住哭起来。杰克又听她提到"没头花"，还有什么"打成网眼肺结核"。等莫琳挂断电话，杰克才反应过来她刚刚讲的是"搭乘晚些的飞机回温哥华"。

也是在挂断这通电话后，杰克在四季酒店的床上提醒莫琳，他们的位置距离安大略省皇家博物馆很近。莫琳随即模仿起巨型狐蝠和吸血蝙蝠的差别。不出所料，他们接下来又重温了一遍艾玛的入睡故事，还把《被挤扁的孩子》的三个结局都演了一遍。

"这样还怎么和你沉迷性事啊！"当杰克在盥洗室勃起着阴茎费劲地撒尿时，"话痨"对他说。当然，他听到的是："睁眼还怎么和你澄清丑事啊！"

"我妈妈得了癌症，"杰克在盥洗室喊道（声音并不大，因为门是开着的），"她快要死了。"

"回到床上来。"莫琳清楚地说。一旦开始讨论医学相关的内容，雅医生的口齿变得格外清晰，理解起来没有丝毫困难。

妈妈的大脑会怎么样？杰克想要知道。这个问题一定简单得像是个测验小孩子的问题，因为她双手抱着杰克，把他的头抵在自己的胸部，用对待孩子的口吻回答说："很可能你比她要更加痛苦，杰克。这取决于肿瘤长在大脑什么部位。你得给我看核磁共振成像。"她说。

"好的。"杰克说，他发现自己哭了起来。

"如果是在大脑的视觉区，她会失明。如果长在语言区，呃，结果不难想象。如果癌细胞吞噬了心脑血管，她会因大出血突然死亡，甚至都不知道发生了什么，没有任何感觉。也可能随着她的大脑不断膨胀，她会缓慢地死去。"

"她会陷入昏迷吗？"杰克问。

"会的。她可能会在昏迷中平静地离世，就那样停止了呼吸。同时她可能以为自己是另外一个人。她会产生幻觉，可能会闻到某种奇怪但不存在的味道。说实话，任何事情都可能发生。她可能会毫无痛苦地迅速死去，弥留之际，她可能不知道自己是谁。最让你痛苦的地方，杰克，就是你可能也不知道她是谁。"

杰克会告诉莫琳，对他而言最痛苦的是他从来都不知道她妈妈是谁。这段对艾丽丝最后时刻的描述让杰克觉得熟悉。

"你介意我叫你雅医生吗？"他们道别时，杰克问莫琳。

"如果你一直这么叫的话，我就不介意。"她说。

杰克当然不会这么做的，莫琳心里明白。杰克后来把他妈妈的核磁共振成像寄给她时，他早就知道那个肿瘤或所谓的"占位性病变"的确切位置了。艾丽丝也知道了。雅医生对核磁共振图像的解读只是证实了之前的诊断。肿瘤位于大脑的边缘系统，那里是大脑的情绪核心。

"好吧，这他妈的也太好了吧！"莱斯利·欧斯特勒得知结果后说，"我猜艾丽丝会觉得整件事真滑稽，她可能前一分钟在笑，下一分钟就哭了起来，就像个情绪悠悠球，要么在讲非常不合时宜的笑话，要么沉浸在无法表达的忧伤之中！"

在杰克看来，他妈妈本来就是那样的人，这个恶性肿瘤占据大脑的情绪中心造成的影响似乎并不明显，可以说这是艾丽丝的正常表现。

"如果情况已经发展到这种地步，杰克，我敢肯定你妈妈已经接受了自己即将到来的死亡。想想看，她一定思考了很久，她甚至决定不告诉你实情。在我看来，她仔细地考虑过了，甚至坦然接受了现实。无法接受现实的人是欧斯特勒夫人。还有你，你根本没有时间去考虑怎样接受，因为她就要死了，就是这么快，杰克。"莫琳·雅这样警告过他。

"她才五十一岁！"杰克哭喊着，他的脸埋在莫琳的胸口，趴在她那像十三岁女孩的身体上。

"你越年轻，癌症的威力越大。等你老了，癌症的威力也跟着身体变弱。"莫琳回答说。

艾丽丝的病情没有任何减弱的迹象，它裹挟着艾丽丝一路狂奔，似乎比艾丽丝还要年轻二十年。那天上午，杰克告别雅医生后去了女王街，再次进入了"女儿艾丽丝"的刺青世界。他和他妈妈聊了一会儿。（更确切地说，他们吵了一架。）

"你喝茶还喜欢放蜂蜜吗，亲爱的？"杰克走进店里时，他妈妈问道，"我刚刚泡了壶茶。"

"不加蜂蜜，妈。我们必须得谈谈。"

"老天，今天上午咱们能不能别这么一本正经的！我猜莱斯利肯定夸张地把实情不小心说漏嘴了吧。她那副样子会让你以为要死的人是她，瞧她那个反应！"艾丽丝说。

杰克什么都没说，他就让艾丽丝那样不停地念叨，因为他知道她随时会停下来。"当然，莱斯利完全有权那么生气。毕竟，我要离开她了，我向她承诺过永远不会离开她。她允许我参加各种各样的刺青大会，让我去那里浪费时间，因为我每次都会回到她身边。"艾丽丝接着说。

"我想你也要离开我了。你打算什么时候告诉我？"杰克说。

"唯一一个让我心甘情愿受其折磨的人是你父亲，杰克，但他拒绝了我。他不想要我了。虽然我很清楚他不想要我，但我绝不会让他找到你的。"

也许是先前和莫琳·雅在一起的缘故，杰克在想自己是不是听错了他妈妈的话。不过，艾丽丝突然全神贯注地注视起他的茶，杰克由此猜出，她可能不小心说漏嘴了。

"他想要找到我？"杰克问她。

"我快要死了，亲爱的。你不觉得应该更关注我才对吗？"

他看着艾丽丝慢慢把一勺蜂蜜加到他的茶里。和欧斯特勒夫人早上在厨房时一样，她用汤匙在茶里搅拌时，双手在轻微地颤抖。

杰克知道自己没有听错。她说得很清楚，威廉不要她了，她不会让他找到杰克。当艾丽丝把那杯茶递给他时，还是一副自己才是全世界唯一受害人的表情，杰克认为这次没有什么能阻挡和敷衍他了。

"如果爸爸想要找到我，他为什么会躲着我们？我是说，我们去了那么多地方。一座城市接着一座城市地走，他怎么每次都在我们到达前就离开了呢？"杰克固执地问道。

"癌细胞在我的大脑里，我想你知道的。我的记忆出了差错，我一点儿都不吃惊，亲爱的。"他妈妈回答。

"我们先说哈利法克斯。你到那儿之前他就离开了吗？假如你抵达的时候他还在，他一定想看到我出生。"杰克不管艾丽丝的反应，继续说道。

"我到的时候他就在那里。我不会让他看着你出生的。"艾丽丝背对着杰克，承认道。

"所以说，他并没有想逃走。"杰克说。

"莱斯利对你说过我的情绪发生了变化吗？我的情绪会突然失控，你不能当真。"艾丽丝说。

"我猜你说我是剖腹产出生的也是在胡说。你不让我看你的身体不是因为剖腹产手术的伤疤，是你不想让我看到别的什么东西。不是吗？"杰克对她说。

"莱斯利给你看了那些照片，这个贱人！应该在我死后你才能看的！"艾丽丝说。

"那到底为什么要给我看呢？"杰克问。

"我曾经那么美！"他妈妈哭喊。（她说的是自己年轻时的乳房，而杰克说的是她的刺青。）

"我一直在想，你的刺青，我敢打赌一定是在哥本哈根时'刺青奥勒'做的。你几乎从一开始就有刺青。"杰克对她说。

"好吧，那当然出自奥勒之手，杰克。奥勒更喜欢画轮廓线，但我自己又不能给自己上色。"

"我猜你不会让'万人迷'给你上色的。"杰克说。

"我才不会让拉尔斯碰我，杰克，连给刺青上色都不行。我才不会给'万人迷马德森'看我的胸部！"

"我们说得太快了，妈妈。说哥本哈根之前，还是先讲讲多伦多吧。我们到多伦多时，我父亲已经离开了吗？"

"他把圣西尔达一个学生的肚子搞大了，他同时还和学校里的另一个女生好上了，而且就我所知，他不止同一个教师传出了绯闻！"

"妈，我已经知道女生的事了。"

"他在哈利法克斯也有别的女人！"艾丽丝脱口而出。

"妈，你告诉过我这个。我知道他离开了你，但我从不知道他想见我。"

"我无法阻止他见你，不是吗？"艾丽丝反问，"在公共场合，我没办法阻止他看你。但他不要我了，我为什么要让他得到你？"

"所以说，我本来是可以有父亲的？"

"谁知道他会成为什么样的父亲，杰克？像他那种男人，你永远都不会知道。"

"妈妈，他在多伦多见过我吗？在你把他赶走之前，我还是个婴儿时，他见过我吗？"

"你怎么敢这么讲！我从来都没有把他赶走！我允许他见你！每次他要求见你时，我都让他见到你，但必须隔着一段距离！"他妈妈说。

"他要求？隔着一段距离，这是什么意思，妈妈？"

"嗯，我不会让他单独见你的。他不可以同你说话。"艾丽丝解释说。

还有什么是他没搞懂的吗？杰克疑惑。还有什么是他没有想到的吗？他之前难道是个专门给他父亲远远看的孩子吗？他的作用就是引诱威廉同意和艾丽丝在一起生活吗？"让我把话明说了吧。你让他见我，但如果他想与我发生进一步的接触，就必须娶你。"杰克对他妈妈说。

"他确实娶我了，杰克。但他的条件是，同我结婚后，我们立刻离婚！"

"我以前还以为我用他的姓是威克斯蒂德夫人的主意，这样我就不会像个私生子。我一直不知道你们结婚了！"杰克说。

"这确实是威克斯蒂德夫人的主意。我们结婚，然后立刻离婚，这是唯一让你合法拥有他姓氏的方法。"他妈妈说道，好像这件事完全是个无足挂齿的细节似的。

"所以他当时一定在多伦多，在我们附近，待了一段时间。"杰克说。

"刚刚够结婚再离婚。你那时还是个婴儿。我知道你不会记住他的。"艾丽丝说。（显然，艾丽丝不想让杰克记住威廉。）

"威克斯蒂德夫人是我的恩人，不是吗？我是说，我们住在她的房子里却不交房租。"杰克问。

"威克斯蒂德夫人简直是慷慨的典范！"艾丽丝的语气中透出一股愤怒，似乎在质疑威克斯蒂德夫人的品性和好意，而杰克对威克斯蒂德夫人的这两个方面从未有过怀疑。

"钱是谁给的，妈？"

"大部分是威克斯蒂德夫人掏的，但你父亲偶尔也会接济我们。"艾丽丝冷冰冰地回复。

"他寄钱来了？"

"他还能做什么呢？我从未向威廉要过一分钱，他只是尽自己所能把攒的钱寄来了而已。"艾丽丝哭喊着。

钱既然是寄来的，就一定有寄出的地址，杰克想到。艾丽丝一定知道威廉在哪里。

"我们去哥本哈根，并不是为了找他，是吧？你一定早就知道他在那儿了。"杰克说。

"你还没喝茶呢，亲爱的。有什么不对劲吗？"

"你把我带去哥本哈根，是不是为了让他看到我？"杰克问她。

"杰克，有些人，尤其是男人，认为婴儿都是一个样。但你当时已经四岁了，你不一样，你是个美丽的小男孩，杰克。"

杰克现在才渐渐开始明白：艾丽丝把他当作了诱饵！"我爸爸见了我多少次？我是说在哥本哈根。"杰克问。（杰克的真实意思是，用他熟悉的电影圈的话来说，艾丽丝到底有多少次将他作为筹码来同威廉进行交易。）

"杰克——"他妈妈说，但又停住了，好像她察觉到自己的语气中有某种杰克童年时自己训斥他的影子。她重新开口时语气发生了变化，其中透出脆弱和恳求，就像一个被乳腺癌细胞控制了大脑情绪中心的女人，"任何父亲有你这样好看的儿子都会感到自豪的，杰克。有哪个父亲不想看着你长成一个帅气的男人呢？"

"但你不让。"杰克说。

"我给了他机会！"艾丽丝坚持道，"你和我是一起的，杰克。你不记得了吗？我们是一起的，不能分开！他要么选择我们，要么一无所有。最后他选择了后者。"

"但是你给了他多少次机会来选择呢？"杰克问她，"我们跟着他到瑞典，到挪威，到芬兰，到荷兰。妈妈，最后你放弃了，因为你觉得澳大利亚他妈的太远了！"

杰克真应该注意一下自己的语气，这样对一位即将离世的女性说话实在欠妥，而且他妈妈一直都无法容忍他说"他妈的"这个词。

"你以为自己很聪明啊！"艾丽丝突然打断了他，"你什么都不知道，杰克。我们没有跟着他，是我让他跟着我们！他才是那个最终放弃的人。"她温柔地说，但其中的愤怒之情丝毫不减，似乎她的尊严受到的贬损超出了她语言表达的能力。

杰克此时才明白自己一无所知，艾丽丝能回答的都是直截了当的问题，他需要猜测哪些才是艾丽丝愿意回答的问题。这令他感到绝望。

"你应该和莱斯利聊聊。莱斯利喜欢聊天。告诉她，我不介意她告诉了你什么，杰克。"艾丽丝对他说。

"妈，莱斯利并不在场。"

杰克的意思是莱斯利没有和他们一起去欧洲。但他妈妈并没在意他的话，她按下了 CD 播放器上的一个按钮，试图用歌声淹没他的声音。

"我想把你的核磁共振图像寄给莫琳·雅。她是个肿瘤专家。"杰克对她说。

"和莱斯利说吧。她会安排的，杰克。"谈话的大门又一次关闭了，艾丽丝从未主动打开过这扇门。

杰克最后努力了一次。"也许我应该进行一次旅行，从哥本哈根开始，就是我们开始的地方。"他说。

"干吗不带上莱斯利呢，杰克？这样她就不会惹我烦心了。"

"我觉得我应该一个人去。"杰克说。

他妈妈针对 CD 播放器的怒气越来越大。"遥控器哪去了？"杰克问，"你应该用遥控器，妈。"

艾丽丝找到了遥控器，指着杰克，然后再指着 CD 播放器，像是拿着一支枪。"帮我一个忙好吗，杰克小宝贝？如果你要去找他，等我死了再去。"她说。

CD播放器是崭新的，播放的仍然是鲍勃·迪伦的歌曲，音量大得让他们两人吓了一跳。

> 殡葬员在愧疚中悲叹，
>
> 风琴师在孤独中哭喊，
>
> 银色萨克斯风说，我应该把你拒绝。

"求你了，把声音调小些！"杰克说，但他妈妈按错了按钮，音量依旧很大，歌曲开始从头播放了。

"等我死了，你再去找他。"艾丽丝说，她用遥控器指着杰克，而不是CD播放器。

"我想知道到底发生了什么！我之前一直问你过去的事情，妈妈。我对父亲了解得太少了，我甚至都不知道该不该找到他！"

"好啊，如果你想去，那就去吧。"他妈妈说。这次，她把遥控器对准了正确的地方，调小了音量，但声音依旧很大。

> 破裂的铃铛和褪色的号角
>
> 夹杂着不屑迎面扑来，
>
> 但事情不该如此，
>
> 我不该失去你。

因为鲍勃·迪伦嘶吼的歌声，他们都没听见店门打开时的叮当铃响。店里面温暖闷热，但即使关上门，那个脸色泛灰的男人依然在门口冻得瑟瑟发抖。他的白发垂到了肩上，像个老嬉皮士。他的牛仔夹克上绣着一轮正在升起的太阳，就在心口上面的位置。他的脖颈处系着一块红色印花绸巾，就像英国男演员理查德·哈里斯扮演的一名牛仔，或是一名上了年纪的牛圈野马骑手。

"你要喝杯茶吗？"艾丽丝问他。

那个男人依旧冻得说不出话，但他点了点头。他穿着一条紧身牛仔裤和一双黑紫色的牛仔靴，上面有菱纹响尾蛇的图案。他僵硬地走到长沙发旁。（杰克知道那实际是张沙发床。欧斯特勒夫人以前告诉他，艾丽丝在店里过夜时就睡在上面。至于她为何跑到店里过夜，很可能是她们俩吵架了。）这个老牛仔小心翼翼地坐到沙发上，那样子会让你以为他试图在不断跳跃的野马上坐稳。

"我需要你，我需要你，/我是如此需要你。宝贝，我需要你。"鲍勃·迪伦的歌声在哀号。

"你全身都有刺青，是吧？"艾丽丝问这个牛仔，他还在不住地发抖。

"差不多。"他回答。除了他冷得不断发抖，你根本看不出他身上有刺青。

这个牛仔看样子至少比威廉·伯恩斯大十岁，杰克猜测。尽管如此，他仍然感到内心一阵剧痛，就像他见到了自己的父亲因寒冷而发抖。这个老嬉皮士抖动的双手很难脱去脚上的牛仔靴。杰克跪下来帮他脱掉了那只靴子，靴子太紧了，连袜子也被拽了下来。他那只光着的脚苍白得吓人。一个牛角很长的公牛头骨刺青从裤管下面露了出来，完全遮住了他的那只脚踝。他的小腿正面有一个嘴里喷火的骷髅头刺青，火苗刚好扫过他那只干净苍白的脚的脚踝。

牛仔没费什么力气便脱掉了另一只靴子。（杰克推测，那只脚和他身上其他部位一样，肯定也布满了刺青。）

"我全身只有一个地方是干净的。"牛仔嬉皮士对艾丽丝说，"你现在正看着呢。"

"你的手上和脸上也没有。"艾丽丝回答他。

"要想找到像样的工作，我就不能让双手和脸上有刺青，女士。"

杰克像以前他妈妈店里时那样，准备溜走了。他把自己的那杯茶倒进了水槽，悄无声息地挪动到门口。

"家里见，妈妈。"他温柔地说。杰克很清楚，他们这次简短的谈话已经结束了。他愚蠢地以为他们已经吵完架了。

"躺下吧，我让你舒服一些。"艾丽丝对牛仔说，她没有抬头看杰克。老嬉皮士躺在沙发上，艾丽丝给他盖了一条毯子。

鲍勃·迪伦又开始哼哼唧唧地呻吟起来，那首歌没完没了。即使如此，杰克还是能听见牛仔被冻得牙齿咯咯作响。

> 我需要你，我需要你，
> 我是如此需要你，
> 宝贝，我需要你。

"带上莱斯利一起去吧，亲爱的。"艾丽丝说，杰克这时正要出门。她宁可在那里贴心地照顾那个老牛仔，也不愿抬头看看杰克。店门关上时，艾丽丝冲着她儿子大喊："已经无所谓了，杰克。我才不在乎你会不会和她上床呢！"

带着艾丽丝那掺杂着恐惧的可怜祝愿，杰克沿着女王街南边一侧走着，后来他搭到了一辆向东行驶的出租车，回到了四季酒店。当杰克在一天内第二次办理退房时，前台那几个杰克的影迷一阵骚动。杰克不喜欢混乱，缺乏条理和漫无目的会让他心烦，他想到了一个计划。

杰克会搬进欧斯特勒夫人森林山"宅邸"的客房。他会睡到艾玛之前的房间，睡到她那张给他留下很多美好回忆的床上。杰克会把艾玛那张巨大的书桌搬到他以前的卧室，马查多夫人就是在那里侵犯了他。这间见证他失去童真的房间将成为他的办公室。这样，杰克完成他（或艾玛）对《废稿读者》的剧本改编前，每天都将和即将离世的母亲还有莱斯利·欧斯特勒在一起，还有比这更棒的创作氛围吗？

杰克早已把艾玛的剧本和提示誊写好了。他一直把写好的手稿带在身边，不断修改。杰克现在唯一需要的就是更多的书写纸和几支笔。不出所料，身为一名经验丰富的购物专家，莱斯利立刻出门帮他买好了写作必需品。（她甚至还给他买了一台崭新的台灯。）

莱斯利很感激杰克没有把她和艾丽丝扔下，尤其是现在他妈妈的情绪和性格变得越来越难以捉摸。

起先，杰克与欧斯特勒夫人白天单独在家时总是无法专心工作。他担心莱斯利会突然一丝不挂地出现在他身边。毕竟，他妈妈不仅允许杰克和莱斯利上床了，还不停地鼓励他们。（例如，欧斯特勒夫人晚餐后洗碗时，杰克在客厅里听音乐，而艾丽丝躺在沙发上。）

"莱斯利，你今天晚上怎么不和杰克上床啊？"艾丽丝朝厨房里喊道。

"妈，求你了——"

"不用了，谢谢，艾丽丝！"欧斯特勒夫人在厨房里喊道。

"你们应该试一试，说不定会喜欢呢。"一天晚上，艾丽丝在吃晚餐时对他们二人说，"你不打呼噜，对吧，杰克？他不会吵到你的，莱斯利——呃，反正不像我。我是说，他不会折腾你一整夜的。"

"请你别说了，艾丽丝。"莱斯利说。

"你以为你还会和我睡多久啊？"艾丽丝突然打断了欧斯特勒夫人，"我希望你不会在我昏迷的时候也要和我一起睡！"

"妈，莱斯利和我不想一起睡。"杰克说。

"不，你们当然想，亲爱的。"他妈妈说，"你不想和杰克试试吗，莱斯利？好吧，你肯定愿意！"她开心地说道，完全不给欧斯特勒夫人任何回答的机会。

杰克也只能想象，如果让艾玛来描绘此刻他们三人的关系，那会是一种何等畸形失常的故事，丝毫不逊于"太小"的废稿读者和"太大"的色情片明星之间的关系！如他所希望的一样，杰克确实身处一个适合完成他（或艾玛）剧本的完美氛围中。

剧本手稿正在成为一种抄袭和创作的紧密结合体，就如同黑暗中出现的一道光柱与其中飞舞飘浮的灰尘之间那种诡异和谐的关系。（"这种普通而且没有丝毫掩饰的事物，才是观众看过一部好电影后会记住的东西。"艾玛说过。）

也许因为杰克全身心投入将艾玛最好的作品改编成电影，也因为他和欧斯特勒夫人同时成了他妈妈变本加厉的恶语打趣的受害者，杰克不再担心莱斯利会突然一丝不挂地出现在他眼前。大多数时候，她不会打扰杰克。

当他提起胆量下楼来到厨房，给自己倒杯茶或吃个苹果香蕉时，欧斯特勒夫人经常坐在餐桌旁。假如艾丽丝恰巧刚刚出门或即将到家，那么他们会利用这段时间进行一次极为简短的交谈。欧斯特勒夫人会把自己想起的有关威廉的细节或缺失的信息告诉杰克。

杰克惊讶地发现，欧斯特勒夫人大部分时间都是一副筋疲力尽的模样。她会毫无预兆地突然记起某次威廉找到艾丽丝的时间和细节（当然，这些艾丽丝都向杰克隐瞒了），这让杰克和她在一起时提心吊胆，因为他不知道莱斯利会突然说出什么他不知晓的秘密。不幸的是，这让莱斯利看起来好像刚刚和杰克上床了，艾丽丝当然会注意到。

"你和他睡过了，莱斯利，是不是？"艾丽丝每次从店里回家，都会这样问。

"不，我没有。"欧斯特勒夫人总是这样回答，她一直坐在餐桌旁，好像在那里生了根似的。

"好吧，但你看起来像是和他睡过了一样。你那样子好像是有人把你的脑子都舀出来了，莱斯利。"艾丽丝常常这样对她说。

可以很轻松地说，这是肿瘤造成的结果，大家可以很省事地把艾丽丝这种让人难以忍受的行为归咎于她的癌症。她的语言也在发生改变，不是经由伍尔兹小姐努力矫正的苏格兰口音，而是艾丽丝的用词越来越粗野。艾玛说话向来粗野，莱斯利说话偶尔会粗野，但艾丽丝之前一直因为这个批评杰克。（"自从你去了加州，说话就越来越难听。"她经常这样说。）

尽管如此，杰克的写作仍然稳步进行着。他还给欧斯特勒夫人看了他的手稿。她说自己一直很渴望能读一读。令杰克惊讶的是，剧本让莱斯利非常感动，她认为剧本非常忠于小说。她甚至还花时间把剧本与小说的差异列了出来。这并非对剧本的批评，欧斯特勒夫人只是想借此让杰克知道她用心读过了。在这些差异中，有些是艾玛自己的改动，有些是她建议杰克进行改动的，剩下的是杰克自己做出的修改。

"你喜欢这部剧本吗？"杰克问莱斯利。

"我爱死这剧本了，杰克。"她热泪盈眶地回答。

杰克·伯恩斯是第一次当作家，他还从来没有获得过文学方面的赞许。杰克与欧斯特勒夫人的关系也因此发生了变化。他们之间的关系变得更加紧密，不是因为艾丽丝奄奄一息即将离世，而是因为艾玛嘱托杰克将《废稿读者》拍成电影，而杰克把莱斯利拉了进来。

此外，艾丽丝拒绝谈论杰克父亲的态度，也把他们俩拉到了一起。欧斯特勒夫人知道一些杰克不知道的内情，这些事压在她的心头太久了，她现在想把自己知道的真相告诉杰克。最糟糕的（长远来看也可能是最好的）是，艾丽丝坚持不懈、令人费解地逼迫他们二人上床，这一举动让莱斯利·欧斯特勒和杰克之间的关系越来越近。当然，无论莱斯利还是杰克都坚决拒绝了艾丽丝麻木不仁的持续逼迫，至少他们在她活着时是不会上床的。（让事情更加复杂的是，虽然艾丽丝已经滑入了疯癫，但她说对了一点：莱斯利和杰克越来越难以抑制睡到一起的冲动。）

毫无疑问，艾丽丝已经疯了，但她的疯狂中有多少是大脑中的乳腺癌细胞造成的，又有多少是她对威廉·伯恩斯无法磨灭的恨意导致的？欧斯特勒夫人和杰克不得而知。

一天夜里，杰克发现他妈妈光着身子睡在艾玛的床上，也就是他现在睡觉的床上。他第一次遇到这种情况，当他叫醒艾丽丝时，她说自己睡在这里是为了让他和莱斯利能够睡到一起。于是，杰克回到了他原来的卧室（现在是他的办公室），在那张马查多夫人曾经粗暴"指导"过他的床上睡了一夜。

这种情况没有再次发生，但又冒出了新的插曲。一天，警察给欧斯特勒夫人打来电话说，"女儿艾丽丝"刺青店"有证据表明已经关门了"——这句话的意思是，店里的灯光都熄灭了，百叶窗也放了下来。然而，店内响亮地传来了鲍勃·迪伦的歌声，连路过的行人都投诉声音太吵了。在那以后，莱斯利和杰克才知道，原来艾丽丝每天打开店门后没多久就关上门，在里面的沙发床上睡上一整天。艾丽丝对他们解释说，最近一段时间，她的脑子在夜里总会响起各种声音，让她难以入眠。（而按照欧斯特勒夫人的说法，艾丽丝夜里要么完全醒着，要么鼾声如雷。）

"是什么声音，艾丽丝？"莱斯利问她。

"我也不清楚。"艾丽丝回答，"可能是人说话的声音，但不是你，也不是杰克，反正我不想听那人说话。"（怪不得她白天会在店里用那么大的音量播放鲍勃·迪伦的歌，没有投诉才怪。）

"如果说你通往死亡的路上还有一个弯道，艾丽丝，你可能已经走过去了。"欧斯特勒夫人对她说。

"她一下子成了个作家！"艾丽丝用手拍打着杰克的肩膀，嘲讽地对莱斯利喊道，"好了，我现在和一对作家住在一起！"

杰克回想起他妈妈一丝不挂地躺在他的（之前是艾玛的）床上打鼾时，他一直试图忽视的东西：艾丽丝侧卧着熟睡时，她的乳房松松垮垮地垂了下来，而破碎之心的刺青也稍稍偏离了原本完美的位置，变成一颗两边不对称的心，就好像威廉·伯恩斯让"女儿艾丽丝"心碎之前，她的心脏已经出现了无可挽回的问题。她睡着时，他可以看到钢圈胸罩在她乳房上留下的轻微压痕。浴室的门虚掩着，借着浴室里微弱的灯光，艾丽丝乳房手术后的伤疤和同侧腋下摘除淋巴结后留下的伤疤（杰克还是第一次看到这个伤疤），都不自然地泛着白光。

"你们怎么就不上床呢！"一天夜里，艾丽丝在厨房里大声喊道，用拳头狠狠击打着餐桌。杰克和欧斯特勒夫人被惊吓得跳了起来，"你们要是整天都在床上，我敢打赌你们这两个作家才不会这么有诗意呢！"

虽然剧本越来越令人满意，但杰克从来不觉得能用"诗意"来形容。不出所料，艾丽丝拒绝看那部剧本，但杰克还是感到伤心。（"等电影拍好，我已经死了，亲爱的。"艾丽丝这样对杰克说。）

在艾丽丝最后的这段日子里，如果说这栋房子还有什么诗意的事，杰克会说那一定和莱斯利有关。一天午后，她全身赤裸地出现在杰克临时办公室的门口，第一次中途打断了他的工作。杰克看到她刺着"耶利哥玫瑰"的部位周围的皮肤变红了，她刚刚一定是用手抓挠过那里。莱斯利哽咽着。

"我很后悔弄了这个刺青。"她说，周身不带任何魅惑的光环。

"我很遗憾，莱斯利。"

"生活强加给我们太多无法改变的决定。我们本该保持清醒，尽力避免犯下无谓的错误。"欧斯特勒夫人接着说。

杰克坐在艾玛的旧书桌旁，看着欧斯特勒夫人转身沿着走廊离开。"我能用吗，莱斯利？"杰克在她身后喊道。（他正好觉得女主角米歇尔·马厄的旁白还缺了点什么，就是这句。）"你刚刚说的，我能用吗？"

"没问题。"欧斯特勒夫人轻声回答，声音小得杰克差点没听清。

后来，女演员露琪亚·德尔维奇奥同意出演米歇尔·马厄时，她说就是这句旁白让她决定饰演米歇尔，哪怕需要为此减重差不多九公斤。米拉麦克斯公司甚至把这句话放到了电影海报与所有电影宣传的广告上："生活强加给我们太多无法改变的决定。我们本该保持清醒，尽力避免犯下无谓的错误。"

"太好了！"杰克对着走廊喊道，而欧斯特勒夫人早已进入自己的卧室，一反常态地关上了门。

就在这天夜里，莱斯利来到杰克睡觉的房间。当然，她这次出现也没有任何魅惑的成分。这段时间，欧斯特勒夫人整夜都在脑中搜寻着有关威廉的各种细节。艾丽丝一会儿清醒一会儿沉睡打鼾，总会让欧斯特勒夫人夜里醒来。有时，艾丽丝半夜醒来发现莱斯利背对着自己睡觉，会气愤地用拳头击打莱斯利的后背。显然，莱斯利背对艾丽丝睡觉是她们二人关系中的一条禁忌。

艾丽丝和欧斯特勒夫人记不清这条规则是从什么时候确立的，或者说从何时被她们注意到的，但这不妨碍艾丽丝暴力地对待莱斯利。莱斯利也许很生气，但至少她很感激艾丽丝没有在夜半时分高分贝放着鲍勃·迪伦的唱片，像白天时在"女儿艾丽丝"刺青店里那样，鲍勃·迪伦引吭高歌一整天，反正警察是这么描述的。

"等我快要走了，杰克，带我去那儿。"艾丽丝之前就这样告诉过杰克。他知道她指的是刺青店，"等我快要走了，我要'睡在针尖上'，哪儿也不去，亲爱的。"

在大部分时间难以入眠的情况下，欧斯特勒夫人一天夜里爬上了杰克的床。她突然握住他的阴茎，但没有任何寻求进一步亲密的表示。杰克起先还以为自己被艾玛的鬼魂缠上了。（毕竟，这是艾玛的床。）

"我来是有事情要告诉你，杰克。我才不管你妈妈以为我们在上床呢。我只是要告诉你一些事情。"莱斯利说。

"说吧。"杰克回答。

她早就告诉过杰克，他父亲支付了圣西尔达的绝大部分学费，威克斯蒂德夫人才是艾丽丝说的那个"偶尔会接济"他们的人。还有杰克在雷丁和埃克塞特的制服，他原以为是欧斯特勒夫人花钱买的，更不用说这两所学校的学费了。"我只是负责把东西买回来，钱是威廉出的。"莱斯利曾经告诉他。

"还有大学，我在达勒姆的那些年？"他当时问莱斯利。

"甚至你在洛杉矶的最初两年里，直到你成名前，他一直都没有停止寄钱，杰克。"她回答。

"那么'女儿艾丽丝'呢？我是说那家刺青店，莱斯利。"

"是威廉出钱帮她买了那家该死的店。"

这与杰克曾经想象过的父亲大相径庭。他上次听到的有关威廉的消息，是他父亲正在前往澳大利亚的游轮上弹钢琴，要去找辛迪·雷刺青呢！也许，事实并非如此。欧斯特勒夫人想起艾丽丝说过，威廉从没去过澳大利亚。让杰克更加惊讶的是，莱斯利说自己很确定，当杰克和他妈妈离开阿姆斯特丹的时候，威廉就在那里。"我猜他是看着你们离开的。"欧斯特勒夫人之前这样说道。

因此，当莱斯利爬上他的床，握住他的阴茎时，半睡半醒的杰克急切地想要知道，这次欧斯特勒夫人失眠时又想起了有关他父亲的什么琐事。"是你妈妈的刺青，'直到找到你'中的'你'，不一定就是威廉。"莱斯利在他耳边低声说。

"什么？"杰克低声问。

"想想看，杰克。她当时没在找他，因为她已经找到他了！威廉当时并没有失踪。"

"他现在在哪儿？"杰克问。

"我不知道。艾丽丝也不知道。"

"别在那儿小声嘀咕了！"艾丽丝在欧斯特勒夫人的卧室里朝他们喊，她的声音大得让他们俩以为她也躺在艾玛的床上，"说话要比嘀咕好！"艾丽丝喊道。

"那么，'直到找到你'中的'你'还能是谁？"杰克低声问莱斯利。

"可能是她一生的爱人。那个人肯定可以治愈她被你爸爸伤透的心。但显然，她没找到那个人。那个人肯定不是我！"欧斯特勒夫人断言。这时，杰克的妈妈又朝他们喊了起来。

"上床要比说话好！"艾丽丝嘶喊着。

"你是说，'你'并不指某个具体的人？"杰克问莱斯利。

"求你机灵些，杰克。那人不是我，可能也不是威廉。这才是我说的意思。"

"我要回家！"艾丽丝对他们喊道。

"行了，艾丽丝，你就在家里啊！"欧斯特勒夫人喊了回去。

杰克躺在床上，阴茎正被欧斯特勒夫人握着，但他的思绪全部放在了"你"上面。（似乎真有人可以治愈他妈妈被伤透的心似的，假如她真的遇见了这个男人或女人，那么他／她治愈她的难度不亚于大海捞针！）

"伍尔兹小姐，"莱斯利突然低声说，这让杰克的阴茎突然起了反应，"他给伍尔兹小姐写过信！卡罗琳·伍尔兹曾经和你爸爸保持通信。"

"伍尔兹？"杰克低声说。

"伍尔兹小姐亲口告诉我的。我觉得你妈妈不知道。"莱斯利低声回答。

从浴室虚掩的门透出的光线被什么东西挡住了，杰克瞬间想起善于突然现身的"灰色幽灵"，似乎她再次出现来为他解围。也可能是马查多夫人或她的鬼魂，又来找他了！但那个人是他妈妈，她全身赤裸，她马上就要变成鬼魂，进入另一个世界了。

"我要回家。如果你们还在小声嘀咕，我也要小声嘀咕了。"艾丽丝小声念叨着，爬上了艾玛的床。

奇怪的是，艾丽丝的左侧乳房比做过肿块切除术的右侧乳房更像遭受过重创。她那个破碎之心的刺青成了一块蓝黑色的瘀青，而用圆体字写的"你"没有任何意义，就像停尸房里挂在无名尸体脚趾上的标签。

欧斯特勒夫人和杰克把艾丽丝围抱在中间。"请带我回家。"艾丽丝一直不停地低声念叨着。

"你现在就在家啊。你是说回到苏格兰爱丁堡吗，艾丽丝？"莱斯利吻着她的脖子说。

"不是，回家。"艾丽丝说，她变得更加不耐烦了，"你知道是哪儿，杰克。"

"你在说哪里，妈妈？"（杰克知道他妈妈说的是哪里，他只是想看看她还能不能表达出来。）

"我说的是'针尖上'，亲爱的。"他妈妈回答，"是时候带我去我的'针尖上'了。"毫不奇怪，那里就是"女儿艾丽丝"所说的家。

26 背信弃义的孩子

    和莫琳·雅预计的差不多，杰克的母亲在睡梦中平静地离世了。她在"女儿艾丽丝"刺青店的沙发床上时睡时醒地度过了五个日夜。莱斯利和杰克轮流守护着她。根据以往的经验，莱斯利和杰克发现只要他们不同时出现在艾丽丝面前，她说话就不会那么难听。再说，那张沙发床也躺不下三个人。

    第五天夜里，轮到莱斯利守着她。艾丽丝半夜醒来，叫醒了欧斯特勒夫人，让她给自己放点鲍勃·迪伦的音乐。莱斯利想起警察的抱怨，于是只把音量开启了一点点。"你能听见吗，艾丽丝？"她问。

    没有回答。欧斯特勒夫人起先以为艾丽丝又睡着了，她躺回床上时才发现，艾丽丝已经停止了呼吸。（结果证明是癌细胞吞噬了心脑血管，她因大出血突然死亡。）

    电话响起时，杰克正睡在邦妮·汉密尔顿的床上。在邦妮接起电话前，他就预感到这通电话是从"女儿艾丽丝"刺青店打来的。"我会告诉他的。"杰克听见邦妮说话时，还努力地在黑暗的房间里寻找方向。（他不想下床，跌跌撞撞地摔进轮椅里。）"这个我也会告诉他的。"

    "艾丽丝在睡梦中去世了，她刚刚停止了呼吸。"欧斯特勒夫人直截了当地宣布，"我认为杰克和我应该和她一起待到天亮。我不想让他们在天黑时就把她拉走。"

艾丽丝生前已经对莱斯利和杰克嘱咐过她自己的追思会要如何举行。她一反常态地把细节都说清楚了。"追思会要放在周六晚上举行。如果你们酒喝光了，啤酒店和烈酒店那时候还没关门。"

杰克和欧斯特勒夫人为了让艾丽丝高兴，同意把她的追思会放在周六晚间举行。不过，他们实在无法想象在圣西尔达小教堂举行的任何活动会出现酒喝光的情形。艾丽丝不是圣西尔达校友，但她的追思会上可能会有一部分校友出席，她们是莱斯利的老朋友，但不是喜欢喝酒的人。她们见到杰克·伯恩斯的新奇劲儿（她们刚刚在艾玛的追思会上见过他）说不定已经消退了。出于对杰克发自心底的喜爱，有几位圣西尔达的教师一定会到场。很可能那些寄宿生也会参加，但这些女生也不会喝酒的。与艾玛追思会时相比，欧斯特勒夫人和杰克相信小教堂届时肯定没有几个人。

"守灵放到体育馆，别在大礼堂办。"艾丽丝生前叮嘱过他们，"而且不用找人讲话，不要祷告，唱歌就行了。"

"唱颂歌？"莱斯利问。

"按照圣公会的仪式程序，应该唱晚祷。"曾经身为唱诗班成员的艾丽丝说，"莱斯利，你应该让卡罗琳·伍尔兹来安排。你对教堂音乐完全不了解，杰克根本就不喜欢音乐。"

"妈，我喜欢鲍勃·迪伦。"

"还是把鲍勃·迪伦留到守灵吧。"欧斯特勒夫人以一副难以置信的口吻建议道。

莱斯利和杰克当时完全忽略了重要的一点。"酒喝光了"本应该引起他们的警觉，更不用说艾丽丝还让他们通知"两三个"老朋友。

杰克打电话给艾丽丝在哈利法克斯期间的朋友"水手杰里"，不过他已经搬去了新斯科舍省的新格拉斯哥。接电话的是个女人，也许是杰里的妻子。杰克请她转告杰里，"女儿艾丽丝"去世了。令他惊讶的是，那个女人向他打听了追思会的地点和时间。杰克在电话里把相关细节告诉了她，心里仍然怀疑他们是否真的会出席。

杰克没有给"刺青奥勒"和"刺青彼得"打电话，因为他们已经过世了。"刺青提奥"没有出现在艾丽丝的名单上，很可能他也已经死了。

杰克的第二通电话是打给"森林医生"的。他还住在斯德哥尔摩。杰克想起他像大力水手般强壮的小臂，修剪整齐的胡子和鬓角，还有他明亮有神的双眼。杰克还想起"森林医生"对他说过的话，当时杰克和他妈妈正要离开瑞典。"等你长大后，一定要回来见我。说不定到时候你也想要个刺青了。"

"森林医生"很遗憾，因路途太远，他无法赶来参加艾丽丝的追思会，但他说会帮忙把这个噩耗转告他人。杰克觉得他提到的什么路途太远和帮忙转告他人都是礼貌的托辞。艾丽丝最后一次见到"森林医生"是在新泽西的刺青大会上。"她是个女水手。"这位曾经的水手告诉杰克，声音似乎因为哽咽而断断续续，不过也可能是长途电话的缘故。

接下来，杰克打电话给"鬼马亨克"——亨克·席夫马赫。他在阿姆斯特丹的刺青店叫"痛苦之源"。席夫马赫写过几本书，其中包括那本著名的《1000刺青》。这本书中很多插图都被收藏在阿姆斯特丹红灯区的刺青博物馆。艾丽丝认为"鬼马亨克"是全世界最棒的刺青师之一，她每次都会在刺青大会上与他见面。她还去阿姆斯特丹拜访了他和他的妻子。亨克·席夫马赫很遗憾，因时间仓促无法赶到加拿大。"不过，我会转告其他人。我很确定，一定会有很多人到场的。"他说。

后来，直到艾丽丝的追思会前夜，莱斯利才告诉杰克，她也给三个刺青师打了电话。艾丽丝给了她另一份名单，说也有"两三个"朋友要通知。

"都是谁？"杰克问欧斯特勒夫人。

"老天，杰克——我根本记不住他们的名字。你知道他们的那些名字有多奇怪。"

"你打给了'费城埃迪'？"杰克问（应该就是那个"疯子费城埃迪"），"还是'马德里茂'或'伦敦臭虫'——"

"是三个男人。他们都在美国。他们都说会帮忙转告别人。"莱斯利说。

"也可能是小温妮·迈尔斯？"杰克猜测，或是"宝利叔叔"，他心想，"犰狳红"也有可能。杰克从没见过他们，但他知道他们的名字。

"呃，反正他们都来不了。"欧斯特勒夫人说，但她听上去并不确信。

"怎么了，莱斯利？"

欧斯特勒夫人想起来，当她告知对方艾丽丝去世的噩耗时，其中一人问："聚会在哪儿办？"

"他说'聚会'？"杰克问莱斯利。

"他们不就是这样吗，杰克？至少我是这么觉得的。他们一天到晚就是参加各种聚会！"

这件事让他们俩那天夜里噩梦不断。大约凌晨2点时，欧斯特勒夫人爬到杰克的床上，但她没有任何握着他阴茎的心思。

"要是他们都来了怎么办？"莱斯利低声问，好像艾丽丝还活着，还能听见他们窃窃私语似的，"我们怎么办？"

"我们就办一场聚会。"杰克告诉欧斯特勒夫人，但他并不相信这会成真。

第二天早上，莱斯利在厨房冲咖啡时，杰克接了个电话。是一个名为布鲁斯·斯马克的多伦多刺青师打来的，他也是艾丽丝生前的好友。艾丽丝很喜欢他的作品，还亲自指导过他。布鲁斯已经给莱斯利来过电话表达了他的哀悼，现在他又打来电话问他参加追思会时应该带什么东西。

"哦，把你自己带来就行了，布鲁斯。我们很高兴见到你。"杰克不假思索地回答道。

"又是布鲁斯·斯马克？"杰克挂上电话后，欧斯特勒夫人问。

"他想知道要不要带什么东西。"杰克说，布鲁斯刚刚的提议开始让杰克感到有些蹊跷。

"带什么东西？"莱斯利问。

布鲁斯说的一定是酒，杰克想。布鲁斯是个好人，他可能只是想帮忙。但显然，他把追思会想成了一次狂欢。

杰克用手机打电话给皮韦，让他把之前订购的红白葡萄酒各一箱，增加到白葡萄酒三箱，红葡萄酒五箱。（艾丽丝和莱斯利说过，大部分刺青师都喜欢红葡萄酒。)

"告诉皮韦别忘了再买些啤酒，"欧斯特勒夫人说，"那些摩托党喜欢喝啤酒。最好他那辆轿车都他妈装满啤酒，以防万一。"莱斯利坐在厨房的餐桌边，双手抱头，对着自己那杯咖啡深呼吸。她看上去就像刚刚戒烟不久，现在极度渴求能有一根香烟抽。

杰克给自己倒了杯咖啡，还没喝第一口，电话又响了起来。"哎呦。"欧斯特勒夫人感叹道。

当时是周六早上，艾丽丝追思会的晚祷环节预计在下午5点半开始。卡罗琳·伍尔兹一大早便从圣西尔达的小教堂打来电话，她正在与管风琴师和寄宿生组成的合唱团排练。杰克接起电话时，管风琴和合唱团比卡罗琳的声音还要响亮。

"杰克，神职人员那边有个小麻烦。"伍尔兹小姐声音小极了，好像正躺在床上对着杰克耳语（杰克经常梦见这个场景），担心艾丽丝会偷听到。

"什么小麻烦？"杰克低声问。

"是圣西尔达小教堂的帕克牧师，杰克。他希望能带领教众一起朗读《使徒信经》。"

"我妈妈不希望有祷告环节，卡罗琳。"

"我知道，我告诉他了。"她低声回答。

"也许应该由我来告诉他。"杰克说。他只见过帕克牧师一次。帕克是个傻乎乎的年轻人，他之前觉得自己被排除在艾玛的追思会之外，所以坚持要参加艾丽丝的追思会。

"我想我可以和他商量一下，杰克。"伍尔兹小姐低声说。杰克听见电话那边的管风琴音量小了下来，而寄宿生合唱团的声音也越来越模糊。伍尔兹小姐一定是一边用手机打电话，一边从小教堂往外走。杰克甚至能听见她踩在油毡地板上的脚步声。

"你要怎么和他商量呢？"杰克问。

"让他带领教众朗读《诗23篇》，反正他就是想领着所有人读点儿什么。"卡罗琳的声音大了些。

"我妈说过，不需要任何人讲话。诗篇不就是祷告吗？"

"杰克，帕克是圣西尔达的牧师。"

"我觉得《诗23篇》比《使徒信经》好。"杰克让步了。

"似乎还有个小麻烦。"伍尔兹小姐说。杰克现在已经完全听不见管风琴和合唱团的声音了。卡罗琳一定已经走到了圣西尔达的大门口，不过杰克又开始听不清楚她的声音，这一次造成干扰的不是管风琴和合唱团。"老天！"伍尔兹小姐在一片震耳欲聋的发动机声中惊叹道。（又有了个小麻烦，但这个麻烦似乎并不小，杰克心想。）

"怎么了？"他问，不过心里已经有数了。他妈妈以前参加刺青大会时常常告诉他，摩托党总是提前很早就到达，可能是为了找个停车的好地方吧。

"哎呀，是摩托党！"卡罗琳惊叫道，甚至连欧斯特勒夫人都能听见，"摩托党跑到一所女校来干什么？"

"我马上就到。最好别让寄宿生出来。"杰克对她说。

"你妈妈一定诅咒了我们，杰克。这才刚开始。"莱斯利说，她仍然用双手抱着头。

杰克和伍尔兹小姐早先已经就她与威廉之间的通信进行了一次谈话。他父亲对杰克艺术气质和创意的培养有一种特殊的兴趣。按照"那个伍尔兹"的原话，就是他关心"你的发育"。

"是我在圣西尔达读书的时候？"杰克问。

"没错，杰克。就在你接受戏剧教育的最初阶段。"

"你说的是你改编的那些剧目——"

"你最初因为饰演女性角色而取得了巨大的成功，当然这并不是说你只能演这种角色。你还记得吗？你我之间曾经有过一次谈话，最后的结果是你把他——也就是你父亲看作你唯一的观众。我原以为他会对此感到很开心。"伍尔兹小姐说。

"我怎么可能忘记呢？"杰克说。

"但威廉并不感到开心。实际上，你父亲极力反对。"卡罗琳严肃地对杰克说。

"他不想成为我唯一的观众？"

"他反对这个唯一观众的主意，杰克。威廉的反对是从审美角度出发的。"

"为什么？"杰克问。他注意到，伍尔兹小姐已经两次直呼他父亲的教名威廉了。

卡罗琳叹了口气。（她那脆弱易逝的美貌已经彻底不复存在了。）"呃，我认为他的理论仅仅适用于管风琴演奏。"她说。

"为什么说只适用于管风琴演奏？"

"你父亲坚持认为，你应该学习尽力释放你内心的激情，杰克。至于你的观众，哪怕他们仅仅存在于你的脑海中，他们也只是一群坐在教堂最后几排的倒霉鬼，而且没有什么欣赏能力，和聋子没区别。也许还会更差劲。"

"更差劲？"

"他是说，你的观众还可能是睡在教堂外面街巷里的醉鬼。威廉就是这么说的。"

他说的是老教堂周围的那些妓女，杰克心想。确实，他父亲的意思一定是说，杰克不应该专门为自己心中那名唯一的观众来表演。（如果他真的很喜爱表演的话。）

"我想我明白他的意思了。"杰克告诉卡罗琳。

"我不认为我们之间算得上是通信，杰克。我们至多互相写了两三封信。我不想让你觉得我现在还会收到他的信。"

"可是，他在圣西尔达教过书，虽然时间很短，而那时你也在学校。"杰克提醒她，"你认识他，不是吗，卡罗琳？"

杰克和伍尔兹小姐当时坐在朗斯代尔街和司帕蒂纳街路口的一家咖啡店里。那天正好是艾丽丝去世后的第一个周末。卡罗琳穿着一条蓝色牛仔裤和一件男款法兰绒衬衫，杰克从来没见过她这么穿过。杰克猜她没有戴胸罩。不管怎样，作为一名年过五旬的女人，伍尔兹小姐美得令人晕眩。她面色红润，甚至散发出一种光彩。她两侧高高的颧骨，她精致的下巴，还有泛着桃红的皮肤。伍尔兹小姐让其他女性相形见绌。她又叹了口气，用修长的手指划过自己那波浪起伏的长发。她的头发已经全部变成了灰色，但仍旧泛着柔光，在阳光下闪耀着青灰色的光泽。

"是的，杰克，我认识他，如果你一定要知道的话。"卡罗琳说。她盯着眼前的那杯咖啡，温柔地说："我最喜欢的衣服就是威廉给我的，他对挑选女人的服装很有一套。以今天的标准看，那些似乎有些过时了，但它们还是我最喜欢的衣服，杰克。"

怪不得，艾玛早先就注意到了她的衣服。卡罗琳看到杰克没有说话，便将手伸过咖啡桌，抚摸着他的脸庞。"他不仅是我的情人，还是我唯一的爱人。"伍尔兹小姐对他说，"虽然并没有持续多久。"她说这句话时并不忧伤，还有些开心，"有太多人想得到威廉了，除了女人还有女孩子。"卡罗琳笑着说。杰克惊奇地发现，她对此似乎并不苦恼，反倒感觉好笑——也许因为已经过去太久了。"相比我们之间那美妙的性爱，你父亲更专注于他的音乐。"她接着说，"要是你听过他演奏的话，"伍尔兹小姐低声说着拉起了杰克的双手，"就完全可以理解，怪不得他认为他的音乐比我们这些人重要多了！"

怪不得杰克在梦里会用邮购目录里的内衣来打扮"那个伍尔兹"！谁拒绝得了给她选衣服的诱惑呢？他父亲就不曾拒绝过！

杰克咽下了嘴里的咖啡，好像这个动作特别艰难。"我妈妈知道吗？"他问卡罗琳。

"你母亲知道威廉喜欢我说话的方式。她只知道这个。威廉一定对她说过什么，比如我的发音，我的吐字。他以前常常钦佩地说，我说话不带口音。"伍尔兹小姐告诉杰克。

"所以那是我妈妈的主意，让你教她把口音去掉？"杰克问，"我还以为是威克斯蒂德夫人想让她改掉苏格兰口音呢。"

"老天，才不是呢！"卡罗琳大笑着说，"威克斯蒂德夫人可是个老派的加拿大人，她爱死苏格兰口音了！"

"你一定也认得那些女孩子，我是说那些寄宿生，卡罗琳。"

"啊，有谁不认得那些傻孩子呢！"伍尔兹小姐大声说道，"你也见过寄宿生，杰克。要是她们能靠自己就把肚子搞大，她们一定会毫不犹豫地做的！"

"但他离开了你，不是吗？"杰克问她，"听起来，你似乎并不恨他。"

"我从来都没指望他会留下来和我在一起，杰克。我当然不会恨他了！威廉是所有女人梦想能拥有的美好，哪怕一辈子只有一次。我不想冒犯你母亲，杰克，想把他那种男人绑在身边真的是自欺欺人。尤其是他当时的那个年纪，他还那么年轻！"

杰克看着卡罗琳·伍尔兹，从他脸上看不出任何内心的情绪和想法。他妈妈之前对他说"谁知道他会成为什么样的父亲，杰克？像他那种男人，你永远都不会知道"时，杰克一定也是这副表情。伍尔兹小姐也用了同样的字眼——"他那种男人"，但其中包含着深厚持久的感情。

"如果你是我母亲，我不会成为一个没有父亲的孩子。至少，我可以时不时地见到他。"他对卡罗琳说。

"好多年了，我再也没收到过他的信，也没听到有关他的消息。但这并不意味着你无法找到他。"伍尔兹小姐告诉杰克。

"他可能已经死了，卡罗琳。我妈妈就已经不在了。"

"那个伍尔兹"起身越过咖啡桌，一把抓住了杰克的左耳。她一下子成了麦夸特夫人，而他好像回到了三年级，"灰色幽灵"揪着他的耳朵一路把他带到了小教堂。

"你这个背信弃义的孩子！"她说，"如果威廉已经死了，我的心脏早就不跳了！他死那天，我的乳房在睡梦中会枯缩成葡萄干大小，或者让我干脆变成油毡布！"

油毡布？杰克感到奇怪。（这个可怜的女人在圣西尔达待得太久了。）他那只被伍尔兹小姐揪着的耳朵隐隐作痛，但她转眼间松开了手。她像个少女般嘲笑起自己刚才的样子。"唉，我刚才是不是听上去像个无脑的寄宿生？"卡罗琳兴奋地大声说，"你这个背信弃义的孩子，"她再次对杰克说，但这次充满了怜爱，"去找到他吧！"

"把来龙去脉告诉我，小可爱，"艾玛以前常常这样说，"万事都是有来由的。"

这是 1998 年 3 月的一个周六。多伦多的 3 月不是一个适合骑着摩托车兜风的季节。杰克走到皮克索尔和哈钦斯山道拐角处的圆形车道，他就是在这里抓着他妈妈的手站在圣西尔达放学时的女生人流之中。

关掉发动机的摩托车停成一排，但没有军事队列那么整齐。那天阴云密布，空气中透着寒意，挂着水珠的摩托车油箱在细雨构成的雾气中闪着光。在这种算不上宜人的天气里，杰克可没有心思花时间清点摩托车的具体数量，看上去大概有三十辆。从摩托车的车牌号上可以看出，有些骑手是从相当遥远的地方一路骑过来的。

丹从北达科他州首府卑斯麦出发，先到了明尼苏达州明尼阿波利斯的"双城刺青店"与"幸运皮埃尔"会合。他们一起骑车抵达了威斯康星州的麦迪逊，"獾先生舒尔茨"和他的妻子"小鸡翅膀"已经等着他们了。四人一起上路，在芝加哥的"风城刺青店"与弗朗霍费尔兄弟会合后，一同进入了密歇根州。他们虽然在卡拉马祖和巴特尔克里克遭遇了大雪，但顺利抵达了东兰辛，并赶上了"海豚沃克曼"在"斯巴尔达刺青店"举办的聚会。第二天一早，他们出发前往安阿伯，"狼獾沃利"在那儿加入进来。通过加拿大边境海关时，他们遇到了一些可以想象的困难。后来他们从温莎冒着雨骑车到达了基奇纳和圭尔夫，见到了一对杰克从未听说过的安大略刺青师情侣。（他现在也没记住他们的名字。）

一些摩托党从肯塔基州的路易斯维尔一路北上骑到了多伦多。还有三人是从俄亥俄州的三座城市骑车赶来的。"墨水乔"来自辛辛那提，斯克雷科维奇姐妹则来自哥伦布。姐妹其中一人还是"平头汤姆"的前妻。"平头汤姆"在克利夫兰与姐妹俩会合。

宾夕法尼亚离多伦多就近得多了，所以来的人多到难以计数，甚至包括从匹兹堡、哈里斯堡、艾伦敦和斯克兰顿赶来的刺青圈重要人物。另外，"夜班迈克"从弗吉尼亚州的诺福克骑着车一路到达了多伦多。从停在圣西尔达车道上的摩托车牌照可以看出，一些人是从马里兰州、马萨诸塞州、纽约州和新泽西州赶来的。

根据小教堂方向传来的声音，杰克可以猜到他们一定在那里唱歌呢，男声似乎想极力压过管风琴和寄宿生合唱团的宏大音量，看来伍尔兹小姐并没有闲着。她刚刚把这些骑手们领到小教堂里，顺利地让他们加入了排练。伍尔兹小姐告诉他们，热咖啡就在体育馆，等一下就好。这句话有些不准确，反正不是"等一下就好"。

"你们中有多少人会唱《天佑女王》？""那个伍尔兹"问他们。骑手们茫然地不发一语，于是卡罗琳说："好吧，和我想的一样！不过，你们稍微练习是可以做到的。"

等杰克来到圣西尔达时，她已经领着他们唱起来了。大部分刺青师不知道自己口中唱的那位被保佑的女王到底是谁。一定就是艾丽丝吧，他们是为她而来的。他们甚至被自己的歌声感动了。他们站在小教堂里，身上的皮夹克上还挂着水滴，风尘仆仆的气息仍未消散，机油和疲惫的气味混杂着各种不同东西的味道：破旧的离合器、被风刮乱的胡子和被头盔压扁的头发。寄宿生合唱团安全地站在祭坛上，紧张又兴奋地看着他们。这些骑手大部分是男人，少数女性的歌声听着像是夹杂其中的童声。

管风琴师是一名漂亮的年轻女性，和那个笨蛋牧师一样来圣西尔达没多久。她不停地弹错，连杰克都能听出她紧张极了。而不断出现的错误让她犯的错误越来越多。

"镇静，埃莉诺，要不然我要替你弹了，我可好多年没有弹过管风琴了。"伍尔兹小姐对她说。

趁着埃莉诺短暂喘息的工夫，杰克向他妈妈的朋友们介绍了自己。"那个'美人'，杰克·伯恩斯。"他听见"夜班迈克"说道，他知道那是夸奖。

"'女儿艾丽丝'的小宝贝。"斯克雷科维奇姐妹中的一个说道。

"我是另外那个斯克雷科维奇，"另外那个对杰克说，"我从没嫁给过'平头汤姆'，什么人都没嫁过。"她在杰克的耳边低语，咬了一下他的耳垂。

"你妈妈一定很为你自豪。""獾先生舒尔茨"说。他妻子"小鸡翅膀"早就哭成了泪人，可现在还没到正午呢，距离艾丽丝的追思会还有好几个钟头。

卡罗琳·伍尔兹拍了拍手。"我们还在排练，我说停才能停！"她从祭坛方向对着骑手们喊道。管风琴师埃莉诺似乎差不多镇静下来了。

"我不知道你还会弹管风琴，卡罗琳。"埃莉诺说，但音量比她预计的大了些，因为杰克和骑手们突然停止了聊天。

伍尔兹瞥了一眼杰克的方向，脸红了起来。"呃，我上过几堂难忘的管风琴课。"她说。

> 天佑女王，
> 祝她万寿无疆，
> 天佑女王！
> 常胜利，沐荣光，
> 孚民望，心欢畅，
> 治国家，王运长；
> 天佑女王！

在伍尔兹小姐的指挥下，骑手们不停地唱着。随着他们逐渐从多伦多3月寒冷的天气中恢复，寄宿生合唱团的音量难以匹敌他们那热情似火的酒吧间风格的歌声。他们甚至脱下了身上的皮夹克。他们身上的刺青与彩绘玻璃上的耶稣与圣徒相比毫不逊色。

杰克悄悄地离开了。他清楚伍尔兹小姐可以把一切都变成戏剧。等到追思会开始时，她一定可以把寄宿生和骑手这两组合唱团打磨得完美至极。就在他离开时，骑手们虔诚地听寄宿生演唱着《舞之王者》。

> 我在晨光中起舞
> 世界刚刚启端，
> 我在月光下起舞
> 群星接替太阳成为我的舞伴，
> 我原本来自天堂

　　　　　纵情起舞在人间，

　　　　　伯利恒是我的故乡

　　　　　因我在那里降生。

　　又有两名骑手抵达了。他们正把摩托车停在圆形车道上那些停放整齐的摩托车旁边。"油头埃迪"来自康涅狄格州的纽黑文，而"坏人比尔"来自缅因州的布伦斯瑞克。他们皱巴巴的皮夹克上满是雨水，两人看上去快要冻僵了，但他们认出杰克·伯恩斯后的笑容充满了暖意。杰克握了握他们冰冷的手。

　　杰克刚刚出门时随便穿上了放在家里的旧衣物，一条牛仔裤、一双跑鞋，还有一件艾玛留下的风雨衣外套（对他来说太大了）。"我正要回家为追思会换衣服。"杰克对刚刚到来的骑手说。他们似乎对小教堂里传来的合唱团歌声感到有些疑惑不解。"其他人都在里面，在练习。"

　　"练习什么？""坏人比尔"问。当时正唱到《舞之王者》的第三或第四段副歌，伍尔兹小姐决定让骑手们也加入到演唱中。高亢的男声甚至穿过雨水的阻隔传到他们耳中。

　　　　尽情舞动吧，无论你们身处何地，

　　　　　我就是舞之王者，他说，

　　　　我将成为你们的指引，无论你们身处何地，

　　　　我将成为你们的指引，无论你们身处何地。

　　"快来，比尔——咱们去和他们一起唱。""油头埃迪"说。

　　"你回来时会扮成女孩吗？""坏人比尔"问杰克。

　　"今天不会。"杰克回答。

　　他们走进小教堂时，杰克听见"油头埃迪"说："你真是个混蛋，比尔。"

　　"我当然是个混蛋了！""坏人比尔"说。

　　杰克回到家，洗了个热水澡放松一下。莱斯利穿着她的三角内裤走进浴室，放下马桶盖子，坐在了上面。"他们总共来了多少人？"她问，但没有看杰克。

"大概有三十辆摩托车，差不多四十个人。"他回答。

"你妈妈认识的大多数刺青师并不是摩托党，杰克。所以这些人只是冰山一角。"

"我知道。最好给皮韦打个电话。"杰克说。

"最好给警察打个电话。他们不能睡在圣西尔达——甚至不可以在体育馆过夜。"欧斯特勒夫人回答。

"有些人可以在这里睡。"他提议道。

"你妈妈原本就是这么计划的，杰克。也许咱们真该趁她活着的时候上床，这样说不定她不会这么折磨我们。"

"我也不知道。我有种感觉，我妈不会把他们拒之门外的。"杰克说。

皮韦那天下午打来了电话。"伙计，我应该开一辆货车，而不是轿车。轿车里再也没有空间放酒了，杰克。"

"那就跑两趟。"杰克告诉他。

"这已经是第三趟了，伙计！要是你和欧斯特勒夫人再不去小教堂，你们就没有位置坐了！"皮韦向来喜欢危言耸听。杰克知道伍尔兹小姐在现场负责，他确信卡罗琳一定会为他和莱斯利保留两个座位的。

"那个伍尔兹"可谓大大超出了杰克的预期。她让"臭猴"像个引座员似的站在过道里，守着预留的座位。"坏到骨子里"也来了，还有"熊姐姐"和"龙月"。他们都来了，杰克能想到的人都到场了，而且到场的人远不止这些。

一些刺青师从意大利远道而来。卢卡·布鲁萨（从瑞士来）告诉杰克，他才不会错过这个机会呢。"天堂与地狱"从德国赶来，马努和"丁丁"从法国来到加拿大，更不用说"拉斯维加斯之刺"和"好莱坞紫豹"了。

他们挤坐在长椅上，挤坐在过道里，甚至挤在通往体育馆的走廊上。一小群担惊受怕的圣西尔达校友在前两排靠边道的长椅上挤成一团，吓得瑟瑟发抖，她们是欧斯特勒夫人的同班同学。埃德·哈迪、比尔·冯克和"生锈野人"似乎自行担负起保卫这些校友的职责。至少,他们不让自己的同类靠近这些女士一步。而那些女校友则紧紧拉着彼此的手(像是回到了校园岁月)。

伍尔兹小姐将她调教的寄宿生和骑手这两组合唱团安置在两侧的过道,这两组迥然不同的合唱队伍面对着一脸茫然的在场会众。晚到的刺青师完全搞不懂为什么追思会上唱的是《天佑女王》。

"谁是女王?"一个穿着亮黄色运动外套的宽肩男人问杰克。他抹了太多发胶,头发像鲨鱼脊鳍似的立在头顶。杰克以前在刺青杂志上见过这件亮黄色外套和这个发型,没错,他就是"疯子费城埃迪"。

帕克牧师很晚才到场。"都没地方停车了!"他没好气地抱怨道,可他还没看到参加追思会的来宾呢。他们有人穿着扎染背心,手臂上布满了刺青,有人穿着夏威夷衬衫,领口打开,祖露的胸部也是刺青。蛇和神话蛇怪图案的刺青冷酷地盯着牧师先生,还有很多连帕克牧师都不认得的生活在伊甸园中的爬行动物。还有很多刺青描绘的是基督束缚在荆棘中,他的心在滴血,风格极为夸张,完全没有圣公会式的隐忍克制。还有各种各样的骷髅,有的还喷着火,各种淫秽内容的刺青更是不在话下。

在这些刺青的衬托下,"那个伍尔兹"排练的《舞之王者》再一次超越了自我。寄宿生合唱团(莱斯利称其为"几乎没有处女的合唱团")负责演唱五段歌词,而骑手们会在副歌时加入。之前在艾玛的追思会上把鞋子弄丢的金发寄宿生负责第四段歌词的独唱,作为独唱,她实在是太美了。尽管已经排练了很多次,她的演唱依然能让骑手们落泪。

我曾在一个周五起舞

天色开始变暗——

起舞开始变得艰难

因为魔鬼就在你的身畔。

他们掩埋了我的身体

他们以为我已经一去不返

但我才是舞之王者，

我还要继续向前。

等轮到牧师朗读《诗23篇》时，小教堂里热得让一些人脱掉了上衣，露出身上密密麻麻的刺青。他们并不都是刺青师，有很多是艾丽丝的顾客。随处可见艾丽丝的招牌刺青，杰克认出了好几个出自他妈妈之手的刺青。

杰克发现欧斯特勒夫人哭了起来。她坐在长椅上，倒在他身上，娇小的身体颤抖着。艾丽丝的朋友们也因此知道了她是谁。"我在多伦多有个爱人。"艾丽丝曾告诉过很多人。（当时的原话："不，谢谢——今晚还是免了。我在多伦多有个爱人。"）

"耶和华是我牧者，我必不致缺乏。"帕克牧师不安地开口道。等他念到"我虽然行过死荫的幽谷，也不乏遭难——"时已经狼狈不堪了。

"'不怕'，不是'不乏'。"伍尔兹小姐纠正道。

"……不怕遭难。"牧师结巴起来，"因为你与我同在，你的杖，你的竿，都安慰我。"

"你的什么？"教众里有人问道，是个女人的声音。（杰克没看到是谁，但他猜是斯克雷科维奇姐妹之一。）这句话问出后，响起一阵笑声。其中一位圣西尔达校友更是狂笑不止。

莱斯利此时对自己的脾气失去了控制。"不要祷告，什么都不要！"欧斯特勒夫人对牧师吼道，"艾丽丝只要唱歌！"

"在敌人面前，你为我摆设筵席——"帕克牧师含混地说，然后停了下来。他显然意识到敌人包围了自己。

"只要唱歌，伙计。""坏人比尔"说。

"对，要么唱歌，要么闭嘴。"弗朗霍费尔兄弟中的一位说。

"要么唱歌，要么闭嘴！""平头汤姆"重复道。

"要么唱歌，要么闭嘴！"众人大喊。

管风琴师埃莉诺吓得僵住了。卡罗琳坐在她身旁。"要是你忘了怎么弹奏《耶路撒冷》，埃莉诺，上帝也许会原谅你，但我绝对不会原谅你的。"伍尔兹小姐说。埃莉诺鼓起了自己仅存的勇气，用力按下了琴键。管风琴发出的声音比预想的大，但寄宿生和骑手们献上了他们最好的演唱。

圣哲古时的步履
是否踏足过英格兰葱绿的群山？
上帝神圣的羔羊，是否见过英格兰悦目的草原？

从过道向外走时，欧斯特勒夫人被"疯子费城埃迪"一把揽入怀中。她百感交集，没有也无法抵抗。艾丽丝所有的朋友都听说过莱斯利，都想拥抱她。"她是艾丽丝的爱人。"大家小声说着。

"他们怎么会认识我？"莱斯利问杰克。

"妈妈一定告诉他们了。"杰克说。

"真的？"欧斯特勒夫人哭着问。所有人都哭了，所有的刺青师，所有"女儿艾丽丝"的客户和朋友。（原来刺青是个这么有人情味的行当，莱斯利现在才发现。）

他们沿着走廊走向体育馆，此时寄宿生和骑手组成的合唱团唱到了《耶路撒冷》第四段的高潮。埃莉诺在伍尔兹小姐的激励下也振作了起来。

我绝不停止精神之战，
不会让手中之剑休眠，
直到我们在葱绿美丽的英格兰土地上，
建造起耶路撒冷。

此时，体育馆里早已准备好像浴缸那么大的冰桶，里面放满了冰镇啤酒。葡萄酒的酒塞也都被拔出来了。大块的烤牛肉和一盘盘香肠都快把野餐桌压塌了。这次的食物不是惯常的牙签奶酪。

"谁点了这些吃的？"杰克问莱斯利。

"我点的，杰克。皮韦还专门多跑了几趟。"

"狼獾沃利"和"海豚沃克曼"不知因为什么激烈地争吵着。"獾先生舒尔茨"挤到他们两人中间，以外交口吻说："这是你们密歇根的内部事务。"而他的妻子"小鸡翅膀"揽着欧斯特勒夫人的手臂安慰她。来自辛辛那提的"墨水乔"把手搭在莱斯利的肩上。他手背上的王牌黑桃刺青与一个王牌红心刺青重叠在一起。

"要是你来诺福克，我会带你到处转转，看看你从来没见过的诺福克。""夜班迈克"对欧斯特勒夫人说。

"他们爱她！"莱斯利哭得上气不接下气地对杰克说，"邀请他们住下来，杰克。"她又说道。（"油头埃迪"正在向她展示艾丽丝在他肚皮上留下的刺青，内容有关"男人的祸根"。）

"全都邀请？和我们住在一起？"杰克问欧斯特勒夫人。

"当然和我们住一起了！他们还有什么地方能去？"莱斯利说。

也许斯克雷科维奇姐妹就算了吧，杰克想，至少不要同时邀请她们俩。为什么不只邀请那位没和"平头汤姆"结过婚的呢？不过，杰克意识到自己本无法掌控刺青师的聚会，也许像艾丽丝那代人说的那样，只能顺其自然了。

表现出色的伍尔兹小姐赞赏了骑手们的首次表演。从来都不喝酒的杰克，像只牧羊犬似的看护着寄宿生。所有人的举止都极为彬彬有礼，虽然"狼獾沃利"和"海豚沃克曼"之间爆发了激烈的争吵，但这场密歇根内部事务并没导致暴力冲突。

让人有些吃惊的是，连欧斯特勒夫人的同班同学似乎也玩得很开心。她们好久没有一下子见到这么多裸露展示的肉体了，应该说从来没见过。圣西尔达体育馆内气氛热烈，不停播放着鲍勃·迪伦的歌曲。

他妈妈说"水手杰里"是个传统派，杰克本可以据此轻松认出他的。他一条手臂的肱二头肌上刺了一个戴着护士帽的漂亮女人，这个图案确实再传统不过了。"水手杰里"的衬衫上写着日文，右前臂上的刺青也是日文。"是日本刺青大师小栗一雄的作品。"他骄傲地告诉杰克。所以他真的从新斯科舍省赶来了，更不用说他还为转告别人打了一百多通电话。

"上一辈的人一直保持着联系，杰克。"

杰克感谢他远道而来。"人生就是一段漫长的旅途，年轻的伯恩斯先生。再说，新斯科舍省也没有多远。""水手杰里"说。

那天晚上，杰克与所有赶来的刺青师都打了招呼。寄宿生则一直守在他左右，就像一支由非处女组成的护卫。杰克在体育馆另一边发现了一个熟悉的身影，在鲍勃·迪伦《雨天的女人》的歌声中，杰克挤过人群，走向那个害羞的人。他喝得醉醺醺的，在篮球架下方合着音乐跳舞。他有着杰克梦寐以求的面容——下巴上长着灰色的山羊胡。不过，即使快五十岁时，杰克也没有蓄起他想要的胡子。那人眼中满是自我贬低式的沮丧，这一切让杰克想起了一个人，他坚信自己才华浅薄，没有什么前途。（他曾在阿姆斯特丹海堤街的店里给"刺青提奥"当过学徒，现在已经自信多了。）

"只要别是破碎的心就行，"艾丽丝离开阿姆斯特丹向罗比·德维特告别时说，"我刺的心已经够多了，碎成两半的，各种各样的。"所以，罗比说只要在他的右前臂刺上她的签名就好。杰克走近时，看到了他手臂上略微褪色的"女儿艾丽丝"签名。

"还在听鲍勃·迪伦，杰克？"罗比问。

鲍勃·迪伦那带着哭腔的歌声在他们身边回荡。

> 但我不觉得自己是那么孤独，
>
> 因为每个人都会被人用石头扔。

"还在听鲍勃·迪伦，罗比。"

"我真的和这些家伙不是一路的，"罗比·德维特用手颤颤巍巍地指着体育馆里其余的人，对杰克说，"我在阿姆斯特丹并不顺利。"

"我很遗憾。"杰克说。

"我现在在鹿特丹。有了自己的店，但我还是一个学徒——如果你明白我的意思。我做得还不错。"他晃着脑袋说道。杰克后来才注意到他后退的发际线和蛋形的额头，还有他那双水汪汪的眼睛两侧深深的鱼尾纹。

"阿姆斯特丹发生了什么，罗比？我妈妈怎么了？她为什么离开？"

"唉，杰克，别回去，别自讨苦事。"（杰克明白他要说的是"自讨苦吃"。）

"我记得那天夜里我妈妈做妓女，反正表面上还挺像的。萨斯基亚和埃尔斯照看着我。你还给她捎来了大麻烟，我记得。"杰克对他说。

"别说了，杰克。过去的就让它过去吧。"罗比说。

"我爸爸并没有去澳大利亚，是吧？他一直都在阿姆斯特丹，对吧？"杰克问罗比·德维特。

"你父亲有他自己的追求，杰克。你妈妈控制不住自己。"

"控制不住什么？"杰克问。

罗比脚下绊了一下，差点儿摔倒。他把右臂上褪色的艾丽丝签名展示给杰克看，好像量他也不敢用拳头击打那个刺青。"我不会背叛她的，杰克。别问了。"罗比说。

"我向你道歉，罗比。"杰克对自己表现得咄咄逼人有些惭愧。

罗比双手架到杰克的颈后，俯身朝前，不稳地将他蛋形的前额抵在杰克的鼻子上。"你妈妈爱你，杰克，但不及她爱威廉的程度。"

除了莱斯利·欧斯特勒以外的圣西尔达校友都已经回去了。单身的（尤其是离异的，她们对此很是自豪）都带着刺青师离开了。甚至连拉姆西先生也领了一名刺青师回家，他与杰克告别时仍然激动地喊道："杰克·伯恩斯！"（"夜班迈克"和他一起离开，他真的非常需要朋友！）

连王小姐也总算唤醒了体内沉睡许久的飓风，热情似火地跳起舞来。最让人难以忘怀的，是她在体育馆里和弗朗霍费尔兄弟伴着鲍勃·迪伦的歌曲纵情大跳吉特巴爵士舞。（王小姐领着兄弟中长得好看的那个回家了。）

出乎意料地，马尔科姆夫妇留到很晚。马尔科姆夫人甚至罕见地被"湄公河三角洲"逗得兴高采烈。"湄公河三角洲"本名叫马文·琼斯，来自阿拉巴马州，他在越南战争中失去了双腿和一部分鼻子。他把轮椅靠在马尔科姆夫人的轮椅旁边，讲述着自己坐着轮椅而且只剩下一半鼻子，却还想和别人上床的捧腹故事（可能是编的），把马尔科姆夫妇逗得哈哈大笑。（"不是所有人都有同情心。"其中一个故事是这样开始的。马尔科姆夫人笑得前仰后合。）

无需赘言，伍尔兹小姐一定是按时独自回家了。她回家后大声播放鲍勃·迪伦的歌曲，差点儿把房子震塌了。她跟着鲍勃一起唱着，如果有人听过她唱的《真心所愿》和《今夜我将是你的宝贝》，一定会念念不忘。"平头汤姆"告诉杰克，克利夫兰没人比得上她。从北达科塔来的丹说，卑斯麦也没人像伍尔兹小姐这样有魅力。（杰克想，埃德蒙顿到底是受了什么眷顾？）

欧斯特勒夫人的房子那天夜里成了一家汽车旅馆，房外的草坪上停着成排的摩托车，如同守卫在房子外面的士兵。有几辆摩托车很靠近房子，看上去就像想从窗口溜进房子的入侵者。

"幸运皮埃尔"在客厅的长沙发上睡了过去，他身上堆满骑手的皮夹克，所以第二天一早没人知道他在哪儿，直到"墨水乔"坐到了他身上。

"海豚沃克曼"和"狼獾沃利"必须要分开安置，还是因为密歇根的内部事务。他们把沃克曼放到杰克以前的卧室，让沃利在厨房里过夜，由弗朗霍费尔兄弟中不那么好看的那个看着他。另外那个弗朗霍费尔已经跟着王小姐和她的飓风回家了。

"坏人比尔"和"油头埃迪"一起睡在饭厅的餐桌上，他俩有关"夜班迈克"的私人谈话被整座房子的人听得一清二楚。"你得小心你的屁眼了，比尔，你都不知道'夜班迈克'是基佬。""油头埃迪"说。

"埃迪，你要是之前多注意你自己的屁眼，你可能会是第一个知道他是基佬的人。""坏人比尔"对他说。

"你这个混蛋，比尔。""油头埃迪"说。

"我当然是个混蛋了！""坏人比尔"回答，"说说看，还有什么是我不知道的。"但"油头埃迪"很快就睡着了，他已经开始打鼾了。"好梦，混蛋！""坏人比尔"大声喊道，仿佛在向房子里的所有人道晚安。

"好梦，混蛋！"舒尔茨和他妻子从洗衣间回应道。他们睡在铺在地板上的一条相当有年头的床垫上。

"很棒的聚会，啊？"杰克对和他一起睡在艾玛那张大床上的那个斯克雷科维奇说。

"没错，你妈妈一定会喜欢的！"斯克雷科维奇女士回答。哎呀，她就是和"平头汤姆"结过婚的那个。她屁股上有个巨大的章鱼刺青，完全覆盖了两侧的臀瓣。"是'平头汤姆'刺的，他又不能把这只章鱼一起带走。"她有些悲伤地承认道。

莱斯利与另外那个斯克雷科维奇躺在自己的床上。"她可真招人喜欢。"欧斯特勒夫人后来告诉杰克。莱斯利毫不奇怪这个斯克雷科维奇竟然从来没结过婚，没和"平头汤姆"结过婚，和谁都没结过婚。（看来她咬杰克耳垂那口是骗人的！）

杰克夜里很长一段时间内都很清醒，不仅因为"平头汤姆"前任夫人的悉心照料。艾玛生前常常说，杰克经常遭受的失眠之苦，是不喝酒的人在遍布酒徒的世界遭遇的困境。（杰克对此非常怀疑。）可以说，这个异性恋的斯克雷科维奇能搞定屁股上的章鱼刺青，自然也会让任何男人为她不忍睡去。但是，杰克脑中想的可不止那条有趣的章鱼。

杰克再次为自己面对罗比·德维特时的莽撞行为后悔。他因为对艾丽丝的爱，从鹿特丹来到多伦多。理所当然地，罗比永远都不会背叛艾丽丝。如果杰克想要知道他妈妈隐瞒或故意歪曲的有关他父亲的事，他需要自己付出努力，自己去发现真相。

妈妈在世时，杰克威胁说他会进行的那次旅行，看来是非去不可了。他不是要像伍尔兹小姐鼓励的那样去找到威廉，还没到时候。这次旅行不是为了找到威廉，只是重走杰克四岁时随他妈妈走过的旅程。

据说，杰克三岁时连续记忆的能力已经相当于一个九岁的儿童；他四岁时，对细节的记忆和对线性时间的理解不输给任何一个十一岁的学生。他经常听别人这样说。假如这不是真的呢？假如他只是个正常的小男孩呢？或许他和其他四岁孩子一样，记忆可以轻易地被操控，对细节的记忆和对线性时间的理解是完全不可靠的。

这就是杰克那天夜里毫无睡意的原因。他突然发现，他竟然以为自己能够清楚记得几乎三十年前在北海沿岸港口的经历，简直荒唐透顶！

这就是他需要进行的一次旅行，独自一人，绝对不能让莱斯利·欧斯特勒陪他。三十年前的那次旅行，可能大部分出于他的想象，或是经过他妈妈的一手安排，是她提前为他想象好的。

现在还不是找到他父亲的时候，现在需要去弄明白，找到他是否值得。

他们最先去了哥本哈根。他妈妈当时还没来得及进行安排和操控，至少杰克知道他们的旅程是从何处开始的。他准备先从那里开始。"哥本哈根。"他大声说出了口，并不是故意的。虽然听上去非常不可能，但杰克已经忘记了自己身边的斯克雷科维奇，而她的一条大腿正缠在他的腰上。

她踢开了被子，似乎哥本哈根这个地名让她想到了什么，因为她的双腿动了起来。像斯克雷科维奇这样的长途摩托党，面对刺激时，双腿有种优先反应权。她的手臂甩到了杰克的胸前，小臂上刺了一只看上去有些吓人的绿色海马。海马那不曾眨动的眼睛盯着艾玛的小电视摇曳的光，电视开的是天气频道，被调成了静音。第二天一早，斯克雷科维奇姐妹就要踏上回程了，"平头汤姆"前任夫人原本想看看俄亥俄州的天气。

此时电视里播放的是一段有关风暴的画面。棕榈树被拦腰截断，码头被巨浪一扫而空，一艘小船被拍碎在岩石上，白色海浪不断猛烈拍击着陆地，但一切都是安静的。电影屏幕发出的蓝绿色光照亮了斯克雷科维奇女士大腿上的刺青。在靠近她脊柱根部的部位，一条长着皮鞭状尾巴的魔鬼鱼清晰可见。

是的，杰克仔细地观察着，她滚圆光滑的大腿上刺有一条魔鬼鱼。她屁股上的章鱼的触手似乎正努力伸向电视机发出的光，她的身体好像有一片海底的图景。

杰克弓起背去够电视遥控器，但依然无法够到。杰克这么做时碰到了这名骑手的腿，引起了她的警觉。"别走。你要去哪儿？"半睡半醒的她用嘶哑的声音问。

"哥本哈根。"杰克重复道。

"那边在下雨吗？"她迷迷糊糊地问。

等杰克到达哥本哈根时，正好是 4 月，杰克想，很可能那里正在下雨。"很可能。"他回答。

"别走。"她再次低声说道，但似乎马上就要重回梦乡了，至少她想接着睡。

"我必须走。"杰克对她说。

"谁在哥本哈根？"这位斯克雷科维奇问。杰克可以听出来，她已经完全醒了，"她叫什么？"她问，大腿在他腰上缠得更加用力了。

真正让杰克感兴趣的是他，不是她。因为杰克不知道他的名字，这个人应该很难找到。但杰克对自己要找的人没有丝毫怀疑——就是那个曾经救了他的小士兵。当然，"万人迷马德森"的重要性也不容忽视，找到他要容易些，至少杰克知道他的名字。

27 指挥官的女儿；她的小弟弟

　　杰克没有告诉伍尔兹小姐自己的计划，便偷偷离开了多伦多，他甚至没向她道别。他担心卡罗琳对他没有立刻去寻找父亲感到失望。

　　杰克只带了些冬装，他觉得这些衣服应该可以应付北海4月的天气了。欧斯特勒夫人把他带的衣物称作"多伦多的衣服"，还帮他打好了包。毕竟，这些衣物是艾丽丝过世的那个冬天由莱斯利亲自为杰克采购的，而且她还付了大部分的钱。对于杰克应该在那几座欧洲港口穿什么衣服，欧斯特勒夫人有她自己的看法。

　　"我希望你知道，杰克，不要穿着去教堂的衣服去刺青店，反之亦然。"

　　把《废稿读者》的剧本寄给鲍勃·布克曼的重任，他交给了莱斯利。在这个于加拿大度过的漫长冬季里，莱斯利已经成了杰克的创作伙伴。有两次，他差点就要告诉她，艾玛留给他的不仅仅是创作剧本的提示。但那样做就等于背叛了艾玛的遗愿。

　　在陪伴他妈妈的这几个月中，杰克的信件被从加州转寄到多伦多。欧斯特勒夫人和她那个已故的女儿一样，在把信件转交给杰克之前，把所有的信都读了一遍。而且她不会把所有的信都给杰克，她在审查方面比艾玛还要严格。来自女性影迷的信件不值得浪费他的时间和兴趣，欧斯特勒夫人说。她甚至拒绝给杰克看那些变性人仰慕者寄来的照片。

等杰克想起来问莱斯利"我今年难道没收到圣诞贺卡吗？"，已经是2月了。

"有，你收到了一大堆圣诞贺卡。我都扔了。"欧斯特勒夫人回答。

"你讨厌圣诞贺卡，莱斯利？"

"谁用得着这些啊，杰克？你可是个忙人。"

不过，一封来自米歇尔·马厄的来信逃脱了欧斯特勒夫人的审查，被转交到杰克手上，距离莱斯利第一次读到这封信至少一个月了。"这封信挺有意思的，有个马萨诸塞州的医生，她和艾玛的角色同名。"欧斯特勒夫人说。

杰克当时一定是一副饱受煎熬的样子，他过于热切地想要读到那封信，因为莱斯利没有立刻把那信交给他。"这个人你认识？"她问。

"这个人我以前认识。"杰克纠正道，朝她伸出了手。欧斯特勒夫人又把信看了一遍，比她第一次读的时候更加仔细。"艾玛知道我以前认识她。艾玛也知道她给自己的角色起了一个真人的名字。"杰克解释说。

"看来是个只有了解内情的人才会懂的玩笑，是这么回事吗，杰克？"她还是没有把信给他。

"算是吧。"他说。

"你愿意让我替你念出来吗？"莱斯利问。杰克依然伸着他的手。"亲爱的杰克——"欧斯特勒夫人刚开口便突然停下了，"呃，连你的影迷都会称你'杰克'，所以你也就明白了，我从来没想到她以前认识你。"

"非常理解。"杰克说，声音尽力保持着平静。

"马厄医生，首先，她是个皮肤科医生。我接着念，"莱斯利继续念起来，"我知道你和艾玛·欧斯特勒的关系很近，我也知道你正在将她的小说《废稿读者》改编成电影。祝你创作剧本还有其他事项进展顺利。那部小说是我的最爱，不仅因为女主角的名字。谨致最美好的祝愿，恭喜你表演事业取得巨大成功。读完了。"欧斯特勒夫人叹了口气，"这封信是用打字机打出来的，很可能是别人代打的。她只签了个名——米歇尔。用的是她医院的信纸，是马萨诸塞州坎布里奇奥本山医院。转念想想，这封信也没什么意思，其中没有任何私人信息，什么都没有。看了这封信，没人会以为她以前认识你。"

莱斯利伸长胳膊，把信举得远远的，那样子不像是拿着脏衣服，而是更恶心的东西，一种她感觉杰克很渴求的东西。"麻烦能让我看看信吗？"杰克问她。

"这种信不需要回复，杰克。"

"快把那封信他妈的给我，莱斯利！"

"我觉得这个玩笑并不好笑，就是艾玛用了米歇尔·马厄的名字这件事。"欧斯特勒夫人说。杰克一把从她手里抢过了信。

信纸是米黄色的，接近淡黄色，纸质很好。天蓝色的信头是清晰的大号哥特字体。正如莱斯利所说，其中没有任何私人信息。"谨致最美好的祝愿"并不能让人感到什么深厚的情意。

"我又想了想，与其说是封信，不如说是个便条。"欧斯特勒夫人说道，而杰克正仔细地想从米歇尔那潦草难辨的签名中挖掘出她真实的感情，"就我而言，我不喜欢触碰任何皮肤科医生碰过的东西。但她的信已经在这里放了很久了。你觉得这封信应该不会传染什么吧，是吧？"莱斯利接着说。

"不会的，我认为不会的。"杰克回答。

杰克把这封信带去了北海，每天都会拿出来读。他相信自己会永远留存这封语气敷衍、毫无爱意的信，因为他知道这将是他与米歇尔·马厄之间唯一的联系。

杰克不能从多伦多直飞到哥本哈根。他要一大早乘坐荷兰皇家航空的航班从多伦多飞到阿姆斯特丹，然后在傍晚转机飞到哥本哈根。快要出发去机场时，欧斯特勒夫人正在洗澡。杰克本来想在厨房餐桌上给她留一张纸条，但莱斯利似乎另有打算。

"我看你敢不和我亲吻告别就溜走，杰克！"他听见莱斯利在浴室里喊道。她洗澡时总喜欢开着浴室的门，就像她睡觉时也喜欢开着卧室的门一样。

骑手们离开后，他们俩已经在这座房子里居住了一个多星期。这段时间内，没人在深夜进入对方的卧室，甚至白天他们也不会靠近对方卧室半步。莱斯利没有握过杰克的阴茎，甚至没有赤身裸体或穿着暴露地出现在杰克身旁。也许是艾丽丝去世前过分催促他们上床了，虽然两人之间存在着某种相互吸引，但杰克相信他和欧斯特勒夫人仍然对他妈妈心有余悸。他想，也许斯克雷科维奇姐妹能打破他和莱斯利之间的那种相互吸引。

不管怎样，这个临别的吻是躲不掉了。杰克例行公事般走上楼梯。他努力不去看欧斯特勒夫人扔在她凌乱床上的黑色三角内裤。莱斯利坐在浴缸里，只有脸露在水面上，警惕的脸上有种野兽的气息。在此情况下，杰克认为这个告别的吻应该不致让他产生什么不纯洁的歪念。

"你要离开我了，杰克。艾玛和艾丽丝都已经离我而去了，但你不会扔下我不管，是吧？"欧斯特勒夫人说。

"当然不会，我不会扔下你不管的。"杰克尽力以一种不带感情的语气回答。莱斯利闭上了她深色的双眼，噘起了她的小嘴。

杰克跪在浴缸旁边，轻轻地吻着她的嘴唇。莱斯利突然睁开双眼，把舌头捅入他的嘴里。她那沾满泡沫的手紧紧地抓住杰克的手腕，把他的手拽进洗澡水中，甚至浸湿了他的衬衫袖子。如果必须让杰克猜一下，他被拽进水里的手摸到了什么，他会说自己来不及把手抽出，就已经碰到了欧斯特勒夫人的"耶利哥玫瑰"了。

这个吻持续的时间有些久。自始至终，杰克都不想伤害她的感情。他尽量不让莱斯利感觉到他的不耐烦，但他对于自己得换一件衬衫感到恼火。

欧斯特勒夫人一直对杰克的演员身份不太在乎，可能因为她在杰克很小的时候就认识他了，所以总是可以轻易猜中他的心思。"行了，杰克。虽然我不是米歇尔·马厄，但吻我一下也不至于这么为难吧？"

"我得换一件衬衫。"杰克说，心里希望她没有注意到他的勃起。他走出浴室开着的门时，一直背对着莱斯利，"不，一点儿都不为难。"

"你要记住，你妈妈生前一直想要我们这么做！"莱斯利在他身后喊道。

杰克·伯恩斯前往哥本哈根的路上一直想着这句话，它似乎比装着冬装的行李还要重。他又一次入住英格兰酒店，但这次没有住到客房女服务员的区域，而是住在一间能俯瞰酒店前广场雕像的房间。广场上的雕像和雕像上方的拱门，都比他记忆中小了不少，但新港还和记忆中一样：波罗的海吹来的风带动着灰色运河上的船只拍打着波涛起伏的河水。杰克想起之前和一起睡过的那位斯克雷科维奇的谈话，他猜得没错，哥本哈根正在下雨。

　　打开行李箱时，杰克看到他妈妈胸部刺青的照片。欧斯特勒夫人用心地把照片放在他的衣服上。她自己保留了四张照片里的两张，剩下的给了杰克，这么分似乎很公平。杰克对能保留这些照片感到很开心，并不仅仅因为这些照片可以用来验证某些事情。艾丽丝对他说了很多谎话，说不定那个"直到找到你"的刺青并非出自"刺青奥勒"之手，尽管杰克很确定，那就是奥勒做的。

　　新港 17 号的那家刺青店还是叫"刺青奥勒"。墙上挂的速绘还是奥勒亲手画的那些。这家小店里一股烟草、酒精和创伤药的气味，还混杂着某些颜料的特殊气息，不过杰克不能分辨出具体是哪种颜料。

　　现在掌管这家店的人是"花花女郎"。他 1975 年时到这里给奥勒当学徒。"花花女郎"个子不高，但身材健壮，戴了一顶海军帽。他的速绘和奥勒的风格很像。他是个水手，用"水手杰里"的话说，是上一辈的人。和奥勒一样，"花花女郎"从来不称自己是刺青高手。他是一位刺青师，或者说是一位老派的刺青师。"女儿艾丽丝"很欣赏他。

　　杰克走进店里时，"花花女郎"正在做一个破碎之心的刺青。什么都没变，杰克想。"花花女郎"专心于工作，没有抬起头。"杰克·伯恩斯。"以他的语气好像他一直在等杰克出现，他念杰克的名字时不像拉姆西先生那样满腔热情，但也没有丝毫敌意，"当我听说你妈妈去世了，我就知道你会来的。""花花女郎"说。

　　那个正在接受刺青的男孩一副惊恐的模样。从他发红的胸口甚至可以看出他的心脏狂跳不止。刺青中的那颗心是横着裂开的，撕裂的边缘呈锯齿状。这颗受伤的心被放置于一朵美丽的玫瑰之上。刺青做得非常漂亮。心的下半边被一条横幅包围，但上面没有名字。如果这个男孩够聪明，他应该等真正遇到那个能治愈这颗心的人，再把名字刺上去。

"你为什么知道我会来？"杰克问"花花女郎"。

"奥勒一直说你会来的，而且会有很多问题。奥勒说，你被灌输了各种误解和错误信息，比大部分小报杂志上刊登的都多。"他解释道。杰克不由得认为这话说得没错，"奥勒说：'要是那孩子疯了，我也不会吃惊！'不过你看上去好像没有那么糟。"

"我猜你不认识我母亲吧。"杰克说。

"我从没见过她本人，这是实话。""花花女郎"字斟句酌地回答。

"我父亲呢？"杰克问。

"人人都爱你父亲，但我也没见过他。"

人人都爱他父亲，这话有些出乎意料。"我的意思不是说没人爱你妈妈。只是她的做法让人喜欢不起来。""花花女郎"补充说。

"她做了什么？"杰克问他。

"花花女郎"轻轻吐了口气，那个正在被刺青的男孩也跟着松了口气。男孩张着嘴，嘴唇干巴巴的，牙关紧咬。"呃，你最好和真正认识她的人好好谈谈。我知道的都是道听途说。""花花女郎"告诉杰克。

"奥勒还有一个学徒，他和我妈妈一起在这里工作过。"杰克说。

"是的，我认得他。""花花女郎"说。

"奥勒叫他'万人迷'。我们叫他'万人迷拉尔斯'或'万人迷马德森'。"杰克说。

"你说的是那个卖鱼的，""花花女郎"纠正道，"他早就不是什么'万人迷'了。他现在卖鱼了，当然他卖鱼也没什么不好。"

杰克想起来了，马德森家族是以卖鱼为业的，但"万人迷"当初不想从事这一职业。他还记得拉尔斯经常用鲜榨的柠檬汁擦拭头发，除掉鱼腥味。

"万人迷马德森"的左脚踝上曾刺着他前女友克斯滕的名字，名字周围缠绕着荆棘枝和红心。经过幼年杰克的"处理"后，拉尔斯的左脚踝像是一把乱七八糟的花束。（看上去像是许多小动物被宰杀后，它们的心脏散落在一座杂乱的园子里。）

"所以拉尔斯回去卖鱼了？"杰克问。

"我是不会让他给我刺青的，连上色都不行。""花花女郎"说。

"我妈妈曾经给他做过一个刺青。"杰克对他说。他逐渐回忆起来，那个刺青是颗红彤彤的心，歪斜地从中间裂开，锯齿状撕裂中间的空隙足够盛下一个名字。虽然对拉尔斯的要求不以为然，但杰克的妈妈还是在拉尔斯那个位置的皮肤上刺下了她的名字"女儿艾丽丝"。

杰克开始向"花花女郎"描述那个刺青，但他突然打断了杰克。"我知道那个刺青，是我帮他把你妈妈的签名遮盖住的。"这位老水手说。

所以，艾丽丝到底做了什么让人喜欢不起来的事？显然，卖鱼的马德森也知情，而且他似乎因为某种很充分的理由不再爱艾丽丝了。

"花花女郎"说："奥勒告诉我，'要是杰克回来了，告诉他千万别太生气。'"

杰克感谢"花花女郎"告诉他这些。"花花女郎"非常热心，甚至停下手里的刺青工作给杰克画了张简易地图。他们所在的位置距离拉尔斯·马德森工作的高桥鱼店并不远。鱼店的地址是高桥广场 19 号。广场上有一座阿布萨隆主教的雕像，距离雕像不远处就是克里斯蒂安城堡宫，现在是丹麦议会的所在地。（阿布萨隆主教是哥本哈根的建立者。）"花花女郎"告诉杰克，从鱼市上真的可以看见城堡。按照他的说法，现在那里是个很热门的见面场所，周围有很多咖啡厅和餐厅。

杰克差点儿忘记把艾丽丝的照片拿给"花花女郎"看了，他准备离开时想了起来。"看看这些。这个刺青是不是有些眼熟？"杰克问道，他把那两张照片递给"花花女郎"。

"不管走到哪儿，我都能一眼认出'刺青奥勒'的作品。""花花女郎"说着，把照片交还给杰克，"奥勒告诉过我，他曾经给你妈妈做过刺青。"这就是杰克想要的验证。

这家小店里的一切几乎从未改变，甚至那台正在发出声响的收音机还是几十年前那台。但"花花女郎"不这样认为。当杰克快要走到门口时，"花花女郎"说："现在全都变了。在 60 年代末和 70 年代初，你还能分辨出不同人的作品。你的作品就是你的签名。但现在不是这样了，到处都是'刮痕师'。"杰克点了点头，（他以前听艾丽丝说过这个。所有水手出身的刺青师都这么说。）"二十年前，我们这里一天会来两艘船。现在，一天只有一艘。""花花女郎"说道，似乎这一变化意味着一切都不一样了。

"再次谢谢你。"杰克对他说。

那个刮风的下午非常潮湿。新港的餐厅早早就开始准备晚餐了。杰克现在还能像小时候那样通过气味分辨食物：兔肉、鹿腿、野鸭、烤多宝鱼、串烤三文鱼，当然还有细嫩的小牛排。他还能嗅出以野味酱汁调味的烩水果，以及气味浓烈的丹麦乳酪。他和妈妈离开哥本哈根前，奥勒和"万人迷"带着他们在一家豪华餐厅吃告别晚餐，但杰克现在已经记不得是哪家餐厅了。他只记得餐厅里有开放式壁炉，而且他当时吃的是兔肉。

新港21号是一家名为"帽角"的餐厅，杰克隐约有些印象，但他没有走进去。他一点都不饿，而且等不及要立刻找到卖鱼的马德森。杰克猜想，"万人迷"会和"花花女郎"一样，早就猜到他会来访。如果拉尔斯·马德森真的把他刺青上"女儿艾丽丝"的签名遮了起来，那么他一定知道一些杰克不知道的事情，而且这些事情伤了他的心。

"万人迷马德森"依然是一头金发，一双蓝色的眼睛，微笑时会露出很大的齿缝，那只鼻子依旧有些歪。杰克高兴地发现，拉尔斯总算刮掉了脸上的胡须，体重也增加了。虽然他快要五十岁了，但看上去要年轻不少。尽管他早年十分抗拒，但看来还是卖鱼更适合他，艾丽丝当初对他的拒绝恰恰是件好事，他在刺青圈的失败从某种角度来说，也让他保留了纯真。

"万人迷"结婚了，他和他妻子生了三个孩子。"你记得埃利丝吧？"他局促不安地问杰克。

"我记得帮你遮盖了她的名字。"杰克说。

埃利丝的名字原本刺在拉尔斯的右脚踝上，和链条绑在了一起。杰克当时选择冬青树枝的图案来遮盖这个名字。（最后的效果让人想起一个被毁坏的圣诞装饰。"刺青奥勒"称之为"反圣诞的政治宣传"。）

"呃，她回来了，杰克。""万人迷马德森"笑着说，"你是不可能永远把她'遮盖'起来的。"

雨已经停了，但依然过于潮湿，风也很大，坐在人行道上的桌子边实在算不上舒适。潮湿的卵石路对面的景色——灰色的古堡，也就是现在的议会大厦，看上去倒颇为壮观。

"你有时候会照顾我。"杰克开始进入正题。

"我以为她工作到很晚，杰克。我不知道她是去和那个男孩见面——我发誓。"

"什么男孩？"

"那个可怜的男孩。"拉尔斯说。

"等等。什么可怜的男孩？"杰克问。

"万人迷拉尔斯"看上去十分痛心。"奥勒说，迟早会发生的！"他脱口而出。

"什么迟早会发生？"

"你来找我这件事！好，好。咱们从这里说起，杰克。找到我一定很困难吧？"马德森说。

"不算很困难。"杰克回答。

"找任何人都不算很难，杰克。我们就由此讲起。你妈妈根本不是来找你爸爸的。她来之前就知道他在哪儿了。你懂吗？"

"是的，我明白。根本就没有寻找他这档子事，对吗？"杰克说。

"正确，你理解得很正确。好，好。"他重复道。杰克现在才意识到，马德森等待这一刻已经等待了将近三十年！"好，好。我们开始讲了，杰克。""万人迷"说。

杰克的父亲给身在多伦多的艾丽丝写了封信，告知自己订婚了。威廉以为这个消息会最终劝服艾丽丝对他放手，他甚至以为艾丽丝未来会允许他时不时地探望他的儿子。那个幸运的女孩是哥本哈根星堡要塞指挥官的女儿。威廉在星堡教堂里为管风琴师安克尔·拉斯姆森当学徒。

杰克想起自己始终记得的是，"万人迷"告诉他和他妈妈说威廉勾引了一位军人的妻子。但实际上，威廉·伯恩斯与一位军人的女儿订婚了。根本就没有军人妻子这回事，即使杰克真的听到有人这么说，也是艾丽丝告诉他的，不是拉尔斯。艾丽丝领着杰克来到哥本哈根，就是为了阻止威廉结婚。

那名指挥官名叫汉斯·亨里克·林霍夫，是一位陆军中校。拉尔斯·马德森告诉杰克，他将威廉视如己出，对他喜爱有加。林霍夫中校有一个小儿子，名叫尼尔斯，快要年满十三岁了。威廉的未婚妻、尼尔斯的姐姐卡琳非常宠爱她的小弟弟。尼尔斯在弹钢琴方面很有天赋，威廉还教他演奏管风琴。卡琳本人也是一位技巧高超的管风琴师，她已故的母亲也是一位音乐家。林霍夫中校的妻子在一场车祸中丧命。事故发生时，他们全家正在从波恩霍尔摩岛过完暑假返回哥本哈根的途中。

他们是幸福的一家人，威廉在信中告诉艾丽丝，他十分高兴能成为这个家庭的一员。杰克的父亲希望等杰克上学后，艾丽丝能允许他在圣诞假期来哥本哈根。威廉希望杰克到时可以在星堡要塞度过一段开心的时光。除了在那里举行的各种圣诞音乐会，哪个男孩子能对住在到处都是士兵的堡垒不感到兴奋呢？

"但是你母亲有她自己的盘算。""万人迷马德森"告诉杰克。

很快，艾丽丝出现在林霍夫中校和他女儿的视野里，就像她在多伦多时让杰克远远地出现在威廉的视线里那样。艾丽丝依旧和以前一样。"她的心理是，要么和我在一起，要么就别想见到杰克。""万人迷"这样形容。

在哥本哈根，艾丽丝对威廉见杰克的要求提出了新的条件：如果威廉想看自己的儿子，他必须把未婚妻带在身边，她也得见到杰克。不难理解，艾丽丝这样做是为了见到卡琳·林霍夫。卡琳同意了这个要求，因为她深爱着威廉，并同样希望艾丽丝有一天能同意杰克和他父亲住一段时间。

另外，拉尔斯告诉杰克，艾丽丝还试图引诱所有与威廉有关的男人。

管风琴师安克尔·拉斯姆森自然对她的举动非常憎恶，他甚至拒绝再见她。林霍夫中校鳏居已久，艾丽丝的行为让他惊恐万分。中校还想试着说服艾丽丝，但毫无效果，当然他肯定没有和她上床。

"情况就这样陷入了僵局。后来，你掉进了'河沟'，就是那条该死的护城河！""万人迷马德森"对杰克说。

"这和整件事有什么关系呢？"杰克问。

"因为指挥官让小尼尔斯去救你！"拉尔斯告诉杰克。原来救了杰克的人是尼尔斯·林霍夫，不是什么小士兵！"在那之前，每个人都成功地设法不让你妈妈接近尼尔斯。她几乎不知道还有这么一个人。我知道，尼尔斯对她的事情一无所知。但因为这件事，你妈妈见到了他，杰克。艾丽丝一定对那个孩子说了什么，她一定感谢他救了你，我猜。"拉尔斯接着说。

那是杰克的主意，他让他妈妈给他的救命恩人免费做一个刺青。但艾丽丝送给尼尔斯的显然不是刺青。

"她勾引了那个孩子？"杰克问"万人迷马德森"。

"毫无疑问，她是这么做的，而且还得手了。"

杰克四岁时穿过尼尔斯·林霍夫的便服，大小基本合适，但那天夜里的军装完全不合身。显然，那套军装是尼尔斯借来或偷来的。也许艾丽丝让他通过这种方式进出要塞。那天夜里，他一定是独自一人从英格兰酒店走回去的。

"他当时多大？你刚刚说他十三岁？"杰克问拉尔斯。

"可能快满十三岁了，杰克。要我说，至多十三岁。"

他们在哥本哈根的最后一夜，"刺青奥勒"和拉尔斯带着杰克和他妈妈去了新港的一家豪华餐厅。威廉那晚也在那家餐厅订了座位。那是他最后一次在哥本哈根见到自己的儿子，应该说是他和卡琳一起最后一次见到杰克，因为杰克的母亲坚持让威廉把卡琳也带到餐厅去。（"去为我们送行。"艾丽丝是这样对威廉说的。）

"他们当时也在那家餐厅？"杰克问拉尔斯。

"和我们在壁炉同一侧的一张餐桌。你可能记得那家餐厅，杰克。你那晚吃了兔肉。""万人迷"回答。

但是艾丽丝没有告诉尼尔斯·林霍夫，她就要离开哥本哈根，而这个十二三岁的少年早已被她迷住了。直到杰克和他妈妈离开，卡琳·林霍夫和她那位指挥官父亲都不知道尼尔斯已经见过艾丽丝了，更不用说这个孩子对她的迷恋。威廉也不知情。

"那个孩子后来怎样了？"杰克问。雨又开始下了，这可不是个好兆头。

"尼尔斯开枪自杀了。毕竟，他本来就住在营房里，那是一个军事基地，找到枪不是难事。那个孩子不是开枪打死了自己就是跳进护城河淹死了。人们在河里找到了他的尸体，就在你落水的冰洞附近。他是在救你的地方死的，杰克。"马德森说。

那条被称为"河沟"的护城河，现在看上去更像是个池塘或小水泡。4 月里，河面已经不结冰了，河水呈现出绿灰色。杰克认为护城河实在不像深到能把人淹死的程度，但足以淹死四岁时的自己。尼尔斯·林霍夫还不到十三岁，还刚刚朝自己开了一枪，护城河的深度显然足够淹死尼尔斯了。

如果现在护城河的河面结冰，杰克会再次走上去尝试一下。这一次，他希望不会有人出来救他。护城河边上的木制工事（士兵的靴子踩在上面发出的巨大声响曾惊得海鸥与鸭子都飞走了）现在看上去更像是玩具。

杰克现在知道了，他落水时和艾丽丝一同跑来的根本不是管风琴师安克尔·拉斯姆森。他十有八九根本没在星堡要塞见过那个管风琴师。那位穿着军装的人可能是林霍夫中校本人。他派自己躺在床上养病的小儿子去救杰克，因为指挥官清楚，冰面无法承受一个成年士兵的重量。

在这个哥本哈根 4 月的上午，杰克终于明白了，为什么自己落水后常常做那个有关死亡的噩梦。天空还下着雨，但这有什么关系呢？在杰克的心中，他早就淹没在护城河里。他之前每次从这场噩梦里醒来，都会冷得发抖。杰克现在知道这股寒冷是从何而来的了，它来自这条护城河，来自"河沟"，他见到了几个世纪以来溺死在河中的士兵。救过杰克的小英雄在死去的士兵中间非常显眼——不是因为他那根大得与身体不成比例的阴茎（很可能是杰克那不太可靠的记忆夸大了它的尺寸），而是他用冻僵的手行军礼时，那种面对苦难默然承受的表情。

杰克对那个军礼的记忆倒是没有偏差。那不是一个真正士兵行的标准军礼，只是一个小孩子对士兵的模仿。不是什么小士兵，是未满（至多）十三岁的尼尔斯·林霍夫被杰克的妈妈性侵了。（无疑就像马查多夫人对杰克做的那样！）

杰克还约见了星堡教堂的管风琴师。他对从教堂前的广场可以看到指挥官的住所有些许印象。他想起自己从护城河获救后被抬到了指挥官的寓所。他在那里穿上了尼尔斯·林霍夫的衣服。（艾丽丝还说那些是小士兵的便服。她说起谎来真是才华横溢。）

星堡教堂的现任管风琴师是拉斯·埃韦勒夫。这个名字的发音很像瑞典语，也许他就是瑞典人。他十四岁时学习了印度西塔琴、小提琴和钢琴。直到差不多二十岁时，才开始学习管风琴。埃韦勒夫和杰克会面的中途有事突然离开，他得离开哥本哈根，在一位老朋友的葬礼上演奏管风琴。杰克有些失望，但埃韦勒夫好心地让星堡教堂的候补管风琴师代替自己与杰克见面。

拉斯·埃韦勒夫知道，杰克想听听圣诞音乐——他想借此想象，威廉希望自己儿子参加的圣诞音乐会能给他带来什么样的感动。（杰克从来都没参加过这种音乐会！）埃韦勒夫给杰克留了一张他最喜欢的圣诞管风琴曲目。他的候补管风琴师主动提出为杰克演奏。候补琴师是一位比埃韦勒夫年长许多的老人，他告诉杰克，他因为手部的关节炎已经半退休了。

"你的手不会疼吗？"杰克问他。候补管风琴师名叫马斯·林德哈特，他曾经跟随安克尔·拉斯姆森学习，还认识杰克的父亲。

"只要不演奏太久就没关系。再说，能为威廉·伯恩斯的儿子演奏是我的荣幸。威廉非常特别。当然了，我第一次听到他演奏时简直嫉妒死了，因为你的父亲总是比我演奏得更好。最不公平的是，他比我年轻多了！"林德哈特说。

杰克完全没想到会在星堡见到认识他父亲的人，更没想到他父亲会在这个人的心中享有如此"特别"的地位。杰克不知应该如何回应，他能做的就是仔细聆听马斯·林德哈特的演奏。杰克几乎听不出林德哈特手部的疾患影响了他的演奏。

除了两位清洁女工在用拖布打扫教堂的石板地，星堡教堂里只有杰克和林德哈特二人。在一个4月下雨的上午听到圣诞音乐，清洁女工可能会感到有些奇怪，但这似乎没有影响到她们的工作。

马斯·林德哈特告诉杰克，在这份埃韦勒夫最喜欢的圣诞曲目中，有一些也是威廉的最爱。杰克已经知道他父亲喜欢演奏巴赫的《圣诞清唱剧》和《圣诞赞美诗的卡农变奏曲》，但他是第一次知道他父亲还喜欢法国作曲家梅西安的《救主降临》和夏庞蒂埃的《午夜弥撒》。

听着马斯·林德哈特的演奏，杰克想到，威廉一定（很多次）想象着自己正在为儿子演奏。但这个愿望从未成真，和其他很多愿望一起被艾丽丝否决了。

"伯恩斯先生，这是圣诞音乐，目的是让你开心。"马斯·林德哈特温柔地说。这时，杰克才注意到他已经停止了演奏，而自己已经哭了起来。"那个孩子，尼尔斯，整个要塞的人都很喜欢他，"马斯说，"而你父亲很受林霍夫家族的器重。这也让整件事变得如此悲剧。没人把尼尔斯的不幸归咎于你父亲。但卡琳太喜爱她的小弟弟了。自然，她再也无法像之前那样面对你父亲了。指挥官甚至还很同情威廉，但他受到的打击最大。对他来说，等于失去了两个儿子。"

"他们现在在哪儿？"杰克问。

林霍夫中校已经退休了。他现在住在腓特烈堡，距离哥本哈根很近，很多人退休后都会到那里居住。指挥官的女儿卡琳一直没有结婚。她也离开了，现在在丹麦皇家音乐学院的奥登塞分校教书。

哥本哈根谜团中唯一的未解之谜，是威廉为什么会跟着艾丽丝和杰克去了斯德哥尔摩。杰克可以理解，他父亲继续留在星堡要塞会遭受极大的痛苦，所以他必须离开，但既然艾丽丝给他造成了如此毁灭性的打击，威廉为什么还要跟着他们呢？

"为了见到你。否则，他还有什么办法见到你呢？"马斯·林德哈特告诉杰克。

"她疯了，不是吗？我母亲是个疯女人！"杰克问。

"拉斯·埃韦勒夫教会了我一些东西。他说，大多数管风琴师之所以会成为管风琴师，是因为他们遇见了另外一位管风琴师。"林德哈特可以看出，杰克并没有明白他的意思，"很多女人发疯，是因为她们忘不掉她们最初爱上的男人，杰克。这有什么难以理解的呢？"马斯·林德哈特说。

杰克感谢马斯·林德哈特抽出时间见他，并为他演奏了圣诞音乐。离开星堡教堂时，杰克有些遗憾没有看到一名士兵。也许他们不在下雨时进行行进训练。走出星堡要塞时，杰克知道，他父亲离开这里时心中一定也充满了愤怒和悲伤。他努力想象父亲跟随艾丽丝和杰克前往斯德哥尔摩时的精神状态。

时隔近三十年再次踏上前往斯德哥尔摩的旅途，杰克一直在猜测，他母亲在那里时对他进行了怎样的欺骗，说了哪些谎话。在哥本哈根，救了杰克的人不是什么小士兵，而这位救命恩人成了母亲的牺牲品。如今，杰克开始疑惑，当初在斯德哥尔摩，到底有没有一个瑞典会计曾经帮过他，同时那里又有谁成了艾丽丝的受害者（们）呢？

原本确信的记忆中，竟然有那么多的谎言。就像明信片上完美无瑕的照片，没有任何脚印的雪地、在窗口燃烧着的圣诞蜡烛……其中看不到它对孩子的欺骗和伤害。杰克再次见到记忆中的赫德维格·埃利奥诺拉教堂，教堂的祭坛和祭坛围栏金光闪闪。他记得就是在那里见到了年轻的瑞典管风琴师特瓦尔德·托伦。但（杰克很确定）教堂现实中的样子与他的记忆并不吻合。

托伦是真实存在的。他们刚见面时，杰克就认出了他。不过，威廉没有与任何唱诗班女孩有染，更别说三个了！艾丽丝竟然编出了阿斯特里德、乌尔丽卡和芬德拉这三个名字，怪不得杰克对她们完全没有印象。

在斯德哥尔摩期间，杰克的父亲比天主教神父还要禁欲——好吧，还差一点。

赫德维格·埃利奥诺拉教堂属于路德教派。特瓦尔德·托伦很高兴能有威廉·伯恩斯这样的人给他做学徒。威廉比托伦年长，他还教会了托伦几首曲子。但好景不长，艾丽丝没有耽搁一点儿时间，她极力在教众中间中伤威廉，把他描绘成一个逃避责任的丈夫和父亲。

"每周日的仪式上，我除了演奏管风琴，还能做什么呢？"特瓦尔德·托伦告诉杰克，"我无法颠覆你和你妈妈的存在。你们就住在大饭店，你妈妈在那里毫不遮掩地寻找刺青的顾客。而你，就像是个在展览的展品，这对一个小男孩来说太残酷了。无论是在大饭店，还是在梅拉伦湖和你父亲的情人滑冰，你都是一件展品，杰克。"

"什么？"杰克问。托伦说的不是托斯滕·林德伯格的妻子吧！（杰克记得他叫昂内塔·尼尔森，因为她更喜欢用自己的娘家姓。）

特瓦尔德·托伦摇了摇头。"我觉得你最好还是和托斯滕·林德伯格谈谈，杰克。"管风琴师说。杰克早就有此打算，他只是恰好先遇见了托伦。毕竟，很容易就可以在赫德维格·埃利奥诺拉教堂找到他。找到林德伯格也不难，他每天仍然在大饭店吃早餐。

不出所料，昂内塔·尼尔森，也就是杰克当时的滑冰教练，根本没有和托斯滕·林德伯格结婚。（杰克很快发现，林德伯格一直是男同性恋。）昂内塔·尼尔森曾经在斯德哥尔摩的皇家音乐学院教授合唱音乐，威廉是她最得意的学生。他因尼尔斯·林霍夫的死陷入忧伤，更不用说他结束了与自己深爱的卡琳·林霍夫的婚约。在这名比他年长的女性的怀抱中，威廉得到了安慰。

如果杰克的父亲想要在斯德哥尔摩见到自己的儿子，除了在大饭店早餐时看着杰克狼吞虎咽的样子，艾丽丝还坚持让威廉看着杰克在梅拉伦湖上跟着他的情人昂内塔·尼尔森滑冰。

"如果你有时间，我就有地方和东西。"杰克一直记着这句话，甚至还记得怎么用瑞典语说。

艾丽丝在杰克和他爸爸之间设置了重重障碍。"这么做都是为了折磨他们，我说的是你父亲和可怜的昂内塔。"杰克在大饭店早餐时间找到托斯滕·林德伯格时，他告诉杰克，"我很确定你母亲知道昂内塔·尼尔森的心脏有问题。很可能是你父亲告诉她的，一定是无意间说的。"

"昂内塔死了？"杰克问。

"对，她死了。我是说，她正常去世了，杰克。她没有因为和你滑冰而死，没有那么夸张。我甚至不觉得和你滑冰加速了她的死亡。"

"那么大饭店的那个经理呢？"杰克问。

"他怎么了？"林德伯格问。

"他不是找我妈妈麻烦吗？"杰克说。

"我可不会这么说。你母亲肯定引诱他了，而且她还把他们之间的事搞得人尽皆知。"托斯滕·林德伯格告诉杰克，"我猜，可能是为了让你父亲难堪，但实在看不出艾丽丝这么做的缘由是什么。"

托斯滕·林德伯格身上那种同性恋的气质非常明显，但（四岁时的）杰克怎么可能看出来呢？这名会计还是和杰克记忆中一样瘦，他的食量还是那么惊人。杰克也比自己正常的早餐食量多吃了些，并不是因为他在这里与艾丽丝一起吃饭时有过多么愉快的回忆（现在他明白了，自己当时是一件"展品"），而是因为杰克要为出演《废稿读者》中的那个色情片明星／失败的编剧做准备，他需要增加一些体重。

杰克吃完早餐撑得差点儿想吐。他问林德伯格能不能看看他身上的那朵"耶利哥玫瑰"。杰克想，这世界上总会有些一成不变的东西值得依靠。他太熟悉他妈妈的"耶利哥玫瑰"刺青了，显然这个刺青还是值得依靠的。

"我的什么？"托斯滕·林德伯格有些不解。

"先从你的那条鱼说起吧。你的前臂上——如果我没记错的话——刺了一条日本风的鱼。"杰克说。

"啊，我那条出水的鱼，是的！你是说我的刺青。当然可以！"林德伯格喊道。

他们去了杰克在大饭店入住的房间。杰克最想看的还是他妈妈的"耶利哥玫瑰"，但他也想看看林德伯格胸部那个出自"森林医生"的刺青——一艘全速航行的快速帆船，是艘三桅船，船艏之下翻腾的海浪中，有一条深海蛇怪。艾丽丝说过，这个刺青明显比查理·斯诺胸骨上那艘返乡的大船要高明许多。

可是，杰克还能相信他妈妈说过的话吗？至少，这个"森林医生"的刺青和他记忆中的一样。（哪个男孩子会忘记这艘被深海蛇怪威胁的帆船呢？）还有林德伯格左半边屁股上的眼球和右半边屁股上噘起的嘴唇，像口红未干时留下的唇印。杰克现在一眼就能看出其中隐含的同性恋气质有多么明显。林德伯格前臂上刺的那条鱼也和杰克记忆中没有太大差别，但肯定没有任何男同性恋的成分。

至于艾丽丝给他刺的那朵"耶利哥玫瑰"，杰克一直没有看到完成后的作品。他只是在刺青过程中听到他们的讨论。当然，那并不是"耶利哥玫瑰"。一个男同性恋怎么会想要一个藏在玫瑰里的阴唇呢？好吧，还是朵玫瑰，但这朵肆意盛开的花朵可藏不住阴茎。一根阴茎从玫瑰里冒了出来！

"你刚刚叫它什么？"托斯滕·林德伯格问。

杰克也不知道该叫它什么，也许可以叫耶利哥鸡巴，但他想还是不回答为好。

托斯滕·林德伯格还有一个刺青，与杰克记忆中的差别不是太大——"刺青奥勒"的裸女，裸女那稀疏的阴毛像一条颠倒的眉毛。呃，这个刺青确实是"刺青奥勒"的裸女，杰克一眼就能认出来，但这个裸女长了根阴茎。

"我看过你所有的电影，不知道看了多少遍！"托斯滕·林德伯格对杰克说，"我不会把朋友们经常议论你的话告诉你，杰克，那会让你难堪的。我只想说，你异装癖的样子让他们爱死了！"

杰克住在大饭店时，每天早上都会在轮船的号角声中醒来，那些船是往来斯德哥尔摩与周边岛屿的通勤工具。一天早晨，杰克想去看看梅拉伦湖。与哥本哈根星堡要塞护城河一样，4月的梅拉伦湖没有结冰，但仍然可以想象威廉站在那里望着他的儿子与自己心脏堪忧的情人昂内塔·尼尔森一起滑冰。

虽然杰克是第一次来"森林医生"的刺青店，但其中的友好氛围让他很熟悉。

杰克从没见过父亲的照片。他只知道威廉的长相很讨女人喜欢，但这和外貌描述不是一回事。"森林医生"是第一个向杰克描述他父亲长相的人："他留着长发，长度到肩膀。他动起来像个运动员，但看上去像个摇滚明星，不过穿得更体面些。"

特瓦尔德·托伦之前就曾怀疑威廉让"森林医生"给他做刺青这事的真实性。据艾丽丝说，那个刺青是帕赫贝尔的一首作品。（她曾怀疑那首作品是《阿波罗的里拉琴》。她还提到，也可能是一部四声部咏叹调或托卡塔。）

"威廉当然演奏过一些帕赫贝尔的作品，"托伦之前告诉杰克，"但我从没见过他身上有什么刺青。"马斯·林德哈特也说过相同的话，不是说威廉喜欢帕赫贝尔，而是有关他的刺青。

有刺青师见过"音乐小子"的刺青，和他睡过的女人一定也见过。但至少有两名与他交好的管风琴师从没见过他有刺青。杰克想，他父亲竟然没有向他们展示自己的刺青，可真奇怪。

因为艾丽丝告诉杰克的很多事情都是胡说八道，杰克去见"森林医生"之前早就做好了心理准备，他父亲的那个帕赫贝尔的刺青可能也是胡说八道。

还好，"森林医生"与杰克记忆中的相差无几。他很高兴再次见到杰克，他说，他已经看过杰克所有的电影，甚至包括有他半裸镜头的电影。"森林医生"一直在想，杰克什么时候来找他做刺青。他告诉杰克，"女儿艾丽丝"的儿子专程来找他做刺青是一种荣誉。

杰克解释说，他这次前来不是为了做刺青。

"森林医生"比上次见时年老了不少。他个子不高，身体依然强壮，淡茶色的头发还没有变白。"森林医生"曾是名水手，在阿姆斯特丹从"刺青彼得"那里获得了第一个刺青。他现在看上去气色很不错。

他并没有对艾丽丝的行为表达任何负面的看法，毕竟这些上一辈的老水手关系都不错，但他很喜欢杰克的爸爸。"森林医生"甚至去赫德维格·埃利奥诺拉教堂听过威廉演奏。

"我在想，你是否还记得你给他做的刺青，可能你给他做了不止一个。那可能是一段帕赫贝尔的音乐。"

"没有音乐，只有文字。""森林医生"回答，"可能是一段歌词，但不是颂歌，不是教堂音乐。我可以这么说。"

"你还记得那段文字吗？"杰克问。

"森林医生"的刺青店和他本人一样整洁干净。水手做事必须得有条理，当然，好水手是这样的。他很快就找到了那个模板。

"你爸爸对他的刺青很挑剔，""森林医生"说，"他不让我直接在他皮肤上写。他说，想先在模板上看看我的字迹。他对标点符号也很在意！"

"森林医生"的圆体字清晰整齐。杰克认识的所有刺青师写字都很漂亮。那张模板上落了一些灰尘，但杰克可以清楚看到那段文字和其中的标点。

指挥官的女儿；她的小弟弟

"那是我第一次刺这个。""森林医生"指着分号说道。

"不是歌词，更像是个故事的名字。"杰克对他说。

"呃，你爸爸肯定很喜欢。我是说，那个刺青。""森林医生"说。

"你怎么知道？"杰克问。

"他一直哭个不停。""森林医生"说。

杰克想起他妈妈说过，有时候从顾客的反应就能知道，你的活干得不错。

28 错误的刺青

一个孩子的记忆不仅是不准确的，而且顺序上也不一定是线性的。杰克"记住了"从未发生过的事，而对于确实发生过的事，则弄错了事情发生的顺序。杰克记忆中和妈妈在布里斯托酒店走下楼梯去吃晚餐的那天不是他们抵达奥斯陆的第一天，而是他们在那儿的最后一夜。

和杰克记忆中一样，确实有一对年轻情侣来到餐厅。那是他第一次看到他妈妈见到恩爱情侣的反应。那个年轻男人很有运动员的气质，留着齐肩的长发，像个摇滚明星，但穿着要更加讲究。事实上，这个人非常符合"森林医生"对威廉·伯恩斯的描述。他的妻子或女友简直无法把目光和双手从男方身上挪开。（杰克甚至还记得那个女人迷人的胸部。）

杰克还记得他对妈妈说，不妨用她最擅长推销刺青的手段来问问这对情侣要不要做刺青。"不，不要，我做不到。"艾丽丝当时低声回答。

杰克当时大胆地把这件事揽在自己身上。他径直走到那个美丽的女士跟前，说出自己夜里躺在床上帮助入眠时念的对话。"你身上有刺青吗？"

至于那个年轻男子，他就是杰克的父亲，但杰克当时并不知道。带着杰克前往赫尔辛基之前，艾丽丝让威廉最后再看一看他的儿子。（杰克不知道那个女人是谁，现在还不知道。）没人想到（艾丽丝肯定没预料到，更何况威廉）杰克竟然会走近那对情侣，还对他们说了话。

这个男人怎么了？看到自己似乎令这位帅气的长发男子感到十分痛苦，杰克当时感到奇怪。威廉用一种怪异的眼光看着杰克，好像他从来没见过孩子似的。可只要杰克回看他，他就立刻把目光移开。

年轻的父亲对他儿子说："改天吧。"威廉说话的语气中透出的某种苦涩，让杰克忍不住又看了看他。

"跟我走吧，我的小演员。"杰克的妈妈在他耳边低声说。杰克的父亲闭上了双眼，威廉不想看着自己的儿子离开。

1998年4月，杰克再次入住布里斯托酒店。当他独自一人在酒店那间陈旧安静的餐厅吃晚餐时，他意识到，自己多年前在这间昏暗的餐厅里见到了父亲。

"改天吧。"威廉说话时，杰克本能地抓住了他妈妈的手。艾丽丝把他领走了。

毫无疑问，威廉在赫尔辛基和阿姆斯特丹也会见到杰克。但这可能是杰克第一次也是最后一次见到他父亲，而他当时还不知道眼前这个人是谁！

可是，那个年轻女人是谁？威廉为什么会把她带在身边？他们当时真的相爱了吗？威廉一定知道自己会见到儿子，但他没料到杰克会对他说话。威廉没有任何准备，艾丽丝也没有。杰克当时很明显让自己的父母都吃了一惊。

杰克正确地记住了那次见面的细节，却记错了这次见面发生的时间，这让杰克有些沮丧气馁，甚至让他怀疑每件事发生的先后顺序。如果他在不知情的情况下见到自己父亲的那天，是他和妈妈在奥斯陆的最后一夜，那么，艾丽丝是什么时候见到安德里亚斯·布列维克的呢？她又是什么时候为安德里亚斯做"免费刺青"的呢？杰克和艾丽丝又是什么时候见到了那个有语言障碍的美丽女孩英格丽德·莫的呢？

当杰克在布里斯托酒店门口走下出租车时，他认出了奥斯陆大教堂。教堂的穹顶是铜绿色的，钟楼高大雄伟。他决定第二天早上去那里找那名管风琴师谈一谈。奥斯陆大教堂的管风琴师恰好是安德里亚斯·布列维克，这不是唯一让杰克吃惊的事实。

教堂的管风琴是新换的，不是杰克记忆中那架德国瓦克制造的有 102 个音栓的琴。（连替换掉瓦克这架琴的管风琴也已经被替换掉了。）这台新的管风琴非常特别，安德里亚斯·布列维克事无巨细地为杰克讲解了一遍。如果他被艾丽丝勾引（或是按艾丽丝的话说，给他做了个"看不见的刺青"）时大概十六七岁，那么现在站在奥斯陆大教堂里与杰克说话的安德里亚斯·布列维克至多才四十五岁。不过，他似乎把自己当成了艺术大师，事业上的成功让他有些浮夸自大。

他那金发蓝眼的漂亮长相没有持续太久。如果一个男人的五官格外精致，那他就得细心保养。而布列维克的脸已经略显臃肿了，也许因为喝酒的缘故。他几乎给杰克就奥斯陆大教堂的新管风琴上了长篇大论的一课。这架新管风琴是由一个在挪威的芬兰人在杰克到达前一个月安装好的。（杰克才不在乎这架琴和什么芬兰人呢。）

布列维克夸张做作地指着那架闪着金绿色光芒的乐器说："我们之所以能更换新的管风琴，还多亏了挪威国王奥拉夫五世的葬礼。当时是 1991 年 1 月，我永远都不会忘记的。那架老的约恩森太丢脸了。首相本人坚持要为更换新的管风琴筹措资金。"

"我懂了。"杰克说。

安德里亚斯·布列维克在德国斯图加特学习合唱音乐，后来又在伦敦进修管风琴演奏。（杰克对此也没什么兴趣，但他还是礼貌地点着头。显然，布列维克的教育背景以及对英文的熟练掌握，对他事业的发展起到了举足轻重的作用。）

"当然，我看过你的电影，非常有趣！不过，你似乎没有追随你父亲走上音乐的道路。"

"不，没有追随我父亲。似乎，我母亲对我影响更大。"杰克说。

"你身上也刺青了？"布列维克问。

"没有。你呢？"

"上帝啊，当然没有！"安德里亚斯·布列维克说道，"你爸爸是一个非常有才华的音乐家，一个慷慨的教师，一个富有魅力的男人。但他的刺青是他的私事。我们从不讨论这些。我也从来没见过他的刺青。"

"布列维克先生，请告诉了到底发生了什么。我不太明白到底发生了什么事。"

杰克记得当时在教堂里遇见的那名清洁女工，以及她见到他和他妈妈时那副吓得失魂落魄的样子。他还想起了妈妈对安德里亚斯·布列维克的引诱，这一直让他无法理解。他还记得英格丽德·莫主动找艾丽丝做刺青，她想要一颗破碎的心，但艾丽丝给她刺了一颗完整的心。艾丽丝一开始为什么想要和英格丽德·莫谈一谈，她能从英格丽德或安德里亚斯身上得知有关杰克父亲的什么信息呢？他爸爸没有逃走，艾丽丝也没在尽力找他。威廉身上到底还有什么艾丽丝不了解的事情呢？

说到这里，安德里亚斯·布列维克就没有那么扬扬自得了。这段经历不会让他感到自豪，让他把这个故事讲出来也并不容易。杰克之前一直不了解的那些事实，实际上非常简单。

除了哥本哈根，杰克和他妈妈去每座城市都是在威廉之前到达。艾丽丝清楚威廉有多么想见自己的儿子，她不仅想让他跟着他们，还提前知道他的下一站是哪里。布列维克告诉杰克，你不能随心所欲地选择你想去的教堂学习管风琴，这需要时间来安排。经验相对偏少的管风琴师总想跟着经验丰富的管风琴师进一步学习。而导师所在的教堂在选拔学徒方面有自己的一套等级体系。

管风琴师不会收很多学徒，只有最具天赋的学生才会被选中。因为管风琴作品里的音符太多了，没办法把曲谱背下来演奏，所以读谱即奏的能力是必需的。音乐品位狭隘或不喜欢那几个核心作曲家的学生也不会被选中。大多数年轻学生不招人喜欢，因为他们只喜欢练习音量大或俗气的音乐。

"你得提前把几个铁块放进火里。"安德里亚斯·布列维克说。他的意思是，你需要给自己的未来提前做好规划。你接下来想跟随哪位管风琴师学习？在哪座教堂？用哪架管风琴？在这个圈子里，你可以既是导师又是学徒。作为学徒，你还需要考虑到哪里能招到你自己的学生。（不用太多，但得够你交房租。）

威廉就是按照这种方式辗转各地的：他在丹麦的星堡教堂演奏管风

琴时，就已经在考虑前往瑞典斯德哥尔摩的赫德维格·埃利奥诺拉教堂同特瓦尔德·托伦学习了；到了斯德哥尔摩，他就开始计划（最后）去奥斯陆，师从奥斯陆大教堂的罗尔夫·卡尔森。

从哥本哈根起，艾丽丝开始着手找出火里哪块铁烧得最烫——威廉接下来要去哪座城市。杰克和他妈妈会前往那里，艾丽丝在那儿做起自己的刺青生意，等着威廉到来。接着，艾丽丝会一步一步地摧毁威廉最珍视的人际关系。首当其冲的是他在教堂里可能交到的朋友，也许还包括他的导师本人。不过，艾丽丝一般会先选择容易的目标下手。在奥斯陆，她选择了威廉最好的两个朋友：安德里亚斯·布列维克和英格丽德·莫。

与杰克二十八年来所相信的相反，他父亲没有勾引英格丽德·莫。她当时十六岁，已经与年轻的安德里亚斯·布列维克订婚了。他们两小无猜，连学的乐器都一样，先是一起弹钢琴，然后一起学管风琴。威廉把他们收为自己的学生更是让他们喜出望外，不仅因为他们二人有天分，肯下苦功，还因为他们是恋人。（经历了与卡琳·林霍夫的恋爱后，威廉·伯恩斯对恋爱中的年轻音乐家有很高的评价。）

"你父亲不仅是一位了不起的管风琴师和伟大的导师。"安德里亚斯·布列维克对杰克说，"他在哥本哈根的遭遇在他来到奥斯陆之前就已经在这里传得人尽皆知了。他成了一个悲剧人物。"

"那么我母亲引诱你了吗？"杰克问他。

布列维克那曾经精致如今稍显臃肿的脸庞僵住了。"我之前只认识英格丽德这一个女孩子，我这样的年轻男人对成熟的女性毫无抵抗力，尤其是当时你母亲在引诱男人这方面名声在外。她直言不讳地对我说（当然，她是调戏我）：'安德里亚斯，你真的还是个处男吧，是吗？'"布列维克说。

"你在他哪里刺青的？"杰克记得自己当时问艾丽丝。

"一个他永远忘不了的地方。"她轻声说，微笑地看着安德里亚斯。（可能是胸骨，杰克想，艾丽丝一碰那里，少年就抖了起来。）

"包扎一天就好了。"当这个年轻的管风琴学徒离开时，杰克对他说。

似乎走路都会让他疼痛难忍。"感觉像是晒伤，"杰克告诉他，"最好抹点儿润肤露。"

艾丽丝说，安德里亚斯·布列维克并不知道威廉接下来要去哪座城市，但英格丽德知道。于是，艾丽丝很快就让英格丽德知道她的未婚夫和自己睡过了。英格丽德从未有过如此被人辜负的感觉。因为语言障碍她没什么朋友，而且见到生人时一直很害羞。英格丽德无法原谅安德里亚斯对她的不忠。艾丽丝不停找她试图问出威廉接下来的行程，这一举动更是火上浇油。

杰克还记得那个周日，他妈妈拿着一张硬纸板去了教堂。她在礼拜仪式结束时站在中间过道，把那张写着"英格丽德·莫"的硬纸板举在胸前。杰克当时以为罗尔夫·卡尔森一定会在周日的仪式上演奏管风琴，因为每个人都说卡尔森是大人物，而且那天的管风琴听上去棒极了。

然而，周日那天的管风琴师是威廉·伯恩斯。这是杰克的父亲第一次在杰克面前演奏管风琴，不过与杰克在布里斯托酒店餐厅遇见他的情形不同，杰克不知道那是他父亲在演奏，威廉也不知道自己的儿子在聆听。

"我很抱歉他伤害了你。"英格丽德到酒店做破碎之心的刺青时，艾丽丝对她说。但这里的"他"指的是与艾丽丝上床的安德里亚斯·布列维克，并不像杰克以为的是他父亲。威廉从没睡过英格丽德·莫。

杰克记得，她那精致的美丽因为某种难以启齿的痛苦而黯然失色，她牙齿紧咬，面色痛苦。他当时并不知道那是怎么回事。这些年来，杰克一直认为英格丽德的语言障碍一定会影响她与人亲吻。（每当想象父亲亲吻过这个女孩，杰克都会感到羞愧。）

"我不会刺他的名字的。"艾丽丝那时对英格丽德说。

"我不想刺他的名字。"女孩回答。她牙齿紧咬，好像害怕让人看到自己的舌头。她只想刺一颗心，一颗裂成两半的心。

杰克记得，后来，艾丽丝给她刺了一颗完整的心，一颗完美的心。

"你没有按照我想要的来做！"英格丽德对艾丽丝吼道。

"我是按照你真正拥有的来做的，你有一颗完整的心——就是有点儿小。"艾丽丝说。

"我什么都不会告诉你的。"女孩说。

英格丽德告诉了杰克。"西贝柳斯。"她轻声说，她说的不是那个芬兰作曲家，而是赫尔辛基一所音乐学院的名字，威廉打算去那里招收优秀的学生。（招收学生也是安德里亚斯·布列维克提到的需要放进火里的一个铁块。）

"英格丽德不再继续学管风琴了，"安德里亚斯告诉杰克，"她回去弹钢琴了，但没有取得什么成功。我继续学习管风琴，一直在进步，因为别无选择。"他说着，刚才语气中的那股自豪感荡然无存，"英格丽德的婚姻也并不美满。"

杰克不喜欢布列维克，他像个沾沾自喜的书呆子，还有点冷酷。"你的婚姻呢？"杰克问他，"你没结婚吗？"

安德里亚斯耸了下肩。"我成了个管风琴师。"他说，好像这才是最重要的，"我很感激你母亲，如果你真想知道的话。我那时还太年少无知，不明白自己不应过早地结婚成家，但她拯救了我。那时，我需要的是全身心投入在音乐上，如果不是你母亲，我会把时间浪费在家庭生活上。至于英格丽德，她十有八九会为了家庭而放弃事业，无论她嫁给我还是别人。我觉得她即使与我结婚，也不会有更好或不一样的结果。英格丽德总是遇不到好结果，一直如此。"

和杰克认识的其他成功人士一样，安德里亚斯·布列维克对所有现状都有自己的解释。布列维克说得越多，杰克越想和英格丽德·莫亲自谈一谈。"还有一件事，"杰克说，"我记得教堂里有个清洁女工，是个上了年纪的女人，说话时思路清楚，但态度专横——"

"不可能。清洁女工没有说话时脑子清楚的。你是说她对你说的是英语吗？"

"是的。她的英语还不错。"杰克回答。

"那个人不可能是清洁女工。我猜你不记得她的名字了。"安德里亚斯不耐烦地说。

"她手里拿着拖把，像是她的拐杖。她还用拖把指人，有时还挥动起来，"杰克继续说道，"她名叫埃尔西-玛丽·洛特。"

布列维克轻蔑地大笑起来。"那人是英格丽德的母亲！她确实挺专横的！你说得没错。但埃尔西-玛丽说话时脑子可没有那么清楚，她的英语只能说还过得去。"

　　"她姓洛特，和英格丽德的姓不同。她手里还拿着根拖把。"杰克重复了一遍。

　　"她和英格丽德的父亲离婚后再婚了，"安德里亚斯说，"她手里的是拐杖，不是拖把。她有一次在这座教堂前面下电车时弄断了脚踝。她的一只脚被卷入了电车轨道。那只脚的脚踝一直没有完全恢复，所以她才会拄着拐杖。"

　　"她的双手很粗糙，像是清洁女工才有的手。"杰克不自信地说。

　　"她是个陶艺师，还算和艺术搭边。陶艺师的手都很粗糙。"布列维克说。

　　不用说，埃尔西-玛丽·洛特对艾丽丝恨之入骨，最后安德里亚斯·布列维克也成了她憎恶的对象。（杰克很容易就能分析出这个结论。）

　　杰克向布列维克打听英格丽德·莫的夫姓和地址。

　　"没必要去见她，"安德里亚斯说，"她现在说话也不容易听懂。"不过，抱怨了几句后，布列维克还是把她的夫姓和地址给了杰克。

　　虽然如此，安德里亚斯对英格丽德·莫的了解比杰克预想的要多得多。现在，她名叫英格丽德·阿孟森。"离婚之后，她搬去了特雷瑟街的一栋三层公寓，在马路左边，面朝北。你可以从那里步行二十五分钟到达奥斯陆市中心。"布列维克冷静地说，好像他曾经真的测算过这段路程的步行时间，"蓝色电车线经过那里，"他继续说道，不紧不慢得像是在等电车，"自从新的王国医院建好，有三条不同的电车线经过那里。电车的噪声可能刚开始会让英格丽德难以开口，但她也许已经克服了这一点。"

　　英格丽德·阿孟森现在是一名钢琴教师，她在自己的公寓里进行钢琴私人授课。

　　"特雷瑟街非常漂亮，"安德里亚斯闭上双眼说道，好像他曾经在睡梦中徜徉过那里（不是好像，是真的），"顺着那条街朝南走到底，是比斯莱特体育馆。从英格丽德的住处走过去只要五分钟，那里有几家咖啡馆、一家不错的书店（还是家古旧书店）和一家普通的 7-11 便利店。靠近她住处的马路同侧，有一家叫'里米'的大型杂货商店。在斯滕斯街电车站旁边是一家不错的蔬菜店，移民经营的，我记得是土耳其人。你可以在那里买到进口商品，腌橄榄、奶酪什么的。价格不贵，还不赖。"布列维克的声音越来越小。

"你从没进过她的公寓吗？"杰克问他。

布列维克伤心地摇了摇头。"那是一座老房子，大概建于 1875 年。我猜里面有些破旧。我了解英格丽德，她一定还保留着房子建造时的地板。她本可以翻新一下的。我相信她的子女会帮忙的。"

"她的子女多大了？"杰克问。

"大的那个是女儿，"布列维克告诉杰克，"她和上大学时遇到的一个男人住在一起，但他们没有孩子。他们居住的那片区域叫索菲恩伯格。年轻人很喜欢住到那边，非常时髦。她女儿可以在特隆海姆路搭电车二十分钟到英格丽德的住处。如果骑自行车，只需要十到十五分钟。我猜，她生了孩子，一定会搬出奥斯陆市区，可能会去霍尔姆利亚。那里生活成本更容易承担，住在那里的外来移民和挪威人一样多。"

"英格丽德有一个儿子？"杰克问。

"那个男孩还在卑尔根的大学读书。他只能在假期来看他妈妈。"安德里亚斯·布列维克说。

经过刚刚这段有关英格丽德的谈话，杰克对布列维克的印象有所改观。他差点儿就要告诉安德里亚斯，等他拜访英格丽德后会回来告诉他英格丽德公寓内部的样子，好让这个管风琴师借此继续着迷地想象英格丽德的生活。但这样做太残忍了。安德里亚斯可能自己都没有意识到，他对自己的前女友进行了如此详细的调查。

当杰克用涂有凡士林的纱布盖在英格丽德刚刚刺青的胸口时，她只有十六岁。他记得在固定英格丽德伤口上的纱布时遇到了些麻烦，因为她疼得直流汗。

"你以前做过包扎吗？"英格丽德当时问他。

"当然了。"杰克骗她道。

"不对，你没做过。至少不是包扎这个部位。"她说。

杰克拿纱布抵在她的皮肤上时，能够感受到她身上刺青的热度。那颗心的热度透过绷带让他的手感觉发烫。

与安德里亚斯·布列维克一样，英格丽德·阿孟森也差不多四十五岁了。

"太糟蹋了！"安德里亚斯忽然喊了出来，让杰克一惊，"她的手指那么长，演奏管风琴简直太完美了。现在却在弹钢琴，"布列维克不屑地说，"真是糟蹋了！"

杰克想起英格丽德那修长的手臂和手指，还有她那条粗长的金色发辫，从她笔直的后背垂下来，长度几乎及腰。他还记得英格丽德的乳房不大，尤其是左边的，杰克还用纱布触碰过。

英格丽德·莫（现在姓阿孟森）说话时，咧开双唇，露出紧咬的牙齿，颈部紧绷的肌肉向下牵拉着她的下巴，看起来像是要吐痰。如此美丽的一个女孩一开口，竟瞬间变成这副样子，简简单单的说话动作就让她变丑了，杰克当时想到这里一阵难过。

杰克有些害怕再次见到英格丽德。"那个女孩可真让人揪心。"他母亲在二十八年前这样说过。

"你有你父亲的眼睛和嘴。"英格丽德刺青后悄悄对杰克说，由于语言障碍，杰克几乎听不清她在说什么。（她说"嘴"时让人错听成"水"。）当她吻上杰克的时候，他觉得自己就要昏过去了。英格丽德张开了双唇，两人的牙齿碰到了一起。他记得自己当时想到的是，她的语言障碍会不会传染。

英格丽德的舌头有问题吗？她的舌头当然没问题。杰克没有问安德里亚斯·布列维克为什么英格丽德有语言障碍。毕竟他不是为打听英格丽德而来的。

杰克从布里斯托酒店给英格丽德打电话时，他开始担心她不愿见他。她为何要想起伤心往事呢？但因此欺骗她就太愚蠢了，而且杰克不擅长骗人。（"你可是个演员啊！"艾玛在场的话一定会这样说。）

英格丽德·阿孟森接起电话后，说了几句挪威语。这让杰克不知所措。是啊，一个身在挪威的可怜挪威女人还能说什么呢？

"你好？我是个不知道会在奥斯陆逗留多久的美国人！"杰克慌不择言地脱口而出，好像他的语言障碍比英格丽德还要严重不少，"我不想中断我的钢琴课。"

"杰克·伯恩斯。"英格丽德说话的方式和以前一样，杰克差点儿没有听出自己的名字，"你学我说话的时候，声音完全不像你自己。无论什么时候，我都能听出你的声音，杰克·伯恩斯。我和其他能正常说话的人之间唯一的共同点，就是我也看过你所有的电影！"

"哦。"杰克回答，和他四岁时一样。

"如果你弹钢琴，杰克，你可能弹得比我好。我不知道自己还能教你什么。"

"我不会弹钢琴。"他坦白道，"我母亲死了，而我又不知道我父亲的情况。我想找你聊聊他的事。"

杰克听见英格丽德哭了起来，声音有些奇怪。她甚至没法像正常人那样哭泣。"你母亲死了，我真高兴！"她说，"我想举办个派对！我很愿意和你聊聊你父亲，杰克。来吧，和我聊聊，咱们来一场派对吧。"

杰克还记得自己上次看着英格丽德离开时的情景：她沿着铺有地毯的布里斯托酒店走廊离去。他想到，只有十六岁的她似乎一夜之间就成了年满三旬的成熟女性。她的背影不像个孩子，她像个成熟女人一样一步一步地离他而去。还有她那时说话的语气，那种沧桑感，已经和现在快要四十五岁的她毫无二致了。

虽然下雨，杰克还是在英格丽德公寓外的特雷瑟街站了大概一刻钟，幸亏带了雨伞。搭乘出租车抵达的时间比他预计的早。英格丽德和他约定的时间是下午 5 点钟，正好赶上她那天最后一名学生下课离开。杰克看了看手表，抬起头来正好看见一名十二三岁的男孩从英格丽德的公寓走出来。杰克想，这个孩子一看就是个学钢琴的——有点恍惚，有点娇弱，还有点被迫学钢琴的意思。

"打扰一下，"杰克对那个男孩说，"你弹钢琴吗？"那个孩子被吓到了，那样子似乎在掂量该从哪条路逃走，"原谅我这么好打听，"杰克希望自己的语气听上去能让他放心些，"我就是觉得你看上去特别像学音乐的。如果你弹钢琴，那就坚持下去吧。不要放弃！我不知道该怎么告诉你，我放弃后是多么后悔。"

"滚开！"那个男孩后退着喊道。出乎杰克意料，这个孩子一口英国口音的英语，"你长得真像那个恶心的杰克·伯恩斯。滚开！"

杰克看着他跑开了。男孩跑向斯滕斯街电车站。杰克猜测这个钢琴学生大概和尼尔斯·林霍夫与艾丽丝上床时差不多年纪。他按响了公寓名牌边的门铃。门牌上只写了"阿孟森"，没有教名，甚至教名首字母也没有。

这座公寓有三层楼，没有电梯。不过即使像安德里亚斯·布列维克这样挑剔的人也会喜欢公寓内部的装饰。厨房和两间小卧室俯瞰着坐落于小山上的斯滕斯公园。英格丽德指着公园南边的法格堡教堂，她每个周日都会去那里。她告诉杰克，每个周日清晨，教堂的钟声会响彻整片街区。

"法格堡教堂的管风琴师可不能和你父亲以及安德里亚斯·布列维克比，但比我这个钢琴教师好多了。"英格丽德说。

她说话的时候总是略微欠身，用她长长的手指遮住自己的嘴，或是把脸稍微侧转。她修长的手臂优雅地摆动，好像在指挥只有她才能听见的音乐。英格丽德比杰克高出一头，虽然她只穿了袜子。（她让杰克一进门就把鞋脱掉。）

布列维克对地板的猜测没错。她保留了公寓建成时最初的木制地板。她儿子还帮她除去了地板上原有的漆层。1990 年代初翻新过的厨房是公寓里最好的房间。"碗柜和其他东西都是从宜家买的，没什么特别的。"英格丽德说。厨房里的主色调是蓝色和白色，有一个木制料理台，还有一张餐桌和三把椅子。公寓没有专门的饭厅。

客厅正好对着街道，里面有一个老式壁炉。客厅墙面保持了公寓建成时的粉刷装饰。钢琴后面的墙上挂满了照片，大部分是家人的。三间卧室中最大的一间属于英格丽德，对着的是街道，而不是公园。

"我觉得夜里的公园太孤寂了。而且，我的孩子们喜欢对着公园的卧室。这公寓里没有什么难以决定的事。"英格丽德告诉杰克。除了语言障碍，她说话的方式很有趣。

她以前的那条粗长的发辫已经没了，她现在的头发长度还不到肩膀。她仍是一头金发，只有星星点点的银色痕迹。英格丽德穿着一条牛仔裤，上身则是一件男式法兰绒衬衫，可能是她儿子遗留在家中的衣物中她最喜欢的一件。衬衫没有掖进裤子里，很像伍尔兹小姐以前的打扮。

"我穿成这样是因为你，这个打扮很美式。"英格丽德说道，用她长长的手指拽了拽衬衫袖子，"我在公寓里从不仔细打扮。（又是一个不难决定的事，杰克想。）如果我穿得太过正式或化妆，可能会让我的学生紧张。"

杰克告诉她，他刚刚遇到她的一个学生，可能还不小心吓到他了。"一个英国男孩，大概十二三岁？"杰克问。

她笑着点了点头。她的很多学生都是外交官的子女。他们的父母想让自己的孩子把时间花在这类与文化艺术相关的事情上。"就是不让他们闲着没事。这个学钢琴的原因还不算糟糕。"英格丽德说。

杰克问她能不能为他弹一段钢琴曲，英格丽德摇了摇头。这座公寓不隔音，她解释说。住在这栋老建筑里的邻居会听见透过墙体传出的琴声。她每天下午 5 点后就不再弹奏了，而她每天第一个学生不会早于上午 9 点（通常是 10 点）来上课。

她和杰克坐在厨房里，英格丽德泡了茶。虽然脸颊有些凹陷了，但她依然很美丽。曾经的稚气早已不在，颀长的躯干和宽厚的臀部透出一股端庄的女人味。作为两个长大成人的孩子的母亲，与其说她漂亮，不如说她优雅。除了钢琴后面的墙上，她两个孩子的照片摆满了公寓房间。

杰克看见一张照片中，她年幼的子女和一个男人在一起。还有一些这个男人穿着水手服以及滑雪的照片。他一定是孩子们的父亲，英格丽德的前夫。以艾玛的标准，这个男人长得"不错"，意思是他看着挺正常。与英格丽德有关的一切也很正常，完美表达了这个词的意义。

"我之前不应该说对你母亲的死感到高兴。对她儿子说这种话太难听了！我很抱歉。"她大声说道。

"别，不用抱歉。我能理解。"杰克说。

"我恨过她两次。第一次是她对我的所作所为，她勾引了安德里亚斯——我当然会因此而恨她。等我有了自己的孩子，当他们长到你遇见我的那个年纪时，我又对你母亲涌起了恨意。我恨她对你的所作所为。我第一次恨她因为我是个女人，而再次恨她，因为我是个母亲。艾丽丝没有为你着想，她没有想过你失去了自己的父亲。她想的一直是她自己。"

杰克不知道该说什么，英格丽德所说的一切似乎都是对的。他并不同意她的话，也不知该怎么反驳她。就她说的任何一点，他都没有发言权。杰克·伯恩斯对生养孩子一无所知，他怎么能知道有了自己的孩子会让人有哪些改变？他只好说："你还有第三个理由恨她，因为你的刺青。我记得你原本想要的刺青不一样。"

英格丽德笑了起来，那笑声比她电话里的哭声自然多了。她优雅地在厨房里走来走去，打开冰箱，把吃的放到桌子上。杰克发现她已经准备好一顿冷食晚餐——腌三文鱼配酸辣芥末汁、马铃薯黄瓜莳萝沙拉和颜色很深的黑麦面包片。

"哎，只是个刺青，又不会改变你的人生，"她说道，"但我很自豪地告诉她，我想要的东西。我知道她一定不会喜欢的。'一颗心，一颗完美无瑕的心，'我对她说，'一颗我的孩子以后会喜爱去触摸的心。我的这颗心完好无损，可能有点儿小，因为我的胸部也比普通人偏小一些。'我对她说。虽然我当时伤心极了，但对她说出这些，说明我非常勇敢。安德里亚斯和你母亲让我心碎，但我不会让她知道的。"

"你说什么？"杰克问她。不是因为英格丽德的语言障碍让杰克没有听懂她的话，他听得非常清楚，"你没有要我妈妈给你刺一颗破碎的心，英格丽德？"

"要那个干吗？谁想要破碎的心呢？"她大声回答，"我让你母亲给我一颗心，像她还没占安德里亚斯便宜时我那颗完好的心！"英格丽德点起一根蜡烛。她已经把厨房布置过了。她没有打开厨房灯，正好可以借着暮色欣赏窗外斯滕斯公园的景色。"但那个贱人给了我一颗破碎的心！你可以想象有多么难看。还是你给我缠的绷带和纱布，杰克。你记得的。"英格丽德说。

"我记得的完全相反。"杰克对她说。英格丽德给自己倒了杯葡萄酒。（不知为何，她竟然知道杰克不喝酒。她后来告诉杰克，自己曾在杰克的一次采访中读到他滴酒不沾。）"我记得的是，你想要一颗裂成两半的心，而我妈妈给你刺了一颗完整的心。"

"不过，她的手艺确实不错。"英格丽德说。她在杰克坐着的椅子旁边，解开了她身上那件法兰绒衬衫的扣子，里面没有戴胸罩。（杰克看到她，心里想的是没戴胸罩的伍尔兹小姐穿着衬衫正对着他父亲解开扣子。）

在黄昏里借着昏暗的烛光，依然可以看到英格丽德·阿孟森的那个刺青逼真得像是新鲜的伤口。一颗心竖着裂成两半，锯齿状的裂痕处还滴着鲜血，颜色要比那颗心更深，色彩的对比相比刺青的轮廓更加突出。杰克见过的那么多出自他母亲之手的刺青中，这绝对算得上最让人不适的一个，但英格丽德似乎觉得还不错。

"你猜怎么着？"她一边说一边系上扣子，"我的孩子们爱死它了！他们特别喜欢伸手摸它！我这时渐渐明白，你母亲给了我我当时拥有的那颗心，而不是我曾经有过的那颗。如果我随身带着那颗曾经完整的心，实在是太残忍了！不过，艾丽丝并不是真心为我好。"她坐回餐桌旁，继续给杰克准备食物，"好胃口，杰克。当我在电影里看到你时，我在想，你父亲一定很为你自豪，而你母亲一定很痛苦。"她说。

"痛苦？为什么？"杰克问。

"因为她再也藏不住你了。她一直藏着你，不让你父亲见到你，杰克。"英格丽德说。

食物很美味，杰克也感觉饿了。没有任何音乐相伴的美味晚餐有些奇怪，因为对于音乐家来说，音乐从来都不是背景。

"你父亲非常虔诚。"杰克帮忙收拾餐盘时，英格丽德对他说，"在教堂里演奏宗教音乐的人很难不笃信上帝，可我那时就不信。后来接着弹钢琴，我反倒变得虔诚多了。有意思的是，我没在教堂里弹过钢琴。"

"他虔诚的表现是？"杰克问。

"当安德里亚斯和你母亲伤害我时，威廉对我说了一句话。'发现另外一个人，全身心地爱他，和他生下孩子，与他一同赞美上帝。'虽然这对我没有起到太大作用，但这就是威廉对我说的话。这是他的信仰。是的，我有了孩子，我也赞美了上帝。这就足够了。"

"所以说你也很虔诚？"杰克问。

"是的，但不像你父亲那样，杰克。"

"和我多说说。"杰克说。

"就拿你母亲来说。你父亲原谅了她，但我没有。"英格丽德有些不耐烦地说。

"他原谅了她？"

"你父亲有一次反击了，但事与愿违。我猜他之后再也没有反击过。"英格丽德告诉杰克。语言障碍似乎离她而去，要么就是杰克完全没注意到。她是多么健康正常的一个人啊，杰克想。

英格丽德走进客厅，拿着一张照片回到厨房。"一个漂亮的年轻女人，你不觉得吗？"她把照片给他看，问道。杰克认出了照片中那个人，就是和威廉一起出现在布里斯托酒店餐厅里的那个女人。

"我还问了她有没有刺青。"杰克说。

"问题就出在这里。你爸爸没料到你会对他们说话。他感觉很过意不去。"英格丽德说。

"这个女孩是谁？"杰克问。

"我姐姐，她是个演员。她不像你是个电影明星，但在挪威的剧院里，她还算小有名气。我说服你父亲把她带去。我猜最后一定会让你妈妈好看。艾丽丝总是一副高高在上的样子，告诉你父亲什么时候如何见到你。在哥本哈根和斯德哥尔摩，她甚至还要求他应该带上谁！"

"我知道。"杰克说。

"所以我让他带上我那个当演员的姐姐，我还让我姐姐表现出对威廉爱得如痴如醉。我对他们俩说：'让那个贱人相信你们相爱。让她觉得自己对杰克撒的谎都成了现实！'但后来，你走向他们，他俩完全不知所措。当然了，你妈妈崩溃了，把你领走了。每次把你领走的都是她。"

"是的。"杰克说。

"你父亲对我说：'也许原谅才有用，英格丽德。'但我告诉他，对艾丽丝什么都没用。什么都没用，不是吗，杰克？"

"确实，什么都没用。"杰克回答。

"你父亲说：'上帝要我们相互原谅，英格丽德。'所以我说你父亲很虔诚，杰克。"

天已经黑了，斯滕斯花园的孤寂时刻降临了。厨房餐桌上的烛光是黑洞洞的公寓内唯一的光源。"看看天都黑成什么样了，杰克·伯恩斯。"英格丽德俯身在他耳边低声说，她紧咬的牙齿甚至碰到了杰克的耳朵，"对我来说，你还是个小男孩。我可不能让你天黑一个人回去。"

虽然有语言障碍，但英格丽德说出这句话时那样轻松，似乎又是一个毫无困难的决定。毕竟，她说过了，在这间公寓里没什么难以做出的决定。

亲吻英格丽德·阿孟森与亲吻其他人几乎没什么区别。当她亲吻时，会发出一种不太自然的吞咽声，但并不让人反感。杰克用手捧着他妈妈留在英格丽德左胸上的刺青，就是她的孩子们曾经那么喜爱触碰的部位。

英格丽德的乳房很小，而且她小臂上的蓝色血管在泛着金色的皮肤上格外明显，与杰克记忆中的一样。另外一条蓝色血管从她的喉部向下，从她平坦的乳房中间穿过。这条血管有规律地搏动着，似乎是一只活在她皮肤下面的动物。也许就是这只动物导致了她的语言障碍。至少，杰克对这两根血管记得很清楚。

"我以前常常想，我们两人中谁遭受的伤害更深，但我们现在都过得不错，不是吗？"英格丽德问杰克。她的声音此时变得模糊难懂起来。

"是的，我也这么想。"杰克回答，但他心里并不觉得自己过得好，至于英格丽德过得如何他就不得而知了。她周身笼罩着一种悲伤的光环，她已经完全接纳了这种悲伤。杰克不愿想到英格丽德见到陌生人的场景，当时她一定承受了巨大的压力。他甚至对她的儿子感到气愤，他怎么能丢下他母亲跑到卑尔根读大学，他就不能留在奥斯陆多看看他母亲？

然而，杰克觉得英格丽德这种表面上完满的生活比安德里亚斯·布列维克那种所谓成功的人生更具吸引力。布列维克认为，英格丽德这一生几乎一事无成。这种狂妄的错误观点让杰克感到震惊。但布列维克比杰克更了解她。虽然有让人无法忽视的缺陷，英格丽德仍是个美丽的女人。所以杰克的妈妈很容易就让他相信了英格丽德与威廉是情人关系。

"再糟糕也比不上你父亲在哥本哈根的遭遇，"英格丽德说，"但我觉得你妈妈会良心发现，反正在赫尔辛基没有。艾丽丝在那里也以同样骇人的方式对待他，可没有达到她想要的效果。我觉得从赫尔辛基开始，你妈妈开始有点后劲不足了，杰克。"（杰克也有这种印象。）

"在赫尔辛基发生了什么？"杰克问她。

"我什么都不知道，杰克。我只知道艾丽丝想拆散一对女同性恋情侣，但她没成功。她们两人都分别和你妈妈睡过了，说不定还相处得挺开心，可她们并没有分手！"

"她们是谁？"杰克问。

"音乐学院的学生，你父亲最得意的两个学生，就像安德里亚斯和我。一个人学的是管风琴，另一个学的是大提琴。"

"里特娃和汉内莱是女同性恋？"杰克问。

"好像是这两个名字。关键是，杰克，你母亲再一次没有如愿。不过你父亲也一样。"英格丽德说。

"你当时还一直和他保持联系？"杰克问。

"在他动身前往阿姆斯特丹之前，我和他一直有联系。无论他在阿姆斯特丹遇到了什么事，他都没有写信告诉我。他离开赫尔辛基后，我们的联系就断了。"

与英格丽德亲吻的感觉很特别。虽然她患的是语言障碍，但杰克可以从她的嘴上察觉到一种难以形容的奇怪。她的嘴没有任何畸形或残损，但亲吻时似乎因为疼痛而一直不由自主地颤抖着。杰克不知道这是怎么回事，但这让他感到格外激动。

现在问英格丽德问题似乎不是时候，但杰克忽然想到，她提到威廉仅仅在芬兰时和她保持通信。杰克忍不住问她："你和我爸爸之间有过爱情吗？"

"看看你问我的问题，你真调皮！"英格丽德笑着回答，"他很可爱，但不是我喜欢的类型。因为，他太矮了。"

"比我还要矮？"杰克问。

"可能比你还要矮一点儿，就一点儿。当然我们从没上过床！"她又笑了起来。英格丽德抓住杰克的阴茎，它依据以往的经验早已对这场谈话不耐烦了。

"那么，我也不是你喜欢的类型？"他问。

英格丽德不停地笑着。这是她能发出的最为自然的声音。（也许弹钢琴时除外吧。）"我有其他的理由想和你做爱，杰克。"她回答说。

"是什么理由，英格丽德？"

"等你不停地与我做爱后，我会告诉你的——我保证。"她说。她口齿不清的话语中有种迫切的催促，不仅仅是不耐烦。杰克随即吻上了她的刺青，这似乎让英格丽德非常开心。

第二天早上，杰克吻着刺青把英格丽德唤醒。那刺青看上去好像真的流着血似的。她还没睁开眼睛就笑了起来。"嗯，继续吻那里。"英格丽德闭着眼睛说。杰克继续吻着她那颗破碎之心的刺青。"要是你一直吻那里，我就告诉你我心中地狱的样子。"此时，她已经睁开了眼睛，地狱是个需要睁开眼说的话题。当然了，杰克还在吻着。

"如果你伤害过别人，而且你也知道自己伤害了别人，你会下地狱的。你会在地狱里看着那些你伤害过的人继续活在世上。如果你伤害过的两个人相遇了，你就只能眼睁睁地看着他们变得亲近。但你听不见他们说了什么。地狱里的所有人都听不见。你只能看着你伤害过的人，却不知道他们在说些什么。当然，地狱毕竟是地狱，你一定以为他们说的是你。当你看着他们无能为力时，你还能想到什么呢？吻我全身，杰克，别只吻刺青。"杰克吻遍了她全身，他们又做了一次爱，"你妈妈昨天夜

· 583 ·

里一定没睡好，杰克。她一整夜都在看着我们呢。"

杰克又睡了过去，等他再次醒来时，听见了钢琴的声音。公寓里还有咖啡的香味。他下了床，走到客厅，看到英格丽德正赤裸着坐在钢琴边，轻轻地弹奏着。"这样起床很棒，是不是？"她背对着他问道。

"是的。"他回答。

"咱们得穿上衣服了，而且你也得走了。我的第一个学生要来了。"她说。

"好的。"杰克说，转身走回了她的卧室。

"不过先过来吻我，那个贱人还在看着呢。"她说。

杰克对于宗教并不了解。他的父亲显然宽恕了别人对他犯下的错。英格丽德·莫（现在姓阿孟森）可没有，她没有宽恕安德里亚斯和艾丽丝。当杰克亲吻着她那张不住颤抖的嘴时，他觉得自己也不是能做出宽恕之举的人。

他母亲在地狱里看着他们时，一定后悔给英格丽德做了那个错误的刺青，杰克亲吻时这样想到。

29 真相

除了赫尔辛基，杰克没去过芬兰其他地方。从机场到赫尔辛基市区的一路上，天都黑着。虽然已经 4 月，但有时还会下雪。只要降温一两度，雨滴就变成了雪花。

杰克再次住在托尔尼酒店，酒店二楼宽敞的圆形大堂让他赞叹不已。杰克记得这里曾经是美国酒吧，那时经常光顾这里的客人中有不少年轻大胆的女孩。杰克和他妈妈住在托尔尼酒店时，那部老式的铁栅电梯上一直挂着"暂时无法使用"的牌子。现在，这部电梯已经正常运转了。

虽然美国酒吧已经不在了，但还是有很多年轻人光顾托尔尼酒店。底层有一家叫奥玛利的爱尔兰酒吧，里面到处都是爱尔兰三叶草装饰，售卖散装的健力士黑啤。对全世界像杰克·伯恩斯这样的人来说，来到奥玛利实在不是个明智的决定。这里挤满的电影发烧友甚至比洛杉矶的夜总会还要多。杰克不觉得饿，而且他已经在飞机上睡了一觉。他现在既不想吃东西也不想睡觉。

酒吧里有一个还不算太差的爱尔兰民谣乐队正在表演。乐队有一名提琴手、一名吉他手和一名热爱爱尔兰诗人叶芝的领唱。他十五年前离开爱尔兰来到芬兰。

杰克在演出间歇与乐队成员聊了聊天。酒吧里的年轻芬兰人盯着杰克看了很久，但都羞于上前搭讪。直到乐队演出结束，才有两个芬兰女孩主动找杰克说话。即使是她们，看上去也没有那么勇敢。事实上，她们在小心翼翼地试探。不过，杰克的回答并没有如她们所愿。其中一个女孩主动和他调起情来，等她不再调情，另一个立刻接上去。

"你可能合着这种音乐跳舞。"那个不再调情的女孩说。

"看上去，你没有音乐也会跳起舞。"另外那个刚刚开始调情攻势的女孩对杰克说。

"你说得没错。"他回答。

"我猜，你以为我在对你进行建议。"她说。

杰克不想因为与这个或这对芬兰女孩上床而模糊了他对英格丽德·莫的记忆。他觉得自己有点饿，可以吃些东西了。当杰克向这两个芬兰女孩道晚安时，其中一人说："我觉得我们不是你正在找的人。"

"实际上，我正在找一对女同性恋。"杰克对她们说。在赫尔辛基的奥玛利爱尔兰酒吧，在任何电影以外的场景里说这句台词，真是太浪费了！

杰克来到托尔尼酒店的大堂，向服务台工作人员打听萨勒韦饭店现在是否还在。"水手以前经常去那里。"杰克说。

"那里早就没有什么水手了。我不太确定那里是否适合杰克·伯恩斯光顾，只有本地人才会去。"工作人员告诉他。（见识了刚才奥玛利酒吧里的情形，杰克很庆幸自己是用吉米·斯特罗纳克这个名字登记入住托尔尼酒店的。）

杰克回到房间，换上一套莱斯利·欧斯特勒称为"刺青店服装"的衣服——一条牛仔裤和一件黑色高领毛衣。欧斯特勒夫人还给杰克带上了艾玛的飞行员夹克。虽然袖子太长了，但杰克很喜欢这件衣服。

天气冷得足以下雪了，但杰克还是走到了萨勒韦饭店。萨勒韦是可以让你品尝到正宗家常风味料理的老式餐厅。假如说赫尔辛基真的像他以前想的那样，是一座饱受自我怀疑折磨的城市，杰克就能理解为什么托尔尼酒店的那个工作人员会说，萨勒韦饭店不适合电影明星光顾。确实，光顾那里的本地人中肯定有一些电影爱好者，也许他们并不喜欢杰克·伯恩斯的电影。

萨勒韦的女侍者还和杰克记忆中的一样——工作勤奋，极为固执。杰克想到了那个嫁给"刮痕师"萨米·萨罗的女侍者。即使是二十八年之后，她也可以毫不费力地融入进来。他回想起来，那个女侍者严厉地称艾丽丝"乖乖"，不过杰克有些怀疑，她们之间那种针锋相对真的只是因为他妈妈抢了萨米的生意吗？

　　杰克还记得萨米·萨罗夫人（如果她真的和萨米结了婚），她身材矮胖，尺寸偏瘦的衣服穿在身上有些紧绷。脚似乎不太舒服，她每走一步眼睛都会难受得眯缝起来，同时晃动着自己肥胖的手臂。

　　当女侍者来到他的餐桌前准备擦拭清理时，杰克尽量不看任何人，应该说不去正视任何人的目光。女侍者用一块湿抹布擦着桌子，他也尽量不去看她。萨米·萨罗夫人有多胖，她就有多瘦，不过萨罗夫人说不定只是胳膊太粗了而已。杰克也记不清了。这个苗条的女侍者耸肩驼背，皮肤粗糙，但她的长脸和一双猫眼中显露出一种带着倦意的美丽。当她站在桌旁看着杰克时，把重心移到身体一侧站着，似乎双腿有些疲乏。

　　"我希望你是和人一起来的。你不是一个人来的吧？"她说。

　　"一个人来这里有什么不对吗？"杰克问。

　　"是你一个人来这里不对。你扮成女孩来都比你这样来安全不少。"她对他说。

　　"我希望你能告诉我，哪里可以做刺青。以前来这里就能问到。"杰克说。

　　"你问错人了。说真的，如果你不是来这里见人的，你最好别一个人离开。"女侍者说。

　　"那刺青在哪儿做呢？"杰克问。

　　"电影明星不应该刺青，那样会毁掉你裸露的画面的。"她说。

　　"可以通过化妆遮盖住。"杰克说。

　　"你也不应该一个人去刺青。你来这儿是为拍电影吗？"女侍者说。

　　"说实话，我是来寻找一对女同性恋的。但我先得找到能做刺青的地方。"杰克回答。她第一次露出了微笑。有一颗上犬齿已经缺失了，怪不得她一直绷着脸不笑。

"如果你真是一个人，那我可以和你回去。你找一对女同性恋能干什么。"她看出来杰克确实在考虑这个提议。他考虑的模样就像是在拍近景特写。可杰克突然间感到一种厌倦，他太想把关于英格丽德·莫的记忆维持得再久些。"我还没老到能当你妈呢，我只是长得显老。"女侍者说。

"不是因为这个。我只是太累了，我一直在旅行。"杰克回答。

"你能来这里吃饭，看来真的是在旅行，好吧。"她说。

"我想要北极鲑鱼。"杰克说。

"喝什么？"

"我什么都不喝。"杰克回答。

"我给你拿一杯啤酒，你可以假装在喝。"女侍者说。

她的做法很明智，因为杰克吃饭时，饭店里的本地人不停地朝他敬酒。但这些敬酒的人让他觉得有些阴险，甚至带着敌意，他们的敬酒与其说是友好，不如说是挑衅。杰克每次都举起啤酒，假装喝一口。其他人似乎没有注意到那杯啤酒一直是满的，或许他们根本不在乎。如果芬兰有杰克·伯恩斯的影迷，那看来他们很会掩饰自己的感情。

杰克并没有跟着那名女侍者回家。女侍者对此倒是表现得很有风度。她让杰克在餐桌边等着，自己到外面帮他叫了一辆出租车。直到出租车在门口停好，她才让杰克离开，甚至还和他一起走到门口，一路上一直挽着他的手臂。

"我叫玛丽安娜。芬兰有好多名字可比这个难念多了。"她说。

"我敢打赌你说得没错，玛丽安娜。"

她给了杰克一张黑白印刷的名片，看着有点吓人。那个地方名叫"鸭子刺青店"。名片上画了一只唐老鸭，在抽一根塞满大麻叶的短雪茄。唐老鸭双眼暴凸，像发疯了一样。有人在这只抽着大麻的鸭子脖颈上缠了一条蛇，那样子说是围巾，更像是紧身衣。

名片背面写有一个电话号码。"那是我的电话。我身上有两个刺青，等你不那么累的时候，可以给你看看。"玛丽安娜对杰克说。

"谢谢你，玛丽安娜。"

"你要见的刺青师叫迭戈。"她说。

"我想这不是芬兰名字。"

"迭戈是意大利人，但他在芬兰出生。他做这行已经十五年了。"玛丽安娜说。

鸭子刺青店位于卡勒瓦街，从托尔尼酒店步行大概需要十分钟，第二天早上酒店服务台的工作人员这样告诉杰克。工作人员还把杰克送到酒店附近的动力健身中心。（"只说'动力'，别人就知道你说哪里。"工作人员建议道。）健身中心很整洁，有很多自由重量可以选择。杰克训练时，注意力被旁边的孕妇有氧课吸引了过去。那些身材圆润的孕妇在做危险的事。

前往刺青店的路上，杰克路过一家色情书店。橱窗里的众多杂志中有一本是德文杂志，名为《怀孕女孩》，上面的女人都是孕妇。看来有很多身材圆润的孕妇在做危险的事。怀孕，似乎成为杰克今天最不想看到的主题。

杰克发现赫尔辛基到处都是建筑工地。他来到城市中一片俄国人在一百年前建设的区域。鸭子刺青店位于曾经的俄军医院对面。这里曾是很多水手聚居的地区，附近有很多水手酒吧和餐厅（就像以前的萨勒韦那样），但这片区域最近变得时髦了不少，迭戈后来告诉杰克。

迭戈是个小个子男人，有一双善良的眼睛，蓄着山羊胡子。他的两条小臂上满是刺青。其中一个刺青是一个表情严肃的女人的画像，逼真得像是照片。另外一个刺青中的裸体女人就没有那么严肃了。实际上，这个裸女身边还有只鸭子。迭戈身上还有很多其他的刺青，但杰克对这个裸女和鸭子的刺青记得最清楚。

他很喜欢迭戈，这个刺青师虽然没见过"女儿艾丽丝"，但听说过她。迭戈有三个孩子，他不经常参加刺青大会。他曾跟随德国柏林的韦贝尔学习刺青，还在南非开普敦工作过一段时间。迭戈正计划前往泰国，让一名寺庙僧侣给他手工做一个刺青。"会刺在胸口上。"他说。迭戈说，他偏爱"大图作品"，既喜欢给别人做，也喜欢让人给他做。他最近还把一张电影海报刺在一个人的后背上。

和迭戈一起工作的，是他的两个学徒。一个是肌肉男，穿着迷彩裤和黑色 T 恤，上面是杰克·丹尼威士忌的商标图案。另一个是名叫塔鲁的金发女人。塔鲁做的是穿体装饰，她的舌头上就有一颗银钉。鸭子刺青店里还有一个人，是迭戈的朋友尼帕。他不厌其烦地向杰克讲述他刚刚不小心把一本小说掉进了马桶里。尼帕说，那是他最喜欢的一本小说，他正试着找出把书弄干的方法。

杰克和迭戈聊了聊水手和刺青的关系。迭戈刚满十四岁时就上了船。他店里的速绘让人印象深刻：印第安酋长、龙、骷髅头、鸟、哈雷摩托车，还有像"小丑杰克"这样的卡通角色，当然也少不了各种另类的鸭子。

迭戈坦陈，自己不经常看电影，他又提到了自己的三个孩子。塔鲁和肌肉男看过杰克的所有电影。（尼帕说，相比看电影他更喜欢读书。怪不得会有刚刚的马桶事件。）

"我想，你应该没有给一个名叫威廉·伯恩斯的管风琴师做过刺青。刺青师叫他'音乐小子'。我猜他的大部分刺青都是音乐作品，可能全身都已经刺满了。"杰克对迭戈说。

"说不定！"迭戈笑着说，"我从没给他做过刺青，我没见过这个人。不过，从我听到的情况来看，'音乐小子'身上能刺青的地方不多了！"

杰克回到托尔尼酒店后，想给米歇尔·马厄写封信。她作为一名皮肤科医生应该会知道，为什么有些全身刺青的人容易感觉冷。以这样的开头给一个近十五年没有任何联系的人写信实在太过怪异了，而且很可能那些全身刺青的人只是以为自己冷罢了。如果寒冷只是他们想象出来的感觉，而非皮肤的真切感受呢？

即使是刺青师，对于这个问题也莫衷一是。艾丽丝生前认为大多数全身刺青的人都容易感到寒冷，但杰克在他妈妈追思会上遇见的一些刺青师则认为，全身刺青的人与普通人没什么不同。

"那些感到冷的人要么真的冷，要么这人本来就不正常。"从北达科塔来的丹之前这样说道。

可是，经过十五年的沉默后，杰克还能以什么开头来给米歇尔·马厄写信呢？

　　亲爱的米歇尔，

　　　　我现在在赫尔辛基，在找一对女同性恋。你最近怎么样？

　　这样写会不会太奇怪了？杰克把这张信纸揉成一团。说不定稍微普通的开头会好些。

　　亲爱的米歇尔，

　　　　你猜怎么着？我母亲死了。原来在有关我父亲的事情上，她对我说了谎，说不定其他很多事情上也是。我现在在欧洲，上次在这里时，我以为我父亲见一个女人就睡一个女人，但结果证明见一个睡一个的人是我母亲。她睡过的人还包括一个十二三岁的男孩和一对女同性恋。

　　　　有意思吧？你以为自己一清二楚的事情原来是这样！

　　杰克把这张信纸也揉成一团。他开始觉得，唯一能和米歇尔·马厄交流的事是询问她，自己是否患上了一种皮肤病。等等！她之前不是写信来祝愿他改编《废稿读者》顺利吗？米歇尔是艾玛·欧斯特勒的书迷！说不定从这里切入更能打动她。

　　亲爱的米歇尔，

　　　　感谢你的来信。没错，我与艾玛·欧斯特勒走得很近，但我们从没上过床，她只是握着我的阴茎。当然了，说到我的改编，我肯定会进行必要的改动，比如那个色情片明星的名字。我看上去实在不像是个叫米盖尔·圣地亚哥的拉美裔，是吧？千万别以为《废稿读者》的电影会出现真实的色情片段，不会出现那样的镜头的。色情片的内容只会以暗示的形式呈现。再说，别人告诉我，我的阴茎尺寸太小（或者说偏小）了，当不了色情片明星。

杰克根本不知道怎样给米歇尔·马厄写信。他太古怪了,对米歇尔来说是这样,对任何孤寂难熬的人,对孩子,对极度悲伤(或意志消沉)的人,对欺骗丈夫的人,对有刺青(比如在屁股上刺了只章鱼)的人,或是上了年纪的女人来说,杰克都太古怪了。

更可悲的是,杰克已经用光了托尔尼酒店为客人提供的信纸。杰克认为这都怪他在健身中心看到的孕妇有氧课带来的焦虑和《怀孕女孩》色情杂志导致的压力。他差点儿就把那本杂志买下来了,但他真正想要的,也是让他感到不安的,是他想和一个美丽的孕妇做爱。(就像和自己怀孕的妻子做爱,杰克想,就像有人怀上了他的孩子,就像米歇尔·马厄,他盼望起来。)

因为杰克既不感觉饿,也不劳累,更现实一些的做法是,他可以到楼下奥玛利酒吧选择任何他喜欢的人或是打电话给那个萨勒韦饭店的女侍者。但等到玛丽安娜下班时,杰克很可能会有些疲倦了。而到奥玛利酒吧找个大胆女孩的做法实在有失身份。

当杰克给西贝柳斯音乐学院打电话时,天还没有完全黑下来。他想询问两名1970年代毕业的学生的去向。这件事有些复杂,不仅因为音乐学院需要找到一个会说英语的人给杰克回电话,还因为他不知道那两名毕业生的姓氏。(难度堪比大海捞针!)

"我明白,这听上去有些疯狂,但汉内莱是个大提琴手,里特娃是学管风琴的。我相信她们是一对。"杰克说。

"一对?"那个女士用英语回答道。她就像一名博学的书店店主,语气充满了怀疑,相信你询问的书名肯定是错误的。

"是的,我说的一对女同性恋情侣。"杰克说。

那位女士叹了口气。"我猜你是一名记者吧。"她说道,语气不仅是怀疑了。她说出"记者"这个词时好像在说"强奸犯"这种肮脏的字眼。

"不,我叫杰克·伯恩斯,是一名演员。我相信这两个女生是我父亲威廉·伯恩斯的学生。他是个管风琴师。我还是个孩子的时候见过她们。她们认识我母亲。"杰克对她说。

"好吧,好吧。我真的是在和杰克·伯恩斯交谈吗?真的吗?"她说。

"是的，是真的。"

"好吧，好吧。汉内莱和里特娃可不像你这么有名，伯恩斯先生。不过，她们在芬兰家喻户晓。"

"真的？"

"是的，真的。她们不可能藏在赫尔辛基却无人知晓。几乎任何人都能告诉你能在哪里找到她们。"杰克没有说话，等待的时间里，这个女人又叹了口气。她正字斟句酌地准备下面要说的话，"这种诱惑太令我尴尬了，杰克·伯恩斯。不过，我不会问你现在穿的是什么。"

后来，杰克致电客房服务点了些东西吃，还打电话给前台要了些信纸。他控制住自己想要去奥玛利酒吧的微弱冲动，也抵御住了想要给女侍者玛丽安娜打电话看她刺青的强烈欲望。

第二天一早，杰克早早地起床，去了动力健身中心。

他还不太确定如何接近汉内莱和里特娃。这两个音乐家每天中午都会在一座杰克念不出名字的教堂里练习。那座教堂名为岩石教堂，在赫尔辛基的名气比汉内莱和里特娃还要大。整座教堂位于地下，有一个石头穹顶。这种超现代风格的设计很可能是出于声学效果的考虑。那里经常举办音乐会，当然也有路德教派的礼拜仪式。（"非常路德式的风格。"反正西贝柳斯音乐学院的那位女士之前这样告诉杰克。）

里特娃是教堂礼拜仪式的管风琴师，汉内莱经常为她伴奏。杰克之前询问是否有专门为管风琴和大提琴创作的音乐，他从没听过。西贝柳斯学院的那位女士说，里特娃和汉内莱因为"即兴演奏"而闻名。杰克早就想过，她们俩真的算是非常即兴的一对情侣。假如真的如英格丽德·莫告诉杰克的那样，她们都和艾丽丝上过床，而且仍然维持着情侣关系的话，看来汉内莱和里特娃对成功的关系试验轻车熟路呢。

她们的排练也很有名，甚至有人趁着午饭时间前往岩石教堂听汉内莱和里特娃练习。杰克想，在那种环境里可能不太容易和她们说上话。周围那么多的听众，汉内莱、里特娃和杰克没办法不顾隐私地自由交谈。也许他应该等到午后再现身，到时候可以邀请她们一起吃晚餐。

杰克正要在健身中心完成腹肌训练器上的动作时，他的思绪被打断了。大约有六个汗流浃背的女人围住了他，都是从孕妇有氧课上过来的。杰克猜，她们那看上去有些危险的训练课已经结束了。考虑到杰克越来越向医生靠拢的心态（都是因为米歇尔·马厄），更不必说《怀孕女孩》给他留下的可怕回忆，这些怀孕的女人简直令他生畏。

　　"你们好。"他躺着说道。

　　"你好。"那个有氧课教练回答。她是一个深色头发的年轻女人，长着一张颇有魅力的鹅蛋脸和一双杏仁眼。因为她上课时一直背对着杰克，所以他没有注意到她也是个孕妇。他只看到她带领其他的孕妇做各种跳跃的动作。

　　"你长得很像那个演员杰克·伯恩斯。"那个看上去怀孕时间最久的女人说。后来杰克知道了这是她进入产房前说的最后几句话时，并没有感到意外。

　　"但你不可能是他，他不可能在这儿。你只是长得像他，对吧？"另外一个女人怀疑地说。

　　"这是个诅咒，"杰克佯装愤怒地说，"我又不能决定自己长得像谁。我讨厌那个混蛋。"最后这句话让他露馅了，因为这句话是比利·彩虹的一句台词。在电影里，这句台词杰克说了三遍，但指的都不是同一个人。

　　"就是他！"其中一个女人喊道。

　　"我就知道你是杰克·伯恩斯。他总是让我起鸡皮疙瘩。而我一看到你就浑身起鸡皮疙瘩。"那个怀孕最久的女人说。

　　"呃，这样的话，我想就这么定了。"杰克说。他还在运动器械上躺着，自从他发现自己被围住后还没有动过。

　　"你在这里拍什么电影？还有谁参演了？"其中一人问。

　　"没拍什么电影。我只是在这里进行一些调查。"他回答说。

　　一名孕妇发出了一声呻吟，好像想到杰克·伯恩斯在赫尔辛基进行的调查让她有了第一次宫缩反应。三个女人走开了，既然谜团已经解开，她们也就没了兴趣。但有氧课教练和其他两名孕妇仍然留在原地，其中包括那名怀孕最久的孕妇。

"是什么样的调查？"有氧课教练问杰克。

"是有关过去的一段故事，具体说是在二十八年前。有一个教堂管风琴师迷上了刺青，他和给他做第一个刺青的刺青师的女儿生了一个孩子。故事有很多个版本，但都不遂人愿。"杰克对她们说。

"你就是那个管风琴师吗？"怀孕最久的那个孕妇问。

"不，我是那个孩子。二十八年后，我已经长大成人了。我正在努力查明我母亲和父亲之间到底发生了什么事。"他回答。

那名从未说过话的孕妇开口道："真是个令人伤心的故事！我不明白干吗要拍这种电影。"她说完也转身离开了，可能正要前往女更衣室。怀孕最久的那个孕妇蹒跚地跟在她后面。现在，只剩下杰克和那名有氧课教练了。

"你并没有说这个调查与电影有关，对吧？"她问杰克。

"是的，我没这么说。这个调查与电影无关。"杰克承认道。

"也许你需要一位向导。"她说。她看上去至少已经有七个月身孕了，八个月也有可能。她的肚脐膨胀得像个硬挺的乳头，从她身上的弹力运动紧身衣上凸显出来，"我的意思是，你需要个约会对象。"

"我从没和孕妇约会过。"杰克对她说。

"我是单身，连男友都没有。我的孩子算是一个实验。"她解释道。

"难道是你把自己弄怀孕的？"杰克问。

"我去了一家精子库，找了一个匿名的精子捐献者。受孕过程我都快忘了。"她回答。

作为一个性生活极为活跃的人，杰克经常会做出过于草率的决定。他此刻躺在腹肌训练器上的决定便是其中之一。因为对怀孕女性的幻想已经持续一段时间了，杰克决定与动力健身中心的这名孕妇有氧课教练约会。他竟然把邀请汉内莱和里特娃吃晚餐的事抛诸脑后，要知道他是为了找到这对女同性恋才来赫尔辛基的。

汉内莱和里特娃遇见他父母时是一对情侣，现在她们还是情侣，所以她们告诉杰克的事情十有八九是他已经知道或预料到的，杰克如此说服自己。艾丽丝使杰克对汉内莱和里特娃形成误解，和她们上床的人是他母亲，不是他父亲。当然，肯定还有其他类似的真相等待揭露，但一起喝咖啡或茶的时间就足够了，没有什么复杂的事情值得安排一顿晚餐。

杰克决定等汉内莱和里特娃的排练快结束时前往岩石教堂。他到时会建议他们一起去哪里简单聊聊，那肯定足够了。杰克觉得没有什么事情能妨碍他与一名有身孕的有氧课教练度过在赫尔辛基的最后一夜。但事实证明他不能如愿，杰克像很多男人一样对待自己压倒一切的欲望——对某种女性的强烈欲望，阻止了他对那位有氧课教练玛丽亚-莉萨的理性思考和深入调查。

他们约好了时间，不过过程有些尴尬。因为他们需要向前台索要纸笔，周围很多人看着他们。玛丽亚-莉萨给他写下了自己的名字和手机号码。而杰克写下的内容明显让她有些疑惑：吉米·斯特罗纳克，托尔尼酒店，直到他解释了自己总是用即将饰演的角色姓名登记入住，她才明白。

杰克离开健身中心打算返回酒店，但他先去了之前路过的那家色情书店，买下了橱窗里展示的那本看上去难以置信但颇诱人的《怀孕女孩》。他回到酒店后，在房间里翻看杂志，里面的照片让他感到既有些不适又"性"味盎然。

等杰克离开酒店准备前往岩石教堂时，他把那本恶心的杂志扔掉了。他没有把杂志扔在酒店房间，而是扔在电梯对面的废纸篓里。你不可能摆脱掉这种照片的，你会记着它们很多年，甚至永远。这些孕妇在照片里做的事会伴随杰克直到他进入坟墓。按照英格丽德的说法，你在地狱里只能看到你故意伤害过的人却听不见这些受害者的声音。你也听不见他们是怎么议论你的。

自从赫尔辛基的这个午后，杰克对他以后在地狱里将要见到的景象有了大概的想象。他会永远看着那些孕妇一脸痛苦地性交。她们会谈到杰克，但他听不见。杰克永远只能猜测她们说了什么。

杰克觉得，岩石教堂的穹顶就像是口倒扣的炒锅。除了穹顶，教堂都被岩石覆盖着，有一种异教式的简洁。穹顶就像是一个会动的蛋从陨石坑里冒了出来。岩石教堂周围的公寓楼透着一种简朴严肃的单调感。（这些建筑是建于1930年代的中产阶级住宅。）

教堂内部的岩石就更多了。管风琴师的座位正好位于教堂教众视野的左侧。舞台中央是空荡荡的弧形长椅，那是唱诗班的位子。唱诗班在路德派的教堂有重要的地位。与周围深浅不一的木质装饰相比，管风琴的铜质琴管看上去很现代。祭坛周围都是岩石，杰克觉得祭坛看起来像是个喷泉饮水器。

中午刚过，杰克找座位坐下，听着汉内莱和里特娃的排练。里特娃侧身对着他，而汉内莱正对着他，双腿分开，中间是她的大提琴。她们练习时，一小拨观众安静地走了进来，听了一段时间后又安静地离开。杰克可以看出，汉内莱在他坐下时就认出了他，她一定在等着他来，因为她浅浅地笑了一下，朝杰克的方向点了点头。里特娃有一次也转头看了看杰克，也朝他微笑点头致意。（西贝柳斯学院的那位女士一定事先告诉了汉内莱和里特娃，杰克·伯恩斯正在找她们。）

她们演奏的不是教堂音乐，至少不是惯常的教堂音乐。作为一名曾经的加拿大公民，杰克听出她们演奏的是加拿大歌手莱昂纳德·科恩的《如果这是你的旨意》，但他还没听过管风琴和大提琴对这首歌曲的诠释。现在，作为一个美国公民，杰克还听出美国歌手范·莫里森的《每当上帝之光照耀我》。汉内莱和里特娃的演奏技巧非常高超，连杰克这种外行都能听出她们的合奏成了她们天性的一部分。当然，他原本对她们就印象不错。虽然艾丽丝曾想拆散她们，但她们仍然在一起，这足以让杰克对她们另眼相看了。

杰克还听见她们排练了两首传统曲目——《来唱吧，赞美耶稣》和《降临吧，以马内利》。后面那首是基督降临节[1]的颂歌，这两首颂歌在苏格兰的知名度都比芬兰高，汉内莱和里特娃后来告诉杰克。她们还说，杰克的父亲对颂歌尤为喜爱。

---

[1]亦称"将临节"，自圣诞节前第四个星期的星期日起，至圣诞节止。

"这两首颂歌是威廉教给我们的。我才不在乎现在并不是圣诞节前一个月呢。"里特娃说。

他们在汉内莱和里特娃居住的公寓一起喝茶。她们的公寓就位于岩石教堂周围那些灰色严肃的建筑里，出人意料的是，公寓内部空间宽敞，装饰华丽。她们把两套公寓打通，从那里正好可以俯瞰岩石教堂的穹顶。与岩石教堂一样，她们的公寓也很现代，家具不多，但都是钢架结构的。墙上挂满了黑白照片。她们二人都已经四十多岁了，脾气和善，待人友好。自然，现在她们不再像杰克四岁时那样让他感到害怕了。

"你是我见过的第一个不刮腋毛的女人。"杰克对汉内莱说。

杰克还记得很多细节，但他没有说出口。他想起汉内莱腋窝处的那团毛发比她头发的颜色还要深，还有她肚脐上方的胎记，是一处红酒色的斑块，像是一顶被揉得皱巴巴的高礼帽。

汉内莱笑了起来。"大多数人会记住我的胎记，而不是我的腋窝，杰克。"

"我也记得你的胎记。"杰克告诉她。

里特娃依然身材矮胖，留着长发，有一张可爱的脸庞。她还是穿着一身黑衣，像是一名学戏剧的学生。"我还记得你是怎样睡着的，杰克。你努力地撑着不睡过去！"里特娃对他说。

杰克解释说，当她们来找他母亲做刺青时，他以为她们是和他父亲上床了。

"和威廉？"汉内莱喊道，甚至把她杯中的茶都溅了出来。里特娃忍不住大笑起来。

她们是一对彼此非常熟悉且相互信任的女同性恋情侣，所以她们常常会不由自主地同杰克或其他年轻男性调情，因为她们确信对方不会误解自己。

"我觉得我不应该感到惊讶。威廉之前告诉我们，你妈妈什么话都会对你讲，杰克。不过，里特娃和我还是低估了她自由发挥的能力。"汉内莱说。

汉内莱解释说，当杰克的母亲第一次主动接触她们时，她和里特娃的关系刚刚确定，还不像后来那么成熟。当时这两名年轻的音乐学院学生甚至还讨论过，同艾丽丝上床是否算是一种对她们关系的考验。

"当时是 1970 年，杰克。而且汉内莱和我还太年轻，我们把任何关系都看作一种实验。"里特娃说。

威廉早就警告过她们艾丽丝会出现。他还把艾丽丝之前做过的事告诉了汉内莱和里特娃。可是，这两个女孩认为自己就算与杰克的母亲做出"不忠之事"，也不会伤害彼此。

"最后的伤害远超我们的预料，我决定反击。我们分享的那个刺青，就是我们曾经伤害彼此的见证，它时时刻刻提醒我们不要再做出对彼此不忠的举动，提醒着我们同你妈妈上床付出的代价。而我们要让她知道，我们敢和任何人上床，连威廉也不例外。"汉内莱告诉杰克。

"我们当然不会和威廉上床的，杰克，而你父亲也不会对我们那样做的。但你妈妈对于谁可能同你爸爸上床极为敏感，所以让她相信汉内莱和我什么事都做得出来并不难。"里特娃说。

"我们当时还和你调情呢，杰克，就是想气气她。"汉内莱说。

"是的，我记得有这么回事。"杰克回答。

她们分享的刺青是一颗中间撕裂的心，都是刺在左乳房上。

"你的睫毛美到让我愿意为之付出生命。"汉内莱当时这样对杰克说。在被子下面，汉内莱长长的手指拉开杰克身上的睡衣，轻轻挠着他的肚皮。她睡在杰克身边时，杰克差点儿吻了她。

"快睡觉，杰克。"他妈妈当时说道。

"跟我说说'做个好梦'是怎么回事。"在漂亮的公寓里，杰克问汉内莱和里特娃。天色暗了下来。岩石教堂里的灯光透过穹顶映了出来，像是在蛋壳里燃烧的一团团火焰。（杰克想起他之前以为"做个好梦"可能是他爸爸对所有教过的女学生说过的话。）

"他已经不是四岁的孩子了，告诉他吧。"里特娃对正在摇头的汉内莱说。

"那是你妈妈吻我们下面之前，在我们耳边低声说的。"汉内莱说，她故意不去看杰克的眼睛。

"哦。"

里特娃那天夜里吻杰克祝他晚安前对他说："做个好梦。"她随后问艾丽丝，"是不是你们用英语祝晚安都说'做个好梦'？"

"有时候会。"艾丽丝当时回答。汉内莱面对疼痛仍不屈服的哨音竟然停顿了几秒，好像在她身上上色的针头瞬间造成了无法承受的痛苦。杰克当时觉得，让她痛苦的不是针头，是那句"做个好梦"。（又是一个不能当着杰克的面说的话题！）

杰克告诉汉内莱和里特娃，他母亲与莱斯利·欧斯特勒维持了相当长时间的伴侣关系，不过艾丽丝在此期间很可能和别人有过短暂的关系。她与欧斯特勒夫人的关系是唯一维持到最后的。汉内莱和里特娃对此感到惊讶吗，杰克问。

这两个女人看了对方一眼，耸了下肩。"没有什么是你妈妈做不出来的，杰克，只要能对你父亲有影响，哪怕是很小的影响。"里特娃说。

"在威廉之后，我觉得艾丽丝根本不在乎和谁上床，无论是男人、女人还是男孩。"汉内莱对杰克说。

公寓墙上悬挂的黑白照片主要是汉内莱和里特娃的照片，其中很多是音乐会的照片。有一张是里特娃坐在赫尔辛基圣约翰教堂的管风琴演奏座位上。杰克记得他和他妈妈曾经在一场大雪后去过那里。照片中，里特娃的两侧是她的两个老师——一个是长着一头乱发的管风琴师卡里·瓦拉，另外那个是一个英俊的薄唇男子，他留着及肩的长发，那张脸精致得像女孩的脸。

"我父亲？"杰克指着那张照片问里特娃。照片里的威廉和布里斯托酒店餐厅的那晚看上去几乎一样。

"是的，当然是他。你以前没见过他的照片？"里特娃问杰克。

"你想什么呢，里特娃？你以为艾丽丝会给杰克留一本相册吗？"汉内莱反问道。

真正让杰克始料未及的，是他父亲竟然长得如此年轻。1970年，身在赫尔辛基的威廉·伯恩斯已经三十一岁了，比现在的杰克小两岁。（第一次见到父亲的照片时，他竟然还没有自己年龄大，这种体验有些奇特。）杰克没想到他们竟然这么像，威廉和杰克几乎长得一模一样。

威廉在里特娃和卡里·瓦拉身边显得有些矮小。他确实不高，但看上去很强壮，没有丝毫阴柔感，而且作为一名管风琴师，他有着修长的手指。（杰克和他妈妈一样长了一双小手，手指粗短。）

威廉穿了一件正装衬衫，最上面的扣子解开了。德国符腾堡管风琴商瓦克制造的那架管风琴在他身后拔地而起。杰克向汉内莱和里特娃询问了他父亲的刺青。

"我从没见过。"汉内莱说。里特娃也说她从没见过。

杰克在卧室里看到了汉内莱和里特娃刺青的黑白照片。照片里只有她们赤裸的躯体，被撕成两半的心分别位于她们的左乳房上。至少刺青还和他记忆中一样，不过照片中的汉内莱刮了腋毛，双手摊开放在肚脐上方，正好挡住了她的胎记。

除此之外，杰克倒是对她们身上还有其他刺青略感吃惊。汉内莱的臀部刺有乐谱，而里特娃臀部的乐谱刺青更多，两人似乎刺的是同一段音乐。与刚才的照片一样，这几张照片也只是身体部位的特写。但她们二人的体型差别很大，杰克分清汉内莱和里特娃的身体并没花费什么力气。

"这是什么音乐？"他问她们二人。

"我们今天演奏过的，就在你来教堂之前。是另一首威廉教给我们的作品，是他以前经常在老圣保罗教堂演奏的一首颂歌。"里特娃回答。

"名叫《甜蜜的圣礼》。"汉内莱告诉杰克，然后哼唱起来，"我们只知道曲调，不知道歌词，但这确实是一首颂歌。"

曲调听着有些耳熟，可能杰克在圣西尔达时听过甚至唱过。他知道自己在阿姆斯特丹时听她妈妈在红灯区唱过这首颂歌。如果他爸爸以前常常在老圣保罗教堂演奏这首作品，那很可能是苏格兰圣公会或长老会的颂歌。

照片中没有刺青师的名字，不过汉内莱恰巧指着照片中她屁股上的刺青说："萨米·萨罗这个刺青做得还过得去。"

杰克又向汉内莱和里特娃讲述了在托尔尼酒店的那个惊魂夜，萨米·萨罗不停捶打着房门。当然，他怎么会漏过萨米那个比他年轻不少的妻子呢，就是萨勒韦饭店那个难对付的女侍者，她说艾丽丝把萨米的生意都抢了。

汉内莱又摇起了头，她那头金色的卷曲短发并没有随之飘动。"萨米的妻子早在你和你妈妈来这里之前就去世了，杰克。那个在萨勒韦的女侍者是萨米的女儿。"里特娃说。

"她叫明娜，是威廉的朋友，也是你爸爸的众多红颜知己之一。我以前一直觉得，他们的关系很奇特，因为明娜和你爸爸一样也经历过一些困难。她未婚生子，但那个孩子很快就夭折了，因为某种上呼吸道的小毛病。"汉内莱对他说。

"你父亲当时并不想找女友，杰克。他很可能还爱着那个丹麦女人。明娜对他而言只是一种安慰。我想，他一直很乐于安慰别人。你懂的，源自一种古老的基督教教义——如果你遇到了不走运的人，你应该施以援手。"里特娃说。

在斯德哥尔摩教授合唱音乐（还有在梅拉伦湖上教杰克滑冰）的昂内塔·尼尔森，在威廉看来一定也是一种安慰，是他的红颜知己。也许昂内塔也经历过什么不幸，毕竟她的心脏很糟糕。

"听我说，杰克，我们是音乐家。你爸爸是一位杰出的音乐家。我不想因为音乐家的头衔就给自己的某些行为寻找借口，威廉也不会这样。但是你妈妈的借口又是什么呢？她觉得自己有权利插手一切！"汉内莱说。

"汉内莱，不管怎么说，那个荡妇是他母亲。"里特娃说道。

"要是有人把你甩了，你应该向前看。但你母亲搞出的事情都可以拍成一部电影了！"汉内莱对杰克说。

"汉内莱！"里特娃喊道，"我们看过了你所有的电影，杰克。我们没想到你长大成人后竟然这么正常！"

杰克并没有觉得自己正常。他忍不住想着那个手臂肥硕的女侍者明娜，也就是萨米·萨罗的女儿。他想着她手臂摇晃的样子，想着她还是他父亲的朋友！

所以杰克的母亲甚至连她也没有放过，哪怕他们只是互相慰藉的关系。汉内莱对他父亲是否与明娜上过床表示怀疑，但里特娃相信他们有这种关系。可这又怎样呢？艾丽丝说服了萨米·萨罗，让他认为威廉·伯恩斯只会背叛自己可怜的女儿，令她伤心欲绝。萨米巴不得艾丽丝和杰克立刻前往阿姆斯特丹，这样威廉就会跟着他们离开了。

的确，萨米·萨罗是个"刮痕师"。但他并没有被"女儿艾丽丝"抢走生意。就像汉内莱和里特娃向杰克解释的那样，他妈妈在托尔尼酒店主要是给学生刺青，就算是家境富裕的学生也不太可能把钱花在刺青上。大多数水手还是会找萨米刺青。那时候，水手比学生在刺青上出手更加阔绰。

杰克还了解到，卡里·瓦拉经常出国举办音乐会。因此，威廉在圣约翰教堂的作用与首席管风琴师相当，他很喜爱那座教堂和里面的管风琴。他也很喜爱自己在西贝柳斯学院的学生，里特娃和汉内莱就是他们当中的佼佼者。

威廉在阿姆斯特丹没有学生，他在老教堂的职务要求甚高，根本没时间教学。"你们是说给管风琴调音？"杰克问汉内莱和里特娃。

"什么？"

杰克解释了他听到的说法：他爸爸在阿姆斯特丹的工作是给老教堂的管风琴调音。按照卡里·瓦拉的描述，那架管风琴"庞大无比"，但总是走音。

"威廉连给吉他调音都不会，更别说管风琴了！"里特娃喊道。

"除非老教堂额外找一个调音师，否则威廉不会同意去那里当管风琴师的。"汉内莱告诉杰克。

"每次演奏前，那架管风琴都已经被人调过了，但在你爸爸的坚持下，新的调音师几乎每天都要去工作。"里特娃说。

"应该是每天夜里。"汉内莱纠正道。

杰克这时才明白过来，那个额外的管风琴调音师是谁——那个被艾丽丝称为"天才儿童"的年轻人。这个年轻的天才把婴儿粉撒在皮凳上，这样他就能轻松地左右移动，毕竟那架管风琴太大了。他叫弗兰斯·唐克尔，还为杰克和他妈妈演奏过。无论有多少妓女到场，这个"天才儿童"都要在夜里给管风琴调音。

"他们说，老教堂的管风琴既为游客演奏，也为妓女演奏！"卡里·瓦拉曾经这样告诉艾丽丝和杰克。威廉很让瓦拉自豪，汉内莱和里特娃说，瓦拉甚至还说威廉是他有史以来最棒的学生。

然而，艾丽丝却想让杰克仅仅把他父亲当作一名管风琴调音师。她想败坏威廉在她儿子心中的形象。

"在阿姆斯特丹时发生了一些事。我爸爸不再跟着我们了，一定是因为发生了什么事。"杰克对汉内莱和里特娃说。

汉内莱再次摇了摇头，她金色的卷曲短发依然紧紧地贴在她的头皮上。"律师和你妈妈达成了一个协议，杰克。达成协议的过程很艰难，但总得有人阻止她。"里特娃说。

"对威廉来说，这根本算不上什么协议！"汉内莱气愤地说。

"对杰克来说，这是最好的结果，汉内莱。"里特娃说。

"我不记得有什么律师，是什么律师？"杰克问她们。

"是个叫芬克的，我不记得她姓什么了。她是个很厉害的离婚律师，还为自己打赢过一桩很重要的离婚官司。"汉内莱说。

好吧，杰克竟然以为芬克是名妓女，这可有些滑稽了。还有一个有关芬克做妓女是为了让她前夫难堪的荒唐故事。（杰克记得，芬克很有钱，但她还是做了妓女！）如果你只有四岁，你妈妈还操控着你的记忆，你有什么不能相信呢？

"你去阿姆斯特丹应该从那个警察问起，杰克。有个警察，他是你爸爸最好的朋友。"里特娃说。

"他帮你离开了那里，他也是你最好的朋友，杰克。"汉内莱说。

"是的，我记得他。"杰克回答。尼可·伍德延斯是个好人。他的眼睛蓝得让人想起知更鸟的蛋，一侧的颧骨上有个 L 形的疤痕。"自然，我以为他是我妈妈的朋友。我还以为芬克是个妓女。"杰克对汉内莱和里特娃说。

他们坐在客厅里的皮沙发上。夜色已经降临，岩石教堂的穹顶在黑暗中闪耀着。两位女士分别坐在杰克两侧，她们张开手臂抱着杰克。

"杰克，你母亲是个妓女。芬克只是个律师。"汉内莱说。

"我妈妈只当了一天妓女！她只接了一名顾客，是个男孩。她说那人是个处男。"杰克不假思索地脱口而出。

两位女士还抱着杰克。"杰克，没人会只当一夜的妓女。"里特娃说。

"也没有什么只接过一名顾客的妓女，杰克，更别提那人还是个处男了！"汉内莱告诉杰克。

"我们今天晚上应该一起吃晚餐！"里特娃突然喊道。

"除非，杰克已经有约了。"汉内莱取笑道，"我拒绝同她分享杰克。"杰克从皮沙发上坐起，盯着窗外的夜色。

"从他的眼神看，他确实有约了。"里特娃说。

"没错，他已经约了人。我能从他的眼神里看出来。"汉内莱说。

"我很遗憾。"杰克对她们说。不过，他还不知道自己会多么遗憾。

那名有氧课教练已经怀孕 31 周了。她正在等着自己的第二个孩子降生。

"两个孩子都是同一个精子捐献者的？"在当时情形允许的条件下，杰克尽量冷漠地问道。他们二人赤裸地躺在托尔尼酒店房间的床上。玛丽亚-莉萨把杰克的脸抵在她的大肚子上，好让他感受到 31 周大的胎儿在腹中的移动。

"不是，我丈夫死了。我们之前一直计划要第二个孩子，但我用了差不多三年的时间才鼓起勇气一个人把孩子生下来。"

"你的第一个孩子是男孩还是女孩？"

"是个四岁大的男孩。"

杰克为了发掘他四岁时遭遇的真相重返北海，几乎任何有关四岁男孩的事情都会让他感兴趣。不过，他感觉现在的时机和场合不适合告诉玛丽亚-莉萨，自己对于没能见到她的儿子有多么遗憾。（杰克第二天一早就要前往阿姆斯特丹了。）

玛丽亚-莉萨说，一个朋友会帮忙照顾她的儿子，给他做晚餐并照顾他上床睡觉。她说自己不能留得太晚，她很少在儿子上床睡觉后才回家，最晚也会在儿子早上醒来前回去。

31 周大胎儿的运动天赋让杰克大为惊奇。相比之下，与有氧课教练的性爱就显得有些平淡无奇了。杰克从来没和孕妇上过床，也不知道该有什么期待。他早先不应该对玛丽亚-莉萨这样的孕妇太过担忧。（毕竟，杰克亲眼见过她在有氧课上带着一群孕妇做各种运动，而且他也清楚，《怀孕女孩》杂志上那些看起来不太舒适的姿势不可能是假的。）

杰克后来才发现自己想要的是什么。他不想和她做爱，只想抱着她入睡。他最想做的是把手放在她的大肚子上，想象着自己的手正抚摸着两个他爱着的人——不仅是一个女人，还有她即将出生的孩子。要是能这样入睡就好了。

敲门声起先很轻，但每次持续的时间越来越久。虽然不像萨米·萨罗的敲门声那么猛烈，但也足以传入杰克的梦里。他梦见自己成了一位父亲。

"玛丽亚-莉萨，你在吗？"走廊传来一个男人的声音。他接着一定又用芬兰语问了同样的问题。

那个怀孕的有氧课教练已经走了。杰克醒来时，发现床上只剩他一人。他走进浴室，在腰部裹了一条毛巾。一个托尔尼酒店专用信封用牙膏粘在了镜子上。她留便条的方式真聪明。杰克看了便条后，意识到自己一定是说梦话了。

我叫玛丽亚-莉萨，不是米歇尔。米歇尔是谁？

杰克把那个信封揉成一团，扔进浴室的垃圾桶。他抓着腰间的那条毛巾去开门，他要看看那人到底是谁。杰克有种不好的预感，他似乎已经知道那人的身份了。"玛丽亚-莉萨，我知道你在里面。"那个男人说道，声音比刚才稍微大了些。

直到杰克打开门，他才发现那个男人把他四岁大的儿子也带来了。这个可怜的男人还能怎么办呢？如果你是一位负责的父亲，肯定不会把一个四岁大的孩子独自扔在家里。

杰克毫不怀疑,这个深金色头发的年轻男人就是玛丽亚-莉萨的丈夫。当然不是她"死了"的丈夫。(这个男人看上去也不太像个精子捐献者。)那个男孩打消了杰克想到的所有疑问。他长着他爸爸的深金色头发,而他的鹅蛋脸和杏仁眼几乎与他妈妈一模一样。

"我懂了。你是杰克·伯恩斯。玛丽亚-莉萨说她在健身中心见到你了。"玛丽亚-莉萨的丈夫说。

"她不在这儿。"杰克告诉他。

这名一脸不悦的丈夫看着杰克身后杂乱的房间。那个小男孩想让他爸爸抱他。小男孩穿着一双有麋鹿图案的室内连袜便鞋,睡衣外面套着一件滑雪外套。杰克向后退了退,那位父亲抱着他的儿子进了房间。床上的枕头和被单乱作一团。那位年轻的父亲一动不动地盯着床,似乎能从凌乱的床单上辨认出他怀孕妻子留下的痕迹。

原来,玛丽亚-莉萨告诉她丈夫,她在健身中心有一堂深夜有氧课,但他照顾儿子上床后,发现妻子的健身包还放在柜子里。他本来在打扫房间,正好要把几件他妻子的衣服放进柜子里时发现了她的健身包。

这个男人给杰克看了他在包里发现的纸条,上面写着"吉米·斯特罗纳克,托尔尼酒店"。他一直猜测这个吉米·斯特罗纳克就是杰克·伯恩斯。

"她一直对我说:'健身中心有个电影明星,可我看上去像条鲸鱼!'你不是她最喜欢的电影明星,但我想这无所谓。"她丈夫说。

四岁大的男孩想要从他爸爸身上下来。当他爬上床,钻进枕头下面时,他的父亲一脸疲惫。

"她不想要第二个孩子。怀孕是个意外,她说都是我的错,因为我一直想多要几个孩子。"玛丽亚-莉萨的丈夫说。

虽然那个男孩看上去有些困意,但他似乎从羽绒被和枕头中发现了乐趣。他趴在床上扭动着,像一只想把自己埋起来的动物。杰克猜测这个孩子不会说英语,所以听不懂他们的交谈。不过,就算杰克和他爸爸用芬兰语交谈,男孩也不会有兴趣的。

他才四岁，杰克脑中一直想着。这个孩子半夜被叫醒，穿着睡衣被领到一家酒店。杰克希望这个孩子能忘掉这次深夜历险。或许他只记得大人告诉他的话就好了，但是他的父母何必费心和他说这件事呢？（说不定，这一夜会为这个家庭带来巨大的变化，杰克希望这不会成真。）

"她很可能已经到家，也许你们正好在路上错过了。"杰克对越来越心烦意乱的丈夫说。男孩已经完全隐没在枕头和被单下面，他闷声闷气地对他父亲说了什么。

"他想用下卫生间。"他父亲对杰克说。

"可以。"

父子俩又用芬兰语交谈了几句。令杰克感到陌生的语言和被单的阻隔让他们的交谈难以理解。杰克发现，玛丽亚-莉萨的丈夫不想触碰那张床，所以杰克主动帮忙把小男孩从凌乱的被子与枕头中拉了出来。

男孩撒尿时没有关上卫生间的门，所以可以在房间里听到他自言自语和唱歌的声音。杰克因此想起自己小时候跟着妈妈在北海沿岸旅行时，也经常撒尿时不关门，自言自语，哼唱着歌曲，对身边发生的事几乎没有任何察觉，他只记得他妈妈告诉他的事，只记得她想让他记住的事。

"我很抱歉。"杰克对那位不悦的丈夫和父亲说。为了不让事态变得更糟，杰克决定还是不告诉这个可怜人，他的妻子说自己的丈夫已经死了，她是通过精子捐献者让自己怀孕的。

"吉米·斯特罗纳克是谁？"男人问杰克。

杰克向他解释说，自己会用即将饰演的电影角色的名字登记入住。他没有细说这个角色是个色情片演员，也没说他不仅是演员还是电影的编剧。

小男孩从卫生间里走了出来，但杰克不记得自己听见了马桶冲水的声音。男孩似乎因为什么有些不安，原来他刚刚撒尿时尿到了滑雪外套的内侧口袋。他爸爸用芬兰语说了句让他不用担心的话。（"我们都会时不时地尿到外套的口袋！"杰克想象那句话的意思是这样的。）

可能杰克·伯恩斯四岁时比玛丽亚-莉萨的儿子更懂事吧，不过杰克对此很怀疑。

小男孩想让他父亲再次抱起他，他父亲照做了。男孩把脸紧贴着他父亲的颈部，闭上了眼睛，好像他打算就这样睡着似的。时间已经很晚了，这个孩子随时随地可能睡着。

杰克帮他们打开了房间的门，心中暗自希望这位丈夫不要再回头看那张凌乱的床，不过那个被背叛的男人没有让他如愿。

离开时，那个丈夫对杰克说："我猜，吉米·斯特罗纳克在这部电影里是个坏蛋吧。"然后，他抱着儿子沿着走廊走开了。小男孩在他父亲身上用芬兰语哼唱着。

杰克走进卫生间，冲了马桶，注意到小男孩尿在了马桶座圈上。和很多四岁大的孩子一样，他撒尿前并没有把座圈掀起来。杰克不断告诉自己，如果玛丽亚-莉萨的儿子是个正常的四岁男孩，他一定会忘记这个可怕的夜晚，什么都不会记住。

杰克四处寻找玛丽亚-莉萨写有她名字和手机号码的那张纸条，最后总算找到了。他拨打了上面的那个号码。杰克觉得自己应该提醒她，她丈夫和儿子刚刚来过了。玛丽亚-莉萨接听电话时已经到家，发现自己的丈夫和儿子不见了。她的声音听上去快要发狂了。

杰克告诉她，她丈夫看上去非常疲惫，但行为举止仍然彬彬有礼。杰克还告诉她，她儿子似乎很困，而且他好像完全不明白发生了什么。

"我真希望你能告诉我真相。"杰克说。

"真相！你对真相又知道什么？"她喊道。

机场距离赫尔辛基市区还有些距离，杰克从托尔尼酒店前往机场时，一路的天色都黑漆漆的。当时已经是清晨了，但外面的天色更像是午夜。当然，是下雨的缘故。飞机起飞时，太阳刚刚升起。杰克从飞机上可以看见树林中散落着积雪的痕迹。

杰克想着，他什么都不想知道。他已经知道了够多的事实。他什么新的真相都不想了解，杰克一直在想。他知道的真相足够他消化一辈子了。他真的不想去阿姆斯特丹，但这趟航班正飞向那里。

30 协议

　　杰克第二次来阿姆斯特丹住进了阿姆斯特丹大酒店。这家豪华酒店位于内城运河边，步行至红灯区只要两分钟。雨跟着他从芬兰一路下到了荷兰。接近中午时，杰克在蒙蒙细雨中行走在红灯区。似乎由于下雨，红灯区内游客稀少。

　　妓女们仅仅穿着内衣，站在窗口和门廊下，为了招揽生意大声喧哗，却仍然生意冷清。不过，即使这些女人衣着暴露，如果告诉杰克刚刚在赫尔辛基遇见的那个四岁男孩，这些女人是专门提供建议的人，那个孩子也一定会信以为真的。（因为杰克当初就真的相信了。）

　　没人在唱颂歌，没有一个女人看上去是第一天当妓女，也没有一个女人看上去只打算做一天的妓女。

　　妓女会朝杰克招手微笑，如果她们的微笑没有得到即时回应，如果他一直朝前走不与她们对视，她们会立刻把目标转向别处。有好几次，杰克听见了自己的名字，但只有一次是问句。"杰克·伯恩斯？"当他经过时，一个妓女问道。他没有回头，也没有回答。"杰克·伯恩斯"大都出现在陈述句中，但杰克无法听懂整句话的意思，因为那句话要么是荷兰语，要么是英语之外的语言。（并非所有的妓女都是荷兰人。）

　　杰克向北一直走到海堤街，他只想亲自去看看"刺青提奥"的红龙刺青店。毫无疑问，那家店早就不在了。他轻轻松松就找到了狭小的圣奥洛夫巷，但"刺青彼得"位于地下室的店铺很多年前就搬到了附近的新桥巷。杰克看到了新的刺青店，但他没有进去。他向一个妓女打听这家店，对方回答说，店主是个叫埃迪的人。杰克猜她说的埃迪应该是"刺青彼得"的二儿子。

"哦，你说的是埃迪·芬克吧。"另一个人告诉杰克。这说明掌管这家新店的埃迪与"刺青彼得"没有什么关系。但这又怎样呢？无论埃迪是谁，他都帮不上杰克。

"刺青彼得"（是也可能不是埃迪的父亲）在1984年的圣帕特里克节（3月17日）那天去世了。莱斯利·欧斯特勒清理"女儿艾丽丝"刺青店时找到了一本旧杂志，杰克在上面读到了这个消息。

"听这个，"杰克记得自己当时对欧斯特勒夫人说，"'刺青彼得'出生于丹麦。我从来不知道他是丹麦人！在搬到阿姆斯特丹之前，他竟然还为'刺青奥勒'工作过。"

"那又怎样？"莱斯利当时这样问。

"我从不知道这些！"杰克喊道，"他有一辆梅赛德斯-奔驰？我从没见过！他走路时拄着拐杖——我也没见过拐杖！我甚至都没见过他走路！他的妻子是法国人，一个巴黎歌手？人们甚至说她媲美埃迪特·皮亚芙！"

"我记得艾丽丝告诉过我，他之前踩到了地雷，所以失去了一条腿。"欧斯特勒夫人说。

"但她从没告诉过我！"杰克大喊。

"杰克，你妈妈本来就他妈的什么都没告诉你。"他记得当时莱斯利这样说道。

杰克冒着雨走到老教堂，但他没有进去。杰克也不知道他在磨蹭什么。紧挨着老教堂的幼儿园看上去很新。老教堂广场上的妓女比他记忆中的还多，但杰克和他妈妈上次来时，这里并没有幼儿园。

杰克没费什么力气就在华尔姆斯街找到了警察局，但他还是没进去。假如尼可·伍德延斯还在这里当警察的话，找到他很容易，可杰克还没想好怎么对他说。

杰克沿着华尔姆斯街向水坝广场的方向前行，在圣安娜街的街角停下脚步。他妈妈、萨斯基亚和埃尔斯就是在这里遇到了雅各布·布里尔，那个在自己胸膛上刺有主祷文的刺青师。他的腹部刺的是拉撒路从坟墓中走出的骇人场景。有些东西你永远都不会忘记，无论你看到它们时多么年幼。

"在上帝看来，你和你的朋友是一类人！"雅各布·布里尔当时对艾丽丝说。

"你怎么知道上帝怎么看？"埃尔斯反问布里尔。无论这些场景是否真的发生过，杰克记得的只有这些。

刺青博物馆位于内城运河边，距离杰克住的酒店只有大约一分钟的步行距离。博物馆里温暖舒适，收藏的有关刺青的物品比杰克去过的任何刺青店都要多。博物馆中午开门时，他遇见了"鬼马亨克"亨克·席夫马赫。亨克还领着他转了转。"鬼马亨克"的刺青店"痛苦之源"也在那里。无论埃迪到底是谁，亨克·席夫马赫就是这个时代的"刺青彼得"。刺青圈里没人不认识"鬼马亨克"。

亨克长得人高马大，还留着摩托党那样的络腮胡和长发。他左臂的二头肌上刺着一个嘴里喷火的黑天使的头颅，黑天使额头上似乎长了个乳房。他的右前臂上刺着一卷正在摊开的胶片。当然，"鬼马亨克"身上的刺青远不止此。他的身上刺着他旅行的地图，但杰克记住的这两个刺青是最好的。

杰克看着亨克在一个日本男人的脖子上刺了一只蟑螂。"鬼马亨克"周游各地：日本、菲律宾、新加坡、曼谷、苏门答腊、尼泊尔还有萨摩亚。

亨克在给那个日本人做蟑螂刺青的时候，杰克听着 CD 播放机里美国歌手约翰尼·卡什唱着《万古磐石》。他妈妈说过，一家好的刺青店就如同整个宇宙。亨克·席夫马赫说，好的刺青店是个"能容纳所有欲望的地方"。既然如此，杰克的妈妈为什么不能原谅他爸爸呢？威廉又是如何原谅了艾丽丝的，或者说他真的原谅了吗？（杰克觉得，威廉不可能原谅她。）

"那个叫尼可·伍德延斯的人还在这里当警察吗？"杰克问"鬼马亨克"。

"尼可？他可是这里最好的警察。尼可他妈的可是警察队长。"亨克回答。

雅各布·布里尔瘦骨嶙峋的后背上刺着他最喜欢的耶稣升天——基督在天使的陪伴下离开了人间。杰克穿过红灯区走向华尔姆斯街的警察局时，他想起布里尔描绘的天堂是一个乌云密布的地方。雨已经停了，但脚下的卵石路仍然非常湿滑，而天空就像是雅各布·布里尔的天堂那样乌云密布。

杰克·伯恩斯好几次听见有人喊自己的名字。有些是窗口和门廊下的妓女叫的，她们一定喜欢看电影，至少曾经喜欢看电影。

杰克走过老教堂旁边运河上的桥，看到一个在欧洲老城经常可见的公用男性小便池。他记得童年时的自己在那儿撒过尿。当时天已经黑了，他妈妈在他撒尿时站在小便池的隔板外，一直催促他快些。她当时可能不想一个人站在老教堂附近吧。杰克撒尿时，还能听见一群喝醉了的男人的歌声，他们一定是用英语唱的，否则杰克不会记住他们哼唱的部分歌词。

他们是几个英格兰球迷，杰克的妈妈后来告诉他。"最差劲的就是他们。"她说。当时正好有场足球比赛，英格兰队不是赢了就是输了，不过就英格兰球迷在红灯区的表现来看，输赢都没区别。杰克记得萨斯基亚叫他们"下流的粗人"。这个词可不在他妈妈的词典里。

杰克再次来到老教堂，走到那所新建的幼儿园和妓女共处的街道。有人跟着他。一个男人从火炉巷的拐角开始一直跟着他，几乎是从杰克离开刺青博物馆和"痛苦之源"的时候开始。杰克放慢脚步，他也跟着慢下来。杰克再次加快速度时，这个人的步伐也快了起来。

杰克以为那人是他的影迷。他非常讨厌影迷这样跟着自己。如果他们走上前来对他说："你好，我喜欢你的电影。"然后与他握手后走开——杰克对此没有意见。可是，跟踪的举动真的会惹恼杰克，而这么做的通常是女人。

显然这个人不是女的。他那留着金棕色络腮胡的脸庞看上去并不好惹。他穿着一双跑鞋和防风外套，走路时双手插在外套的口袋里。他耸着肩，好像现在还在下雨，要么只是他感到冷。一个大概四五十岁的男人。他完全没有试图掩饰自己对杰克的跟踪，似乎他就想这样逼杰克转身面对自己。

杰克想知道这个混蛋有没有胆量跟着他走进警察局，于是他继续走着。

走到靠近华尔姆斯街的最后一条小街时，一个穿着内衣和高跟鞋的棕色皮肤妓女走出门廊，她差点儿摸到了杰克。"嗨，杰克。我看过你的电影。"她说的英语带着西班牙语口音，可能来自多米尼加或哥伦比亚。

看到跟着杰克的男人时，她立刻举起双手，好像那人正拿枪对着她似的。她很快退回到门廊里。杰克这时意识到，跟着自己的那个人是警察。显然，那个多米尼加或哥伦比亚女人认识那个警察，她可不想惹上什么麻烦。

杰克停下脚步，转过身看着那个警察。他的眼睛依旧蓝得让人想起知更鸟的蛋，脸的一侧颧骨上有个 L 形的疤痕。杰克被他的络腮胡骗到了。杰克第一次遇到这个警察时，这个警察只有三十岁左右，和杰克现在差不多大，尼可·伍德延斯那时候可没留络腮胡。杰克一直觉得尼可是个好人，他记得自己小时候，尼可对他总是很和蔼。现在年逾五旬的尼可看起来却有些凶恶。

"我一直在等你，杰克。几年来，我一直留意着你。"尼可说道，同时对那个多米尼加或哥伦比亚妓女点了下头，"我一直对女士们说：'演员杰克·伯恩斯总有一天会出现的。看到他时，给我打个电话。'我一直这样告诉她们。好啦，今天我接到了六个电话。我知道，至少有一个人没看错。"尼可握了握杰克的手。

当他们走上华尔姆斯街时，尼可将手搭在了杰克的肩上，把他带向右边，似乎尼可不相信杰克还能记得警察局的位置。"你是来找我的吧，杰克？"

"是的。"杰克说。

"所以说,你妈妈死了?"尼可问。

杰克以为尼可早就读到了艾丽丝的死讯,作为杰克·伯恩斯的母亲,她的死讯被大部分的电影杂志报道。可是,尼可·伍德延斯从不读杂志。他只是觉得,如果艾丽丝还活着,杰克是不可能回阿姆斯特丹的。

"你为什么这么认为?"杰克问他。

"我敢打赌,你妈妈劝你不要来。她一定劝过你。"尼可说。

他们走进华尔姆斯街警察局,走上楼梯来到二楼一间近乎空荡荡的办公室。办公室里只有一张桌子和三四把椅子。杰克与尼可面对面坐在桌子两边,好像杰克马上要因为罪案接受审讯。杰克觉得尼可开着办公室门的做法格外令人发笑,就像他们之间谈论的完全不是私事似的。杰克有种感觉,警局里所有的警察不仅事先知道他要问尼可·伍德延斯的问题,而且连答案都知道。

也许是因为他正和警察在一起,杰克主动开口,告诉尼可发生的一切。(似乎杰克童年时遭遇的所有欺骗都是他而非他妈妈犯下的罪,似乎他最近刚刚了解到的真相是他对自己隐瞒的。)

当另外一名警察走进办公室,把一些钱放在尼可面前的桌子上,杰克都没有中断讲述。这名警察离开后,又有第二个和第三个警察进来做了同样的事,直到进来第五或第六个警察——有的穿着制服,其他人像尼可一样穿着便服——杰克才讲到阿姆斯特丹的部分。

讲到这里时,杰克已经十分激动了。趁着杰克说话,尼可用手卷了几根香烟。他从一个烟袋里拿出一些深色的烟叶,一根根地不停卷着香烟,好像杰克完全不存在似的。杰克有种感觉,对尼可来说,把这些香烟归拢在一起比抽烟更重要。桌子上只有三四根香烟,但尼可一根都没抽。

"我以为我妈妈只做了一夜的妓女。我以为她只接了那个男孩的客,他很可能是个处男。他还把他的珍珠项链弄断了。"

"杰克,没人能只做一夜妓女。我当时要她停手,否则就把她驱逐出境,但她还是接着在这里做妓女。至于处男,艾丽丝接的客人都是处男,至少他们告诉她,自己是处男,或看起来像处男。"

· 615 ·

"但她这么做的原因是什么？她有自己的工作，不是吗？她在'刺青彼得'和'刺青提奥'的店里各有一份赚钱的工作。"杰克问。

事实上，艾丽丝有两份收入颇丰的工作。同时，威廉还不停支付杰克的抚养费，再算上威克斯蒂德夫人给她的资助，她根本不缺钱。然而，为了让威廉回心转意，艾丽丝唯一没有用过的方法就是置杰克于危险之中，她还没有做过四岁的杰克不应该见到的事。但如果她成了妓女，艾丽丝推断，如果杰克目睹了这些——自己的母亲曾经是妓女的记忆会对他的成长造成什么影响呢？

"'如果杰克把这些都记成是你害我这样的呢？'她当时这样问你爸爸，'既然这么喜欢那些妓女，还为她们演奏，威廉，如果杰克认为我之所以成了妓女，都是因为你不再为我演奏了，如何？'"尼可·伍德延斯告诉杰克。

尼可对杰克说，威廉为妓女演奏，完全是出于宗教信仰。"他是个狂热的基督徒，不过是好的那种狂热。"尼可解释说。威廉之前一直坚持专门为妓女在凌晨时进行管风琴演奏，因为那时正好是她们的收工时间。威廉想让她们在老教堂找到归属，让她们知道有人在为她们演奏。他想让这些妓女从音乐中得到慰藉，他想让她们祷告。（威廉当然想让她们不再做妓女，但他能让她们皈依的办法就只有音乐。）

并非老教堂里的所有人都赞成威廉的做法，但他用耶稣会创始人圣依纳爵·罗耀拉的虔诚事迹让反对者无言以对。威廉·伯恩斯说，与圣依纳爵在罗马的遭遇相比，阿姆斯特丹街头的恶行更令人发指。依纳爵当时在罗马的富人中募捐，建立了一个专门收留妓女的避难所。在罗马时，这位圣徒宣称，如果每个晚上能让一名妓女回头，他宁可为此献出自己的生命。

"老教堂的一些上层人士表达了他们的疑虑。毕竟，圣依纳爵是个天主教徒。而在当时的新教徒中，你爸爸实在有些另类。不过，威廉说：'听我说，我没打算每天晚上让一个妓女皈依。'但他用他自己的方式做到了。'我只是努力让这些女人感觉舒服些。如果有人从音乐中听到了上帝的噪声，能有什么害处呢？'"尼可说。

"上帝的噪声？"杰克问。

"那是威廉的说法，杰克。他以前常常这么说，如果你能从管风琴中听到上帝的噪声，你就是一个真正的信徒。"

"真的有用吗？有妓女因此信了上帝？"杰克问。

"其中有些人真的成了信徒，但我觉得她们不会因此就不做妓女了。至少，在你妈妈开始做妓女之前，她们还做着这份工作。有些妓女根本不喜欢你爸爸，她们觉得他是又一个不认同她们又要瞎操心的基督徒。当然，威廉表达不认同妓女的方式很特别！不过，讨厌你母亲的妓女更多。她们不会让自己的孩子接近红灯区，但你妈妈每天带着你到处走，而这样做只是为了把你爸爸逼疯。"

"你不是说要把她驱逐出境吗？"杰克问道。这时，又有一名警察走进了办公室，在桌子上放了更多的钱。

"不是荷兰籍的妓女都会被驱逐出境，但你爸爸不想让她离开。他不想失去你，杰克。但同时，他又无法忍受看着你留在红灯区。"尼可回答。

杰克还询问了那个管风琴调音师弗兰斯·唐克尔的情况。尼可说，唐克尔一直在模仿或试图模仿威廉做过的一切。唐克尔花了大把的时间练习想要演奏管风琴，而不是做调音的本分工作。"当你爸爸需要好好补上一觉时，弗兰斯会代替威廉为妓女在老教堂演奏。我觉得，唐克尔这个人有些单纯，也许是因为他婴儿时脑袋被人摔过吧。你爸爸待他就像对待一只无助的宠物。威廉放纵他，怜悯他，而且一直乐善好施。不是说唐克尔不值得他这么做，只是那个孩子太没有自知之明了。"

"他还在屁股下面撒婴儿粉。"杰克大声地回忆道。

"唐克尔甚至还模仿你爸爸做刺青，但很拙劣。后来，他还从事了一份非常愚蠢的工作，只有唐克尔这种人才会梦想从事这份工作。我再也没在这里见过他。"尼可说。

"我想我知道唐克尔做了什么。他在一艘游轮上弹钢琴。他去了澳大利亚，去找辛迪·雷刺青了。"杰克对警察说。

"完全正确！杰克，你的记性可真好！这类细节连我这个警察都不记得了。"尼可·伍德延斯喊道。

杰克还记得那个褐色皮肤的苏里南女人。她是最先开口和杰克说话的几名妓女之一。他当时很惊讶她知道他的名字。她从窗口揽客，位于科尔斯耶斯码头巷或贝格街那里，准确说并不在红灯区里。杰克和他妈妈还在那里见到了芬克。（他当时还以为芬克是个不一般的妓女呢，实际上她是名律师！）

这个苏里南妓女送给杰克一块和她肤色近乎一样的巧克力。"我一直留着这块巧克力，就是为了送给你，杰克。"她说道。按照艾丽丝对杰克的误导，很多妓女把威廉带回家和他上床。于是，这么多年来，他一直以为自己见到了他父亲众多女朋友中的一位。但这并不是真的。

杰克的父亲没有与任何阿姆斯特丹的妓女发生过关系。威廉只是为她们演奏管风琴，为她们弹出洪亮而神圣的声音，这洪亮的声响让她们无处可逃，只能聆听。其中有些人真的从音乐中听到了上帝的噪声。在那一夜，威廉也许真的将她们从罪孽中拯救了出来，日后其中一些人甚至确实不再做妓女了。

"我说你爸爸是新教徒里的圣依纳爵，这似乎还挺让他开心的。"尼可·伍德延斯告诉杰克。

尼可还告诉杰克，那个苏里南妓女是最早皈依基督教的妓女中的一个。她从威廉演奏的管风琴音乐中听见了上帝的噪声，一夜之间成为一名信徒。

杰克已经数不清到底有多少警察走进办公室，把钱放在尼可面前的桌子上。当又一名警察进来又离开时，杰克问尼可，他是不是赢了什么比赛或赌赢了赛马。

"我赢的就是关于你的打赌，杰克。有一天，我和这里的每一个警察打赌，在我退休之前，杰克·伯恩斯一定会走进华尔姆斯街警察局，我们一定会就他的父母聊上几句的。"尼可·伍德延斯说。

第二天是周三，杰克在晚上跟着尼可来到老教堂，听管风琴师威廉·福赫尔的排练。福赫尔已经正式退休了，不再教授学生，但他仍然为管风琴和唱诗班创作音乐，他作品的唱片刚刚发行。当然，他也继续在老教堂演奏管风琴，主要是周日的礼拜仪式和周三晚间的排练。威廉·福赫尔年近八旬，看上去仍很年轻。他穿着一件肘部宽松下垂的毛衫，有一双修长无毛的手。他脖子上围着一条羊毛围巾，坐在没有暖气的教堂里。

杰克无误地记住了那段狭窄的楼梯，砖砌的台阶通向管风琴师演奏时位于教众上方的隐蔽座位。沿着楼梯向上攀爬时，一侧是木质扶手，另一侧是涂有蜡层的焦糖色粗绳。在管风琴师就座的皮凳后方，有一个没有任何遮掩的灯泡，正好可以照着发黄的曲谱。福赫尔穿着一双破旧的鞋踩着管风琴的踏板，他弹奏着琴键的长手指很温柔。

当管风琴停止演奏或音量变小时，杰克才能听见远处唱诗班的低吟。当福赫尔演奏到激烈处，站在管风琴师后方几乎很难听见唱诗班的声音。如果进行到唱诗班无须伴奏的清唱环节，福赫尔便拿出一块硬糖，把包装纸整齐地放进口袋后，再把糖扔进嘴里。

杰克完全看不懂管风琴音栓上的荷兰文名字，那是一个他从未见识过的世界。

十五度音栓
8英尺管

八度音栓
4英尺管

角笛音栓
2英尺管

颤音拉手

杰克努力地想从音乐中听出上帝的噪声，但当福赫尔演奏《三圣颂》和《羔羊经》时，杰克也没听见上帝对他说话。

威廉·福赫尔从没见过杰克的爸爸。1970 年，福赫尔和一群朋友夜里出门吃饭时，一个朋友建议去老教堂听威廉·伯恩斯给妓女演奏，但困倦的福赫尔拒绝了这个提议。"我很遗憾从没有听过他的演奏。有人说他了不起，其他人说威廉·伯恩斯只是个爱表演爱炫耀的人，没必要把他看作严肃的音乐家。"老管风琴师告诉杰克。

第二天上午，杰克和尼可·伍德延斯去了一间咖啡馆，和萨斯基亚一起喝了咖啡。萨斯基亚十多年前就不当妓女了。尼可提醒杰克，萨斯基亚虽然不当妓女了，但脾性仍和之前一样。她去读了一所美容学校，学会了理发，好像还学会了化妆和修剪指甲。现在，她在罗金街的一家美容店里工作。罗金街是阿姆斯特丹一条宽阔繁忙的街道，那里有很多中高端的店铺。

萨斯基亚不想让尼可和杰克直接到她上班的美容店。因为过往的工作让她形成的习惯就是，哪怕是警察善意的拜访也会让她不舒服。萨斯基亚还担心，美容店以及周围的女人知道她竟然认识杰克·伯恩斯会大惊小怪。

杰克看见萨斯基亚走来时，觉得她不仅仅是更换了职业。她整个人都大变样了。她右臂上那一堆掩盖疤痕的亮晶晶的手镯不见了。年过五十的她身材依旧瘦削，但脸上已经没有了曾经的憔悴。妓女特有的那种魅惑气质，在她身上没有一丝一毫的残存。萨斯基亚的头发剪得很短，像个男孩子。她里面穿了件白色高领毛衣，外面套着件好像是男款的斜纹软呢外套。她松垮的牛仔裤倒是有些难看，脚上穿的低跟短靴让她走起路来像个男人。

杰克站起身亲吻萨斯基亚，但萨斯基亚似乎对他有些冷淡，不是敌意，而是不够热情。她对尼可的态度也没好到哪里去。萨斯基亚的大手袋里装着一条约克夏狼，这条狗似乎和尼可已经是老朋友了。萨斯基亚向侍者点单时，约克夏狼蹿出萨斯基亚的手袋，心满意足地坐在尼可的大腿上。

杰克差点儿以为她会点火腿芝士牛角包三明治，但她只要了一杯咖啡。看到萨斯基亚补好了自己的牙齿，杰克并没有感到吃惊。既然她大变样了，怎么就不能把牙齿修补一下呢？

"我知道你为什么来，杰克。我没有任何兴趣，"萨斯基亚开口道，"也不同意你的做法。"杰克什么都没说。"所有人都站在你爸爸那边，但我讨厌男人，我喜欢你妈妈。另外，我之前当妓女时可没时间走到教堂，听他演奏那架能让你内心滴血的管风琴。"

"我记得我还帮你带过火腿芝士牛角包三明治。"杰克对她说。（他试图让她镇静下来，因为她听上去很生气。）

"你父亲经常在买火腿芝士牛角包三明治的地方出没，是你母亲让他在那里看你的。你现在再让我吃那玩意儿，我想自己一定会当场死亡的。"

"你和埃尔斯轮流照顾我？"杰克问她。

"你妈妈帮埃尔斯和我支付房租。艾丽丝为埃尔斯和我分别支付一部分。我们三个人分摊两个房间的房租。所以当然应该照顾你，生意往来嘛。"她回答。

"我妈妈只接处男客人？"他问。

"其中有些男孩已经和红灯区里一半的妓女睡过了！他们看起来像处男，对艾丽丝而言就足够了。"萨斯基亚说。

"她真的相信，我爸爸仅仅为了阻止她当妓女就会回到她身边吗？"

"她相信的是，你爸爸会为了保护你做任何事，为了让你拥有应该有的生活，而不是在红灯区里长大。倒是那个坏心眼的律师想出了个法子阻止了你母亲。"萨斯基亚说。

"你不喜欢那个律师？"杰克问。他还记得萨斯基亚和埃尔斯是怎样对着芬克尖声叫喊的，当时的情景差点儿让他以为埃尔斯和芬克要打起来了。

"芬克和你那个父亲一样，是个瞎操心帮倒忙的人。一方面，她确实公开为妓女的权利呼喊。另一方面，她想让我们都回到学校，学习一门技能，做份别的工作！"

"她和我妈妈达成了什么协议？"

"芬克要你母亲离开红灯区，带你回加拿大。芬克保证，你爸爸这次不会跟着你们了。如果她能让你进入一所好学校，并保证你上完学，你爸爸会支付所有的费用。但你母亲不好对付。她告诉芬克，你父亲必须保证放弃对你的那部分监护权。他还要保证不会去找你，哪怕你长大成人，甚至艾丽丝死了都不行！"

"我爸爸为什么会同意这些要求？"

"他选择保证你的安全，杰克，即使这意味着他永远不能再见到你。"尼可·伍德延斯说。

"如果你妈妈无法拥有你爸爸，那么他也别想拥有你。就这么简单。听着，杰克，为了给你那个该死的父亲一个教训，你母亲甚至可以当着你的面抹脖子自杀。"萨斯基亚说。

"这算是什么教训？告诉他不应该离开她？"杰克喊道。

"听着，杰克，"萨斯基亚再次说道，"我很钦佩你妈妈，因为她让你爸爸为抛弃她付出了代价，而且是很高的代价。对大多数女人来说，她们获得的补偿根本无法与男人对她们的残忍伤害相比。"

"那么我爸爸到底对我妈妈做出了什么残忍的伤害呢？"杰克问道，"他只是离开了她！他并没有抛弃我，他给她钱，供我读书，还有我其他的开销——"

"你不能把一个女人肚子搞大，然后发现自己不喜欢她了，为了躲开这个累赘就一走了之，杰克，"萨斯基亚说，"还是问你父亲吧。"

除了告诉杰克他爸爸选择答应艾丽丝的条件是为了杰克的安全，尼可什么都没说。和艾丽丝一样，萨斯基亚显然在理性与复仇之间选择了后者。

"你也给男人理发吗？"杰克问她，"还是只给女人剪头发？"（他现在又试图让她别那么生气。）

萨斯基亚露出微笑。她喝完了咖啡，啧了啧嘴，发出一声像是亲吻的声响，就看见那条约克夏狗从尼可的大腿上跳进她的怀里。她把狗放进手袋里，站了起来。"只给女人剪，"她仍然笑着对杰克说，"不过，既然你已经长大了，杰克宝贝，如果你想让人剪掉自己的鸡巴，尽管找我吧。"

"我想，她并没有在美容学校里学过阉割术。"他们看着萨斯基亚走远时，尼可·伍德延斯说。她一直朝前走着，甚至都没有转身向他们挥手告别。

"埃尔斯现在怎么样？我想你肯定也知道她的情况。"杰克对尼可说。

"你还算幸运，埃尔斯的脾气可要好多了。"尼可说。

"她现在没在给人理发吧？"杰克问。

"你等一下就知道了。人人都有自己的过往，杰克。"尼可说。

尼可领着杰克穿过水坝大道，离开了红灯区。他们在熙攘的购物人群中缓慢地前行，从新堤路来到了狭窄的圣雅各布街。埃尔斯正好住在一栋公寓的二层。与其他妓女相比，她房间的窗户也点缀着红灯，却有些不一样，不仅因为这里是红灯区外，还因为她的房间不在临街的底层。不过，杰克想到如今的埃尔斯住在二楼俯瞰着下面的人潮涌动，如同她回顾自己的妓女生涯（当然，她是在农场长大的，也可以说在回顾她的农场生涯），这样看来，他觉得埃尔斯住在二层适得其所。

白天时，埃尔斯充满热情地朝所有路人打招呼，但尼可告诉杰克，她在夜里会变得很挑剔：如果你喝醉了或者嗑了药在街边撒尿，她会像警察似的用手电筒对着你，大声地斥责你的不文明行为。在圣雅各布街，埃尔斯还是妓女，但她也是一名自封的治安官。毒品流行改变了红灯区的面貌，她难以忍受而离开了红灯区。酒精和毒品夺去了她仅有的两个儿子的生命。（这两个年轻人死的时候才二十来岁。）

杰克之前以为埃尔斯和他妈妈几乎同龄，至多稍微年长些。这简直大错特错。即使站在街道上抬头看着她，杰克也能看出埃尔斯已经七十多岁了。当杰克还是个四岁的孩子时，她应该有五十多了。

"杰克宝贝！"埃尔斯喊道，送出了好几个飞吻，"我的小宝贝回来了！"她对整个圣雅各布街宣布，"杰克，杰克，快来抱抱你的老奶妈吧！你也是，尼可。如果你想的话，也可以抱抱我。"

他们走上楼梯来到她的公寓。那间窗口临街的房间仅仅是整座公寓极小的一部分，公寓里干净得一尘不染，充满了厨房里咖啡研磨机发出的香味。埃尔斯有个管家叫玛丽耶克，是个比她年轻很多的女人。她看到有人来便立刻煮起了咖啡。在农场长大的埃尔斯讨厌日常打扫的家务活，但她知道房屋整洁的重要性。她和另外一个"女孩"搭伙卖淫，埃尔斯告诉杰克。她们轮流使用那间临街的房间，不过另外那个名叫佩特拉的妓女不住这儿。

"佩特拉是年纪小的那个，我是年纪大的！"埃尔斯高兴地说。（杰克没有见到佩特拉，但尼可告诉他，佩特拉已经六十一岁了。）

埃尔斯宣称自己"大概有七十五岁"。她说自己的常客都在上午光顾。"他们下午要打个盹，而且他们年纪太大了，没法夜里出来。"唯一会在夜里光顾的是街上路过的人，也就是说，他们路过时，埃尔斯正好坐在二楼房间的窗口。大部分时候，都是佩特拉在夜里使用房间。"我夜里得睡觉，"埃尔斯承认，她轻轻捏了捏杰克的小臂，"有时我会去看电影，尤其是你的电影，杰克！"

埃尔斯一直是个身材高大的女人，胸部的尺寸也非常可观。她的胸脯像是船艏一般威风凛凛，抢先吸引了众人的注意。她走路时，屁股一抖一抖的。埃尔斯虽然身材高大，但并不胖，虽然杰克注意到她胳膊上的肉已经下垂。另外，她走路时还略有些跛。埃尔斯说，她的心脏不太好——"可能是脑子里有栓塞"。她不祥地指了指自己的脑袋。埃尔斯还总戴着一副亮金色的假发。

"杰克，我每天要吃很多药，我自己都数不过来了！"她吻着他的脸说道。

埃尔斯和房东之间不是那么相安无事，她想让尼可知道这点。也许警察可以对这栋楼的新房东做些什么。"比如，一枪毙了他。"埃尔斯对尼克说，同时微笑着吻着他的脸。然后，她又亲了亲杰克。她和新房东一直就租金和税金问题有争执，在她看来，这个新房东是个愚蠢的混蛋。

长期以来，埃尔斯一直是妓女工会的发言人。她经常向高中生讲述妓女的生活。那些学生很多只有十六岁，他们问了很多有关第一次性行为的问题。多年以前，埃尔斯有过一个丈夫。直到结婚三年后，她丈夫才发现妻子是妓女。

埃尔斯脸上有块瘀青。尼可问她是不是有客人对她动手了。

"不，不是。我的客人可不敢打我。"她回答。埃尔斯之前在水坝广场附近内斯街的一间咖啡馆里和人打了一架。她在那里遇见了一个不愿意和她说话的女人，那人以前也是妓女。"一个自认为圣洁的傻屄。你应该看看她的脸才对，尼可。"她说道。

杰克觉得，自认为圣洁这个说法是适合聊起他父亲的切入点。埃尔斯不仅认识威廉，还经常在凌晨时分去老教堂听他演奏管风琴，当然，艾丽丝对此不知情。杰克猜测，埃尔斯应该没有从音乐中听出任何上帝的噪声。令他吃惊的是，埃尔斯说，一天夜里，她还带着他去了老教堂。

"我觉得，虽然你不记得威廉的演奏了，但那种声音会影响你的。我是抱着你走到那里的。你睡了整整一路，一直没有醒来，脑袋就那么靠在我的胸脯上。杰克，你把两个小时的演奏会都睡过去了。你一个音符都没听见！我不知道你还能记得什么。"

"确实没记得什么。"杰克承认道。

杰克知道，在老教堂演奏管风琴时，琴师坐的位置很隐蔽，所以他父亲根本看不到自己的儿子正睡在某个高大妓女的胸前。也许这就是尼可所说的，他父亲对杰克"生长环境"的担忧。

埃尔斯告诉杰克，因为萨斯基亚和艾丽丝比她更受欢迎，有更多的客人，所以大部分时间，她就像杰克的保姆（她的原话是"奶妈"）。

"而且我比你妈妈和萨斯基亚都要强壮，自然是我抱着你了！"她大声说道。埃尔斯那时常常抱着杰克从一张床挪到另一张床。"我以前经常觉得你是我们的一员，也是一个妓女。因为你每天要爬上床好几次，因为我总是把你从一张床带到另外一张床上安顿下来！"她对杰克说。

"我记得，你和芬克差点儿打起来。"杰克说。

"我本可以杀了她。我就应该杀了她，杰克！"埃尔斯喊道，"当然了，芬克只是个帮忙达成协议的人，这种事总得有人做。不过，那可真是个糟糕的协议，可把我气坏了。律师向来不在乎什么是公正。只要是双方都能接受的协议，对律师来说都是好协议。"

"这种事总得有人做，埃尔斯，就像你说的。"尼可说。

"去你的，尼可。好好喝你的咖啡吧。"埃尔斯对他说。

咖啡很美味。玛丽耶克还给他们准备了些饼干。

"我爸爸看着我离开阿姆斯特丹的？"杰克问埃尔斯。

"杰克，他看着你离开了鹿特丹。他看着船驶离了港口。芬克把他带到了码头。她开车带着他去了鹿特丹。萨斯基亚可不想看到这种场面。她陪着你妈妈、我还有你去了阿姆斯特丹的火车站，这种狗血场景已经是她忍耐的极限了。萨斯基亚把告别的场面都称为'狗血'。"

"所以说，你也坐火车和我们一起去了鹿特丹？"

"我和你们一起去了码头，把你们俩送上了船，杰克。你妈妈也没比你爸爸的表现好到哪里去。她好像意识到从那天之后，就再也见不到威廉了，虽然她说那份协议正合自己的心意。"

"你在码头看到我爸爸了？"

"那个该死的芬克没下车，但你爸爸下来了。他一直在哭，整个人都崩溃了。他躺在地上。我只好扶他起来，抱着他回到那个坏蛋律师的梅赛德斯轿车上。"埃尔斯说。

"'刺青彼得'真的有一辆梅赛德斯吗？"杰克问她。

"芬克那辆更好，杰克。"埃尔斯说，"她开着那辆梅赛德斯，带着威廉回到了阿姆斯特丹。我从鹿特丹坐火车回来的。我脑海里一直回想着你在船上挥手的情景。你以为你在对我挥手，当然，我也挥手回应，但你真正告别的人是你父亲。哼，协议，尼可？"她尖刻地对身边的警察说。

"这种事总得有人做，埃尔斯。"他重复道。

"去你的吧，尼可。"这个老妓女又对他说了这句。

杰克回到酒店后，有两张传真正等着他。他偏偏先读了那张最新的传真。传真开头，电影制片人理查德·格拉兹坦给出了一个让人瞠目结舌的建议。鲍勃·布克曼之前已经把《废稿读者》的剧本寄给他看了。

亲爱的杰克，

千万别离开阿姆斯特丹！你说我们和荷兰导演威廉·范弗列克见个面如何？我知道你以前和他合作过。让我惊讶的是，《废稿读者》很像是一部翻拍作品，可能正好是"翻拍狂魔"拿手的。想想看：

· 626 ·

这部电影里有拍摄色情电影的情节，但这个电影本身不是色情电影，对吧？我们不能展示任何色情场面，但詹姆斯·斯特罗纳克和米歇尔·马厄的关系却有些色情的意味，不是吗？（他太"大"了，而她太"小"了。太棒了！）我们应该讨论一下。不过，先告诉我，你对于"疯狂的荷兰人"的想法。巧的是，他正在阿姆斯特丹，你也在阿姆斯特丹。如果你觉得让范弗列克当导演还不错，我可以去见你们。

理查德

杰克读到第二封传真时，才明白了事情的来龙去脉。他应该先读这封鲍勃·布克曼发来的传真。

亲爱的杰克，
　　理查德·格拉兹坦很喜欢你的《废稿读者》剧本。他想和你讨论一下可能的导演人选。理查德有个疯狂（也许没有那么疯狂）的想法，找"狂人比尔"做导演。给我回电话，也给理查德打个电话。

鲍　勃

杰克立刻兴奋地给理查德·格拉兹坦家里打了电话。（洛杉矶当时还是凌晨。）

"狂人比尔"范弗列克已经年近七旬。他从贝弗利山搬回了阿姆斯特丹。几年来，好莱坞没人找他执导电影。"翻拍狂魔"卖掉了位于山景路的那栋丑陋的住宅。他喜欢的小灵犬也出了毛病。杰克还记得那些皮包骨的小狗在他的房子里四处乱跑，时不时地滑倒在硬木地板上。

"狂人比尔"的厨师和园丁，就是那对苏里南夫妇，也遭遇了不幸。理查德·格拉兹坦告诉杰克，有人溺死在范弗列克的泳池里。但他记不清死的是那个矮小的苏里南女人，还是她那个身材袖珍的丈夫。（被淹死的是小灵犬也说不定！）

于是，"疯狂的荷兰人"回到了阿姆斯特丹，和一个比自己年轻很多的女人住在一起。范弗列克拍摄的一部荷兰电视剧风靡一时。按照理查德·格拉兹坦的描述，"狂人比尔"拍摄了一部以阿姆斯特丹红灯区为背景的《迈阿密风云》。

理查德还说到让米拉麦克斯公司同意任用威廉·范弗列克拍摄《废稿读者》的困难。当然，前提是理查德和杰克与"疯狂的荷兰人"谈得很顺利。格拉兹坦和杰克都认为，成功的可能性还是存在的。（鲍勃·布克曼已经立刻把杰克的剧本寄给了"狂人比尔"。）

理查德和杰克还谈到了让露琪亚·德尔维奇奥出演米歇尔·马厄的想法。"她得为此减掉将近十公斤的体重。"杰克告诉理查德。

"她太愿意了！"格拉兹坦说。毫无疑问，杰克想。好莱坞有很多女人想要减掉十公斤的体重，她们需要一个理由。

杰克越考虑越觉得选择"狂人比尔"当导演的主意很不错。"翻拍狂魔"之前的问题出在他的剧本上。他总是在其他现成的好剧本基础上进行模仿和改编，每次都改动得太过火，总是让拙劣的模仿超出合理的范围。这种过火或叛逆的改编造成的后果，就是电影不讨观众喜欢。而艾玛的故事可以让人对其中的角色感到由衷的共鸣，无论是"太小"的废稿读者，还是那个阳具过大的色情片明星和糟糕编剧。范弗列克从来没有遇到过一部让人产生共鸣的剧本。

杰克真希望能问问艾玛对此事的看法，他认为让"狂人比尔"来导演《废稿读者》不至于让艾玛在坟墓里辗转反侧。

杰克冒雨走出酒店，路过了专门放映色情影片和进行色情真人秀表演的红屋剧院。他童年时以为这里可能是额外提供建议服务的场所。杰克丝毫没有想要进去看看的冲动，哪怕以对《废稿读者》进行研究的名义，他也不会感受到任何诱惑。

杰克再次走到华尔姆斯街的警察局，但尼可在红灯区巡逻。两个穿着制服的年轻警察告诉杰克，他们觉得威廉·范弗列克拍摄的有关警察杀人的电视剧很真实。"狂人比尔"专门在华尔姆斯街警察局待了一段时间，还跟着警察一起在红灯区里巡逻。现实中的警察对这部有关警察的电视剧颇为赞赏，这是个好兆头。

杰克在罗金街的一家健身馆进行锻炼。那家健身馆很不错，但里面的音乐太吵了，而且播放起来没完没了，让他觉得自己在赶时间，可他明明没什么急事要赶着做。尼可已经安排好他和芬克的会面，时间定在下午 4 点，他根本无须着急。杰克从健身馆回到酒店时，尼可·伍德延斯在酒店接待处给他留了一个包裹，里面是范弗列克那部电视剧的录像带。

杰克冲了个澡，刮了胡子，换上了比较正式的衣服后又出门了。马里努斯和雅各布·波尔特弗利特法律事务所位于辛格尔运河边。芬克是这两位律师的母亲，现在已经退休了。杰克立刻就明白，为什么艾丽丝可以轻易地让他认为芬克住在贝格街上的妓女房间里。波尔特弗利特兄弟的法律事务所基本上就在科尔斯耶斯码头巷和贝格街之间，两条街交会的路口恰好是很多高级妓院的聚集地。

杰克依然记得法律事务所办公室里的细节：一把看起来很舒适的真皮扶手椅和一张皮沙发摆放在窗边，坐在上面可以看到窗外的车辆和行人；墙上悬挂的那几幅画也似曾相识。杰克甚至还记得那张颇有东方风情的地毯。

芬克迟到了，于是杰克先和她的两个儿子聊了聊。他们二人都是五十多岁的绅士，穿着保守。1970 年时，他们还在念大学，但即使这样，他们也记得那个颇有争议的管风琴师威廉·伯恩斯，因为他专门为妓女在凌晨的老教堂演奏管风琴。当时，参加威廉的管风琴演奏会甚至成了大学生中时髦的深夜活动。

"我们中有些人认为你父亲是一位权益活动人士，一位社会改革者。毕竟，他对妓女面临的困境表达了深切的同情。"马里努斯告诉杰克。

"其他人的看法倒是和有些妓女不谋而合。我指的是不喜欢威廉的那些妓女。在他们看来，威廉是个狂热的宗教信徒，试图让妓女皈依上帝，这么做毫无意义。"雅各布解释说。

"但他演奏得太棒了，无论你怎么看待威廉，他都是一位伟大的管风琴师。"马里努斯说。

波尔特弗利特家族是法律世家。他们不仅接手离婚和儿童监护权官司，还受理遗产纠纷和遗嘱规划的业务。威廉·伯恩斯的案子麻烦之处在于，虽然他有荷兰的工作签证，但他是个苏格兰人。而艾丽丝身为加拿大公民没有荷兰的工作签证，根据有关规定，给荷兰刺青师当学徒的外国人可以在荷兰工作几个月，而且无须缴税。但过了这个时限，他们要么交税，要么离开。

杰克的父母都不是荷兰公民，所以荷兰法院不会受理这宗儿童监护权的官司。艾丽丝毫无顾忌地当着杰克的面做起了妓女，虽然威廉对此怒不可遏，但他没办法通过法律途径收回杰克的监护权。不过，艾丽丝的所作所为会导致自己被驱逐出境，主要是她做妓女时竟然与未成年男性发生性行为，而且她成了红灯区妓女群体的众矢之的。（好像艾丽丝在红灯区的大庭广众之下唱颂歌还不够惹眼似的，她竟然还带着四岁大的儿子在红灯区里四处招摇。）

"你不分白天黑夜地被抱着，是那个巨人妓女抱着你的。"马里努斯告诉杰克。

"有一半时间，你都在睡觉，像个购物袋似的一动不动。"雅各布说。

"红灯区的妓女叫你'每周购物袋'，因为你在那个女人的怀里，就像是装着各种食物满足一家人一周饮食的购物袋。"马里努斯解释说。

"所以说，按照荷兰的法律，可以把我妈妈驱逐出境，却不能为我爸爸取得我的监护权。"为了保险起见，杰克确认道。两兄弟点了点头。

就在这时，芬克来了。杰克又一次感到面对她的恐惧，倒不是因为她是个吓人的妓女，而是芬克给人一种居高临下的压迫感。（无论你有过何种经历，芬克都能迫使你进入一种你从未了解也不曾想象的境地。）

"我在电影里看到你时，"她直接对杰克说，甚至都没说什么客套的问候语，"我好像看到了一个和你父亲一样英俊而富有才华的人，但还放得不够开，还有些拘谨。你非常拘谨，不是吗，杰克·伯恩斯？"她问道，同时坐到了皮椅上。杰克之前还以为她坐在那里是为了招揽路过的行人！

"感谢你来见我。"杰克对她说。

"他很拘谨，是不是？"她问自己的两个儿子，那语气似乎只要求对方点头或摇头。这不是一个问句，芬克已经有了自己的答案。

芬克如今七十八岁了，只比埃尔斯年长两岁，但没有任何发福的迹象。她穿着一件优雅的裙装，那种优雅似乎与生俱来，让杰克意识到只有白痴（或是一个四岁大的孩子）才会把她当成妓女。她的皮肤几乎没有多少皱纹，看上去像是一位保养得当的五十来岁的女人。她也不需要戴假发，那头雪白的头发是她自己的。

"如果你是荷兰人，我能轻易让你爸爸获得你的监护权，杰克。要是能把你母亲一个人赶回加拿大，我一定很开心。问题是，你父亲原谅了她。他能原谅她做的一切，只要她保证在你身边时不会做出格的事。"芬克说。

"比如送我读好的学校，住在安全的地方，不会从一个城市跑到另一个城市？"杰克问。

"这些难道不好吗？你看上去接受了良好的教育，而且活得很不错。我敢说，如果当初不阻止你母亲，你在这里肯定过不上这种生活。另外，她至少开始接受威廉不会回到她身边的现实了，实际她在赫尔辛基就开始意识到这一点。而威廉则接受了与你失去一切联系的痛苦，前提是艾丽丝领你回加拿大，像个母亲该做的那样好好照顾你——好吧，这样的艾丽丝听上去还真是难以置信！你母亲和我都没指望威廉会同意这个条件，但我们都低估了他作为一名虔诚基督徒牺牲自己的决心。"芬克说"基督徒"时并不是褒扬的口吻，"我只是负责协商，杰克。我想要为你爸爸争取更多的好处。但如果交战双方都同意了，你还能怎么办呢？协议难道能不算数吗？"

"你开车送他去了鹿特丹的码头？他们一同坚持到了最后一刻？"杰克问芬克。

芬克看着窗外辛格尔运河上缓慢驶过的船只。"你在甲板上的小脸是我当时见到的唯一一张笑脸，杰克。你母亲要把你擎起来，所以我也能看到她。你在朝那个巨人妓女挥手。你爸爸跌倒在地，我以为他心脏病犯了。我以为自己得拉着一具尸体回阿姆斯特丹了，十有八九得把尸体放在后座上。那个巨人妓女把他抱了起来，走到我的车边。她抱着他轻而易举，就像她抱着你似的！对了，我当时真的以为你爸爸已经死了。

我不想把威廉放到前座，但那个妓女直接把他放到了那里。这时，我才发现他还活着，但奄奄一息。'我做了什么？我怎么能这么做？我是谁，芬克？'你父亲这样问我。'你是个好显摆的基督徒，威廉。你过于宽容了。'我对他说。但协议已经达成了，而你爸爸是地球上唯一一个对这种不公平协议如此坚守的人。看看你现在的样子，杰克，你妈妈也遵守了她的承诺，至少表面上是。"

此刻，杰克无比憎恨自己的父母。他憎恨他妈妈，原因不言自明。他憎恨他爸爸，因为杰克突然发现他是一个懦夫。威廉·伯恩斯竟然放弃了自己的儿子！杰克恼怒极了。芬克，这个虽然退休但非常优秀的律师，从杰克的脸上看到了他的愤怒。

"嘿，行了，都过去了。别耍孩子脾气！"她说道，"一个健康的大男人纠结过去的事情有什么意思？向前看，杰克。结婚，努力当一个好丈夫，然后当一个好父亲。幸运的话，你就知道那有多难了。别指摘他们了，我说的是威廉和你母亲！"

从她两个儿子关心她的样子来看，他们非常尊敬芬克。她再次看向窗外，等她把脸转回，侧脸对着杰克的时候，她的举止中透出某种决定性的意味，似乎他们的交谈到此为止了，她已经无话可说。尼可·伍德延斯之前请她见见杰克，她很可能是出于对尼可的尊敬才答应的。她已经完成了自己的职责，她的侧脸好像在这样说。芬克不会再主动告诉杰克任何信息了。

"你是否知道他后来怎样了，比如他去了哪里？我想他不会留在阿姆斯特丹的。"杰克对她说。

"威廉当然不会留下来的，尤其是他在每个街角都会想象看到你的身影，会在红灯区每个俗艳的窗口和肮脏的门廊下，在每个妓女放荡的身姿中看到你的母亲！"芬克说。

杰克什么都没说。从芬克两个儿子那乞求的眼神和手势上，他知道他们在劝他耐心些。如果他能耐心等着这个老人主动告诉他，杰克就能不虚此行。芬克的儿子们似乎要说的就是这个。

"汉堡。有哪个管风琴师不想去弹奏那些古老的德国管风琴呢？说不定有一些是巴赫亲自弹过的呢。威廉肯定要去德国的，但汉堡有些特殊。我现在记不清了。他说，他要去找赫伯特·霍夫曼，可能是某架著名管风琴的名字吧。"芬克说。

"那人是一位刺青大师，不是管风琴。"他告诉芬克，能纠正她让杰克有些窃喜。

"我从没见过你爸爸的刺青，感谢上帝。我只喜欢听他演奏。"芬克不屑地说。

杰克感谢了芬克和她的两个儿子抽空与他见面。回酒店前，他故意从贝格街和科尔斯耶斯码头巷走，看了看那里的妓女，然后绕开红灯区回到了酒店。杰克很高兴自己有"狂人比尔"的电视剧录像带可以看，因为他只想在酒店待着。

每盘录像带录了不止一集的电视剧。这部电视剧最让杰克喜欢的是里面的一名警察。他叫克里斯蒂安·温特，原是一名刑警，在五十三岁离婚后重新回到了警察学校。他与自己唯一的孩子——正在上大学的女儿关系很疏远。温特在警察学校里学习了一门课程，有关警察解决家庭暴力的新方法。警察以前对家庭暴力施暴者太仁慈了，现在警察可以逮捕他们。

当然，电视剧的对白是荷兰语。杰克只能猜测剧中对话的意思。这部剧的情节是由角色的性格驱动的。当温特的婚姻岌岌可危时，杰克已经通过之前的剧情铺垫了解了克里斯蒂安·温特这个角色了。在发生家庭暴力的那一集中，温特对孩子目睹了多少家庭暴力感到担忧和困扰。所有的统计都表明，看着父亲殴打妻子长大的男孩最后也会殴打自己的妻子，而经常被打的孩子以后也会对自己的孩子动手。

这部电视剧传达的信息没有让杰克感到陌生，但范弗列克将其与警察的私人生活联系到了一起。虽然温特从未殴打过他的妻子，但他们二人之间的语言暴力无疑对他们的女儿造成了难以挽回的影响。克里斯蒂安·温特最初接手的一桩家庭暴力案件最终酿成了命案——又回到了他的老本行。最后，他再次加入了原来的刑警队。

与美国电视剧相比，范弗列克的这部电视剧呈现出一种相对克制的现实主义风格：很少有暴力场面，性内容也很坦率，而不是故意挑逗观众，而且最后的结局不是皆大欢喜——克里斯蒂安·温特没有与家人和好。结果只是他和女儿在咖啡馆里彬彬有礼地说着话，他女儿介绍自己的新男友给他认识。我们可以看出，这名老警察并不关心那个男友，但他表现得还算友好。最后一个镜头中，他女儿在他脸颊上吻了一下，温特发现那个男友在桌子上留下了咖啡钱。

"狂人比尔"最擅长展现的就是这种带有暖意的黑色幽默。至少，当尼可打来电话询问杰克对这部剧的看法时，杰克是这样告诉尼可·伍德延斯的。尼可也很喜欢这部剧。他并没有询问杰克与芬克的见面情况如何，尼可认识芬克。作为一名尽职的警察，他也熟知"女儿艾丽丝"的全部经历。杰克和尼可说到了赫伯特·霍夫曼，特别指出他是个刺青大师，不是管风琴。自然，尼可问他是否打算去汉堡。

他不打算去。杰克清楚演员在说谎方面比其他人具备更高的技巧，但就对自己说谎而言，他们并没有高明多少。然而，哪怕是演员也知道，最好不要对警察说谎。

"还有什么需要我了解的吗？"再次见面时杰克问尼可，但尼可没有回答。他只是看着杰克的眼睛，然后盯着杰克的手，最后又把目光转向他的双眼。杰克说得越来越快。在尼可看来，杰克心里有各种想法，可并没有一个清晰的思路，但尼可并没有指出来。

杰克说，他希望威廉能组成新的家庭。杰克不想侵入他父亲的生活，毕竟，威廉也没有打扰杰克。再说，杰克知道赫伯特·霍夫曼已经退休了。艾丽丝很尊敬霍夫曼，所以杰克不想因为这件事去打搅他。可假如霍夫曼真的见了威廉·伯恩斯呢？

"你正在离他越来越近，也许你会有些害怕找到他，杰克。"尼可说。

现在轮到杰克不回答了，他努力想表现得不那么害怕。

"也许你害怕让你父亲再次感到痛苦，或害怕他不想见你。"尼可说。

"你是说，我会带给他更多的痛苦？"杰克问道。

"你现在离他越来越近，也许你不想再继续接近了。这就是我要说的，杰克。"

"也许吧。"杰克说。他感觉自己不像是个演员了。杰克·伯恩斯从未见过父亲，他的父亲一直躲着他。也许杰克真正害怕的，是他无法再用消失不见的父亲做借口了。如果克劳迪娅在场，她一定会这么说的。但尼可没有说得这么直白。

如果威廉想让赫伯特·霍夫曼给他做刺青，杰克觉得自己知道他想要哪种。他想到了霍夫曼最拿手的帆船刺青——驶出港口或在开阔海面上航行的帆船。有时，画面里会有一座暗淡的灯塔，而帆船正驶向暗礁。赫伯特·霍夫曼的"水手之墓"刺青非常著名，比如他的"终点港口"和"最后的旅程"这两个作品。大多数情况下，霍夫曼的帆船都是驶向危险或未知的冒险。这些刺青给你一种诀别的意味。与此同时，"返乡之旅"也是他的拿手作品。

杰克想，他父亲一定不会选择"返乡之旅"的。他站在威廉的角度，想象着他看着那艘载着杰克逐渐远离的船。杰克觉得他爸爸应该会选择"水手之墓"或带有诀别意味的刺青。一艘驶离港口的船，代表了一种不确定的未来。

同时，杰克想到，威廉·伯恩斯也有可能继续在自己身上刺上乐谱。

从洛杉矶到阿姆斯特丹有一班直达的航班，飞行时间有十小时多一点儿。理查德·格拉兹坦一定很疲惫。他在洛杉矶时间下午4∶10起飞，当地时间第二天上午11∶40抵达阿姆斯特丹。杰克猜想理查德与范弗列克一起吃晚餐之前，一定想先睡上一觉。

整整两天，杰克除了去罗金街的健身馆外，没有离开酒店房间半步。他饿了就让客房服务送餐。他给米歇尔·马厄写了一页又一页的信。杰克实在想不出应该和米歇尔聊些什么，但阿姆斯特丹大饭店的信纸供应可比托尔尼酒店慷慨多了，设计也更好看。

杰克总算想到一个询问米歇尔·马厄有关全身刺青的机智方法——也就是，要像皮肤科医生那样说话。

亲爱的米歇尔，

作为一名皮肤科医生，你知道一个全身遍布刺青的人为何会感

觉冷吗?

　　请你把那张贴有邮票并写好地址的明信片寄给我。记得勾选上面的选项。

你的朋友

杰　克

　　在一张阿姆斯特丹工事墙老城运河的明信片上,他给米歇尔列了以下两个选项。

　　□　我不知道。
　　□　我知道。咱们好好聊聊吧!

爱你的

米歇尔

　　当然,他没有把这封信和明信片寄出。一个原因是他没有美国邮票贴在回寄的明信片上。另外一个原因是,"爱你的,米歇尔"在两人分别十五年后显得不太合适。

　　杰克独自度过的第二天,差点儿就再次去圣雅各布街看埃尔斯了。他并不是想和七十多岁的妓女上床,他只是很喜欢埃尔斯。

　　杰克夜里会躺在床上睡不着,想着他妈妈把他擎起来,他的小脸出现在甲板栏杆之上的情景。他当时笑着,猛烈地挥动着手臂。那猛烈挥动的手臂伤到了人,他父亲伤得格外重。

　　也许,威廉在汉堡时遇到了什么人,让他得以忘记杰克,假如他真能忘记自己的儿子的话。不过,杰克在圣西尔达读书时,威廉一直和伍尔兹小姐保持着通信。这么看,威廉似乎并没有忘记杰克。

　　理查德到达时,直接去睡觉了。杰克又去了健身馆。他增加了碳水化合物的摄入,对力量训练做出了调整,增加了几磅的重量。但是,杰克毕竟不是吉米·斯特罗纳克。（尤其是吉米的那根阴茎，杰克是无论如何也无法得到的。）

在罗金街的健身馆里，杰克试着哼唱起他妈妈喝醉或大麻抽得过多时唱过的小曲，试图抵挡健身馆里播放的可怕音乐。每次唱起这首小曲，艾丽丝的苏格兰口音就会被唤醒。

> 啊，我不会变成一只小猫
>
> 或是一块饼干
>
> 或是一条尾巴
>
> 比码头那里还要糟糕的地方
>
> 就是港口或利斯监狱。
>
> 不，我不会变成一只小猫，
>
> 我很确信一件事——
>
> 我不会死在码头
>
> 我也不会变成婊子。

艾丽丝做梦时都不要当妓女，现实却如此好笑。

杰克还想到童年时的睡前祷告，他经常和妈妈一起念。他想起小时候在阿姆斯特丹时，他妈妈在他之前睡着了，杰克只好自己把祷告念完。他祷告时的声音比往常要大些。因为他需要为他们两个人祈祷。"主赐此日已结束。感谢上帝。"（当然，这种情况发生了不止一次。）

杰克从健身馆走回酒店时路过了一座运河上的人行桥。他站在桥上，看着运河里的游船漂过。船上有一个表情严肃的小男孩，仰头看着那座桥。他把脸抵在玻璃上。杰克朝他挥着手，但那个男孩没有任何回应。

当杰克和理查德·格拉兹坦步行来到贵族渠边的南西兰饭店与威廉·范弗列克见面时，天色已经黑了下来。杰克根本没有心情投入这次见面，他一直想着威廉，不是在场的这位，是他一直深爱却害怕见到的那个威廉。

五

加西亚医生

31 治疗

　　五年来，似乎一点火星就能让杰克在洛杉矶的生活燃起熊熊大火，烧光他的一切伪装，最终引领他去寻找自己的父亲。他还住在恩特拉达路边那栋像是被遗弃的房子里。这天，一名年轻女子（比杰克以为的要年轻得多）近乎赤裸地坐在他客厅的沙发上。她从桌子上拿起杰克的通讯录，迅速地翻阅着，同时大声念出其中的女性名字。她故意用暗示性的语气念出名字，然后猜测杰克与此人之间（有过）的关系。

　　她这种幼稚的举动本该让杰克产生警惕，也许她并没有自己说的那么大。杰克怀疑过这个女孩的实际年龄，不过他的数字概念太差了。

　　直到她念到字母 G 开头的姓氏，杰克才说"够了"，并把通讯录从她手里拿走。但麻烦刚刚开始。

　　"埃莱娜·加西亚，你现在的清洁女工，还是以前的？你肯定和她上过床了。"通讯录被杰克拿走时，女孩刚好说道。

　　埃莱娜·加西亚，也就是加西亚医生，是杰克的心理医生。他从没和加西亚医生上过床。五年来，他从没对加西亚医生有过任何兴趣。埃莱娜·加西亚比任何人都了解杰克，甚至艾玛·欧斯特勒也难以企及。

　　杰克给加西亚医生打电话时经常痛哭流涕，而且有几次，她是在深夜接到杰克的电话的。有一次，他从法国戛纳岬角酒店的宴会上打电话。那天，杰克把一个一直跟踪他的狗仔摄影记者从一条包租的游艇上推了下去。他为此支付了高额罚金。

还有一次，他在戛纳马蒂内酒店的海滩上与一名傻里傻气的性感女子发生了性行为。她说自己是个演员，但结果她只是个在十字大道遛狗的普通人，而且以前就因在海滩上与人发生性行为而被捕过。如果戛纳电影节设有斗殴奖，杰克一定可以拿到金棕榈最佳斗殴奖。斗殴就发生在他走进戛纳影节宫那幢丑陋建筑的玻璃墙时。当晚的红毯仪式刚刚结束，杰克正走在一段通往影节宫上层房间的楼梯上。一些记者把杰克推到一名电影节保安身上。电影节的保安通常不是什么好惹的人，那人以为杰克是故意推搡他的。他对杰克动手的结果，就是让杰克不由自主地使出了一记单边侧摔。琴科一定会为他这记完美的侧摔感到骄傲的，克朗姆、赫德森和夏皮罗这三位教练也会有同感。但这一事件被所有媒体报道得沸沸扬扬。那名保安被摔断了锁骨，杰克不得不再次支付一笔高昂的罚金。这些狡猾的法国佬！

最近这次是在丽思·卡尔顿酒店的海景套房，杰克把一瓶冰过的泰亭哲香槟浇在之前做过经纪人的劳伦斯身上。那个卑鄙小人在露台上朝杰克竖中指。劳伦斯就是你在戛纳会遇见的那种人渣。杰克恨死戛纳了。

在加西亚医生看来，杰克在戛纳的所作所为比他在威尼斯、多维尔和多伦多时略微得体一些。杰克当时与理查德·格拉兹坦、"狂人比尔"和露琪亚·德尔维奇奥在这三地的电影节上为电影《废稿读者》做宣传。（《综艺》杂志最近一期的头条标题名为《威尼斯丽都岛上的荷尔蒙》，也许就是写杰克·伯恩斯的。）

杰克一直把艾玛作品改编的电影直接称为"艾玛的电影"，与其他"艾玛的电影"一样，《废稿读者》的反响十分抢眼。从职业角度看，杰克在这一年收获颇丰。电影是在1998年秋天拍摄的，在第二年年底的纽约和伦敦首映之前，先在8、9月期间被带去这三地的电影节放映。

在威尼斯丽都岛的巴恩酒店，杰克与露琪亚·德尔维奇奥还发生了一段不幸的插曲。露琪亚喝了太多的酒。她非常后悔酒后同杰克上床。但没人知道这件事，连理查德和"狂人比尔"都不知道，只有露琪亚的丈夫（他不在威尼斯）才会介意这件事。在威尼斯潟湖的那座岛上，倒霉事还是发生了。

"别对自己那么苛刻。整座城市都在下沉。意大利导演维斯康蒂在这家酒店里拍摄了《魂断威尼斯》。我相信他知道自己在做什么。"杰克对露琪亚说。

这事主要是杰克的错。露琪亚喝醉了，而且他知道她是有夫之妇。这一事件导致杰克给加西亚医生打了一通电话。在法国多维尔的诺曼底酒店，杰克又给她打了电话。（这次不是因为露琪亚，但更糟，是电影节评审团的一个资深成员。）

"又是一位比你年长的女性？"加西亚医生在电话里问杰克。

"我想是的。"杰克回答。

在多伦多电影节期间，《废稿读者》是在罗伊·汤姆森音乐厅放映的。杰克和欧斯特勒夫人出席了放映。那天晚上，音乐厅里座无虚席，电影取得了全场观众的喝彩。在艾玛的家乡放映这部电影真让人感到满足。不过，莱斯利交了一个新女友，是一个金发女郎，她并不喜欢杰克。金发女郎要杰克把他所有的衣物从欧斯特勒夫人的房子里搬出来。杰克觉得莱斯利并不在乎她的房子里是否留有他的衣服，但那个金发女郎想让他（和他的东西）彻底消失。

当金发女郎把艾丽丝那两张胸部赤裸的照片递给杰克时，他正好在欧斯特勒夫人房子的厨房里。照片里是那个"直到找到你"的刺青。"这是莱斯利的照片。我自己也有两张，剩下的两张是莱斯利的。"杰克解释道。

"拿着。你母亲死了，杰克。莱斯利不想再看见她的胸部了。"金发女郎对杰克说。

"我也不想看。"杰克回答，但他还是接过了照片。现在，他有了全部四张照片，还有艾玛十七岁时拍的裸照。

金发女郎住进来后，欧斯特勒夫人的房子与杰克印象中的大不相同了。莱斯利的卧室总是房门紧闭，甚至她洗澡时浴室的门也是锁着的。也许是金发女郎教她这么做的。

在多伦多期间，杰克一直压抑着同邦妮·汉密尔顿上床的冲动。邦妮想要卖给杰克一套玫瑰谷正在建设的公寓。"等你厌倦了洛杉矶，可以回来住。"邦妮对他说。虽然杰克早就厌倦了洛杉矶，但多伦多也不是他的家乡了。

杰克在多伦多时，与卡罗琳·伍尔兹见了面，他们之间的谈话并没有达到推心置腹的地步。伍尔兹小姐对杰克感到失望。她觉得杰克应该去寻找他父亲。杰克没有告诉她，自己在北海周边城市了解到的事实，因为他根本没有心情讲这些。他只能把全部的经过告诉加西亚医生，即使这样，他经常在讲述时感到自己被语言抛弃了。这时，杰克会开始大声哭喊。

加西亚医生觉得杰克太沉溺于哭喊了。"尤其是大声哭，对男人而言太不体面了。"她说，"你应该努力克服这些。"为了达到这一目的，她鼓励杰克按照时间顺序讲述自己的经历，"先从你和你母亲一起经历的可怕旅行讲起。"加西亚医生对他说，"不要告诉我你在这次旅行中知道的事，告诉我你认为当时发生了什么。把你最初的记忆讲述给我。不是非常必要的话，不要急着把后续讲出来。换句话说，留着悬念也不错，杰克。"后来，当杰克开始从他四岁时在哥本哈根的经历说起时，加西亚医生经常提醒他，"别加入太多你自己的想法。我知道你不是个作家，但请你好好讲故事。"

听到加西亚医生说他不是个作家，杰克有些伤心，尤其是他在艾玛的《废稿读者》剧本里加入了他自己（不算多的）修改之后。

要是按照时间顺序一件不落讲述他的经历，估计得花上几年的时间！加西亚医生当然清楚这点，但她并不着急。她看了杰克那混乱不堪的模样，知道得想个办法先让他停止大声哭喊。

"十分可悲，很明显你在候诊室里无人当听众的情况下，根本无法讲述你的人生经历。相信我，如果你镇静下来，听你讲故事还能让人忍受下去。"她说。

"说到哪儿了？"杰克问加西亚医生。他刚刚在大声唠叨着他四岁时的生活，已经快讲到五岁了。

"呃，说到你正在找你父亲，至少你在查明当时到底发生了什么。但你还没有准备好去找他。最后需要知道的是，你要去哪里找到他，那是你要去的最后一个地方。你的旅程还没有结束。"加西亚医生说。

杰克草率地认为他对自己人生经历的讲述如同一本书，而找到他父亲是这本书的最后一章。

"我对此表示怀疑。幸运的话，这应该是你这本书的倒数第二章。杰克，等你找到他，你会了解到之前从未了解过的事情，不是吗？我坚信，你了解到的事情才是最后一章。"加西亚医生说。

杰克如此克制地按照时间顺序向他的心理医生讲述了自己的经历，整个故事总得有个标题，不是吗？他的人生故事必须有个标题才对。杰克开始讲述之前就知道这个故事的名字了。他第一天去见加西亚医生时，除了大声哭喊什么都说不出来。杰克知道，他妈妈那个"直到找到你"的刺青是她所有欺骗中最完美的诡计。她一定对此十分自豪。想想看，她为何要莱斯利在她死后再把照片给杰克看呢？

"那到底为什么要给我看呢？"杰克问。

"我曾经那么美！"他妈妈哭喊。她说的是自己年轻时的乳房，而杰克说的是她的刺青。

虽然发生了那么多事情，艾丽丝依然很自豪她的刺青不为杰克所知，她计划着让杰克在自己死后看到这个刺青！从他四岁开始，"直到找到你"就已经注定了杰克·伯恩斯今后的人生。

作为一名心理医生，加西亚医生与编辑的想法恰恰相反。她认为，杰克讲述时不应该删减任何细节。她要求杰克把一切原原本本地讲出来。同时，加西亚医生不止一次地要求杰克说出更多"有说服力的细节"。她早先发现杰克容易被年长的女性吸引，这一点非常值得重视。杰克童年时，高年级女生那种毫无缘由的残忍和进攻性对杰克造成的影响，才是"问题的本质"。杰克当时身上的什么特质让那些高年级女生对他采取了上述行动？

被握着阴茎这件事也是同样的道理。在加西亚医生的治疗经历中，杰克这个案例最让她惊讶的是，杰克不一定会与握着他阴茎的女人发生性关系。另外一个让她疑惑的地方是，杰克小时候与他妈妈非常亲近，但似乎突然之间，他们的关系变得疏远起来。在杰克发现艾丽丝说谎之前，他对自己的母亲就产生了不信任，似乎他早已知道她说了谎。

杰克与艾玛的关系更是让加西亚医生费解，他们的关系恰好与杰克和莱斯利·欧斯特勒的关系形成对比（也有一定的相似性）。他现在还想和莱斯利上床吗？加西亚医生想知道。如果他想，原因是什么？如果他不想，原因又是什么？

加西亚医生对故事的细节非常看重。"我觉得在圣西尔达的事应该都已经讲清楚了。"杰克在之前几次和她见面时，已经对她说过这段时期的经历了。

"不，没有。像你这么好看的男孩子读了一所女校，发生的故事就这么简单？你在开玩笑吗？你没讲清楚在圣西尔达读书时的事，杰克，你可能永远都说不清楚。"加西亚医生回答他。

杰克第二次北海之旅让他狼狈不堪，他厌倦了自己人生中出现的这么多前后不一致的情况。但加西亚医生没有厌倦，这种前后矛盾的情况越多越好。"你是什么时候开始想扮成一个女孩子的？"她问道，"我说的不是拍电影！"（杰克一定犹豫了一下。）"你瞧？把你记忆中这种前后矛盾的事告诉我，全部告诉我，杰克。"

杰克有时感觉自己不是在看心理医生，更像是在上一门创意写作课程，但不需要真的写出什么作品来。当加西亚医生给他布置一个写作的任务时，杰克差点儿让整个治疗中止。她想让杰克给米歇尔·马厄写信，不是真的把这些信寄给米歇尔，而是在心理治疗时大声念出来。

"我根本没办法向米歇尔解释清楚自己。"杰克告诉他的心理医生。当时，距离米歇尔给他写信已经有一年多将近两年的时间了，但杰克还没有回信。

"可你想做的就是向米歇尔解释你自己啊，不是吗？"加西亚医生问道。杰克确实无法否认这一点。

更让杰克身心俱疲的是，加西亚医生的办公室恰好位于圣莫尼卡的蒙大拿大道上。杰克就是在那条大道边的一处餐厅第一次见到迈拉·阿斯海姆这个改变了他一生的年长女性。从那里到加西亚医生的办公室步行可达。

"真有趣，但现在别急着说这个。一切都要按照时间顺序慢慢讲，杰克。"加西亚医生说。

2000 年，杰克赢得了当年奥斯卡最佳改编剧本奖。当杰克将所获的奖项（以及那座"小金人"奖杯）称为"艾玛的奥斯卡"时，加西亚医生说他的说法"颇具启发性"。可是，她不让杰克把他对获奖的真实想法说出来。即使是奥斯卡奖，也得按照时间顺序排在后面。

加西亚医生对杰克写给米歇尔·马厄的第一封信并不满意，原因有很多。首先，杰克在没把信给医生过目的情况下，就寄了出去。其次，杰克和米歇尔近十八年没有联系了，直接寄出这样一封信实在有些可笑。

当时，杰克被提名了两个奥斯卡奖项（最佳男配角和最佳改编剧本奖），他觉得现在是与米歇尔·马厄联系的绝佳机会，可以借此时机不经意地提出复合。

亲爱的米歇尔，

　　我不知道你现在是否已婚，也不知道你身边是否有了人，不过如果你正好单身，你愿意在奥斯卡颁奖礼上做我的女伴吗？这需要你在 3 月 26 日周日那天到洛杉矶来。当然了，你的路费和住宿费用全部由我承担。

　　　　　　　　　　　　　　　　　　　　你的挚爱

　　　　　　　　　　　　　　　　　　　杰克·伯恩斯

这封信有什么不妥吗？是用词不够礼貌，还是意思表达得不清楚？（米歇尔很快就回了信，但有点让人读不懂。）

亲爱的杰克，

　　天哪，我太愿意了！不过我现在有个男友，算有个男友吧。我一个人住，但按正常的说法，我在和别人约会。当然，你想起我真是让我受宠若惊，毕竟过了这么多年！看来我今年得熬夜看完奥斯卡颁奖礼了，我会为你祈祷的。

最真挚的祝愿
米歇尔

"很难读懂她到底是不是同意我的提议，不是吗？"杰克问加西亚医生，这让医生又想到了这封信令她不满意的第三个原因。

"杰克，你很幸运，因为米歇尔拒绝了你。她答应你的话，会把你毁掉的！如果她成了你的女伴，你会把一切都搞砸的。"加西亚医生说。

杰克倒不这么认为。他到时候可以尽情耍一耍媒体，告诉他们陪他参加奥斯卡颁奖礼的女伴是他的皮肤科医生！但加西亚医生不觉得这个玩笑有趣。她觉得杰克邀请米歇尔·马厄的冒失行为恰好说明，杰克现在的问题很严重。加西亚医生说，杰克完全没有意识到自己与正常生活、正常人和正常的爱情有多么格格不入。

"那她呢？"杰克喊道（他说的是米歇尔·马厄），"她说自己'算有个男友'，这就正常？"

"你并没有做好准备与米歇尔·马厄联系，杰克。就我的理解，你对一段根本不会有未来的爱情关系有太多不切实际的期待——呃，我不想再讨论这件事了！对我来说，你现在还是那个在北海的四岁男孩。从专业角度严格来说，你还没有从被女生包围的状态里挣脱出来——我现在需要了解更多你和艾玛之间的事，还有你迷恋成熟女人那档子事。按照时间顺序慢慢讲，明白吗？"

没错，杰克有一位难对付的心理医生，至少他是这么认为的。但杰克不得不承认，她的治疗确实显著地抑制了他想要大声哭喊的冲动。杰克第二次从北海回来后，经常半夜突然哭着醒来。加西亚医生的治疗也减少了此类情况的发生。所以，杰克仍然对她抱持着信任，没完没了地讲着自己的人生故事。用艾玛的话来说，杰克真的成了一名作家，虽然这名作家陷入了充满抑郁的唠叨之中。杰克确实成了个说故事的人，但能大声念出来就好了。（杰克的写作仅限于那些从未寄出的写给米歇尔·马厄的信。）

加西亚医生身材矮壮，是一个迷人的墨西哥裔美国人。她看上去大概快五十岁了。从她办公室的照片可以看出，要么她来自一个大家庭，要么是她生了很多孩子。杰克没有问她，但仅从那些照片确实看不出答案。

从众多有孩子的照片里，杰克没有找到童年的加西亚医生，所以也许照片里的是她的孩子。照片里那个老年男性看起来更像是她的父亲，不太像她的丈夫。那个男人总是衣着讲究，甚至到了一丝不苟的地步。他那条细细的小胡子和修剪完美的络腮胡，让人想起旧时代的性格演员。（杰克觉得，他介于20世纪上半叶的美国演员克利夫顿·韦伯和吉尔伯特·罗兰之间。）

加西亚医生没有佩戴戒指，也没有任何珠宝饰品。要么她已经结婚了，生的孩子多到杰克都数不清，要么她来自一个人口众多的大家庭，以至于她都不想结婚生孩子了。

杰克冒着侵犯加西亚医生隐私的风险想解开这个谜团，他聪明地说："加西亚医生，也许你可以做我奥斯卡颁奖礼的女伴。在那样一个让我倍感压力的场合，一个心理医生可比皮肤科医生管用多了，你不这么认为吗？"

"你不能让自己的心理医生做你的女伴。"加西亚医生说。

"哦。"

"你的'哦'说得太多了。"杰克的心理医生说。

加西亚医生家人照片中那位仪表不凡的老人，身上有一种超然的气质，似乎一场争论还未开始，他就打算放弃了。每张照片中都有很多孩子，好像他完全听不到孩子们那没完没了的吵嚷声。可能加西亚医生嫁给了一个比她大很多的男人，也许他已经聋了。杰克的心理医生是一名如此健壮的女性，她很可能对佩戴婚戒的传统极为藐视。

理查德·格拉兹坦之前向杰克推荐了加西亚医生。"加西亚医生认识很多演员。你可不是她第一个大明星病人。"理查德告诉杰克。

杰克听到这句，感到宽慰了些。然而，杰克从没在加西亚医生的候诊室里见过什么有名的人，这让他猜测加西亚医生对于这类病人可能会上门出诊。但她办公室外面候诊室里的人也让杰克感到费解。候诊室里有很多已婚的年轻女性，其中一些还带来了自己的孩子。候诊室一角放有玩具和童书，会让你产生怀疑，自己看的不是心理医生，而是儿科医生。带着孩子前来的已婚年轻女性还总有朋友或保姆陪伴，当她们走进加西亚医生的办公室进行治疗时，她们的孩子需要有人照顾。

"你来是见医生的还是替别人看孩子的？"有一次，杰克问了其中一个女人，她和加西亚医生一样没有戴婚戒。

"你是在和我搭讪吗？"那个年轻女子回答。

杰克差点儿就脱口而出，邀请她做奥斯卡颁奖礼的女伴了，但一想到加西亚医生对他这种行为的评价，就放弃了这个念头。

"我应该带谁去参加奥斯卡颁奖礼呢？"杰克问自己的心理医生。

"请不要把我这里当成婚恋介绍所，杰克。"

看来，杰克只能独自出席了。除了他获得的两项提名，露琪亚·德尔维奇奥还获得了最佳女主角奖的提名，"狂人比尔"拿到了最佳导演奖的提名，理查德·格拉兹坦则拿到了最佳影片奖的提名。

没人认为露琪亚能最终获奖。她的竞争对手太强大了——梅丽尔·斯特里普、朱莉安·摩尔和安妮特·贝宁，而那年最终赢得最佳女主角奖的是希拉里·斯旺克。（作为一名偶尔会反串的演员，杰克对希拉里在《男孩别哭》里的表演非常推崇。）理查德·格拉兹坦深知，《废稿读者》获得最佳影片奖的机会也不大。（那年的最佳影片是《美国丽人》。）

威廉·范弗列克对能获得提名到场参加颁奖礼就很满足了。《废稿读者》的所有影评谈到影片的导演时都没有使用"翻拍狂魔"这个绰号。"疯狂的荷兰人"因为这部影片几乎被主流接受了，但还没到能获得最佳导演奖的地步。入围提名的导演都是重量级人物。（萨姆·门德斯那年因为《美国丽人》再次获奖。）

杰克也不太可能获得最佳男配角奖。迈克尔·凯恩是最后的赢家。（杰克扮演的那个英俊的色情片明星虽能引起观众的同情，但程度有限。）

杰克早就明白，最佳改编剧本奖是《废稿读者》在奥斯卡之夜最可能斩获的奖项，因为那是艾玛写的剧本，杰克想。他怎么可能不将其看作艾玛的奥斯卡奖呢？这就是她的电影！

是的，杰克在艾玛给他的剧本基础上进行微调修改时，的确学到了一些剧本写作的技巧。但作为一个故事作者，他从加西亚医生的治疗中获益更多。（别急着把后续结果讲出来，留些悬念。不要过多加入自己的评论。按照时间顺序慢慢讲。）

米拉麦克斯公司安排的《废稿读者》的电影宣传非常耗费精力，其中大部分工作需要杰克的参与。宣传最密集的时段是 2000 年的 2、3 月。"狂人比尔"那时回到了阿姆斯特丹。他那位年轻的娇妻是一名荷兰电视台主持人，"狂人比尔"完全被她迷住了。另外，范弗列克在宣传这部影片时简直是个灾难。影片中有关色情片的情节在美国一直是个颇受争议的话题，这一点让"疯狂的荷兰人"很生气，因为在荷兰，没人会在意这个问题。"只有在基督教右派统治的清教主义美国才会有这种问题！"范弗列克指责道。（看来米拉麦克斯公司把"狂人比尔"留在阿姆斯特丹的做法很明智，只让他参加电影节就好。）

在威尼斯那场悲剧性的一夜情之后，露琪亚·德尔维奇奥一直躲着杰克。她甚至连电影的宣传工作也撒手不管了。杰克的老朋友、米拉麦克斯的公关人员艾丽卡·斯坦伯格，一路跟着杰克进行《废稿读者》的宣传。无论是接受电视采访还是纸媒访问，她都陪在杰克身边。

参加了美国知名电视主持人拉里·金的访谈后，杰克当天夜里打电话给莱斯利·欧斯特勒，问她是否能作为他的女伴出席奥斯卡颁奖礼。（去你的金发女郎，杰克想。）

"你想到我真让我感到荣幸，杰克。但多洛雷斯会怎么想？而且我也不知道该穿什么。"

"那天晚上对艾玛很重要，莱斯利。"杰克说。

"不，那晚对你更重要，杰克。艾玛已经死了。你怎么不邀请伍尔兹小姐和你一起去？"欧斯特勒夫人问他。

"'那个伍尔兹'！你在开玩笑吗？"

"让我出席奥斯卡颁奖礼太浪费了，杰克。再说，我要那个不穿衣服的秃头小金人干吗呢？"莱斯利·欧斯特勒看待事物总是这样一针见血。

第二天一早，杰克打电话给卡罗琳·伍尔兹，询问她是否考虑来洛杉矶和他一同参加奥斯卡颁奖礼。

"我听说洛杉矶会有很可怕的枪击案，他们不会在奥斯卡颁奖礼上杀人，对吧？"伍尔兹小姐说。

"不会的，只会给你造成心理上的伤害。"杰克对她说。

"好吧，我想我应该看看那部电影，是吧？"卡罗琳问，"看过电影的人有的对它赞誉有加，有的认为它恶心至极。你也知道，你朋友艾玛从来都不是我喜欢的作家。"

"我觉得这部电影很精彩。"杰克说。然后是一段长长的沉默，似乎卡罗琳正在考虑杰克的邀请，也可能是"那个伍尔兹"早已忘记了杰克要邀请自己做什么。杰克对她没看过《废稿读者》的电影有些不开心。（这部电影获得了五项奥斯卡提名！杰克认识的每个人都看过。）

"杰克，难道你不能找别人吗？我绝对不是你能邀请到的最佳人选。"卡罗琳说。

"最近两年，我一直在看心理医生。我的状态也不好。"杰克向她承认。

"老天！"伍尔兹小姐喊道，"这样的话，我一定会和你一同出席的！我敢肯定，如果麦夸特夫人还活着，她一定会想和我们一同出席的！"

好吧，这里有个相关的历史渊源！在麦夸特夫人的鼓励下，杰克曾带着伍尔兹小姐参加了多伦多电影节，同去的还有克劳迪娅。"那个伍尔兹"当时以为那些赶来抗议戈达尔电影的教徒是一群被三岛由纪夫传记片中的自杀场景惹恼的蠢货。杰克不由得想到，伍尔兹小姐参加奥斯卡颁奖礼时会搞错什么呢？她会不会把哪个人误认为比利·克里斯托？

杰克对卡罗琳解释说，他会安排她的机票和其他一切花销。杰克·伯恩斯带着他的三年级老师出席奥斯卡颁奖礼，起到了意想不到的舆论效果。虽然艾玛·欧斯特勒已经去世了，但这不妨碍杰克将她的第一部小说，也是她最好的作品搬上银幕。"因为作者死了，所以电影才会声名大噪。"杰克这样评论。无论对米拉麦克斯还是对杰克·伯恩斯来说，这句评论都起到了很好的舆论效果。

伍尔兹小姐同意出席，那么接下来有一个很实际的问题。杰克告诉她，阿玛尼会为他提供出席颁奖礼的服装。（他们打来电话主动要求的，杰克同意了。这种事基本都是这样定下来的。）

"谁给你提供服装？""那个伍尔兹"问他。

"阿玛尼，是个设计师，卡罗琳。不同的设计师会为不同的提名者以及他们带来的宾客提供服装。如果你特别喜欢哪位设计师，我肯定可以为你安排的。当然，你也可以穿阿玛尼提供的服装。"

"我想我还是穿自己的衣服吧，如果你可以接受。我有几件你父亲买给我的漂亮衣服。威廉一定会看颁奖礼的。他一定会为你自豪！我可不想让威廉看见我没穿着他给我挑选的衣服，杰克。"伍尔兹小姐回答。

呃，又有个历史渊源。杰克的父亲给伍尔兹小姐买过衣服。她相信威廉一定会看颁奖礼的，"那个伍尔兹"要为他而打扮。

"你得告诉我，都有谁获得什么奖项的提名。这样，我可以把相关的电影都看一遍。"卡罗琳说。

杰克怀疑有多少奥斯卡奖的评委能像这个三年级教师这般勤奋。后来，当杰克向加西亚医生讲到有关这次奥斯卡奖的经历时，加西亚医生说，杰克过多地将"勤奋"这句加入了他的评论。

杰克怀疑被提名的影片是否在多伦多的影院上映过，答案很可能是否定的。但他知道这不能阻止伍尔兹小姐想把提名影片都看一遍的决心。

杰克差点儿打电话给莱斯利·欧斯特勒，感谢她建议让"那个伍尔兹"作为女伴陪他出席颁奖礼，但他不想冒险让莱斯利的金发女郎接到自己的电话。

"多洛雷斯，我想提醒你，一个大包裹正在朝你奔来，里面主要是我的衣服。如果你或莱斯利不介意收到包裹后立刻把我的衣服挂到我的衣柜里，我会十分感激你们的。我可不想在下次到访时发现我的衣服都皱了。"杰克真想在电话里对那个贱人这么说。但杰克到底还是没有打电话。（要是加西亚医生知道这件事，她一定会对杰克如此克制而感到自豪。）

米拉麦克斯公司安排他们住在贝弗利山四季酒店的一套双卧套房里。套房比伍尔兹小姐住的整间公寓都要大，反正她是这么告诉杰克的。套房里面甚至还有架钢琴。伍尔兹小姐喜欢穿着四季酒店的白色毛巾布浴袍弹奏那架钢琴。她说自己只会唱颂歌和圣西尔达校内演唱的歌曲，但她的声音非常甜美，而且琴弹得也不赖。

"啊，我弹得可不怎么样。不像你父亲，他以前常常取笑我。威廉以前常常说：'要是你再那么小心翼翼，卡罗琳，你可以用你的呼吸代替手指来弹琴了。'你父亲有时候很幽默。我希望你能多和我讲讲你这次在北海的经历，杰克。你干吗不从哥本哈根说起呢？我从来没去过那里。"伍尔兹小姐说。

奥斯卡颁奖礼举办前，会有各种各样的聚会。不喝酒的杰克一直陪在自己年过六旬的三年级老师身边，他觉得卡罗琳不太适应电影圈那种纵酒狂欢的做派。如果杰克不去参加这些聚会肯定会让人记恨的，尽管他们去了也只是在聚会上低声交谈而已。

原来向加西亚医生讲述那些经历时，杰克感觉痛苦万分。但他现在可以镇静地向伍尔兹小姐描述自己在北海游历时的发现，可以更好地控制自己的脾气。杰克先说到艾丽丝在哥本哈根给林霍夫一家造成的悲剧。他竟然能不带一丝感情地讲述，更像是按照文稿朗诵，不像与人交谈。他的声音一直很平稳，没有流一滴泪，甚至连眼睛都没眨。

"老天！"伍尔兹小姐惊讶得只会用这句来回应。

他们正在鲍勃·布克曼家参加户外午餐会。与杰克（或艾玛）一同提名最佳改编剧本奖的主要竞争对手也在场。除了杰克，布克曼还是另外三名提名者的代理人。可杰克却和他父亲曾经的情人、他的三年级老师留在了布克曼的花园里。杰克回忆着他在那些北海港口城市的经历，向伍尔兹小姐讲述他了解到的真相。

"千万别把在斯德哥尔摩发生的事轻描淡写地讲给我听，杰克。不能因为那里发生的事没有在哥本哈根的那么悲剧，就草草带过。哪怕你在奥斯陆和别人上床了，也一定不要省略掉细节。"伍尔兹小姐后来在颁奖礼的周末对他说。

杰克当然没有省略任何细节。（加西亚医生早就教过他要讲出全部的细节。）杰克发现他竟然可以镇定自若地把自己的经历都讲出来，至少面对卡罗琳·伍尔兹这样满是同情心的人时，他可以做到这点。不过，杰克怀疑自己面对莱斯利·欧斯特勒和她那个不友好的金发女郎时，是否也能这么镇静，一滴眼泪都不流，甚至没有激动得抬高语调。他面无表情地对伍尔兹小姐讲述了在哥本哈根和斯德哥尔摩的全部经历，然后毫不迟疑地继续讲在奥斯陆发生的故事。杰克不想把结果看得过分乐观，但他觉得加西亚医生的治疗确实很有效。

32 极目张望

　　那一年，米拉麦克斯公司有多部电影获得了奥斯卡奖提名。颁奖礼前夜，米拉麦克斯公司在贝弗利山威尔夏大道的丽晶酒店举办了一次聚会。有反色情片人士聚集在酒店外抗议《废稿读者》。《废稿读者》虽然被定为 R 级，可其中并没有色情场景。但是，这部电影大大冒犯了反色情片人士，因为杰克饰演的角色（色情片明星吉米·斯特罗纳克）竟然是一个会唤起观众同情的角色。而电影中出现的其他色情电影产业从业人员（主要是"大鸟汉克"和莫菲，米尔德丽德·阿斯海姆也在里面饰演了一个小角色——她自己）也很让观众抱有认同感。在这些反色情片人士看来，《废稿读者》更糟糕的地方在于，里面所有的色情片演员都有着和普通人一样的生活。正如艾玛坚信的那样，所谓的"洛杉矶畸恋情人"也是普通人。

　　抗议者寥寥无几，只有大约十人。媒体给予了他们过分的关注。一般来说，每年都会有一小部分狂热分子来抗议，其中一些人抗议在电影中广泛存在的粗俗语言（也就是杰克的母亲所说的"语言的堕落"）。而反对电影中出现亵渎上帝的内容和反对色情片的抗议者，则经常跪在地上进行抗议。杰克觉得对待他们最好的办法是置之不理，但媒体总是倾向于夸大他们的影响和人数。

　　伍尔兹小姐开始并没有注意到这些抗议者。当"狂人比尔"在米拉麦克斯的聚会上对抗议人士大发雷霆时，卡罗琳紧紧抓着杰克的胳膊，焦虑地说："有人抗议？他们抗议什么？"

"色情片。"杰克回答。

伍尔兹小姐环视了房间一周，好像这里正藏着什么见不得人的色情场景，而她之前将其误以为无邪的娱乐手段。杰克解释道："你知道，卡罗琳。我的角色，吉米·斯特罗纳克是个色情片明星。我想，他们抗议的就是这个。"

"满口胡言！"伍尔兹小姐喊道，"我在电影里一个生殖器官的画面都没看到，没有一根鸡巴，也没有女人的那啥！"

"那啥？""狂人比尔"一副吃惊的样子。

"阴道。"杰克低声告诉他。

"你不应该在这种场合说这个词。"卡罗琳说。

杰克很快意识到"那个伍尔兹"短时间内看了太多的电影。过去几周内，大概平均每天看三部，她是这样告诉杰克的。伍尔兹小姐这辈子也没有一下子看过这么多电影，她把最近看的电影和小时候看过的电影搞混了。她把参加聚会的那些电影明星错当成他们在电影里扮演的角色。更不幸的是，这些电影在伍尔兹小姐的脑中混作一团，成了一部难懂的史诗电影。她在丽晶酒店里认出的每个电影明星都在那部"电影"中饰演了重要的角色。

"嘿，快看——那个爱嫉妒人的年轻人，他杀了好多人。我记得有一次是用一只船桨当凶器。"伍尔兹小姐说。她指的是马特·达蒙，他在《天才瑞普利》中扮演汤姆·瑞普利。不过，"那个伍尔兹"没搞清楚汤姆·瑞普利和汤姆·克鲁斯在《木兰花》里扮演的角色之间的区别。她甚至认为，演员凯文·斯派西受困于一桩不幸的婚姻，定期用以年轻女孩为对象的性幻想作为逃避手段。"应该派人看着他。"伍尔兹小姐对杰克说。杰克知道她说的"看着"是把他抓起来的意思。

为了改变话题，杰克开始称赞女演员格温妮丝·帕尔特洛那苗条的身材。而"那个伍尔兹"则回答："她看上去需要静脉滴注进食。"

如果你看了太多的电影，就会对时间失去概念，似乎电影里的演员从不会衰老或死去。伍尔兹小姐就把电影导演安东尼·明格拉错当成活跃于20世纪中期的演员彼得·洛。（"我还以为彼得·洛已经死了。"卡罗琳第二天对杰克说，"他可好多年都没拍电影了。"后面这句千真万确得让杰克也无话可说。）

"那个伍尔兹"担忧地环顾了整个会场，她发表意见称，这么多人参加的聚会，其中还有这么多名人，一个保安可不够。她把演员本·阿弗莱克当成了全场唯一的保安。

英国女演员朱迪·丹奇也在场。卡罗琳见到她立刻对杰克说，她一直觉得如果要拍一部与"灰色幽灵"有关的电影，朱迪·丹奇很适合扮演麦夸特夫人。

"一部有关麦夸特夫人的电影？"杰克难以置信地问。

"你知道她当过战地护士，杰克。她呼吸的毛病就是因为她那时吸入过毒气瓦斯——不过我也不是很确定。"

从那以后，杰克每次都会把朱迪·丹奇和"灰色幽灵"搞混，想到她曾经吸入过毒气却活了过来。这种想法可真让人不安。

杰克一直在朝"狂人比尔"使眼色，他是在问他："是不是该离开了？"

可是，"狂人比尔"没有一点要离开的打算。他重新回到了好莱坞，而且执导的电影还获得了奥斯卡最佳影片的提名。杰克并没有对"疯狂的荷兰人"那志得意满的样子感到不痛快。在拍摄《废稿读者》时，"翻拍狂魔"很克制地没有对剧本大加修改，这一点让杰克很钦佩。杰克一直把范弗列克当作一名工匠式的导演，而"狂人比尔"这次坚守了他工匠的本分，没有异想天开地搞出各种拙劣的模仿。

等他们总算从聚会离开后，杰克和伍尔兹小姐跟着理查德·格拉兹坦夫妇和范弗列克与他那位年轻的主持人妻子安妮可一同去吃晚餐。在丽晶酒店外面，抗议者仍然高喊着口号，手里举着印满了男女生殖器的海报——各种男人的鸡巴和女人的那啥。伍尔兹小姐一下子就被惹怒了。

"如果你们不喜欢色情片，就别总想着它！"卡罗琳对着轿车窗外一个穿着灰绿色短袖衬衫的男人尖声喊道，他露出一副大惑不解的表情。

他举着的海报上画了一个赤身裸体的儿童，一个成年人的影子正在靠近，让孩子非常害怕。

"那个伍尔兹"没有和"大鸟汉克"、莫非和米丽·阿斯海姆同坐一辆轿车可真是幸运。杰克后来才知道，米丽拉下了车窗，对抗议者喊道："嘿，回家看一部片子，给自己撸出来吧！那样你们会好受些！"

"老天，已经是周日上午了。"当伍尔兹小姐和杰克第二天在贝弗利山四季酒店的泳池边吃早餐时，她感叹道，"我记得你的故事说到奥斯陆就止步不前了。你最好还是别模仿英格丽德·莫的语言障碍了。只要告诉我，她说了什么就好，杰克。语言障碍的表现太让我分心了。"

这不足为奇，杰克后来向加西亚医生讲到这段时也是按此方式讲述的。他能毫不费力地学出英格丽德说话时那痛苦的状态。（杰克知道，加西亚医生一定会将他的模仿看作讲述时过度的评论。）

杰克就这样描述起英格丽德·莫心目中地狱的模样，那逼真的细节仿佛他亲自到访过似的。他格外强调了英格丽德拒绝原谅他的母亲。与此形成戏剧性反差的是，他的父亲原谅了他母亲所做的一切，甚至在阿姆斯特丹时不惜放弃自己的权利。当然了，在贝弗利山的那个周日上午，杰克距离讲到阿姆斯特丹还远得很。他确定那天他和伍尔兹小姐没有时间进展到阿姆斯特丹的部分，至少颁奖礼开始前是不可能的。因为颁奖礼下午就要开始了。

杰克参加过一次奥斯卡颁奖礼，他清楚这会是一个漫长的夜晚。伍尔兹小姐戴着一顶宽边草帽，从头到脚涂满了防晒霜，比需要注意防晒的新生儿还要夸张。她催促杰克讲述更多赫尔辛基之行的细节。伍尔兹小姐明显对于奥斯陆和英格丽德·莫没什么耐心，不过威廉在托尔尼酒店的露面让她非常激动。"那个伍尔兹"对于威廉没有剪掉他的长发感到尤其欣慰。

"威廉的长发很漂亮。杰克，你的头发就像他。"卡罗琳拉起杰克的手说，"我很高兴你也没有把头发剪短，就像现在流行的那样。坦白说，无论男人留长发是否过时，只要你留长发好看，就应该留着。"

讲述赫尔辛基之行占据了他们在周日当天仅有的私人时间。艾丽卡·斯坦伯格贴心地安排人来酒店给伍尔兹小姐做发型。"不管做成什么样，反正我要留着我的灰发。现在把我变成金发太晚了，而且到时候颁奖礼现场肯定不缺金发女郎。"午饭后，"那个伍尔兹"跟着艾丽卡离开前低声对杰克说。

杰克去了泳池旁边的健身房。女演员西格妮·韦弗也在那儿。（杰克的个头只够到她的锁骨。）"祝你今晚好运，杰克。"她说。

杰克就是从这时开始感到了紧张。他意识到，获奖对他而言意味着一切。

"这是有可能的，杰克。赢得奥斯卡奖可能是对你所失的小小安慰。"加西亚医生后来这样告诉他。

她指的不仅是杰克的父亲，也不仅是艾玛。加西亚医生说的还包括米歇尔·马厄，虽然她之前评价杰克对米歇尔产生了"不切实际的期待"。她说的还有杰克错乱的记忆，他失去的童年，因为他记忆中的童年是他母亲编造出来的。（当然了，加西亚医生说的也包括他母亲。）

艾丽卡、杰克与伍尔兹小姐坐着加长型豪华轿车来到了举办奥斯卡颁奖礼的神殿礼堂。他们又见到了前一天晚上出现在丽晶酒店外的那些抗议者。这次，杰克数了数他们的人数。总共仅有九名反色情片的抗议者，但这并不能阻挡《娱乐周刊》在奥斯卡颁奖礼后的那期杂志里形容抗议者的"呐喊"响彻神殿礼堂。

伍尔兹小姐看上去美极了。她穿了一条修身的长礼服，领口是英国安妮女王时代风格的，颜色与她的头发一样是银白色的。杰克穿了一套全黑的阿玛尼燕尾服，连衬衫和领带都是黑的，看上去像个不太魁梧的黑帮成员。他为饰演吉米·斯特罗纳克专门增加的十公斤体重已经减掉了，现在他又和以前一样清瘦了，就像米歇尔·马厄曾经说的那样。

他们在红毯上只停留了二十分钟，然后艾丽卡就把他们领到了女主持人琼·里弗斯那里接受例行采访。杰克担心琼·里弗斯问伍尔兹小姐穿的是"谁"设计的礼服时，她会回答说："我和杰克的父亲相爱时，他送给我这件衣服。"但卡罗琳事实上是这样回答的："这件衣服是我自己的，是一位曾经的追求者送的礼物。"杰克觉得这个回答很完美。

琼·里弗斯事先已经知道伍尔兹小姐是杰克的三年级老师，似乎媒体都知道了这个事实。"杰克是个什么样的学生？"她问伍尔兹小姐。

"还是个孩子时，杰克从未怀疑过自己的男性性别。他当时唯一需要知道的，是他的观众是谁。"卡罗琳回答。

"那么你现在的观众是谁呢，杰克·伯恩斯？"琼问杰克。

"我父亲是我唯一的观众，但我也不介意顺便多几个别的观众。"杰克看着摄像机回答。他生平第一次说道："嗨，爸爸。"杰克注意到伍尔兹小姐正羞涩地对着摄像机微笑。

接受完采访，杰克陷入了崩溃之中。他以不能更快的速度走完了红毯。（他差点儿就要给加西亚医生打电话了。）

"镇静一些。你没必要对威廉说任何话。他只是想看到你。他比任何人都希望你能得奖。"卡罗琳说。

已经有很多人在等着颁奖礼开始了。艾丽卡领着杰克和伍尔兹小姐进入了礼堂，他们好像等了永远那么久之后，颁奖礼总算要开始了。杰克之前喝了太多的依云矿泉水，现在有了尿意。这时，主持人比利·克里斯托被一个戴着墨镜和白色头盔的骑警像婴儿一样载上了台。奥斯卡颁奖礼正式开始。

杰克坐在第六排靠过道的座位上。所有的提名者都坐在靠过道的座位。理查德·格拉兹坦坐在杰克前面，而"狂人比尔"坐在杰克后面。伍尔兹小姐坐在杰克和米拉麦克斯老板哈维·韦恩斯坦中间。卡罗琳不记得哈维是谁了，虽然在前一天晚上的聚会上，杰克向她介绍了两次。但伍尔兹小姐知道哈维一定是个重要人物，因为从头至尾一直有摄像机对着他。杰克也不知道为什么，伍尔兹小姐猜测哈维是一个著名的职业拳击手，一个重量级拳击冠军。（很可能她无意间听到别人谈论哈维很好斗，杰克实在想不到其他的解释了。）

最佳男配角的得主很早就宣布了，迈克尔·凯恩赢得毫无悬念。杰克知道还有很长时间才轮到揭晓剧本奖项呢，差不多得等到颁奖礼快结束了。几乎没有人能从头到尾坚持下来，像杰克喝了这么多依云的话，会更加煎熬。你得小心谨慎地选择去盥洗室的时机，因为你只有在插播电视广告的间隙才能离开或回到座位。

有些获奖者发表的获奖感言大大超出了分配给他们的 45 秒时间，这让伍尔兹小姐非常气愤。西班牙导演佩德罗·阿莫多瓦让她真的动怒了。他的《关于我母亲的一切》获得最佳外语片奖后他在台上说个没完，最后演员安东尼奥·班德拉斯只好把他拽下台。

"晚安！"伍尔兹小姐用西班牙语对阿莫多瓦喊道。

大家决定在颁发欧文·撒尔伯格纪念奖时集体去上盥洗室。这主要是杰克的决定，因为他快憋不住了。这年的纪念奖颁发给了演员沃伦·比蒂。卡罗琳埋怨杰克让她错过了看到沃伦·比蒂获奖的时刻。伍尔兹小姐曾经很迷恋他。"什么都无法与我对你父亲的感情相比，但沃伦·比蒂好歹也是我迷恋过的人。"

等到他们回到座位上，杰克又想撒尿了。他小声对伍尔兹小姐说，如果他等会儿不能获奖，就没法离开座位，到时候他只能把尿撒在依云瓶子里了。（杰克指望后台能有盥洗室，但前提是他能获奖，而且能忍住尿意走到后台。）

终于，轮到揭晓最佳改编剧本奖了。幸亏最佳改编剧本奖是在最佳原创剧本奖之前颁发的。演员凯文·斯派西一人上台颁奖，本来安妮特·贝宁应该和他一起出现的，但她怀孕已久，不想冒险离开座位。斯派西因此打趣说"她太过投入了"。他接着说，"我可不能要她从座位那里费力地走到台上来。当然了，要是她拿了奥斯卡，让她爬上来都行。"

杰克将这个玩笑看作一种不祥的预兆。因为赫尔辛基那名怀孕的有氧健身操教练的事情，他一想到安妮特·贝宁在地上爬动的情景，心中立刻满是懊悔。杰克刚刚从这种糟糕的感觉中挣脱出来，凯文·斯派西便宣布道："最后的获奖者是——"杰克没听清他后面说的话，因为伍尔兹小姐尖叫起来。

"想想威廉会多么为你感到开心，杰克。"她在亲吻杰克的间隙说道。当然，摄像机正对着他们，而杰克意识到"那个伍尔兹"正看着镜头。

她知道摄像机一定会拍哈维·韦恩斯坦这位"前职业拳击手"的。杰克从座位上站起来，理查德和"狂人比尔"都吻了他。哈维一把将伍尔兹小姐和杰克抱进怀里。杰克走上过道时，看到卡罗琳朝摄像机镜头打了个飞吻，从她嘴唇的形状，可以看出她在念着"威廉"这个名字。

杰克从凯文·斯派西手中接过了奥斯卡小金人，他只用了35秒就说完了自己的获奖感言。这恰好平衡了佩德罗·阿莫多瓦刚刚感谢瓜达卢佩圣母、黑色圣母、圣母圣心等在世的和去世的人超出的时间。杰克感谢了自己的三年级老师卡罗琳·伍尔兹小姐，因为他知道自己这么说，摄像机一定会对着她。他还感谢了拉姆西先生。当然，他还要感谢理查德、"狂人比尔"以及米拉麦克斯公司的所有人。杰克尤其提到他要感谢艾玛·欧斯特勒为他付出的一切，以及感谢莱斯利·欧斯特勒对剧本的贡献（他这么说主要是想让那个金发女郎生气）。最后，杰克感谢了米歇尔·马厄熬夜看他得奖。（他暗自希望米歇尔那个可能存在的男朋友也在看电视转播。听到杰克感谢米歇尔也许会让他嫉妒，并导致他们分手。）

要不是杰克憋着尿，他才不会那么快就说完自己的获奖感言呢。他和凯文·斯派西走向后台时，与接下来要颁发最佳原创剧本奖的演员梅尔·吉布森擦肩而过。最佳原创剧本奖最终颁给了《美国丽人》。在后台时，也练过摔跤的汤姆·克鲁斯试着要从杰克手里夺走小金人。幸亏杰克急着要撒尿，否则最后的结果不会这么友好和睦。老牌影星克林特·伊斯特伍德对杰克说了什么。（他说了"加油啊，孩子"或是类似的什么话。杰克知道不能太过依赖自己的记忆，尤其是这种重要事件的记忆片段。）

当《美国丽人》的剧本作者艾伦·鲍尔拿着他的小金人来到后台时，杰克还在寻找男士盥洗室。杰克对他表示了祝贺。（"好样的，伙计。"杰克听见梅尔·吉布森说道，但这话是对他说的还是对艾伦说的？）等待了整整一晚上，一切都发生得如此迅速。

杰克最后总算找到了他苦苦寻找的地方。然而，他的欣慰没有持续多久便被尴尬取代了，因为他从没拿着一座奥斯卡奖杯上过盥洗室。莱斯利·欧斯特勒曾不屑地将奥斯卡奖杯形容为"不穿衣服的秃头小金人"。杰克目测之后觉得，这玩意儿比色情片明星的"大鸟"可长多了，不用说也重多了。杰克非常不建议撒尿时拿着它。

杰克撒尿时笨拙的样子让他想起了玛丽亚-莉萨四岁的儿子在托尔尼酒店尿在滑雪外套口袋上的情景。这么说吧，杰克实在不知道该把小金人如何处置才好。他试着把它夹在腋下，但没什么用。如果你第一次得奥斯卡奖，而且清楚自己以后没有机会再拿奖了，你肯定不会把它放在男士盥洗室的地面上，也不会把它放在小便斗的上方，让小金人那光滑的头顶对着你的下巴散发出危险的光。

杰克很高兴只有他一个人在盥洗室，没人看到他这副难堪的模样，至少他是这么以为的。突然，他发现有人站在他对面那排小便斗那里。那家伙似乎已经完事了。没人能忍住不去看杰克刚刚那番痛苦的挣扎。

那人有一副宽肩，身体像举重选手般结实，还长着硬朗的下巴。杰克起先没有认出他，也不记得哪位颁奖嘉宾有这么健美的身材。对杰克而言，对面的那排小便斗好像距离他有一个橄榄球场那么远。不过，杰克一下子就听出那人说话时难以模仿的奥地利口音。

"需要我搭把手吗？"阿诺德·施瓦辛格问道。

"不，谢谢。我能搞定。"杰克回答。

"老天，我希望他说的'搭把手'是帮你拿着小金人！"当杰克说到这件事时，伍尔兹小姐说。呃，阿诺德当然指的是帮他拿小金人了，他只是想帮忙而已！（如果这位未来的加州州长主动提出帮杰克扶着鸡巴，那简直无法想象！）

后台混乱嘈杂。趁着接下来插播电视广告的时间，杰克回到了会堂的座位上。他不想把伍尔兹小姐一个人扔在那里。假如突然发生了停电，让伍尔兹小姐不由自主想起她在安大略省皇家博物馆蝙蝠洞展览的恐怖回忆怎么办？可千万别停电啊。颁奖典礼结束时，《废稿读者》只拿到一个奖项。今夜属于《美国丽人》，但也属于杰克和艾玛。

颁奖礼结束后，奥斯卡奖主办方在神殿礼堂举行了一场晚宴舞会。伍尔兹小姐实在有些疑惑，这场舞会到底有什么意义。再怎么解释，也无法让她相信舞会是获奖者庆祝会的一种合理形式。但杰克并不介意，他很开心。

他们和梅丽尔·斯特里普在一张桌子上吃晚餐。她把自己的女儿也带来了。杰克能够看出"那个伍尔兹"脑子里在想些什么：这就是电影《苏菲的抉择》中的那个女人，她的孩子竟然还活着！杰克告诉艾丽卡，他觉得趁着卡罗琳还没说出什么出格的话，应该离开去参加另一场活动了。

他们接下来去莫顿餐厅参加了《名利场》杂志举办的聚会。艾丽卡领着他们走了进去。杰克还记得他上次被提名时，他和艾玛等了好久才进入聚会的会场。看来当你拿了奖，待遇确实就不一样了。他们的轿车司机把手伸出窗外，挥舞着那个没穿衣服的秃顶小金人，然后他们便立刻插到了等候车流的前面。色情杂志《花花公子》的创始人休·海夫纳那群人似乎在杰克他们之前就入场了。很可能他们没有参加颁奖礼，早早地来到这里。这位老花花公子身边还有一对美女双胞胎，桑迪和曼迪。

海夫纳比反色情人士更让伍尔兹小姐怒不可遏。"那个肮脏的老家伙想要对那对年轻女孩做什么？"卡罗琳对艾丽卡和杰克说。

罗布·劳、迈克·迈耶斯和丹尼斯·米勒三位演员在聊天，但杰克走近时，他们全都不说话了。杰克每次遇到其他男人有这种反应时，都忍不住觉得他们刚刚像谈论一个女孩似的谈论他。正巧，杰克要去男士盥洗室，不过这次他已经把小金人交给了艾丽卡和伍尔兹小姐保管。

他们接下来去了米拉麦克斯公司在贝弗利山酒店波罗酒廊的聚会。杰克知道理查德和"狂人比尔"也会去那儿的。他只想和认识的朋友在一起。还好伍尔兹小姐没有把哈维·韦恩斯坦说成职业拳击手。

卡罗琳的香槟喝得有点多。杰克也喝了一瓶绿色玻璃瓶的喜力啤酒，瓶子被放在一旁的小金人映得更绿了。（他也记不清自己上次喝掉一瓶啤酒是在什么时候，也许是他大学时。）

贝弗利山酒店某处还举行了早餐会。他们也参加了。早餐会一定是凌晨三四点钟开始的。影评人罗杰·艾伯特也在那儿，他躺在床上吃着早餐，杰克觉得这种行为很符合他的脾气。虽然罗杰曾经大加抨击《废稿读者》，但杰克对他依然很和善。

罗杰的妻子和女儿都很让人愉快。她们告诉伍尔兹小姐，她们都很喜欢《废稿读者》这部电影。想到自己和艾玛让罗杰·艾伯特家里产生了分歧，杰克感到很得意。

大约早上5点时，杰克对伍尔兹小姐说自己感到很疲倦，想要回去睡觉了。"咱们可以回酒店，杰克，但你不能去睡觉。你得先把你第二次去阿姆斯特丹的经历告诉我才行。""那个伍尔兹"过了一整夜竟然还记着这件事。她说只有听完全部的故事才能睡着。

杰克对艾丽卡说，他们得走了。于是，艾丽卡陪他们坐车回到了四季酒店。在贝弗利山的一条小街上，他们跟在一辆慢吞吞的垃圾车后面行驶。这辆垃圾车是他们周一早晨在路上见到的唯一车辆。垃圾的气味随风飘进了他们的轿车里，似乎在提醒手里还拿着小金人的杰克，有些事情你无法逃脱，它们总能找到你。

杰克并不惧怕向伍尔兹小姐讲述他第二次去阿姆斯特丹时的经历，但故事的结尾还是有些难以启齿。加西亚医生一定会为杰克自豪的，因为他这次讲述时既没哭，也没喊。杰克对卡罗琳说自己第一次与理查德·格拉兹坦和威廉·范弗列克见面时，他根本没有谈论电影拍摄的心情，他一直想着另外那个威廉。南加州的阳光透过四季酒店套房开着的窗户流淌进来。伍尔兹小姐和杰克穿着白色毛巾布浴袍坐在沙发上，把光着的脚搭在茶几的玻璃桌面上。那座奥斯卡小金人正放在上面熠熠生辉。卡罗琳的脚趾甲涂着玫瑰粉的指甲油。阳光映在她的脚趾甲和小金人上显得格外耀眼。屋内那架黑色的钢琴在阳光映照下像是一潭闪着光泽的石油。

"不准看我的脚，杰克。我的脚是我全身最老的地方。我出生时一定是脚先出来的。"伍尔兹小姐说。

实际上，杰克并没有在看她的脚。他早就回到了千里之外那个漆黑的夜晚，阿姆斯特丹贵族渠的河水映射着路灯的光。理查德·格拉兹坦、"狂人比尔"和杰克一直在南西兰饭店聊着有关拍摄《废稿读者》的事。"狂人比尔"的那个年轻主持人女友安妮可在一旁有些无聊和焦躁。（你这么年轻美丽，还长了一双绿眼睛，而那三个男人像没看到你一样，在讨论一部你没读过的小说改编的电影，你会感到开心吗？）

虽然杰克的心思根本就没在讨论上，但他看出理查德和"狂人比尔"的看法一致，他们都同意需要对剧本进行细微的修改，还对电影整体的基调有同样的意见。理查德的眼睛一直闭着，他因为时差的关系在犯困。"狂人比尔"一直在调侃他，理查德在最后付账前都强忍困意。"制片人应该付账！"范弗列克不停喊道，他很享受自己的红葡萄酒。

走在贵族渠畔，理查德在夜晚潮湿的空气中清醒了些。"狂人比尔"建议他们去红灯区逛逛，杰克实在不好拒绝他。等他们路过几个妓女的窗口和门廊后，杰克发现理查德已经完全清醒了。安妮可依然感到很无聊。杰克有种感觉，只要有外地朋友来，"狂人比尔"都会带着他们游览一圈红灯区。毕竟，他那部电视剧就是在此拍摄的，他对这里太熟悉了。（几乎和杰克一样熟悉，但杰克没说自己以前来过阿姆斯特丹。）

安妮可注意到妓女认出杰克的概率几乎和她们认出她差不多，才稍微打起了精神。作为一名充满魅力的主持人，安妮可经常在荷兰电视台上露脸，但她显然没有杰克有名。不仅因为杰克是电影明星，更由于尼可·伍德延斯让红灯区的妓女要留意杰克。

"你这个骗子，杰克！"一名异装癖妓女喊道。她可能是个巴西人。（那些"长着鸡巴的小妞"都走出来看杰克了。）这引起了安妮可的注意，但"狂人比尔"喝了两瓶酒，并没有注意到。"疯狂的荷兰人"没完没了地对理查德说着话。

杰克突然对范弗列克炫耀自己熟悉红灯区的行为感到恼怒，好像这里是他建立的似的，好像这里所有的妓女都是受雇于他似的。可怜的理查德，他好不容易克服了时差反应，却被这里的乌烟瘴气搞得晕头转向。无论怎么看，对安妮可来说，今晚都无聊透顶。

好吧，我就让你们瞧瞧，一定让你们永远都忘不掉！杰克心想。"这算什么啊。"当他们在老教堂广场上时，杰克说道。他随即领着他们向华尔姆斯街走去，离开了红灯区的范围。"你们没见过埃尔斯，就等于什么都没见过。"

"埃尔斯？"范弗列克说。

"我们要去哪儿？"理查德问道。（他们正远离酒店，那是他唯一认得的地方。）

"埃尔斯是阿姆斯特丹目前在工作的最老的妓女。她是我的老朋友。"杰克对他们说。

"她是——""狂人比尔"说到一半就惊得噎住了。

杰克领着他们穿过水坝大道。当时已是半夜了，他确信埃尔斯已经上床睡觉了。她的同伴，那个仅有六十一岁的佩特拉一定正坐在二楼房间的窗口。说不定，佩特拉也已经回家睡觉了。无论是哪种情形，杰克都会叫醒埃尔斯，要让"狂人比尔"、理查德和安妮可瞧瞧，他对阿姆斯特丹的了解，可不是拍过一部电视剧就能相比的。

当他们进入狭窄的圣雅各布街，"狂人比尔"有些踟蹰不前。这条街在夜里看来有些吓人。杰克看到理查德回头看了两次，安妮可抓着杰克的胳膊，紧紧靠在他的身旁。

杰克吃惊地发现，坐在窗边的是埃尔斯，不是佩特拉。（"一些醉汉大喊大叫，把我吵醒了。佩特拉早就回去了，我突然就想起来了。这就是直觉，杰克。"埃尔斯后来告诉他。）

杰克一看到她，就开始挥手。"埃尔斯七十多岁了。"他对"狂人比尔"说。"狂人比尔"目不转睛地盯着埃尔斯坐在映着红色灯光的窗边，好像她是来自地狱的复仇恶鬼，一只来自冥界的鹰身女妖，一位复仇女神。

"她多大年纪了？"理查德问。

"想想你的祖母。"杰克回答。

"杰克！我的小宝贝又回来了！"埃尔斯朝他打着飞吻，在圣雅各布街的公寓窗口大声喊道。

杰克也向她回着飞吻，不停地挥手。埃尔斯也开始朝他挥手，就在这时，杰克突然失去了控制。

杰克当然不可能"记得"他妈妈在离开鹿特丹时将他擎过甲板栏杆的情景，他也不可能"记得"自己对埃尔斯挥手告别。二十八年前，四岁的杰克也不可能看到他父亲捂着心口跌倒在地。

"别哭，杰克——别哭！"埃尔斯从二楼的窗口朝他喊道，但杰克已经哭得跪在了圣雅各布街的路面。他仍在朝着埃尔斯挥手道别，埃尔斯也在不停地挥手回应他。

理查德和"狂人比尔"努力想把杰克拉起来。但"狂人比尔"喝醉了，理查德除了有时差反应也喝了不少酒。

"你是她的小宝贝？"理查德问道，但杰克还沉浸在对他父亲的道别中，没有回答他。他激动得心脏跳到了嗓子眼，根本没法说话。

"你真的认识这位女士？""狂人比尔"问道，他失去平衡一下子坐到了地上。理查德还在尽力搀着杰克，但很快也撑不住松开了手。杰克并排和"狂人比尔"躺在街上，他还在挥手。

"杰克，杰克——你妈妈爱你！她尽其所能地爱着你！"埃尔斯喊道。

最后，扶起杰克的是"狂人比尔"的漂亮主持人女友。杰克发现她的酒劲已经过去了。"行了，你别再朝那个老妓女挥手了！你越是挥手她越会激动地对你喊话！"安妮可说道。

"她是我的奶妈！"杰克边哭边说。

"她是他的什么？""狂人比尔"问理查德。

"他的保姆。"理查德解释。

"不可思议！""狂人比尔"感叹。

"闭嘴，比尔！你没看到他在哭吗？"安妮可对"疯狂的荷兰人"说道。

"杰克，你为什么哭啊？""狂人比尔"问。

"我妈妈工作时，是她照顾我的。"杰克说。

"在哪儿工作？在这儿工作？"理查德问。

"我妈妈在一个窗口招揽客人，有时候也会在那边的门廊里工作。"杰克说着，手指了指红灯区的方向，"我母亲曾是个妓女。"

"我以为他妈妈是个刺青师！""狂人比尔"对理查德说。

"她也是个刺青师。她做妓女的时间并不长，但也不能否认这一点。"杰克说。

杰克又开始朝埃尔斯挥手道别了，但安妮可抱住了他的两臂。"求你了，别挥了！"

"趁我死之前回来看我，杰克！"埃尔斯喊道。

"狂人比尔"还坐在地上。他也开始朝埃尔斯挥手了，安妮可踢了他一脚。"真是个好主意啊，比尔！你领着一个妈妈做过妓女的家伙来逛红灯区！"她说。

"可我不知道啊！""狂人比尔"喊道。理查德帮他站了起来。安妮可从范弗列克那长长的灰色马尾辫上拿掉了一张糖果包装纸。

他们逐渐远离了埃尔斯的窗口，回到了红灯区。他们向酒店走去，理查德把一只胳膊搭在杰克肩上。"你还好吧，杰克？"他问。

"没事，等一下就好了。"杰克回答。

但理查德严肃的深情说明他十分担心杰克的状况。他们很快就变成了朋友。"等你回到洛杉矶，我认识个人，你可以见见。"理查德说。

"你说的是一个心理医生？"杰克问。

"加西亚医生认识很多演员。你可不是她第一个大明星病人。"理查德告诉杰克。

虽然挥手道别的情景已经过去了，但杰克似乎仍然能看到埃尔斯从地上扶起了他父亲，像抱着孩子似的抱着他向芬克的梅赛德斯轿车走去。（这时，艾丽丝多半已经把杰克放回了甲板上，所以他根本看不到这一幕。）潮湿的夜风吹拂着杰克的脸，有点让他想起海风，想起从鹿特丹到蒙特利尔那段旅程一路吹拂的海风。

杰克听见窗口和门廊里的妓女们喊着他的名字，但他继续朝前走。"太棒了！"杰克听见理查德说，但不知道他说的是什么。

安妮可再次抓住了杰克的胳膊，好像在保护他不受妓女的骚扰。"等你回到酒店，直接上床睡觉，把这些都忘掉。"安妮可低声对他说。

"晚安，亲爱的！""狂人比尔"对红灯区里的妓女喊道。

杰克永远都忘不了轮船驶出鹿特丹港的情景。甲板在四岁的他脚下震动着，鹿特丹不断向后退去。如果威廉真的在汉堡让赫伯特·霍夫曼给他做了刺青，杰克真的想看一看。在船尾可以看见有一艘大型帆船正在驶离港口，就像霍夫曼的"水手之墓"或"终点港口"，威廉一定想要这类的刺青。杰克对此感到十分确定。杰克就是在这时明白自己一定要找到他。

贝弗利山的太阳早已升到了天空正中央，阳光没法像清晨时那样直射进敞开的窗口。没有了光线的映射，伍尔兹小姐涂了指甲油的脚趾甲不再那么耀眼。黑色的钢琴颜色更深了，不再像一潭石油，更像是一口棺材。同样地，立在茶几玻璃桌面上的小金人也没有那么熠熠生辉了。

"我清楚，威廉昨天夜里见到了你，杰克。如果他真的在欧洲，不管当时是夜里还是凌晨，我知道他一定不会错过看到你的机会。"伍尔兹小姐说。

卡罗琳从沙发上站了起来，吻了下杰克的额头，然后用身上的浴袍紧紧裹住她的脖子，俯身吻了小金人那光亮的头顶。"你们两个，我要去睡觉了。"她说。

杰克看着她穿过客厅，手指轻轻抚过黑色钢琴的琴键。在几声温柔的钢琴叮咚声后，传来了伍尔兹小姐关上卧室门的声音。

杰克站了起来，走进卧室，关上了门。他拉起窗帘，打开了窗户。微风吹动窗帘时，几道光线趁机溜了进来。他甚至能听见花园中有人在用水管给花浇水。奥斯卡小金人躺在杰克身旁，甚至独占了一个枕头。杰克看着它躺在那儿，手里扶着一把剑似的东西。在屋内昏暗的光线下，小金人看上去就像是一个死去的士兵。也许他的战友在战场上找到了他，把他的尸体摆成了这样一个庄严的姿态。

杰克一直睡到中午才被电话吵醒，是理查德打来的电话。杰克之前和范弗列克与理查德约好要去录音室为《废稿读者》的 DVD 录制评论音轨，他已经把这事忘得一干二净。他们需要完整地看一遍电影，偶尔暂停一下，谈一谈拍摄这个镜头或场景的意图，比如某个特别的镜头是怎样拍出来的，某段台词或旁白实际上是从其他地方挪过来的。

杰克冲了个澡，换了身衣服。他把奥斯卡小金人放到钢琴上，下面压着他留给伍尔兹小姐的便条。她还在睡觉。他们会一起吃晚餐，也许理查德和"狂人比尔"也会来，杰克在便条里留言道。为了防止有人偷走小金人或打搅伍尔兹小姐，杰克特意将"请勿打扰"的门卡挂到了套房房门的把手上。他还专门嘱咐酒店前台不要把任何电话接到他们住的房间。

然后，他走进了刺眼的阳光中，和理查德与"狂人比尔"一起乘轿车去了录音室。"狂人比尔"昨晚喝得烂醉，但偏偏安妮可在午夜时生病了。"她吃了什么不合适的食物。我真希望自己也吃了那东西，这样就可以把我毒死了。"他对二人说道。

理查德告诉杰克，与没能拿到奥斯卡奖的遗憾相比，宿醉实在算不上什么。

他们似乎花了好几个小时才录完 DVD 的评论音轨。杰克在阿姆斯特丹第一次与理查德和"狂人比尔"见面时，根本无心考虑电影相关事宜。杰克很喜欢他们共同拍摄的这部电影，当他从头观看全片后，记起了电影拍摄时的种种。

"这是谁想出的主意？"录制音轨过程中，"狂人比尔"时不时地问道。

"我记得是你的。"理查德好几次这样回答。

总体来说，一切进展得很顺利。"狂人比尔"的宿醉似乎已经过去了，也可能是他应付得不错。开始没多久，范弗列克就变得健谈起来。"狂人比尔"几乎不间断地说了将近半个小时，他的记忆力可真好。可是，"疯狂的荷兰人"自信主动的声音让杰克有些错乱。他好像又听见他在问："你真的认识这位女士？"

那天夜里，当杰克在圣雅各布街上解释说埃尔斯是他的奶妈后，"狂人比尔"问理查德："她是他的什么？"

"杰克，你为什么哭啊？""疯狂的荷兰人"当时这样问杰克。

现在，他们身处好莱坞的一家录音室。"狂人比尔"正在讲述他们是如何拍摄这部由艾玛的小说改编的电影的。他的话语似乎淹没在那深沉的声音里，杰克仿佛又看到"狂人比尔"醉醺醺地坐在圣雅各布街上，叫嚷着对他的女友说："可我不知道啊！"后来，当他们穿过红灯区时，杰克还听见范弗列克对妓女喊道："晚安，亲爱的！"

理查德、"狂人比尔"和杰克，现在需要为电影录制评论音轨，他们完成了。那天下午，当杰克回到四季酒店时，他发现伍尔兹小姐正在弹奏那架钢琴。杰克坐到沙发上，安静地听着。

"那个伍尔兹"开始对他说话，但没有停下弹奏。"我要感谢你，杰克——我度过了一段最美好的时光！像我这种老太婆，这一夜可真难忘！"

杰克的脖子感到僵硬，脚趾隐隐作痛，可能是在健身房时受伤了吧，他想到。

"不过，我必须要向你说明，杰克，不要错误地以为这美好的一夜能与我同你父亲共同度过的任何一夜相比。不管我有没有来参加奥斯卡颁奖礼，威廉在我的生命中都占据着特殊的位置——这才是最重要的。"

杰克此时才明白，为什么他的脖子僵硬，脚趾作痛。颁奖礼结束后的那个上午，当杰克入睡后，他一直在做梦。杰克站在那艘驶离鹿特丹的轮船甲板上，把身子探过栏杆，极目张望。他踮起脚，伸长了脖子。杰克刚刚睡着的那几个钟头里，一定维持着这个不舒适的姿态。当然，无论他怎样张望，都看不到岸上发生的事。

杰克·伯恩斯向来不太相信医学上所谓的"记忆复原"，但听着伍尔兹小姐弹奏钢琴，他想起来了。杰克十分肯定他记起的事情真实发生过，他知道自己没有记错。

"把我举起来！"杰克在甲板上对他妈妈说。他们距离码头还不算太远，但杰克的视线被甲板的栏杆挡住了。"把我举起来！"他乞求艾丽丝，"我要看！"但她没让杰克如愿。

"你看得够多了，杰克。"他妈妈说着拉起了他的手，"我们离开甲板吧。"她说。

"把我举起来！我要看！"杰克继续要求着。

艾丽丝可没心情被人牵着鼻子走。"你已经把这辈子要在荷兰看的光景都看完了，杰克。"她说。

按照这个说法，杰克也早把这辈子要在加拿大看的光景看完了。杰克跟着他母亲回到了加拿大，他在那里一直没有见到他的父亲。

33 麻烦的征兆

马查多夫人最大的希望，至少她是这么说的，就是鸡巴先生不要被人占了便宜。但被谁占便宜呢，是别有用心的女孩还是唯利是图的女人？加西亚告诉杰克，很多性侵儿童的女性相信自己的行为是在保护孩子。我们称之为性侵害儿童的行为，在她们看来是一种母性的呵护。

加西亚医生进一步推测道，马查多夫人一定在艾丽丝身上感觉到了某种母性关怀的缺失。"像马查多夫人这样的女人知道哪些男孩比较脆弱。当然，如果你认识男孩的母亲，你感觉到了缺失的母性，更有助于你做出这个判断。"杰克的心理医生说。

"*Principiis obsta!*"拉姆西先生曾经这样提醒过杰克，"好的开始是成功的一半！"

如果杰克的问题来自他的父母，那露西又是怎么回事呢？1987年初秋的一个晚上，杰克在她父母的银色奥迪车后座上发现了露西，那天是杰克第一天也是最后一天到斯坦餐厅上班。露西当时快五岁了。

杰克再次见到露西，是在加西亚医生位于圣莫尼卡的候诊室里。当时是2001年的4月或5月，距离他获得奥斯卡奖已经过去快一年了。露西那时候已经十八岁了。杰克起先并没有认出她，但她认得杰克，所有人都认得杰克。（这女孩挺漂亮，大概是帮哪个病人看孩子的吧，杰克看到她时这样认为。）

他早就学会忍受露西那么大的年轻女孩的注视了，但露西的目光就像焊在了杰克身上，她注视着杰克的脸、他的手和他的每个眼神、动作。她表现出的浓厚兴趣早已超出了挑逗或狂热追星的限度。杰克差点儿就要问接待员能否让他去其他房间候诊。他也不知道是否还有其他的房间（实际上，只剩下一间盥洗室和壁橱），但露西对杰克那毫不掩饰的迷恋实在让他痛苦不已。

后来，问题似乎没再出现。他们只在加西亚医生的候诊室里遇见了这么一次。杰克完全忘记了这个女孩。

杰克之所以会清楚记得他再次见到露西的年份和季节（当然，他当时并不知道她是露西），是因为他当时正准备前往哈利法克斯。这是自从他母亲怀着他从苏格兰跨越大西洋来到加拿大新斯科舍省后，杰克第一次前往那里。加西亚医生反对杰克回到他的出生地，因为在她看来，哈利法克斯之行可能会对治疗造成阻碍。不过，杰克去哈利法克斯还有其他原因。

一个不怎么样的加拿大小说家和编剧道格·麦克斯韦尼以及一位令人敬重的法国导演柯妮丽娅·勒布朗邀请杰克在一部以 1917 年哈利法克斯大爆炸[1]为背景的电影里饰演主角。没有电影明星的加盟，他们很难得到足够的资金支持。而麦克斯韦尼的剧本缺乏主线，没有一个电影明星有兴趣。因为这部电影的主角有异装癖倾向，所以只能由杰克·伯恩斯来担当。

杰克饰演的是一个异装癖妓女，在大爆炸中丧失了他（她）的记忆。爆炸发生时，他的衣服都被烧光了，而且全身二度烧伤。接着，他爱上了照顾他的女护士。杰克饰演的角色起初并不记得自己曾是个异装癖妓女，但如果他没想起来这点就不是拍电影了。

杰克对剧本不太满意，但他一直对哈利法克斯大爆炸很感兴趣，而且他想看看自己出生的城市。同时，与柯妮丽娅·勒布朗这样出名的导演

---

[1] 1917年12月6日，哈利法克斯港的一艘载有炸药的法国货船与一艘挪威轮船相撞，火灾引燃了炸药。这次爆炸引起的火灾和房屋倒塌导致哈利法克斯里士满区近两万人死亡，约九千人受伤。这次爆炸据称是广岛原子弹爆炸前人为原因造成的最严重的一次爆炸。

合作也让他十分向往。她是这次合作中电影拍摄经验最丰富的人。她正在哈利法克斯，催促麦克斯韦尼修改他那千疮百孔的剧本。当她建议见个面时，杰克想正好借此机会看一看他出生的地方。说不定他还有机会就道格·麦克斯韦尼那琐碎的剧本发表自己的"意见"呢。

杰克获得奥斯卡最佳改编剧本奖后，拒绝了数不清的拍片邀约。其中很多剧本都是根据原著改编的。他读了很多小说，试图找一部感兴趣的来改编为剧本。但自从杰克投入到对加西亚医生讲述他的人生故事之后，创作剧本的想法就显得没那么吸引人了。

杰克·伯恩斯又回归了表演事业，至少暂时如此，反正他是这么告诉鲍勃·布克曼的。拿了奥斯卡奖之后，杰克对演戏的邀约也变得挑剔起来。不过，在哈利法克斯拍摄的这部电影让他产生了兴趣。谁知道他会在那里遇到什么样的"记忆复原"呢？（比如襁褓中的梦境和预感，杰克想。）

2001年6月，开车前往圣莫尼卡接受加西亚医生的治疗时，杰克就是这么想的。那天很温暖，他把奥迪车停好后，把所有的车窗都开着。

杰克有很多理由自我感觉良好。在他第二次北海之旅得知真相后的这三年时间里，他发现自己可以平心静气地向加西亚医生讲述自己的经历了。（加西亚医生反倒有几次差点儿控制不住自己的情绪。）

另外，杰克很期待他的哈利法克斯之旅，所以他才会不顾加西亚医生的反对执意前往。最后但并非最不重要的一个原因，是杰克最近收到了米歇尔·马厄的来信。尤其让他兴奋的是，他已经一年多没有她的音讯了，连祝贺他获奖的明信片都没收到。

杰克当时推断，米歇尔那位"男友"对她一定有很强的掌控欲，说不定禁止她同杰克·伯恩斯通信。现在，米歇尔寄来了一封内容极为翔实（要不就是过分亲热）的长信。杰克理所当然地把这封信拿给了加西亚医生看，但她并不感到高兴。

杰克在奥斯卡颁奖礼的获奖感言中，感谢米歇尔·马厄熬夜看他得奖。这一做法确实在她与她那位"男友"之间造成了不好的结果，他们激烈地争论这是否是一种不忠的行为。米歇尔从来没有与人同居过。她仍抱有传统的思维，觉得住在一起意味着结婚生子。同居不应该成为一种试验。但是，杰克领奖时当着上千万的观众提到了她的名字，因此米歇尔的"男友"坚持他们应该住到一起。米歇尔最后妥协了，虽然他们并没有结婚生子。

那人也是个医生，一名内科医师，是她在医学院认识的一个朋友的朋友。他们非常（也许是过于）相似，她在信里写道。

"马厄医生在信里写的东西呈现出一种与你处事风格完全不同的务实作风，杰克。"加西亚医生读完信后说。

可是，杰克从米歇尔的信中得出了不同的结论。首先，她与男友的同居失败了。（"我们一起住了一年，我发现自己竟然对他如此漠不关心。"米歇尔写道。）她现在恢复了独居，也没了男友。她总算可以不受拘束地向杰克表达祝贺了，并进一步暗示，如果他有机会来波士顿附近，不妨一起吃顿午餐。

"我发现你不是每年都会获得奥斯卡提名。要是你有机会再去参加颁奖礼，我不指望你还会考虑邀请我同去。回头想想，如果我一开始就答应你，也许后面那一年就不会过得这么不开心了。"米歇尔写道。

"'回头想想'这句话甚至都不能简单地用引诱来形容了，不是吗？"加西亚医生评论道。（她的这个问句不需要杰克来回答。加西亚医生默认杰克同意她的观点。）

"*Später, vielleicht.*"米歇尔的信最后以这句德文结束。

"你得帮我翻译下这句德文。"加西亚医生读完信后许久才想起这句。

"'以后，也许会有机会。'"杰克翻译道。

"嗯。"（加西亚医生对某件事不以为然时就会这么说。）

"我从哈利法克斯回来时，可以顺便经过波士顿。"杰克提议道。

"米歇尔多大年纪，三十五六岁？"加西亚医生问，好像她完全没听到过这个人似的。

"对，和我同岁。"杰克回答。

"大多数医生都是工作狂，而且像她这个年纪的女人，时光不等人啊。"加西亚医生说。

他应该按照时间顺序把米歇尔的第一封信先拿给加西亚医生看才对，杰克想，但他什么都没说。

"另外一方面，她听上去不太像想方设法要和明星上床的那种人，是吧？"加西亚医生问。

"她只是建议一起吃午餐而已。"杰克说。

"嗯。"

自从杰克三年前成为加西亚医生的病人以来，她办公室里的照片就没换过。不过，也没有空间放新照片了，除非她扔掉一些旧照片。

"杰克，如果你在哈利法克斯遇到了麻烦，给我打电话。"

"我不会遇到麻烦的。"他回答。

加西亚医生仔细看了看米歇尔那张信头颇为正式的天蓝色信纸，然后把信还给了杰克。"那就从波士顿给我打电话吧。我可以肯定地说，你就要遇到麻烦了，杰克。"她说。

同时，杰克按照时间顺序向加西亚医生讲述的故事已经快说到他第二次到阿姆斯特丹的部分了。当然，他不急于将自己在阿姆斯特丹的经历告诉医生。杰克心里想的是前往哈利法克斯的旅程，想着回来时在波士顿稍做停留，这样安排可以带来很多好处。

当杰克从加西亚医生的办公室出来时，他的注意力被候诊室里的一个女人吸引了过去。这个女人是经常来接受加西亚医生治疗的年轻母亲中的一位。她一看到杰克就开始尖叫。（杰克非常反感这种情况。）

接待员迅速领着他来到位于蒙大拿大道的出口。杰克看到另外一位年轻母亲（也可能是那个尖叫女人的朋友或保姆）正努力让她镇静下来。她的叫声吓到了孩子们，有些孩子甚至哭了起来。

他钻进自己的奥迪车，将米歇尔·马厄的信塞到了遮阳板的下面。就在他快要开到蒙大拿大道与第四大街的路口时，露西的脸出现在他的后视镜里。"我表现不好，不能到那个大人餐厅吃饭。"她开口说话时，杰克差点儿发生交通事故。

他还是没反应过来。杰克只记得他上次见到这个女孩是在加西亚医生的候诊室里，他不知道这人是谁。（也许是个爱追星的保姆吧，杰克上次见到她时这样猜想。）

"我经常睡在后座下面，因为睡在后座上很容易被人发现。"那个奇怪的女孩说，"我真不敢相信你买的竟然是奥迪，还是银色的。"

"露西？"杰克问。

"你花的时间可够久的，不过你好几年前见到我时，我的胸部还没发育呢。你一开始没认出我也可以理解。"露西对他说。

杰克总算明白了，这是个不幸的巧合。露西不是谁雇的保姆，她和杰克一样，也是加西亚医生的病人。（他很快发现，露西的病情不太稳定。）

从现在的她身上很难看出，她和杰克抱着走进斯坦餐厅的那个焦虑却勇敢的四岁小女孩还有什么相像之处。她的勇气并未消失，甚至变得比以往更加坚固，成了她身体的一部分。如今，年近二十的露西不会对任何事感到焦虑，再也不会了。

她的眼神平静极了，眼睛眨都没眨一下，透出一个偷车贼钢铁般的鲁莽意志。要是你敢让她开车（要是她不敢，我给你 5 美元），她会一脚油门踩下去，闯遍威尔夏大道上的所有红灯，从圣莫尼卡一路开到贝弗利山。要么她在布伦特伍德发生车祸，要么在西木村被警察击毙，否则没有什么能阻止她。开车时，她会把自己那条赤裸的左臂伸出窗外，朝所有人竖中指。

杰克在海洋大道右转，把车停在了路边。"我觉得你最好还是下车，露西。"他说。

"你把我从车里赶出去之前，我会脱光所有的衣服。"露西对他说。

杰克双手紧抓方向盘，从后视镜里看着露西。她打扮得像个出来跑步锻炼的人，穿着一件粉色背心，或者说一件运动胸罩，和一条彪马运动短裤。杰克清楚，他下车打开后座车门的工夫，足够她把身上的所有衣服都脱光了。

"你想要什么，露西？"杰克问她。

"去你家。我知道你住在哪儿。我有好多事情要告诉你。"她说。

"你知道我住在哪儿？"杰克问。

"我妈妈和我开车经常路过你家，但我们从没见到你。我猜你不常在那儿吧。"露西说。

"就在车里说吧。"杰克建议。

"故事可长着呢。"露西解释说。杰克从后视镜里看见她扭动身体脱下自己的短裤。她里面穿着一条粉色丁字裤，看上去跑步时穿着丁字裤并不会舒服。

"请把你的短裤拉上去。我们这就去我家。"杰克说。

她穿着一双脏兮兮的跑鞋，袜子是当下年轻人喜欢的那种露出脚踝的短袜。露西脚步轻快一蹦一跳地在杰克的房子里走来走去，好像在模仿拉姆西先生似的，没有一刻能老老实实地坐着。杰克像条狗一样跟着她走来走去，好像他们正在露西的家里，她才是这里的主人。

"你用脑袋把我爸爸撞得鲜血直流时，我的一生改变了。我妈妈在那时确定她已经受够他了。我记得她回家时，一路上都在朝他吼叫。要是我妈妈能一手操办，第二天吃早餐之前他们就离婚了。"露西对杰克说。

"以我的经验看，你四岁时不可能有那么准确的记忆。"杰克提醒道。

"你在我母亲心目中可他妈的是个英雄啊。你觉得我会不记得吗？你出名后，我们去电影院看了你所有的电影。我妈妈说：'就是这个家伙将我从悲惨的婚姻中解救了出来。'当然，我爸爸恨死你了。他们离婚的时候，我听见他说到了你。'要是让我碰到了杰克·伯恩斯，他都不知道自己是怎么死的！'我爸爸总是这么说。"

"你爸爸在斯坦餐厅那次确实没有控制住自己的脾气。"杰克指出。

"告诉你吧，要是我妈妈遇到你，她巴不得和你上床，然后把一切都告诉我爸爸。在我的人生中，你竟然在我们家有这么重要的地位。"露西说。

"你爸妈把四岁的你扔在轿车后座，还是在威尼斯海滩，我只是对这种做法太震惊了。"杰克说。

露西用手指头摆弄着艾丽丝给杰克的刺青图案冰箱磁贴。磁贴的图案是汉字"入墨"——日文"刺青"的意思，是亨克·席夫马赫告诉他的。总共有六块磁贴，每块磁贴大概有25美分硬币那么大。杰克用其中四块把他妈妈那张赤裸身躯的照片压在了冰箱门上，就是那张有"直到找到你"刺青的照片。杰克发现露西正仔细地看着那张照片。

露西并没有就此消停下来。她又跑去看杰克的书桌。书桌上的玻璃镇纸非常显眼，它正好放大了下面压着的艾玛的裸照。（克劳迪娅之前让他把照片都扔了，他一直觉得，说不定有一天自己会对藏着其中一张感到后悔的。）

"我要用下你的盥洗室。"露西说。这座房子里总共有三间盥洗室，她偏偏进了杰克卧室里的那间，随后把门紧闭。

杰克把艾玛的卧室改造成了一间小型健身房，里面有两种健身单车、一台跑步机、一台腹肌训练器，还有几把长凳和一些哑铃。墙上没有镜子，但贴了些他最喜欢的电影的海报，有两部还是他参演的。地板上铺着一张拉伸用的垫子，是一张长方形的垫子，大概有摔跤垫子的三分之一那么大。

杰克坐到垫子上，把膝盖蜷向胸部，思索着该拿露西怎么办。他听见盥洗室冲水的声音，以及水龙头的流水声。他听见露西从盥洗室走了出来，拿起床头柜上的电话。杰克从她机械的声音可以猜出，她正对着自动答录机留言。

"嗨，妈妈，是我。我在杰克·伯恩斯的家里，我什么都没穿，躺在他的床上。你不是一直梦想着这个场景吗？抱歉，我替你实现了，但又有什么关系呢？无论是你还是我和杰克·伯恩斯上床，都会让爸爸发疯的。爱你！"杰克听见露西说。

杰克走进自己的卧室，发现露西并没有在开玩笑。她掀开了床单，一丝不挂地躺在他的床上。"现在我们要有麻烦了。"露西说。

"也许你才是那个要有麻烦的人，而我不是。"杰克对她说。

他走进盥洗室，想要把她的衣服拿给她，但什么都没找到。露西把自己那双脏兮兮的跑鞋和短袜放在了他盥洗室的水管上，但她剩余的衣物不见了。（她到底把衣服藏到哪儿了？杰克疑惑。）

杰克回到卧室。"你该离开了，露西。你的衣服呢？"

她耸了耸肩。没错，她是一个漂亮的十八岁女孩。虽然杰克数学能力堪忧，但还是能从1987年数过来，再加上四。（毕竟，他最近想的事情都与四岁大的孩子有关。）杰克从没想过和露西发生性关系，即使这么做并不违法。

露西有一头金发，每个脚趾甲都涂上了不同颜色的指甲油，她故意把自己弄得不修边幅。她的一条大腿内侧有个佛手柑的刺青。刺青的位置很靠上，之前被她穿的运动短裤遮住了。有些女孩穿着衣服比脱光时更能撩起杰克的欲望，露西就是这样，而且杰克不喜欢被任意摆布的感觉。

"我会给你一件T恤和运动短裤穿。如果你不打算自己穿好衣服离开，露西，我给你穿衣服。"杰克说。

"我妈妈已经报警了。她待在家里，整天无所事事。为了防止我爸爸打来电话，她把所有的电话都转到答录机上。告诉你吧，她播放了两遍我的留言。她已经给了警察你的地址，还有其他一切她知道的情况。"露西说。

杰克走进厨房，拿起电话拨打了911，说有一个不受欢迎的十八岁女孩藏进了他的车里并进了他的住处。现在，她脱光了衣服，给她母亲打了电话。他从没碰过她，杰克说，他也不想碰她。"如果这女孩拒绝穿上衣服，你们最好派一名女警官过来。"他说。

杰克被问及这是否家庭内部纠纷，他是否认识这个女孩。"我只是在她四岁时见过她一次！"杰克喊道。

好吧，这意味着他的确认识这个女孩，不是吗？杰克被问住了。（他早该意识到的。）"听我说，她认为是我导致了她父母离婚。她和她母亲迷恋上了我，她父亲讨厌我！"

"你认识他们全家？"杰克又被问住了。

杰克告诉对方自己的地址时，对方很快回复说："请稍等。"一辆巡逻车已经被派过来了。当然，露西的母亲已经打过报警电话了。刚刚报警的人说这是一起强奸案。

"胡说八道！"杰克喊道。

"马桶一直在冲水！别管警察了。你最好打电话给管道工。"露西在卧室里喊道。

杰克挂掉电话，气冲冲地回到卧室，进了盥洗室。露西之前把自己的衣服藏到了马桶的冲水箱中。（衣服都湿透了。杰克把它们扔进了浴盆。）水箱里浮球的杆子被掰弯了，怪不得马桶一直在冲水。至少杰克还知道该怎么修理。

杰克重新回到卧室后，露西在他的床上滚来滚去。床单已经完全被拽了出来，一只枕头被扔在了地板上。整张床看上去好像杰克刚刚和几个十八岁大的女体操运动员发生了性关系。

"你这是自找没趣，损人不利己。相信我，他们在你身上检查体液的时候，你不会感觉好玩的。"杰克对这个小贱人说。

"你把我们全家搞得一塌糊涂，我就是要你付出代价！"露西喊道。

杰克走出卧室，关上了身后的门。他走出房子，倚靠在他的奥迪车上，等待着警察到来。这时，他注意到了一个经常见到的偷拍记者的身影。那人因拍摄了一个年轻女演员在西木区某个婚礼现场的泳池里呕吐的照片而名声大噪。杰克看到那人从街对面正用长镜头对着自己。

警察来的时候，杰克很欣慰地看到其中有一名女警官。他告诉他们露西在哪儿，然后那名女警官走进房子找她。男警官则留在外面听杰克陈述事件的经过。

"你确定她已经十八岁了吗？"警察默默地听着，中途仅有一次打断了杰克。那个狗仔记者已经从街对面走了过来，站在房前的车道拍着杰克与警察说话的照片。

"她没法穿她自己的衣服，因为都湿了。"杰克刚向警官说完，露西便一丝不挂地从房子前面跑了过来，紧紧搂着杰克的脖子。那名警官赶紧挡住她，不让狗仔拍到她的身体。

女警官拿着一条浴巾从房子里追了出来。她努力地想用浴巾裹住露西，但露西一直扭来扭去想要从浴巾中挣脱出来。两名警官费了好大劲才让露西松开了杰克的脖子。杰克站在那儿，尽量不碰到露西，那个狗仔就在不远处拍照呢。要是他敢走近一步，杰克哪怕当着警察的面，也要把他的手指头全部掰断，一根一根地掰断。

"我猜你经常会遇到这种事情。"男警官对杰克说。

"不管他对你说了什么，我敢打赌都是真的。要是这姑娘是我女儿，我真想把她溺死在马桶里。"女警官对她的搭档说。

女警官是一个瘦高的黑人女性，一脸绝望的表情。一条伤疤在她一侧的眉毛上留下了一道凹痕，更加重了绝望的意味。她的搭档是一个高大魁梧的白人男性，理着寸头。他有一双浅蓝色的眼睛，和露西一样，眨也不眨，透出一种镇定。

"记得检查她身上的体液，看看我是不是在说谎。"杰克对他们说。

"你的麻烦还没解决呢，老实点吧。"黑人女警官笑着对他说。

"为了证实一些情况，我们得检查一下你的房子。"那名高大魁梧的男警官说。

"没问题。"杰克回答。

这天过得很漫长。杰克一直望着窗外。他希望那个狗仔走进他的院落，这样他就有理由收拾他了。但狗仔只是站在车道上谨慎地观察着。警察把露西带走时，杰克坚持要她把浴巾也一起带走。他们走后，狗仔记者也离开了。

杰克对于两名警官不曾怀疑他的陈述而有些吃惊，那名女警官还告诫说，他冰箱上贴着的那几张艾丽丝胸部刺青的照片很容易让他陷入麻烦。杰克解释了这些照片的来历，女警官说："那不重要。如果你真遇到了麻烦，你肯定不想让人看到那些照片的。"

杰克还向她展示了艾玛十七岁时拍的那张裸照，照片就放在他写字台的镇纸下面。"这个也是？"杰克问她。

"你学得挺快，我感觉你还是很有潜力的。"女警官说。

所有人都离开后，杰克在浴缸里发现了露西的丁字裤。那条丁字裤小到连警察都没注意到。他把丁字裤与他妈妈的四张照片和艾玛的裸照一起扔进了垃圾桶。

要不是杰克即将启程前往哈利法克斯，他说不定会仔细处理那些垃圾的。他后来才意识到，那个狗仔把照片卖给了娱乐杂志，杂志派人到他的住处翻垃圾箱。杂志自然也会联系露西，露西将这个事件称为一个

"恶作剧"。

后来，当杂志因为接下来的事件问杰克警察的行为是否妥当时，杰克回答说，最重要的是，警察相信他。被带走的人难道不是露西吗？"你自己就可以搞明白。"杰克对杂志那边的女人说。她说自己是一个"一丝不苟的事实核查员"。（他的意思是警察没把他带走，对吧？）

但是，当杰克启程前往哈利法克斯时，并不知道这些。考虑到他之前的种种经历（比如，他曾做出令自己悔恨数年的错误决定），露西这个插曲实在不足为奇。他甚至都没告诉加西亚医生。（让她等着吧，让她按照时间顺序慢慢等着吧，杰克心想。）

但有时候，一件不足为奇的小事会扰动大众的神经。杰克对露西什么都没干，他只是在她四岁时，想尽力照顾她。可是，露西的"恶作剧"经由一家专门贩卖丑闻的电影杂志配上照片曝光后，就真的带上了一丝丑闻的恶臭，好像杰克真的逃避了法律制裁。

这件事前前后后的内情很难对加西亚医生说清楚，不过给杰克的圈套已经布置好了，虽然这个事件发生时，圈套还不存在。露西并不是圈套，但她的出现是后来那个针对杰克的圈套的重要诱因。那位好心的女警官已经告诉杰克了，他也扔掉了所有的照片，但她的告诫并非仅限于照片。

"如果你真遇到了麻烦——"她不是这样说的吗？

34 哈利法克斯

　　杰克在前往机场的路上用手机给米歇尔·马厄在坎布里奇的办公室打了个电话。当时是洛杉矶时间的清晨，但马萨诸塞州比加州早三个小时。接电话的是一个名叫阿曼达的护士。阿曼达非常和气，她告诉杰克，马厄医生现在有病人。

　　杰克告诉阿曼达自己是谁，正准备去哪里。他说自己和米歇尔一起上过高中，他们就是那时认识的。

　　"我都清楚。因为她没和你去参加奥斯卡颁奖礼，办公室里的每个人都想杀了她。"阿曼达说。

　　"哦。"

　　"你打算和她一起吃午餐吗？"阿曼达问。杰克猜，办公室里的每个人都知道米歇尔信里的内容了，很可能就是阿曼达亲自在打印机上敲出来的。

　　杰克向她解释说，希望能在从哈利法克斯返回洛杉矶的途中和马厄医生见个面。他在波士顿中转，会过一夜。如果米歇尔有时间，可以一起吃晚餐，或第二天中午一起吃午餐，他逗留的时间实在不长。

　　"所以说是一起吃晚餐了！也许午餐和晚餐都可以吃，说不定还可以有一顿早餐呢！"阿曼达渴望地说。

　　杰克告诉阿曼达，他一周后会从哈利法克斯再打电话过来，好确定马厄医生是否有空与他见面。

"你应该住在坎布里奇的查尔斯酒店，从那儿步行就能到达我们的医院和办公室。如果需要的话，我可以替你订一间房。那里有健身房和泳池，设施一应俱全。"阿曼达对他说。

"谢谢你，阿曼达。如果马厄医生有时间和我见面就最好不过了。"杰克说。

"马厄医生到底在想些什么啊？"阿曼达感叹道。

杰克没有麻烦阿曼达替他在查尔斯酒店预订房间时用别名，因为除了米歇尔，办公室里的每个人都知道杰克·伯恩斯来到了坎布里奇，而且还知道他住在哪里。虽然杰克对哈利法克斯大爆炸很感兴趣，也对在他出生地拍电影这个想法颇有兴致，但他实在难以投入到道格·麦克斯韦尼剧本里的那个失忆异装癖妓女的角色中。事实上，杰克越是考虑他对剧本的意见，就越是不想用那个妓女角色的名字入住酒店。（他在哈利法克斯是用本名预订酒店的。）

杰克感谢了阿曼达的友好和帮助，给了他在哈利法克斯酒店的电话与他的手机号码，说不定米歇尔想要给他打电话。

杰克充分利用飞机上的时间进行了大量阅读。先是道格·麦克斯韦尼的剧本，这已经是他第三次读了。麦克斯韦尼的剧本名叫《哈利法克斯大爆炸》，据称是根据英国作家迈克尔·J.伯德的纪实小说《死城》改编的。这部描绘哈利法克斯大爆炸的小说最初出版于1967年。伯德的这部小说是目前杰克在乘坐飞机期间读到的最好的书，而麦克斯韦尼改编的剧本与原著高下立判。

1917年12月6日，两艘船在连接哈利法克斯港与外海的狭窄水道相撞。那条水道不到两公里长，不足五百米宽。法国货船"勃朗峰"号满载着当时欧洲急需的军火准备驶向法国波尔多。挪威货轮伊莫号刚刚从鹿特丹到达哈利法克斯，接下来准备驶向纽约。"勃朗峰"号的货物包括两千吨苦味酸炸药和两百吨TNT炸药。

相撞后，"勃朗峰"起火。不到一小时后，船体发生了剧烈的爆炸。全城的人都能看到那艘船着火了，但他们不知道接下来会发生这么猛烈的爆炸。将近两万人丧生，近九千人受伤，大约有两百人失明。

这场爆炸将哈利法克斯北部夷为平地，伯德在书中说那里成了"一片荒野，一个燃烧着的垃圾场"。爆炸还导致上百名儿童死亡，给港口里的其他船只、防波堤、船坞以及海军学院造成了难以估量的损失。爆炸还摧毁了水道一侧的惠灵顿兵营，"勃朗峰"的船长和船员就是从那里游上岸的。

在杰克看来，最具挑战性的角色当属"勃朗峰"的法国船长艾梅·勒梅德克。伯德描绘的勒梅德克"身高仅有一米六二，但身材强壮，修剪整齐的黑色络腮胡给他年轻的面容增添了一丝威严"。勒梅德克同时代的一位船长称他"讨人喜欢，但喜怒无常，有时还会蛮横无理"，不过他是一位"称职但远远算不上杰出的水手"。

杰克·伯恩斯虽然没有那么矮，但勒梅德克的外形会引起演员的兴趣，而且杰克在模仿口音上很在行。

后来，针对这次灾难的调查发现，哈利法克斯港负责给"勃朗峰"引路的领航员弗兰克·麦基不会说法语，而勒梅德克虽然会说英语，但为了不让人误解他的意思而只说法语。麦基与勒梅德克是通过手势来交流的。

有关这位"蛮横无理"的法国船长的一切都对杰克充满了诱惑。在他看来，这才是他应该饰演的角色。（而且剧本应当忠于史实，因为历史已经足够有趣了，没必要在剧本里加入虚构的角色。）

加拿大政府认定勒梅德克船长和领航员弗兰克·麦基应当对这次相撞事故负责。后来，加拿大最高法院认定，两艘船对相撞负有相同的责任。但勒梅德克和他的船员是法国人，在很多说英语的加拿大人眼中，一切都是法国人的错。

法国导演柯妮丽娅·勒布朗认为，勒梅德克只应该承担整个事故的一半责任。（法国政府当时没有对勒梅德克做出任何惩罚。勒梅德克 1931 年退休后，还被授予了法国荣誉军团骑士勋章。）但这无法解释勒布朗为何会偏爱道格·麦克斯韦尼创作的剧本。在剧本中，勒梅德克只是个小角色，剧本甚至对哈利法克斯大爆炸都着墨不多。

麦克斯韦尼关注的是大爆炸事件中的边缘人物。伯德在书中随口提到，这次事故后，很多哈利法克斯的妓女跑去了多伦多或蒙特利尔，"等待条件改善后再回来"。至于那些留下来的妓女，"她们的生意自然越来越红火"。

也许，正是伯德随口提到了哈利法克斯妓女，让道格·麦克斯韦尼有了创作这个边缘人物故事的灵感。一个妓女在沃特街（伯德在书中几乎没提到这个地方）看着自己的一位顾客——"一个商船船员"离开她的房间，向码头的方向走去。当时是清晨，"勃朗峰"马上就要爆炸了。

在麦克斯韦尼的剧本中，这个妓女（或以这位妓女为原型的角色）在这个寒冷的早上站得似乎过久了。爆炸造成的冲击波将妓女身上的衣服撕得一干二净，扯掉了她的假发，把她抛入半空中——正好让观众发现这个一丝不挂的妓女竟然是个男人！当然就是杰克·伯恩斯了，还能是谁？

这个失忆的异装癖妓女被送去了医院，但灾难并没有结束。到处都是凄惨的景象。伯德写道："坎贝尔路新教孤儿院的两百名儿童、女院长及其他所有职员均丧命于残砖断瓦之下。没有立即死去的人也在爆炸造成的火灾中被慢慢烧死了。"

面对这种惨象，观众干吗要对杰克饰演的角色——一个失忆的异装癖妓女产生同情呢？虽然医院里到处都是被烧伤的妇孺，但美丽的护士似乎对杰克饰演的角色格外关心。电影的历史背景交代得本来就很少，其中还不时加入这个失忆受伤者的缓慢恢复及与护士的恋情发展。

这个异装癖妓女不记得自己是谁了，更不记得在那个决定他命运的周四早上，她一丝不挂地被抛入空中，沃特街早已陷入一片火海。等他恢复得可以出院时，那位护士把他领回了家。

后来，不可免俗地，失忆的他恢复了记忆。（看看杰克·伯恩斯自己的经历，你就能想到这个结果。）护士外出去医院工作时，杰克饰演的角色在她的卧室里醒来。他盯着椅子上的护士服看了许久，那是护士前一天换下来的衣服。他穿上那件护士服后，在镜子里看到自己的模样时——你都能想象出来，各种画面闪现在他眼前！他穿着女人的衣服做了各种难以启齿的事！

于是，观众看到了一个不同的哈利法克斯大爆炸。我们看到了大爆炸之前，一个异装癖妓女的悲惨人生。伯德在他的著作中这样评论道："在这次苦难中，哈利法克斯有大量的平民死亡或受伤，数量甚至远超伦敦在整个第二次世界大战期间因空袭伤亡的人数。"可是，道格·麦克斯韦尼在想些什么呢？

发现自己对剧本反感时，杰克对接下来要进行的会面极为厌恶，不过他很喜欢导演和电影背后的想法。他知道，演员对剧本提出的意见常常会被理解为一个电影明星为了让自己的角色更出风头而插手剧本。而就这部剧本而言，道格·麦克斯韦尼毫无疑问会反感，杰克这个拿了奥斯卡奖的编剧（只是他运气好）竟然敢对自己这个有着丰富经验的作家指指点点！

除了哈利法克斯是他的出生地这个原因，杰克开始怀疑自己为何会来这里。他产生这种想法时，飞机还没有降落。三十六年前，他上次来到哈利法克斯时，还在他妈妈的子宫里呢。也许加西亚医生说得没错，来到哈利法克斯会对治疗产生负面影响。

杰克入住了乔治王子酒店，在附近一个名为"壮丁团"的饭店预订了晚餐。这家饭店就在威廉·伯恩斯曾经演奏管风琴的圣保罗教堂对面。附近的阿盖尔街和王子街街角，正好是教徒当年安置杰克母亲的教区社交厅。杰克就是在这里出生的，但没有剖腹产这回事。

圣保罗教堂建于1750年，最初只是用白色的木质隔板和瓦片搭建的。在哈利法克斯大爆炸中，圣保罗教堂只剩下一扇不完整的二楼窗户。窗户之前正对着阿盖尔街。"勃朗峰"爆炸后，这扇窗户的玻璃上留下了一个人头状的孔洞。那个孔洞如同一个人的侧脸，尤其是鼻子和下巴让杰克想起了他的母亲。

圣保罗教堂的管风琴是为纪念一名1920年去世的管风琴师重建的。管风琴的琴管泛着蓝色和白色的光。被纪念的管风琴师不止一位。

荣耀归于上帝

纪念娜塔莉·利特勒

1898—1963

1935—1962年任管风琴师

他们1962年时一定需要一名新的管风琴师。教堂里没有纪念威廉·伯恩斯的字样，杰克希望他还活着。1964年，威廉来到哈利法克斯，在圣保罗教堂演奏管风琴。（上帝知道他在这里演奏了多久的管风琴，教堂里没有任何提及他的地方。）

杰克走出教堂，站在巴灵顿街的老墓园里，向哈利法克斯港的方向眺望。他心里在想，如果他和他妈妈当初留在了哈利法克斯，是否能过上幸福的生活。

那扇"大爆炸窗户"现在保存在圣保罗教堂里，窗玻璃上还留有那个侧脸形孔洞。这扇窗户现在成了1917年那场大爆炸留下的记忆。杰克清楚，这扇窗比道格·麦克斯韦尼写的垃圾剧本更适合拿来创作一部有关哈利法克斯大爆炸的电影剧本。饰演一个失忆的异装癖妓女没有让杰克感到难堪，但为了一部可能永远不会付诸拍摄的电影大老远跑来，让他对自己的决定感到羞愧。

另外，杰克完全不想同道格·麦克斯韦尼见面。他决定先告诉柯妮丽娅·勒布朗自己对整个计划的看法，然后让她来处理以后的事。（杰克知道，在电影圈里，如果你提前同对方沟通意见，可以免去很多见面。）

杰克知道柯妮丽娅·勒布朗也住在乔治王子酒店，但他从艾玛那里学到了一点：当你将要发表负面意见时，最好用文字来表达你的想法。杰克赶回酒店，在晚餐前给勒布朗写了一封信。他明明从洛杉矶打一个电话就能把这个问题解决。

杰克对她解释说，他因为某些个人原因来到了哈利法克斯，但无意同一部将哈利法克斯大爆炸造成的灾难轻描淡写的电影有任何牵连。杰克写道，他对勒梅德克很感兴趣，想要多了解一下这个人物。杰克向柯妮丽娅·勒布朗指出，他的外形很适合饰演勒梅德克这个角色，而且他的演技完全可以胜任传说中这位喜怒无常、蛮横无理的船长。（他还提到了自己模仿口音方面的天赋。）

所有出现在剧本里的真实人物中，还有一个好角色是弗兰克·麦基，那个不会说法语的领航员。除了这两个角色，另外一个值得男演员尝试的角色是挪威航运公司的律师 C. J. 伯切尔。当时，伯切尔是美国东海岸地区知名的海事律师。伯切尔代理的是挪威货轮伊莫号的持有者。用伯德的原话形容，伯切尔"精于法庭上最残酷无情的招数"。考虑到法官对伊莫号的偏袒，民众对"勃朗峰"号积压的不满，伯切尔更加肆无忌惮地"攻击和恐吓出庭的证人"。

所以，到底有什么必要创作一个虚构的故事呢？杰克在信中这样问柯妮丽娅·勒布朗。这场灾难造成约两万人死亡，近九千人受伤，几乎两百人失明，有谁会在乎一个异装癖妓女在爆炸中被炸得一丝不挂还失去了记忆？杰克告诉勒布朗，总而言之，麦克斯韦尼的剧本烂透了。（如果加西亚医生在场，她一定会提醒杰克不要在信中加入这句太过主观的评论，最后的结果证明她的建议没错。但是，杰克毕竟是在激动之时写下这封信的。）

他在信中就先前同意这次毫无意义的哈利法克斯见面向勒布朗女士和麦克斯韦尼先生表达歉意。杰克又以圣保罗教堂的那扇"大爆炸窗户"为例，指出麦克斯韦尼撰写的灾难电影剧本平庸乏味，令人反感。他竟然把哈利法克斯大爆炸写成了一个龌龊的爱情故事。

杰克忘记告诉柯妮丽娅·勒布朗，他仍然有与她本人合作的意愿，这也是他一开始同意在哈利法克斯见面的原因。他也忘记告诉她，他已经饰演了足够多的异装癖角色，对异装癖妓女的角色没有丝毫尝试的渴望。作为一个男演员，饰演一个男性角色不应该是件多么困难的事。

虽然有这么多内容忘记写进信里，但杰克的信仍然写满了好几张乔治王子酒店的信纸。请人将信送去勒布朗女士的房间后，杰克独自前往"壮丁团"饭店吃了晚餐。返回酒店时，他询问前台柯妮丽娅·勒布朗是否给他留了便条。前台工作人员告诉他，勒布朗现在就在酒吧间里。

杰克对勒布朗的外貌仅有一个模糊的印象。（和伍尔兹小姐差不多大，是一个六十多岁的女人，身材不高，杰克想。）他一下子就看到了她。哈利法克斯会有几个女人穿着翠绿色的绒面套装呢？

"柯妮丽娅？"杰克对那位小个子的法国女人说，她涂着鲜艳的橙色口红。

"杰克·伯恩斯！"她用带有浓重法语口音的英语喊道。杰克正准备上前亲吻她的脸颊，一个满脸毛发的高大男人挡在了他的面前。

这个男人比书封照片里的样子更加高大，身上的毛发比伐木工人还要浓密。即使拿出攀爬崎岖山路的毅力，杰克也难以读下这个满脸毛发的作家写的小说，他的文字里有一种极具个人风格的残忍无情。（满眼都是被狂风吹弯的冷杉，加拿大哈德逊湾沿岸的灰色巨石，无情的大海——恶劣的天气和嗜酒如命的水手。）甚至从这位作家口中呼出的空气都带着威士忌的呛人气息。当然了，他就是道格·麦克斯韦尼。杰克正要与他握手，麦克斯韦尼一记左勾拳打在了他的右太阳穴上。杰克甚至都没看清他是什么时候出拳的。

"你活该！"麦克斯韦尼说，但杰克只听到"活该"两字。在跌倒之前，杰克努力地想要站稳。他应该动动脑子，像麦克斯韦尼这种能把哈利法克斯大爆炸写成一段令人不悦的爱情故事的蹩脚作家，一定会使出这种卑鄙的手段。

杰克回到房间，脱掉鞋子躺在床上。他的头还胀痛得厉害。柯妮丽娅·勒布朗就坐在床边。她用湿毛巾包裹了一些冰块，抵在杰克右太阳穴肿起的瘀青上。杰克心想，那个满脸胡子的醉鬼王八蛋差点儿杀了我。

"都是我的错，"勒布朗用不熟练的英语说话，带着浓重的法语口音，"如果英文是手写字的，我就看不懂。"

"手写体。"杰克纠正她。

"我请道格把你的便条大声念给我听。大大的失礼，是吧？我猜，'烂透了'一定让他很生气。"

"还有'平庸乏味，令人反感'，估计也让他不好受。"

"对，而且他还在喝酒。"

"我也读过针对自己的恶评，但我没想过用我的奥斯卡小金人把罗杰·艾伯特打死。"杰克对她说。

"把谁打死？"这个小个子法国女人问。

"无所谓了。我不想演这部电影。"杰克说。

"我会找一个法国人演勒梅德克，无论你的口音多么像。"

可是，她不可能拍完这部电影了。那年下半年发生"9·11"恐怖袭击后，很难为哈利法克斯大爆炸这种题材的电影找到资金了，就算有明星参演也没用。一夜之间，灾难电影不受宠了。（这种情形持续了一年多。）

这件事过去两年后，加拿大电视台播出了一个有关哈利法克斯大爆炸的节目，杰克没有看到。他甚至不知道那个节目是一部纪录片还是伍尔兹小姐说的戏剧化改编。杰克只知道，道格·麦克斯韦尼与这个节目无关。在乔治王子酒店酒吧间里的那次"见面"后，杰克十分怀疑自己是否还有机会与柯妮丽娅·勒布朗合作了。

勒布朗照顾杰克时，酒店找来了一位女医生。医生告诉杰克，他有轻微的脑震荡。杰克对"轻微"这个诊断十分不认同，明明他的右太阳穴一跳一跳疼得厉害。医生嘱咐说，他每次睡眠不能超过两个小时。她特意让酒店前台每两个小时给杰克的房间打一个叫醒电话。要是杰克没有接电话，就立刻派人到他房间把他叫醒。另外，医生说他第二天不宜远行。

那天夜里，在一次次叫醒电话间，杰克断断续续地做着梦。他梦见自己正在一部电影的片场。"请安静。"片场有人说。杰克听到这句话已经不下一百遍了。

"准备拍摄。"

"全体准备。"

杰克发现他竟然怀念起电影拍摄的过程了。也许是因为他已经太久没有拍电影了。

第二天上午，杰克沿着巴灵顿街走着，他想找些东西来读。他来到一家名为"书屋"的书店。店主认出了他，邀请他喝咖啡。杰克主动提出可以给书签名，就是那几本剧本版的《废稿读者》。（《废稿读者》平装本的出版社出版了剧本。在大多数书店里，剧本都会和电影版封面的

（《废稿读者》小说摆在一起。）

店主名叫查尔斯·伯切尔，恰好是 C. J. 伯切尔的孙子。传奇海事律师 C. J. 伯切尔让"勃朗峰"号的船长和领航员成了整个法庭的众矢之的。杰克告诉查尔斯，他就出生在圣保罗教区的社交厅。查尔斯告诉杰克，哈利法克斯大爆炸后，教堂的祭服室一度被用作急救医院，墙边一层一层地堆了上百具尸体。

好心的查尔斯甚至领着杰克游览了一圈港口。杰克想看看码头，尤其是外国移民下船的那个码头。查尔斯还开车带杰克去了费尔尤劳恩墓园。杰克也很好奇"泰坦尼克号"遇难者的墓地。哈利法克斯见证了不止一场灾难。

杰克跟着查尔斯走过一排排墓碑。

纪念

一名身份不明的儿童

1912年4月15日

他在泰坦尼克号事故中遇难

类似的墓碑还有很多。

阿尔玛·保尔森

享年29岁

与她的四个孩子永远长眠

有的墓碑上只记录了名字和年龄。

托堡·丹德里亚　8岁

保罗·福克　6岁

斯蒂娜·维奥拉　4岁

戈斯塔·伦纳德　2岁

还有一些墓碑上只写了数字。

卒于1912年4月15日

227

一块刻有 J. 道森名字的小墓碑周围的鲜花是整座墓园最多的，花束甚至快要淹没墓碑，差点儿遮住这个让人有些熟悉的名字。查尔斯告诉杰克为何这个名字会让人眼熟。影星莱昂纳多·迪卡普里奥在电影《泰坦尼克号》中的角色就叫杰克·道森。

"你不会说这个角色确有其人吧？"杰克说。

"我也不知道。"

也许，墓碑上的这个 J. 道森和迪卡普里奥的角色不是一个人。杰克·道森很可能是虚构的。但自从电影上映以来，来到"泰坦尼克号"墓园的人都会在 J. 道森的墓碑前献花，因为他们相信他就是电影里的那个男主角。更糟糕的是，无论电影里的杰克·道森和墓碑上的 J. 道森是不是同一个人，很多献花的年轻女孩子都认为躺在坟墓里的那个人生前和莱昂纳多·迪卡普里奥一样帅气。

"都是电影惹的。"杰克满是厌恶地说。查尔斯笑了起来。

不过，杰克这时明白了那个满脸毛发的小说家和编剧为什么会把哈利法克斯大爆炸写成一部爱情电影。这个想法的出发点就错了，但它并不是麦克斯韦尼的主意。他是从《泰坦尼克号》偷来的点子。他直接将哈利法克斯大爆炸中丧生的上百名儿童从历史中抹除了！

"道格·麦克斯韦尼是哈利法克斯人吗？"杰克问查尔斯·伯切尔。因为查尔斯是一个书店老板，杰克想，他一定知道。

"在这里出生并长大。他这人真可怕，动不动就打人。"查尔斯说。

看了"泰坦尼克号"遇难者的墓地，杰克更想把麦克斯韦尼痛揍一顿。他的脑袋现在还疼着。（就卑鄙手段而言，拳打太阳穴也太过分了。）

杰克回到酒店，小睡了一觉。他可能真的得了脑震荡，无论程度是否轻微，反正感觉都很糟。他在奇怪为什么米歇尔·马厄没有给他打电话，哪怕只说她期待一起吃午餐或晚餐这种客套话。她可能感到害羞了吧，也可能太忙了。杰克这一小觉睡得并不沉。第一次叫醒电话响起时，他一下子坐了起来，看到了窗外夜空里的星星。他刷牙的时候，星星似乎变得更亮了。

只有道格·麦克斯韦尼肩膀脱臼才能让自己心里平衡一些，杰克想。因为麦克斯韦尼用左勾拳击打杰克，他很可能是个右撇子。这样的话，右肩膀脱臼倒也不错。

杰克给马厄医生的办公室打了电话，这次又是她的护士阿曼达接听的。"你好，阿曼达。我是杰克·伯恩斯。我打电话来是想确认一下早餐、午餐和晚餐的事。"

杰克立刻听出有些不对劲。先前对他很友好的阿曼达这次的口气十分冷漠无情。"马厄医生正在见病人。"她说。

"马厄医生是怎么想的呢，阿曼达？"

"没有早餐，没有午餐，也没有晚餐。马厄医生不想见你，她都不想和你说话。我也取消了你在查尔斯酒店的预订。"阿曼达回答。

"可能我听错了，因为我现在还有些脑震荡。"杰克说。

"那个女孩让你得脑震荡了？"阿曼达问。

"什么女孩？"

"我说的是露西那件事。照片，所有的事情。加拿大没有新闻吗？"

杰克眼前又浮现出那个狗仔记者站在车道边不停拍照的情景。有家不正派的电影杂志买下了照片。整件事，甚至连那个狗仔记者都上了电视。

"你的表现可不太好。"阿曼达说。

"我没有和那个女孩上床！"杰克对她说。

"我知道你没有，但那个女孩知道你想上她。要不是她打电话给她妈妈，你肯定会和她上床的。"阿曼达说。

"不是这样的！是我报了警，让警察把她带走！警察来之前，我一直留在房外等着。"

"你的床上躺着一个光着身子的十八岁女孩，你们的心理医生还是同一个人。你在露西是个孩子时就认识了她，你打了她父亲！你干吗留着她的丁字裤和那些恶心的照片？你桌上还有另外一个十八岁女孩的一张裸照！你的冰箱门上还有几张裸体女人胸部刺青的照片！"

"我把它们都扔了！"杰克喊道。

"扔在那儿了？你房前的草坪上？"阿曼达问。

"请让我和米歇尔通话。"杰克乞求道。

"米歇尔说：'如果杰克打电话来，告诉他，我觉得他"太古怪了"。'医生就是这么说的。"说完，阿曼达挂断了电话。

杰克打开酒店房间里的电视，好不容易才从加拿大有线电视网络中找到一个美国电视频道。不过，加拿大媒体早就报道露西的事了。（是莱斯利·欧斯特勒后来告诉他的。）杰克找到了《头条新闻》栏目，发现他的新闻占据了娱乐版块的大部分内容。

当露西知道从杰克的垃圾里找到了她的粉色丁字裤和不堪入目的照片（她之前已经向记者提了这些照片）时，她推测杰克一定想留下那条丁字裤又担心被警察发现。显然，他改变了主意，把丁字裤和其他"罪证"都扔了。（那条丁字裤从电视屏幕上看小极了，好像杰克偷来的是一条儿童内裤。）

杰克得亲眼看看那份不正派的杂志，才能明白那些照片（显然，那些照片不适合出现在电视上）到底是怎么回事。他离开酒店，来到了书屋书店。查尔斯·伯切尔是书店老板，他一定知道附近哪里有报摊。顺理成章地，查尔斯留了一份那期的杂志。

"我给你住的酒店打电话，但他们说你在睡觉。"书店里的女店员看都不看杰克一眼。她们都看过杂志上的那些照片，也读了那篇充满恶意的暗示性报道。

杂志封面是露西光着身子挂在杰克脖子上的照片，露西的表情和姿势充满了色情意味。两位警官正在努力地把露西从杰克身上拉开，但从照片上看，他们似乎正在阻止杰克伤害露西。杂志里面刊登的照片，尤其是从杰克的垃圾里捡回来的照片，给人的印象也没有好到哪里去。那条丁字裤不仅很小，而且湿漉漉的。杂志对艾玛十七岁时的那张裸照稍微加以涂改。杰克觉得那条加在艾玛眼睛处的黑杠让她难以辨认，哪怕是认识十七岁的艾玛的人也看不出是她。不过，除了杰克，有谁真正见过艾玛十七岁时的这副样子呢？（他忘了欧斯特勒夫人之前见过这张照片。）

那家杂志只挑选了一张杰克母亲的胸部照片刊登出来，并在艾丽丝的乳头上添加了两道黑杠。艾玛的照片因为已经被严重揉搓过了，她的乳头不容易看清楚，于是杂志也就懒得再加黑杠了。不过，他们还算正派，把艾玛腰部以下的部分裁去了。

文章里还提到加西亚医生。杰克十分确信，如果杂志联系到她，她一定会拒绝发表任何评论。但加西亚医生过去的一名未透露姓名的病人说，加西亚医生强烈反对自己病人之间的约会。杰克非常清楚，加西亚医生根本不会相信杰克在同露西约会，但每个人都知道这种不正派的杂志会采取什么策略。虽然文章里没有明说，但其中的各种暗示对读者造成了诱导。连文章的标题都在故意让人产生误解。就这篇报道而言，最具煽动效果当属文章的标题了。

杰克·伯恩斯否认了一切恶行，
但他在垃圾箱里到底藏了什么？

杰克明明什么都没干，但好像真的做了什么见不得人的事似的。用米歇尔的话说，这种行为太古怪了。

查尔斯·伯切尔是个好人。他向杰克表达了衷心的慰问。杰克回到乔治王子酒店时，脑袋一跳一跳疼得厉害。他吃了两片泰诺，也可能是布洛芬，反正他记不清了。

杰克倒是在拨打他洛杉矶住所的电话收听语音留言时得到了乐趣。理查德·格拉兹坦、鲍勃·布曼和艾伦·赫戈特均向他表达了同情。"狂人比尔"也从阿姆斯特丹打来了电话。（杰克后来发现，"疯狂的荷兰人"那个主持人女友是第一个在荷兰报道他这桩丑闻的人。）经一位圣西尔达校友的提醒，莱斯利·欧斯特勒看到了报道。欧斯特勒夫人暴跳如雷。"我无法相信你竟然还留着艾玛和你妈妈的那些照片。你这个白痴，杰克！"

"我很惊讶，你竟然还没给我打电话。我相信你已经改变回来时中途停留波士顿的安排了，要不就是米歇尔改变主意了。我不建议你再和露西有任何接触，杰克。我们应该考虑一下，你最好不要在候诊室里等太久。你可能会撞上露西的母亲。"加西亚医生的声音从语音留言里传出来。

杰克有些疑惑，那家杂志怎么没有发现这个小花絮——露西的妈妈也是加西亚医生的病人。（她看心理医生似乎完全说得通。）

有一次在候诊室里，一位年轻母亲向杰克解释说，加西亚医生是她见过的所有心理医生中最独特的一位。你不需要提前预约。显然，这位年轻母亲在何时见心理医生这个问题上很是心血来潮。候诊室里的很多年轻母亲说，她们觉得有其他年轻母亲的陪伴让她感到舒心。纽约或维也纳的心理医生才不会放任自己的病人这么待在一起。（纽约或维也纳的心理医生的病人也不会接受这么混乱的安排。）可是，杰克觉得住在圣莫尼卡最让他舒服的就是这种放任和混乱。

杰克把机票递给乔治王子酒店的订票服务人员，请她尽其所能更改他的行程。"只要让我明天飞回洛杉矶就行。越直接越好，不要在波士顿中途停留。"杰克对她说。

然后，杰克去了"壮丁团"饭店。他之前在那里预订了晚餐。杰克一整天都没吃东西，现在饿极了。

杰克独自一人坐在一张小餐桌边，点了一份开胃菜。除了他的单人餐桌，饭店里坐满了客人，人声鼎沸。"壮丁团"饭店比上次他来时显得嘈杂许多，也许因为杰克一个人用餐，而且他的脑震荡还没有痊愈。他面对窗口，背对着其他客人。他带来了一本书，是查尔斯之前推荐的。当他想安心阅读时，头痛和饭店里的噪声变得愈加明显。离他最近的那张餐桌声音最大，可杰克看不到坐在那张餐桌边的人。如果他们朝杰克看，也只能看到他的背影。

爱讲故事的人说起话来总是喋喋不休。他正在高声谈论他在某家酒店酒吧间里与人发生口角的经历。他说，那是一场公平的比拼。"去他的摔跤手！"他嚷道，"连一拳都吃不下。"这句话显然引起了杰克的注意，虽然他的脑震荡还未痊愈，"杰克·伯恩斯像条死鱼一样摔在地上。"那个男人对他的朋友们说道。

　　作为一个按照时间顺序讲故事的老手，杰克发现有太多人提及的"巧合"并非巧合。比如，有人会认为麦克斯韦尼打了杰克一拳后，杰克第二天晚上竟然与这个满脸毛发、身材臃肿的作家在同一家餐厅吃饭是一个巧合。但实际上，哈利法克斯并不大，而"壮丁团"饭店是当地一家很著名的餐厅。

　　杰克本想仔细看看那人是不是麦克斯韦尼，但那宽厚的背影除了他还能是谁呢？杰克看出那桌人并不知道他在场，因为这个作家的一个朋友突然认出了杰克，露出了吃惊的表情。麦克斯韦尼讲述的故事里肯定不会有杰克的好话。杰克站起来，走向麦克斯韦尼。这个作家的朋友告诉他杰克也在，但那个混蛋还在接着讲他的故事。"那个小家伙就那样躺在了地上。"麦克斯韦尼说道。

　　杰克站在麦克斯韦尼身边靠后的位置。那张餐桌边总共坐了三对情侣，杰克也搞不清哪个女人是麦克斯韦尼的女伴。另外两个男人对杰克不怀好意地笑着。那些女人面无表情地目睹这场戏剧性事件拉开帷幕。

　　"我是来道歉的。我便条里的有关你剧本的那些话不是针对你的。我绝不会对你那么直白、那么无礼地表达我的观点。都是因为柯妮丽娅看不懂手写体的英文，她才会把便条给你看。我希望你能清楚，这是一个误会。我那么说并不是为了故意伤害你的感情。"杰克对道格·麦克斯韦尼说。

　　现在，麦克斯韦尼的那两个男性友人毫无顾忌地得意地笑了起来，但那些女人比他们要聪明多了。女人一直都更善于读懂杰克的本意。

　　杰克不是专门来道歉的，他这是第二次表现自己的风度，就像当初威克斯蒂德夫人教他的那样。（之前在乔治王子酒店的酒吧间里，杰克主动伸出手要同道格·麦克斯韦尼握手。这已经算是第一次表现风度了。）

杰克当然清楚，好斗的麦克斯韦尼喝得那么醉，才不会明白这些。这个作家还在讲着他的故事。

"那个小个子法国女人叫来了服务员，他们一起把杰克·伯恩斯搬到了行李车上。他们就像用婴儿车推着婴儿似的把他推回了房间！"麦克斯韦尼说着。其余两个男人笑出了声，但女人依然表现得很谨慎，时刻注意着形势的发展。

杰克把手放在麦克斯韦尼的颈后，把他长着蓬乱头发的肥大脑袋轻轻按向他的餐盘。杰克知道麦克斯韦尼比自己强壮。他预计这个高大的男人会双手按住餐桌站起来。杰克从没指望用一只手就能控制住麦克斯韦尼。他只需要麦克斯韦尼摆出张开双臂撑住餐桌的动作，这样有利于杰克趁麦克斯韦尼站起来之前，使出双肩下握颈翻的招式。

杰克两手叠在一起用力地按住麦克斯韦尼的后颈，把他的脸压在他面前的西班牙海鲜饭上。麦克斯韦尼的耳朵都没在了饭粒里。杰克的手腕甚至能感受到海鲜饭的热度。一只包裹着藏红花色米饭的虾直接从餐盘里飞了出去，一段香肠也跟着踏上了冒险的征程。麦克斯韦尼的头在海鲜饭里扭动着，他努力地想要推开食物喘口气。

在摔跤中，双肩下握颈翻之所以被看作犯规动作是有原因的。没错，你可能会弄断对手的脖子，但是从专业摔跤的角度看，这不是唯一的原因。想要通过双肩下握颈翻来压住对手几乎是办不到的，除非你弄断对方的脖子。即使脖子没有断，对方也很难摆脱被动的地位。双肩下握颈翻除了危险，还是一个很有效的拖延技巧。

麦克斯韦尼的情况很惨。他坐在椅子上，根本使不出力气。杰克一直用力地将麦克斯韦尼的头按在海鲜饭上。作家那满是毛发的额头已经抵在了餐盘上。从他发出的声音可以听出，饭粒一定是进到了他的鼻子里。麦克斯韦尼那两个男性友人现在已经笑不出来了。杰克按着麦克斯韦尼的脑袋时，眼睛一直盯着他们俩。要是他们中有一个人敢站起来，杰克就向后拉起麦克斯韦尼的双臂。那样的话，麦克斯韦尼的右手肘被拉升到超过他右耳的高度时，他可能会锁骨骨折，他的右肩膀几乎一定会脱臼。这样，杰克就能空出手来，一个一个地解决那两个男人了。他决定先从那个难对付的开始。

　　但是，就杰克所见，情况似乎并不糟糕。那两个男人老老实实地坐在原地。麦克斯韦尼比他们两人加在一起都要高大健壮。他们能自行察觉，他们的作家朋友情况不妙。那些女人更是坐立不安。她们先是交换着眼神，然后盯着杰克的脸，没去看麦克斯韦尼埋在海鲜饭里的脑袋。

　　麦克斯韦尼发出的声音让人觉得他正吃着海鲜饭呢，但仔细听能发现那是一种鼻腔发出的声音，不是在吃东西。如果这个高大的作家真的噎住了，杰克会把他从椅子上推下来，再对他使出一招后抱躯干过桥翻，让他把噎在嗓子里的食物通通吐出来。但没有这么做的必要。麦克斯韦尼呼吸没有问题，只是太吵了。像他那么胖的人，即使没有海鲜饭的因素，下巴抵在胸口时呼吸也肯定不会好受的。

　　"作家啊！他们就不能吃饭的时候少说些话吗？"杰克说道，这句话更像是对麦克斯韦尼的朋友们讲的。

　　其中一位女性露出了微笑，但这一举动并不能透露她是否麦克斯韦尼的女伴。

　　杰克把下巴抵在麦克斯韦尼的头上，这样做是为了确保麦克斯韦尼能听见他的话。"有关你的剧本，我还有一点没说。你觉得1917年时，一个异装癖妓女在到处都是水手的地方会被怎样？一些水手肯定巴不得把他杀了——根本等不到哈利法克斯大爆炸发生。这个故事不仅平庸乏味，令人反感，而且根本就不可信。"杰克对他说。

　　杰克感觉到麦克斯韦尼想要说什么，但他还不想让这个肥胖的作家从海鲜饭里解放出来。刚刚那个对杰克微笑的女人开口为麦克斯韦尼讲话了。

　　"我想，道格要说的是，我们都很想听听有关露西的事。"女人说道。杰克猜，她不是麦克斯韦尼的妻子，就是他的女伴。她和作家年纪相当，杰克猜测她大概在五十岁上下。

　　"好吧，露西比这张餐桌上的人可年轻多了，胸部更漂亮，其他的就不用说了。"杰克对他们说，和比利·彩虹一样的语气。现在，没人还能继续笑了。

"请不要伤害他。"那个女人说。

"所以，你们这么多人也就只能说这句话来帮他。"杰克对他们说，然后减小了手上动作的力道，"我希望你明白，我本可以让你更难堪的。"杰克对麦克斯韦尼说，麦克斯韦尼努力地点着头。

杰克放开他，踱回自己的餐桌。他有点期待麦克斯韦尼挣扎着站起来，摇摇晃晃地向他冲过来。但那个肥胖的作家只是坐在原地，看上去温顺极了，完全没有了先前好斗的架势。

刚刚对杰克说话的女人用杯里的水浸湿了餐巾，开始擦拭麦克斯韦尼的脸。她把饭粒从他的头发和胡子上挑出来，还在他脸上清除掉了一只虾、一块香肠和一块鸡肉。她尽己所能地把麦克斯韦尼的脸擦干净，但对于海鲜饭里的藏红花，她真的无能为力。麦克斯韦尼的胡子和额头都染上了藏红花那种像南瓜汁一样的颜色。

一名侍者目击了全部经过，他看着杰克回到自己的餐桌。杰克没有对窗坐下，他这次背对着窗口，看着麦克斯韦尼和他朋友的方向。杰克没在看他们任何一个人，他只是想看看麦克斯韦尼是否会站起来，朝着自己冲过来。刚刚请求杰克不要伤害麦克斯韦尼的女人时不时地转头看着杰克，从她脸上完全看不出她在想些什么。

杰克挥手招来了侍者。"如果他们要继续留在这里，请给麦克斯韦尼先生一份新的西班牙海鲜饭。我来付账。"

"他们要走了。麦克斯韦尼先生感到胸痛，所以他们准备走了。"侍者回答。

要是这个导致那个醉醺醺的蠢蛋丧命可就太倒霉了。这个肥胖的作家可是加拿大文学界有名的坏脾气。尸检时也许会在他的肺部发现饭粒吧。他的死因竟然是食物，凶器竟然是海鲜饭！全国各地对他的赞颂会随之而来。像一阵席卷加拿大文学界的狂风从此沉寂下来。最可怕的莫过于人们会长篇大论地引用麦克斯韦尼写过的话，引用他在加拿大文学杂志《羽毛笔与纸》上对巨石、树林和海鸥那让人难以承受的描绘。

"麦克斯韦尼先生之前有过胸痛的问题吗？"杰克问那名一脸不安的侍者。

"噢，经常。他的胃灼烧症状很严重。"侍者说。

杰克要了一杯啤酒。自从奥斯卡奖颁奖礼后聚会上喝的那瓶喜力啤酒后，他还是第一次喝啤酒。杰克看到有一团海鲜饭粘在了他的裤子上，他刚才忙得没注意到。就是那只裹着饭粒的虾和那段黏腻的香肠，杰克用餐巾擦掉了这团恶心的东西，但（和麦克斯韦尼一样）他也拿藏红花留下的颜色毫无办法。

每次看到那个一脸不安的侍者，杰克都会想到麦克斯韦尼的胸痛症状。他衷心地希望，那只是消化不良造成的胃灼烧。麦克斯韦尼是个混蛋，但他现在就死掉有些太年轻了。杰克忍住了没有对那个混蛋下狠手，要是他这么漫不经心的招式就能要了道格·麦克斯韦尼的命，听起来可太残忍了！

这就是杰克在哈利法克斯的经历。杰克会恳求加西亚医生允许他不按照时间顺序，先讲讲他在那里的故事。（毕竟，杰克现在讲到的部分距离这件事还有一年多的距离呢。）加西亚医生看出杰克很激动，而且她已经和露西以及她妈妈谈过那件传得沸沸扬扬的事了。于是，加西亚医生让杰克如愿以偿。至少，她同意杰克把有关道格·麦克斯韦尼的部分先讲给她听。

杰克告诉加西亚医生，他很幸运，因为麦克斯韦尼的胸痛症状没有造成什么严重的后果。欧斯特勒夫人在一份报纸上读到一篇有关哈利法克斯"壮丁团"饭店发生的"酗酒斗殴事件"的报道。"两位原本不和的作家先前在乔治王子酒店的酒吧间打过一架。"一名加拿大记者如此写道。文章里说，朋友照料被打的麦克斯韦尼时，杰克镇定地喝了一杯啤酒。因为莱斯利清楚杰克从不喝酒，所以这一描述让莱斯利十分不解。

"杰克，我觉得你似乎应该雇一个保镖。"加西亚医生说。

"我不需要保镖。我需要提防别人对我使出左勾拳。"杰克回答。

"我是说，你需要雇一个保镖阻止你打伤别人。"她说。

"哦。"

"好吧，你的哈利法克斯故事先到此为止。咱们还有事情要解决。"他的心理医生说。

"我应该怎么办？"杰克真诚地问。

"你最好赶紧找部电影演。我认为，你应该从杰克·伯恩斯这个身份里解脱出一段时间，你觉得呢？"加西亚医生回答。

35 转瞬即忘

第二年，杰克出演了三部电影。之后的一年，他又出演了两部电影。尽管杰克的数学很差劲，但他能算出自己在两年的时间里拍了五部电影。在摆脱杰克·伯恩斯的身份这一点上，他可真是大有突破。

这两年时间里，杰克一直没有收到米歇尔·马厄的信。杰克专门写信给她解释露西那桩风波的原委，但米歇尔没有任何回应。加西亚医生力劝杰克认清，米歇尔·马厄已经与他彻底无关了，而且应当如此。医生说，杰克没有收到她的回信是件好事。

在这两年里，杰克赚了很多钱，但只花了很少一部分。他购买的最昂贵的东西就是一辆新的奥迪车，依然是银色的。他还是不太愿意把他在恩特拉达路的住所卖掉，再购置一处更适合的房产。因为杰克真正想做的是离开洛杉矶，不过他还没想好搬到哪座城市。杰克一直坚信艾玛的观点：还是做个局外人比较好。另外，只要他的人生故事还没有讲完，杰克就无法想象离开加西亚医生后自己会变成什么样。她与杰克的关系密切到杰克几乎可以和她结婚了，这并非没有可能。他现在一周见加西亚医生两次。对杰克来说，按照时间顺序向她讲述自己的人生故事，已经成了比上床更加规律、更具有康复性质的行为。

说到上床，过去两年来，自从杰克坚决拒绝与露西上床后，他曾短暂地从露琪亚·德尔维奇奥那里得到过"慰藉"。露琪亚正处在一桩不愉快的离婚官司中。离婚陷入了僵局。子女、信用卡债务问题、夏日别墅、汽车甚至宠物狗的争夺让这桩官司变成了一场持久战。因为露琪亚那个愤怒的丈夫将杰克看作他们婚姻问题的根源，所以杰克出现在她的生活中并没有让她感到任何慰藉，他们的关系没有持续多久。

　　杰克在最近拍摄的五部电影中，与三位女演员都传出了绯闻，但其中只有一个是真的。真正和杰克睡过的是女演员玛格丽特·贝克尔，一位四十多岁的单身母亲。贝克尔有一个十二岁大的儿子，名叫朱利安。他们住在马利布海边的一栋房子里。玛格丽特和朱利安都很善良，但也很脆弱。朱利安从没得到过父亲的关爱，他对他妈妈的每一任男友都有着不切实际的期望。他们最后都离开了玛格丽特。

　　因为这些过往的经验，朱利安对杰克的期望降低了些。他一直焦虑地寻找着杰克即将离开他和他妈妈的蛛丝马迹。杰克很喜欢这个男孩（他很喜欢孩子出现在他的生活中），但朱利安总是想从他身上获得更多的关怀，而朱利安的母亲玛格丽特更加缠人。

　　每当杰克需要离开时，玛格丽特都会在他的行李中塞上她的照片。那些照片是她专门为杰克出远门拍摄的。玛格丽特在照片中一副担惊受怕的表情，好像杰克会一去不回似的。杰克夜里醒来时经常会发现，玛格丽特正目不转睛地盯着自己。她似乎想趁杰克熟睡之际，进入他的意识，强行说服他永远不要离开自己。

　　朱利安像是一条杰克忘记喂食的狗，他哀怨的眼神一直紧追着杰克。玛格丽特每天至少一次对杰克说："我知道你会离开我的，杰克。但请你不要在我脆弱得无法应付时离开，千万不要让可怜的朱利安太难过。"

　　杰克和她在一起的六个月像是六年。当他最后真的离开时，他对朱利安的愧疚甚至比对玛格丽特的不舍更让他感到煎熬。朱利安看着他离开的模样，好像他就是自己那位突然失踪的父亲。

　　"人们对孩子有种天生的喜爱，但这种情感太有风险性了。"后来，杰克这样告诉加西亚医生。可她却抱怨说，杰克讲述自己的恋爱经历时太简略了，还是因为他只谈过这种简略的恋爱？

　　虽然在恩特拉达路边的房子里依然可以清楚地听见太平洋海岸高速

公路上隆隆的汽车声，但几个月后，他就会像在玛格丽特家时那样，躺在床上仔细地聆听大海的声响。杰克记得和玛格丽特住在一起时，朱利安会进到卧室叫他们起床。朱利安进来前的时间，杰克就躺在那里听着大海。他非常想念玛格丽特母子二人，是他们把他逼走了，杰克刚刚进入他们的生活，就被他们对情感和关怀的渴望逼走了。加西亚医生评价说，玛格丽特和朱利安比杰克"还要缠人"。

"我从不缠人！"杰克义愤地抗议道。

"嗯。杰克，你想过没有，你最渴望的就是拥有真实的爱情和正常的生活，可你连一个正常的人都不认得？"加西亚医生说。

"没错，我确实想过。"杰克回答。

"我对你的治疗已经进行了五年，可我从来没听你表达过任何政治观点，一次都没有。你的政治立场是什么，杰克？"加西亚医生问。

"总体而言，偏自由派多些。"杰克说。

"你是个民主党支持者？"

"我不投票。我从没投过票。"杰克承认道。

"好吧，这也算是一种政治立场！"加西亚医生说。

"可能因为我原本是个加拿大人，后来才加入美国国籍——实际上，我真的算不上是美国人，但我现在也不是加拿大人了。"杰克说。

"嗯。"

"我只是喜欢我的工作。"杰克对她说。

"你从不休假？"加西亚医生问，"我记得你上次提到假期，还是你上学时的假期。"

"演员不拍戏的时候，就是在休假。"杰克说。

"但根本就不是这么回事，不是吗？你一直在读剧本，对吧？你花了很多时间研究新的角色，哪怕你最后会拒绝出演。而且你最近读了很多小说。自从你拿了奖之后，你难道就没想过再改编一部剧本？或者你想创作一部剧本？"加西亚医生问。

杰克没有回答。他确实觉得自己一直在工作，哪怕他没在拍戏。

"你还坚持去健身房，你一直注意自己的饮食，你从不喝酒。"加西亚医生举例说，"你放松的时候到底做些什么呢？还是说你从没放松过？"

"我有性生活。"杰克说。

"你那种性生活根本算不上放松。"加西亚医生对他说。

"我和朋友一起出门。"杰克说。

"什么朋友？艾玛已经死了，杰克。"

"我有别的朋友！"杰克抗议道。

"你根本没有朋友，"加西亚医生说，"你只有工作伙伴，你和他们只是关系融洽而已。谁是你的朋友呢？"

杰克可怜兮兮地提到了艾尔曼·卡斯特罗，那个埃克塞特摔跤队的重量级摔跤手。他现在在得克萨斯州当医生。艾尔曼每次都会在寄给杰克的圣诞贺卡里写"嗨，朋友"。

"他在贺卡上称呼你'朋友'并不能说明你们是朋友，"加西亚医生指出，"你记得他妻子叫什么吗？你记得他的孩子都叫什么吗？你去墨西哥看他吗？"

"你让我郁闷了。"杰克对她说。

"我一直要求我的病人向我讲述他们人生中最感动的时刻，他们的心情起伏，杰克。就你的情况而言，就是什么让你开怀大笑，什么让你伤心落泪，什么让你气愤难平。"加西亚医生说。

"我不就在告诉你吗？"杰克反问。

"可是，杰克，这么做是为了让你在讲述的时候袒露真实的自己。这在别人身上是有效的。但就你的情况来说，我很遗憾效果不尽人意。我相信，你非常忠实地讲述着你的人生，可以说讲得细致深入。然而，我感觉我仍然不能了解你。我知道你经历了什么。你的故事那么长，听得我都厌烦了！但你仍然没有袒露自己，杰克。我还是不知道你是谁。请告诉我你到底是谁。"加西亚医生说。

"用我母亲的话说，我在成为演员之前就已经是演员了，我最生动的童年回忆，是我迫不得已紧紧抓住我母亲手的那些瞬间。我那时可真的没在演戏。"杰克小声地说，加西亚医生能听出杰克在模仿小孩子说话。

"我觉得你最好学会原谅你母亲。你应该从你父亲那里得到一点启示。当他原谅你妈妈后，他得以继续自己的生活，当然这只是我的猜测。你已经三十八岁了，杰克。你有钱，有名气，但没有自己的生活。"加西亚医生温柔地说。

"我爸爸继续自己的生活时不应该扔下我不管！他不应该扔下我！"杰克哭了起来。

"你最好也学会原谅他，杰克。"加西亚医生叹了口气，（杰克最讨厌她叹气了。）"你现在又开始哭了。哭没有什么好处，你得克服这个习惯。"她说。

加西亚医生可真是个坏蛋！也难怪杰克没有告诉她，自己收到了米歇尔·马厄的回信。在加西亚医生不知情的情况下，他去了全美皮肤科医师大会。因为杰克清楚，加西亚医生一定会竭尽全力阻止他前往的，他害怕听到医生的话，他知道，她说的一直都是对的。

米歇尔·马厄给杰克写信说，她要来洛杉矶参加全美皮肤科医师大会，很期待能在洛杉矶见到他。以这封信的语气，好像他们之间从没发生过什么不愉快的事，似乎近二十年的分别还没有埃克塞特的暑假来得久。

米歇尔要杰克明白，她不会每年都参加皮肤科医师大会。除非大会是在美国东北部举办，她才会参加。不过，她从没来过洛杉矶。（"你能想到吗？"她写道。）恰好今年的大会让米歇尔有机会和杰克见面——呃，米歇尔的意思好像是说，正是为了杰克，她才大老远地来到洛杉矶，在一家位于好莱坞的华丽酒店里和一群皮肤科医师共度周末。

皮肤科医师们选择位于好莱坞环球影城的一家让人不适的酒店入住。在周围那些防空掩体似的摄影棚的衬托下，环球影城喜来登酒店十分显眼。从酒店可以俯瞰好莱坞山，对面就是环球影城主题公园。这家酒店更像是个度假胜地，一看就是参加皮肤科医师大会的代表经常带着家人休闲享乐的地方。

当皮肤科医师们讨论着皮肤病的时候，他们的子女在酒店对面的环球影城里尽情玩耍。在南加州的烈日之下，杰克猜想皮肤科医师的孩子们身上一定涂满了黏腻的防晒霜，衣服一定裹得严严实实，只露出了眼睛。他甚至对皮肤科医师选择在这样一个阳光照射强烈的地方举办会议而感到惊讶。

米歇尔·马厄的信带有一种不令人反感的神气，字里行间透出一种中学女生才有的轻率天真，好像她又回到了从前。米歇尔的信让杰克记起她之前调侃他饰演理查三世的笑话："你背上长的包呢，伙计？"

"在服装柜里，就是个足球而已。"杰克总是这样回答，可能已经说了一百遍了。

当杰克击败米歇尔得到麦克白夫人这个角色时，她表现得很有风度。杰克当然还记得米歇尔的身高超过了一米七八，她身材苗条，有一头深金色的头发，皮肤如同模特儿般晶莹透亮，（按照麦卡锡粗俗的赞美），"胸前的那对又高又挺"。

"你怎么没找个女朋友，杰克？"两人十七岁时，米歇尔曾这样问过。她只是在开玩笑，至少杰克是这样认为的。

杰克当时得回答她，于是就像念台词般对她说："因为我觉得你不会接受我的表白的。"杰克当时只是在演戏。

"我不知道你会对我有兴趣，杰克。我以为你对任何人都没兴趣。"米歇尔当时这样说。

"怎么会有人对你没兴趣呢，米歇尔？"杰克反问，这句话把整件事拖进了灾难之中。

让他们二人走到一起的是他们有口无心的"表演"。杰克出于诚心没有和米歇尔上床，因为他以为自己从洗碗工斯塔克波尔夫人那里染上了淋病，他不想传染给她。正如加西亚医生早先向他指出的，这算不上什么诚心之举，因为杰克没有告诉米歇尔他不与她上床的实情，不是吗？

杰克当时就想到了，几乎没人相信他会和斯塔克波尔夫人上床，尤其是米歇尔。她那么漂亮，而斯特克波尔夫人长相堪忧。（即使与上了年纪的妇女相比，她也顶多算是相貌平平。）

那么，杰克怎么就没从米歇尔信中那打情骂俏般的欢快语气中看出危险呢？他到底多渴望在电影圈以外结交一个真实又正常的人，有一段正常的恋爱经历，以致对这么明显的警告视而不见？米歇尔和杰克没有建立过真正的恋爱关系，他们的关系甚至都谈不上恋爱。即使没有对淋病的担忧，杰克当时真的和米歇尔上床了，他们的关系又会维持多久呢？后来，米歇尔去纽约读了哥伦比亚大学，杰克进了新罕布什尔大学，他们会在这时分手吗？很可能。杰克遇到克劳迪娅会和米歇尔分手吗？绝对会的！

简而言之，米歇尔·马厄一直以来都是杰克的幻想。俊男美女卿卿我我，仅存在于埃克塞特学生对他们的想象中，现实并非如此。他们一个是全校最美丽的女生，一个是全校最英俊的男生，但也仅限于此。

"我一整天都有会，晚上还有讲座。但我逃掉一两场讲座也没关系。只要告诉你哪天或哪几天夜里有空就行。我真的好想看看你经常晃荡的地方。我的意思是，杰克，好莱坞一定臣服在你的脚下！"米歇尔在信中写道。

然而，好莱坞不会臣服在谁的脚下。好莱坞永远那么纸醉金迷，那么让人想将其揽入怀中。但大多数时候，它可望而不可即。它只会在你赢得奥斯卡小金人的那天夜里向你臣服。可是，一夜实在太短暂了。很快，好莱坞就再也不属于你了，除非你能再次赢得一座奥斯卡奖，除非你能不停获奖。

好莱坞曾经属于电影公司，但那已经是过去时了。有些经纪人那志得意满的模样让人错以为他们是好莱坞的主人。有些演员以为好莱坞臣服于他们的脚下，但他们错了。真正拥有好莱坞的人，是那些多次获得奥斯卡奖的人。他们拿了一座又一座小金人。可是，杰克·伯恩斯不在这些人之中，也永远不会成为这类人。但对米歇尔·马厄来说，他是一个电影明星。她相信这就足够了。

按照加西亚医生的分析，杰克与克劳迪娅交往时是他与正常恋爱经历最为接近的时候。在他们分道扬镳之前，他们几乎就是真正的情人关系。但米歇尔·马厄让杰克更加难以忘怀，也更加危险，因为她代表着一种可能。"这种人是最危险的，不是吗？"加西亚医生问杰克。（当然，她说的也包括杰克的父亲。因为杰克只能想象自己与父亲如何相处。）

即便如此，杰克还是开车去环球影城与米歇尔·马厄——一名三十八岁的未婚皮肤科医生见面了。他在想些什么呢？他早就想过，说不定找一个失忆的异装癖妓女都会比同米歇尔共度夜晚更加快乐。杰克抱着这种心态走进了喜来登酒店的大堂，里面到处都是刚刚从环球影城归来的孩子，他们像患有多动症般精力过于旺盛。米歇尔之前说她会在酒吧间等他。杰克在那里找到了米歇尔，她正和三四位同行一起喝着玛格丽特酒。他们都喝得有些醉了，看到米歇尔好不容易站起来让杰克心头一震。她好歹是唯一一个站起来迎接他的人。

米歇尔一定是忘了杰克有多矮了，因为她穿了一双鞋跟很高的高跟鞋。身高一米七八的她，即使赤脚也比杰克高。"你们看到了吧？"米歇尔对其他同伴说，"是不是所有的电影明星都没有你们想象得那么高大？"（杰克当时突然冒出一个不太纯洁的想法，如果麦卡锡在场，他会发现杰克的个头正好够到米歇尔那"又高又挺"的胸部。）

杰克领着米歇尔到琼斯餐厅吃晚餐。那是一家位于好莱坞的时髦餐厅，算不上杰克最喜欢的地方，因为这里太过拥挤，充满让他反感的生命力。不过，杰克猜测如果自己没满足米歇尔猎奇的欲望，她一定会感到失望的。（琼斯餐厅的食物算不上多特别，但经常出入这里的客人更加秀色可餐，模特儿、不太有名的演员，还有一群戴着假胸的女人。）

杰克又看到了劳伦斯，他和一个模特儿在一起。他们不由自主地朝对方竖起了中指。琼斯餐厅显然令米歇尔印象深刻，她脚底的步伐都有些不稳了。"我一整天都没吃东西，我不应该喝第二杯玛格丽特酒的。"她坦白道。

"吃些意大利面吧，会让你好受些。"杰克说。当他向自己的冰茶里挤柠檬汁的时候，米歇尔又灌下了一杯白葡萄酒。

杰克仔细地寻找着劳伦斯的身影，说不定他会因杰克在戛纳朝他身上浇的那瓶泰亭哲香槟伺机报复。

"我的天，这地方太酷了！"米歇尔说道。她的口音融合了波士顿和纽约两地的口音，很难听。

唉，她可不再美丽了。杰克记得米歇尔的皮肤曾经晶莹透亮，而如今看上去干枯粗糙，好像她刚刚洗完热水浴就跑到室外，被美国东北部冬季无情的寒风吹了很久似的。她深金色的头发现在灰暗无光。她太瘦了，甚至可以看到身上的肌肉，让人想到那些过度锻炼或严格节食的女性（说她两者兼有也没问题）。米歇尔喝的酒不算多，但她的胃里是空的（看她那模样就知道她胃里大多数时候都是空的），所以少量的酒精也会让她产生醉意。

　　米歇尔穿着修身的灰色套装，外套里面是一件性感贴身款的银色背心内衣。纽约风格的打扮，杰克确信，你不可能在波士顿或坎布里奇买到这种衣服。她的那双高跟鞋应该也是在纽约买的，其他地方不太可能买到这种款式。尽管如此，米歇尔看上去仍旧像个医生。她一直夸张地挺起双肩，像是一个颈部受伤的病人。她已经习惯穿着浆过的白大褂时的姿态了，说她穿着浆过的白大褂出生也不为过。

　　"我不知道你是怎么做到的，我是说，你在做那些反常的事情时是那么自然。比如，扮演一个异装癖的滑雪搭车客，一个死去的摇滚明星，还是个女的！还有和一个妓女结婚的轿车司机。"米歇尔说道。

　　"我本来就认识很多轿车司机。"杰克对她说。

　　"你认识多少恐同的兽医呢，杰克？"米歇尔问他。（她竟然连这部电影都看过。）

　　"你的意思是，我很'古怪'。"杰克说。

　　"但是你太成功了。你古怪时也很自然。"米歇尔回答。

　　杰克什么都没说。米歇尔要了第二杯白葡萄酒，那杯酒她已经喝掉一半了。有什么东西掉进了酒杯，她正在努力地够着。原来是一枚戒指从她的手指上滑了下来。

　　"我为这次约会减掉了太多的体重，我现在比一个月前整整小了两号。我只好把戒指换到更粗的手指上。"她说。

　　杰克拿来一把汤匙把她的戒指从酒杯里捞了出来。戒指是从米歇尔的右手中指上滑落的。她解释说，左手的中指更细，但戒指太小戴不到食指上。

以她的年龄来看，那枚戒指太过老气，看上去有些笨重，上面有一大颗蓝宝石，周围环绕着小颗钻石。"它很有纪念意义？我是说这枚戒指。"杰克问她。

米歇尔·马厄一下子哭了出来，还撞到了她的酒杯。她没有听从杰克的建议点意大利面，而是点了一份比萨饼。琼斯餐厅的比萨是薄皮比萨，杰克觉得这种屁大点儿的比萨饼根本没办法缓解酒精造成的醉意。

这枚戒指原来是她母亲的，怪不得她会哭出来。米歇尔还在念医学院的时候，她母亲因为皮肤癌去世了。米歇尔很快也患上了皮肤病，她称之为压力造成的湿疹。她选择当皮肤科医生也是出于个人的原因。

她父亲再婚了，娶了一个比他年轻很多的女人。"那个靠着美色骗财的女人和我差不多大。"米歇尔说。她点了第三杯白葡萄酒，但她点的比萨还一口没动。

"你还记得我父母在纽约的公寓吧，杰克？"米歇尔问道。她把她已故母亲的那枚戒指放在了餐盘边缘，好像戒指正虎视眈眈地想要吃掉比萨。（那枚戒指似乎比米歇尔对比萨更有食欲。）

"当然。"杰克回答。他怎么会忘记那套位于派克大街的公寓呢？漂亮的房间，漂亮的父母，还有漂亮的狗！还有客房盥洗室里挂在马桶旁边的那幅毕加索画作，撒尿时想要不溅到画上面实在是太考验人了。

"那公寓本来是要留给我的。现在却成了那个女骗子的财产。"米歇尔说。

"哦。"

"你那时为什么不和我上床，杰克？你怎么想的，竟然提议我们一起手淫？一起手淫比普通的做爱亲密多了，是吗？"她问道。

"我当时以为自己得了淋病。我不想传染给你。"杰克承认说。

"你从哪里染的淋病？你那时没有和谁交往啊，是吧？"

"我一直和洗碗工斯塔克波尔夫人上床。你可能早就把她忘了，米歇尔。"

"就是那些在厨房工作的又老又胖的女人！"米歇尔喊道。

"没错，她们是那样——呃，反正斯塔克波尔夫人确实又老又胖。"

杰克说。

"你本可以和我上床的，但你却和一个又老又胖的洗碗工上床？"米歇尔响亮地问道。（她说"洗碗工"和"女骗子"用的是同样的语气。）

"在我知道能和你上床之前，已经和斯塔克波尔夫人上床了。"杰克提醒道。

"你和艾玛·欧斯特勒之间到底是什么关系？"米歇尔问。

又开始了，刚刚是"古怪"那档子事，现在其他的问题全都没落下，杰克心里想。"艾玛和我只是室友。我们住在一起，但我们从没上过床。"

"这让人很难相信。你是说你们只是一起手淫吗？"米歇尔说着，用手指摆弄着放在餐盘边缘的戒指。

"连这也没做过。"杰克对她说。

"你们做了什么？你们肯定得做点儿什么吧。"米歇尔说。

"我们亲吻，我摸她的乳房，她握着我的阴茎。"

米歇尔伸手去够酒杯，肘部碰到了餐盘边缘。她母亲的戒指飞了出去，落在邻近的餐桌上，吓到了两个正在吃红葡萄酒减肥餐的女模特儿。

其中一个模特儿捡起戒指，看着杰克。"哦，你真不该这么做。"她说着，把戒指戴在了自己美丽的手指上。

"很抱歉，那是她母亲的戒指。"杰克对那个模特儿说。她佯装生气地朝杰克噘起嘴，而米歇尔则是一副气愤的表情。

"你不记得我了吗，杰克？"另外那个模特儿问。

杰克站起身，走到她们的餐桌旁，朝那个戴着米歇尔戒指的模特儿摊开手掌。他想借此拖延一些时间，好趁机想起另外那个模特儿是谁。

"恐怕你已经把我忘了吧。"杰克说。（这是他很喜欢的比利·彩虹的一句台词。）

那个模特儿没料到杰克会这么说。杰克还没想起她，他以前可能根本就没见过她，她是在故意耍他玩。

戴着米歇尔戒指的模特儿以另一种方式和杰克玩游戏。她把那枚戒指戴到杰克的一根手指上。"谁会想到杰克·伯恩斯的手这么小？"她说着。（那枚戒指套在杰克的左手小拇指上有些松。他戴着戒指回到了自己的餐桌。）

"杰克·伯恩斯的鸡巴也很小。"另一个模特儿说。

杰克觉得她一定认识他，但他还是想不起她到底是谁。米歇尔表情呆滞地坐在那里。"我感觉不太舒服。我觉得自己喝醉了。"

"你应该吃些东西才对。"他说。

"你不知道不应该告诉医生要怎么做吗，杰克？"

"来吧，我送你回酒店。"

"我想看看你住的地方！一定很漂亮。"米歇尔哀怨地说。

"他住在一个阴暗的墙洞里。"那个认得杰克的模特儿说，"别告诉我你已经从恩特拉达路那座'性爱之屋'里搬走了。"

"这里距离你住的酒店要近不少。"杰克对米歇尔说。

"你和那个女孩睡过了？你看起来好像不认得她了。"当他们走回杰克的奥迪时，米歇尔问杰克。

"我不记得和她上过床。"杰克说。

"'性爱之屋'是什么？"她接着问。

"脏话'妓院'的意思。"杰克解释道。

"你真的住在拉斯特拉达路的墙洞里？"

"是的，但那是恩特拉达路。"杰克承认道。

"但你为什么要住在墙洞里？杰克·伯恩斯为什么不住在自己的大宅里？"

"我也不知道自己想住到哪儿，米歇尔。"

"我的天。"她再次用难听的口音说道。

当轿车开上好莱坞高速公路时，米歇尔睡着了。杰克只好把她抬进了喜来登酒店的大堂。他不知道米歇尔的房间号，在她的手包里也没找到钥匙。杰克把她抬去了酒吧间，心想那里一定能找到几个她喝醉的同行。杰克祈祷他们中至少有一个足够清醒，能认出米歇尔。

另外一个皮肤科女医生来帮杰克的忙。她很热情，不过有些刻薄，但好歹没喝酒。他们一起把米歇尔抬回了房间。这个女医生名叫桑德拉，是从密歇根来的。桑德拉一定以为杰克要和米歇尔上床，因为她当着杰克的面开始帮米歇尔脱衣服。

"放一缸洗澡水。我们不能让她这么睡过去。要是她突然呕吐起来，可能会呛到。因为醉酒睡着的人经常会因吸入自己的呕吐物而窒息。最好还是把她弄醒，让她醒着的时候吐。"桑德拉说。

杰克按照医生的吩咐做了。在桑德拉的协助下，他把米歇尔放进了浴缸。不穿衣服时，米歇尔看上去更加瘦削，还有些憔悴。像刚刚怀孕的女性那样，她的胸部出现了妊娠纹似的皱纹。她的皮肤看上去皱巴巴的。（是减肥造成的，她并没有怀孕。）

"老天，她到底减掉了多少体重？"桑德拉问杰克，好像是杰克让她受了这份罪。

"我不知道她之前有多重。我已经二十年没见到米歇尔了。"杰克说。

"呃，这种重逢的方式还不赖。"桑德拉说。

米歇尔曾经和杰克说过，她患上了压力导致的湿疹。湿疹出现在她的肘部和膝盖处。严重时，湿疹的颜色和瘤状的外表就像公鸡喉部的肉垂。当米歇尔无力地躺在浴缸里时，杰克一直盯着她的肘部和膝盖，似乎有些期待她的湿疹立刻发病。

"你在看什么？"桑德拉问杰克。（米歇尔泡在热水里依然毫无知觉。杰克从她的双臂腋下拉住她，以免她的头滑入水下。）

杰克解释了米歇尔的湿疹症状，但桑德拉向他保证，湿疹不会一下子冒出来的。"又不是延时摄影，"桑德拉看到了杰克的手，"戒指不错。"她评论道。（米歇尔母亲的戒指还戴在杰克的左手小拇指上。）

米歇尔慢慢苏醒过来，但她并没有意识到桑德拉就在身边。"我才不会打搅你们这对爱情鸟呢。别让她睡着的时候呕吐就行了。你好像很喜欢盯着她看。"桑德拉说。

"我们做过了吗？"米歇尔问杰克。他听见桑德拉离开了酒店房间，房门关上时传来了她刺耳的笑声。

"没有。我们没做。"杰克说。

"我们什么时候做呢？还是你觉得自己又染上淋病了？"

"我上次并没有得淋病。只是我以为自己得了。"他解释道。

"你甚至都不记得自己和谁睡过了。而且你也不喝酒。你一定和很多女人上过床了。"米歇尔提醒道。

"真的没有。"杰克说。

此刻，杰克对米歇尔感到既同情又鄙视，那是你对无法自控的人的一种复杂情感。（作为一个不喝酒的人，杰克对无论出于什么原因喝得酩酊大醉的人都有种优越感。）他对米歇尔的同情源于她的期待——他们共度的漫漫长夜，她被人抢走的纽约豪华公寓，还有那枚无法佩戴的她母亲的戒指。（杰克从自己的左手小拇指上拿下那枚戒指，放到洗手盆上方的肥皂盘里。）

他帮米歇尔擦干身子。她有些发抖。米歇尔想要独自在浴室里待一会儿。

酒店客房服务员已经铺好了床，并拉上了窗帘。杰克拉开窗帘，看着好莱坞山的夜景。房间窗户是落地窗，景色很不错。但即使是好莱坞山美丽的夜景也无法让杰克不去注意米歇尔在浴室里呕吐的声音。杰克走到浴室门口，小心地倾听着，确保米歇尔没有呛到。后来，当听到马桶冲水和洗手盆水龙头的流水声后，他又回到了落地窗前。

那年是 2003 年，杰克已经在洛杉矶住了十六年了。他一直努力想要记起琼斯餐厅那个模特儿是谁（就是说他鸡巴小的那个），但一无所获。等他拉上窗帘时，杰克觉得他这辈子再也不想看到好莱坞山了。

米歇尔从浴室走出来时，穿着酒店的毛巾布浴袍。她现在清醒些了，开始感到害羞。她身上散发着一股牙膏的气息。米歇尔想和他上床，这让杰克有些失望，他真希望她没有这种想法。可是，他不能第二次拒绝米歇尔，尤其是她一直对杰克上次的拒绝耿耿于怀。

杰克后来才意识到，米歇尔很可能也不想和他上床，但不知道怎么表达。他们的做爱进行得平淡无奇，他们后来甚至觉得，自己并没有那么渴望与对方上床。（他们只是还抱有些期待罢了。）

"这地方到底有多'普遍'啊？"[1]他们做完爱后，米歇尔问杰克。杰

---

[1] 英文 universal 除了"环球、全世界"，也有"普遍、普适"之意。

克正用手抚摸着她的胸部。她躺在床上，两臂紧贴在身体两侧，像个士兵似的。

杰克猜想她说的是酒店的名字——环球影城喜来登酒店，或是酒店附近的环球影城。但杰克还没来得及开口，米歇尔继续说："我可以告诉你，今夜这种情形的确很普遍。就像孤单、疾病和死亡一样，今夜同样让人感到绝望。比如你知道自己永远都不会有孩子，这个事实带来的绝望感也很有普遍性，不是吗？"

"实际上，那是一家电影公司的名字，环球影业。"杰克说。

"你的阴茎没有那么小，杰克。那个模特儿说话太狠了。"米歇尔·马厄说。

"可能我上次见过她后，她的鼻子整过了。我是说，她是个模特儿。她可能脸部或眼睛也整过了。我敢打赌，她肯定做了整容手术，要不然我不会记不起她来的。"杰克推测道。

"哦，我不知道。那我们呢？几年之后，我们在今天夜里做的事也会被忘记吧，不是吗？"米歇尔说。

他抱有的那点期待就这样结束了，杰克后来这样告诉加西亚医生。加西亚医生不会惊讶。不过，杰克可真不幸，因为他发现米歇尔·马厄竟然很快就被他遗忘了。

36 克劳迪娅的鬼魂

　　真是祸不单行。杰克与米歇尔·马厄重归于好的努力失败了。他的心理医生试图从杰克的这次失败中发掘出积极的意义，也许这次经历可以让杰克醒悟。加西亚医生将杰克的问题称为"以假如的态度对过去怀有的浪漫空想"，意思是假如他第一次和米歇尔·马厄交往时成功地与之发展成正常的恋人关系，也许就不会经历后来那些无果的恋爱了。

　　"你总是过于看重你与米歇尔之间那岌岌可危的可能性，杰克。但你一直轻视你与克劳迪娅之间的经历。你们的关系持续了很久。"加西亚医生说。

　　"只有四年而已。"杰克提醒她。

　　"可你和谁的关系还能维持这么久呢，杰克？别提艾玛！她只是握着你的鸡巴，这算不上什么恋爱，是吧？"

　　杰克一直反抗着加西亚医生试图为他的失败赋予积极意义的努力。他心情低落，坦然接受了电影杂志为他打造出的坏男孩形象。杰克才不去操心他忘掉多少和他睡过的模特儿呢。他也不在意他的住所是否真的快要成为"性爱之屋"了。（加西亚医生称其为他的"恩特拉达路心态"。）

　　2003 年 5 月，杰克就是以这种心态前往纽约拍摄他的新电影的。他决定出演电影《爱情诗人》的男主角哈利·莫科这个角色。电影导演是澳大利亚人吉利安·斯科特，剧本也出自他之手。

哈利·莫科是一个残障男模，他自称是个"半身模特儿"。他在纽约的一次电梯事故中失去了双腿。哈利一直想成为演员，他的声音很好听。然而，适合坐轮椅出演的角色并不多。

即使身为模特儿，哈利的职业发展也很边缘。他经常出现在这样的照片里：清晨，他坐在床上，上半身赤裸（下半身被被子盖住了）。这些照片都是专门为女性服装拍摄的。女模特儿通常会站在照片的突出位置，要么已经穿戴整齐，要么衣衫半露。她穿的衣服就是被推销的商品。背景中，哈利的上半身似乎成了女模特儿的一件配饰。

如果哈利拍的是男装广告，他一般会穿着需要被推销的商品坐在书桌边或是昂贵轿车的驾驶座上。他还拍了很多腕表的广告，这种情况下，他会穿燕尾服。不过，在女性服装广告中赤裸上半身出镜的广告是他最擅长的。

哈利·莫科不缺钱。他通过起诉发生电梯事故的建筑商拿到了一大笔赔偿金。在纽约及周边地区，这位残障模特儿颇有名气，也很上相。做模特儿对哈利而言，更像是一种维持他仅存尊严的方式，而非为了赚钱。事实上，他生活富足，住在纽约带门厅侍者的高级公寓里。当然了，哈利光顾的健身房是可以接待残障人士的。他会花半天时间进行力量训练，剩下半天时间，会打打轮椅篮球或网球。

哈利会背诵他记住的爱情诗歌，但不是所有人都喜欢他这么做，尤其他还是单身。他总是劝他在健身房的朋友以及男模同行用情诗来向他们的女友求婚。但似乎没人对这个建议感兴趣。哈利认识很多女超模，其中有些算得上是纽约最炙手可热的模特儿。但他们仅仅是朋友关系。超模对爱情诗歌无动于衷。

在这部电影的前75分钟里，哈利只有一次性爱经历。而且不出所料，那次做爱堪比一场灾难。哈利做爱的对象是他拍摄广告照片时经常为他穿衣服的年轻女子。她长相普通，有些神经质，下嘴唇做了穿体。总体而言，她是一个毫无魅力的女孩。哈利的情诗让她很受用，唯一的障碍是他是个残疾人。杰克必须要感谢导演吉利安·斯科特。他拍摄的这个性爱片段都可以得奖了，因为哈利·莫科那充满尴尬的做爱让观众看得如坐针毡。

电影的旁白自然也是哈利·莫科念的情诗，作者从托马斯·哈代到菲利普·拉金，从乔治·威瑟到罗伯特·格雷夫斯，都是阴郁得不能再阴郁的句子。（杰克觉得，格雷夫斯的诗占的比例太大了。）

哈利·莫科每次至多背两行诗，很少会背出完整的一个诗节。他认识的人中没人有兴趣听整首诗。

"我不太确定这个角色是否适合你。一个没有听众的残障男模，会不会触到你的痛处？"加西亚医生提醒杰克。另外，在她看来，杰克去纽约会与她分开太久。"我可不会跑到纽约去出诊的，杰克——不过我倒是很乐意去纽约购物。"

你的孩子（如果你有的话）难道不会长大吗？杰克一直想问加西亚医生。她办公室里的照片多得都快摆不下了，而且照片只要摆出来就不会撤掉。她那位年长的丈夫（也可能是她父亲）被禁锢在了时光中。照片中的所有人似乎都被禁锢在了时光中，就像被琥珀裹住的虫子。但杰克没有问出口。

杰克还是去纽约拍了电影。"工作只是工作，加西亚医生，就是个角色而已。我不是哈利·莫科，我不会成为他的。我谁都不是。"他辩解道。

"这便是你的问题所在，杰克。"加西亚医生说。

按照拍摄日程，整部电影需要花费五十二天时间。为了完成主角哈利·莫科的戏份和相应的排练，杰克需要在纽约待上两个月时间。

他已经养成了每周拜访加西亚医生两次的习惯，两个月不能见到她意味着有必要进行电话联络。可是，杰克没办法通过电话对加西亚医生讲述自己的人生故事。如果遇到紧急情况，他可以打电话给她。但按照时间顺序讲故事只能缓一缓了。

在加西亚医生看来，按照时间顺序讲故事对杰克的治疗有举足轻重的作用。大声讲出一段令人不安的心理或情感经历本来就不易，组织语言（一五一十地）对着一个大活人讲出来就更难了。从某种意义上说，按照时间顺序讲述就如同表演。加西亚医生认为，如果杰克没办法按照时间顺序一五一十地把他的经历讲出来，就意味着他无法在心理和情感上真正面对他的过往。

杰克·伯恩斯为了演好哈利·莫科使出了浑身解数。他还记得读小学时，坐着轮椅的马尔科姆夫人在教室里对着书桌横冲直撞，在圣西尔达小教堂里双手抓着长椅沿着过道前后穿梭。他还记得邦妮·汉密尔顿上下轮椅的情景，他只转了一下头，她就干净利落地完成了全部动作。杰克从没见邦妮从轮椅上摔下来，但他注意到了她身上的瘀青，看来她并非每次都万无一失。

杰克不仅在《爱情诗人》的片场坐着轮椅四处移动，他坚持不在片场时也要坐轮椅。他假装自己是残障人士。杰克像个残疾的精神病人似的坐着轮椅出入酒店。他让别人把他抬上或搬下轿车。他还经常练习从轮椅上摔下来。杰克甚至在中央公园西路的特朗普国际酒店的大堂里，用轮椅做出了一个绝佳的后轮支撑特技。礼宾员和接待员吓得赶忙跑过去帮忙推轮椅。

特朗普国际酒店里的健身房非常棒。杰克坐着轮椅去那里。他把轮椅放在一边，然后变了个人似的在跑步机上跑半个小时。

当哈利·莫科每次在《爱情诗人》中从轮椅上摔下来时，旁白都会语气沉重地读着罗伯特·格雷夫斯的诗。（比如，缓慢地念出："爱情是一种人人都会得的偏头痛。"）

或是：

为何这么多才貌双全的女孩

嫁给了令人难以忍受的男人？

简单的自我牺牲有些说不过去，

为了拯救男人？十有八九也不大可能。

当哈利从床上爬到浴室时，刚刚与他做爱的女孩一脸反感地看着他。这时，电影中再次响起哈利的旁白，他念着美国诗人 e. e. 卡明斯的诗。

　　　　　　　我喜欢我的肉体，当它
　　　　　　　　和你的缠结在一起

　　哈利想用英国诗人泰德·休斯的一首情诗俘获那个嘴唇做了穿体的女孩，但那两句休斯的诗也是慢悠悠地念出来的。他还没背完第一段诗节，那个女孩已经走出门了。

　　　　　　我们坐到很晚，看着夜幕徐徐展开：
　　　　　　　　没有钟表计算时间。

　　哈利有时无法从湿滑的浴缸里爬出来，他便不停地用头撞击着浴缸的下水口，如同为这个悲惨的场景配上了一段自怜意味的悲悯。（这时，旁白的内容是 17 世纪英国诗人乔治·威瑟的诗。）

　　　　　　难道，我就这样在绝望中虚耗，
　　　　　　　因为一个女人的美貌而消亡？

　　《爱情诗人》是一部黑色风格的爱情电影。这部电影的前四分之三比任何爱情电影都更富有黑色风格，而结尾比任何黑色电影都像爱情影片。哈利在健身房里遇到一名同样有腿部残疾的年轻女子。她也只能坐在轮椅里四处活动。哈利可以看出，这是她第一次以这种将陪伴她终生的身体状态出现在公共场合，一副小心翼翼的模样。一个因爱吹牛而被哈利鄙视的私人教练给她介绍了几种力量训练器械和练习动作。在哈利这种早已习惯了轮椅生活的人看来，这个女孩是一个"新手"。

　　"还是把这个新手留给我把。"哈利对那位教练说。

　　哈利随即像是在演滑稽剧似的为她讲解了各种训练器械和所有的动作。他放下器械时，故意做得很夸张。

　　"看到了吗？就是这么容易！"哈利模仿着那个私人教练假惺惺的口头禅说道。哈利尽量笨拙地示范从轮椅上摔倒的样子，就是要让这个女孩看看，对她而言，没有什么事是容易的。

他们相爱时，旁白是哈利背诵的英国诗人 A. E. 豪斯曼的诗。（这场戏偏偏选在健身房里。）

> 啊，当我与你相恋，
> 我变得整洁又勇敢，
> 方圆几英里的人不住赞叹
> 我的举止优雅，令人艳美。

杰克·伯恩斯应该感到羞愧。他在纽约的那个月可不像哈利·莫科那般"举止优雅"。他在纽约市区的一家夜总会遇到了一个异装癖舞者。杰克立刻就注意到了他强壮的双手和凸出的喉结。他知道，这个舞者是个男人。尽管如此，杰克还是任由舞者诱惑自己。他让舞者推着他的轮椅穿过特朗普国际酒店的大堂进入了酒吧间。舞者坐在杰克的大腿上，和酒吧里的众人一起唱着披头士的歌。

> 许多年后，
> 当我年老体衰，华发不再。
> 你是否仍会寄来情人节的问候，
> 赠我生日美酒？

杰克本来想在进电梯前向那名异装癖舞者告别，但她坚持要把杰克送回房间。在电梯上升的那段时间里，他们还一起唱着歌。（她甚至在电梯里也坐在杰克的大腿上。）

> 如果我午夜依旧未归
> 你会把我锁在门外？
> 你是否还会需要我，你是否还会喂饱我，
> 当我已经六十四岁？

舞者推着杰克沿着走廊来到他的房间。杰克本来想在房间门口同她道别。

"别傻了,杰克。"说着,她推着他进了房间。

"我不会和你上床的。"杰克对她说。

"不,你会的。"美丽的舞者说道。

杰克很快就动手和舞者打起来。当这名异装癖舞者要和杰克上床时,她的力气大得像个男人——等等,他本来就是个男人啊!杰克和舞者扭打起来。房间里一片狼藉,有盏灯被砸得粉碎。不过,杰克的欲望也被撩拨起来,虽然他心里十分清楚想要做爱与正在做爱的差别,但他不会面对所有的诱惑都束手就擒。

"看啊,很明显你也想要我。别挣扎了。"舞者说着,脱下了身上所有的衣物,着手撕开杰克身上的衣物。事实上,杰克身上的衣服被她撕得所剩无几。"你已经勃起了。"她不停提醒道,好像杰克自己没感觉到似的。

"我睡觉的时候也会勃起。"杰克对她说。

"看看,我也勃起了!"舞者尖叫道。

"我能看到,而且你还有乳房。"杰克说。(杰克知道,那对乳房硬得像两个苹果,因为他正努力想要把那对乳房从脸上推开。)

这一次,杰克看清楚了对方的左勾拳,还有右手上勾拳,以及接下来的头部顶撞。她也许是个舞者,但她肯定受过其他训练。这不是她第一次与人打架了。

这时,电话响了起来。应该是酒店前台打来的,杰克心想。可能是杰克邻近房间的住客给前台打了电话,他们听到了灯具破碎的声音。好啦,唐纳德·特朗普不就喜欢这种场面吗?杰克想。(从特朗普国际酒店可以看到中央公园的美丽景色,但这一美景暂时被彻底无视了。)

杰克听见保安人员正在试图打开房间的门,但他正在对舞者使出一记俄式跪撑反夹头,没办法松开手,更别说去打开门锁了。舞者的指甲像是利爪般让杰克难以承受。当她使劲咬着他的小臂时,杰克只好松开了手。

"你打架时像个女孩子。"杰克对她说。

杰克清楚，这句话会让她恼羞成怒。当她朝自己扑过来，杰克完美地从她的臂下钻到她身后，用双腕肘关节固定的招式让她上半身死死地抵在地毯上。这样，她就没办法咬到杰克了。保安总算打开了门。除了夜班经理，总共有两位保安。

"我们来帮忙了，伯恩斯先生——我是说，莫科先生。"夜班经理说。

"我这里有一个发狂的舞者。"杰克对他们说。

"他勃起了。我看到了。"那个异装癖舞者说。

其中一名保安以为杰克真的是残障人士。他只见过杰克坐着轮椅的样子，甚至没看过杰克以前出演的电影。（显然，他不看电影。）当进入房间的三个人强制给舞者穿上衣服时，从另外那名保安的反应来看，他还是第一次见到"长鸡巴的小妞"。

杰克那天夜里没有睡觉。他一直醒着，演练着如何向加西亚医生讲述这段经历。他等不及按照时间顺序给加西亚医生讲述这件事。杰克将一块冷水浸透的毛巾裹在小臂上被舞者咬过的地方。皮肤没有别咬破，但可怕的咬痕还在隐隐作痛。

第二天上午，当杰克在《爱情诗人》的片场与加西亚医生通话时，他说到了这件因哈利·莫科这个角色而起的不幸事件，但这件事发生在杰克·伯恩斯身上再正常不过了。（杰克以为他先进行自我批评也许会免去加西亚医生对他的责备。）

"杰克，你过分迁就那人了。你根本就不应该让她进电梯，你应该在酒店大堂时就对她动手，这样就不会变成后来那种局面了。而且，你不应该让她坐到你的大腿上。"加西亚医生说。

"在酒吧间里打架可不是个好主意。"杰克向加西亚医生保证道。

"但你为什么一开始会和她一起离开夜总会呢？"加西亚医生问。

"她让我欲火焚身，我被撩起来了。"杰克承认道。

"我敢肯定你说得没错，杰克。异装癖不就善于做这个吗？她们花了好大力气，就是为了让男人迷上她们。但你知道结果是什么吗，杰克？每一次，事情会发展成什么局面呢？"

杰克不知道该怎么回答。

"你一直不停地惹麻烦，而且总是小麻烦。你知道这些麻烦的后果吗，杰克？你不知道事情会发展成什么局面吗？"加西亚医生说。

2003 年 7 月，《爱情诗人》在纽约举行了杀青庆祝会，而杰克飞回了洛杉矶。虽然电影已经结束了拍摄，但哈利·莫科对陌生人背诵情诗片段的习惯残留在杰克身上。在从纽约前往洛杉矶的航班上，杰克对着空姐背起了情诗，但这不都算杰克的错。她让杰克说说他接下来要上映的那部电影，于是他立刻对她解释起哈利·莫科背诵情诗的爱好。

"比如，你知道菲利普·拉金的那首《床上谈话》吗"杰克问她。（她和杰克差不多大。）

"我应该要知道吗？我已经结婚了。"她谨慎地回答。

但杰克并没放弃。（他已经好几年没和空姐上过床了。）"那么唐纳德·贾斯提斯的《在伯特伦的花园里》呢？"他继续说道，好像这名空姐的回答充满了热情的鼓励似的，"珍妮低头看着她薄如蝉翼的裙子 / 好像它玷污了自己——"

"哇哦！我可不想听。"空姐打断了他的背诵。

如果你让一个演员给你讲讲他接下来的新片，发生这种情况并不稀奇。

当杰克回到他位于恩特拉达路的住处时，他立刻给一个房地产经纪人打电话，要求出售这栋住宅。（杰克心想，快把这破房子卖掉！也许这样我的生活就能发生一些变化。）

然后，杰克两个月来第一次去拜访加西亚医生，他感觉自己就要脱胎换骨了。

"可你还没想好自己要住到哪里去呢，杰克。你这不是自找麻烦吗？"加西亚医生指出。

可是，就算杰克无法改变自己当下的生活，他至少要捣鼓些动静出来。

"是那栋房子让露西进入的吗？你的母亲对你说谎，你的父亲失踪不见，你成了一艘随风浪漂泊的孤舟，还有别人对你的性诱惑让你无处可逃，这些难道都是那栋房子的错？"加西亚医生问他。

杰克不说话了。

"想想克劳迪娅吧。如果你真想做些有意义的事，如果你真想让生活发生改变，不妨考虑找一个像她那样的女人。考虑把你自己完全投入到一段关系中，这段关系甚至不需要维持四年那么久。哪怕和一个女人一起生活一年的时间！先从小处着手，你总得行动起来。"加西亚医生说。

"你以前说，别让我把你这里当成婚恋介绍所。"杰克提醒她。

"我建议你别再寻觅恋爱对象了，杰克。我的意思是，如果你真想和什么人一起生活，你得做出很大的改变。你不需要新的住宅，你需要的是一个可以和你共同生活的人。"加西亚医生说。

"像克劳迪娅那样的人？可她一直想要孩子，加西亚医生。"

"我说的不是那个方面，而是像她那样能和你共同生活——这样的人至少有希望和你延续你们的关系，杰克。"

"克劳迪娅现在很可能已经胖得不成样子了。她一直在和自己的体重进行艰苦的斗争。"杰克告诉加西亚医生。

"我也不是说要找像她那样体形的人，杰克。"

"克劳迪娅特别想要孩子，她可能都当上外婆了吧！"杰克说。

"杰克，你的数学太糟糕了，你算不准的。"加西亚医生对他说。

杰克没有责备加西亚医生。他知道在纽约的遭遇都是他咎由自取。有关克劳迪娅的事最近一直盘桓在杰克脑中，显然是因为他和加西亚医生说到克劳迪娅引起的。一个温暖的夏夜，杰克参加完一个晚宴聚会开车回圣莫尼卡的路上，一直想着克劳迪娅。

杰克想起克劳迪娅第一次把她的沃尔沃借给他开时，年轻的他一个人开着车，那种奇妙的自立感简直无与伦比。

他把车从恩特拉达路开上了门前的车道。车灯射出的灯光扫到了杰克门前那块小得可怜的草坪，确证无疑地照出了一个斯拉夫样貌的年轻女子，她坐在一个破旧但有些眼熟的行李箱上。她直挺挺地坐在那里，旁边就是"出售中"的牌子。她一言不发，像是在摆拍，有那么一瞬间，杰克甚至忘记了到底是什么正在出售。他以为正在出售的是这个女孩，后来才突然想起自己的房子正在出售。杰克后来经常记起这幕场景，因为在他看来，这个女孩比他的房子更适合出售。

杰克知道她是谁——克劳迪娅，或者是她的鬼魂。他当时竟然能安然地开着车从她身旁驶过，可真是个奇迹，要不然一定会当场撞死克劳迪娅，或是让她的鬼魂再死一次。但这人怎么可能是克劳迪娅呢？杰克当时十分疑惑。坐在他门前草坪上的年轻女子几乎和他认识克劳迪娅时那般大，甚至更年轻。（另外，克劳迪娅一直比实际年龄显老，所以她总是喜欢谎报自己的年龄。）

"该死的杰克，等我死后，我的鬼魂一定要缠着你。我发誓，甚至在我死之前我就要缠着你不放。"克劳迪娅曾经这样说过。

既然克劳迪娅这样信誓旦旦地说过，杰克认为出现在"出售中"牌子边的女孩是她的鬼魂也说得通吧？但鬼魂不经常带着行李箱出现，也许是天堂或地狱把她赶出来了，或是她要缠住杰克这个任务需要她带上几件衣服吧。毕竟，克劳迪娅曾经是个演员，她比杰克更加热爱戏剧舞台。说不定，这个行李箱就是个演戏的道具。

杰克好不容易才鼓起勇气下了车。虽然双腿僵硬，但他仍然径直向她走去。杰克心里明白，不能开车离开或撒腿逃走，你怎么逃得过鬼魂呢？不过，他没有关掉奥迪的车灯，因为靠近一个鬼魂时，好歹要把她看清楚。谁都不想在黑暗中靠近一个鬼魂。

"克劳迪娅？"杰克颤抖地问道。

"嘿，杰克，你怎么花了这么长时间。自从我看到你，你好像用了一辈子的时间才把我认出来。"她说道。

她就是克劳迪娅，但年轻了些。还是那熟悉的台风，熟悉的发音吐字。她铿锵清晰的吐字似乎是想让剧院里最上层包厢的观众也能清楚无误地听到。

"但你看上去也太年轻了。"杰克说。

"我很年轻时就死了，杰克。"

"你死时有多年轻，克劳迪娅？你好像比你活着的时候还要年轻！这怎么可能？"

"我想，我和死亡融为一体了吧。你不打算把我领进屋再详细提问吗？我可想死你了，杰克。我在这片该死的草坪上坐了好久了。"她说。

克劳迪娅会说出"该死的"这种词语可真新鲜，完全不像她。但是谁知道她这么多年去过哪里，有过什么经历，甚至死后是和哪些鬼魂在一起的呢？她伸出手，杰克拉住她的手帮她站了起来。他竟然能感觉她难以忽视的体重，这让杰克有些惊讶。谁能想到鬼魂还有重量？从她的外表来看，即使进了天堂（或者人死后会去的其他地方），克劳迪娅还得注意自己的体重。

她依然很在意自己肥大的屁股。她还穿着之前那种宽下摆长裙，炎热的夏天也不例外。和杰克记忆中一样，她的胸部还是那么丰满。事实上，就算对那些相信鬼魂真实存在的人，克劳迪娅的鬼魂也圆润得让人不觉得害怕了。

杰克跑回自己的奥迪，关掉了车灯，心里暗暗希望克劳迪娅的鬼魂会一并消失。但她仍在原地等着他，脸上还挂着微笑。她让杰克把她那个破旧的行李箱拎进了屋。她直接走进了杰克的卧室，好像她和杰克还是情侣，而且住在一起好多年了，虽然克劳迪娅从没来过这座房子。当她使用盥洗室时，杰克一脸错愕。（鬼魂居然还上厕所！）

杰克被各种矛盾的事实搞得不知所措。他有些相信她，但又忍不住怀疑她。她和以前一样，皮肤细白光滑，长着尖下巴和高高的颧骨。杰克以前经常说，她有一张很适合近景特写的脸。除了她的体重问题，克劳迪娅真应该出演电影。她这张脸在戏院登台真是太浪费了，杰克以前经常这样对她说。

当克劳迪娅的鬼魂从盥洗室出来时，她直接走到杰克身旁，用鼻子蹭着他的脖子。"我好怀念你身上的味道。"她说。

"鬼魂还有嗅觉？"杰克问。

杰克伸直胳膊，双手搭在她的肩上，盯着她的双眼。她的眼睛还和以前一样是黄棕色的，就像抛光后的木材，像狮子的眼睛。但她身上有什么不对劲的地方。虽然整体上相似得令人讶异，但细节处仍有些差别。就算她同杰克分手当天就死了，就算（按她说的那样）死亡与她融为一体，这个克劳迪娅看上去也年轻得过头了。

"克劳迪娅，我忽然想到一件事。"杰克仍然伸直双臂，把手搭在她的肩上，他甚至可以感受到她身体的热度。他以前一直以为，鬼魂（如果你可以摸到他们的话）摸上去应该是冰冰凉的。"我母亲死后，我一直在想这件事，是不是鬼魂的身上还保留着生前的刺青。我是说，刺青是否会在死后延续。"杰克对她说。

她再次微笑起来，这个微笑也与杰克的记忆有些微不同。他记得克劳迪娅的牙齿没有这么洁白。她缓慢地拉起自己的宽下摆长裙。她这么做时，眼中透出一种令人熟悉的诱惑。她的大腿似乎比杰克记忆中的又粗壮了些，靠近她大腿根内侧的就是那个中国如意的刺青，有万事如意的美好寓意。

"伤口花了很长时间才愈合，但还是愈合了。"她说。

杰克记得，那个如意刺青非常漂亮。但眼前这个如意刺青绝对不是出自他母亲之手。

"这个刺青是真的，用手擦不掉的。你可以摸摸看，杰克。摸一摸快。"这个年轻女子说。

她吐字的方式也许没变，但她的语言缺乏克劳迪娅的精准——用词不够准确，也不像是受过良好教育。像"摸一摸快"这种过于随意的表达，比刚才那个"该死的"更不像是克劳迪娅会说的话。

杰克摸了摸女孩大腿根部内侧的刺青。这是个赝品，杰克想。

"你是谁？"杰克问她。

她拉起杰克的手，摸向自己的大腿根部。她没穿内裤，甚至连丁字裤都没穿。"摸起来是不是让你很熟悉，杰克？你想再来体验一下吗，想重返青春岁月吗？"

"你不是克劳迪娅。克劳迪娅可从不这么粗俗。"杰克对她说。他本来想说的是，这个鬼魂不仅不应该有体温，下面那个地方也不应该会湿。

（没错吧？）

"你勃起了，杰克。"女孩抚摸着杰克说道。

"我睡觉的时候也会勃起。不是什么大事。"杰克对她说，好像前阵子他在特朗普酒店里与异装癖舞者的那段经历是这次的带装排练。

"已经'大'到你不能忽略了。"女孩说着，吻上了杰克的嘴。她亲吻起来可完全不像克劳迪娅，但杰克还是好不容易才拿出足够的意志力从她的亲吻中挣脱出来。为了让她停止这种咄咄逼人的攻势，杰克必须让她明白，他已经知道了她的真实身份。

"你妈妈知道你做这些会说什么呢？你竟然要和我上床！你妈妈对此不会感到开心的，不是吗？"杰克对克劳迪娅的女儿说。

"我妈妈死了。我是来这里缠着你的，正好这也是她的心愿。"女孩对杰克说。

"我很遗憾你妈妈已经去世了。但她真正的心愿是什么呢？"杰克回答。

"我不信鬼神。我来这里缠着你，因为我相信我妈妈不敢做这件事。"克劳迪娅的女儿说。

"你叫什么？"杰克问她。

"萨莉。就是音乐剧《歌厅》里那个当红歌手的角色，我妈妈一直觊觎这个角色。她说，你也一直想演这个角色。不过，妈妈说，你可能比她更适合。"女孩说道。

"你妈妈怎么死的，萨莉？什么时候的事？"

"癌症，两年前。我必须等到年满十八岁才能来缠着你。"萨莉说。

她看起来像是个已经二十来岁的女子，不过她妈妈也总是比实际年龄显老。

"你真的已经十八岁了吗，萨莉？"

"和露西一样。她不也是十八岁吗？"萨莉问他。

"我猜没人不知道露西的事。"杰克说。

"露西的事是我妈妈生前获知有关你的最后一件事，是在她死前发生的。也许这件事让她觉得死的时候没有你陪在身边更好过一些吧。"

和露西一样，萨莉就像在自己家似的在杰克的房子里走来走去。杰克注意到她踢掉了自己的鞋子，赤脚走上他健身室的摔跤垫。她穿着一件米色的无袖上衣，上衣的材质是一种薄纱般的织物。杰克甚至可以透过上衣看到她的胸罩，也是米色的，但比上衣颜色浅些。萨莉走动时，她的裙子沙沙作响。她走到杰克的书桌边停了下来，念着放在桌上的一部剧本的名字。（她就是在这时拿起了杰克的通讯录。）

"我妈妈一直爱着你。她一直在想，如果当初没有和你分手，后来会怎样——假如你真的和她生了孩子。她很后悔与你分手，但她必须要有自己的孩子。"萨莉说。

从萨莉说出"孩子"这个词的语气看，杰克感觉她并不喜欢孩子，至少有自己的孩子这件事对她而言，并不像对克劳迪娅那么紧迫。

萨莉身子一倒，坐进了杰克客厅里的沙发，打开了他的通讯录。杰克坐到了她身旁。

"你有兄弟姐妹吗，萨莉？"

"你在逗我吗？我妈妈一个接一个地生了四个孩子。我可真走运，竟然是老大。我还得照顾比我小的。"

"你爸爸呢？"杰克问她。

"他并没有恶意。我妈妈与你分手后，打算与她认识的第一个男友结婚。他正好同意和她生孩子。我爸爸就是她认识的第一个男友，真是个可怜的窝囊废。"萨利说。

"为什么说他是个可怜的窝囊废，萨莉？"

"他得和我妈妈去看你所有的影片。如果你明白我的意思，就会知道这对他是个多么大的打击。当然，等我长大后，也得和爸爸妈妈一起去看你的电影。妈妈把一切都告诉了爸爸，包括有关你的一切。比如，你们一起去多伦多电影节，你母亲给她做的刺青，你怎样在过海关时逼着妈妈给海关官员看那个刺青（顺便说一句，那个刺青太棒了）。你们出演同性恋版的《巴黎圣母院》时，她是怎样让你染上淋病的，还有你的反应简直混账透了，好像你自己就没有乱搞过一样。"萨利说。

"可你爸爸爱她吗？"杰克问萨莉。

"哇哦，我爸爸崇拜她！我妈妈后来胖得像头奶牛，她已经不在乎体重了，而且很显然，她无法忘掉你，可真让人心疼。但我爸爸依然崇拜着她。"萨莉说。

"你非常美丽，萨莉。你和你妈妈很像，我差点儿就被你骗到了。有那么一会儿，我以为你是克劳迪娅的鬼魂。"杰克对她说。

"相信我，杰克，我可以像任何真正的鬼魂那样缠着你。"萨莉说话时没有看杰克，她翻阅着他的通讯录，好像正在其中查找某个人。突然，她直接回到了通讯录的首页，开始从 A 开头的姓氏看了起来。她用她母亲在舞台上演戏时的那种声音大声念出了第一个女性的名字。

"米尔德丽德（米丽）·阿斯海姆，"萨莉念着，然后她的声音突然变得意有所指，"你和她上过床吗，杰克？你还在和她上床吗？"

"没有，从来没有。"杰克回答。

"哦哟，又来一个阿斯海姆，迈拉。你把她的名字画掉了。再清楚不过了，你肯定上过她了。我猜，后来你把她甩了。"

"我从没和她上过床。我画掉她，是因为她已经死了。萨莉，别玩了。"杰克说。

可是，萨莉继续念着通讯录。她读到露琪亚·德尔维奇奥的名字时变得兴奋起来。"连我妈妈都说，你一定和她睡过了。我妈妈说，她在看你们一起出演的电影时就知道你会和她睡的。"

杰克太纵容她了。等到麻烦到来时，萨莉已经念到了 G 开头的姓氏。（杰克清楚加西亚医生会怎么说，她会说杰克一开始就不应该坐到萨莉的身边。）

"埃莱娜·加西亚。"萨莉念道。听到这个名字，杰克立刻脸色一变。他从没直接叫过加西亚医生的全名，因为他觉得这么做不够尊敬。在他人生的这个阶段，加西亚医生是他最重要的人。萨莉也看出了这点。"你现在的清洁女工，还是以前的？你肯定和她上过床了。"萨莉更加无礼地问。

"她是我的医生，我的心理医生。我甚至都不会直呼她的名字。"杰克说。

"哦，这样——她也是露西的心理医生，对吧？我怎么可能忘记这个呢！我敢打赌，露西的妈妈现在会跟踪你吧。"萨莉说。

这个女孩很聪明。她继承了她母亲的才华，这可是任何后天的训练都带不来的。就在萨莉挑逗杰克的这段时间里，她让杰克想起了更多有关克劳迪娅的事情，甚至比刚刚他错以为她是克劳迪娅的鬼魂时想到的还要多。

"千万别朝我发火，杰克。我只是很想念我妈妈，我以为和你在一起会把她带回我的身边。"萨莉说道，说话的样子简直和克劳迪娅本人一模一样。

杰克坐在那里，动弹不得。根据他的经验，女人，甚至有些年轻女孩可以看出自己对别人产生的诱惑。每当杰克难以抵御她的诱惑时，克劳迪娅总是一清二楚。萨莉也是。她在沙发上紧紧靠着杰克，开始动手解开他的衬衫。杰克没有阻止她。"你还记得自己饰演施洗者约翰吗？"萨莉问道。

"只有我的脑袋出场了，那是个微不足道的小角色。约翰被砍下的脑袋，我演的就是这个。"杰克回答。

"他的头被放在桌子上。我妈妈演的是莎乐美，是吧？"萨莉一边提醒道，一边脱下了他的衬衫。杰克不知道她什么时候解开了她上衣的扣子。他注意到时，她上衣的扣子已经解开了。

"是的。"杰克回答。他已经快说不出话来了。这个女孩脱光了他们两人的衣服。她光着身子时，比克劳迪娅还要像克劳迪娅，她的体形，还有那个中国如意的刺青。

"我妈妈说，演那场戏时，她给了你最美好的吻。"

杰克记了起来，那个吻真的让他印象深刻。但那时，克劳迪娅和杰克之间已经有了裂痕，那个吻如此美好，但无法阻止他们后来分道扬镳。

杰克认出了他最喜欢用的日本安全套的蓝色铝箔包装纸。萨莉用牙撕开了安全套的包装。克劳迪娅的女儿竟然预先知道他喜欢用这种日本超薄款的安全套，也太邪门了。后来，杰克想起萨莉进门后用了他的盥洗室，她肯定在里面的医药柜里看到了他的安全套。

杰克望着萨莉那黄棕色的双眸，觉得眼前的人就是克劳迪娅，她不光起死回生，而且依然年轻。她们都有一张大嘴，但萨莉的牙齿更白。她们都是丰乳肥臀，萨莉总有一天也会和自己的体重势不两立的。有其母必有其女，萨莉也是那种会让你沦陷的女人。

加西亚医生一定会发现其中的蹊跷。除了杰克，任何数学能力过得去的人都会明白这里的问题。假如杰克最后见到克劳迪娅是在 1987 年 6 月，就算克劳迪娅分手后立刻遇到萨莉的父亲，萨莉也不可能在 1988 年 3 月之前出生。杰克遇到萨莉是 2003 年 7 月，这样算来，萨莉只有十五岁。她要想真的达到十八岁，只有一种可能——杰克和克劳迪娅生了她！正如加西亚医生向杰克指出的，他根本算不准的。

当年的真相是萨莉后来向杰克解释的（很不幸，她是在他们做爱后解释的）。1987 年 6 月，克劳迪娅去新泽西州参加莎士比亚戏剧节，在那里遇到了一位年轻的导演和莎士比亚学者。他们在 8 月结婚，克劳迪娅 9 月就怀孕了，接着萨莉在 1988 年 6 月出生了。她与杰克在恩特拉达路的房子里发生性关系时，刚满十五岁一个月。但她看起来可比实际年龄大多了！

萨莉迅速地在浴缸里放满了水，坐了进去。她洗澡时故意把浴室的门开着。她讨厌和人上床后立刻离开，她说，但她要赶时间。萨莉夜里不能出门，她必须赶回圣莫尼卡的乔治王朝酒店。他们全家都住在那里。

"你妈妈还活着？"

"她现在身躯庞大得像个谷仓，但她很健康。如果你知道我妈妈还活着，就不会和我上床了，对吧？"萨利说。

杰克说不出话来，他呆呆地坐在浴室地上，背靠着浴巾架，看着浴缸里那个几乎与克劳迪娅一模一样的人。

"我父母是我所知最幸福的夫妇。每次我们调侃她是你的前女友时，我母亲都会有些尴尬。但妹妹们和我，还有爸爸，我们觉得这是世界上最滑稽的事了。我们经常点一份比萨外卖，一起看你的电影。看电影时，我们会放声大叫！妈妈有时需要中途离开，因为我们逗得她把尿都笑出来了！'暂停一下，我马上就回来。'我妈妈会这么说。你赢得奥斯卡奖时，我们喊得差点儿都尿裤子了。"萨莉说道。

"你多大了？"杰克问她。

"你的数学可真够绝的，看来妈妈没有开玩笑。杰克，为了你自己好，你应该去查查加州的刑事法条，尤其是与未成年人发生性关系的那个章节。你已经超过二十一岁了，而我还不满十六岁，这点是关键。你的行为可以被判轻罪，也可以是重罪。你可能因此坐牢，一年，两年，三年或四年。同时，你还要缴纳民事罚金，不超过两万五千美元。但前提是，我把这件事说出去。"

萨莉从浴缸里站了起来，迅速地擦干身体，把浴巾扔在了浴室地上。杰克跟着她从卧室走到客厅，因为她的衣服扔得到处都是。萨莉穿衣服时，杰克在帮她寻找鞋子。

"这是我的暑期工作。"萨莉对杰克解释说。

"什么？"（工作内容是勾引杰克，然后敲诈钱财吗？）

萨莉进一步解释说，她父亲（在萨莉的眼中，他根本不是可怜的窝囊废）在佛蒙特州掌管着一家小型的地区剧院。那家剧院名叫"螺丝与螺母"，他们也制作夏日巡回剧目。他们还开设了一间有关表演、导演和剧本写作的工作坊，专门为在校学生提供培养课外兴趣的服务。一家非营利基金会提供所有的资金赞助。克劳迪娅和她那位身为莎士比亚学者的丈夫没在忙剧团和工作坊时，就成了全职的募捐者。

"我们是个大家庭，有四个女孩。我们以后都要念大学。我父母的人生就是我们的榜样。我们热爱剧院，我们学会了自食其力，我们不爱钱，但我们却一直需要钱。你明白了吗？"萨莉解释道。

"你们需要多少钱？"杰克问克劳迪娅的女儿。

"我妈妈要是知道我和你上床了一定会吓得死过去。"她说。

"需要多少，萨莉？"

她一把抓住杰克的手腕，看了看他的手表。"该死！你得开车把我送到酒店，或者附近也行。我告诉父母要去参加一个电影的选角试镜，有机会见到你。夜晚必须回家的规定可真要命！"

"你爸妈知道你会见到我？"杰克问她。

"是的，但不知道我们会上床。他们真的是非常棒的父母，我告诉过你了。"萨莉大笑着喊道。

她给了杰克一本螺丝与螺母剧院的宣传手册，里面有克劳迪娅和她丈夫的照片，当然还有他们四个女儿的照片。螺丝与螺母剧院接受支票捐款。萨莉告诉杰克，作为一家非营利机构，他的"捐款"属于免税的范围。

很多年来，克劳迪娅的女儿们一直问妈妈为什么不找杰克·伯恩斯为剧院募集资金。杰克是个电影明星，还认识克劳迪娅，他一定会出手相助的。

"你们怎么不找我募集资金呢？"杰克问萨莉。

"你真的给了我这么多钱吗？"萨莉惊讶地问。（杰克刚刚给螺丝与螺母剧院写了一张十万美元的支票。与加州刑事法条的惩罚相比，这些钱真的不多。）

杰克开车把萨莉连带克劳迪娅的那个旧行李箱送回了酒店。至少他猜对了那个行李箱是个道具。

萨莉的父母都是夜猫子。把年龄较小的几个女儿安顿上床后，克劳迪娅和她丈夫便来到酒店楼下的酒吧里喝上一杯，顺便等参加"选角试镜"的萨莉回来。他们之所以同意她去参加试镜并同杰克·伯恩斯见面，是因为萨莉说，她只是为了让杰克为克劳迪娅无限热爱的剧院捐款。（萨莉嘴里说的自食其力一定就是这个意思。）至于克劳迪娅的那个旧行李箱，萨莉在里面装满了螺丝与螺母剧院的小册子，以备她在试镜时遇见其他知名富有的电影明星。

杰克就要不要和萨莉一起走进乔治王朝酒店和她讨论了一番。看在过去的情谊上，杰克不妨去和克劳迪娅打个招呼，顺便见下她丈夫。萨莉可以向她的父母宣布杰克的慷慨捐助。萨莉说，高达十万美元的捐款非常少见，足可享有"冠名权"了。比如，以杰克·伯恩斯的名义设立一个针对年轻学生演员、导演或编剧的奖学金。眼下，他们正在筹集资金新建一座能容纳六百名观众的剧院。（很明显，冠名的机会有很多。）

"你也可以选择不透露姓名。"萨莉说。

杰克更倾向于不留名。他告诉萨莉，他觉得最好还是不进酒店去见她父母了。

"这样也许最好。坦白说，我可以把一切都安排得很圆满。我已经为这一时刻练习好久了。但说实话，我不知道你能不能镇定自若地走进去，假装你根本没和我上过床。"萨莉说。

"我也许真的没办法演好这一幕。"杰克承认。

"杰克，我觉得你人真好。"克劳迪娅的女儿亲了一下他的脸，"妈妈和爸爸会给你写信的，我知道他们一定会。至少是一封非常热情的感谢信。你从此会经常收到他们的信，说不定每年都会收到募捐的信件。我不是说他又会让你捐出十万美元，但他们肯定会找你募捐的。我一直觉得他们应该找你募捐。"

在螺丝与螺母剧院宣传册的照片里，克劳迪娅穿了一件像帐篷似的裙装，让人想起有部电影里，身材庞大的女演员凯西·贝茨和男星杰克·尼克尔森一起爬进露天浴池里，但克劳迪娅看上去比凯西·贝茨还要庞大。她丈夫个头很高，留着络腮胡，非常适合出演被背叛的国王这类角色。和萨莉一样，他们其他的女儿也非常漂亮，同样身材壮硕。

当杰克把车停在酒店外的路边时，萨莉吻了他的额头。"你看上去是个好男人，杰克——就是有点难过。"她说道。

"请代我向你母亲致以最美好的问候。"杰克对这个年仅十五岁的女孩说。

"感谢你的捐款，杰克。这太重要了，我没开玩笑。"

"不过，'缠着我'那档子事呢？我是说，我这次算是被宰了，而且宰得可真够狠呢——这点我得承认，萨莉。但这能算是'缠着我'吗？"杰克问她。

"哦，你会明白的。这件事会一直缠着你，杰克。我说的可不光是钱。"萨莉说。

杰克回到了恩特拉达路的住处，准确说是犯罪现场。不仅加州的刑事法条认为，这是一种犯罪行为，杰克·伯恩斯内心也在谴责自己。他和一个十五岁的女孩发生了性关系，但只花了十万美元就摆平了。

杰克那天夜里熬到很晚，把萨莉留给他的那本小册子里的每个字都读了一遍。他一遍又一遍地浏览着里面的照片。螺丝与螺母剧院致力于一个崇高的信念——剧院是一种公益事业。一个做电工的邻居免费为剧院安装了新的舞台灯光，当地一对做木匠的夫妻为剧院的三部莎士比亚剧作搭建了舞台场景，同样分文未取。在南佛蒙特镇这种小地方，几乎每个人都为这座剧院出了一份力。

当地的学生在这座剧院里上演学校剧目。一个女性读书俱乐部在这里把她们最喜欢的小说片段搬上舞台。纽约市立歌剧院巡演前，整个 1 月都在这里进行排练。专业歌剧演员还教授当地的某些声音条件不错的孩子唱歌。诗人在这里进行朗读会。剧院也经常举办音乐会。每年的夏季剧目虽然会迎合游客的大众审美，但至少会包含两部严肃剧目。杰克从夏季剧目的客串演员中认出了很多来自纽约的演员。

宣传册里总共有两张克劳迪娅的照片。她在两张照片里都是那么容光焕发、喜气洋洋，当然也很胖。最上镜的要数她的女儿们了，这些学习表演的女孩充满了自信。克劳迪娅一定对萨莉那种超出实际年龄的沉着和坚定感到自豪。克劳迪娅和她丈夫知道萨莉是一个多么自信和思想独立的女孩吗？他们很可能知道。她的父母知道萨莉和克劳迪娅一样在性行为上非常主动活跃（对于家族繁衍来说是好事）吗？很可能答案是否定的。

克劳迪娅把剧院变成了她全家的工作，可能比她预计的还要成功。但无论杰克如何努力地思索资金来源，他都无法理解这个非营利组织是如何运作的。（他的数学又让他沮丧不已。）杰克能知道的就是，他的余生需要不停地为螺丝与螺母剧院开出捐款支票了。相比他的罪行，定期捐款十万美元甚至更多仍难以弥补他的所作所为造成的后果。

杰克想给加西亚医生打电话，但那会儿已经凌晨两三点了。他知道加西亚医生被吵醒后一定会说："按照时间顺序告诉我，杰克。我不是神父，我不听人忏悔。"她的意思是，她不会让你从罪恶中解脱。在杰克与克劳迪娅的女儿上床这件事上，杰克没有任何洗脱罪名的借口，他甚至没法说服自己他之所以铸成大错是因为错把萨莉当成了克劳迪娅的鬼魂。

杰克决定还是去睡觉。当他打算关掉厨房灯时,他看到自己在冰箱门上用他妈妈留给他的那几个日本刺青图案的磁贴固定了一份购物清单。

咖啡豆
牛奶
蔓越莓汁

这点东西根本不足以支撑起他的日常生活所需。杰克开始明白,克劳迪娅说她会缠着他代表着什么。

杰克发现,当你感到羞耻自责时,你的人生会充满了假设。克劳迪娅的女儿萨莉只有十五岁,不难想象这个年纪的女孩会和她的妈妈关系紧张。这些少女怨恨自己的妈妈,不需要什么正当合理的理由。假如,出于某种愚蠢的原因,萨莉想要伤害她妈妈呢?假如萨莉告诉克劳迪娅,她已经和杰克上床了呢?

又假如,萨莉长大后会不会觉得杰克当初占了她的便宜?假如,因为诸多与她勾引杰克无关的原因,这个任性的女孩会不会要杰克为他的罪行付出代价,或是把这个秘密公之于众?

"杰克,我敢肯定,你的负罪感比你对受到刑事法条惩罚的担忧更严重。不过,我们中的很多人不是都会被别人的一封信或一个电话轻易摧毁吗?"加西亚医生后来对杰克说。

"你没有这样的秘密,是吧,加西亚医生?"

"我不是病人,杰克。我不需要回答这种问题。这么说吧,我们都得学会背负着某种负担生活。"

2003年8月,杰克位于恩特拉达路的房子仍然没有卖出去,但他觉得克劳迪娅的鬼魂似乎留在那房子里不走了,好像和他住在了一起。无论这座房子以后是否会被卖掉,无论他去哪儿住,杰克毫不怀疑克劳迪娅的鬼魂会一直跟着他。

杰克还记得很久以前，多伦多巴瑟斯特街健身馆的泰国搏击教练克荣对他说过："健身馆里的老鼠总能找到新的事物，小杰克。"好吧，杰克就是一只健身房老鼠，他又要寻找落脚的地方了，现在他是一只被鬼魂缠着的健身房老鼠。

杰克发现，如果你被鬼魂缠上了，就没办法睡好觉。他总是不停地做着各种混乱却无意义的梦。他夜里因这些怪梦醒来时，坚信自己刚刚摸到了艾玛身上的刺青。（那是个完美的阴道，不是"耶利哥玫瑰"。他妈妈把它刺在了艾玛的右臀上，正好可以被内裤遮住。）

杰克听从了房地产经纪人的建议，从那座房子搬了出来。这样，经纪人可以把杰克的训练垫子和房子里那些破旧丑陋的家具扔掉。这些家具大都是艾玛在威尼斯海滩租房时买来的。地板被重新上光，墙壁被涂成了白色。至少，这座破房子变得干净宽敞多了。杰克住进了圣莫尼卡海洋酒店的套房。

套房位于三层，有四个房间，包括一间厨房，可以俯瞰酒店的庭院和游泳池。杰克本来可以选择面朝海洋大道的套房，但海洋酒店是一家价位适中的度假式酒店，有很多来自亚洲和欧洲的家庭选择住在这里。杰克很喜欢小孩子在泳池里玩耍的声音。而且，他很喜欢听那些亚洲或欧洲游客用外语交谈。杰克安心在这里暂住下来，因为他感觉住在这里，杰克·伯恩斯的身份似乎逐渐消亡了一般。

他几乎把恩特拉达路那栋房子的东西都扔了。杰克把大部分衣物都捐给了慈善机构，把他的奥斯卡小金人交给了律师保管。

当然，他还留着自己的奥迪车。海洋酒店的健身房条件太差，而威尼斯海滩有两家他很喜欢的健身房。另外，杰克住在海洋酒店距离加西亚医生位于蒙大拿大道上的诊所更近了些。

杰克照例以哈利·莫科的名字在酒店登记，只有为数不多的几个人能找到他。不知为何，对于杰克这样近乎消亡却没有死亡的人，与莱斯利·欧斯特勒保持联系是一件正常的事。欧斯特勒夫人打来电话，因为她已经很久没有听到杰克的消息了。她解释说，听不到他的消息对她的生活没有丝毫影响。更加确定无疑的是，对多洛雷斯也没有任何影响。

多洛雷斯对杰克的衣服一直放在欧斯特勒夫人的房子里耿耿于怀。于是，莱斯利把这些衣服捐给了圣西尔达，拉姆西先生愉快地接受了这些捐赠，正好可以拿来当学生的演出服。拉姆西先生和伍尔兹小姐还打来电话感谢莱斯利。（卡罗琳说："我们一直缺少男性角色的服装。"）

欧斯特勒夫人告诉杰克，他之前的卧室被改造成了多洛雷斯的工作间。（莱斯利的金发宝贝一定是个诗人或画家，反正是个艺术家，但杰克没有细问。）至于艾玛的卧室，现在变成了客房。墙纸被更换过了。"更有女人味了。"莱斯利说。家具和窗帘也是。这些都是多洛雷斯一手操办的吧，杰克猜想，但他并没有问。

"等你回到多伦多，你可能更想住在酒店里了。"欧斯特勒夫人说。

"很可能。"杰克回答。他也不知道莱斯利为何打来电话。

"杰克，有你父亲的任何新消息吗？"莱斯利问。

"没有。我也没在找他。"杰克说。

"我很疑惑，你为什么不去找他呢？他现在已经六十多岁了，是吧？人在这个年纪，身体状况可不好讲。可能你还没找到他就会失去他，你懂我的意思吧。"莱斯利说。

"你是说，他也许会死？"

"他也许已经死了。你原本对他很好奇。你的好奇哪里去了，杰克？"欧斯特勒夫人说。（加西亚医生也经常这么问。）

"我一直在看心理医生。"杰克的解释有些勉强。

"你能坚持与同一个人见面让我很高兴！你之前不是可以在一段时间内与不同的人见面吗？"莱斯利大声问。

"杰克，欧斯特勒夫人的意思可能是说，见心理医生似乎不是填补你消失的好奇心的合理途径。"加西亚医生不久后向杰克解释道。

杰克一直因为那桩无可辩驳的罪行感到自责。他不仅与一个十五岁的女孩发生了性关系，而且他竟然就这么接了自己的行为。这个秘密（前提是克劳迪娅的女儿能保密）成了他的负担，将伴随杰克进入坟墓。这种自责让他的好奇心消失得一干二净。当你自责时，你不会想要进行

· 746 ·

下一场历险的，至少不会马上进行。

克劳迪娅和她丈夫（杰克会永远把他想象成一位留着络腮胡被人背叛的国王）给杰克寄来了感谢信，还附带了很多他们的家庭照。一张照片是萨莉小时候，一张照片里的克劳迪娅明显比现在苗条多了，还有一张照片里的克劳迪娅的丈夫脸上的胡子刮得干干净净。杰克现在明白了为什么国王都喜欢留络腮胡。

"如果你想要重回剧院的舞台，告诉我们一声就好！"克劳迪娅在信中写道。仲夏时节，在佛蒙特待上一个月或六周时间，剧院的舞台不大，好像你就是舞台的主宰，杰克可以自由选择剧目和角色。这个提议让杰克既感动，又有些反感。

"我们都非常感激你，杰克。"克劳迪娅继续写到。

"同时，萨莉如此冒失的举动也让我们非常自豪！"克劳迪娅的丈夫（萨莉的父亲）写到。

杰克后来回信给克劳迪娅和她丈夫，表示能以此种平庸的方式帮忙，他感到开心。不过，他可没有萨莉那种冒失。杰克在信中说，他再也没有胆量一个人站到剧院舞台上了。"我已经习惯了电影那种脱离剧情进展的拍摄方式。这种拍摄方式让演员有机会隐藏自己的不足。"（随便他怎么说！）但杰克还是会时常想起克劳迪娅和她丈夫的小剧院。每年夏天，他都会对自己错失了在佛蒙特登台表演的机会而后悔不已。（事实上，他悔恨得要死！）

杰克感觉克劳迪娅的鬼魂正盯着自己。当他把信寄出后，她的脸上堆满了笑。

写完这封绝非诚恳的回信后，杰克紧接着经历了另一个与"募集资金"有关的事件。8月的一个清晨，卡罗琳·伍尔兹打来的电话把杰克从第无数个摸着艾玛刺青的梦中惊醒。当然，她的电话没有任何不诚恳的意味。来自德国杜塞尔多夫的一个家庭早已经在酒店的泳池里玩耍起来。杰克用在埃克塞特学的德语费劲地聆听着他们的交谈。

"杰克·伯恩斯，就像拉姆西先生经常喊的那样，活力十足地起床！"

伍尔兹小姐的电话这样开头。她当然不知道杰克做了什么让他自责万分的事。（杰克起床倒是没什么问题，但他能否活力十足就难说了。）

"听到你的声音可真好，卡罗琳。"杰克诚挚地说。

"你听上去可糟透了。别对我假装你已经起床了。不过，我有个消息值得把你叫醒，杰克。"伍尔兹小姐说。

"你收到他的来信了？"杰克问，即使他算不上活力十足，现在也完全清醒了。

"我有他的消息，但没收到他的来信。你还有个妹妹，杰克！"

杰克的父亲又与人结婚（似乎这已经是个事实了），从生物学的角度看，杰克有了个同父异母的妹妹。这对他和伍尔兹小姐而言确实是个大新闻。

她名叫茜瑟·伯恩斯，是爱丁堡大学音乐专业的初级讲师。几年前，她在爱丁堡大学获得了音乐专业的本科文凭。茜瑟会弹奏钢琴和管风琴，还会吹木制长笛。她在北爱尔兰的贝尔法斯特拿到了博士学位。

"她的博士论文写的是勃拉姆斯，有关勃拉姆斯和19世纪的什么内容。"卡罗琳告诉他。

"我爸爸又回到了爱丁堡？"杰克问。

"威廉现在不太好，杰克。他在一家疗养院。他之前在爱丁堡授课，并回到老圣保罗教堂当管风琴师。他患上了骨关节炎，因此不得不终止了演奏，至少没法做琴师了。"

"他现在住在一家专门治疗关节炎的疗养院？"杰克又问。

"不，不是——是一家专门收治精神疾病患者的疗养院。"伍尔兹小姐说。

"他进了精神病院，卡罗琳？"

"茜瑟说那里条件很不错。威廉很喜欢那儿。只是费用太昂贵了。"伍尔兹小姐说。

"我妹妹打电话来要钱？"杰克接着问。

"她打电话来是因为她需要你，杰克。她想知道怎样联系到你。我告诉她，我会给你打电话。正如你所知，我不会把你的电话号码告诉给任何人，不过在这件事上，我差点儿没忍住。没错，茜瑟需要钱，她需要钱让威廉能安全健康地住在疗养院里。"

杰克的妹妹二十八岁。身为爱丁堡大学的初级讲师，微薄的收入根本没办法生儿育女，"那个伍尔兹"解释说。茜瑟也没办法独立承担威廉的治疗费用。

"茜瑟结婚了？"杰克问伍尔兹小姐。

"当然没有！"

"你刚才说生儿育女，卡罗琳。"

"我那是在假设，为了说明她收入微薄。茜瑟有个男朋友，是个爱尔兰人。但她没打算与他结婚。茜瑟只是说她的收入根本不允许她考虑这种事情，而且为了威廉，她需要你的帮助。"伍尔兹小姐解释道。

我有个妹妹！杰克想着。而且，她需要自己的帮助（竟然有人如此需要他）。这可是最令他开心的消息了！

更好的是，杰克的妹妹深爱着他们的父亲。按照伍尔兹小姐的说法，茜瑟崇敬威廉。不过，他们的日子过得并不宽裕。与杰克的妹妹聊过之后，"那个伍尔兹"看来有好多故事要讲给杰克听。

威廉·伯恩斯在德国遇到了一个年轻女子。他对她的爱即使没有超越对哥本哈根指挥官的女儿，也毫不逊色。威廉和她结婚了。芭芭拉·斯坦纳是一位歌手。她让威廉了解到舒伯特的艺术歌曲。用击弦古钢琴（"就是钢琴的前身。"伍尔兹小姐对杰克解释说）来为德语艺术歌曲伴奏，让威廉感到既新颖又兴奋。他醉心于这种艺术形式的同时，也深陷对芭芭拉·斯坦纳的迷恋。他们一起进行演出和教学。

"我有个儿子，但我可能再也见不到他了。"威廉一开始就把实情告诉了芭芭拉。

茜瑟告诉伍尔兹小姐，杰克·伯恩斯对她童年时的情感和心理起到了深刻的影响。甚至在杰克成名之前，威廉就开始着迷于去影院看他的电影，看他电影的录像带和DVD。（"那个伍尔兹"说，威廉几乎把杰克在所有电影中的台词都记了下来。）

威廉·伯恩斯和芭芭拉·斯坦纳先后在德国慕尼黑、科隆和斯图加特生活过。他们在德国住了差不多五年。芭芭拉怀上茜瑟时，威廉恰好遇到了一个回到爱丁堡的机会，他抓住了这次机会。茜瑟是在苏格兰出生的，她的父母在她出生前就已经在爱丁堡大学音乐系教书了。

威廉再次回到老圣保罗教堂演奏"威利斯老爹"。虽然他上次演奏后，这架管风琴经过了修缮和扩充，但教堂的混响太出色了，管风琴演奏起来几乎和之前无异。这座隶属于苏格兰圣公会的老圣保罗教堂依然是威廉的最爱，而爱丁堡则是属于他的城市。

善良的伍尔兹小姐过于匆忙地认定，威廉的人生已经圆满了。在年轻时的游历岁月中经历了那么多坎坷，威廉·伯恩斯终于安定了下来，这难道不令人惊喜吗？他终于遇到了那个合适的女人。他们生下的女儿也让杰克的父亲倍感安宁祥和，抚平了失去儿子带来的伤痛。

然而，事实并非如此。芭芭拉·斯坦纳在爱丁堡生活时十分怀念故乡德国。在她看来，爱丁堡不是一座热爱古典音乐的伟大城市。这里也有很多音乐，但大多是平庸之作。这里的气候潮湿阴冷。芭芭拉相信这里的天气加剧了她的慢性支气管炎。她半开玩笑地说，自己成了一名一直咳嗽的歌手，咳嗽症状比她预想的更加持久和严重。

杰克的妹妹茜瑟在与伍尔兹小姐的那次通话中将她母亲描绘成另一个爱抱怨的人。芭芭拉说，苏格兰男人（威廉除外）毫无魅力，衣品糟糕，而苏格兰女人甚至还不如男人，她们根本不知道该如何穿衣打扮。威士忌是这里的一大祸根，不仅因为它会让人酩酊大醉（威廉不喝酒），还杀死了苏格兰人的味蕾，让他们对自己难吃的食物浑然不觉。苏格兰传统的男式短裙就和阿尔卑斯山区的皮短裤一样，应该只有孩子才会穿，至少芭芭拉是这么觉得的。（威廉还没当着她的面穿过苏格兰男式短裙。）夏天，这里的天气总算好了些，但又会有很多的游客光临，尤其是美国人。芭芭拉对羊毛过敏，苏格兰的格子花呢布料从来都不讨她的欢心。

茜瑟告诉伍尔兹小姐，她母亲觉得养一个孩子已经是个沉重的负担了，于是坚决拒绝了威廉希望再生一两个孩子的愿望。虽然芭芭拉不喜欢孩子，但她仍然把自己的教学任务削减一半，以便能花更多时间陪伴茜瑟。可是看护婴儿对她来说简直是一种折磨。

芭芭拉·斯坦纳的父母在她童年时离婚了。她因此对离婚与分手这种事情怀有一种恐惧，甚至时不时地怀疑威廉打算与她离婚。威廉当然没有这种打算。事实上，威廉（用茜瑟的话说）"奴隶般地顺从"他那个支配欲极强的妻子。他觉得自己对芭芭拉的心情低落负有责任，芭芭拉是因为他才离开了自己心爱的家乡。威廉主动提出回德国去，但芭芭拉相信回德国会让她丈夫不开心，从而导致他们更快离婚。

　　芭芭拉在父母离婚前，一直很珍视全家一起在假期滑雪的日子。他们一般在冬季或春季前往瑞士和奥地利的阿尔卑斯山区滑雪。她父母离婚后，芭芭拉会单独与她母亲或父亲去滑雪。原本快乐的滑雪时光变成了一种强制性的锻炼，她慢慢养成了面对痛苦默默承受的坚忍性格。每次晚餐时，她和她那借酒浇愁的父亲或母亲都会沉默不语。尽管如此，茜瑟的妈妈还是会向茜瑟满怀向往地念叨奥地利和瑞士的那些滑雪胜地，好像它们都是圣徒的名字。对了，芭芭拉还从新教改信了天主教。

　　圣安东、克洛斯特斯、莱赫、文根、策马特、圣克里斯多夫。在德国时，芭芭拉·斯坦纳教会了威廉·伯恩斯滑雪，虽然他滑得很差。（杰克实在无法想象他那个喜好刺青的管风琴师父亲站在雪橇上的样子。）无论奥地利还是瑞士，都距离苏格兰太遥远了。

　　"等你长大了，我们就带你去滑雪。"茜瑟的妈妈总是这样对她说。

　　你可以想象"那个伍尔兹"如何用艾丽丝搪塞杰克的调调模仿这句话。

　　但所谓的慢性支气管炎竟然是肺癌，芭芭拉坚信她是在爱丁堡"染上"的（好像肺癌和流感一样是传染病）。"如果说肺癌是起源于苏格兰的，我也不会惊讶。"她咳嗽着半开着玩笑。肺癌没有夺走她的生命，但终止了她的歌唱生涯。

　　茜瑟当时还太小，她母亲的康复过程在她脑海中没有留下任何美好的印象。卡罗琳告诉杰克，茜瑟完全记不起她妈妈接受过化疗，只记得她妈妈"经常呕吐"，还"戴着假发"。伍尔兹小姐猜测，茜瑟当时只有五岁。她几乎不记得自己人生第一次前往瑞士克洛斯特斯的滑雪之旅，只记得她妈妈一副沮丧的神情，因为她疲惫得没法滑雪。

杰克对卡罗琳说，茜瑟当时仅有五岁，她的记忆根本不可靠。伍尔兹小姐并不同意他的论断。尽管茜瑟只有五岁，但她对芭芭拉去世的记忆太过深刻，那段经历现在依然鲜活。芭芭拉·斯坦纳痛恨苏格兰的车辆靠左侧通行。她引用每年夏天在苏格兰被车撞死的外国游客数量来支持自己的观点。（他们过马路时会本能地先向左看，而不是向右看。）

"如果我的癌症没有复发让我丧命，我敢发誓，我一定会被车撞死的。"芭芭拉经常这样对她丈夫和五岁大的女儿说。

就在光天化日之下，已在爱丁堡居住了六年之久的芭芭拉走下路缘准备过马路。路边还立着一块写着"向右看"的牌子。但她还是本能地先向左看，这时一辆出租车撞死了她。

"我相信茜瑟提到的事发地点是在爱丁堡夏洛特广场附近。一个童书作者正在什么读书节上进行朗诵。她母亲带茜瑟去参加那个在帐篷里举办的活动。她们离开时，准备要过马路。茜瑟伸出手拉着她妈妈的手，她朝右看时发现一辆出租车正开过来。但芭芭拉看错了方向，她已经走上了马路。出租车当场就把她撞死了。茜瑟还记得她妈妈被撞时，手指在她手上留下了轻微的擦伤。"

到底是杰克的妹妹对伍尔兹小姐主动吐露了这些令人痛苦的细节，还是卡罗琳劝诱她说出了这些，杰克不得而知。他只知道"那个伍尔兹"总是乐于对重要信息进行戏剧化渲染。于是，杰克得知，芭芭拉·斯坦纳被出租车撞得飞了起来。他还得知，茜瑟和妈妈单独在一起时（在她妈妈的坚持下）只说德语。

杰克五岁大的妹妹在事故现场哭了起来，嘴里还说着德语。（目击者中有很多带着孩子的父母，他们也是来参加那个童书作者的朗诵会的。）警察错误地重现了事故经过：一位德国游客过马路时看错方向被一辆轿车撞死了，这个秃头的女士身上没有携带身份证件，她五岁的女儿被吓坏了，不停地说着德语。

事实上，芭芭拉随身带了一个钱包。但一定和她的假发一样，车祸发生时不知掉到了哪里，永远找不回来了。茜瑟冷静下来后，用英语对警察说，她要"回家"。她拉着警察的手领着他穿过爱丁堡的大街小巷回到了自己的家。茜瑟和父母走过了爱丁堡的每一处角落，家里没人会开车（茜瑟长大后也没开车）。

这样，威廉·伯恩斯成了一名单身父亲，独自养育五岁的女儿。"我了解威廉，他一定会把孩子母亲的死归咎于自己。"伍尔兹小姐说。

"茜瑟这么说的？"杰克问。

"她当然不会这么说，杰克！但我太了解威廉了。他原谅了你母亲所做的一切，但他无法原谅他自己。"

"那么他是怎么进的精神病院？"杰克接着问。

"你应该和你妹妹谈谈，杰克。你应该趁现在不晚，和茜瑟见个面。"

但是，茜瑟想与他见面吗？杰克这样问"那个伍尔兹"。（杰克在想，要不要先给他妹妹寄一张支票。）

"你得先给她打个电话，自己和她聊一聊。我敢肯定，你们一定会发现彼此身上有共同之处。"伍尔兹小姐说。

"比如什么，卡罗琳？"

"你们都不爱自己的母亲。"伍尔兹小姐回答。

"我小时候很爱我妈妈。"杰克指出。

"天哪，杰克。我肯定你妹妹小时候也一定很爱她妈妈。但是，回头再看，茜瑟至少觉得她母亲是个难相处的人。你不觉得这种看法很熟悉吗？"

在"那个伍尔兹"看来，杰克的父亲没有抛弃他。恰恰相反，威廉为杰克的成长付出了很多。至少，威廉与艾丽丝的协议让杰克的妈妈没干出什么离谱的事。杰克读了好学校，穿上了干净的衣服，他没有被人欺负——就算有过，艾丽丝也不知道。

伍尔兹小姐（她可不是艾丽丝的拥趸）还认为，（虽然有莱斯利·欧斯特勒和众多刺青界人士出现在他的生活中）杰克的母亲还是在某种程度上保护了杰克，没有让他像年少时那样需要面临"那个伍尔兹"所说的"成人式的残酷选择"。

"等你找到威廉，一定要告诉我。另外，你应该感激自己有个妹妹。"伍尔兹小姐说。

"我有个妹妹。"杰克重复道。

杰克后来在加西亚医生办公室的答录机上留言时，也说了这句话。当时时间太早了，还不能进行会面预约。按照加西亚医生的分类，仅仅发现自己有个妹妹属于"信息不完整"的事件，意思是说，杰克不值得为这个消息把电话直接打到她的家里。

所以，杰克直接给他妹妹茜瑟·伯恩斯打了电话。伍尔兹小姐打来电话时是洛杉矶早上七点，多伦多上午十点，但爱丁堡已经是中午了。茜瑟接电话时传来了音乐声——有人声和管风琴的声音，好像还有小号声。

"请稍等。"他妹妹说，她调小了 CD 播放器的音量。

"我是杰克·伯恩斯，你哥哥。"杰克对她说。

"我是茜瑟，你同父异母的妹妹。但我感觉好像已经认识你了。我差不多是和你一起长大的。'如果你哥哥认识你，他一定会很疼爱你的。'爸爸每天夜里把我安顿上床后都这么说。他这么说时总少不了另外那句：'我有一个儿子！我有一个儿子和一个女儿！'他会喊出来的。虽然有些听腻了，但我能理解他的感受。"茜瑟说。

"我真希望是和你一起长大的。"杰克说。

"话别说得这么早。"茜瑟说。她的声音清脆而沉稳，没有杰克预想的那样有浓厚的苏格兰口音。（杰克觉得她倒是有些爱尔兰口音。可能是她在贝尔法斯特上学的结果，或是她男友带来的影响。）她说话很直接很实际。

"我想见你。"杰克对她说。

"杰克·伯恩斯，你还不知道具体情况呢。问你要钱让我很不习惯，但我没办法。我们的父亲需要钱，我得说明——虽然他自己对这个事实一无所知。"茜瑟说。

"他花钱把我养大，我也会花钱照顾他。"杰克回答。

"你对上帝发誓吗？你信教吗，杰克·伯恩斯？"

"不，完全不信。"杰克承认。

"好吧，但他信。你最好对这点做好准备。"他妹妹说。

"你信吗，茜瑟？"

"不如他那么虔诚，竟然可以原谅你母亲。他太虔诚了，我不如他。"茜瑟回答。

芭芭拉·斯坦纳死后，威廉·伯恩斯和他女儿真的去学了滑雪。他们每年都会拿出一周或十天的时间，去一次芭芭拉生前提到的那些滑雪胜地中的一个。后来，他们还在那串名单中添加了瑞士的达沃斯和蓬特雷西纳。滑雪，如同音乐，如同他们一起做的所有事，成了一种仪式。（杰克的妹妹说，她和她父亲的滑雪技巧还算过得去。）

茜瑟告诉杰克，她是从六岁起，也就是她妈妈去世一年后开始练习钢琴的。威廉·伯恩斯鼓励女儿每天独自练习五个小时。十几岁时，茜瑟又学起了木制长笛。"长笛的好处是不像练钢琴那样孤身一人。"她对杰克解释道。有很多爱尔兰音乐是用长笛演奏的，这也促成她去北爱尔兰的贝尔法斯特读了博士。

茜瑟的男友还在爱尔兰。她对于这种分隔两地的恋爱不抱什么希望。他们之前曾在贝尔法斯特的同一个乐队里演奏过，还一起去了葡萄牙和近东地区旅游。（"我还是挺喜欢他的。"这是茜瑟提到她男友时说的唯一一句话。）

作为一名初级讲师，茜瑟每年的收入为两万两千英镑。在贝尔法斯特时，她独自租住的两居室公寓的月租金为三百八十英镑，而她在爱丁堡要与其他五名室友合租一套公寓，单间每月租金要三百英镑。不过，茜瑟原本为期一年的讲师聘用合同延期了，明年她的年收入会增加到两万三千英镑。茜瑟暂时对当下爱丁堡的生活和工作还算满意。如果她这样再坚持上五六年，等她的学术专著成功发表后，她的境况就可以支持她结婚成家了。但茜瑟怀疑自己是否能继续留在苏格兰。（她只是对杰克说自己还有"其他的计划"。）

在贝尔法斯特的最后一年，茜瑟在一座教堂里演奏管风琴。威廉·伯恩斯1988年因关节炎不再担任老圣保罗教堂管风琴师后，约翰·基钦接替了他的职位。基钦恰好是茜瑟在爱丁堡大学的同事。十五年来，威廉仍然在老圣保罗教堂演奏管风琴。他名义上是约翰·基钦的助手。现在，茜瑟在老圣保罗教堂担任约翰·基钦的替补人选。她告诉杰克，基钦和他们的父亲已经是老朋友了。（她说，基钦对她而言"就像是自家叔叔"。）

茜瑟每周都会到位于利斯步道尽头的中央酒吧用木制长笛演奏爱尔兰音乐。"等你来了，我会领你去那个酒吧看看。"她对杰克说。

"我想了解有关你的一切。"杰克说。

"你还不知道具体情况呢。"他妹妹再次提醒他。

杰克把奥迪停在蒙大拿大道的路边。他正在等加西亚医生的接待员伊丽莎白来上班，她会打开加西亚办公室的门锁。伊丽莎白会是第一个听见杰克那句"我有个妹妹"留言的人。杰克会等着她把答录机上的所有留言都播放一遍，再去问她能不能把他与加西亚医生的会面排在第一个。

自从上次露西的事后，杰克不再进候诊室了，他留在车里等候。轮到他时，伊丽莎白会打他的手机，然后杰克往停车计费表里塞些钱便走进加西亚医生的办公室。加西亚医生说过，他出现在候诊室里会让年轻母亲或她们的朋友和保姆情绪"异常激动"。

伊丽莎白出现在他的视野中时，杰克正在车里听着美国歌手爱美萝·哈里斯的 CD，他的手指跟着歌曲《冷酷至极》在方向盘上打着节拍。她朝杰克挥了挥手中的钥匙，但杰克听不见那串钥匙的叮当声，那声音根本无法盖过爱美萝的歌声。

"我会让你见识一下'冷酷至极'的。"伊丽莎白说着，让杰克进了办公室。她是一个身材高挑的女人，五十多岁，有一张鹰一样的面孔。她那铁灰色的头发总是在脑后系成马尾。她颈部绷紧的肌肉总是让杰克想起严肃的麦夸特夫人。

"我在加西亚医生的答录机上留言了。"杰克说。

"我听过了。听上去很不错。我都是直接在车上听完留言。我猜你肯定想排在第一个。"伊丽莎白说。

"非常感谢，伊丽莎白。"

杰克坐在加西亚医生的办公室里，伊丽莎白去泡咖啡了。他从没有一个人待在这间办公室过，于是他仔细地把加西亚医生的家庭照片看了一遍。杰克注意到照片里的加西亚医生比他早先以为的要年轻不少。如果那些孩子是她生的，他们现在肯定已经长大成人了，很可能已经有了自己的孩子。

"加西亚医生多大年纪了？"当伊丽莎白端来一杯咖啡时，杰克问她。

"六十一岁。"伊丽莎白回答。

杰克有些惊讶。加西亚医生看起来比实际年龄年轻多了。"照片里的那位绅士呢？是她丈夫还是她父亲？"杰克接着问。

"是她丈夫，但已经去世将近二十年了。我还没遇到加西亚医生时，他就已经不在了。"伊丽莎白说。

怪不得这个看上去年纪不小的男人在照片里看上去像个幽灵似的。他不再是家庭成员了，但他成了缠着这个家庭的鬼魂。

"她没再婚？"杰克问。

"没有。她和自己的一个女儿住在一起，和她女儿全家一起住。加西亚医生的孙辈多得数不过来。"

原来伊丽莎白成为加西亚医生的接待员之前也是其病人。伊丽莎白离过婚。她曾因为酗酒失去了她唯一的孩子的监护权。等她戒酒后再找到工作时，她的儿子已经是个十几岁的少年了。他选择与母亲一起生活，因此伊丽莎白很感激加西亚医生拯救了她的人生。

杰克一个人坐在加西亚医生的办公室里喝着咖啡。他的周围满是加西亚医生的家人，虽然他们被固定在往昔的时光里，但仍然让杰克感觉自己与他们相比是那么微不足道。杰克的心理医生选择用她自己和孩子在丈夫生前的照片来装点办公室，她似乎想用这些照片不断提醒自己：不可以自怜自哀。（自怜自哀不会给你带来疗愈，加西亚医生曾经这样对她的病人说过。）这一发现让杰克深受启发。

这些照片同时在说：带着你的过往活下去，不要忘却，只须原谅。

加西亚医生住在女儿家（杰克想，她一定是个严厉的外婆），那里一定有最近拍的照片。（可能拍的是她已经成人的子女，或是她数不清的孙辈，也可能是家里养的宠物。）可是，在她工作的场所，在她为自感无可救药的人提供治疗的地方，加西亚医生用这些照片时刻提醒自己过去的幸福和始终无法消散的忧伤。她曾经对伊丽莎白说过，当她嫁给一个比自己年长许多的男人时就知道，她的丈夫会在她之前离世。"但我不知道他会比我早走多少年！"她笑着说。

"笑着说？加西亚医生说这句话时真的是笑着说的？"杰克问伊丽莎白。

"她可真强大，不是吗？"伊丽莎白回答。

这种场景绝对不会发生在维也纳或纽约的心理诊所，伊丽莎白身为工作人员与病人杰克这种坦诚的交谈会被看作一种不专业的行为。杰克怀疑，加西亚医生对时间顺序的坚持大概也会被维也纳或纽约的同行认为"不够专业"吧。但这种方法很有效，不是吗？

加西亚医生的桌子上放着一个处方签。杰克想了想自己要对她说的话，但不知道一张处方签是否够写。他决定是试一试，如果他把字写得小一些，还是有可能做到的。

亲爱的加西亚医生，

　　我要去爱丁堡见我妹妹了，可能也会见到我父亲！等我回来后，我会按照时间顺序讲给你听。

　　我对你丈夫的去世感到遗憾。

杰　　克

然后，他走进候诊室。一个保姆正在给一个大约四五岁的孩子读一本童书。（在这种"不够专业"的诊所里，杰克已经习惯不去惊讶这些年轻的母亲为什么不把孩子留在家里让保姆照看。）当杰克从加西亚医生的办公室走出来时，那个保姆抬起头来，那个孩子依然专注于童书。一个年轻母亲像是子宫里的胎儿般蜷缩着躺在沙发上，背对着其他人。杰克听不到她的哭声，但可以看到她的双肩在剧烈地抖动着。

"我给加西亚医生留了张便条，放在她桌子上了。"杰克对伊丽莎白说。

　　"还有什么需要我转告她的吗？我是说，除了这张便条。"伊丽莎白说。

　　"告诉她我今天不用见她了。告诉她，我看上去很高兴。"杰克说。

　　"这可有些夸张了。要不我告诉她你'开心得有些不同寻常'？"伊丽莎白建议道。

　　"没问题。"杰克回答。

　　"注意安全，杰克。别再犯浑做傻事了。"

37 爱丁堡

　　杰克三十八岁了，他的妹妹茜瑟二十八岁。与自己血缘如此亲近的陌生人第一次见面会是什么体验呢？就杰克而言，他犹豫了起来。他比告知茜瑟的到达日期提前一天来到爱丁堡，因为他需要料理一些有关他母亲的事情。让杰克和茜瑟走到一起的是他的父亲，所以杰克不想把茜瑟牵扯进他母亲的往事。

　　杰克住在爱丁堡的巴尔莫勒尔酒店。酒店门厅侍者是一个穿着苏格兰裙子的魁梧年轻男子。他是第一个问杰克是不是来爱丁堡参加"音乐节"的。接下来几天，杰克会被不停地问到这个问题。

　　杰克入住的套房可以俯视王子街。（他从房间还能看到一处吵闹的蹦床游乐设施。）王子街上挤满了来往的行人。居民拎着购物袋赶路，而游客在不停翻看地图寻找方向。在酒店工作人员的帮助下，杰克雇了一辆车和一名司机前往艾丽丝的家乡——利斯。利斯就没有那么拥挤了，显然除了杰克，大家对那里并没有什么兴趣。

　　司机名叫罗瑞。他嘴里的假牙已经松动了，他每次说话时，牙齿都会不受控制地发出咔嗒声。

　　杰克想看一看圣托马斯教堂，艾丽丝曾参加过那里的唱诗班。后来，她担任南利斯教区教堂的唱诗班成员时遇到了威廉。圣托马斯教堂早就不在了，但罗瑞出生在利斯，他记得教堂的原址。二十多年前，圣托马斯教堂变成了一座印度锡克教寺院。艾丽丝当初离开圣托马斯教堂，是因为教堂对面的利斯医院看上去太压抑了。而如今，利斯医院依然那么压抑。罗瑞告诉杰克，曾经的利斯医院现在只是个门诊诊所了。医院建筑废弃的部分无人看管，破损严重。一层楼的半数窗户都被砸碎了。

杰克知道，如果加西亚医生也在场，她一定会说："如果圣托马斯教堂已经不在了，如果连一座教堂都能放弃自己的过去，你为什么就做不到呢，杰克？"

艾丽丝第一次为威廉唱歌是在南利斯教区教堂，这里给杰克留下的印象更为复杂。沿着宪政街而建的高墙，将教堂墓园与外界分隔开来。墙边有一块倒下的墓碑，上面写着：**罗伯特·考尔德克拉夫在此长眠**。墓碑上只能看清 1482 年的字样，具体日期已经很难辨认了。就杰克所见，墓园最后一次举行安葬仪式是在 1972 年。

杰克可不想被埋在这里。如果你面朝南长眠在这座墓园，就得永远看着一座丑陋的十七层高楼了。

曾经有一座铁路桥横穿利斯步道，把曼德尔森街和珍妮街连接在一起。"阿伯丁比尔"的刺青店"持之以恒"曾位于铁路桥下方，在店里可以清楚地听见火车的隆隆声。杰克完全看不出艾丽丝曾向他描绘的"老式廉租公寓"的半点痕迹。（艾丽丝童年时，刺青店上方的利斯步道上的很多小商店都开在住宅里，"仅能满足最低的舒适与安全标准。"）但如今，只有那座铁路桥还在，桥洞被改造成了车库。一家德国大众汽车修理厂在其中格外显眼。

与利斯步道上那些建于 19 世纪末的简陋住宅相比，刺青店所在街道上的房屋修建年代更近一些。绝对不是艾丽丝嫌弃的那种"老式廉租公寓"，是专为老年人修建的庇护性居所。罗瑞说，这些房屋建于 1970 年代末，"是给寡妇和鳏夫住的"。

杰克没有找到他妈妈说的那家电影院。艾丽丝一直说，那家影院近得"从刺青店扔一块石头都能砸到"。罗瑞记得电影院的位置，现在那里是一家名为"麦加圣地"的游戏厅。

利斯步道上现在还开了几家便利店，罗瑞称之为"街角杂货店"。虽然利斯步道主要是住宅区，但还开有酒吧、提供外带食品的餐厅以及无所不在的录像店。看来这里还住着不少年轻人，其中很多是亚裔。

艾丽丝曾经说过，她小时候第一次见到利斯中央车站时激动极了。这座车站现在成了中央酒吧，就是杰克的妹妹演奏木制长笛的地方。罗瑞说，大约从 1980 年前后开始，这里就有脱衣舞表演了。杰克来到中央酒吧时已经是午后了，他向酒吧里望去，并没有脱衣舞舞者。里面的投币式自动点唱机还放着美国歌手法兰克·辛纳屈 1965 年的歌曲《我的路》。酒吧的天花板还是维多利亚时期的，上面有着繁复的图案。但与酒吧的花砖墙和镜子一样，天花板已经被吸烟造成的烟雾熏得泛黄了。

宪政街与伯纳德街的路口有一家银行，乍一看让人以为是船务代理公司。杰克和罗瑞走过利斯河上的桥来到码头。杰克还记得她妈妈每次喝醉或吸大麻后唱的歌谣。他第一次听到那首歌谣是在阿姆斯特丹。他那时以为，这首歌谣是他妈妈为了不想成为妓女而念的咒语。

啊，我不会变成一只小猫

或是一块饼干

或是一条尾巴

比码头那里还要糟糕的地方

就是港口或利斯监狱。

不，我不会变成一只小猫，

我很确信一件事——

我不会死在码头

我也不会变成婊子。

杰克的苏格兰口音还需要练习，但他还是把这首歌谣唱给了罗瑞听。罗瑞说他从没听过。至于码头，似乎并不像歌谣里唱的那么糟糕——至少杰克是这么觉得的。（如果码头真有"婊子"的话，现在已经不见踪影了。）

罗瑞开车把杰克送回了巴尔莫勒尔酒店后，杰克睡了一小觉。虽然他只睡了两三个小时，但足以帮他摆脱时差的影响了。在酒店吃过晚餐后，杰克走出酒店，让门口的侍者推荐一家利斯的酒吧。杰克不想喝酒，他只想感受一下妈妈出生地的氛围，顺便喝一杯啤酒。（杰克可能正打算假扮成他的外公"阿伯丁比尔"。）

侍者推荐了两处场所，都位于宪政街，彼此挨得也很近。杰克乘坐出租车来到第一个酒吧"利斯港"。他让司机在外面等候，因为他确定自己不会在里面久留。"利斯港"又小又挤，各式各样的人混在一起。有些人明显是本地常客，还有从码头来的水手以及初来乍到的年轻学生。（法定饮酒年龄是十八岁，但杰克觉得里面的年轻人最小的大概只有十六七岁。）

酒吧的天花板上挂满了各色旗帜，墙上则装饰着水手帽后面的蓝白丝带和船上的救生圈。镜面墙上大大地写着"保卫利斯"。酒吧女招待解释说，这是一句政治口号，为了反对一项不得人心的计划。那项计划打算把利斯改名叫"北爱丁堡"。

杰克拒绝了酒吧提供的小食，人们叫那玩意儿"猪杂"。他只喝了一杯苏格兰燕麦啤酒。

沿着宪政街往前走就到了一家建于维多利亚时代的"贵族酒吧"。酒吧里面像个巨大的洞穴。"利斯港"有多么拥挤，这里就有多么空旷，即使把"利斯港"里的那群人放到这里，也不会有多少改变。"贵族酒吧"里没有女人，只有五六个相貌平平的男人，有的长着眯缝眼，有的皮肤白得吓人，每个人的鼻子都不一样。杰克故意点了一杯名为"黑色道格拉斯"的纽卡斯尔棕色淡啤酒。实际他点什么喝都无所谓，反正都喝不完。杰克·伯恩斯已经不记得他上次走进一家没人认出他的酒吧是在什么时候了，但这天晚上，他一下子进了两家这样的酒吧。

回到酒店后，杰克去酒吧间要了一杯矿泉水。酒吧间里播放着鲍勃·迪伦的《躺下，女士，躺下》。这首他曾经喜欢的老歌让他吓了一跳，因为他已经同有关自己母亲的一切道别了。即使身在艾丽丝的出生地爱丁堡，他也没想过这里有什么能重新唤醒他对母亲的回忆。然而，鲍勃·迪伦的歌声每次都能轻而易举地让杰克想起艾丽丝。

"你是来参加音乐节的吗，伯恩斯先生？"酒吧服务员问他。

"实际上，我母亲出生于此。我只是来看看她在利斯住过的地方。我妹妹也住在这里，我明天去见她。"杰克没有说"第一次见她"！

他之前和茜瑟约好在尼克尔森广场一家名为"大象与面包圈"的咖啡店见面。那里距离杰克的酒店步行还不到十分钟，离茜瑟的办公室也不远。爱丁堡大学音乐系的办公室和琴房就在尼克尔森广场的埃里森大厦。

杰克走过北桥，穿过火车站，途经尼克尔森街上的一座高大的玻璃建筑——节日剧院，右转后进入了尼克尔森广场。他和往常一样提前到达约会地点。杰克在"大象与面包圈"里选了一张靠近门口的桌子，点了一大杯咖啡。咖啡店的广告牌上写着：**爱丁堡最佳宿醉治疗地**。

咖啡店的墙壁涂成了淡黄色。橱窗里摆着植物，还有一个盛满大象小雕像的玻璃花瓶。大象的材质各式各样，有原木雕刻的，有着色的木雕，有陶质的，还有瓷质的。咖啡店里还有一根巨大的圆柱，上面贴满了儿童的画作，有鸟儿，有树木，但主要还是大象。这家奇特的咖啡店有一种幼儿园教室的氛围。

茜瑟来到咖啡店时，杰克起先并不觉得他们两人有多么相像。和她的德国母亲一样，她有一头金色短发，但她的褐色眼睛和面部特征与杰克和威廉很相似。她的身材精瘦结实，像是一个职业赛马运动员。她戴了一副杏仁形镜片的眼镜，镜片厚得像是两块龟甲。茜瑟解释说，她和她妈妈一样都是近视眼，但她不喜欢戴隐形眼镜。她讨厌眼睛里有异物的感觉。她打算等年纪大些后，去尝试激光视力矫正手术。（她还没落座就和杰克说了这么多。）

他们只握了握手，没有亲吻。茜瑟点了杯茶，而不是咖啡。"你和他太像了。我是说，你没有我预计得那么像杰克·伯恩斯，你更像我们的父亲。"她说。

"我等不及想见到他。"杰克对她说。

"你必须等。"她回答。

"这只是一种表达。"杰克解释说。他们俩都很紧张。

茜瑟聊了聊她的五个室友。她很快就会和一个女孩搬走。有两个室友在一家无烟诊所工作，她们都是素食主义者，而且相信任何带刺的物品都会吸引负面的力量。茜瑟之前在厨房种了一些仙人掌盆栽，不得已必须拿走，因为"刺太多了"。那两个素食者还不停地恳求房东把公寓房顶带尖刺的风向标拆除。杰克想，我妹妹和一群精神病住在一起！

杰克解释说，他正在出售自己位于洛杉矶圣莫尼卡的房子，但他还不知道自己下一步打算住在哪儿。

茜瑟知道杰克是用哈利·莫科这个名字住在巴尔莫勒尔酒店的，但她不明白这么做的原因。杰克想了解她在大学里教些什么。（她教授五门课，主要是针对初学者的音乐史和理论课程，还有键盘乐器弹奏技巧课。）

"我们系有一群老男人！"茜瑟并无不满地说。

杰克觉得他妹妹戴着眼镜很漂亮。她身上有种学者式的冷漠和遗世独立的气质。她几乎没化妆，下身穿了一条迷人的亚麻裙，上身搭配一件合身的 T 恤，脚上的鞋虽然朴素但很实用。

杰克想看看她上班和居住的地方。他们走路时，茜瑟的手指一直动个不停，好像她正在演奏钢琴或管风琴似的。

琴房位于埃里森大厦的地下室，像一间间牢房。琴房是一个个小隔间，通风很差，墙壁刷成了类似豌豆汤的那种脏兮兮的绿色，地面铺着丑陋的橙色油地毡。照明条件很勉强。茜瑟说，闪烁的荧光灯管对精神健康没有任何好处。

杰克觉得既然提到了精神健康，不妨讲讲他们父亲的情况。不过，杰克和茜瑟之间和第一次约会的情侣无异。（他们开始谈论正事前，需要先聊聊各种无关紧要的小事让彼此放松下来。）

埃里森大厦里的教室比琴房舒适多了。虽然从窗户望出去只能看到一座古老的石质建筑，但巨大的窗户为室内增添了很多自然光。教室里有两台钢琴和一架小管风琴。杰克请茜瑟为他演奏点什么，但她摇了摇头，然后领着他来到一段狭窄的螺旋台阶前。这段台阶通向她的办公室。

杰克感觉茜瑟想让他走在前面。

"我们能和他聊聊吗？也许我们可以先从关节炎谈起，可能这个话题比较容易聊。"杰克问茜瑟。

她盯着办公室的蓝色地毯，手指在裙子前飞舞着，不停地摸索，好像在寻找只有她才能看见的正确琴键。办公室的淡黄色墙面上，抹墙粉刷得不太平整。有两张桌子，大桌子上有一台计算机，小桌子上放着一本德语词典。办公室里最值钱的可能是那套立体声音响，甚至连屋内的小钢琴都不如音响昂贵。书架上的 CD 唱片比书还多，上面还立了一张钉着勃拉姆斯黑白照片的布告板。布告板上有一张明信片，是一台击弦古钢琴的彩色照片。这台古钢琴看上去非常古老，像是在博物馆里才能见到的展品。这张明信片是朋友寄给茜瑟的，也许是她的爱尔兰男友，也可能是威廉以前神智清楚的时候寄给她的。

"我想慢慢了解你。"茜瑟说话的时候，依然盯着地毯。她和杰克一样有一对薄唇，上唇好像是一道直线。

"空间不大，但很不错。"杰克对她的办公室评论道。

"我不需要更多空间，我需要的是更多的时间。夏天很好，教学任务不多，我可以完成很多研究工作。开学后，我只能在复活节假期写我的论文了。"茜瑟对杰克说。

杰克点了点头，看了一眼勃拉姆斯的照片，好像勃拉姆斯理解茜瑟的话。（反正杰克是不明白。）

茜瑟关掉了办公室的灯光。"你先走。"她说着，然后和杰克一起从来时的楼梯离开。也许茜瑟感觉杰克不看着她时更容易谈话吧。"关节炎导致爸爸手指畸形，他不想让人看到他的手，所以经常戴着手套。手指关节的畸形非常明显，不仅有瘤状隆起，还有肿块。这种症状的学名叫'海伯顿结节'。"

"肿块长在哪里？"杰克在前面边下楼梯边问。

"在他手指的末端关节上，就是靠近指尖的手指关节。实际上，他的手看起来没有他想象的那么畸形。但他演奏时会感到疼痛。"

"他就不能放弃演奏吗？"杰克问。

“如果不演奏，他会疯的。另外，他戴手套还有个原因，他总感觉冷。”茜瑟说。

“有些全身刺青的人是很怕冷。”杰克说。

“别开玩笑。”他妹妹说。（杰克猜测，她一定是从她的德国母亲那里继承了这种讽刺的说话方式。）

他们穿过一个停车场，路过几座大学校园里的建筑，沿着查尔斯街来到乔治广场。茜瑟走路很快。即使并排走路，她说话时也不转头去看杰克。“从关节炎对他演奏造成障碍算起，已经超过十五年的时间了。这种病还会造成软骨退化和骨关节增生。对一个演奏钢琴和管风琴的人而言，还有一个损耗的因素。关节炎的疼痛随着活动量的增加变得剧烈起来。你弹得越多，也就越疼。但疼痛让他感觉暖和，他喜欢这种感觉。”茜瑟笑着说。

“一定有什么治疗方法吧。”杰克说道。

“他服用了所有非类固醇成分的消炎药，结果他的胃口吃不消。他和你一样，不怎么吃东西。你不太吃东西，是吧？”

“你是说，他很瘦？”

“可以委婉地这么说。”茜瑟回答。他们刚刚从公园的大草坪穿过，经过了为举行爱丁堡音乐节而搭建的帐篷。公园的小路边栽着樱桃树。一个女人正用网球拍把球击打出去，让她的狗捡回来。

“我们这是去哪儿？”杰克问他妹妹。

“你说你想看看我住的地方。”

他们经过了布伦斯菲尔德高尔夫球场，一个年轻男子正在空杆练习击球动作。茜瑟一本正经地对杰克说，这座高尔夫球场在欧洲鼠疫流行期间是一座集体坟场。

“爸爸一直服用硫酸盐葡萄糖胺。那是一种补剂，还有混合鲨鱼软骨制成的软骨素。他觉得服用这些会有用，”从茜瑟的语气可以听出，她根本不相信那些补剂会有效，“他还把手浸在混合有橄榄油的熔化石蜡中，等着石蜡逐渐凝固。他每次把石蜡从手上剥下来的时候都会搞得一片狼藉，但他似乎乐此不疲。这恰好是强迫性神经官能症的表现。”

"什么的表现？"

"我们还没说到他的精神状况，还没呢。他还把手浸在冰水里，直到忍不住才拿出来。对于一个大部分时候都怕冷的人来说，这么做可真有些受虐倾向。不过，石蜡和冰水疗法还有些效果，至少能暂时缓解他的疼痛。"

那天很暖和，刮着微风。但看着茜瑟走路的样子——低着头，两条手臂夹在身体两侧，双肩耸起，微微前倾，你一定以为他们正迎着强风前进呢。

"这些年来，爸爸每天都对我说，他和爱你一样爱着我。因为他再也见不到你了，所以他说，与我在一起时，他会对我付出双倍的爱。他说自己一定要像爱着两个人那样爱我。"茜瑟说话时还是没有看杰克。

她的手指还在那排看不见的琴键上弹奏着，杰克完全不知道他妹妹脑子里在想着什么音乐作品。"当然了，我以前非常恨你。他要像爱着两个人那样爱我，因为他太想念你了。我以前将这一点解读为，他更爱你。但孩子不就是这么想的吗？"茜瑟突然停了下来，看着杰克。她没等杰克回答就说："我们到了，我住的街道和房子。"她两臂交叉在胸前，好像正在和杰克吵架似的。

"你现在不恨我了，是吧？"杰克问她。

"只能说印象仍在改善中，杰克。"

这条街很喧闹，街边开有很多小店，来往的车辆行人也不少。她住的公寓有五六层楼高，楼前围着铁围栏，正门漆成了亮红色。公寓前厅里的墙面镶着花砖，石质楼梯的扶手是木头和金属材质的。

"你先上。"茜瑟指着楼梯说。

杰克在想她是不是对楼梯抱有某种迷信。他一口气上了三层楼，然后停下来回头看她。"继续走。没有一个神志清醒的女人想让杰克·伯恩斯看见她上下楼梯的样子。我会感到不自然的，说不定会跌倒。"茜瑟对他说。

"为什么？"杰克问。

"我会把自己同你见过的那些美女相比的。"茜瑟回答。

"电梯坏了？"杰克接着问。

"这栋公寓没有电梯。这栋楼有五层。爱丁堡很多这种层高挑高的楼房没有电梯，而且这类楼房的楼梯也更长。"

公寓走廊是基本的暖色调——淡紫色、淡黄色和红褐色。公寓房间内部的天花板如茜瑟所说确实挑高了不少，墙壁被刷成了亮色。客厅的墙壁是红色，厨房的是黄色。唯一能看出这里住了六个人的是厨房里有两个炉灶和两台冰箱。到处都很干净整洁。要想让六人合住变得便于忍受，做不到这点可不行。杰克没有问她们总共有几个浴室。（无论如何，肯定不会每人一个。）

茜瑟房间的墙壁是深紫红色的，有一个巨大的窗子可以俯瞰布伦斯菲尔德公园。她的房间里有一张书桌和很多书，还有一张大床。她的书中很多是小说。和她在大学的办公室一样，房间里的 CD 唱片比书还要多，这里也有一套立体声音响设备。有一台录放机和一台 DVD 播放器，电视正对着床。杰克在床头柜上看到一些他演过的电影的 DVD 和录像带。

"我睡不着觉的时候会看你的电影。有时候开静音。"他妹妹说。

"怕影响到你的室友？"他问。

她耸了耸肩。"她们无所谓开不开声音。我已经把你所有的台词都记住了，有时候我想自己把台词念出来。"他妹妹说。

房间里除了书桌旁边的椅子和床，没有其他地方可坐。这里和宿舍没有区别，只是略微大些，布置得更漂亮。

"你可以坐到床边。我去泡茶。"茜瑟说。

她的书桌上摆着一个相框，照片上是年轻时的威廉·伯恩斯在演奏管风琴，还是小女孩的茜瑟坐在他的大腿上。杰克坐到她的床边，茜瑟递给他一本皮面相簿。"你看看照片吧，没有什么看不懂的。"然后，她便一个人离开了房间。

茜瑟让他一个人在房间真是太体贴了。她一定知道杰克从没见过他们父亲的照片，所以他一定想独自一人把这些照片慢慢看完。

相簿里的照片是按照时间顺序放置的。芭芭拉·斯坦纳是个身材矮小的金发女人，她的脸比她女儿更加圆润，但还是茜瑟更好看些。茜瑟继承了威廉的好相貌。威廉还留着长发，伍尔兹小姐得知后会感到高兴的。随着年龄的增长，他变得越来越瘦。茜瑟和她父亲一起拍了很多照片，从小女孩到十几岁的少女。相比之下，茜瑟或威廉·伯恩斯单独与芭芭拉·斯坦纳拍的照片不多。当然了，这是茜瑟的相簿，她选择的都是她喜欢的照片。

茜瑟似乎对父女二人滑雪的照片青睐有加，相簿中还夹杂着从文根、莱赫和策马特寄来的明信片。（杰克想，对于怕冷的人而言，滑雪这项运动太考验人了，但威廉·伯恩斯穿着滑雪服似乎很舒适，也许是与女儿一起滑雪让他很开心，这种感觉带给了他暖意吧。）

从仅有的照片完全看不出茜瑟的母亲对爱丁堡的生活有什么不满，也看不出她曾经有一副美妙的嗓音。她身上有种过分做作的腔调，尤其是她戴着假发的照片。她戴着假发的照片后，相簿里就再也没有她的踪影了。杰克翻过相簿里的某一页后，芭芭拉·斯坦纳就不再出现了。他了解到她去世的确切时间，从那之后，相册里就只有茜瑟和她爸爸的合照或两人的独照。

相簿前几页里还夹着音乐会的宣传页。茜瑟十二三岁后，威廉·伯恩斯就再也没有举办过音乐会。

杰克认出有几张照片是在中央酒吧里拍的。照片里的人是威廉，他正在弹奏一种看上去像钢琴的乐器。还有几张照片中，他的女儿在一旁用长笛为他伴奏。威廉演奏的像是某种电子键盘乐器（可能是叫合成器吧，杰克想），从威廉和茜瑟的表情上看，杰克猜他们演奏的肯定不是古典音乐。

杰克明白他父亲为什么在很多照片里穿着都很夸张，天气似乎没有那么冷。（威廉总感觉冷，除了他滑雪的时候。）在暑假拍的照片中，威廉穿着泳裤躺在沙滩上，但还是很难看清他身上的刺青。那些音符太小了，从照片无法看清细节，尤其是对杰克这样完全不识谱的人来说。

杰克有些后悔对克劳迪娅说，自己从来都没想过要孩子——"除非我发现，我爸爸是个对子女无比慈爱的父亲，他从未离开自己的孩子。"

他当初就是这样对她说的。

　　杰克终于找到这一事实的证据，它就放在他的大腿上。茜瑟的相簿是威廉与她彼此深爱的证明。杰克翻完相簿，正打算看第二遍的时候，茜瑟端着茶回到了房间。她坐到了杰克身边。

　　"有些照片被你移走了，也可能是照片自己掉了出来。"杰克对她说。

　　"是以前的男朋友。我把他们的照片移走了。"茜瑟回答。

　　杰克没有在相簿里看到可能是她那个爱尔兰男友的人。他有种感觉，这个男友显然不是她一生的挚爱，但杰克没有询问。

　　他找到了那张茜瑟与威廉在中央酒吧里演奏的照片。"我昨天去了这里，去看你演奏长笛的地方。"杰克说。

　　"我知道。一个朋友看到你了。你怎么没让我和你一起去？"

　　"我当时正在利斯附近转悠，看了看我母亲曾对我提起的地方。"杰克解释说。

　　他翻到相簿的最后一页，照片中的威廉戴着手套。"他怎么了？我是说他的精神出了什么问题，不是问他的关节炎。"杰克问。

　　茜瑟侧过脑袋，靠在了杰克的肩膀上。他一手拉着妹妹的手，另外那只手端着茶杯。相簿摊开在他的大腿上，照片中那个与茜瑟和杰克长得很像的男人正看着他们俩。"我想让你听听老圣保罗教堂的'威利斯老爹'，我想给你弹点什么，让你有个准备。"茜瑟说。

　　他们继续坐在床边。杰克小口喝着茶。茜瑟的头靠在杰克的肩膀上，这样的姿势就没办法喝茶了。"你不想喝茶吗？"杰克问她。

　　"我现在正做着自己想做的事。我想一直这么靠着你。我想拥抱你，亲吻你，用拳头打你的脸。我想把我经历过的所有不开心的事都告诉你，尤其是我当初经历时就想对你倾诉的事。我想对你说说我以前的人渣男友，你本可以把我从他们身边救走的。"茜瑟对他说。

　　"你现在也可以做这些。"杰克说。

　　"我现在只想这么靠着你。你太心急了。"

　　"你为什么说他有强迫性神经官能症？"杰克问。

　　茜瑟紧握了一下杰克的手，摇了摇靠在他肩膀上的头。她只能把威廉和她在马奇满的公寓卖掉，她是在那里长大的。"很多学生在那附近住，也有些教师住在那儿。"茜瑟说。要是她能留在那里就太方便了，但她不得不卖掉那间公寓，搬到一个相对便宜些的地方。

"为了支付疗养院的费用？"杰克问。茜瑟点了点头。她的大部分物品和威廉的所有物品都被寄存起来了。"我可以给你买一间公寓啊。"杰克说。

茜瑟把头从他的肩膀上抬起，看着他。"你不能。呃，好吧，你确实买得起。但那也不行。我不想让你为我解决所有的问题，你能在他的事情上帮我就好。"她说。

"我会的，但你还没告诉我要做什么。"杰克回答。

茜瑟啜了一口她的茶。她仍然握着杰克的手，并将他的手放到自己的大腿上，仔细地端详起来。"你和他一样，手掌不大，但他的手指更长。你的手不适合弹管风琴。"她说着，把自己的手和杰克的手掌心对掌心贴在一起，她的手指要长些，"他全身都是刺青，连脚趾都刺满了。"她继续说着，仍旧看着他们抵在一起的手。

"连他的两只手也都是刺青？"杰克问。

"不，他的双手没有刺青。他的脸、脖子和阴茎上没有刺青。"她回答。

"你见过他的阴茎了？还是他告诉你的？"杰克问。

"你一定会感到惊讶，很多人都看过爸爸的阴茎了。我肯定你也会看到的，一定会的。"茜瑟笑着说。

她专门为杰克准备了一本小相簿，大概有平装本小说那么大，里面有些照片和她的那本相簿里是一样的，还有些照片是同一场景的不同角度。小相簿里没有茜瑟母亲的照片，只有茜瑟和威廉。杰克和茜瑟坐在床边，看着照片喝着茶。

"我可以去学滑雪，这样我们就能一起滑雪了。"杰克说。

"这样你就能和我滑雪了，杰克。爸爸已经不能滑雪了。"

"他真的再也不能滑雪了？"

"你见到他后想到的第一件事会是，他很正常，只是有点怪癖什么的。"他妹妹说着摘下了眼镜，把她的脸靠近杰克的脸，两人的鼻尖相碰，"不戴眼镜时，我只有离得这么近才能看清你，"茜瑟慢慢拉开与杰克的距离，但也仅有十五至二十厘米，"距离这么远时，我就看不清你了。"然后，她又把眼镜戴了回去，"嗯，等你见到他，他会让你相信你会带他回洛杉矶，你们会愉快地生活在一起。你会觉得我把他送进疗养院很残忍，也很愚蠢。可是，他真的需要被照料，而那里的医生知道该怎么做。你可能会觉得你也能照顾他吧？如果我办不到，你也不行，你照顾不了他。你刚开始可能不会这样认为，但他待在疗养院是正确的。"

"好的。"杰克回答。他摘掉茜瑟的眼镜，把自己的脸靠近她的脸，两人的鼻尖再次接触，"看着我，我相信你。"他说。

"我很小的时候就开始这么看你的特写镜头了。"茜瑟笑着说。

"茜瑟，我可怎么都看不够你。"

茜瑟用一只手捋了捋头发，用另一只手的手背擦了擦嘴唇。杰克认出了这个动作。在电影《最后一个搭我便车的人》中，他就是这样摘掉假发并擦掉口红的。茜瑟近乎乱真地模仿杰克的声音说："你们很可能以为我是个女孩子，对吧？"

"很不错。"杰克看着她棕色的眼睛说。

"这里停车可不太安全。"茜瑟依然模仿着杰克在《最后一个搭我便车的人》中的语气说，"很抱歉给你们造成了麻烦。不过扮成女孩，我更容易搭到车。"她继续说道，"我尽量不自己花钱吃晚餐。"茜瑟说完后，耸了耸肩。她甚至记住了杰克在电影里的这个动作。

"《向导》中的美乐蒂呢？"杰克问她。

茜瑟清了清喉咙。"失去这个工作非常值得。"她模仿得几近完美。

"《正常又正派》里装扮成妓女的约翰尼呢？"（没有女人能把这个角色演对，杰克心想。）

"有件事你应该知道，"他妹妹用约翰尼那深沉的嗓音说，"莱斯特·比林斯'走了'。我担心他把酒店房间搞得一团糟。"

"把你的眼镜戴上。"杰克说着从床边站了起来。他走到茜瑟的衣柜边，打开柜门。杰克挑出一件橙红色的女式背心内衣，放在自己身上比量着。

"伙计，我敢打赌，你穿这件一定美极了。"茜瑟模仿着杰克饰演的窃贼对杰西卡·李说话的语气。

杰克把那件内衣挂回了衣柜。他们一起到厨房把刚刚用的茶具洗刷干净，放到碗柜里。对杰克来说，与五位室友共同生活简直难以想象。

"一定像是住在船上吧。"他对茜瑟说。

"我很快就会搬走了。"她笑着回答。

他们又按照来时的路走了回去，再次穿过了公园的大草坪。虽然茜瑟说可以把那本小相簿放到她的背包里，但杰克坚持用手拿着。

就在他们即将走到乔治广场时，二人看到一个头发花白的老人正演奏着吉他，同时嘴里吹着口哨。茜瑟告诉杰克，他每天都会来，连冬天也不例外。这个老人经常早上8点开始在这里待上一整天。

"他疯了？"杰克问她。

"'疯'只是个相对的词。"他妹妹回答。

茜瑟说起了壁球，似乎她很看重这种运动。（音乐系有一个壁球队，她是其中打得最好的成员之一。）她还说到了"海鸥的泛滥"。

"海鸥？"杰克问。

"爱丁堡到处都是海鸥。它们有一次疯狂地攻击了一个人，那人最后还住进了医院。"茜瑟对他说。

他们沿着南桥来到了皇家大道的路口。他们正要过马路时，杰克没有意识到自己看错了方向。茜瑟拉住他的手，严厉地对他说："向右看，杰克。我可不想失去你。"

"我不想失去你。"杰克重复了一遍。

"我是说，你过马路时要小心。"茜瑟说。

杰克怀疑自己没有地图和其他指引的话能否找到老圣保罗教堂。教堂建在皇家大道和杰弗里街之间的陡坡上，而教堂的正门在杰弗里街上。教堂一侧有一条名为卡拉伯巷的窄巷，那里有一道侧门可以进入教堂。教堂周围还有一条更窄的巷道——北格雷巷，那条巷子里没有教堂的入口。

杰克开始给茜瑟讲他妈妈给他讲过的故事。一天夜里临近午夜时，威廉在老圣保罗教堂演奏管风琴。那次的活动叫什么管风琴马拉松，是一场持续 24 小时的音乐会，不同的人分别演奏一到一个半小时。威廉的演奏把教堂周围巷子里睡觉的醉汉惊醒了。一个醉汉甚至跑进教堂满嘴脏话地抱怨起管风琴发出的声响。

杰克讲到这里时，茜瑟说："我知道这个故事。那个醉汉说什么'那个该死的他妈的管风琴搞出的声音能把他妈的死人吵醒'。是不是这个故事？"

"对，差不多。"杰克回答。

"我会为你演奏那首曲目的。你出了教堂根本听不见。要么这个故事夸大了，要么就是那个醉汉睡在教堂里的长椅上。波尔曼的托卡塔可没法把睡在卡拉伯巷的醉汉吵醒。"茜瑟对杰克说。

卡拉伯巷的教堂侧门被锁上了，但教堂对着杰弗里街的正门开着。教堂里空无一人，祭坛上的油灯却亮着。茜瑟告诉杰克，祭坛上的油灯一直是亮着的，她深夜在教堂里演奏管风琴时也不例外。"夜里的教堂有些吓人，但你必须习惯在黑暗中演奏。"她坦承道。

"为什么啊？"杰克问。

"很多有意思的事都是在黑暗中进行的，比如复活节前夕守夜礼。你可以慢慢习惯在黑暗中演奏，但前提是你得背下乐谱。"他妹妹回答。

从教堂正厅望向高高的祭坛，管风琴的音管几乎与彩绘玻璃窗一样高大。老圣保罗教堂内部并不大，但阴暗封闭。人在里面甚至无法感觉室外的季节。除了透过彩绘玻璃和门照进来的光，你甚至不知道外面是白天还是黑夜。

茜瑟看到杰克盯着祭坛上的拉丁文铭文。正如拉姆西先生发现的那样，杰克的拉丁文水平不尽人意。

VENITE

EXULTEMUS

DOMINO

"来吧，让我们赞美上帝。"他妹妹解释说。

"哦，没错。"杰克说。

"你会习惯的。"茜瑟对他说。

茜瑟对着祭坛在胸前画了个十字，然后卸下背着的双肩包。杰克和她一起坐到了管风琴前的长凳上。

"我等一下会为你演奏一些比较舒缓的曲子，但波尔曼的托卡塔不会舒缓的。你要是听他演奏的话，声音会更震撼。你会感觉突然到了另一座教堂。"茜瑟摇着头温柔地说。

杰克完全没有预料到，当茜瑟的双手接触到管风琴的琴键时，她就像变了个人。这是他在教堂听过的最响亮、最刺耳的音乐。当一段新的和弦进行时，旧的和弦依然在教堂里回荡着。他们身下的长凳也跟着抖动。这段音乐就像是一部吸血鬼电影里某个极富哥特色彩的追逐场景的原声配乐。

"老天爷！"杰克已经忘记了自己是在教堂里。

"没错。"茜瑟停了下来，但管风琴的声音依旧在老圣保罗教堂里回荡着，"现在到外面去，告诉我你是否能听到。"然后，她继续演奏起波尔曼的曲子。听到这声音，杰克心跳加速不少。

杰克走出位于杰弗里街的教堂正门，进入北格雷巷，沿着巷子朝皇家大道的方向步行。巷子里又脏又乱，有一股尿与啤酒混合的骚味。教堂墙根下满是被砸碎的啤酒瓶的碎片，空的香烟盒与口香糖的包装纸扔得到处都是。杰克走到巷子中段，把耳朵紧紧抵在教堂的石墙上。他几乎听不到管风琴的声音，仅能勉强辨别出旋律。

等走到皇家大道时，琴声就完全听不到了，很可能是被这里来往车辆的声音掩盖了。而在教堂另一侧的卡拉伯巷里也听不到波尔曼的托卡塔，因为那里正好有一家餐厅的后门。空调室外机和厨房的排气扇发出的噪声让杰克连托卡塔的旋律都辨认不清。管风琴的声音只是一种遥远、时断时续的低吟。但等杰克回到老圣保罗教堂时，"威利斯老爹"的声音简直震耳欲聋。他妹妹弹得可真卖力。

正如茜瑟所说，那个醉汉的故事明显被夸大了，或者当威廉演奏的波尔曼托卡塔倾泻而下时，那个落魄的流浪汉就在教堂的长椅上睡觉。茜瑟觉得，这个故事最关键的部分是，威廉·伯恩斯演奏的声音，大到把教堂里所有的人（包括艾丽丝和等待下面出场的管风琴师）吓得逃出教堂，宁愿在外面冒雨站着。

"这可以算是爸爸躁郁症的一种表现。我觉得这个故事真正值得思考的是这一点。他甚至把你母亲也吓跑了，是吧？"他妹妹说。

"他还有躁郁症？"杰克问。

"没有，他得的是强迫性神经官能症，但会有躁郁症的症状。你有时也会做出这种举动吧，杰克？"茜瑟说。

"应该有吧。"他说。

茜瑟演奏的曲子舒缓了不少，她已经从波尔曼换到了下一首。"这首曲子是亨德尔的清唱剧《所罗门》里的一支咏叹调。"她说话的声音和正在演奏的曲目一样轻柔。

"你也会有躁郁症式的举动吗？"杰克问她。

"渴望永远不再离开你，渴望永远不与你分离，渴望看着你在我一侧的枕上入眠，看着躺在我身边的你在清晨睁开双眼——我只想看着你，等待你醒来。我说的不是和你做爱。"他妹妹回答。

"我知道。"杰克说。

"渴望与你一同生活，再也不与你分隔万水千山。"茜瑟继续说道。

"我明白了。"杰克回答。

"我一直希望自己从不知道你的存在，希望我们的父亲从没说过，我还有个哥哥——我还希望自己从没看过一部杰克·伯恩斯出演的电影，但是你在电影里出现的每个场景都深深印刻在我的记忆中。我真希望这些记忆从我脑中消失，就像希望你从没拍过那些电影一样不切实际。"

她说话时仍在演奏，但速度明显加快了。管风琴的音量也变得越来越大。茜瑟几乎是在喊着，才勉强让她的音量不被管风琴盖住。

"我们需要多花点时间在一起。"杰克说。

茜瑟突然双手落到琴键上，管风琴发出了一阵刺耳的声音。她挪到杰克身旁，双手搂着他的脖子，身体紧紧地靠着他。

"如果你这次见到他，必须一直来见他，杰克。你不能突然在他生活中出现，又突然消失。他爱你。如果你回报他的爱，我也会爱你的。如果你不能忍受与他在一起，我会永远鄙视你。"

"你说得很明白。"杰克说。

茜瑟突然从他身上挣脱出来，杰克以为她要打他呢。"如果你不是比利·彩虹，就别对我念他的台词。"她厉声说道。

"好的。"杰克说着张开双臂把妹妹揽入怀里，亲吻着她的脸颊。

"不，不是这样。你不能这样亲吻你妹妹。你应该吻我的嘴唇，但不是像亲吻情人那样，双唇不要张开。像这样。"茜瑟说着，开始亲吻杰克。她干燥的嘴唇刮过杰克的嘴唇，两人亲吻时嘴唇紧闭着。

谁会想到杰克·伯恩斯还会有如此纯洁的吻呢？他已经三十八岁了，还从没吻过妹妹。

他们那天住在杰克在巴尔莫勒尔酒店的套房。他们点了客房送餐，在电视上看了一部糟糕的电影。茜瑟的背包里有她的牙刷和一件大号的 T 恤，她拿来当睡衣穿。她还带了第二天换的衣物。她提醒杰克，他们第二天一早要很早起床。

茜瑟把一切都计划好了，甚至连她在老圣保罗教堂对杰克说的那些话（"渴望永远不再离开你，渴望永远不与你分离，渴望看着你在我一侧的枕上入眠，看着躺在我身边的你在清晨睁开双眼——我只想看着你，等待你醒来。"）如何实现都想好了。

茜瑟告诉杰克，她的爱尔兰男友不是她的人生挚爱。目前为止，她最爱的人是贝尔法斯特的一位教授。她知道他已经结婚了，那位教授说自己会和妻子离婚，但他最后抛弃了茜瑟。

杰克和妹妹说了马查多夫人，还有阿德金斯夫人、莉雅·罗森和斯塔克波尔夫人的事。（她们是杰克最初的牺牲品。她们让杰克发现了自己的与众不同，让他对自己感到失望。）他告诉茜瑟有关艾玛和欧斯特勒夫人、克劳迪娅和她女儿等所有的事情。他甚至还讲了加州本尼迪克特峡谷那个疯女人的故事。每当圣安娜山有风吹来时，那个女人都会以为那是"曼森杀人案"的受害者发出的尖叫和呻吟，并因此变得疯疯癫癫。

茜瑟告诉杰克，她将贞操给了威廉的一个学生。他当时已经念大学了，而她还在读中学。"当时我们的琴艺差不多，但我现在比他强多了。"

杰克对茜瑟说，加西亚医生是过去五年来他生活中最重要的女性。

茜瑟说，她花在提高德文上的时间几乎和练习管风琴、钢琴或木制长笛的时间一样多。她小时候就和她母亲说德语，长大后她出于对勃拉姆斯的兴趣而开始真正地学习德语。现在，她学习德语的理由又多了一个：如果她继续在爱丁堡当两三年大学讲师，她的教学资历会让她的简历更具竞争力；另外，她是约翰·基钦的学生，这足以证明她的管风琴演奏技巧。再过两三年时间，等她的德语运用自如了，她打算搬到瑞士的苏黎世，在那里找一份工作。

"为什么是苏黎世？"杰克问。

"那里有所大学，还有一所音乐学院。那座城市不大，但有很多教堂。换句话说，那里的管风琴也很多。这样的话，我每天都可以去看爸爸了，不用像现在这样一个月或一个半月才去看他一次。"

"他在苏黎世？"

"我可没说他在爱丁堡，杰克。我只是说，你得先见见我。"

杰克突然从床上坐了起来，双肘支撑着身体，俯身看着躺在枕头上的茜瑟。她正对他笑着，一头金发挽在脑后。茜瑟一只手搭在杰克的颈后，把他的脸拉近。他差点儿忘了，他坐起来后，没戴眼镜的茜瑟就看不清他的脸了。

"所以，我们要去苏黎世？"杰克问。

"这趟行程需要你一个人去。第一次见他，你应该一个人去。"茜瑟说。

"你怎么负担每个月或一个半月去一次苏黎世的花销呢？你应该找我帮忙啊。"杰克问她。

"疗养院单人病房每年的花费是三十五万瑞士法郎，大约相当于二十一万美元。如果你能支付这笔费用，我就能够承担我旅行的花销。"茜瑟把杰克的头重新拉回了枕头上，"如果你想给我买套公寓，干吗不在苏黎世买一套足够我们三个人住的呢？我就是在爱丁堡出生的，在这里用不着你帮忙。"

"我要在苏黎世买下一整栋公寓！"杰克说。

"你得慢慢来。"茜瑟提醒道。

杰克不知道茜瑟是什么时候睡着的，或者说不知道她这一夜有没有睡。他醒来时，茜瑟正看着他。她那双褐色的大眼睛就在距离杰克双眼不远的地方，她那小巧的鼻子几乎都要碰到杰克的脸颊了。"你有四根白头发。"她说。

"我看看你有没有，"他说着找起来，但茜瑟的头发全都是金色的，"没有，你现在还没有白发。"

"那是因为总体而言，我很快乐。看看，我竟然和一个电影明星一起睡觉，而且用比利·彩虹的话讲——'没啥要紧的'。"她说。

"对我来说，非常要紧。"杰克对她说。

茜瑟抱了他一下。"呃，实际上，对我也是，非常要紧。"

杰克冲澡时，茜瑟来到酒店大堂。她帮杰克预订了前往苏黎世的机票，然后从苏黎世经阿姆斯特丹返回洛杉矶。

她还安排杰克在到达的当天下午同基尔希贝格疗养院的医疗团队进行会面。医疗团队包含五名医生和一名教授。茜瑟给了杰克一本手册，从里面可以看到疗养院的建筑和风景。疗养院就位于苏黎世湖畔。基尔希贝格在苏黎世湖的西侧，当地人称那里为"左岸"。驾车从苏黎世市中心到那里只需十五分钟。

于是，他们吃完早餐，杰克就准备启程前往瑞士了。茜瑟还在苏黎世的斯托申酒店为杰克订好了房间。

"你可能更喜欢鲍尔湖畔酒店，但斯托申酒店也不错，而且位于河边。"茜瑟告诉杰克。

"我相信那里一定不错。"杰克说。

"医生也很棒，我想你会喜欢他们的。"茜瑟说。她又开始像刚刚见面时那样避免直视杰克了。他们在巴尔莫勒尔酒店的咖啡厅里吃早餐，周围有一些疲惫的游客和几个带着小孩的家庭。杰克看出茜瑟又紧张起来，就像他们刚刚见面时那样。杰克想握着她的手，但茜瑟拒绝了。

"别人会以为我们睡过了——我说的是'真的'睡过了。你知道，和你一起出现在公众场合确实让我不习惯。"她对杰克说。

"你会习惯的。"杰克说。

"记得别再做傻事了。"茜瑟突然说了这么一句。

"你会读唇语吗？"杰克问她。

"杰克，请你别再做傻事了。"茜瑟有些生气，似乎没有心情玩游戏。

杰克动着嘴唇，却没有发出声音。他尽量放慢说话的速度。"我有个妹妹，我爱她。"杰克用唇语对茜瑟说。

"你太心急了，得慢慢来。"茜瑟回答，但杰克能看出，她看懂了自己的唇语，"我们现在该出发去机场了。"她看了看手表。

坐在出租车里时，茜瑟有些心不在焉，好像陷入了思索。"等你见到他，我是说你们在一起待了一段时间后，记得给我打电话。"她说话时还是没有看杰克。

"当然。"杰克说。

"你只需要对他说'我爱你'就行了。其他的什么都不用说。你要是敢不说试试。"他妹妹说着，手指开始在紧绷的大腿上演奏起某种激烈的音乐，可能是波尔曼的托卡塔吧。

"你和我在一起时可以不用那么紧张，茜瑟。"杰克对她说。

"你能看懂唇语吗？"茜瑟问，还是没有看他。

"所有的演员都懂唇语。"杰克回答。但茜瑟只是望着车窗外，什么都没说。她的嘴唇紧紧地抿在一起，就像她第一次以妹妹的身份亲吻杰克时那样。

他们到达机场时，时间还很早。杰克没想到茜瑟会送他到机场，更没想到她会陪着自己进去。茜瑟把他领到了值机柜台。显然，她太熟悉前往苏黎世的旅程了。

"我希望你会喜欢瑞士。"茜瑟说着，用鞋子蹭着地面。

她穿着一条蓝色牛仔裤和一件 T 恤，上衣的颜色比前一天的深一些。她背着双肩包，把长发扎起，看上去就像个大学生而不是大学讲师。如果你没注意到她一直在飞舞的手指，根本想不到她与音乐有什么联系。她只是一个娇小可爱的女孩，只不过那副眼镜和走路时坚毅的表情让她略显严肃。

靠近金属检测仪时，一个安保人员看了看杰克的护照，检查了他的随身行李包。经过检查后，杰克和茜瑟之间隔了一道有机玻璃隔离栏。杰克想要亲吻她告别，茜瑟却把脸别了过去。

"我不想和你道别，杰克。你敢和我道别试试！"她说道，鞋底仍然蹭着地面。

"好吧。"杰克说。

虽然两人中间有一道隔离栏，但杰克能看到茜瑟朝着他的登机口同向而行。他一直看着她。当他看到茜瑟已经无法继续前进时，就停了下来。茜瑟指着自己的心口处，她的嘴唇在动，但没有发出声音。

"我有个哥哥，我爱他。"虽然杰克听不到她的声音，但能读懂她说的话。

"我有个妹妹，我爱她。"杰克也用唇语对茜瑟说着。

其他人从他们中间经过。两个年轻女子走近杰克时，他的视线被挡住了。其中一个戴着钻石鼻钉的黑人女孩问他："你不是杰克·伯恩斯吧？你应该不是他本人吧？"

"我敢跟你打赌，他肯定不是。"她的同伴说。她是一个穿着背心的白人女孩，肩膀被太阳晒成了褐色，鼻子上都晒得蜕皮了。

她们是美国人，可能是暑假来欧洲旅行的大学生，杰克猜测。等他再次寻找茜瑟的身影时，她已经不见了。

"没错，我是杰克·伯恩斯。"他对那两个女孩说。（杰克也不知道当时自己为什么这么做，他人生中第一次感觉到自己就是杰克·伯恩斯！）"你说得没错，是我。我真的是杰克·伯恩斯。"

出于某种原因，被别人认出让杰克感到开心。但是这两个女孩脸上的表情却充满了怀疑。她们一下子变得冷漠起来，就像她们刚刚对他感到好奇时那样突然。

"学得还真像呢，"白人女孩语带讥讽地说，"但这样不会让人相信你就是杰克·伯恩斯。"

"为什么？"杰克问她。

"你看上去太正常了。"白人女孩回答。

"而且你看起来很开心似的。"黑人女孩说。

"但我就是杰克·伯恩斯啊。"他说话时有些没底气。

"我告诉你吧，你学得太拙劣了！而且你看上去也太老了。"白人女孩说。

"杰克·伯恩斯怎么会像你那样一脸真诚？"黑人女孩问道。

"让我听听你模仿他念台词是什么效果。"白人女孩说。

"就说一句杰克·伯恩斯的台词吧。"黑人女孩语带挑衅。

茜瑟哪儿去了？他正需要她呢。他父亲呢？不是说他把杰克·伯恩斯所有的台词都记下来了吗？杰克心里想。

两个女孩走了。杰克把他的 T 恤从裤子里拽出来，把下摆拉到胸前，双手好像正拿着一个挂着礼服的衣架。"伙计，我敢打赌，你穿这件一定美极了。"他说道。但杰克看起来完全不像杰西卡·李在衣柜前撞见的那个窃贼。

"省省吧！"白人女孩对他喊道。

"你知道吗？如果真正的杰克·伯恩斯看到你这副样子，他不会再朝你看第二眼的！"黑人女孩的钻石鼻钉在机场灯光下闪闪发光。

"失去这个工作非常值得。"杰克冲着她们身后喊道，但她们没有理会他，继续向前走。他这句美乐蒂的台词念得太糟糕了，如果"狂人比尔"在场，一定会让他把台词再念一遍。

问题出在他念台词时没有在表演，好像他忘记了如何演戏！杰克仍然记得他的台词，却再也进入不到角色中了。他有个妹妹，他爱她。妹妹说，她也爱他。杰克因此停止了表演。他只是杰克·伯恩斯，最后终于成了杰克·伯恩斯。

38 苏黎世

当身体最后一块干净的皮肤也有了刺青后，身体就成了一本写满字的笔记本。但是，全身刺青的人可不像对待写满字的笔记本那样对身体善罢甘休。

艾丽丝早就说过，全身刺青的人会在旧的刺青上增加新的刺青。如果一直这样下去，他的皮肤最后就会变得如同黑夜一般，根本看不清刺青的图案。杰克曾经见过她母亲的一位顾客，他的双臂从手腕至腋下全部呈黑色，像是被火烧过似的。即使不考虑这么极端的例子，一处皮肤如果被刺青两次，上面就好像覆盖了一层弯曲抽象的纹路。如果全身都是如此，就像是裹了一件紧身的苏格兰佩斯利羽状花纹面料的薄衣。

然而，对有些全身刺青的人来说，写满字的笔记本如同一部神圣的经文。在原有的刺青上增加新的刺青，哪怕仅仅覆盖一部分，都是不可原谅的。威廉身上的大多数刺青都出自大家之手，而那些水准堪忧的刺青，内容是对他有重要影响的音乐作品。这些音乐与对应的歌词比他的皮肤更为重要。

茜瑟告诉杰克，他们父亲身上的每处刺青之间几乎没有什么空隙。托卡塔、颂歌、前奏曲还有赋格挤在一起，像一堆曲谱散乱密实地摆在桌子上，连桌面都看不到了。

茜瑟说，威廉的背上有一艘大帆船的远景。帆船正在驶离岸边，穿越由重重音符构成的巨浪向画面深处驶去，只露出船尾的部分。全数扬起的风帆上也都是音符，因为是远景，那些音符很难看清。威廉如果想看到背上的刺青，一定得花费一番功夫。这个刺青出自赫伯特·霍夫曼之手，但茜瑟说，"那艘船几乎淹没在浩瀚的音符里了"。不是霍夫曼的"水手之墓"就是"终点港口"。那个刺青比杰克预想的小些，周围布满了音符。

他父亲最喜欢的复活节颂歌《基督我主今复活》第一句中，"基督我主"的曲谱部分被德国作曲家约翰·戈特弗里德·瓦尔特的颂歌《从沉睡中醒来》遮盖住了。巴赫的颂歌《耶稣，我的喜悦》曲谱上方的"广板"字样也被法国作曲家克劳德·巴尔巴斯特的圣诞颂歌《约瑟迎娶耶西之女》遮住了一半。

亨德尔清唱剧《弥赛亚》的女高音咏叹调《圣婴为我们降生》，与法国作曲家维多尔42号作品《第五交响曲》的第五乐章托卡塔撞到了一起。维多尔那首作品的刺青里居然连作品的名字和编号都没省掉。杰克惊讶地发现，作曲家的名字都保留了全名——刺在威廉身上的不是"巴赫"或"维多尔"，而是"约翰·塞巴斯蒂安·巴赫"与"夏尔-玛丽·维多尔"。而且，这些名字是用斜体字呈现的，但随着时间的流逝，变得难以辨认了。

威廉身上其余的刺青也没有躲过时间的侵蚀和褪色的下场。杰克父亲的右胸上刺着英国作曲家约翰·斯坦利的管风琴作品"小号即兴曲"[1]，但其中管风琴脚踏板部分的曲谱褪色褪得几乎看不见了。同样近乎消失的，还有法国作曲家让·阿兰《连祷经文歌》曲谱开头上方的音乐表情描述词——"活跃地"。不过，威廉屁股上那段阿兰的话倒是还在。那句法文用圆体字刺在了他的左臀上，右臀上是这句话的英文翻译。这两句话褪色的速度可比威廉的生命缓慢得多。

> 理性已经到达了自身的极限。
>
> 只有信仰持久不衰。

---

[1] 这里的"小号"指的是管风琴模仿小号音色的音栓。

就威廉·伯恩斯的情况而言，理性确实已经到达了极限。杰克的妹妹显然也是这么认为的。他们父亲身体上的每一寸肌肤都成了一种表达，每个刺青都是他基于理性做出的选择。然而如今，再也没有空间留给他进行下一次理性的选择了，他剩下的只有信仰。

"等你看到他脱光衣服的样子，就明白我的话了。你一定会明白的。"茜瑟在杰克来苏黎世之前对他说。

"我会明白什么？"

他妹妹没有细说。当飞机降落在苏黎世时，说杰克心情焦虑都显得太轻描淡写了。

茜瑟事先已经提醒过杰克，瑞士人认为记住对方的名字很重要。他们记住你名字的同时，也会要求你记住他们的名字。作为演员，杰克对自己的记忆力颇有自信。但就像他在爱丁堡机场展现的表演能力令人怀疑那样，他的记忆力也开始面临严峻的考验。他将要在基尔希贝格见到的那些人，名字全都令他感到畏惧，更别提他们每个人的职责了。而且，他们的职责还互有交叉和重叠之处（和他父亲的刺青一样）。

在茜瑟的帮助下，杰克已经预先了解了这五位医生和一位教授。他尽己所能在初次会面前想象着他们的样貌。在这部戏中，主角不是杰克，是他们。他们负责掌管他父亲的健康，杰克除了听从他们，什么也做不了。

疗养院医疗中心主任是德国人莱昂内尔·里特尔。茜瑟之前告诉杰克，他的英语很好，而且他一副费心费力、兢兢业业的态度，实在让人不忍责怪他的啰唆。他虽然穿着比较随意，但一直很干净整齐。这个举止优雅、身材矫健的男人对基尔希贝格疗养院这家拥有136年历史的私人精神病院感到十分骄傲。（杰克见到里特尔教授之前，一直把他想象成穿着网球服的英国演员戴维·尼文。）

医疗中心副主任是奥地利人克劳斯·霍瓦特医生。茜瑟将他描述成一个热心肠的帅气男性。他还是个运动员，最擅长的运动是滑雪。威廉很喜欢和霍瓦特医生谈论滑雪。霍瓦特医生认为，基尔希贝格疗养院的慢跑项目对病人的心理健康很有益处，而六十四岁的威廉·伯恩斯就是这个项目的热心参与者。杰克很难想象他的父亲，一位全身刺青的人，竟然还是个短跑爱好者。他把霍瓦特医生想象成了阿诺德·施瓦辛格——他们都是奥地利人，说英语时都带有德语口音，而且都是乐观爽朗的性格，就像施瓦辛格在电影《龙兄鼠弟》中饰演丹尼·德维托的双胞胎兄弟时那样。

医疗团队中的另一个德国人是曼弗雷德·贝尔格医生。他是一位神经病专家和心理医生，还是疗养院老年精神科主任。按照杰克妹妹的说法，他们的父亲虽然已经六十四岁了，但看上去太过年轻，所以贝尔格医生没有将他纳入自己的管辖。茜瑟认为贝尔格医生是"一个看重事实的人"，很少进行推测。

威廉·伯恩斯来到基尔希贝格后，表现出一种在正常与躁郁症之间摇摆的情绪。（他会喜怒无常。有时整整一周都精神兴奋，甚至无法入睡，这种情况最后会以陷入麻木的抑郁状态而结束。）后来人们发现，威廉患上的不是躁郁症。但最终诊断做出之前，贝尔格医生一直坚持要给威廉进行一次神经学检查。

茜瑟告诉杰克，贝尔格医生喜欢排除法。威廉脑部有肿瘤吗？贝尔格医生对此表示怀疑，但这种最为可怕的可能性需要先被排除。颞叶癫痫的患者也可能表现出威廉这种情绪起伏，尤其是他喜怒无常的症状非常典型。但就像他没得躁郁症一样，威廉·伯恩斯也没有患上颞叶癫痫。

贝尔格医生从不感到沮丧，他似乎很喜欢自己的怀疑被证明是错的，他从不畏惧失败。

杰克抑制住了仓促给出结论的冲动，他原本想说最耐人寻味的精神疾病一定不容易被诊断和治愈。毕竟，见到他爸爸全身的刺青后，有谁不会认为威廉·伯恩斯患有强迫性神经官能症呢？演奏管风琴让他疼痛难忍，但放弃演奏又会把他逼疯。有谁身处这种境况下不会抑郁，不会情绪剧烈起伏呢？

但是，贝尔格医生是"一个看重事实的人"。他的职责就是把可能性排除掉，而不是寻找可能性。杰克的妹妹说，虽然贝尔格医生不太容易让人喜欢，但他是医疗团队中的核心成员。身为德国人，贝尔格医生像瑞士人那样与人见面时喜欢长时间热情地握手。茜瑟说，他会握到对方"知难而退"先松手才罢休。

这个家伙让杰克绞尽了脑汁，他有点像吉恩·哈克曼或汤米·李·琼斯。（最后的结果证明，杰克简直错得离谱。）

医疗团队剩下的成员都是女性。茜瑟觉得，她们是最难对付的。例如，内科主任雷古拉·胡贝尔医生。她是个四十多岁的瑞士人，一头金发，永远精力充沛。基尔希贝格疗养院有很多上了年纪的病人，所以内科一直很忙。大多数老年病患都是被家人送进来的，他们不能随意离开。

茜瑟说，她和里特尔教授以及医疗团队就威廉的治疗进行了多次会面。每次会面时，胡贝尔医生的呼叫机都会响个不停，她总是半途离开去处理紧急情况。虽然是被女儿送进这座精神病治疗机构的，但威廉·伯恩斯没有任何不满和反抗之举。相反，他在这里过得非常开心。胡贝尔医生和贝尔格医生一样，想要先将某些可能性排除。

他们的父亲是否甲状腺功能低下？（这可能导致他总感觉冷。）他没有这种病。他是不是有柯什曼螺旋体—肌强直性营养不良症？谢天谢地，没有！那么为什么威廉·伯恩斯这么瘦呢？因为他从不喝酒，而且他认为暴饮暴食是一种罪恶。他们的父亲像模特儿、运动员甚至演员那样严格地节制饮食。（有其父必有其子！）

胡贝尔一直努力想治好威廉的关节炎。她最近用一种对肠胃比较温和的非类固醇成分的消炎药代替了之前的处方，但新的消炎药仍旧对威廉的胃造成了不小的刺激。于是，胡贝尔医生只好以传统的局部用药来代替。

胡贝尔医生认为，某些安慰剂确实可以起到一定的效果。换句话说，如果病人觉得有用，那就是有效。她不反对威廉对热石蜡和冰水疗法的偏爱，也不反对他服用硫酸盐葡萄糖胺混合鲨鱼软骨提取物。威廉·伯恩斯不演奏钢琴和管风琴时，还总是戴着铜手镯。

茜瑟很喜欢胡贝尔医生，认为她是个实用主义者。（不知道为什么，杰克想到她时，脑中会浮现出他最喜欢的女演员弗朗西斯·麦克多蒙德。）

团队中的第三个德国人是露特·冯·罗尔。她是某个科室的主任，具体是哪个科室并不清楚，也许她不想说明。她个头很高，一头茶色的头发没有扎起来，就像顶着狮子的鬃毛，其中还夹杂着一缕灰发。这副样子让人有些害怕，但茜瑟说她看上去还挺平易近人的。冯·罗尔医生很有主管的派头。虽然她的不耐烦表现得很明显，但总是让别人先说话。她总是知道该在什么时候叹气。她修长的手指灵活极了，经常轻快地在指间转笔，而且笔从没掉下来过。冯·罗尔医生一般都最后发言，而且总是语带不屑。发言时，她会把自己的脸和尖尖的下巴侧对着听众，让人想到硬币上的人像。

她喜欢用"但是"来开头，她应该是"疑虑科"的主任吧，头上的那缕灰发似乎在向众人指出，每种观点都存在着灰色区域。冯·罗尔医生的职责就是让其他人对自己不那么确信。她喜欢指出那些无法被排除的可能性。

基尔希贝格疗养院的所有人都认为，威廉·伯恩斯是这里的模范病人。他在这里住得一定还算开心。毕竟，他一次都没试图逃走。他很少抱怨这里的设施或治疗方法。当然，他偶尔会屈服于栖身在他脑中的魔鬼，有时也会狂躁发怒，但比他进入疗养院之前的情况已经改善不少了。杰克的妹妹坚持认为应该把他们的父亲送进疗养院。显然，威廉接受了这一现实。（他难道不是欣然接受这一提议的吗？霍瓦特医生热情地问道。）

然而，正是冯·罗尔医生提出了那个无人能够回答的问题："对我们的病人来说，长期住院甚至产生依赖难道不算是一种疾病吗？"当一切看上去都很顺利时，她便会这样问，"我们对威廉的治疗是不是也太成功了？从某种意义上说，如果他在这里过得很开心，难道不是说明我们使他对这里、对我们产生了依赖吗？我就是问问。"每当她心中有了疑虑的种子，她就喜欢以这句话结束提问。

正是冯·罗尔医生一直不停地发出疑问，威廉为什么总是感觉冷？"到底是什么原因触发了这个结果？"她经常提出这个问题。（杰克的妹妹告诉他，人们在基尔希贝格疗养院十分流行用"触发"这个词。）

冯·罗尔医生认为，威廉·伯恩斯也许有自恋型人格，甚至可能患上了自恋型人格障碍。他每天都要用洗发水仔细地清洗他那头嬉皮士般的灰白色长发，而且他对护发素非常挑剔。（有一次，他光着身子一边跑一边尖叫，只因为他的吹风机里冒出了一丝火星！）另外，他对待自己身上的刺青可谓小心翼翼，生怕一个不小心会损坏他的刺青。大部分时间里，他会把身上的刺青隐藏起来。他经常穿着长袖衬衫，连最上面靠近喉咙的那颗扣子都会系起来。哪怕在夏天，他也穿着长裤，脚穿袜子和皮鞋。（不过，威廉·伯恩斯想要向你展示他的刺青时，会毫不吝啬地"全部"展现给你。）

精神分裂症患者喜欢穿着长裤和长袖衬衫并不稀奇，他们总是缺乏安全感。但经过诊断，杰克和茜瑟的父亲并没有精神分裂症。冯·罗尔医生说的是威廉那种对外表和面子的一丝不苟——比如，他总是在意自己的体重。"威廉难道不是一个难以取悦的完美主义者吗？"冯·罗尔医生经常这么说，"我就是问问。"

骨关节炎是导致威廉·伯恩斯结束管风琴演奏职业生涯的原因。也正是因为他过早退休，他的精神状况逐渐恶化。不过，茜瑟说他完全可以教书，甚至可以教授键盘演奏技巧，即使关节炎会造成一定的影响。威廉教授音乐理论和音乐史更是不成问题，但他选择了完全退出，这么做真的毫无必要。

"无法达到先前的标准或期望，会促使人过早地退休，这是自恋型人格的典型特征，不是吗？"冯·罗尔医生曾经对团队提出这个问题。（虽然没有明说，但其中暗含着"我就是问问"的意思。）

"她更像是一组程序，但非常有主管的派头。"杰克的妹妹这样形容她。

杰克想象露特·冯·罗尔医生的形象时，想到了加西亚医生。加西亚医生很善于倾听，而且总能提出很多难以回答的问题。伙计，加西亚医生太有主管的派头了！

医疗团队最后一位重要的成员是一个年轻漂亮的女性，有些专断但很有自信。安娜-伊丽莎白·克劳尔-波佩医生总是穿一件浆过的白大褂，这样做不是为了凸显自己的医生身份，而是为了保护里面穿的时髦衣服。

（茜瑟说，她虽然是瑞士人，但穿衣打扮方面可不像。）

和她名字中那两个意思明确的连字符一样，安娜-伊丽莎白·克劳尔-波佩医生让人毫不怀疑她是一个来自巴黎或米兰的时尚模特儿。虽然她出生在苏黎世，她对这座城市的了解和她的专业知识一样无懈可击，但她时髦得不像是瑞士人。克劳尔-波佩医生是基尔希贝格疗养院药物治疗方面的负责人。大家对她的时尚品位和开处方的能力都极为信任。

威廉服用那些对肠胃温和的新消炎药会感到不适，只能接受传统的局部治疗，这让她感到沮丧。他那套热石蜡的疗法更是让克劳尔-波佩医生感到难堪，绝不是他摘除凝固的石蜡时搞得乱七八糟的缘故。看到威廉把手伸进冰水里一定让克劳尔-波佩医生想要换身衣服。（至于他戴的铜手镯，她根本不屑一顾。威廉服用的硫酸盐葡萄糖胺混合鲨鱼软骨提取物，则被她轻蔑地称作"民间偏方"。）

克劳尔-波佩医生为威廉·伯恩斯的强迫性神经官能症开了一种抗抑郁药物。这种药物可以产生镇静的效果。事实上，她尝试了郁乐复和西酞普兰两种药物。每种药有各自的优势，都是通过阻断血清素的再吸收来治疗抑郁。

茜瑟说，他们的父亲忍受着头晕、口干、嗜睡、食欲不振等副作用，尤其食欲不振的问题一直无法改善。（不过，威廉一直在保持苗条的身材，这个问题可能让他感到高兴。）他倒是抱怨自己偶尔会长时间地勃起，这让他痛苦不已。另外，药物让威廉的性欲和性功能产生了一些"变化"，但茜瑟没有对杰克详细说明。时间一久，威廉似乎也接受并容忍了这些副作用。

然而，这些药物无法修复威廉的运动机能。他的键盘演奏技巧没有受到抗抑郁药物的影响。他存储了诸多音乐曲谱的记忆力仍然完整，视读曲谱的速度还和过去一样迅速。

克劳尔-波佩医生一直担心药物会影响威廉的注意力，他也承认自己越来越容易走神。他现在背曲谱要花费更久的时间，还不时地抱怨疲惫，他之前很少如此。他说，他过去总是精力充沛。不过，从另一方面看，他的睡眠质量有了很大改善。

克劳尔-波佩医生一直密切观察着威廉长期服药产生的变化，比如药物会使他变得情绪淡漠，对他人漠不关心。克劳尔-波佩医生说，这种症状有时被称作"撒手综合征"，但威廉没有表现出此类迹象。根据茜瑟的说法，他们的父亲对任何人、任何事物都充满了感情，他还和以前一样"无可救药"的情绪化。

克劳尔-波佩医生认为，就威廉的情况看，抗抑郁药物的效果很好。她指出，他在性方面的某些"变化"不包括阳痿（这也是药物的副作用之一）。她说这种药效上的权衡取舍是"可以接受的"。（显然，克劳尔-波佩医生并不在意她名字里的连字符。杰克实在想不出哪个女演员像她。）

杰克迫不及待地想要同这些人见面。他很庆幸在见到父亲之前，能够先见到他们。

威廉·伯恩斯遇到杰克的妈妈时是二十五岁。杰克出生时，他二十六岁。在那个年龄，如果杰克结婚，他能和对方坚持多久呢？杰克二十六岁时，正和艾玛在洛杉矶透支消耗着他们的健康，假如他成了父亲，会是一位什么样的父亲呢？

杰克知道加西亚医生会如何回答这个假设，她的回答连一句话都算不上："嗯。"

杰克住进了葡萄酒广场的斯托申酒店。从他的房间正好可以看到利马特河，一艘游船恰好驶过酒店楼下的河滨咖啡馆。他所在的位置是老城区，街道还是卵石路面，其中很多禁止汽车通行。每过一刻钟，就会从四面八方传来教堂的钟鸣，似乎苏黎世这座城市对时间的流逝格外着迷。虽然时间尚在午后，他还是刮了胡子，换好衣服，做好了与医疗团队共进晚餐的准备。

到达苏黎世克洛滕机场后，杰克坐上开往市区的出租车。他当时考虑直接前往基尔希贝格疗养院，但他和里特尔教授约定的时间是傍晚。杰克可不想还没见到医生就撞见他父亲。虽然威廉不知道杰克要来看望他，但他一定能认出自己的儿子。

杰克起初对疗养院不通知他父亲杰克前来探望的决定有些怀疑，但茜瑟和医疗团队都认为威廉最好不知情。如果他知道了，一定会变得很焦虑。

无论是否告知威廉这个消息，克劳尔-波佩医生都不建议增加他的服药剂量。甚至连冯·罗尔医生也没有提出以"但是"开头的不同观点。事实上，她反倒赞同了克劳尔-波佩医生的建议，认为增加服药剂量会使威廉陷入紧张症或麻木冷漠的状态。

作为医疗中心副主任，霍瓦特医生这个热心肠的奥地利人经常和威廉一同慢跑，他告诉自己的病人，将会有"一位特殊的客人"到访。因为他女儿经常来看望他，威廉很可能以为来的是哪位音乐圈的友人，也许是某个恰好经过的音乐家，以嘉宾身份参加音乐会演出，或是来苏黎世某座教堂演奏的管风琴师。（偶尔会有这类颇有名望的人来基尔希贝格疗养院拜访威廉·伯恩斯，以表达自己的敬意。）

杰克请斯托申酒店的前台招待推荐一家附近可以步行抵达的餐厅。疗养院允许威廉和他儿子一起吃顿饭，不过，里特尔教授与另一位（或几位）医疗团队的医生会陪同他。

"最好预订三四个人的座位。他们不会让你单独把他从疗养院里带出来的。相信我，杰克，你也不想那样做的——至少，第一次见他的时候别这么做。"茜瑟之前这样提醒道。

酒店前台招待是一个说话精练的男人。他的额头上有一块锄头状的疤痕，很可能是撞到汽车挡风玻璃后留下的。他为杰克在苏黎世著名的皇冠饭店预定了一张餐桌。招待向杰克保证，那家饭店非常有名，而且步行前往可以欣赏到悦目的景色。"因为你是杰克·伯恩斯，我为你在如此仓促的情况下预定到了一张餐桌。"

杰克走出酒店，看着天鹅和鸭子在利马特河中惬意地游着。他站在葡萄酒广场上，根据看到的两座最高大壮观的钟楼上的时间对了手表。他在广场上找到一个出租车乘车点。乘车从斯托申酒店到基尔希贝格疗养院只需要十到十五分钟，他不想迟到，但也不想到得过早。

杰克对他之前把所有问题都归咎于妈妈有些惭愧。如果杰克将要第一次见到的是她，他相信自己会像现在等待见他父亲一样既兴奋又紧张。他突然对自己无法原谅妈妈感到有些荒唐。事实上，杰克十分怀念她。他真希望自己能给她打个电话，但他会在电话里说什么呢？

等着他打电话的是伍尔兹小姐，杰克应该给卡罗琳打个电话。但杰克当时脑中想的都是母亲。

"嗨，妈妈——是我。我这么做不是为了让你伤心，但我就要见到爸爸了。毕竟，都过了这么多年了！有什么要嘱咐我的吗？"杰克很想这样对艾丽丝说。

杰克坐上了出租车。车子沿着苏黎世湖岸驶离了市区。沿途的景色美极了，一路上都可以看到湖景。戏剧节的帐篷搭在了湖边。天气晴朗又温暖，因为从山上吹来的风，空气很干燥，不像爱丁堡那么湿润。看到阿尔卑斯山突然出现在湖面上方时，杰克感到颇为震撼。一切都那么纯净无瑕，似乎散发着光彩。（连出租车也不例外。）

基尔希贝格大约有七千名居民。这里的住宅都自带花园，加上湖面上漂着的帆船，这座小镇看上去更像度假胜地。出租车司机告诉杰克，湖的右岸更加富裕。"欧洲人喜欢住在朝西的房子里。"基尔希贝格位于苏黎世湖左岸，这里的房子朝东。

不过，杰克觉得基尔希贝格十分迷人。这里还有一座小葡萄园，看上去像个农场。疗养院位于一座小山上，俯瞰着苏黎世湖。朝北望去，可以看见苏黎世城区风光；向南望去，则是阿尔卑斯山。

"大多数病人会在布尔克利广场乘坐公交车，在疗养院那里有一站。"出租车司机告诉杰克，"我指的是那些可以自由出入疗养院的病人。"他补充道，谨慎地从后视镜里观察着杰克，仿佛觉得杰克是从疗养院逃出来的，"你可能想下一次坐公交车试试。如果你能记住的话，是161路公交。"

司机来自中东，可能是土耳其人。（他提到"欧洲人"时明显带有反感。）他的英语比德语好很多。他说起德语和杰克不相上下，磕磕绊绊，笨嘴拙舌。他们刚开始努力用德语交谈，但司机很快就换成了英语。

杰克奇怪司机为什么把他当作从疗养院逃跑的病人，也许他不怎么看电影吧。

杰克来到在他看来是疗养院正门的入口时，一个瘦得令人难以置信的年轻女子穿着跑鞋和运动服向他走来，他还以为自己进错了地方。杰克走进门后，正好看见一间等候室，还有个接待服务台。那个年轻女子当时正来回踱步。杰克以为她是个健身教练，也许是负责物理治疗的护士，或者是病人的私人教练。他觉得，这个女人应该增加些体重，人们在追求运动员身材的路上总是走得太远了。

"站住！"那个女人用英语喊道，伸出手指着他。（门口和等候室里没有其他人。接待服务台后面也没人。）杰克停了下来。

一名护士急匆匆地从一侧走廊里跑了出来。"帕梅拉，他不会伤害你的。"护士用德语说道。

"他当然不会伤害我的，因为他根本就不存在。冥想看来有效果了。你不需要担心。我知道他不会伤害我的，我知道他不存在。"帕梅拉用英语答道。

她说话时一口美国口音，不过护士仍然用德语同她交谈，她似乎也能听懂护士的话。杰克猜想，也许这个瘦削的女子已经在疗养院里住了很久，都能听懂德语了。

"我很抱歉。"护士用德语对杰克说，同时把那个年轻的美国女子带走了。

"你应该对他说英语。如果他是真人，他会像在电影里那样说英语的。"帕梅拉说。

"我与里特尔教授有预约！"杰克对护士喊道。

"我马上回来！"护士用德语喊道。

她们消失在走廊里，但杰克仍能听见那个瘦削的女病人提高嗓门说话的声音。他刚才竟然把病人当作这里的工作人员，他的脑子一定也不正常。

"他们一般不会说话。正常而言，他们只是一种幻觉，不可能说话的。上帝，也许冥想并没有见效！"帕梅拉说。

“没关系。”护士用德语轻柔地安慰她。

　　杰克·伯恩斯，这位电影明星现在来到了精神病院。刚刚见到他的那个病人以为他是个会说话的幻象，这并不令他惊讶。（加西亚医生可能会说，会说话的幻象这个对演员的定义倒还不赖。）

　　护士回到等候室时，摇着头用德语自言自语，杰克几乎听不清她在说些什么。如果她没穿着制服，如果杰克不是刚刚见过她，他一定会把她当成一个沉浸在自我世界里喃喃自语的精神病人。护士是一个大约五十来岁的矮壮女人，一头灰色的卷发，说话有些莽撞。她以前应该是个金发女人，杰克猜想。

　　“真有意思，这里这么多人，你见到的第一个病人竟然是这里唯一的一个美国人。”护士说，“布莱贝尔。”她用力地与杰克握着手。

　　“抱歉，你说什么？”

　　“沃尔特劳特·布莱贝尔。我刚刚告诉了你我的名字！”

　　“哦，杰克·伯恩斯。”

　　“我知道。里特尔教授正等着你呢。我们都在等你来呢，除了可怜的帕梅拉。”

　　他们走出那幢建筑，穿过庭院。庭院花园里有一座雕像，还有一汪浅浅的水池。（杰克想，这样就没人会淹死了。）这里大多数建筑的窗口都很大，有些窗玻璃上还有鸟形的剪影图案。“这些鸟形图案是为了驱赶真的鸟。你们美国一定也有这种东西。”布莱贝尔护士挥了挥手说道。

　　“我想，我刚刚走错地方了。”杰克说。

　　“我第一次来肯定不会先去女病房。”布莱贝尔护士说。

　　地面被打扫得干净整洁。有十来个人穿行于小路上，其他人坐在面对苏黎世湖的长椅上。（所有人看上去都很正常。）湖面上的帆船差不多有一百多艘。

　　“我偶尔会带着威廉去买衣服。你父亲是我认识的男人中最喜欢买衣服的。他每次试衣服时都会遇到困难。照镜子是一道难关，用冯·罗尔医生的话说，会触发一些不良反应。不过，威廉和我在一起时表现得很好。总体而言，他不会到处乱逛。”护士对杰克说。

他们走进一幢看起来像是办公楼的建筑，里面弥漫着一股厨房的气味。也许这栋楼里有食堂或餐厅吧。杰克跟着护士走上楼时，注意到她每步都会跨上两级台阶。对于她这样身材矮小还穿着裙子的女人而言，这一举动需要拥有坚毅的决心。（杰克可以想见他父亲为什么和沃尔特劳特·布莱贝尔一起时表现得那么好了。）

他们在一间会议室里见到了里特尔教授。他独自坐在长桌的一端，正在便笺上写着什么。布莱贝尔护士领着杰克走进会议室时，他一下子跳了起来。这个精瘦结实的男人握起手来非常有力。他看起来确实有点像戴维·尼文，但他没有穿着网球服。他的打褶裆的卡其色长裤被熨得笔挺，褐色的平底便鞋像是刚刚擦过一样。他上身穿着一件深绿色的短袖衬衫。

"你竟然找到这里了！"教授喊道。

"他先找到了帕梅拉。"布莱贝尔护士用德语回答。

"可怜的帕梅拉。"里特尔教授说。

"没关系，"护士用德语说，"帕梅拉以为是她的冥想起了作用。"她紧接着说起了英语。

"十分感谢，沃尔特劳特！"里特尔对离开的护士用法语和瑞士德语喊道。

"不客气，不客气。"布莱贝尔护士用德语回答，同时挥着手，就像她刚才说到窗户上的鸟形剪影时那样。

"沃尔特劳特有个兄弟，叫雨果。他偶尔会领着你父亲进城。但雨果不带威廉买衣服，还是沃尔特劳特这方面更在行。"里特尔教授对杰克说。

"她刚刚提到了照镜子，说会'触发'不良反应，她说一位医生是这么说的。"杰克说。

"啊，没错——我们等一下会讲到的！"里特尔医生说。他经常主持会议，所以态度友好，同时很在意自己措辞的准确。他从不让人怀疑自己的领导地位。

当其他人鱼贯走入会议室时，杰克十分纳闷他们刚刚是在哪里等候的。里特尔教授刚刚到底发出了什么信号让他们进来的？杰克竟然完全没有注意到。他们似乎知道自己应该坐在哪儿，就像桌子上摆着名牌似的。他们坐下后，每个人掏出一本几乎一模一样的便笺放在面前的桌子上。显然，他们有备而来。那架势似乎随时都会提笔开始记录。不过，杰克先得完成和他们握手的任务。与每个人握手的时间都不短。医生们像是提前排练过似的，都要趁着见面的机会和杰克聊聊，他们说的话各具特点。

"老天爷！"霍瓦特医生，那个热心的奥地利人用德语喊道，同时用力地握着杰克的手上下摆动。

"你在银幕上的形象太深入人心了，但当我见到你时，我觉得自己见到了年轻时的威廉·伯恩斯！"贝尔格医生（那个看重事实的神经病专家）说。

"但是，我们之所以这样认为，难道不是一种先入为主吗？我们已经知道威廉和杰克是父子了。我就是问问。"冯·罗尔医生以一副主管的派头说。

胡贝尔医生与杰克握手时，还看着她的呼叫机。"我只是个内科大夫，你懂的，一个普通的医生。"她对杰克说。这时，呼叫机响了起来。她突然松开了杰克的手，好像他已经死了，不再需要她的照料了。她走到会议室的电话旁，就在门边的位置。"我是胡贝尔，"她用德语对着话筒说，一阵停顿后，她接着说，"好，但现在不行。"

杰克非常肯定自己认出了安娜-伊丽莎白·克劳尔-波佩医生，就是那个像时装模特儿的医生。她穿了一件浆过的长款白大褂，以保护里面的时髦服装。她会意地盯着杰克的双眼，似乎想要看透他正在想些什么，或者说在她看来，杰克在想些什么。"你和你父亲一样，有好看的头发，但我希望，你不会和他一样脑子里充满执念。"

"我身上没有刺青。"杰克握手时回答她。

"不见得非得是刺青这种形式。"冯·罗尔医生评论道。

"不是所有的执念都是有害的，露特。看来伯恩斯先生和他父亲一样严格控制饮食。我们不都赞成威廉在意自己的体重吗？"内科医生胡贝尔医生说。

"你说的是他的自恋吗？"冯·罗尔医生又拿出主管的派头说道。

"你看心理医生吗，伯恩斯先生？还是说，我们可以排除这一可能。"看重事实的贝尔格医生问道。

"事实上，我确实有自己的心理医生。"杰克对他们说。

"啊，这样……"里特尔教授说。

"这没什么可害羞的！"医疗中心副主任霍瓦特医生喊道。

"我觉得你没有任何骨关节炎的症状，你还年轻。请你不要介意，我的意思不是说你需要担心像威廉那样患上关节炎。你不演奏钢琴或管风琴，是吧？"胡贝尔医生说。

"不演奏，而且我没有任何关节炎的症状。"杰克说。

"你现在服用什么药物吗？我不是说治疗关节炎的药。"克劳尔-波佩医生问。

"没有，什么药物都没服用。"杰克回答。她看上去很惊讶，或者说有些失望。杰克也不能肯定。

"好啦，好啦！现在，我们应该让杰克来向我们提问了！"里特尔教授喊道。

杰克能够看出，各位医生虽然表情愉悦，但对里特尔医生突然打断他们问话的行为有些不满。毕竟，教授是医疗中心的主任。毫无疑问，他还承担了很多疗养院社会形象方面的职责。面对这种职责，各位医生很可能会唯恐避之不及。

"请随便向我们提问吧！"爱好滑雪的霍瓦特医生说。

"为什么说照镜子会'触发'不良反应？"杰克问。

医生们似乎对杰克知道镜子的事感到吃惊，更别提"触发"这个词了。

"杰克和沃尔特劳特聊过了，他们说到带着威廉去买衣服。"里特尔教授对其他人解释道。

"有时候，威廉在镜子里看到自己时，会不敢直视自己，比如他用双手捂住脸。"贝尔格医生说道，他依然忠于事实。

“但有些时候，他看到自己，就想看他身上的刺青。”冯·罗尔医生说。

“而且要看全部刺青！”霍瓦特医生喊道。

“即使当时的场合不适合对自己的身体进行那么彻底的检查，但威廉似乎没有注意到这些。有时候，他还在脱衣服时就开始讲述了。”里特尔教授解释说。

“开始什么？”杰克问。

“他的身体就如同一幅挂毯，他可以讲述上面的内容，包括音乐史和他自己的经历。”胡贝尔医生说。呼叫机又响了起来。于是，她回到了门边的电话旁，“我是胡贝尔。现在还没好！”她有些烦躁地用德语说着。

“像你父亲这种苛求完美的人，他们总觉得自己还不够完美。”里特尔教授对杰克说。

“他对身上的刺青感到自豪，但也会挑剔地对它们评头论足。”贝尔格医生说。

“威廉觉得自己身上的个别刺青刺错了位置。他责怪自己当初缺乏远见，感到非常后悔。”霍瓦特医生详细地解释道。

“还有些时候，他会纠结哪些刺青应该更靠近心口的位置。”冯·罗尔医生插嘴道。

“但是能真正靠近心口的刺青选择太有限了。他全身都刺满了他热爱的音乐，但那些刺青也记录了他的悲伤。抗抑郁药物可以让他镇静，让他没那么焦虑，帮助他入睡——”克劳尔-波佩医生说。

“但不能抚平他的悲伤。”冯·罗尔医生直言不讳地说，并向杰克摆出了她那副硬币侧脸人像的姿势。

“应该说，不能完全使他忘却悲伤吧。”克劳尔-波佩医生承认道。

“也许现在探讨具体的诊断有些为时过早。我们不妨先这么说，你父亲因失去爱人而伤心，那个哥本哈根指挥官的女儿，她的德国妻子，但最重要的是你。”里特尔教授对杰克说。

“他多愁善感得有些离谱。”贝尔格医生摇着头说道。显然，他希望威廉·伯恩斯做一个更加倚重现实的人。

"但抗抑郁药物还是有效果的，我就说这么多。"克劳尔-波佩医生说。

　　"不让他照镜子也有效果。"冯·罗尔医生再次用她那高高在上的派头评论道。

　　"还有其他什么会触发不良反应吗？"杰克问。

　　"呃……也许杰克应该先见见他父亲？"里特尔教授说。（但杰克看出，其他人不这么认为。）

　　"巴赫！巴赫的任何作品。"霍瓦特医生咆哮着说。

　　"巴赫、布克斯特胡德、斯坦利、维多尔、维耶纳、杜布瓦、阿兰、迪普雷——"贝尔格医生列举道。

　　"亨德尔、巴尔巴斯特、梅西安、帕赫贝尔、沙伊特——"冯·罗尔医生也加入进来。

　　"任何与圣诞节或复活节有关的东西，任何一首颂歌。"胡贝尔医生补充道。她盯着自己的呼叫机，好像那东西马上就要爆炸似的。

　　"音乐也会触发不良反应？甚至提到个别作曲家的名字也会？"杰克问。

　　"音乐以及某些作曲家的名字。"克劳尔-波佩医生回答。

　　"还有当他演奏钢琴或是管风琴？"杰克接着问。

　　"呃……"里特尔教授说。

　　"当他开始感到疼痛——"克劳尔-波佩医生开口道。

　　"当他的手指痉挛时——"胡贝尔医生插了进来。

　　"当他弹错的时候。"冯·罗尔医生像在宣读最终决定，至少在她看来确实如此。冯·罗尔医生几乎说每句话时，都带有一种毋庸置疑的结论式语气。再加上她本人是个高个子，她说话时低头俯视着其他人，让人难以忽视。即使她坐下来，看上去还是那么高。（与冯·罗尔医生握手时，杰克发现自己的个头才到对方的肩膀。）

　　"是的，弹错也会触发。"里特尔教授担忧地赞同道。

　　"还是因为威廉的追求完美。"贝尔格医生指出。

　　"而且，观看你的电影也会，虽然并不常见。"冯·罗尔医生看着杰克说。

"主要是你念台词的时候。"里特尔教授说。

"可大多数时候，看你的电影对他还是有益处的！"克劳尔-波佩医生强调说。

"但其他时候——"冯·罗尔医生开口道。

"呃，这样吧……我想杰克应该亲自见见他父亲，听他演奏，与他交谈——"

"那应该先做什么呢？"贝尔格医生问，语气似乎略带嘲讽，但杰克不敢肯定。

胡贝尔医生的呼叫机再次响了起来。她从桌边站起身，走到门口的电话边。克劳尔-波佩医生用双手捂着自己的脸。

"也许我们应该和杰克聊聊威廉的作息？"里特尔教授问。

"又要说到他事事追求完美了！"霍瓦特医生喊道。

"你父亲喜欢提前知道他每天要做些什么。"冯·罗尔先生解释说。

"精确到每小时！"霍瓦特医生继续喊道。

"说说作息安排就行，也许会让他明白些。"克劳尔-波佩医生说。

"我是胡贝尔，我马上就来。"胡贝尔医生在门边对着电话用德语说道。她挂上电话后回到桌旁，"出了件急事，"她与杰克握了握手，"应该是又出了件急事。"杰克为了同她握手只能站起来，其他人也跟着站了起来。

除了胡贝尔医生，其他人和杰克都准备离开会议室。（胡贝尔医生刚才一眨眼就不见了。）

"起床，热石蜡疗法，冰水疗法，吃早餐——"霍瓦特医生边下楼梯边说道。杰克这才意识到，这就是他父亲的每日作息顺序。

"早餐后，立刻去健身室进行手指练习。"贝尔格医生说。

"手指练习？"杰克问。

"威廉给舞蹈课进行钢琴伴奏，这是他自己的叫法。他蒙着眼睛演奏，而且只弹他背下来的曲子。"冯·罗尔医生告诉他。

"为什么要蒙着眼？"杰克问。

"健身室里有镜子，很多很多镜子。威廉总是蒙着眼在里面弹琴，或是偶尔深夜时在黑暗中演奏。"里特尔教授说。

"手指练习后是慢跑，不过要看天气状况。有时候，雨果领着他去城里。"霍瓦特医生接着说。

"我们还没说说雨果呢。"里特尔教授对其他人说。

"我们必须要说他吗？也许现在不用吧？我就是问问。"冯·罗尔医生问。

"有时候，我是指手指练习后，他会再来一次冰水疗法，是吧？"贝尔格医生问。

"好像还挺有用。"克劳尔-波佩医生无奈地说。

"然后是午饭，我是说他慢跑后。"霍瓦特医生继续道。

"或者是雨果领着他进城回来后——"贝尔格医生摇着头说。

"等一下！"冯·罗尔医生打断道。

"午餐后，再来一次热石蜡疗法和冰水疗法。威廉进行这些疗法时经常会看电影。"克劳尔-波佩医生说。

"当然是你的电影了。每天下午，他都要看一部由杰克·伯恩斯出演的电影。"

"晚上还要再看一部！总是睡前一部电影！"霍瓦特医生喊道。

"你说得太快了，克劳斯！"冯·罗尔医生说。

他们走进一栋有健身室的建筑。健身室装修得像是舞蹈教室，墙边有把杆，墙壁上镶着镜子。一架德国贝齐施坦因牌钢琴在午后的阳光下显得乌黑油亮，就像一只喂养得当的动物。

"他在早上和下午都会进行手指练习。"克劳尔-波佩医生指着钢琴说，"他下午看完电影后会再来这里弹琴。但不是为了给舞蹈课伴奏了，这次是瑜伽课。他下午演奏的音乐更有氛围，更轻柔，你会说像是背景音乐。他白天在这里弹琴时总是蒙着眼睛。"

"手指痉挛会影响瑜伽课的进行，不过舞蹈课时，即使威廉弹琴时明显很痛苦，造成的负面影响也没有那么大。"贝尔格医生插了一句。

"他很讨厌中止演奏，他会逼着自己坚持下去。"克劳尔-波佩医生说。

"呃……瑜伽课结束后，如果他需要，我们会准备好冰水和热石蜡。"里特尔教授说。

"又是一次冰水疗法。"贝尔格医生说，他要确信杰克按照正确的顺序了解了所有事实。

"接着是健身操！"霍瓦特医生挥舞着双臂说，"尤其他上午没有慢跑的话，肯定会做健身操。只是一些仰卧起坐、弓箭步和跳跃练习！"（霍瓦特医生示范起弓箭步和跳跃动作，他的脚落在健身室的硬木地板上砰砰作响。）

"我们每周会进行三次集体心理治疗。病人们会一起聊聊他们的病症。你父亲的德语非常好，他的注意力也越来越集中。"里特尔教授说。

"只要没人哼唱歌曲就行。威廉讨厌别人哼唱。"贝尔格医生补充说。

"这也会触发不良反应吗？"杰克问。

"呃……"里特尔教授说。

"我们隔周的周三会举行电影之夜活动。这种情况下，我们一般不会放映杰克·伯恩斯主演的电影。我们每周还有抽奖之夜，但威廉不喜欢，他更喜欢讲故事咖啡聚会。我们或是病人会在聚会上大声朗读故事。我们还安排年轻病患在某天晚上拜访老年病患。威廉很同情那些上了年纪的病人。"

"有时候，我们会在夜里把老年病患带到健身室，他们很喜欢在黑暗中听威廉弹琴。"冯·罗尔医生说。

"我也喜欢！"霍瓦特医生说。

"我们有一些精神分裂症病人，或是有病人表现出精神分裂症的症状，我说的这些病人病情比较稳定，有足够的能力集中注意力。呃，你也许会有些惊讶，这些精神病人也喜欢在黑暗中听你父亲弹奏钢琴。"克劳尔-波佩医生对杰克说。

"钢琴演奏似乎可以帮助患有恐慌症的病人舒缓镇定神经。"贝尔格医生说。

"除了那些在黑暗中恐慌症会发作的病人。"冯·罗尔医生指出。（杰克发现，她知道从窗子照进来的阳光照亮了她头上那缕灰发。）

"基尔希贝格有其他病人是被家人送进来的吗？我是指余生都要待在这里的病人。"杰克问道。

"呃……"里特尔教授叹了口气。

"一个病人在这里待上几年的情况很少发生。"贝尔格医生说。

"我们的费用很高。"冯·罗尔医生插了一句。

"但物有所值！而且威廉喜欢这里！"霍瓦特医生咆哮道。

"我不在乎花费。我想的是长期住在这里会对他造成什么影响。"杰克说。

"你说的是'医院病'？"冯·罗尔医生如常问道。

"到底什么是'医院病'？"杰克问。

"长期住院导致的一种疾病，你会觉得住院是理所应当的。"贝尔格医生解释道，但他听上去并不相信真的存在这种病，好像医院病是一种理论上的假设，会让冯·罗尔医生不禁产生疑问。像贝尔格医生这种看重事实的人，首先就会把这种不切实际的疾病排除掉。

"医院病无药可医。"克劳尔-波佩医生说，但她似乎也不相信医院病真的存在。

"威廉在这里很快乐！"霍瓦特医生坚称。

"他在圣彼得更开心。"冯·罗尔医生纠正道，"圣彼得教堂，你父亲在那里演奏管风琴。每周一、三、五早上八点。"她对杰克解释说。

"杰克明天早上可以听他演奏！"霍瓦特医生喊道。

"哪怕从洛杉矶大老远过来听他演奏也很值得。"贝尔格医生对杰克说。

"我们中的一个会和杰克一起去。他不能独自和威廉前往。"里特尔教授说。

"我们从不让威廉一个人去圣彼得教堂！"冯·罗尔医生抗议道。

"也不能让雨果陪他们。应该由我们中的一个和杰克与威廉一起去。"克劳尔-波佩医生建议道。

"我就是这个意思！"里特尔教授解释道。

"我可以带他们去！你父亲若知道要为你演奏一定会大喜过望！"霍瓦特医生对杰克大声喊道。

"也许，会有点高兴过头。我也应该跟着，可能他到时需要服药。先准备一支镇静剂。"克劳尔-波佩医生说。

"高兴过头也可能触发不良反应。"贝尔格医生解释说。

"可能，但很少见。"冯·罗尔医生对杰克说。

"安娜-伊丽莎白和我一起陪他们去圣彼得教堂。没什么我们应付不了的状况！"霍瓦特医生肯定地说。

"你父亲对我们而言可不是普通的病人，杰克。能为他治疗是一种荣幸。"里特尔教授说。

"应该是一种荣耀。"冯·罗尔医生吹毛求疵地说道。

"他和雨果进城时，会做些什么呢？"杰克问医疗团队。

霍瓦特医生在健身室的地板上跳了一下。里特尔教授第一次忍住没有说出"呃……"。克劳尔-波佩突然双臂抱在胸前，似乎在说没有什么药物可以应对威廉和雨果在城里做的事。冯·罗尔一反常态地用双手捂住脸，好像她以为自己是克劳尔-波佩医生。

"有时候，他们只是去咖啡馆——"里特尔教授开口说。

"他们去看女人，只是看看而已。"霍瓦特医生强调说。

"我父亲在和人约会吗？"杰克问。

"对女人而言，他可不是那种过目即忘的男人。他和以前一样，让女人着迷。我们这里有相当多的病人喜欢他，当然了，我们不鼓励病人之间发展这种关系。"克劳尔-波佩医生说。

"他还有性行为吗？"杰克问。

"我们真心希望，至少在这儿没有！"霍瓦特医生喊道。

"我说在城里。"杰克说。

"偶尔，雨果会带你父亲去找妓女。"贝尔格医生实事求是地说。

"这样安全吗？"杰克问克劳尔-波佩医生。他以为她也许会为这种情况开出药方的。

"只要他不和妓女发生性行为就没事，他也确实没有。"克劳尔-波佩医生说。

"我们没有明确允许这种行为。"里特尔教授对杰克说。

"我们对这种行为持默许态度。"冯·罗尔医生说。她又恢复了那套主管的派头，话语中带着质疑和嘲讽。

"他是个身体健康的男人！他有性需求！当然，他不应该与这里的病人或工作人员发生性关系。"霍瓦特医生喊道。

"但你说过，他没有发生过性行为。"杰克对克劳尔-波佩说。

"他和妓女在一起时会自慰，这种行为不需要药物干预。"她回答。

"我猜，就像看着杂志里的女人照片那样。不过，他面对的是真实的女人，不是照片。"贝尔格医生说。

"就像色情书刊？"杰克问。

"呃……"里特尔教授再次说。

"威廉也有那种杂志。"冯·罗尔医生不以为意地宣布。

"看色情杂志自慰也属于安全性行为，不是吗？和妓女也是安全的，因为他只是看着她。"克劳尔-波佩医生说。

"我基本了解了，我倒是不介意。"杰克对他们说。

"我们相信你妹妹也不介意。但我们疗养院方面无法对此视而不见。"里特尔教授说。

"等等，我们不是持默许态度吗？"冯·罗尔医生问道。

霍瓦特医生正在健身室的地板上做着弓箭步，地板在他脚下吱呀作响。"求求你，安静一会儿。"里特尔教授对他说。

"我爸爸见的一直是同一个妓女吗？还是每次见不同的妓女？"杰克问。

"这些细节你得问雨果。"贝尔格医生对他说。

"他一定要见雨果吗？我就是问问。"冯·罗尔医生说。（贝尔格医生摇了摇头。）

"无论是在基尔希贝格还是在外面，雨果这样的人是躲不掉的。"里特尔教授说。

"没有药物能解决这个问题。"克劳尔-波佩医生说。

"很不幸，确实没有。"冯·罗尔医生用德语评论道。

"好吧，除非现在时间不方便，我还是见见我父亲吧。"杰克对他们说。

"现在很合适！"霍瓦特医生喊道。

"现在是我们的阅读时间。威廉可是一名积极的读者。"贝尔格医生说。

"现在也是我们的安静时光。"冯·罗尔医生说。

"我相信他正在读一本勃拉姆斯的传记。"克劳尔-波佩医生说。

"勃拉姆斯不会触发什么吧？"杰克问。

"阅读他的传记不会。"贝尔格医生依据事实回答。

"你父亲的私人病房有两个房间，还有一间浴室。"里特尔教授对杰克说。

"所以费用昂贵。"冯·罗尔医生说。

"我今天晚上预订了晚餐。我不知道谁会一起来，但我在皇冠饭店预订了一张四人桌。"杰克对他们说。

"皇冠饭店！你一定要点维也纳炸小牛肉或油煎香肠！"霍瓦特医生兴奋地说。

"皇冠饭店里有镜子，一面在进门处，还有一面在餐具柜上方。"克劳尔-波佩医生说。

"镜子还是可以避开的。"里特尔教授对她说。

"但是男士盥洗室里的那面可躲不掉！"霍瓦特医生喊道。

"谁要和他们一起吃饭呢？我今天晚上去不了。"贝尔格医生说。

"我可以去。我有个约会，但可以推掉。"克劳尔-波佩医生说。

"那样最好了，安娜-伊丽莎白，说不定威廉会需要服药呢。"里特尔教授说。

"我敢肯定雨果也可以去。"冯·罗尔医生建议道。

"我宁可不让雨果去，露特。皇冠饭店不是适合雨果去的地方。"克劳尔-波佩医生说。

"我今天去不了，但明天早上可以去圣彼得！"霍瓦特医生大声说。

"也许我可以，我得先查看一下我的日程。胡贝尔医生说不定可以去。"里特尔教授说。

"带上内科医生去饭店很有必要，说不定有人吃了什么会不舒服。"贝尔格医生说。

"没人吃了皇冠饭店的食物会不舒服的！"霍瓦特医生抗议道。

"胡贝尔医生有很多紧急情况要处理。如果她接到电话被叫走了，我就要独自应付杰克和威廉，还有那些镜子。另外，应该有个男人陪同，可以应对威廉去盥洗室的情形。"克劳尔-波佩医生说。

"我在呢。"杰克提醒她。

"我说的是了解你父亲病情的男人。"克劳尔-波佩医生说。

"我会检查下我的日程安排。"里特尔教授再次说道。

冯·罗尔医生还是一副高高在上的样子，不过她现在面带微笑。这对杰克来说倒是很稀奇，但其他人似乎习以为常了。

"怎么样，露特？"克劳尔-波佩医生问冯·罗尔医生。

"在我有生之年，你可别想阻止我和杰克与威廉一起去皇冠饭店！你也别想阻止我领着威廉进男盥洗室！"她回答。

克劳尔-波佩医生又用双手捂起了脸。显然，没有什么药物能阻止冯·罗尔医生去皇冠饭店了。（贝尔格医生又摇起了头。）

"好啦，就这么定了。"里特尔教授有些迟疑。

"只要不是雨果，谁去都行。那么，露特和我会和他们一起去。"克劳尔-波佩医生已经从刚才那阵打击中恢复了过来，颇有哲思意味地说。

"我无法向你描述我是多么期待今晚的晚餐，安娜-伊丽莎白。"冯·罗尔医生说。

"我想我还是回家准备一下吧。"克劳尔-波佩医生对里特尔教授说。

"当然！"教授回答。大家看着克劳尔-波佩医生离开了房间。她的穿着太漂亮了，甚至连那件白大褂也没有减少她的魅力。

"我有些等不及看到安娜-伊丽莎白今晚的着装了。她回家打扮去了，可不是换掉白大褂那么简单！"克劳尔-波佩医生离开后，冯·罗尔医生说。

"她今天晚上与她丈夫有约会。她很可能回家去委婉地把约会推掉。"

贝尔格医生对众人说。

　　杰克对让克劳尔－波佩医生临时改变计划感到很愧疚。（不过，冯·罗尔医生似乎对改变她的安排感到很开心。）

　　"别担心！不管怎样，你肯定会去皇冠饭店的！"霍瓦特医生拍着杰克的肩膀说。

　　"我只想见到我父亲。我就是为了这个来的。"杰克提醒他们。

　　"我们正在让你为见到他做好准备。"贝尔格医生解释说。

　　霍瓦特医生不再拍着杰克的肩膀，他开始用他那只健壮的大手揉捏着杰克的后颈。"如果你愿意，我有个请求。"这个奥地利人说。

　　"当然，什么事？"杰克问他。

　　"你能说点儿什么吗？我是说，像比利·彩虹那样说。我知道你一定能做到的！"霍瓦特医生劝道。

　　"绝对没问题！"杰克用比利·彩虹的语气说。（经历了爱丁堡机场的事件后，杰克很欣慰自己还会演戏。）

　　"太棒了！"霍瓦特医生用德语喊道。

　　"太让人难堪了，克劳斯。"冯·罗尔医生说，"我希望你不介意我这么说，但比利·彩虹这个角色让我讨厌。"她对杰克说。

　　"确实如此。"杰克回答。

　　"杰克，我得告诉你，威廉说这句台词时和你念得一模一样！"里特尔教授说。

　　"你父亲对你可投入了相当多的精力。"贝尔格医生告诉杰克。

　　"杰克，你要做好准备。威廉也许比你想象得还要了解你。"冯·罗尔医生说。（霍瓦特医生的那只手停止了揉捏杰克后颈的动作，而冯·罗尔医生则亲密地把双臂架在杰克的肩膀上。）

　　"是的，茜瑟告诉过我，他把我所有的台词都背下来了。"杰克说。

　　"我说的可不光是你的电影，杰克。"冯·罗尔医生提醒道。

　　"露特，我想，提醒这么多已经足够了。"贝尔格医生说。

　　"对了，那位音乐家！"霍瓦特医生用德语对杰克喊道，"你该去见见他了！"

39 那位音乐家

基尔希贝格疗养院的私人病房区安静极了。杰克第一次来时差点儿以为这里没有人住。（他当时的心情可不平静。）病房所在的建筑外层刷的是白色灰泥，窗口挂的百叶窗和湖水一样是灰蓝色的。整栋建筑看上去更像是个小旅馆，而不太像医院。杰克父亲的病房位于三层的拐角处，从那里可以俯视基尔希贝格疗养院的建筑屋顶，正对着苏黎世湖的东岸。阿尔卑斯山从湖南边一片朦胧之中拔地而起。

杰克的父亲正躺在病床上阅读。病床的曲柄将床固定在半躺的位置。房间的地面没有覆盖地毯，而是橡胶地板，走在上面不会发出任何声响。这种布置和病床让人时刻牢记，这里不是私人寓所，是一座医疗机构。而躺在病床上阅读的那个男人显然很需要别人的照顾。窗户开着，从湖面吹来了温暖的风，但威廉的穿着让人以为这是一个凛冽的秋日。他穿着白色T恤，外面套了一件法兰绒衬衫，腿上穿着灯芯绒长裤，脚上套着白色运动袜。（要是杰克穿成这样，他一定早就热得冒汗了。但他看到自己父亲的装束，竟然感觉有些冷。）

卧室与另外一个房间相连，那个房间里有一张沙发椅和一张牌桌，牌桌边有一对直背椅。除此之外，里面就没有任何家具或装饰了。杰克只看到了照片——几张巨大的布告板上堆叠着贴满了快照。两个房间的粉色墙面上挂着一些电影海报。当然，都是杰克·伯恩斯出演的电影。虽然仅是匆匆瞥过，杰克发现他爸爸给所有的海报都加了画框。另外，四周的书架上放着 CD 唱片、DVD、录像带和书，比杰克妹妹的办公室和卧室里还要多。

医疗团队跟着里特尔教授和杰克一起走进了威廉那套布置简朴的安静病房。杰克起先以为他父亲不知道有人来了。（威廉没有将目光从书本上移开。）然而，病房对着走廊的门没有锁，是半开着的，杰克的父亲住在这里早就习惯了别人突然侵入自己的生活。威廉甚至对医生和护士不敲门直接进入已经习以为常。

杰克的父亲知道他们的到来，他故意不去看他们，而是继续看书。杰克明白，他的父亲要借此表明坚守隐私的态度。威廉·伯恩斯的确喜爱基尔希贝格疗养院的生活，就像热情的霍瓦特医生说的那样，但这并不等于他接受这里的一切。

"别说话，让我猜猜。"杰克的父亲说道，他仍然固执地盯着他的书，"你们刚刚开了个会。显然，你们做出了一个决定。啊，多么有趣啊——你们一大帮子人来这里向我通知你们的有趣想法！"（威廉还是没有看他们，他的铜手镯在黄昏微弱的阳光下闪闪发光。）

威廉·伯恩斯说话几乎听不出任何明显的口音，似乎这么多年在国外生活的经历已经让他身上的苏格兰特质愈加淡化。他说的不是美国口音，也不是英国口音。他说的是一种欧洲大陆式的英语，如同人们在斯德哥尔摩和斯图加特，在赫尔辛基和汉堡说的英语。那是一种不带任何口音的英语，就像在颂歌中吟唱的语言，从丹麦哥本哈根腓特烈港的星堡教堂唱到了荷兰阿姆斯特丹的老教堂。

杰克还从威廉的话中听出了讽刺，他意识到茜瑟那种讽刺的说话方式并非遗传自她的德国母亲。

"别耍孩子脾气了，威廉。"冯·罗尔医生说。

"有位特殊客人来看你了，威廉。"贝尔格医生说。

杰克的父亲僵住了。他没有看书，但目光仍然没有从书本上移开。

"你的儿子杰克专程来看你，还要带你去吃晚餐！"里特尔教授喊道。

“还是去皇冠饭店吃呢！”霍瓦特医生声如洪钟。

威廉合上了书，也闭上了眼睛，好像他闭着眼能更清楚地看到他儿子。杰克不忍心看到他父亲这种模样，他盯着离自己最近的那张布告板上的照片，等着他父亲睁开眼睛或开口说话。

“我们还是让你们俩单独待一会儿吧。”里特尔教授有些不情愿地说。

杰克对看到自己的照片并不奇怪，但他原以为都是从电影杂志上裁下来的首映式、红毯仪式和奥斯卡颁奖礼的照片。当然，这些照片很多，可杰克没想到还有很多个人照。（杰克的照片比茜瑟的多很多！）

其中一张是杰克在圣西尔达参演伍尔兹小姐改编的剧作的照片。他当然能认出那是他扮演的邮购新娘，就是那场由拉姆西先生指导的血淋淋的高潮戏。伍尔兹小姐和拉姆西先生当时一定拍了不少照片。（杰克很确定，一定是卡罗琳给他爸爸寄的照片。）

然而，这不能解释杰克与艾玛一起拍的照片。有些照片一定是洛蒂在威克斯蒂德夫人家的厨房里拍的，有些照片是杰克和艾玛在欧斯特勒夫人家里，有些照片是杰克和琴科在巴瑟斯特街的健身馆里，还有些照片是杰克在雷丁摔跤时拍的！难道是莱斯利·欧斯特勒寄给威廉这些照片的？杰克的母亲会同意她这么做？

可是，欧斯特勒夫人和杰克的妈妈从没去过雷丁。难道是克朗姆教练把这些摔跤的照片寄给威廉的？还有他在埃克塞特时摔跤的照片，看来赫德森教练和夏皮罗教练也寄过照片。

杰克听见病房的门轻轻地关上了。他看向病床上的父亲时，威廉的双眼已经睁开了，他正在朝自己微笑。杰克不知道他父亲这样看着他多久了。他匆匆扫了一眼其他布告板上的照片，已经明白，他父亲在病房里摆满了杰克童年和上学时的照片。（怪不得茜瑟对杰克有种怒气，因为杰克的过去比她在威廉那禁闭的病房里更有存在感。）

“我还担心你把我忘了。”杰克的父亲说。这是比利·彩虹的一句台词。杰克一直很喜欢这句台词，而威廉这句台词念得堪称完美。

杰克无力地指了指那些照片。“我还担心你把我忘了呢！”他张口说道，但不是以比利·彩虹的语气说的，是他本人有感而发。

"我亲爱的孩子，"他父亲说着，拍了拍病床，于是杰克坐到他身边，"你没有自己的孩子。等你有了，就能明白你不可能忘掉他们！"

这时杰克才注意到他父亲戴着手套，应该是一副女式手套，因为手套紧贴手部，而且布料轻薄得可以让威廉像赤手般轻松自如地翻着书页。手套是浅棕色的，几乎与手的颜色一样。

"我的手太难看了，它们在我衰老之前就已经老去了。"杰克的父亲低声说。

"让我看看你的手。"杰克说。

威廉脱下手套时，因为疼痛而抽搐了一两下，但他不让杰克帮忙。他把自己的双手放到他儿子的手上。杰克可以感觉到父亲正微微发抖，好像他觉得冷。（杰克觉得房间里热得很。）他父亲手指关节上的瘤状隆起实在让人难以忽视，杰克甚至怀疑他父亲的手指能否顺畅地戴上或脱下戒指。的确，威廉的手上一枚戒指都没有。那些骨质瘤就是所谓的"海伯顿结节"，长在手指的末端关节上，让杰克几乎想象不出手指原来的样子。他显然没有预料到这种结果。

"除了手，我倒是还不错，杰克。"威廉把一只手捂在自己的心口，"有时候，这里也会出现点毛病。"他又用另一只手的食指指了指太阳穴，那样子就像用一支枪对着自己的脑袋，"还有这里。"他补充道，并对杰克露出恶作剧式的微笑，"你的身体怎么样？"

"我很好。"杰克回答。

杰克看着他父亲，就像看着自己穿着他从未穿过的衣服坐在病床上——如同三十八岁的杰克一天夜里睡过去后，第二天醒来变成了六十四岁。

和许多音乐家一样，威廉·伯恩斯也有着瘦削的身材。他脸型精致，甚至有种阴柔的美感，加上他留的长发，威廉更像是个摇滚歌手，而不是管风琴师——更像是摇滚乐队中的主唱（或是弹着电吉他的雌雄莫辨的瘦削男人），而不是茜瑟说的那种"演奏键盘乐器的人"。

"我们真的要去皇冠饭店吗？"杰克的父亲问。

"是的。那家饭店有什么特别之处吗？"杰克问他。

"饭店的墙上挂着真正的艺术品——毕加索的画作。人们很喜欢这一点。连小说家詹姆斯·乔伊斯都在那里有一张专属餐桌。食物也很棒。希望我们不会和霍瓦特医生一起去。我很喜欢他，但他吃东西时像个乡下人！"威廉说。

"我们会和冯·罗尔医生和克劳尔-波佩医生一起去。"杰克告诉他。

"啊，太有趣了！"威廉说话时还是那样充满了调侃，"她们两人算得上你能见到的最好看的精神科医生了，没错，我觉得她们非常漂亮。露特的头脑很清醒，而安娜-伊丽莎白一定会准备好给我服用的药物。"

杰克不由得想到他妹妹对他的提醒：他们的父亲看上去很正常，只是有点怪癖。但是，杰克并没有发觉父亲有什么怪癖。反倒是里特尔教授一直紧张兮兮，霍瓦特医生暴躁吵闹，甚至与贝尔格医生、冯·罗尔医生和克劳尔-波佩医生相比，威廉的情绪都要平和不少。事实上，负责治疗威廉·伯恩斯的医疗团队中，杰克只觉得胡贝尔医生像个正常人，而她是个内科医生，不是精神科医生。（茜瑟称她为"实用主义者"。）

"你竟然有这么多照片。我是说，我的照片。"杰克对他爸爸说。

"啊，是的——当然！你应该好好看看这些照片。我敢肯定，有些照片你甚至都不知道自己拍过！"威廉喊道。

杰克从病床上站起来，看着贴在布告板上的照片。他父亲穿着袜子也跟着下了床，他紧跟着杰克，走路时没有一丝声响，如同杰克的影子。

有不少摔跤的照片，应该说太多了，杰克想。是谁拍的这些照片呢？有十张照片甚至拍摄同一场比赛！照片涵盖了杰克在雷丁时的一场比赛和在埃克塞特时的两场比赛。杰克没想到自己曾经那么投入地为所在的学校而战。他当然知道是他的父亲支付了雷丁和埃克塞特的学费。也许威廉因此觉得自己完全有权利让人帮他拍几张杰克摔跤时的照片吧，但是谁拍的呢？

杰克感觉到他父亲的双臂从他的腋下伸过来，在他的胸前抱紧。威廉那两只长着结节的修长的手在他儿子的胸口紧紧握在一起。杰克感觉到他父亲吻着他的后脑。"我亲爱的孩子！当时可真难想象，我的儿子竟然是个摔跤手！我一定要亲自看看。"杰克的父亲说。

"你看到我摔跤了？"

"我向你妈妈保证，我不会与你接触。我可没说永远不见你！"他喊道，"你参加的是公开的摔跤比赛。即使她知道我到场了——当然，她并不知道——她也不能把我赶走！"

"你拍了这些照片？"杰克问他。

"我只拍了其中一些！克朗姆教练是个好人，但在摄影方面不太有天赋。还有赫德森教练和夏皮罗教练，他们真的很优秀！你朋友艾尔曼·卡斯特罗是个好孩子！你应该与他保持联系。我是说，应该比你们现在的联系再密切一些，杰克。不过，我自己也拍了不少你摔跤的照片。是的，是我拍的！"威廉似乎突然生起气来，这让杰克目瞪口呆，"唉，我总不能大老远地跑去一张照片都不拍吧！"他父亲的声音中有些愤愤不平，"到缅因的旅途实在太难熬了，去新罕布什尔也没好到哪儿去。"

杰克想到他在雷丁第一次参加摔跤比赛时，茜瑟刚出生不久。也许茜瑟还是个刚降生的小宝宝，甚至芭芭拉还在怀孕，威廉便跑去了缅因。威廉前往新罕布什尔看杰克在埃克塞特摔跤时，茜瑟已经是个小女孩了，但她还太小，不记得爸爸什么时候离开了家。不过，威廉离开去看儿子时，芭芭拉心里一定不好受吧？杰克猜想。她先是患上了癌症，后来又被出租车撞死了，她再也不需要忍受威廉为了看杰克不在她身边的日子了。

在其中一张布告板上，有一张杰克在滨水寿司的快照。从他面对镜头微笑的样子看，只能是艾玛拍的照片。还有一张照片是艾玛坐在杰克的大腿上，杰克记得这张照片也是艾玛拍的。他们当时还住在洛杉矶威尼斯海滩附近的那座几乎被老鼠咬穿的复式住宅里。另外一张照片中，杰克穿着在美国太平洋餐厅侍者的服装，也只有艾玛能拍到这张照片。

"这些照片是艾玛寄给你的？"杰克问他父亲。

"我知道，艾玛有时候很难对付，"他父亲回答，"但她是你的好朋友，杰克，她对你忠心而真诚。我从没见过她本人，我们只在电话里聊过。看这里！"威廉突然喊道，他拉着杰克走向另一张布告板，"你朋友克劳迪娅也给我寄来了照片！"

照片里的确是克劳迪娅和杰克，那年夏天，他们在伯克郡出演莎士比亚的《罗密欧与朱丽叶》。杰克本来想演罗密欧，但最终演的是罗密欧的敌人提伯特。还有几张照片是克劳迪娅和杰克在康涅狄格州的一家剧院里参演洛尔卡的《笼中的女儿》。（幸好没有拍到杰克食物中毒时的样子。）

"你见过克劳迪娅了？"杰克问他父亲。

"我们只通过电话。她是个好女孩，非常真诚。但是，她一直想要孩子，是吧？"威廉说。

"是的。"杰克回答。

"你在错误的时间遇到了一些人，不是吗？"他父亲问道，"我在错误的时间遇到了你母亲——最后的结局证明，对她和对我而言，我们的确是在错误的时间相遇的。"

"她没有权利把你从我身边赶走！"杰克气愤地说。

"别这么满嘴美国式的论调！你们美国人相信自己有各种各样的权利！我遇到了一个年轻的漂亮女人，告诉她我会永远爱她，但我做不到。事实上，我很快就不再爱她了。和你说实话吧，我很快就认定自己不爱她了，但我没想到自己的决定会改变她的一生！如果你改变了别人的一生，杰克，你还能有什么权利呢？难道你妈妈就没有权利感到气愤吗？"他父亲说。

他父亲似乎与杰克见过的人一样神智健全。我爸爸为什么会待在这里呢？虽然茜瑟知道杰克会产生这种想法，并提前对他进行了警告，但杰克仍然忍不住思考这个问题。

有几张照片是杰克正在饰演群舞女孩。那年夏天，他和克劳迪娅都想出演音乐剧《歌厅》里的萨莉·鲍尔斯。还有几张照片拍的是1986年的夏天，当时杰克遇到了布鲁诺·利特金斯，就是那个像苍鹭的男同性恋导演。他让杰克在《巴黎圣母院》里出演异装癖版的埃斯梅拉达。正是这个决定将杰克送上了一条奇特的演艺事业不归路，不过一路走下来，杰克的异性恋性取向基本没有受到什么影响。

"你演得和女孩一样好，但是——当然，作为你父亲，这么想也可以理解——我想看你出演男性角色。"

有几张照片中，杰克和他妈妈以及莱斯利·欧斯特勒夫人在一起。其中一张是他和他妈妈在"女儿艾丽丝"刺青店里拍的。是欧斯特勒夫人还是哪位刺青店的常客拍的吗？

"艾玛觉得我应该见一见她母亲，"威廉解释说，"因为她担心你会像她母亲那样被控制住。我没在说摔跤！"

"欧斯特勒夫人也给你寄过照片吗？你和她通过电话？"杰克问。

"我有种感觉，每当莱斯利对你妈妈生气，她就会给我寄照片或打电话。"杰克的父亲解释说。

"也许那时是我妈妈对她不忠了。"杰克说。

"我从不关心你妈妈做了什么，杰克。我只关心你。"

有一张照片是杰克和伍尔兹小姐，当时他和克劳迪娅带着她参加了多伦多电影节。伍尔兹小姐看上去容光焕发，像个曾经的电影明星。照片一定是克劳迪娅拍的，但毫无疑问，"那个伍尔兹"正妩媚地对着镜头微笑。卡罗琳很清楚，她或克劳迪娅会把这张照片寄给威廉。

另外一张照片里是杰克和克劳迪娅，这只能是伍尔兹小姐拍的。杰克也记不清拍这张照片时，他们有没有观看那部三岛由纪夫的传记片。当时，放映电影的剧院外聚集了很多抗议者，但实际上他们要抗议的影片并不在那里放映。杰克、克劳迪娅和伍尔兹小姐三人成功混入了一场私人聚会，因为聚会保安以为伍尔兹小姐是名人。一张快照中，克劳迪娅正满怀深情地望着杰克，杰克却看着别处。他既没有看克劳迪娅，也没有看镜头。（杰克知道自己正在参加聚会的人群里寻找女演员索妮娅·布拉加的身影。）

"孩子，你是怎样找到我的？"他父亲问。

"茜瑟找到了我。她先给伍尔兹小姐打了电话。卡罗琳一直可以联系到我。"

"亲爱的卡罗琳，"威廉的语气好像是正准备给她写信，"又让我想起了在错误的时机与人相遇的话题！"

"我在爱丁堡时和茜瑟在一起。"杰克对他说。

"她是不是很喜欢指挥人？"他爸爸问。

"我喜欢她。"杰克说。

"我也是，孩子——我也喜欢她！"

还有很多杰克与艾玛一起拍的照片，原来艾玛陪伴他走过了这么长的一段人生之路——在马蒙特酒吧，在日落大道蒙德里安酒店空中酒吧的泳池边，在西好莱坞日落侯爵酒店的某座别墅里。另外一些照片中，杰克坐在他的奥迪车里握着方向盘。（他知道这些照片都是艾玛拍的，但他之前对拍照片的人没有什么印象，因为总有人对着他拍照。）

除了他的照片，房间里还有茜瑟和她母亲的照片，其中有些照片是茜瑟在爱丁堡时给杰克看过的，但这里滑雪的照片更多。不过，最让杰克吃惊的是，艾丽丝好几次出现在杰克的照片中。（他奇怪他父亲为什么没把她从照片中剪掉。要换成杰克，他一定会这么做的。）其中一部分是杰克第一次北海之旅时的照片，那时他刚四岁，总是拉着母亲的手。

在哥本哈根的照片中，杰克和艾丽丝站在"刺青奥勒"位于新港的店铺前，一定是"万人迷"马德森或奥勒拍的照片。在斯德哥尔摩，他们站在一艘停泊在大饭店旁的轮船边。那艘船是从周边岛屿开过来的。这张照片是托斯滕·林德伯格拍的吗？在奥斯陆，杰克永远忘不了在布里斯托酒店见到他父亲的情景，他当时并不知道那人是他父亲。（他在奥斯陆还和英格丽德·莫上了床，不过那是后话。）等等，是谁拍的这张照片呢？杰克拉着妈妈的手站在奥斯陆大教堂的外面。

就算杰克死了也认得出美国酒吧，那里现在成了托尔尼酒店的大堂。一张照片中，杰克和他妈妈正从托尔尼酒店的楼梯往上走，到底是里特娃还是汉内莱拍的这张照片？（他们住在那里时一直走楼梯，因为托尔尼酒店的电梯根本不能用。而且就像照片中那样，一直手拉手沿着楼梯向上走。）

威廉·伯恩斯为什么不把杰克的母亲从这些照片中剪掉呢？

杰克全神贯注地看着在阿姆斯特丹拍的照片，甚至没有注意到父亲就站在他身边，目不转睛地观察着自己的儿子。有一张照片是杰克和他妈妈与"刺青提奥"一起拍的。另外一张照片里是杰克和"刺青彼得"，没错，就是那位伟大的彼得·德汉。彼得失去了左膝盖以下的腿部，和杰克记忆中一样，他梳着背头，但照片中他的金发更加明显。"刺青彼得"的右臂二头肌上的啄木鸟刺青和杰克记忆中的毫无二致。

"'刺青彼得'踩到地雷时才十五岁。"威廉解释说，但杰克已经把注意力转移到下一张照片。他看着四岁的自己和妈妈走在红灯区。一般来说，在红灯区里不能拿出相机，因为妓女不想被拍照。不过，有人（很可能是埃尔斯或萨斯基亚）正好有台相机。艾丽丝正对着拍照的人微笑，似乎没什么可在意的，似乎对她而言，根本就没什么是值得在意的。

"你怎么敢那样看着你母亲？"威廉严厉地问道。

"什么？"

"孩子，她已经去世那么多年了！你竟然还没有原谅她！你怎么敢拒绝原谅她？难道她迁怒于你了吗？"

"她不应该那样对待你！"杰克大喊。

"*De mortuis nihil nisi bonum.* 你的拉丁文怎么样，杰克？（威廉清楚，杰克的拉丁语并不好。）不说逝者的坏话。"

"这句拉丁文可真难。"杰克说。

"杰克，如果你不能原谅她，你就永远都不能拥有一段值得你投入的爱情。你有过这样的爱情吗？你和加西亚医生不算！和艾玛的虽然接近，但也不算。"（他竟然还知道加西亚医生！）

杰克发现他父亲又开始发抖了。威廉在卧室与客厅间来回踱着步，双臂紧紧抱在身前。

"老爸，你冷吗？"杰克问他。他也不知道为什么"老爸"这个词会脱口而出。（幸亏没用比利·彩虹的语气，至少这次没有。）

"你刚刚叫我什么？"他父亲问。

"老爸。"

"我喜欢这个称呼。非常美式的叫法！茜瑟叫我'爸爸'或是'爸'，你当然也可以那么叫。但是你叫我'老爸'可太完美了！"威廉喊道。

"好的，老爸。"杰克以为这个插曲能让他父亲不再执着于有关他妈妈的话题，可惜他运气不太好。

"已经到晚上了，该把窗户关上了。"威廉说话时，牙齿打着寒战。杰克帮他关好了窗。虽然太阳还没完全落下，但湖面的颜色比之前深了许多。水面上只剩下为数不多的几艘帆船。威廉抖动的幅度越来越大，于是，杰克把他父亲搂在怀里。

"杰克，如果你不能原谅你母亲，你永远都无法真正忘记她。原谅她，对你有好处，可以让你的灵魂得到升华。当你原谅了伤害过你的人，你就像从你的皮肤中挣脱出来，跳出自我，自由自在地看清一切。"威廉突然不再发抖了。杰克稍微走远些，以便可以更清楚地看着他。威廉那种恶作剧式的笑容又回来了，他像变了个人。"哎呀，我刚刚说了'皮肤'吗？我没说吧，说了吗？"威廉问道。

"是的，你说了。"杰克回答。

"哎呀。"他父亲又说了一次。他开始解开身上法兰绒衬衫的扣子，但只解开其中几颗便迫不及待地把衬衫脱了下来。

"怎么了，老爸？"

"哦，没什么。"威廉不耐烦地说，他正忙着脱掉自己的袜子，"'皮肤'这个词会触发某些反应。我真吃惊，他们竟然没有告诉你。他们不能一边给我吃抗抑郁药物，还指望我能记住所有这些不能提的字眼！"

威廉两只脚的脚面上，分别刺着杰克和茜瑟的名字。在那个部位刺青非常痛苦，但威廉还是在右脚面上刺了杰克的名字，在左脚面上刺了茜瑟的名字。（杰克看不懂曲谱，他不知道那些音符是什么旋律，但他们的名字都被谱上了曲子。）

到现在，杰克的父亲已经脱掉了他的T恤和灯芯绒长裤。威廉里面穿了一条平脚内裤，但内裤的尺寸明显太大了。杰克实在难以想象，他父亲和沃尔特劳特·布莱贝尔进城购物会买来这样一条不合适的内裤。威廉的身材瘦削但结实，让杰克觉得他年轻时可能是一名蝇量级拳击运动员。按照杰克以往估算体重的经验，威廉至多六十公斤重。他精瘦结实的身体上全是刺青，像是覆盖了一层被水浸过的报纸。

在众多音乐刺青中间，"森林医生"的刺青像块疤痕似的非常显眼。那句话并没有如威廉所愿那样紧贴着他的心口，而是位于他的左侧肋骨胸廓上，乍看上去像是鞭打后留下的伤疤。

指挥官的女儿；她的小弟弟

"这些不是刺青，我的孩子。它们是我听到和感受到的，是我热爱的一切！"杰克的父亲说着一丝不挂地站在他面前。威廉的身体好像穿了一件蓝黑色的制服，有些部位已经因褪色而呈现灰色。他的双手、面部、脖子和阴茎是没有刺青的部位，相比之下显得格外白皙。就小个子的人而言，威廉的双臂偏长，像一只长臂猿。

"也许你应该穿上衣服，老爸。这样我们才能出门去吃晚餐。"

杰克看到了威廉左大腿上密密麻麻的音符，如同一张被揉搓过的曲谱。艾丽丝曾经获得的消息是"海滩拾荒者比尔"给他做了这个刺青。按照"刺青奥勒"的说法，这个刺青在计划阶段就已经出错了。杰克扫了一眼他父亲右臂靠近腋下部分的刺青，一堆音符蜷缩在一起。那个刺青的很大一部分都无法被人看到，要么是"中国佬"出了错，要么还是出自"海滩拾荒者比尔"之手。威廉的左小腿上是一首颂歌的片段——"愿主灵气吹我，赐我生命"，既有曲谱也有歌词，正如"刺青奥勒"说的那样非常完美。（一定是查理·斯诺或"水手杰里"的作品。）

而他父亲最喜欢的复活节颂歌《基督我主今复活》在杰克看来是颠倒的，但当威廉坐到马桶上时正好可以看到曲谱。这个刺青只有谱子没有歌词，杰克之所以知道那是《基督我主今复活》，是因为刺青是颠倒的，他清楚地记得这是"阿伯丁比尔"给威廉做的，是他的第一个刺青。正如茜瑟告诉杰克的，这个刺青被后来的刺青盖住了。瓦尔特的颂歌《从沉睡中醒来》遮盖住了"基督我主"这句的曲谱。

威廉像只猴子似的在床上跳上跳下。他一只手拿着遥控器，将病床调整到平躺的位置。杰克很难把威廉身上的刺青辨别清楚，例如，你也不知道他后腰部分的刺青里，哪一句复杂的长乐句是亨德尔的作品。杰克只知道那个部位的刺青出自"刺青奥勒"之手。（"还是圣诞音乐。"奥勒不屑地说。）不过，杰克仔细看过后颇有把握地猜测其中一部分是亨德尔清唱剧《弥赛亚》中的女高音咏叹调（《圣婴为我们降生》），右边紧挨着的是维多尔的托卡塔。

在各种曲谱的包围下，再加上威廉一直在上蹿下跳，赫伯特·霍夫曼的那艘船变得愈加难以辨认。不过，杰克在他父亲的右肩上认出了另外一个"刺青奥勒"的作品。那个刺青像是从旗帜上撕下来的一块布，展开披在了威廉的右肩膀上。那首作品是巴赫的，但并非艾丽丝认为的圣诞音乐——既不是《圣诞清唱剧》也不是《圣诞赞美诗的卡农变奏曲》。杰克的父亲跳上跳下，所以很难看清那到底是哪首作品。但在埃克塞特学过一点德文的杰克突然超水平发挥，他看懂了标题——《多么快乐的日子》，是巴赫的一首众赞歌。

杰克还看到了帕赫贝尔的名字，但他不知道刺青里哪首是他的作品。在他父亲的尾骨上，杰克认出了"刺青提奥"的弯月状的刺青——萨缪尔·沙伊特的《我们都信唯一的上帝》。

巴赫的颂歌《耶稣，我的喜悦》是"刺青彼得"在阿姆斯特丹给威廉做的。和茜瑟说的一样，曲谱上方的"广板"字样被巴尔巴斯特的圣诞颂歌《约瑟迎娶耶西之女》遮住了一半。这个刺青出自哪位刺青师之手，杰克无法确定。

杰克完全不懂法文，但他猜出了法国管风琴家马塞尔·迪普雷的《为管风琴创作的三首前奏曲与赋格》，还有法国作曲家梅西安的管风琴作品《救世主的诞生》第九部分的标题——"上帝在我们中间"。标题前面还有一个罗马数字Ⅸ。

"那句话的意思是'上帝在我们中间'吗？"杰克有些拿不准。

"我有个儿子！"他父亲在床上跳着喊道，"感谢上帝，我有个儿子！"

"爸爸，别伤到你自己了。"

"叫'老爸'。"威廉纠正道。

"最好小心些，老爸。"

破译一个赤身裸体的男人身上密密麻麻的刺青，本就很不容易了，他还偏偏在床上上蹿下跳，结果是难上加难。杰克正努力地想从威廉的背上找出那首据说是萨米·萨罗刺的巴赫作品，以及特朗德·哈勒沃森

（刮痕师）在奥斯陆给威廉刺的音符（哈勒沃森还让他感染了），但杰克的努力只是把自己搞得头昏脑涨。

"杰克，你知道'托卡塔'是什么意思吗？"

"不知道，老爸。"

"它的本意是'触摸'，近乎用力捶打式的触摸。"他父亲解释说。虽然他一直在跳动，但他说话时没有任何上气不接下气的迹象。杰克发现，霍瓦特医生认为在基尔希贝格疗养院慢跑对精神健康有益的看法完全站不住脚，它对病人心肺功能的益处反倒十分明显。

约翰·斯坦利的管风琴作品《D大调小号曲》被刺在威廉的右胸上，这个刺青似乎是个活生生的自白。（没有好肺怎么吹小号？）而在威廉的屁股上，是那句法国作曲家让·阿兰的话，一边是法文，一边是英文翻译。不过，威廉一直在动，杰克根本没法仔细地把那两句话看完。

"老爸，也许你应该穿上衣服准备去吃晚餐了。"

"如果我停下来，我会感觉冷的，孩子。我可不想感到冷！"他父亲大声回答。

里特尔教授和其他医生在走廊里听着里面的情况，他们对威廉的这句回答太熟悉了，他们知道一定是出事了。于是，一阵急速的敲门声传了进来，其中霍瓦特医生敲得最响。

"我们是不是应该进去，威廉！"里特尔教授喊道，但他并没有在征询意见。

"也许吧！"威廉用德语回答。

威廉跳下床，弯下腰，双手撑在橡胶地板上。他面朝杰克，把自己的光屁股对着打开的门。里特尔教授和其他医生进门时，正好看见威廉的光屁股。

理性已经到达了自身的极限。

只有信仰持久不衰。

"我得说，这可有点让我失望，威廉。"里特尔教授说。

"只是有点？"杰克的父亲问道。他已经站了起来，面朝他们站着。

"威廉，你不能这样去皇冠饭店！"霍瓦特医生责备道。

"我可不会和一个光着身子的男人吃晚餐，至少在公共场所不行。"冯·罗尔医生说，但杰克发现她立刻就对自己的话感到后悔了，"对不起。"她用德语对威廉说。里特尔教授和其他医生一脸惊恐地看着她。"我说对不起了！"她又像个主管似的对其他人说道。

"我想我听见了'光着身子'，"威廉笑着对他儿子说，"好像这个会触发什么吧！"

"我已经道歉了，威廉。"冯·罗尔医生对他说。

"啊，没关系。我已经告诉过你了。我没有光着身子。你明白我的想法！"杰克的父亲有些愠怒地说。可杰克发觉他父亲又开始冷了，因为他抖了一下。

"我们都清楚，威廉。你告诉过我们了。"贝尔格医生说。

"但杰克还没听过呢。"里特尔教授提醒道。

冯·罗尔医生叹了口气。要是她现在手里握着一支铅笔，那支笔一定会在她的指间转动起来。"这些刺青才是你父亲真正的衣服，杰克。"冯·罗尔医生说，她把双手搭在威廉的肩膀上，掌心沿着他的双臂向下游走，直到她握住威廉的两只手腕，"他之所以感到冷，是因为很多他热爱的作曲家去世了。其中很多人都已不在世了，对吧，威廉？"

"就像身在坟墓里那样冷。"杰克的父亲点头答道，他依然打着寒战。

"这里，这里，这里，还有这些都是什么？"冯·罗尔医生指着威廉身上的刺青问，"它们都是对上帝的赞颂——赞美诗和哀歌。你身上的刺青要么是赞美，要么是哀悼。你感谢上帝，威廉，但同时你为这世上的一切感到哀痛忧伤。到现在为止，我做得怎么样？"她问威廉。杰克看出来冯·罗尔医生已经让他父亲镇静了下来，但威廉依然在不住地发抖。（霍瓦特医生正摩挲着威廉的双肩，同时试图把一件T恤从他抖动的头上套下去。）

"你做得很好。"杰克的父亲真诚地对冯·罗尔医生说。他太冷了，根本没心情对她进行调侃。他冷得牙齿又开始咔嗒作响。

"你并没有光着身子，威廉。你的身体上覆盖着充满喜悦的赞美诗，那是对上帝充满热忱的持久之爱，但也代表一种永恒的失去。"冯·罗尔医生继续说道。

霍瓦特医生还在给威廉穿衣服，好像威廉只是一个孩子。杰克发现，他父亲已经完全屈服了。他顺从地让霍瓦特医生为他穿衣，同时温顺地听着冯·罗尔医生那没完没了的念叨。毫无疑问，她已经不是第一次用这种方法让威廉镇静下来了。

"威廉，你的悲伤就是你的衣物，而你破碎的心满怀感恩，但它再也无法让你温暖起来了。至于那些音乐，虽然其中一些用你的话讲是喜悦欢腾的，但大部分是哀伤的，不是吗，威廉？我听你说过很多次了，它们哀伤得如同丧曲，好似挽歌。"冯·罗尔医生说。

"'很多次'有些挖苦的意思啊，露特。在那之前，你完成得很好。"杰克的父亲说。

冯·罗尔医生又叹了口气。"我只是想办法让咱们能按时赶到饭店，威廉。如果我让杰克听了个删节版，还请你原谅。"

"我觉得我听懂了，"杰克对冯·罗尔医生说（他觉得她在这种情况下已经做得很好了），"我听懂了，老爸，真的。"

"'老爸'？那是什么意思？"霍瓦特医生用德语问道。

"就是'父亲'的美国口语。"里特尔教授用德语回答。

"他不需要戴领带，克劳斯。"冯·罗尔医生对霍瓦特医生说，他正费劲地在威廉的喉咙上系着领带，"杰克也没戴领带。威廉这样就可以了。"

"他们可是去皇冠饭店吃饭啊！"杰克十分确定霍瓦特医生下一句就要大发雷霆了。不过，他还是解开了威廉脖子上的领带，没再说一句话。

"除了赞美上帝和悲伤，人生还有很多事情要做，威廉。我说的可是事实。"贝尔格医生缓慢而庄重地说。

"我不会再不小心说出刚刚的字眼了，威廉。但让我说一句，你不能只穿着你的刺青去皇冠饭店，因为那不被社会认可，我清楚你一定明白这一点。"冯·罗尔医生谨慎地说。

"不被社会认可。"杰克的父亲笑着重复道。杰克看出，不被社会认可似乎让威廉·伯恩斯很开心，而冯·罗尔医生显然对此心知肚明。

"我想说，我见识了你们对我父亲的悉心照料，我想让你们明白，我和我妹妹对此十分感激，我父亲也很感激你们。"在场的每个人都有些难堪——唯独威廉有些恼怒。

"杰克，用不着你在这里发表演讲。你已经不是加拿大人了，不用那么有礼貌。必要时，我们都会表现出被社会认可的举止。不过，和雨果出去就没办法了。你见过雨果了吗，杰克？"威廉说话时又露出了那种恶作剧式的笑容，杰克已经开始习惯了。

"还没有。"杰克用德语回答。

"不过，我猜他们已经和你说过雨果和我偶尔进城溜达时会做些什么了吧。"他父亲那恶作剧式的笑容消失不见了，似乎这句话中有一个词（不是雨果这个名字）触发了什么，让他立刻变了个人，"他们已经告诉你了，是吧？"他并没有在说笑。

"我知道一点。"杰克闪烁其词地回答。但他父亲早已把头转向了里特尔教授和其他医生了。

"你们不觉得父子之间这种有关性的谈话，虽然让人有些尴尬，但很有必要吗？"威廉问他们。

"等等，威廉——"里特尔教授用德语刚开口。

"任何一个负责任的父亲不应该这么做吗？这难道不是我的职责吗？和我儿子聊聊床上那些事，这不是理所应当的吗？你们凭什么多嘴？"杰克的父亲不停歇地质问道。

"我们以为杰克应当对你和雨果的事情有所了解，威廉。我们不知道你打算亲自和他说。"贝尔格医生说。

"你倒真是实话实说。"威廉冷静了一些。

"我们等一下再说这件事吧，老爸。"

"也许可以晚餐时说。"威廉朝着冯·罗尔医生笑了起来，可她却叹了口气。

"说到晚餐，你们应该出发了！"霍瓦特医生喊道。当他们朝门外走去，威廉朝着走在他前面的冯·罗尔医生鞠了一躬。霍瓦特医生双手拉住杰克的肩膀把他拉了回来。

"刚刚到底说了什么词触发了他的反应？"霍瓦特医生在杰克的耳边低声问道，即使是悄悄话，他的音量也很大，"哪个词？"他用德语问道。

"皮肤，就是这个词。"杰克低声回答。

"老天爷！"霍瓦特医生用德语喊道，"这个词的反应最可怕——而且根本没有任何能对付的办法！"

"看来有些词的触发效果有对付的办法，这真让我欣慰。比如'光着身子'，冯·罗尔医生刚刚似乎应对得还不错。"

"是的，'光着身子'还不算那么严重，"霍瓦特医生轻蔑地说，"但你最好避免在皇冠饭店提到这个词。对了，还有镜子！千万别让威廉靠近那些镜子！"他突然想了起来，吓得倒吸了一口气。

"镜子也会触发无法应对的反应吗？"杰克问。

"可不止那么简单。镜子可是 *das ganze Pulver!*"霍瓦特医生一本正经地说。

"什么？"杰克不懂这句德语是什么意思。

"*Das ganze Pulver!* 就是他的'终极武器'！"霍瓦特医生喊道。

在皇冠饭店的那天晚上，威廉先是夸奖了冯·罗尔医生头上的那缕银发，说他心里一直在想，她某天早上出门上班时一定是被闪电击中了。等她见到当天的第一个病人时，才发现闪电击中了她头上的哪个部位，因为闪电伤及了发根，那个部分的头发变成了灰色。

"你真是在夸我吗，威廉？"冯·罗尔医生问。

他们预订的餐桌位于一间四周被磨砂玻璃围起来的包间。四人从雷米街进入了皇冠饭店。冯·罗尔医生比威廉的个头高很多，她故意站在他前面，挡住威廉的视线，不让他看到吧台边的镜子。他们前往玻璃包间时路过了男女盥洗室，里面的镜子更多，但从走廊里无法看到。（餐具柜上方的镜子在饭店的另一侧。）

威廉环顾四周，但他的视线无法越过冯·罗尔医生高大的身体。毕竟，威廉的个头只到她的胸脯。克劳尔-波佩医生挽着他的胳膊向前走着，杰克跟在他们后面。他父亲时不时地回过头去朝他笑着。杰克猜到了，他父亲一定感觉很有趣，因为两个漂亮的女人护送着他来到皇冠饭店这样高级的餐厅。

"露特，要是你没有这么高，我就能看到你的头顶，看看那缕银发是不是从发根到发梢都是白的了。"威廉对冯·罗尔医生说。

"威廉，你夸起人来还没完了。"她笑着低头看着他。

杰克的父亲拍了拍克劳尔-波佩医生挂在胳膊上的精致小包。"带镇静剂了吗，安娜-伊丽莎白？"

"给我好好表现，威廉。"克劳尔-波佩医生回答。

威廉转过头来，朝杰克眨了眨眼。霍瓦特医生给威廉穿了一件黑色的长袖丝质衬衫。因为威廉虽然双臂修长，但身材不高，所以任何衬衫穿在他身上都偏大。他的头发披在肩上，和冯·罗尔医生那缕银发一样反射着银灰色的光，与他的铜手镯和手套一起，让他的英俊带上了一抹阴柔的隽秀。威廉把今晚戴的小牛皮手套称为他的"晚装手套"。他踮着脚走路轻快的样子让杰克想起了拉姆西先生。正如茜瑟说的那样，威廉·伯恩斯虽然已经六十四岁了，但无论外表还是举止都像个年轻人。

"哎呀，露特可不喜欢比利·彩虹，杰克。"他们入座时，威廉说道。

"哎呀，她已经告诉我了。"杰克回答，他微笑地看着冯·罗尔医生，她也微笑地看着他。

"尽管如此，"杰克的父亲清了清喉咙，"我还是要说，饭店里数我们这两个妞最漂亮。"（看来他真的是把比利·彩虹的腔调都琢磨透了。）

"你太会说话了，威廉。"冯·罗尔医生对他说。

"你看过露特的包了吗？"威廉问杰克，他指了指冯·罗尔医生那只看上去格外大的手袋，手袋大到都没法放到她坐的椅子下方了，"你要是问我，我说那更像是个行李箱或旅行袋。"威廉说着，朝杰克眨了眨眼。他竟然在暗示冯·罗尔医生已经准备好和杰克一起在斯托申酒店过夜了！

"赞美女人包袋的男人可真的不太常见啊。"冯·罗尔医生对杰克说，脸上依然挂着笑。

克劳尔-波佩医生的表情可就没那么好看了，她一脸严肃。虽然周身散发着超模气质，但从克劳尔-波佩医生的性格里总能觉察到像药物一样的特质。

杰克知道克劳尔-波佩医生已经结婚了，而且育有几个儿女，所以威廉才会把刚刚那个让人难堪的玩笑开在冯·罗尔医生和杰克身上。（茜瑟告诉过杰克，冯·罗尔医生虽然现在是单身，但她结过婚。她是一个离婚女性，没生过孩子。）

"杰克一直在看心理医生，时间比我认识你们两位女士的时间还要久。你看得怎样，杰克？"威廉说道。

"我不知道这种治疗是否有专门的叫法，我是说专业术语。"杰克说。

"没必要使用专业术语，直接说吧。"克劳尔-波佩医生说。

"好吧，加西亚医生——她刚过六十，是个非常可爱的女人。她有很多的子女和孙子孙女，几年前她的丈夫去世了——"

"杰克，她的病人大部分是女人吧？"威廉打断了他，"我读过露西那事的报道后有种感觉——你们记得那件事吗？就是坐进杰克的轿车后座的女孩。"威廉问那两位医生，"她与她母亲和杰克的心理医生是同一个人！听到这个，你们会觉得心理医生在南加州一定很稀缺！"

"威廉，让杰克讲一讲他接受的心理治疗。"冯·罗尔医生说。

"哦。"杰克父亲的这声回答让杰克一惊。杰克和威廉说"哦"的语气几乎一模一样。

"呃，加西亚医生让我把每件事都按照时间顺序讲出来。"杰克解释说。两位医生都点着头，威廉却突然变得很焦虑。

"什么事情？"杰克的父亲问。

"让我大笑，让我大哭，让我生气的每一件事——反正就是这些。"杰克告诉他。

克劳尔-波佩医生和冯·罗尔医生不再点头了，她们密切关注着威廉的状况。似乎让他儿子大笑、大哭或生气的事情也会影响到他。

威廉将右手慢慢移到心口，但他并没有把右手放在那里，他的手指似乎在向他左侧的肋骨上方缓慢挪动，好像隔着衬衫在摸着什么。威廉无须低头看就知道他要找的东西在哪里。什么会让威廉大笑或大哭呢？那只能是指挥官的女儿——卡琳·林霍夫。什么会让威廉大哭并让他生气呢？一定是卡琳的小弟弟的遭遇。

"看来这种治疗非常耗费时间呢。"克劳尔-波佩医生对杰克说，她依然紧紧盯着威廉那只戴着手套的手。黑色的手套抵在黑色的衬衫上，她和杰克都清楚，衬衫下面就是那个刺青：

指挥官的女儿；她的小弟弟

从他父亲那痛苦的表情，杰克可以猜出，威廉的食指恰好压在那个分号上——"森林医生"做的第一个（很可能也是最后一个）分号刺青。

"你的治疗肯定要耗时很久。"冯·罗尔医生对杰克说，她和克劳尔-波佩医生一样，目光从未离开他的父亲。

"你把所有让你大笑，让你大哭，让你生气的事情按照时间顺序讲述出来。"威廉说道，他因为忍受痛苦而有些表情扭曲，似乎他说出的每个字都是刺青，刺在他的胸廓上，他的后腰，刺在他的脚面上，让他疼痛难忍。杰克知道，在这些部位刺青疼痛异常，但他父亲这些部位已经布满了刺青。除了他的阴茎，威廉身上所有痛感强的部位都已经被刺青永远覆盖了。

"这种治疗有效吗？"冯·罗尔医生怀疑地问杰克。

"是的，我认为有效，至少与我刚刚见到加西亚医生时相比，我感觉好多了。"他回答。

"你觉得是按照时间顺序讲述起到了作用吗？"克劳尔-波佩医生问。（杰克猜测，在她看来，按照时间顺序讲述你生活中的高潮和低谷，显然不如吃药治疗靠谱。）

"是的，我觉得是这样……"杰克刚开口回答，就被他父亲打断了。

"太野蛮了！"威廉喊道，"听上去简直是受刑！把所有让你大笑、大哭或生气的事情强行按照时间顺序讲述，为什么要这么做？这是我听过的最虐待人的治疗方法！你一定是疯了！"

"但我觉得很有效，老爸。按照时间顺序讲述会让我镇静下来。"

"我儿子一定是疯了。"威廉对两位医生说。

"杰克可没进精神病院，威廉。"冯·罗尔医生提醒他。

克劳尔–波佩医生又用双手捂住了她那张美丽的脸。杰克还以为"精神病院"这个词会触发什么不良反应呢。似乎"森林医生"在威廉左侧胸廓上的刺青才会触发某些不良反应，但还好有应对的方法，至少看起来如此。威廉重新把双手放到了餐桌上。

就在这时，侍者出现了。他个子不高，走起路来蹦蹦跳跳，就像威廉和拉姆西先生那样，不过他比他们两人要胖些。侍者的嘴很小，但嘴上方的小胡子却大得不合比例，好像他说话时，鼻子会被那丛胡子胳肢得发痒。"你们想喝些什么？"侍者用德语问道。（他说得又快又含混，似乎整句话只包含一个单词。）

"真凑巧。"杰克的父亲说，他指的是侍者出现的时机，但侍者以为威廉刚刚点了什么。

"对不起？"侍者用德语问道。

"一杯啤酒。"杰克用德语回答，同时指了指自己，避免进一步的误会。

"我不知道你还喝酒！"威廉突然关心地问。

"我不喝酒。你可以留意看，我一杯啤酒都喝不完。"杰克回答。

"再来一杯啤酒！"威廉用德语对侍者说，指了指他自己。

"威廉，你不喝酒，你连半杯都喝不了。"冯·罗尔医生提醒道。

"杰克喝什么，我就喝什么。"威廉像个孩子似的回答。

"你吃了抗抑郁药，不应该喝酒。"克劳尔–波佩医生说。

"那我就不点啤酒了。"杰克提议，"没关系。"他接着用德语说道。

"杰克的德语会越来越好的。"威廉对两位医生说。

"杰克的德语已经不错了，威廉。"冯·罗尔医生对他说。

"看到了吧？她喜欢你，杰克。我说了她带了旅行包准备过夜！"威廉说。

两位医生无视了威廉的玩笑，点了一瓶红葡萄酒。威廉点了一杯矿泉水。杰克对侍者说他改主意了。可以给他们一大瓶矿泉水吗？啤酒就不需要了，谢谢。

"等等！你可以喝啤酒啊！"威廉说着，用戴着手套的手拉起杰克的手。

"不要啤酒了，只要矿泉水。"杰克用德语对侍者说。

杰克的父亲坐在那里一边生着闷气，一边用刀叉汤匙搭成一个不稳固的塔形结构。"该死的美国人！"威廉说完后，抬起头来看看他儿子有没有被惹恼，然而并没有。冯·罗尔医生和克劳尔-波佩医生互相看了一眼，但没说话。"千万别点维也纳炸小牛肉，"他父亲继续说，好像他一进饭店就在琢磨菜单，但实际上他明明刚拿起菜单翻看。

"为什么，老爸？"

"他们宰掉一头牛犊，有半头牛都会出现在你的餐盘上，"威廉回答，"也别点农家猪肉套餐。"他又补了一句。（农家猪肉套餐是奥地利乡村风味料理，用啤酒和酸菜烹制的猪肉、香肠配以烤马铃薯和调味料。这道菜很受奥地利人欢迎，听上去像是霍瓦特医生会点的菜。但杰克发现皇冠饭店的菜单上没有这道菜。）"最重要的是，不要点油煎香肠。那是一种用小牛肉做的肉肠，大得像一匹马的鸡巴。"

"这样的话，我还是别点了。"杰克回答说。

冯·罗尔医生和克劳尔-波佩医生用瑞士德语连珠炮似的交谈着。她们说的德语不是杰克在埃克塞特学的标准德语，瑞士人把这种德语称作"书面德语"。

"瑞士德语。"杰克的父亲鄙夷地说，"如果她们不想让我听懂谈话的内容，就会用瑞士德语交谈。"

"假如你没说什么马的鸡巴，说不定她们不会这样不搭理你的，老爸。"

"我觉得你应该找个新的心理医生，杰克。一个你遇到事情后能立刻听你倾诉的人——他妈的就别总是按照时间顺序了。"

杰克被威廉的这句"他妈的"惊到了，倒不是因为威廉说话时的语气几乎和杰克一样（杰克不经常说这句），而是杰克从未在电影中说过这句话。（贝尔格医生告诉过杰克，威廉对杰克投入了相当多的精力。冯·罗尔医生也警告过，威廉对杰克的了解也许远超杰克的想象。）

"他竟然知道这个，很有趣，是吧？"冯·罗尔医生问杰克。

刚刚那个走路蹦蹦跳跳的胖侍者又回到了桌边，准备记下他们点的菜。杰克的父亲毫不犹豫地点了维也纳炸小牛肉。

"威廉，我清楚你的食量，你连一半都吃不了。"克劳尔-波佩医生对他说。

"就像刚刚杰克要点一杯啤酒但不喝完，我也不用非把菜吃完。而且配菜我没要炸薯条，只点了蔬菜沙拉。"威廉回答，"对了，再来一瓶矿泉水。"他用德语对侍者说。杰克惊奇地发现，刚刚点的一升装矿泉水已经喝光了。

"慢点儿喝，威廉。"克劳尔-波佩医生边说边用手隔着手套抚摸他的手背，但威廉把手拿开了。

饭店里很热闹，但并不拥挤。他们来的时候，皇冠饭店刚刚进入忙碌的时段，反正饭店的常客是这样告诉杰克的。饭店的每个人都认出了杰克·伯恩斯。"快看啊，威廉，"冯·罗尔医生说，她的声音高高在上，让人想到击中她那缕银发的闪电，"你一定为你儿子这么出名而骄傲。"但威廉没有环顾四周。

"所有这些认出杰克的人一定会发现，你就是他的父亲——他们也认出你了，威廉。"克劳尔-波佩医生说。

"他们在想些什么呢？"威廉问，"他们会想，那就是杰克·伯恩斯的老爸，他身边的一定是他的第二任或第三任妻子。他们说的就是你，露特。"他对冯·罗尔医生说，"因为你是这张桌子上两位漂亮女士中年纪大的那位，但你又没老到可以当杰克的妈妈。"

"威廉，别——"克劳尔-波佩医生刚开口。

"他们又会怎么想你呢，安娜-伊丽莎白？那个戴着戒指的年轻漂亮的女人是谁？她一定是杰克·伯恩斯的约会对象！当然，他们没看出露特那个旅行袋的秘密。"威廉说。

"爸爸——"

"是老爸！"威廉纠正了杰克。

"咱们能不能说点正经的，老爸。"

"找妓女解决性需求算正经的吗？"威廉反问。克劳尔-波佩医生突然打开了她的包。"好的，我不说了。对不起，安娜-伊丽莎白。"杰克的父亲说。

"我在找纸巾，威廉。我眼睛里进了东西。"克劳尔-波佩医生说，"我还没想让你吃药呢，现在还没。"她说着打开了一个随身粉盒，当然，里面是带镜子的，不过威廉看不到。克劳尔-波佩医生正对着镜子用纸巾轻轻擦拭眼角。

"也许可以聊聊我们半夜两点起床看奥斯卡颁奖礼转播！"冯·罗尔医生说着拉起了威廉戴着手套的手。他目不转睛地盯着冯·罗尔医生拉着他的手，好像她是一个麻风病患者。

"你说的是艾玛得的奥斯卡奖，露特？"威廉问她，"那个剧本都是艾玛写的，是吧，杰克？"

杰克没回答，他只是看着冯·罗尔医生放开了他父亲的手。"等会儿菜来了，我会帮你把手套脱下来，最好别戴着手套吃饭。"她对威廉说。

"我要去撒尿。"杰克的父亲用德语说。

"我带他去。"杰克说。

"我觉得我应该一起去。"冯·罗尔医生说。

"不，"威廉用德语拒绝了她，"我们是男生唉，去的是男厕所哦。"

"你要好好表现，威廉。"克劳尔-波佩医生警告说。威廉站起来的时候朝她伸了一下舌头。

"如果你过了几分钟还没回来，我就过去找你。"冯·罗尔医生握着杰克的手说。

"杰克，你赢得奥斯卡奖的时候，你父亲哭了出来，他开心地欢呼起来。他当时为你骄傲，他现在也为你感到骄傲。"克劳尔-波佩医生说。

"我的意思是，艾玛一定帮他了不少。"威廉一副义愤的样子。

"你当时又哭又喊的，威廉。不过，我们那时也一样。"冯·罗尔医生对他说。

当杰克陪着他父亲走向盥洗室时才后知后觉地想到，如果他们收看了 2000 年杰克·伯恩斯获得奥斯卡奖的直播，这意味着他父亲在基尔希贝格疗养院至少住了三年。没有人和他说过，连茜瑟也没告诉过他，威廉在那里住了多久。

"艾玛当然帮了忙，老爸。她帮了我很多。"杰克承认道。

"我不是说我不为你感到骄傲，杰克。我当然为你骄傲了！"

"我知道，老爸。"

在盥洗室里，杰克想挡住他父亲，不让他看到镜子，但威廉直接扑到了洗手池前，没去小便。他们俩甚至还因此在盥洗室里周旋了一阵。威廉想要越过杰克的肩膀去看镜子，而杰克踮起脚想要挡住他父亲的视线。威廉迅速弯下身，绕开杰克从他身边看过去。他们从盥洗室的一边折腾到另一边，杰克根本没办法阻止威廉看到镜子中自己的映像。

如果说镜子也是会触发不良反应的因素，那么其影响威廉的方式与"皮肤"这个词有些不一样。这一次，威廉没有试图脱光衣服。但随着他不断瞥见镜中的自己，他的表情起了变化。

"你看到那个人了吗？"威廉看到镜中的自己时问杰克，好像他的映像成了出现在盥洗室里的第三个人，"他经历过很多事情，其中有些很可怕。"他父亲说道。

杰克已经放弃阻止他父亲去看镜子了。那"第三个人"脸上的表情不停地变着。杰克看到了年轻的威廉第一次目睹婴儿杰克时的表情，然后艾丽丝把他赶走了。威廉的脸上突然挂起了孩子气的表情，原本他满怀期盼，但见到婴儿杰克时，那种期盼逐渐化作一种对奇迹的敬畏。杰克相信他父亲一定在镜中看到了哥本哈根那悲伤的一天：他们把尼尔斯·林霍夫的尸体从护城河里打捞了出来，威廉得知艾丽丝诱奸了这个孩子，然后抛弃了他。

威廉的身体突然跌倒下去，杰克赶紧伸出双臂扶住了他。威廉好像是要跪倒在盥洗室的地面上，就像他突然跪倒在鹿特丹的码头那样，后来埃尔斯把他抱上了芬克的车。威廉另外一次突然跪倒，是警察把茜瑟送回家时告诉威廉，他们误把他死去的妻子芭芭拉当成了一位德国游客。她在夏洛特广场过马路时看错了方向，被出租车撞死了。

"那人的身体是一张地图，"威廉指着镜中那个跪倒的人说，"我们是不是应该一起看看那张地图，杰克？"

"以后再看吧，老爸。现在不行。"

"现在不行。"威廉用德语重复道。

"你说你要撒尿，老爸。"杰克提醒他。

"哦，我想我是说过。"杰克的父亲从他身边走开。

他们俩同时注意到了威廉的裤子。威廉穿着一条打褶裥的卡其裤，和里特尔教授一样，裤腿熨得笔挺。可是，威廉的裤子上有一大片深色的水渍，尿液在他脚下汇成了一摊水洼。

"我讨厌遇到这种事。"威廉说。杰克也不知道该怎么办。"别担心，杰克。冯·罗尔医生会来救场的。你知道她带那个大旅行包是什么原因了吧？"威廉突然转过脸不去看镜子，似乎镜中的人刚刚侮辱了他，让他感到羞耻。

这种情况似乎已经屡见不鲜了。这时，盥洗室的门上传来了一阵很有权威感的敲门声。"请进！"威廉用德语喊道。

冯·罗尔医生长长的胳膊伸进了盥洗室，她虽然身子没进来，但把那个大旅行袋递给了杰克。"谢谢。"杰克从她手上接过旅行袋时用德语说。

"别让他没穿衣服时照到镜子。"她提醒杰克，然后便关上了门。

杰克帮他父亲脱下了衣服，用浸过温水的纸巾擦洗他的身体。接着他用更多的纸巾将威廉的身体擦干。他父亲像个听话的孩子一样任凭杰克给他清理。

杰克将他父亲从镜子前带离。威廉一丝不挂地站在那里，而杰克走开去取冯·罗尔医生那个旅行袋里准备的换洗衣物。这时，一位衣着考究的绅士走进了盥洗室，他和威廉目不转睛地看着对方。这位绅士像是一个中年银行家，对他来说，杰克的父亲赤身裸体，全身都是刺青。如果杰克能明白他父亲脸上那义愤填膺的表情，他就会明白，对威廉·伯恩斯而言，这个衣着精致的银行家是一个入侵者，他打扰了一对父子美好的独处时光。令这位绅士更加迷惑的是，赤裸的威廉·伯恩斯全身遍布刺青，手上还戴着一副手套，他手上戴的那些铜手镯也让绅士银行家颇感费解。

银行家看到杰克后，露出一种习以为常的眼神。（他是来小便的，却偶然闯进了某个古怪电影的片场。）

"他不会伤害你的。"杰克想起布莱贝尔护士对病人帕梅拉说的话，于是，他用德语对那位绅士说道。

绅士显然不相信他的话。威廉像只气鼓鼓的公鸡似的，他戴着手套的两只手握成拳头，似乎下一秒就要朝绅士打过去了。

杰克一边祈祷，一边拼命回想着他在埃克塞特学过的德语。"别害怕，他是我父亲。"他用德语对银行家说，但接下来的话才是难点："我正在照料他。"银行家从盥洗室退了出去，对于杰克的话，他显然一个字都不信。

银行家才是那个出现在盥洗室里的第三个人。他离开后，杰克一边给他父亲穿衣服，一边想着霍瓦特医生之前在病房里是如何迅速又不乏温柔地为威廉穿好衣服的。

对杰克讲解不同的音符似乎让威廉不那么紧张了，他一定知道自己的儿子对音乐一窍不通。"四分音符的符头是实心的，带有符干。八分音符的符头也是实心的，但符干上会有旗帜状的符尾。十六分音符也有实心的符头，但是有两条符尾。"威廉对他儿子解释道。

"二分音符呢？"杰克问。

"二分音符，符头是空心的——呃，就我身上的刺青来说，你也可以说它们的符头是肉体的颜色。"威廉突然停了下来。

他们都意识到，威廉刚刚说了"肉体"这个词。它会触发什么反应吗？（如果霍瓦特医生在场，他也许会说这个词和"皮肤"一样，没有任何能对付的办法。）

"二分音符，符头是空心的，"杰克提醒他父亲接着说下去，"然后呢？"

"符头是空心的，带有符干。"杰克的父亲有些犹豫地回答，也许

"肉体"这个词又一次在他眼前闪过，所有会触发反应的词语半睡半醒地等在他的脑海中，"全音符的符头也是空心的，但没有符干。"

"等等！停下，"杰克突然喊道，他指着威廉身体右侧，"那个刺青是什么？"

那个刺青既不是曲谱也不是文字，更像是威廉身上的一道伤口。更可怕的是，伤口边缘被染成了血红色，看上去血淋淋的。（杰克不应该对这种血淋淋的刺青感到陌生，但毕竟他上次见到时只有四岁。）

"那里是我主基督伤口的位置。钉子刺穿了他的双手，"说着，威廉将戴着手套的双手握到一起，像是在祈祷，"还有他的双脚，以及这里——他的身侧。"威廉对杰克说，他用手抚摸着他右侧的胸廓，"一个士兵用矛刺伤了他这里。"

"这个刺青是谁做的？"杰克问他父亲。他以为威廉会说是某个"刮痕师"的作品，但实际上杰克应该能看出来。

"杰克，曾经有段时间，阿姆斯特丹每一个信仰上帝的人都想找一个名叫雅各布·布里尔的人做刺青。可能你那时太小，根本不记得他。"

"我记得布里尔。"杰克回答，他用手摸了摸他父亲身上那个血淋淋的刺青，然后为他穿上了衬衫。

皇冠饭店是一家高级餐厅，而杰克竟然只点了一份沙拉，不过威廉那份维也纳炸小牛肉有三分之二都是被他吃掉的。威廉·伯恩斯实在太挑食了。

"幸亏杰克晚餐时的胃口很好，威廉。"克劳尔-波佩医生责备道，但这并没有影响到威廉和杰克二人开心的心情。

他们刚刚平安渡过了"肉体"的难关，还好它不像"皮肤"那样无法应对。杰克还在他父亲的脸上看到了仿佛是另外一个人的哀伤表情，他明白，他们在盥洗室镜子前的遭遇算不上太可怕。冯·罗尔医生说过，威廉光着身子照镜子可是一道难关。杰克猜测那就是霍瓦特医生所说的"终极武器"。杰克早晚有一天会见识到的，那一天很快就会来临。不过，杰克很庆幸，今天晚上在皇冠饭店没有遭遇他父亲的"终极武器"。

他们又聊了聊基尔希贝格疗养院的年轻护士。她们如何每天早上轮流给威廉刮胡子，而威廉又是如何与她们调情的。

"你不是自己刮胡子吗？"杰克问他。

"没有镜子的情况下，你倒是可以自己试试看。杰克，你也可以让那些年轻护士帮你刮一次试试。"他父亲回答。

"如果你总是那么不老实，威廉，我就要让沃尔特劳特负责给你刮胡子了。"冯·罗尔医生对他说。

"是啊，这样你就可以不让雨果来帮忙了，露特。"威廉回答。

于是，威廉又把聊天的话题引回了雨果和妓女。永远一副主管派头的冯·罗尔医生当然看穿了威廉的意图，但她无能为力。

"这些漂亮的女士最看不惯的就是雨果，杰克，"威廉开口说道，"她们倒是不会指责那些妓女。"（这时，冯·罗尔医生叹了口气，而克劳尔-波佩医生自然又用手捂住了脸。）

"你说'那些妓女'。你见了不止一个妓女？"杰克问他父亲。

"每次只见一个。"威廉又露出了他恶作剧式的笑容。（冯·罗尔医生的刀叉突然哗啦作响，而克劳尔-波佩医生的眼睛里又进了东西。）

"我有点好奇，老爸。你是每次都见同一个妓女吗？"

"有几个妓女是我喜欢的类型，大概有三四个吧。我会经常见她们中的一个。"威廉回答。

"你倒是挺忠贞的——你要说的是这个意思吗，威廉？"克劳尔-波佩医生问，"是不是有首歌与此有关？（她比冯·罗尔医生喝了更多的红葡萄酒。）歌名是叫《一片乱混》吗？"

"是《一片混乱》，安娜-伊丽莎白。"冯·罗尔医生纠正道。

"那样安全吗？"杰克问他父亲。

"我又不和她们发生性行为。"威廉回答，声音中有种被误会的怒气。

"我知道。我是说，其他的方面。比如，你们见面的场所，是否有危险？"杰克问。

"有雨果陪着我！当然了，我们不会在同一个房间里！"威廉喊道。

"那当然。"杰克说。

冯·罗尔医生刚刚安静下来的餐具又响了起来。

"等你见到雨果就清楚了。你父亲和他在一起很安全。"克劳尔-波佩医生告诉杰克。

"那你们为什么看不惯他呢？"杰克问她们。

"等你见到他就清楚了。"冯·罗尔医生只回答了这么一句。

"收起你的同情，杰克。别以为我是一个只能看着妓女手淫的窝囊废。我这么做是有原因的。"威廉说。

"我感觉还是听不明白。"杰克承认道。

杰克和两位医生看到威廉戴着手套的右手又开始朝心口伸去，他的右手手指隔着手套和衣物蹭着他身体左侧的那个带分号的刺青。（吃饭时，冯·罗尔医生帮他把手套脱了下来。他吃完后，又把手套戴了回去。）

"我这一辈子真正深爱过两个女人，我是那么想和她们在一起，但都未能如愿。我不能再干这种事了，我不能再次失去自己心爱的人。"威廉伤心地说。

杰克和两位医生知道，威廉因为卡琳·林霍夫在身上刺青，但杰克不知道他父亲还专门为他的德国妻子芭芭拉做过刺青，更别提刺青的部位了。那个刺青可能被音乐刺青遮住了吧，也许就是某段音乐刺青，杰克想着回头要问问茜瑟。

"我明白了，老爸。我听懂了。"杰克对威廉说。

杰克想，他父亲被刺激时是否摸过他身体右侧的那个出自雅各布·布里尔之手的伤口刺青呢？他想知道，这个刺青是否和威廉身体左侧的"指挥官的女儿；她的小弟弟"一样也会让他父亲感到一触即痛。杰克希望不会。威廉所有的刺青中，唯独雅各布·布里尔做的基督伤口的刺青是染色的。

"别谈这个了，威廉。你明天打算给我们弹什么曲子啊？我是说给杰克、我和霍瓦特医生。"克劳尔-波佩医生温柔地说。

这招很有效，杰克的父亲似乎在没有察觉的情况下，将右手从他心口的位置慢慢收了回来。他手指伸开，掌心朝下将戴着手套的手放在了身前的白色桌布上。他的双脚在椅子下面不停刷擦着地板，就像演奏管风琴时踩着脚踏板。你能从他的眼神中看出，他脑中有一架管风琴。那架管风琴和老教堂里的那架差不多尺寸。当威廉闭上眼睛，他几乎可以清楚地听见琴声。

"你不会认为我会把曲子哼唱出来吧，安娜-伊丽莎白？"威廉问克劳尔-波佩医生。她完全没有开玩笑的意思。相反，她紧张得不敢喘气，杰克和冯·罗尔医生也和她一样，因为他们知道，哼唱也可能会触发不良反应。贝尔格医生曾经警告过杰克，威廉讨厌哼唱。（虽然他讨厌的是哼唱的行为，并非这个词本身。）

"为什么不给他们一个惊喜呢，威廉？"冯·罗尔医生建议道，"我就是问问。"

"什么？"威廉看上去有些疲惫。

"等上车了，我会给你吃点助眠的药。"克劳尔-波佩医生对威廉说。

杰克的父亲摇了摇头，他已经有些困倦了。"和杰克道别会让我难过的，"威廉生气地说，"我这辈子已经和你道别过太多次了，我的孩子。我在这里和你道别过，"威廉用戴着手套的手摸着他的心，"这里，"他指了指自己的眼睛，"还有这里！"威廉用食指指了指自己的太阳穴，泪水从他的眼里淌了出来。

"你明天早上还会见到我的，老爸。"杰克双手捧着他父亲的脸，"你会经常见到我的。"杰克向他保证道，"我会一直来这儿。茜瑟和我会在苏黎世买一座房子。"

威廉立刻停止了哭泣。"你一定是疯了！苏黎世是全世界生活最昂贵的城市之一！问问露特，问问安娜-伊丽莎白！告诉他！"他对两位女医生嚷道，"我可不想让我的两个孩子因为我而破产！"他抱怨着，用双臂抱住身体，似乎又开始感到冷了。

"他很快就要冷了。"冯·罗尔医生用德语对克劳尔-波佩医生说。

"我又不是一直感到冷。"杰克的父亲用德语辩解道。

克劳尔-波佩医生站了起来，一只手搭在威廉的肩上。"张嘴，威廉。把这个药吃了，你就不会冷了，你只会想睡觉。"她说。

杰克的父亲转过头，朝她伸出了舌头。（杰克突然意识到他之前也许误解了他父亲朝她吐舌头的意思。）克劳尔-波佩医生将一粒药放到威廉的舌头上，用玻璃杯喂了他一口水，让他把药服了下去。

"我去看看雨果的车在不在，应该会在的。"冯·罗尔医生说着，离开了餐桌。

"里特尔教授在湖对面有一座大房子，是在佐利孔还是屈斯那赫特来着？反正都是很昂贵的地方。"威廉刚刚把药咽下去就开口说了起来。

"在屈斯那赫特，威廉。那里非常美，"克劳尔-波佩医生对杰克说，"湖那面的日照更好。"

"出租车司机告诉过我。"杰克回答。

"可你知道要花多少钱吗？"他父亲问，"四百万瑞士法郎，能买到什么呢？一座三四百平方米的房子，居然卖到了三百多万美元！太疯狂了！"

"从那座房子可以看到湖景，还有私家花园。"克劳尔-波佩医生解释说，"花园足有一千平方米，威廉。"

"那也够贵了。"威廉固执地回答，他现在不再发抖了。克劳尔-波佩医生站在威廉的椅子后面，揉捏着他的肩膀。她正等着药物起效。

"威廉，杰克可以在市区买一座小房子，不会那么贵的。我确定他不在乎能不能看到湖景。"克劳尔-波佩医生说。

"苏黎世样样东西都很贵！"威廉大声说道。

"威廉，你只出去花钱买过衣服和找过妓女。你在苏黎世还买过什么别的东西吗？"克劳尔-波佩医生问他。

"杰克，你看到了吧？她们就是这么针对我，好像我和她们俩结婚了似的！"威廉对杰克说，"一下子和两个人结婚真是让人吃不消！"威廉看到冯·罗尔医生回来了，于是故意说道。

"信不信由你，雨果已经开车到这儿了。他竟然还真的记住了。"冯·罗尔医生说。

"你对雨果太苛刻了，"威廉对冯·罗尔医生说，"等你见到他就知道了，杰克。他是个像艾尔·卡斯特罗那样的人。"

第一眼看到雨果庞大的身躯在黑色的梅赛德斯轿车前笨拙地挪动时，

杰克明白了他父亲这话的意思——雨果像是一个重量级摔跤手。雨果正用衬衫袖子擦着汽车引擎盖上的装饰。他是一名男护士，但穿着更像是个餐厅侍者或轿车司机。不过，即使雨果穿着一件白色长袖衬衫，杰克也能看出他运动员般健壮的体格。

他同为护士的姐姐沃尔特劳特·布莱贝尔长得矮小敦实，但雨果完全称得上高大魁梧。他通过健身得来的饱满肩膀和二头肌，让他看起来更加高大。他肌肉发达的颈部，都快和威廉的腰一般粗了。更可怕的是，雨果还剃光了头发，这对他的形象没有起到丝毫提升作用。他五官呆板，整张脸扁平得像把铁铲。雨果只有一边耳朵上戴着一个金耳钉，让人注意到他另外一只耳朵没有耳垂。（他们来皇冠饭店的路上，威廉告诉杰克，雨果在一家夜总会里被一条狗咬掉了耳垂。）

"那条狗没有丝毫歉意，因此得到了最惨的报应。"威廉当时说道。（霍瓦特医生后来告诉杰克，雨果把咬掉他耳垂的狗杀了。）

不难看出为什么冯·罗尔医生和克劳尔-波佩医生不喜欢雨果。他不是那种受过教育的女性会喜欢的年轻男性。对大多数女性而言，雨果实在算不上有魅力。另外，雨果不光长得像个保安，他的性格也很像。

在基尔希贝格疗养院，那些排着队给杰克的父亲刮胡子的年轻女护士根本不理睬雨果。而上了年纪的女人，包括他姐姐和女医生则对他颐指气使。雨果除了表现得像个恶棍外，别无选择。不过，至少他可以告诉杰克，苏黎世哪家健身房更好。杰克第一次见到雨果时就发现，他对威廉的态度可以用溺爱来形容。

雨果与妓女交往甚密，而同威廉·伯恩斯这样长相英俊的老绅士的友谊，无疑更提升了他在妓女眼中的地位。

"雨果！"杰克的父亲像看到老朋友般热情地招呼着巨人雨果，"我想让你见见我儿子，杰克，那个演员。"（"那个演员"是用德语说的，就像威廉之前在 161 路公交上向乘客介绍杰克那样。）

从疗养院来皇冠饭店前，威廉坚持要杰克和冯·罗尔医生同他一起坐公交车进城。他很自豪自己熟知当地的公交系统，而且威廉想让杰克看看他平时如何往来于市区和医院——比如他和沃尔特劳特进城采购，或和她弟弟雨果进城进行另一种"消费"。（黑色的梅赛德斯轿车只用于夜里行驶。）

公交上的大部分乘客似乎都认识杰克的父亲，而他对所有人说："我想让你见见我儿子，杰克，那个演员。"

"我看过你所有的电影，"雨果向杰克自我介绍时说，"威廉和我总是一起看你的电影。那些电影怎么看都不会腻！"他喊着握着杰克的手（不放）。

杰克注意到冯·罗尔医生和克劳尔-波佩医生对视了一眼，那个眼神似乎表明雨果刚刚的话里好像有什么可能会触发威廉不良反应的字眼，还好这次没有。杰克的父亲满脸是笑，走路时脚底不再蹦蹦跳跳，而是有些左右摇摆。（要么是刚刚雨果没有说错话，要么是克劳尔-波佩医生的药开始起效了。）

"我不会和你道别的，杰克。"威廉用双臂抱住杰克的脖子，脑袋像婴儿般靠在杰克的胸前。

"你不用和杰克道别，威廉。只要对他说'明天见'就行。你明天早上就会再次见到他。"冯·罗尔医生说。

"明天见，老爸。"杰克用德语说道。

"明天见。"威廉也用德语低声回答，"孩子，我正在想象我把你安顿上床的样子，或许应该是你把我安顿上床吧。"

"恐怕该让雨果把你安顿上床了，威廉。"克劳尔-波佩医生说。

"啊，我可真开心。"杰克的父亲说着，放开了他儿子。

杰克亲吻了他父亲的嘴唇，就像茜瑟之前教他的那样，用紧闭的双唇轻抚威廉的嘴唇。威廉也以同样的方式回吻着杰克。

"孩子，我明白了。你一定吻过你妹妹了！"

杰克想碰碰运气，他觉得现在是最合适的时机。因为即使出了差错，雨果和两位医生也都在场。

"我爱你，老爸。"杰克对他父亲说，不在乎"爱"是否会触发什么，"我爱你每一寸皮肤。我说真的。"

雨果的表情像是准备要给杰克一拳。两位女医生则立刻密切地注视着威廉的反应。"皮肤"会不会触发威廉的不良反应？他们都在疑惑。他们马上就要应对各种无法应对的状况，还是说"皮肤"这次变成了安全的词语？

"你要是有胆量就再说一遍，杰克。"威廉说。

"我爱你，爱你每一寸皮肤。"杰克对他说。

威廉用戴着手套的双手捂住自己的心脏，笑着望着雨果和两位医生，唯独没有看杰克。"他胆子可真大，是吧？"威廉问道。

"反正胆不是我的专业领域。"冯·罗尔医生回答。

"我也没有对症的药物。"克劳尔-波佩医生说。

杰克的父亲平安无事。他捂住心脏，是因为他想感受它的跳动。"我爱你，爱你每一寸皮肤，孩子！别忘了给你妹妹打电话。"

一瞬之间，威廉变得身心交瘁。雨果帮他坐进梅赛德斯的后座，威廉看上去像个第一天去上学的孩子。雨果为他系好了安全带，但没有立刻回到驾驶座。他来到杰克面前，再次握起他的手（不放）。杰克感觉雨果差点儿把他的胳膊拽了下来。

"你胆子真大，像月亮那么大！"雨果夹杂着德语对杰克说，然后钻回车里驾车离开了。

"明天见！"克劳尔-波佩医生朝开走的汽车喊道。

"现在，我要搭出租车回家了。我住在苏黎世的另一边。"冯·罗尔医生对杰克说。

美景广场附近有一个出租车搭乘点。克劳尔-波佩医生和杰克一直陪着冯·罗尔医生，直到她等到一辆空的出租车。两位女医生亲吻脸颊后，互道晚安。

"我向你保证，杰克，我从没被闪电击中过。我倒觉得你父亲像是一道闪电，但击中的不是我的脑袋，而是我的心脏。"冯·罗尔医生与杰克握手告别时说道。

杰克和克劳尔-波佩医生一起走过码头大桥，回到了斯托申酒店。"你确定不用我送你回家吗？"杰克问她。

"我就住在酒店附近，但你可能会找不到回酒店的路。经过的都是小路，还有很多岔道，很容易迷路。"她回答。

"你的孩子多大了？"杰克问。路灯的灯光洒在了利马特河的河面上，忽明忽暗地闪烁着，衬托着美丽的夜色。

"一个十岁，另一个十二岁，都是男孩。要是我像你父亲在阿姆斯特丹时那样对他们道别，我一定会杀了我自己。如果我走运，可能晚年会来到基尔希贝格疗养院这种地方，但是作为病人，不是医生。"克劳尔-波佩医生对他说。

"我明白。"杰克回答。

"我爱你的父亲，爱他每一寸皮肤。"她笑着说。

"他会好起来吗？"杰克问。

"他今天晚上和你出来，症状本可以发作得更加严重。他尽自己最大的努力在你面前好好表现。不过，他不会好起来，也不会继续恶化。威廉本来就是这样。"克劳尔-波佩医生回答。

"在基尔希贝格有你们照料他可真幸运。"杰克说。

"你应该为此感谢你妹妹，杰克。她做出了巨大的牺牲。你真的想在这里买房子吗？"克劳尔-波佩医生问。

"是的，我很认真。"杰克回答。

"我丈夫对房地产有些了解，他可能会帮上你。我只管药物治疗，别的方面帮不上你。"

他们已经回到了葡萄酒广场，正好站在斯托申酒店前。

"你确定——"杰克刚要张口问她要不要送她回家。

"是的，我很确定。"她打断了他的提问，"我很快就会到家。在你给茜瑟打电话时我已经上床睡觉了。别忘了给她打电话。"

然而，克劳尔-波佩医生没有马上离开，她仍然站在原地。杰克看出来她还有话想对他说，也许她感觉自己没有和杰克熟悉到可以说出这些话的地步。

"你不回家吗，安娜-伊丽莎白？"杰克问她。

她又用手捂住了脸。像她这样一个严肃（又美丽）的女人，做这个动作有种莫名的少女气。

"怎么了？"杰克问她。

"这不关我的事，你有自己的心理医生。"她回答。

"请告诉我你的想法。"杰克对她说。

"我觉得，你应该结束这种按照时间顺序讲述经历的治疗了。然后，你应该让你的心理医生给你开点东西。你现在还忙着按照时间顺序讲故事呢，肯定不会想要医生给你开那种东西。"克劳尔-波佩医生说。

"你说的是药物？"杰克问。

"是的，药物。就像我给你父亲服用的那种，但和郁乐复和西酞普兰有些不一样，叫依地普仑。虽然和你父亲服用的西酞普兰类似，但里面有一种新成分——艾司西酞普兰。新药见效更快，从两三周提前到一周起效，而且效力更强，每次服用 10 毫克就行。"克劳尔-波佩医生对他说。

"这是一种抗抑郁药？"杰克问。

"当然是抗抑郁药了。我记得这种药在美国叫来士普，加西亚医生肯定知道。这种药的副作用应该会更小，但不是所有的研究结果都证明如此。你可能需要忍受性欲下降、阳痿或早泄这些副作用。"克劳尔-波佩医生停下来，微笑着看着杰克，"你一定不想让药物的副作用影响到你按照时间顺序讲故事吧，杰克。所以先把要讲给加西亚医生听的故事讲完，然后，再试试这种药。"

"你觉得我得了抑郁症，安娜-伊丽莎白？"

"这话问的！"她笑了出来，"如果你真的在按照时间顺序讲述那些让你大笑，让你大哭和让你生气的经历，如果你没有隐瞒的话，你肯定是得了抑郁症了！我很惊讶你竟然没有到基尔希贝格疗养院这种地方进行治疗，杰克。我是说住院治疗。"

"但是，我怎么知道什么时候讲完？我还不断遇到新的情况。"杰克对她说。

"你想要结束的时候，你自己会知道的，杰克。当你想要感谢加西亚医生倾听你的故事，就是结束的时候。等你想把自己所有的经历讲给心理医生以外的人听，自然而然就结束了。"

"哦。"

"老天!"克劳尔-波佩医生用德语喊道,"谁能想到说'哦'的语气也会遗传呢?"

克劳尔-波佩医生与杰克握手道别后便走开了,从她高跟鞋踩在卵石路面上的响声判断,似乎她对回家走哪条路也不是很确定。她回过头来喊道:"我明天早上还在这里等你,杰克。我带你去教堂。霍瓦特医生会带着威廉去那里。"

"明天见!"杰克用德语对她喊道,然后回到了酒店,准备给他妹妹打电话。

第二天早上醒来时,杰克会在床头柜电话机旁的便笺上认出自己的字迹。

依地普仑,10毫克

(在美国叫来士普?)

问加西亚医生

里特尔教授是怎么说的?"你父亲因失去他的爱人而伤心……"失去心爱之人足以让任何人感到冷,也许和威廉身上的刺青毫无关系。

与茜瑟的电话打得很顺利。虽然杰克的电话把她吵醒了,但杰克打来电话让她很开心。

"呃,我终于见到他了。可等了好久啊!我和他一起待了几个小时,冯·罗尔医生、克劳尔-波佩医生和我一起带着他去了皇冠饭店吃晚餐。当然,我也见到了雨果,还有其他所有人。"杰克开口讲了起来。

"你就直接说吧!"他妹妹兴奋地喊道。

"我爱他。"杰克毫不犹豫地说。

"你就说了这句吗,杰克?"茜瑟哭了起来。

"我爱他,爱他的每一寸皮肤。"杰克对她说。

"上帝啊,你没有对他说出'皮肤'这个词,是吧?"茜瑟问他。

"我对他说这句话的时候,冒险说了这个词。他觉得我胆子很大。"

杰克说。

"我也要说，你胆子太大了！"茜瑟喊道。

"当然，中间确实出了点儿状况，但都不严重。"杰克解释说。

"总会出状况的，杰克。这些就不用对我讲了。"

"你介意妓女的事吗？"杰克问她。

"你介意吗，杰克？"

杰克说，总体而言，他不介意。"有雨果陪着他，不会出事的。"杰克这样说道。

他们讨论了一下是否要告诉伍尔兹小姐有关妓女的事。杰克很想打电话给她，把一切都讲给伍尔兹小姐听。（"也许没必要把一切都讲给她听，杰克。最好还是把妓女的事留到以后再说吧。"茜瑟提醒道。）

他们还讨论了雨果，有关他那只在夜总会里被狗咬掉的耳垂。除了在仅剩的那只耳朵上戴个金耳钉，他还能想到比这个更加离奇的手段，让人关注到他残缺的耳朵。"你觉得，雨果是真的想让人注意到他那只被狗咬掉的耳朵吗？"茜瑟问杰克。

"他说不定会把金耳钉戴在那只没有耳垂的耳朵上部，那只健全的耳朵上反而什么都不戴。"杰克猜测。

茜瑟想知道，如果雨果主动提出，杰克是否会见见威廉经常光顾的那几个妓女。"看看她们人怎么样，让她们对他好些。"杰克的妹妹说。

"他的确没有多少隐私可言。"杰克说。他们两人一致认为，即使是为对方着想，也应该给你爱的人一些隐私空间。

"你不喜欢他们吗？我是说那些医生，甚至包括里特尔教授。"茜瑟问他。

"呃……"杰克模仿着里特尔教授的口头禅，"我当然喜欢他们了！"他回答。

"你会每天给我打电话吗？"他妹妹问。

"当然！要是我忘记了，你可以用对方付费的方式打电话给我。"杰克说。

她又哭了起来。"我觉得你把我收买了，杰克。我觉得自己完完全全喜欢上了你！"茜瑟哭着说。

"我爱你，茜瑟。"

"我爱你，爱你的每一寸皮肤。"茜瑟回答。

杰克告诉茜瑟，他们的父亲如何怒气冲冲地指责苏黎世昂贵的物价，他打算在苏黎世购买房屋的打算让威廉气得发疯。

（威廉反对杰克和茜瑟以昂贵的价格在苏黎世购买房屋，但他对自己住在基尔希贝格疗养院的高昂费用毫不知情，他不知道这才是茜瑟联系到杰克的首要原因！）

杰克甚至还和他妹妹讨论了一些琐碎的细节，他之前从没想到自己会和任何人聊到这些。例如，他们讨论了要在苏黎世买一座什么样的房屋，要有几间卧室，要有几间盥洗室。（威廉如果听见他们的谈话，一定会气得翻白眼。）

虽然这道理太为人熟知了，但杰克忽然意识到，当你感到开心时，尤其是人生中第一次感到开心时，你会想到之前自己不开心时完全不敢想的事。

多么美好的清晨啊！先是阳光涌入了杰克在斯托申酒店的房间，然后他又在利马特河边的咖啡馆吃了点早餐，喝了咖啡。简单的生活就是这样一目了然，那么复杂的人生也会如此吗？对于接下来即将发生的事，杰克无力阻止，就像他无法阻止威廉·伯恩斯让艾丽丝·斯特罗纳克怀孕。

杰克站在斯托申酒店前的葡萄酒广场的卵石路面上，就是他昨夜同医药界的"超模"安娜-伊丽莎白·克劳尔-波佩医生道别的地方。这次，她的着装还是那么耀眼。杰克总算明白她为什么在基尔希贝格总是穿着白大褂了，是为了不让自己太显眼。

他们沿着上坡的小路走到了圣彼得教堂。杰克心想，总有一天，他会把这些小路的名字记住的。维尔特利纳·凯勒饭店对面是钥匙巷，还有文根巷——杰克觉得这些街道的德语名字听起来就像是音乐。

"今天的清晨太美了，是吧？"克劳尔-波佩医生问杰克。杰克没有回答，她也没有计较。"圣彼得教堂有全欧洲最大的钟，是一座钟楼上的四面钟。"她在路上寻找着各种聊天的话题，"你想要纸巾吗？"她问着把手伸进了包里。杰克摇了摇头。

杰克很想告诉她，阳光会晒干他脸上的泪水，但他一个字都说不出来。杰克只是不停地清着嗓子。

蓝灰色的教堂旁边是一座铺着石板的方形广场。广场上种有很多树，周围的商店和住宅的窗口摆放着很多植物。建筑工人正忙着翻新一栋看上去像公寓楼的建筑。那座建筑正好隔着广场位于教堂对面，工人们站在脚手架上忙碌着。可以听见锤子击打的声音，两个工人正在合力用一把长锯进行某种复杂的工作。还有一个工人正在安装钢管，可能是在扩建脚手架。

这个安装管道的工人首先看到了克劳尔-波佩医生，朝她招了招手。另外三个工人也回头看到了她，其中两人喊了起来，另外那个则吹起了口哨。

"我猜他们认得你，"杰克对安娜-伊丽莎白说，他很欣慰自己又能说话了，"这些建筑工人很特别吗？"

"你等一下就知道了。这些建筑工人确实有些特别。"她回答。

今天不是周日，但不到八点，就已经有人来到了教堂，这可真有些不同寻常。这里将要举行弥撒吗？杰克问克劳尔-波佩医生。不，圣彼得教堂是一座新教教堂，天主教教堂才有弥撒，她告诉杰克。这里不举行弥撒，只有每周日的礼拜仪式。

"圣彼得教堂对公众开放，我们不能让他们离开。"克劳尔-波佩医生说。

越来越多人沿着宽阔平坦的阶梯走进了教堂。他们看上去像是本地人，而不是游客。

杰克发现，其中有穿着西装的男人，打扮得就像他父亲在皇冠饭店的盥洗室里吓到的那个银行家，有带着孩子的女性，有的甚至全家出动，人群中还有十几岁的青少年。

"他们全都是来听他演奏的？"杰克问。

"我们怎么能阻止他们来呢？这不就像是书和电影那样吗？英语怎么说的，口耳相传？"她回答。

圣彼得教堂里坐满了人，只剩下站立的位置。"反正你也不会坐下的，因为你要趁你父亲演奏完之前离开。威廉不想让你看到最后，至少你第一次来时是这样的。"克劳尔-波佩医生对杰克说。

"最后怎么了？为什么要趁他演奏完之前离开？"杰克问她。

"请你相信我。克劳斯，也就是霍瓦特医生会带你离开的。他知道什么时候离开最合适。"她又用手捂住了脸，"我们都知道这个。"她捂着脸说道。

教堂的地面是抛光的灰色大理石。教堂里没有一排排的长椅，而是放着成排的金色木椅，不过木椅摆得和长椅一样整齐。人们坐在椅子上等待着，好像接下来真的有布道似的。管风琴位于教众座位的后方，杰克奇怪听众为什么不把椅子转过来，这样他们至少可以看到管风琴师，他们专程前来不就是为了听他演奏的吗？

管风琴在教堂的二层，正好位于教众座位后部的上方。管风琴师演奏时背朝祭坛方向而坐，杰克站在下面几乎很难看到演奏者。管风琴师面对着高高耸立的风琴管，风琴管泛着银光，嵌在木质底座上。

杰克想，管风琴师演奏时一定就像苦行僧在修行，看不到祭坛，看不到教众！

布道台下方放着一只插着鲜花的黑瓮。祭坛上方则是一行铭文。

Matth. IV. ID.

Du solt anbätten

Den Herren deinen Gott

Und Ihm allein dienen.

铭文似乎是很古老的德文，杰克只能看出铭文出自《马太福音》。他问克劳尔-波佩医生铭文的意思。"当拜主你的上帝，唯独敬奉他。"

"我猜你一定会说我父亲是一位虔诚的信徒。"杰克说。

"威廉从未改变过信仰，他信仰自己愿意信仰的。他从没对我或任何人说过应该信仰什么。"安娜-伊丽莎白回答。

"除了谅解，他明确要我原谅母亲。"杰克指出。

"那算不上是宗教信仰，杰克。那是人之常情，不是吗？"克劳尔-波佩医生说。

她领着杰克从教堂里走了出来，进入一道门后沿着楼梯来到教堂的二层，也就是管风琴的位置。这架管风琴比杰克见过的要小一些，木质底座采用浅色的木料，整体看上去非常精致。这架管风琴有53个音栓，是由法国斯特拉斯堡的一家名为米尔莱森的公司生产的。

杰克站在上面看着下面的人，发现站着的人也是面朝祭坛方向，而不是转过身看着管风琴。"我猜没人想要看管风琴师演奏。"他对安娜-伊丽莎白说。

"听霍瓦特医生的指示，和他一起离开就行。"克劳尔-波佩医生对他说，"威廉演奏后，会进行冰水疗法，然后用热石蜡，接着再来一次冰水疗法。如果你临近中午时去基尔希贝格疗养院，也许可以和他一起慢跑，当然霍瓦特医生也会一起。到了下午，你可以听他蒙着眼睛在瑜伽课上弹钢琴，或者和他一起看一部你自己演过的电影！"她兴奋地说，"但记住到时间时和霍瓦特医生一起离开，好吗？我没在开玩笑。"

"好的。"杰克对她说。

霍瓦特医生和杰克的父亲这时沿着楼梯走了上来。下方的听众有很多人回过头来看着威廉·伯恩斯。威廉一副严肃的神情，没有理睬任何人，甚至对杰克也视而不见。他只是对着管风琴点了下头。杰克感觉克劳尔-波佩医生轻轻蹭了蹭他的手臂。安娜-伊丽莎白想让杰克知道，他父亲就要开始演奏了。（她昨晚怎么说的来着？"威廉本来就是这样。"）

教堂里的听众没人对威廉鼓掌喝彩，甚至没人窃窃私语。杰克从没经历过如此充满敬意的安静场面。

霍瓦特医生拿着乐谱。（那本乐谱看上去很厚。）"正常来说，他只演奏一小时，但今天因为你在场，他要多演奏半小时！"霍瓦特医生在杰克耳边大声道。

克劳尔-波佩医生肯定也听见了霍瓦特医生的话，说不定教堂里的所有人都听到了。"克劳斯，你觉得这样好吗？"安娜-伊丽莎白问霍瓦特医生。

"难道你带着能阻止我的药物吗？"杰克的父亲对克劳尔-波佩医生说，杰克看出威廉在故意逗她，因为他脸上挂着恶作剧式的笑容。威廉坐到管风琴前面的凳子上，盯着杰克的双眼，好像杰克刚刚对他说，自己多么爱他，爱他每一寸皮肤。"你给你妹妹打电话了吗，杰克？"威廉问。

"当然，我给她打过电话了。我们聊了很久。"

"好孩子。"威廉只回了一句。他的目光移到了琴键上。杰克听见他父亲的双脚在管风琴脚踏板上轻柔地刷擦着。

安娜-伊丽莎白从霍瓦特医生手中接过了乐谱，随意翻看着。"威廉，我看你今天的手指头要有苦头吃了，而且还不少呢。"她说道。

"我在里面只看到了音乐，而且还不少呢。"威廉回答，他对她眨了眨眼。

杰克有些紧张，他数起了教堂里的吊灯。（吊灯上的玻璃闪着银色的光。杰克总共数了二十八盏吊灯。）

"等一下咱们一起去慢跑！今天晚上，我会同你和威廉一起吃晚餐。咱们得让女士们歇一歇了！"霍瓦特医生对杰克说。

"太棒了，我很期待。"杰克回答。

"不过，我们今晚去的可不是皇冠饭店那种高级餐厅。今天去的虽是家小餐厅，但很特别。店主和我认识，他很喜欢你父亲。他们得知威廉要去时，会把店里的镜子都遮挡住！是不是很不错？"霍瓦特医生耳语道，但所有人都听得到。

"行了，克劳斯。"克劳尔-波佩医生说。

杰克看到她正要为他父亲翻开乐谱，威廉已经准备要演奏了。现在，教堂里的听众都面朝前方的祭坛，看着《马太福音》里那句严厉的命令："当拜主你的上帝，唯独敬奉他。"

威廉将双手举到琴键上方与肩同高的位置。杰克听见他深吸了一口气。同时，下面的听众直了直腰。杰克敢打赌，他们也听见了威廉的深呼吸，那如同一声信号——演奏即将开始。

"开始了！"霍瓦特医生说着低下了头，闭上了眼睛。

威廉的双手似乎飘浮在一团温暖上升的气流之上，如同一只鹰悬停在一阵上升的热风中。然后，他的手放了下来。威廉演奏的是巴赫的一首众赞歌前奏曲《神圣的耶稣，我们在此》。

"宁静的音乐。"霍瓦特医生用意大利语说道，声音出人意料地柔和。

接下来，杰克专心地听着威廉的演奏。他简直难以相信，威廉竟然能连续弹奏那么长时间，竟然没有一个人起身离开，甚至没有人挪动一下身子。霍瓦特医生、杰克和克劳尔-波佩医生一直站在一旁，也是一动不动。杰克不知道别人是什么感受，但他的双腿毫无疲惫感。他站在那里，耳朵奋力捕捉着全部的声音。威廉·伯恩斯不停地弹奏着，全都是他最喜欢的曲子。（茜瑟称之为"古老的经典曲目"。）

威廉已经演奏了一个多小时了。他们听到了亨德尔等作曲家的作品。当威廉开始演奏巴赫的《d 小调托卡塔与赋格》，也就是他在阿姆斯特丹老教堂最受妓女欢迎的曲目，霍瓦特医生推了推杰克。

"我们该走了。"霍瓦特医生说。

杰克当然不想离开，但他看到安娜-伊丽莎白正看着自己。杰克信任她，也信任医疗团队的全部成员。听着巴赫的这首作品很难安稳地走下楼梯，但霍瓦特医生和杰克抑制住心中的激动，走下楼梯时没有发出一丝声响。威廉忙着演奏，根本没注意到他们离开。

教堂里很暖和，所有的门都打开了，所有能够打开的窗户也都被打开了。巴赫的《d 小调托卡塔与赋格》透过门与窗倾泻到教堂前面的小广场。教堂外面——树木之间，石阶之上——音量几乎没有任何衰减，就像身在教堂里那样，你可以清楚地听到每一个音符。

就在这时，杰克看到广场周围的建筑内，凡是有窗户和门打开的地方，都站满了人，他们也在聆听管风琴的乐音。

"当然，冬天的时候就不会这么门窗大开了！但他们还是会赶来听威廉演奏。"霍瓦特医生说。

杰克站在教堂石阶之下，正好位于小广场的中心。他聆听音乐的同时看着周围也在聆听音乐的人们。建筑工人没有发出任何噪声，他们早就停下了手头的工作。他们站在脚手架上聚精会神地听着，把干活的工具扔在一边。刚刚用锤子敲打的工人脱掉了衬衫，刚才在拉锯的工人则抽起了烟，而之前在搭建脚手架的那名工人，手里拿着一根小钢管挥舞着，好像那根钢管成了他的指挥棒。他假装成一名乐团指挥，好像正在演奏的乐曲是由他指挥的。

"看看那些粗人，像小丑一样！"霍瓦特医生说着看了看手表，"到现在为止，似乎你父亲的手指还没有感觉到疼痛！"

《d小调托卡塔与赋格》似乎快要结束了。"还要继续演奏吗？这首之后是什么？"杰克问。

"还有一首。"霍瓦特医生点了点头。

杰克发现，那些站在脚手架上的建筑工人似乎和霍瓦特医生同样熟知接下来的曲目，他们看上去已经做好了准备。

巴赫的曲子戛然而止。同时出现了让杰克疑惑不解的一幕，带着孩子来的家庭开始离开教堂，其中有些带着小孩的母亲还跑了起来。只有成年人和十几岁的年轻人还留在教堂里。

"胆小鬼！"霍瓦特医生鄙视地说道，踢了一脚地上的一块石头，"准备好了，杰克。等会儿跑步时见！"杰克意识到霍瓦特医生也要离开了。

杰克忽然发现他听过最后这首曲子。他在爱丁堡时，听茜瑟在老圣保罗教堂为他演奏过这首作品。他怎么可能忘记呢？就是波尔曼那首像恐怖电影配乐般的托卡塔。建筑工人也知道这首曲子，也许威廉·伯恩斯每次都会在最后弹奏这首。他们显然知道将会发生什么。

在爱丁堡时，杰克走出老圣保罗教堂后根本就听不见波尔曼的托卡塔了。但是在这里，从圣彼得教堂奔腾而出的声响震耳欲聋。杰克对波尔曼的托卡塔还没有熟悉到能辨别出威廉演奏的第一个错音——他的手指开始疼了。不过，霍瓦特医生听了出来。他皱了一下眉，一只手握成了拳头，不知情的人看到他的表情和动作，还以为他那只手刚刚被车门夹到了。"我该回去了！"霍瓦特医生喊道。

接着，是第二次错音，然后是第三个。现在，连杰克也能听出他父亲弹错了。

"他的手指？"他问霍瓦特医生。

"你无法想象演奏波尔曼的这首曲子多么折磨威廉的手指，杰克，但他停不下来。"霍瓦特医生说。

杰克想到了阿姆斯特丹老教堂附近的妓女。现在，杰克明白了，为什么她们即使不回家也要在凌晨时分听威廉的演奏。

等到出现第四个错音时，霍瓦特医生跑着离开了。"我要趁他开始脱衣服前赶回去！"他回头对杰克喊着一步三阶地跑上了石阶，向教堂奔去。

管风琴的乐声愈加汹涌澎湃。杰克觉得，如果把这段音乐用作某个电影追逐场景的背景音乐，一定会让其他所有的追逐场景黯然失色。杰克的下一部电影中，就有追逐场景。也许他可以让他父亲来为这个场景配乐，就演奏波尔曼的这首托卡塔，连错音都不能少。

连杰克都能听出来，他父亲弹的错音越来越多。建筑工人则在脚手架上摆出一副蓄势待发的样子。

越来越多的错音几乎要将乐曲的旋律淹没。"我有个儿子！"杰克在这难以为继的乐声中听见他父亲高喊着，"我有个女儿，还有个儿子！"然后，威廉双手握拳，砸到了管风琴的琴键上。管风琴最后发出的声声轰击把圣彼得教堂钟楼上的鸽群都吓飞了。这时，建筑工人开口唱了起来。

"我有个儿子！"他们唱道。听威廉·伯恩斯唱了那么多次，他们甚至学会了这几句英语。"我有个女儿，还有个儿子！"虽然他们唱歌的才能十分有限，但歌声里充满了热忱，这足以让杰克喜欢他们了。

"来吧，让我们赞美上帝！"威廉像在唱赞美诗那样用拉丁语唱道。

有人可能会认为，普通的苏黎世建筑工人根本不会拉丁语，但这显然不是他们第一次听到威廉唱歌了。再说，安娜-伊丽莎白之前就提醒过杰克，这些建筑工人有些特别。

"来吧，让我们赞美上帝！"四个建筑工人的歌声回应着威廉。

刚刚那个用锤子干活的工人一只手把锤子高高举过头顶，那两个之前在锯东西的工人则像献祭一般合力将那把长锯举得老高。而那个搭建脚手架的工人手握一根长长的钢管，像一位握着旗帜的战士。

"来吧，让我们赞美上帝！"杰克的父亲和建筑工人合唱道。

杰克知道这句拉丁文的意思，因为茜瑟在爱丁堡的老圣保罗教堂告诉过他。"来吧，让我们赞美上帝！"威廉唱着，"我还有个儿子。我有个女儿，还有个儿子！来吧，让我们赞美上帝。"

建筑工人和威廉一起慷慨激昂地唱着。

人们正从教堂走出，波尔曼的托卡塔已经不再狂啸，也没再传来拳头击打琴键造成的轰鸣。杰克知道，他父亲开始脱下自己的衣服，说不定已经脱光了。按照安娜-伊丽莎白的解释，等威廉回到基尔希贝格疗养院，沃尔特劳特·布莱贝尔或她弟弟雨果将为他准备好冰水和热石蜡。

即使威廉现在还没脱到一丝不挂，他很快就会赤裸地站在圣彼得教堂里。他身上的刺青如同他亲手调教的唱诗班成员围裹簇拥着他。接下来，霍瓦特医生会迅速又不乏温柔地开始为威廉穿上衣服。有时候，克劳尔-波佩医生也会加入。穿好衣服后，他们会一起回到疗养院。

音乐会已经结束了，但建筑工人仍然在不停地鼓掌喝彩。杰克就是在这时明白了，他父亲并不是专门为他"唯一的听众"演奏的。杰克从小，就相信他父亲是他"唯一的观众"。这一信念让杰克在表演上受益匪浅。（威廉曾经与伍尔兹小姐就"唯一的观众"争论过，杰克和他父亲也会就这个话题发生争论，而且将不止一次。）

杰克离开教堂前的广场，在狭窄的街道上走着。有些音乐会听众也走在街道上，他们从杰克身边走过。杰克因此而产生了一种归属感，原来在苏黎世找到家的感觉这么美妙，至少在威廉·伯恩斯"睡在针尖上"之前的确如此。

杰克想着回到斯托申酒店后，要换上一身适合跑步的衣服。

洛杉矶现在刚过午夜，不方便给加西亚医生的家里打电话。不过，杰克现在不需要他的心理医生开导他了。他会把电话打到她办公室的自动答录机上。"感谢你听我说了这么多，加西亚医生。"杰克会这样对她说。

多伦多现在大约是凌晨四点半，绝对不是打电话的合适时间。卡罗琳一定还在睡觉，但她不会介意被杰克的电话吵醒的，即使电话的内容与杰克的父亲——她亲爱的威廉无关。事实上，杰克已经等不及要给伍尔兹小姐打电话并对她说，自己已经找到了他。

致谢

多伦多：赫尔加·斯蒂芬森、布鲁斯·斯默克、马丁·施瓦茨医生、雷伊·扎布警探和黛比·皮奥特洛夫斯基。

爱丁堡：玛丽·哈格特、理查德·霍洛威主教、弗洛伦丝·英戈比、艾伦·泰勒、科斯蒂·霍威尔、艾丽·巴尔、比尔·斯特罗纳克、戴维·瓦伦丁、约翰·基钦、伊莲·凯里和尤安·弗格森。

哈利法克斯、新格拉斯哥及新斯科舍：查尔斯·伯切尔、杰里·斯沃鲁（又名"水手杰里"）和戴夫·施瓦茨。

哥本哈根：苏珊妮·本特·安德森、克斯滕·林霍夫、梅蕾特·博勒、特里尼·里希特、莫滕·黑赛尔达勒、丽思贝丝·穆勒-马德森、拉斯·埃韦勒夫和"花花女郎"。

斯德哥尔摩：夏洛特·阿奎洛尼斯、"森林医生"、托瓦尔德·托伦、乌娜·帕姆和安娜·安德松。

奥斯陆：梅·戈德斯泰德、扬内肯·奥弗兰和科里·诺德斯图加。

赫尔辛基：奥利·阿拉科斯基、帕伊维·哈拉拉、雅科·塔帕尼宁、塔皮奥·提图、迷戈、尼帕和塔鲁。

阿姆斯特丹：罗伯特·阿默伦、约普·德格鲁特、亨克·席夫马赫（又名"鬼马亨克"）、路易丝·范特林根和威廉·沃格尔。

洛杉矶：罗伯特·布克曼、理查德·格拉兹坦和艾伦·赫戈特。

苏黎世：露特·盖格、安娜·冯普兰塔、瓦尔德马尔·格雷尔教授、安德烈亚斯·霍瓦特医生、奥利弗·哈特曼医生、斯蒂芬妮·科里布斯医生、艾丽丝·瓦尔德医生和克里斯汀·胡维希-波佩医生。

特别感谢：凯莉·哈珀·博克森、戴维·卡里齐奥、凯特·麦迪娜、哈维·金斯堡、克雷格·诺瓦、埃利萨·巴里特、艾米·埃德曼、珍妮特·特恩布尔·欧文。

使用权许可致谢

十分感谢下列机构准许本书转载使用其已出版 / 发行作品的部分内容：

《一块婚礼蛋糕》，出自《罗伯特·格雷夫斯诗歌全集》，宝链出版并准许本书转载使用。

《舞之王者》，作者西德尼·卡特（1915—2004），1963 年由斯坦纳与贝尔出版社出版。该作品在美国与加拿大地区的版权事务由希望出版公司处理，世界其余地区的版权事务由斯坦纳与贝尔出版社处理。希望出版公司及斯坦纳与贝尔出版社准许本书转载使用。

《当我六十四岁》，词曲作者分别为约翰·列侬和保罗·麦卡特尼，首次发行于 1963 年。索尼 /ATV 音乐拥有该作品的全部版权，并准许本书转载。

《别多想了，一切都好》，作者鲍勃·迪伦，1963 年由华纳兄弟公司发行，版权自 1991 年起归特别骑士音乐所有；《妈妈，你在我脑海》，作者鲍勃·迪伦，1964 年由华纳兄弟公司发行，版权自 1992 年起归特别骑士音乐所有；《铃鼓先生》，作者鲍勃·迪伦，1964 年由华纳兄弟公司发

文
景
———
Horizon

社 科 新 知　文 艺 新 潮

直到找到你

［美］约翰·欧文　著　李同洲　译

———

出 品 人：姚映然
责任编辑：卢　茗
营销编辑：王园青
装帧设计：山川制本 workshop
Illustration Copyright © Angie Hoffmeister
版式设计：董雪晴

———

出　　品：北京世纪文景文化传播有限责任公司
　　　　　（北京朝阳区东土城路8号林达大厦A座4A　100013）
出版发行：上海人民出版社
印　　刷：山东临沂新华印刷物流集团有限责任公司
制　　版：南京展望文化发展有限公司

———

开　本：680mm×980mm　1/16
印　张：54.75　　字　数：707,000　　插　页：2
2019年8月第1版　　2019年8月第1次印刷
定　价：98.00元
ISBN：978-7-208-15845-0/I·1820

图书在版编目（CIP）数据

直到找到你 /（美）约翰·欧文（John Irving）著；
李同洲译.—上海：上海人民出版社，2019
书名原文：Until I Find You
ISBN 978-7-208-15845-0

Ⅰ.①直⋯　Ⅱ.①约⋯　②李⋯　Ⅲ.①长篇小说-美
国-现代　Ⅳ.① I712.45

中国版本图书馆 CIP 数据核字（2019）第 082846 号

本书如有印装错误，请致电本社更换　010-52187586